新編漢字字典

總編輯／黃錦鋐博士

《新編漢字字典》
編輯委員會

序

中國文字，以漢字為主，其淵源甚早，相傳在公元前三千年新石器時代，先民即以圖形為記錄人類生活情形及思想情意交流之工具。其後民生日繁，時代遷流，圖形亦隨之演變為文字。商周以來，從甲骨卜辭，銅器銘文，大篆小篆，隸書八分，以至於今日之楷書，文字之形體，可謂繁多矣。惟中國幅員遼闊，各地人民，生活習慣，更不盡相同，於是又有異體俗體之分，古字今字之別。戰國時，七國文字亦各異形。秦始皇削平六國，採李斯之建議，首先統一文字，廢除與秦字形不合者，並省改籀文為秦篆，世稱小篆。然胥吏文書往返，稍嫌不便，於是程邈又創新體，為公文往返之文字，史稱隸書。楚漢戰後，高祖統一大業，因建國伊始，百廢待舉，未遑文事，乃因襲秦制，小篆隸書並行。及至孝武即位，諸侯已平，天下底定，大一統帝國之基業，已告完成，司馬相如乃作凡將之篇，為漢世統一文字之始。從此，終漢之世，隸書為通行之文字，東漢熹平石經碑文，可謂漢代之標準字體，後世稱為八分。中國文字，自秦始皇漢武帝之後，歷代通行字體，只有發展演進之變，而無別國異形之分，歷史上常以「秦皇漢武」並稱，非但謂其能建立大一統之帝國，抑亦美其能知文字之統一，實為國家統一之基礎也。

海峽兩岸，分裂達半世紀之久，因政治制度之不同，文字形體亦隨之而異，乃有正體簡體之分，各行其是，恐歷時愈久，分化愈深，終不復可互通辨識，實為國家統一之障礙。今當兩岸政府，均已宣布開放，而國家之必須統一，又為兩岸政府一致之共識。茲為響應當前文化交流之號召，以及兩岸文書往返著述資訊互通有無之需要，特編撰《新編漢字字典》，以正體簡體對照為主，釋義次之，使查考者知正體之與簡體，形雖同源，義實有別，以免魯魚亥豕之訛，亦預為國家統一必先統一文字之初步工作，至於今後通行文字，究應如何統一，茲事體大，須由學者專家從長計議，本字典僅啟其端始而已。

本字典之編輯，由黃錦鋐博士主其事，並承王熙元、朱榮智、邱燮友、莊雅州、黃沛榮、劉兆祐、蔡信發、龔鵬程、楊如雪諸先生審訂校閱，復蒙李鎏、李建興二先生提供意見，又承旺文社股份有限公司贊助印行。茲當出版之際，特述其編印之緣起及經過，使讀者知其用心之所在，幸勿以平常之字典而忽視之也。是為序。

乙亥年秋於台北寓所

凡例

一、本字典收錄常見之漢字，以教育部研訂公佈的常用國字四八〇八字及次常用國字四四九二字爲主，再補錄其他童蒙書籍，如三字經、千字文、四書中習見者，以一萬二千字爲原則。

二、本字典字形以繁體、簡體對照爲主，簡體字以〔 〕、異體字以（ ）標示。

三、注音以國語注音符號及漢語拼音並用。如有破音或別讀音，擇要說明。

四、本字典釋義，以說文本義常用者爲主，並酌引例句。間有引申義或假借義，擇要說明，罕用及僻義，概不列入。

五、本字典以橫排方式編排，書名爲《 》，章名、篇名用〈 〉，引文用「 」。

六、每字釋義後增列相關例詞，供學習者參考。

七、部首索引簡繁字並列，並相互對照。

八、大陸以之爲簡化字者，爲求醒目，本字以「 」標出，讀音有異者，以（ ）標出。

九、衍聲複詞，於第一字出現時釋義，第二字不再解釋，見第一字。

十、附部首索引、注音索引、難檢字索引、簡體繁體對照索引以方便查檢。

中文字典
速查系統使用說明

「中文字典速查系統」是一項革命性的創舉，它的功能是協助讀者使用這本字典時，更快速的查到所要查的單字。「中文字典速查系統」的基本查檢方法分爲兩種：部首速查法、注音速查法。現將使用方法說明如下：

一、部首速查法

一般傳統字典，都會將「部首索引」編排在字典的首頁或末頁，使用起來雖然方便，但嫌不夠快，現改用「部首速查法」，既快速又準確，只要照著下面幾個簡單的步驟，查生字可以節省好幾倍的時間：

1. 查生字之前，先將字典合起來，就會發現所有的部首，都已經印在書口上了，雖然這些部首的字形與排列順序，和一般字典首、末兩頁的部首索引完全相同，但它卻是經過特別設計排列在八個筆畫區內（如圖）。當您要查一個生字，祇要知道它的部首，保證可直接從書中的標示翻開找到，非常之快。

2. 從書口上，您會看到排列在十七個筆畫下的部首，在每一個筆畫區內，由上而下，從左到右，會對應著一條黑線，這條線就是該部首所含的單字區。循著這條線翻開，很快就找得到您要的單字。

3. 若是兩個、三個部首共同對應一條黑線，則表示這些部首涵括的單字不多，最容易查，經常一翻就中。例如：「二、亠、入、八、冂」等部首。

4. 假使部首對應的線條較粗，例如「人、口、心、手、木、水、艸」等，則表示這些部首所佔的頁數較多（至少二十頁以上），爲了方便讀者快速查到這些部首中的單字，我們建議您在翻閱前先思考一下您所查檢的生字筆劃是多少，如果筆劃不多（五劃以下），您就翻這粗線條的前段頁數，如筆劃數多（十劃以上），則請您翻閱這粗線條的後段頁。如此一來，即使一個部首所含的生字佔數十頁，您仍然會快速的查到生字了。

二、注音速查法

爲了方便讀者使用，通常在一部字典後面，都附有注音索引，但很多人都覺得這套索引不怎麼好用，因爲您必須熟記三十七個國語注音的先後順序。所以本字典特別針對它的缺失，提供一項新創意，查起來方便快速多了。

如果您選擇「注音速查法」，也請將字典合起來，書口上的最後一區，您會清楚的看到有三十七個注音符號，每一個注音符號都對應著一條黑線（如圖），只要對準黑線翻開，就可以很快找到您要查的單字頁碼索引，再從索引中找到單字，並記住頁碼，一翻開，就是您要查的單字了。

當您對某個生字的部首和拼音都不清楚的時候，只好從難檢字索引著手了。難檢字索引是按筆畫順排列的，它沒有什麼特別便捷之處，只要查到生字所在的頁碼，按頁序翻閱，您就一樣快速查到您要的單字。

這套「中文字典速查系統」，是本公司精心獨創，享有國家專利及著作權登記，並經長期試用與修正，證明確實簡便好用，讀者熟悉之後，會發現比用電子字典還要快，更能領略快速掌握資訊的樂趣了！

部首速查系統

筆畫區

一畫	一丨丶丿乙亅
二畫	二亠人儿入八冂冖冫几凵刀力勹匕匚匸十卜卩厂厶又
三畫	口囗土士夂夊大女子宀寸小尢尸屮山巛工己巾干幺广廴廾弋弓彐彡彳
四畫	心戈戶手支攴文斗斤方无日曰月木欠止歹殳毋比毛氏气水火爪父爻爿片牙牛犬
五畫	玄玉瓜瓦甘生用田疋疒癶白皮皿目矛矢石示禸禾穴立
六畫	竹米糸缶网羊羽老而耒耳聿肉臣自至臼舌舛舟艮色艸虍虫血行衣襾
七畫	見角言谷豆豕豸貝赤走足身車辛辰辵邑酉釆里
八畫	金長門阜隶隹雨青非
九畫	面革韋韭音頁風飛食首香
十・十二畫	馬骨高髟鬥鬯鬲鬼魚鳥鹵鹿麥麻黃黍黑黹
十三・十七畫	黽鼎鼓鼠鼻齊齒龍龜龠

ㄅㄆㄇㄈㄉㄊㄋㄌㄍㄎㄏㄐㄑㄒㄓㄔㄕㄖㄗㄘㄙㄚㄛㄜㄝㄞㄟㄠㄡㄢㄣㄤㄥㄦㄧㄨㄩ

五畫

六畫

七畫

十二畫

十三畫

十四畫

十五畫

十六畫

十七畫

十八畫

二　畫

三　畫

四　畫

【一】

【丨】

【丿】

【丶】

【㇇】

五　畫

【一】

【丨】

【丿】

【丶】

【㇇】

六　畫

【一】

七畫

【一】

九　畫

【一】

簡體繁體對照索引（九畫）

十畫

【一】

十一畫

【フ】

十三畫

【一】

【丨】

【ノ】

十四畫

【丶】

【フ】

十五畫

【一】

【丨】

【丿】

【丶】

一　部

01【一】ㄧ yī 名①數目名。大寫作「壹」，阿拉伯數字作「1」。②注音符號中的一個，屬單純韻符。動統一，例四海一家。形①單獨，例一件。②全、滿，例一身是汗。③相同，例長短不一。④單純、專一，例一心一意。副①偶然，例一不小心。②竟然，例一至於此。③假設用語，例萬一。助語中助詞，表示程度、加強語氣，例音響一何悲。(〈古詩十九首〉)

(「一」字單用或在一詞一句的末尾，唸陰平聲；在去聲字之前，唸陽平聲；在陰平、陽平、上聲之前，唸去聲。)

◆一世、一旦、一律、一流、一番、一齊、一剎那、一刀兩斷、一日千里、一手遮天、一毛不拔、一石二鳥、一丘之貉、一字千金、一言九鼎、一言難盡、一見如故、一事無成、一表人才、一念之差、一往情深、一柱擎天、一哄而散、一飛沖天、一氣呵成、一針見血、一敗塗地、一貧如洗、一望無際、一勞永逸、一視同仁、一廂情願、一無所有、一絲不苟、一絲不掛、一意孤行、一鼓作氣、一塵不染、一鳴驚人、一網打盡、一髮千鈞、一暴十寒、一箭雙鵰、一舉兩得、一聲不響、一竅不通、一擲千金、一蹶不振、一籌莫展、一觸即發、一覽無遺、一將功成萬骨枯、一夫當關萬夫莫敵、一言旣出駟馬難追　專一、單一、唯一、萬一、莫衷一是、惟精惟一。

一　畫

02【丁】㈠ㄉㄧㄥ dīng 名①十天干的第四位。②成年人，例壯丁。③人口，例人丁。④僕人，例園丁。⑤姓，清有丁汝昌。動遭遇，例丁憂。形壯盛的。㈡ㄓㄥ zhēng 副金屬物所發出的聲音，例丁丁。

◆丁口、丁役、丁賦　白丁、男丁、庖丁、家丁、添丁。

02【七】ㄑㄧ qī 名①數目名，大寫作「柒」，阿拉伯數字作「7」。②姓，明有七希賢。③文體名，楚辭有七諫。

◆七七、七雄、七七事變、七上八下、七手八腳、七折八扣、七情六欲、七零八落、七嘴八舌、七竅生煙、七顛八倒　亂七八糟、歪七扭八。

二 畫

03【万】㈠ㄇㄛˋ mò 名複姓。「万俟」：本鮮卑部落名，後用爲姓氏。宋有万俟卨。 ㈡ㄨㄢˋ wàn 名「萬」的簡化字。

03【丈】ㄓㄤˋ zhàng 名①長度名，十尺爲一丈。②對長者的尊稱，例老丈。③對姻親尊長的稱呼，例姨丈、姑丈。動測量長度、面積，例丈地、丈量、清丈。

◆丈人、丈夫、丈母 方丈、岳丈、函丈、白髮三千丈。

03【三】㈠ㄙㄢ sān 名①數目名，大寫作「參」，阿拉伯數字作「3」。②星名。形①表數量，例三隻、三個。②次序位居第三。③表多數，凡不能盡數則約略以三表示。 ㈡ㄙㄢˋ sàn 副屢次，例季文子三思而後行。(《論語》〈公冶長〉)

◆三心二意、三五成羣、三令五申、三生有幸、三更半夜、三長兩短、三陽開泰、三頭六臂 一日三秋、一波三折、歲寒三友、事不過三、推三阻四、三天打魚兩天曬網。

03【上】㈠ㄕㄤˋ shàng 名①上面，例山上。②中間，裡面，例書上寫的故事。③稱皇帝，例今上。④姓，漢有上雄。動①升，登，由下而上，例上山。②進呈，例上奏、上菜。③有到之意，例上任。④旋緊，例上發條。⑤縫綴，例上襪底。形①高等的、美好的，例上等。②在前的，例上述。 ㈡ㄕㄤˇ shǎng 名國音四聲調中的第三聲。

◆上風、上香、上座、上流、上當、上蒼、上癮、上行下效、上氣不接下氣、上樑不正下樑歪 皇上、陸上。

03【下】ㄒㄧㄚˋ xià 名①低下，例猶水之就下。(《孟子》〈離婁上〉)②裡面，例不在話下。③動作的次數，例打三下。動①從高處到低處，例下雨。②克服，例連下數城。形①低等的、不好的，例下策。②在後的，例下回分解。副表示動作的完成，例坐下。

◆下注、下流、下野、下場、下不爲例、下回分解 天下、陛下、殿下、麾下、部下、樓下、攻下、躺下、低三下四、下學上達、普天之下。

03【丌】ㄐㄧ jī 名①托物的器具。②姓，明有丌才。

三 畫

04【不】㈠ㄅㄨˋ bù 副①表示否定的詞，例不許。②表示約數未定的詞，例不日可達。助無義，用來加强語氣，例好不熱鬧。 ㈡ㄈㄡˇ fǒu 助同「否」，表示疑問的詞。多用於文言文

◆不凡、不才、不毛、不行、不朽、不佞、不拘、不軌、不料、不屑、不測、不堪、不齒、不一而足、不二法門、不三不四、不亢不卑、不分軒輊、不平則鳴、不可一世、不可名狀、不可理喻、不出所料、不共戴天、不自量力、不足掛齒、不省人事、不恥下問、不留餘地、不修邊幅、不倫不類、不速之客、不脛而走、不偏不倚、不動聲色、不寒而慄、不勞而獲、不勝枚舉、不置可否、不學無術、不翼而飛、不分青紅皂白、不入虎穴焉得虎子、不經一事不長一智。

04【丏】ㄇㄧㄢˇ miǎn 名避箭的短牆。動壅蔽不見。

04【丐】ㄍㄞˋ gài 名乞食的人，例乞丐。動①乞求。②給予。

04【丑】ㄔㄡˇ chǒu 名①十二地支的第二位。②時辰名，即夜間三點到五點。③戲劇中的滑稽腳色，例小丑。④姓，元有丑閭。

四畫

05【且】㈠ㄑㄧㄝˇ qiě 副①兼舉，表示同時做兩件事，例且歌且舞。②暫時，例且坐。③將要。④姑且，例且以喜樂。⑤尚，例聖人且有過與？（《孟子》〈公孫丑下〉）連①表示轉進一層的話，例況且。②又，例既高且大。③抑、或。助同「夫」；文言文發語詞。 ㈡ㄐㄩ jū 形敬愼的意思。助說話的餘聲。

◆且慢 苟且、並且、暫且、既飽且醉。

05【丕】ㄆㄧ pī 名姓。動奉。形偉大的，例丕業。副同「乃」；承上之詞。

05【世】ㄕˋ shì 名①三十年爲一世。②父子相繼爲一世，例五世同堂。③人的一生，例沒世不忘。④世界、人間，例舉世滔滔。⑤時代。⑥年、歲。⑦姓，漢有世寵。形①與先輩有交誼的，例世交。②人世間的，例人情世故。

◆世交、世故、世俗、世態、世外桃源、世風日下、世道人心 一世、末世、來世、今世、現世、累世、蓋世、塵世、厭世。

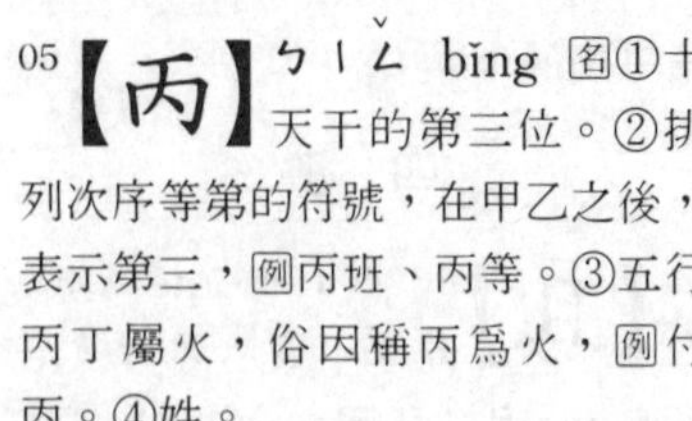

05【丙】ㄅㄧㄥˇ bǐng [名]①十天干的第三位。②排列次序等第的符號，在甲乙之後，表示第三，[例]丙班、丙等。③五行丙丁屬火，俗因稱丙爲火，[例]付丙。④姓。

05【丘】ㄑㄧㄡ qiū [名]①地上高起的土堆，[例]丘陵。②孔子名，舊日避諱，故亦省筆作丘。③墳墓。④古代田地的區劃，[例]四邑爲丘。⑤姓，宋有丘葵。[形]大、長。

五　畫

06【丞】ㄔㄥˊ chéng [名]舊時官名，[例]丞相。[動]①輔助、拯救。②假借爲「承」，即承受之意。

06【丟】ㄉㄧㄡ diū [動]①拋擲，[例]丟掉。②喪失，[例]丟臉。③投送，[例]丟個兒眼神。

七　畫

08【並】ㄅㄧㄥˋ bìng [動]①依傍。②連。[副]①一起、同時，[例]並立。②完全、實在，[例]並非。[連]平列連詞，[例]並且。

◆並且、並肩、並排、並蒂、並轡、並行不悖、並駕齊驅。

丨　部

01【丨】ㄍㄨㄣˇ gǔn [名]漢字的部首。[副]上下相貫連的樣子。

一　畫

02【丩】㈠ㄐㄧㄡ jiū [動]互相糾結。㈡ㄐㄧ jī [名]注音符號聲符之一，屬舌面前音。

二　畫

03【丫】(枒)(椏)㈠ㄧㄚ yā [名]物體上端分叉的地方，[例]腳丫縫。㈡ㄚ ā [名]注音符號韻符之一，屬單韻母。

三　畫

04【中】㈠ㄓㄨㄥ zhōng [名]①方位的名稱，指距離四方或兩端相等的部位。②中華民國的簡稱。③內、裡，[例]夢中。④指「心」，[例]深中寬厚。(《史記》〈韓安國列傳〉)⑤泛指某一地區，[例]秦中。⑥泛指某時期以內，[例]晋太元中。⑦姓，漢有中行。[動]居中，例中天下而立。(《孟子》〈盡心上〉)形①中等的，例中智。②半，例中夜。 (二) ㄓㄨㄥˋ zhòng 動①適合，恰好對上，例中意。②遭受，感受，例中暑。③對、正確，例說中了。④科舉時代士子考試合格被錄取，例中舉。⑤射箭射到靶，例百發百中。

◆中心、中止、中立、中正、中央、中肯、中傷、中聽、中流砥柱 人中、市中、空中、命中、途中、集中、侍中。

04【丰】ㄈㄥ feng 名《詩經》〈鄭風〉的篇名。形①容貌豐滿或美好的樣子。②「豐」的簡化字。

◆丰采、丰姿。

四 畫

05【丱】ㄍㄨㄢˋ guàn 名「卝」的俗字。形將小孩的頭髮兩邊分開，束成角形髮辮的樣子。

六 畫

07【串】ㄔㄨㄢˋ chuàn 名①連貫東西的量詞，例一串項鍊。②領取貨物的收據，例串票。動①將東西連貫起來，例串連。②扮演，例客串。③互相勾結，例串通。

◆客串、亂串 串供、串門子。

丶 部

01【丶】ㄓㄨˇ zhǔ 名①標點符號，表示絕止的記號，稱「頓號」。②古文「主」字。

二 畫

03【丸】ㄨㄢˊ wán 名①卵。②形狀小而圓的東西，例藥丸。③墨的數量。④日語，有完全或圓形之意，常用於船名、物名之尾。

◆彈丸、鐵丸。

三 畫

04【丹】ㄉㄢ dan 名①產於巴越的赤石。②精煉配製的藥，例金丹。③姓，元有丹巴。形①赤誠的，例丹忱。②紅色的，例丹楓。

◆丹心、丹田、丹青、丹砂、丹誠 人丹、仙丹、煉丹、牡丹、朱丹。

四 畫

05【主】ㄓㄨˇ zhǔ 名①君主的簡稱。②家長，例一家之主。③賓客或奴僕的相對詞，例賓主、主僕。④主權所在。⑤公主的簡稱。⑥有事權或物權的人，例債主。⑦基督教徒稱耶穌爲主。⑧古時爲死人所立的牌位，例神主。⑨事件的當事人，例失主。⑩事物之根本。動①持守，例主忠信。(《論語》〈學而〉)②掌握，統治，例入者主之，出者奴之。(韓愈〈原道〉)③主張。④主持，例主婚。形①自己的，例主觀。②主要的，例主將。

◆主旨、主角、主持、主宰、主張、主動、主幹、主腦　天主、自主、地主、教主、事主、物主、盟主。

丿部

01【丿】㈠ㄆㄧㄝˇ piě 名從右面斜寫到左面的筆畫。　㈡ㄑㄧㄢ chiān 俗字借作「千」字。

01【乀】ㄧˊ yí 名①注音符號韻母之一種，爲複韻。②從左面捺到右面的斜筆。動流。

一畫

02【乂】㈠ㄧˋ yì 名才德過人，例俊乂在官。動①治理，例有能俾乂。②割草。㈡ㄞˋ ài 動懲戒，例屢懲乂而不改。

02【乃】(廼)(迺)㈠ㄋㄞˇ nǎi 代代替第二人稱，你的或你們的，例乃父、乃兄。動是，爲，例他乃天之驕子。助爲語句前面的助詞，無意義。　㈡ㄞˇ ǎi 副船行走時搖櫓的聲音，也指船歌或漁歌，例欸乃。

二畫

03【久】ㄐㄧㄡˇ jiǔ 名時間的長遠，永恆。動等待。形①形容經過時間的長短。②舊的，例久怨。副長期，用來表示時間，例久別。

◆久仰、久別、久違、久病成醫、久旱逢甘雨　永久、長久、持久、悠久、天長地久。

三畫

04【之】ㄓ zhī 代第三人稱，和「他、它、那」一樣用法，但只能放在句子的中間或末了，例愛之欲其生，惡之欲其死。動①往、去，例先生將何之？②到，例之死不悟。③指示事物的所在，此，這個，例之子于歸。(《詩經》〈周南〉)介①和「的」字用法一樣，例榮民之家。②用在一個包孕句的子句的主語與述語之間，爲的是顯示子句不能獨立，使全句緊湊，例大道之行也，天下爲公。助語助詞，沒有意義。用於句首、句中、句尾，例總之。

04【尹】ㄧㄣˇ yǐn 名①古代官名，例令尹。②姓，宋有尹拙。動治理。

四　畫

05【乍】㈠ㄓㄚˋ zhà 動勉强支持。副①忽然，例乍暖還寒時候。（李清照〈聲聲慢〉）②剛剛，例乍聽之下。㈡ㄗㄨㄛˋ zuò 同「作」。

05【乎】ㄏㄨ hū 連於，例他經常有異乎常人的舉動。助①表示驚呼或驚歎的口氣，相當於「啊」、「呀」，例悲乎！惜乎！②表示疑問的口氣，相當於「嗎」、「麼」字，例賢者亦樂此乎？③表示推測語氣的詞，相當於「吧」，例其將歸乎！④用在句中使語氣舒緩，例事之成敗於運乎何關？⑤詞尾，附在修飾語詞後，例幾乎喪命。⑥呼人的助詞，例吾師乎！

05【乏】ㄈㄚˊ fá 名官職的空位，例承乏。動①無、沒有，例乏人問津。②欠缺，例乏味。形①疲勞。②貧窮，例百姓匱乏。（桓寬《鹽鐵論》）

◆困乏、缺乏、疲乏、回天乏術。

五　畫

06【乒】ㄆㄧㄥ pīng 名「乒乓」：即乒乓球，桌球的舊稱，簡稱乒乓。形表示物體相碰撞的聲音，例乒乒乓乓。

06【乓】ㄆㄤ pāng 名「乒乓」，見「乒」字。形物體相碰撞聲。

七　畫

08【乖】ㄍㄨㄞ guāi 名聰明，例花錢學乖。形①違背，例乖違。②小孩黠獪，例他們家的小孩很乖。③靈巧，例一張乖嘴。

◆乖巧、乖戾、乖乖、乖張、乖違、乖僻、乖覺。

九　畫

10【乘】(乗)(椉)㈠ㄔㄥˊ chéng 名算法名稱之一，和加、減、除合稱「四則」。動①坐用某種交通工具，例乘車。②欺凌，壓服，例乘人不義。（《國語〈周語〉》）③順應、因、趁，例乘風破浪。 (二) ㄕㄥˋ shèng 名①古時計算車輛的數量名，一車四馬叫一乘。②記載史事的史書，例史乘。③佛家的教法、教義，例大乘、小乘。

◆乘法、乘客、乘除、乘涼、乘機、乘興、乘風破浪、乘虛而入、乘龍快婿。

乙 部

01【乙】ㄧˇ yǐ 名①十天干的第二位。一般用作「第二」或「次一等」的意思。②魚腸，例魚去乙。③我國舊時音樂上表示聲音高低的符號，是「工尺」字裡的一個。④有機化學名詞常用「甲」、「乙」、「丙」等字來決定名詞，分出分子結構式的不同，例乙醇（酒精）、乙酸（醋酸）、乙炔（電石氣）。⑤舊時商業上常用「乙」代替「一」字，例乙帋。⑥姓，漢有乙世。代人或地的代詞，例乙地、某乙。動①讀書以筆記其止處，例鈎乙。②改正脫誤之文字，例塗乙。

01【ㄣ】(一) ㄧㄣˇ yǐn 動「隱」的古字。 (二) ㄣ ēn 名注音符號韻符之一種，屬聲隨韻母。

01【ㄥ】(一) ㄍㄨㄥ gōng 名同「肱」字。 (二) ㄥ ēng 名注音符號韻符之一種，屬聲隨韻母。

一 畫

02【九】(一) ㄐㄧㄡˇ jiǔ 名①數目名，大寫作「玖」，阿拉伯數字作「9」。②姓，唐有九嘉。形形容極多，例九死一生。 (二) ㄑㄧㄡˊ qiú 名古國名，即九侯。 (三) ㄐㄧㄡ jiū 動聚合。

◆九泉、九霄、九牛一毛、九牛二虎、九鍊成鋼 上九、初九、重九、陽九。

02【乜】(一) ㄋㄧㄝˋ niè 名邊疆少數民族的姓，明代蒙古瓦剌部酋長乜先。 (二) ㄇㄧㄝˇ miě 形「乜斜」：(1)斜視。(2)眼睛睏倦很難睜開的樣子。(3)走路歪歪倒倒的樣子。

二 畫

03【乞】(一) ㄑㄧˇ qǐ 名①討飯的人，例乞丐。②姓，明有乞賢。動請求，例乞諸其鄰而與之。(《論語》〈公冶長〉) (二) ㄑㄧˋ qì 動給與。

◆乞命、乞食、乞貸、乞憐、乞漿得

酒。

03【也】㈠ㄧㄝˇ yě 副①同樣，例你去，我也去。②尚可，例這辦法也好。助①表疑問的語氣詞，例此畫果眞邪？幻也？(薛福成〈觀巴黎油畫院記〉)②或然之詞。③表判斷或決定的語氣詞，例蓮，花之君子者也。(周敦頤〈愛蓮說〉)④表停頓，用於句中，例形之尨也類有德。(柳宗元〈黔之驢〉)⑤用以引下文，例地之相去也，千有餘里。(《孟子》〈離婁下〉)⑥附於副詞之後，增加語勢，例你再也不必來。 ㈡ㄧㄝˋ yè 名同「亦」。

03【乜】㈠ㄧㄝˇ yě 助同「也」字。 ㈡ㄝ ē 名注音符號韻符之一，爲單韻母。

五畫

06【乩】ㄐㄧ jī 名求神占卜，用來解決疑問的方法。

七畫

08【乳】ㄖㄨˇ rǔ 名①動物胸部分泌乳汁的器官，例乳房。②哺乳動物生子之後，由乳腺產出的分泌物。動①生子。②哺育。③鳥產卵。④滋生。形初生的、幼小的，例乳鴿。

◆**牛乳、母乳、羊乳、孳乳。**

十畫

11【乾】〔干〕㈠ㄍㄢ gān 名去掉水分的東西，例魚乾，筍乾。形①枯竭，例外強中乾。②沒有血緣關係，只是經由拜認結成的親戚，例乾媽。副徒然，例乾著急。 ㈡ㄑㄧㄢˊ qián 名①天，例乾坤。②君主，例乾綱。③八卦之一，卦形爲☰，卦德是剛健不息，象徵天、男子、丈夫、君主等。④男性，男子。⑤姓，唐有乾彥思。

◆**乾果、乾枯、乾脆、乾淨、乾瘦、乾燥、乾嚎。**

十二畫

13【亂】〔乱〕ㄌㄨㄢˋ luàn 名禍害、禍患，例極權政治是世界禍亂的根源。動①破壞秩序，例擾亂。②混淆，例以假亂眞。③治理，例其能而亂四方。(《尚書》〈顧命〉)形①不安定的。②無秩序的。③糊塗，神智不清，例昏亂。

◆**亂世、亂眞、亂離、亂烘烘、亂七八糟、亂臣賊子。**

亅　部

01【亅】ㄐㄩㄝˊ jué 名倒掛的鈎。

一　畫

02【了】(一)ㄌㄧㄠˇ liǎo 動①明白。②結束，例責任未了。③快。副①表示可能、可成，例這事辦得了。②全，例了無懼色。(《世說新語》〈雅量〉) (二)·ㄌㄜ ·le 助表示動作的過去或過去的趨勢，例下雪了。

◈了了、了事、了然、了結、了斷。

02【乃】(一)ㄋㄞˇ nǎi 古「乃」字。(二)ㄋ n 名注音符號聲符之一，屬舌尖音。

三　畫

04【予】(一)ㄩˊ yú 代同「余」；我，例天生德於予。(《論語》〈述而〉) (二)ㄩˇ yǔ 動①賜。②許可，例准予。③贊許，例春秋予之。(《漢書》〈外戚傳〉)

七　畫

08【事】ㄕˋ shì 名①人類的一切作爲，例事情。②工作、職務，例執事敬。(《論語》〈子路〉)③器物一件稱一事。④變故，例天下無事。⑤姓。動①侍奉，例年長以倍，則父事之。(《禮記》〈曲禮〉)②通「倳」；插入。

◈事由、事件、事宜、事前、事故、事情、事務、事跡、事業、事實、事半功倍、事倍功半、事過境遷、事與願違　差事、從事、多事之秋、無所事事。

二　部

02【二】ㄦˋ èr 名數目名，大寫作「貳」，阿拉伯數字作「2」。動①改變。②歧異。③比；雙，例此所謂功無二於天下。(《史記》〈淮陰侯列傳〉)④疑。⑤分別爲二，例析成二份。形①次序排第二的，例二月。②兩次，兩樣，例口無二言。③副業。

◈不二價、不二法門、一乾二淨、三頭二面、三心二意、一不做二不休。

一　畫

03【于】(一)ㄩˊ yú 名①鐘口兩角之間稱于。②姓。動①取。②輔助、幫助。③往。形如。連與、及。介①於，在。②以。助①用於句尾，表疑問，例然則先王聖于？(《呂氏春秋》〈審應〉)②虛字語詞，無意義，用於句首或句中。 ㈡ ㄒㄩ xū 歎通「吁」。 ㈢ ㄩ yū 形通「吁」；廣大的樣子。

◆于思、于飛、于歸。

03【亍】ㄔㄨˋ chù 動①小步而行。②在行進途中止步。副「彳亍」，見「彳」字。

二　畫

04【云】ㄩㄣˊ yún 名①古「雲」字。今亦爲「雲」的簡化字。②姓，漢有云敞。動①說，例人云亦云。②有。副如此。助①發語辭。②語中助詞。③句末助詞。

04【互】ㄏㄨˋ hù 名①同「枑」，即距馬，用以障礙禁止人車出入。②古代掛肉架的名稱。副①彼此相互，例互助。②錯亂，例天地乖互，衆物大傷。(《後漢書》〈樂恢傳〉)

◆互保、互助、互相、互惠、互切互磋、互爲因果。

04【五】ㄨˇ wǔ 名①數目名，大寫作「伍」，阿拉伯數字作「5」。②樂譜中表示聲調的名稱。③五行。④通「伍」。⑤姓，三國蜀有五梁。

◆三五成羣、三年五載、三令五申、五世其昌、五代同堂、五光十色、五花八門、五音不全、五湖四海、五體投地　四分五裂。

04【井】ㄐㄧㄥˇ jǐng 名①挖鑿地面或打管入地，藉以汲取地下水的設施。②卦名，巽上坎下，具不窮滋生的意義。③周朝制度之一，例井田制。④二十八宿之一，例井宿。⑤姓，漢有井宗。

◆井底之蛙、井水不犯河水　水井、深井、古井、秩序井然。

四　畫

06【亙】(亘) ㄍㄣˋ gèn 又讀ㄍㄥˋ gèng 名姓。形延長，例第舍聯亙。(《唐書》〈貴妃楊氏傳〉)

六　畫

08【些】㈠ ㄒㄧㄝ xiē 形附於指示代名詞之後，表多數，例那些。副①少，例昨來風日較暖些。②用於形容詞之後，表一點兒，例少些。 ㈡ ㄙㄨㄛˋ suò 助語末助詞，口氣同「兮」。 ㈢ ㄙㄨㄛ suō 名同「娑」。

08【亞】〔亚〕㈠ 讀音ㄧㄚˋ yà 語音ㄧㄚˇ

yǎ 名①亞細亞洲之略稱。②姊妹之夫互稱爲亞。動開啓。形第二的，例亞聖、亞軍。助發語詞，無意義。 (二) ㄧㄚ yā 名物分歧者；俗作丫、椏。

七 畫

09【亟】(一) ㄐㄧˊ jí 副迫切，例亟待。 (二) ㄑㄧˋ qì 副屢次，例好從事而亟失時。(《論語》〈陽貨〉)

亠 部

02【亠】ㄊㄡˊ tóu 名只做部首，不單獨用。

一 畫

03【亡】(亾) (一) ㄨㄤˊ wáng 動①逃走。②失去。③滅亡，例國家將亡，必有妖孽。(《禮記》〈中庸〉)④同「忘」；忘記，例知而亡情。(《列子》〈仲尼〉)⑤死喪。形對他人稱其已死之卑親屬，上冠以亡字，例亡弟、亡兒。 (二) ㄨˊ wú 動同「無」；沒有。

◆亡命、亡故、亡羊補牢 流亡、死亡、滅亡、悼亡。

二 畫

04【亢】(一) ㄎㄤˋ kàng 名①淮西稱用頭頂著東西爲亢。②姓，明有亢艮玉。動①通「抗」；抵、擋。形高，例不卑不亢。副過甚，極。 (二) ㄍㄤ gāng 名①人的脖子。②鹿兔出沒的途徑。③二十八星宿之一。

◆亢旱、亢直、亢禮。

四 畫

06【交】ㄐㄧㄠ jiāo 名①朋友，例刎頸之交。②相會之處。③商人買賣交易，例今天股票成交數是多少？④數學上線與線、線與面、面與面相截之處稱交。動①相接。②媾合。③互相授受。④付給，例這差事交給我辦就行了。⑤通「教」；使得。副①共同、互相。②融合、同時。

◆交互、交代、交易、交往、交情、交接、交通、交談、交錯、交臂、交織、交淺言深、交頭接耳 知交、絕交、深交、外交、相交、水乳交融、莫逆之交。

06【亥】(一) ㄏㄞˋ hài 名①十二地支的末位。②時辰名，即下午九點到十一點。③十二屬相以亥爲豬。④姓。 (二)

ㄐㄧㄝ jiē [名]「亥市」：隔日交集之市。

06【亦】ㄧˋ yì [名]①人的胳肢窩，今作「腋」或「掖」。②姓。[副]通「也」；又，[例]怨不在大，亦不在小。(《尚書》〈康誥〉)[連]但、特、只，[例]王亦不好士耳，何患無士？(《戰國策》〈齊策〉)[助]①用於句首，無義。②用於句中，無義。

五　畫

07【亨】(一)ㄏㄥ hēng [形]通達、順利，[例]官運亨通。　(二)ㄒㄧㄤˇ xiǎng [動]同「享」；宴客。　(三)ㄆㄥ pēng [名]「烹」的本字。

六　畫

08【享】ㄒㄧㄤˇ xiǎng [動]①進獻，[例]受享束帛加璧。(《儀禮》〈聘禮〉)②祭祀、供奉，[例]以享以祠。(《詩經》〈小雅・楚茨〉)③享受、保有，[例]而享其生祿。(《左傳》僖公二十三年)④獲得，[例]享年。

◆**享用、享年、享受、享福、享樂　分享、祭享、宴享、坐享其成。**

08【京】ㄐㄧㄥ jīng [名]①國都、首都，[例]京師、京城。②數目名，十兆爲京。③人工所爲的高丘。④姓，漢有京房。[動]齊等、比擬。[形]①大。②高。

七　畫

09【亭】ㄊㄧㄥˊ tíng [名]①古代的公家房舍，建於路旁，供旅客休息，[例]何處是歸程？長亭更短亭。(李白〈菩薩蠻詞〉)②建於路旁或公園的建築物，供營業憩息用，[例]票亭、涼亭。

09【亮】(一)ㄌㄧㄤˋ liàng [名]①光線，[例]門外有亮。②姓。[動]①同「諒」；信，[例]君子不亮，惡乎執。(《孟子》〈告子下〉)②顯露、表白。[形]①聲音高朗。②明，[例]皎皎亮月。(嵇康〈雅詩〉)③忠直清高，[例]此悉貞亮死節之臣也。(諸葛亮〈前出師表〉)　(二)ㄌㄧㄤˊ liáng [名]天子居喪之稱，[例]亮陰。

◆**亮度、亮相、亮節　明亮、響亮、嘹亮、天亮、漂亮。**

八　畫

10【亳】ㄅㄛˋ bò [名]爲商湯建都之地，即今河南省商邱縣。

十一　畫

03【亶】ㄉㄢˇ dǎn 名姓，後漢有亶誦。副眞實、誠信。

二十 畫

22【亹】(一) ㄨㄟˇ wěi 形勤勉，例亹亹。(二) ㄇㄣˊ mén 名水流峽中，兩岸相對流出似門。

人 部

02【人】ㄖㄣˊ rén 名①最高等而有靈性的動物。②自己的對稱，即他人之意，例己所不欲，勿施於人。(《論語》〈顏淵〉)③果實的核心，今作「仁」。④人格，例自然人。⑤成年人，例長大成人。⑥大家，例人人。

◆人力、人手、人民、人生、人性、人物、人爲、人品、人格、人情、人間、人煙、人質、人類、人體、人才濟濟、人小鬼大、人山人海、人心叵測、人地生疏、人老珠黃、人仰馬翻、人言可畏、人定勝天、人贓俱獲 他人、別人、推己及人、小鳥依人、出人頭地。

二 畫

04【什】(一) ㄕˊ shí 名①同「十」；數目名。②古代軍隊編制以五人爲伍，十人爲什。③詩篇之稱，《詩經》中的雅、頌以十篇爲一卷，故沿稱詩篇爲篇什。形數多品雜，例什錦。 (二) ㄕㄜˊ shé 助表疑問的助詞，例什麼。

04【仁】ㄖㄣˊ rén 名①儒家所言寬惠行爲的德行，例仁愛。②有道德有善心的人，例汎愛衆，而親仁。(《論語》〈學而〉)③果實的核心，例杏仁。④通「人」。⑤姓。形感覺、知覺，例痲木不仁。

◆仁厚、仁政、仁術、仁慈、仁愛、仁心仁術、仁民愛物、仁至義盡 桃仁、同仁、爲富不仁、假仁假義、當仁不讓。

04【仂】(一) ㄌㄜˋ lè 名不成整數，零餘的數目。(二) ㄌㄧˋ lì 動同「力」；勤快之意。

04【仄】ㄗㄜˋ zè 名字音中隸屬於上、去、入三聲者。形①通「側」；傾斜。②狹小，例仄路。

◆平仄、幽仄 狹仄、傾仄。

04【仆】ㄆㄨ pū 又讀ㄈㄨˋ fù 名大陸用作「僕」

(ㄆㄨˊ)的簡化字。動跌倒而伏在地上，例前仆後繼。

04【仇】(讐)(一) ㄔㄡˊ chóu 名①讎敵，例仇人、仇視。②相對，例匹仇。動怨恨，例與子同仇。(《詩經》〈秦風・無衣〉) (二) ㄑㄧㄡˊ qiú 名①配偶。②姓。

◆仇家、仇視、仇敵、仇隙 同仇敵愾。

04【仉】ㄓㄤˇ zhǎng 名姓，孟子母親仉氏。

04【今】ㄐㄧㄣ jīn 名古的對稱，例古今。形當今、現在，例今天。

04【介】ㄐㄧㄝˋ jiè 名①有甲殼的水族動物，例介殼。②鐵甲，例介冑。③通「個」；單位名稱。④姓，三國吳有介象。動①代人引進，居中傳達，例媒介。②助，例介壽。形①正直不屈，例耿介。②特別。

◆介介、介紹、介意 一介、狷介、纖介、煞有介事。

04【仍】ㄖㄥˊ réng 動因襲，例仍舊。副重複，不只一次，例頻仍。

04【仃】(一)ㄉㄧㄥ dīng 副孤獨，例伶仃。(二) ㄉㄧㄥˇ dǐng 副同「酊」。

三 畫

05【仔】(一) ㄗㄞˇ zǎi 名粵語稱還沒長大的動物，例豬仔、牛仔。助閩南語中的助詞，例歌仔戲。 (二) ㄗ zī 動擔當責任，例仔肩。 (三) ㄗˇ zǐ 形小心，例仔細。

05【他】讀音ㄊㄨㄛ tuō 語音ㄊㄚ tā 代第三人稱，指你我以外的第三人，例他是誰？形別的、其餘的，例其他。

05【仕】ㄕˋ shì 名①官吏，例仕逐勢，勢使然也。(《列子》〈力命〉) ②姓。動①做官，例出仕、仕途。②視察，例弗問弗仕。(《詩經》〈小雅・節南山〉) ③通「事」；工作，例武王豈不仕。(《詩經》〈大雅・文王有聲〉)

05【仗】ㄓㄤˋ zhàng 名①兵器的總稱。②兵衛。③戰事，例打仗。動①依靠，例仰仗。②拿、持，例仗旗。③守，例仗節而死。④壯，助勢，例仗膽。

◆仗勢欺人 兵仗、勝仗、倚仗、儀仗、被甲持仗。

05【仙】ㄒㄧㄢ xiān 名①稱長生不老的人，例神仙。②不平凡的人，例詩仙。③英美幣制 cent 的簡譯，爲一元的百分之一。形①不平凡的，例仙容。②仙人所在的，例仙宮。副死的惋辭，例仙逝。

◆仙人、仙逝、仙風道骨　酒仙、劍仙、美若天仙、飄飄欲仙。

05【仡】㈠ㄧˋ yì 動舉頭。形勇武、壯大的樣子，例仡仡。　㈡ㄑㄧˋ qì 形「仡慄」：極大的畏懼。

05【令】㈠ㄌㄧㄥˋ lìng 名①上對下的要求或指示，例律令。②古官名，例縣令。③時節，例時令。④詞曲牌之名，例如夢令。⑤姓。動發布命令。形①尊稱他人親友，例令尊、令郎。②好；善，例令譽。　㈡ㄌㄧㄥˊ líng 名五百張紙稱爲一令。動使，例令人髮指。

◆令名、令色、令辰、令郎、令堂、令尊、令節、令愛、令聞、令箭、令出如山　訓令、使令、節令、命令、夏令、冬令、法令。

05【代】ㄉㄞˋ dài 名①地質時代單位中最大的單位，例新生代、古生代。②繼承的人，例後代。③時間，例年代、時代。④輩分，例上一代、下一代。⑤國名，十六國時鮮卑族拓跋猗盧所建。⑥姓，宋有代淵。動替換，例代替、代理。副輪流更換，例人才代興。

◆代用、代步、代表、代理、代勞、代替、代課、代價　現代、朝代、替代、新陳代謝。

05【仝】ㄊㄨㄥˊ tóng 名①通「同」。②姓，明有仝寅。

05【以】（㕥）（目）ㄧˇ yǐ 名①原因。代此。動①用。②爲、行事，例視其所以。（《論語》〈爲政〉）③謀圖；爲，例封疆社稷是以。（《左傳》〈定公十年〉）副①同「已」；已經，例今兩侯以出。（《漢書》〈張敬傳〉）②太、甚，例不以急乎？（《孟子》〈滕文公下〉）介①因爲，例以多而勝。②由。③於，例衆叛親離，難以濟矣。（《左傳》〈隱公四年〉）④依，按照。⑤與，例時不以也。⑥及，例富以其鄰。（《易經》〈小畜〉）⑦用於前、後、左、右、上、下等字之上，以表示空間或時間，例以前、以上、以外。連而，且，例亡國之音哀以思。（《禮記》〈樂記〉）助無義，例可以託六尺之孤。（《論語》〈泰伯〉）

◆以後、以一儆百、以友輔仁、以卵投石、以身作則、以身試法、以德報怨、以逸待勞、以管窺天、以貌取人、以寡敵衆　可以、良有以也、引領以望。

05【付】ㄈㄨˋ fù 名①量詞，器物一套稱一付，例一付耳環。②通「祔」；祭名。動①把事物交給別人。②支付錢財，例付款。③對待，例對付、應付。

◆付印、付託、付訖、付梓、付之一笑、付諸東流。

05【仞】ㄖㄣˋ rèn 名周代長度名，以八尺或七尺爲一仞。動①測量深度。②通「認」；辨識。③通「牣」；充滿。

05【仟】ㄑㄧㄢ qiān 名①同「千」；數目名，是千的大寫，例仟萬。②同「阡」；田間通南北的小路，例南北曰仟，東西曰佰。(《風俗通》)形同「芊」；草木茂盛的樣子，例仟仟。

四畫

06【仰】(一) ㄧㄤˇ yǎng 名姓，宋有仰忻。動①抬頭，例仰不愧於天。(《孟子》〈盡心〉)②敬慕，例久仰。③書信用語，例仰瞻風采。 (二) ㄧㄤˋ yàng 動依賴。

◆仰仗、仰望、仰慕、仰賴、仰人鼻息 景仰、敬仰、企仰、俯仰、瞻仰。

06【仲】ㄓㄨㄥˋ zhòng 名①兄弟，例昆仲。②姓，漢有仲光。形①按月令分每季爲孟、仲、季，仲是位於當中的，例仲春、仲夏。②兄弟排行用伯、仲、叔、季，仲是第二，例仲子。

06【仳】ㄆㄧˇ pǐ 動分離，例汝以一念之貞，遇人仳離。(袁枚〈祭妹文〉)

06【任】(一) ㄖㄣˋ rèn 名①職責，例仁以爲己任。(《論語》〈泰伯〉)②官吏所守的職務，例卸任。動①委派、用，例任用。②擔當，例擔任。③聽憑、恣意，例任其自然。④相信，例信任。⑤通「妊」；懷孕。副無論，例任我怎麼遊說，他都不妥協。 (二) ㄖㄣˊ rén 名姓，秦有任囂。動①勝任。②抵當。③負擔。④信賴。形通「壬」；奸佞。

◆任用、任何、任事、任命、任務、任期、任意、任憑、任重道遠、任勞任怨 上任、主任、赴任、放任、責任。

06【仵】ㄨˇ wǔ 名①「仵作」：古代官署中檢驗屍體者，今稱法醫；亦作伍作。②姓，明有仵瑜。形相同。

06【件】ㄐㄧㄢˋ jiàn 名①計算事物的單位，例兩件衣服、三件事。②物品、器具，例配件、零件。

06【价】㈠ㄐㄧㄝˋ jiè 名僕役，例小价、貴价。動通「介」；披甲的意思，例价人。形善、大的樣子。 ㈡ㄐㄧㄚˋ jià「價」的簡化字。

06【份】㈠㈡ㄅㄧㄣ bīn 形同「彬」，例份份君子。㈡ㄈㄣˋ fèn 名①整體中的一個單位，例股份。②量詞，稱一組或一件，例一份工作。

06【仿】(髣)(倣) ㄈㄤˇ fǎng 動效法，例仿古、模仿。副①相似。②仿照，例仿製、仿造。

06【企】ㄑㄧˋ qì 動①提起腳跟。②盼望。

◆企望、企圖、企慕、企踵。

06【伙】ㄏㄨㄛˇ huǒ 名①雜物，如稱家庭日常用具爲傢伙。②同「夥」；同在一處生活或工作的人，例同伙、合伙。③飯食，例伙食。

◆伙夫、伙計、伙伴、伙食團。

06【伉】ㄎㄤˋ kàng 名①配偶，例伉儷。②姓。動同「抗」；抵當，例天下莫之能伉。(《戰國策》〈秦策〉)形①高大。②强健，例選伉健習騎射者皆從軍。(《漢書》〈宣帝紀〉)③剛直，例事勝辭則伉。(揚雄《法言》)④驕縱。

06【伊】ㄧ yī名姓，商有伊尹。 代①第二人稱代名詞，指你的意思。②第三人稱代名詞，彼、他、她，例所謂伊人，在水一方。(《詩經》〈秦風・蒹葭〉)動是。助①發語詞。②文言助詞，剛剛。

06【伋】ㄐㄧˊ jí 形「伋伋」：虛僞奸詐的樣子。

06【伎】㈠ㄐㄧˋ jì 名①通「技」；技藝、才能。②通「妓」；古代以歌舞來娛賓客的女子。③智巧。 ㈡ㄓˋ zhì 動傷害。

06【伕】ㄈㄨ fū 名任勞役，做粗工的人，例車伕、力伕、挑伕。

06【伍】ㄨˇ wǔ 名①古代的軍隊編制，以五人爲伍。②古代基層的民政組織，以五家爲一伍。③同「五」；今則用伍以表大寫的數目字。④姓，春秋楚有伍子胥。動參雜、雜處。

06【休】㈠ㄒㄧㄡ xiū 名①福祿。②姓。動①歇息，例休憩。②終止，例休業。③丈夫向妻子解除婚約，例休妻。④

辭退官職，例官應老病休。(杜甫〈旅夜書懷詩〉)⑤喜悅。形①吉利、善美，例休德。②安。副不要，不可，例休再提起。助同「了」；語尾助詞。(二) ㄒㄩˇ shiǔ 動①通「煦」；使溫暖。②發出憐惜聲。

◆休兵、休息、休假、休閒、休業、休養、休學、休戚相關　干休、退休、罷休。

06【伐】ㄈㄚ fā 又讀ㄈㄚˊ fá 名①功績、功勞。②媒人。動①砍，例伐木。②征討，例伐罪。③自誇，例伐善。

◆步伐、討伐、殺伐、攻伐、砍伐。

06【伏】(一) ㄈㄨˊ fú 名①時令名。自夏至後第三庚日起，三十日內，稱為伏天，是夏季最熱的時期。②潛隱的兵衆。③通「服」，例伏侍。④車軾，即車廂前面可依靠的橫木。⑤姓，漢有伏勝。⑥中藥泡製法之一，將某些中藥浸泡後置入容器中使其變軟，叫做伏。動①覆，以面向下。②隱藏。③屈服。④通「服」；佩服，承認，例不伏輸。形隱藏不露的，例伏筆。副信函中用的敬詞，例伏惟，伏祈。(二) ㄈㄨˋ fù 動抱卵，例雄雞伏子。(《漢書》〈五行志〉) (三) ㄈㄨˇ fǔ 動通「匐」，例蒲伏。

◆伏法、伏案、伏貼、伏筆、伏罪　三伏、初伏、俯伏、埋伏。

五　畫

07【估】(一) ㄍㄨ gū 又讀ㄍㄨˇ gǔ 動①論物價，例估價。②忖度、料量，例估量。形出售的舊衣，例估衣。
(二) ㄍㄨˋ gù；ㄍㄨˇ gǔ 名①市稅。②商人，例估客。

07【伯】(一) 讀音 ㄅㄛˊ bó 語音ㄅㄞˇ bǎi 名①兄長，古人以伯、仲、叔、季為兄弟長幼排行的次序，伯最大。②稱父親的哥哥，例大伯、二伯。③尊稱年齡或輩分高的人，例世伯。④妻子稱丈夫的哥哥為伯。⑤爵名，古代封建制度裡公侯伯子男五等爵位的第三等。⑥稱擅長某種才藝的人，例詩伯。⑦姓，春秋魯有伯虔。(二) ㄅㄚˋ bà 名古稱諸侯的盟主，後人恐與侯伯的伯字混淆，於是改用霸字。

07【伴】(一) ㄅㄢˋ bàn 名同在一起而能互助的人，例夥伴。動陪同，例陪伴。(二) ㄆㄢˋ pàn 形自在、悠然，例伴奐。

◆伴奏、伴侶、伴郎、伴娘　同伴、

老伴、玩伴、遊伴、攜伴。

07【伶】ㄌㄧㄥˊ líng 名①稱以演戲為職業的人，例女伶。②中國少數民族，屬西南僰撣族系，散布於廣西省極北邊，以種山、獵獸為生。③姓，漢有伶元。形孤獨，例孤苦伶仃。

◆伶人、伶俐、伶牙俐齒。

07【伸】ㄕㄣ shēn 名姓。動①舒展，例伸懶腰。②使物體由彎、短的狀態變直、變長，例伸直。③通「申」；表白，例伸冤。④事理的展延。

◆伸張、伸縮、伸舌嘖嘴、伸頭探腦。

07【伺】㈠ㄙˋ sì 動偵察，例伺敵情。 ㈡ㄘˋ cì 動服侍，例伺候。

07【似】（佀）ㄙˋ sì 動①像、相類，例相似。②繼嗣，例似續。③奉、與，例今日把似君。（賈島〈劍客詩〉）副似乎是，表示擬議而未確定之詞，例似有不當之處。連比擬而表示差等的詞。

07【伽】ㄑㄧㄝˊ qié 名加速度的單位，記作 Gal，一伽等於1公分/秒^2，名稱由於伽利略而來。

07【佃】ㄉㄧㄢˋ diàn 名承租他人田地耕種的人，例佃農、佃戶。動①耕種。②同「畋」；田獵。

07【但】ㄉㄢˋ dàn 名姓，漢有但欽。副①僅、只，例但見一人。②只要，例但使龍城飛將在，不教胡馬度陰山。（王昌齡〈出塞詩〉）③儘管，例但說無妨。連不過。

07【佇】ㄓㄨˋ zhù 動①久立，例佇立。②盼望，例佇望。③通「貯」；累積。

07【低】ㄉㄧ dī 動垂下，例低頭。形高的反面；矮或下，例單扉低下，白間短窄。（文天祥〈正氣歌序〉）副①低低地，例低垂。②低聲地，例小紅低唱我吹簫。（姜夔〈過垂虹橋詩〉）

◆低劣、低沉、低迷、低能、低潮、低三下四、低聲下氣。

07【位】ㄨㄟˋ wèi 名①所在的地方，例地位。②等級，例爵位。③列中庭之左右。④事物的準則，例單位。⑤尊稱人的量詞，例諸位。動①在、處，例香港位於交通緩衝之地。②安排，例位置。

◆位子、位置、位卑言輕 各位、方位、列位、座位、本位、職位。

07【住】ㄓㄨˋ zhù 動①長期居留。②歇宿，例只住一夜。③停止，例兩岸猿聲啼不住。(李白〈早發白帝城詩〉)④留下，例去住彼此無消息。(杜甫〈哀江頭詩〉)副①牢固、穩當，例記住。②得到，例捉住他。

◆住民、住宅、住址、住所、住持、住家　居住、站住、拿住、穩住。

07【佐】ㄗㄨㄛˇ zuǒ 名指助理的人員，例縣佐、軍佐。動①輔助，例輔佐。②勸。

◆佐料、佐證、佐膳。

07【佈】ㄅㄨˋ bù 動通「布」；例佈置。

◆佈告、佈防、佈景、佈道、佈達、佈置、佈告欄。

07【佑】ㄧㄡˋ yòu 動扶助、庇護，例庇佑。

07【何】㈠ㄏㄜˊ hé 名姓，明有何三傑。代那裡，疑問代詞，例理由何在？形什麼，表疑問，例何事？何物？副為什麼、怎麼。歎多麼。　㈡ㄏㄜˋ hè 動①通「荷」。②當。③負荷。

◆何干、何必、何妨、何況、何苦、何啻、何處、何謂、何嘗、何足掛齒。

07【体】㈠ㄊㄧˇ tǐ 名「體」的簡化字。　㈡ㄅㄣˋ bèn 名舉柩的人。形①同「笨」；粗俗。②頑劣。

07【佔】㈠ㄓㄢˋ zhàn 動強力奪取，據為己有，例佔據，佔領。　㈡ㄓㄢ zhān 動同「覘」；看，視，例佔畢。

07【佗】ㄊㄨㄛˊ tuó 動負荷。動雍容自得的樣子，例委委佗佗。

07【佚】㈠ㄧˋ yì 名①過失。②姓，春秋鄭有佚之狐。動通「遺」；亡失，例遺佚、佚名。形①通「逸」；放蕩，例男女淫佚。(《漢書》〈刑法志〉)②美。　㈡ㄉㄧㄝˊ dié 動通「迭」；更。

07【余】㈠ㄩˊ yú 名①同「餘」。②陰曆四月。③姓，明有余恭。代我，例余怎敢違背。　㈡ㄊㄨˊ tú 名山名，在蒙古沙漠以北。

07【佘】ㄕㄜˊ shé 名姓，宋有佘起。

07【佛】㈠ㄈㄛˊ fó 名佛學梵語 Buddha 譯音的簡稱，意為覺者，佛教徒稱得道的人為佛，特指釋迦牟尼。動通「拂」；戾，違逆。形仁慈的，例佛口蛇心。副即彷佛。　㈡ㄅㄧˋ bì 名姓。動通「弼」；輔佐。　㈢ㄅㄛˊ bó 形興起的，例佛然。

◆佛法、佛性、佛門、佛海、佛堂

07【作】㈠ㄗㄨㄛˋ zuò 名①優美的詩文書畫與藝術品稱爲作，例佳作，名作。②事業。③古時懲罰輕罪的刑罰。動①興起。②起立。③創作，例述而不作。(《論語》〈述而〉)④造。⑤同「做」；爲，例作事、作工。⑥進行、舉行，例作戰，作簡報。⑦成爲，當做，例認賊作父。⑧感覺，例作冷。⑨裝出，例故作怒容。㈡ㄗㄨㄛˇ zuǒ 動爲，造，俗作「做」。 ㈢ㄗㄨˇ zǔ 名同「詛」；呪詛，例侯作侯祝。(《詩經》〈大雅・蕩〉) ㈣ㄗㄨㄛ zuō 名工人工作的地方，例作坊。動怨謗。

◆作主、作用、作弄、作伴、作東、作爲、作風、作保、作祟、作梗、作揖、作假、作亂、作踐、作弊、作法自斃、作威作福、作惡多端、作繭自縛 大作、工作、發作、創作、裝腔作勢。

07【佝】㈠ㄎㄡˋ kòu 名一種軟骨病，因骨質缺乏石灰質所致，例佝僂。 ㈡ㄐㄩ jū 動同「拘」。

07【佞】ㄋㄧㄥˋ nìng 名才能，常作自謙之詞，例不佞。動諂媚。形巧言善辯而心術不正。

07【佟】ㄊㄨㄥˊ tóng 名姓，清有佟岱。

07【佢】ㄐㄩˊ jú 代粵東地區稱「他」爲佢。

07【你】(妳)ㄋㄧˇ nǐ 代第二人稱代名詞，例你我之間。

07【佣】ㄩㄥˋ yòng 名①買賣貨物中間人所得的酬勞，例佣金。②大陸用作「傭」(ㄩㄥ)的簡化字。

六畫

08【佩】ㄆㄟˋ pèi 名①通「珮」；古人繫在腰帶上的一種飾物，例玉佩。②泛稱身上的裝飾品。動①繫物於帶，例佩劍。②敬仰信服、心悅誠服，例敬佩。

◆欽佩、銘佩、佩服 環佩。

08【佯】ㄧㄤˊ yáng 名中國少數民族名，屬西南僰撣族系；散布於貴州省東部深山區，以耕山、漁、獵爲生。副詐僞，例佯狂。

08【佰】㈠讀音ㄅㄛˊ bó 語音ㄅㄞˇ bǎi 名①數目名，百的大寫。②古代一百個錢稱爲佰。③古時軍制中掌管一百人的長官。 ㈡ㄇㄛˋ mò 名通

「陌」，例仟佰。

08【佳】ㄐㄧㄚ jiā 形美好的，良好的，例佳音、佳人、佳日。名姓，明有佳正。

◆佳句、佳作、佳期、佳節、佳境、佳麗、佳偶天成。

08【佴】(一)ㄦˋ èr 動次、居止。 (二)ㄋㄞˋ nài 名姓。

08【使】(一)ㄕˇ shǐ 名奉命到外國執行任務或留駐的外交長官，例駐韓大使。動①命令、役使。②用錢亦稱使。③派遣。④可、行，例使得不使得。⑤縱任，例使氣、使酒。副假設，如果。 (二)ㄕˋ shì 動出使。

◆使令、使用、使者、使命、使得、使喚、使館 公使、出使、遣使、假使。

08【佹】ㄍㄨㄟˇ guǐ 動戾，違。形①通「詭」；奇異的，例佹辯、佹詞。②幾乎的意思，例佹佹。副偶然，例佹得佹失。

08【佻】(一)ㄊㄧㄠˊ tiáo 動竊取。形偷薄，例輕佻。 (二)ㄧㄠˊ yáo 動延緩。 (三)ㄊㄧㄠ tiāo 形輕薄放縱的樣子，例佻㒓。 (四)ㄊㄧㄠˇ tiǎo 動懸物。

08【佼】ㄐㄧㄠˇ jiǎo 名①狠詐。②姓，南朝宋有佼長生。形美好。

08【佽】ㄘˋ cì 動①幫助。②便利，例決拾既佽。(《詩經》〈小雅・車攻〉)

08【來】〔来〕(一)ㄌㄞˊ lái 名①麥的本字。②姓，唐有來俊臣。動①至，例有朋自遠方來。(《論語》〈學而〉)②招致。③還，歸。④以來、以還，自某時至今，例夜來。形①將來的，例來日方長。②有餘，常用於數詞或量詞間，例十來寸、二十來斤。副表動作的趨勢，例颳起風來。助①是，句中語助詞。②咧，啊，句末語氣詞。③麼、啊，句中語氣詞。 (二)ㄌㄞˋ lài 動同「徠」；慰勞、安撫。

◆來往、來意、來源、來賓、來歷、來日方長、來者不拒、來龍去脈 未來。

08【佾】ㄧˋ yì 名古時樂舞的行列，八人一行叫一佾。如八佾是八個人一列，有八列，一共六十四人。

08【侁】ㄕㄣ shēn 名通「莘」；商代侯國名。形①行走的樣子。②通「駪」；馬羣

爭先行走的樣子。

08【侃】(偘) ㄎㄢˇ kǎn 形①剛直。②和樂的樣子。③從容不迫的樣子。

08【侈】ㄔˇ chǐ 名不正當的行爲。形①鋪張浪費，例奢侈。②誇大不實。③多，過分。④大。

08【侉】ㄎㄨㄚˇ kuǎ 名河北、淮南等處謂山東人爲侉子。形通「夸」；蠢，大。

08【例】ㄌㄧˋ lì 名可做依據或標準的事物，例法例、條例。動比類、比照，例以古例今。

◆例子、例外、例如、例句、例言、例假、例證、例行公事 常例、破例、範例、舉例、以此例彼、下不爲例。

08【侏】ㄓㄨ zhū 名①古代西部少數民族樂名。②姓。形①短小，例侏儒。②無道。

08【侍】ㄕˋ shì 名①服侍或隨從他人的人，例侍從。②服務生的簡稱。動①承。②服務者在尊者之側。③伺候，例服侍父母時要和顏悅色。

◆侍女、侍從、侍者、侍奉、侍衛。

08【侑】ㄧㄡˋ yòu 動①輔助。②勸人飲食。③報答。④通「宥」；饒恕。

08【侔】ㄇㄡˊ móu 動①齊等，例相侔、不侔。②同「牟」；獲取。

08【侖】〔仑〕(崘)(崙) ㄌㄨㄣˊ lún 名①山名，即崑崙山。②神名。動反省，自我檢討。

08【侗】(一) ㄊㄨㄥ tōng 形①大。②無知。 (二) ㄊㄨㄥˊ tóng 名通「僮」；僮稚。(三) ㄊㄨㄥˇ tǒng 副無罣礙。

08【侘】ㄔㄚˋ chà 動同「詫」。形失志的樣子，例侘傺。

08【供】(一) ㄍㄨㄥ gōng 名答覆法官審訊之事，例口供、筆供。動①給，例供給。②在法庭陳說，例供認、招供。(二) ㄍㄨㄥˋ gòng 名供奉的物品。動①陳設。②奉。

◆供求、供述、供詞、供給、供養、供不應求、供過於求。

08【佌】ㄘˇ cǐ 形小，例佌佌。

08【佬】(一) ㄌㄧㄠˊ liáo 形大的樣子。 (二) ㄌㄠˇ lǎo 名廣東人稱成年男子爲佬，故引申爲對男人稍帶譏諷或輕視的稱呼，例大闊佬、北方佬。形大的樣子。

08【併】ㄅㄧㄥˋ bìng 動①本爲相對立之意，今則兼指同時排列，例合併。②競。③通「摒」；除去。

08【依】㈠ㄧ yī 動①倚靠，例母子相依爲命。②按照，例依樣畫葫蘆。③順從，例你就依他吧！④允許，例你這幾個條件我都依了。⑤饒、恕，例我必和你不依。⑥傍靠，例白日依山盡，黃河入海流。（王之渙〈登鸛鵲樓詩〉）形通「鬱」；樹木很茂盛的樣子。副不忍分離的樣子，例依依。㈡ㄧˊ yí 名門和窗之間的地方。動譬喻。

◆依次、依依、依偎、依然、依稀、依照、依賴、依據、依人籬下、依山傍水、依然故我。

七畫

09【侵】㈠ㄑㄧㄣ qīn 名①荒年，凶年。②姓。動①掠奪，例侵佔。②進兵攻打別國，例入侵。副漸進。㈡ㄑㄧㄣˇ qǐn 形貌醜。

◆侵犯、侵略、侵奪、侵擾、侵襲。

09【侮】ㄨˇ wǔ 名①賤稱，山西、陝西一帶罵奴婢的話。②輕慢。動欺凌。

09【侯】ㄏㄡˊ hóu 名①箭靶。②五等爵的第二等稱爲侯爵。③州牧。④歐洲封建時代的爵位名。⑤古時也用作士大夫之間的尊稱。⑥姓，唐有侯君集。連何，表疑問。助通「兮」；語助詞。

09【侶】ㄌㄩˇ lǚ 名同伴，例伴侶。動與之爲侶。

09【偊】ㄩˊ yú 形①通「局」；窄小。②通「跼」，「偊促」：狹小不安適的樣子。

09【俁】ㄩˇ yǔ 形大的樣子，例俁俁。

09【係】（系）ㄒㄧˋ xì 動①同「繫」；綑綁。②關連，例關係。③是，例委係、實係。

09【促】ㄘㄨˋ cù 名「促織」：即蟋蟀，屬節肢動物昆蟲綱。居土穴中，善鳴。動①靠近。②催迫，例督促。形①急。②短促。

◆促狹、促進、促膝 迫促、催促、急促、偊促、敦促。

09【俄】㈠ㄜˊ é 形傾斜。副同「蛾」，須臾。㈡ㄜˋ è 名俄羅斯的簡稱。

09【便】㈠ㄅㄧㄢˋ biàn 名糞、尿，例大便、小便。動①適宜，例便於公，利於民。②方便，便利。③熟習。形別於正式的，例便衣、便服。副即、就，例稍爲疏忽，便有差錯。㈡ㄆㄧㄢˊ pián 名①「便宜」：物價低廉，獲得利益。②姓。

◆便佞、便酌、便捷。

09【俅】ㄑㄧㄡˊ qiú 動戴。形冠飾的樣子。

09【俊】(儁)(雋) ㄐㄩㄣˋ jùn 名品德、才能超出常人的人，例俊彥。形①容貌秀美。②通「峻」；大的、傑出的。

09【保】ㄅㄠˇ bǎo 名①被僱的傭工，例酒保。②舊時地方自治組織，例保甲。③姓，清有保希賢。動①替人擔當責任，例保證。②養護。③守衛。④安。⑤占有。

◆保守、保存、保全、保佑、保育、保持、保重、保送、保留、保健、保障、保管、保衛、保證、保釋、保護人保、太保、擔保、鋪保、朝不保夕。

09【俍】ㄌㄧㄤˊ liáng 名①良工爲俍。②中國邊疆民族，屬西南僰撣族系。

09【俎】ㄗㄨˇ zǔ 名①古代祭祀時，用來載置牲品的禮器。②廚房用的切菜板，俗稱砧板，例如今人方爲刀俎，我爲魚肉。③几屬。④姓。

09【俏】ㄑㄧㄠˋ qiào 動相似，例俏似。形①體態輕盈，容貌俊美，例俏佳人、俏麗。②商品的銷路好，價格提高，例市價挺俏。③輕佻，例俏皮。

09【俐】ㄌㄧˋ lì 形①聰明的樣子，例伶俐。②「俐落」：敏捷了當，別無牽連。

09【俑】㈠ㄊㄨㄥ tōng 形痛。㈡ㄩㄥˇ yǒng 名古時殉葬用的偶人。

09【俔】㈠ㄑㄧㄢˋ qiàn 動譬喻。㈡ㄒㄧㄢˋ xiàn 名測風儀器。動譬喻。形通「覞」。副不常見到但偶爾可見的。

09【信】㈠ㄒㄧㄣˋ xìn 名①書函，例書信。②憑證。③消息，例信息。④再宿爲信，例信宿。⑤確實，例信而有徵。⑥姓，宋有信元昌。動①聽從、不疑。②任意，例信手拈來。形誠實，例信用。㈡ㄕㄣ

shēn 動通「伸」。

◆信心、信用、信任、信仰、信步、信奉、信念、信物、信服、信息、信口開合、信口雌黃、信賞必罰 音信、誠信、寄信。

09【俗】ㄙㄨˊ sú 名①社會上一般人的習慣，例習俗。②世人，一般人。形①粗鄙的，例鄙俗。②大衆化的，淺近易解的，例通俗。③平凡的，例俗士，俗人。④社會上流行的，例俗語、俗諺。

◆俗名、俗尚、俗念、俗流、俗套、俗氣、俗稱、俗不可耐 世俗、風俗、陋俗、粗俗。

09【俞】(一)ㄩˊ yú 名姓，明有俞舜臣。動答應，允諾之詞，例俞允。 (二)ㄩˋ ìu 動同「瘉」；病瘉。

09【俘】ㄈㄨˊ fú 名戰時擒獲的敵人，例戰俘。動①擄獲。②罰。

09【俠】〔侠〕(一)ㄒㄧㄚˊ xiá 名①扶弱抑强的人，例俠客。②姓，戰國韓有俠累。動以力輔佐弱者，例任俠。(二)ㄐㄧㄚˊ jiá 動同「夾」；並、傍。

◆俠氣、俠盜、俠義、俠骨柔腸。

09【俚】ㄌㄧˇ lǐ 名少數民族名。形①鄙俗，例俚語。②聊、賴，即無聊之意，例無俚。

09【俙】ㄒㄧ xī 動①爭訟。②感動。

19【俛】(一)ㄈㄨˇ fǔ 動同「俯」；低垂之貌。(二)ㄇㄧㄢˇ miǎn 動同「勉」；勤勞的樣子。

09【俟】(竢)(一)ㄙˋ sì 動等待。形大。(二)ㄑㄧˊ qí 名万俟，複姓。

八畫

10【俱】ㄐㄩˋ jù 動①偕、同。②在一起。副皆、都，例萬事俱備。

10【俯】(俛)ㄈㄨˇ fǔ 動低頭向下，爲仰的相對詞，例仰不愧於天，俯不怍於人。(《孟子》〈盡心上〉)副上對下之意，例俯允。

◆俯伏、俯仰、俯首、俯就、俯衝、俯瞰、俯首帖耳、俯拾即是。

10【俳】ㄆㄞˊ pái 名①戲劇演員，例俳優。②癱瘓。形不莊重的、詼諧的，例俳諧。

10【修】(脩) ㄒㄧㄡ xiū 名賢德的人，例仰慕前修。動①整治，例修建。②妝飾。③研習，例修道。④削剪，例修指甲。⑤編纂、撰寫。形①長，例修竹。②善。

◆**修行、修身、修葺、修訂、修建、修書、修理、修飾、修養、修學、修辭 自修、前修、進修、整修、重修舊好。**

10【俴】ㄐㄧㄢˋ jiàn 形淺。

10【俶】(一) ㄔㄨˋ chù 名善。動①開始。②同「束」；整，例俶裝。形厚貌。 (二) ㄊㄧˋ tì 動通「倜」；高舉之意。

10【俸】ㄈㄥˋ fèng 名國家給辦事人員的薪資、酬勞，例薪俸。

10【俺】ㄢˇ ǎn 代北方人稱呼自己爲俺，例俺自有道理。(《水滸傳》〈第二回〉)形大。

10【俾】ㄅㄧˋ bì 又讀ㄅㄟ bēi 動①助益，例俾益。②使。③從。

10【倀】〔伥〕ㄔㄤ chāng 名相傳被老虎咬死，爲求自己靈魂解脫，而助虎食人的鬼，例爲虎作倀。動行爲瘋狂，不知所爲的樣子，例倀倀。

10【倔】(一) ㄐㄩㄝˊ jué 動特起，例倔起。形態度頑强不屈的樣子，例倔强。 (二) ㄐㄩㄝˋ juè 形言語粗直的樣子。

10【倅】ㄘㄨㄟˋ cueì 形副的，例倅貳。

10【倉】〔仓〕ㄘㄤ cāng 名①儲藏穀糧或屯聚物品的地方，例米倉、貨倉。②同「艙」；船的內部，例船倉。③姓，三國魏有倉慈。形①急迫、匆忙的樣子，例倉卒。②通「蒼」；青色。

10【倍】ㄅㄟˋ bèi 動①通「背」；反叛、違背之意。②背誦。形照原數增加若干份叫「倍」，例事半功倍。副更加、益增，例每逢佳節倍思親。(王維〈九月九日憶山東兄弟詩〉)

10【倒】(一) ㄉㄠˇ dǎo 動①仆倒。②不能支持，例倒閉。 (二) ㄉㄠˋ dào 動①上下易位，例倒置。②傾出，例倒茶。③倒退，例倒車。副①卻，例這倒有意思。②反而。

◆**倒戈、倒栽、倒退、倒彩、倒閉、倒運、倒楣、倒影、倒行逆施、倒持泰阿 昏倒、跌倒、顛倒、傾倒、壓倒。**

10【候】ㄏㄡˋ hòu 名①隨時變化的情狀，例火候。②時令。③古代送迎賓客的官。動①等待企望，例等候。②探望，例問候。③占卜。

◆症候、時候、氣候、節候、徵候。

10【倌】ㄍㄨㄢ guān 名①小臣或妓女的別稱，例倌人。②茶館酒肆中的侍役。③農村中專管飼養家畜的人，例牛倌。

10【個】〔个〕(箇) (一) ㄍㄜˋ gè 名①數量詞，例一個、二個。②指人的身材或東西的體積，例高個兒。③指事物的整體，例個個爭先。④十進位法的第一位，例個位、十位。形①指示形容詞，例這個。②單一的，各別的，例個性、個人。(二) ˙ㄍㄜ gē 名①表示純或最低限度。②一、一個，例寫個字。助作爲加强語氣的語中助詞，例吃了個蘋果。

10【倫】〔伦〕ㄌㄨㄣˊ lún 名①人際間的正常關係，例人倫。②輩、類，例超羣絕倫。③條理次序，例語無倫次。④姓，明有倫文敍。

◆五倫、不倫不類、無與倫比、天倫之樂。

10【倚】ㄧˇ yǐ 名姓，春秋楚有倚相。動①依靠，例倚牆而立。②偏側於某一方。③仗恃，例倚勢凌人。形不正，偏，例不偏不倚。

◆倚仗、倚賴、倚靠、倚老賣老、倚門賣笑。

10【倘】(一) ㄊㄤˇ tǎng 形同「惝」；自失貌。連設若、如果，爲假設之詞，例倘若。(二) ㄔㄤˊ cháng 動徘徊，例倘佯。

10【倓】ㄊㄢˊ tán 副安然不疑的樣子。

10【倪】ㄋㄧˊ ní 名①頭緒、分際，例端倪。②弱小之稱，例旄倪。③姓，漢有倪寬。

10【借】ㄐㄧㄝˋ jiè 動①非自己所有而暫時取用他人的財物，例借貸。②將自己的所有物暫時給人使用。③幫助。④贊許，例獎借。副通「藉」；假使。

◆借用、借問、借重、借據、借刀殺人、借花獻佛、借屍還魂、借題發揮。

10【倜】ㄊㄧˋ tì 動高擧。形不受拘束的樣子，例倜儻。

10【倡】㈠ㄔㄤˋ chàng [動]①導引、發起。②同「唱」；歌唱時一人首先發聲。③作樂。㈡ㄔㄤ chāng [名]①古時的樂人，[例]倡優。②通「娼」；妓女，[例]倡妓。[形]通「猖」；狂妄。

10【倢】㈠ㄐㄧㄝˊ jié [名]同「婕」；漢官名。「倢伃」：漢武帝所制女官名，位視上卿，爵比列侯。[形]①便利。②健勇。③快速。④喜悅。[副]斜出的意思。㈡ㄑㄧㄝˋ qiè [形]「倢倢」：暗中所說的讒言。

10【倭】㈠ㄨㄛ wō [名]身材矮小的人種，我國從前以此稱呼日本民族，[例]倭寇。㈡ㄨㄟ wēi [形]很遠的樣子，[例]倭遲。

10【值】㈠ㄓˊ zhí [名]①物件的價錢，[例]價值。②運算數學式所得的結果，[例]平均值。[動]①當，[例]值班。②逢遇，[例]適值。③抵得上，[例]值多少。㈡ㄓˋ zhì [動]持。

10【倦】(勌) ㄐㄩㄢˋ juàn [動]①身心疲憊，[例]疲倦。②厭煩。③踞。
◆倦怠、倦游、倦勤。

10【倨】ㄐㄩˋ jù [動]①微曲，[例]倨身。②同「踞」；伸開腳坐著。[形]傲慢不謙遜。

10【倩】㈠ㄑㄧㄢˋ qiàn [名]古時男子的美稱。[形]笑起來口頰很美的樣子。㈡ㄑㄧㄥˋ qìng [名]婿的美稱，[例]妹倩、賢倩。[動]請人代爲做事，[例]倩人抄寫。

10【倥】㈠ㄎㄨㄥ kōng [形]「倥侗」：童蒙無知的樣子。㈡ㄎㄨㄥˇ kǒng [形]「倥傯」：①事務迫促忙碌的樣子。②愁困。

10【倞】㈠ㄐㄧㄥˋ jìng [形]同「勁」；强。㈡ㄌㄧㄤˋ liàng [動]索求。[形]遼遠。

10【倬】ㄓㄨㄛˊ zhuó [形]光大而顯著。

10【倆】㈠ㄌㄧㄤˇ liǎng [名]技術、本領，[例]伎倆。㈡ㄌㄧㄚˇ liǎ [形]兩個，[例]我倆。

10【們】〔们〕㈠讀音ㄇㄣˊ mén 語音·ㄇㄣ men [代]儕輩，附於名詞或代名詞之下，爲表示多數的語尾，[例]他們、兄弟們。㈡ㄇㄣˋ mèn [形]「們渾」：肥滿的樣子。

10【倖】ㄒㄧㄥˋ xìng [形]①同「幸」；意外非分之獲得或避免，[例]僥倖。②寵愛的、親近的，例倖臣。

10【倮】ㄌㄨㄛˇ luǒ 動同「裸」；裸露。

10【倣】ㄈㄤˇ fǎng 動依照、效法；本字為「仿」，例倣造。

10【俵】ㄅㄧㄠˇ biǎo 動分物給人。

10【倷】ㄋㄞˋ nài 名俗稱你為「倷」。

九 畫

11【假】(叚)㊀ㄐㄧㄚˇ jiǎ 名姓，漢有假倉。動借，例假手於人。形虛偽的、不眞的，例虛情假意。連假設詞，如果之意，例假使。
㊁ㄐㄧㄚˋ jià 名休息的時候，例請假。動以物貸人。 ㊂ㄒㄧㄚ xiā 形美、嘉。㊃ㄍㄜˊ gé 動到、至。

◆**假日、假托、假如、假定、假若、假冒、假設、假寐、假造、假象、假意、假公濟私、假仁假義、假戲眞做休假、作假、放假、虛假。**

11【做】ㄗㄨㄛˋ zuò 動①為，例做工。②舉辦，例做生日。③佯裝。④使，例便做春江都是淚，流不盡，許多愁。（秦觀〈江城子詞〉）

◆**做主、做弄、做作、做活、做賊心虛。**

11【偌】ㄖㄨㄛˋ ruò 副如此、那麼，例偌大、偌多。

11【偎】ㄨㄟ wēi 動親近地依傍著。

11【偕】ㄐㄧㄝ jiē ㄒㄧㄝˊ xié 動調和、和諧。形遍。副共同、一起，例與子偕老。（《詩經》〈邶風・擊鼓〉）

11【停】ㄊㄧㄥˊ tíng 名俗稱數的成分為停，例三停去了兩停。動①中止，例停戰。②擱置，暫住，例洞房昨夜停紅燭，待曉堂前拜舅姑。（朱慶餘〈近試上張水部詩〉）

◆**停工、停止、停留、停頓、停業、停滯、停課、停辦、停雲落月。**

11【偷】(媮)ㄊㄡ tōu 動①暗中將他人之物占為己有。②暗中活動，不使人知，例偷溜、偷看。③抽出，例忙裡偷閒。形①苟且，例故舊不遺，則民不偷。（《論語》〈泰伯〉）②澆薄。

◆**偷生、偷安、偷空、偷懶、偷襲、偷竊、偷工減料、偷天換日。**

11【偉】〔伟〕ㄨㄟˇ wěi 名姓，漢有偉

璋。形奇異、盛大、壯美之意。

◆偉人、偉大、偉岸、偉器　奇偉、雄偉、魁偉、豐功偉業。

11【偓】ㄨㄛˋ wò 形拘限愚蠢的樣子，例偓促。名姓，陶唐氏有偓佺。

11【偈】㈠ㄐㄧㄝˊ jié 形①壯健的樣子。②疾馳的樣子。　㈡ㄐㄧˋ jì 名梵語偈陀之略，義譯爲頌，不論三言、四言乃至多言，必四句，以供吟唱。

11【偏】ㄆㄧㄢ piān 名①半。②領屬。③古戰車二十五乘。形不正不平爲偏，例偏心。副①側重一方，例偏向。②表示出其不意，例偏不湊巧。③表示動作與意願相反，例請他來，他偏不來。④背著，例自然也在閣上偏我吃酒。(《儒林外史》第四十七回)

◆偏方、偏巧、偏安、偏見、偏私、偏房、偏重、偏袒、偏旁、偏執、偏勞、偏愛、偏頗。

11【偟】ㄏㄨㄤˊ huáng 形①通「遑」；閒暇。②通「徨」；彷徨。

11【偭】ㄇㄧㄢˇ miǎn 動違背。

11【偰】ㄒㄧㄝˋ xiè 名①古人名。高辛氏之子，爲商朝的始祖；經傳多作「契」。②姓，明有偰斯。

11【側】〔侧〕ㄘㄜˋ cè 名書法稱點的筆法叫側。動①傾斜，例傾側。②伏。形①不中，即旁邊，例側門。②卑陋。

◆側目、側耳、側身、側室、側面、側重、側媚、側聞、側聽。

11【偲】㈠ㄙ sī 副相互責勉，例偲偲。㈡ㄙㄞ sāi 形多才。

11【偃】ㄧㄢˇ yǎn 名①通「堰」；壅水的土堤。②古地名，春秋時鄖國地名。③姓，周有偃師。動①仰面倒地，例偃仆。②停止，例偃兵。

◆偃仰、偃臥、偃衍、偃蹇、偃武修文、偃旗息鼓。

11【偶】ㄡˇ ǒu 名①泥塑或木雕的人像，例木偶。②成對稱偶，例配偶。③姓，明有偶桓。動遇。形雙數，例偶數。副湊巧、出乎意外的、不是常有的，例偶然、偶一爲之。

◆偶發、偶然、偶爾、偶語棄市。

11【健】ㄐㄧㄢˋ jiàn 名姓，宋有健武。形有力的、不倦的，例天行健，君子以自強不息。(《易經》〈乾卦〉)副易、善，例健忘。

◈健在、健全、健壯、健美、健康、健談、健步如飛。

11【僞】〔伪〕ㄨㄟˋ wèi 動①欺詐，例僞詐。②以人力所爲，例人之性惡，其善者僞也。（《荀子》〈性惡〉）形①假的，例僞證。②僭越竊據的，例僞政權。

◈僞造、僞善、僞裝。

11【偵】〔侦〕ㄓㄣ zhēn 動暗中探查。

◈偵查、偵訊、偵察、偵緝、偵騎。

11【倏】ㄕㄨˋ shù 副原義爲疾行，後引申爲急速短暫，例倏忽。

11【㑲】ㄧˇ yǐ 形哭的餘聲。

11【倕】ㄔㄨㄟˊ chuí 名古代的巧匠名。形重。

11【偁】ㄔㄥ chēng 動通「稱」；讚美。

十　畫

12【傅】㈠ㄈㄨˋ fù 名①輔導者，例師傅。②植物名；俗稱鼓箏草。③姓，漢有傅介子。動①輔導。②同「附」；附著。㈡ㄈㄨ fū 動同「敷」；陳述，例傅納以言。（《漢書》〈文帝紀〉）

12【傍】㈠ㄅㄤˋ bàng 動依附、靠近，例依傍。名姓，唐有傍企本。㈡ㄆㄤˊ páng 形同「旁」；側，例當局稱迷，傍觀見審。（《舊唐書》〈元行沖傳〉）㈢ㄅㄤ bāng 副臨近，例傍晚。

◈傍午、傍偟、傍人門戶、傍若無人。

12【傀】㈠ㄎㄨㄟˇ kuǐ 名「傀儡」：①由人控制演戲的木頭人。②比喻胸無主張，甘心任人操縱者。㈡ㄍㄨㄟ guī 形①獨立的樣子。②奇異，例傀異、傀奇。

12【傒】㈠ㄒㄧ xī 名①東北少數民族名。②姓。㈡ㄒㄧˋ xì 動①通「繫」；囚繫。②本作「徯」；等待之意。

12【傺】ㄔㄞ chāi 形「傺池」：形容參差不齊的樣子。

12【傔】ㄑㄧㄢˋ qiàn 名侍從，例傔從。動通「慊」；饜足。

12【傕】ㄐㄩㄝˊ jué 名用於人名，東漢末有李傕。

12【傑】〔杰〕ㄐㄧㄝˊ jié 名才能出衆的人，例地靈人傑。形①特別優異突

出的，例傑作。②高大的。
◈豪傑、俊傑、雄傑、英傑、傑出。

12【傚】ㄒㄧㄠˋ xiào 動同「效」，例仿傚。

12【傛】ㄖㄨㄥˊ róng 形不安，例傛傛。

12【傖】ㄘㄤ cāng 名稱鄙賤的人。

12【傜】ㄧㄠˊ yáo 名①古代稱兵役或勞動服務。②種族名。中華民族之一支，屬西南苗傜族，多散居於廣西、廣東、湖南一帶山地。形凡物細大不純者稱傜。

12【備】〔备〕(俻) ㄅㄟˋ bèi 名①厚牆。②長的兵器。③裝置，例軍備。動事先有所預防，例有備無患。副盡全，例備嚐辛苦。
◈備用、備考、備取、備案、備註、備而不用　完備、防備、配備、準備、農事備收、。

12【傞】ㄙㄨㄛ suō 副「傞傞」：喝醉酒跳著舞的樣子。

12【傢】(家) ㄐㄧㄚ jiā 名①「傢伙」：⑴日用的家具器物。⑵對人戲謔或輕蔑的稱呼。②「傢俱」：家用器具的統稱；爲「家具」的俗寫。

12【傘】〔伞〕(繖) ㄙㄢˇ sǎn 名①用來遮雨或蔽日，卷舒自如的器具。②傘形的器物，例降落傘。

十一　畫

13【催】ㄘㄨㄟ cuī 動迫、促，用各種方式促使人動作快一點的意思，例催促。

13【傭】(佣) ㄩㄥ yōng 名受僱做事的人，例女傭。動①僱人做事，例僱傭。②用，例近世而不傭。(《荀子》〈非相〉)

13【傳】〔传〕㈠ㄔㄨㄢˊ chuán 動①傳給別人，例傳遞。②教人傳達意思，例傳話。③命令人來，例傳喚。④輾轉流傳，例傳染。⑤發布，推廣，例宣傳。　㈡ㄓㄨㄢˋ zhuàn 名①解釋經義的書，例左傳。②記載人物事蹟的著作，例傳記。③古驛站，例傳舍。④符信。
◈傳人、傳世、傳布、傳令、傳旨、傳言、傳奇、傳神、傳情、傳訛、傳統、傳達、傳薪、傳宗接代。

13【傲】ㄠˋ ào 動多言。形輕慢，自大而看不起的樣子，例傲慢。
◈傲世、傲物、傲骨、傲霜。

13【傴】〔伛〕ㄩˇ yǔ 名駝背。形「傴僂」：①形容背脊彎曲。②俯首恭敬的樣子。

13【傷】〔伤〕ㄕㄤ shāng 名①皮肉破損的地方，例傷口。②喪祭。③姓。動①悲哀，例傷悼。②妨害，例傷風敗俗。③得罪，例出口傷人。④傷害，引申爲毀傷，詆毀。副因過多而厭煩，例吃糖吃傷了。

◈**傷心、傷害、傷神、傷患、傷感、傷弓之鳥、傷天害理 受傷、跌傷、悲傷、感傷、創傷、無傷大雅。**

13【債】〔债〕ㄓㄞˋ zhài 名①欠人的錢財。②凡有所虧欠而等待償還的，例人情債。動借。

◈**債戶、債主、債多不愁、債臺高築。**

13【傺】ㄔˋ chì 動止。副失志的樣子，例侘傺。

13【傻】ㄕㄚˇ shǎ 形①愚蠢的樣子。②老實而不知變通。③愣、呆，例嚇傻了。

13【傾】〔倾〕㈠ㄑㄧㄥ qīng 動①歪在一邊，例傾斜。②倒塌，例大廈將傾。③倒出，例傾盆。④欽慕、佩服，例傾心。⑤排擠，競爭，例傾軋。⑥勝過、超越。⑦蕩盡，例傾家蕩產。 ㈡ㄎㄥ kēng 動同「坑」；設計陷害，例傾人。

◈**傾吐、傾向、傾倒、傾巢、傾訴、傾慕、傾覆、傾聽、傾囊、傾國傾城、傾筐倒篋。**

13【傒】ㄒㄧ xī 形①草動所發出的聲音，例傒傒索索。②呻吟的聲音，例傒傒。

13【僂】〔偻〕ㄌㄡˊ lóu 名①彎曲的背，例傴僂。②姓。動①背向前微傾。②通「速」；快速。

13【僄】ㄆㄧㄠˋ piào 形①姿容輕妙的樣子。②通「剽」、「嫖」、「慓」；性情輕捷強悍，例僄悍。

13【僅】〔仅〕ㄐㄧㄣˇ jǐn 副①通「堇」；少、不多，例僅有。②只、不過，例僅此而已。③差不多。

13【僇】ㄌㄨˋ lù 動①使人受辱。②同「戮」；殺戮。

13【僉】ㄑㄧㄢ qiān 副①都、全部，或爲衆人的代稱，例意見僉同。②打穀器。名姓。

13【僊】ㄒㄧㄢ xiān 名「仙」的本體字。形輕順貌。

13【傯】ㄗㄨㄥˇ zǒng 副同「傯」；事務繁雜的樣子，例倥傯。

十二 畫

14【像】ㄒㄧㄤˋ xiàng 動①摹仿人物的外形而作成的東西，例畫像。②形態模樣，例形像。動相似、彷彿，例好像。

◆人像、相像、肖像、銅像、塑像。

14【僎】㈠ㄓㄨㄢˋ zhuàn 動①供置。②同「撰」，例異乎三子者之僎。（《論語》〈先進〉）㈡ㄗㄨㄣ zūn 動通「遵」；贊禮。

14【僧】ㄙㄥ sēng 名①皈依佛教出家受戒的人；俗稱和尚。②姓，明有僧可朋。

◆僧侶、僧徒、僧院、僧多粥少。

14【僖】ㄒㄧ xī 名①封建時代帝王及諸侯死後追加謚號，若有過失則謚僖，例魯僖公。②姓，春秋曹有僖負羈。形喜樂。

14【僚】ㄌㄧㄠˊ liáo 名①從前指官吏而言，例百僚。②一起作官或共事的人，例同僚。③姓。形同「嫽」；好貌，例月出皎兮，佼人僚兮。（《經詩》〈陳風・防有鵲巢〉）

14【僥】〔侥〕㈠ㄧㄠˊ yáo 名「僬僥」，見僬字。㈡ㄐㄧㄠˇ jiǎo 形意外的得到利益，例僥倖。

14【僦】ㄐㄧㄡˋ jiù 動①租賃。②送，例僦載煩費。（《漢書》〈王莽傳〉）

14【僬】㈠ㄐㄧㄠ jiāo 名「僬僥」：古時矮人國名，屬南方少數民族。㈡ㄐㄧㄠˋ jiào 形「僬僬」：⑴形容趨走迫促難止的樣子。⑵形容明察的樣子。

14【僕】〔仆〕ㄆㄨˊ pú 名①供人使喚的工役，例僮僕。②姓，漢有僕明。代謙稱自己，例僕非敢如此也。（《漢書》〈司馬遷傳〉）動駕車，例子適衛，冉有僕。（《論語》〈子路〉）

14【僑】〔侨〕ㄑㄧㄠˊ qiáo 名①寄居異地或他國的人，例華僑。②姓。動寄居外地，例僑居。

◆僑民、僑居、僑胞、僑領。

14【僭】ㄐㄧㄢˋ jiàn 名過失。動①超過本人職權或資格以外，例僭越。②不可信。

14【僩】ㄒㄧㄢˋ xiàn 形①胸襟開闊的樣子。②「僩然」：勁忿的樣子。

14【僰】ㄅㄛˊ bó 名古時的種族名，現在分布於雲南、四川、貴州等處。

14【僮】ㄊㄨㄥˊ tóng 名①未成年的人；今作「童」，例僮子。②供使喚的僕人，例僮僕。③姓。

14【僱】ㄍㄨˋ gù 動①同「雇」；出錢招人做事，例僱人幫忙。②租，例僱船。形受人僱用的，例僱員。

14【僝】(一) ㄓㄨㄢˋ zhuàn 動具備。(二) ㄔㄢˊ chán 動①表現，例僝功。②「僝僽」：(1)以惡言罵人。(2)憂愁。(3)排遣。(4)折磨。

14【僨】〔偾〕ㄈㄣˋ fèn 動①毀壞、失敗，例僨事。②緊張奮起之意，例僨興。③跌倒。

十三　畫

15【僵】（殭）ㄐㄧㄤ jiāng 動跌倒不動。形硬化、不活動，例凍僵。副雙方相持不下，意見無法協調，例把事情給弄僵了。

◆僵化、僵局、僵持。

15【價】〔价〕(一) ㄐㄧㄚˋ jià 名貨物所值的錢數，例價格。(二) ˙ㄍㄚ ga 助附用於副詞之後，相當於「的」、「地」。本係吳語，舊小說及詞曲中常見，例震天價響。

◆價目、價值、價廉物美。

15【儀】〔仪〕ㄧˊ yí 名①人的容貌舉止，例儀態。②舉止的規範。③餽贈人的財物，例喜儀。④器物的簡稱，例渾天儀。⑤姓，秦有儀楚。動①傾慕，例心儀。②匹配，例實維我儀。（《詩經》〈鄘風・柏舟〉）代指我。

◆儀仗、儀式、儀表、儀容、儀隊、儀態萬千　司儀、威儀、奠儀、賀儀、禮儀。

15【僻】ㄆㄧˋ pì 形①不平正、邪的，例怪僻。②人煙稀少，例荒僻。③奇異而不常見的，例生僻。④僻遠的、幽隱的，例僻地。

15【僾】ㄞˋ ài 副①彷彿，例僾然。②悲痛而泣不成聲。

15【儉】〔俭〕ㄐㄧㄢˇ jiǎn；ㄐㄧㄢˋ jiàn 形①節省，例省吃儉用。②

不豐、匱乏，例腹儉。③農作物收成不好。④卑謙的樣子。

15【億】〔亿〕ㄧˋ yì 名①數目名，即一萬萬。②姓。動通「臆」；預料、推測，例億則屢中。(《論語》〈先進〉)形安。助同「噫」。

15【儂】〔侬〕ㄋㄨㄥˊ nóng 代①我，蘇浙一帶的方言。②他。③人，吳人稱人之詞。④上海一帶方言的「你」。名姓，宋有儂智高。

15【儆】ㄐㄧㄥˇ jǐng 動①警戒，例殺一儆百。②通「警」；戒備，例儆備。③通「警」；懲戒，例儆戒。

15【儇】ㄒㄩㄢ xuān 形①便捷。②聰明而輕薄，例儇子。

15【儈】〔侩〕ㄎㄨㄞˋ kuài 名代客買賣，從中收取傭金的人，例市儈。動居中商定價錢。

15【㑇】ㄓㄡˋ zhòu 動「㑳㑇」，見「㑳」字。

15【儌】ㄐㄧㄠˇ jiǎo 形同「僥」，例儌倖。

15【儁】ㄐㄩㄣˋ jùn 名①同「俊」；才智過人的人。②姓。形傑出，例神儁。

15【㒓】ㄙㄚˋ sà 名「㒓㒓」，見「㒓」字。

十四 畫

16【儒】ㄖㄨˊ rú 名①有學問的人，例大儒。②崇奉孔子學說的人，例儒家。③短小的人，例侏儒。④始，漢有儒光。動通「懦」；懦弱。形柔順。

◆儒生、儒教、儒將、儒雅、儒學。

16【儐】〔傧〕㈠ㄅㄧㄣˋ bìn 動①導引。②陳列。③通「擯」；排斥、驅逐。㈡ㄅㄧㄣ bīn 動①敬。②通「顰」；蹙眉。

16【儓】ㄊㄞˊ tái 名①在官家中服賤役的人，例輿儓。②農夫，例田儓。動當。形醜陋。

16【儔】〔俦〕ㄔㄡˊ chóu 名同類的人或伴侶，例儔侶。動匹、相偶。

16【儕】〔侪〕ㄔㄞˊ chái 名同輩的人，例吾儕。動①使男女成配偶，例儕男女使莫違。(《漢書》〈揚雄傳〉)②同。③通「齊」。

16【儗】ㄋㄧˇ nǐ 動通「擬」；比，例儗人必於其倫。(《禮記》〈曲禮下〉)

16【儘】〔尽〕ㄐㄧㄣˇ jǐn 副①極盡其限量，例儘量。②聽任、不加限制，例儘管。

十五　畫

17【優】〔优〕ㄧㄡ yōu 名①演戲的人，例優伶。②姓，春秋楚有優孟。動①協調。②調戲。形①良好，例優劣得所。②充足，例優裕。③勝利、佔上風，例優勢、優勝。

◆**優劣、優良、優秀、優美、優待、優異、優渥、優閒、優等、優越、優點、優哉游哉、優柔寡斷、優勝劣敗。**

17【償】〔偿〕ㄔㄤˊ cháng 動①歸還，例賠償。②抵消，例得不償失。③酬報，例如願以償。

17【儡】ㄌㄟˇ lěi 名木偶，例傀儡。動毀、敗。

17【儦】ㄅㄧㄠ biāo 動行走的樣子，例儦儦。

17【儠】ㄌㄧㄝˋ liè 形①長、壯。②「儠㑪」：凶惡的樣子。

17【儤】ㄅㄠˋ bào 名「儤直」：古時官吏輪日值宿或值班。

17【儲】〔储〕ㄔㄨˇ chǔ 名將繼王位的人，例皇儲。②姓。動①積蓄，例儲蓄。②接待，例儲乎廣庭。(《張衡》〈東京賦〉)

◆**儲戶、儲存、儲君、儲備、儲藏。**

十六　畫

18【儱】ㄌㄨㄥˇ lǒng 形①直、長大。②不成器。③潦倒的樣子。④含糊籠統的樣子，例儱侗。

十七　畫

19【儳】(一) ㄔㄢˊ chán 形①不整齊，例儳互。②混雜，例長者不及，毋儳言。(《禮記》〈曲禮上〉)　(二) ㄔㄢˋ chàn 形苟且不嚴肅的樣子。

十九　畫

21【儸】ㄌㄨㄛˊ luó 名①「僂儸」：盜匪的部屬。②「儸儸族」：分布於我國四川省、雲南省、貴州省地區的少數民族，過半遊牧生活。

21【儷】〔俪〕ㄌㄧˋ lì 名配偶，例伉儷。副並。

◆**儷影、儷辭。**

21【儺】〔傩〕ㄋㄨㄛˊ nuó [動]迎神賽會以驅逐疫鬼，[例]鄉人儺。(《論語》〈鄉黨〉)[形]走路有節拍的樣子。

二十 畫

22【儻】〔傥〕ㄊㄤˇ tǎng [動]苟且隨便。[副]①失志的樣子，[例]儻然終日不言。(《莊子》〈田子方〉)②超逸不拘的樣子，[例]倜儻。[連]通「倘」；如果、設若，[例]儻使。

22【儼】〔俨〕ㄧㄢˇ yǎn [形]莊重矜持的樣子。[副]好像，[例]儼然。

儿 部

02【儿】(一)ㄖㄣˊ rén [名]音義同「人」。 (二)ㄦ ēr 注音符號韻符的一種，兼作聲符用，捲舌韻。

一 畫

03【兀】ㄨˋ wù [名]姓。[形]①缺腿的。②高而上平，[例]蜀山兀。(《杜牧》〈阿房宮賦〉)③光禿。[副]渾然無知的樣子。[助]①還是，[例]兀自。②怎麼，[例]兀的。③語助詞，用在句首，[例]兀那。

二 畫

04【元】ㄩㄢˊ yuán [名]①貨幣單位，通「圓」，[例]銀元。②頭。③古代曆法的計算單位。④代數式中，表示未知數的文字稱爲元。⑤朝代名，蒙古人滅了南宋，建立了元朝(1217~1368)。⑥古代的哲學概念。指天地萬物的本原。⑦善。⑧民衆，[例]元元。⑨姓，唐有元稹。[形]①開始的、第一的，[例]元旦。②舊有、本有，今多作「原」。③大的、居正位的。④基本的，[例]元素。

◆元戎、元老、元兇、元年、元首、元配、元氣　紀元、開元、改元、一元復始、三元及第。

04【允】ㄩㄣˇ yǔn [名]姓。[動]許諾，[例]應允。[形]①誠信，[例]允矣君子。(《詩經》〈小雅・車攻〉)②得當，[例]公允。

◆允准、允許、允當、允諾、允文允武、允執厥中。

三 畫

05【充】ㄔㄨㄥ chōng [名]姓，漢有充申。[動]①塡滿，[例]充滿。②塞阻，[例]充耳。③預備以應需要，[例]充君之庖。(《公羊傳》・桓公四年)④當，擔任，例權充。

◆充公、充分、充斥、充足、充沛、充軍、充飢、充裕、充棟、充塞、充當、充實 冒充、塡充、汗牛充棟、聊以充數。

05【兄】ㄒㄩㄥ xiōng 名①稱同胞先出生的男子爲兄，例兄長。②同輩間相稱的敬辭，例仁兄。

◆兄弟、兄臺、兄友弟恭、兄弟鬩牆、兄終弟及 學兄。

四 畫

06【光】ㄍㄨㄤ guāng 名①物體發射或反射的電磁波，例日光。②榮耀，例爲國爭光。③色彩，例銀光。④時光景物，例春光明媚。⑤指禮樂文物，例觀國之光。(《易經》〈觀卦〉)⑥姓，晋有光逸。動①裸露，例光腳。②通「廣」，例光被四表。(《尚書》〈堯典〉)形①亮，例光明。②滑澤，例光滑。副獨、單，例光剩下他一人在家。

◆光芒、光明、光亮、光華、光陰、光彩、光棍、光景、光榮、光輝、光澤、光臨、光耀、光天化日、光可鑑人、光宗耀祖、光怪陸離、光明磊落、光風霽月、光陰似箭 月光、陽光。

06【兇】ㄒㄩㄥ xiōng 名動手殺人的人，例兇手。動作惡事，例行兇。形①通「凶」；强悍不講理，例兇惡。②喧擾的聲音。

◆兇悍、兇狠、兇猛、兇惡。

06【兆】ㄓㄠˋ zhào 名①灼龜甲烘裂的痕跡，例卜兆。②預先顯露吉凶的現象，例預兆。③數目名，百萬爲兆，例一兆。④墓域。⑤祀神祭壇的界域。形衆多的。

◆凶兆、吉兆、宅兆、億兆、徵兆。

06【先】㈠ㄒㄧㄢ xiān 名①上代，例祖先。②稱已死的長輩，在稱呼前加先字，例先母。③急務，首要之事，例當務之先。④先生的簡稱。⑤英幣先令的簡稱。⑥次序或時間在前。⑦姓，唐有先汪。 ㈡ㄒㄧㄢˋ xiàn 動①不該在前而在前。②率導。

◆先世、先民、先生、先妣、先知、先例、先烈、先進、先鋒、先導、先覺、先驅、先見之明、先斬後奏、先發制人、先聲奪人、先禮後兵 一馬當先、爭先恐後、承先啓後。

五 畫

07【兌】㈠ㄉㄨㄟˋ duì 名①卦名，八卦之一，卦形爲☱，象徵澤、少女等。②洞穴。動①喜悅。②通達，例行道兌矣。(《詩經》〈大雅．綿〉)③互換，例兌換。④攙入，例兌水。 (二)ㄖㄨㄟˋ ruì 形形狀尖斜。

07【克】(尅) ㄎㄜˋ kè 名①公制質量或重量單位，一克等於一公斤的千分之一。②「克拉」：Carat 鑽石、珠玉的重量單位，約合二〇五公絲。動①勝過，勝，例克服。②好勝。副①能夠。②完成，例日中而克葬。(《左傳》〈宣公八年〉)

◈克制、克復、克敵、克難、克己復禮、克紹箕裘、克勤克儉、力克強敵、柔能克剛、攻克城池。

07【免】(一)ㄇㄧㄢˇ miǎn 動①省去，例免得麻煩。②解除職務，例免職。③饒恕，例免罪。④避脫，例避免。⑤不可以，不要，例閒人免進。⑥同「娩」；生育，例將免者以告。 (二)ㄨㄣˋ wèn 名①新鮮之物。②通「絻」；喪服稱免服，例袒免。

◈免除、免費、免職 赦免、減免、罷免。

六畫

08【兒】〔儿〕(一)ㄦˊ ér 名①小孩子，例兒童。②子女對父母的自稱，例孩兒。③父母稱子，例吾兒。④尊長稱呼後輩，例兒輩。助語尾助詞，例臉兒。 (二)ㄋㄧˊ ní 名通「倪」，姓，例漢倪寬或作兒寬。

◈兒孫、兒戲、兒女情長 女兒、幼兒、孤兒、健兒、嬰兒、寵兒。

08【兕】ㄙˋ sì 名野牛的一種，獨角而青色，皮厚可以製甲。

08【兔】ㄊㄨˋ tù 名脊椎動物哺乳類，屬於兔目兔科野兔屬的總稱。耳長尾短，上脣中裂，善跑善跳，毛可製筆。

◈兔脫、兔死狗烹、兔死狐悲、兔起鶻落。

七畫

09【兗】ㄧㄢˇ yǎn 名①地名，古九州之一。②縣名，在今山東省。③姓。

八畫

10【党】ㄉㄤˇ dǎng 名①姓，與黨姓通。②大陸用作「黨」(ㄉㄤˇ)的簡化字。

九畫

11【兜】(兠) ㄉㄡ dōu 名①帽子的一

種。②衣服等物的小口袋，可用來盛東西，例兜兒。③古代戰士所用的頭盔。④便轎，例兜子。動①圍繞。②招攬，例兜生意。③蒙蔽。

十二 畫

14【兢】ㄐㄧㄥ jīng 副小心戒慎的樣子，例兢兢。

◈兢兢業業、戰戰兢兢。

入 部

02【入】㈠ㄖㄨˋ rù 名四聲調之一。發音短促而急，例入聲。動①自外到內，例入口。②收納，進款，例量入為出。③參加。例入會。④切合，例入時。⑤到、達，例入冬。 ㈡ㄖㄨˇ rǔ 動①不留心的亂放，例別把東西隨便亂入。②暗中把財物給人，例偷偷入給他一包東西。③陷入，例一腳入到水溝裡去了。

◈入手、入耳、入伍、入迷、入貢、入神、入超、入圍、入境、入選、入不敷出、入木三分、入境問俗 收入、沒入、歲入、日入而息、引人入勝。

二 畫

04【內】㈠ㄋㄟˋ nèi 名①裡面，例室內。②天子的禁宮，例大內。③稱妻妾婦女。④女色，例齊侯好內。(《左傳》〈僖公十七年〉)動親近，例外本內末。(《禮記》〈大學〉)形後，例內顧。㈡ㄋㄚˋ nà 動同「納」；入。

◈內人、內奸、內疚、內海、內訌、內患、內務、內亂、內憂外患 攘外安內、外弛內張。

四 畫

06【全】ㄑㄩㄢˊ quán 名①純玉。②姓，清有全祖望。動保全，例苟全性命於亂世。(諸葛亮〈前出師表〉)形①全部的、整個的，例全國。②完好，例全美。副①完備。②皆、都，例全都到了。

◈全力、全套、全部、全盛、全勝、全盤、全體、全軍覆沒 安全、完全、成全、齊全、一應俱全。

六 畫

08【兩】㈠ㄌㄧㄤˇ liǎng 名①重量的單位，十錢為一兩。②古代以布帛二丈為一端，二端為一兩。③古軍制以二十五人為兩。形成雙成偶的，例兩人。 ㈡ㄌㄧㄤˋ liàng 名同

「輛」，計算車的數目單位。

◈兩便、兩樓、兩端、兩小無猜、兩全其美、兩相情願、兩袖清風、兩敗俱傷。

八 部

02【八】㈠ㄅㄚ bā 名數目名，十個基本數目的第八位。大寫作「捌」，阿拉伯數字作「8」。㈡ㄅㄚˊ bá 「八」字用在去聲或輕聲字前讀成陽平，例八個。

◈八方、八成、八面玲瓏、八面威風、八拜之交。

二 畫

04【六】ㄌㄧㄡˋ liù 名①數目名，大寫作「陸」，阿拉伯數字作「6」。②古國名，在今安徽省六安縣。③「六朝」：魏晉南北朝期間，吳、東晉、宋、齊、梁、陳，先後建都於建康(今南京)，歷史上稱南朝六朝。④姓。

◈六甲、六神無主、六根清淨、六親不認。

04【兮】ㄒㄧ xī 助文言詩歌裡的語助詞，如同現在說「啊」或「呀」，例力拔山兮氣蓋世。(《史記》〈項羽本記〉)

04【公】ㄍㄨㄥ gōng 名①稱祖父、或丈夫的父親，例公公。②稱父親。③對男性長者的尊稱。④爵名，五等爵之第一等。⑤有關衆人的事務，例公共團體。⑥姓，明有公鼎。動明白宣布，例公諸於世。形①雄性動物，例公雞。②屬於國家或社會團體，例公費。③與「私」相對，例公私分明。

◈公文、公正、公平、公用、公休、公益、公推、公開、公然、公道、公演、公認、公憤、公德、公子哥兒、公而忘私、公忠體國、大公無私。

四 畫

06【共】㈠ㄍㄨㄥˋ gòng 名共產黨之簡稱。動①供給大家，例願車馬衣裘與朋友共，敝之而無憾。(《論語》〈公治長〉)副①一起，例共同。②總合，例總共。㈡ㄍㄨㄥ gōng 動①通「供」；給，例共給。②具備。形通「恭」；恭敬。㈢ㄍㄨㄥˇ gǒng 動通「拱」，例聖人共手，時幾將矣。(《荀子》〈賦篇〉)

◈共有、共同、共事、共鳴、公共事業、公同共有 休戚與共、禍福相共。

五　畫

07【兵】ㄅㄧㄥ bīng 名①武器，例兵器。②戰士，例士兵。③關於戰爭的事，例紙上談兵。動攻打、用武，例先禮後兵。

◆兵力、兵法、兵馬、兵略、兵變、兵不厭詐、兵荒馬亂、兵強馬壯、兵貴神速、兵驍將勇　交兵、用兵、操兵、哀兵必勝、養兵千日。

六　畫

08【具】ㄐㄩˋ jù 名①器物，例文具。②才幹，例才具。③量詞，器物一件稱爲一具。④姓，漢有具瑗。動①設置、預備，例具備。②陳述。形實體存在的，例具體。副皆、都，例神具醉止。(《詩經》〈小雅・楚茨〉)

◆具文、具名、具保、具結　用具、玩具、家具、器具、知名不具、獨具慧眼。

08【其】(一) ㄑㄧˊ qí 代①第三人稱代名詞，等於他、他們。②他的、他們的。副①殆、大概。②豈、難道，例欲加之罪，其無辭乎。(《左傳》〈僖公十年〉)　(二) ㄐㄧ jī 助語助詞，表疑問的口氣。　(三) ㄐㄧˋ jì 助語助詞，用於句中，例彼其之子，舍命不渝。(《詩經》〈曹風・侯人〉)

◆其中、其次、其餘、其貌不揚、其樂無窮、聽其自然、無出其右、哲人其萎、灼灼其華、言過其實。

08【典】ㄉㄧㄢˇ diǎn 名①五帝時的書。②國家的常法，例掌建國之六典。(《周禮》〈天官・大宰〉)③可作爲依據或模範的書，例經典。④典禮、儀式，例慶典。⑤制度、法則，例典章。⑥姓，三國魏有典韋。動①掌理，例典試。②抵押，例典當。副常。

◆典型、典雅、典賣、典質　古典、法典、祭典、辭典。

八　畫

10【兼】ㄐㄧㄢ jiān 名姓，宋有兼尉丁。形①合併，例兼併。②並有、並得，例兼得。③累積。④超越、勝、倍，例由也兼人。(《論語》〈先進〉)

◆兼任、兼祧、兼善、兼愛、兼職、兼顧、兼容並包。

十四　畫

16【冀】ㄐㄧˋ jì 名①古國名，故址在今山東省河津縣東北。②河北省的別名。③姓，明有冀凱。動希望，例冀望。

冂 部

02【冂】ㄐㄩㄥ jiōng 名郊外偏遠的地方。

三 畫

05【冊】(册)㈠ㄘㄜˋ cè 名①帙，書一帙稱一册。②通策、謀略。③古代帝王祭祀時，告天地神祇的文書。動封，帝制時代以符命封爵。 ㈡ㄔㄞˇ chǎi 名中國北方用來夾繡花樣子的本子，例様册子。

05【冉】〔冄〕ㄖㄢˇ rǎn 名①龜甲的邊緣。②姓，孔子弟子冉有。副慢慢的樣子，例冉冉升起。

四 畫

06【再】(再)(再)ㄗㄞˋ zài 副①表示有所等待，例過兩天再說。②更加，例再好也沒有了。③第二次，例再嫁。④重複。

◆再犯、再版、再會、再醮、再接再厲 一再、良機不再、恩同再造、思之再三。

五 畫

07【冋】ㄐㄩㄥ jiōng 形①光、明，例冋冋。②鳥飛的樣子，例冋然鳥逝。(木華〈海賦〉)

七 畫

09【冒】(冐)㈠ㄇㄠˋ mào 名①玉名。②頭巾。③「冒號」：標點符號的一種，形式是「：」，用來總括下來，總結上文或提出引語。④姓，明有冒襄。動①覆蓋，例下土是冒。(《詩經》〈邶風・日月〉)②犯，例冒暑。③嫉妒，例夫妻相冒。(《呂氏春秋》〈明理〉)④假託。 ㈡ㄇㄛˋ mò 名「冒頓」：漢朝匈奴單于，英勇威武且有權勢謀略。

◆冒犯、冒失、冒充、冒名、冒昧、冒牌、冒險、冒瀆。

09【冑】ㄓㄡˋ zhòu 名古時兵士作戰時所戴的頭盔，例具冑失浸。(《詩經》〈魯頌・閟宮〉)

八 畫

10【冓】ㄍㄡˋ gòu 名①宮室深密的地方，用以比喻祕密的事情。②木材交疊架成的架子。

九 畫

11【冕】ㄇㄧㄢˇ miǎn 名①帝王的禮帽。②大夫以上的官吏所戴的帽。③姓。

冖 部

02【冖】㈠ㄇㄧˋ mì 動覆蓋、掩蔽，例冖，以巾覆物也。(《玉篇》〈卷十五〉) ㈡ㄇ m 名注音符號的聲符之一，屬雙脣音。

二 畫

04【冘】㈠ㄧㄣˊ yín 形行進的樣子。 ㈡ㄧㄡˊ yóu 形同「猶」，遲疑的樣子。

七 畫

09【冠】㈠ㄍㄨㄢ guān 名①帽子的總名。②鳥獸頭上的肉塊。③姓。㈡ㄍㄨㄢˋ guàn 名古禮男子二十歲成人行加冠之禮。動覆，例冠南山。(張衡〈東京賦〉)形最優秀的，例冠絕一時。

◆**冠軍、冠冕、冠蓋、冠冕堂皇 衣冠、弱冠、雞冠、獨冠羣倫。**

八 畫

10【冢】(塚)ㄓㄨㄥˇ zhǒng 名①高墳。②山頂。③同「社」；封土祭祀地祇的地方。形大，例冢子，冢宰。

10【冤】(寃)(寃)ㄩㄢ yuān 名孽，例此乃宿世冤也，宜遠避之。(《續韻府》)動欺騙，例不許冤人。形①屈、枉曲，例鳴冤、伸冤。②怨恨。③不合算，上當，例花冤錢。

◆**冤仇、冤屈、冤枉、冤情、冤獄、冤冤相報、冤家路窄。**

10【冥】(寘)(冥)ㄇㄧㄥˊ míng 名①通「溟」；海，例北冥有魚。(《莊子》〈逍遙遊〉)②夜。③稱死者神魂所居處。④姓，漢有冥都。動①遠。②默契，例神與理冥。(《高允》〈徵士頌〉)形①幽靜，例其廟獨冥。(《漢書》〈五行志〉)②昧於事理，例冥頑不靈。③昏暗，例晦冥。

◆**空冥、幽冥、杳冥、青冥、窈冥。**

十四 畫

16【冪】(冪)(冪) ㄇㄧˋ mì 名①覆蓋器物的布巾。②數學上的乘方稱冪或乘冪。動以巾覆物。

冫 部

02【冫】ㄅㄧㄥ bīng 古「冰」字。

三 畫

05【冬】ㄉㄨㄥ dōng 名①四季之一，從立冬到立春，通常是以陽曆十二、一、二月爲冬。②姓。③大陸用作「鼕」(ㄉㄨㄥ)的簡化字。

四 畫

06【冰】(氷) ㄅㄧㄥ bīng 名①水在攝氏零度以下所凝結成的固體，密度略小於水。②姓，明有冰如鑑。動①利用冰塊或冰箱來防腐或減低溫度。②作媒，例冰人。形①清高不俗，例冰心。②寒冷，例冰涼。

◈冰冷、冰釋、冰天雪地、冰肌玉骨、冰消瓦解、冰清玉潔、冰雪聰明、碎冰、結冰、堅冰、薄冰。

06【冱】(沍) ㄏㄨˋ hù 動①冷氣凝結。②閉塞不通，例冱寒。

五 畫

07【冶】ㄧㄝˇ yě 名①鑄匠，例良冶之子，必學爲裘。(《禮記》〈學記〉)②姓。動銷、鑄，例冶金。形妖媚，例莫不美麗姚冶。(《荀子》〈非相〉)

07【冷】ㄌㄥˇ lěng 名姓。形①寒，例天氣好冷！②閒散。③隱僻，例冷門。④沉穩，心中平靜，例心清冷其若冰。(梁武帝〈淨業賦〉)⑤趁人不注意時突然就做，例抽冷子。

◈冷凍、冷峭、冷笑、冷清、冷淡、冷落、冷酷、冷僻、冷靜、冷戰、冷嘲熱罵。

六 畫

08【冽】ㄌㄧㄝˋ liè 形寒冷。

◈清冽、冽風。

八 畫

10【凊】ㄐㄧㄥˋ jìng 動使熱的變涼。形寒冷。

10【凋】ㄉㄧㄠ diāo 動①枯萎，例秋盡江南草未凋。(杜牧〈寄揚州韓綽判官詩〉)②衰落。

◆凋敝、凋萎、凋零、凋落、凋謝。

10【凌】ㄌㄧㄥˊ líng 名①積冰，例冰凌。②姓，三國吳有凌統。動①欺壓、侵犯，例凌余陣兮躐余行。(《楚辭》〈九歌·國殤〉)②踰越，通「陵」，例雖有江河之險則凌之。(《呂氏春秋》〈論威〉)③升登，例壯志凌雲。④接近，例凌晨。形細碎、錯雜，例凌雜。

◆凌虐、凌辱、凌亂、凌駕、凌厲、凌霄。

10【凍】〔冻〕ㄉㄨㄥˋ dòng 名①食物湯汁凝成塊狀或黏稠狀，例肉凍。②寶石晶瑩潤澤，例凍珠。③暴雨，例凍雨。④姓，明有凍泰。動①液體因遇冷而結成固體，例水凍成冰。②受寒冷侵襲，例凍得發抖。

◆凍結、凍瘡、凍僵、凍餒、凍解冰釋。

10【准】ㄓㄨㄣˇ zhǔn 動①大陸用作「準」(ㄓㄨㄣˇ)的簡化字。②允許，例批准。③依據。④確定，例准於某日起實行。⑤比照，例准前例而行。形非正式，然可比照正式，例准博士。

十二　畫

14【凘】ㄙ sī 名融解後隨水流動的冰。

十三　畫

15【凜】(凛)ㄌㄧㄣˇ lǐn 形①寒冷，例凜凜。②淒清。③嚴肅可敬畏的樣子，例凜然不可侵犯。

十四　畫

16【凝】ㄋㄧㄥˊ níng 動①液體受冷而結成固體。②聚集，例凝眸。③定。形盛，例凝妝。副專注，例凝望。

◆凝固、凝思、凝重、凝神、凝脂、凝視、凝聚、凝神諦聽。

几　部

02【几】ㄐㄧ jī 名①小桌，例茶几。②大陸用作「幾」(ㄐㄧ)(ㄐㄧˇ)的簡化字。形「几几」：安和穩重的樣子。

一　畫

03【凡】〔凢〕ㄈㄢˊ fán 名①塵俗，例凡塵。②古代樂譜表示聲調的名稱，相當於簡譜的「4」，音爲Fa。③春秋時國名。形平常，例凡人。

副①統計及總指一切之辭，例全文凡一六〇條。②概略，例凡例。

◆凡人、凡心、凡是、凡夫俗子、凡桃俗李 大凡、不凡、平凡、非凡、超凡。

六 畫

08【凭】(凴) ㄆㄧㄥˊ píng 名①同「憑」。②大陸用作「憑」(ㄆㄧㄥˊ)的簡化字。動倚靠。

九 畫

11【凰】ㄏㄨㄤˊ huáng 名鳥名，雄的稱鳳，雌的稱凰。

十 畫

12【凱】〔凯〕ㄎㄞˇ kǎi 形①打勝仗，例凱旋。②同「愷」；和樂，例凱弟君子。(《禮記》〈表記〉)③大。

十二 畫

14【凳】(櫈) ㄉㄥˋ dèng 名無靠背的坐具。

凵 部

02【凵】㈠ ㄎㄢˇ kǎn 名盛物的器具，例凵盧。動張口。 ㈡ ㄩ yū 名注音符號韻符之一。

二 畫

04【凶】ㄒㄩㄥ xiōng 動恐懼，例敵入而凶。(《國語》〈晉語〉)形①惡狠，例凶悍。②不吉。③年穀不熟，饑饉，例凶年。④傷人的，不吉的，例凶器。

◆凶手、凶犯、凶兆、凶狠、凶惡、凶殘、凶暴、凶多吉少。

三 畫

05【凸】㈠ ㄊㄨˊ tú 形突出的樣子。 ㈡ ㄍㄨˇ gǔ 動同「鼓」；突出、鼓起。

05【出】ㄔㄨ chū 名①花瓣。②外甥。③大陸用作「齣」(ㄔㄨ)的簡化字。動①進、生。②從內到外，例既醉而出。(《詩經》〈小雅・賓之初筵〉)③超越，例古之聖人，其出人也遠矣。(韓愈〈原道〉)④女子嫁人，例出閣。⑤釋放、歸還。⑥生產，例出產。⑦顯露，例出沒無常。⑧支出，例量入為出。⑨計劃、擬定，例出題。⑩發洩，例出氣。⑪來到，例出席、出場。⑫離婚休妻，例出妻。⑬驅逐，例遂出武穆之族。(《左傳》〈文公十八年〉)⑭逃亡，例出亡、出奔。助在動詞後面，表示實現、出現、發生、顯露等意思，例聽出、做出。

◆**出世、出兵、出色、出事、出奇、出奔、出使、出神、出醜、出人頭地、出口成章、出生入死、出奇制勝、出神入化、出爾反爾、出類拔萃日出、突出、超出、入不敷出。**

05【凹】ㄠ āo 形窪下的、縮進去的，例凹陷。

六 畫

08【函】(圅)ㄏㄢˊ hán 名①匣，例鏡函。②書信。③口下的肌肉。④姓。動含、容。

◆**函件、函授、玉函、信函、空函、書函。**

刀 部

02【刀】ㄉㄠ dāo 名①兵器名，例大刀。②計算紙張的單位，一百張為一刀。③古代錢幣的名稱，例刀幣。形形容狹長，例刀舟。

◆**刀下留人、刀光劍影、菜刀、一刀兩斷、千刀萬剮、心如刀割。**

02【刁】ㄉㄧㄠ diāo 名姓。形狡猾，例這個人很刁。

◆**刁民、刁滑、刁難、刁鑽。**

一 畫

03【刃】(刄)ㄖㄣˋ rèn 名①兵器的總稱。②兵器銳利的部分，例刀刄。動殺，例與人刄我，寧自刄。

二 畫

04【分】㈠ㄈㄣ fēn 名①數量名：面積名，畝的十分之一；長度名，尺的百分之一；重量名，兩的百分之一；小數名，單位的十分之一；一小時或一度的六十分之一。②幣制名，為圓的百分之一。③一半。④成數，例十分可靠。動①割離物體，使物分別成半。②離、散，例用志不分。(《列子》〈黃帝〉)③辨別。㈡ㄈㄣˋ fèn 名①因緣，例宿分。②量詞，例一分東西。③名分、職分。④界，例各守其分，不得相侵。(《淮南子》〈本經〉)動料想。

◆**分寸、分手、分別、分析、分歧、分封、分配、分娩、分野、分開、分裂、分類、分攤、分身乏術、分門別**

類、分庭抗禮、分崩離析、分道揚鑣 身分、本分、成分、部分、緣分。

04【切】(一)ㄑㄧㄝˋ qiè 名①拼音方法的一種，例切語。②幾何上的直線與圓周、圓周與圓周、平面與球，於一點相過稱切。動①迫近。②按，例切脈。形密合，例密切。副急迫，例迫切。 (二)ㄑㄧㄝ qiē 動分割，例切菜。

◈切身、切要、切實、切磋、切齒、切膚之痛 一切、反切、情切、貼切、親切。

04【刈】ㄧˋ yì 名①農具，即鐮刀。②姓。動①芟草、割草，例刈草。②斷、殺。

三　畫

05【刊】(栞)ㄎㄢ kān 名刊物的簡稱，例週刊。動①削。②刻。③砍，例隨山刊木。(《尚書》〈禹貢〉)④書報印行，例刊行。

◈刊行、刊載、刊誤 月刊、特刊、停刊、發刊。

05【刋】ㄑㄧㄢˇ qiǎn 動切、割。

05【刌】ㄕㄥˇ shěng 名同「省」字。

四　畫

06【刎】ㄨㄣˇ wěn 動用刀割頸。

06【划】ㄏㄨㄚˊ huá 名指船，例划子。動①大陸用作「劃」(ㄏㄨㄚˋ)的簡化字。②撥水前進，例划船。

06【刓】ㄨㄢˊ wán 動①削。②同「玩」。③磨損。

06【刖】(跀)ㄩㄝˋ yuè 名古代斬斷犯人兩腳的一種刑罰。

06【列】ㄌㄧㄝˋ liè 名①軍伍。②位次、行次，例翟無列於王室。(《國語》〈周語〉)③姓，周有列禦寇。④量詞，用於成行列的東西，例一列火車。動①分解，例分列天下。(《史記》〈項羽本紀〉)②陳列、布置，例列俎豆。(《史記》〈孔子世家〉)

◈列席、列強、列傳、列舉、列祖列宗 一列、行列、就列、陳列。

06【刑】ㄒㄧㄥˊ xíng 名①罰罪的總名，例刑法。②通「形」；形體。③通「鉶」；羹器。動①刎頸，例自刑而亡。②效法、倣效。③完成。④治理。

◈刑事、刑期、刑場、刑罰 主刑、死刑、徒刑、從刑、酷刑。

06【刘】ㄌㄧㄡˊ liú 名「劉」的俗字，大陸用作「劉」(ㄌㄧㄡˊ)的簡化字。

五 畫

07【刪】(删)ㄕㄢ shān 動把不好或無用的除去，例刪改。

07【判】ㄆㄢˋ pàn 名①判決訴訟的文書，例南山可移，判不可搖也。(《舊唐書》〈李元紘傳〉)動①分別。②判斷是非屈直，例裁判。③辨明。④通「拚」。⑤唐、宋時以高官兼任低職稱判，如宋以宰相判樞密院。

◆判決、判別、判斷、判若兩人。

07【別】ㄅㄧㄝˊ bié 名①類，例性別。②大陸用作「彆」(ㄅㄧㄝˋ)的簡化字。③姓。動①離別。②分辨，例辨別。副①另，例別是一般滋味在心頭。(李煜〈相見歡〉)②北方語，不要，例別生氣。

◆別緒、別離、別出心裁、別有天地、別開生面、別樹一幟。

07【利】ㄌㄧˋ lì 名①益處、功用。②經管資產所得的子金，例紅利。③姓，漢有利乾。動貪。形①鋒利的，例銳利。②敏捷的，例利根。③吉祥的，例大吉大利。

◆利用、利他、利益、利害、利潤、利令智昏、利欲薰心 功利、名利。

07【䣘】ㄑㄩˋ qiù 名耕土器。

07【刦】ㄐㄧㄝˊ jié 動同「劫」。

07【刧】ㄐㄧㄝˊ jié 動同「劫」。

07【刨】(鉋)(鑤)(一)ㄆㄠˊ páo 動挖掘，例刨土。 (二)ㄅㄠˋ bào 動削，例刨木。

07【刜】ㄈㄨˊ fú 動用力打擊。

六 畫

08【刮】ㄍㄨㄚ guā 動①用刀刃平削，例刮臉。②鋒利的東西在物體上摩擦。③拭，例刮目相看。④勁風吹動。⑤減。⑥大陸用作「颳」(ㄍㄨㄚ)的簡化字。

◆刮削、刮風、刮骨、刮臉。

08【到】ㄉㄠˋ dào 名姓，漢有到質。動①至，例到家。②通「弔」；哀傷之意。③抵達，例火車到站。④往，例到台北去。形周至，例禮數周到。

◆到手、到任、到底、到案、到處。

08【刺】㈠ㄘˋ cì 名①魚的細骨，例魚刺。②植物莖表皮的變形，狀如針。③名片，例名刺。④姓，唐有刺正甫。動①用尖銳的東西戳物。②殺，例刺殺。③責，例天何以刺。(《詩經》〈大雅・瞻卬〉)④採取。⑤譏誚，例諷刺。 ㈡ㄑㄧˋ qì 動①撐，例刺船。②鍼黹，例刺繡。③偵察。④剗除，例刺草。

◆刺耳、刺客、刺骨、刺探、刺激、刺股懸樑 芒刺、諷刺、譏刺。

08【刷】㈠ㄕㄨㄚ shuā 名除汙垢的器具，例鞋刷。動①清除。②塗抹，例刷油漆。③抽打，例刷耳刮子。 ㈡ㄕㄨㄚˋ shuà 動揀擇，例刷選。

◆刷新 牙刷、印刷、衣刷、洗刷。

08【制】ㄓˋ zhì 名①法度，例典制。②一丈八尺爲制。③稱父母之喪事，例守制。④春秋鄭國地名。⑤姓。⑥大陸用作「製」(ㄓˋ)的簡化字。動①裁斷，例裁制。②同「製」。③管束、壓抑，例壓制。

◆制定、制度、制限、制裁、制禮作樂 抵制、政制、限制、節制、管制。

08【刻】㈠ㄎㄜˋ kè 名計時之名，一小時爲四刻，一刻十五分。動①雕花。②損減。③限定，例刻日。形苛酷。 ㈡ㄎㄜ kē 動用刀雕琢，例刻印。㈢ㄎㄟ kēi 動大陸方言，挖，摳。

◆刻字、刻板、刻苦、刻毒、刻薄、刻不容緩、刻舟求劍、刻苦耐勞、刻骨銘心、刻畫入微 一刻、苛刻、深刻、此刻。

08【刳】ㄎㄨ kū 動①用刀把裡面挖空，例刳木爲舟。(《易經》〈繫辭〉)②通「夸」；刺、剖。

08【券】(劵)ㄑㄩㄢˋ quàn 名①可以做憑據的票，例入場券。②具有價值，可以抵押、買賣、轉讓的票據，例禮券、債券。

08【剁】(刴)ㄉㄨㄛˋ duò 動①用刀下砍，例剁柴。②細切，例剁肉。

08【刲】ㄍㄨㄟˋ guì 動①刺。②屠殺。③取。

08【刵】ㄦˋ èr 名古時候割去耳朵的肉刑。

七畫

09【則】〔则〕ㄗㄜˊ zé 名①法度、準則，例法則、規則。②計數之名，例日記一則。③等級，例上則田。④姓，漢有則長。動①效法，例河出圖，洛出書，聖人則之。(《易經》)②猶乃，例天下之言性也，則故而已矣。(《孟子》〈離婁下〉)③已經，例使子路反見之，至則行矣。④當「做」講，例不則聲。連①乃、於是，例既見君子，我心則降。(《詩經》〈國風‧召南〉)②只、但，例瘦則瘦不似今番。(關漢卿〈沈醉東風〉)③表因果關係的承接連詞，例仁則榮，不仁則辱。(《孟子》〈公孫丑上〉)④表對待關係的承接連詞，例入則無法家拂士，出則無敵國外患者，國恆亡。(《孟子》〈告子下〉)⑤同「就」，例飢則思食。⑥猶「而」，例竭力以事大國，則不得免焉。(《孟子》〈梁惠王下〉)⑦有「如果」的意思。

◆上則、中則、下則 規則、以身作則。

09【剎】ㄔㄚˋ chà 名①佛國。②佛寺，例古剎。③塔。④佛學以一切文字為無言說之聲，梵名即剎摩之略。

09【削】讀音ㄒㄩㄝˋ xuè；語音ㄒㄧㄠ xiāo 名曲刀。動①刪除。②減除。③分割。形弱。

◆削平、削髮、削壁、削足適履 刪削、瘦削。

09【剋】〔克〕(尅) ㄎㄜˋ kè 動①通「克」；勝。②通「刻」；銘刻。③限定，例剋日而行。

09【剌】(一) ㄌㄚˋ là 動暴戾、乖張，例無乖剌之心。(《漢書》〈杜欽傳〉) (二) ㄌㄚˊ lá 動用刀把東西切斷或劃開。(三) ㄌㄚ lā 形狀聲詞，表聲響，例刮剌剌。

09【前】(一) ㄑㄧㄢˊ qián 動①不行而進。②進，例勇往直前。形①過去的，例前事之不忘，後事之師也。(《史記》〈秦始皇本紀〉)②未來的，例前途。③在先的，例前人種樹。 (二) ㄐㄧㄢˇ jiǎn 名淺黑色。動齊斷。

◆前人、前夕、前方、前世、前任、前言、前科、前途、前程、前輩、前鋒、前線、前仆後繼、前功盡棄、前因後果、前仰後合、前車之鑑、前呼後擁、前倨後恭。

09【剄】〔刭〕 ㄐㄧㄥˇ jǐng 動以刀割頸。

09【剃】(薙)(鬀) ㄊㄧˋ tì 動以刀刮掉毛髮，例剃頭。

◆剃度、剃髮、剃刀邊緣。

09【剉】(銼) ㄘㄨㄛˋ cuò 通「挫」；動①折傷。②砍、斬截。

八 畫

10【剔】(一) ㄊㄧ tī 動①將骨頭上的肉分解割除，例剔淨骨肉。②挑選去除不合格的，例剔除、挑剔。③洩去。 (二) ㄊㄧˋ tì 動同「剃」；剃髮。

◆剔牙、剔除、剔透。

10【剖】ㄆㄡˇ pǒu 動①中分。②破開。③分析、辨明，例剖白。

◆剖析、剖面、剖肝泣血。

10【剗】(鏟) ㄔㄢˇ chǎn 動①削滅、平治。②僅、只。③「剗襪」：穿著襪子著地行走，例剗襪步香階。(李後主〈菩薩蠻詞〉)

10【剚】(傳) ㄗˋ zì 動①以尖物刺入，例剚刃腹中。②以物插地。

10【剛】〔刚〕 ㄍㄤ gāng 名①正直無私。②同「犅」；牡牛。③奇數。④姓，清有剛毅。形堅强。副①才、僅，例剛被太陽收拾去。(蘇軾〈花影詩〉)②恰好，例剛好。

◆剛正、剛巧、剛直、剛烈、剛强、剛毅、剛愎自用。

10【剞】ㄐㄧ jī 名①雕刻用的曲刀。②刻版印刷出書之意。③雕刻的技術。

10【剡】(一) ㄧㄢˇ yǎn 動①斬。②削尖，例剡木爲矢。(《易經》〈繫辭下〉) (二) ㄕㄢˋ shàn 名水名。「剡溪」：位浙江省嵊縣南，曹娥江上游，古代以產藤紙、竹紙著名。

10【剜】ㄨㄢ wān 動用刀挖取，例剜肉醫瘡。

10【剝】(剥) 讀音ㄅㄛ bō 語音ㄅㄠ bāo 名《易經》卦名，坤下艮上，山附於地，剝落景象。動①割、裂。②開解皮肉。③脫去，例剝掉衣服。④傷害。⑤去掉物體外面的皮殼，例剝橘子。

◆剝削、剝落、剝奪、剝蝕、剝繭抽絲。

10【剒】ㄘㄨㄛˋ cuò 名磨刀石。動斬。

10【剟】ㄉㄨㄛˊ duó 動①刊，例剟定法令。②用刀割取或刺。③刪改。

10【剕】ㄈㄟˋ fèi 名古代把腳斬去的刑法。

九 畫

11【副】(一)ㄈㄨˋ fù 名①器物成套爲副，例一副手套。②輔佐的人，例副手。③古時王后及貴族婦女的首飾名。④量詞：(1)雙，例一副手套。(2)張，套，例擺出一副臭臉。動①輔佐。②相稱，例名副其實。形①其次的，例副啓、副旦。②助理的，例副使。 (二)ㄆㄧˋ pì 動①分開、裂開。②解析。

◆副本、副食、副業。

11【剪】ㄐㄧㄢˇ jiǎn 名兩刀刃交叉以剪物的用具。動①剪斷，例剪裁、剪草。②消滅，例剪滅。③雙手交叉縛束，例他倒剪著手。④「剪徑」：强盜、土匪在路上阻攔旅客，搶奪財物。

◆剪裁、剪綵、剪影、剪輯。

11【剮】〔剐〕ㄍㄨㄚˇ guǎ 名俗稱古代凌遲處死的刑罰。動①刮去骨頭上的肉。②碰上尖銳的物體而割破。

十 畫

12【創】〔创〕(刅)(刱)

(一)ㄔㄨㄤˋ chuàng 動①開始，例開創。②懲罰。 (二)ㄔㄨㄤ chuāng 名①傷口，例刀創。②通「瘡」。

◆創立、創作、創始、創設、創造、創意、創業、創傷、創辦、創舉。

12【割】ㄍㄜ gē 名災害。動①剝。②用刀切開，例割傷、割肉。③分開、劃分，例陰陽割昏曉。(杜甫〈望嶽詩〉)④爲害，例湯湯洪水方割。(《尚書》〈堯典〉)⑤通「奪」。

◆割捨、割愛、割股療親、割雞焉用牛刀。

12【剩】(賸)ㄕㄥˋ shèng 形餘下的，例剩飯、剩菜。

12【剴】〔剀〕ㄎㄞˇ kǎi 名大鐮刀。動諷刺。形切實，例剴切。

十一 畫

13【剽】(一)ㄆㄧㄠˋ piào 動①用石針刺。②强取、劫奪，例剽掠。③削，例剽賣田宅。(《後漢書》〈崔寔傳〉)形①輕捷的。②勇悍的，例剽悍。

(二)ㄆㄧㄠˊ piáo 名樂器名，即中鐘。 (三)ㄆㄧㄠ piāo 名末。

◆剽劫、剽匪、剽掠、剽襲、剽竊。

13【剿】(勦)ㄐㄧㄠˇ jiǎo 動通「勦」；滅絕，例剿匪、清剿。

13【剷】ㄔㄢˇ chǎn 動①通「剗」；削平。②通「鏟」；割除，例剷刈穢草。(柳宗元〈鈷鉧潭西小丘記〉)

13【剸】〔刬〕㈠ㄊㄨㄢˊ tuán 動①割。②截。㈡ㄓㄨㄢ zhuān 形同「專」。

十二 畫

14【劃】〔划〕㈠ㄏㄨㄚˋ huà 動①同「畫」；分開、分界，例劃分區域。②匯兌銀錢，例劃撥。③設計，例計劃、擘劃。④齊一，例整齊劃一。㈡ㄏㄨㄚˊ huá 動用刀子或其他利器從平面上擦過或分開，例劃火柴。

14【劂】ㄐㄩㄝˊ jué 名同「剧」；刻刀，例剞劂。動雕刻，例不劘不劂。

十三 畫

15【劍】〔剑〕(劒) ㄐㄧㄢˋ jiàn 名①兩面有刃的短兵器。②姓。

◆劍鞘、劍及履及、劍拔弩張。

15【劇】〔剧〕ㄐㄩˋ jù 名①戲，例悲劇。②姓，例漢代人劇孟。形①急速的，例劇談。②艱、難。③繁雜，例繁劇。④多，例材劇志大。副甚，例劇寒、劇暑。

◆劇本、劇烈、劇情、劇終、劇團、劇藥。

15【劈】㈠ㄆㄧ pī 動①剖開，例劈柴。②平分，例一分資金劈成三股。③朝著，例劈頭一棒。㈡ㄆㄧˇ pǐ 動分開。

15【劊】〔刽〕ㄎㄨㄞˋ kuài 名執行死刑的人，例劊子手。動斬斷。

15【劌】〔刿〕ㄍㄨㄟˋ guì 動傷害。

15【劉】〔刘〕ㄌㄧㄡˊ liú 名①兵器名，斧一類的東西。②春秋鄭國地名，在今河南偃師縣西南。③姓。動殺戮。形枝葉稀疏的樣子。

十四 畫

16【劑】〔剂〕ㄐㄧˋ jì 名①計算藥的數量單位，例一劑藥。②經過配合而成之物，例催化劑、消毒劑。動①剪斷、剪齊。②調和，例調劑。

16【劓】ㄧˋ ì 名古代割去罪犯鼻子的刑罰。和墨、剕、宮、大辟並稱五刑。動割。

16【劐】ㄏㄨㄛˋ huò 動①通「穫」；刈穀。②用刀尖插入物體後，順勢劃開，例把魚肚子劐開。

十七 畫

19【劖】ㄔㄢˊ chán 動砍斷。

十九 畫

21【劘】ㄇㄛˊ mó 動①削。②迫近。

21【劗】ㄗㄨㄢˋ zuàn 動①減少。②切斷。③剃髮。

二十一 畫

23【劙】㈠ㄌㄧˇ lǐ 動分割。㈡ㄌㄧˊ lí 動刀刺。

23【劚】〔劅〕(斸)ㄓㄨˇ zhǔ 名鋤頭一類的農具。動斫、砍，例劚稻。

力 部

02【力】ㄌㄧˋ lì 名①人體筋肉所產生的效能，例體力。②人由智慧產生的效用，例智力。③以勞力供使役的人，例苦力。④物理學上，凡能使其他物體運動或靜止，或改變速度、方向的作用皆稱力。⑤一切事物所具有的效能或作用，例水力、吸引力。⑥本身具有的潛在能力，例才力、實力。⑦姓。副盡力、極力，例力攻敵軍。

◈力行、力氣、力量、力戰、力不從心、力爭上游、力薄才疏　火力、酒力、視力、電力。

三 畫

05【功】ㄍㄨㄥ gōng 名①事業，例事功。②成效，例功效。③勳勞，例功勞。④喪服名，例小功。⑤力學上，物體受外力作用而移動時，力的大小與力的作用點之位移，兩者之乘積爲功。

◈功力、功夫、功名、功利、功效、功能、功勞、功業、功課、功德、功勳、功成名就、功成身退、功敗垂成、功虧一簣　用功、記功、農功、大功告成。

05【加】ㄐㄧㄚ jiā 名①算法的一種。例加法。②姓，明有加傅。動①陵駕，例我不欲人之加諸我也，吾亦欲無加諸人。(《論語》〈公冶長〉)②增益，例努力加餐飯。③施，例風雨交加。

④位居，[例]夫子加齊之卿相。(《孟子》〈公孫丑〉)[副]更加，[例]鄰國之民不加少，寡人之民不加多。(《孟子》〈梁惠王上〉)

◈加工、加油、加害、加冕、加盟　更加、添加、增加、澤加於民、罪加一等。

四 畫

06【劣】ㄌㄧㄝˋ liè [動]失去，[例]膽劣心捐。[形]①笨的，[例]劣等。②少的，[例]智慧淺劣。[副]僅，只。

◈劣等、劣跡　卑劣、低劣、粗劣、頑劣、惡劣。

五 畫

07【助】ㄓㄨˋ zhù [名]殷商時代所施行的賦稅名。[動]①輔佐，[例]助理。②有益於人，[例]助人。③通「鉏」；除去。

◈助教　互助、助理、協助、輔助、幫助、守望相助。

07【努】ㄋㄨˇ nǔ [名]書法上稱直畫爲努。[動]①勉力、用力，[例]努力讀書。②翹起，[例]努嘴。③突出，[例]這道牆向外努了，注意危險。

07【劫】(刼)(刧)(刦) ㄐㄧㄝˊ jié [名]①棋奕中緊迫的關鍵。②災難，佛語指人所遭的禍害，[例]浩劫。③梵語。古代印度人表示世界周期的觀念之一，意味著非常長的時間，分小劫、中劫、大劫。[動]①以威力逼迫，[例]劫之以衆。(《禮記》〈儒行〉)②奪取，[例]勆劫行者。(《漢書》〈尹賞傳〉)

◈劫持、劫掠、劫奪、劫數、劫難　打家劫舍、搶劫、萬劫不復、趁火打劫。

07【劬】ㄑㄩˊ qú [動]勤苦，[例]劬勞。

07【劭】ㄕㄠˋ shào [動]勸勉，[例]先帝劭農。(《漢書》〈成帝紀〉)[形]美好，高尚，[例]年高德劭。

07【劮】ㄧˋ yì [形]①同「逸」。②行爲放蕩，不拘小節。

六 畫

08【劾】ㄏㄜˊ hé [名]舉發罪行的書狀，[例]劾狀。[動]糾正官吏的不法行爲，[例]彈劾。

08【劼】ㄐㄧㄝˊ jié [動]用力。[形]①小心謹愼。②鞏固。

08【劻】ㄎㄨㄤ kuāng [副]急迫的樣子，[例]劻勷。

08【効】ㄒㄧㄠˋ xiào「效」的俗字。

七 畫

09【勃】ㄅㄛˊ bó 名姓。動①用力旋轉。②爭吵，例勃谿。形①暴戾，例狂勃。②變色的樣子，例色勃如也。(《論語》〈鄉黨〉)③旺盛的樣子，例蓬勃。副忽然。

◆**勃勃、勃發、勃然、勃興。**

09【勁】〔劲〕㈠ㄐㄧㄥˋ jìng 形堅強。 ㈡ㄐㄧㄣˋ jìn 名①力量，例使勁、有勁。②精神，例你費這麼大勁，又何必呢？③興趣，例起勁、沒勁。④表情、態度，例親熱勁、傻勁。形①強而有力的，例勁敵。②美的。

◆**勁士、勁旅、勁草。**

09【勇】ㄩㄥˇ yǒng 名清代兵制，於編制之外募來防備寇襲的士卒，例淮勇。動銳進敢為，例勇於為人。形形容人的力氣大或膽量大，例勇將。副敢作敢為，肯擔當責任，例勇於負責，勇於認錯。

◆**勇士、勇武、勇氣、勇將、勇敢、勇冠三軍、勇往直前、勇氣百倍、勇猛精進 有勇無謀、兵勇、英勇、忠勇。**

09【勉】ㄇㄧㄢˇ miǎn 名姓。動①強迫人去做能力不夠，或不願意做的事，例勉強。②盡力，例喪事不敢不勉。(《論語》〈子罕〉)③勸人上進。

◆**勉力、勉勵、勉為其難。**

09【勅】(勑)ㄔˋ chì 同「敕」。名皇帝的詔書，例勅書。動誡，例勅厲。

八 畫

10【勍】ㄑㄧㄥˊ qíng 形強，例勍敵。

九 畫

11【勒】㈠讀音ㄌㄜˋ lè；語音ㄌㄜ lē 名①有嚼口的馬絡頭，例勒鞍具。②書法上所說的橫畫。③姓，漢有勒保。動①統御、整治，例親勒六軍。②控制、約束，例教勒子孫。③刻記，例勒石、勒碑。④強迫、抑迫，例勒逼。 ㈡ㄌㄟ lēi 動①以繩繫緊而用力拉扯，例勒緊。②使向上緊附，例把袖子往上勒。

◆**勒令、勒交、勒兵、勒索、勒捐、勒贖。**

11【動】〔动〕(働) ㄉㄨㄥˋ dòng 動①移動。②操作。③搖動，例風吹草動。④行動，例非禮勿動。(《論語》〈顏淵〉)⑤發動，例是動天下之兵。⑥出動。⑦感動，例足以動衆，未足以化民。(《禮記》〈學記〉)⑧開始做，例動工。⑨動用，例動腦筋。⑩方言，吃，例葷腥不動。副①每每，例論安言計，動引聖人。(諸葛亮〈後出師表〉)②用在動詞之後，表示能力或效果，例這石頭好重，誰也搬不動它。

◆動心、動手、動用、動向、動作、動身、動武、動怒、動員、動氣、動粗、動亂、動彈、動靜、動聽、動輒得咎、驚天動地　活動、移動、勞動、舉動。

11【勘】㈠ㄎㄢˋ kàn 動①核校、覆定，例凡勘書必用能讀書之人。(顧炎武《日知錄》)②審囚。③考核、稽察，例勘測地形。　㈡ㄎㄢ kān 動校正，例校勘。

◆勘合、勘誤、勘察、勘驗。

11【勖】(朂) ㄒㄩˋ xù 動①通「冒」；出。②勉勵，例勖勉。

11【務】〔务〕㈠ㄨˋ wù 名①事情，例公務。②收稅的地方。③姓。動專注，例君子務本。(《論語》〈學而〉)副必須，例務必要到。　㈡ㄨˇ wǔ 名通「侮」；侵略。

十畫

12【勝】〔胜〕㈠ㄕㄥˋ shèng 名①專指名勝，例尋幽訪勝。②婦人的首飾，例人勝、金勝。動①占優勢。②克制，例勝人者必先自勝。(《呂氏春秋》〈先己〉)③超過，例質勝文則野。(《論語》〈雍也〉)形優美的，例勝景。　㈡ㄕㄥ shēng 名姓，漢有勝屠公。動承受得了、擔當得起，例高處不勝寒。(蘇軾〈水調歌頭〉)副盡，例不可勝數。

◆勝地、勝利、勝負、勝會、勝算　必勝、戰勝、不勝感激、名勝古蹟、百戰百勝。

12【勞】〔劳〕㈠ㄌㄠˊ láo 名①事蹟功勳。②勞動者的簡稱，例勞資協議。③農器，無齒耙，用木條編成，用來使田地平整而土鬆。④中醫稱積久虛損或損傷太過的病。⑤姓，後漢有勞丙。動①勤苦，例勞而不矜其功。(《國語》〈越語〉)②煩擾，請人幫忙的客套話，例勞駕。形①疲倦、辛苦。②遼闊的，爲

「遼」之假借字。 (二) ㄌㄠˋ lào 動①慰問、慰勞，例勞軍。②協助。

◆勞心、勞苦、勞神、勞累、勞頓、勞碌、勞駕、勞民傷財、勞苦功高、勞師動衆、勞燕分飛 功勞、辛勞、苦勞、疲勞、煩勞、徒勞無功。

12【勛】〔勋〕ㄒㄩㄣ xūn 名同「勳」。

十一 畫

13【募】ㄇㄨˋ mù 名①徵求的事，例應募。②通「膜」。動廣求、招集，例招募軍隊。

◆募化、募兵、募捐、募集、募債、募緣。

13【勢】〔势〕ㄕˋ shì 名①權力、威力，例仗勢欺人。②由力量所激發的動向，例火勢、風勢。③動作的狀態，例手勢。④機會，例乘勢追擊。⑤形狀，例山勢。⑥情形、狀況，例局勢、情勢。⑦外腎，即雄性動物的生殖器官。

◆勢不兩立、勢不得已、勢如破竹、勢均力敵 地勢、時勢、倚勢、姿勢、仗勢欺人、趨炎附勢。

13【勣】ㄐㄧ jī 名同「績」；功業。

13【勤】(懃) ㄑㄧㄣˊ qín 名①職務，依一定時間上下班的工作，例內勤、外勤。②姓，唐有勤曾。動①努力工作，例勤能補拙。②擔憂。③幫助。形①誠懇、周到，例殷勤。②辛苦，例或問民所勤。副①盡心盡力地做事，例勤讀、勤耕。②經常，例勤打掃。

◆勤快、勤苦、勤勉、勤儉、勤謹、勤奮。

13【勠】(戮) ㄌㄨˋ lù 動合力，例勠力同心。

13【勦】(剿)(勦) ㄐㄧㄠˇ jiǎo；又讀ㄔㄠ chāo 動①勞擾，例勦民。②討伐、滅絕，例勦平、勦滅。③偷竊，例勦襲。

十二 畫

14【勩】〔勚〕ㄧˋ yì 形勞苦的，例莫知我勩。(《詩經》〈小雅・雨無正〉)

十三 畫

15【勰】ㄒㄧㄝˊ xié 動合力。形協和的。

15【勱】〔劢〕ㄇㄞˋ mài 動通「邁」；勉力。

十四 畫

16【勳】〔勛〕(勋) ㄒㄩㄣ xūn 名①功績，例屢建功勳。②姓。

◆勳臣、勳位、勳章、勳勞、勳業、勳爵。

十五 畫

17【勵】〔励〕ㄌㄧˋ lì 名姓。動①勉力、盡力，例夙夜勤勵。②勸勉，例勉勵。

◆勵行、勵志、勵精圖治 自勵、再接再勵、鼓勵、獎勵。

十七 畫

19【勷】㈠ㄖㄤˊ ráng 副①急遽的樣子，例劻勷。②憂懼的樣子，例恇勷。㈡ㄒㄧㄤ xiāng 動同「襄」；幫助。

十八 畫

20【勸】〔劝〕ㄑㄩㄢˋ quàn 名姓。動①以言開導，使人聽從，例勸告。②獎勵，例勸學、勸業。形積極的。

◆勸化、勸世、勸戒、勸告、勸阻、勸善、勸進、勸解、勸說、勸導。

勹 部

02【勹】ㄅㄠ bāo 名①注音符號聲符之一，屬雙脣不送氣音。②「包」的古字。

一 畫

03【勺】讀音ㄕㄨㄛˋ shuò 語音ㄕㄠˊ sháo 名①舀水的器具，例水勺。②飲酒的器具。③容積的單位，十勺爲一合，百勺爲一升。④周公所制作的樂曲名。⑤姓，北宋有勺復之。動沾。

二 畫

04【勾】㈠ㄍㄡ gōu 名①同「鉤」；彎曲的物體，例魚勾。②書法末筆向上趯者。③書寫文字時的一種符號，即「√」，用以表示一個段落或把此段删掉。④樂譜表示聲調之名稱。⑤大陸方言，即股、份。⑥姓。動①塗去或删減文字。②引起、挑動，例勾起多年的往事。③指男女間的引誘、挑逗，例勾搭。④描畫，例勾出一個輪廓來。⑤用芡粉或麵粉使湯汁或菜餚變得濃厚，例勾芡。㈡

ㄍㄡˋ gòu 動①用手探取。②借作「夠」。

◈勾引、勾消、勾勒、勾通、勾當、勾魂。

04【匀】ㄩㄣˊ yún 名姓。動①分讓。②打扮，例匀臉。形平均，例均匀。

04【勿】ㄨˋ wù 動無。副①不要、不可，禁止之詞，例請勿吸煙。②表否定之詞，例非禮勿視、非禮勿聽。(《論語》〈顏淵〉)

三 畫

05【包】ㄅㄠ bāo 名①盛裝物品的用具，例皮包、書包。②麵粉做成的一種食物，例包子、麵包。③用作量詞，表示數量，例一包糖果。④姓，宋有包拯。動①裹。②藏。③總攬其事，例這事包在我身上，絕對沒問題。④容納，例包容。⑤通「苞」；叢生，例草木漸包。

◈包工、包庇、包抄、包含、包括、包涵、包紮、包圍、包裝、包辦、包攬、包藏禍心、包羅萬象。

05【匆】(悤)(怱) ㄘㄨㄥ cōng 副忙迫急遽，例匆忙、匆促。

四 畫

06【匈】ㄒㄩㄥ xiōng 名①「胸」的本字。②歐洲國名匈牙利 Hungary 的簡稱。③古時北方的種族名，例匈奴。副通「訩」；喧擾的樣子，例匈匈。

七 畫

09【匍】ㄆㄨˊ pú 動①捕。②「匍匐」：手足著地向前爬行。

九 畫

11【匏】ㄆㄠˊ páo 名①一種瓜類名，即葫蘆。果皮乾燥後可作容器。②八音之一，古笙竽之類以匏爲座，所以此類樂器稱匏。③姓，漢有匏敏。

11【匐】ㄈㄨˊ fú 動「匍匐」：見「匍」字。

匕 部

02【匕】ㄅㄧˇ bǐ 名①古人舀取食物的器具，現代的湯匙、勺子之類。②箭頭。③一種短劍，例匕首。

二 畫

04【化】ㄏㄨㄚˋ huà 名①風俗，例黔首改化。②教化，例沐浴清化。③姓，明有化暉。動①無形的改變，例潛移默化。②天生萬物，例化育、造化。③轉移民俗。④求，例化緣。⑤物體變更性質，例消化、溶化。⑥死，例物化、鶴化。⑦焚毀，例化紙。

◆化妝、化身、化育、化解、化緣、化驗、化險爲夷、化整爲零、化干戈爲玉帛　文化、風化、焚化、感化、募化、變化。

三　畫

05【北】(一)讀音ㄅㄛˋ bò 語音ㄅㄟˇ běi 名方位名，南的對面。動①失敗，例屢戰屢北。②違背，敗逃。形在北方的，例北夷。副向北，表示方向，例北上、北征。 (二)ㄅㄟˋ bèi 動①留善去惡，使兩相分開。②通「背」；背叛。

九　畫

11【匙】(一)ㄔˊ chí 名①一種舀取流質食物的用具，俗稱調羹；亦稱匙子、匙兒。②姓，明有匙廣。 (二)・ㄕ shi 名鑰匙。

匚　部

02【匚】ㄈㄤ fāng 名①裝置物品的器具。②注音符號聲符之一，屬脣齒音。

三　畫

05【匜】ㄧˊ yí 名①器物名，青銅製，類似羹匙，柄中有道，可以注水酒。②盥洗的器皿。

05【匝】(帀)ㄗㄚ zā 動環繞一周。形滿。

四　畫

06【匠】ㄐㄧㄤˋ jiàng 名①泛稱各種技術工人，例木匠、花匠。②對藝事有特殊造詣者的尊稱，例巨匠。動①教。②計劃、製作。形心思靈巧的，例匠心獨具。

06【匡】ㄎㄨㄤ kuāng 名①飯器，今作「筐」。②通「眶」；眼眶。③古地名，爲春秋時宋地。④姓，漢有匡衡。動①糾正，例過則匡之。②救助、幫助，例匡助。③輔佐，例以匡朕之不逮。(《漢書》〈宣帝紀〉)④通「恇」；

恐懼。

◈匡正、匡救、匡復、匡濟。

06【匟】(炕) ㄎㄤˋ kàng 名可容納二、三人並坐的精緻木床，上有小几子，床前有擱腳的腳搭子，置於大廳上，可坐、可臥。

五 畫

07【匣】ㄒㄧㄚˊ xiá 名用以收藏物品的小箱子；亦稱匣子、匣兒，例劍匣、鏡匣。動裝在匣子裡。

八 畫

10【匪】ㄈㄟˇ fěi 名①强盜，例土匪、盜匪。②行爲不正當的人，例匪人、匪類。③形狀像篋的方形竹器，可用來盛物。形①同「斐」；有文彩的樣子。②輕佻。副不、非，例夙夜匪懈。

◈匪徒、匪懈、匪夷所思。

九 畫

11【匭】〔匭〕ㄍㄨㄟˇ guy 名匣、小箱子，例票匭、投匭。

十一 畫

13【匯】〔汇〕(滙) ㄏㄨㄟˋ huì 動①水流會合，例匯合、匯聚。②交寄貨幣、錢款，在甲地交寄，在乙地領取，例匯款、匯兌。

十二 畫

14【匱】〔匮〕(一) ㄎㄨㄟˋ kuì 名①盛藏東西的器具。②通「簣」；盛土的竹籠。③姓，晉有匱才人。形空無所有，例匱乏。 (二) ㄍㄨㄟˋ guèi 名同「櫃」；儲放東西的大箱子。

14【匰】〔𫧮〕ㄉㄢ dān 名宗廟裡安放神主的匣子。

十三 畫

15【匳】〔奁〕(奩)(匲)(籢) ㄌㄧㄢˊ lián 名①鏡匣。②香匣。③女人裝化妝品的盒子，例妝匳。④盛東西的輕巧盒子，例粉匳、印匳。

十四 畫

16【匴】ㄙㄨㄢˇ suǎn 名①竹盤。②冠帶箱。③淥米的藪子。

十五畫

17【匵】ㄉㄨˊ dú 图同「櫝」；藏東西的小盒子。

匚部

02【匚】ㄒㄧˇ shǐ 图遮蓋東西的用具。動遮著物件。

二畫

04【匹】(疋)㊀ㄆㄧˇ pǐ 图①同「疋」；計算布帛的單位，古時以四丈爲一匹，例布匹。②朋友。③配偶。動配合，例匹配。形單獨，例匹夫匹婦。㊁ㄆㄧ pī 图計馬的數量詞，例四匹馬。

◆匹敵、匹馬單槍。

六畫

08【匼】ㄢˋ àn 動對人奉承迎合，例阿匼。形「匼匝」：周匝、周徧的意思。

七畫

09【匽】㊀ㄧㄢˇ yǎn 图姓。動①隱藏。②通「偃」，停息，例興文匽武。㊁ㄧㄢˋ yàn 图路邊的廁所。

九畫

11【匾】ㄅㄧㄢˇ biǎn 图①「匾額」：題大字的木板，掛在門楣、堂前上端的橫額。②形圓而邊淺的竹器。

11【匿】ㄋㄧˋ nì 動隱藏起來，不使人知道，例隱匿。

◆匿怨、匿笑、匿跡銷聲。

11【區】〔区〕㊀ㄑㄩ qū 图①地方自治單位，在市之下分設若干區。②劃分的地域，例工業區。動分別，例區別。形小或少，例區區。㊁ㄡ ōu 图①古量名，一斗六升爲區。②姓，明有區大相。動隱匿。㊂ㄍㄡ gōu 動屈曲而生。

◆區分、區域 市區、地區、郊區、管區。

十部

02【十】ㄕˊ shí 图數目名，大寫作「拾」，阿拉伯數字作「10」。副①滿足的意思，例十足。②佛家以十表示圓滿無盡的意思。

◆十成、十全十美、十拿九穩、十惡

不赦。

一 畫

03【千】ㄑㄧㄢ qiān 名①百的十倍叫做「千」，大寫作「仟」。②姓，漢有千秋。形比喻多數。副①多，例千山萬水。②再三叮囑的詞，例千萬小心。

◈千古、千金、千萬、千刀萬剮、千山萬水、千方百計、千言萬語、千呼萬喚、千嬌百媚、千錘百鍊、千變萬化。

二 畫

04【午】(一) ㄨˇ wǔ 名①地支的第七位。②時辰名，指上午十一點到下午一點。動同「忤」、「迕」；拂逆。(二) ㄏㄨㄛ huō 名正午之意，例晌午。

04【卅】ㄙㄚˋ sà 名數目名，就是三十的意思。

04【升】(昇)(陞) ㄕㄥ shēng 名①容量名，一斗的十分之一，等於十合。②量器，例升斗。③布八十縷爲升。④《易經》中的卦名，坤上巽下。⑤姓，宋有升元。動①登用，上進，例升級。②成熟，例五穀不升。

◈升降、升級、升遷、升學、升斗小民、升堂入室。

三 畫

05【半】ㄅㄢˋ bàn 形①物品平分爲兩份後，其中的一份叫半，例半碗飯。②極言其少，例不值半文錢。③中間，例夜半。副部分、不完全的，例半生不熟。

◈半天、半路、半斤八兩、半生不熟、半吞半吐、半信半疑、半途而廢、半推半就、半新不舊。

05【卉】ㄏㄨㄟˋ huì 名①草的總稱，例花卉。②姓。

四 畫

06【卍】ㄨㄢˋ wàn 名梵文「萬」字，在印度象徵祥瑞及德行的標誌，佛教採用此字，翻譯成吉祥喜旋或吉祥海雲等，指佛陀的胸部、手腳或頭髮上所顯出的祥和之標記。

六 畫

08【卑】(一) ㄅㄟ bēi 名①自謙的話，表示低賤的意思，例卑人。②姓，漢有卑躬。形①低下，例卑溼。②小輩，例卑幼。③衰微。 (二) ㄅㄟˇ běi 動同

「俾」；使的意思，例卑民不迷。(《荀子》〈宥坐〉)

◆卑劣、卑微、卑鄙、卑賤、卑溼、卑躬屈節。

08【卒】(卆)㈠ㄗㄨˊ zú 名①差役，例販夫走卒。②軍人，例士卒。動①終了，例卒業。②死亡，例暴卒。副終於，例卒底於成。 ㈡ㄘㄨˋ cù 副通「猝」；急迫。 ㈢ㄘㄨㄟˋ cui 形通「倅」；副的、第二的意思。

08【卓】㈠ㄓㄨㄛˊ zhuó 名姓，漢有卓文君。形高超，高遠，例卓見。副直立的樣子，例卓立。 ㈡ㄓㄨㄛ zhuō 名几案，俗作「桌」、「棹」。

◆卓卓、卓異、卓越、卓然、卓絕、卓爾不羣。

08【協】〔协〕ㄒㄧㄝˊ xié 名清代綠營軍組織的名稱，編制相當於現在的旅。動①助理，例協辦。②和、合，例協合。副和合的，共同的，例協議。

◆協力、協助、協定、協和、協約、協商、協會、協調。

七 畫

09【南】ㄋㄢˊ nán 名①方位名，與北相對，例坐北朝南。②南方少數民族的音樂。③東晉以後，宋、齊、梁、陳四朝，均據南方之地，史稱南朝，或省稱南。⑤姓，唐有南霽雲。形南邊的，例南園。

◆南來北往、南征北討、南柯一夢、南船北馬、南腔北調、南蠻鴂舌。

十 畫

12【博】(愽)ㄅㄛˊ bó 名姓，漢有博子勞。動①賭錢，例賭博。②換取，例博取同情。形①寬廣，衆多，例地大物博。②見識豐富，例淵博。

◆博大、博洽、博奕、博雅、博愛、博聞、博學、博古通今、博施濟衆、博聞强志。

卜 部

02【卜】ㄅㄨˇ bǔ 名①掌問卜事的人，例御卜。②姓，漢有卜式。③大陸做「蔔」(·ㄅㄛ)的簡化字。④大陸方言，量詞，即株、棵。動①古人燒龜甲，看上面的裂紋而推定事情的吉凶禍福稱「卜」。②賜予。③估計、猜測。④選擇，例卜居。

◆定卜　占卜、問卜、未卜先知、勝敗可卜。

二　畫

04【卞】ㄅㄧㄢˋ biàn 名①法，例率循大卞。(《尚書》〈顧命〉)②春秋時魯國邑名。③姓，春秋楚有卞和。動角力，徒手搏鬥。形性情急躁，例卞急。

三　畫

05【卡】㈠ㄎㄚˇ kǎ 名①請柬或名片稱卡片。②政府設局收稅的地方，例關卡。③熱量的單位，例卡路里。　㈡ㄑㄧㄚˇ qiǎ 名粵俗以路的險隘稱卡。　㈢ㄑㄧㄚˊ qiá 名箝物的器具，例卡子。動不上不下的橫在中間，例卡在中間。

◆打卡　稅卡、釐卡、聖誕卡。

05【占】(佔)㈠ㄓㄢ zhān 名①古代戲劇中，旦貼類的角色稱「占」，係貼字簡筆而成。②姓，清有占泰。動①視徵兆以斷言吉凶，例占卜。②看、視。　㈡ㄓㄢˋ zhàn 動①據爲己有，例强占。②口授，即心中先構擬其辭，然後口授給他人筆記。

◆占有、占領、占據、占驗。

五　畫

07【卣】ㄧㄡˇ yǒu 名古代盛酒的器具，粗口，深腹，圈足，上頭有蓋，盛行於商代和西周時期。

六　畫

08【卦】ㄍㄨㄚˋ guà 名古代卜筮所用的符號，相傳是伏羲氏所創，基本卦共八，以陰爻(--)陽爻(—)相配合，後演成六十四卦，每卦有六爻。用以卜吉凶，卦有卦辭，爻有爻辭。

卩　部

02【卩】㈠ㄐㄧㄝˊ jié 名古「節」字，指古時的符節，瑞信。　㈡ㄗ zī 注音符號聲符之一，屬舌尖前音。

二　畫

04【卬】㈠ㄤˊ áng 動①通「昂」；物價升起，例卬貴。②激勵。代我。　㈡ㄧㄤˇ yǎng 動①通「仰」；仰望。②舉首向上。

三畫

05【卮】(巵) ㄓ jī 图①古時一種圓形的盛酒器具。②通「梔」;煙支。形①通「支」;支離的樣子。②無隱諱的,例卮言。

05【卯】(夘)(戼) ㄇㄠˇ mǎo 图①十二地支的第四位,例子、丑、寅、卯。②時辰名,早晨五點到七點。③古時官廳的差役,都在卯時點名,所以點名叫點卯,應名叫應卯。④器物上接榫頭的凹處,稱為卯眼。

四畫

06【印】ㄧㄣˋ yìn 图①用金屬、木、石骨等所刻的圖記,例印信。②留存痕跡,例手印。③姓,唐有印倫。動①把文字、圖畫印在紙上,例印刷。②符合,例心心相印。

◆印本、印信、印堂、印象、印證。

06【危】ㄨㄟˊ wéi 图①星名,二十八宿之一。②屋脊。③姓,宋有危稹。形①平安的反面,例危險。②高大,例危樓。③病重,例病危。副端正,例正襟危坐。

◆危行、危言、危城、危殆、危急、危害、危機、危難、危在旦夕、危言聳聽。

五畫

07【卵】ㄌㄨㄢˇ luǎn 图①鳥類、魚類、蟲類所生的蛋,例魚卵。②男子睪丸的俗稱。③成熟的雌性生殖細胞。

07【即】ㄐㄧˊ jí 動①就,例即位。②接近,例不即不離。形今,例即日。副①便是,例色即是空。②立刻,例立即。連假使,例即使。

◆即刻、即席、即時、即景、即興。

07【卲】ㄕㄠˋ shào 形同「劭」;高尚、美好,例年高德卲。

07【却】ㄑㄩㄝˋ què 「卻」的俗字。

六畫

08【卷】(一) ㄐㄩㄢˋ juàn 图①書本,例手不釋卷。②公牘分類成帙稱卷,例案卷。③考試的試題紙,例試卷。 (二) ㄐㄩㄢˇ juǎn 動①通「捲」;收、藏。②把東西彎曲成筒形。③大陸用作「捲」(ㄐㄩㄢˇ)的簡化字。(三) ㄑㄩㄢˊ quán 形彎曲。

◈卷宗、卷帙、卷髮、卷土重來。

08【卸】ㄒㄧㄝˋ xiè 動①放下、安頓，例裝卸。②解除，例卸職。③脫去、除掉，例卸衣解帶。④拆下、分解，例這扇門卸得下來嗎？

◈卸任、卸妝、卸肩、卸除、卸責、卸貨。

08【卹】ㄒㄩˋ xù 動①同「恤」；憂慮。②撫慰，例撫卹。③賑救，例贍卹鄉親。

08【卺】ㄐㄧㄣˇ jǐn 名古代結婚所用的酒杯，因此結婚又稱合卺。

七 畫

09【卻】〔却〕〔郤〕ㄑㄩㄝˋ chiuè 名間隙。動①不受，例謝卻。②退後。副①倒，例那卻不然。②還、再，例何當共翦西窗燭，卻話巴山夜雨時。(李商隱〈夜雨寄北詩〉)

◈卻立、卻步、卻之不恭 忘卻、退卻、減卻、辭卻。

09【卼】ㄨˋ wù 副不安穩，例臲卼。

八 畫

10【卿】ㄑㄧㄥ qīng 名①古代官名，位在大夫之上，例上卿。②對人之尊稱。代①舊時君王對臣的美稱。②夫對妻的稱呼，例愛卿。

◈卿卿我我 九卿、公卿、世卿、客卿。

厂 部

02【厂】㈠ㄏㄢˇ hǎn 名①山石的巖洞，可以住人。②岸。③大陸用作「廠」(ㄔㄤˇ)的簡化字。 ㈡ㄏ h 名注音符號之一，爲舌根音。

二 畫

04【厄】(阨)(戹)ㄜˋ è 名①災難、困難，例困厄。②通「軛」；扼馬頸的橫木。③沒有肉的骨。④樹木的節。⑤國名，厄瓜多的簡稱，在南美洲西北部，首都基多。動迫害。形窮困、災運，例厄運。

五 畫

07【厎】ㄓˇ zhǐ 名通「砥」；磨刀石。

六 畫

08【厓】ㄧㄞˊ yái 名①通「崖」；山邊。②通「涯」；水邊。③姓，明有厓成。動通「睚」；瞠目怒視。

08【厔】ㄓˋ zhì 名河水曲流的地方。動礙阻。

七 畫

09【厚】ㄏㄡˋ hòu 名物體表面與底部的距離，就是體積的高度，例二厚寸。動重視，例厚此薄彼。形①薄的對稱，例厚紙。②老實，例忠厚。

◆厚待、厚望、厚意、厚道、厚實、厚顏。

09【厘】ㄌㄧˊ lí 「釐」的俗字。

09【厙】〔厍〕ㄕㄜˋ shè 名①吳地每用為地名；亦讀如「宅」。②姓，後漢有厙鈞。

八 畫

10【原】㈠ㄩㄢˊ yuán 名①泉水的本源。②廣大的平地，例平原。③根本，例道之大原出於天。(《漢書》〈董仲舒傳〉)④姓，春秋魯有原壤。動諒解，例原宥。形①本來就有的，例原狀。②開始最初的，例原始。㈡ㄩㄢˋ yuàn 形通「愿」，例鄉原，德之賊也。(《論語》〈陽貨〉)

◆原由、原因、原來、原委、原始、原宥、原則、原理、原野、原諒、原封不動。

10【厝】㈠ㄘㄨㄛˋ cuò 名通「錯」；磨刀石。㈡ㄘㄨˋ cù 名福建沿海及臺灣閩南語稱家或屋子為厝。動①安置靈柩，等待擇日埋葬，例暫厝。②通「措」；安置。

九 畫

11【厠】〔厕〕ㄘㄜˋ cè 同「廁」字。

十 畫

12【厥】ㄐㄩㄝˊ jué 名發掘山石。代同「其」；第三人稱的所有格，他的、那個，例大放厥詞。動氣悶而昏倒，例昏厥。連①乃，例左丘失明，厥有國語。(《史記》〈太史公自序〉)②之、以，例自時厥後。(《尚書》〈無逸〉)助語助辭，無義，例誕淫厥泆。(《尚書》〈無逸〉)

12【厦】ㄒㄧㄚˋ xià 「廈」的俗字。

12【厨】ㄔㄨˊ chú 「廚」的俗字。

十二 畫

14【厭】〔厌〕㈠ ㄧㄢˋ yàn 動①滿足，例貪得無厭。②惡煩，例喜新厭舊。形沒有興趣而覺得疲乏，例厭倦。㈡ ㄧㄢ yān 形通「懕」；安，例厭厭。副通「懨」；安然。

◆厭世、厭倦、厭惡、厭煩、厭棄。

十三 畫

15【厲】〔厉〕㈠ ㄌㄧˋ lì 名①磨刀石。②惡鬼。③橋樑。④死而無後代稱厲。⑤大衣帶下垂之處。⑥姓，漢有厲溫敦。動①同「礪」；磨之使利。②連衣涉水。形嚴肅威猛，例子溫而厲。㈡ ㄌㄞˋ lài 名同「癩」；痲瘋病。

◆厲色、厲行、厲兵、厲害、厲聲砥厲、猛厲、暴厲、嚴厲。

厶 部

02【厶】ㄙ sī 名①古「私」字。②注音符號聲符之一，屬舌尖前音。

一 畫

03【厷】㈠ ㄊ t 名注音符號聲符之一，屬於舌尖音。㈡ ㄊㄨˊ tú 動生產不順，也就是難產，形容事情不合理。

二 畫

04【厹】㈠ ㄖㄡˊ róu 名野獸的足跡。動野獸踐踏地面。㈡ ㄑㄧㄡˊ qiú 名三稜刄的矛，例厹矛。形氣勢高。

三 畫

05【去】ㄑㄩˋ qù 名①國音四聲之一，古四聲中的第三聲，現在國音中的第四聲。②姓。動①走，從這裡走到那裡，例去學校。②離開，例離去。③距離，例去古已遠。④送、發出，例去信。⑤往、到，與「來」相反。⑥除掉。⑦放棄，例去就兩難。⑧扮演。形過去的，例去年。助助動詞，表示事情的進行，例只恐夜深花睡去。(蘇軾〈海棠詩〉)

九 畫

11【參】〔参〕(叅) ㈠ ㄘㄢ cān 動①加入，例參與。②謁、覲見，例參見。③驗、稽考。形高聳的，例古木參天。㈡ ㄕㄣ shēn 名

①藥名，例人參。②星名，二十八宿之一。 (三) ㄘㄣ cēn 形「參差」：不整齊的樣子。 (四) ㄙㄢ sān 名同「三」。

◆參天、參半、參加、參考、參見、參劾、參透、參謀、參觀。

又 部

02【又】(一) ㄧㄡˋ yòu 名通「宥」。動通「有」，例亦又何求？副①表示重複、再三，例想了又想。②表示加强語氣，是「並」的意思，例又不是只有你一個人去，怕什麼。③表示更進一步，例他的病又轉成肺炎了。連①連接兩個平行的意思，例他的字寫得又快又好。②表示動作或情況先後接連，例剛吃完飯又吃起糖來。③表示數目的附加，例一又三分之二。(二) ㄡ ōu 名注音符號韻符之一，屬複韻母。

一 畫

03【叉】ㄔㄚ chā 名分歧的地方，例三叉路口。動①手指相錯。②刺取，例叉魚。

二 畫

04【及】ㄐㄧˊ jí 動①如，例我不及他。②達到，例及格。③趁著，例及時努力。連和，例書及筆。

◆及早、及格、及時、及笄、及第、及門弟子 殃及池魚、推己及人、過猶不及、幼吾幼以及人之幼。

04【反】(一) ㄈㄢˇ fǎn 動①背叛，例造反。②省察，例反省。③推及，例舉一反三。形正的對面、背面，例反面。副出乎意料之外，例你反不如他嗎？ (二) ㄈㄢ fān 動①翻案，例平反。②通「翻」；傾覆。(三) ㄈㄢˋ fàn 動通「販」；販賣。

◆反目、反抗、反攻、反串、反派、反叛、反省、反映、反悔、反哺、反射、反常、反覆無常。

04【友】ㄧㄡˇ yǒu 名稱意氣相投、情誼互通的人，例好友。動①親愛友好，例兄友弟恭。②幫助，例出入相友。(《孟子》〈滕文公上〉)③結交，例無友不如己者。(《論語》〈學而〉)形有友好關係的，例友軍。

◆朋友、親友、益友、損友、至友。

04【双】ㄕㄨㄤ shuāng 「雙」的俗字。大陸用作「雙」(ㄕㄨㄤ)的簡化字。

六畫

08【取】ㄑㄩˇ qǔ 動①拿，例取書。②選用，例錄取。③得到，例取信於人。④同「娶」。

◆取巧、取信、取消、取捨、取締。

08【叔】ㄕㄨˊ shú 名①父親的弟弟，例叔父。②丈夫的弟弟，例小叔子。③父親平輩朋友中年紀小於父親的亦稱爲叔。④姓，春秋魯有叔肥。形①兄弟中排行第三的，例伯、仲、叔、季。②衰敗，例叔世。

08【受】ㄕㄡˋ shòu 動①收得，例接受。②容納、容忍，例忍受。③被、遭到，例受驚嚇。④被侵害，例受凍。副可、中，表示好的意思，例他說的話很受聽。

◆受洗、受教、受業、受禮、受寵若驚。

七畫

09【叛】ㄆㄢˋ pàn 動離去、反背，例衆叛親離。

◆叛逆、叛徒、叛亂、叛變 反叛、背叛、謀叛、離經叛道。

八畫

10【叟】(一) ㄙㄡˇ sǒu 名古人對老人的尊稱，例童叟無欺。 (二) ㄙㄡ sōu 名四川少數民族的別名。形淘米的聲音，例叟叟。

九畫

11【曼】ㄇㄢˋ màn 名姓，明有曼仙。動延伸，例曼延。形①美好，例曼歌曼舞。②長的，例曼曼。

◆曼衍、曼麗。

十四畫

16【叡】〔睿〕ㄖㄨㄟˋ ruì 形①目光明亮。②明智通達，叡智。

十六畫

18【叢】(丛) ㄘㄨㄥˊ cóng 名①草木聚生在一起，例草叢。②引申爲聚在一起的人物，例人叢。③姓，明有叢叔模。動聚集，例叢聚。

◆叢生、叢林、叢書、叢棘、叢談、叢叢。

口部

03【口】ㄎㄡˇ kǒu 图①動物的嘴，即吃東西和說話的器官，例病從口入。②器物的張開處，例瓶口。③進出的要道，例關口。④門窗附近的地方，例門口。⑤計算人數所用的字，例人口。⑥刀鋒，例刀口。⑦計算物品所用的字，例一口井。⑧特指長城的關口。⑨姓，明有口祿。

◆**口吻、口供、口紅、口氣、口語、口德、口若懸河、口是心非、口誅筆伐、口傳心授、口蜜腹劍、口齒伶俐、啞口無言、虎口餘生、禍從口出。**

二　畫

05【句】㈠ㄐㄩˋ jù 图有完整意義的文詞或語言，例文句。　㈡ㄍㄡ gōu「勾」的本字。图①直角三角形之短邊。②姓，春秋越有句踐。形曲，屈。㈢ㄍㄡˋ gòu 图事情，例句當。動擔任、調查、拘。

◆**句號、句讀、詞句、佳句、例句、對句　話不投機半句多。**

05【叨】㈠ㄊㄠ tāo 動①受人好處，例叨光。②忝；自謙的話，例叨陪末座。形同「饕」；貪。　㈡ㄉㄠ dāo 動話多，例嘮叨。

◆**叨叨、叨念、叨擾。**

05【叩】(敂)ㄎㄡˋ kòu 動①敲、擊，例叩問。②詢問，例我叩其兩端而竭焉。(《論語》〈子罕〉)③磕頭敬禮，叩首的省文，引申爲最敬詞，例叩謝。④同「扣」；勒住，例叩馬。

05【叼】ㄉㄧㄠ diāo 動銜在嘴裡，例叼著香煙。

05【叫】(吅)ㄐㄧㄠˋ jiào 動①稱呼。②呼喚、喊。③鳥獸蟲類的鳴聲。

◆**叫座、叫賣、叫囂、叫苦連天。**

05【只】㈠ㄓˇ zhǐ 副①不過、僅有，例只此一家。②儘管，例只管去做。③大陸用作「衹」(ㄓˇ) 的簡化字。助語尾助詞，表決定或感歎。　㈡ㄓ zhī 图①計物的量，例一只。②單獨，例形單影只。③大陸用作「隻」(ㄓ)的簡化字。

05【可】㈠ㄎㄜˇ kě 图可可，梧桐科喬木，果實橢圓形，研末可作飲料。動①允許、承認，例許可。②合適，例可口。③將就，例可著這張紙來畫。副①能夠，例可大可小。②大約，例年可十八。③疑問詞，例你可知道？④值得，例可愛。⑤同「豈」，例這可不糟了嗎？⑥卻，例你去，我可不去。連但是，例可是。助加强語氣，例這下可好。 (二) ㄎㄜˋ kè 名可汗，是古西域國君主的稱呼。

◆可人、可以、可惜、可惡、可疑、可想而知、可歌可泣 適可而止、無可奈何、非同小可、無計可施。

05【叮】ㄉㄧㄥ dīng 動①蚊蟲咬人，例叮了一下。②再三囑咐，例叮嚀。③大陸方言，追問。形金屬相撞擊的聲音，例叮噹。

05【召】(一) ㄓㄠˋ zhào 名姓，春秋齊有召忽。動①招呼，特指上對下的呼喚，例召喚。②招致、引來，例召禍。(二) ㄕㄠˋ shào 名①同「邵」，古邑名。②姓，漢有召歐。

◆召集、召募 號召、感召、應召、徵召、召見。

05【古】ㄍㄨˇ gǔ 名①過去久遠的時代，例上古。②總稱過去的事物，例貴古賤今。③姓。形①過去的、舊的，例古人。②古雅，例氣清韻古。

◆古怪、古典、古板、古董、古跡、古色古香、古往今來、古道熱腸 太古、亙古、終古、遠古、是古非今。

05【叱】ㄔˋ chì 動①大聲斥責，例呵叱。②怒聲呼喝，例叱責。

05【台】(一) ㄊㄞˊ tái 名①尊稱對方，例台端。②計算數量的單位，例一台電視。③台灣省的簡稱。④大陸用作「臺」、「檯」、「颱」(ㄊㄞˊ)的簡化字。(二) ㄧˊ í 名姓，明有台元。代①我，古代稱自己爲台。②通「何」；表示疑問。動通「怡」；喜悅。

◆台甫、台風、台啓、台鑒。

05【右】ㄧㄡˋ yòu 名①表示方向、位置，例向右轉。②方位，右指西方，例江右。動①同「佑」；佐助。②通「侑」；勸，例以享右祭祀。(《周禮》〈春官〉)形①強橫的，例豪右之徒，橫行鄉里，魚肉良民。②尊貴的、重要的，例右宗。

05【史】ㄕˇ shǐ 名①記載過去事跡的書籍，例通史。②國家記事的書。③六官的佐屬，專管記錄往事。④姓，明有史可法。

◆史跡、史不絕書、史無前例 太史、正史、信史、野史。

05【叵】ㄆㄛˇ pǒ 副①「不可」二字的合音。②頗，表程度。③遂、故，表原因。

05【司】ㄙ sī 名①行政組織名，例外交部的禮賓司。②古官職名，例十軌爲里，里有司。(《管子》〈小匡〉)③姓，元有司允德。動①主管事務，例職司。②視察。

◆司空見慣 上司、公司、有司、牝雞司晨。

05【叶】ㄒㄧㄝˊ xié ①古「協」字，例叶韻。②大陸用作「葉」(ㄧㄝˋ)的簡化字。

05【叭】ㄅㄚ bā 名「喇叭」，見「喇」字。

05【另】ㄌㄧㄥˋ lìng 動分居、分開。形別的、另外的，例另買一個。

◆另起爐竈、另眼相看。

05【叻】ㄌㄧˋ lì 名「叻埠」：新加坡的別稱。

三 畫

06【吉】ㄐㄧˊ jí 名①吉林省之簡稱。②姓，唐有吉中孚。形①善。②福，例祚靈主以元吉。(張衡〈東京賦〉)③美好的，例吉日良辰。④祥瑞，例吉祥。

◆吉利、吉祥、吉期、吉人天相、吉光片羽。

06【吏】ㄌㄧˋ lì 名①辦理公務的人，例官吏。②舊稱衙署中掌管文書或簿記的小官，例書吏。③官吏的政績，例吏治。④姓，漢有吏宗。

06【吐】㈠ㄊㄨˇ tǔ 名言詞，例談吐。動①口中出物，例吐痰。②舒，洩漏，例吐露。 ㈡ㄊㄨˋ tù 動食物從胃中嘔出，例嘔吐。

◆吐氣、吐哺握髮、吐剛茹柔 吞吐、傾吐、吞刀吐火、吞雲吐霧。

06【同】(仝)ㄊㄨㄥˊ tóng 名①和、和平相處，例禮運大同。②酒杯。③姓，北魏有同恕。動①會合、聚，例同心。②共居、在一起，例同事。介和。

◆同志、同事、同胞、同鄉、同儕、同工異曲、同仇敵愾、同舟共濟、同牀異夢、同病相憐、同流合汙、同歸於盡、同歸殊途 合同、相同、會同、世界大同、笙磬同音。

06【吊】(弔)ㄉㄧㄠˋ diàu 動①提取，例吊案。②懸掛，例吊鐘。

06【吁】ㄒㄩ xū 名喘氣的聲音，例吁吁。動歎息，例長吁短歎。形憂愁。歎感歎聲，表示不同意、不以爲然。

06【吋】ㄘㄨㄣˋ cùn 名Inch 英國長度名，等於一呎的十二分之一。

06【各】(一)ㄍㄜˋ gè 名指事物的辭，例各個。 (二)ㄍㄜˊ gé 代各自、各人等語詞中的讀音。

◆**各自、各別、各位、各不相讓、各有千秋、各奔前程、各個擊破、各執一詞。**

06【合】(一)ㄏㄜˊ hé 名①配偶，例天作之合。(《詩經》〈大雅·大明〉)②內行星與太陽處於同一赤經或黃經時稱合。③古稱交戰爲合，例大戰三百合。④姓。⑤大陸用作「閤」(ㄏㄜˊ)的簡化字。動①合攏、關閉，例天地合，乃敢與君絕。(古樂府〈上邪〉)②相符，例合意。③會、聚，例會合。④交戰。形全部的，例合族。副①環繞著，例合抱。②應該，多用於公文如「合行」。 (二)ㄍㄜˇ gě 名量名，一升的十分之一。

◆**合作、合奏、合約、合格、合理、合羣、合適　好合、符合、混合、集合、適合。**

06【向】(一)ㄒㄧㄤˋ xiàng 名①北面的窗子。②方位。動①對，例向左轉。②景仰，例人心懷向。(《唐書》〈賈敦頤傳〉)副①昔。②從來，例一向。 (二)ㄒㄧㄤˇ xiǎng 名①古國名。②姓，晉有向秀。

◆**心向、方向、意向、走向、趨向。**

06【名】ㄇㄧㄥˊ míng 名①物的稱號。②人的名。③名譽，例令名。④文字，例百名以上書於策。(《儀禮》〈聘禮〉)⑤計人的量詞。⑥姓，春秋楚有彭名。⑦名義，例名不正則言不順。動指稱，例蕩蕩乎民無能名焉。(《論語》〈泰伯〉)形①有名的，例名人。②貴重的、出色的，例名酒。

◆**名目、名次、名流、名勝、名貴、名譽、名不虛傳、名正言順、名利雙收、名落孫山　功名、聞名、聲名、莫名奇妙、無以名狀、至理名言、身敗名裂。**

06【吃】(喫)(一)ㄔ chī 動①食、喫，例越王之窮，至乎吃山草。(賈誼《新書》)②感受，例吃苦、吃驚。③船舶入水的深度，例這船吃水多深？④遮蔽。⑤承受，例吃罪。 (二)ㄐㄧˊ jí 形話不順暢，例口吃。

◆**吃力、吃香、吃緊、吃虧、吃驚、吃裡扒外。**

06【后】ㄏㄡˋ hòu 名①君王，例商之先后。②天子嫡妻，例天子有后。(《禮記》〈曲禮〉)③古稱官長爲后。④諸侯。⑤姓，春秋齊有后處。⑥大陸用作「後」(ㄏㄡˋ)的簡化字。副通

「後」，例知止而后有定。(《禮記》〈大學〉)

06【吆】ㄧㄠ yāo 動大聲呼叫，例吆喝。

06【吒】(咤) ㄓㄚˋ zhà 動叱怒。

四 畫

07【吝】(悋) ㄌㄧㄣˋ lìn 動①恨惜，例悔吝。②貪，例鄙吝。③恥。形捨不得、小器，例吝嗇。

07【吭】(一) ㄏㄤˊ háng 名咽喉，例引吭高歌。(二) ㄎㄥ kēng 動出聲，作聲，例吭聲。

07【吞】ㄊㄨㄣ tūen 名姓，漢有吞景雲。動①不咀嚼就嚥下去，例吞炭爲啞。(《戰國策》〈趙策〉)②滅，例兼有吞周之意。(《戰國策》〈西周策〉)③侵佔，例併吞。④含，例忍氣吞聲。

◆吞吐、吞噬、侵吞、溫吞、慢吞吞、吞舟之魚、蠶食鯨吞。

07【吳】(吴) ㄨˊ wú 名①古國名：⑴周初，泰伯居吳，傳至壽夢稱王，至夫差，爲越所滅。⑵三國孫權據江南，國號吳，至孫皓，爲晋所滅。⑶五代楊行密據淮南、江西，國號吳，爲十國之一。②江蘇省古爲吳地，別稱吳。③姓，清有吳三桂。

◆吳下阿蒙、吳牛喘月、吳市吹簫。

07【否】(一) ㄈㄡˇ fǒu 副①不然，例隱公曰否。(《公羊傳》〈隱公四年〉)②無。助同「麼」、「嗎」；表疑問，例汝知之否？ (二) ㄆㄧˇ pǐ 名卦名，坤下乾上，象天地不交、萬物不通。形①閉塞，例聖有所否。(《列子》〈天瑞〉)②惡，例臧否。

◆是否、然否、能否 不置可否。

07【吾】ㄨˊ wú 名姓，三國吳有吾粲。代①我的自稱，例吾十有五而志於學。(《論語》〈爲政〉)②我的，例吾妻。

07【呎】ㄔˇ chǐ 名英制長度單位，等於公制的〇·三〇四八公尺。

07【吧】(一) ㄅㄚ bā 名英文bar之音譯，意爲賣酒櫃台、食堂，例酒吧。形形容聲音的字。 (二) ·ㄅㄚ ba 助①表商量、請求，例送我吧！②表允許，例好吧！③表指使，例快點走吧！④表推測，例他明天該不會來吧？⑤用於停頓處，例做吧，不然沒時間。歎表感歎，例算了吧！

07【呆】(獃) ㄉㄞ dāi 形①痴呆滯笨，

例呆頭鵝。②發楞，例嚇呆。副痴笨不靈活，例他呆呆的望著窗戶。③痴愚不靈敏，例呆子。

07【君】ㄐㄩㄣ jūn 名①封號，例信陵君、春申君。②封建時代一國之主，例人不難以死免其君。(《左傳》〈成公二年〉)③尊稱父母、祖先、夫人爲君。例太君。④妻妾稱夫，例夫君。⑤加在姓或名之後，對人的尊稱，例陳君。⑥稱山神或老虎，例山君。⑦姓，周有君牙。

07【呃】ㄜˋ è 動氣逆上衝作聲，例吃飽氣呃。

07【呈】ㄔㄥˊ chéng 名①公文的一種，對長官有所呈請或報告時用之。依現行公文程式規定，只對總統用呈。②同「程」；標準。③姓。動①顯露，例呈現。②奉上，例呈上。

07【呂】ㄌㄩˇ lǚ 名①脊椎骨。②我國音樂十二律中的陰律。③姓，秦有呂不韋。

07【吩】ㄈㄣ fēn 動囑託，例吩咐。

07【吹】(一)ㄔㄨㄟ chuī 動①用力將嘴中的氣呼出來，例鼓瑟吹笙。(《詩經》〈小雅・鹿鳴〉)②風吹動物體，例風其吹女。(《詩經》〈鄭風・蘀兮〉)③宣傳、提倡，例鼓吹。④誇張、說大話，例吹牛。⑤事情作罷、關係斷絕，例這件事吹了。 (二)ㄔㄨㄟˋ chuì 名吹的聲音。

07【告】(一)ㄍㄠˋ gào 名①休假。②姓。動①報告。②提出訴訟，例告發。 (二)ㄍㄨˋ gù 動①謁請，例出必告，反必面。(《禮記》〈曲禮〉)②勸導，例忠告(讀音唸ㄍㄨˋ 語音唸ㄍㄠˋ)。

◆**告示、告別、告急、告退、告密、告假、告發、告罪、告誡、告警 自告奮勇、布告、原告、被告、稟告。**

07【吸】ㄒㄧ xī 動①飲。②取。③以鼻或口將氣體或液體引入體內，例吸一口氣。

◆**吸力、吸引、吸收、吸毒。**

07【吻】(脗)ㄨㄣˇ wěn 名①口邊、脣邊。②動物學凡口器突出的部分皆稱吻。③建築學上稱正脊兩端呈龍頭形翹起的雕飾。動以嘴脣接觸，例吻臉頰。

07【吮】ㄕㄨㄣˇ shǔn 動用口吸取，例吮乳。

07【吵】ㄔㄠˇ chǎo 動用言語爭鬧，例吵架。形聲音嘈雜，例吵鬧。

07【呐】ㄋㄚˋ nà 動「呐喊」：高聲喊叫以助長氣勢的意思。形說話遲鈍。

07【吠】ㄈㄟˋ fèi 動狗叫，例雞鳴狗吠，相聞而達乎四境。(《孟子》〈公孫丑上〉)

07【吼】ㄏㄡˇ hǒu 動①牛鳴。②猛獸的鳴叫，例獅子吼。③大聲叫喊，例吼叫。

07【吟】(唫) ㄧㄣˊ yín 名樂府詩題名，例白頭吟、梁甫吟。動①呻吟、歎息。②歌咏。③鳴，例蟬吟。

◈吟哦、吟詠、吟誦、吟風弄月　沉吟、猿吟、龍吟。

07【含】(一) ㄏㄢˊ hán 動①銜在口中，例小孩喜歡把飯含在嘴裡。②包容。③懷藏，例含怒日久。(《戰國策》〈秦策〉)
(二) ㄏㄢˋ hàn 動古禮，以珠玉米貝之類塞在死者的嘴裡。

◈含笑、含羞、含混、含蓄、含糊、含血噴人、含沙射影、含垢納汙、含英咀華、含苞待放、含飴弄孫。

07【呀】(一) ㄧㄚ yā 形狀聲詞，例聽到門呀的一聲。助語助詞，表驚歎、疑問。歎驚歎。　(二) ㄒㄧㄚ xiā 形①空大的樣子。②張口的樣子。

07【吱】ㄗ zı 副動物的叫聲，例吱吱。

07【听】ㄧㄣˇ yǐn 副笑的樣子，例听然而笑。大陸用作「聽」(ㄊㄧㄥ)的簡化字。

五　畫

08【周】ㄓㄡ zhou 名①朝代名：⑴周武王姬發所建，分東、西周。⑵唐武則天稱帝，改國號爲周。⑶南北朝宇文覺篡西魏，是爲北周。⑷五代郭威代後漢爲帝，史稱後周。②圓形的外圍，例圓周。③滿一年，例十周年紀念。④姓，明有周弘祖。動①同「週」；環繞。②救濟，例周急。③親，例周仁之謂信。(《左傳》〈哀公十六年〉)形完密，例周密。

◈周匝、周全、周折、周到、周旋、周詳、周遭、周而復始。

08【呵】(訶) ㄏㄜ hē 動①怒責。②吹氣去寒，例呵手。③吹、吐。④吆喝。形笑聲，例笑呵呵大笑。助語助詞，表驚訝的歎詞。

08【味】ㄨㄟˋ wèi 名①滋味。②有趣的感受，例趣味。③量詞，食物或中藥的數量單位，例藥八味。動①品嚐。②研究、體察，例玩味。

◈味如嚼蠟　香味、甜味、品味、體

味、氣味。

08【咕】ㄍㄨ gū [形]形容聲音的字，[例]咕嘟、咕噥。

08【呸】ㄆㄟ pēi [歎]唾罵聲，表憤怒或鄙斥。

08【呻】ㄕㄣ shēn [動]①吟。②因苦痛而發出的聲音，[例]呻吟。

08【呷】ㄒㄧㄚˊ xiá [動]用吸的方法喝東西，[例]朝呷一口水，暮破千重關。

08【咀】ㄐㄩˇ jǔ [動]嚼食吸取，玩味理解，[例]含英咀華。(韓愈〈進學解〉)

08【咄】ㄉㄨㄛˋ duò [名]呵叱聲。[動]呵叱，[例]咄叱。[歎]表痛惜，[例]立政曰：咄！少卿良苦。(《漢書》〈李陵傳〉)

◈咄咄、咄嗟、咄咄怪事、咄咄逼人。

08【呼】(謼)(虖)(嘑)

ㄏㄨ hū [名]姓，明代有呼文瞻。[動]①向外吐氣，[例]呼吸。②大聲叫，[例]如順風而呼。(《荀子》〈勸學〉)③叫喚，[例]呼喚。④稱謂，[例]稱呼。

◈呼救、呼號、呼嘯、呼應、呼籲、呼天搶地、呼朋引伴、呼風喚雨　歡呼、嗚呼、一呼百諾、大聲疾呼。

08【咒】(呪)ㄓㄡˋ zhòu [名]①梵語陀羅尼，義譯爲咒，又曰眞言。②術士驅鬼除邪治病的口訣，[例]念咒。[動]①禱告。②以惡毒的話來罵人，[例]詛咒。

◈咒禱　符咒。

08【咆】ㄆㄠˊ páo [動]狂怒大叫，[例]咆哮。

08【咐】ㄈㄨˋ fù [動]①吹氣。②叮囑，[例]吩咐。

◈囑咐。

08【呱】讀音ㄍㄨ gū 語音ㄨㄚ wā [副]小兒啼哭聲，[例]后稷呱矣。(《詩經》〈大雅・生民〉)

08【呶】ㄋㄠˊ náo [名]吵鬧聲。[動]大聲喧嘩。

08【命】(㑹)ㄇㄧㄥˋ mìng [名]①上天所賦予的窮通得失，[例]命運。②生物生存的機能，[例]生命。③教令，[例]故樂者天地之命也。(《禮記》〈樂記〉)④命令，[例]恭敬不如從命。[動]①差遣，[例]命人送禮。②命名，[例]命曰胥山。(《史記》〈伍子胥傳〉)

◈命令、命案、命脈、命題　亡命、任命、使命、革命、壽命、唯命是從、聽天由命。

08【咖】ㄎㄚ kā 名「咖啡」：Coffee產於熱帶，其中含有百分之一～百分之二的咖啡鹼，容易引起中樞神經興奮，用作飲料可以提神。

08【和】(龢)(咊)(一)ㄏㄜˊ hé 名①姓，明有和承芳。②數目相加的總數。③大陸用作「龢」(ㄏㄜˊ)的簡化字。動①停止爭執，例和解。②溫文不爭，例和善。形①天氣溫暖，例暖和。②適中的，例中和。③柔順的，例柔和。連跟、與，例我和你。(二)ㄏㄢˋ hàn 同(一)連。(三)ㄏㄜˋ hè 動聲音相應，例一唱百和。(四)ㄏㄨㄛˋ huò 動混合、調勻，例和麵。

◆和協、和約、和氣、和煦、和睦、和解、和談、和諧、和聲、和議、和藹、和衷共濟、和氣生財、和盤托出、和顏悅色　平和、唱和、溫和、隨和、講和。

08【咚】ㄉㄨㄥ dōng 名東西落地的聲音。形鼓聲，例咚咚。

08【呢】(一)ㄋㄧˊ ní 名毛織物的一種，例呢絨。副低小宛轉的聲音，例呢喃。(二)·ㄋㄜ ne 助表疑問，例怎麼辦呢？

08【咋】(一)ㄓㄚˋ zhà 副短暫、忽然。(二)ㄗㄜˊ zé 動咬、嚼。形聲音很大的樣子。

◆咋舌。

08【咎】(一)ㄐㄧㄡˋ jiù 名①災殃。②過失，例動輒得咎。③通「舅」，例晋之咎犯。(《荀子》〈臣道〉)動怪罪，責罰，例既往不咎。(《論語》〈八佾〉)(二)ㄍㄠ gāo 名①大鼓。②赤狄的種族名。③姓，商有咎單。

08【呦】ㄧㄡ yōu 形鹿鳴聲。歎表驚訝。

08【呫】(一)ㄔㄜˋ chè 動同「歃」；嘗，例未嘗有呫血之盟。(《穀梁傳》〈莊公二十七年〉)(二)ㄓㄢ jān 動附耳低聲說話，例呫囁。

08【呿】ㄑㄩ qū 動張口的樣子，例公孫龍口呿而不合。(莊子・秋水)

08【咍】ㄏㄞ hāi 動譏笑，例任受衆人咍。形悅、樂，例笑言溢口何歡咍。(《韓愈》〈感春詩〉)

08【咂】ㄗㄚ zā 動①以口舌品嚐食物，例武松提起來咂一咂。(《水滸傳》〈第二十八回〉)②入口。③吸取，例咂一口好酒。

08【咈】ㄈㄨˊ fú 動違背。歎表示不然之詞，例帝曰吁，咈哉！(《尚書》〈堯典〉)

08【呴】㈠ㄒㄩˇ xǔ 動吹，例陰陽所呴。(《淮南子》〈俶眞〉) ㈡ㄏㄡ hōu 形喉中發出的聲音。

08【咏】ㄩㄥˇ yǒng 動①大陸用作「詠」(ㄩㄥˇ)的簡化字。②同「詠」；歌，例彈琴其中，以咏先王之風。(《漢書》〈東方朔傳〉)

六 畫

09【呲】ㄘ cī 動責罵，例將他呲了一頓。

09【咬】(齩)(齬)㈠ㄧㄠˇ yǎo 動①用牙齒切斷或夾住東西，例咬了一口蘋果。②堅持己見，例一口咬定。③讀字音，例咬字。 ㈡ㄐㄧㄠ jiāo 形①鳥鳴聲。②聲音哀切。

◈咬文嚼字、咬牙切齒、咬緊牙關。

09【哎】ㄞ āi 歎①表驚愕。②表哀傷惋惜，例哎！只落得兩淚漣漣。(關漢卿〈竇娥冤〉)

09【哉】ㄗㄞ zāi 動始，例哉生魄。助①表疑問，例謂之何哉？(《詩經》〈邶風・北門〉)②表感歎，例孝哉閔子騫。(《論語》〈先進〉)③表反詰。④悲哀的語末助詞，例嗚呼哀哉。

09【咨】ㄗ zī 名公文之一，僅總統與立法、監察兩院公文往復時所用。動①謀事，例訪問於善爲咨。(《左傳》〈襄公四年〉)②嗟歎，例浩浩滔天，下民其咨。(《尚書》〈堯典〉)歎歎氣聲，例咨爾多士。

09【哈】㈠ㄏㄚ hā 名①姓，元有哈都赤。②大陸用作「哈爾濱市」的簡稱。動①張口舒氣，例哈氣。②以脣啜飲，例他哈著熱湯。③彎著，例哈腰。形笑聲，例笑哈哈。 ㈡ㄏㄚˇ hǎ 名「哈喇呢」：毛織品，爲呢中最佳之品，出於俄國。 ㈢ㄎㄚ kā 名「哈喇」：以刀斷物的聲音，喻爲殺人。

09【咳】(欬)㈠讀音ㄎㄞˋ kài 語音ㄎㄜˊ ké 動人的氣管黏膜受到痰或氣體的刺激，肺部自然用力來排氣，以除去刺激物並且發出聲音稱爲咳嗽。 ㈡ㄎㄚˇ kǎ 動用氣迫使喉間梗塞物唾出。 ㈢ㄏㄞ

hāi 歎歎詞，例咳！怎麼會這樣？㈣ㄏㄞˊ hái 動小兒笑。 ㈤ㄏㄞˋ hài 歎表惋惜、悔悟。

09【咿】(吚) ㄧ yī 形狀聲之詞。①「咿呦」：⑴含混不清的說話聲。⑵鹿叫的聲音，例咿呦山鹿鳴。(歐陽修〈謝鸝詩〉)②「咿啞」：⑴小孩學說話的聲音。⑵船槳划動所發出的聲音。

09【哆】㈠ㄉㄨㄛ duō 副「哆嗦」：顫動的樣子。 ㈡ㄔㄜˇ chě 形張口，例逆風口哆哆。(梅堯臣詩)

09【咡】ㄦˋ èr 名嘴巴與耳朵之間的部位。

09【咵】ㄎㄨㄚˇ kuǎ 名北方稱外地人語音不正。形說話俗氣。

09【咭】ㄐㄧ jī 形笑語聲，例咭咭呱呱。

09【咫】ㄓˇ zhǐ 名①周制八寸稱咫。②很近的距離。

09【咱】(喒) ㈠ㄗㄢˊ zán 代我。㈡ㄗㄚˊ zá 代①我，例咱們。②小說、戲劇中人物的自稱，例咱家。

09【哀】ㄞ āi 名姓，漢有哀仲。動①悲傷，例悲哀。②憐愛，例人主胡可以不務哀士。(《呂氏春秋》〈報更〉)

◆哀求、哀泣、哀怨、哀悼、哀痛、哀號、哀傷、哀憐、哀兵必勝、哀毀骨立。

09【咪】㈠ㄇㄧㄝˇ miě 名同「哶」；羊叫。㈡ㄇㄧˇ mǐ 名法國長度單位米突的簡稱。 ㈢ㄇㄧ mī 名貓的另一種稱呼，例貓咪。形貓叫聲，例咪咪。副微笑的樣子，例笑咪咪。

09【咸】㈠ㄒㄧㄢˊ xián 名①《易經》六十四卦之一，艮下兌上，感應之象。②姓，唐有咸冀。③大陸用作「鹹」(ㄒㄧㄢˊ)的簡化字。動①和、同，例周公弔二叔之不咸。(《詩經》〈小雅・常棣序・鄭玄箋〉)②遍及，例小賜不咸。(《國語》〈魯語〉)副皆、悉、都，例萬國咸寧。(《易經》〈乾〉)㈡ㄏㄢˋ hàn 動充滿。 ㈢ㄐㄧㄢ jiān 動引。 ㈣ㄐㄧㄢˇ jiǎn 動減、損。

09【咥】㈠ㄒㄧˋ xì 動大笑，例咥其笑矣。(《詩經》〈衛風・氓〉) ㈡ㄉㄧㄝˊ dié 動咬，例履虎尾，不咥人。(《易經》〈履卦〉)

09【咮】ㄓㄡˋ zhòu 名鳥的嘴。

09【咷】(啕)ㄊㄠˊ táo 副號咷，放聲大哭，例同人先號咷而後笑。(《易經》〈同人卦〉)

09【啕】ㄏㄨㄥ hōng 動①大聲。②喧鬧聲。

09【品】ㄆㄧㄣˇ pǐn 名①物類的總稱，例物品。②舊制官吏的等級，例九品中正。③物之等級，例上品。④姓，明有品嵒。⑤英、美量名品脫的簡寫。動①評量、評斷，例品詩。②細辨滋味，例品茗。

◆品行、品性、品味、品格、品第、品評、品德、品嘗、品質、品學兼優　人品、貢品、酒品、舶來品。

09【咽】(嚥)㈠ㄧㄢ yān 名「咽頭」：口腔與食道中間的區域，由頭骨底部至相當於第六頸椎的位置，為漏斗狀，可分鼻咽、口咽及喉咽等。㈡ㄧㄢˋ yàn 動吞嚥。㈢ㄧㄝˋ yè 動塡塞，例雲霞充咽。(《劉向》〈新序〉)形聲音堵塞，例哽咽。

09【咯】㈠ㄌㄨㄛˋ luò 動①同「詻」；爭論。②吐，例咯血。㈡ㄍㄜˊ gé 副「咯噔」：狀聲詞，多半用來形容鞋子或馬蹄踏地的聲響。㈢ㄍㄜ gē 副「咯嗟」：狀聲詞，兩物相擠，中間縫間空氣洩出，發出嗟嗟聲。

09【咦】ㄧˊ yí 動①大呼。②笑。歎表驚訝，例咦！你怎麼也來了？

09【哇】ㄨㄚ wā 名諂聲、淫靡的音樂聲。動吐，例出而哇之。(《孟子》〈滕文公〉)副小孩哭聲。歎同「啊」；表語氣。

09【哄】(鬨)(閧)

㈠ㄏㄨㄥ hōng 動許多人同時發聲，例一哄而散。㈡ㄏㄨㄥˇ hǒng 動①騙人，例哄騙。②照顧、呵護。

09【咻】㈠ㄒㄧㄡ xiū 動吵鬧、喧嚷，例一齊人傅之，衆楚人咻之。(《孟子》〈滕文公下〉)㈡ㄒㄩˇ xǔ 動「噢咻」：病人的呻吟聲。

09【咧】㈠ㄌㄧㄝ liē 副嬰孩的哭聲，例咧咧。㈡ㄌㄧㄝˊ lié 動亂說話，例你別亂咧咧了。㈢ㄌㄧㄝˇ liě 動向左右兩旁張開，例咧嘴。

09【咢】ㄜˋ è 名①屋稜。②通「鍔」；刀刃。形①高，例咢咢。②同「愕」；驚遽的樣子。③通「諤」；直言。

09【哏】ㄍㄣˊ gén 名滑稽的言詞。形甚凶惡狀，例則見他惡哏哏摸按著無情棍。(《元曲》〈救風塵〉)

09【咤】(吒)ㄓㄚˋ zhà 動①發怒時的吼叫，例叱咤。②誇大，例轉相誇咤。副吃東西時口舌作聲。

◆叱咤風雲。

09【哂】ㄕㄣˇ shěn 動①微笑，例夫子哂之。(《論語》〈先進〉)②取笑、嘲笑，例將爲後代所哂。(《晉書》〈蔡謨傳〉)

七 畫

10【唐】ㄊㄤˊ táng 名①中國的別稱，例唐人街。②朝代名：⑴帝堯有天下之號。⑵李淵所建立的唐朝。⑶李存勖建立後唐。⑷李昪建立南唐。③廟堂中的步道。④姓，明有唐寅。形誇大的，例荒唐。副空、虛。

10【唁】ㄧㄢˋ yàn 動慰問喪者的家屬，例弔唁。

10【唷】ㄧㄛ yō 歎表示驚訝或呼痛的聲音，例哎唷。

10【哼】ㄏㄥ hēng 動低聲唱歌。歎①痛苦呻吟。②不滿時鼻中所發出的聲音。

10【哨】ㄕㄠˋ shào 名①軍隊編制。如清代勇營編制，陸師以每百人爲哨，水師以每八十人爲哨。②口中吹出尖銳的聲音，例吹口哨。動屯兵巡察以防盜。形戲稱人的健談或多言，例禮義哨哨，聖人不取也。(《法言》)

◆放哨、吹哨、呼哨、巡哨、前哨。

10【哲】(喆)ㄓㄜˊ zhé 名賢智的人，例聖哲。形明智的，例哲理。

10【唆】ㄙㄨㄛ suō 動暗中誘使他人做壞事，例唆使。

10【唔】ㄨˊ wú 副吟哦的聲音。歎表允許語或驚訝的語氣，例唔！是的。

10【哩】㈠ㄌㄧ lī 動「哩嚕」：說話不清楚。㈡・ㄌㄧ li 助語尾助詞，表示決定的口氣，例如今要問你哩！(王實甫〈西廂記〉) ㈢ㄌㄧˇ lǐ 名英哩(mile)，等於五二八〇呎，合我國標準制的一六〇九・三一五公尺。

10【哭】ㄎㄨ kū 動因傷心而流淚，且發出號啕聲，例顏淵死，子哭之慟。(《論語》〈先進〉)

◆哭哭啼啼、哭笑不得、哭笑難分、

哭喪著臉 鬼哭神號、痛哭流涕、號啕大哭。

10【哺】ㄅㄨˇ bǔ 動①口中嚼食。②以食物餵給自己不會取食者，例哺乳。

10【員】〔员〕㈠ㄩㄢˊ yuán 名①團體中各司職務的人，例公教人員。②周圍，例幅員。③通「圓」，例規矩，方員之至也。(《孟子》〈離婁〉) ㈡ㄩㄣˊ yún 動增益。助通「云」；語助詞。 ㈢ㄩㄣˋ yùn 名姓，唐有員半干。

◆員額 人員、生員、官員、教員、職員、警員。

10【唉】ㄞ āi 名告。副應答聲，例唉，吾知之。(《莊子》〈知北遊〉)歎表示感傷或惋惜的語氣，例唉！豎子不足與謀。(《史記》〈項羽本紀〉)

10【哮】㈠ㄒㄧㄠ xiāo 名呼吸急促的喘息聲，爲一種支氣管的疾病，例哮喘。 ㈡ㄒㄧㄠˋ xiào 動發怒時的嚴厲叫喚聲。例咆哮。

10【哪】㈠ㄋㄚˇ nǎ 代同「那」；爲疑問或質問的代名詞，例哪能這樣？ ㈡ㄋㄟˇ něi 代爲「哪」、「一」兩字的合音，表示單數的疑問，例哪位是王先生？ ㈢·ㄋㄚ na 助語末助詞，例天哪！ ㈣ㄋㄜˊ né 名「哪吒」：佛教神名，爲毗沙門天王之子，三面八臂大力鬼王。

10【哦】㈠ㄜˊ é 動吟詠、吟唱。 ㈡ㄛˊ ó 歎表疑訝的感嘆詞，例哦！原來如此。

10【哳】ㄓㄚˊ zhá 副啁哳，鳥叫聲。

10【唚】ㄑㄧㄣˋ qìn 動①同「吣」；貓狗嘔吐。②說不合理、不雅的話，例不要聽他胡唚。

10【哽】ㄍㄥˇ gěng 動喉嚨阻塞，例骨哽在喉。

◆哽咽。

10【哥】ㄍㄜ gē 名①弟妹對兄長的稱呼。②唐人稱父親亦曰「哥」。③對同輩男子的尊稱，例老哥。

◆八哥 大哥、師哥、公子哥兒。

10【哿】ㄍㄜˇ gě ㄎㄜˇ kě 形①可，例哿矣富人。(《詩經》〈小雅·正月〉)②嘉，例哿矣能言。(《左傳》〈昭公八年〉)

10【唄】〔呗〕ㄅㄞˋ bài 名梵語唄匿之略，即佛教徒所歌詠的頌讚。

10【哶】(咩)(哶)ㄇㄧㄝ miē

形羊叫聲。

10【哢】ㄌㄨㄥˋ lòng 名鳥叫聲，例雲飛水宿，哢吭清渠。(左思〈蜀都賦〉)

10【唈】ㄧˋ yì 形呼吸短促的樣子，例嗚唈。

10【哣】ㄉㄡ dōu 歎憤怒斥責的語氣聲。

10【唧】(一) ㄐㄧˊ jí 副細小的聲音，例蟲鳴唧唧。(二)ㄐㄧ jī 名狀聲之詞，例唧唧復唧唧，木蘭當戶織。(〈木蘭辭〉)

10【唏】ㄒㄧ xī 動①哀歎，例唏噓。②笑；例唏唏，笑也。(《廣雅》〈釋訓〉)

10【唇】ㄔㄨㄣˊ chún「脣」字的俗寫。

八畫

11【商】ㄕㄤ shāng 名①朝代名。②做生意的人，例商賈。③數學上，某數以他數除之，所得的結果稱商。④五音之一，音清勁而悽愴，例孟秋之月，其音商。(《禮記》〈月令〉)⑤姓，商有商容。動①做生意，例經商。②研議、計劃，例商量。

◆商人、商討、商港、商量、商標殷商、茶商、參商、會商。

11【啄】ㄓㄨㄛˊ zhuó 名①鳥類的尖嘴。②書法中永字八法的第七筆法，為由右向左的短撇。

11【啪】ㄆㄚ pā 副形容聲響，例筆啪啦一聲掉到地上。

11【啦】(一) ㄌㄚ lā 名「啦啦隊」：運動比賽時，為運動員吶喊助陣的隊伍。副表示聲響的字，例嘩啦。(二)・ㄌㄚ la 助為「了」、「啊」二字的合音，表示語氣完結而略含感歎的助詞，例當然啦。

11【啡】ㄈㄟ fēi 名譯音用字，如咖啡、嗎啡。

11【啃】ㄎㄣˇ kěn 動①用門牙咬東西，例啃甘蔗。②比喻勤奮用功之意，例啃書。

11【啊】ㄚ ā 助語尾助詞，例很好啊！歎①表驚訝、痛苦、贊歎，例啊！原來是你。②表疑問或反問，例啊！你說什麼？

11【啞】〔哑〕(一) ㄧㄚˇ yǎ 形聲帶不能發出聲音，例啞巴。(二) ㄧㄚ yā 副狀聲之詞，例管弦嘔啞。(《杜牧》〈阿房宮賦〉) (三) ㄜˋ è 副笑

聲，例啞然而笑。 四ㄧㄚˋ yà 歎表示驚歎的聲音。

◆啊啞、嘶啞、咽啞、瘖啞、聾啞。

11【唰】ㄕㄨㄚ shuā 副表示動作快速，例唰的一下溜了。

11【問】〔问〕ㄨㄣˋ wèn 名①音信。②同「聞」；名譽。動①有所不知而求人解答，例問路。②關切、過問，例不聞不問。③追究、責備，例惟你是問。④遺贈，例雜佩以問之。（《詩經》〈鄭風・女曰雞鳴〉）④審訊，例問案。⑤向，例我問他要百兩黃金。（《五代史平話》）⑥告訴，例或以問孟嘗君。⑦推動，例這傢伙不這麼弄，問得動他嗎？（《兒女英雄傳》〈第四回〉）

◆問世、問安、問政、問罪、問難、問鼎、問題、問心無愧 責問、審問、詢問、一問三不知。

11【啕】ㄊㄠˊ táo 形說個沒完。副嚎啕，放聲大哭。

11【唱】ㄔㄤˋ chàng 名歌曲，例絕唱。動①發出歌聲，例唱歌。②同「倡」；引導，例為天下唱。（《後漢書》〈臧洪傳〉）③高呼，例從官唱好。（《宋史》〈禮志〉）

◆歌唱、吟唱、歡唱、夫唱婦隨。

11【唯】㈠ㄨㄟˊ wéi 副通「惟」；只、獨，例其唯聖人乎！（《易經》〈乾卦〉）介因為。連雖，例唯天子亦不悅。（《漢書》〈汲黯傳〉）助語助詞，無義。㈡ㄨㄟˇ wěi 副答應的聲音，例唯唯諾諾。

◆唯一、唯我獨尊、唯妙唯肖、唯命是從。

11【唸】ㄋㄧㄢˋ niàn 動同「念」；誦讀，例唸書、唸經。

11【售】ㄕㄡˋ shòu 動①賣出，例銷售。②行、成功，例其計得售。

◆售價、售罄 出售、拋售、租售、寄售、廉售。

11【啜】ㄔㄨㄛˋ chuò 動吃、喝，例啜飲。形哭泣的樣子，例啜泣。

11【唬】ㄏㄨˇ hǔ 名老虎的叫聲。動威嚇他人，例嚇唬。

11【啁】㈠ㄓㄡ zhōu 動鳥鳴，例啁啾。㈡ㄔㄠˊ cháo 動通「嘲」；戲謔，例詼啁。

11【啤】ㄆㄧˊ pí 名「啤酒」：Beer以大麥為主要原

料釀成的酒，營養價值很高。有液體麵包之稱。

11【唳】ㄌㄧˋ lì 動鳥類高聲地鳴叫，例風聲鶴唳。

11【啍】ㄊㄨㄣ tūn 副「啍啍」：⑴笨重遲緩的樣子。⑵話多的樣子。

11【啐】㈠ㄘㄨㄟˋ cuì 動①品嘗味道。②唾、吐，例啐痰。③驚怪聲。 ㈡ㄑㄧ qī 歎表憤怒或鄙斥的感嘆詞。

11【唪】ㄈㄥˇ fěng 動①高聲唸誦，例唪經。②大笑。

11【唵】ㄢˇ ǎn 動①含。②用手拿東西吃。助佛教咒語發聲詞。歎表示懷疑的感嘆詞。

11【啗】ㄉㄢˋ dàn 動①拿利益來引誘人，例啗之以利。②同「啖」；吃。

11【唶】㈠ㄐㄧㄝˋ jiè 形嘆息聲。 ㈡ㄐㄧˊ jí 形唶唶，鳥鳴聲。 ㈢ㄗㄜˋ zè 動大聲叫喊，例嚄唶。

11【啖】(啗)(噉)ㄉㄢˋ dàn 動①吃。②以利誘使別人聽從自己。

11【啥】ㄕㄚˊ shá 代猶言什麼，例你這是幹啥？

11【啟】(啓)ㄑㄧˇ qǐ 名①古代官信稱啓。②書信用語，用於署名之下，例某某先生台啓。③姓，清有啓秀。動①開導，例不憤不啓。(《論語》〈述而〉)②開，例啓予足，啓予手。(《論語》〈泰伯〉)③陳述，告訴，例啓稟。④開拓。

◆啓示、啓事、啓發、啓蒙、啓齒、承先啓後 開啓、敬啓、謹啓。

九 畫

12【喀】㈠ㄎㄚˋ kà 名譯音的字，多用於地理或人名用字。 ㈡ㄎㄚ kā 副狀聲的字，例喀吧一聲就斷了。 ㈢ㄎㄜˋ kè 副嘔吐聲。

12【啻】ㄔˋ chì ㄊㄧˋ tì 副只，但，例不啻。

12【喧】(諠)ㄒㄩㄢ xuān 動大聲說話，例喧嘩。形顯著盛大的樣子。

◆喧鬧、喧天價響、喧賓奪主。

12【啼】(嗁)ㄊㄧˊ tí 動①鳥獸鳴叫，例月落烏啼霜滿天。(張繼〈楓橋夜泊〉)②號哭。

◆啼笑皆非 悲啼、猿啼、雞啼、

慈烏夜啼。

12【喊】ㄏㄢˇ hǎn 動高聲疾呼，例吶喊。

12【喝】(一) ㄏㄜ hē 動飲，例喝酒。歎表示驚訝的歎詞，例喝！你可來了。(二) ㄏㄜˋ hè 動高聲叫喊，例喝采。

12【喘】ㄔㄨㄢˇ chuǎn 動呼吸急促，例氣喘。

12【喂】(餧) ㄨㄟˋ wèi 動同「餵」；將食物給人或牲口吃，例喂豬。歎用來引起對方注意的召喚聲，例喂！請過來一下。

12【喑】(瘖) ㄧㄣ yīn 形①嗓子失聲，不能言語。②緘默。

12【喜】ㄒㄧˇ xǐ 名①吉祥的事，例喜事。②婦人懷孕，例害喜。動愛好，例喜愛。形快樂、高興，例欣喜。

◆**喜色、喜信、喜悅、喜氣、喜劇、喜歡、喜不自勝、喜出望外，喜怒無常、喜新厭舊　恭喜、歡喜、驚喜、雙喜臨門。**

12【喔】(一) ㄨㄛˋ wò 形雞啼聲。 (二) ㄛ ō 歎表示了解的感歎詞，例喔！原來如此。

12【喋】(啑) ㄉㄧㄝˊ dié 動「喋血」：比喻殺了很多人，踏過血跡而行。

12【喃】ㄋㄢˊ nán 副「喃喃」：(1)形容說話聲音細小而不停斷。(2)讀書的聲音，例喃喃背誦。

12【喳】(一) ㄔㄚ chā 副形容細碎的聲音，例嘁嘁喳喳。 (二) ㄓㄚ zhā 副①下對上恭敬的應諾聲。②鳥叫聲。

12【唾】ㄊㄨㄛˋ tuò ㄊㄨˋ tù ①名口液，例唾沫。②「唾液」：由唾液腺分泌的液體，含有澱粉酶，可分解食物中的澱粉。動吐去口液。

◆**唾手、唾面、唾棄、唾罵、唾面自乾。**

12【單】〔单〕(一) ㄉㄢ dān 名①用來記載事物而不摺疊的紙片，例菜單。②單層的布或衣服，例床單。形①不成雙的，例形單影隻。②孤獨、薄弱。副只，僅，例單看表面。 (二) ㄕㄢˋ shàn 名姓，隋末有單雄信。 (三) ㄔㄢˊ chán 名「單于」：漢時，匈奴稱其君長爲單于。

◆**單元、單字、單車、單位、單身、單純、單程、單傳、單調、單獨、單薄、單刀直入、單刀赴會、單槍匹馬**

孤單、被單、賬單、照單全收、隻影形單。

12【喲】〔哟〕ㄧㄠ yāo 助用以助驚嘆情態的語氣詞，例可見天下不全是見錢眼開的喲！

12【喟】ㄎㄨㄟˋ kuì 副歎息聲，例喟然太息。（《漢書》〈高帝紀〉）

12【喚】〔唤〕ㄏㄨㄢˋ huàn 動①喊，例千呼萬喚始出來。（白居易〈琵琶行〉）②召。③差遣，例使喚。

◆召喚、叫喚、呼喚、呼風喚雨。

12【喻】ㄩˋ yù 名姓，清有喻昌。動①明白、了解。②譬如、比方，例比喻。③告知，例曉喻。

◆比喻、譬喻、不言而喻、不可理喻。

12【喇】㈠ㄌㄚˇ lǎ 名①「喇叭」：通常指所有的銅管樂器。②「喇嘛」：Lama 西藏語，凡男子出家的都稱為喇嘛，是上人、長老、最勝無上的意思。㈡ㄌㄚ lā 副表聲音的字，例嘩喇。㈢ㄌㄚˊ lá 副「喇喇」：物倒之聲。

12【啾】ㄐㄧㄡ jiū 副①小兒聲。②細碎的鳥鳴聲，例啁啾。

12【喪】〔丧〕㈠ㄙㄤ sāng 名①死者遺體，例夫人之喪至自齊。（《左傳》〈僖公元年〉）②哀葬死者的事。㈡ㄙㄤˋ sàng 名俗稱運數乖蹇，例喪氣。動亡失，例受祿無喪。（《詩經》〈大雅・皇矣〉）

◆喪失、喪氣、喪膽、喪心病狂、喪家之犬、喪盡天良 哭喪、國喪、頹喪、如喪考妣、垂頭喪氣。

12【喉】ㄏㄡˊ hóu 名位於咽頭與氣管之間的肌肉軟骨構造，主要功能為發出聲音及防止異物進入氣管。

◆喉嚨 歌喉、咽喉。

12【喁】㈠ㄩㄥˊ yóng 動魚口向上露出水面，引申為仰慕之意，例喁喁。㈡ㄩˊ yú 動聲相應和。

12【喈】ㄐㄧㄝ jiē 形急速的樣子，例北風其喈。（《詩經》〈邶風・北風〉）副聲音和協的樣子，例喈喈。

12【喬】〔乔〕ㄑㄧㄠˊ qiáo 名①矛柄接近刃的地方。②姓，元有喬吉。形①高大的，例喬木。②詐偽、假飾，例喬裝。③通「驕」；傲慢放恣，例喬志。

12【喏】㈠ ㄖㄜˇ rě 名敬辭，例唱喏。 ㈡ ㄋㄨㄛˋ nuò 副同「諾」；答應人的聲音，小說戲曲中常用。歎含有指示之意，例喏！這不是你的嗎？

12【喫】ㄔ chī 動①同「吃」；食，例喫飯。②受，例喫虧。

12【喙】ㄏㄨㄟˋ huì 名①鳥獸尖長形的嘴，例鳥喙。②插嘴，例置喙。形假借為非常困難的意思。

十 畫

13【嗟】㈠ ㄐㄧㄝ jiē ㄐㄩㄝ juē 歎①憂嘆詞，例吁嗟。②讚美辭，例嗟嗟。 ㈡ ㄐㄧㄝˋ jiè 副咄嗟，比喻十分迅速。

13【嗨】ㄏㄞ hāi 助表示親切的招呼聲，例嗨！好久不見。歎表示懊恨的歎詞。

13【嗓】ㄙㄤˇ sǎng 名咽喉，例嗓門兒。

13【嗦】ㄙㄨㄛ suō 動吮吸或舔舐條形物，例嗦手指頭。形因寒冷而身體發抖，例哆嗦。

13【嗜】ㄕˋ shì 名「嗜好」：凡性情之所喜好的一切事物。動喜好、貪慾，例嗜賭如命。

13【嗇】〔啬〕ㄙㄜˋ sè 名同「穡」；可收成的穀類。形保有而不肯用，例吝嗇。

13【嗑】㈠ ㄏㄜˊ hé 形「嗑嗑」：⑴形容多話的樣子。⑵形容笑的聲音，例疾笑嗑嗑。（《韓詩外傳》） ㈡ ㄎㄜˋ kè 動用牙齒咬裂堅硬物，例嗑瓜子。

13【嗣】ㄙˋ sì 名子孫，例罰弗及嗣。（《尚書》〈大禹謨〉）動繼承、繼續，例禹乃嗣興。（《尚書》〈洪範〉）

◆子嗣、後嗣、承嗣、絕嗣。

13【嗎】〔吗〕㈠ ˙ㄇㄚ ma 助用以表然否的疑問或故作反問的語助詞，例有人在嗎？ ㈡ ㄇㄚˇ mǎ 名「嗎啡」：是一種痲醉藥品，將鴉片蒸發後所製成的無色細柱狀結晶，有毒性，並會成癮，但可催眠及止痛。若吸食過久，會導致死亡。形「嗎呼」：形容含糊不認眞的意思，亦作馬虎。

13【嗯】㈠ ㄋ n 歎①表示不滿意，例嗯！不見得吧！②表示答應，例嗯！可以走

了。 (二) ㄣˇ ěn 歎表示疑問的歎詞，例嗯！怎麼回事？

13【嗚】〔呜〕ㄨ wū 副哭泣聲，例嗚咽。②「嗚嗚」：⑴形容簫聲。⑵形容火車汽笛聲。歎悲歎聲，例嗚呼哀哉。

13【嗤】ㄔ chī 動冷笑、譏笑，例嗤之以鼻。形笑的樣子，例嗤嗤然。

13【嗡】ㄨㄥ wēng 副飛蟲鳴叫聲。

13【嗅】ㄒㄧㄡˋ xiù 動用鼻子來辨別氣味。

13【嗆】〔呛〕(一) ㄑㄧㄤ qiāng 動鳥吃東西。形愚笨的樣子。 (二) ㄑㄧㄤˋ qiàng 動因飲食太急而氣逆咳嗽，例嗆著了。

13【嗌】(一) ㄧˋ yì 名咽喉。(二) ㄞˋ ài 動東西塞住喉嚨，透不過氣來。

13【嗒】ㄊㄚˋ tà 副失意的樣子，例嗒然。

13【嗔】(瞋) ㄔㄣ chēn 動因不滿而生氣，例嗔怒。

13【嗛】(一) ㄑㄧㄢ qiān 形同「謙」；虛心而不自滿。 (二) ㄑㄧㄢˇ qiǎn 名猴類頰裡貯存食物之處，例頰嗛。形「嗛嗛」：⑴形容微小不足的意思。⑵卑遜的意思。 (三) ㄑㄧㄢˋ qiàn 名同「歉」；穀物收成不佳。 (四) ㄒㄧㄢˊ xián 動①同「銜」；口中銜著東西。②懷恨。

13【嗄】(一) ㄕㄚˋ shà 形聲音嘶啞，例號而不嗄。(《老子》〈四十八〉) (二) ㄚˊ á 歎表疑問或反問的感歎詞，例嗄！有這回事？

13【嗩】〔唢〕ㄙㄨㄛˇ suǒ 名「嗩吶」：樂器名稱，形狀類似小喇叭。

13【嗉】ㄙㄨˋ sù 名①「嗉囊」：爲鳥類或昆蟲消化器的一部分，上接食道，下連砂囊，作用在存留食物。②星宿名，即張宿。

13【嗙】ㄆㄤˇ pǎng 動自誇，例胡吹亂嗙。

13【嗐】ㄏㄞˋ hài 動大開口。歎表感歎，例嗐！眞糟糕。

13【嗝】ㄍㄜˊ gé 動因飽食或胃疾，以致胃氣由口洩出而發出聲來，例打嗝。

13【嗃】ㄏㄜˋ hè 形「嗃嗃」：形容嚴厲的樣子，例家人嗃嗃。(《易經》〈家人卦〉)

13【嗲】ㄉㄧㄝ diē ㄉㄧㄚ diā 形聲音嬌媚造作，例嗲聲嗲氣。

十一 畫

14【嘉】ㄐㄧㄚ jiā 名①福祉，例神降之嘉。（《史記》〈曆書〉）②姓，元有嘉兆。動①讚許，例嘉善而矜不能。（《論語》〈子張〉）②慶、福。③樂，例交獻以嘉魂魄。（《禮記》〈禮運〉）形美、善，例其新孔嘉。（《詩經》〈豳風・東山〉）

◈**嘉言、嘉尚、嘉美、嘉許、嘉會、嘉惠、嘉賓、嘉獎、嘉言懿行。**

14【嗾】ㄙㄡˇ sǒu ㄗㄨˊ zú 動①聳動別人做不好的事，例嗾使。②用口作聲，對狗發命令。

14【嘀】ㄉㄧˊ dí 動①小聲私語。②心中疑惑不定。

◈**嘀咕。**

14【嘛】讀音ㄇㄚˊ má ・ㄇㄚ ma 名「喇嘛」：見「喇」字。助緩和語氣之尾詞，例不要嘛！

14【嘗】〔尝〕（嚐）（甞）ㄔㄤˊ cháng 名秋天舉行的祭典。動①用嘴來辨別食物的滋味，例嘗味。②試驗，例嘗試。③經歷，例備嘗艱苦。副曾經，例未嘗。

◈**飽嘗世事、何嘗、品嘗、臥薪嘗膽。**

14【嗽】（嗽）ㄙㄡˋ sòu 動①氣管受到痰或氣體的刺激，引起反射作用，把氣體急呼出來而發聲，例咳嗽。②用口吸取東西，例嗽飲。③同「漱」；用水漱口，例漱口。

14【嘓】〔啯〕ㄍㄨㄛ guō 副①蛙的叫聲。②吞食物的聲音。

14【嘁】㈠ㄑㄧ qī 副低聲小語的樣子，例嘁嘁喳喳。 ㈡ㄗㄚ zā 副忸怩的樣子，例 咨。

14【嘔】〔呕〕㈠ㄡˇ ǒu 動①吐，例嘔吐。②憂悶，使人鬱悶，例不許嘔我。 ㈡ㄡ ōu 動同「謳」；歌唱。 ㈢ㄡˋ òu 動故意引人惱怒，例嘔氣。 ㈣ㄒㄩˇ xǔ 形同「煦」；溫暖。

◈**嘔心、嘔吐、嘔氣、嘔心瀝血。**

14【嘆】〔叹〕ㄊㄢˋ tàn 名姓。動①同「歎」；悲傷太息，例嘆息。②吟詠。③讚美，例孔子屢嘆之。（《禮

記》〈郊特牲〉)

◆嘆息、嘆氣、嘆爲觀止 長嘆、悲嘆、詠嘆、感嘆、一唱三歎。

14【嘍】〔喽〕㈠ㄌㄡˊ lóu 名「嘍囉」：山寨强盜的部下；亦作僂儸。㈡ㄌㄡˇ lǒu 形同「謱」；亂。㈢·ㄌㄡ lou 助表示語氣完結的語助詞，例散會嘍！

14【嘎】(嘎)㈠ㄍㄚ gā 形形容聲音的字，例嘎嘎。㈡ㄍㄚˊ gá 名兩頭尖中間大的一種玩具。

14【嗷】ㄠˊ áo 形同「嗸」；飢餓時張口叫喊的雜聲，例嗷嗷待哺。

14【嘖】〔啧〕ㄗㄜˊ zé 形爭相言語的樣子。副①衆口爭辯的樣子。②讚美聲，例嘖嘖。

14【嘟】ㄉㄨ dū 副說話囉嗦而不清晰，例嘟囔。

14【嘈】ㄘㄠˊ cáo 動數種聲音一起響起來。形不清靜，例人聲嘈雜。

14【嗶】〔哔〕ㄅㄧˋ bì 名毛織物的一種，例嗶嘰。

14【嘅】(慨)ㄎㄞˇ kǎi ㄎㄞˋ kài 動嘆氣聲，例嘅嘆。

14【嘏】㈠ㄍㄨˇ gǔ 名①壽，例祝嘏。②福祉。㈡ㄐㄧㄚˇ jiǎ 形通「遐」；大、遠。

11【嘞】·ㄌㄜ le 同「了」，表示語氣完結的助詞。

十二 畫

15【噴】〔喷〕㈠ㄆㄣ pēn 動①急遽湧射而出，例噴水、噴氣。②吐出，例噴雲吐霧。㈡ㄆㄣˋ pèn 動香氣外溢，例噴香。㈢ㄈㄣˋ fèn 名鼻子受刺激而發出氣來的聲音，例噴嚏。

◆噴香 香噴噴。

15【嘮】〔唠〕ㄌㄠˊ láo 副說話多的樣子，例嘮叨。

15【嘻】(譆)ㄒㄧ xī 副笑樂自得的樣子。歎表示悲恨傷痛或驚懼、讚賞的聲音。

15【嘹】ㄌㄧㄠˊ liáo 形聲音清脆而響亮，例嘹亮。

15【嘲】㈠ㄔㄠˊ zháo 動①以言相調笑，例嘲笑。②逗引。 (二) ㄓㄠ zhāo 動鳥鳴。

◈嘲弄、嘲訕、嘲笑、嘲謔、嘲風詠月。

15【嘿】(一) ㄇㄛˋ mò 形沉默不說話,例荊軻嘿而逃去。(《史記》〈刺客列傳〉) (二) ㄏㄟ hēi 歎表驚歎,例嘿!這孩子可是不想活了。(《儒林外史》)

15【嘩】〔哗〕(譁) ㄏㄨㄚ huā 副重物墜地的雜碎聲。

15【噓】(嘘) (一) ㄒㄩ xū 動①緩緩吐氣。②誇大其詞,例吹噓。③問候,例噓寒問暖。④用火或熱氣薰炙。形表鄙視或警惕的聲音,例噓聲四起。副歎息聲,例唏噓。 (二) ㄕ shī 歎表示鄙斥的感歎詞。

15【噎】ㄧㄝ yē 動①食物塞住咽喉,以致透不過氣來。②蔽塞。

15【噗】ㄆㄨ pū 形形容笑聲的字。

15【嘶】ㄙ sī 動鳴,例馬嘶。形①聲音沙啞,例聲嘶力竭。②聲音淒愴。

15【嘯】〔啸〕ㄒㄧㄠˋ xiào 動①呼喊,例嘯聚。②蹙口出聲,例嘯歌。③動物吼叫的聲音,例虎嘯。

◈仰天長嘯、龍吟虎嘯。

15【嘵】〔哓〕ㄒㄧㄠ xiāo 副說話時聲音發抖的樣子。

15【噍】(一) ㄐㄧㄠˋ jiào 動用牙齒咬、啃、咀嚼,例噍食、噍咀。形指生存的人口。 (二) ㄐㄧㄠ jiāo 形聲音急促。 (三) ㄐㄧㄡ jiū 副同「啾」;小鳥鳴聲。

15【噌】(一) ㄔㄥ chēng 形「噌吰」:聲音壯闊的樣子。 (二) ㄘㄥ cēng 動申斥。形形容聲音的詞,例噌的一聲。 (三) ㄘㄥˇ cěng 副決裂。

15【噘】(撅) ㄐㄩㄝ juē 動「噘嘴」:嘴巴翹起來。

15【噉】(啗) ㄉㄢˋ dàn 動同「啖」;吃。

15【嘴】ㄗㄨㄟˇ zuǐ 名①消化道在體表的開口,係食物進入體內之第一關口。②形狀像口的部分。③器具的出口。

◈嘴巴、嘴碎、嘴臉、嘴饞、嘴甜心苦 多嘴、快嘴、油嘴滑舌。

15【嘰】〔叽〕ㄐㄧ jī 名①毛織品的一種,例嗶嘰。②同「咭」;笑聲。動動①小吃。②啼哭、悲傷。副小鷄的叫聲，例嘰嘰。

15【嘬】ㄗㄨㄛ zuō 動①用嘴或器具吸著吃。②咬齧。

15【噁】〔恶〕ㄜˇ ě 形因厭惡而欲吐的樣子，例噁心。

十三畫

16【噪】(譟)ㄗㄠˋ zào 動①喧鬧、吵鬧，例鼓噪。②蟲鳥發出大而煩雜的聲音，例蟬噪、鵲噪。

16【噤】ㄐㄧㄣˋ jìn 動①閉嘴，不作聲，例噤口。②顫抖，例寒噤。

◆噤口不言、噤若寒蟬。

16【噸】〔吨〕ㄉㄨㄣˋ dùn 名Tón①英重量名，計二二四〇磅，合一〇一六・〇四七公斤。②美重量名，計二〇〇〇磅，合九〇七・一八四九公斤。③計船所載之容積單位，合四〇立方英尺。

16【噥】〔哝〕ㄋㄨㄥˊ nóng 副「噥噥」：(1)小聲交談，例噥噥細語。(2)吳語，將就的意思。

16【噱】(一)ㄐㄩㄝˊ jué 名大笑，例可發一噱。(二)ㄒㄩㄝ xuē 動①引人注意之言語與動作。②商場上驚人的宣傳手法，例噱頭。

16【噯】〔嗳〕(一)ㄞˇ ǎi 歎表否定的感歎詞，例噯！話不是那麼說。(二)ㄞˋ ài 歎①感歎詞，表示感傷或痛惜的語氣，例噯！怎麼會有這樣的事。②表示驚訝，例噯！這件禮物實在很貴重。

16【噢】(一)ㄩˇ yǔ 副「噢咻」：病人的呻吟聲。(二)ㄡˋ où 副表示已經明白。

16【噶】(一)ㄍㄚˊ gá 名譯音的字，常用於藏語之翻譯。(二)ㄍㄜˊ gé 名譯音字。

16【噲】〔哙〕ㄎㄨㄞˋ kuài 名姓。動嚥下去。副通「快」；稱心。

16【噭】ㄐㄧㄠˋ jiào 動高聲號呼。副哭泣的樣子。

16【噦】〔哕〕(一)ㄩㄝ yuē 動①氣逆而口中發聲。②嘔吐之時，只發聲而吐不出物，例乾噦。(二)ㄏㄨㄟˋ huì 形「噦噦」：(1)馬鈴聲。(2)寬大明亮的樣子。

16【噬】ㄕˋ shì 名「噬嗑」：《易經》六十四卦之一，震下離上。動①咬，例吞噬。②食。助發語詞，逮、及。

◆噬臍莫及　擇肥而噬。

16【噙】讀音ㄑㄧㄣˊ qín 語音ㄏㄣˊ hén 動①嘴裡含著東西。②眼眶裡含著眼淚，例噙著眼淚。

16【噫】ㄧ yī ㄧˋ yì 名中醫稱食飽後，胃氣因阻鬱而上升有聲。歎①歎詞，表悲歎傷痛，例噫！天喪予。(《論語》〈先進〉)②同「咦」；表驚歎。③心不平所發的聲音，例噫！言游過矣。(《論語》〈子張〉)

16【噹】〔当〕(一)ㄉㄤ dāng 副形容聲音的字，多指撞擊金屬器物發出的聲音，例叮噹。　(二)ㄉㄧㄤ diāng 形「噹噹」：(1)比喻無知識，未見過世面的人。(2)形容聲名響亮，例響噹噹。

16【噩】ㄜˋ è 形①驚遽的樣子，例噩夢。②嚴肅的樣子。③不吉利的，例噩音。④愚昧無知的樣子，例渾渾噩噩。

16【器】ㄑㄧˋ qì 名①用具的總稱，例器具。②才能，例大器晚成。③度量，例器度。④名位爵號，例名器。⑤器官。動重視他人的才能，例器重。

◆器具、器度、器物、器重、器量、器識、器小易盈、器宇軒昂　小器、機器、君子不器。

十四　畫

17【嚎】ㄏㄠˊ háo 動哭號，有聲無淚，例鬼哭神嚎。

17【嚀】〔咛〕ㄋㄧㄥˊ níng 動再三囑咐，例叮嚀。

17【嚅】ㄖㄨˊ rú 副「嚅囁」：想說話卻又畏縮的樣子。

17【嚇】〔吓〕(一)ㄏㄜˋ hè 動用厲言或威力使人害怕，例恐嚇。
(二)ㄒㄧㄚˋ xià 動①害怕，例嚇了一跳。② 使人害怕，例你別嚇我。

17【嚆】ㄏㄠ hāo 名「嚆矢」：有聲的箭，箭未到聲先到，比喻事情的先聲或首倡。動呼叫。

17【嚄】(一)ㄏㄨㄛˋ huò 動大呼又大笑。助驚愕失聲。歎表示讚美。　(二)ㄛˇ ǒ 形感歎詞，表疑惑驚訝，例嚄！這水好冷。

十五 畫

18【嚮】〔向〕(鄉)㈠ㄒㄧㄤˋ xiàng 動①勸勉。②引導，例嚮導。③通「向」；傾向，例嚮往。④接近，例嚮明。 ㈡ㄒㄧㄤˇ xiǎng 動同「享」、「饗」；接受。

18【嚕】〔噜〕ㄌㄨ lū 副①多言多語，例嚕囉。②嚮聲，例咕嚕。

18【嚏】ㄊㄧˋ tì 動鼻子受刺激，有氣急出而發出聲響，例噴嚏。

18【嚜】㈠ㄇㄛˋ mò 形不自得的樣子，例嚜嚜。 ㈡·ㄇㄛ mo 助表示決定的語助詞。 ㈢ㄇㄚ mā 動商標俗稱嚜，是英文 mark 的譯音。

十六 畫

19【嚥】(咽)ㄧㄢˋ yàn 動①吞，例狼吞虎嚥。②「嚥氣」：人死氣絕。

19【嚭】ㄆㄧˇ pǐ 動大喜。形大。

十七 畫

20【嚶】〔嘤〕ㄧㄥ yīng 名鳥鳴聲，例嚶嚶。

20【嚷】㈠ㄖㄤˇ rǎng 動①北人稱大聲喊叫為嚷。②喧鬧，例吵嚷。 ㈡ㄖㄤ rāng 動「嚷嚷」：喧嘩，大聲喊叫。

◆嚷嚷 大嚷、叫嚷、吵嚷、亂嚷。

20【嚴】〔严〕ㄧㄢˊ yán 名①威儀整肅，例校規很嚴。②俗稱父親為嚴，例家嚴。③姓，漢有嚴尤。動尊、敬畏，例師嚴而後道尊。形①峻烈，例嚴寒。②可畏的、嚴厲的，例嚴刑。③緊密的，例嚴緊。副緊密充滿。

◆嚴正、嚴明、嚴重、嚴格、嚴密、嚴飭、嚴肅、嚴厲、嚴刑峻法、嚴陣以待 戒嚴、尊嚴。

20【嚼】㈠ㄐㄩㄝˊ jué 動①用牙齒咬碎食物，例細嚼。②剝蝕。③辨味，例吟嚼五味足。(《蘇軾詩》)④玩味、鑽研。 ㈡ㄐㄧㄠˊ jiáo 動指人絮絮不休的談話，有厭惡的意思。 ㈢ㄐㄧㄠˋ jiào 動動物的反芻，例反嚼。

◆嚼舌、嚼蠟 倒嚼、咀嚼、咬文嚼字、貪多嚼不爛。

20【嚳】〔喾〕ㄎㄨˋ kù 名古帝名，黃帝曾孫，即高辛氏。動急忙告訴。

十八 畫

21【囁】〔嗫〕ㄋㄧㄝˋ niè ㄓㄜˊ zhé 動嘴動的樣子，例囁嚅。

21【囀】〔啭〕ㄓㄨㄢˇ zhuǎn 動鳥鳴，例新年鳥聲千種囀。(庾信〈春賦〉)副清脆而有曲折的聲音，例婉囀。

21【囂】〔嚣〕ㄒㄧㄠ xiāo 名①姓。②地名。動喧嘩，嘈雜，例喧囂。形①憂愁貌，例囂然。②輕浮傲慢貌，例囂張。

十九 畫

22【囊】ㄋㄤˊ náng 名①盛物的器具，俗稱口袋，例香囊。②姓，春秋楚有囊瓦。動盛，以囊盛物。副包羅，例囊括四海。

◆囊括、囊中物、囊空如洗　行囊、背囊、阮囊羞澀、探囊取物、慷慨解囊。

22【囈】〔呓〕ㄧˋ yì 動睡中語，例夢囈。

22【囅】〔冁〕ㄔㄢˇ chǎn 副「囅然」：笑的樣子。

22【囉】〔啰〕(一) ㄌㄨㄛˊ luó 名「嘍囉」，見「嘍」字。副聲音嘈雜，例囉唣。(二) ㄌㄨㄛ luō 副說話煩多，例囉嗦。

二十 畫

23【囌】〔苏〕ㄙㄨ sū 動言語絮絮不休，例嚕囌。

二十一 畫

24【囑】〔嘱〕ㄓㄨˇ zhǔ 名囑咐，例遺囑。動託付、叮嚀。

24【囓】〔啮〕(嚙) ㄋㄧㄝˋ niè 動同「齧」；啃食。

二十二 畫

25【囔】·ㄋㄤ nang 副「嘟囔」：說話不清楚的樣子。

囗 部

03【囗】ㄨㄟˊ wéi 古「圍」字。

二 畫

05【四】ㄙˋ sì 名①數目名，十個基數之一，大寫作「肆」，阿拉伯數字作「4」。②古樂譜表示聲調高低的名稱。③姓，春秋越有四水。形第四的，例四品官。

◆四方、四季、四肢、四時、四海、四鄰、四大皆空、四分五裂、四平八穩、四面楚歌、四通八達 不三不四、張三李四、挑三揀四、朝三暮四。

05【囚】ㄑㄧㄡˊ qiú 名①犯罪被囚的人。②俘虜。動拘禁。

◆囚犯、囚車、囚禁、囚首喪面 階下囚。

三 畫

06【回】(迴) ㄏㄨㄟˊ huí 名①次數，例一日踏春一百回。(孟郊詩)②小說一章稱一回，例章回小說。③種族名，居今新疆省等地，多信奉回教，例回族。④姓，元有回回。⑤大陸用作「迴」(ㄏㄨㄟˊ)的簡化字。動①轉、還返。②眩惑，例耳駭目回。(揚雄〈甘泉賦〉)形邪曲，例其德不回。(《詩經》〈小雅・鼓鐘〉)

◆回扣、回味、回音、回春、回敬、回憶、回轉、回天乏術、回心轉意、回光返照、回腸蕩氣、回頭是岸 章回、挽回、喚回、妙手回春、百折不回、大地春回。

06【因】(囙) ㄧㄣ yīn 名①事情的原由。②姓，明有因禮。動①依循、順應，例因河為池。(賈誼〈過秦論〉)②猶、似。③沿襲，例陳陳相因。介由、從，例西傾因桓是來。(《尚書》〈禹貢〉)連於是、因此。

◆因循、因襲、因人成事、因小失大、因地制宜、因材施教、因陋就簡、因循怠惰、因禍得福 近因、病因、基因、遠因、事出有因。

06【囟】ㄒㄧㄣˋ xìn 名「囟門」：初生嬰兒臚骨未癒合而留下的縫隙。正常嬰兒有兩個囟門，前囟門到一～二歲才癒合，後囟門則在出生三～六個月就癒合。

06【囡】(囝) ㄋㄢ nān 名蘇州人稱女兒或小女孩為「囡」。

四 畫

07【困】ㄎㄨㄣˋ kùn 名《易經》六十四卦之一，坎下兌上。②大陸用作「睏」(ㄎㄨㄣˋ)的簡化字。動①包圍，例圍困。②擾亂，例不爲酒困。(《論語》〈子罕〉)形①窮苦，例貧困。②勞倦。③艱難痛苦，例艱困。

◆**困乏、困阨、困苦、困頓、困難、困心衡慮、困獸猶鬥　疲困、飢困、窮困、坐困愁城**。

07【囤】(一) ㄉㄨㄣˋ dùn 名盛米穀的器具，例米囤。　(二) ㄊㄨㄣˊ tún 動屯聚、儲存，例囤積居奇。

07【囱】(一) ㄘㄨㄥ cōng 名爐竈通煙的孔，例煙囱。　(二) ㄔㄨㄤ chuāng 同「窗」字。

07【囮】ㄜˊ é 動①用來引誘外來之鳥的鳥媒。②同「訛」；詐人財物。

07【囫】ㄏㄨˊ hú 動「囫圇」：(1)物體完整而不破，例囫圇吞了下去。(2)含糊籠統，不求了解。

◆**囫圇吞棗**。

五畫

08【固】ㄍㄨˋ gù 動①鄙陋。②姓，淸有固三泰。形①不開通，例頑固。②堅實，例鞏固。③安定。副傳統的，原來的，例固有道德。連乃，例仁人固如是乎？(《孟子》〈萬章上〉)

◆**固守、固定、固疾、固執、固然　牢固、堅固、凝固、穩固**。

08【囷】ㄐㄩㄣ jūn 名圓形的藏米倉。

08【囹】ㄌㄧㄥˊ líng 動「囹圄」：監獄。

六畫

09【囿】ㄧㄡˋ yòu 動①飼養禽獸的園子。②事物萃聚的地方。動局限、拘束，例囿於成見。

◆**苑囿、園囿**。

七畫

10【圃】ㄆㄨˇ pǔ 動①種植蔬菜瓜果、花卉的地方，例菜圃。②以種植蔬菜瓜果、花卉爲業的人，例吾不如老圃。(《論語》〈子路〉)③場所。

◆**花圃、菜圃、園圃**。

10【圂】(一) ㄏㄨㄣˋ hùn 名①廁所。②養豬的地方，例豕出圂。(《漢書》〈五行志〉)(二) ㄏㄨㄢˋ huàn 名同「豢」；家畜。

10【圄】ㄩˇ yǔ 名牢獄，例囹圄。動①守著。②通「圉」；囚禁。

八　畫

11【國】〔国〕ㄍㄨㄛˊ guó 名①有土地、人民、主權的團體，例中國。②古代諸侯的封地，例楚國。③城市，例徧國中無與立談者。(《孟子》〈離婁下〉)④姓，三國魏有國淵。⑤指地方，例紅豆生南國。(《王維》〈相思詩〉)⑥與國家有關的，例國籍。⑦指特殊出名或全國推仰的，例國手。

◆國民、國防、國花、國計、國界、國恥、國運、國勢、國粹、國際、國慶、國難、國色天香、國泰民安、國破家亡、國計民生、國運昌隆　本國、外國、同盟國、聯合國、泱泱大國、齊家治國。

11【圈】㈠ㄑㄩㄢ quān 名①外圓中空的東西或形狀，例花圈。②周邊。③指某一範疇，例小圈子。④通「棬」；曲木製成的盂。動①環繞，例把對的答案圈起來。②畫線勾勒，例圈點唐詩。　㈡ㄑㄩㄢˋ quàn 名周圍，例城圈。　㈢ㄐㄩㄢ juān 動關住、閉禁，例圈禁。　㈣ㄐㄩㄢˋ juàn 名①飼養家畜的地方，例豬圈。②姓，後漢有圈稱。

◆光圈、圓圈、北極圈、影藝圈、可圈可點。

11【圉】ㄩˇ yǔ 名①養馬的人，例圉人。②邊境，例亦聊以固吾圉也。(《左傳》〈隱公十一年〉)③通「敔」；樂器名。④姓，春秋魯有圉公陽。動①通「圄」；禁，例不圉我哉。(《周書》〈寶典〉)②拒禦，例其來不可圉。(《莊子》〈繕性〉)

11【圇】〔囵〕ㄌㄨㄣˊ lún 動「囫圇」：⑴物體完整而不破。⑵含糊籠統，不求了解。

11【圊】ㄑㄧㄥ qīng 名廁所，例圊溷。

九　畫

12【圍】〔围〕ㄨㄟˊ wéi 名①四周。②計算圓周的名數。③兩臂合抱的長度，例這樹有十圍粗。動①環繞，例國君春田不圍澤。(《禮記》〈曲禮〉)②戰事的包圍，例力盡關山未解圍。(《高適》〈燕歌行〉)

◆圍困、圍牆、圍繞、圍魏救趙　包圍、周圍、胸圍、範圍。

12【圌】㈠ ㄔㄨㄟˊ chuí 名山名，在江蘇省鎮江縣東北，爲江防要地。 ㈡ ㄔㄨㄢˊ chuán 名盛穀的器具。

十 畫

13【圓】〔圆〕ㄩㄢˊ yuán 名①從中心到周圍任何一點的距離都相等的形體。②稱天，例戴圓履方。(《淮南子》〈本經〉)③貨幣的名稱，例金圓。動完備、周全。形①宛轉的聲音。②完滿，例功德圓滿。③「圓滑」：做人做事及談話面面周到而不得罪人。

◆**圓心、圓寂、圓謊　方圓、渾圓、團圓、自圓其說、破鏡重圓。**

13【園】〔园〕ㄩㄢˊ yuán 名①種植果蔬、花木的地方。②養畜禽獸或別墅可供遊息的地方。③舊稱帝王后妃的塋墓。④姓。

◆**園遊會　公園、田園、花園、祇園、庭園、菜園、墓園、幼稚園。**

十一 畫

14【團】〔团〕ㄊㄨㄢˊ tuán 名①圓形物，例團扇。②陸軍的編制，旅下爲團，團下分營。動①聚集、集合。②統率。③估量、猜想。

◆**蒲團、集團、社團、商團、兵團、團聚、團圓。**

14【圖】〔图〕ㄊㄨˊ tú 名①由繪畫所成事物的形象，例地圖。②法度。動①策劃。②謀取，例羽可圖。(《漢書》〈高帝本紀〉)③繪畫，例圖色彩。

◆**圖形、圖利、圖表、圖解、圖謀、圖樣　企圖、頁圖、意圖、設計圖。**

十三 畫

16【圜】㈠ ㄩㄢˊ yuán 名①天體，例乾爲天、爲圜。(《易經》〈說卦〉)②同「圓」。㈡ ㄏㄨㄢˊ huán 動環繞。

土 部

03【土】ㄊㄨˇ tǔ 名①沉積於地質表面的砂泥等混合物。②地。③鄉，例小人懷土。(《論語》〈里仁〉)④地祇，例諸侯祭土。(《公羊傳》〈僖公三十一年〉)⑤五行之一。⑥姓，明末有土國寶。形①本地的，例土產。②不合時尚的，例土頭土腦。

◆**土匪、土產、土著、土壤、土崩瓦解、土頭土腦　沙土、泥土、國土、**

黃土。

三 畫

06【圳】㈠ㄔㄡˊ chóu 名湖北江西一帶稱田邊水溝。 ㈡ㄗㄨㄣˋ zuèn 又讀ㄓㄣˋ zhèn 名廣東、福建、臺灣稱河川水渠爲圳，例嘉南大圳。

06【在】ㄗㄞˋ zài 名①所在。②姓，晋有在育。動①存，例父母在，不遠遊。(《論語》〈里仁〉)②居，例在下位而不憂。(《易經》〈乾卦〉)③通曉某事。副①確指某事，例在止於至善。(《禮記》〈大學〉)②表正進行的動作，例我在看電視。介表示事情的時間、地點或情形，例在晚上看書、在公司上班。

06【圭】ㄍㄨㄟ guī 名①瑞玉，上圜下方，古時諸侯遇大典時所執。②量名，升的十萬分之一。③法度、標準，例奉爲圭臬。

06【圯】ㄧˊ yí 名橋。

06【圮】ㄆㄧˇ pǐ 動毀壞。

06【圩】ㄩˊ yú ㄨㄟˊ wéi 名①防水患的隄岸。②圩田、村落等地，用以區別境域之障礙物。形中間低而四周高起。

06【圬】ㄨ wū 名塗抹泥灰的器具。動塗飾，例糞土之牆，不可圬也。(《論語》〈公冶長〉)

06【地】ㄉㄧˋ dì 名①人類萬物棲息生長的場所。②地面的區域。③地位。④品質，例質地細緻。⑤意思的所在，例思想見地。助①用作副詞的語尾，例他忽地跳了起來。②猶「著」，例坐地。

◆地方、地址、地形、地利、地窖、地勢、地勤、地大物博、地老天荒、地坼天崩、地廣人稠 大地、土地、田地、道地、場地、無地自容。

四 畫

07【坊】㈠ㄈㄤ fāng 名①古時城市的里巷或市街名，例街坊。②表揚名節的建築物，例貞節牌坊。③店鋪，例茶坊。④工作的場所，例磨坊。 ㈡ㄈㄤˊ fáng 名隄防。動同「防」；防範。

07【址】(阯)ㄓˇ zhǐ 名①地點、處所，例住址。②地基。

07【坍】ㄊㄢ tān 動①建築物倒塌毀壞，例坍屋。②土崩。

07【圾】㈠ㄐㄧˊ jí 形同「岌」；危險。㈡ㄙㄜˋ sè 名「垃圾」，見「垃」字。

07【坏】ㄆㄟˊ péi 名①低丘土堆，例黃花崗上一坏土。（孫文〈黃花崗烈士事略序〉）②與「坯」，土器未燒之稱，例土坏。③牆壁。動通「培」；用土封塞空隙。

07【坑】（阬）ㄎㄥ kēng 名①地面低陷的地方，例水坑。②俗稱廁所。動①埋，例焚書坑儒。②陷害，例坑人。

07【坌】ㄅㄣˋ bèn 名灰塵。動聚，例坌集。

07【坐】ㄗㄨㄛˋ zuò 名通「座」；坐席。動①以臀著物而休息，例坐下。②跪。③居、處，例坐北朝南。④入於罪、干犯，例坐罪抄家。⑤搭乘，例坐車。副①堅守不去，例坐鎮。②不勞而獲，例坐享其成。③無故，自然而然，例鹽必坐長而十倍。（《管子》〈輕重〉）介由於，例但坐觀羅敷。（《樂府詩集》〈陌上桑〉）

◆**坐大、坐視、坐落、坐鎮、坐井觀天、坐立不安、坐以旦待、坐以待斃、坐地分贓、坐吃山空、坐收漁利、坐困愁城、坐飄其成、坐懷不亂、坐觀成敗　枯坐、靜坐、正襟危坐**。

07【均】㈠ㄐㄩㄣ jūn 名①漢時酒量名，以二千五百石爲一均。②製造陶器的旋轉臺。③樂器名。動調和。形相等，例貧富不均。副全部、皆，例老少均安。　㈡ㄩㄣˋ yùn 名古韻字。

◆**均勻、均衡、均攤　五均、平均、調均、勢均力敵**。

07【坎】（埳）ㄎㄢˇ kǎn 名①八卦之一。卦形爲☵。卦意爲煩惱、障礙，象徵次男、操勞之人。②壙穴、坑穴。③酒罇。④姓，明有坎輝。副擊樂器聲。

07【圻】ㄑㄧˊ qí 名①地界。②京城四周千里以內之地。

07【坂】（岅）ㄅㄢˇ bǎn 名山坡，斜坡。

五　畫

08【垃】ㄌㄜˋ lè 名「垃圾」：穢物、塵土及扔棄的破爛東西之合稱。

08【坷】ㄎㄜˇ kě 名「坎坷」：(1)地不平。(2)潦倒不得志。

08【坪】ㄆㄧㄥˊ píng 名①平坦的地方，例草坪。②臺灣地區通用的地積單位，一坪合三・三〇五七平方公尺。

08【坡】ㄆㄛ pō 名地勢傾斜的地方，例山坡。

08【坦】ㄊㄢˇ tǎn 名姓，宋有坦中庸。動露出，例坦胸露背。形①平，例平坦。②心地寬廣無私心，例坦蕩。

08【坩】ㄍㄢ gān 名盛物的陶土器。

08【坤】(堃)ㄎㄨㄣ kūn 名①八卦之一。卦形爲☷。卦意爲柔順、虛靜，象徵爲母、妻、傭人等。②婦女的通稱，例坤造。形柔順的，例坤順。

08【坰】ㄐㄩㄥ jiōng 名遠野、郊野。

08【坳】(坸)ㄠ āo 名低窪的地方，例山坳。

08【坻】(一)ㄔˊ chí 名水中的高地，例宛在水中坻。(《詩經》〈秦風・蒹葭〉) (二)ㄉㄧˇ dǐ 名山坡。

08【坯】ㄆㄧ pī ㄆㄟ pēi 名用泥土粗做的模型，例磚坯。

08【坵】ㄑㄧㄡ qiū 「丘」的俗體字。

六 畫

09【垂】ㄔㄨㄟˊ chuí 名①通「陲」；邊遠、邊疆。②邊，例兄弟哭路垂。(《王粲》〈詠史詩〉) 動①從上往下掉落，例垂淚。②自上施予下，例垂念。③留傳後世。副將及，例垂老。

◈垂手、垂危、垂青、垂涎、垂詢、垂愛、垂暮、垂頭喪氣 下垂、邊垂、名垂千古、永垂不朽。

09【垣】ㄩㄢˊ yuán 名①牆，例城垣、垣牆。②官署，例諫垣。③星次。④姓，南北朝齊有垣閎。

09【型】ㄒㄧㄥˊ xíng 名①鑄器的模子，例模型。②樣式，例髮型。③法式，例典型。

09【垠】ㄧㄣˊ yín 名①邊際、界限，例一望無垠。②水涯、河岸。③形狀。

09【垢】ㄍㄡˋ gòu 名①同「詬」；恥辱。②塵泥，例汙垢。③缺點，例刮垢磨光。(《韓愈》〈進學解〉)形不清潔的，例蓬頭垢面。

◈塵垢、忍垢偷生、政令垢翫、藏汙納垢。

09【垮】ㄎㄨㄚˇ kuǎ 動①崩潰。②倒塌。

09【垓】ㄍㄞ gāi 名①數名，例十兆謂之經，十經謂之垓。②通「陔」；階次。③界限。④荒遠之地。

09【垛】(垜)(一)ㄉㄨㄛˇ duǒ 名建築物突出的部分，例城垛口。(二)ㄉㄨㄛˋ duò 名①箭靶。②堆積而成的東西，例草垛。動堆積，例堆垛。

09【垝】ㄍㄨㄟˇ guǐ 形毀壞的，例垝垣。

09【垤】ㄉㄧㄝˊ dié 名①地上凸起的螞蟻窩。②小土堆。

09【垞】ㄔㄚˊ chá 名①小土堆。②古嵩國，在今江蘇銅山縣北。

09【垡】ㄈㄚˊ fá 動耕田起土。

七　畫

09【城】ㄔㄥˊ chéng 名①地大人多，成為政治、經濟、文化集中的地方，例京城。②攻守防衛用的高牆。③舊時環繞都邑所築的大牆。④姓。動築城，例城彼朔方。(《詩經》〈小雅・出車〉)

◈城池、城府、城牆、城闕、城下之盟、城狐社鼠。

10【埂】ㄍㄥˇ gěng 名①小坑。②田邊的小土堤或小路，例田埂。

10【埔】ㄆㄨˇ pǔ ㄅㄨˇ bǔ 名閩粵一帶稱河邊的沙洲為埔，例大埔。

10【埒】ㄌㄜˋ lè 名①矮牆，例馬埒。②水堤。③界限、界域，例埒外。動相等，例富埒王侯。

10【埆】ㄑㄩㄝˋ què 形①土地貧瘠，例土地墝埆。②山多大石的樣子。③險峻。

10【埕】ㄔㄥˊ chéng 名①盛酒的器具，例一埕酒。②養殖海蟶海蛤的場所。③泛稱近海的田地，例鹽埕。④閩南、臺灣地區稱庭院為埕，例稻埕。

10【埃】ㄞ āi 名①灰塵，例黃埃散漫風蕭索。(《白居易》〈長恨歌〉)②小數名，例十渺為埃，十埃為塵。③測量光波長或原子半徑的單位，一埃等於

10^{-8}公分，以Å表示。

10【埋】㈠ㄇㄞˊ mái 動①隱藏在不明顯的地方，例埋伏。②下葬，例埋葬。③忽略別人的才能，例埋沒人才。④專心一致默默努力工作，例埋頭苦幹。㈡ㄇㄢˊ mán 動怨，例埋怨。

10【埏】ㄧㄢˊ yán 名①荒涼偏遠的地方，例垓埏。②墓道，例隧埏。

10【埄】ㄆㄥˊ péng 形塵土飛起的樣子。

八 畫

11【基】ㄐㄧ jī 名①建築物的底部，例地基。②根本，例邦家之基。③凡一化合物分子中所含一部分之原子，視爲一單位而論時，稱爲基。動①依據，例基此理由。②開始，例福生有基，禍生有胎。(《漢書》〈枚乘傳〉) 形根本的，例基準。

◆**基本、基準　根基、國基、登基、路基、牆基。**

11【堅】〔坚〕ㄐㄧㄢ jiān 名①稱剛強牢固之物。②甲冑之屬。③姓，後漢有堅鐔。動固結，例相親相堅。形剛、固，例堅窮廉直。

◆**堅守、堅決、堅忍、堅持、堅貞、堅忍不拔、堅苦卓絕、堅壁清野。**

11【堆】ㄉㄨㄟ duī 名①小土山。②積多而高起的東西，例紅葉窗前有幾堆。(韓愈詩) 動積聚，例堆石成屋。

11【執】〔执〕ㄓˊ zhí 名①好友，例執友。②憑證，例執據。③佛學稱固執事物而不離之妄情。④姓。動①拘捕罪人。②持，拿著，例執紼。③守，堅持，例允執厥中。④堵塞。

◆**執行、執拗、執意、執照、執法如山、執迷不悟　父執、回執、固執、被執。**

11【域】ㄩˋ yù 名①邦國，例以保爾域。(《漢書》〈韋玄成傳〉) ②泛指一地，例西域。③墓地。動①界別。②居位，例人域是域。(《史記》〈禮書〉)

◆**領域、疆域、區域、地域。**

11【堊】〔垩〕ㄜˋ è 名①白土。②可作爲塗飾用的有色泥土。動用白粉塗飾。

1【埠】ㄅㄨˋ bù ㄈㄨˋ fù 名①停泊船隻的地方，例港埠。②通商的口岸，例商埠。③地方，例本埠。

11【埤】㈠ㄆㄧˊ pí 名低牆。動增益，例埤益。㈡ㄆㄧˋ pì 同「俾」、「睥」、「僻」。㈢ㄅㄧˋ bì 名低窪潮溼的地方。

11【堂】ㄊㄤˊ táng 名①正堂或寬廣的大房間。②山上寬平的地方。③官府辦公之處。④同祖父的親屬，例堂兄弟。⑤尊稱別人的母親，例令堂。⑥姓，春秋魯有堂衣若。

◈堂皇、堂堂 中堂、公堂、佛堂、課堂、廟堂、廳堂。

11【培】㈠ㄆㄟˊ péi 名屋後的牆。動以泥土和肥料滋養植物的根。㈡ㄆㄡˊ póu 名①田側。②墳墓。

11【堵】ㄉㄨˇ dǔ 名①牆垣。②姓，元有堵簡。動同「堵」；阻塞，例防堵。

11【埜】ㄧㄝˇ yě 名①古「野」字。②姓，明有埜佑。

11【埭】ㄉㄞˋ dài 名防水的土壩。

11【埴】ㄓˊ zhí 名黃而細密的黏土，可製陶器。

11【堇】ㄐㄧㄣˇ jǐn ㄐㄧㄣˋ jìn 名黏土。動同「墐」；塗抹。副通「僅」；少。

11【埸】ㄧˋ yì 名①田邊分界的地方。②邊境，例疆埸。

九畫

12【報】〔报〕ㄅㄠˋ bào 名①報紙的簡稱，例日報。②消息，例情報。③由前因所得的結果，例善報。動①論罪處刑。②告訴，例報佳音。③酬答，例投桃報李。

◈報仇、報告、報恩、報復、報酬、報數、報銷、報應 電報、捷報、晚報、惡報。

12【堙】(陻)ㄧㄣ yīn 名土山。動①填塞。②埋沒。

12【堪】ㄎㄢ kān 名①土地突起的地方。②姓。動①勝任，例人不堪其憂。(《論語》〈雍也〉)②忍受，例難堪。副可以、能夠，例堪稱。

12【場】〔场〕(塲)ㄔㄤˊ cháng ㄔㄤˇ chǎng 名①寬廣平坦的空地，例牧場。②某事起訖的時期，例大醉一場。③辦事或聚會的地方，例試場、會場。④戲劇一節稱一場。⑤物質存在的兩種基本形態之一存在於整個空間，例電磁場。

◈考場、操場、商場、沙場、廣場、農場、戰場、運動場。

12【堤】ㄊㄧˊ tí 图同「隄」；以土石修築，用來防水的建築物。

12【堰】ㄧㄢˋ yàn 图防水的土堤。

12【堡】ㄅㄠˇ bǎo ㄆㄨˋ pù 图①以土石築成的小城，用來防禦盜寇。②北方人稱村落爲堡。

12【堯】〔尧〕ㄧㄠˊ yáo 图①上古帝名。②姓，北齊有堯雄。形高的樣子。

12【堝】〔埚〕ㄍㄨㄛ guō 图低窪地，例四面皆沙堝，多榆柳杏林。(《遼史》〈營衛志〉)

12【堞】ㄉㄧㄝˊ dié 图城上的短牆。

12【堠】ㄏㄡˋ hòu 图①探望敵情的碉堡。②古代記里數的土臺，例一里置一土堠。(《周書》〈韋孝寬傳〉)

12【埵】ㄉㄨㄛˇ duǒ 图①聚土。②鎔化金屬的器具。

12【塈】ㄐㄧˋ jì ㄒㄧˋ xì 動①塗飾。②休息。

十畫

13【塊】〔块〕ㄎㄨㄞˋ kuài 图①結聚成團或呈固體的東西，例血塊、冰塊。②計算成塊物件的量名，例一塊糖、一塊地。形孤獨的。副同在一起。

13【塞】㈠ㄙㄜˋ sè 動①隔絕不通，例道路阻塞。②充滿，例志氣塞乎天地。(《禮記》〈孔子閒居〉) ㈡ㄙㄞˋ sài 图①邊境，例塞上風雲。②險要的地方，例要塞。動①隔、蔽。②酬神，與「賽」通。 ㈢ㄙㄞ sāi 图器物上堵口的東西，例瓶塞。動阻塞不通或塡滿空隙。

◈閉塞、搪塞、堵塞、阻塞、塞外、塞責、塞滿。

13【塗】〔涂〕ㄊㄨˊ tú 图①泥土。②同「途」；道路。③姓，漢有塗惲。動①抹。②使髒汙。③塗抹要刪改的地方，例塗改。

◈糊塗、生靈塗炭、一敗塗地。

13【塡】ㄊㄧㄢˊ tián 動①補塞，例塡平坑洞。②塡寫表格文件，例塡表。副打鼓聲，例塡然鼓之。(《孟子》〈梁惠王上〉)

13【塌】ㄊㄚ tā 動①下陷，例倒塌。②下垂，例垂頭塌翼。(陳琳〈討曹操檄〉)

13【塑】ㄙㄨˋ sù 動捏土做成人物的形狀，例塑泥人。

13【塢】〔坞〕(隖) ㄨˋ wù 名①四面高而中央低的地方，例山塢。②小障、小城堡。③村落，例村塢。④修理船隻的長方形平底大池子，例船塢。

13【塏】〔垲〕ㄎㄞˇ kǎi 名高而乾燥之處。

13【塍】(塖) ㄔㄥˊ chéng 名分開稻田的小路。

13【塒】〔埘〕ㄕˊ shí 名鑿牆作成的雞窩，例雞棲於塒。

13【塋】〔茔〕ㄧㄥˊ yíng 名墓地。

13【塘】ㄊㄤˊ táng 名①隄岸，例隄塘。②水池，例柳塘春水漫。(〈嚴維詩〉)

◆水塘、河塘、池塘、荷花塘。

13【塔】ㄊㄚˇ tǎ 名①形高而頂尖的建築物，爲印度僧侶藏骨之所；亦作塔婆、浮圖、浮屠等。②高聳而似塔的建築物，例燈塔。

13【塤】(壎) ㄒㄩㄣ xūn 名古樂器名，詳見「壎」字。

十一　畫

14【境】ㄐㄧㄥˋ jìng 名①疆界。②處所，例幽境。③遭遇，例順境。④程度，例已臻化境。

◆境況、境界、境域、境遇　困境、佳境、逆境、國境。

14【塵】〔尘〕ㄔㄣˊ chén 名①飛揚的灰土。②蹤跡，例咸陽古道音塵絕。(李白〈憶秦娥〉)③道家以一世稱爲一塵。④佛家稱礙心開朗的種種慾念爲塵。⑤姓，明有塵洪。動塵汙。形通「陳」；久。

◆塵世、塵封、塵俗、塵埃、塵寰、塵囂　凡塵、灰塵、前塵、後塵。

14【塾】ㄕㄨˊ shú 名①大門旁邊的廳堂。②學舍，例私塾。

14【墊】〔垫〕ㄉㄧㄢˋ diàn 動①襯物使高。②代人預付金錢。③陷溺。

◆墊付、墊背　床墊、椅墊、鞋墊、襯墊。

14【塹】〔壍〕ㄑㄧㄢˋ qiàn 名①繞城的河。②深坑。③險阻，例天塹。

14【墅】ㄕㄨˋ shù 名①農莊田舍，例寄身於草墅。②別館，例別墅。

14【塿】ㄌㄡˇ lǒu 名①小土丘，例培塿。②塵土。

14【墉】ㄩㄥ yōng ㄩㄥˊ yóng 名①小城。②高牆。

14【墁】ㄇㄢˋ màn 名①通「鏝」、「慢」；塗牆所用的器具。②壁飾。

14【墐】ㄐㄧㄣˇ jǐn ㄐㄧㄣˋ jìn 動①塗塞。②掩埋。

14【墓】ㄇㄨˋ mù 名埋葬死者的地方，例公墓。

14【塼】ㄓㄨㄢ zhuān 名同「甎」。

十二 畫

15【墟】ㄒㄩ xū 名①大的土堆，例土墟。②俗稱臨時市場，例趕墟。③村落。④荒廢的城市或村落，例廢墟。動毀滅。

15【增】ㄗㄥ zēng 動同「曾」；益，加添。形層，例增宮參差。(揚雄〈甘泉賦〉)◆增加、增光、增長、增訂、增益、增值、增減、增補、增進。

15【墀】ㄔˊ chí 名階上的平地，例丹墀。

15【墳】〔坟〕㈠ㄈㄣˊ fén 名①埋葬死人的墓，高大的叫墳。②水中高地。③古書名，「三墳五典」：三墳是伏羲、神農、黃帝的書，五典是少昊、顓頊、高辛、唐、虞的書。㈡ㄈㄣˋ fèn 動土地隆起。形土質肥沃。

15【墜】〔坠〕ㄓㄨㄟˋ zhuì 名墜子：⑴掛在器物上的小裝飾品，例扇墜子。⑵地方戲曲之一，表演人說唱故事，另一人手軋二弦，腳踏小鼓互相應和，如河南墜子。⑶耳環，例耳墜子。動①由上往下落。②失，例墜言。

15【墮】〔堕〕㈠ㄉㄨㄛˋ duò 動①下墜、墜落。②廢，例墮先人所言，罪莫大焉。(《史記》〈太史公自序〉)形通「惰」；怠慢，例墮民。㈡ㄏㄨㄟ huī 動①毀壞。②輸。

15【墩】(墪) ㄉㄨㄣ dūn 名土堆。

15【墦】ㄈㄢˊ fán 名墳塚。

15【墨】ㄇㄛˋ mò 名①書、畫用的黑色顏料，例筆墨。②黑色。③古代五刑之一，在罪犯臉上刺字。④五尺爲墨。⑤字畫的代稱。⑥文字、文章，例舞文弄墨。⑦姓，戰國魯有墨翟。副固執，成規。形①黑色的，例墨鏡。②貪汚的，例墨吏。

十三 畫

16【壁】ㄅㄧˋ bì 名①屋的內牆，例家徒四壁。②軍隊駐守的營壘。③險峻的山崖，例懸崖絕壁。④方面、邊，例他在那壁，你在這壁。(王實甫〈西廂記〉)⑤星名。⑥姓，淸有壁昌。

◆**壁壘分明　四壁、峭壁、牆壁、面壁思過、四處碰壁。**

16【墾】〔垦〕ㄎㄣˇ kěn 動耕種時用力翻鬆泥土，例墾地。

16【壇】〔坛〕ㄊㄢˊ tán 名①以土築成的高臺，用以祭祀。②楚人稱中庭爲壇。③古代朝會盟誓所設的高臺。④代表某種團體或場所，例政壇、影壇。

◆**祭壇、文壇、天壇、詩壇。**

16【壅】ㄩㄥˇ yōng 動①阻塞。②遮蔽。③堤岸剝蝕，加土封修。④用泥土和肥料培養植物的根部，例培壅。

16【壈】ㄌㄢˇ lǎn 形不得志的樣子。

十四 畫

17【壓】〔压〕ㄧㄚ yā 名書法握筆方式之一，書寫時以食指上節緊靠筆管的右邊。動①由上往下加力量，例壓扁。②以威力鎭服或驅使別人。③迫近，例大軍壓境。④塞補。

◆**壓軸、壓榨、壓驚　積壓、鎭壓、氣壓。**

17【壕】ㄏㄠˊ háo 名①城下的長形溝池，例城壕。②戰場上的深溝，例戰壕。

17【壑】ㄏㄨㄛˋ huò 名①溝、坑谷。②山坳，例林壑。

17【壎】(塤) ㄒㄩㄣ xūn 名樂器，以陶土燒成，有六孔，吹孔在頂端，雙手捧之而吹。

十五 畫

18【壙】〔圹〕ㄎㄨㄤˋ kuàng 名①墓穴。②原野。動空缺，例勿壙地利。(《管子》〈七法〉)

18【壘】〔垒〕(一)ㄌㄟˇ lěi 名①軍營的牆。②姓，晋有壘錫。動重疊堆砌，例把牆壘高點。(二)ㄌㄩˋ lǜ 名門神，即鬱壘和神荼。

十六 畫

19【壞】〔坏〕(一)ㄏㄨㄞˋ huài 動毀損、破敗，例禮必壞。(《論語》〈陽貨〉)形①不好的，例壞蛋。②陰險，狡猾。副極，例累壞了。(二)ㄍㄨㄞˋ guài 動毀，例魯恭王壞孔子宅。(《漢書》〈藝文志〉)

◆氣壞、破壞、毀壞、敗壞。

19【壟】〔垄〕ㄌㄨㄥˇ lǒng 名①墳墓。②田界高起的地方，例田壟。

19【壚】〔垆〕ㄌㄨˊ lú 名①黑色的硬土。②酒店。

十七 畫

20【壤】ㄖㄤˇ rǎng 名①地，例天壤之別。②鬆軟的泥土。③古遊戲之具。④耕地，例膏壤千里。⑤地區；地域。⑥姓。形豐收。

二十一 畫

24【壩】〔坝〕ㄅㄚˋ bà 名堰，建築在河谷或河流中，攔截水流的人工建築物，例水壩。

士 部

03【士】ㄕˋ shì 名①指工作、職業。②古時的官名。③泛稱居官受祿的人。④研究學問的人，知識分子的泛稱。⑤有高行的人，例高士。⑥有睿智的人，例明士。⑦有勇的人，例猛士。⑧有異能的人，例英才異士。⑨能任事的人，例行己有恥，使於四方，不辱君命，可謂士矣。(《論語》〈子路〉)⑩兵卒。⑪男子的通稱。⑫女子之美稱。⑬今日軍中的階級，在尉級以下。⑭姓，後漢有士燮。

◆士兵、士卒、士氣、士族 人士、女士、兵士、壯士、武士、將士。

一 畫

04【壬】ㄖㄣˊ rén 名①天干的第九位。②姓，宋有壬午寶。動①通「妊」；懷孕。②通「任」；擔負。形①大，例壬林。②奸佞，例壬人。

四 畫

07【壯】〔壮〕(一) ㄓㄨㄤˋ zhuàng 名①指三十歲至四十歲的人，例壯年。②中醫用艾灸，一灼謂之壯。動①讚許他人的勇氣或氣慨。②增加。形①強盛。②肥碩。③快速。④雄豪的，例壯志。⑤偉大，例壯舉。 (二) ㄓㄨㄤ zhuāng 名姓。

◆壯烈、壯舉、壯麗、壯觀 丁壯、肥壯、強壯、雄壯、壯士斷腕、壯志未酬、壯志淩雲、老當益壯。

九 畫

09【壹】ㄧ yī 名①數目名，「一」的大寫字。②姓，漢有壹光。動專一，例志壹則動氣，氣壹則動志也。(《孟子》〈公孫丑〉)

09【壺】〔壶〕ㄏㄨˊ hú 名①用以裝水、酒、油等液體或粉粒狀穀物的容器。一般形狀是壺口狹小，肚子比口部分大，例茶壺、酒壺。②瓜屬名，就是葫蘆。③姓，漢有壺遂。

十 畫

13【壼】〔壸〕ㄎㄨㄣˇ kǔn 名①宮中的道路。②女子住的內室，現用爲對女子的敬稱，例壼範。

十一 畫

14【壽】〔寿〕ㄕㄡˋ shòu 名①年歲久老的稱謂，又爲年齡的通稱。②生日，例壽辰，壽誕。③命長，亦爲吉祥祝語的一種，例福祿壽禧。④姓，吳有壽越。動①古時以金、帛贈人並請安祝福。②對尊長敬酒祝賀，例奉觴上壽。

◆壽考、壽星、壽比南山、壽終正寢 夭壽、長壽、祝壽、做壽。

夊 部

03【夊】ㄙㄨㄟ suī ㄔㄨㄟ chuī 形①走路遲緩的樣子。②同「綏」；綏和不急的樣子。

七 畫

10【夏】(一) ㄒㄧㄚˋ xià 名①姓。②四季之一，是一年裡最熱的一季，按陽曆月分是

六、七、八三個月。③古稱中國爲夏。④朝代名。⑴禹受舜禪而建立，傳十七主，至桀時亡於商湯。⑵宋初趙元昊據興慶自立爲夏，史稱西夏。⑤五彩的顏色。形大，例夏屋。 ㈡ ㄐㄧㄚˇ jiǎ 名古時學校裡體罰學生的器具稱夏楚；亦稱爲檟楚。

◈炎夏、仲夏、立夏、華夏。

十八 畫

21【夔】ㄎㄨㄟˊ kuí 名①古代傳說中，像龍的獨腳怪獸。②牛名，例夔牛。③人名，虞舜時的樂官。④周朝時候小國名，在今湖北省秭歸縣東。形「夔夔」：恭謹恐懼的樣子。

夕 部

03【夕】ㄒㄧˋ xì 名①傍晚，例朝聞道，夕死可矣。(《論語》〈里仁〉)②夜晚。形傾斜、不正的樣子。

◈夕陽、夕照 七夕、元夕、旦夕、除夕、朝夕。

二 畫

05【外】ㄨㄞˋ wài 名①凡不屬於某事物範圍內的，皆稱爲外，與內的相對。②戲劇角色名，多扮演老年男子，例外末、外旦。動疏遠，例見外。形①外來的，例外寇。②次於正的，例外史。③相對於本國、本地、本族、本家的稱呼，例外幣、外國、外地。④對於母族、妻族等的稱呼，例外家、外戚。副向外，例外結強隣。

◈外交、外行、外表、外界、外患、外勤、外遇、外弛內張、外強中乾、外圓內方 中外、方外、世外桃源。

三 畫

06【夙】ㄙㄨˋ sù 名早上，例夙夜。形通「宿」；舊時的，例夙怨。

06【多】㈠ ㄉㄨㄛ duō 名姓，漢有多軍。動①稱美。②勝。③不必有的、多餘的，例多事。形①不少，例多才多藝。②有餘，例一百多頭牛。副①數量不少，例多聽多看。②表程度高，例好得多。③多數。④只，例多見其不知量也。(《論語》〈子張〉) ㈡ ㄉㄨㄛˊ duó 副表程度，何等，例多胖。

◈多寡、多才多藝、多此一舉、多多益善、多災多難、多事之秋、多彩多姿、多愁善感、多福多壽、多難興邦。

五畫

08【夜】(亱) ㄧㄝˋ yè 图①地球背日時，亦即日落後到次日太陽未出前的期間，例夙興夜寐。②姓，唐有夜光。形夜間的，例夜市。

◈夜襲、夜不閉戶、夜以繼日、夜長夢多、夜闌人靜 半夜、日夜、星夜、寒夜、日以繼夜。

八畫

11【夠】(够) ㄍㄡˋ gòu 動達到、及，例房子這麼大，足夠十個人住。形①滿足，例足夠。②達到相當程度，例夠鹹。副膩、厭煩，例受夠了。

十一畫

14【夢】〔梦〕ㄇㄥˋ mèng 图①一般是指人類在睡眠中和清醒時，不相同意識狀態之下所呈現的帶有表象性的幻覺、思考等的心理活動，內容常不統一而無系統，是感情之表露或言語上的反應。②理想，例美夢成眞。③想像、幻覺，例夢幻。④古大澤名，即雲夢澤，古書中常略稱爲雲或夢。動作夢，例吾不復夢見周公。(《論語》〈述而〉)形不明、晦暗昏亂的樣子。

◈夢寐、夢想、夢魘、夢寐以求 人生如夢、春夢、惡夢、醉生夢死、南柯一夢、如夢似幻。

14【夤】ㄧㄣˊ yín 動攀附上升，例夤緣。形深，例夤夜。副通「寅」；敬惕。

14【夥】(伙) ㄏㄨㄛˇ huǒ 图①多人結伴，例結夥而行。②暱稱親近的朋友，例咱們大夥一齊來奮鬥。③商店中僱用的人，例夥計。動合作，例夥同。形衆多。

大部

03【大】㈠ㄉㄚˋ dà 图①小之對稱，例小固不可以敵大。②姓，遼有大公鼎。動①尊大，例夜郎自大。②勝過，例無大大王。(《戰國策》〈秦策〉)形①程度較深的，例大紅、大綠。②表示尊敬之詞，例大名、大作。③再，指時間上更前或更後，例大後天。④面積寬廣，體積高厚，事情重大，歲數較多都稱大。⑤猛烈的，例大風起兮雲飛揚。副概括的言辭，例大凡，大抵。 ㈡ㄉㄞˋ dài 图醫生，例大夫。 ㈢ㄊㄞˋ tài 形通

「太」、「泰」；最上的。

◈大方、大我、大抵、大致、大略、大勢、大觀、大刀闊斧、大才小用、大公無私、大而化之、大同小異、大快朵頤、大放厥辭、大相逕庭、大海撈針、大逆不道、大智若愚、大器晚成、大驚失色　斗大、巨大、壯大、長大、雄大、誇大、遠大、寬大。

一　畫

04【夫】㈠ㄈㄨ fū 名①男子的通稱。②男女結婚後，男的稱夫，例夫婿。③從事體力勞動或被役使的人，例夫役、樵夫。　㈡ㄈㄨˊ fú 形猶彼、此，例夫人不言，言必有中。(《論語》〈先進〉)助①語末助詞，同語體文的罷、嗎，例逝者如斯夫！不舍晝夜。(《論語》〈子罕〉)②語中助詞。③發語詞，例夫禮之初。(《禮記》〈禮運〉)

◈夫人、夫妻、夫唱婦隨　丈夫、壯夫、船夫、農夫。

04【天】ㄊㄧㄢ tiān 名①日月星辰所羅列的空間。②宇宙萬物的主宰。③宗教家稱神靈所住的地方爲「天」。④自然，非人力所能達到，例人定勝天。⑤俗稱日，例昨天、今天。⑥節候，例春天、黃梅天。⑦稱父親、丈夫，或絕對不能少的事物，例民以食爲天。⑧古代尊稱帝王或帝王所用的東西。⑨姓，漢有天高。⑩命運，例吾之不遇魯侯，天也。(《孟子》〈梁惠王上〉)形自然的，例天生、天才。

◈天仙、天地、天良、天空、天性、天眞、天倫、天涯、天資、天賦、天險、天職、天譴、天籟、天之驕子、天衣無縫、天長地久、天花亂墜、天高地厚、天馬行空、天淵之別、天崩地坼、天造地設、天誅地滅、天翻地覆、無法無天。

04【夭】(殀)㈠ㄧㄠ yāo 名災禍。形①草茂盛的樣子。②美好，例夭娜。㈡ㄧㄠˇ yǎo 動未成年就短命死去，例早夭。

◈夭折、夭壽。

04【太】㈠ㄊㄞˋ tài 名①對尊長之尊長之尊稱。例太老伯、太老師。②姓，夏有太康。形①過甚，例法太明，賞太輕，罰太重。(《史記》〈馮唐列傳〉)②最、極，例太古、太始。③通「泰」；大，例太半。　㈡ㄊㄨㄟ tuī 副北方話，猶最、甚的意思，例太好。

二　畫

05【央】㈠ ㄧㄤ yāng 名中間、中心，例中央。動請求，例央求。形①廣大的樣子，例央央。②盡，例夜如何其，夜未央。(《詩經》〈小雅・庭燎〉)③半、中途。 ㈡ ㄧㄥ yīng 形鮮明、聲和的樣子，例央央。

05【失】㈠ ㄕ shī 名錯誤，例言多必失。動①喪失、錯過，例坐失良機。②遺落，例喪失。③背離、不合，例失信。④不正、偏差，例失足落水。⑤改變，例驚慌失色。 ㈡ ㄧˋ yì 動同「佚」、「逸」，例其馬將失。(《荀子》〈哀公〉)

05【夯】ㄏㄤ hāng 名①築地基的木製家具，例打夯。②隄塘工程，用灰土築塞漏洞，以防被水浸注。③「夯貨」：⑴罵蠢笨而有力的人。⑵笨重的東西。動用大力以肩舉物，例擔夯。

三畫

06【夷】ㄧˊ yí 名①古代四方少數民族的總稱，例四夷。②古時稱東方的少數民族，例東夷。③同「輩」，例在醜夷不爭。(《禮記》〈曲禮〉)④鋤類。⑤通「彝」；常道，例民之秉夷。(《孟子》〈告子〉)⑥通「痍」；創傷。⑦姓，黃帝時有夷牟。動①弄平。②陳放。③滅，例是以人夷其宗廟。(《國語》〈周語〉)④割草。形①平，例我心則夷。(《詩經》〈召南・草蟲〉)②大，例降福孔夷。(《詩經》〈周頌・有客〉)③傲慢。助發語詞，無義。

06【夸】ㄎㄨㄚ kuā 名①奢侈，例貴而不為夸。(《荀子》〈仲尼〉)②姓。③大陸用作「誇」(ㄎㄨㄚ)的簡化字。動說大話。形①美好的，例夸容。②大，例夸者死權。(《史記》〈伯夷列傳〉)③通「俺」；柔弱。

四畫

07【夾】〔夹〕㈠ ㄐㄧㄚˊ jiá 形雙層的，例夾板。 ㈡ ㄐㄧㄚ jiā 名①小筐一類置物的東西，例皮夾。②從兩方面相對夾持的東西，例書夾。動箝住，從兩方相對夾持的，例夾攻。形分在左右，例夾岸數百步。(《陶潛》〈桃花源記〉) ㈢ ㄐㄧㄚˋ jià 名「夾竹桃」：葉狹長似竹，花淡紅或白色，葉有毒，不可食。原產於東印度。

◆夾克、夾攻、夾帶　木夾、衣夾、信夾、鐵夾。

五　畫

08【奉】ㄈㄥˋ fèng 名①同「俸」。②姓，宋有奉眞。動①恭敬地接受，例奉命、奉諭。②謹守、遵守，例奉公守法。③雙手恭敬地捧著。④進獻，例祀五帝，奉牛牲。(《周禮》〈地官・大司徒〉)⑤侍候，例奉養。⑥擁戴、崇奉，例奉爲圭臬。⑦迎合他人的意思，例奉承。

◆**奉使、奉陪、奉勸、奉公守法。**

08【奇】(一)ㄑㄧˊ qí 名①權詐機變，例以正治國，以奇用兵。(《老子》〈第五十七章〉)②姓，宋有奇軾。動驚異，例一見而奇之。形①異於尋常的，例奇觀、奇士。②玄妙不可思議的，例奇妙。③出人意料的，例奇招。(二)ㄐㄧ jī 名①單數，偶數之對。②餘數、零數，例三十有奇。形命運不好，例李廣數奇。

◆**奇才、奇怪、奇恥、奇遇、奇蹟、奇文共賞、奇貨可居、奇裝異服　好奇、珍奇、新奇、傳奇。**

08【奈】ㄋㄞˋ nài 動①通「耐」；堪、可。②對待、對付，例虞兮！虞兮！奈若何？(《史記》〈項羽本紀〉)副①無可如何，無奈之省文。②「奈何」：(1)如何、怎樣，例無可奈何。(2)對付、處分，例能奈他何？

08【奄】(一)ㄧㄢˇ yǎn 名古國名。副①包括、盡，例奄有四方。②表時間急遽、匆迫，例奄忽。(二)ㄧㄢ yān 名通「閹」；男子割去生殖器。形氣息快要停止，例奄奄一息。動通「淹」；滯留，例奄留、奄遲。

08【奔】(犇)(奔)(一)ㄅㄣ bēn 名姓，金有奔睹。動①快跑，例奔跑。②表示爲某事忙碌，例奔走、奔波。③逃走，例林冲夜奔。④男女不正式結婚而逃出家庭，例私奔。(二)ㄅㄣˋ bèn 動直往、投向，例各奔前程。(三)ㄈㄣˋ fèn 動覆敗，例奔軍之將。(《詩經》〈大雅・行葦〉)

◆**出奔、狂奔、投奔、萬馬奔騰、疲於奔命。**

08【奅】ㄆㄠˋ pào 名砲石。形①大。②以話冒犯他人。

六　畫

09【奕】ㄧˋ yì 名次序，例萬舞有奕。(《詩經》〈商頌・那〉)形①大，例奕奕。②美。③累、重，例綴文之士，奕代繼

作。(《陶潛》〈閒情賦序〉)④精神煥發的樣子，例神采奕奕。

09【奏】㈠ㄗㄡˋ zòu 名①臣下向皇帝上書，例奏章。②音樂高低抑揚的拍子，例節奏。動①陳述，例面奏、稟奏。②進，例敷奏以言。(《尚書》〈舜典〉)③吹彈樂器。④進獻。⑤通「走」；往、去。⑥顯現，例奏功。 ㈡ㄘㄡˋ còu 名通「腠」；皮膚的紋理。動通「湊」；會合。

◆上奏、獨奏、演奏、合奏。

09【奐】ㄏㄨㄢˋ huàn 形①文采鮮明燦爛，例美輪美奐。②閒暇自得的樣子，例暇奐、伴奐。③光明的樣子，例奐奐。副散布的樣子，例奐衍。

09【契】㈠ㄑㄧˋ qì 名①合同、合約，例契約。②古代用以占卜並有刻辭的龜甲獸骨，例殷契。③朋友，例老契。動①意氣相投合，例投契、相契。②刻，例契舟求劍。 ㈡ㄑㄧㄝˋ qiè 名久別，例契闊。形通「怯」；畏怯。 ㈢ㄒㄧㄝˋ xiè 名人名，高辛氏的兒子，舜時司徒，助禹治水有功，封於商，爲商的始祖。

09【奎】ㄎㄨㄟˊ kuí 名①兩髀之間。②星宿名，二十八宿之一，即古人所稱的文曲星，專司人間文運。

七畫

10【套】ㄊㄠˋ tào 名①彎曲的地方，例河套。②罩在物體外面的，例筆套。③對付他人的計謀，例圈套。④慣例，例老套。⑤成組的量名，例一套理論。動①加罩，例套上去。②拴繫，例套住手腳。③用言語設計問出眞情，例拿話套他。④模仿，例把人家說過的話全套了下來。⑤以不正常手段獲取，例套利、套匯。

◆手套、外套、客套、河套、書套。

10【奘】㈠ㄗㄤˋ zàng 形大。 ㈡ㄓㄨㄤˇ zhuǎng 形秦晉間，形容人高大健壯。

10【奚】ㄒㄧ xī 名①女奴，引申泛指僕役，例奚僮。②種族名，屬東胡族。③姓，唐有奚鼐。動嘲弄，譏誚，例奚落。副爲何，表疑問，例或謂孔子曰：「子奚不爲政。」(《論語》〈爲政〉)

八畫

11【奢】㈠ㄕㄜ shē 形①用錢浪費，沒有節制，例奢侈。②誇張的，例奢言。副過分的、過多的，例奢求。 (二) ㄕㄜˊ shé 名姓，明有奢崇明。

九 畫

12【奠】ㄉㄧㄢˋ diàn 名致祭的物品，例遠具時羞之奠。(《韓愈》〈祭十二郎文〉)動①以酒食祭獻，例奠汝，又不見汝食。(《袁枚》〈祭妹文〉)②進獻。③安定。④安置。

◈奠儀、奠定、奠基 祭奠。

12【奡】ㄠˇ ǎo 名古人名，夏朝時寒浞的兒子，驍猛有力，具陸地行舟的本領。形①矯健的樣子。②同「傲」；傲慢。

十 畫

13【奧】(一) ㄠˋ ào 名①房室的西南隅。②指幽深的隱處。③宮闈隱密的地方。④主要。⑤豬圈。⑥國名，奧地利的簡稱。形①精深祕密的，例奧妙。②密聚的。 (二) ㄩˋ yù 名同「澳」、「隩」；岸邊水流彎曲的地方。形同「燠」；和暖。

◈玄奧、幽奧、深奧、禁奧。

十一 畫

14【奪】〔夺〕ㄉㄨㄛˊ duó 名姓。動①決定事情的可否，例定奪。②妨礙，佔有，例勿奪其時。(《孟子》〈梁惠王上〉)③強取，例搶奪。④剝奪，例削去權力。⑤文字脫漏，例訛奪。⑥決定去取，例裁奪，定奪。⑦衝過，例奪門而入。⑧眩耀，例光彩奪目。

◈攘奪、搶奪、裁奪、褫奪公權。

14【奩】〔奁〕(匳)(匲) ㄌㄧㄢˊ lián 名①古代婦女盛放梳妝用具的鏡匣。②凡盛物的小器皿皆稱奩。③稱陪嫁的衣物。

十二 畫

15【奭】ㄕˋ shì 名姓，漢有奭偉。動發怒、怒斥。形①赤色，例四騏翼翼，路車有奭。(《詩經》〈小雅・采芑〉)②豐盛。③驚視的樣子。

十三 畫

16【奮】〔奋〕ㄈㄣˋ fèn 動①舉起，例奮臂。②努力，例奮發。③鳥振動翅膀，例奮翼高飛。④猛然用力，例手奮長刀。(《宋書》〈世祖紀〉)⑤發揚，例奮至德之光。(《禮記》〈樂記〉)⑥震動，例雷出地奮。(《周易》〈豫卦〉)⑦拚命，勇不顧死，例奮不顧身。

◈奮力、奮鬥、奮勇、奮發圖强。

女部

03【女】㈠ ㄋㄩˇ nǚ 名①男子的對稱。②女兒；兒子的對稱。③婦女，已嫁的稱婦，未嫁的稱女。④二十八星宿之一，又稱婺女。⑤姓。 ㈡ ㄋㄩˋ nǜ 動把女兒許配給人，例女于時。(《尚書》〈堯典〉) ㈢ ㄖㄨˇ rǔ 名姓，晋有女叔寬。代同「汝」；你。

◈女性、女權、女紅 仕女、少女、兒女、淑女、美女、侍女。

二 畫

05【奴】ㄋㄨˊ nú 名①古罪人，罪人家屬，或被掠賣無人身自由之人。②罵人的話，例奴才。③古代稱男僕役。④女子之謙稱。⑤姓。動驅使奴役，例出者奴之。(《韓愈》〈原道〉)副將別人當成奴隸，例奴役人民。

◈奴性、奴隸、奴顏婢膝 女奴、倭奴、家奴、老奴。

05【奶】(嬭)(妳) ㄋㄞˇ nǎi 名①乳房，俗稱「奶」。②乳汁。③奶奶的簡稱。動哺乳，引申作撫養，例奶孩子。

三 畫

06【妄】㈠ ㄨㄤˋ wàng 形①狂妄無知的，例妄人。②行爲不正的。③不合事實、虛妄的，例妄想。副①胡亂，例妄下斷語。②表示概括的詞。 ㈡ ㄨㄤˊ wáng 動無。連轉語詞，與「亡其」同。

◈妄言、妄爲、妄想、妄自尊大、妄自菲薄 姑妄言之。

06【奸】(姦) ㄐㄧㄢ jiān 名①惡人，例元凶巨奸。②「奸細」：⑴稱奸詐的小人。⑵指爲敵人刺探軍情的間諜。動①犯。②求，例以奸直忠。(《漢書》〈孔光傳〉)③亂，例使神人各得其所，而不相奸。(《漢書》〈溝洫志〉)④姦淫。形虛僞狡惡，例奸雄、奸商。

◈奸臣、奸惡 漢奸、通奸、大奸大惡、作奸犯科。

06【妃】㈠ ㄈㄟ fēi 名①指地位次於皇后之天子配偶。②太子或諸侯的配偶。③對女神的尊稱，例天妃。 ㈡ ㄆㄟˋ pèi 名同「配」；配偶。動婚配。

◈妃嬪 太妃、后妃、貴妃。

06【好】㈠ㄏㄠˇ hǎo 動相善，例友好。形①美、善，例好人。②友好的，例好朋友。副①辦妥，例稿子寫好了。②容易，例這事好處理。③有利於，例人多好辦事。④可以，例正好試試。⑤很，例好多蘋果。歎①表示稱讚或允許，例好，就這麼說定了吧。②表示結束或制止的詞。③表示和預料相反的詞。㈡ㄏㄠˋ hào 名①所喜愛之事，例投其所好。②圓形玉器中間的孔，例肉倍好謂之璧。(《爾雅》〈釋器〉)動喜、愛，例好學。

◈**好歹、好事、好轉、好大喜功、好事多磨、好高騖遠、好整以暇 要好、愛好、喜好、嗜好。**

06【她】ㄊㄚ tā ㄧ yī 代女性第三人稱，例她是我的妹妹。

06【如】ㄖㄨˊ rú 名①佛家以無生無滅、常住不變的本體爲如，例眞如。②陰曆二月的別稱，例二月爲如。(《爾雅》〈釋天〉)③姓，戰國魏有如耳。動①聽從、依照，例如約、如命。②往、至，例如厠。③及、趕得上，例遠親不如近鄰。④奈何，例如何。⑤同、像、似，例親如手足。副①應當。②將，例有喜而憂，如有憂而喜乎。(《左傳》〈宣公十一年〉)連①若，例假如。②或。③而、並且。④於，例兩口兒一步兒離得遠如一步也。(《董解元》〈西廂記諸宮調〉)⑤與、及。助然，表情形或狀況的語尾，例皇皇如。

◈**如今、如故、如許、突如其來、稱心如意、如火如荼、如坐針氈、如法炮製、如虎添翼、如魚得水、如雷貫耳、如履平地、如影隨形、如數家珍、如鯁在喉、如願以償、如釋重負 所如、何如、宴如。**

06【妁】ㄕㄨㄛˋ shuò 名指婚姻的介紹人，例媒妁之言。

四 畫

07【妝】〔妝〕(粧) ㄓㄨㄤ zhuāng 名①修飾後的模樣，例新妝。②裝飾物，例羅襦不復施，對君洗紅妝。(《杜甫》〈新婚別〉)動修飾容貌，例梳妝。

◈**宮妝、梳妝、淡妝、濃妝。**

07【妒】(妬) ㄉㄨˋ dù 動猜忌懷恨他人勝過自己，例嫉妒。形嫉忌的，例妒婦。

07【妨】ㄈㄤˊ fáng 動①害，例賤妨貴。(《左傳》

〈隱公三年〉)②礙，例妨礙。

07【妞】ㄋㄧㄡ niū 名女孩子。例小妞。

07【妣】ㄅㄧˇ bǐ 名①稱已死的母親，例先妣。②稱已死的祖母和祖母輩以上的女性，例祖妣。

07【妙】(玅)ㄇㄧㄠˋ miào 名①神奇、深微，例運用之妙，存乎一心。(《宋史》〈岳飛傳〉)②姓，宋有妙應。動精巧，例精妙。形①美好的，例妙態。②奇異的，例理正聲，奏妙曲。(《嵇康》〈琴賦〉)③年少的，例妙齡女郎。④精微的，例神機妙算。

◆妙手、妙算、妙不可言、妙手回春奇妙、美妙、微妙、奧妙。

07【妖】ㄧㄠ yāo 名①異於常物而且會害人的東西，例妖怪。②凶惡的徵兆，例國家將亡，必有妖孽。(《禮記》〈中庸〉)形①怪誕的，例妖言惑衆。②美麗而不莊重，例妖冶、妖姿。

07【妍】ㄧㄢˊ yán 形美好的樣子，例妍麗。

07【妤】ㄩˊ yú 名漢代宮中的女官名，例婕妤。

07【妓】ㄐㄧˋ jì 名①古代以歌舞爲業的女子，例歌妓。②賣淫的女子，例妓女。

07【妊】(姙)ㄖㄣˋ rèn ㄖㄣˊ rén 名婦女懷孕。動孕、懷胎，例妊娠。

07【妥】ㄊㄨㄛˇ tuǒ 副①安穩、周全，例妥爲保管。②適當，例此事不妥。③完備、完善，例辦妥。

07【妗】ㄐㄧㄣˋ jìn 名俗稱舅母，例妗子。

五 畫

08【委】(一)ㄨㄟˇ wěi 名①事情的終了，例原委。②官府賑恤行旅所儲積的米穀薪芻，例委積。③委員或委員會的簡稱，例立委。④姓，漢有委進。動①聚積。②任，授任，例委任。③捨棄，例花鈿委地無人收。(《白居易》〈長恨歌〉)④囑、付，例委付。⑤枯萎憔悴。⑥推脫、推卸。⑦屈曲，例委曲。形①疲困、頹喪，例委靡不振。②曲折的，例委婉曲折。③細小的，例委瑣。副確實，例委實、委係。 (二)ㄨㄟ wēi 名鬼物名，例委蛇。動①臥行。②敷衍應付，例虛與委蛇。形從容自得的樣子。

◆委身、委屈、委託、委婉、委瑣、委靡、委曲求全、委決不下。

08【妾】ㄑㄧㄝˋ qiè 名①女子對人的謙稱，例賤妾。②男子的側室，俗稱姨太太、小老婆。③姓，漢有妾胥。

08【妻】㈠ㄑㄧ qī 名男子的正式配偶。 ㈡ㄑㄧˋ qì 動把女兒嫁給別人爲妻。

08【妹】ㄇㄟˋ mèi 名①同父母所生而比自己年幼的女性。②稱同輩女子年幼者，例學妹。③女子對同輩的自謙之詞。

08【妮】ㄋㄧˊ ní 名①指丫頭、婢女。②稱小女孩、少女，有愛憐或輕視之意，例小妮子。

08【姑】ㄍㄨ gū 名①婦人對丈夫母親的稱呼，例翁姑、舅姑。②婦人稱丈夫的姊妹，例小姑。③父親的姊妹，例姑姑、姑媽。副暫且，例姑且。

◆姑息、姑爺、姑妄言之。

08【姆】ㄇㄨˇ mǔ 名①古稱女教師爲姆；亦作娒。②替他人育嬰或看護幼兒的婦女，例保姆。③「姆姆」：即丈夫的嫂嫂。

08【姐】ㄐㄧㄝˇ jiě 名①同「姊」；對同輩年長女子的尊稱，例堂姐。②女子的通稱，例小姐。③四川方言中對母親的別稱。

08【姍】(姗)㈠ㄕㄢ shān 動通「訕」；譏刺、誹謗，例姍笑。㈡ㄒㄧㄢ xiān 副走路遲緩的樣子，例姍姍來遲。

08【姓】ㄒㄧㄥˋ xìng 名①民衆，例百姓。②區別人類家族系統的稱號。

08【姊】(姉)讀音ㄗˇ zǐ 語音ㄐㄧㄝˇ jiě 名①同胞女子先出生的稱姊，例阿姊聞妹來，當戶理紅妝。(〈木蘭辭〉)②對同輩年長女性的尊稱，例學姊。

08【始】ㄕˇ shǐ 名①事情的開端，例物有本末，事有終始。(《禮記》〈大學〉)②初生。形開頭的，例始祖。副①初時，例始吾於人也，聽其言而信其行。(《論語》〈公冶長〉)②曾經。③方才。

◆始末、始終、始料不及、始終不渝、始亂終棄 元始、年始、開始、創始。

08【妯】㈠讀音ㄓㄨˊ zhú 語音ㄓㄡˊ zhóu 名「妯娌」：兄弟的妻子間，相互的稱呼。 ㈡ㄔㄡ chōu 動悼，例憂心且妯。（《詩經》〈小雅・鼓鐘〉）形躁擾。

08【妳】（你）ㄋㄧˇ nǐ 名母輩中對年長者的尊稱，「嬭」的俗字。代女性第二人稱的代名詞。

08【姒】ㄙˋ sì 名①「娣姒」，見「娣」字。②古代女子稱丈夫的嫂子爲姒。③姓，夏禹的後代。

08【妲】ㄉㄚˊ dá 名「妲己」：商朝人，姓己，字妲。爲紂王之妃，甚得紂王的寵愛。

08【姁】ㄒㄩˇ xǔ 副「姁姁」：⑴和樂的樣子。⑵言語親切，態度和善可親，例與人姁姁說村中語。（《歸有光》〈先妣事略〉）

六 畫

09【姜】ㄐㄧㄤ jiāng 名①姓，前秦有姜宇。②大陸用作「薑」（ㄐㄧㄤ）的簡化字。

09【威】ㄨㄟ wēi 名①尊嚴，例天威不違顏咫尺。（《左傳》〈僖公九年〉）②能壓服別人的力量，例威權。③姓，清有威應洪。動①震驚，例威天下不以兵革之利。（《孟子》〈公孫丑〉）②憑藉力量或權勢加虐於人，例威脅、威逼。形嚴肅的，例君子不重則不威，學則不固。（《論語》〈學而〉）

◆**威力、威名、威武、威風、威信、威望、威儀、威嚇、威嚴、威脅利誘 作威作福、狐假虎威。**

09【姘】ㄆㄧㄣ pīn 動男女未經法定手續而私自結合，例姘居。形與人私合的，例姘婦、姘夫。

09【姿】ㄗ zī 名①態度、身體動作的形態，例搖曳生姿。②容貌，形象，例姿色。③同「資」；本質，例姿質特佳。

◆**姿色、姿勢、姿態 容姿、美姿、天姿、雄姿、英姿。**

09【姣】ㄐㄧㄠ jiāo ㄐㄧㄠˇ jiǎo 形同「佼」；美好的樣子，例姣好。

09【姨】ㄧˊ yí 名①風神，例十八姨。②母親的姊妹，例阿姨。③妻子的姊妹，例小姨。④妾，例姨太太。

09【姪】（侄）（妷）ㄓˊ jí 名①兄弟的子女。②對父執輩的自稱，例世姪。③朋友的子女。④妻子兄弟的子女叫內姪。

09【姚】ㄧㄠˊ yáo 名姓，清有姚鼐。形①同

「窕」；美好的樣子，例姚冶。②通「遙」；遠，例其功盛姚遠矣。(《荀子》〈榮辱〉)副自得的樣子，例姚姚。

09【姦】(奸) ㄐㄧㄢ jiān 图①邪惡小人。②犯法作亂的人。③男女不正當的性行爲，例通姦。動①亂，例各守其職，不得相姦。(《淮南子》〈主術訓〉)②進行不正當的性行爲，例强姦。形①通姦的，例姦夫淫婦。②詐僞的，例民貧則姦智生。(《管子》〈觀〉)

09【姻】ㄧㄣ yīn 图①男女結爲夫婦。②妻子方面的親戚關係，例姻親。③泛指親戚故舊。形由婚姻關係而成爲親屬的，例姻家、姻兄。

09【姹】ㄔㄚˋ chà 動同「吒」、「詫」；誇。形同奼。①鮮豔的樣子，例姹紫嫣紅。②少女，例姹女。

09【姝】ㄕㄨ shū 图美女，例采擇天下姝好。(《唐書》〈呂向傳〉)形形容女子容貌美麗，例靜女其姝。(《詩經》〈邶風·靜女〉)副柔順的樣子，例姝姝。

09【姱】ㄎㄨㄚ kuā 形美好。

09【娃】ㄨㄚˊ wá ㄨㄚ wā 图①美女，例嬌娃。②小孩子，例娃娃。

09【姥】(一)ㄇㄨˇ mǔ 图同「姆」；老婦人。(二)ㄌㄠˇ lǎo 图外祖母，例姥姥。

七 畫

10【娑】(一)ㄙㄨㄛ suō 形鬆散的樣子，例娑娑。副舞動的樣子，例婆娑。助語聲，猶「個」。(二)ㄙㄨㄛˇ suǒ 副馬急速奔跑。(三)ㄙㄨㄛˋ suò 图地名，唐時吐蕃的都城，即今西藏拉薩。

10【娘】(孃) ㄋㄧㄤˊ niáng 图①婦女的通稱，例大娘。②少女，例姑娘。③同「孃」；母親。

10【娜】(一)ㄋㄨㄛˊ nuó 形女子柔美的樣子，例婀娜。(二)ㄋㄨㄛˇ nuǒ 形細長柔弱的樣子，例娜娜。(三)ㄋㄚˋ nà 图譯音用字，常爲女性之名，例羅娜、安娜。

10【娟】ㄐㄩㄢ juān 形美好的樣子，例娟美、娟秀。

◈娟娟、嬋娟。

10【娯】ㄩˊ yú 名快樂、歡樂，例足以極視聽之娯。(《王羲之》〈蘭亭集序〉)動①取樂，例自娯。②使人歡樂。

10【娓】ㄨㄟˇ wěi 名順從。形美。副言語久而不斷的樣子，例娓娓道來。

10【姬】ㄐㄧ jī 名①姓。②女子，例虞姬、戚姬。③婦人的美稱，例美姬、姬姜。④妾，例侍姬、寵姬。

10【娠】ㄕㄣ shēn ㄓㄣˋ zhèn 名婦人懷孕，例妊娠。動胎兒在母親腹中微動。

10【娣】ㄉㄧˋ dì 名①「娣姒」：(1)古代數女子同嫁一夫，衆妾相稱，年長爲姒、年幼爲娣。(2)妯娌。②同胞姊妹先生者爲姒，後生者爲娣。③「娣婦」：(1)古代數女子同嫁一夫，年長之妾對年幼之妾的稱呼。(2)妯娌之間，兄長之妻對弟弟之妻的稱呼。

10【娩】(一)ㄨㄢˇ wǎn 形和順。 (二)ㄇㄧㄢˇ miǎn 動婦人生產，例分娩。 (三)ㄈㄢˋ fàn 動跳。

10【娥】ㄜˊ é 名①美女。②姓，後魏有娥清。形美好，例娥眉。

10【娌】ㄌㄧˇ lǐ 「妯娌」，見「妯」字。

10【娉】(一)ㄆㄧㄥ pīng 形美好的樣子，例娉婷。 (二)ㄆㄧㄣˋ pìn 動同「聘」；訂婚，例娉取。

八畫

11【婆】ㄆㄛˊ pó 名①年老的婦女，例老太婆。②以往對某些職業婦女的稱呼，例媒婆。③稱丈夫的母親，例公婆。④祖母輩，例外婆、姑婆。形①慈愛的，例婆心。②「婆娑」：(1)跳舞的姿態，例婆娑起舞。(2)盤旋之意，指貪戀而不肯離去。(3)琴聲抑揚頓挫富有變化。(4)安坐的樣子。

11【娶】讀音ㄑㄩˋ qù 語音ㄑㄩˇ qǔ 動男子把女子迎接過來成婚，例娶妻。

11【婁】〔娄〕(一)ㄌㄡˊ lóu 名①二十八星宿之一。②姓，漢有婁敬。動收斂。形①空、中空，例婁空。②疏，例五穀之狀婁婁然。(《管子》〈地員〉) (二)ㄌㄩˇ lǚ 動繫馬稱維，繫牛稱婁。副「屢」古作「婁」。 (三)ㄌㄩˊ lǘ 名古國名。動牽引，例子有衣裳，弗曳弗婁。(《詩經》〈唐風・山有樞〉)

11【婉】ㄨㄢˇ wǎn 形①和順，例性婉而從物。(《列子》〈湯問〉)②委曲，例委婉。③美好的，例婉態不自得，宛轉君王側。(《郭元振》〈冬歌〉)④美麗，例婉麗。

11【婊】ㄅㄧㄠˇ biǎo 名「婊子」：⑴俗稱妓女。⑵罵女人的賤語。

11【婕】ㄐㄧㄝˊ jié 名漢朝宮中的女官名。

11【婭】〔娅〕ㄧㄚˋ yà 名「婭婿」：姊妹丈夫的互稱，俗稱連襟。形妖嬈的樣子。

11【婗】ㄋㄧˊ ní 名「嫛婗」：嬰兒。

11【婥】ㄔㄨㄛˋ chuò 形嫵媚的樣子，例婥約。

11【婦】〔妇〕ㄈㄨˋ fù 名①已嫁的女子，例閨中少婦不知愁。(王昌齡〈閨怨詩〉)②妻，例使君自有婦。(《古樂府》〈陌上桑〉)③女人的通稱，例婦孺皆知。④子之妻俗稱媳婦，簡稱婦。形有關女性的，例婦科、婦德。

◆**婦女、婦道、婦人之仁、婦道人家　夫婦、主婦、孕婦、悍婦、新婦。**

11【婪】(惏)ㄌㄢˊ lán 動貪愛財物，例貪婪。

11【婀】ㄜ ē ㄜˇ ě 形同「妸」；柔美有致的樣子，例婀娜。

11【娼】ㄔㄤ chāng 名妓女，賣淫的女子，爲「倡」的俗字，例娼妓、私娼。

11【婢】ㄅㄧˋ bì ㄅㄟˋ bèi 名①古時婦人自稱的謙詞，例婢子。②古代女子有罪，入官家爲奴，例官婢。③舊時的女奴。

11【婚】ㄏㄨㄣ hūn 名嫁娶之事。動娶妻，例昔別君未婚，兒女忽成行。(杜甫〈贈衛八處士詩〉)

◆**婚約、婚禮、婚變　金婚、結婚、銀婚、離婚。**

九　畫

12【婷】ㄊㄧㄥˊ tíng 形美好的樣子，例娉婷。

12【媚】ㄇㄟˋ mèi 動①取悅，例若是乃能媚於神。(《國語》〈周語〉)②媚愛。③親順，例維君子使，媚於天子。(《詩經》〈大雅・卷阿〉)④阿諛。形①姣好，例柔媚。②姣好媚人的，例媚眼。③景物姸麗。

◆嫵媚、諂媚、嬌媚、明媚。

12【婿】(壻) ㄒㄩˋ xù 名①女兒的丈夫，例女婿。②妻子稱丈夫，例夫婿。

12【媒】ㄇㄟˊ méi 名①介紹婚姻的人，例媒妁。②在中間作介紹，使二者相結合的人或物，例媒介。③招引，導致的原由。動釀成。形做媒的，例媒婆。

12【媛】(一) ㄩㄢˋ yuàn 名①美女，例窈窕淑媛。(王逸〈機賦〉)②婦女的美稱，例名媛淑女。③古代女官名。(二) ㄩㄢˊ yuán 副牽引不合的樣子。

12【婺】ㄨˋ wù 名星名，二十八星宿之一；亦作婺女、須女，即女宿，後則爲婦女的代稱。形美的樣子。

◆婺彩光沈。

12【媮】(一) ㄊㄡ tōu 動同「偷」；竊取。形①巧黠。②浮薄。副苟且。 (二) ㄩˊ yú 名同「愉」；樂。

12【媧】〔娲〕ㄨㄚ wā 名「媧皇」：即女媧氏，上古時的女帝，傳說曾煉石補天。

12【婼】(一) ㄔㄨㄛˋ chuò 名姓。形不順。 (二) ㄦˊ ér 名地名，「婼羌」：漢朝西域諸國之一。

12【媟】ㄒㄧㄝˋ xiè 副欺玩不恭，例狎媟、媟嫚。

12【嬀】〔妫〕ㄍㄨㄟ guī 名①水名，例嬀河。②姓。

12【嫏】ㄌㄤˊ láng 名「嫏嬛」：天帝藏書之處。

十畫

13【嬍】ㄇㄟˇ měi 名小女。形美、善。

13【嫁】ㄐㄧㄚˋ jià 動①女子成婚，例出嫁。②轉移，例嫁禍、轉嫁。③賣。

13【嫉】ㄐㄧˊ jí 動①忌妒。②憎恨。

13【嫌】ㄒㄧㄢˊ xián 名①可疑，②怨讎，例前嫌冰釋。動①厭惡，例嫌棄。②懷疑，例嫌疑。③不滿意。④近，例固嫌於危。

◆嫌忌、嫌惡、嫌棄、嫌隙。

13【媾】ㄍㄡˋ gòu 名①婚事，例婚媾。②重婚。動①性交，例交媾。②議和，例媾和。

13【媽】〔妈〕ㄇㄚ mā 名①母親。②對於母親同輩的女性親長的稱呼，例舅媽、姑媽。③同「嬤」，北方人對僕婦的稱呼。④對年長婦女的尊稱，例大媽。

13【媼】ㄠˇ ǎo 名①年老的婦人，例媼嫗。②稱母親。③婦人的通稱。④稱地神。

13【媳】ㄒㄧˊ xí 名①北方習俗自稱其妻爲媳婦。②兒子的妻子，例婆媳。

13【嫂】ㄙㄠˇ sǎo 名①哥哥的妻子。②尊稱朋友的妻子，例大嫂。③對年長婦人的敬稱。

13【媲】ㄆㄧˋ pì 動①匹配。②匹敵，比，例媲美。副相並，例媲偶共食。(《禮記》〈曲禮〉)

13【媵】ㄧㄥˋ yìng 名①妾，例媵妾。②古時陪嫁的女子，例媵婢。動①送，例媵觚于賓。(《儀禮》〈燕禮〉)②古時嫁女，以姪娣陪嫁。③寄信時附寄他物。

13【媸】ㄔ chī 名容貌醜陋，例求妍更媸。

13【嫋】(裊)ㄋㄧㄠˇ niǎo 形①悠揚的樣子，例餘音嫋嫋。②柔美的樣子，例嫋嫋素女。(《左思》〈吳都賦〉)③搖曳的樣子，例嫋嫋生姿。④飄蕩的樣子，例嫋嫋兮秋風。(《楚辭》〈湘夫人〉)副繚繞的樣子，例炊煙嫋嫋。

十一 畫

14【嫡】ㄉㄧˊ dí 名①正妻，例嫡妻。②正妻所生的兒子，例嫡子。形正統的，例嫡系。

14【嫗】〔妪〕ㄩˋ yù 名①母親。②老婦的通稱，例有一老嫗夜哭。(《史記》〈高祖本紀〉)

14【嫖】(一)ㄆㄧㄠˊ piáo 動狎玩娼妓，俗稱逛窰子。 (二)ㄆㄧㄠ piāo 形身輕便貌，例嫖疾。

14【嫘】ㄌㄟˊ léi 名「嫘祖」：黃帝的妃子，相傳是她開始教民養蠶治絲。

14【嫫】ㄇㄛˊ mó 名「嫫母」：傳說中是黃帝的妃子，醜而賢。

14【嫣】ㄧㄢ yān 名美豔的樣子。副巧笑的樣子。

14【嫜】ㄓㄤ zhāng 名古時婦人稱丈夫的父親，例姑嫜。

14【嫦】ㄔㄤˊ cháng 名「嫦娥」：相傳為后羿的妻子，因偷吃靈藥而進入月宮。

14【嫩】(嫰) ㄋㄣˋ nèn ㄋㄨㄣˋ nuèn 形①初生柔弱的，例嫩芽。②淡薄的、輕微的，例嫩寒、嫩涼。③柔軟的，例嫩皮兒。④不老練的、閱歷少的，例臉皮很嫩。⑤初起的，例嫩風、嫩日。副①顏色淡的，例嫩綠、嫩黃。②乍、甫，例嫩晴。

◆肥嫩、柔嫩、春嫩、輕嫩、新嫩。

14【嫠】ㄌㄧˊ lí 名寡婦，例嫠婦。

14【嫪】ㄌㄠˋ lào 名姓，秦有嫪毐。動戀惜，例感物增戀嫪。(《韓愈》〈薦士詩〉)

14【嫛】ㄧ yī 名「嫛婗」：嬰兒，例悔當時不將嫛婗情狀，羅縷紀存。(袁枚〈祭妹文〉)

十二 畫

15【嬉】ㄒㄧ xī 動①遊戲，例嬉戲。②歡樂，例追漁父以同嬉。(張衡〈歸田賦〉) 形笑的樣子，例嬉笑。

15【嫺】〔嫻〕(嫺) ㄒㄧㄢˊ xián 動熟習，例嫺於辭令。(《史記》〈屈原列傳〉)形①同「閒」、「閑」；沉靜文雅，例嫺雅。②美好，例嫺麗。

15【嬋】〔婵〕ㄔㄢˊ chán 形①姿態美好的樣子，例嬋娟。②牽引，例垂條嬋媛。(《張衡》〈南都賦〉)

15【嫵】〔妩〕ㄨˇ wǔ 形嬌美，例嫵媚。

15【嬌】〔娇〕ㄐㄧㄠ jiāo 名柔美可愛的姿態。動寵愛，例嬌生慣養。形嫵媚可愛的樣子，例嬌滴滴。

◆嬌小、嬌客、嬌柔、嬌羞、嬌貴、嬌奢、嬌傲、嬌豔、嬌生慣養 撒嬌。

15【嬈】〔娆〕(一) ㄖㄠˊ ráo 形姿態嬌媚貌，例嬌嬈。 (二) ㄖㄠˇ rǎo 動擾亂。 (三) ㄧㄠˇ yǎo 形柔弱的樣子，例嬈嬈。

十三 畫

16【嬴】ㄧㄥˊ yíng 名姓，秦始皇名嬴政。動同「贏」；得勝。形①滿，例天地始肅，不可以嬴。(《禮記》〈月令〉)②

有餘，例緩急嬴絀。(《荀子》〈非相〉)

16【嬐】ㄒㄧㄢ xiān 形①整齊的樣子。②敏捷。動抬頭。

16【嬖】ㄅㄧˋ bì 動寵愛。形被寵愛的，例嬖妾。

16【嬗】ㄕㄢˋ shàn 名①相更替，例由此可見遞嬗之跡。②變易，例五年之間，號令三嬗。(《史記》〈秦楚之際月表〉)

◆嬗易、嬗變　更嬗。

16【嬙】〔嫱〕ㄑㄧㄤˊ qiáng 名古女官名，例妃嬪媵嬙。(杜牧〈阿房宮賦〉)

16【嬛】㈠ㄑㄩㄥˊ qióng 形①材質緊緻。②同「惸」、「煢」；孤特貌。㈡ㄒㄩㄢ xuān 形輕飄美麗的樣子。㈢ㄏㄨㄢˊ huán 名「娜嬛」，見「娜」字。

16【嬡】〔嫒〕ㄞˋ ài 名稱別人的女兒為令嬡；亦作令愛。

十四　畫

17【嬰】〔婴〕ㄧㄥ yīng 名初生的幼兒，例嬰兒。動①加、觸及。②環繞，例奉項嬰頭而竄逃。(《史記》〈淮陰侯列傳〉)③纏、絆住，例世網嬰我身。(陸機〈赴洛中道作詩〉)

17【嬪】〔嫔〕ㄆㄧㄣˊ pín 名①婦人的美稱，例嬪婦。②古稱亡妻為嬪。③古代宮中女官名，例九嬪、嬪妃。動帝王之女出嫁，為人婦，例嬪于虞。(《尚書》〈堯典〉)形多的樣子，例嬪然成行。(《漢書》〈王莽傳〉)

17【嬤】ㄇㄚ mā 名「嬤嬤」：⑴俗稱母親。⑵北方對老婦的通稱，例管家的嬤嬤。⑶對奶媽的尊稱。

17【嬲】ㄋㄧㄠˇ niǎo 動①戲弄。②擾亂。③賴帳。

17【嬭】(奶)(妳)㈠ㄋㄞˇ nǎi 名①乳。②俗用為婦女的尊稱。㈡ㄋㄧˇ nǐ 名古代楚人稱呼母親為嬭。

十五　畫

18【嬸】〔婶〕ㄕㄣˇ shěn 名①稱叔父的妻子，即叔母。②婦人稱丈夫的弟婦，例小嬸。③尊稱已婚的女性長輩為大嬸。

十六 畫

19【嬾】ㄌㄢˇ lǎn 形同「懶」；懶惰。

19【嬿】(一) ㄧㄢˇ yǎn 形安順的樣子，例嬿婉。(二) ㄧㄢˋ yàn 形美。

十七 畫

20【孀】ㄕㄨㄤ shuāng 名死了丈夫的婦人，例遺孀。

20【孃】(娘) ㄋㄧㄤˊ niáng 名少女，例舞孃。

20【孅】ㄒㄧㄢ xiān 形同「纖」；①銳細，例古之治天下，至孅至悉。(《漢書》〈食貨志〉)②細瘦纖巧，例嫵媚孅弱。(《漢書》〈司馬相如傳〉)

十九 畫

22【孌】〔娈〕ㄌㄩㄢˇ liuǎn ㄌㄨㄢˊ luán 名「孌童」：⑴美好的童子。⑵供人玩弄的美男子，俗稱男妓。形①美好的樣子。②順從。

子 部

03【子】(一) ㄗˇ zǐ 名①十二地支的首位，例子、丑、寅、卯。②時辰名。夜半十一點至翌日一點。③古時對於所生男女皆稱子，今則專指兒子而言。④男子的美稱，凡有道德、有學問者皆稱子，例孔子、孟子。⑤指植物的果實或動物的卵，例魚子。⑥五等爵之一，例公、侯、伯、子、男。⑦夫妻相稱呼，例內子、外子。⑧對人的通稱，例男子、女子。代同「爾」、「汝」；第二人稱代名詞，例子亦有異聞乎？(《論語》〈季氏〉)動愛之如己子，例子庶民。(《禮記》〈中庸〉) (二) ˙ㄗ zi 助語尾助詞，多用於名詞之下，例帽子、椅子。

◆子民、子弟、子夜、子姪、子息、子嗣、子虛烏有　天子、夫子、長子、孩子、愛子、瞎子。

03【孑】ㄐㄧㄝˊ jié 名「孑孓」：蚊子的幼蟲。形①單獨的，例孑然一身。②存餘的，例靡有孑遺。(《詩經》〈大雅・雲漢〉)

03【孓】ㄐㄩㄝˊ jué 名「孑孓」，見「孑」字。

一　畫

04【孔】ㄎㄨㄥˇ kǒng 名①小洞穴，例鼻孔。②姓，春秋魯有孔丘。形大，例孔道。副甚、很，例孔急。

二　畫

05【孕】ㄩㄣˋ yùn 動①培養，例孕育。②包含，例包孕。形懷胎的，例孕婦。

三　畫

06【存】ㄘㄨㄣˊ cún 動①存在、生存。②寄放，例存款。③居、含，例存心不良。④恤問、省親，例存問。⑤思念，例中夜起坐存黃庭。(《蘇軾詩》)⑥保留，例存疑。

◆**存心、存放、存疑　生存、保存、寄存、提存、餘存、興存。**

06【字】ㄗˋ zì 名①紀錄語言的符號。②人的別號，例孔子名丘，字仲尼。③合同，契約，例字據。動①女子許嫁稱「字」，例待字閨中。②撫育，例牛羊腓字之。(《詩經》〈大雅・生民〉)③愛。

◆**字句、字音、字眼、字幕、字據、字字珠璣　文字、咬字、錯字、字裏行間、一字千金、咬文嚼字。**

四　畫

07【孝】ㄒㄧㄠˋ xiào 名①善事父母之道，例夫孝，德之本也。(《孝經》〈開宗明義章〉)②繼先祖之志爲孝。③居喪，例守孝。④居喪時所穿的素服，例戴孝。⑤姓，周有孝義保。動奉養父母，例孝親。

◆**孝道、孝慈、孝感動天　忠孝、父慈子孝。**

07【孜】ㄗ zī 動①勤勉不怠，例孜孜不倦。②鳥鳴聲；亦作吱吱，例索食聲孜孜。(白居易〈詠燕示劉叟詩〉)

07【孚】㈠ㄈㄨˊ fú 動使人信服。形誠信，例成王之孚，下士之式。(《詩經》〈大雅・下武〉)㈡ㄈㄨ fū 動同「孵」；孵化，例不得良雞覆伏孚育，……則不成爲雞。(《韓詩外傳五》)

07【孛】㈠ㄅㄟˋ bèi 名彗星，俗稱「掃帚星」。㈡ㄅㄛˊ bó 例同「勃」；變色的樣子。

五　畫

08【孤】ㄍㄨ gū 名①年幼無父，例孤兒。②古劇角色名，專扮演官吏。代古代帝王的謙稱。動背負，例孤負。形①單獨的，例孤立無援。②特出的，例孤介。

◆**孤老、孤陋、孤苦、孤寂、孤寡、孤僻、孤獨、孤臣孽子、孤注一擲、孤芳自賞、孤陋寡聞、孤苦伶仃、孤家寡人、孤掌難鳴、孤雲野鶴、孤軍奮鬥　遺孤。**

08【季】ㄐㄧˋ jì 名①兄弟中排行最小的，例伯仲叔季、孟仲季。②一年分春、夏、秋、冬四季，每三個月爲一季。③時段、時期，例旺季、考季。④姓，春秋吳有季札。形末了的，最後的，例季世。

◆**瓜季、春季、花季、雨季、旺季、秋季、冬季、夏季。**

08【孥】ㄋㄨˊ nú 名①妻及子女的統稱，例罪人不孥。(《孟子》〈梁惠王〉)②子，例妻孥。③通「奴」；賣身供主子役使的人。

08【孢】ㄅㄠ bāo 名植物或低等動物初生的繁殖體。

08【孟】(一)ㄇㄥˋ mèng 名姓，戰國魯有孟軻。形①排行居長的。②開始，例孟春。③同「猛」；勇猛的。副勤勉、努力，例孟晋。　(二)ㄇㄤˇ mǎng 形言行鹵莽輕率，例舉止孟浪。

六　畫

09【孩】ㄏㄞˊ hái 名①幼童，例孩童。②姓，遼有孩里。形幼小的。

◆**孩提、嬰孩。**

七　畫

10【孫】〔孙〕(一)ㄙㄨㄣ sūn 名①子女所生的子女，例男孫、女孫。②後代的統稱，例子孫。③植物的再生，例孫竹。④姓，唐有孫思邈。形小，例孫絡。　(二)ㄒㄩㄣˋ xiùn；ㄙㄨㄣˋ sùn 動逃避。副通「遜」；謙遜，例孫以出之。(《論語》〈衛靈公〉)

八　畫

11【孰】ㄕㄨˊ shú 名通「妯」；荊豫地方稱長婦爲孰。代①誰，例女與回也孰愈？(《論語》〈公冶長〉)②何、什麼，例是可忍也，孰不可忍也？(《論語》〈八佾〉)動穀物成熟，爲「熟」的本字，例五穀時孰。(《禮

記》〈樂記〉)

九畫

12【孳】(一)ㄗ zī 動通「滋」；繁衍滋生，例滋乳。副通「孜」；勤勞不息，例孳孳不息。 (二)ㄗˋ zì 動「孳尾」：指動物交配，繁衍後代。

◆孳息、孳乳。

12【孱】(一)ㄔㄢˊ chán 形①虛弱的，例孱弱。②低劣。副小範圍的樣子，例傳學而孱守之。(《大戴禮》〈曾子立事〉) (二)ㄘㄢˋ càn 形罵人卑怯無用，例孱頭。

十一畫

14【孵】ㄈㄨ fū 動鳥類伏於蛋上而化出雛鳥；蟲魚由產卵到出生皆稱孵，例孵化。

十三畫

16【學】〔学〕(一)ㄒㄩㄝˊ xué 名①受教育的場所，例小學。②有組織、有系統的知識，例科學。③姓，清有學誠。動接受教育，例人不學，不知道。(《禮記》〈學記〉) (二)ㄒㄧㄠˊ xiáo 動仿效。

◆學究、學府、學長、學派、學院、學問、學術、學說、學歷、學齡、學富五車 中學、化學、失學、同學、留學、博學。

十四畫

17【孺】ㄖㄨˊ rú ㄖㄨˋ rù 名①幼童，例老弱婦孺。②姓，春秋魯有孺悲。動親慕，例和樂且孺。(《詩經》〈小雅・常棣〉)

◆孺子、孺慕。

十七畫

20【孽】(孼) ㄋㄧㄝˋ niè 名①婢妾所生之子，例孤臣孽子。②災禍，例天作孽，猶可違；自作孽，不可活。(《尚書》〈太甲〉)③妖怪，例妖孽。④不孝。

◆孽種、孽緣、孽障 餘孽。

十九畫

22【孿】〔孪〕ㄌㄩㄢˊ liuán 名一胎生兩個嬰兒，即所謂的雙胞胎，例孿生。動通「攣」；繫。

宀部

00【宀】ㄇㄧㄢˊ mián 图四面下覆，有堂有室的深屋。

二　畫

05【它】（牠）㈠ㄊㄚ tā 代無生物的第三人稱代名詞。形①彼，例它山之石。（《詩經》〈小雅・鶴鳴〉）②別的，例或敢有它志。（《禮記》〈檀弓下〉）　㈡ㄊㄨㄛ tuō 图①「蛇」的本字。②姓，戰國有它囂。

05【宁】ㄓㄨˋ zhù 图①門以內，內屏之外的地方。②大陸用作「寧」（ㄋㄧㄥˊ）的簡化字。動①同「佇」、「竚」；久站。②同「貯」；積蓄。

05【宂】（冗）ㄖㄨㄥˇ rǒng 图①衆人，例宂宂。②忙碌，例宂忙。形①剩餘，無用的意思。②繁長而不宜用，例宂長。③低俗。

05【宄】ㄍㄨㄟˇ guǐ 图盜賊；外亂稱爲奸，內亂稱爲宄。

三　畫

06【宇】ㄩˇ yǔ 图①房屋，例屋宇。②屋簷。③指上下四方所有空間。④國家四境。⑤人的儀表，例氣宇、眉宇。⑥郊野，例曠宇。

◆環宇、器宇、軒宇、眉宇、屋宇。

06【守】ㄕㄡˇ shǒu 图①職責。②古官名，爲一郡的行政首長，例太守。③節操，例有爲有守。④姓，宋有守恭。動①看管，例看守。②防禦，例守衛。③遵行，例守法。④對著，例守著窗兒。（李清照〈聲聲慢詞〉）

◆守分、守成、守時、守歲、守舊、守口如瓶、守身如玉、守株待兔、守望相助　保守、看守、堅守、墨守、職守。

06【宅】讀音ㄓㄜˋ zhè 語音ㄓㄞˊ zhái 图①居室，例宅第。②存、居，例宅心仁厚。③墳穴，例陰宅。動安定，例助王宅天命。（《尚書》〈康誥〉）

06【安】ㄢ ān 图①安定、平穩，例居安思危。②姓，唐有安祿山。動①置物俗稱「安」，例安放。②奉養，例老者安之（《論語》〈公冶長〉）③保護，例安撫。形①平定，例天下安寧。（《史記》〈周本紀〉）②「安詳」：從容不迫的樣子。副何，虛詞，表疑問，例安得猛士兮守四方。（漢高祖〈大風歌〉）

◆安心、安全、安息、安排、安逸、

安插、安頓、安慰、安撫、安靜、安穩、安內攘外、安步當車、安居樂業、安貧樂道　問安、平安、居安思危、除暴安良。

四　畫

07【完】ㄨㄢˊ wán 名姓，元有完澤。動①結束，例完工。②保全。③修治。④繳納，例完糧納稅。形①全，例完美。②堅固，例城多完牢。(《後漢書》〈馬援傳〉)

◈完人、完畢、完備、完整無缺、完璧歸趙。

07【宏】ㄏㄨㄥˊ hóng 名姓，明有宏承。動擴大，例恢宏志士之氣。(諸葛亮〈前出師表〉)形深遠，例宏圖。

◈宏大、宏壯、宏偉、宏遠、宏達、宏構、宏儒碩學。

07【宋】ㄙㄨㄥˋ sòng 名①朝代名：⑴趙匡胤所建，後爲元朝所滅(960～1279)。分北宋、南宋。⑵南朝之一，劉裕篡晋所建。②古國名。③姓，明有宋炎。

五　畫

08【宜】ㄧˊ yí 名姓，春秋宋有宜僚。動①和順，例宜室宜家(《詩經》〈周南・桃夭〉)②合用，共享，例弋言加之，與子宜之。(《詩經》〈鄭風・女曰雞鳴〉)副①應當，例不宜吵鬧。②大概，例不安其位，宜不能久。(《左傳》〈成公六年〉)

08【宗】ㄗㄨㄥ zōng 名①祖先，例祖宗。②同族，例宗親。③派別，例佛教南、北宗。④始源。⑤星名。⑥姓，漢有宗俱。動①崇拜，例宗仰。②遵循。③朝見，例春見曰朝，夏見曰宗。(《周禮》〈春官・大宗伯〉)形①主要的國，例宗主。②同姓的，例宗弟。

◈宗師、宗旨、宗派、宗廟　大宗、文宗、同宗、卷宗、密宗、詩宗、列祖列宗、開宗明義。

08【宛】ㄨㄢˇ wǎn 名姓，伏羲時有宛華。動折。副①小的樣子，例宛彼鳴鳩。(《詩經》〈小雅・小宛〉)②好像，例溯游從之，宛在水中央。(《詩經》〈秦風・蒹葭〉)③「宛轉」：⑴委宛曲折；亦作婉轉。⑵猶輾轉。⑶纏弓的繩。

08【宓】㈠ㄇㄧˋ mì 形①安靜。②靜默。㈡ㄈㄨˊ fú 名姓，春秋有宓子賤。

08【定】ㄉㄧㄥˋ dìng 名①星名，即營室星，一作室宿。②同錠，舊時元寶的計算單位，例賞銀一定。(《金史》〈鄯陽傳〉)③前額。動①確立、決定。②預約，例定貨。③平靖，例一人定國。(《禮記》〈大學〉)形①不變的，例定理。②安靜，例慧定。③確切，例確定。副①必然，例定是。②究竟。

◆**定力、定局、定省、定律、定期、定義、定價、定讞　文定、安定、約定、穩定、心神不定、舉棋不定。**

08【宕】ㄉㄤˋ dàng 名石礦，例開宕。動延遲，例延宕。形同「蕩」；行爲不拘小節，例豪宕。

◆**拖宕、流宕、跌宕、懸宕。**

08【官】ㄍㄨㄢ guān 名①爲國治事的人，例在朝爲官。②官府，政府辦公處，例在官不俟屨。(《禮記》〈玉藻〉)③古稱貴族家年輕子弟，行幾即稱幾官。④人體的感覺器，例器官。⑤姓，宋有官熙。動①依法授予公職。②掌管。形①屬政府所有的，例官倉。②政府所定的。例官價。

◆**官人、官方、官司、官吏、官制、官邸、官員、官僚、官官相護、官報私仇。**

08【宙】ㄓㄡˋ zhòu 名①古往今來的時間，例往古來今謂之宙。(《淮南子》〈齊俗〉)②天空，例霜凝碧宙。(王勃〈七夕賦〉)③棟梁。

六　畫

09【宣】ㄒㄩㄢ xuān 名姓，明有宣溫。動①散布，宣傳，例日宣三德。(《尚書》〈臯陶謨〉)②發揚，例宣揚。③明示，例宣告。④虛腫。形鬆軟，例宣軟。副遍。

09【宦】ㄏㄨㄢˋ huàn 名①官吏，例仕宦之途。②太監。動爲官，例宦遊。

09【室】ㄕˋ shì 名①房屋，例教室。②嫡，例正室。③墓穴，例百歲之後，歸於其室。(《詩經》〈唐風・葛生〉)④星名，二十八宿之一。⑤機關團體中的單位，例人事室。⑥刀劍的鞘子。

◆**臥室、有室、歸室、不安於室。**

09【宥】ㄧㄡˋ yòu 動①寬恕罪過，例宥過。②通「侑」；幫助、借助。形宏深，例宥密。

09【客】ㄎㄜˋ kè 名①主人的對稱，賓客。②外來的人，例客從遠方來。(《古樂府》〈飲馬長城窟行〉)③指人，例俠客。④寄跡於外的人，例獨在異鄉爲異客。(王維〈九月九日憶山東兄弟詩〉)⑤姓，漢有客孫。動寄居，例夜半鐘聲到客船。(張繼〈楓橋夜泊詩〉)形①非職業的，例客串。②過去的，例客歲。

◆客串、客居、客舍、客套、客氣、客囊羞澀　主客、旅客、說客、掮客、政客、作客、賓客。

七畫

10【宰】ㄗㄞˇ zǎi 名①古官名，例宰相。②一邑首長，例子游爲武城宰。(《論語》〈雍也〉)③姓，春秋魯有宰予。動①統治、主持，例主宰。②殺、割，例宰割。

◆太宰、邑宰、冢宰。

10【害】ㄏㄞˋ hài 名①災害、損失，例受害。②禍患，例禍害。③關鍵之處。動①殺害，例齊大夫欲害孔子。(《史記》〈孔子世家〉)②妨礙。③發生疾病，例害病。形不利的，例害蟲。

◆害怕、害處、害羣之馬　要害、有害、損害、遇害、謀害。

10【宴】(醼)ㄧㄢˋ yàn 動①休息，例宴息。②以酒食款待賓客，例宴客。③快樂、安適，例宴安。

◆宴安、宴會、宴饗、宴爾新婚。

10【宵】ㄒㄧㄠ xiāo 名①夜，例良宵。②通「小」，例宵小。

◆今宵、中宵、元宵、春宵、通宵。

10【家】ㄐㄧㄚ jiā 名①自我的住所。②古卿大夫的食邑封望。③丈夫稱妻子，例而棄其家。(《左傳》〈僖公十五年〉)④尊稱有成就、有專長的人，例文學家。⑤店鋪的量詞。⑥學術流派，例百家爭鳴。⑦姓，宋有家定國。⑧大陸用作「傢」(ㄐㄧㄚ)的簡化字。動居住，例居家。形①對人謙稱自己的親長，例家慈。②家中飼養之動物，例家畜。助語尾助詞，例婦道人家。

◆家小、家世、家長、家計、家訓、家庭、家族、家務、家鄉、家譜、家徒四壁、家破人亡、家喻戶曉　大家、專家、親家。

10【容】ㄖㄨㄥˊ róng 名①面貌。②姓，近代有容閎。動①妝飾，例女爲悅己者容。(《史記》〈魯仲連鄒陽列傳〉)②接受，例包容。③裝、盛，例容量。④許可，例容許。副也許。

◆容忍、容身、容易、容納、容積、

容光煥發　軍容、涵容、形容、從容、寬容、笑容可掬。

10【宸】ㄔㄣˊ chén 名①深廣的房子。②帝王居住的地方。③王位，帝王的代稱。

10【宮】ㄍㄨㄥ gōng 名①房屋，例皇宮。②宗廟、寺觀，例指南宮。③五音之一，例宮商角徵羽。④「宮刑」：即腐刑。男子去勢，女子幽閉，為古代五刑之一。⑤姓，春秋虞有宮之奇。

◆宮廷、宮室、宮禁、宮殿、宮闈　行宮、守宮、後宮、學宮、譽宮。

八　畫

11【寅】ㄧㄣˊ yín 名①時辰名，凌晨三點至五點。②十二地支的第三位。③同事，例同寅。動敬，例夙夜惟寅。(《尚書》〈舜典〉)

11【寇】(寇) ㄎㄡˋ kòu 名①盜匪，例匪寇。②指敵人，例敵寇。③姓。動①犯境，例入寇。②强奪，例無敵寇攘。(《尚書》〈費誓〉)

◆寇讎　司寇、盜寇、流寇、外寇。

11【寂】ㄐㄧˊ jí 名佛家語，滅的意思。形靜，例寂靜。

◆寂然、寂寞、寂寥、寂寂無聞。

11【寄】ㄐㄧˋ jì 動①託付，例寄語。②傳達，例寄信。③依附，例寄居。④贈與。形暫居的，例寄籍。副委託，例寄賣。

◆寄生、寄放、寄情、寄賣、寄人籬下。

11【宿】㈠ㄙㄨˋ sù 名①供休息的地方，例宿舍。②姓，漢有宿詳。動①停留。②守，例宿守。形①舊的，例宿怨。②前世的，例宿緣。副①平時，例宿願。②先。　㈡ㄒㄧㄡˋ xiù 名星名，例宿星。　㈢ㄒㄧㄡˇ xiǔ 名夜，例一宿沒睡。

◆宿昔、宿疾　投宿、食宿、寄宿、露宿。

11【密】ㄇㄧˋ mì 名隱蔽的地方，例密室。形①不稀疏的，例稠密。②不便宣揚的，例祕密。③親近的，例密友。

◆密切、密布、密謀、密談　精密、機密、隱密、細密、親密。

九　畫

12【寓】(庽) ㄩˋ yù 名住所，例公寓。動①寄託。②注視，例寓目。③寄住。

12【寐】ㄇㄟˋ mèi 名夢話。動睡，例夙興夜寐。(《詩經》〈小雅·小宛〉)

12【寒】ㄏㄢˊ hán 名①寒冷的季節，即冬天，例寒暑。②地名，古國名。③姓，後漢有寒朗。動①抖慄，例心寒。②停止，例寒盟。形①冷，例歲寒然後知松柏之後凋也。(《論語》〈子罕〉)②困窮，例一介寒生。

◆寒心、寒衣、寒門、寒微、寒傖、寒酸　大寒、小寒、酷寒、貧寒、嚴寒。

12【寔】ㄕˊ shí 動安置。形通「實」。助是、此。

12【富】ㄈㄨˋ fù 名①財產，例財富。②姓，宋有富弼。動①充滿，例富有正義感。②使財物豐富，例聚富。形①豐足、充裕，例富有。②壯盛，例年富力壯。

◆富庶、富强、富貴、富裕、富饒、富埒王侯、富貴浮雲、富麗堂皇　致富、貧富、豐富、爲富不仁。

十　畫

13【寖】(一)ㄐㄧㄣˋ jìn 動滲透。　(二)ㄑㄧㄣ qīan 動逐漸。

13【寘】ㄓˋ zhì 動①同「置」；放置。②安置。③休息。④廢止。⑤滿。

十一　畫

14【寞】ㄇㄛˋ mò 形冷清、冷靜，例落寞。

14【寧】〔宁〕(甯)(寍) ㄋㄧㄥˊ níng 名①居家服喪。②南京的簡稱。③姓，漢有寧成。動省親、問安，例歸寧父母。(《詩經》〈周南·葛覃〉)形①平安、安定。②安逸，例安寧。副①豈。②曾，例寧不我顧。(《詩經》〈邶風·日月〉)③乃，例心之憂矣，寧自今矣。(《詩經》〈大雅·瞻卬〉)④情願，例寧死不屈。助語中助詞，無義。

◆寧靜、寧願、寧缺毋濫。

14【寡】ㄍㄨㄚˇ guǎ 名①婦人喪夫稱寡。②古代王侯對人的謙稱，例寡人。形少，例生之者衆，食之者寡，則財恆足矣。(《禮記》〈大學〉)

◆寡言、寡欲、薄情寡義、寡不敵衆、寡廉鮮恥　守寡、多寡、鰥寡。

14【實】〔实〕(寔) ㄕˊ shí 名①植物的種子。②植物的果子，例果實。③事實。④器物，例軍實。⑤姓，漢有實行。動充滿，例充實。形①不虛假，例眞實。②富庶，例戶口殷實。③充足，例而君子之倉廩實，府庫充。(《孟子》〈梁惠王下〉)④眞實。⑤誠實。⑥堅實。

◆**實力、實用、實施、實現、實惠、實際、實踐、實驗　史實、老實、軍實、誠實。**

14【寥】ㄌㄧㄠˊ liáo 形①空虛。②冷清，例寂寥。③極少，例寥寥無幾。

◆**寥落、寥廓、寥若晨星。**

14【寨】(砦)ㄓㄞˋ zhài 名①防賊寇侵入的木柵，例寨子。②村莊，例趙家寨。

14【寢】〔寝〕(寑)ㄑㄧㄣˇ qǐn 名①睡眠，例廢寢忘食。②古代帝王的墳墓，例陵寢。③臥室，例內寢。動①睡覺，例宰予晝寢。(《論語》〈公冶長〉)②事情停止。形①睡臥的，例寢室。②貌醜，例貌寢。

◆**寢食不安　內寢、正寢、早寢、就寢。**

14【寤】ㄨˋ wù 動①通「悟」；覺悟，例寤到。②睡醒，例七日而寤。(《史記》〈趙世家〉)

14【察】(詧)ㄔㄚˊ chá 動①細看，例明足以察秋毫之末。(《孟子》〈梁惠王上〉)②考核，調查，例審察。③保舉，例察臣孝廉。(李密〈陳情表〉)形昭著，明顯，例言其上下察也。(《禮記》〈中庸〉)

◆**察言觀色　考察、觀察、覺察、洞察。**

十二畫

15【寮】ㄌㄧㄠˊ liáo 名①小屋，例工寮。②同「僚」；同在一處爲官。③小窗。④國名，例寮國。⑤姓。

15【寬】〔宽〕ㄎㄨㄢ kuān 名①指物的兩邊距離。②姓，明有寬轍。動①恕，例寬恕。②延緩，例寬期。③脫，例寬衣。副廣闊。

◆**寬大、寬心、寬厚、寬容、寬博、寬裕、寬廣、寬猛相濟。**

15【審】〔审〕ㄕㄣˇ shěn 名姓，後漢梁有審忠。動①推究，例審察。②訊問嫌犯，例審訊。③同「諗」；知道。④謹愼行事，例審愼。⑤安定。形周密，例思之詳而備之審矣。(方孝孺〈深慮論〉)

◆**審計、審核、審問。**

15【寫】〔写〕ㄒㄧㄝˇ xiě 動①書寫。②摹描，例寫景。③發洩，例以寫我憂。(《詩經》〈邶風・泉水〉)

十三 畫

16【寰】ㄏㄨㄢˊ huán 名①全世界，例寰宇。②塵世，例塵寰。

十六 畫

19【寵】〔宠〕ㄔㄨㄥˇ chǒng 名妾，例納寵。動①愛，例寵幸。②偏愛，例恩寵。③尊崇，例光寵。

十七 畫

20【寶】〔宝〕(寳) ㄅㄠˇ bǎo 名①珍貴的東西，例國寶。②舊代的錢，例元寶。③指才德。④玉，例寶玉。⑤姓，後漢有寶忠。形①珍貴的，例寶貝。②尊稱君王之位，例寶位。③尊稱他人的用語，例貴寶號。

◆**寶石、寶貝、寶典、寶眷、寶刀未老 珠寶、活寶、御寶、通寶、珍寶。**

寸 部

03【寸】ㄘㄨㄣˋ cùn 名①長度名，十分爲寸；十寸爲尺。②寸口的簡稱，即距人手一寸處的經脈部位。形簡短的、極小的，例寸管、寸土。副俗稱時間的湊巧，例他來得眞寸。

◆**寸心、寸陰、寸步不離、寸草不留、寸草春暉。**

三 畫

06【寺】ㄙˋ sì 名①廟宇，僧人所住的地方，例少林寺。②古代的官舍，沿爲官署之名，例大理寺。③親近帝王的侍御小臣；亦即宮中太監，例寺人。

六 畫

09【封】ㄈㄥ fēng 名①疆界，例封疆。②信函的量詞，例一封信。③姓，三國魏有封衡。動①天子將土地、爵位賜予有功之人。②限制，例故步自封。③密閉，例封鎖。④加土以增高，例封墓。⑤富厚，例素封。形大，例封牛。

◆**封建、封閉、封侯拜相 信封、密封、塵封、見血封喉。**

七 畫

10【射】(䠶)㈠ㄕㄜˋ shè 图①以弓發箭使中於遠的技術，爲古代六藝之一。②官名，商代設置。動①凡激發使之及於遠處的，例噴射。②映照，例反射。③用言語或文字暗指某物，例影射。④逐取，例射利。㈡ㄕˊ shí 動以箭射物，例弋不射宿。(《論語》〈述而〉) ㈢ㄧˋ yì 图古音律名，例無射。 ㈣ㄧㄝˋ yè 图①「射干」：鳶尾科。多年生草本，高二至三尺。葉直立，花有花被六片，呈紅黃色，有濃色紫斑。②「僕射」：官名，秦置。後漢有尚書僕射，爲尚書令之副。唐宋有左右僕射，位同宰相。

◈**射程、射擊、射獵 發射、注射、折射、光芒四射。**

八 畫

11【將】〔将〕㈠ㄐㄧㄤ jiāng 動①送。②拿、取，例呼兒將出換美酒。(李白〈將進酒詩〉)③奉，例將命。④養，例將父、將息。⑤下象棋時，欲吃對方的將帥時，必先呼「將」。⑥欲，打算。副①快要，例不知老之將至。(《論語》〈述而〉)②且、或，例將信將疑。介把，例將功贖罪。助用於動詞後虛字，例吃將起來。 ㈡ㄐㄧㄤˋ jiàng 图①軍中的高級官員，例將領。②軍官階級的第一階，例上將、中將、少將。動統率，例將兵。㈢ㄑㄧㄤ qiāng 動希望、請求，例將子無怒。(《詩經》〈衛風・氓〉)

◈**將才、將門、將來、將就、將本求利、將功贖罪、將門虎子、將計就計。**

11【尉】㈠ㄨㄟˋ wèi 图①古代掌刑獄、捕盜、兵事的武官，例都尉。②現今軍中編制的第三等軍官，位在校級之下，例上尉、中尉、少尉。③姓，春秋鄭有尉止。動通「慰」；安慰。 ㈡ㄩˋ yù 图尉遲，複姓，唐有尉遲恭。

11【專】〔专〕(耑)ㄓㄨㄢ zhuān 图姓，春秋吳有專諸。動擅、把持，例陽虎作亂專政。(朱熹〈論語序說〉)形①一心一意，例專心。②單獨的，例專利、專美。

◈**專一、專心、專任、專攻、專門、專使、專長、專程、專橫。**

九 畫

12【尊】ㄗㄨㄣ zūn 名①同「樽」；酒器。②對在上位者或長輩的敬稱，例府尊、令尊。③量詞，例佛一尊、砲一尊。動敬重，例尊德樂義。(《孟子》〈盡心〉)形①高，例天尊地卑。(《易經》〈繫辭〉)②稱人的敬詞，用法與「貴」字同，例尊姓大名。③貴重、貴顯，例尊貴。

◆尊卑、尊命、尊重、尊崇、尊敬、尊嚴、尊王攘夷、尊師重道 至尊、養尊處優、敬老尊賢、唯我獨尊。

12【尋】〔寻〕(尋)(一)ㄒㄩㄣˊ xún 名古代八尺的長度稱一尋。動①找、探求，例尋幽探勝。②仍、繼續，例禍亂相尋。③重溫，例尋盟。副俄頃，不久，例尋卒。(二)ㄒㄧㄣˊ xín 動乞求、乞討，例尋錢的。 (三)ㄒㄩㄝˊ xué 動用眼睛環視尋找的樣子，例尋摸、尋溜。

◆尋死、尋找、尋思、尋覓、尋死覓活、尋花問柳、尋歡取樂。

十一 畫

14【對】〔对〕ㄉㄨㄟˋ duì 名①成雙的人或物，例配對。②敵手，例死對頭。③對子，對偶的詞語，例對聯。動①回答，例應對。②向、當。③審核比較異同，例校對。④適合，例對胃口。⑤互相，例對調。

◆對方、對比、對手、對付、對抗、對峙、對待、對偶、對策、對象、對稱、對牛彈琴、對症下藥、對簿公堂 一對、面對、相對、喜對。

十三 畫

16【導】〔导〕讀音ㄉㄠˋ dào 語音ㄉㄠˇ dǎo 動①指引，例引導。②啓後、疏通。③傳導，例導電。④選擇。

◆導引 領導、嚮導、誘導、教導、開導、指導、訓導、勸導、疏導。

小 部

03【小】ㄒㄧㄠˇ xiǎo 名①年幼的兒女，例妻小。②妾，做小的。動輕視，例小看。形①細微的，與大相反，例大小由之。②少、幼，例小時了了，大未必佳。(《世說新語》〈言語〉)③對人自謙之詞，例小弟、小女子。副略、稍微，例牛刀小試。

◆小心、小我、小氣、小心翼翼、小巧玲瓏、小姑獨處、小家碧玉、小鳥依人、小題大作 幼小、細小、家小、羣小。

一 畫

04【少】㈠ ㄕㄠˇ shǎo 動評議人的短處，含輕視、不滿之意。形①不多，多的相反，例少數服從多數。②欠缺，例缺少。副①暫時、短時間。②稍微，例少安無躁。 ㈡ ㄕㄠˋ shào 形①副貳，如古代卿之下有少卿，為卿的副貳。②等級最次的，例少尉。③年輕的，例少婦。

◈少壯、少微、少安勿躁、少見多怪 年少、多少、短少、稀少、極少。

三 畫

06【尖】ㄐㄧㄢ jiān 名①物體末端小而銳利的部分，例筆尖。②旅途中的休息、飲食，例打尖。形①銳利、靈敏，例尖刻、耳朵尖。②特別好的，例頂尖人物。③聲音高而細，例尖嗓子。

◈尖端、尖酸、尖銳 刀尖。

五 畫

08【尚】ㄕㄤˋ shàng 名姓，清有尚可喜。動①尊崇、推重，例尚賢。②增加、超越，例無以尚之。③矜誇。④娶天子的女兒，例尚公主。⑤同「掌」；主管其事。⑥通「上」。形久遠。副①猶，例尚可。②庶幾。

◈尚書、和尚、崇尚、高尚、禮尚往來。

尢 部

03【尢】㈠ ㄨㄤ wāng 動跛、曲脛。形短小。㈡ ㄤ āng 名注音符號韻符之一，屬聲隨韻母。

一 畫

04【尤】ㄧㄡˊ yóu 名①過失，例言寡尤。(《論語》〈為政〉)②姓，清有尤侗。動怨恨、責怪，例怨天尤人。副格外、更加。

四 畫

07【尬】ㄍㄚˋ gà ㄐㄧㄝˋ jiè 形「尷尬」，見「尷」字。

07【尨】㈠ ㄆㄤˊ páng ㄇㄤˊ máng 名多毛的狗。形夾雜不純一。 ㈡ ㄇㄥˊ méng 形雜亂的樣子，例尨茸。

07【尪】ㄨㄤ wāng 名曲脛跛腳的人。形①短小瘦弱。②行爲不正當。

九 畫

12【就】ㄐㄧㄡˋ jiù 動①成功，例功成名就。②從事於某事，例就業、就職。③趨赴，例就義。④湊近，例還來就菊花。(孟浩然〈過故人莊詩〉)副①立刻，例我就來。②或，推測之詞，例就使。③僅、只，例他就愛吃。介依照，例就我看來。

◆就地、就任、就近、就寢、就緒、就範、就地正法、就地取材、就事論事 早就、成就、造就、功成名就。

十四 畫

17【尷】〔尲〕ㄍㄢ gān ㄐㄧㄢ jiān 形本作「尲」，今俗作「尷」。「尷尬」：⑴左右爲難，不易處理。⑵行爲不正，鬼鬼祟祟。⑶難爲情。

尸 部

03【尸】ㄕ shī 名①同「屍」；人死未葬叫尸。②古時祭祀，以小孩盛服扮祖先形狀，接受祭拜，名爲尸。③注音符號聲符之一，形體略變作ㄕ，屬舌尖後音。動①陳列。②主持，例誰其尸之。(《詩經》〈召南・采蘋〉)③空占職位而無所事事，例尸位素餐。

一 畫

04【尺】(一) ㄔˇ chǐ 名①長度單位，一尺等於十寸。②衡量長度的器具，例丁字尺。③手脈的一部分，例寸關尺。(二) ㄔㄜˇ chě 名舊時樂譜，表示樂調的名稱。

◆尺寸、尺度、尺書、尺牘、尺短寸長 刀尺、市尺、布尺、工尺譜、咫尺天涯。

二 畫

05【尻】ㄎㄠ kāo 名脊椎骨的末端，即臀部。

05【尼】(一) ㄋㄧˊ ní 名削髮出家的女僧，例尼姑。(二) ㄋㄧˇ nǐ 動阻止，例行或使之，止或尼之。(《孟子》〈梁惠王下〉)

四 畫

07【局】(侷)(跼) ㄐㄩˊ jú 名①機關團體分工辦事的處所，例郵局、警察局。②部分，例局部。③棋盤，亦用作量詞，作下棋次數單位。例棋局，圍棋一局。④時勢運會，例時局。⑤聚會，例飯局。⑥事物的結構，例格局。⑦人的器量、心量，例器局。動①拘束、限制，例局限。②曲屈，例蜷局。形髮鬈曲的樣子。

◆局外、局面、局促、局部、局限、局勢　世局、騙局、支局。

07【尿】㈠ㄋㄧㄠˋ niào 名從血液裡分離，由腎臟過濾，經過尿道排出體外的廢水，有苦鹹的臭味，呈酸性反應。動排出小便，例尿床。　㈡ㄙㄨㄟ suī 名小便，指所排泄的尿液，專作名詞用，例屁滾尿流。

07【屁】ㄆㄧˋ pì 名由肛門排出的臭氣，例放屁。

07【尾】㈠ㄨㄟˇ wěi 名①脊椎末端突出的部分，鳥獸蟲魚皆有。②最後或事物的末端，例年尾。③計算魚的單位，例一尾魚。④二十八宿之一，例尾宿。動①鳥獸交配，例交尾。②追隨在後，例尾隨。　㈡ㄧˇ yǐ (㈠名①②的又讀)

◆尾隨、尾聲、尾大不掉　牛尾、末尾、結尾、孳尾。

五　畫

08【屆】(屆)ㄐㄧㄝˋ jiè 名次數，例第一屆畢業生。動至、到，例屆時。

08【屈】ㄑㄩ qū 名姓，戰國楚有屈原。動①彎曲，例屈指可數。②意志受挫，例威武不屈。③冤枉，例屈打成招。副勉強，例屈就。

◆屈曲、屈服、屈指、屈辱、屈駕、屈指可數　叫屈、受屈、冤屈、寧死不屈。

08【居】㈠ㄐㄩ jū 名①住所。②茶樓酒肆多以居為名。③姓，漢有居股。動①住，例居住。②儲蓄，例奇貨可居。③存，例居心。④坐，例居，吾語汝。(《論語》〈陽貨〉)⑤占，例居多。⑥當、任，例自居。　㈡ㄐㄧ jī 助表疑問的語尾助詞。

◆居中、居功、居奇、居所、居間、居然、居心不良、居心叵測、居安思危、居高臨下　久居、可居、新居、遷居。

六　畫

09【屎】㈠ㄕˇ shǐ 名①糞便，例狗屎。②眼、耳、鼻中的分泌物，例眼屎。形嘲笑低能的人或事，例屎詩、屎蛋。　㈡ㄒㄧ xī 動呻吟，例民之方殿屎。(《詩經》〈大雅・板〉)

09【屏】㈠ㄆㄧㄥˊ píng 名①擋門小牆。②懸掛的字畫等裝飾品，例畫屏。③遮蔽物，例屏風。動遮蔽，例屏王之耳目。(《呂氏春秋》〈愼行〉) ㈡ㄅㄧㄥˇ bǐng 動①除去，例屏四惡。(《論語》〈堯曰〉)②退避、隱藏，例屏居。③停止、壓制，例屏氣凝神。 ㈢ㄅㄧㄥ bīng 形惶恐的樣子，例屏營。

◈屏斥、屏除、屏息、屏退、屏絕、屏棄 臥屏、帷屏、錦屏、藩屏。

09【屍】(尸) ㄕ shī 名死人的軀體；通「尸」，例屍首。

09【屋】ㄨ wū 名①房舍，例茅屋。②引申為凡用來覆蓋的東西皆稱「屋」。

七 畫

10【屑】ㄒㄧㄝˋ xiè 名碎末，例木屑。動①擊碎。②顧惜，例不屑。③潔，例不我屑以。(《詩經》〈邶風・谷風〉)形瑣細的，例瑣屑。

10【展】ㄓㄢˇ zhǎn 名姓，春秋魯有展禽。動①陳列，例展覽。②舒張、打開，例展眉。③放寬，例展限。④省視，例展墓。⑤錄。⑥濡染，為「沾」的借字，例展汙。

◈展示、展望、展開、展轉、展覽、展眼舒眉 伸展、開展、舒展、發展、畫展。

10【屐】ㄐㄧ jī 名①以木為底的鞋，例木屐。②引申為鞋的通稱，例草屐、錦屐。

八 畫

11【屠】㈠ㄊㄨˊ tú 名①姓，春秋晉有屠蒯。動宰殺，例屠殺。形宰殺牲畜的，例屠夫。 ㈡ㄔㄨˊ chú 名「休屠」：漢朝匈奴王號。

11【屜】(屉) ㄊㄧˋ tì 名①鞋中襯底的東西。②器物上的隔層，例抽屜。③蒸籠的簡稱。

11【屙】ㄜ ē 動上廁所排泄，例屙屎、屙尿。

11【屝】ㄈㄟˋ fei 名麻製的粗屨，例共其資糧屝屨。(《左傳》〈僖公四年〉)

十一 畫

14【屢】〔屡〕ㄌㄩˇ lǚ 副不止一次地、經常地，例屢試不爽。

14【屣】ㄒㄧˇ xǐ 名鞋，例舜視天下，猶棄蔽屣也。(《孟子》〈盡心〉)動拖著鞋走路。

十二 畫

15【層】〔层〕ㄘㄥˊ céng 名①重疊的房屋，例層樓。②級，例階梯百層。③事物的次序，例層次。副重複的，例層出不窮。

◈層次井然、層巒疊嶂 雲層、階層、地層、斷層。

15【履】ㄌㄩˇ lǚ ㄌㄧˇ lǐ 名①鞋，例草履。②福祿，例福履綏之。(《詩經》〈周南・樛木〉)③行爲，例操履。④領土。⑤姓。動①踐踏，例如履薄冰。②替人穿鞋。③實踐，例履行。

◈履約、履勘、履新、履歷、履險如夷 步履。

15【屧】ㄒㄧㄝˋ xiè 名①木屐，木頭挖空所做的鞋子。②襯在鞋內的東西。

十四 畫

17【屨】〔屦〕ㄐㄩˋ jù 名麻製的鞋子，例脫屨戶外。(《列子》〈黃帝〉)動同「履」；踐履。

十五 畫

18【屩】ㄐㄩㄝˊ jué 名草鞋，例躡屩。

十八 畫

21【屬】〔属〕(一)ㄕㄨˇ shǔ 名①同出一系，有血統關係的人，例親屬。②同類之物，例金屬。③有統治或管轄關係者，例部屬。動所有、劃歸之意，例屬地。 (二)ㄓㄨˇ zhǔ 動①連續。②同「囑」；託付，例屬託。③專注，例屬目。④聯綴，例屬文。⑤附著。⑥會聚。副適，例下臣不幸，屬當戎行。(《左傳》〈成公二年〉)

◈屬下、屬於、屬託、屬意、屬實、屬僚 下屬、臣屬、家屬、歸屬。

二十一 畫

24【屭】ㄒㄧˋ xì 名「贔屭」，見「贔」字。形壯大的樣子。

屮 部

03【屮】(一)ㄔㄜˋ chè 形草木初生的樣子。 (二)ㄘㄠˇ 名古「草」字。

一 畫

04【屯】㈠ ㄊㄨㄣˊ tún 图村莊，例皇姑屯。動①駐防，例屯兵。②聚集，例屯積。㈡ ㄓㄨㄣ zhūn 图《易經》卦名，震下坎上。形困難，例屯難。 ㈢ ㄔㄨㄣˊ chún 图「屯留」：山西省縣名。

◆屯田、屯紮、屯聚、屯墾、屯街塞巷。

山部

03【山】ㄕㄢ shān 图①陸地隆起的部分。②墳墓。③房屋兩側的牆，例山牆。④蠶簇。用稻草、麥稭、竹篾做成下圓大，上尖細的簇，蠶爬上去吐絲結繭，叫蠶上山。⑤姓，春秋晋有山祁。形山中的，例春入山村處處花。(蘇軾〈山村詩〉)副大，例山響。

◆山川、山洪、山林、山岳、山陵、山野、山隅、山麓、山巒、山珍海味、山高水長、山崩地裂、山窮水盡。

三畫

06【屹】ㄧˋ yì 形高聳的樣子，例屹屹。副特立不動的樣子，例屹立。

四畫

07【岐】ㄑㄧˊ qí 图①山名，例岐山。②姓，晋有岐盛。形①高峻。②通「歧」；分岔的。

07【岑】ㄘㄣˊ cén 图①高而小的山。②崖岸。③姓，後漢有岑彭。

07【岔】ㄔㄚˋ chà 图①路或山分歧之處，例岔道。②意外的事故或錯亂，例岔子。③他人講話或行動中，插入言語或行動，使之中斷，例打岔。動向分歧的方向走。形①矛盾、前後不相符，例你說這話就岔了。②錯、亂，例你把你主子認岔了。副變，多指聲音而言，例他笑得聲音都岔了。

07【岌】ㄐㄧˊ jí 動此山高過彼山。形危險的樣子，例岌岌。

07【岈】ㄒㄧㄚ xiā 形「岈然」：山高偉的樣子。

五畫

08【岷】ㄇㄧㄣˊ mín 图①江名，例岷江。②山名，例岷山。

08【岡】〔冈〕ㄍㄤ gāng
ㄍㄤˇ gǎng
名山脊，例山岡。

08【岸】ㄢˋ àn 名水邊高地，例河岸。動顯露。形①雄傑、高峻，例偉岸。②莊嚴的樣子，例道貌岸然。

◆岩岸、隄岸、傲岸、回頭是岸、海峽兩岸。

08【岫】ㄒㄧㄡˋ xiù 名①山洞，例林岫。②山峯。

08【岩】(嵒)ㄧㄢˊ yán 名①同「巖」。②構成地殼的石質，例花崗岩。

08【岱】ㄉㄞˋ dài 名泰山別稱岱山，簡稱岱，是五嶽中的東嶽，在山東省泰安縣北。

08【岳】(嶽)ㄩㄝˋ yuè 名①同「嶽」；高大的山，例河岳。②稱妻子的父母，例岳父、岳母。③姓，宋有岳飛。

08【岧】ㄊㄧㄠˊ tiáo 形山高的樣子，例岧嶢。

08【岬】ㄐㄧㄚˇ jiǎ 名①兩山之間。②陸地突出海中的尖端部分，例海岬。

08【岵】ㄏㄨˋ hù 名有草木的山。

08【岣】ㄍㄡˇ gǒu 名「岣嶁」：山名，在湖南省，是衡山的主峯。

08【岢】ㄎㄜˇ kě 名「岢嵐」：山名、河名、縣名，都在山西省。

六 畫

09【峙】ㄓˋ zhì 名水中高土。動堆積，例峙積。形①山勢高聳的樣子。②相對立，例對峙。

09【峋】ㄒㄩㄣˊ xún 形①山勢起伏不平的樣子。②比喻爲人剛直。

09【峒】㈠ㄊㄨㄥˊ tóng 名山名，在甘肅省。
㈡ㄉㄨㄥˋ dòng 名①通「洞」；山穴。形①山參嵯不齊的樣子。②舊時對貴州、廣西少數民族聚居地方的泛稱。

七 畫

10【峭】ㄑㄧㄠˋ qiào 形①山勢又高又陡的樣子，例峭立。②嚴酷刻苛。③尖利。

◆峭法、峭拔、峭直、峭急、峭壁。

10【峽】〔峡〕ㄒㄧㄚˊ xiá 名①兩山夾水之處，例長江三峽。②兩頭和大海相連的狹長水道，例海峽。③聯絡兩片曠野的狹長地帶，例地峽。

10【峻】ㄐㄩㄣˋ jùn 形①高的，例峻嶺。②大的，例峻命。③陡峭的。④嚴厲的、苛刻的，例峻法。⑤急切，例峻急。

◆峻急 險峻、高峻、絕峻、嚴峻。

10【峪】ㄩˋ yù 名山谷。

10【峨】ㄜˊ é 形高的樣子，例冠浮雲之峨峨。(劉向〈九歎〉)

10【峯】ㄈㄥ fēng 同「峰」。名①高而尖的山頭。②高級長官，例峯層。③類似山峯高起的部分。形形容高。

◆峯巒、峯迴路轉 山峯、波峯、顛峯、登峯造極。

10【島】〔岛〕ㄉㄠˇ dǎo 名海中露出水面的小陸地叫島。許多島不規則的集合在一起叫「羣島」；許多島排列成直線形成的稱「列島」；一面接著陸地的稱「半島」。

◆島夷、島國、島嶼 小島、海島、孤島、離島、遠島。

10【崁】ㄎㄢˋ kàn 名赤崁樓。

10【峴】(岘) ㄒㄧㄢˋ xiàn 名稱小而險或坦平的山嶺。

八畫

11【崇】ㄔㄨㄥˊ chóng 名①德高位尊的人。②姓，唐有崇穎。動①敬、尊重。②尚、重視，例崇尚。③充滿。④增長，例今將崇諸侯之姦。(《左傳》〈成公十八年〉)形形容高，例崇高。副終了，表示整個的一段時間，例崇朝。

◆崇奉、崇洋、崇拜、崇敬、崇山峻嶺、推崇。

11【崆】ㄎㄨㄥ kōng 名山名，例崆峒。

11【崎】㈠ㄑㄧˊ qí 名彎曲的河岸，例望之若崎。(《晉書》〈衛瓘傳〉) ㈡ㄑㄧ qī 形「崎嶇」：⑴山路高低不平的樣子，例崎嶇難行。⑵比喻人生的道路困難不易走，例世途崎嶇。

11【崛】ㄐㄩㄝˊ jué 副忽然高起，例崛起。

11【崖】(厓) ㄧㄞˊ yái 名①山邊，高地的邊沿，例淵生珠而崖不枯。(《荀子》〈勸學〉)②邊際，例端崖。形高峻，例崖岸。

11【崢】ㄓㄥ zhēng ㄔㄥˊ chéng 形「崢嶸」：⑴山勢很高的樣子，例金石崢嶸。(《後漢書》〈班固傳〉)⑵山水深險的樣子。⑶人才特出的意思，例頭角崢嶸。

11【崑】〔昆〕ㄎㄨㄣ kūn 名「崑崙」：山名。

11【崚】ㄌㄥˊ léng 形「崚嶒」：⑴山勢很高的樣子。⑵形容人的性情剛直，例俠情崚嶒。

11【崧】ㄙㄨㄥ sōng 名同「嵩」；高大的山。形高聳。

11【崍】〔崃〕ㄌㄞˊ lái 名山名，在四川省榮經縣西面。

11【崞】ㄍㄨㄛ guō 名山名、縣名，都在江西省。

11【崤】ㄧㄠˊ yáo 名山名，在河南省洛寧縣北，東接澠池；西北接陝縣，分為東西二崤。為函谷關的東端。

11【崦】ㄧㄢ yān ㄧㄢˇ yǎn 名「崦嵫」：在甘肅省天水縣的西面。相傳是日落的地方，所以比喻老年暮景叫做日薄崦嵫。

11【崟】ㄧㄣˊ yín 形山勢高峻的樣子，例嶔崟。

11【崒】㈠ㄗㄨˊ zú 形山勢高峻的樣子，例嵂崒。
㈡ㄘㄨㄟˋ cuì 名聚集，例異物來崒。(《漢書》〈賈誼傳〉)

11【崗】〔岗〕㈠ㄍㄤ gāng 名同「岡」。
㈡ㄍㄤˇ gǎng 名巡邏衛兵或警察擔任守望時所站立的地方，例崗哨。

11【崩】ㄅㄥ bēng 動①倒塌。②毀壞事物，例崩潰。③婦女子宮出血不止。④古稱天子死，例崩殂。⑤滅亡。

◆崩坍、崩裂　血崩、雪崩、駕崩、天崩地裂。

11【崔】ㄘㄨㄟ cuī 名姓，唐有崔護。形高大險峻的樣子。

11【崙】〔仑〕(侖) ㄌㄨㄣˊ lún 名「崑崙」，見「崑」字。

九畫

12【嵌】㈠ㄑㄧㄢ qiān 動把東西填入空隙，例鑲嵌。形山深險的樣子，例嵌鑲。
㈡ㄑㄧㄢˋ qiàn ；ㄎㄢˋ kàn 動

塡入空隙。

12【嵐】〔岚〕ㄌㄢˊ lán 名瀰漫在山中的霧氣。

◈嵐氣 山嵐、晨嵐、岑嵐、煙嵐。

12【崽】ㄗㄞˇ zǎi 名①子，例崽子。②俗稱在外僑家中供僕役的中國人，例西崽。③罵人的話，例兔崽子。

12【嵋】ㄇㄟˊ méi 名四川省峨眉山；亦作峨嵋山。

12【嵎】ㄩˊ yú 名①山彎曲的地方，例虎負嵎。(《孟子》〈盡心下〉)②通「隅」；邊側的地方。

12【崿】ㄜˋ è 名山崖。

12【嵂】ㄌㄩˋ lǜ 形山勢高大的樣子，例嵂崒。

12【崴】ㄨㄟ wēi 形高的樣子。

12【嵒】(岩)ㄧㄢˊ yán 名①同「巖」；山巖。②隄岸。③春秋宋地。形多話。

12【嵇】ㄐㄧ jī 名①山名，在河南省修武縣西北，因嵇康嘗居於此而得名；亦稱狄山。②姓，晉有嵇康。

十畫

13【嵩】(崧)ㄙㄨㄥ sōng 名①山名。②姓，漢有嵩眞。形高聳，例嵩高。

13【嵊】ㄕㄥˋ shèng 名山名，縣名，都在浙江省。

13【嵬】ㄨㄟˊ wéi 形①高而不平，例崔嵬。②狂妄。

13【嵯】㈠ㄘㄨㄛˊ cuó 形「嵯峨」：山勢很高的樣子。 ㈡ㄘ cī 形不齊，例嵾嵯。

十一畫

14【嶄】〔崭〕㈠ㄓㄢˇ zhǎn 形①山頭高峻尖峭的樣子，例嶄巖。②事物極新叫嶄新。 ㈡ㄔㄢˊ chán 同「巉」。

14【嶇】〔岖〕ㄑㄩ qū 形山路高低不平，例崎嶇

14【嶁】〔嵝〕ㄌㄡˇ lǒu 名山嶺。

14【嶂】ㄓㄤˋ zhàng 名像屏障般的山峯，例層巒疊嶂。

十二 畫

15【嶝】ㄉㄥˋ dèng 名登山的小路。

15【嶙】ㄌㄧㄣˊ lín 形①山石重疊不平或山崖重深的樣子，例嶙峋。②形容山高。

15【嶠】〔峤〕ㄐㄧㄠˋ jiào 名尖而高的山，例峻嶠。

15【嶒】ㄘㄥˊ céng 形「嶒嶸」：高峻的樣子。

15【嶢】〔峣〕ㄧㄠˊ yáo 形山高的樣子，例嶢嶢。

15【嶔】〔嵚〕ㄑㄧㄣ qīn 形①山高的樣子，例嶔岑。②品格高尚的樣子。

十三 畫

16【嶧】〔峄〕ㄧˋ yì 名山名、縣名，都在山東省，例嶧山、嶧縣。形山勢連綿不絕的樣子。

16【嶮】ㄒㄧㄢˇ xiǎn 形①高峻的樣子。②同「險」；阻礙難行，例嶮阻。③「嶮巇」：比喻艱困險阻。

十四 畫

17【嶼】〔屿〕ㄩˇ yǔ 名海中小島，例島嶼。

17【嶺】〔岭〕ㄌㄧㄥˇ lǐng 名①有道路可達到的山頂，例崇山峻嶺。②山脈的幹系，例北嶺。③五嶺的簡稱。

17【嶽】〔岳〕ㄩㄝˋ yuè 名①高大的山，例三山五嶽。②姓，明有嶽崇。

17【嶸】〔嵘〕ㄖㄨㄥˊ róng ㄏㄨㄥˊ húng 形「崢嶸」，見「崢」字。

17【嶷】㈠ㄧˊ yí 名湖南省山名，例九嶷。㈡ㄋㄧˋ nì 形①年紀小而很有知識的樣子。②山勢高峻深茂。③高尚，例嶷嶷。

十七 畫

20【巇】ㄒㄧ xī 名空隙。形危險，例巇嶮。

20【巋】〔岿〕ㄎㄨㄟ kuī 形①小山羅列的樣子。②高大堅固的樣子。③獨立。

20【巉】ㄔㄢˊ chán 形高山險峭，像是鏤刻過似的。

十八 畫

21【巍】ㄨㄟˊ wéi 形高大的樣子，例巍峩。

◆巍然、巍巍。

十九 畫

22【巔】〔巓〕ㄉㄧㄢ diān 名山頂，例山巔。動殞落，例巔越。形最高的，例巔峯。

22【巒】〔峦〕ㄌㄨㄢˊ luán 名①迂迴連綿的山，例重巒。②小而尖峭的山，例岡巒。③山的通稱。

二十 畫

23【巖】(岩)ㄧㄢˊ yán 名①山洞，例巖穴。②高山，例嵩巖。形①高而險的樣子，例巖峻。②高的樣子，例泰山巖巖。③石積得很多的樣子，例維石巖巖。(《詩經》〈小雅・節南山〉)

23【巘】ㄧㄢˇ yǎn 名山峯，例陟則在巘。(《詩經》〈大雅・公劉〉)形「巘巘」：高險的樣子。

巛 部

03【巛】㈠ㄔㄨㄢ chuān「川」的本字。㈡ㄎㄨㄣ kūn 古「坤」字。

03【川】ㄔㄨㄢ chuān 名①貫通流水，例河川。②江河的總稱，例大川。③四川省的簡稱。動烹飪法之一，把食物放在滾開的水裡，一煮就撈起來叫「川」，例川羊肉。副像水流一樣連續不斷，例川流不息。

三 畫

06【州】ㄓㄡ zhōu 名①同「洲」；水中陸地，例關關雎鳩，在河之州。(《詩經》〈周南・關雎〉)②周朝以二五〇〇家爲一州，後來多稱鄉里爲州鄉閭。③古代行政區域名，例揚州。④姓，晋有州綽。副聚，例羣萃而州處。(《國語》〈齊語〉)

八 畫

11【巢】ㄔㄠˊ cháo 名①樹上的鳥窩，例鳥巢。②盜賊聚居的地方，例巢穴。③古樂器名，即大笙。④姓，宋有巢谷。

◆巢居、巢毀卵破　雀巢、匪巢、鳩

佔鵲巢。

工 部

03【工】ㄍㄨㄥ gōng 名①從事勞動生產的人，例工人。②古時音樂的符號，例工尺。③各種製造的總稱，例工作。④人工，例工人一天的功夫，叫做一工。形①時間，例沒有工夫。②擅長，例工於書畫。③精巧，例工緻。

◈**工力、工巧、工作、工料、工程、工資、工整 技工、勞工、動工。**

二 畫

05【巨】(鉅) ㄐㄩˋ jù 名①通「矩」；用來量方正的器具。②姓，漢有巨武。形①大，例巨大。②很多，例巨萬。副通「詎」；豈，表反詰。

◈**巨子、巨細、巨擘、巨額。**

07【巧】ㄑㄧㄠˇ qiǎo 名技能、才藝，例技巧。形①聰明、靈敏，例機巧。②美好的，例巧笑。③虛而不實，例花言巧語。副①偶然的機會、不約而同、恰好的，例湊巧。②圓滑的，例奸巧。

◈**巧合、巧妙、巧拙、巧佞、巧辯、巧言令色、巧取豪奪、巧奪天工 工巧、恰巧、碰巧、精巧、靈巧。**

05【左】ㄗㄨㄛˇ zuǒ 名①方位以東爲左，例山左。②姓，晉有左思。動①違背，例意見相左。②輔助，通「佐」，例左證。形①在左手這一邊的，乃右的對稱，例左面。②偏執的、怪僻的，例左性子。③不正常的，例左道。④思想急進，例左派。副①用左手操作不方便，所以不方便稱爲左，例左計。②差錯，例你想左了。③降，例左遷。

◈**左衽、左袒、左傾、左證、左右爲難、左右逢源、左思右想、左鄰右舍、左擁右抱、左顧右盼 江左、居左、偏左、常相左右。**

四 畫

07【巫】ㄨˊ wú ㄨ wū 名①替人求神鬼賜福或是爲神鬼代言的人，例女巫。②假借神力以醫病的人，例巫醫。③姓，漢有巫都。

七 畫

10【差】㈠ ㄔㄚ chā 名①比較所生的區別，例誤差。②兩數相減的結果稱爲兩數的「差」。動①錯誤，例差錯。②不同，例差別。副尚、略、還，例差强。 (二) ㄔㄚˋ chà 形低劣，例太差。 (三) ㄔㄞ chaī 名①被派的人，例欽差。②受人派做的事，例差事。動使喚，例差遣。 (四) ㄔㄞˋ chài 動通「瘥」，疾病痊癒。 (五) ㄘ cī 動等級依次遞降，例等差。形不齊，例參差。 (六) ㄘㄨㄛ cuō 通「蹉」。

◆差肩、差使、差勁、差異、差距、差遣、差錯、差强人意 出差、郵差、當差。

己部

03【己】ㄐㄧˇ jǐ 名①十天干的第六位。②己之私欲，例克己復禮。代自稱，猶自己，例己所不欲。

03【已】ㄧˇ yǐ 代此，如此，例不有博弈者乎？爲之猶賢乎已。(《論語》〈陽貨〉)動①停止，例不已。②表示完畢，例已經。③離去、黜退，例三已之，無慍色。(《論語》〈公冶長〉)副①太過分，例已甚。②表示過去的助詞，例已往。③過了不久，例已而。助通「矣」；文言中的語尾終了的助詞，例是可哀已。歎同「哎」；發語時使用。

03【巳】ㄙˋ sì 名①十二地支中的第六位。②時辰名，即上午九時至十一時。

一畫

04【巴】ㄅㄚ bā 名①因爲乾燥而黏住，例鍋巴。②下顎俗稱下巴，例嘴巴。③古國名，在今四川省東部。④英文 bar 的音譯，測定氣壓的單位。⑤姓，後漢有巴祗。動①附著、貼近，例前不巴村，後不著店。②期望、盼望，例巴望。

六畫

09【巷】ㄒㄧㄤˋ xiàng 名①大路、大街旁邊的小道。原來直的道路稱街，曲的道路稱巷；現在大的道路叫街，小的道路叫巷，例大街小巷。②姓，周有巷伯。

09【巹】ㄐㄧㄣˇ jǐn 名古時候婚禮所用的酒杯，以剖開的葫蘆瓢爲之，象徵夫婦一體。亦作卺，例合巹。

九畫

10【巽】ㄒㄩㄣˋ xùn ㄙㄨㄣˋ sùn 名①八卦之一，卦形爲☴，卦德爲卑順容人，象徵木、風、長女等。②《易經》六十四卦之一，巽下巽上。動通「遜」；辭讓，例朕在位七十載，汝能庸命，巽朕位。(《尚書》〈堯典〉)形卑順，例巽順。

巾部

03【巾】ㄐㄧㄣ jīn 名①從前我國把包頭的布稱為巾，例綸巾羽扇。②擦洗用的布，例毛巾。

◆**方巾、手巾、毛巾、頭巾、絲巾、浴巾。**

二畫

05【市】ㄕˋ shì 名①做買賣的地方，例市集。②人口密集、工商發達的城鎮，例都市。③行政區域的劃分單位，例上海市。④我國度量衡制，例市尺。⑤姓，戰國燕有市被。動①購買東西，例市酒。②招引來，例市怨。

◆**市井、市民、市政、市容、市恩、市場、市肆、市價、市儈　城市、縣市。**

05【布】(佈)ㄅㄨˋ bù 名①棉麻或絲綢織品，例棉布。②古代錢幣名，例貨布。③姓，晉有布興。動①通「佈」；宣告，陳設，例宣布。②分散，例散布。

◆**布衣、布局、布告、布施、布袋、布景、布署、布置　分布、粗布、密布。**

三畫

06【帆】(一)ㄈㄢˊ fán 名①掛在桅杆上，利用風力使船前進的布篷。②帆船，例過盡千帆皆不是。(溫庭筠〈憶江南詞〉)
(二)ㄈㄢ fān 名「帆布」：用麻棉織成的布，質料粗堅，可以做船篷、帳棚、行李袋等。

◆**帆檣　征帆、張帆、揚帆、一帆風順。**

四畫

07【希】ㄒㄧ xī 動①冀望，例希望。②聲音漸歇，例鼓瑟希。(《論語》〈先進〉)③迎合，例希世而行。(《莊子》〈讓王〉)形①少，例怨是用希。(《論語》〈公冶長〉)②無聲，例聽之不聞，名曰希。(《老子》〈第十四章〉)

◆**希罕、希奇、希圖、希冀、希世之珍。**

五畫

08【帘】ㄌㄧㄢˊ lián 名①酒店門前用做招牌的旗子，例酒帘。②遮門窗用的布幕，例窗帘。③大陸用作「簾」(ㄌㄧㄢˊ)的簡化字。

08【帚】ㄓㄡˇ zhǒu 名掃除用具，例掃帚。

08【帗】ㄈㄨˊ fú 名五色帛製成的舞具。

08【帖】㈠ㄊㄧㄝ tiē 動①服從，例帖服。②通「貼」，黏附，例對鏡貼花黃。(〈木蘭詩〉)形妥當，例妥帖。 ㈡ㄊㄧㄝˇ tiě 名邀人宴飲的請柬，例柬帖。 ㈢ㄊㄧㄝˋ tiè 名①從碑上拓下來的文字，例碑帖。②書法的模範，例寫字範帖。③藥一劑叫一帖。④舊時應試的詩文，例試帖。

◆帖子、請帖、字帖、臨帖、送帖。

08【帛】ㄅㄛˊ bó 名①絲織品的總稱，例布帛。②姓，後漢有帛意。

◆帛書、絲帛、幣帛、財帛、化干戈爲玉帛。

08【帑】㈠ㄋㄨˊ nú 名通「孥」；子或妻與子，例樂爾妻帑。(《詩經》〈小雅・常棣〉) ㈡ㄊㄤˇ tǎng 名①政府機關儲藏銀錢的倉庫，例帑藏。②政府的公款，例公帑。

08【帕】ㄆㄚˋ pà 名①舊時的頭巾，例帕頭。②方形的小巾，例手帕。

08【帔】ㄆㄟˋ pèi 名①古時官宦人家婦女披在肩上的衣飾，即今之披肩，例霞帔。②下裳。

08【帙】ㄓˋ zhì 名古時放書、裝信件的套子，例縑帙。

六　畫

09【帥】〔帅〕讀音ㄕㄨㄛˋ shuò 語音ㄕㄨㄞˋ shuài 名①軍隊的最高指揮官，例統帥。②姓，晋有帥昇。動①率領，例帥師北伐。②遵循，例帥教。形形容人舉止瀟灑，例眞帥！

09【帝】ㄉㄧˋ dì 名①我國舊時稱國家的元首爲皇或帝，例皇帝。②我國上古時候稱天神叫帝，例上帝。③泛指其他尊貴的神，例百帝。④主體，例是時爲帝者也。(《莊子》〈徐无鬼〉)

◆帝王、帝制、帝室、帝祚、帝業女帝、先帝、聖帝。

七　畫

10【師】〔师〕ㄕ shī 名①把知識、技能教給別人的人，例教師。②軍隊的編制名，古以二五〇〇人爲一師，今以三團或四團爲一師。③軍隊的通稱，例六師。④具有專門技藝的人，例醫師。⑤《易經》六十四卦之一。坎下坤上。⑥通「獅」，「獅子」古常作「師子」。⑦姓，春秋晉有師曠。動①效法，例師法。②榜樣，例前事不忘，後事之師。形人數衆多，例京師。

◆**師古、師生、師事、師表、師承、師資、師出無名　老師、軍師、誓師。**

10【席】(蓆)ㄒㄧˊ xí 名①坐臥時墊在下面的編織物，例草席。②座位，例入席。③職位，例教席。④酒筵，例筵席。⑤帆，例掛席拾海月。(謝靈運〈遊赤石進帆海詩〉)⑥姓，晉有席坦。動①憑藉，例席勝。②坐臥，例席地。副像席子般地，例席捲。

◆**席捲、席不暇暖、席豐履厚　出席、主席、座席、酒席、一席之地。**

10【帨】ㄕㄨㄟˋ shuì 名佩巾，就是手帕。

10【帩】ㄑㄧㄠˋ qiào 名通「綃」；斂髮的巾，例帩頭。動卷縛，例帩衣袖。

八　畫

11【常】ㄔㄤˊ cháng 名①古代君子及諸侯所擁有的旌旗，上畫有日月等圖形。②法則、倫理，例五常。③古代長度名稱，八尺稱爲尋，二尋稱爲常。④姓，漢有常惠。形①同樣的行爲，不只一次，例常常。②普通的、一般的，例常例。③長久的，例常理。

◆**常人、常服、常軌、常態　反常、平常、通常、倫常。**

11【帶】〔带〕ㄉㄞˋ dài 名①用布或皮革做成的長條，例衣帶。②地球表面依緯度劃分的氣候區，例熱帶。③統指相連的地方，例沿海一帶。④婦科疾病，例白帶。動①率領，例帶領。②佩掛，例帶刀。③提攜，例攜帶。④夾雜，例頗帶憔悴色。⑤再加上，例連說帶笑。⑥含有，例面帶笑容。

◆**帶兵、帶路　玉帶、皮帶、佩帶、冠帶、腰帶。**

11【帳】〔帐〕ㄓㄤˋ zhàng 名①掛在牀上四周用來遮蔽灰塵，避去蚊蟲的幕，例蚊帳。②行軍在外，臨時搭建作爲住宿的營幕，例虎帳。③同「賬」；銀錢收支的數目，例帳簿。
◈帳目、帳務、帳單　軍帳、記帳、營帳、羅帳。

11【帷】ㄨㄟˊ wéi 名①分隔內外的帳幕，例床帷。②「帷幄」：軍中的帳幕。

九 畫

12【幅】ㄈㄨˊ fú 名①布帛或紙張的寬度，例雙幅的料子。②書畫圖表一張叫一幅。③疆域，例幅員。
◈尺幅、全幅、單幅、篇幅、邊幅。

12【帽】ㄇㄠˋ mào 名①戴在頭上，用來遮蔽陽光，避免雨淋，保持溫暖或保護頭部的東西，例草帽。②器物的頂罩，例筆帽。

12【幀】〔帧〕ㄓㄥˋ zhèng 名畫幅的量詞，例畫一幀。

12【幃】〔帏〕ㄨㄟˊ wéi 名①香囊。②單層的帳，例春風不相識，何事入羅幃？(李白〈春思詩〉)

12【幄】ㄨㄛˋ wò 名帳幕，例帷幄。

十 畫

13【幌】ㄏㄨㄤˇ huǎng 名帷幔，例何時依虛幌，雙照淚痕乾。(杜甫〈月夜詩〉)動同「晃」，搖動。

十一 畫

14【幛】ㄓㄤˋ zhàng 名題了字的布或綢緞，慶弔時用作禮物的，例壽幛。

14【幣】〔币〕ㄅㄧˋ bì 名①有標準價格，可作交易媒介的東西，例錢幣。②財貨。③古代禮物的泛稱，例幣帛。
◈金幣、貨幣、銀幣、劣幣逐良幣。

14【幕】(一) ㄇㄨˋ mù 名①垂掛的帳幔，例帳幕。②劇臺前面的布，例開幕。③放映電影時使用的大幅白布，例銀幕。④話劇一段，例獨幕劇。⑤軍中或官署中，辦理文書或其他助理人員，例幕士。 (二) ㄇㄛˋ mò 名通「漠」；沙漠，例以精兵待於幕北。(《史記》〈匈奴傳〉) (三) ㄇㄢˋ màn 名錢幣的背面。
◈內幕、閉幕、黑幕、獨幕。

14【幗】〔帼〕ㄍㄨㄛˊ guó 名古代婦人覆蓋在頭髮上的巾帕。代女人的代稱，例巾幗英雄。

14【幔】ㄇㄢˋ màn 名帳幕，例朱幔虹舒。(張協〈洛陽賦〉)

◈布幔、車幔、帳幔、帷幔、絲幔。

14【幘】〔帻〕ㄗㄜˊ zé 名①古人裹頭髮用的布巾。②通「齰」；上下牙齒排列整齊的意思。

十二 畫

15【幢】㈠ㄔㄨㄤˊ chuáng 名①旌旗的一種，例旌幢。②樓房屋一所稱爲一幢。③車簾。 ㈡ㄊㄨㄥˊ tóng 形「幢幢」：搖曳的樣子。

15【幟】〔帜〕ㄓˋ zhì 名①直幅長條用作標識的旗，例旗幟。②標志，標記。③派別，例獨樹一幟。

15【幡】ㄈㄢ fān 名①通「旛」；長形下垂的旗幟。②簿册。形變動很快的樣子，例幡然。

十三 畫

16【幨】ㄔㄢ chān 名①車帷，例幨帷。②衣襟。動絕，例夫筋之所由幨。(《周禮》〈考工記〉)

十四 畫

17【幫】〔帮〕ㄅㄤ bāng 名①同黨、同職業或同籍貫的人，例客幫。②物體旁邊豎起的部分，例鞋幫。③成批的、成羣的，例大幫人馬。動①佐助，例幫忙。②陪同、附和，例幫腔。

◈幫凶、幫手、幫助、幫派、幫腔、幫閑、幫會、幫辦、幫襯。

17【幬】㈠ㄉㄠˋ dào 動覆蓋，例如天之無不幬也。(《左傳》〈襄公二十九年〉) ㈡ㄔㄡˊ chóu 動①同「裯」；帳。②車帷，例素幬。

干 部

03【干】ㄍㄢ gān 名①古兵器名，就是盾牌，俗稱藤牌。②古以甲、乙、丙、丁、戊、己、庚、辛、壬、癸爲十干，稱爲天干。③水邊，例江干。④個數，未明指多少，例若干。⑤通「乾」，大陸用作「乾」(ㄍㄢ)、「幹」(ㄍㄢˋ)的簡化字，例豆干。⑥姓，晋有干寶。動①關連，例不干我事。②冒犯，例干犯刑章。③請求、乞求，例干求。

◆干犯、干城、干係、干涉、干連、干預、干擾　何干、相干、欄干。

二畫

05【平】ㄆㄧㄥˊ píng 名①四聲中一種，例平、上、去、入。②姓，漢有平當。動①安定，例平亂。②征服，例跨海平魔。③講和，例宋及楚平。(《左傳》〈僖公二十四年〉)形①沒有凹凸高低，例平坦。②均等，例公平。③溫和，例平和。④普通的，沒有特異的地方，例平常。⑤物價漲而復原，例價格平穩。副①一齊，例平行。②均勻，例平分。

◆平凡、平生、平白、平安、平均、平易、平原、平素、平息、平庸、平淡、平等、平滑、平輩、平靜、平衡、平穩、平心而論、平分秋色、平白無故、平步青雲、平易近人、平鋪直敍　天平、水平、昌平、清平、四平八穩、打抱不平、。

三畫

06【年】ㄋㄧㄢˊ nián 名①地球繞太陽從某一標點回到同一定標點所經歷的時間。依所選的不同定標點，可分恆星年、回歸年、近點年三種。②人的歲數，例年齡。③時段，例童年。④帝王的年號，例改年。⑤農作物收成，例荒年。⑥姓，明有年富。

◆年代、年度、年限、年紀、年輕、年輪、年邁、年高德劭、年富力強　光年、新年、壯年、青年。

06【并】(併)(並)(一)ㄅㄧㄥˋ bìng 動通「併」；合，例吞并。名姓。　(二)ㄅㄧㄥ bīng 名「并州」：古九州之一。包括今河北保定、正定和山西大同、太原一帶。

五畫

08【幸】(倖)ㄒㄧㄥˋ xìng 名①福分，例三生有幸。②姓，晉有幸靈。動①希望，例幸勿推辭。②舊稱帝王行動所及，例臨幸。③高興，例慶幸。④過分寵信，例寵幸。副①意外非分的獲得或避免，例萬幸。②猶多虧，例幸而。

◆幸免、幸運、幸福、幸虧　巡幸、嬖幸、臨幸。

十畫

13【幹】〔干〕(一)ㄍㄢˋ gàn 名①築牆時支撐在牆兩頭的木板。②身體，例軀幹。③樹木的主莖，例樹幹。④事物的根本，例骨幹。⑤才能，例才幹。⑥事情，例有何貴幹？⑦姓，宋有幹道冲。動①做、進行，例你幹的好事。②事物敗壞，例幹了。形①主要的，例幹道。②善於辦事，例幹練。 (二) ㄏㄢˊ hán 名通「榦」；井榦亦作井幹。

◈**幹事、幹勁、幹略 本幹、主幹、枝幹、能幹、材幹。**

幺 部

03【幺】(一) ㄧㄠ yāo 名①一的別稱，例幺二三。②姓，明有幺謙。形①細小，例幺麼。②我國西南方稱排行最小的叫幺，例幺妹。③孤，例猶弦幺而徽急。（陸機〈文賦〉） (二) 幺 āo 名注音符號韻符之一，屬複韻母。

一 畫

04【幻】ㄏㄨㄢˋ huàn 名①虛假而不眞實，例夢幻。②妖術或魔術，例幻術。動①變化，例變幻莫測。②詐欺，例幻惑良民。形①假而似眞的，例幻覺。②虛而不實，例虛幻。

◈**幻滅、幻塵、幻境 浮幻、太虛幻境。**

二 畫

05【幼】ㄧㄡˋ yòu 名①稚子，例老幼。②姓，漢有幼安。動慈愛、愛護，例幼吾幼以及人之幼。形①年紀小，例幼童。②初生的，例幼芽。③比喻知識淺薄，缺乏見解，例幼稚。

六 畫

09【幽】ㄧㄡ yōu 名①迷信的人所說的陰間或鬼魂，例幽冥。②「幽州」：古地名，包括今河北省一部分及遼寧省。③姓。動拘禁。形①隱微，例幽居。②深遠的，例幽遠。③雅致的，例幽雅。④清靜的，例幽靜。⑤祕密的，例幽會。⑥黑暗，例幽室。

◈**幽谷、幽明、幽居、幽思、幽咽、幽情、幽暗、幽默、幽靈。**

九 畫

12【幾】〔几〕(一) ㄐㄧˇ jǐ 形①問數量多少的形容詞，例幾個人。②表示不定的數目，例他才十幾歲。副何、哪，表時間的疑問詞，例幾何。(二) ㄐㄧ jī 名預兆，例幾微。形細微，例幾希。副將近，相去不遠，例幾及。

广部

03【广】㈠ㄧㄢˇ yǎn 名靠山石崖巖所造的房屋稱「广」。 ㈡ㄢ ān 名小草屋，庵的俗字。 ㈢ㄍㄨㄤˇ guǎng 名大陸用作「廣」(ㄍㄨㄤˇ)的簡化字。

四畫

07【序】ㄒㄩˋ xù 名①古稱堂屋的東西牆，例東序。②古代鄉學名稱，夏朝叫校，殷朝叫序。③次第，例秩序。④通「敍」；文體的一種，在書籍之前，用來說明全書大意、緣起的文字。⑤姓，先秦有序點。動排定位次，例序齒。

◆序文、序曲、序幕、序數 自序、次序、庠序、順序、前後有序。

07【庇】ㄅㄧˋ bì 動①遮蔽，例庇蔭。②保護，例庇護。

07【床】ㄔㄨㄤˊ chuáng 名「牀」的俗字。

07【庋】ㄐㄧˇ jǐ ㄍㄨㄟˇ guǐ 名收藏東西的器具，例庋閣。動收藏、擱置，例庋藏。

五畫

08【庚】ㄍㄥ gēng 名①十天干的第七位。②年齡，年歲，例貴庚。③姓，唐有庚季艮。動①償付。②改易。

08【店】ㄉㄧㄢˋ diàn 名①陳列貨物以出售的地方，例百貨店。②旅館，例客店。③猶言站，常用作集鎮的名稱，例長辛店、駐馬店。

◆小店、支店、商店、飯店。

08【府】ㄈㄨˇ fǔ 名①古時國家儲藏文書或財物的地方，例府庫。②官署，例縣政府。③尊稱別人的居處或家屬，例尊府。④舊時介於省縣間的地方行政機構。⑤胸懷，例城府。⑥姓，漢有府悝。

◆五府、天府、官府、貴府。

08【底】㈠ㄉㄧˇ dǐ 名①器物的最下部分，例桌底。②下面，例房底下。③文書的原稿，例底稿。④末杪，最後的部分，例月底。⑤事情的內情，例底細。動①終止，例沒有底止。②平定，例底定。助猶「何」；表疑問，例干卿底事？ ㈡·ㄉㄜ de 助同「的」；用在名詞或代名詞的後面，表示所有的意思，例我底書。

◆底蘊 谷底、年底、追根究底。

08【庖】ㄆㄠˊ páo 名①指廚房，例庖有肥肉，廄有肥馬。(《孟子》〈梁惠王〉)②廚師，例良庖歲更刀，割也。(《莊子》〈養生主〉)③姓。動烹調。

◆庖人、庖代、庖廚 越俎代庖。

六 畫

09【庠】ㄒㄧㄤˊ xiáng 名周時的鄉校名，後人通稱學校叫庠序。舊稱縣學爲邑庠，府學爲郡庠。

09【度】(一) ㄉㄨˋ dù 名①法制，例制度。②計量長短的器具或單位量，例度量衡。③計算圓弧及角的單位，例直角爲九〇度。④物理學上依照某種標準分出來的單位，例溫度。⑤一定的標準，例尺度。⑥人的氣量，例器度。⑦儀表，威儀，例風度。⑧範圍，例適度。⑨境地，例程度。⑩次數，例一度。⑪建築業界測定柱式比例的基準單位。⑫姓，漢有度尚。動①同「渡」；由此岸到彼岸。②過著，例度日。③救濟，例超度。④出家爲僧，例剃度。 (二) ㄉㄨㄛˋ duò 動①考慮、推測，例忖度。②測量，例量度。

◆度日如年 經度、緯度、程度、態度、揣度。

09【庥】ㄒㄧㄡ xiū 名庇蔭。動同「休」；止息。形通「休」；美好，例無疆之庥。

七 畫

10【庫】〔库〕(一) ㄎㄨˋ kù 名①收藏財物的地方，例倉庫。②薈萃之物，例文庫。 (二) ㄕㄜˋ shè 名姓，爲邊疆姓氏，後漢有庫鈞。

◆庫銀、庫藏 水庫、文庫、府庫、車庫。

10【庭】(一) ㄊㄧㄥˊ tíng 名①堂前空地，例庭院。②古代官署，例王庭。③審判訟案的場所，例法庭。④泛稱寬闊的地方，例大庭廣衆。⑤家屋，例家庭。 (二) ㄊㄧㄥˋ tìng 形不同，例逕庭。

◆庭訓、庭園、庭闈 宮庭、前庭、縣庭。

10【座】ㄗㄨㄛˋ zuò 名①坐位，例客座。②對長官的敬稱，例鈞座。③稱器物的托架，例瓶座。④量詞，例一座山。

◆座右銘、座無虛席 入座、花座、滿座、鼎座。

八畫

11【康】ㄎㄤ kāng 图①西康省的簡稱。②姓，清有康有為。形①平安，例安康。②強壯，例健康。③豐足，例小康。④通達、平坦的，例康莊。⑤空虛，例康爵。

◆康健、康復、康樂活動 安康、杜康、靖康、政躬康泰。

11【庸】ㄩㄥ yōng ㄩㄥˊ yúng 图①功勞，例酬庸。②唐代的一種賦法名，當時課征力役，一年以二十天為準，閏年加二天，不能出力役的人，每天以繳絹三尺來抵算，稱為庸。③雇工，例庸工。④姓，漢有庸光。動①須，例無庸。②任用，例登庸。形①平常的，例平庸。②愚笨或本領不高，例庸人。③適中，例中庸。副文言文中，當豈字講，例庸詎。

◆庸才、庸俗、庸碌、庸醫、庸人自擾、庸脂俗粉 凡庸、附庸風雅。

11【庶】ㄕㄨˋ shù 图古代稱平民為庶，例庶民。形①眾多，例孔庶。②偏支的、旁系的，與「嫡」相對，例庶子。副①差不多，例庶幾。②希望，例庶免於難。

◆庶人、庶母、庶出、庶姓、庶政、庶務、庶類。

11【庵】ㄢ ān 图①圓形草舍，例茅庵。②僧尼禮佛的小舍，例尼姑庵。古作「盦」，又作「菴」。

11【庾】ㄩˇ yǔ 图①沒有頂蓋的穀倉。②通「斞」；古代量名，相當於十六斗。③姓，北周有庾信。動由水路運糧入倉。

九畫

12【廊】ㄌㄤˊ láng 图①正堂兩邊所附屬而相連的低屋。②屋子外邊有遮蓋，可供走路的地方，例走廊。③建築物內狹而長，上有遮頂，下為居處，而為通行孔道的部分。

◆廊子、廊簷、廊廟、長廊、迴廊。

12【廁】〔厕〕(厠) (一) ㄘㄜˋ cè 图大小便的地方，例廁所。 (二) ㄘˋ cì 图便所。動雜在中間，參加，例廁身。 (三) ㄙˋ sì 图茅廁；便所。

12【廂】ㄒㄧㄤ xiāng 图①正屋兩邊的房間，例廂房。②靠近城的地區，例城廂。③戲院裡特別隔間的好座位，例包廂。④邊、方面，多用於舊小說跟國劇裡，例一廂情願。⑤通「箱」，例車廂。

12【廄】ㄐㄧㄡˋ jiù 名養馬的屋舍。俗字作「廐」。

十 畫

13【廉】ㄌㄧㄢˊ lián 名①堂室或器物的邊角，例堂廉。②清代官員在正俸之外加發的月銀，例廉俸。③算術名詞，開方次商以下，在方根兩側的，叫做廉。④姓，趙有廉頗。動查察，例廉得其情。形①不拿不應得的錢財，例清廉。②物價便宜，例價廉。

◆**廉明、廉吏、廉隅、廉恥、廉潔、廉讓。**

13【廈】(厦) 讀音ㄕㄚˋ shà 語音ㄒㄧㄚˋ xià 名①高大的房屋，例高樓大廈。②屋子後面突出的部分，例前廊後廈。

13【廋】ㄙㄡ sōu 名彎曲的地方，例山廋。動①隱匿，例人焉廋哉。(《論語》〈爲政〉)②通「搜」；索求，例廋索。形隱祕的，例廋辭(謎語)。

13【廌】ㄓˋ zhì 名同「豸」，古傳說中的獨角獸，形似鹿或羊，性忠直，見人爭鬥，就會用角去觸無理的人。

十一 畫

14【廓】ㄎㄨㄛˋ kuò 動①開、擴張，例開廓。②掃蕩、肅除，例廓清。形①寬大的，例宏廓。②空虛，例廓落。

◆**空廓、恢廓、輪廓、寥廓。**

14【廖】ㄌㄧㄠˋ liào 名①通「寥」，空曠。②姓，宋有廖謙。

14【廕】〔荫〕(蔭) ㄧㄣˋ yìn 名先祖的恩澤被及子孫，例父廕。動保護，例廕庇。形世襲的，例廕職。

14【廑】ㄐㄧㄣˇ jǐn ㄐㄧㄣˋ jìn 名①小屋，例廑舍。②勤勉、殷勤，例廑注。副通「僅」；只、才。

十二 畫

15【廢】〔废〕ㄈㄟˋ fèi 動①停止、捨棄，例廢棄。②衰敗、毀壞，例廢除。形①無用的，例廢物。②身體殘缺的，例廢人。

◆**廢止、廢弛、廢時、廢話、廢寢忘食　作廢、荒廢、殘廢、頹廢、半途而廢。**

15【廚】(厨)(厨) ㄔㄨˊ chú 图①烹飪的房子，例廚房。②「廚子」的簡稱，例名廚。③通「櫥」；儲藏東西的櫃子，例衣廚。④能以財物救助他人的人，例八廚。

15【廟】〔庙〕ㄇㄧㄠˋ miào 图①用來祭祀祖宗的建築物，例太廟。②供奉神佛的建築物。③王宮的前殿，例廟堂。④代稱皇帝，如清高宗諡號純皇帝，有時稱純廟。副與朝廷有關的，例廟策。

◆廟祝、廟會、廟號　古廟、寺廟、宗廟、廊廟。

15【廝】ㄙ sī 图①僕役，例小廝。②對人輕侮的稱呼，例那廝。副①互相，例廝打。②胡亂，例廝混。

◆廝守、廝役、廝殺、廝纏。

15【廣】〔广〕ㄍㄨㄤˇ guǎng 图①殿之大屋。②寬度，例長三尺，廣二尺。③廣東省的簡稱。④姓，清有廣厚。動①擴充，例推廣。②增加，例廣益。形①寬闊，例廣場。②多，例大庭廣衆。

◆廣大、廣泛、廣袤、廣義、廣嗣、廣漠、廣闊　弘廣、修廣、增廣、寬廣、地廣人稀。

15【廠】〔厂〕ㄔㄤˇ chǎng 图①明代特務機構名，例東廠。②明代徵稅單位，例樹旗建廠。(《明史》〈食貨志〉)③沒有牆壁的房子，例馬廠。④工人製造或修理器物的工作場所，例造船廠。⑤據有廣大空地存放器物的地方，例木廠。

15【廛】ㄔㄢˊ chán 图①古時一夫所居的地方，共二畝半，叫一廛。②商人所住的房屋，例市廛。

15【廡】〔庑〕(一)ㄨˇ wǔ 图廳堂下面周圍的走廊，例兩廡。(二)ㄨˊ wú 形通「蕪」；草木繁盛的樣子，例蕃廡。

十三　畫

16【廨】ㄒㄧㄝˋ xiè ㄐㄧㄝˋ jiè 图官署的通稱，例公廨。

16【廩】ㄌㄧㄣˇ lǐn 图藏米的房屋，例倉廩。動①通「稟」；供給糧食，例廩給。②積聚，例廩於腸胃。

十六　畫

19【廬】〔庐〕ㄌㄨˊ lú 图房舍，例三顧臣於草廬之中。(諸葛亮〈前出師表〉)

◆廬舍、廬墓、廬山眞面目 茅廬。

19【龐】〔庞〕ㄆㄤˊ páng 名①面貌，例面龐。②姓，三國蜀有龐統。形①高大，例龐大。②通「尨」；雜亂，例龐雜。

十八 畫

21【廱】ㄩㄥ yōng 名古代天子所設立的大學，例辟廱。動通「壅」；阻塞，例廱河。形和樂，例廱廱。

二十二 畫

25【廳】〔厅〕ㄊㄧㄥ tīng 名①大屋的正堂，例客廳。②官署，民國以後省府所轄的各機構，例教育廳。③清代地方區域名，例府廳州縣。

廴 部

03【廴】ㄧㄣˇ yǐn 動腳步前後相連，繼續不斷。

四 畫

07【廷】ㄊㄧㄥˊ tíng 名①君主時代的中央行政機關，亦即國君辦事與發布政令的處所，例朝廷。②通「庭」，院子，例子有庭內。（《詩經》〈唐風・山有樞〉）

◆廷杖、廷爭、廷試。

五 畫

08【延】ㄧㄢˊ yán 名姓，後漢有延篤。動①引長、伸長，例延續。②擴展，例延燒。③迎請，例延醫。④及、至，例禍延妻女。形長，例延頸。副暫緩、遲緩，例延誤。

◆延年、延宕、延長、延佇、延展、延期、延聘、延攬、延年益壽、延頸舉踵。

六 畫

09【建】ㄐㄧㄢˋ jiàn 名①北斗星斗柄所指曰建，斗柄旋轉所指十二辰曰十二月建，故有正月建寅、二月建卯之說。農曆月有大小，則曰大建、小建。大建三十天。小建二十九天。②姓，漢有建公。動①設立、成立，例建國。②樹立，例建樹。③興工築造，例建橋。④斗柄所指，例建寅。⑤翻覆，例建瓴。

◆建立、建設、建造、建樹、建築、建議。

廾　部

03【廾】㈠ㄍㄨㄥˇ gǒng 副拱手的樣子。㈡ㄋㄧㄢˋ niàn 名同「廿」；就是二十。

一　畫

04【廿】ㄋㄧㄢˋ niàn 名數目名，就是二十。

二　畫

05【弁】㈠ㄅㄧㄢˋ biàn 名①清代稱低級武官，例弁目、馬弁。②舊時武官的侍從，例馬弁。③古時帽子的總名，例皮弁。④姓，與「卞」同，明有弁志中。形①前面的，例弁言。②急迫，例弁急。　㈡ㄆㄢˊ pán 形快樂，例弁彼鷽斯，歸飛提提。(《詩經》〈小雅・小弁〉)

四　畫

07【弄】讀音ㄌㄨㄥˋ lòng 語音ㄋㄨㄥˋ nòng 名①國樂曲名，例梅花三弄。②同「衖」；小巷。動①用手把玩，例戲弄。②演奏樂器，例弄笛。③輕侮，例愚弄其民。(《左傳》〈襄公四年〉)④做，例弄飯。⑤攪擾，例弄得人家不得安寧。⑥耍，例弄花樣。⑦探究，例弄清楚。

◆弄瓦、弄臣、弄法、弄璋、弄潮、弄權、弄巧成拙、弄神弄鬼、弄假成眞　玩弄、捉弄、播弄。

六　畫

09【弈】ㄧˋ yì 名圍棋，例弈棋。動下棋，例博弈。

十一　畫

14【弊】ㄅㄧˋ bì 名①害處，例有利無弊。②指奸僞的行爲，例舞弊。動①瞞著人家做不正當的事情，例作弊。②蒙蔽。形①壞的，例弊竇。②疲乏，例疲弊。

◆弊病、弊端、弊車羸馬、弊帚千金　時弊、流弊、積弊、百弊叢生。

弋　部

03【弋】ㄧˋ yì 名①小木樁。②打獵。③姓，明有弋謙。動①把繫有繩子的箭射出去，例弋雁。②取得，例弋獲。形黑色的，例弋綈。

三 畫

06【式】ㄕˋ shì 名①法則、模範，例皆有法式。(《史記》〈秦始皇本紀〉)②儀節、典禮，例閱兵式。③標準、規格，例格式、公式。④樣子，例款式新穎。⑤節度，例九式。⑥通「軾」；古時車前的橫木。⑦算式和代數式的簡稱，例方程式。動①效法，例矜式。②敬禮，古人乘車欲敬禮則俯身憑式，例式閭。③用，例不式王命。(《左傳》〈成公二年〉)助發語詞，例式微(泛指國勢、家境、事業或種種社會運動的衰微而言。)

◆形式、承式、算式 儀式、憑式。

十 畫

13【弒】ㄕˋ shì 動①臣殺君稱弒，例弒君。②地位在下的殺地位在上的，例弒兄。

弓 部

03【弓】ㄍㄨㄥ gōng 名①射箭的器具，例弓箭。②丈量地畝的計算單位，一‧六公尺為一弓。③用以拉奏胡琴、小提琴的器具。④姓，漢有弓祉。形彎曲如弓的，例弓月。

◆弓冶、弓弦、弓裘、弓腰、弓鞋、弓折刀盡、弓肩縮背。

一 畫

04【弔】ㄉㄧㄠˋ diào 名古代稱銅錢一千為一弔；北平舊稱錢一百文為一弔。動①向喪家或遭遇不幸的人致慰，例弔唁。②傷感、憫恤，例憑弔。③懸掛，例上弔。④通「調」；提取，例弔卷。俗作「吊」。

◆弔文、弔桶、弔詭、弔橋、弔民伐罪 開弔、敬弔、慶弔、臨弔。

04【引】(一)ㄧㄣˇ yǐn 名①長度名，十丈叫一引。②古代重量名。③文體名，和序相同而稍短簡；亦作引子、引言。④歌曲名，例箜篌引。⑤紙幣，例鈔引、錢引。⑥通行證，例路引。動①牽拉，例引弓。②領導，例指引。③延伸，例引頸。④推薦，例引重。⑤避開，例引退。(二)ㄧㄣˋ yìn 名扛柩的繩索。

◆引力、引申、引用、引吭、引咎、引信、引起、引渡、引誘、引號、引導、引領、引擎、引悉、引證、引人入勝、引狼入室、引經據典。

二 畫

05【弗】ㄈㄨˊ fú [動]同「祓」；除去，解除不祥，[例]以弗無子。(《詩經》〈大雅・生民〉)[形]不悅的樣子，[例]弗鬱。[副]不、不可，[例]自歎弗如。

05【弘】ㄏㄨㄥˊ hóng [動]擴大、發揚，[例]人能弘道。(《論語》〈衛靈公〉)[形]大的，[例]弘基。[名]姓，唐有弘忍。

◆弘大、弘量、弘道、弘毅、弘願。

三 畫

06【弛】ㄕˇ shǐ ㄔˊ chí [動]①放鬆弓上的弦，[例]弛弓。②舒緩，[例]鬆弛。③捨棄，[例]廢弛。④解除，[例]弛禁。⑤落，[例]有時而弛。(《淮南子》〈說林〉)⑥毀壞，[例]弛宅。

四 畫

07【弟】㈠ㄉㄧˋ dì [名]①同胞手足中後出生的男子叫弟，[例]兄弟。②對同輩朋友的自稱，[例]小弟。③學生，[例]弟子。④同「第」；次第。 ㈡ㄊㄧˋ tì [動]同「悌」；善事兄長，[例]孝弟。[副]但，[例]君弟重射，臣能君勝。(《史記》〈孫臏傳〉)

五 畫

08【弦】ㄒㄧㄢˊ xián [名]①張在弓上的索或線，[例]弓弦。②同「絃」；樂器上可以彈奏而發出樂音的線，[例]琴弦。③月亮半圓的時候，形似弦，故稱半月為弦。④弦樂或弦樂器的簡稱。⑤古人以琴瑟比喻為夫婦，琴瑟是弦樂器，故稱喪妻為斷弦，再娶為續弦。⑥直角三角形的斜邊。⑦連接圓周上兩點間的直線。⑧中醫稱脈象浮而緊者，叫弦。⑨姓，春秋鄭有弦高。

◆弦索、弦誦、弦歌、弦樂、弦外之音、弦歌不輟。

08【弧】ㄏㄨˊ hú [名]①木製的弓，[例]桑弧。②古時男子出世時，在門的左邊掛弓，故稱男子的生日，叫懸弧之辰。③圓周的任何一段稱作弧。④括號，[例]括弧。[形]彎的、有曲線的，[例]弧度。

08【弩】ㄋㄨˇ nǔ [名]①用機關施放箭、石的弓。②書法的直畫，又作「努」。

◆弓弩 勁弩、銅弩、強弩之末。

08【弢】ㄊㄠ tāo [名]①裝弓的袋子。②通「韜」；兵法，[例]弢略。[動]通「韜」；藏。

六 畫

09【弭】ㄇㄧˇ mǐ 名①無綵繳纏飾的弓。②弓的末端，例象弭魚服。(《詩經》〈小雅・采薇〉)③春秋時鄭地名，在今河南省密縣境。④姓，漢有弭生。動①止息、消除，例弭亂。②通「敉」；安撫，例內弭父兄。③順服，例望風弭從。

◆弭兵、弭災、弭患、弭謗　消弭。

七畫

10【弱】ㄖㄨㄛˋ ruò 名年少的人。動喪失、死亡，例又弱一個。形①強的反面，不堅強或不健全，例柔弱。②數量不足，例十分之一弱。③年紀幼小，例弱弟幼妹。

◆弱小、弱冠、弱點、弱不禁風、弱不勝衣、弱肉強食　衰弱、懦弱、纖弱、積弱不振、體弱多病。

八畫

11【張】〔张〕(一)ㄓㄤ zhāng 名①計數量的單位，例一張紙。②姓，三國有張飛。動①拉緊弓弦，例張弓。②開展，例張口。③陳設，例張宴。④瞧看，例東張西望。⑤羅捕鳥獸，例舉羅張之。副①忙亂，例慌張。②誇大，例誇張。(二)ㄓㄤˋ zhàng 動陳設，例張宴。形通「脹」；腹滿。

◆張狂、張皇、張望、張揚、張口結舌、張牙舞爪、張冠李戴、張皇失措　主張、囂張、外弛內張。

11【強】(彊)(一)ㄑㄧㄤˊ qiáng 名姓，春秋鄭有强鉏。形①有力量，例强敵。②勝過、比較好，例你比我强。③蠻橫，堅決，例强諫。④有餘，例三分之一强。(二)ㄑㄧㄤˇ qiǎng 副不自然的，例勉强。(三)ㄐㄧㄤˋ jiàng 形固執己見，不聽勸導，例倔强。

◆强求、强壯、强制、强迫、强悍、强健、强盛、强辯　外强中乾、剛强、豪强、富强。

九畫

12【弼】ㄅㄧˋ bì 名①古時使弓端正的器具。②古官名，輔佐元首的官，例左曰輔，右曰弼。(《尚書》〈大傳〉)動①輔助，例輔弼。②矯正過失，例匡弼。③違背，例夢王我弼。(《漢書》〈韋賢傳〉)

◆弼直、弼亮、弼違。

十畫

13【彀】ㄍㄡˋ gòu 名程式、圈套，例入彀。動把弓拉滿，準備射出箭去。副同「夠」；滿足，例彀了。

十一 畫

14【彆】〔別〕ㄅㄧㄝˋ biè 副乖戾不順，例彆扭。

14【彄】〔弡〕ㄎㄡ kōu 名①環類的東西，例彄環。②弓弩兩端裝弦的部分。③姓。

十二 畫

15【彈】〔弹〕(一)ㄉㄢˋ dàn 名①藉彈弓彈力發射出的丸，例彈丸。②內裝火藥，可以傷人毀物的東西，例炸彈。形小，例彈丸之地。 (二)ㄊㄢˊ tán 名物類的伸縮力，例彈性。動①把壓緊的東西放開，所發生的力量，例彈力。②用手指撥弄，例彈琴。③敲擊，例彈冠。④鎮壓，例彈壓。⑤檢舉，例彈劾。

◆彈指、彈詞、彈壓、彈簧、彈藥、彈盡援絕 子彈、砲彈、散彈、流彈。

十三 畫

16【彊】(强)(一)ㄑㄧㄤˊ qiáng 名①弓有力的意思。②凡有力及勢力强盛的都叫彊。形有多餘，例賞賜百千彊。(〈木蘭詩〉) (二)ㄑㄧㄤˇ qiǎng 動勉，例彊而後可。(《孟子》〈滕文公〉)

十四 畫

17【彌】〔弥〕ㄇㄧˊ mí 名姓，春秋衞有彌子瑕。動①滿，例彌山跨谷。(《史記》〈司馬相如列傳〉)②塡補，例彌補。形遠的，例彌甥。副①布滿；有徧及和無際的意思，例彌漫。②愈、益，例彌堅。

◆彌月、彌封、彌篤、彌縫、彌天大罪。

十九 畫

22【彎】〔弯〕ㄨㄢ wān 動①拉弓，例彎弓。②使物屈曲，例彎腰。③同「灣」；舊小說裡有時作停泊解，例彎了船。形曲折的，例彎曲。

彐 部

03【彐】ㄐㄧˋ jì 名①豬頭。②「雪」字的異體。

五畫

08【彔】ㄌㄨˋ lù 動①刻木。②「祿」的簡化字。③大陸用作「錄」(ㄌㄨˋ)的簡化字。

六畫

09【彖】(一)ㄊㄨㄢˋ tuàn 名《易經》斷卦之辭，例彖辭。 (二)ㄕˇ shǐ 動①豕走。②走脫。

八畫

11【彗】ㄏㄨㄟˋ huì 名①同「篲」；掃帚。②星名，例彗星。動曬，例日中不彗。(《六韜》〈文韜・守土〉)

九畫

12【彘】ㄓˋ zhì 名①豬的別稱，例野彘、豪彘。②春秋時晉地名，漢置縣，在今山西省霍縣東北。③姓，周有彘恭子。

十畫

13【彙】(汇)ㄏㄨㄟˋ huì 名類，例字彙。動同類的東西聚集起來，例彙集。

◆彙刊、彙報、彙編。

十五畫

18【彝】ㄧˊ yí 名①古代盛酒的器具，形似樽而較小，常用於宗廟祭祀，例鼎彝。②古代祭器的總稱，例彝器。③常道、常法，例民之秉彝。(《詩經》〈大雅・烝民〉)

◆彝法、彝訓、彝倫。

彡部

03【彡】ㄕㄢ shān 形毛長的樣子。

四畫

07【彤】ㄊㄨㄥˊ tóng 名①彤管筆(古女史記事用)之簡稱。②姓，周有彤伯。動采飾，例器不彤鏤。(《左傳》〈哀公元年〉)形赤色的，例彤雲。

◆彤弓、彤史、彤管揚芬。

07【形】ㄒㄧㄥˊ xíng 名①形象、式樣，例造形、長方形。②容色。③地勢，例形勝之國。(《史記》〈高祖本紀〉)④身體、體貌，例寓形宇內復幾時？(陶潛〈歸去來辭〉)⑤通「鉶」；盛羹

湯的瓦器。動①描寫，例難以形於筆墨。②顯現，例喜形於色。形比較，例相形見絀。

◆形式、形容、形勢、形跡、形態、形骸、形容枯槁、形單影隻、形影不離、形影相隨、形銷骨立 地形、奇形、圓形、圖形、整形。

六 畫

09【彥】ㄧㄢˋ yàn 名才德兼備的人，例俊彥。

七 畫

10【彧】ㄩˋ yù 形①通「郁」；文采茂盛的樣子，例彧彧。②生長的樣子。

八 畫

11【彬】ㄅㄧㄣ bīn 形文質兼備，例彬彬。名姓。

11【彩】ㄘㄞˇ cǎi 名①各種顏色，例五彩。②文彩，風度。③競技競賽及機會中獎之獎金、獎品，例摸彩、中彩。④同「綵」；有顏色的絲綢，例張燈結彩。⑤讚美聲，例喝彩。動戰士受傷流的血，例掛彩。形①色澤鮮明美麗的，例彩衣。②出色，例精彩。③光榮，例光彩。

◆彩色、彩排、彩頭、彩鳳隨鴉 神彩、風彩、光彩奪目。

11【彫】ㄉㄧㄠ diāo 動①彫琢文采。②通「雕」字；治玉或刻畫，例彫刻。形①有文飾的。②通「凋」；零落，例彫謝。

◆彫啄、彫殘、彫琢、彫敝。

11【彪】ㄅㄧㄠ biāo 名①小老虎。②老虎身上的斑紋。③姓，宋有彪居正。動①文飾。②明悟。③顯現，例體之以質，彪之以文。(張華〈勵志詩〉)

九 畫

12【彭】㈠ㄆㄥˊ péng 名姓。㈡ㄅㄤ bāng 形衆多而盛大的樣子，例行人彭彭。(《詩經》〈齊風・載驅〉) ㈢ㄆㄤˊ páng 形通「旁」；旁、近。

十一 畫

14【彰】ㄓㄤ zhāng 名①文彩。②姓，清有彰泰。動表揚，例彰善。形明顯的，例彰明。

◆彰彰、彰明較著、彰善癉惡 表彰、顯彰、績效不彰、相得益彰。

十二 畫

15【影】ㄧㄥˇ yǐng 图①光線爲物體遮擋所形成的陰暗部分。②人或物的形象，例攝影。③「電影」的簡稱，例影迷。動①遮擋、隱藏，例只見對面松林裡影著一個人。(《水滸傳》〈第十六回〉)②臨摹、仿照，例影印。③拍照，例影相。

◆**影片、影本、影射、影像、影壇、影響 人影、倩影、蹤影、電影、如影隨形、杯弓蛇影。**

彳 部

03【彳】(一) ㄔˋ chì 图左步。動小步行。副「彳亍」：左步向前進爲彳，右步向前進爲亍，形容慢步行走的樣子。

(二) ㄔ chī 图注音符號聲符之一，屬舌尖後音。

三 畫

06【彴】(一) ㄓㄨㄛˊ zhuó 图獨木橋。 (二) ㄅㄛˊ bó 图流星，又稱彴約。

四 畫

07【彷】(仿)(倣)(髣)

(一) ㄈㄤˇ fǎng 副樣子很相像，例彷彿。 (二) ㄆㄤˊ páng 副①指來回踱步而捨不得離開的樣子，例彷徉。②遲疑不定的樣子，例彷徨。

07【役】ㄧˋ yì 图①供人使喚的人，例僕役。②戰事，例中法之役。③爲公家所出的勞力，例傜役。動①差遣、使喚，例役使。②戍守邊境，例戍役。③服兵役。副勞苦不休，例役役。

◆**役男、役種 工役、奴役、兵役、征役、雜役。**

五 畫

08【往】ㄨㄤˇ wǎng 形過去的，例往年。動①赴、去，例往復。②贈送。副常常，例往往。介表動作的趨向，或時間的先後，例往上、往後。

◆**往日、往來、往昔、往事、往返、往哲、往常、往古今來 追往、歸往、嚮往、一往情深。**

08【征】ㄓㄥ zhēng 图姓，漢有征伯僑。動①巡行。②遠行。③討伐，例征伐。④通「徵」；由政府收用，例征稅。⑤取，例上下交征利。(《孟子》〈梁惠王下〉)⑥大陸用作「徵」(ㄓㄥ)的簡化字。

◆**征戍、征收、征服、征討、征戰 出征、長征、遠征、南征北討。**

08【彿】(佛)(髴) ㄈㄨˊ fú 副相似的意思，例彷彿。

08【彼】ㄅㄧˇ bǐ 代①第三人稱的代名詞，「他」的意思，例彼丈夫也。(《孟子》〈滕文公〉)②指示場所的代名詞，例彼岸。③指示事物的代名詞，例彼物。

◆彼此、彼蒼。

08【徂】ㄘㄨˊ cú 名山名，例徂徠山。動①往、去，例自西徂東。(《詩經》〈大雅・桑柔〉)②通「殂」；死，例徂落。副開始，例徂暑。連至、及，例自堂徂基，自羊徂牛。(《詩經》〈周頌・絲衣〉)

六 畫

09【很】ㄏㄣˇ hěn 名忿爭，例很毋求勝。(《禮記》〈曲禮上〉)動違逆，不聽從。形同「狠」字；凶惡的意思，例很毒。副極、甚，例很美。

09【待】(一)ㄉㄞˋ dài 動①等候，例等待。②接遇，例招待。③對付，例對待。副將，例待怎地。助語助詞，或在句末；或在句中。 (二)ㄉㄞ dāi 動逗留或遲延，例待了一年。

◆待命、待詔、待罪、待遇、待字閨中、待價而沽 接待、虐待、期待、優待、虧待。

09【徊】ㄏㄨㄞˊ huái ㄏㄨㄟˊ huéi 名花名，玫瑰又叫徘徊花。副①留戀的樣子，有悵惘、感歎的含意，例低徊。②同「佪」；來回踱步，要進不進的樣子，例徘徊。

09【律】ㄌㄩˋ lǜ 名①古代審音的標準器，例律呂。②立法機關所制定，要人民遵守的規則，例法律。③近體詩的一種，例五律和七律。④音樂的節奏，例旋律。⑤軍法。⑥姓，漢有律子公。動①約束，例律身。②順承。形山形高大險峻的樣子，例律律。副概括，例一律。

◆律己、律令、律例、律師 軍律、規律、樂律、嚴以律己。

09【徇】(一)ㄒㄩㄣˋ xùn 動①軍中所宣布的命令，例使徇於師。②巡行以警示，例徇地。③順從，例國人弗徇。(《左傳》〈文公十一年〉)④通「殉」；犧牲生命去成就某事，例徇國。⑤奪取，例為陳王徇廣陵。(《史記》〈項羽本紀〉) (二)ㄒㄩㄣˊ xún 動①營私、偏袒，例徇私。②使，例夫徇耳目內通，而外於心知。(《莊

子》〈人間世〉)副周徧，例徇通。

09【後】〔后〕ㄏㄡˋ hòu 名①指子孫，例或救爾後。(《詩經》〈大雅・瞻印〉)動①落後，例非敢後也，馬不進也。(《論語》〈雍也〉)②遲到，例子畏於匡，顏淵後。(《論語》〈先進〉)形①遲、晚。②前的反面，例前後。③先的反面，例先後。連連接詞詞尾，例然後。

◆**後天、後世、後生、後代、後事、後勁、後盾、後悔、後援、後裔、後勤、後塵、後生可畏、後來居上、後會有期、後顧之憂　承先啓後、瞻前顧後、不落人後。**

09【徉】ㄧㄤˊ yáng 副①徘徊不定的樣子，例彷徉。②「徜徉」，見「徜」字。

七　畫

10【徒】ㄊㄨˊ tú 名①刑罰的一種，例徒刑。②弟子，例徒弟。③同黨或同類的人，例黨徒。④古代步兵，例徒兵。⑤囚犯，例罪徒。⑥衆人，例實繁有徒。動步行，例徒步。形空，例徒手。副①只，但，例非徒有意。②白白地，例徒費口舌。

◆**徒涉、徒然、徒歌、徒勞無功　使徒、信徒、師徒、教徒、學徒。**

10【徑】〔径〕(逕) ㄐㄧㄥˋ jìng 名①小路，例花徑。②通過圓心而到兩邊圓周的線段，爲「直徑」。③方法或過程，例捷徑。形①直。②通「陘」；山中小路。副①直接行事，例徑行決定。②通「竟」；居然。

◆**徑庭、徑賽　山徑、曲徑、斜徑、行不由徑。**

10【徐】ㄒㄩˊ xú 名①古代九州之一，包括今江蘇省西北部、山東省南部、安徽省東北部。②姓，宋有徐宗仁。副緩緩地，例徐步。

八　畫

11【得】(一) ㄉㄜˊ dé 動①有所獲取，例得到。②可以，例不得賭博。③貪，例戒之在得。④曉悟，例有心得。⑤和人契合稱相得。⑥表停止的詞，例得了，別說了。形滿意，例得意。副猶何、豈、那、怎，表反詰語氣。助用在動詞後，例打也打得，罵也罵得。　(二) ㄉㄟˇ děi 副應該、必須，例做事得小心。　(三) ・ㄉㄜ de 助用在動詞後面的助詞，例聽得清楚。　(四) ㄉㄞˇ dǎi 動遭受，例得了苦。

◈得力、得手、得失、得志、得法、得計、得逞、得勢、得寵、得體、得寸進尺、得心應手、得不償失、得失參半、得其所哉、得意忘形、得隴望蜀 不得、獲得、自得其樂、志得意滿。

11【徙】ㄒㄧˇ xǐ 動①遷移，例徙居。②貶謫，例徙邊。形留連徘徊，例徙倚。

11【從】〔从〕㈠ㄘㄨㄥˊ cóng 動①順服，例順從、從命。②參加，爲，做，例從政。③跟隨，例跟從。④就，例從而謝焉。(《禮記》〈檀弓下〉)介自、由，例施施從外來。(《孟子》〈離婁下〉) ㈡ㄗㄨㄥˋ zòng 名①跟隨的人，例僕從、侍從。②刑律上有首從，同黨附和者稱爲從。形①有血統關係而次於最親的人，例從兄弟。②副的，附加的，例從刑。③同謀的、附和的，例從犯。 ㈢ㄘㄨㄥ cōng 副不慌不忙的樣子，例從容。 ㈣ㄗㄨㄥ zōng 名①通「縱」；南北稱從。②同「蹤」；蹤跡。

◈從戎、從事、從長計議、從善如流、從輕發落 隨從、趨從、力不從心、言聽計從。

11【徘】ㄆㄞˊ pái 副遲疑不進的樣子；或流連往復的意思，例徘徊。

11【徜】ㄔㄤˊ cháng 副①「徜徉」：逍遙自如，安閒自在。②徘徊，徬徨。

11【徠】〔徕〕㈠ㄌㄞˊ lái 名山名，例徂徠山。動①就。②還。③招致，例招徠。 ㈡ㄌㄞˋ lài 動慰勞，安撫遠來之人，例勞徠。

九 畫

12【御】㈠ㄩˋ yù 名①對天子有關的行動和一切事物的尊稱。②駕車的人，例御軼。③姓，春秋有御叔。動①大陸用作「禦」(ㄩˋ)的簡化字。②統治，例御宇。③駕駛車馬，例駕御。④進，例御食於君。(《禮記》〈曲禮〉)⑤通「禦」；防禦，例御冬。 ㈡ㄧㄚˋ yà 動通「迓」；迎接，例百兩御之。(《詩經》〈召南·鵲巢〉)

◈御世、御筆、御駕。

12【復】〔复〕㈠ㄈㄨˋ fù 名①《易經》六十四卦之一，震下坤上，機運循環之象。②姓，春秋楚有復遂。動①返、還，例復原。②回答。③反覆。④報，例復仇。形通「複」；重疊，例復道。副再、又，例復活。

(二) ㄈㄡˋ fòu 副再、又，例復生、復來。

◆復古、復旦、復命、復習、復甦、復興　光復、恢復、康復。

12【循】ㄒㄩㄣˊ xún 名姓。動①順著，例循序前進。②依照，例循理。③撫摩。④出巡，例循行。形善良，例循吏。副遷延、得過且過的樣子，例因循。

◆循常、循默、循環、循規蹈矩、循循善誘　依循、遵循。

12【徨】ㄏㄨㄤˊ huáng 副①「徬徨」，見「徬」字。②「徨徨」：慌張無主的樣子。

十　畫

13【微】ㄨㄟˊ wéi ㄨㄟ wēi 名①公制中表示百萬分之一。②姓，宋有微仲。動①隱匿，例白公奔山而縊，其徒微之。(《左傳》〈哀公十六年〉)②無，例微管仲，吾其被髮左袵矣。(《論語》〈憲問〉)③非，不是，例微我無酒。(《詩經》〈邶風・柏舟〉)形①細小，例細微。②低賤，例人微言輕。③衰敗，例式微。④精妙幽深，例微言。副①隱祕的，不顯露的，例微行。②伺探，例微知其事。③稍、略，例稍微。

◆微行、微妙、微笑、微薄、微辭、微醺、微言大義　卑微、衰微、具體而微、道心惟微。

13【徬】(彷) (一) ㄆㄤˊ páng 形「徬徨」：來回走著，猶疑不決的樣子。 (二) ㄅㄤˋ bàng 動在旁隨行。

13【徯】ㄒㄧ xī 名同「蹊」；小路，例徯徑。動等待，例徯予后。(《尚書》〈仲虺之誥〉)

13【徭】ㄧㄠˊ yáo 動是指人民替國家服役做工，例徭役。

十一　畫

15【徹】〔彻〕ㄔㄜˋ chè 名①周代田賦名，十取其一的稅。②同「轍」；道路。③姓，元有徹里。動①通、透，例徹骨。②耕治，例徹田爲糧(《詩經》〈大雅・公劉〉)　③毀壞，例徹我牆屋。(《詩經》〈大雅・十月之交〉)④通「撤」；除去，例徹樂。⑤剝取，例徹彼桑土。(《詩經》〈豳風・鴟鴞〉)形通、整個的，例徹夜未眠。

十二　畫

15【徵】(征)㈠ㄓㄥ zhēng 名①預兆，例吉徵、凶徵。②現象，例象徵。③姓，三國吳有徵崇。動①求，例徵聘。②召集，例徵召。③證驗，證明，例徵信。④收稅，例徵稅。⑤追究，追問，例寡人是徵。(《左傳》〈僖公四年〉)⑥成，例納徵。 ㈡ㄓˇ zhǐ 名五音的一種，宮、商、角、徵、羽爲五音。

◆**徵引、徵兆、徵狀、徵逐、徵集、徵詢、徵調 特徵、表徵、應徵、言而有徵。**

15【德】ㄉㄜˊ dé 名①恩惠，例恩德。②國名，例德意志。③正直善良的修養，例進德修業。④人們共同生活和行爲應遵守的準則、規範，例道德。動感恩，例然則德我乎？(《左傳》〈成公三年〉)形好的，有恩澤的，例德政。

◆**德化、德色、德行、德性、德育、德望、德澤、德高望重 大德、美德、報德、福德、積德、一心一德。**

十三畫

16【徼】㈠ㄐㄧㄠˋ jiào 名邊界，邊塞，例邊徼。動巡查，例行徼。 ㈡ㄐㄧㄠ jiāo 動①伺察，例惡徼以爲知者。(《論語》〈陽貨〉)②要求、祈求，例徼福。 ㈢ㄐㄧㄠˇ jiǎo 副同「僥」；指非分的獲得，例徼幸。 ㈣ㄧㄠ yāo 動①同「邀」；求，例徼功。②遮，攔截，例徼麋鹿之野獸。

十四畫

17【徽】ㄏㄨㄟ huī 名①由三線組成的繩索。②繫弦之繩，例琴徽。③安徽省的簡稱。④標幟，例徽幟、校徽。形①美、善，例徽音。②喜，例徽心。

心部

04【心】ㄒㄧㄣ xīn 名①五臟之一，在肺的略下方，是推動血液循環的動力器官。②二十八星宿之一，例心宿。③古代誤認心是人思想和意志的中心，所以相沿成腦功用和腦器官的代用，例心志。④中央，例波心。⑤胸臆、私衷，例心裡不爽快。⑥思想，例心理。⑦志向、謀畫，例一心一意。⑧泛指智力品行，例身心健康。⑨尖端，例刀心。⑩本性，道的本源。⑪意念，例良心。

◆**心力、心田、心折、心坎、心事、心思、心胸、心情、心悸、心眼、心**

腹、心算、心儀、心願、心靈、心不在焉、心安理得、心灰意懶、心花怒放、心狠手辣、心悅誠服、心照不宣、心猿意馬、心廣體胖、心驚肉跳　貪心、野心、一心一德、漫不經心。

一　畫

05【必】ㄅㄧˋ bì 動專執，例毋意、毋必。(《論語》〈子罕〉)副①一定，例務必。②不可缺少的，例必需品。

二　畫

05【忉】ㄉㄠ dāo 動悲傷，例忉怛。形憂心的樣子，例忉忉。

三　畫

06【忙】ㄇㄤˊ máng 名①田賦分期徵收稱分忙，有上忙、下忙。②姓，明有忙義。動做事、積極工作，例你忙完了沒？形①事情繁多，沒有空閒，例工作忙。②匆促、急迫，例匆忙。副趕緊，例趕忙。

◆忙亂、急忙、手忙腳亂、白忙一場。

06【忖】ㄘㄨㄣˇ cŭn 名姓，春秋齊有忖乙。動①測度，例忖度。②思考，例忖量。③同「刌」，切割。

07【忘】讀音ㄨㄤˊ wáng 語音ㄨㄤˋ wàng 動①不記得，例忘卻。②忽略。③遺失，遺漏，例貧賤之交不可忘。(《後漢書》〈宋弘傳〉)

◆忘我、忘記、忘情、忘憂、忘懷、忘恩負義　健忘、遺忘、難忘、勿忘在莒、見利忘義。

07【忌】ㄐㄧˋ jì 名①親喪之日稱忌，例忌日、忌辰。②禁戒的事，例犯忌。③姓。動①禁戒，例忌酒。②憎惡，例妬忌。③害怕，例忌憚。④敬、戒敬，例非羈何忌？(《左傳》〈昭公元年〉)

◆犯忌、猜忌、禁忌、童言無忌。

07【志】ㄓˋ zhì 名①記載的書，例漢書藝文志。②心之所向、意向、意念，例有志竟成。③私意，例義歟？志歟？(《禮記》〈少儀〉)④通「幟」；旗幟，例職志。⑤靶。⑥姓，元有志能。動①心意所向，例志向。②通「誌」；記載，例志怪。

◆志行、志氣、志節、志趣、志願、志同道合、志得意滿　立志、意志、人窮志短、胸懷大志。

07【忍】ㄖㄣˇ rĕn 動①容、耐，例忍耐。②狠

心。③矯正、克制，例志忍私，然復公。(《荀子》〈儒效〉)④俗謂埋頭不過問外事爲忍。形殘虐，例殘忍。

◆忍受、忍俊、忍辱、忍痛、忍氣吞聲 容忍、堅忍、隱忍、慘不忍睹。

07【忒】(一)ㄊㄜˋ tè 動①變更，例享祀不忒。(《詩經》〈魯頌・閟宮〉)②差錯、失誤，例四時不忒。(《易經》〈豫卦〉)形惡，例民用僭忒。(《尚書》〈洪範〉)副過、甚、太，例忒長。 (二)ㄊㄜ tē 形形容聲音的字，例忒楞楞。(形容鳥飛聲、風聲等。)

07【忐】ㄊㄢˇ tǎn 形害怕。副「忐忑」：⑴內心誠懇之至。⑵心虛，心神不定或有所畏懼。

07【忑】ㄊㄜˋ tè 形害怕。副「忐忑」，見「忐」字。

四 畫

07【忱】ㄔㄣˊ chén 名眞誠的情意，例熱忱。動信賴，例天難忱斯。(《詩經》〈大雅・大明〉)形誠懇的，例忱辭。

07【快】ㄎㄨㄞˋ kuài 名舊時官署中的緝捕役卒，例捕快。動順遂、舒服，例爽快。形①喜樂、高興，例快活。②鋒利，例快刀斬亂麻。③稱心，例爽快。④爽直，例快人快語。⑤迅速，例快去。副將要，例天快亮了。

◆快意、快感、快馬加鞭 痛快、涼快、愉快、大快人心。

08【忝】ㄊㄧㄢˇ tiǎn 動辱，例無忝爾所生(《詩經》〈小雅・小宛〉)副自稱的謙詞，例忝爲人師。

08【忠】ㄓㄨㄥ zhōng 名①盡己心力以待人處事的美德，例忠孝。②姓，漢有忠譚。動竭盡心力做事，例忠於國家。形①竭誠，例教人以善謂之忠。(《孟子》〈滕文公〉)②盡自己的心力，例忠心。③正直，例忠言。

◆忠厚、忠貞、忠言逆耳、忠告 效忠、愚忠、公忠體國、精忠報國。

08【忽】ㄏㄨ hū 名①數學記小數的名稱，即分的萬分之一(0.00001)，或即 10^{-5}。②重量名，一釐的千分之一。③姓，元有忽辛。動①不留心、不注意，例忽略。②輕視，例玩忽。③滅。形非常細微，例忽微。副突然的，出乎意外的，例忽喜、忽憂。

◆忽視 怠忽、疏忽、輕忽、倏忽。

08【念】ㄋㄧㄢˋ niàn 名①同「廿」；二十，例念

歲。②想法，例念頭。③姓，西魏有念賢。動①惦記，懷想，例掛念。②同「唸」；誦讀，例念經、念書。③記，例不念舊惡。(《論語》〈公冶長〉)

◆念珠、念頭、念舊、念念有詞 思念、想念、懷念、意念、貪念、萬念俱灰。

08【忿】ㄈㄣˋ fèn 動①憤怒，例忿怒。②怨恨，例忿恨。

07【忡】ㄔㄨㄥ chōng 名「怔忡」，見「怔」字。形憂心、憂慮的樣子，例憂心忡忡。

07【忤】ㄨˇ wǔ 動本爲「啎」；亦作「迕」，違逆、不順從，例忤逆。形錯亂，例陰陽散忤。

07【忭】ㄅㄧㄢˋ biàn 形喜樂，例歡忭、欣忭。

07【忮】ㄓˋ zhì 動害、嫉妒，例忮求。形意志堅決。

07【忸】㈠ㄋㄩˋ nǜ 形「忸怩」：慚愧或難爲情的樣子。 ㈡ㄋㄧㄡˇ niǔ 動習慣，例忸於故常。

07【忪】㈠ㄓㄨㄥ zhōng 形①驚懼的樣子，例怔忪。 ㈡ㄙㄨㄥ sōng 形動搖不定的樣子，例惺忪。

07【忨】ㄨㄢˋ wàn 動同「翫」、「玩」；貪玩、偷安，例忨愒。

07【忻】ㄒㄧㄣ xīn 名①姓，明有忻恭遜。動同「欣」；快樂。形得意的樣子，例忻忻。

五 畫

08【怏】ㄧㄤˋ yàng 副①心中有所不滿足的樣子，例怏怏。②惆悵，不樂，例怏然。

08【怔】㈠ㄓㄥ zhēng 形①恐懼的樣子，例怔忪。②「怔忡」：又名「心悸」。患者心跳不安，像驚恐的樣子，就是精神衰弱病。 ㈡ㄌㄥˋ lēng 形同「愣」；呆滯的樣子。

08【怯】讀音ㄑㄧㄝˋ qiè 語音ㄑㄩㄝˋ què 形①膽小畏懼，例怯場。②柔弱，例嬌怯、羞怯。③懦弱，例怯夫。④城裏人笑鄉下人不大方、不合時宜的樣子，例怯愣兒。

08【怵】㈠ㄔㄨˋ chù 動①懼怕，例怵目驚心。②悽愴，例心怵。形「怵惕」：內心驚懼的樣子。 ㈡ㄒㄩˋ xù 動誘，例怵迫。

08【怖】ㄅㄨˋ bù 形①懼怕，例恐怖。②恐嚇，例詐怖。

08【怪】ㄍㄨㄞˋ guài 名①奇異非常稱爲怪，例志怪。②人妖物孽，例妖怪。③姓，炎帝時有怪義。動①驚疑，例驚怪。②咎責，埋怨，例怪你怠慢。形奇異的，例怪石。副甚、很，例怪甜。

◆怪異、怪僻、怪力亂神、怪模怪樣 妖怪、奇怪、鬼怪、見怪不怪、光怪陸離。

08【怕】ㄆㄚˋ pà 名姓。動恐懼，例害怕。副猜測之詞，想是、或者的意思，例怕他先走一步了。

◆恐怕、懼怕、驚怕、別怕。

08【怡】ㄧˊ yí 名姓，北周有怡峯。形心情和悅，喜樂，例怡然自得。

08【怦】ㄆㄥ pēng 形心臟急切跳動的聲音，例怦怦。副心動的樣子，例怦然心動。

08【怩】ㄋㄧˊ ní 形忸怩，見「忸」字。

08【怫】㈠ㄈㄨˊ fú 形①憂鬱不稱心，例怫鬱。②忿怒，例怫然作色。(《莊子》〈天地〉) ㈡ㄈㄟˋ fèi 形內心不安，例怫愲。 ㈢ㄅㄟˋ bèi 動同「悖」；相違背，例怫異。

09【忽】ㄘㄨㄥ cōng 副同「悤」，今多作「匆」；急忙的樣子，例忽促。

08【性】ㄒㄧㄥˋ xìng 名①人類天生的稟賦和本能，例稟性。②生物在生理上的兩種大別，例男性、女性。③生命，例性命。④情慾的本能，例性慾。⑤指事物內在的和不可改變的本質，例藥性。⑥脾氣，例任性。⑦生活的態度，例冒險性、依賴性。⑧範圍、方式，例全國性、綜合性。

◆性向、性能、性情、性質、性命交關 異性、雄性、雌性。

09【怒】ㄋㄨˋ nù 名氣憤，例回也，不遷怒，不貳過。(《論語》〈雍也〉)動生氣，例憤怒。形氣勢奔騰而盛大的樣子，例怒潮澎湃。副①奮發地，例草木怒生。②氣勢勁急地，例狂風怒號。

◆怒吼、怒氣、怒潮、怒髮衝冠 大怒、忿怒、發怒、遷怒。

09【思】㈠ㄙ sī 名①思路，意緒，例文思、愁思。②姓，明有思倫發。動①腦的主要作用，如考慮問題、分辨是非、追憶前事，例思考。②懷念，例思念。③悲悼，例思古。 (二) ㄙˋ sì 名意緒，例春思、秋思。(三) ㄙㄞ sāi 形通「鬛」；鬍鬚多的樣子，例于思。

◆思念、思量、思緒、思慕、思如湧泉、思前想後 心思、孝思、相思、閉門思過。

09【怠】ㄉㄞˋ dài 形①鬆懈、懶惰，例懈怠。②輕視、疏忽，例怠慢。③倦，例倦怠。④通「殆」；危險。

09【急】ㄐㄧˊ jí 名困難，例當務之急。形①迅速的，例急速。②暴躁，例你性子也太急了！③焦躁，例著急。④緊要的，例急務。⑤匆促，例急迫。⑥熱心，例急公好義。⑦突然產生的，例急變。

◆急切、急忙、急促、急迫、急智、急遽、急躁、急公好義、急流湧退 危急、狷急、救急、緊急、狗急跳牆。

09【怎】(一) ㄗㄣˇ zěn 副如何，爲什麼，例怎樣？ (二) ㄗㄜˇ zě 副表疑問，何故，如何，例怎麼？

09【怨】(一) ㄩㄢˋ yuàn 動①恨，例怨恨。②譴責、埋怨，例怨尤。 (二) ㄩㄢ yuān 名仇，例內舉不避親，外舉不避怨。(《禮記》〈儒行〉) (三) ㄩㄣˋ yùn 動通「蘊」；積蓄，蘊藏，例怨財。

◆怨忿、怨毒、怨氣、怨懟、怨天尤人、怨聲載道。

08【怍】ㄗㄨㄛˋ zuò 動臉色改變，例面容無怍。形慚愧，例愧怍。

08【怓】ㄋㄠˊ náo 形①心亂。②喧嘩雜亂的樣子，例惛怓。

08【怙】ㄏㄨˋ hù 名稱父親爲怙，例失怙。動倚靠、憑恃，例無所依怙。

08【怛】ㄉㄚˊ dá 名懼怕，例懷怛。動驚愕，例怛震。形①悲痛，例惻怛。②勞苦，例怛怛。

六 畫

09【恍】ㄏㄨㄤˇ huǎng 名失意的樣子。形「恍惚」：(1)精神迷糊不清，意識不集中，例精神恍惚。(2)形象模糊，不易捉摸，例恍惚不定。副彷彿、好像，例恍若隔世。

09【恨】ㄏㄣˋ hèn 名懊悔，例遺恨。動①怨憤，例怨恨。②遺憾、懊悔，例悔恨。形後悔的、不如意的，例恨事。

10【恁】㈠ㄖㄣˋ rèn 動思念。形①那，例你恁時幼小，認我不得。(《五代史平話》〈梁上〉)②通「荏」、「集」；弱。副①如此，這樣，例恁般。②什麼，例恁事。③怎麼，例恁地。㈡ㄋㄧㄣˊ nín 代同「您」。

09【恆】(恒)㈠ㄏㄥˊ héng 名①山名，五嶽中的北嶽，主峯在河北省曲陽縣西北，爲陰山系的支脈。②《易經》六十四卦之一，巽下震上。③姓，楚有恒思公。形①長久，不變的，例恆言。②平常，例恆民。㈡ㄍㄥˋ gèng 名月弦，即上弦滿月的意思，例如月之恆。(《詩經》〈小雅・天保〉)

09【恰】ㄑㄧㄚˋ qià 形鳥叫聲。副①剛好、正好，例恰好。②適當、合適，例恰如其分。

09【恢】ㄏㄨㄟ huī 動①回復原狀，例恢復。②擴大，例恢拓。形①寬大、寬宏，例恢宏。②完備，例不恢。

09【恃】ㄕˋ shì 名母親，例失恃。動依賴，例仗恃。

09【恬】ㄊㄧㄢˊ tián 形①安適，例恬退。②靜，例恬靜。③安然，無動於衷，例恬不知恥。

09【恫】㈠ㄊㄨㄥ tōng 動①呻吟，例呻恫。②悲痛、傷痛，例哀恫。形①痛，例恫瘝。②恐懼，例恫恐。㈡ㄊㄨㄥˋ tòng 動不得意，例惚恫。㈢ㄉㄨㄥˋ dòng 動恐嚇，例恫喝。

09【恪】ㄎㄜˋ kè ㄑㄩㄝˋ què 名①誠敬，例誠恪。②姓，晋有恪啓。副恭敬、謹慎，例恪遵。

09【恤】(卹)(邮)ㄒㄩˋ xù 名姓，春秋魯有恤由。動①憂心、顧慮，例不恤人言。②憐憫，例體恤民情。③救濟，例恤貧。形憂患的意思，例恤恤。

09【恣】㈠ㄗˋ zì ㄗ zī 動①放縱，例恣情作樂。②任意，例恣意。㈡ㄘ cī 動縱恣暴厲，例恣睢。

10【恥】(耻)ㄔˇ chǐ 名①羞慚，例人不可以無恥。(《孟子》〈盡心上〉)②令人可羞的事，例雪恥復國。動①羞辱他人，例恥笑。②切切實實地覺悟。形羞辱，例恥事。

◈恥辱、恥笑 羞恥、國恥、廉恥、

有恥且格、不恥下問。

10【恐】㈠ㄎㄨㄥˇ kǒng 動①威嚇，例恐嚇。②害怕，例恐懼。副表猜測之詞，有大概、或者之意，例恐怕要下雨了。　㈡ㄎㄨㄥˋ kòng 動疑、慮、猜忌，例吾恐季孫之憂，不在顓臾，而在蕭牆之內也。(《論語》〈衛靈公〉)

◈恐怕、恐怖、恐慌　深恐、惶恐、惟恐、驚恐、有恃無恐。

10【恕】ㄕㄨˋ shù 名盡己叫「忠」，推己叫「恕」。動①寬宥、原諒，例恕罪。②推己及人。

◈仁恕、寬恕、忠恕、饒恕、強恕。

10【恙】ㄧㄤˋ yàng 名①憂，例無恙。②疾病，例貴恙。③通「蛘」；古代指會噬人的小蟲。動憂愁。

09【恓】ㄒㄧ xī 副①同「栖」；驚慌煩惱的樣子，例恓惶。②同「悽」、「淒」；憂傷淒涼的樣子，例恓然。

09【恂】㈠ㄒㄩㄣˊ xún 動①同「洵」；信。②急猝，恂然。③眨眼，眼睛轉動，例恂目。形信實的樣子，例恂恂。㈡ㄐㄩㄣˋ jùn 動害怕，例恂懼。

09【恇】ㄎㄨㄤ kuāng 動恐懼，例恇懼。形怯，例恇然。

10【恚】ㄏㄨㄟˋ huì 動①怨恨，例恚恨。②發怒，例恚怒。

10【恝】㈠ㄐㄧㄚˊ jiá 形忽視，淡忘的樣子，例恝然。副忽視，不在意，例恝置。㈡ㄑㄧˋ qì 形心裡有事。

10【恧】ㄋㄩˇ nǜ 形慚愧，例慚恧。

10【恭】ㄍㄨㄥ gōng 名姓。動①敬，例恭老恤幼。(《孔子家語》〈弟子行〉)②奉，例恭行。③讚頌，例恭維。④俗稱大小便，例出恭。形對人謙遜有禮，或容貌儀態很敬慎，例恭謹。

◈恭候、恭喜、恭順、恭賀。

10【息】ㄒㄧˊ xí 名①呼吸，例氣息。②稱自己的兒子，例子息。③利錢，例年息。④音訊，例信息、消息。⑤姓。動①停止、休息，例自強不息。②長，繁育，例是其日夜之所息。(《孟子》〈告子上〉)③慰勞，例乃息司正。(《儀禮》〈鄉飲酒禮〉)形多餘的，例息肉。歎大聲嘆氣，例太息。

◈息兵、息怒、息事寧人、息息相關

作息、利息、喘息、鼻息、川流不息。

09【恔】㈠ ㄒㄧㄠˋ xiào 图快意，例於人心獨無恔乎。(《孟子》〈公孫丑下〉) ㈡ ㄐㄧㄠˇ jiǎo 形聰明。

10【恩】ㄣ ēn 图①他人給我或我給他人的情誼、利益，例恩德。②情愛，例恩愛。③古代指君王所加的惠澤和官爵，例恩科。④姓，後燕有恩茂。形有德澤的，例恩師。

◆恩典、恩情、恩惠、恩遇、恩澤、恩重如山、恩將仇報 深恩、報恩、謝恩、國恩家慶。

七 畫

10【悄】ㄑㄧㄠˇ qiǎo 形憂愁的樣子，例憂心悄悄。副靜，例悄然。

10【悟】ㄨˋ wù 图姓，漢有悟明極。動①覺醒、明白，例領悟。②啓發、使人明白。③聰慧而善於領悟，例悟然自得。

10【悚】㈠ ㄙㄨㄥˇ sǒng 動畏懼、害怕，例震悚、惶悚。 ㈡ ㄙㄨㄥˊ sóng 形笑人怯懦軟弱，例這傢伙眞悚！

10【悍】ㄏㄢˋ hàn 图凶暴的人或事，例馴悍。動通「睅」；睜眼，例悍目。形①勇猛的，例精悍。②強壯的。③凶暴不講理的，例凶悍。④急速的，例湍悍。

10【悔】ㄏㄨㄟˇ huǐ 图同「𠧪」；易卦的上三爻，內卦爲貞，外卦爲悔。動①事後懊悔，例悔恨。②改過，例悔過。③想要變更，例反悔。

10【悁】㈠ ㄐㄩㄢˋ juàn 形急躁，例悁急。 ㈡ㄩㄢ yuān 動憤怒，例憤悁。形憂愁的樣子，例悁悁。

10【悃】ㄎㄨㄣˇ kǔn 图至誠的心意，例謝悃、愚悃。形至誠，例悃誠。

10【悅】ㄩㄝˋ yuè 图姓，後燕有悅希。動①喜樂、愉快，例喜悅。②喜好，例女爲悅己者容。(《史記》〈刺客列傳〉) ③服從，信服，例悅服。形和善，例和顏悅色。副產生愉快的感受，例悅目。

11【悉】ㄒㄧ xī 图姓，神農時有悉諸。動①知道，例備悉、熟悉。②傾盡，例悉心。副完全、都，例悉數。

10【悌】ㄊㄧˋ tì 動①通「弟」；敬重兄長或兄弟友愛稱悌，例孝悌。②和樂，例愷悌。

10【悒】ㄧˋ yì 動①心中憂鬱不安，例怏悒。②哽咽。形煩悶不樂的樣子，例悒悒。副愁悶，例憂悒、鬱悒。

10【悖】㈠ㄅㄛˊ bó 形通「勃」；旺盛的樣子。㈡ㄅㄟˋ bèi 動①違反，逆亂，例悖禮。②衝突、矛盾，例並行不悖。

10【悢】㈠ㄌㄧㄤˋ liàng 動①悲傷。②「悢悢」：⑴惆悵。⑵眷念。 ㈡ㄌㄤˇ lǎng 形悢悢不得志。

10【悝】㈠ㄎㄨㄟ kuī 名人名，春秋衞有孔悝，戰國魏有李悝。 ㈡ㄏㄨㄟ huī 動同「詼」，譏笑。 ㈢ㄌㄧˇ lǐ 形同「瘇」；憂愁，悲傷。

10【悛】㈠ㄑㄩㄢ quān 動①改過，例過而不悛。②止，例長惡不悛。 ㈡ㄒㄩㄣˊ xún 形同「恂」；敦厚謹慎貌，例悛悛。

11【悠】ㄧㄡ yōu 動①「悠悠」：⑴憂思的樣子，例悠悠我思。⑵渺遠無盡的樣子，例驅馬悠悠情。⑶閑靜的樣子，例白雲悠悠。⑷行走的樣子，例悠悠南行。⑸旌旗下垂的樣子，例悠悠旆旌。⑹荒遠不合事理。⑺衆多。②控制住，使不過於急遽，例悠停。③飄忽，例悠悠蕩蕩。④借力而懸空搖蕩。形①長遠的樣子，例悠遠。②遼遠或閑靜的樣子，例悠然。③閒暇、從容，例悠閒。

◆悠久、悠忽、悠然、悠揚、悠哉悠哉。

11【恿】ㄩㄥˇ yǒng 名同「勈」，「勇」之古文，勇敢、勇氣。動同「慂」；勸導，例慫恿。

11【患】ㄏㄨㄢˋ huàn 名①禍害，例禍患無窮、外患。②疾病，例患篤(病重)。③弊病，例人之患在好爲人師。(《孟子》〈離婁〉)④通「串」；近侍之臣，例患御。動①生病，例患病。②憂慮，例患得患失。形艱難困苦，例患難。

11【您】ㄋㄧㄣˊ nín 代你的敬稱，用於長輩，對平輩可用可不用，對晚輩絕對不用，例您老人家，身體要保重。

11【悤】ㄘㄨㄥ cōng 副同「怱」；急忙的樣子；俗作「匆」，例悤促。

八 畫

12【悲】ㄅㄟ bēi 名哀痛，例含悲忍淚。動①感傷、哀痛，例悲痛，悲秋。②憐憫，例悲憫。③顧念，例游子悲故鄉。(《漢書》〈高帝紀〉)④佛家語，指施仁惠恩德給人，例慈悲。形①傷心的，例悲懷。②淒厲、淒慘的，例悲曲、悲聲。

◆**悲壯、悲哀、悲涼、悲悼、悲慘、悲慟、悲憤、悲天憫人、悲歡離合 可悲、傷悲、大慈大悲。**

11【惋】ㄨㄢˋ wàn 動驚嘆，例悵惋。形駭恨可惜，例惋惜。

11【悴】(顇)ㄘㄨㄟˋ cuì 動①憂傷，例人力凋殘，百姓愁悴。②衰微不振，例羸悴。形枯萎或消瘦困苦的樣子，例憔悴。

11【惦】ㄉㄧㄢˋ diàn 動思念，例惦念、惦記。

11【悽】ㄑㄧ qī 通「悽」、「淒」；形①悲痛的樣子，例悽慘。②悲傷、淒涼，例悽愴。

11【情】ㄑㄧㄥˊ qíng 名①心理上發於自然的意念，或因外物的刺激而生的心理作用，例七情六慾。②實際的情形，例情僞。③私意，例情面。④男女間的愛，例愛情。⑤人類所作所爲的事，例事情。⑥友誼、情分，例交情、人情世故。⑦趣味，例情趣、情調。⑧狀況、內容，例情形、行情。形男女戀情的，例情痴。副明白。

◆**情由、情急、情理、情景、情勢、情緒、情調、情趣、情懷、情不自禁、情投意合、情竇初開 說情、陳情、愛情、談情說愛。**

11【悻】ㄒㄧㄥˋ xìng 副憤怒的樣子，例悻悻。

11【悵】〔怅〕ㄔㄤˋ chàng 副失意、失望，例悵怏、悵悔。

11【惜】ㄒㄧˊ xí 動①悲痛、哀傷，例痛惜。②愛憐，例惜福。③貪吝，例吝惜。④恐怕，例不惜他人開，但恐生是非。(李白〈感興詩〉)

◆**愛惜、惜別、惜陰、惜墨如金 可惜、珍惜、惋惜、痛惜、憐惜、惺惺相惜。**

11【悼】ㄉㄠˋ dào 動①畏懼，例隱悼播越。(《國語》〈晉語〉)②悲哀，例追悼。③憐惜，例惋悼、嗟悼。

11【惘】ㄨㄤˇ wǎng 形失志或失意的樣子，例悵惘。

11【惕】ㄊㄧˋ tì 動小心謹愼，隨時警覺，例無日不惕。形急速，例一日惕，一日留，以安步王志。(《國語》〈吳語〉)

11【惆】ㄔㄡˊ chóu 副失意的樣子，例惆悵。

11【惟】ㄨㄟˊ wéi 名姓，宋有惟官方。動思念、想念，例思惟。副①只有、僅有、獨，例惟一無二。②因爲，例惟汝之故。連但是，不過。助發語詞，語助詞，同「唯」，例惟年月日。

◈惟恐、惟我獨尊、惟利是圖、惟妙惟肖、惟命是從。

11【悸】ㄐㄧˋ jì 名同「痵」；病名，心中喘息，例心悸病。動①因害怕而心跳，例心有餘悸。②怒。

11【惚】ㄏㄨ hū 副「恍惚」：見「恍」字。

12【惑】ㄏㄨㄛˋ huò 名①疑難，例師者，所以傳道，授業，解惑也。(《韓愈》〈師說〉)②佛教稱煩惱爲惑。動①迷亂，例蠱惑。②疑、奇怪，例疑惑。

12【惡】〔恶〕〔噁〕(一)ㄜˋ è 名①疾病。②垢穢。③糞便，例溲惡。④邪氣，例這是中了惡，快將水來。⑤不善的事，例罪惡。形①粗劣的，例惡食。②不善的，例惡人。③凶狠，例凶惡。④醜陋的，例醜惡。 (二)ㄜˇ ě 動想要嘔吐，又可比喻事不可耐，例惡心。 (三)ㄨˋ wù 名①羞恥，例羞惡之心。②不和，例交惡。動①憎恨、討厭，例憎惡。②冒犯，觸怒。 (四)ㄨ wū 副①何處，例惡在。②同「烏」；怎麼，例惡可。歎嗟嘆聲，例惡，是何言也。(《孟子》〈公孫丑上〉)

◈惡化、惡劣、惡耗、惡臭、惡習、惡意、惡貫滿盈 凶惡、爲惡、羞惡、厭惡、抑惡揚善。

12【悶】〔闷〕(一)ㄇㄣˋ mèn 名不暢快的心情，例排憂解悶。動①憂，例憂悶，②不通氣，例悶爐燒餅。形心中不愉快的樣子，例悶悶不樂。
(二)ㄇㄣ mēn 動密閉，例再悶一會兒，菜就熟了。形①因氣壓低或空氣不流通而引起的感覺，例天氣好悶。②聲音不響亮，例悶聲悶氣。③形容不靈活或不作聲的樣子，例悶頭悶腦。

◈苦悶、解悶、煩悶、氣悶、鬱悶。

11【悱】ㄈㄟˇ fěi 形①悲傷，例悱惻。②心中想說而說不出來的樣子，例不悱不發。

11【悾】㈠ ㄎㄨㄥ kōng 形①誠懇忠厚的樣子，例悾悾、悾款。②無知的樣子，例悾悾。 ㈡ ㄎㄨㄥˇ kǒng 形不得志，例悾憁。

11【惇】ㄉㄨㄣ dūn 動勤勉，例惇誨。形①誠信。②同「敦」；敦厚寬大，例惇大。

12【惄】ㄋㄧˋ nì 動憂思，例惄焉如擣。(《詩經》〈小雅・小弁〉)

12【惎】ㄐㄧˋ jì 動①毒害。②教誨。③憎惡。

11【惛】ㄏㄨㄣ hūn 動同「惽」、「昏」；亂，例惛亂。形①心裡不明白，例惛惛。②同「昏」；衰老，老人之心智多不明白，例惛耄。

11【惝】ㄊㄤˇ tǎng ㄔㄤˇ chǎng 形「惝然」：失意不悅的樣子。

12【惠】ㄏㄨㄟˋ huì 名①恩、仁愛，例恩惠。②施財物與人，例施惠。③通「慧」，例聰惠。④姓，戰國宋有惠施。動①賜給，例惠書。②依順，例終溫且惠，淑慎其身。(《詩經》〈邶風・燕燕〉)形和順的，例惠風和暢。副降臨，例惠顧。

◆惠存、惠而不費 加惠、執惠、優惠、好施小惠。

九 畫

12【愜】〔惬〕ㄑㄧㄝˋ qiè 形①心滿意足，例愜意。②恰當，例愜當。

12【愣】㈠ ㄌㄥˋ lèng 形①癡呆的樣子，例愣頭愣腦。②鹵莽的樣子，例愣葱。副不加思索，率意而行，例愣說。 ㈡ ㄌㄥ lēng 形「愣兒」：譏笑他人因缺乏經驗而顯得笨手笨腳的樣子。

12【惺】㈠ ㄒㄧㄥ xīng 形①穎悟、明晰，例惺惺。②靜。③「惺忪」：⑴迷糊不明的樣子，例睡眼惺忪。⑵搖動不定的樣子。 ㈡ ㄒㄧㄥˇ xǐng 形①覺悟、醒悟，例惺悟。②靜。

12【愕】ㄜˋ è 形驚駭的樣子，例愕然。副通「諤」；直言的樣子。

12【惻】〔恻〕ㄘㄜˋ cè 形①傷痛，例悽惻。②誠懇，例惻惻。③同情，例惻隱。

12【惴】ㄓㄨㄟˋ zhuì 形憂慮恐懼的樣子，例惴慄。

12【慨】(嘅) ㄎㄞˇ kǎi ㄎㄞˋ kài 動①不得志而憤激，例憤慨。②嘆息，例慨嘆。副意氣激昂，無所吝惜，例慷慨。

12【惱】〔恼〕ㄋㄠˇ nǎo 動①心懷恨怒，例懊惱。②內心煩悶，例煩惱。③發怒，例著惱。④挑逗，例春色惱人。

12【惶】ㄏㄨㄤˊ huáng 動害怕、恐懼，例惶恐。形急迫的樣子，例倉惶。

12【愉】ㄩˊ yú 形①快樂、高興的樣子，例愉快。②顏色和悅，例其進之也敬以愉。(《禮記》〈祭義〉)

12【愀】ㄑㄧㄠˇ qiǎo ㄐㄧㄡˇ jiǒu 副容色變動的樣子，例愀然。

13【愚】ㄩˊ yú 代自稱的謙詞，常用於書信中，例愚見、愚兄。動欺騙，例愚弄。形①蠢鈍、不聰明，例愚笨。②蒙昧無知，例愚夫愚婦。

◆**愚妄、愚弄、愚忠、愚昧、愚鈍、愚魯、愚蠢、愚不可及。**

13【慈】ㄘˊ cí 名①母親的尊稱，例家慈、令慈。②通「磁」；吸引鐵、鎳、鈷等的性質，例慈石。③姓，漢有慈仁。動①上對下的厚愛，例慈愛。②對他人加以憐憫，例慈悲、慈善。

◆**慈訓、慈祥、慈顏、慈眉善目。**

12【惰】ㄉㄨㄛˋ duò 形貪懶懈怠的樣子，例懶惰。

13【愈】ㄩˋ yù 動①同「癒」；病好了，例病愈。②勝過，例女與回也孰愈。(《論語》〈公冶長〉)副更加、越發，例愈寫愈好。

12【惲】〔恽〕ㄩㄣˋ yùn 名姓，如清乾隆舉人惲敬。動謀，例惲議。形厚重，例渾厚。

12【惸】ㄑㄩㄥˊ qióng 名同「煢」；沒有兄弟稱惸，沒有子孫稱獨。形「惸惸」：憂愁的樣子。

13【惹】ㄖㄜˇ rě 動①招引，例惹是生非。②挑逗，例拈花惹草。③牽掛。

13【惷】ㄔㄨㄣˇ chǔn 通「蠢」動動亂。形愚笨。

12【愲】ㄨㄟˋ wèi 形①不安的樣子。②慷慨。

13【愁】ㄔㄡˊ chóu 動①憂慮，例新愁舊恨。②悲傷，例愁容滿面。形悽慘的景象，例愁雲慘霧。

◆愁苦、愁悶、愁緒、愁眉不展、愁眉苦臉　哀愁、鄉愁、憂愁、離愁。

13【愆】ㄑㄧㄢ qiān 名①過失，例罪愆。②惡疾、重病，例愆痾。動失誤、耽擱，例愆期。

12【愊】ㄅㄧˋ bì 形①至誠，例悃愊。②心中鬱結，例愊憶。

13【愍】ㄇㄧㄣˇ mǐn 動憐憫，例愍恤。形①憂心。②同「暋」；強橫。

13【感】(一) ㄍㄢˇ gǎn 名①情緒，例百感交集。②情意，例感情。動①動人之心，例感人至深。②心緒受外在影響而激動，例感傷。③接觸、身有所受，例感冒。④受人恩惠表示謝意，例感激。　(二) ㄏㄢˋ hàn 名通「憾」；恨，例王貪而無信，唯蔡於感。(《左傳》〈昭公十一年〉) 動通「撼」；振動，例舒而脫脫兮，無感我帨兮。(《詩經》〈召南・野有死麕〉)

◆感化、感召、感受、感染、感恩、感慨、感嘆、感激、感觸、感恩圖報、感激涕零　性感、果感、動感、靈感。

13【想】ㄒㄧㄤˇ xiǎng 名念頭，例非分之想。動①有所盼望而思索，例想像。②揣測、推度，例想當然耳。(《後漢書》〈孔融傳〉) ③回憶、懷念，例懷想。

◆想念、想像、想入非非　思想、料想、推想、猜想、夢想、胡思亂想。

13【意】ㄧˋ yì 名①姓，明有意秀。②心裏所想的，例主意。③心願，例心意。動①主張，例意見。②猜測，臆度，例意料。連表示沒有想到的轉折，例不意。

◆意外、意志、意思、意氣、意義、意境、意圖、意識　用意、故意、差強人意。

12【愎】ㄅㄧˋ bì 形固執己見，例剛愎自用。

12【愒】(一) ㄑㄧˋ qì 動同「憩」；休息，例汔可小愒。(《詩經》〈大雅・民勞〉) (二) ㄎㄞˋ kài 動貪、偷安，例愒歲愒日。　(三) ㄏㄜˋ hè 動同「嚇」，例恐愒。

12【愞】ㄖㄨㄢˇ ruǎn 形「畏愞」：怕事、軟弱的樣子。

12【愔】ㄧㄣ yīn 形安和沉靜的樣子，例愔愔。

13【愛】〔爱〕ㄞˋ ài 名①仁、惠，例遺愛人間。②指親慕的情緒或親慕的人，例愛情。③姓，宋有愛申。動①親善、喜好，例親愛。②憐惜、吝惜，例百姓皆以王爲愛也。(《孟子》〈梁惠王上〉)形通「僾」；隱蔽的樣子。副容易，常易發生某種變化，例天氣熱，東西愛壞。

◆愛好、愛慕、愛戴、愛護、愛屋及烏 令愛、吾愛、喜愛、奪愛、親愛。

十畫

13【愼】ㄕㄣˋ shèn 名姓，晉有愼修。動①小心，例謹言愼行。②重視，例愼禮儀。③恐怖、淒厲，例半夜外面一聲長嗥，眞愼得慌。副吩咐禁戒的話，例愼勿多言。

◆愼言、愼思、愼重、愼密、愼獨、愼謀能斷。

13【慌】(一)ㄏㄨㄤ huāng 動①驚恐，例恐慌。②急迫、忙亂，例慌張。副非常，例悶得慌。 (二)ㄏㄨㄤˇ huǎng 副同「恍」、「怳」，例慌惚。

13【慄】〔栗〕ㄌㄧˋ lì 動因害怕而肢體抖動，例不寒而慄。形謹敬的樣子，例慄然。

13【慍】ㄩㄣˋ yùn 動心含怨怒，例人不知而不慍。(《論語》〈學而〉)

13【愾】〔忾〕(一)ㄎㄞˋ kài 同「慨」。動恨怒，例同仇敵愾。副氣塡胸臆，例愾然。 (二)ㄒㄧˋ xì 動長聲嘆息，例愾我寤歎。(《詩經》〈曹風·下泉〉)

13【愴】〔怆〕ㄔㄨㄤˋ chuàng 動悲傷，例悽愴。

13【愧】ㄎㄨㄟˋ kuì 同「媿」。形羞慚，例面有愧色。

14【慇】ㄧㄣ yīn 同「殷」。動憂愁、傷痛，例慇慇。副「慇懃」：情意委曲而周到；亦作殷勤。

14【愿】ㄩㄢˋ yuàn 形①謹愼、善良，例愿慤。②忠厚、誠實，例謹愿。③大陸用作「願」(ㄩㄢˋ)之簡化字。

14【態】〔态〕ㄊㄞˋ tài 名①人的舉止形貌，例姿態。②物的形狀，例形態。③事的情況，例事態。

◆態度、態勢、笑態、性態、狀態、容態。

13【愷】〔恺〕ㄎㄞˇ kǎi 形①和樂，例愷悌君子。②同「凱」，例愷樂。

13【慆】ㄊㄠ tāo 動①喜悅，例慆心。②可疑。③縱慢，例慆淫。④藏，例以樂慆憂。(《左傳》〈昭元三年〉)⑤「慆慆」：形容時間久，例慆慆不歸。(《詩經》〈豳風・東山〉)

13【慉】ㄒㄩˋ xù 動①同「畜」；養。②同「蓄」；積聚，例蘊慉。

13【慊】㈠ㄑㄧㄢˋ qiàn 動同「歉」；怨恨不滿足的樣子，例慊慊。㈡ㄑㄧㄝˋ qiè 動同「愜」；滿足，例不慊於心。

13【愫】ㄙㄨˋ sù 名同「素」；誠、眞情，例情愫。

十一 畫

14【慷】ㄎㄤ kāng ㄎㄤˇ kǎng 副同「忼」；「慷慨」：⑴意氣激昂。⑵悲嘆。⑶不吝嗇。

14【慢】ㄇㄢˋ màn 名詞曲的變調，調長聲緩，例木蘭花慢。動輕忽、侮辱，例可敬不可慢。(《禮記》〈緇衣〉)形①遲緩，例慢工出巧匠。②怠惰，例怠慢。③疏忽，例疏慢。④倨傲不敬，例傲慢。副放縱。

◆**慢待、慢條斯理 疏慢、緩慢、怠慢、簡慢、侮慢。**

14【慣】〔惯〕ㄍㄨㄢˋ guàn 名經久養成的習性，例習慣。動縱容，例慣壞。形習以為常的，例慣例。

◆**慣犯、慣技、慣性、慣例、慣賊。**

14【慟】〔恸〕ㄊㄨㄥˋ tòng 副悲傷過度，哀慟。

14【慚】〔惭〕ㄘㄢˊ cán 形同「慙」；羞愧，例慚愧。

14【慘】〔惨〕ㄘㄢˇ cǎn 形①狠虐、毒辣，例慘酷。②哀痛、傷痛，例悲慘。③同「黲」；顏色暗淡之意，例天慘慘而無色。(王粲〈登樓賦〉)

◆**慘白、慘敗、慘酷、慘澹、慘不忍睹、慘絕人寰、慘澹經營。**

15【慶】〔庆〕ㄑㄧㄥˋ qìng 名①可喜可賀的事情，例國慶。②福氣，例積善之家有餘慶。(《易經》〈文言〉)③善事、善行，例一人有慶，兆民賴之。(《尚書》〈呂刑〉)④姓，春秋齊有慶封。動①祝賀，例普天同慶。②賞賜，例行慶施惠。

◆**慶功、慶幸、慶典、慶祝、慶賀**

大慶、吉慶、喜慶、國恩家慶。

15【慧】ㄏㄨㄟˋ huì 名聰敏，例敏慧。形聰明敏銳的，例慧眼獨具。

◆聰慧、智慧、秀外慧中、蘭心慧質。

15【慮】〔虑〕ㄌㄩˋ lǜ 名姓，春秋魯有慮癸。動①謀策、思考，例人無遠慮，必有近憂。(《論語》〈衛靈公〉)②憂愁、恐懼，例先王慮漢賊不兩立。(諸葛亮〈後出師表〉)③疑惑，例危慮。副大概，例無慮。

◆考慮、憂慮、疑慮、焦慮、深思熟慮。

15【慝】ㄊㄜˋ tè 名內心隱藏的惡念，例邪慝。動①以言語毀善害能，例讒慝。②故意掩飾自己邪惡的行為，例隱慝。

15【憂】〔忧〕ㄧㄡ yōu 名①可愁的事，例人無遠慮，必有近憂。(《論語》〈衛靈公〉)②居喪，例丁憂。③姓。動①愁患、擔心，例仁者不憂。(《論語》〈子罕〉)②勞，勞則成疾，例采薪之憂。形鬱悶不樂的，例憂鬱。

◆憂思、憂患、憂愁、憂慮、憂憤、憂心如焚、憂心忡忡　心憂、忘憂、隱憂、擔憂。

15【慼】(戚)ㄑㄧ qī 形①同「慽」；憂愁、悲傷。②慚愧。

15【慰】ㄨㄟˋ wèi 動①心安，例欣慰、自慰。②安撫，即用言語厚意使人寬心的意思，例慰藉、慰撫。

15【慫】〔怂〕ㄙㄨㄥˇ sǒng 動①驚，例慫兢。②「慫恿」：從旁勸誘或鼓舞他人去做某事。

15【慾】〔欲〕ㄩˋ yù 名因內心喜好而渴望滿足的意念，例求知慾、貪慾。形多嗜好，例棖也慾，焉得剛？(《論語》〈公冶長〉)

◆慾火、慾念、慾望。

14【慥】ㄗㄠˋ zào ㄘㄠˋ cào 動言行厚道，例慥慥。

15【慕】ㄇㄨˋ mù 名姓，清有慕天顏。動①思念、眷戀，例思慕。②愛羨、敬仰，例欽慕。

◆慕名、慕義　仰慕、愛慕、羨慕。

14【慳】〔悭〕ㄑㄧㄢ qiān 動省減，例辭慳。形①吝嗇、器量狹小，例慳吝。②不美滿，例緣慳。

14【慓】ㄆㄧㄠˋ piào 形同「僄」；疾急、輕便的樣子，例慓悍。

14【慴】(懾) ㄓㄜˊ zhé 動懾、畏懼，例慴伏。

15【慤】〔悫〕ㄑㄩㄝˋ què 形誠謹，例端慤。

14【慵】ㄩㄥ yōng ㄩㄥˊ yóng 形懶惰，例慵懶。

14【憋】ㄅㄧㄝ biē 動「憋氣」：把氣忍住，不使發出。

14【慱】ㄊㄨㄢˊ tuán 形「慱慱」：憂勞的樣子，例勞心慱慱兮。(《詩經》〈檜風・素冠〉)

14【慪】〔怄〕ㄡˋ òu 動同「嘔」，故意惹人生氣，例慪氣。

十二 畫

15【憐】〔怜〕ㄌㄧㄢˊ lián 動①通「伶」；愛惜，例我見猶憐。②哀憫，例同病相憐。

◆憐恤、憐惜、憐愛、憐憫、憐香惜玉 可憐、愛憐、垂憐、哀憐。

15【憫】〔悯〕ㄇㄧㄣˇ mǐn 動①哀矜、憐恤，例悲天憫人。②憂傷、煩悶。

15【憎】ㄗㄥ zēng 動嫌惡、厭惡，例憎恨。

15【憬】ㄐㄧㄥˇ jǐng 動①醒悟，例憬悟。②遠行的樣子。

15【憚】〔惮〕ㄉㄢˋ dàn 動①恐懼，例忌憚。②畏難，例過則勿憚改。形勞苦，例憚我不暇。(《詩經》〈小雅・小明〉)

15【憤】〔愤〕ㄈㄣˋ fèn 動①忿怒、怨恨，例憤世嫉俗、義憤填膺。②心求通而未得，含煩悶之意，例不憤不啟。(《論語》〈述而〉)③奮發，例發憤。

◆憤恨、憤怒、憤慨、憤懣 公憤、心憤、私憤、發憤。

15【憧】ㄔㄨㄥ chōng 形①往來不絕或心意不定的樣子，例鬼影憧憧。②昏愚、痴笨，例愚憧。③「憧憬」：對過去或未來的事物，因思念而引起的想像。

15【憔】ㄑㄧㄠˊ qiáo 形「憔悴」：⑴困苦。⑵憂患。⑶枯槁瘦弱的樣子。

16【憲】〔宪〕ㄒㄧㄢˋ xiàn 名①法度、法令，例憲章。②憲法的略稱，例行憲紀念。③舊時下屬對長官的尊稱，例憲臺、大憲。④月朔的曆法。動效法。

16【憑】〔凭〕ㄆㄧㄥˊ píng 名①證據，例文憑、憑證。②依據的標準。③姓，唐有憑祥興。動①依託、依靠，例憑欄。②仗恃、依賴，例憑恃。副任、隨，例任憑。

◆憑弔、憑仗、憑空、憑眺、憑藉。

16【憊】〔惫〕ㄅㄟˋ bèi 形疲勞困倦，例疲憊。

15【憍】ㄐㄧㄠ jiāo 形同「驕」；驕矜誇大，例憍泄。

16【憖】ㄧㄣˋ yìn 動同「憗」；①且、願意，例旻天不弔，不憖遺一老。(《左傳》〈哀公十六年〉)②傷、缺，例兩軍之士皆未憖也。(《左傳》〈文公十二年〉)③謹敬，例憖憖。

16【憙】ㄒㄧˇ xǐ 形內心喜悅、快樂，例無不欣憙。歎同「嘻」；感歎聲。

16【憝】ㄉㄨㄟˋ duì 名奸惡，例元惡大憝。(《尚書》〈康誥〉)動怨恨、憎惡，例凡民罔弗憝。(《尚書》〈康誥〉)

16【憨】ㄏㄢ hān 名姓，明有憨山。形①癡傻、愚鈍，例憨笑、憨態。②粗。

16【憩】(甜)ㄑㄧˋ qì 動休息，例休憩。

15【憭】(一)ㄌㄧㄠˇ liǎo 動明瞭。 (二)ㄌㄧㄠˊ liáo 形①空的樣子。②悽愴之意，例憭慄。

15【憮】〔怃〕ㄨˇ wǔ 動韓、鄭稱愛爲「憮」。形悵然失意的樣子，例夫子憮然。(《論語》〈微子〉)

15【憯】ㄘㄢˇ cǎn 形傷痛，例憯怛。助曾乃，例胡憯莫懲。(《詩經》〈小雅・十月之交〉)

15【憒】〔愦〕ㄎㄨㄟˋ kuì 形昏亂不明，例憒亂。

十三 畫

16【懍】ㄌㄧㄣˇ lǐn 動敬畏。形危險的樣子。

16【憶】〔忆〕ㄧˋ yì 動①記住不忘，例過目皆憶。②思念、懷想，例憶舊、憶友。

16【憾】ㄏㄢˋ hàn 動仇恨，例憾恨。形內心感到不滿足，例憾然。

◆有憾、悲憾、缺憾、遺憾。

16【懊】ㄠˋ ào 動①悔恨，例懊悔、懊恨。②頹唐，例懊喪。

17【懋】ㄇㄠˋ mào ㄇㄡˋ mòu 動①勸勉，例懋賞。②交易，例懋遷。形①通「楙」、「茂」，盛大的，例懋績、懋勳。②美。

16【懈】ㄒㄧㄝˋ xiè 動疏懶、怠惰，例夙夜匪懈。(《孝經》〈卿大夫章第四〉)形不緊密，例鬆懈。

16【懂】ㄉㄨㄥˇ dǒng 動明白、了解，例懂事。

17【懇】〔恳〕ㄎㄣˇ kěn 動請求，例懇求、懇請。形真誠、至誠。

◆懇切、懇摯、懇懇 忠懇、誠懇、勤懇、悃懇。

16【憸】ㄒㄧㄢ xiān 形奸詐利口，例憸佞。

16【憺】ㄉㄢˋ dàn 動通「憚」，畏懼，例憺畏。形安定，例憺憺。

17【懃】ㄑㄧㄣˊ qín 名姓，宋有懃弦。動同「勤」；勞苦，例懃恪。形同「勤」；厚意待人，例慇懃。

16【懌】〔怿〕ㄧˋ yì 形喜悅而敬服，例欣懌。

16【懆】ㄘㄠˇ cǎo 形憂愁不安的樣子。

17【應】㈠ㄧㄥ yīng 副①該當，例應當、應該。②猶言或是、想來是，爲料想之詞，例此曲祇應天上有。(杜甫〈贈花卿詩〉) ㈡ㄧㄥˋ yìng 名姓，漢有應劭。動①對答、承諾，例應對。②物相交合，例感應。③對付，例應變。④接受，例應徵、應詔。⑤供給，例供應。⑥適合，例應用。

◆應允、應市、應用、應屆、應時、應許、應試、應酬、應對、應徵、應驗、應接不暇 回應、呼應、相應、答應、響應。

十四 畫

17【懦】ㄋㄨㄛˋ nuò 形柔弱、膽怯，例懦夫。

18【懣】〔懑〕ㄇㄣˋ mèn 名煩悶，例憂懣。形憤鬱的樣子，例志懣氣盛。

18【懟】〔怼〕ㄉㄨㄟˋ duì 動怨恨，例怨

懟。

17【懨】〔恹〕ㄧㄢ yān 形①安詳的容色，例懨懨逸色。②病態，例病懨懨。

十五 畫

19【懲】〔惩〕ㄔㄥˊ chéng 動①戒止，例懲忿窒慾。②責罰以示警戒，例懲罰。

十六 畫

19【懷】〔怀〕ㄏㄨㄞˊ huái 名①胸臆、胸腹之間，例然後免於父母之懷。(《論語》〈陽貨〉)②心意，例耿耿於懷。③姓，三國吳有懷敍。動①懷藏，例其有核者懷其核。(《禮記》〈曲禮上〉)②思念，例去國懷鄉。③傷痛，例願言則懷。(《詩經》〈邶風・終風〉)④安撫，例懷柔。⑤歸附，例黎民懷之。⑥包、藏，例懷山襄陵。

◆懷古、懷抱、懷柔、懷疑、懷才不遇 永懷、胸懷、不懷好意、心懷歹意、投懷送抱。

19【懶】〔懒〕(嬾)ㄌㄢˇ lǎn 形懈怠，工作不勤謹，例懶惰。副不想、不願意，例懶得理他。

19【懵】(懜)(一)ㄇㄥˇ měng 形同「懜」、「懞」；不明的樣子，例懵懂。(二)ㄇㄥˊ méng 形無知的樣子，例懵懵、懵然。

20【懸】〔悬〕ㄒㄩㄢˊ xuán 動①繫掛，例懸掛。②事無著落，憑空無所繫屬，例懸案、懸想。形①危險，例差點出車禍，眞懸！②遙遠，例一人之思，遲速天懸。(《南齊書》〈陸厥傳〉)副非常，例懸殊。

◆懸空、懸念、懸河、懸殊、懸壺、懸疑、懸賞、懸崖勒馬、懸崖峭壁。

十七 畫

20【懺】〔忏〕ㄔㄢˋ chàn 名僧侶替人祈禱懺悔罪過所禮誦的經文，例慈悲懺法。動悔悟、改過，例懺悔。

十八 畫

21【懼】〔惧〕ㄐㄩˋ jù 動害怕、驚恐，例勇者不懼。(《論語》〈子罕〉)

21【懾】〔慑〕ㄓㄜˊ zhé ㄕㄜˋ shè 動①恐懼，例懾服。②威脅、威服，例聲懾海內。

22【懿】ㄧˋ yì ㄧˊ yí 形①美好的，今多用以稱女德的溫柔善美，例懿德、懿行。②深的，例懿筐。歎同「噫」；悲痛怨嘆的聲音。

21【懽】㈠ㄏㄨㄢ huān 形同「歡」；喜樂的樣子。㈡ㄍㄨㄢˋ guàn 動憂愁，例懽懽。

十九 畫

23【戀】〔恋〕ㄌㄧㄢˋ liàn 動①思慕、眷念不捨，例遊子戀故鄉。(蘇武〈無題詩〉)②兩相愛慕，例戀愛。

◈**戀棧、戀舊　失戀、相戀、依戀、苦戀、單戀、留戀、貪戀、迷戀。**

二十四 畫

28【戇】〔戅〕ㄓㄨㄤˋ zhuàng ㄏㄢˋ hàn 形痴愚而剛直的樣子，例悍戇好鬥。

戈 部

04【戈】ㄍㄜ gē 名①平頭戟，古代兵器的一種。②古國名，在宋、鄭之間。③姓，禹的後代，分封於戈，以國爲姓。

一 畫

05【戊】ㄨˋ wù 名天干的第五位。形同「茂」；物茂盛。

二 畫

06【戎】ㄖㄨㄥˊ róng 名①春秋衞地名，即古戎國，當今山東曹縣東南地。②兵器，例戎器。③兵車，例戎車。④晉、宋人稱堂弟爲阿戎。⑤西方的民族。⑥姓，漢有戎賜。代汝，例戎雖小子。(《詩經》〈大雅・民勞〉)動相助，例烝也無戎。(《詩經》〈小雅・常棣〉)

◈**戎馬、戎裝　犬戎、元戎、西戎、投筆從戎。**

06【戌】ㄒㄩ xū 名①十二地支的第十一位。②時辰名，即午後七時至九時。

06【戍】ㄕㄨˋ shù 名①戍守之人。②駐守的營房，例築戍。動守邊，例戍邊。

06【成】ㄔㄥˊ chéng 名①古地名。成邑在今山東省寧陽縣東北。②十分之一叫成，例七成。③姓，唐有成三郎。動①平定，例成亂。②可以，例不成。

③事情做好了，例事成之日。④變爲，例積土成山。形能幹，例這人很成。副足夠，例成了，別再添了。

◈成立、成全、成見、成敗、成就、成熟、成人之美、成千上萬。

三畫

07【戒】ㄐㄧㄝˋ jiè 名佛教的律規，例八戒。動①防備，例戒備。②勸告，例勸戒。③除去，例戒酒。

◈戒律、戒除、戒嚴　十戒、受戒、儆戒、齋戒。

07【我】ㄨㄛˇ wǒ 名姓，戰國時有我子。動自以爲是，例毋固，毋我。(《論語》〈子罕〉)代自稱之辭，例我輩。形表親切之意，例竊比於我老彭。(《論語》〈述而〉)

四畫

08【或】ㄏㄨㄛˋ huò 代①有人，例或謂孔子曰：子奚不爲政？(《論語》〈爲政〉)②誰。③有的，指某事物。副也許，不一定，例或許。

08【戕】ㄑㄧㄤˊ qiáng 動殺害、殘壞，例戕賊。

08【戔】〔戋〕ㄐㄧㄢ jiān 形「戔戔」：(1)微小的樣子，例戔戔之數。(2)積聚的樣子。

七畫

11【戚】(慼)ㄑㄧ qī 名①古時的兵器名，就是長柄的大斧。②親屬，例親戚。③姓，明有戚繼光。動憂愁，哀傷，例悲戚。

◈戚然、戚誼、戚舊　外戚、貴戚、憂戚、休戚相關、皇親國戚。

11【戞】ㄐㄧㄚˊ jiá 名兵器名，即長矛。動擊，例戞擊。形難，例戞戞。

八畫

12【戟】ㄐㄧˇ jǐ 名兵器名，竿端附有枝狀的利刃。動刺激，例戟喉。

九畫

13【戡】ㄎㄢ kān 動①刺、殺戮。②平定，例戡亂。

13【戢】ㄐㄧˊ jí 名姓，春秋楚有戢黎。動①收斂，例鴛鴦在梁，戢其左翼。(《詩經》〈小雅・鴛鴦〉)②止息，例戢兵。③藏。

13【戣】ㄎㄨㄟˊ kuí 图古兵器，和戟同類。

13【戥】ㄉㄥˇ děng 图「戥子」：小型的秤，用來稱金銀、珠寶或藥物等貴重或重量很輕的東西。

十 畫

14【截】ㄐㄧㄝˊ jié 图斷物的一部分，例上半截。動①割斷，例截斷。②阻攔，例攔截。③停止，例截止。形分明的，例截然不同。

◆截止、截取、截留、截然、截獲、截擊、截長補短。

14【戧】〔戗〕㈠ㄑㄧㄤˋ qiàng 動①支持，例樑上不正，應該戧上一根木頭。②「戧金」：用金屬裝飾器物。 ㈡ㄑㄧㄤ qiāng 動不順，逆向，例戧風。副決裂，例說戧了。

14【戩】ㄐㄧㄢˇ jiǎn 图福祿，例戩福。動①盡，具備，例戩穀。②通「翦」，消滅。

十一 畫

15【戮】ㄌㄨˋ lù 動①殺，例殺戮。②陳尸示眾，例戮屍。③同「僇」，侮辱，例戮笑。④通「勠」，合、併，例戮力。

十二 畫

15【戰】〔战〕ㄓㄢˋ zhàn 图姓，漢有戰兢。動①互決勝負，例挑戰。②打仗，例王好戰，請以戰喻。(《孟子》〈梁惠王上〉)③懼怕，例戰竦。④顫動，發抖，例寒戰。形戰爭的，例戰果。

◆戰友、戰地、戰局、戰況、戰鬥、戰慄、戰戰兢兢 休戰、作戰、苦戰、百戰百勝。

十三 畫

17【戲】〔戏〕㈠ㄒㄧˋ xì 图①以言語、歌舞或表情來表達意思的一種表演，例演戲。②姓，後漢有戲志才。動①嬉戲，例戲豫。②詼嘲，例戲謔。 ㈡ㄏㄨ hū 助通「嘑」、「虖」；哀痛語或傷感語，例於戲。 ㈢ㄏㄨㄟ huēi 图通「麾」，用以指揮軍隊的旗幟，例戲下。

◆戲言、戲弄、戲謔、戲綵娛親 入戲、拍戲、遊戲、調戲。

17【戴】ㄉㄞˋ dài 名①周國名。②姓，戰國宋有戴不勝。動①頭上載物，例戴帽。②頂著，例披星戴月。③擁護，推崇，例擁戴。

十四畫

18【戳】ㄔㄨㄛ chuō 名圖章，例郵戳。動以尖端觸擊或刺，例戳洞，戳了一指頭。

戶 部

04【戶】ㄏㄨˋ hù 名①單扇的門，例一扇曰戶，兩扇曰門。②住戶，一家為一戶。③飲酒之量，例大戶。④姓，漢有戶聳。

四 畫

08【房】(一) ㄈㄤˊ fáng 名①居室的通稱，例房子。②物體分隔為間隔狀的各個部分，例蜂房。③居室中的一間，例書房。④商店，例西藥房。⑤星名，二十八宿之一。⑥家族的分支，例大房。⑦姓，唐有房玄齡。 (二) ㄆㄤˊ páng 名「阿房宮」：秦朝宮殿名。

◆房東、房契、房租、房產、房間 臥房、樓房、藥房、廚房。

08【所】ㄙㄨㄛˇ suǒ 名①所處的地方，例處所。②房屋的計算單位，例房屋一所。③姓，春秋魯有所俠。代指示事物的詞，例視其所以，觀其所由。(《論語》〈為政〉) 連「所以」：(1)因此，表示某種原因而致某種結果，承上啟下的語詞，常與因為連用，例因為下雨，所以地溼。(2)何以、為甚麼。(3)用來。(4)原故，例問其所以。

◆所在、所有、所得、所屬、所向披靡、所向無敵 住所、居所。

08【扂】ㄏㄨˋ hù 名引水到田裡的農具，例扂斗。動引水進來，例扂水。

08【戾】ㄌㄧˋ lì 名罪惡，例罪戾。動到，至，例鳶飛戾天。(《詩經》〈大雅・旱麓〉) 形暴虐、凶狠，例暴戾。

◆狠戾、乖戾、悖戾、風聲鶴戾。

五 畫

08【扃】(一) ㄐㄩㄥ jiōng 名①安在門扇上的鐶鈕或門栓。②車上橫木，例脫扃。③門戶，例金關玉廂叩玉扃。(白居易〈長恨歌〉) 動把門關上，例扃

門。 ㈡ㄐㄩㄥˇ jiǒng 形通「炯」，明察、明鑒，例扃扃。

09【扁】㈠ㄅㄧㄢˇ biǎn 名①通「楄」「匾」，以木板題字，掛在門牆上的橫牌，例扁額。②姓，戰國鄭有扁鵲。形寬而薄的形狀，例扁平。 ㈡ㄆㄧㄢ piān 形小，例乘扁舟。

六 畫

10【扇】(搧)㈠ㄕㄢˋ shàn 名①板片，例門扇。②用以煽動氣流的用具，例電扇。③古儀仗中障塵蔽日的器具，例扇翣。④計算門、窗等的單位，例一扇門。 ㈡ㄕㄢ shān 動①搖動扇子使生風。②吹揚。③「扇動」：利用言語或手段以引起事端；亦作煽動。

10【扅】ㄧˊ yí 名栓門的木頭，即「門栓」。

七 畫

11【扈】ㄏㄨˋ hù 名①古國名。②古地名，春秋鄭邑。③隨從服役者，亦爲養馬者之專稱，例扈從。④姓，晉有扈謙。副强横，例跋扈。

八 畫

12【扉】ㄈㄟ fēi 名①門扇，例柴扉。②黃色扉扇，指宰相所居住的地方。

12【扊】ㄧㄢˇ yǎn 名①關門的木頭。②「扊扅」：門閂。

手 部

04【手】ㄕㄡˇ shǒu 名①人體上肢，例手掌。②擅長某技藝的人，例鼓手。③做事的人，例人手。動拿著，例人手一册。形與手有關之物，例手榴彈。副親自做的，例手書。

◆手心、手札、手令、手足、手段、手腕、手腳、手勢、手諭、手忙腳亂、手足無措 水手、助手、聖手、雙手。

03【才】ㄘㄞˊ cái 名①學問能力，例才幹。②通「材」，人的品質，例幹才。③姓，明有才寬。動通「裁」，裁度，例惟王之才。(《戰國策》〈趙策〉)副通「纔」，僅，只有。

◆才思、才氣、才能、才情、才華、才智、才高八斗、才疏學淺 人才、文才、天才、地才、奇才、大才小用。

一　畫

04【扎】（紮）㊀ㄓㄚ zhā 名刺繡，縫紉法之一，例扎花兒。動刺，例扎了一針。　㊁ㄓㄚˊ zhá 名同「札」，例信扎。動①寒氣刺骨，例冷得扎手。②建立，例有兩個大王扎了寨柵。（《水滸傳》〈第四回〉）　㊂ㄓㄚˇ zhǎ 動止、停住，例扎住腳。

二　畫

05【打】㊀ㄉㄚˇ dǎ 名姓。動①擊，例打球。②製造、創作，例打樣。③取，例打水。④舉著，例打傘。⑤編織，例打毛衣。⑥繫，例打領帶。⑦撥，發，例打電話。⑧猜測，例打一字。⑨吵架、鬥毆，例打架。⑩購買，例打油。⑪捕捉，例打魚。⑫建造，例打井。⑬計算，例打算。⑭捆紮，例打包。⑮掀、揭，例打開。⑯賭博，例打麻將。⑰振奮，例打起精神。介從，例打今天起。助助動詞，例打盹。　㊁ㄉㄚˊ dá 名計算物品的量詞，英文 dozen 的音譯，十二個為一打，例一打雞蛋。

◆**打仗、打劫、打岔、打盹、打烊、打探、打發、打趣、打擊、打擾、打攪、打成一片、打抱不平、打草驚蛇、敲打、毆打、鞭打、捶打。**

05【扔】㊀ㄖㄥ rēng 動①投，擲，例把橘子扔過來。②丟棄，例扔垃圾。　㊁ㄖㄥˋ rèng 動①強牽引。②摧、毀。

05【扒】㊀ㄅㄚ bā 動①刨挖，例用手在地上扒個坑。②強脫他人衣服，例扒掉衣服。③用手攀住東西，例扒緊。　㊁ㄆㄚˊ pá 動①拾，例這些做田的，扒糞的。（《儒林外史》第五回）②攀登，例扒上高山。③掘，例小狗從土裡扒出皮球來。④抓，例扒癢。⑤偷取，例扒錢。

05【扑】ㄆㄨ pū 名刑杖。動通「撲」；擊。

三　畫

06【扣】（釦）ㄎㄡˋ kòu 名①可以鉤結的東西，例鈕扣。②文書一套或摺子兩頁一摺，都稱一扣。動①牽持，例扣馬。②敲、擊，例扣弦。③減除，例十元扣三元，還剩七元。④把人拘留下來，或把財物留下不發，例扣押。⑤把東西倒放，例扣著杯子。⑥蓋上、罩上，例把蓋子扣上。⑦貼緊，例扣題。⑧同「叩」，當「問」講，例扣問。

◆扣留 折扣、門扣、暗扣、鞋扣、帶扣。

06【扛】㈠ㄍㄤ gāng 動①用兩手舉起重物，例扛鼎。②兩人或多人共擡一物，例扛桌子。 ㈡ㄎㄤˊ káng 動①以肩荷物，例扛著槍。②以言語頂撞。

06【扠】㈠ㄔㄚ chā 名刺取魚鼈的器具，例魚扠。動①通「叉」；戳取。②「扠腰」：以雙手撐於腰間的姿勢。㈡ㄓㄚˇ zhǎ 名張開大拇指和食指來量東西的長度，叫做扠。

06【扦】ㄑㄧㄢ qiān 名①金屬竹木等細長而一端尖銳，用以通物或挑除東西的棒子，例牙扦。②拳術手法之一，手組成半拳以擊敵人上部者。動插、刺，例魚刺扦進牙縫裡。

06【扞】(捍)ㄏㄢˋ hàn 名臂衣，保護手臂的袖套。動①抵禦，例扞拒。②保衛，例扞衛。③通「干」；觸犯。

06【托】(託)ㄊㄨㄛ tuō 名①承物的器具，例茶托子。②Torr 物理上壓力的單位，一毫米水銀柱的壓力為一托。③姓，漢有托津。動①推，例向上一托。②以手承物，例托腮。

四畫

07【抄】ㄔㄠ chāo 名①古時量名，十撮為一抄。②姓，元有抄思。動①掠取，例抄掠。②以匙取物。③謄寫，例抄寫。④扣押、沒收，例抄家。⑤走近路，例抄小路。⑥烹飪法之一，即將物迅速入沸水中白煮一下，立刻撈起。

07【抉】ㄐㄩㄝˊ jué 動①挖，例抉眼。②穿；戳。③挑選，例抉擇。④揭發，例抉瑕擿釁。

07【扭】ㄋㄧㄡˇ niǔ 動①手緊握物件而旋轉，例扭開門把。②揪住，例警察扭住小偷不放。③回轉、掉轉，例扭頭就走。④同用力轉動而使筋骨受傷，例扭筋。形「扭捏」：形容言語動作裝腔作勢，不大方、不爽快。

07【把】㈠ㄅㄚˇ bǎ 名①計算有柄物件的量詞，例一把刀。②一束東西，例麥子一把。動①握持，例把舵。②看守，例把守。形多餘，例年把。介將、拿，例把這些東西丟掉。副大約，例百把塊錢。 (二) ㄅㄚˋ bà 名器物的柄，例刀把。

07【扼】(搤) ㄜˋ è 名通「軛」；馬頸上的曲木，例衡扼。動①通「搤」；捉住，例緊扼。②據守，例扼險。③壓抑。

07【抗】ㄎㄤˋ kàng 名姓，後漢有抗徐。動①拒絕，例抗命。②用肩扛物，例抗一擔米。③抵禦，例抗敵。④對抗，例抗衡。形①剛直，例抗直。②高尚，例抗志。

◆**抗爭、抗戰、抗議、抗體、抗生素、抵抗、對抗、頑抗、拮抗。**

07【抖】ㄉㄡˇ dǒu 動①顫動，例發抖。②振動，例把身上的塵土抖一抖。③振作，例抖擻。④謂人發迹而闊綽，例抖起來了。

07【技】ㄐㄧˋ jì 名①才能、才藝，例絕技。②工匠，例百技。

◆**技工、技巧、技能、技術、技藝、技癢 奇技、特技、科技、黔驢技窮、雕蟲小技。**

07【找】ㄓㄠˇ zhǎo 動①把多餘的部分退回，把不夠的部分補足，例找錢，找補。②尋覓，例找工作。③惹出、自尋，例自找麻煩。

07【扳】(一) ㄅㄢ bān 動①把物體反轉過來，例扳轉。②挽回劣勢，例他將比數扳平。 (二) ㄆㄢ pān 動同「攀」，援引，例扳鞍上馬。(《紅樓夢》〈第二十四回〉)

07【抒】ㄕㄨ shū 動①同「紓」，解除，例抒難。②發洩、表達，例一抒愚意。③挹、汲出，例抒井易水。(《管子》〈禁藏〉)

07【扶】ㄈㄨˊ fú 名姓，漢有扶嘉。動①支援，幫助，例若扶梁伐趙。(《戰國策》〈趙策〉)②攙扶。副植物駢生者，例扶竹。

07【扯】ㄔㄜˇ chě 動①撕開，例扯碎。②展開，例扯旗。③牽引，例拉扯。④隨便而無倫次的閒談，例胡扯。

07【折】(一) ㄓㄜˊ zhé 名①減去原價的比例，例折扣。②書法的筆畫，筆鋒要向左時先向右，例折鋒。③元代的戲劇，一幕爲一折。④姓，後漢有折象。動①判斷，例折獄。②毀棄，例折斷。③虧損，例折本。④弄斷，例折斷。⑤改變方向，例轉折。⑥摺疊，例折換。⑦對換，例折換。⑧

佩服，例心折。形拗曲的樣子，例曲折。 (二)ㄕㄜˊ shé 形斷了。

◈折服、折衷、折衝、折磨、折騰心折、夭折、挫折。

07【扮】ㄅㄢˋ bàn 動①裝飾，例打扮。②化裝，例男扮女裝。③混和。

07【投】ㄊㄡˊ tóu 動①拋擲，例投球。②跳入，例自投羅網。③贈送，例投桃報李。④契合，例臭味相投。⑤歸依，例棄暗投明。⑥振動，例投袂而起。

◈投手、投奔、投降、投効、投宿、投誠、投遞、投靠、投機、投其所好、投筆從戎、投鼠忌器、投機取巧。

07【抓】ㄓㄨㄚ zhuā 動①搔，例抓癢。②以手取物，例抓了一把瓜子。③捕捉，例抓賭。④吸引，例抓住別人的視線。⑤把握，例抓住要點。

07【抑】ㄧˋ yì 動①按，例抑住。②壓逼，例壓抑。③遏止，例抑遏。④謙退，例自抑。形低沈，例抑揚。連①或是、還是，例求之與？抑與之與。(《論語》〈學而〉)②但是，表轉折。助發語詞，無義。

◈抑且、抑制、抑鬱、抑強扶弱、抑揚頓挫、抑鬱寡歡。

08【承】(一)ㄔㄥˊ chéng 名姓，後漢有承宮。動①蒙受，例承天之祐。②繼續，例繼承。③擔當，例承當。④迎合，例奉承。 (二)ㄓㄥˇ zhěng 動通「拯」，援救，例使弟子並流而承之。(《列子》〈黃帝〉) (三)ㄗㄥˋ zèng 動通「贈」，送。

◈承平、承情、承教、承當、承認、承諾、承辦、承擔、承繼、承襲、承先啟後、承歡膝下。

07【批】ㄆㄧ pī 名①數量名，數多而分次爲批，例一批貨物。②公文的一種，官署對於人民的呈請事項，答覆可否時所用，例批示。③附註在文件或書籍上的評語，例眉批。動①用手擊打，例批頰。②排除，例批患。③觸擊，例批逆鱗。

◈批判、批改、批准、批評、批發。

07【抵】ㄓˇ zhǐ 動①側擊，例抵掌。②擊毀。③投、拋擲，例抵璧。形同「底」；有病的，例抵國。

07【抆】ㄨㄣˋ wèn 動擦拭，例抆淚。

07【抔】ㄆㄡˊ póu 名①數量名，物一捧稱抔。動以手掬物，例抔飲。

五　畫

08【拈】㈠ㄋㄧㄢˊ nián 動以手指取物，拈香。
㈡ㄋㄧㄢˇ niǎn 動以手指相搓，例拈線。

08【拔】ㄅㄚˊ bá 動①攻克，例拔城。②選取、提升，例選拔。③除去，例拔草。④抽出，例拔刀。⑤動搖，例牢不可拔。形特出的，例出類拔萃。

◆**拔除、拔擢、堅忍不拔、拔刀相助、拔山蓋世、拔山倒海　提拔、挺拔。**

08【抨】ㄆㄥ pēng 動攻擊別人的過失或彈劾有罪，例抨擊。

08【抵】(牴)(觝)ㄉㄧˇ dǐ 動①推拒，例抵抗。②投擲，例抵地。③觸犯，例抵觸。④至，到了，抵達。⑤價值相當，可互相替換，例家書抵萬金。(杜甫〈春望詩〉)⑥抵償，例抵命，抵罪。副總括，例大抵。

08【拚】㈠ㄆㄢˋ pàn 動捐棄、犧牲，例拚死。
㈡ㄅㄧㄢˋ biàn 動①同「抃」，拍手。②兩人相搏。　㈢ㄈㄣˋ fèn 動掃除，例拚除。

08【拉】ㄌㄚ lā 動①摧折，例拉朽。②牽引，例拉車。③聯絡，例拉交情。④排泄，指大便，例拉屎。

◆**拉扯、拉雜、拉攏　克拉、拖拉、東拉西扯、摧枯拉朽。**

08【拌】㈠ㄅㄢˋ bàn 動①調和，攪和，例涼拌。②爭吵，例兩口子拌起來。　㈡ㄆㄢˋ pàn 動同「拚」，捐棄，例拌命。

08【拄】ㄓㄨˇ zhǔ 動①支撐，例拄杖。②譏刺折服。

08【抿】ㄇㄧㄣˇ mǐn 動①撫，摹。②用小刷子蘸水或油梳理頭髮，例抿髮。③輕輕地合上嘴，例抿著嘴。

08【拂】㈠ㄈㄨˊ fú 名麈尾，例拂塵。動①振起，例拂袖。②遮蔽，例拂日。③抹拭，例拂拭。④輕輕掠過，例春風拂檻露華濃。(李白〈清平調〉)⑤違背，例拂逆。⑥照顧，例照拂。
㈡ㄅㄧˋ bì 動通「弼」；輔助，例法家拂士。

08【抹】㈠ㄇㄛˇ mǒ 動①奏弦樂時輕撫其弦，以發出聲音。②擦拭，例抹乾。③塗敷，例抹藥。④勾消，掃滅的意思，例抹殺，亦作抹煞。⑤拉，放，例抹下臉來。 (二) ㄇㄛˋ mò 動①塗圬，例抹灰。②轉，例轉彎抹角。

08【拒】(一) ㄐㄩˋ jù 動①抵禦，例抗拒。②拒絕，例來者不拒。 (二) ㄐㄩˇ jǔ 名通「矩」，方陣，例鄭子元請爲左拒。(《左傳》〈桓公五年〉)

◆推拒、婉拒、來者不拒。

08【招】ㄓㄠ zhāo 名①箭靶。②明顯的標幟，例市招。③姓，漢有招猛。動①舉手呼人，例招之即來。②罪人自吐實情，例招供。③自取、引來，例滿招損。(《尚書》〈大禹謨〉)④用公開的方式使人來參加，例招考。

◆招引、招供、招待、招徠、招貼、招惹、招認、招領、招撫、招攬、招兵買馬。

08【拓】(搨) (一) ㄊㄨㄛˋ tuò 動①以手推物。②開擴，例開拓。③開墾，例拓荒。 (二) ㄊㄚˋ tà 動通「搨」；用紙墨摹印碑帖。 (三) ㄓˊ zhí 動通「摭」；拾。

08【披】ㄆㄧ pī 動①開、發，例披抉。②分、裂，例披頭散髮。③翻開，例披閱。④將衣物搭在肩背上，例披衣。

◆披掛、披露、披肝瀝膽、披星戴月、披頭散髮。

08【拋】ㄆㄠ pāo 動①丟棄，例拋棄。②投擲，例拋球。

◆拋售、拋錨、拋頭露面、拋磚引玉。

08【押】(一) ㄧㄚ yā 動①拘留，例拘押。②掌管，例分押。③典質，抵押。④跟隨看管，例押送。⑤詩賦用韻，例押韻。 (二) ㄧㄚˊ yá 名在文件或簿册上簽名，例簽押。

08【抽】ㄔㄡ chōu 動①發出、生長，例抽芽。②拔出、拉出，例抽絲。③從多數中取出一部分，例抽稅。④吸取，例抽煙。⑤打，例抽打。⑥間歇性的牽動，例抽搐。⑦脫開，例及早抽身。⑧提拔，例抽拔幽陋。(《後漢書》〈范滂傳〉)⑨大陸方言，拉起，抬起，托起。

◆抽身、抽空、抽查、抽籤、抽絲剝繭。

08【拐】ㄍㄨㄞˇ guǎi 名同「枴」；手杖，例拐杖。動①以詐術誘取人或物，例拐騙。②轉彎，例拐彎。③瘸腿，例走路一拐一拐。

08【拙】ㄓㄨㄛˊ zhuó 形①愚笨、不靈活，例愚拙。②自謙之詞，例拙見。

08【拇】ㄇㄨˇ mǔ 名手、腳上面第一個最粗大的指頭，例大拇指。

08【拘】ㄐㄩ jū 動①逮捕、捉拿，例拘捕。②限制，例無拘無束。③顧忌，例不拘小節。形不知變通，例拘泥。

09【拏】(挐) ㄋㄚˊ ná 動①牽引。②拘捕罪人；俗作「拿」。

08【拑】ㄑㄧㄢˊ qián 動通「箝」、「鉗」；夾持，例拑口。

08【拍】讀音ㄆㄛˋ pò 語音ㄆㄞ pāi 名①樂曲的節奏，例三拍子。②兵器名，例狼牙拍。③擊打物體的工具，例球拍。④Beat將振動數差異很小的音波或電波等合成時，由於彼此干擾而使波的振幅作週期性增減的現象。應用於樂器的調音和受信機周波數的變換上。動①用手輕打，例拍案。②照相，例拍照。

08【抱】ㄅㄠˋ bào 名①心中的意願，胸懷，例懷抱。②姓，北魏有抱嶷。動①用兩臂摟住，例摟抱。②堅守，例抱義。③《方言》稱雞孵卵爲抱，例抱窩。④領養小孩。⑤大陸方言，指衣服、鞋子大小合適，例她穿這件衣服很抱身兒。

◈抱屈、抱怨、抱負、抱罪、抱歉、抱頭鼠竄　擁抱、環抱、琵琶別抱、投懷送抱。

08【拆】ㄔㄞ chāi ㄔㄜˋ chè 動①裂、開，拆開。②毀壞，例拆毀。

◈拆卸、拆穿、拆除、拆散、拆夥、拆閱。

08【抬】㈠ㄔ chī 動同「笞」；用鞭、杖打。㈡ㄊㄞˊ tái 動同「擡」；兩人共舉一物，例抬桌子。

08【拎】ㄌㄧㄥˊ líng 動手提，例她拎著一只皮包。

09【拜】ㄅㄞˋ bài 名①姓，元有拜住。②「拜拜」：⑴臺灣、閩南地區，每逢節日或佛誕，都要供禱神明，大宴親朋的行事。⑵英語bye-bye的譯音，即再見。動①授官，例拜將。②低頭拱手行禮，或兩手扶地跪下磕頭，例跪拜。③祝賀，例拜年。

◈拜見、拜別、拜託、拜堂、拜訪、拜壽　交拜、朝拜、叩拜、膜拜、團拜。

08【拊】ㄈㄨˇ fǔ 名①樂器名，例拊搏。②器物的把柄。動①同「撫」，以手撫慰，例拊我，畜我。(《詩經》〈小雅・蓼莪〉)②拍擊，例拊掌。

08【拖】ㄊㄨㄛ tuō 動①牽引，例拖車。②延宕，例拖拖拉拉。

◈拖欠、拖累、拖鞋、拖延、拖泥帶水。

08【拗】(一)ㄠˇ ǎo 動折斷，例拗折。 (二)ㄠˋ ào；ㄧㄠˋ yào；ㄋㄧㄡ niū 形固執、不順從，例執拗。 (三)ㄩˋ yù 動壓制憤怒，例拗怒。

六畫

09【挖】(一)ㄨㄚ wā 動①掏，例挖耳。②掘，例挖坑。 (二)ㄨㄚˊ wá 名挖耳朵的用具，例耳挖子。

09【拼】ㄆㄧㄣ pīn 動①將零星的事物綴合，使相連屬，例拼圖。②通「拚」，不顧一切的犧牲或捐棄，例拼命到底。

09【按】ㄢˋ àn 動①依照，例按照。②把手放在東西上輕輕壓下，例按電鈴。③止住、壓住，例按捺。④考查，例按之當今之務。(《漢書》〈賈誼傳〉)⑤握著，例按劍。⑥文章中作者有所考證或有所註解之辭，例按語。

◈按例、按期、按兵不動、按部就班、按圖索驥。

09【拭】ㄕˋ shì 動①擦抹。②「拭目」：擦拭眼睛，比喻期待、等著瞧、仔細看的意思，例拭目以待。

09【持】ㄔˊ chí 名姓。動①手握，例持刀。②保守，例保持。③挾制，例劫持。④扶助，例扶持。⑤治理、主管，例主持。⑥對抗，例相持。⑦主張，例持之有故。

◈持久、持重、持家、持續 堅持、維持、挾持、秉持。

09【拮】(一)ㄐㄧㄝˊ jié 形①操作勞苦。②「拮据」：(1)雙手很勞苦的操作。(2)事情爲難，手足忙亂。(3)境況窘迫，缺少錢財，例生活拮据。 (二)ㄐㄧㄚˊ jiá 動逼迫。

09【拷】ㄎㄠˇ kǎo 名「拷貝」：Copy 的音譯；(1)電影底片複製的正片。(2)複寫或複印。(3)文件抄本、謄本或影印本。(4)複寫用的紙名。動打，例拷打。

09【指】ㄓˇ zhǐ 名①手掌或腳掌前端的分支部分，

例手指。②計算人口的數目，例食指衆多。③同「旨」，意向，主旨，例指要。動①用手表示，例指手畫腳。②向著，例指南。③斥責，例千人所指，無病而死。④直立，例目裂鬢指。⑤希望，例指望。

◈**指引、指示、指使、指責、指揮、指天畫地　戒指、染指、彈指、髮指。**

09【拽】(一) 丨ˋ yì 動同「曳」，引、拖，例車輪拽踵。(《禮記》〈曲禮下〉)　(二) ㄓㄨㄞˋ zhuài 動牽引，例把門拽上。(三) 丨ㄝˋ yè 動拖拉，例拽車。

09【拱】ㄍㄨㄥˇ gǒng 名①弧形建築，例拱橋。②姓，明有拱廷臣。動①兩手合抱，例拱抱。②圍繞，例衆星拱月。③兩手相合表示敬意，例拱手。

09【挑】(一) ㄊ丨ㄠ tiāo 動①揀選，例挑選。②擔荷，例挑擔子。③撥弄，例寂寞挑燈坐。(白居易〈夏夜宿直詩〉)　(二) ㄊ丨ㄠˇ tiǎo 動①撥動，例挑撥。②引誘，例挑逗。　(三) ㄊㄠ tāo 形「挑達」：態度輕浮、不端莊。

◈**挑剔、挑揀、挑逗、挑撥、挑戰、挑釁。**

09【括】ㄍㄨㄚ guā ㄎㄨㄛˋ kuò 名箭的末端。動①包容，例囊括四海。②結束，例總括起來。③搜求，例搜括。

09【拾】(一) ㄕˊ shí 名數目名，爲十的大寫。動①收集，例收拾。②揀取，例路不拾遺。③整理，例收拾。　(二) ㄕㄜˋ shè 動升登，例拾級。　(三) ㄕ shī 動翻動檢查，例拾翻。

09【拴】ㄕㄨㄢ shuān 動縛緊，例拴馬。

10【拳】ㄑㄩㄢˊ quán 名①屈指緊握起來的手，例握拳。②徒手搏擊的武術，例太極拳。③姓，春秋魏有拳彌。形①通「蜷」，彎曲，例鬒拳耳戢。②「拳拳」：(1)忠實謹慎的樣子。(2)奉持不違。

10【挈】ㄑ丨ㄝˋ qiè 動①提、舉，例提綱挈領。②帶領，例挈眷。

09【拶】(一) ㄗㄚˊ zá 動相擠逼，例排拶。　(二) ㄗㄢˇ zǎn 名古時的酷刑，用數根小木棒，夾犯人的手指，例拶指。

09【挃】ㄓˇ zhǐ 動撞擊。形收割稻穀的聲音，例穫之挃挃。(《詩經》〈周頌・良耜〉)

09【挂】(罣) ㄍㄨㄚˋ guà 動①通「掛」；懸，例挂冠。②通「絓」；阻礙，例挂閡。③鉤取，例挂功名。④登記，例挂名。

10【挐】㈠ㄋㄨˊ nú 名①船槳。②姓。形紛亂，例紛挐。 ㈡ㄋㄚˊ ná 動牽引。

09【拯】ㄓㄥˇ zhěng 動①舉起。②援救，例拯救。

10【拿】(拏)(挐) ㄋㄚˊ ná 動①以手取物或持物，例拿著棍子。②掌握、主持，例拿定主意。③捕捉，例狗拿耗子。④裝腔作勢，故意爲難。⑤擅長，例拿手。介把，例拿他沒辦法。

◆捉拿、捏拿、擒拿、推拿。

七 畫

10【捎】㈠ㄕㄠ shāo 動①附帶、隨帶，例請你替我捎一封信。②拂、掠，例耳搖層雲，腹捎衆木。(柳宗元〈晋問〉) ㈡ㄕㄠˋ shào 動①灑，例往菜上捎水。②退，例捎色。③雨斜灑落，例雨捎到屋裡來了。

10【捕】ㄅㄨˇ bǔ 名①古稱警察爲巡捕，或簡稱「捕」。②姓，漢有捕巡。動擒取、捉拿，例捕捉。

◆捕風捉影、緝捕、巡捕、神捕、圍捕。

10【挾】〔挟〕㈠ㄒㄧㄝˊ xié 動①把東西夾在腋下，例挾持。②暗藏，例挾帶私貨。③强迫、脅迫，例挾迫。④倚恃，例挾貴而問。(《孟子》〈盡心〉) ㈡ㄐㄧㄚˊ jiá 動①持，通「夾」。②周匝，與「浹」通，例挾日。

10【振】㈠ㄓㄣˋ zhèn 動①奮發，例振作。②搖動，例振動。③通「賑」，救助，例振濟。④興起，例振興。⑤整頓，例振兵。⑥揚舉，例振長策而御宇內。(賈誼〈過秦論〉)⑦擊，例振槁。 ㈡ㄓㄣ zhēn 形仁厚，例振振。

◆振筆、振奮、振臂、振振有辭、振聾發聵。

10【捆】ㄎㄨㄣˇ kǔn 名計算物件的量詞，一束稱爲一捆，例一捆木柴。動用繩子拴綁，例捆柴。

10【捏】ㄋㄧㄝ niē 動①用手指拈緊，例捏鼻子。②用手捻聚，例捏泥人。③假設、虛構，例捏造。

10【捉】ㄓㄨㄛ zhuō 動①逮捕，例捉拿。②握住，例捉筆。③戲弄，例捉弄。

10【捐】ㄐㄩㄢ juān 名①稅名，清末新徵各稅多稱捐，例房捐。②車環。動①捨棄，例捐軀。②除去，例捐不急之官。(《史記》〈孫子吳起列傳〉)③捐助，獻納，例捐錢、捐官。

◆**捐助、捐棄、捐軀、捐贈、捐獻。**

10【挺】ㄊㄧㄥˇ tǐng 名量詞，猶「枝」，例一挺槍。動拔出，例挺劍而起。(《漢書》〈師丹傳〉)形直立的，例挺立。副甚，很，例挺好。

◆**挺身、挺直 英挺、堅挺、峻挺、筆挺。**

10【挽】ㄨㄢˇ wǎn 動①牽引，例挽車。②糾正改善，例挽救。③同「綰」，捲起，例挽袖子。④通「輓」；喪歌。

10【挪】ㄋㄨㄛˊ nuó 動①揉搓，兩手相切摩。②移動，例挪動。

10【挫】ㄘㄨㄛˋ cuò 名①屈辱，例受挫。②書法用筆的一種方法，就是頓後略提，使筆鋒轉動，離於頓處，常用於轉角及趯。動①阻礙，例挫折。②摧毀，例挫其銳志。③戰敗，例兵挫。形音調低落，例抑揚頓挫。

10【挨】ㄞ āi 動①推。②強進、迫近，例挨近。③摩擦。④承受，例挨打。⑤等待、拖延，例慢慢地挨日子。⑥按照次序，例挨戶。

10【挹】ㄧˋ yì 動①舀取、酌引，例不可以挹酒漿。②牽引，例挹袖。③通「抑」，抑制、謙退，例謙挹。④通「揖」，例拱挹。

10【挶】ㄐㄩˊ jú 名搬運沙土的器具，例畚挶。

10【挼】㈠讀音ㄋㄨㄛˊ nuó 語音ㄖㄨㄛˊ ruó 動兩手切摩，例挼搓。 ㈡ㄙㄨㄟ suī 名祭神食，例挼祭。

10【捋】ㄌㄜˋ lè 動①拿取。②撫摩，例捋鬚。

10【捌】㈠ㄅㄚ bā 名數名，八之大寫。動同「扒」；破，擊。 ㈡ㄅㄧㄝˊ bié 動剖分，例捌格。

10【捍】ㄏㄢˋ hàn 動通「扞」，保衛、抵禦，例捍衛。形通「悍」；凶暴。

10【捃】ㄐㄩㄣˋ jùn 動拾取，例捃摭。

10【捅】ㄊㄨㄥˇ tǒng 動戳穿，例捅破。

11【挲】(挱)ㄙㄨㄛ suō 動「摩挲」：捫摸。

八畫

11【掖】讀音ㄧˋ yì 語音ㄧㄝˋ yè 名①同「腋」；肩臂下，例一狐之掖。②宮掖的簡稱，例正軒掖。動①用手扶持人臂。②扶持，引導。形旁邊的，例掖門。

11【接】ㄐㄧㄝ jiē 名姓，漢有接昕。動①結交、會合，例君子之接如水。(《禮記》〈表記〉)②承受，例接住。③連續，例接續。④相迎，例迎接。⑤靠近，例接近。⑥輪替，例接班。

◆接引、接生、接見、接待、接納、接管、接踵、接濟　直接、連接、間接、再接再厲、應接不暇。

11【掠】ㄌㄩㄝˋ lüè 名書法，以筆左出而鋒欲輕者，即今所稱之長撇。動①奪取，例掠奪。②砍伐，例掠林。③斜拂而過，例掠過。④捶擊，例掠拷冤濫。(《後漢書》〈楊終傳〉)

11【探】(一)ㄊㄢˋ tàn 名偵察實情的人，例偵探。動①看望，例探病。②尋求，例尋幽探勝。③推究，例探其根本。形俯身，例探身。　(二)ㄊㄢ tān 動①試，例探湯。②伸出。

◆探討、探索、探望、探訪、探詢、探聽、探囊取物　刺探、神探、密探、窺探。

11【控】ㄎㄨㄥˋ kòng 動①告訴，例控告。②操持、掌握，例控制。③拉引，例控弦。④投，例時則不至，而控於地而已矣。(《莊子》〈逍遙遊〉)

11【捲】(卷)ㄐㄩㄢˇ juǎn 名①量詞，筒狀物一束稱一捲，例一捲圖畫紙。②彎聚成圓筒狀的東西，例煙捲。動①收羅，例捲土重來。②斂取，例捲款而逃。③曲，例刀口不捲。④一股强大的力量把事物撮起或裹住，例捲入漩渦。

11【掃】〔扫〕(一)ㄙㄠˇ sǎo 動①清除汙穢，例灑掃。②滅除，例掃黑行動。③抹、刷，例淡掃蛾眉。④打消、敗壞，例掃興。⑤全部聚集在一起，例掃數。　(二)ㄙㄠˋ sào 名「掃帚」：(1)掃地的用具。(2)植物名，即地膚，因其莖可作掃帚，故稱。

11【掛】〔挂〕ㄍㄨㄚˋ guà 名量詞，指成串的物件，例一掛珠子。動①懸起，例掛衣服。②登記，例掛號。③牽繫，例掛念。

◆掛欠、掛心、掛念、掛慮、掛一漏

萬 **披掛、倒掛、牽掛、一絲不掛。**

11【捫】〔扪〕ㄇㄣˊ mén 動①撫摸，例捫心自問。②捻。

11【捧】ㄆㄥˇ pěng 動①同「奉」；兩手承物。②扶，擁，例(元稹〈會眞記〉)

11【捷】ㄐㄧㄝˊ jié 名①戰利品，例獻捷。②姓，戰國齊有捷子。動勝利、成功，例速戰速捷。形迅速，例敏捷。

◆**大捷、快捷、迅捷、報捷。**

11【掘】ㄐㄩㄝˊ jué 動挖、穿鑿，例掘井。

11【措】ㄘㄨㄛˋ cuò 動①安置、安放，例手足無措。②籌辦，例籌措。③施布，例舉而措之天下之民，謂之事業。(《易經》〈繫辭〉)④放棄、廢棄，例刑措不用。⑤斟酌，例措辭。

11【捱】ㄞˊ ái 動①抗拒，例抵捱。②通「挨」。③延緩，例捱一刻，似一夏。(王實甫《西廂記》)

11【掩】ㄧㄢˇ yǎn 動①遮蔽、隱匿，例掩鼻。②關閉，例掩門。③停止，例掩誘。④突然攻擊，例掩襲。

◆**掩泣、掩飾、掩蓋、掩蔽、掩人耳目、掩耳盜鈴、掩旗息鼓。**

11【掉】ㄉㄧㄠˋ diào 動①搖動，例尾大不掉。②落下，例掉眼淚。③賣弄，例掉書袋。④遺失，例丟掉。⑤暗中掉換，例掉包。⑥轉動，例掉頭不顧。助表示動作完成的詞尾。

11【推】ㄊㄨㄟ tuī 動①除去。②以手從後用力使物體前移，例推門。③拒卻，例推卻。④遷移，例寒暑相推而歲成焉。(《易經》〈繫辭〉)⑤尊奉，例推崇。⑥藉口，例推病不來。⑦用力使事情展開，例推行。⑧選舉、薦舉，例公推。⑨辭讓，例推讓。⑩由已知預測未來，例推求。

◆**推行、推究、推卻、推託、推測、推敲、推算、推廣、推諉、推戴、推翻、推三阻四、推己及人、推心置腹、推波助瀾　公推、首推、半推半就、以此類推。**

11【掄】〔抡〕(一)ㄌㄨㄣˊ lún 動①選擇，例掄材。②有條理次序。　(二)ㄌㄨㄣ lūn 動①用手和臂旋動，例掄棍。②隨意浪費金錢，例千萬家產給他掄個精光。

11【授】ㄕㄡˋ shòu 動①付予，例男女不親授。②以學術相傳習，例傳授。③任官，例授官。

11【掙】㈠ㄓㄥ zhēng 動用力，例掙扎。㈡ㄓㄥˋ zhèng 動用本領勞力而取得，例掙錢養家活口。

11【採】〔采〕ㄘㄞˇ cǎi 動①選取、選擇，例採納。②通「睬」，理會。③掘取，例開採。④摘取，例採花。

◆採用、採取、採納、採集、採辦、採購、採擷。

11【掬】ㄐㄩˊ jú 名古量名，兩手相捧之量謂之掬，約當半升。動①兩手承取，例掬取。②情見於外，例笑容可掬。

11【掏】ㄊㄠ tāo 動①探手取物，例掏腰包。②挖，例掏土。

11【掀】ㄒㄧㄢ xiān 動①舉起，揭開，例掀開。②翻騰，鼓動，例掀天動地。形高的樣子，例掀掀。

11【捻】㈠ㄋㄧㄢˇ niǎn 名①以手指頭搓成的東西，例紙捻。②清咸豐同治年間，於北方各省作亂的盜匪稱捻。動以手指相搓，例捻鬍子。㈡ㄋㄧㄝ niē 動捏，例捻鼻子。

11【捩】ㄌㄧㄝˋ liè 名①機器發動、撥轉的關鍵。②琵琶撥子。動用力扭轉物體，例轉捩。

11【捺】ㄋㄚˋ nà 名寫字的一種筆畫，字形是從左上向右下斜，於永字八法爲磔，例一撇一捺。動①用手指按下，例捺印。②壓下、忍耐，例捺著性子。③截留。

11【排】ㄆㄞˊ pái 名①今陸軍編制，四班爲一排。②人物一行爲一排。③編成行列的東西，例竹排。④通「鞴」，吹火具。動①擠，例排擠。②推，例排闥。③擯斥，例排斥。④陳列，例排列。⑤調解，排除，例排難解紛。⑥排演，例彩排。

◆排行、排解、排演、排遣、排擠、排山倒海　安排、力排衆議。

11【捨】〔舍〕ㄕㄜˇ shě 名①姓。②佛家之布施，例施捨。動①放棄，例捨棄。②因同情而把財物送給人，例捨財。

◆捨身、捨己爲人、捨本逐末、捨生取義、捨近求遠。

12【掣】ㄔㄜˋ chè 動①抽取，例掣籤。②牽引，例掣肘。

12【掌】ㄓㄤˇ zhǎng 名①手心，足心，例手掌。②姓，晋有掌同。動①用手把著，例掌舵。②用手心打，例掌嘴。③管理、主持，例掌大權。④點燃，例掌燈。

◆巴掌、車掌、拍掌、鼓掌、摩拳擦掌。

11【捭】ㄅㄞˇ bǎi 動①兩手拍掌。②開，例捭闔。

11【据】㈠ㄐㄩ jū 名因操勞過度形成的一種手病。形①境況窘迫，例拮据。②通「倨」；不遜，例据傲。 ㈡ㄐㄩˋ jù 動①通「據」，依恃。②大陸用作「據」(ㄐㄩˋ)的簡化字。

11【捽】㈠ㄗㄨˊ zú 動①手裡拿著，例誰肯把你揪捽住。②揪拉，例捽髮。③抵觸，例相捽。 ㈡ㄗㄨㄛˊ zuó 動拔取、除去，例捽草。

11【掇】ㄉㄨㄛˊ duó 動①拾取，例拾掇。②慫恿他人做事，例攛掇。③抄掠，例燒掇。

11【掊】㈠ㄆㄡˊ póu 動①同「抔」；引取。②聚斂、搜求，例不義財，盡力掊。(陶宗儀〈輟耕錄十七〉)③通「裒」；減少。 ㈡ㄆㄡˇ pǒu 動擊破，例掊擊。

11【掎】ㄐㄧˇ jǐ 動①捕獸時從後捉住一隻腳。②牽制，例掎角。③通「倚」；倚靠。④發射，例機不虛掎。(班固〈兩都賦〉)

11【掐】ㄑㄧㄚ qiā 名少許，例他又不曾虧欠你一掐半掐。動①用手指甲來夾住或按住，例掐你一把。②採摘，例掐花。③屈指計算，例掐算。④叩，敲打。

11【掞】㈠ㄕㄢˋ shàn 動發舒，例掞藻。 ㈡ㄧㄢˋ yàn 名①通「錟」，光錟。②通「剡」，銳利。

11【捵】㈠ㄔㄣ chēn 同「抻」。動①拉長，例捵麵。②扯，例把衣服捵平。③撥動，例把鎖捵開。 ㈡ㄊㄧㄢˇ tiǎn 同「腆」。動挺起，例捵個大肚子。形豐盛，例不捵之儀。

11【掂】ㄉㄧㄢ diān 動①用手估量輕重，例掂斤播兩。②考慮的意思，例掂掇。

11【捯】ㄉㄠˊ dáo 動①兩手替換理線、扯線，例捯線。②追究、尋出線索。③修飾打扮。

11【掮】ㄑㄧㄢˊ qián 動用肩膀扛東西，例掮東西。

12【掰】ㄅㄞ bāi 動用兩手分開東西，例掰開。

11【掭】ㄊㄧㄢˋ tiàn 動①用筆在硯臺上蘸墨，例掭筆。②撥動燈草，例掭燈。

九 畫

12【描】ㄇㄧㄠˊ miáo 動①照樣子畫下來，例描摹。②反覆塗寫，例越描越黑。③修飾，例描金。

12【揉】ㄖㄡˊ róu 動①把直的弄成曲的，曲的弄成直的。②按摩、擦，例揉眼。動安撫，例揉此萬邦。形雜亂，例紛揉。

12【揍】ㄗㄡˋ zòu 動①打，例揍他一頓。②打碎、毀壞。

12【插】ㄔㄚ chā 動①刺進去。②安置，例安插。③栽培，例插稻秧。④參加，厠入，例插手，插嘴。

◆插手、插足、插座、插班、插科打諢。

12【揩】ㄎㄞ kāi 動擦抹、拂拭，例揩汗。

12【提】㈠ㄊㄧˊ tí 名姓，春秋晉有提彌明。動①垂手拿東西，例提燈。②說，例舊事重提。③取，例提貨。④薦舉，例提名。⑤振作，例提神。㈡ㄉㄧˇ dǐ 動①投擲，例夏無且以其所奉藥囊提荊軻。(《戰國策》〈燕策〉)②用手提著，例提溜。㈢ㄕˊ shí 名「朱提」：四川省山名，是產銀的地方，後來就用做銀的別稱。

◆提示、提防、提拔、提供、提要、提神、提倡、提筆、提醒、提攜、提心吊膽、提綱挈領　手提、孩提、耳提面命、絕口不提。

12【握】ㄨㄛˋ wò 名量詞，一把叫一握，例一握沙子。動①用手拿著或抓緊，例握筆。②掌管，例掌握。

◆握手、握別　把握、盈握、緊握、成功在握。

12【揆】ㄎㄨㄟˊ kuí ㄎㄨㄟˇ kuǐ 名①道理，例先賢後聖，其揆一也。(《孟子》〈離婁〉)。②總持國事的官，古代稱宰相爲首揆，近代則用稱內閣總理或相當內閣總理的官職。動揣測、審度，例揆其用心。

12【揣】㈠ㄔㄨㄞˇ chuǎi 名姓，明有揣本。動①測量、估量，例揣高卑。②猜想、試探，例揣度。㈡ chuāi 同「搋」。動把東西藏在懷裡，例懷中揣著信。

12【揖】(一) ㄧ yī 動①拱手行敬禮，例作揖。②謙讓，例高揖。 (二) ㄐㄧˊ jí 動通「輯」；聚合，例揖揖。

12【揮】〔挥〕ㄏㄨㄟ huī 動①振動，搖動。②散開、發散，例發揮。③指示發號令，例指揮。④舞動，例揮刀。⑤灑落，例揮淚。

◆揮手、揮發、揮灑、揮汗成雨、揮金如土。

12【揪】ㄐㄧㄡ jiū 動用手扭住或抓住，例揪住不放。

12【換】ㄏㄨㄢˋ huàn 動①互易、對調，例交換。②改變，例換藥。

12【摒】ㄅㄧㄥˋ bìng 動排除，例摒棄。

12【揚】〔扬〕ㄧㄤˊ yáng 名①眉毛的上下稱揚，例清揚。②古兵器名，即鉞。③姓，漢有揚雄。④古九州之一揚州簡稱。動①飄動，例飄揚。②顯出來，例揚名。③舉起，例揚手。④稱讚，例揄揚。⑤激動，例揚波。形①提高，例揚聲。②輕率。③指容貌出衆，例其貌不揚。④得意的樣子，例揚揚得意。副大模大樣，例揚長而去。

◆揚言、揚威、揚聲、揚眉吐氣、揚湯止沸　飛揚、舒揚、頌揚、稱揚。

12【揭】(一) ㄐㄧㄝ jiē 名姓，元有揭傒斯。動①掀開，例揭簾，揭幕。②高舉，例揭竿。③把黏合的東西撕下來，例揭膏藥。 (二) ㄑㄧˋ qì 動提衣襟而涉淺水，例深則厲，淺則揭。(《詩經》〈邶風・匏有苦葉〉)

◆揭示、揭穿、揭發、揭曉、揭櫫、揭露。

12【捶】ㄔㄨㄟˊ chuí 名同「錘」，敲打東西的用具，例鼓捶。動①用錘打，例捶擊。②擣舂。

12【援】ㄩㄢˊ yuán 動①救助，例援助。②引用，依照，例援以爲例。③牽拉，例援引。④引證，例無所援據。⑤引進，例舉賢援能。⑥執，例援筆。

◆援手、援例、援軍、援救、援照。

12【掾】ㄩㄢˋ yuàn 名古代屬官的通稱，例掾史。動佐助。

12【揀】〔拣〕ㄐㄧㄢˇ jiǎn 動①選擇，例揀選。②同「撿」；不勞而獲，或僥倖獲得，例揀到便宜。

12【揄】(一)ㄩˊ yú 動①牽引，提起，例揄揚。②「揶揄」，見「揶」字。 (二)ㄧㄡˊ yóu 動清理舂米的臼，把米從米臼中拿出來，例或舂或揄。(《詩經》〈大雅・生民〉)

12【揠】ㄧㄚˋ yà 動①拔出來，例揠苗助長。

12【揎】ㄒㄩㄢ xuān 動①捲起袖子，將手腕或胳臂伸出來，例揎拳捋臂。②徒手擊人，例他用手揎人。③譴責，例排揎。

12【揕】ㄓㄣˋ zhèn 動擊、刺，例揕其胸。

12【揶】ㄧㄝˊ yé 動「揶揄」：嘲笑、戲弄。

12【撝】ㄏㄨㄟ huī 動謙讓，例撝挹。動①破裂。②通「揮」、「麾」，指揮，例撝軍。

12【揹】ㄅㄟ bēi 動同「背」；背在背上，例揹著。

十畫

13【搓】ㄘㄨㄛ cuō 動兩手相摩，兩手揉擦，例搓手。

13【搾】ㄓㄚˋ zhà 動用力壓擠物質，使流出液汁，例搾甘蔗汁。

13【搞】ㄍㄠˇ gǎo 動①做、弄，例搞一搞。②擾亂，例搞亂。③同「稿」，進行事務、策劃活動，例搞價錢。

13【搪】ㄊㄤˊ táng 動①抵禦、招架，例搪風冒雨。②敷衍、支吾，例搪塞。③塗抹使均勻平整，例搪缸。④冒昧，冒犯，例搪突。

13【搭】ㄉㄚ dā 名①短衣。②處，例見了三五搭人家。③姓，明有搭思。動①架起來，例搭棚。②趁、乘，例搭車。③配合，例搭配。④擡起來，例搭桌子。⑤牽引；相接，例牽搭。

13【搽】ㄔㄚˊ chá ㄘㄚˋ cà 動敷、塗抹，例搽藥。

13【損】〔损〕ㄙㄨㄣˇ sǔn 名①中醫稱久虛不復爲損。②卦名，易六十四卦之一，兌下艮上。動①減少，例減損。②傷害，例損害。③破壞，例破損。④失去，例損失。⑤用輕薄言語嘲諷人，例損人。形①言語刻薄，例這話可眞損透了。②毒辣、殘忍，例這法子眞損。副猶「煞」，例瘦損、愁損。

◆損失、損耗、損傷、損壞、損人利

己。

13【搋】㈠ㄔㄨㄞ chūai 動①以手用力壓、揉。②把東西藏在懷裡。 ㈡ㄔˇ chǐ 動①析。②拉拽。

13【搬】ㄅㄢ bān 動①移動位置，例搬桌椅。②向兩方面挑撥，例搬弄。

13【搏】ㄅㄛˊ bó 動①用手撲打，例搏擊。②雙方相撲打鬥，例搏戰。③拍擊，例搏髀。④攫取，捕捉，例搏虎。

13【搜】ㄙㄡ sōu 動①尋求，例搜求。②檢查，例搜身。③索取，聚斂，例搜括。

◈**搜查、搜括、搜索、搜捕、搜尋、搜集、搜羅**。

13【搔】ㄙㄠ sāo 動①用指甲輕刮，例搔癢。②通「騷」；擾亂，騷動，例外內搔動。

13【搶】〔抢〕㈠ㄑㄧㄤˇ qiǎng 動①用强力奪取人家的東西，例搶劫。②皮膚受擦傷，例搶破了一塊皮。③趕快，例搶救。副爭先的，例搶購。 ㈡ㄑㄧㄤ qiāng 動①迎、逆，例搶風。②碰撞，例以頭搶地。 ㈢ㄔㄨㄤˇ chuǎng 動碰撞，例呼天搶地。

13【搖】ㄧㄠˊ yáo 名姓，明有搖昌。動①擺動，例搖動。②划，例搖船。③騷擾，例驚搖。形通「愮」，憂愁無告，例中心搖搖。(《詩經》〈王風・黍〉)

◈**搖曳、搖晃、搖蕩、搖擺、搖尾乞憐、搖旗吶喊、搖頭晃腦、搖頭擺尾動搖、飄搖、燭影搖紅、天搖地動**。

13【搗】〔捣〕ㄉㄠˇ dǎo 動亦作「擣」；①擾亂，例搗亂。②捶，舂，例搗藥。③攻擊，例直搗敵人的巢穴。

13【搆】ㄍㄡˋ gòu 動①伸手向前或向上拿東西，例搆不着。②通「構」，相交，例搆兵。③連結，例搆怨。

13【搢】〔搢〕ㄐㄧㄣˋ jìn 動①插，例搢笏。②振動，例搢鐸。

13【搤】ㄜˋ è 動①同「扼」，用力緊握，例搤腕。②持，例搤劍。

13【搦】ㄋㄨㄛˋ nuò 動①壓抑，例搦秦起趙。②執持，例搦管。③挑惹，例搦戰。④捕捉。

13【搨】〔拓〕ㄊㄚˋ tà 名從碑文或器物上摹印出的文字、圖畫，例宋搨。動

①把碑文用紙印下來，今多作「拓」。②佔，例搨便宜。

14【搴】ㄑㄧㄢ qiān 名姓，漢有搴揚。動拔取，例搴旗。

13【搵】(一)ㄨㄣˋ wèn 動①把東西放在水裡，例搵衲。②用手指頭按，例搵鈴。③用手指揉拭。 (二)ㄨㄚˋ wà 動用手擦挑東西。

13【搉】ㄑㄩㄝˋ què 動①敲擊。②引證，例揚搉。③通「榷」：商量，例商搉。

13【搊】ㄔㄡ chōu 動①用手指撥弄弦樂器的弦，例搊琵琶。②束緊，例搊帶。③攙扶，例搊扶。④拘執，例他性情太搊。

13【搐】(一)ㄔㄨˋ chù 動①牽制。②筋肉牽動而痛，例抽搐。 (二)ㄔㄡ chōu 動同「抽」，例搐風。

13【搘】ㄓ zhī 動支持，例以木搘牆。

14【搿】ㄍㄜˊ gé 動兩手合抱。

13【搰】ㄏㄨˊ hú ㄎㄨ kū 動①掘，例狐埋狐搰。②通「扫」，濁、亂。副「搰搰」：用力的樣子。

13【搥】ㄔㄨㄟˊ chuí 動同「捶」；敲打，例搥鼓。

13【搌】ㄓㄢˇ zhǎn 動①束縛。②擦拭，例搌布。③輕輕按壓。

13【搧】ㄕㄢ shān 動①用手摑臉，例搧他一個大耳光。②搖動扇子使它起風，例搧火。③通「煽」；從旁鼓動，挑撥事端，例搧動。

13【搇】ㄑㄧㄣˋ qìn 動用手掌重按，使不能夠動，例搇著。

13【搠】ㄕㄨㄛˋ shuò 動①用長竿或槍向前刺，例搠死。②提起。

13【摁】ㄣˋ èn 動①用手按，例摁電鈴。②比喻扣留或壓伏，例摁住。

13【搳】(一)ㄒㄧㄚˊ xiá 動搔。 (二)ㄏㄨㄚˊ huá 動「搳拳」：即猜拳，酒令的一種。

13【搯】ㄊㄠ tāo 動掏取。

13【搗】ㄨˇ wǔ 動①用手掩住，例搗住眼睛。②密封起來，使其不透氣，例放在罎子裡搗幾天。③遮掩事情眞相，例

搗蓋。

十一 畫

14【撇】㈠ㄆㄧㄝ piē 動①拋棄，例撇開。②拂拭。③由液體表面舀出來，例撇油。 ㈡ㄆㄧㄝˇ piě 名我國書法筆畫名，就是左下筆，例長撇。動①扔得很遠，例撇出去。②嘴角向下一動，表示輕蔑之意，例撇嘴。

14【摘】讀音ㄓㄜˊ zhé 語音ㄓㄞ zhāi 動①用手取下來，例摘花。②選取，例摘錄。③舉發，例摘奸發伏。

14【摔】ㄕㄨㄞ shuāi 動①用力往下扔，例把書狠狠地往桌上一摔。②擺脫開，例把跟蹤的那人給摔開。③因掉下而破壞，例盒子摔裂了。④跌倒，例他不小心摔了一跤。⑤用力揮動，表示憤怒，例摔手不顧。

14【摸】㈠ㄇㄛ mō 動①用手接觸或撫摩，例不要用溼手摸電門。②揣測、試探，例我摸準了他的脾氣。③掏。④偷取，例偷雞摸狗。⑤打，抓，例趕圍棋摸牌作戲。 ㈡ㄇㄛˊ mó 動同「摹」；仿效。

14【摺】〔折〕㈠ㄓㄜˊ zhé 名摺疊成頁的紙，例手摺。動①折疊，例摺紙。②損毀、折斷，例折脅摺齒。形疊起的，例摺尺。 ㈡ㄓㄜˇ zhě 名摺疊後留下來的痕跡，例摺子。

15【摩】ㄇㄛˊ mó 動①兩物相接觸而過，例摩擦。②切磋，例觀摩。③迎合，例揣摩。④隱藏。形迫近，例摩天大樓。

◆摩登、摩練、摩拳擦掌、摩頂放踵。

15【摯】〔挚〕ㄓˋ zhì 名①通「贄」；古代初次見面時所送的禮物，例六摯。②姓，漢有摯網。形①誠懇，例懇摯。②通「鷙」；凶猛，例摯獸。

15【摹】ㄇㄛˊ mó 動通「模」；仿效、照樣做，例摹仿。

14【摳】〔抠〕ㄎㄡ kōu 動①雕刻。②用手指挖，例摳鼻子。③吝嗇，例摳門兒。④提起來，例摳衣。

14【摛】ㄔ chī 動傳布、舒展，例英名遠摛。

14【摭】ㄓˊ zhí 動拾取，例摭拾。

14【摴】ㄕㄨ shū 名一種古代賭博的遊戲，例摴蒱。動舒放。

14【摶】〔抟〕ㄊㄨㄢˊ tuán 動①用手把東西揉成一團，例摶土。②憑藉，依勢，例摶扶搖而上者九萬里。(《莊子》〈逍遙遊〉)③凝聚，例摶氣如神。

14【摻】〔掺〕(一)ㄕㄢ shān 形手纖細的樣子，例摻摻。 (二)ㄘㄢ cān 動握住，例摻手。 (三)ㄔㄢ chān 動同「攙」，混合、攙合，例摻合。(四)ㄘㄢˋ càn 名擊鼓的調子，例漁陽摻撾。

14【摽】(一)ㄅㄧㄠ biāo 動①揮去。②擲擊。 (二)ㄆㄧㄠˇ piǎo 動落下來，例摽梅。 (三)ㄅㄧㄠˋ biào 動①互相鉤連在一起，例摽著胳臂走。②勒緊，例摽住。③互相親近，依偎在一起，例他們總在一塊兒摽著。

14【撂】ㄌㄧㄠˋ liào 動①放下、撇開，例撂開。②扔，例撂出去。③放置，例你把它撂在什麼地方了？

14【摜】〔掼〕ㄍㄨㄢˋ guàn 動①把東西摔在地上，例摜瓶子。②同「慣」；習以爲常。

14【摟】〔搂〕(一)ㄌㄡˊ lóu 動①牽在手中。②牽聚，例五霸者，摟諸侯以伐諸侯也。(《孟子》〈告子下〉) (二)ㄌㄡ lōu 動①貪取，例摟財。②收斂、聚集，例摟聚。③招徠生意，例摟生意。④在言語上、稱呼上討便宜。 (三)ㄌㄡˇ lǒu 動用手臂攏抱著，例摟抱。

14【摑】〔掴〕ㄍㄨㄛˊ guó 動用手掌打人的臉，例摑了他一巴掌。

14【摧】ㄘㄨㄟ cuī 動①折斷，例摧折。②破壞、毀滅，例無堅不摧。③諷刺譏誚，例我入自外，室人交徧摧我。(《詩經》〈邶風・北風〉)④折，例摧敗。⑤悲傷，例心摧。

14【撤】ㄔㄜˋ chè 動①除去、免去，例撤職。②收回，換去，例撤防。③減輕，例放點醋撤撤湯裡的鹼味。

十二 畫

15【撞】讀音ㄔㄨㄤˊ chuáng 語音ㄓㄨㄤˋ zhuàng 動①東西相碰，例撞車、撞傷。②碰到，相遇，例撞見。③衝擊，例橫衝直撞。④敲、擊，例善待問者如撞鐘。(《禮記》〈學記〉)

15【撈】〔捞〕讀音ㄌㄠˊ láo 語音ㄌㄠ lāo 動①把東西從水中取出來，例撈魚、撈蝦。②獲得、取得，指不正當的財物而言，例混水摸魚撈了一筆。

15【撐】(撑)ㄔㄥ chēng 名支持用的柱。動①支持，例撐持。②以竹篙推動，例撐船。③吃得過飽，裝得太滿，例吃撐了。④張開，繃緊。

15【撲】〔扑〕ㄆㄨ pū 名①輕拍或用來撲拂的東西，例粉撲。②同「扑」；刑杖。動①打，例撲蠅。②輕掠過，例撲鼻。③猛衝過去，例直撲。④輕輕的拍打，例撲粉。⑤消除、前往毀滅，例撲殺。⑥捕取，例輕羅小扇撲流螢。（杜牧〈秋夕詩〉）

◆**撲空、撲面、撲救、撲滅、撲嗤、撲朔迷離**。

15【撰】ㄓㄨㄢˋ zhuàn 名所具備的才能，例異乎三子者之撰。（《論語》〈先進〉）動同「譔」，著述，例撰文，精撰。

15【撥】〔拨〕ㄅㄛ bō 名用作量詞，一批稱爲一撥兒或一撥子。動①推開或排除，例撥草。②移動，轉動，例撥動。③遣派，例調撥。④提出，例撥出一筆基金。副改變、治理，例撥亂反正。

◆**撥冗、撥弄、撥雲見日、撥亂反正、反撥、劃撥、撩撥、挑撥離間**。

15【撓】〔挠〕(一)ㄋㄠˊ náo 動①屈服，例不屈不撓。②擾亂，例撓擾。③搔、抓，例撓癢癢。形通「橈」，柔弱，撓弱。 (二)ㄋㄠ nāo 動①捉住，例撓住他的手。②離去、逃走，例撓者有罪。

15【撕】(一)ㄙ sī 動①用手分裂東西，例撕毀。②俗稱買布帛爲撕，例到布店裡撕半匹綢子來。 (二)ㄒㄧ xī 動「提撕」：⑴扶助。⑵振作。⑶使人警悟。

15【撩】(一)ㄌㄧㄠˊ liáo 動①挑引，例撥撩。②整理，例撩髮。形雜亂，例撩亂。(二)ㄌㄧㄠ liāo 動①揭、提，例撩開簾子。②用水甩灑，例賣菜的往菜上撩水。③用眼斜視，例輕輕撩了他一眼。 (三)ㄌㄧㄠˋ liào 動同「撂」。

15【撒】(一)ㄙㄚ sā 名姓，明有撒祥。動①放開，例撒手。②散發，例撒傳單。 (二)ㄙㄚˇ sǎ 動①散布，例撒種。②散開，例撒網。

◆撒野、撒嬌、撒賴、撒謊、撒豆成兵、撒潑放刁。

15【撮】㈠ㄘㄨㄛ cuō ㄘㄨㄛˋ cuò 图①容量名，等於一升的萬分之一。②量詞，用手指所取的少量東西，例一撮鹽。動①用手指取少量的東西，例撮了一把苦丁茶葉。②聚攏，例撮徒成黨。③牽合，例撮合。④摘錄，例撮其旨意。㈡ㄗㄨㄛˊ zuó 動挽。㈢ㄗㄨㄛˇ zuǒ 图毛髮等一叢，例一撮頭髮。

15【播】ㄅㄛˋ bò 图姓，殷有播軌。動①散布，傳揚，例播音。②下種，例播種。③遷移，例播遷。④搖動，例播盪。

◆散播、傳播、廣播、轉播、聲名遠播。

15【撚】ㄋㄧㄢˇ niǎn 動①用手指揉，例撚紙條。②撥弄。③互相蹂合雜沓。④彈琵琶的手法，例輕攏慢撚抹復挑。(白居易〈琵琶行〉)⑤同「捻」、「攆」，驅逐，例撚他出門。

15【撬】㈠ㄑㄧㄠˋ qiào 動用器具把東西挑開，例撬門。㈡ㄑㄧㄠ qiāo 動舉起，例撬腳。

15【撙】ㄗㄨㄣˇ zǔn 動①遵守法度，例是以君子恭敬撙節。(《禮記》〈曲禮上〉)②節用，例撙節開支。③挫、抑。副同「僔」；聚貌，例撙撙。

15【撟】〔挢〕㈠ㄐㄧㄠˇ jiǎo 動①舉手。②舉起，例撟首。③同「矯」；正曲，例撟枉。④假託，例撟詔、撟令。副剛强的樣子，例撟然。㈡ㄐㄧㄠˋ jiào 動舉起、擡起，例撟舌。

15【撅】ㄐㄩㄝ juē 動①折斷，例撅斷。②翹起，例撅著尾巴。③同「掘」，穿、掘，例撅其城郭。形倔强，例撅老頭子。

15【撏】〔挦〕ㄒㄩㄣˊ xún 動①摘下，例撏撦。②去毛稱撏毛。

15【撢】㈠ㄉㄢˇ dǎn 图拂去灰塵的用具，例雞毛撢子。動拂去灰塵，例撢鞋。㈡ㄊㄢˋ tàn 同「探」字。動探索，例撢微。

15【撣】〔掸〕㈠ㄉㄢˋ dàn 動同「撢」，拂去灰塵。形「撣撣」：恭敬的樣子。㈡ㄕㄢˋ shàn 图種族名，居住於大陸雲南及越南、泰國等處。

15【撳】〔揿〕ㄑㄧㄣˋ qìn 動吳語以手按

物稱為撳，例撳門鈴。

15【撫】〔抚〕ㄈㄨˇ fǔ 動①安慰，例撫卹。②養育，例撫養。③按摩，例撫摩。④執，例撫劍。⑤調弄、彈奏，例撫琴。⑥拍、敲擊，例撫掌。⑦據有，例撫有。

◆撫育、撫慰、撫今追昔、撫躬自問。

十三 畫

16【擅】ㄕㄢˋ shàn 動①專精、專長，例擅繪畫。②占有，例擅利。③專權，例擅自作主。副一意孤行，全憑個人意識行事，例擅斷。

16【擁】〔拥〕(一) ㄩㄥˇ yǒng 動①摟抱，例擁抱。②執，例帶劍擁盾。③許多人集在一起，例擁擠。④保護，例擁有罪之臣。(《漢書》〈匈奴傳〉)⑤推戴，例擁戴。 (二) ㄩㄥ yōng 動①遮掩，例女子出門，必擁蔽其面。(《禮記》〈內則〉)②衆人齊向前趨，例看熱鬧的人像潮水一般擁來。

◆擁立、擁腫、擁塞、擁護 圍擁、一擁而上、左擁右抱、前呼後擁。

16【擋】〔挡〕(一) ㄉㄤˋ dàng 動收拾整理，例摒擋。 (二) ㄉㄤˇ dǎng 動①遮蔽，例擋雨、擋太陽。②阻止，例運氣來了，崑崙山也擋不住麼？(《兒女英雄傳》〈第四十四回〉)

◆阻擋、抵擋、兵來將擋、銳不可擋。

16【撻】〔挞〕ㄊㄚˋ tà 動①鞭打，例鞭撻。②征伐，例撻伐。副疾速的樣子，例撻然。

16【撼】ㄏㄢˋ hàn 動①搖動，例振撼、撼樹。②慫恿，例微言撼之。③衝撞，例撼門。

16【據】〔据〕ㄐㄩˋ jù 名①憑證、依憑，例契據。②姓，明有據成。動①依照，例根據、依據。②占有、拒守，例占據。③按照、援引，例據經審義。④安，例神必據我。

◆收據、字據、憑據、盤據、竊據。

16【擄】〔掳〕ㄌㄨˇ lǔ ㄌㄨㄛˇ luǒ 動①同「虜」，搶奪、劫掠，例擄掠。②擒獲、捉住。

16【擇】〔择〕ㄗㄜˊ zé ㄓㄞˊ zhái 動①揀選，例選擇。②分別，例牛羊何擇焉？(《孟子》〈梁惠王上〉)③取，例錯擇名利。

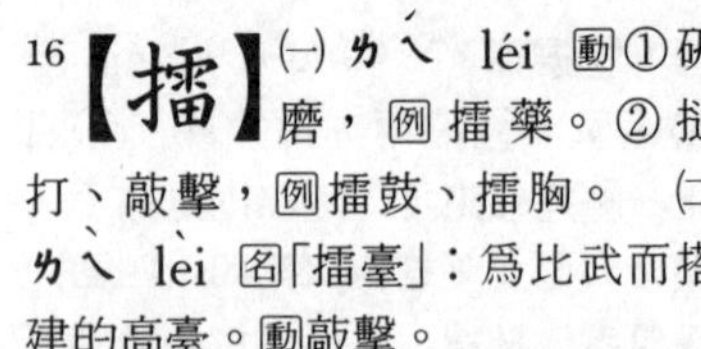

16【擂】㈠ㄌㄟˊ léi 動①研磨，例擂藥。②搥打、敲擊，例擂鼓、擂胸。　㈡ㄌㄟˋ lèi 名「擂臺」：爲比武而搭建的高臺。動敲擊。

16【操】㈠ㄘㄠ cāo 名①姓，漢有操乘。②琴曲名，例龜山操。動①演習軍事，例操演。②運用、使用，例操舟。③練習運動，例體操。④拿、持，例操刀。⑤勞動，例操作。⑥從事，例操賤業。⑦用某種語言或口音說話，例操閩南口音。　㈡ㄘㄢˋ càn 名通「摻」，擊鼓的音調。

◆**操心、操行、操守、操勞、操練、操縱、操刀傷錦、操之過急、操縱自如　出操、情操、節操、重操舊業。**

16【撿】〔捡〕ㄐㄧㄢˇ jiǎn 動①查驗。②拾取、選取，例撿石子。③取得他人遺棄的東西。④不勞而獲，或徼幸獲得，例撿到便宜。

16【擒】ㄑㄧㄣˊ qín 動捉拿，例擒賊、擒拿。

16【擔】〔担〕㈠ㄉㄢˋ dàn 名①挑在肩上的東西，例擔子。②量名，容量一石或重量一百斤稱一擔。③肩負的責任，例重擔。　㈡ㄉㄢ dān 動①以肩負物，例擔水。②負責、承當，例擔人情。

◆**擔心、擔任、擔架、擔負、擔待、擔保、擔當　負擔、分擔、承擔、扁擔。**

17【擎】ㄑㄧㄥˊ qíng 動①高舉、支撐，例一柱擎天。②承受，例擎受。

17【擊】〔击〕ㄐㄧˊ jí 動①敲打，例擊筑。②看見；接觸，例目擊。③攻伐，例攻擊。副除去、排除。

◆**擊破、擊潰　打擊、進擊、觸擊、襲擊。**

17【擘】ㄅㄛˋ bò 名①大拇指，例擘指。②比喻特別優秀的人物，例巨擘。動①分裂，例擘開。②分析，籌謀，例擘畫。

16【撾】ㄓㄨㄚ zhuā 動敲擊，例連撾，撾鼓。

16【擐】ㄏㄨㄢˋ huàn 動穿著，例擐甲執兵。

16【擗】ㄆㄧˋ pì 動①用手搥胸，例擗踊。②拆開。③擘開、掰開。

16【擀】ㄍㄢˇ gǎn 動①用棒輾平、軋薄，例扌餃子皮。②用力細擦。

十四　畫

17【擦】ㄘㄚ cā 名擦抹的用具，例黑板擦。動①摩拭，例擦臉。②貼近，例擦黑兒。③塗抹，例擦上些脂粉。④刮刨，例把蘿蔔擦成絲兒。

17【擠】〔挤〕ㄐㄧˇ jǐ 動①用力壓迫使排出，例擠牛奶。②用力插入人縫裡，例擠車。③許多人推軋在一塊兒，例擁擠。④集聚，例烏壓壓擠了一屋子。⑤排斥，陷害，例排擠。

17【擰】〔拧〕(一)ㄋㄧㄥˊ níng 動①絞，例擰毛巾。②用手指夾住扭轉，例擰肥。 (二)ㄋㄧㄥˇ nǐng 動旋轉，例擰螺絲。副錯誤、誤會，例把名字記擰了。(三)ㄋㄧㄥˋ nìng 形①倔強、固執、彆扭，例你脾氣怎麼這麼擰啊！②憤怒的樣子，例擰眉瞪眼。

17【擬】〔拟〕ㄋㄧˇ nǐ 動①設計，起草，例擬稿。②摹仿，比方，例擬古。③打算，想要，例不擬。④揣度、估量，例擬之而後言。⑤相比，類似，例侈擬於君。(《漢書》〈公孫弘傳〉)

17【擱】〔搁〕ㄍㄜ gē 動①放置、安放，例擱在桌上。②停頓不前進，例擱淺。③停止，停滯，例延擱。④擔當，承受，例擱不住。⑤加入、加上，例多擱些糖在湯裡。

17【擯】〔摈〕ㄅㄧㄣˋ bìn 動①驅逐、斥退，例擯斥、擯棄。②通「儐」；引導，例擯相。

17【擡】ㄊㄞˊ tái 動①高舉起來，例高擡貴手。②兩人以上共同扛舉東西，例擡轎子。

◆擡槓、擡價、擡頭、擡舉。

17【擢】ㄓㄨㄛˊ zhuó 動①拔取、提拔，例拔擢。②聳起，例徑百常而莖擢。(張衡〈西京賦〉)

17【擣】(搗)ㄉㄠˇ dǎo 名通「疛」，心病，例惄焉如擣。(《詩經》〈小雅・小弁〉)動①舂碎，例擣藥。②破壞，例擣亂。③攻擊，例直擣黃龍。④搥擊，例擣衣。

17【擤】ㄒㄧㄥˇ xǐng 動捏著鼻子用力出氣，把鼻涕排出來，例擤鼻涕。

17【擩】ㄖㄨˋ rù 動同「濡」，漬染，例耳擩目染。

十五 畫

18【擺】〔摆〕ㄅㄞˇ bǎi 名①搖動的物體，例鐘擺。②指陳列的裝飾品，例他家裡小擺設不少。動①搖動，例擺手。②陳列、布置，例擺個八卦陣。③安排，處置，例擺布。④故意顯示，例擺闊。⑤解開，例擺脫。

◆擺平、擺布、擺弄、擺脫、擺動。

18【擴】〔扩〕ㄎㄨㄛˋ kuò 動張大，推廣，例擴張。

◆擴大、擴充、擴展、擴散、擴音器。

18【擾】〔扰〕ㄖㄠˇ rǎo 名家畜，例六擾。動①攪亂、破壞秩序，例擾亂。②受人招待飲食的客氣話，例叨擾。③安定，例以擾萬民。④馴養，例擾馴。

◆擾攘　干擾、打擾、困擾、騷擾。

18【攆】〔撵〕ㄋㄧㄢˇ niǎn 動①驅逐，例攆出去。②追趕，例攆不上。

18【擲】〔掷〕ㄓˊ zhí 動①投拋，例擲鐵餅。②掙扎跳躍，例紹遑迫自擲出。(《世說新語》〈假譎〉)

◆投擲、拋擲、一擲千金、孤注一擲。

18【擻】〔擞〕㈠ㄙㄡˇ sǒu 動奮發、振作，例精神抖擻。副發抖、顫抖。㈡ㄙㄡˋ sòu 動用火筷子插到火爐裡，把灰搖掉或撥除，例把爐子擻一擻。

19【攀】ㄆㄢ pān 動①牽挽，抓牢，例攀援。②拗折，例攀折。③依附，例攀龍附鳳。

18【擷】〔撷〕ㄒㄧㄝˊ xié ㄐㄧㄝˊ jié 動①摘取，例採擷。②通「襭」；用衣服下擺兜東西。

18【攄】〔摅〕ㄕㄨ shū 動①發表，例各攄所見。②騰躍。

18【擿】㈠ㄊㄧˋ tì 動挑取，例擿出。㈡ㄓˊ zhí 動同「擲」；投，例荊軻廢，乃引匕首以擿秦王。(《史記》〈刺客列傳〉)

十六　畫

19【攏】〔拢〕㈠ㄌㄨㄥˇ lǒng 動①合併，例合攏。②靠近，例靠攏。③梳整頭髮，例攏頭髮。㈡ㄌㄨㄥˊ lóng 名彈琵琶的一種指法，用指上下按弦，例輕攏慢撚抹復挑。(白居易〈琵琶行〉)

十七　畫

20【攘】㈠ㄖㄤˇ rǎng 動擾亂，例擾攘。㈡ㄖㄤˊ ráng 動①竊取，例今有人日攘其鄰之雞者。(《孟子》〈滕文公下〉)②侵奪，例攘白翟之地。(《國語》〈齊語〉)③抗拒，例攘夷狄。(《公羊傳》〈僖公四年〉)④除去。⑤捋，捲起，例攘袖。

◆攘奪、攘臂、攘攘、攘除奸凶。

20【攔】〔拦〕ㄌㄢˊ lán 動①阻擋，阻止，例攔住。②當，對準，例攔頭一棒。

20【攙】〔搀〕ㄔㄢ chān 動①扶，牽挽，例攙扶。②混合，雜入，例攙雜。

20【攖】〔撄〕ㄧㄥ yīng 動①碰、觸犯、挨近，例攖怒。②擾亂，例不以人物利害相攖。(《莊子》〈庚桑楚〉)

十八　畫

21【攝】〔摄〕㈠ㄕㄜˋ shè 名姓，春秋楚國有攝叔。動①收、取，例攝影。②保養，例攝生。③代理，例攝政。④管理，例統攝。⑤捉拿，例勾攝。⑥迫近，例攝近。㈡ㄋㄧㄝˋ niè 形安定，例天下攝然。

21【攜】語音ㄒㄧ xī 讀音ㄒㄧㄝˊ xié 動①帶在身上，例攜帶。②牽引、攙著，例攜手。③分離，例攜貳。

21【攛】〔撺〕ㄘㄨㄢˋ cuàn 動①拋擲、投入，例攛石。②跳躍，例攛出水面。③匆促辦事，例臨時現攛。④提前做事，例攛辦。

十九　畫

22【攤】〔摊〕ㄊㄢ tān 名①隨地陳列貨物零售的地方，例擺地攤。②量詞，液體靜止在一處或溼物凝聚在一堆，例一攤水。動①展開、擺開，例攤開。②分擔、分配，例攤錢。

23【攣】〔挛〕ㄌㄩㄢˊ luán ㄌㄧㄢˋ liàn 動①互相牽繫不絕。②蜷曲不能伸展，例躄踠膝攣。③抽搐，例痙攣。

22【攢】〔攒〕㈠ㄗㄢˇ zǎn 名建築斗栱合成一組之總名稱。動①積蓄，例攢錢。②拼、湊合，例大家來攢幾個錢給他。　㈡ㄘㄨㄢˊ cuán 動聚集、湊合，例攢聚。

二十　畫

23【攫】ㄐㄩㄝˊ jué 動①鳥獸用爪取物，例老鷹攫雞。②撲取、奪取，例攫搏。

23【攪】〔搅〕(一)ㄐㄧㄠˇ jiǎo 動①攪拌。②弄亂，例攪亂。(二)ㄍㄠˇ gǎo 動通「搞」；做、作，例胡攪。

23【攩】ㄉㄤˇ dǎng 動①同「擋」；遮住，例阻攩。②搥擊。③抵抗。

23【攥】ㄗㄨㄢˋ zuàn 動用手握緊，例攥緊拳頭。

二十一　畫

24【攬】〔揽〕ㄌㄢˇ lǎn 動①收攏、拉攏，例延攬。②拉住，例攬轡。③招徠生意，例兜攬。④收羅、採取的意思，例攬秀、攬勝。⑤包辦，把持，例包攬。

◆包攬、招攬、承攬、大權獨攬。

二十二　畫

25【攮】ㄋㄤˇ nǎng 名兵器名，是一種小刀，例攮子。動①推，例推推攮攮。②刺，例他被攮了一刀。③罵人的言詞，例狗攮的奴才！（《儒林外史》〈第九回〉）

支　部

04【支】ㄓ zhī 名①通「枝」；草木的分枝。②同「肢」；手足，例旁支親屬。③計算單位，例一支燈泡。④地支的省稱。⑤宗族的旁氏。⑥姓，晋有支遁。動①支撐。②給付，例支付。③分派，例支派他做這件事。形①由總體分出來的，例支店。②分散，例支離。

◆支吾、支柱、支持、支援、支離超支、預支、樂不可支。

八　畫

12【攲】ㄑㄧ qī 名持拿。動傾斜、倚靠，例攲枕。

攴　部

04【攴】ㄆㄨ pū 動同「攵」；輕打。

二　畫

06【收】ㄕㄡ shōu 動①存藏，例收藏。②召回，例鳴鼓收兵。③拘捕，例收押犯人。④整肅，例夏楚二物，收其威也。(《禮記》〈學記〉)⑤割取農作物，例收割。⑥結束，例收工回家。⑦合攏，例這刀傷已經收口了。⑧買東西，例收購。⑨接受，例收受賄禮。⑩索取，例收賬。

◆收入、收支、收成、收押、收拾、收效、收留、收復、收斂、收藏、收穫　沒收、徵收、農事備收、秋收冬藏、坐收漁利。

06【攷】ㄎㄠˇ kǎo 動①擊。②考核。③同「考」；試驗，例攷試。

三　畫

07【改】ㄍㄞˇ gǎi 名姓，秦有改產。動①變更，例更改。②改正，例改過遷善。

◆改良、改革、改造、改進、改善、改過、改選、改變、改邪歸正、改弦易轍、改過自新、改頭換面　修改、塗改、篡改、痛改前非。

07【攻】ㄍㄨㄥ gōng 動①擊、打，例攻守。②責其過失，例小子鳴鼓而攻之。(《論語》〈先進〉)③專門，從事，例專攻。④治療，治理，例攻玉。

◆攻陷、攻勢、攻擊、攻其無備　反攻、進攻、屢攻不下。

07【攸】ㄧㄡ yōu 名①居住的地方，例相攸。②姓，北燕有攸邁。形①自得的樣子，例攸然而逝。②行水的樣子。助語助詞，猶「所」，例攸關。

四　畫

08【放】(一)ㄈㄤˋ fàng 動①捨棄，例放棄。②安置，例放下。③發出，例放槍。④驅逐，例流放。⑤趕牲畜到野外覓食，例放牧。⑥開，例心花怒放。⑦點燃，例放鞭砲。⑧解除束縛，例解放。⑨任意，例放肆。⑩擴大，例放開。⑪控制自己的行動，例腳步放輕。⑫縱，例放虎歸山。⑬安，例放心。　(二)ㄈㄤˇ fǎng 動①依，例放於利而行。(《論語》〈里仁〉)②同「仿」；效法。

◆放心、放手、放任、放逐、放棄、放款、放晴、放肆、放誕、放蕩、放鬆、放浪形骸　安放、流放、解放、發放、釋放。

五　畫

09【政】ㄓㄥˋ zhèng 名①機關學校所辦的事務，例省政。②執掌某種政務的人，例學政、鹽政。動①使人做事得正。②拿文字請人指正，例乞政。③同「正」；正逢，正是。

◈政令、政要、政策、政綱、政績、政變、政通人和 仁政、行政、家政、國政。

09【故】ㄍㄨˋ gù 名①事情，例變故。②原因，例緣故。動逝，死，例病故。形舊的，以前的，例故舊。副①有意的，例明知故犯。②本來，例故有。連所以，例故而。

◈故人、故土、故交、故居、故意、故舊、故步自封、故弄玄虛、故態復萌 無故、掌故、親故。

09【敁】ㄉㄧㄢ diān 動「敁敠」：以手掂試斤兩；亦作掂掇、掂算。

六 畫

10【效】ㄒㄧㄠˋ xiào 名①用途，例功效。②驗證，例哭者，悲之效也。(《淮南子》〈脩務〉)動①摹仿，例效法。②呈送，例效馬效羊者右牽之。(《禮記》〈曲禮上〉)③貢獻，出力，例效命。④授予，例效官。

◈效力、效尤、效忠、效命、效率、效勞 神效、徵效、藥效、績效不彰。

10【敉】ㄇㄧˇ mǐ 動安撫，平定，例敉平。

七 畫

11【敖】(一)ㄠˊ áo 名姓，宋有敖穎士。動通「遨」；遊玩，例遨遊。副通「熬」；乾煎，例天下敖然。 (二)ㄠˋ ào 動通「傲」；戲弄，例敖弄。

11【敝】ㄅㄧˋ bì 動敗，例敝於韓。(《左傳》〈僖公十年〉)形①破、舊，例敝屣。②疲倦，例形體不敝。(《素問》〈上古天眞論〉)③自謙之辭，例敝縣。

11【救】ㄐㄧㄡˋ jiù 動①援助，例救助。②禁止，阻止，例女弗能救與？(《論語》〈八佾〉)

◈救世、救兵、救助、救星、救援、救濟、救護 急救、挽救、搭救、營救。

11【教】(一)ㄐㄧㄠˋ jiào 名①法令，規章，例教條。②宗教，例佛教。③姓，明有教輔直。動①傳授，例教導。②使、讓，例悔教夫婿覓封侯。(王昌齡〈閨怨〉) (二)ㄐㄧㄠ jiāo 動告示，例教書。

◈教化、教材、教育、教派、教訓、教唆、教授、教義、教誨、教養、教導、教學 身教、言教、施教、有教無類。

11【敗】〔败〕ㄅㄞˋ bài 名成功的相對詞，例失敗。動①戰勝，打敗。②腐壞，例敗壞。形①凋殘的，例枯枝敗葉。②用壞的。③有疵病的(指詩、文、字、畫)，例敗筆。

◆敗北、敗筆、敗落、敗興、敗類、敗露 打敗、腐敗、戰敗、傷風敗俗、反敗爲勝。

11【敕】ㄔˋ chì 名①帝王的詔令，例敕令。②道士用符咒以驅鬼神的命令。動①告誡。②同「飭」；謹慎。

11【敏】ㄇㄧㄣˇ mǐn 名①材能，例盡其四支之敏。(《國語》〈齊語〉)②姓，清有敏膺。動疾速，反應快，例敏捷。形聰明。

◆敏感、敏銳 慧敏、機敏、靈敏、聰敏。

11【敘】ㄒㄩˋ xù 名①同「序」；用於卷首說明全書重點的一段文字。②開始，例端敘。動①陳述，例敘述。②抒發，例暢敘幽情。③獎勵，例獎敘。④同「序」；次第。⑤聚會，例小敘一番。

◆作敘、直敘、面敘、略敘、鋪敘。

11【敔】ㄩˇ yǔ 名古代的敲擊樂器，狀似老虎趴在地上，用來停止音樂的進行。動囚禁。

八畫

12【敞】ㄔㄤˇ chǎng 動①開、露，例敞露。②沒限制，打開，例敞開窗子。形①沒遮擋，例軒敞。②比喻人心豁達開朗，例敞快。③放肆。

12【敢】ㄍㄢˇ gǎn 動進取，例勇敢。形勇猛，例果敢。副①有冒昧的意思，敬詞，例敢問。②推測語，也許，大概，例敢是你看錯了？③「敢情」：⑴民間口語，有原來之意，例敢情他是個騙子。⑵自然，當然的意思，例敢情好。

◆敢作敢爲 果敢、勇敢、豈敢、膽敢。

12【敪】ㄉㄨㄛˊ duó 副「敁敪」，見「敁」字。

12【散】㈠ㄙㄢˇ sǎn 名①藥粉。②琴曲名，例廣陵散。③姓，周有散宜生。動分開，例散開。形①鬆，例鬆散。②閒逸無事，例閒散。 ㈡ㄙㄢˋ sàn 動①分開，例分散。②分布，例散布。③排遣，例散心。

◆散布、散會、散亂、散漫　四散、解散、聚散、離散。

12【敦】㈠ㄉㄨㄣ dūn 動①督促，例敦促。②治理。形篤實，例敦厚。㈡ㄉㄨㄟ duī 動催促。㈢ㄊㄨㄢˊ tuán 形聚集。㈣ㄉㄨㄣˋ dùn 形含糊不清，例渾敦。㈤ㄊㄨㄣˊ tún 動同「屯」；屯駐。

◆敦厚、敦煌、敦請、敦鄰、敦親睦鄰　倫敦。

九　畫

13【敬】ㄐㄧㄥˋ jìng 名①恭肅，例敬肅。②送禮給人。③姓，漢有敬韻。動①慎重，例敬慎小心。②尊重，例敬師。

◆敬仰、敬佩、敬服、敬重、敬賀、敬意、敬業、敬請、敬禮、敬老尊賢、敬業樂羣、敬謝不敏　孝敬、恭敬、尊敬、莊敬自強。

十　畫

14【敲】ㄑㄧㄠ qiāo 名短杖。動①叩、擊，例敲門。②研究，推究，例推敲。③以不正當的手段，藉機勒索詐取別人的財物，例敲詐。

十一　畫

15【敵】〔敌〕ㄉㄧˊ dí 名①仇人。②能力相當的人，例匹敵。動抵抗。

◆敵人、敵手、敵情、敵視、敵體、敵愾同仇　不敵、無敵、強敵、仁者無敵、萬夫莫敵。

15【敷】ㄈㄨ fū 動①散布，例敷布。②陳述，例敷陳。③分、治，例敷治。④塗抹，例敷藥。⑤足夠，例入不敷出。

15【數】〔数〕㈠ㄕㄨˇ shǔ 動①計算，例數牛羊。②查點數目，例數一數。③責備，例數落一頓。㈡ㄕㄨˋ shù 名①東西的數目，例歲數。②命運，例數奇。③六藝之一，例禮、樂、射、御、書、數。㈢ㄕㄨㄛˋ shuò 副屢次，例數次。

◆數目、數量、數據、數一數二、數典忘祖　天數、氣數、算數、心裡有數。

15【敻】ㄒㄩㄥˋ xiòng 動營求。形①快急去遠的樣子。②長。

十二　畫

16【整】ㄓㄥˇ zhěng 名沒有零頭的數目，例壹仟元整。動①使事物有條理，例整理。②治理，例整飭。形①完全，例完整。②有系統，例整潔。③齊一的，例整齊。

◈整容、整頓、整齊、整數、整潔、整體、整軍經武　工整、完整、修整、齊整、嚴整。

十三 畫

17【斂】〔歛〕ㄌㄧㄢˋ liàn 名姓。動①收縮，例斂跡江湖。②收聚，例斂財。③約束，例閉戶自斂。④爲死者更衣，例殯斂。

◈斂手、斂跡　內斂、收斂、聚斂、藏跡斂踪。

17【斁】㈠ㄧˋ yì 形①明。②終止。③厭惡，例服之無斁。　㈡ㄉㄨˋ dù 動塗。形敗失，例彝倫攸斁。(《尚書》〈洪範〉)

17【斃】〔毙〕ㄅㄧˋ bì 動①死，例斃命。②傾敗，例多行不義必自斃。(《左傳》〈隱公元年〉)

文 部

04【文】㈠ㄨㄣˊ wén 名①文字，獨體稱文，合體稱字。如日、月是文，江、河是字。②集合文詞發情意的篇章，例文章。③文言，例文白混雜。④通「紋」，花紋。⑤文采，例不以文害辭。(《孟子》〈萬章〉)⑥外表的文飾，例文質彬彬。⑦道藝，例文王既沒，文不在茲乎？(《論語》〈子罕〉)⑧美、善，例文雅。⑨義理，例文在中也。(《易經》〈坤卦〉)⑩法令條文。⑪古錢幣，一枚稱一文。⑫姓，春秋越有文種。形①文雅，例溫文。②有才德的讀書人，例文人。③辦文書事情的，例文案。④有文采的，例文筆生花。⑤溫和不猛烈的，例文火。　㈡ㄨㄣˋ wèn 動掩飾，例文過飾非。

◈文人、文化、文件、文定、文明、文物、文思、文筆、文豪、文墨、文靜、文學、文辭、文藝、文藻、文獻、文以載道、文武合一　虛文、散文、駢文。

八 畫

12【斌】ㄅㄧㄣ bīn 形同「彬」，文質兼備。

12【斑】ㄅㄢ bān 名①痕跡一點一點，例斑痕。②一小部分，例管中窺豹，以見一斑。形①顏色雜駁不純，例斑白。②「斑斑」：⑴斑點多的樣子。⑵文彩明顯。⑶淚流滿面的樣子。③「斑斕」：文采美麗。

◈斑點、斑紋、斑疹、斑馬線 花斑。

12【斐】ㄈㄟˇ fěi 名姓，春秋晉有斐豹。形有文采的樣子，例斐然。

九畫

13【斒】ㄅㄢ bān 形「斒斕」：文彩美而多雜色。

十七畫

21【斕】〔斓〕ㄌㄢˊ lán 形有文彩的樣子。

斗部

04【斗】ㄉㄡˇ dǒu 名①星名，有北斗、南斗、小斗三座。②容量名，十升為一斗。③酒器。④重量名，例十升為一斗。⑤形狀像斗的器具，例熨斗、漏斗。⑥姓，宋有斗蓋。形①小如斗的，例斗室。②大如斗的，例斗膽。③微、薄、少，例斗斛之祿。④通「陡」；險峭、峻絕，例四面斗絕。副突然、猝然，例斗覺。

◈斗牛、斗筲 玉斗、米斗、泰斗、升斗小民、才高八斗。

六畫

10【料】ㄌㄧㄠˋ liào 名①可供製造的物質，例原料。②可供使用的物品，例飲料。③可供使人發笑的資料，例笑料。④分別物質厚薄輕重的名稱，例單料。⑤牛馬或家畜的食物，例草料。⑥指不成才的人，例你不是讀書的料。⑦古時稱官俸為料。⑧舊製玻璃質類，用以偽造珠玉，稱為料質。動①猜測，例料想。②計算，例料量。③處理，例料理。④同「撂」；丟掉。⑤「料峭」：風吹到人身上而感覺到寒冷。副想，例不料。

◈料中、料事如神 不料、衣料、預料、顏料、難料、始料未及。

七畫

11【斜】㈠ㄒㄧㄝˊ xié ㄒㄧㄚˊ xiá 名地勢逐漸低下。形①指方向、地位、姿勢等的不正，例斜視。②不正當的，例歪斜的言論。 ㈡ㄧㄝˊ yé 名谷名，今陝西省褒城縣東北終南山谷，南口爲褒，北口爲斜。㈢ㄓㄚˊ zhá 图單于名。

◆斜度、斜視、斜陽、斜照、斜睨、斜暉、斜風細雨。

11【斛】ㄏㄨˊ hú 图①容量名，五斗稱一斛，古代十斗爲一斛。②草藥名，例石斛。③姓，北齊有斛子慎。

八畫

12【斝】ㄐㄧㄚˇ jiǎ 图玉爵，古代用玉或銅做成的酒杯。

九畫

13【斟】ㄓㄣ zhēn 图①飲料、汁液。②勺。動①往杯裡注酒或茶，例斟酒。②考慮或計量事理，例斟酌。③添加、增益。④湢。

十畫

14【斡】㈠ㄨㄛˋ wò 图①小車的輪子。②姓，金有斡離不。動轉、旋、運。㈡ㄍㄨㄢˇ guǎn 動①轉。②統領、主管。

14【斢】ㄐㄧㄠˋ jiào 图平斗斛的短木棒，例斗斢。動校正。

斤部

04【斤】ㄐㄧㄣ jīn 图①砍樹用的斧頭。②重量名，十六兩爲一斤。③姓。形明察的樣子，例斤斤計較。

◆斤兩 公斤、台斤、斧斤、半斤八兩。

一畫

05【斥】ㄔˋ chì 動①排逐、拒絕，例排斥。②責罵，例斥責。③伺望，例斥候。④開拓，例塞之斥也。(《史記》〈貨殖列傳〉)

四畫

08【斧】ㄈㄨˇ fǔ 图①劈、砍伐竹木的用具。②古代兵器或刑具名，例斧鉞、杖斧。③旅費，例資斧。動①用斧劈物。②請人修改文字的謙詞，例斧政。

◆斧鉞、斧頭 斤斧、鬼斧神工、班門弄斧。

五畫

09【斫】ㄓㄨㄛˊ zhúo 图大鋤。動①砍，例斫木。②襲擊。

七 畫

11【斬】〔斩〕ㄓㄢˇ zhăn 名喪服不縫衣旁及下擺，例斬衰。動①斷絕，例君子之澤，五世而斬。(《孟子》〈離婁〉)②用刀切斷，例斬首。形極、很。

◈斬草、斬釘截鐵 問斬、腰斬、先斬後奏、快刀斬亂麻。

八 畫

11【斮】ㄓㄨㄛˊ zhuó 動斬、砍、削。

12【斯】ㄙ sī 名姓，三國吳有斯從。代此，指示代名詞，同這個、這裡，例歌於斯、哭於斯。(《禮記》〈檀弓〉)動①析、裂。②離，例不知斯齊國幾千萬里。(《列子》〈黃帝〉)形①賤，例職斯祿薄。(《後漢書》〈左雄傳〉)②此，指示形容詞，例斯人也而有斯疾也。(《論語》〈雍也〉)副即、就、方、纔，例再斯可矣。(《論語》〈公冶長〉)介同「的」；之，例螽斯羽。(《詩經》〈周南・螽斯〉)連則，那麼，例我欲仁，斯仁至矣。(《論語》〈述而〉)助①是，例彼路斯何，君子之車。(《詩經》〈小雅・采薇〉)②句中助詞。③句末助詞，例湛湛露斯。(《詩經》〈小雅・湛露〉)

九 畫

13【新】ㄒㄧㄣ xīn 名①王莽篡漢後所建的國號。②新疆省的簡稱。③新的工作、知識、事物，例除舊布新。④姓，漢有新垣平。動改過、使變好，例自新。形①「舊」的相反詞，例新鞋子。②剛開始的，例新芽。③形容結婚時的人或物，例新郎。副不久前，例新擦的桌子。

◈新任、新年、新式、新奇、新居、新潮、新穎、新興、新鮮、新歡 革新、創新、迎新送舊、煥然一新、溫故知新、舊雨新知。

十一 畫

15【斲】ㄓㄨㄛˊ zhuó 動①斫伐、砍，例斲木。②雕飾，例木不成斲。(《禮記》〈檀弓〉)

十三 畫

17【斶】ㄔㄨˋ chù 名「顏斶」：戰國時齊人名。

十四 畫

18【斷】〔断〕ㄉㄨㄢˋ duàn 動①戒除，

例斷奶。②隔絕，例斷絕。③判定、裁斷，例斷案。④用刀切開，例割斷。⑤分裂爲二，例中斷。⑥「斷定」：絕對的認定、判定或決定。副一定的、絕對的，例斷無此理。

◆**斷言、斷炊、斷送、斷崖、斷絕、斷魂、斷章取義、斷簡殘編　切斷、判斷、決斷、果斷、隔斷、一刀兩斷。**

方部

04【方】ㄈㄤ fāng 名①正方形。②數自乘的積，例平方。③正直的人叫方，例賢良方正。④古以天圓地方，故稱地爲方。⑤地位的一邊或一面，例對方。⑥法術。⑦法子，例博學而無方。⑧藥方，例祕方。⑨處所。⑩位置，例西方、北方。⑪正方的面積，例方尺。⑫禮法。⑬類，例可謂仁之方也已。(《論語》〈雍也〉)⑭姓，明有方孝儒。動①譬喻，例比方說。②違逆，例方命。③兩船平行，例方舟。形①品行端好，例舉賢良方正之士。(《漢書》〈董仲舒傳〉)②方形的，例方桌、方陣。③某一地方的，例方音、方言。副①剛剛，例方纔。②適、正，例血氣方剛。(《論語》〈季氏〉)③將，例方解纓絡。(孫綽〈遊天臺山賦〉)④才，例養兒方知父母恩。介當，例方今之時。(《莊子》〈人間世〉)

◆**方寸、方丈、方式、方向、方位、方法、方便、方案、方針、方略、方興未艾　四方、八方、處方、朔方、遊必有方。**

四　畫

08【於】(一)ㄩˊ yú 名姓，漢有於單。動①依，例相於。②到，例於今。介①在，表動作的所在，例放於桌上。②對於，例不戚戚於貧賤。(陶潛〈五柳先生傳〉)③給，例贈筆於朋友。④從、由，例救民於水火之中。⑤比，置於形容詞之後，表比較的意思，例苛政猛於虎也。(《禮記》〈檀弓〉)⑥被，例甲敗於乙。⑦和，例於我無關。連①比較連詞，例等於、大於。②承接連詞，例於是。③原因連詞，例由於。助①發語詞，無意義，例於稽其類。(《易經》〈繫辭〉)②語中助詞，常用於倒裝句，例唯蔡於感。(《左傳》〈昭公十一年〉)③句中助詞，表兩者的關係，例麒麟之於走獸。(《孟子》〈公孫丑上〉)④同「其」，例威嚴不足以易於位。(《戰國策》〈趙策〉) (二)

ㄨ wū 图「烏」的本字，例於鵲與處。(《穆天子傳》) 歎通「嗚」、「烏」；嗚呼，例於戲、於乎。

五 畫

09【施】㈠ㄕ shī 图①恩惠，德澤，例如有博施於民，而能濟衆。(《論語》〈雍也〉)②姓，清有施琅。動①實行，例恩威並施。②把財物給他人，例施捨。③加，例己所不欲，勿施於人。(《論語》〈衛靈公〉)④發揮，例施展。⑤誇張，例施勞。形旌旗隨風飄揚的樣子。 ㈡ㄧˋ yì 動延及，例施于子孫。(《詩經》〈大雅·皇矣〉) ㈢ㄕˇ shǐ 動遺棄，例君子不施其親。(《論語》〈微子〉) ㈣ㄧˊ yí 形「施施」：⑴非常高興自得的樣子，例施施從外來。(《孟子》〈離婁下〉)⑵難進的意思。副通「迤」；斜。

◆設施、措施、施工、施行、施舍、施政、施恩、施賬、施與、無計可施、樂善好施。

六 畫

10【旂】ㄑㄧˊ qí 图通「旗」；旗的一種，旗上畫龍並繫鈴作爲裝飾。

10【旅】ㄌㄩˇ lǚ 图①出門在外作客的人，例行旅。②古代軍事組織，以五百人爲一旅，民國陸軍編制，以兩團爲一旅，今已無此編制，仍有裝甲旅等獨立單位。③軍隊的通稱，例强兵勁旅。④衆人，例殷商之旅。⑤商賈，例商旅。⑥行酒。⑦通「膂」；脊椎骨。⑧姓，漢有旅卿。動出門到別處去，例旅行。形①旅居外地的，例旅次。②旅客所居的，例旅館、旅舍。動①寄、野，例旅生。②共同，例旅進旅退。

◆旅行、旅社、旅途、旅進旅退 行旅、客旅、軍旅、逆旅、羈旅。

10【旃】ㄓㄢ zhān 图①古時曲柄的旗子。②通「氈」；毛織物，例被旃裘。(《史記》〈匈奴列傳〉)③姓。助之、焉兩字合讀，意思爲「呀」。

10【旄】㈠ㄇㄠˊ máo 图①竿上飾著犛牛尾毛的旗子，軍中用來指揮。②旄牛。 ㈡ㄇㄠˋ mào 图通「耄」；稱年老的人。形毛長。

10【旆】ㄆㄟˋ pèi 图①用雜帛鑲邊的旗子。②旗幟的通稱。③帷幔、簾幕。

10【旁】㈠ㄆㄤˊ páng 图①側邊，例道旁。②輔

佐。③姓。形①另外的、別的，例旁人、旁的東西。②側面、邊上、附近，例旁邊、旁觀。③分出的，正的相反詞，例旁枝。副廣，例旁求俊彥。(《尚書》〈太甲〉)(二) ㄅㄤˋ bàng 動同「傍」；依靠、臨近，例依山旁水。形事務繁雜，例軍事旁午。

◈**旁門左道、旁敲側擊、旁徵博引、旁觀者清　兩旁、路旁、偏旁、若無旁人、心無旁騖。**

七　畫

11【族】ㄗㄨˊ zú 名①親屬，例家族、九族。②泛指同姓的人，例同族、宗族。③人種的類別，例漢族。④類別，例萬物百族。⑤姓。動①聚，例族居。②古時刑及罪人的家屬親人，例毋忘言，族矣！(《史記》〈項羽本紀〉)副叢聚、聚集，例族生。

◈**族人　士族、苗族、皇族、家族、異族、貴族、遺族、親族。**

11【旌】ㄐㄧㄥ jīng 名①古時飾有羽毛於竿首的旗子，例旌旗。②旗的通稱。動①表明。②表彰。

11【旋】(一) ㄒㄩㄢˊ xuán 動①轉動，例旋轉。②回來、還，例凱旋。③小便，例巡起旋。(韓愈〈張中丞傳後敘〉)副①頃刻、片刻之間，例說罷旋即離去。②又，例醉休醒，醒來舊愁旋生。(晁補之〈八六子詞〉)

(二) ㄒㄩㄢˋ xuàn 名水流轉動成螺旋形，例旋渦。動①臨時作事。②同「鏇」；溫酒的器具。

◈**旋轉　回旋、斡旋、盤旋、凱旋、螺旋、天旋地轉。**

11【旎】ㄋㄧˇ nǐ 副旖旎，見「旖」字。

八　畫

12【旐】ㄓㄠˋ zhào 名旗子的一種，上畫有龜蛇。

12【旒】ㄌㄧㄡˊ liú 名①掛在帽子前後穿玉的絲線，例冕旒。②旗子上垂下來的綵帶，例旌旒。

十　畫

14【旗】ㄑㄧˊ qí 名①古稱畫有熊虎圖案的布帛。②懸掛於竿棒上，有特別圖案作為某種標幟或號令的布帛或紙，例國旗、令旗。③指屬於滿族的，例旗人、旗袍。④蒙古、青海的行政區域名，例盟旗。⑤表識。⑥姓，後漢有旗況。

◈**旗子、旗幟、旗開得勝、旗鼓相當**

旌旗、幡旗、搖旗吶喊。

14【旖】ㄧˇ yǐ 副「旖旎」：⑴旗子隨風飄揚的樣子。⑵引申爲柔順、柔美的意思。

十二 畫

16【旟】ㄩˇ yǔ 名肩骨。

十四 畫

18【旛】ㄈㄢ fān 名①旗幅狹長而下垂的旗子。②旌旗的總名。

十五 畫

19【旝】ㄎㄨㄞˋ kuài 名①古時打仗用的發石車。②古代戰爭時用來發令的旗子。

十六 畫

20【旟】ㄩˊ yú 名上面畫有鳥隼，行軍時催軍士前進的旗子。動揚起。

无 部

04【无】ㄨˊ wú 名沒有，古「無」字。

04【旡】ㄐㄧˋ jì 動飲食氣逆而不得息的意思。

五 畫

09【既】ㄐㄧˋ jì 名①日全蝕，例日有食之，既，既者何，盡也。(《公羊傳》〈桓公三年〉)②姓，漢有既艮。動盡、完了，例精神何能欠馳騁而不既乎。(《淮南子》〈精神訓〉)副①已經，例既說就做；東方既白。②表示已經決定之詞，後面常與「就」或「則」連著用，例既來之，則安之。③盡，完盡。④不久、未幾，例既而。連承接連詞，常和「且」字連用，例既餓且寒。助語氣詞，猶「乃」，例既張我弓，既挾我矢。

日 部

04【日】㈠ㄖˋ rì 名①太陽，例日光。②白天和夜對稱，例日夜。③往日，例日衞不睦，故取其地。(《左傳》〈文公七年〉)④一晝夜，即地球自轉一周所需的時間。⑤每日，例吾日三省吾身。(《論語》〈學而〉)⑥季節，例春日、夏日。⑦光陰，例曠日彌久。(《史記》〈刺客列傳〉)⑧時期，例壯者以暇日修其孝悌忠信。(《孟子》〈梁惠王〉)⑨特定的一日，例生日。⑩日本的簡稱。 ㈡ㄇㄧˋ

mì 名用於人名，漢有金日磾。

◈日月、日記、日程、日誌、日入而息、日久彌新、日月如梭、日理萬機　末日、昔日、近日、前日、終日、落日、曠日、光天化日、黃道吉日。

一　畫

05【旦】ㄉㄢˋ dàn 名①天剛亮的時候，例旦夕。②日子，例元旦。③戲劇中裝扮婦女的角色，例花旦。④姓，元有旦只兒。

◈旦夕、旦腳　元旦、平旦、老旦、枕戈待旦、通以達旦。

二　畫

06【早】ㄗㄠˇ zǎo 名①天明太陽剛出來的時候，例早晨。②姓，晋有早衍。形①初、剛開始，例早春。②較原時間提前，未到預定的時間，例還早；早產。③晨間的，例早朝。④先時的，例早期著作。⑤早晨見面時互相招呼的用語，例您早！副①在一定時間之前，例提早。②已經，例早是。

◈早上、早晚、早熟、早慧、早出晚歸　尚早、清早、提早、遲早。

06【旨】ㄓˇ zhǐ 名①帝王的詔書，例聖旨。②美味，例爾酒既旨。(《詩經》〈小雅・頍弁〉)③心意、志趣，例旨趣、意旨。形美好。

◈甘旨、主旨、宗旨、要旨、無關大旨。

06【旬】ㄒㄩㄣˊ xún 名①十天，例一旬、上旬。②十年，通常用來稱人的歲數，例七旬、八旬。

06【旭】ㄒㄩˋ xù 名剛昇起的太陽，例旭日東昇。形太陽出來時光明的樣子，例朝旭。

06【旯】ㄌㄚˊ lá 名「旮旯」，見「旮」字。

06【旮】ㄍㄚ gā 名①既小且偏僻的地方，例躲在旮兒裡。②形成尖角兒的地方，例牆旮兒。③「旮旯」(兒化音， gā lár)：角落。

三　畫

07【旱】ㄏㄢˋ hàn 名①沒有水的陸地，例旱道。②長久不下雨，例乾旱。形①乾的、缺水的，例旱稻。②陸地的，例旱路。

◈旱災、旱煙、旱鴨子　久旱、苦旱、荒旱。

07【旰】ㄍㄢˋ gàn 图傍晚、日落的時候，例日旰。

四 畫

08【旺】ㄨㄤˋ wàng 图姓，明有旺斌。形①光明而美盛的樣子。②興盛，例興旺；旺火。③猛烈，例屋內火盆旺著呢！(《老殘遊記》〈第十六章〉)

◆旺季、旺盛 火旺、昌旺、突旺。

08【昔】ㄒㄧˊ xí 图①姓，漢有昔登。②「腊」的本字，乾肉。③夜晚。④結束、終了，例孟夏之昔。(《呂氏春秋》〈任地〉)形過去的、從前的，例昔日、昔人。

08【易】ㄧˋ yì 图①姓，春秋齊有易牙。②書名，即《易經》；爲《周易》的簡稱。③通「埸」；疆界。動①輕視，例輕易其事。②交換，例易子而教。③變更，例易行。④治理，例易其田疇。(《孟子》〈盡心上〉)形①和氣，例平易近人。②不難，例容易。③簡略，例簡易。

◆市易、平易、交易、改易、貿易、簡易、變易、以貨易貨、知難行易、談何容易。

08【昌】ㄔㄤ chāng 图①通「菖」；菖蒲。②姓，後漢有昌豨。動滋生、生長，例萬物以昌。(《荀子》〈禮論〉)形①光明，例昌明。②興盛，例昌盛。③正當的，例昌言。

◆大昌、文昌、盛昌、隆昌、繁昌、五世其昌、國運昌隆。

08【昉】ㄈㄤˇ fǎng 图天剛亮。動開始。

08【昆】ㄎㄨㄣ kūn 图①後代子孫，例後昆。②兄弟稱昆仲，兄爲昆。形衆多。

08【昂】ㄤˊ áng 動①高舉，例昂首闊步。②物價高漲，例昂貴。③日升。形①高。②意氣奮發，例慷慨激昂。③氣度不凡超出衆人，例氣宇軒昂。

◆昂首、昂然、昂貴、昂藏 低昂、高昂、激昂、趾高氣昂、氣宇軒昂。

08【昀】ㄩㄣˊ yún 图日光。動日出。

08【炅】(一) ㄐㄩㄥˇ jiǒng 图①光明。②熱。 (二) ㄍㄨㄟˋ guì 图姓，東漢有炅橫。

08【昏】ㄏㄨㄣ hūn 图①日落以後，例黃昏。②通「婚」。③姓。動①失去知覺，不省人事，例昏厥。②迷惑，例昏於小利。(《呂氏春秋》〈誣徒〉)形①

暗，例昏暗。②糊塗，例昏昏。③看不清楚，例老眼昏花。④昏亂，例昏昧亂作。

◆昏沉、昏花、昏昧、昏庸、昏亂、昏聵、昏天黑地　天昏地暗、晨昏定省。

08【旻】ㄇㄧㄣˊ mín 名①秋天，例旻天。②天的泛稱。③姓。動通「閔」，傷痛。

08【昇】ㄕㄥ shēng 名姓，宋有昇元中。動通「升」；①太陽上升。②登，進。形太平，例昇平。

08【昊】ㄏㄠˋ hào 名①天，例蒼昊。②指夏天。③指西方之天又或東方之天。④姓。

08【明】ㄇㄧㄥˊ míng 名①姓，元有明玉珍。②朝代名，明朝，為朱元璋所建，被清朝所滅(1368～1644)。③視覺、目力，例失明。④陽世，例幽明永隔。⑤神靈，例神明。動①通曉、了解，例深明大義。②彰明、彰顯，例明恥教戰。③昭示。④發亮，例天色未明。形①次、第二，例明天、明年。②聰慧，例聰明。③乾淨、整潔，例窗明几淨。④清晰的，例分明。⑤光耀，例月明星稀。(蘇軾〈前赤壁賦〉)⑥公開的，例有話明說。⑦顯著的，例明效。

◆明日、明白、明亮、明朗、明理、明媚、明確、明辨、明瞭、明鑑、明爭暗鬥、明眸皓齒、明察秋毫　透明、啓明、發明、喪明、鮮明、棄暗投明、柳暗花明。

08【昕】ㄒㄧㄣ xīn 名太陽將出時。

08【昃】ㄗㄜˋ zè 名過了正午，太陽偏西，稱為昃。

五　畫

09【春】ㄔㄨㄣ chūn 名①四季之首，陰曆一月至三月，陽曆是三月至五月。②生機、生意，例妙手回春。③男女間相悅的情感，例有女懷春。④唐代稱酒為春，例玉壺買春。(司空圖〈詩品〉)⑤廣東人稱魚卵為春。⑥姓。

◆春心、春花、春風、春暉、春夢、春風化雨、春華秋實　早春、迎春、青春、暮春、大地春回、如沐春風、四季如春。

09【昭】ㄓㄠ zhāo 名①姓，戰國時，楚有昭奚恤。②古代宗廟的次序，左邊的稱為昭。動①顯揚，例以昭周公之明德。(《左傳》〈定公四年〉)②洗刷、表白，例昭雪。形①顯著，例昭彰。②光明。

09【映】ㄧㄥˋ yìng 名①日光，例餘映。②午後一至三時。動①光線的照射，例映射；放映。②光線反射，例倒映水中。③傍照，例互相輝映。

◆映像、映雪　上映、放映、首映、照映、反映、前後輝映。

09【星】ㄒㄧㄥ xīng 名①姓。②宇宙間除太陽和月球外，肉眼或用望遠鏡能看到的發亮天體，都稱為星，如恆星、行星、衛星等。③細碎之物，例眼冒金星。④秤桿上的標記。⑤古代婦女臉上貼裝飾的花點。⑥樂器的一種，形如銅杯，以二枚合擊；又稱碰鐘。⑦比喻為人所崇拜、注目的人物，例歌星。⑧以星象斷定人的吉凶，例星命。形①極其微小，例零星。②色白如星，例星鬢。副①羅列散布的樣子，例星羅棋布。②急去如流星，例羽檄星馳。

◆星子、星火、星河、星散、星曆、星移斗轉　流星、彗星。

09【昪】ㄅㄧㄢˋ biàn 名日光。形①喜樂的樣子。②明。

09【昺】ㄅㄧㄥˇ bǐng 名同「炳」。

09【昧】ㄇㄟˋ mèi 名天將亮的時候，例昧爽。動暗藏，例拾金不昧。形①不明，例昧昧。②不明事理，例昧理。③糊塗，例昏昧。④唐突的意思。

09【是】ㄕˋ shì 名①姓，三國吳有是儀。②事、策，例國是。代此，例夫子至於是邦也。(《論語》〈學而〉)動①肯定之詞，例王之不王，是折枝之類也。(《孟子》〈梁惠王上〉)②適當，例來的正是時候。形①對的、不錯，例是非。②此，指示形容詞，例是日。副副詞的語尾，例莫不是有詐。連承上接下之詞，例於是。助語中助詞，例唯力是視。(《左傳》〈僖公二十四年〉)

◆是否　可是、如是、但是、稱是、一無是處、比比皆是、積非成是。

09【昨】ㄗㄨㄛˊ zuó 名今天的前一天，例昨天。形已往的，例昨死今生。

09【昣】ㄓㄣ zhēn 名明。

09【昴】ㄇㄠˇ mǎo 名二十八宿之一，為白虎七宿的第四宿。

09【昵】ㄋㄧˋ nì 動同「暱」；親近，例昵愛。

09【昶】ㄔㄤˇ chǎng 形①白晝的時間長。②通「暢」；舒暢。

09【昫】ㄒㄩˇ xǔ 形日出溫暖之意。

09【昳】㈠ㄉㄧㄝˊ dié 形太陽在午後偏向西方。
㈡ㄧˋ ì 形明豔的樣子，例昳麗。

09【昱】ㄩˋ yù 名日光。動光明、照耀。副光明的樣子，例昱昱。

09【昝】ㄗㄢˇ zǎn 名姓，唐有昝商。

六 畫

10【時】〔时〕ㄕˊ shí 名①姓，後漢有時苗。②四時，指春、夏、秋、冬四季。③時辰，一天分為十二個時辰。④計算時間的單位，六十分鐘稱為一小時。⑤時代，例彼一時，此一時也。(《孟子》〈公孫丑下〉)⑥機運，例時機。⑦時候，例古時。動等待，例孔子時其亡也，而往拜之。(《論語》〈陽貨〉)形①是。②適合時宜，例孔子，聖之時者也。(《孟子》〈萬章下〉)副常，例學而時習之。(《論語》〈學而〉)

◆時令、時局、時事、時尚、時限、時常、時間、時勢、時髦、時價、時機、時不我與、時過境遷　今時、守時、準時、暫時、戰時、玩歲愒時、盛極一時。

10【旰】ㄍㄢˋ gàn 名半乾。

10【晉】〔晋〕ㄐㄧㄣˋ jìn 名①周朝時的國名，後為韓、趙、魏三家所分而亡。②山西省的簡稱。③六十四卦之一，坤下離上。④朝代名。⑴司馬炎代魏，國號晉(265～420)。⑵五代時有石敬塘滅後唐稱帝，國號晉，史稱後晉(936－946)。⑤姓，戰國魏有晉鄙。動①進，前往，例晉謁、晉升。②通「搢」；插。形肅直的樣子。

10【晟】ㄕㄥˋ shèng ㄔㄥˊ chéng 名明亮、熾盛。

10【晏】ㄧㄢˋ yàn 形①晚。②安和、太平，例海內晏如。(《漢書》〈諸侯王表〉)③天空晴朗無雲，例天清日晏。名姓，春秋齊有晏嬰。

10【晃】㈠ㄏㄨㄤˇ huǎng 動強光照耀。形光明、明亮，例明晃晃。名姓，漢有晃華。　㈡ㄏㄨㄤˋ huàng 動①搖擺不定，例搖晃。②一閃而過，例一晃又一年了。

10【晒】(曬) ㄕㄞˋ shài 動①暴露在日光下，例日晒。②照相後將底片浸於藥水中，然後取出，在光線下使其顯影，例晒底片。③大陸用作「曬」(ㄕㄞˋ)的簡化字。

10【晌】ㄕㄤˇ shǎng 名①正午，例晌午。②時間的量詞，猶言片刻，例半晌。③有地區計算田地面積的單位。④大陸方言，指半天的時間，例上半晌。

10【昚】ㄔㄚ chā 動日照。

10【晁】ㄔㄠˊ cháo 名①古「朝」字。②姓，本作「鼂」字，宋有晁公武。

七 畫

11【晝】〔昼〕ㄓㄡˋ zhòu 名①白天，從日出到日落叫晝，例晝夜。②姓。

11【晚】ㄨㄢˇ wǎn 名①日落以後，泛指夜間，例晚上。②後輩對前輩的自稱，例晚輩。形①末期、將盡的，例晚唐。②老年，例晚年。副後、遲，例你來晚了。

◆**晚明、晚唐、晚間、晚期　夜晚、春晚。**

11【晤】ㄨˋ wù 形通「悟」，聰明，明白。動見面，例晤談。

11【晨】ㄔㄣˊ chén 名①太陽剛出來時，例早晨。②星名，即房星。③雞報曉。

11【晦】ㄏㄨㄟˋ huì 名①陰曆每月的最後一天，例晦日。②夜晚。形①草木凋傷。②昏暗，例晦冥。③不吉利，例晦氣。④隱蔽，例晦跡。

11【晞】ㄒㄧ xī 名天將亮時的日光，例晨晞。動①曝晒。②消散，例塵漠漠兮未晞。(《楚辭》王逸〈九思〉)形乾燥，例白露未晞。(《詩經》〈秦風・蒹葭〉)

11【晛】〔晛〕ㄒㄧㄢˋ xiàn 名日光散發之熱氣，例見晛曰消。

11【晣】ㄓˋ zhì 形「晣晣」：明亮，例庭燎晣晣。(《詩經》〈小雅・庭燎〉)

11【晡】ㄅㄨ bū 名①下午三時至五時，稱爲晡。②泛指晚間。

11【晧】ㄏㄠˋ hào 名白色。形①日出的樣子，例晧旰。②盛貌

11【晢】ㄓㄜˊ zhé ㄓˋ zhì 形通「晰」；明白，例昭晢。副星光明亮的樣子。

八 畫

12【普】ㄆㄨˇ pǔ 名①國名，普魯士的簡稱。②姓，明有普暉。形①平常，例普通。②廣大而周遍，例普遍。

◈**普考、普查、普通、普遍、普照、普洱茶、普天同慶、普度衆生。**

12【晰】ㄒㄧ xī 形明白，例清晰。

12【晴】ㄑㄧㄥˊ qíng 名好天氣。動雨停止，例雨過天晴。形清朗的。

◈**晴川、晴天霹靂 天晴、放晴、陰晴。**

12【暑】ㄕㄨˇ shǔ 名炎熱的天氣，例酷暑。形熱，例暑氣。

◈**暑氣、暑期 小暑、盛暑、處暑、寒暑、溽暑。**

12【晶】ㄐㄧㄥ jīng 名水晶的簡稱，是一種透明像玻璃的礦物。形透明有光輝的樣子，例晶瑩。

◈**晶體 水晶、結晶、亮晶晶。**

12【晬】ㄗㄨㄟˋ zuì 名小孩出生一周歲。

12【晷】ㄍㄨㄟˇ guǐ 名①日影，例斜晷。②以日影來測定時刻的器具，例日晷。③時間，例日無暇晷。

12【景】㈠ㄐㄧㄥˇ jǐng 名①日光。②可供玩賞的景象、風物，例風景。③情況、境遇，例景況。④星宿名。⑤姓，戰國楚有景差。動仰慕，例景仰。形大，例景行。 ㈡ㄧㄥˇ yǐng 名日影。通「影」；物的陰影。

◈**景色、景物、景致、景象、景慕、景觀 光景、遠景、良辰美景。**

12【晻】㈠ㄢˇ ǎn ㄢˋ àn 形①幽暗不明。②陰雨的樣子。 ㈡ㄧㄢˇ yǎn 形「晻晻」：太陽光昏暗的樣子。

12【智】ㄓˋ zhì 名①見識、才識，例大智若愚。②謀略，例鬥智。③姓，元有智受益。形深明事理又有才識，例明智。

◈**智力、智能、智謀、智識、智仁勇 才智、心智、見仁見智。**

12【晾】ㄌㄧㄤˋ liàng 動①把東西放在通風處吹乾。②曝曬。

九 畫

13【暋】ㄇㄧㄣˇ mǐn 形强悍，例暋不畏死。(《尚書》〈康誥〉)

13【暉】〔晖〕ㄏㄨㄟ huī 名日光，例餘暉。

13【暇】ㄒㄧㄚˋ xià ㄒㄧㄚˊ xiá 名空閒，例暇日。

13【暈】〔晕〕㈠ㄩㄣ yūn 動昏倒，例暈倒。形譏笑人頭腦不清、行動錯亂，例暈頭轉向。 ㈡ㄩㄣˋ yùn 名①日月四周的光環，例月暈。②光體四周模糊的光影，例燈暈。③面頰所泛淡紅色的輪狀。動①頭昏眼花，例暈眩。②頭腦昏亂，感覺不適。 ㈢ㄧㄣˋ yìn 名婦女產後失血之病，例血暈。

◆暈車、暈船、暈頭轉向 日暈、月暈、眩暈、頭暈。

13【暖】(煖)㈠ㄋㄨㄢˇ nuǎn 動使冷的變成溫熱，例暖酒。形溫、和，例暖和。 ㈡ㄒㄩㄢ xuān 形柔婉的樣子。

◆取暖、溫暖、冬暖夏涼、春暖花開。

13【暄】ㄒㄩㄢ xuān 名日光。動曬乾。形溫，例暄暖。

13【暍】ㄏㄜˋ hè ㄧㄝˋ yè 動中暑而得病。

13【暘】〔旸〕ㄧㄤˊ yáng 名晴天。動日出。

13【暚】ㄨㄣ yēn 名日出而溫。

13【暐】〔玮〕ㄨㄟˇ wěi 動日光。形光輝的樣子，例暐曄。

13【暌】ㄎㄨㄟˊ kuí 動隔間、乖違、離別，例暌違。

13【暔】ㄋㄢˊ nán 名國名，唐天寶中封其王為懷寧王。

13【暗】(闇)(晻)ㄢˋ àn 名①不光明，例棄暗投明。②姓。形①昏黑、缺少光線，例柳暗花明。②不明事理。③沒有光澤，例毛色暗。副祕密，例暗圖匡復。

◆暗射、暗記、暗殺、暗算、暗無天日、暗箭傷人 昏暗、明暗、幽暗、黑暗。

十畫

14【暢】〔畅〕ㄔㄤˋ chàng 名①琴曲名。

②通「鬯」；祭祀用的鬱鬯酒。③姓，漢有暢曾。動①申說，例不可盡暢。（宋玉〈神女賦〉）②流通，例貨暢其流。形①通達無阻，例文筆流暢。②繁茂，例暢鬱。③爽適，例舒暢。副①很。②盡情、痛快，例暢所欲言。

◆暢旺、暢茂、暢敍、暢達、暢銷、暢談　明暢、通暢、舒暢、歡暢、開懷暢飲。

14【暨】ㄐㄧˋ jì 名姓，唐有暨晃。動①及、至，例暨今。②太陽乍出微見。連及、和，例東至海暨朝鮮。（《史記》〈秦始皇本紀〉）

14【暝】㈠ㄇㄧㄥˊ míng 動隱。形①昏暗，例晦暝。②暮，例暝色入高樓。（李白〈菩薩蠻詞〉）　㈡ㄇㄧㄥˋ mìng 名夜，例暝宿長林下。（王維〈藍天山石門精舍詩〉）助入暮，例晻晻日欲暝。（〈孔雀東南飛〉）

十一　畫

15【暮】ㄇㄨˋ mù 名①夜間。②太陽將落時，例日暮。形①將盡，例暮年。②晚，例暮色。③衰頹無生氣，例暮氣沉沉。

◆暮年、暮秋、暮鼓晨鐘　歲暮、薄暮、朝三暮四、朝思暮想。

15【暫】〔暂〕ㄓㄢˋ zhàn ㄗㄢˋ zàn 副①不久，例暫時。②姑且，例暫伴月將影，行樂須及春。③猝然，例暫面。

15【曹】ㄘㄠˊ cáo 名日光。

15【暴】㈠ㄅㄠˋ bào 動①毀害，不愛惜，例自暴自棄。②空手搏鬥，例暴虎憑河。形①殘酷，例殘暴。②急躁，例暴跳如雷。③急驟的，例暴雨。副突然，例暴發。名姓，戰國魏有暴鳶。　㈡ㄆㄨˋ pù 動①顯現，例暴露。②曬，例暴曬。

◆暴力、暴投、暴行、暴利、暴戾、暴動、暴虎馮河、暴殄天物　風暴、殘暴、橫暴、自暴自棄、橫征暴斂。

15【暵】ㄏㄢˋ hàn 名①枯萎，例暵其乾矣。（《詩經》〈王風．中谷有蓷〉）②熱氣。③乾。動曝曬。

15【暱】（昵）ㄋㄧˋ nì 動親近，例親暱。

十二　畫

16【曆】〔历〕ㄌㄧˋ lì 名①推算歲時節氣的方法，例農曆。②日曆，月曆，例視曆復開書。(〈古詩・爲焦仲卿妻作〉)③年代。④壽命。⑤日記本。

16【曉】〔晓〕ㄒㄧㄠˇ xiǎo 名①天明，例破曉。②姓，明有曉枝。動①知道，例通曉。②發表、公布，例揭曉。③明告，例以曉左右。(《漢書》〈司馬遷傳〉)④明白嫻熟，例曉暢。形清晨的，例曉霧。

◆曉示、曉色、曉事、曉悟、曉諭 天曉、分曉、明曉、春曉。

16【暹】ㄒㄧㄢ xiān 名昔時暹羅之簡稱，即今泰國。動日光升起。

16【暾】ㄊㄨㄣ tūn 名早晨剛升上來的太陽，例朝暾。形不爽快，例溫暾。

16【曄】〔晔〕ㄧㄝˋ yè 形①光明的樣子，例炳曄。②繁盛的樣子。

16【曈】ㄊㄨㄥˊ tóng 形太陽剛出來的樣子，例曈曨。

16【曇】〔昙〕ㄊㄢˊ tán 名①雲氣，例彩曇。②鴆鳥的別名。③姓，宋有曇橘洲。

16【曌】ㄓㄠˋ zhào 名武則天自創的字，並用作自己的名字。同「照」。

十三 畫

17【曙】ㄕㄨˋ shù 名天亮時刻，例昏曙。形破曉，例曙光。

17【曏】〔曏〕ㄒㄧㄤˋ xiàng 形從前、往昔。副不久，少時。

17【曬】㊀ㄕㄞˋ shài 名同「曬」。㊁ㄕㄚˋ shà 副極、很，同「煞」。

17【曖】〔暧〕ㄞˋ ài 形昏暗不明。

十四 畫

18【曘】ㄖㄨˊ rú 形①日色。②暗。

18【曜】ㄧㄠˋ yào ㄩㄝˋ yuè 名①日、月及火、水、木、金、土五星稱爲七曜。曜也可以代表星期日，月代表星期一，以下類推。②日光，例日出有曜。動示，例曜以大利。形光明，例曜曜。

18【曚】ㄇㄥˊ méng 形暗淡不明。

18【曛】ㄒㄩㄣ xūn 形①日落後的餘光。②黃昏時候。③赤黃色，例曛黃。

十五 畫

19【曝】ㄆㄨˋ pù 動在陽光下晒。

19【曠】〔旷〕ㄎㄨㄤˋ kuàng 名姓。動①使之空、缺，例曠課。②荒廢，例曠廢。形①明白、豁達，例曠達。②空闊，例曠野。③男子壯而無妻，例外無曠夫。

◆曠久、曠古、曠世、曠地、曠廢。

十六 畫

20【曦】ㄒㄧ xī 名日光，例晨曦。

20【曨】〔昽〕ㄌㄨㄥˊ lóng 形日光暗淡不明的樣子，例曚曨。

十七 畫

21【曩】ㄋㄤˇ nǎng 形昔時、從前。

十九 畫

23【曬】〔晒〕ㄕㄞˋ shài 同「晒」字。

曰 部

04【曰】ㄩㄝ yuē 動①說，例子曰。②稱爲，例水中可居者曰洲。(《爾雅》〈釋水〉)助語助詞，用於句首或句中，例我東曰歸，我心西悲。(《詩經》〈豳風・東山〉)

二 畫

06【曲】(一) ㄑㄩ qiū 名①拐彎的地方，例河曲。②心中的隱情，例衷曲。③古代軍隊編制名，部下有曲，例部曲。④養蠶的器具。⑤大陸用作「麯」(ㄑㄩ)的簡化字。⑥姓，唐有曲環。動彎折，例曲膝。形①不直，例曲折。②不正當，例歪曲。③隱密，例曲密。副宛轉地，例委曲求全。 (二) ㄑㄩˇ chiǔ 名①音樂的調子，例歌曲。②我國古典韻文之一，元時最盛，故稱元曲，又分散曲、劇曲兩種。

◆曲全、曲直、曲解、曲高和寡、曲終人散、曲意承歡 山曲、心曲、歌曲、樂曲、戀曲。

06【曳】ㄧㄝˋ yè ㄧˋ yì 動牽引，例棄甲曳兵而走。(《孟子》〈梁惠王上〉)形勞頓。

三 畫

07【更】㈠ㄍㄥ gēng ㄐㄧㄥ jīng 名①計算時間的單位，例三更。②古代徭役名稱，例更賦。③姓。動①改變，例更換。②代替，例更代。③經歷，例更事。 ㈡ㄍㄥˋ gèng 副①再，例更上一層樓。②愈甚，例抽刀斷水水更流。(李白〈宣州餞別詩〉)

◆更加、更衣、更改、更易、更迭、更動、更張、更替、更新、更深人靜 初更、變更、三更半夜、少不更事。

五 畫

09【曷】ㄏㄜˊ hé 名同「蝎」；蟲名。副①疑問詞，為何之意。②何不，例中心好之，曷飲食之。(《詩經》〈唐風．有杕之杜〉)

六 畫

10【書】〔书〕ㄕㄨ shū 名①《尚書》的簡稱。②有文字或圖畫的冊子稱為書。③字體的寫法，例楷書。④造字的方法，例六書。⑤信函，例家書。⑥文件，例證書。⑦姓，明有書永琇。動①記載，例而書其德行道藝。(《周禮》〈地官〉)②用筆寫字。

◆書目、書局、書房、書面、書香、書記、書香門第 文書、經書、讀書、知書達禮。

七 畫

11【曹】ㄘㄠˊ cáo 名①羣、衆，例民所曹好。(《國語》〈周語〉)②訴訟時被告和原告，稱為兩曹。③古代官署辦事分科謂之曹，例功曹。④姓，東漢有曹操。代輩、等，例爾曹。

◆我曹 法曹、軍曹。

八 畫

12【替】ㄊㄧˋ tì 動①代，例代替。②廢、滅，例興替。形衰敗，例隆替。

◆替身、替換 交替、更替、接替、興替。

12【曾】㈠ㄗㄥ zēng 形隔兩代的，例曾祖。副①乃，則，例曾是以為孝乎？(《論語》〈為政〉)②同「增」；加多，例曾益其所不能。(《孟子》〈告子下〉)名姓，春秋有曾參。 ㈡ㄘㄥˊ céng 形同「層」；一重重。副經歷過、嘗，例曾經。

◆曾孫、曾經 不曾、未曾、何曾、似曾相識。

12【最】(㝡)(冣) ㄗㄨㄟˋ zuì 動①奪取，例殿最。②聚集。副①極、尤，例最好。②總計。

九畫

13【會】〔会〕㈠ㄏㄨㄟˋ huì 名①團體名，例工會。②多數人的集會，例里民大會。③大都市或行政中心的地方，例都會。④時機，例機會。⑤民間小規模的儲蓄、放款組織，例互助會。動①集合。②領悟，例領會。③相見，例會晤。④付款，例會帳。⑤通曉，例他會下棋。副能夠，例三民主義的大同世界一定會實現。 ㈡ㄏㄨㄟˇ huǐ 副片刻，短暫的時間，例一會兒。 ㈢ㄎㄨㄞˋ kuài 名①五采繡。②姓，漢有會栩。動總計。 ㈣ㄍㄨㄟˋ guèi 名地名，例會稽。

◆會心、會合、會商、會晤、會審　知會、社會、集會、聚會、以文會友、風雲際會、牽强附會。

十畫

14【朅】ㄑㄧㄝˋ qiè 動去，例貧賤弗朅。形威武的樣子，例庶士有朅。副通「曷」；何，例朅至。

月部

04【月】ㄩㄝˋ yuè 名①地球的衛星，繞地球運行，表面凹凸明暗不一，本身不發光，受太陽光反射出來，才看得到。②陰曆以月球繞地球一周為一個月，大月三十天，小月二十九天。陽曆則是大月三十一天，小月三十天。一年有十二個月。③姓，明有月文憲。

◆月色、月臺、月薪、月圓花好　正月、年月、明月、風月、滿月、歲月、上弦月、披星戴月。

二畫

06【有】㈠ㄧㄡˇ yǒu 名姓，明有有日興。動①無的相反，例有無。②表事物的所屬，例我有錢。③表示存在，存有，例有一天，有三個人。④友愛，例亦莫我有。(《詩經》〈王風・葛藟〉)形富厚，例富有。副①或，例朕不敢有後。(《尚書》〈多士〉)②故意，例有心犯錯。助①用在名詞前面，作為襯字，例有清。②放在動詞之前，以表客氣，例有勞。 ㈡ㄧㄡˋ yòu 副通「又」，例十有五年。

◈有心、有成、有限、有爲、有恆、有效、有勞、有意、有口皆碑、有名無實、有恃無恐、有勇無謀、有教無類、有備無患、有機可乘 只有、空有、何難之有、無奇不有。

四 畫

08【朋】ㄆㄥˊ péng 图①友人，例朋友。②羣黨，例朋黨。③古代貨幣二枚爲一朋。④姓，宋有朋水。動①同，例朋心合力。②比，例碩大無朋。(《詩經》〈唐風・椒聊〉)

◈朋比、朋儕、朋黨 交朋結友、呼朋引伴、高朋滿座、親朋好友。

08【朊】ㄖㄨㄢˇ ruǎn 形月光微明的樣子。

08【肸】ㄨˇ wǔ 形明亮。

08【服】ㄈㄨˊ fú 图①衣的總稱，例衣服。②喪衣，例五服。③藥一劑稱一服。④通「鵩」；鳥名，即貓頭鷹。⑤駕車之馬在中間夾轅者稱爲服。⑥姓，後漢有服虔。動①服從，例畏服。②習慣，例水土不服。③擔任，例服務、服役。④穿著。⑤駕、乘，例服牛乘馬。(《易經》〈繫辭下〉)⑥佩戴。⑦食，例服藥。⑧欽佩，例佩服。⑨侍候，例服侍。

◈服用、服役、服氣、服貼、服膺 折服、屈服、悅服、敬服、舒服、說服、心服口服、以德服人。

五 畫

09【朏】ㄈㄟˇ fěi ㄆㄟˋ pèi 图①未盛明時的月光。②每月初三，上弦月的月光。形①月未盛時，不十分明亮的樣子。②天剛亮時。

六 畫

10【朓】ㄊㄧㄠˋ tiào 图陰曆每月末日，月出現西方叫朓。

10【朔】ㄕㄨㄛˋ shuò 图①陰曆的每月初一日。②北方，例朔北。③始、初，例皆從其朔。(《禮記》〈禮運〉)

10【朕】ㄓㄣˋ zhèn 图①本爲我的自稱，秦以後成爲皇帝的自稱。②先兆，例見變化之朕。(《鬼谷子》〈捭闔〉)

10【朗】ㄌㄤˇ lǎng 图姓。形明亮，例天氣晴朗。副清澈，例朗詠長川。(孫綽〈遊天台山賦〉)

◈明朗、開朗、爽朗、硬朗。

10【朒】ㄋㄩ nü 图①陰曆初一在東方稱朒。②古算法稱不足爲朒。動不能伸展的樣子；亦作肭，例縮朒。

七畫

11【望】ㄨㄤˋ wàng 名①心願，例願望。②名譽，例名望。③陰曆每月十五日，例望日。④祭山川的名稱，例望祭。動①遠看，例眺望。②希冀，例希望、盼望。③爲人所仰慕，例仰望。④怨責。⑤拜訪、慰問，例探望。⑥將近，例望八。副向、往，例望前走。

◈**望見、望族、望子成龍、望文生義、望洋興嘆、望梅止渴、望眼欲穿、望塵莫及　春望、絕望、奢望、東張西望。**

八畫

12【期】(朞)(一) qí 名①時、日，例時期。②界限、限度，例徵斂無期。(《呂氏春秋》〈懷寵〉)③地質時間單位中最小的單位，例冰河期。④約定的時間，例定期。⑤百年稱爲期，例期頤。動①希望，例期求。②約定，例不期而遇。副必定，例期死非勇也。(《左傳》〈哀公十六年〉)　(二)ㄐㄧ jī 名①一周年稱期，例期年。②期服的簡稱，即一年的喪服。助通「其」。

◈**期日、期限、期待、期望、期間　定期、時期、預期、過期、學期、無期、青春期、更年期、不期而遇。**

12【朝】(一)ㄓㄠ zhāo 名①早晨，例春朝。②日、天，例今朝。③姓，隋有朝景煥。形有生氣、活潑的，例朝氣。(二)ㄔㄠˊ cháo 名①君臣謀政事的地方，例朝廷。②君主統治的時代，例唐朝。動①諸侯覲見天子稱朝，例朝見。②向、對，例坐北朝南。③參拜神明，例朝聖。④小水流入大水，例江漢朝宗於海。(《尚書》〈禹貢〉)

◈**朝夕、朝野、朝陽、朝聖、朝露、朝三暮四、朝不保夕、朝秦暮楚、朝朝暮暮、朝饔夕飧　早朝、花朝、盛朝。**

12【朞】ㄐㄧ jī 名同「期」；一周年，例朞年。

九畫

13【朠】ㄧㄥ yīng 名月色。

十二畫

16【朣】ㄊㄨㄥˊ tóng 副月初升未明的樣子，例朣朧。

十四畫

18【朦】ㄇㄥˊ méng 動欺騙，例朦騙。形「朦朧」：⑴月光昏暗的樣子，例月光朦朧。⑵看不清楚，例睡眼朦朧。

十六畫

20【朧】〔胧〕ㄌㄨㄥˊ lóng 形「朦朧」，見「朦」字。

木部

04【木】ㄇㄨˋ mù 名①木本植物的通稱，例樹木。②木材，例朽木。③棺材，例行將就木。④五行之一，例金木水火土。⑤八音之一。⑥星名，木星的簡稱。⑦姓，明有木公恕。形①質樸，例剛毅木訥，近仁。(《論語》〈子路〉)②沒有感覺，例痲木。③呆笨的，例呆頭木腦。

◆**木石、木刻、木料、木鐸、木已成舟　花木、枕木、草木、神木、入木三分、移花接木、獨木難支。**

一畫

05【本】ㄅㄣˇ běn 名①草木的根。②榦，草木一株稱一本。③初，根源。④奏議文書，例本章，奏本。⑤書籍，例刻本。⑥姓，清有本進忠。動根據，例各本良心。形①自己的，例本國，本土。②最先的，例本義。③原來的，例本色。④目前的，例本日休假。副本來。

◆**本分、本末、本色、本性、本來、本事、本意、本源、本領、本體、本末倒置　基本、版本、根本、原原本本。**

05【朮】ㄓㄨˊ zhú 名多年生草本，秋天開花，有紅、白、淡紅數色，根可做藥，有白朮、蒼朮兩種。

05【末】ㄇㄛˋ mò 名①樹枝的末端。②物體的尾端、尖梢，例末尾。③終，最後，例居末。④不重要，非根本，例本末倒置。⑤物之細碎如粉稱末，例粉末。⑥自謙之稱，例眷末。⑦元雜劇的男腳色名，即後來所稱的生，例正末。⑧晚年，老年，例武王末受命。(《禮記》〈中庸〉)⑨姓。副無，沒。

◆**末日、末世、末座、末路　始末、期末、物有本末、捨本逐末。**

05【未】ㄨㄟˋ wèi 名①十二地支的第八位。②時辰名，即午後一～三時。③姓，漢有未央。副①沒有,例未盡事宜。②將來,例未來。③否定詞,不,例這班火車誤點,所以未能如時到達。助相當於白話文的嗎、麼,例來日綺窗前,寒梅著花未?(王維〈雜詩〉)

◈未了、未央、未免、未遂、未嘗、未知數、未卜先知、未雨綢繆 尙未、始料未及。

05【札】(劄)ㄓㄚˊ zhá 名①古時寫字用的小木片。②書信,例手札。③舊時由上行下的公文,例札文,札子。動①夭死,例夭札。②拔除,例毫末不札。(《孔子家語》〈觀周〉)

二 畫

06【朵】(朶)ㄉㄨㄛˇ duǒ 名①花朵。②量詞,計算花或類似花朵狀的計量詞,例數朵白雲。動以手捉物或引小兒學步。形兩旁的,例陳小輿於東西朵殿。(《宋史》〈儀衞志〉)

◈朵朵 千朵、耳朵、花朵、大快朵頤。

06【朾】ㄊㄧㄥ tīng 名春秋時候的宋國地名。動撞,擊。

06【朽】ㄒㄧㄡˇ xiǔ 名腐敗的東西,例摧枯拉朽。動①腐爛,例腐朽。②磨滅,例死而不朽。形①敗壞,例朽木不可雕也。(《論語》〈公冶長〉)②衰老,例年朽髮落。

◈老朽、枯朽、衰朽、年朽齒落、催枯拉朽。

06【朹】ㄑㄧㄡˊ qiú 名「朹子」:即山楂。

06【朴】(一)ㄆㄨˊ pú 名①木皮。②榆科植物,落葉喬木,葉橢圓而尖。花細小,色淡黃,果實球形,黃赤色,味甘可食用,木材可供製器。③通「樸」,敦厚的本性,例朴素。 (二)ㄆㄡ pōu 名姓,明有朴素。

06【机】ㄐㄧ jī 名①木名,似榆樹。②大陸用作「機」(ㄐㄧ)的簡化字。③同「几」,承受物體的小桌。

06【朱】(一)ㄓㄨ zhū 名①深赤色,例惡紫,恐其亂朱也。(《孟子》〈盡心〉)②大陸用作「硃」(ㄓㄨ)的簡化字。③姓。
(二)ㄕㄨˊ shú 名「朱提」:(1)古郡名,東漢時設置,約爲今之雲南、貴州、四川一帶,南朝梁廢。(2)銀之別名。

◈朱砂、朱衣、朱雀橋、朱脣皓齒 丹朱、楊朱。

三畫

07【束】ㄕㄨˋ shù 图①記數之名，物品一紮或一綑，例一束鮮花。②姓，晉有束晳。動①綁，縛。②束手。

◆束裝、束縛、束之高閣、束手無策 管束、花束、結束、拘束。

07【李】ㄌㄧˇ lǐ 图①植物名。落葉喬木，開白花。李樹結的果子稱李子。②獄官。③星名。④驛使，通「使」，今引申爲旅行時所帶的衣物，例行李。⑤姓，秦有李冰。

◆行李、桃李、瓜田李下、投桃報李、桃李滿天下。

07【杏】ㄒㄧㄥˋ xìng 图薔薇科落葉喬木，葉廣橢圓形；花五瓣，色白帶紅。果實圓形，種子即杏仁，可食或供藥用。

07【村】(邨)ㄘㄨㄣ cūn 图①聚落，引申爲人所聚居的地方，例村落、村子。②粗野、鄙陋，例村氣。

◆村莊、村姑、村鎮 江村、孤村、新村、鄉村、杏花村。

07【杖】ㄓㄤˋ zhàng 图①扶著走路用的棍子。②喪制所用的杖。③五刑之一，用竹板或棒子打犯人。動①持。②倚靠，例仰杖。

◆杖履 手杖、木杖、依杖、枴杖、儀杖、權杖、七十杖於國。

07【材】ㄘㄞˊ cái 图①木料，例木材。②材能，能力，例因材施教。③凡自然資源可供製造成品者皆稱材，例材料。④資質。⑤棺材之簡稱。動通「裁」；處斷。

◆材料、材幹、材藝 上材、建材、教材、器材、題材、賢材、上駟之材、因材施教。

07【杞】ㄑㄧˇ qǐ 图①「枸杞」，見「枸」字。②古國名，在今河南省杞縣，後爲楚所滅。③姓，明有杞原慶。

07【杉】讀音ㄕㄢ shān 語音ㄕㄚ shā 图杉科常綠喬木，幹挺直，材質堅緻，可供建築和製造器具用，也可製棺。

07【杇】ㄨ wū 图塗刷牆壁的用具，即鏝。動塗刷，例糞土之牆，不可杇也。(《論語》〈公冶長〉)

07【杙】ㄧˋ yì 图小木樁。

07【杈】(一)ㄔㄚ chā 图①歧出的樹枝。②刺取魚鱉的器具。 (二)ㄔㄚˋ chà 图用以阻遮人馬的障礙物。

07【杌】ㄨˋ wù 图①樹無枝。②坐具，方形沒有倚背的凳子。③檮杌，見「檮」字。

07【杅】ㄩˊ yú 图①古時沐浴的器具。②古時飲水、盛水的器具。

07【杓】㈠ㄅㄧㄠ biāo 图①枓柄。②星名，北斗七星的柄。 ㈡ㄕㄠˊ sháo 图取水的器具。

07【杜】ㄉㄨˋ dù 图①甘棠，落葉亞喬木，葉形橢圓，花白色。②姓，唐有杜甫。動①阻塞，例杜絕。②關閉，例杜門不出。形①自造的，例杜酒。②臆造的，例杜撰。

◆**杜口、杜門謝客　老杜、李杜。**

07【杆】ㄍㄢ gān 图①直木棍，例電線杆。②英、美長度名，等於五叉二分之一碼。

07【杠】ㄍㄤ gāng 图①旗竿。②床前的橫木。③小橋。④古時車蓋的柄。

四　畫

08【杭】ㄏㄤˊ háng 图①舟。②姓，明有杭濟。③杭州的簡稱。動通「航」；渡，例一葦杭之。(《詩經》〈衛風・河廣〉)

08【枋】ㄈㄤ fāng 图①檀木的別名。②築堤用之大木樁。③建築上兩柱之間起聯繫作用的橫木，一般爲矩形。

08【枕】㈠ㄓㄣˇ zhěn 图①睡臥時頭部所墊的東西。②車後的橫木。③頭橫骨，例枕骨。 ㈡ㄓㄣˋ zhèn 動①用頭枕物，例曲肱而枕之。(《論語》〈述而〉)②靠近。

◆**枕席、枕藉、枕戈待旦　孤枕、涼枕、睡枕、高枕無憂。**

08【杳】ㄧㄠˇ yǎo ㄇㄧㄠˇ miǎo 形①冥、幽暗。②深遠。副①曠遠沉寂，例杳無消息。②寂靜的樣子。

08【杷】ㄆㄚˊ pá 图①收麥器。②「枇杷」，見「枇」字。③姓。動以手取物。

08【枓】㈠ㄉㄡˇ dǒu 图柱上的方木。 ㈡ㄓㄨˇ zhǔ 图古時盛水的器具。

08【東】〔东〕ㄉㄨㄥ dōng 图①方向名，日出的一方，例東方。②古時主位在東，賓位在西，故稱主人爲東，例房東。③姓，元有東良會。動向東方行進。

◆**東西、東門、東風、東洋、東南、東道、東山再起　江東、作東、店**

東、極東、關東。

08【枝】㈠ㄓ zhī 名①樹幹從旁生出的枝條，例樹枝。②凡由一本歧出者，例枝節。③肢體，通「肢」。④量詞，用於細長的物體，例一枝鉛筆。㈡ㄑㄧˊ qí 形「枝指」：比喻多而無用的東西。

◆枝枒、枝解、枝幹、枝節 旁枝、樹枝、金枝玉葉、花枝招展。

08【果】(菓)ㄍㄨㄛˇ guǒ 名①植物所結的實，例水果。②事情的結果。③姓，明有果琳。形①堅決，不改變，例言必信，行必果。(《論語》〈子路〉)②吃飽，例果腹。③勝利，例殺敵爲果。(《左傳》〈宣公二年〉)副能，例君是以不果來也。(《孟子》〈梁惠王上〉)

◆果決、果敢、果腹、果斷 如果、成果、茶果、效果、核果、惡果、結果、前爲因果、自食其果。

08【杯】(盃)ㄅㄟ bēi 名①盛茶水或注酒的器具。②用做量詞，例一杯美酒。③競賽勝利的獎品。例獎杯。

◆杯茗、杯棬、杯盤狼藉 玉杯、茶杯、乾杯、舉杯。

08【林】ㄌㄧㄣˊ lín 名①樹木叢生於一處稱爲林，例山林。②叢集之處，例士林。③姓，清有林則徐。④「林檎」：落葉亞喬木，葉橢圓，開白花。果實味酸甜，類似蘋果，俗稱沙果或花紅。形衆多的，例林林總總。

◆林立、林墾、林壑、林林總總 武林、梅林、森林、樹林、藝林、儒林、翰林、防風林、酒池肉林。

08【杰】ㄐㄧㄝˊ jié ①「傑」的俗體字。②大陸用作「傑」(ㄐㄧㄝˊ)的簡化字。

08【枉】ㄨㄤˇ wǎng 名①邪曲的人，例舉直錯諸枉。(《論語》〈爲政〉)②委屈的事，例冤枉。動①屈尊，例枉駕。②歪曲、邪曲。形彎曲的，例枉尺。副徒勞無益，例雲雨巫山枉斷腸。(李白〈清平調〉)

08【析】ㄒㄧ xī 動①破、劈開，例析薪。②分解，例分崩離析。③解釋，例分析。名姓，元有析望芳。

◆析義、析疑、析爨 剖析、解析、條分縷析、分崩離析。

08【枇】ㄆㄧˊ pí 名「枇杷」：薔薇科常綠喬木，花白色，果熟時黃色，可生食及治咳化痰等藥用。木材則可製造輕便家具。臺灣盛產。動梳髮。

08【杵】ㄔㄨˇ chǔ 图①舂米的器具，例杵臼。②擣衣的木槌，例砧杵。③大盾，例血流漂杵。動突刺，例不可用指頭杵眼睛。

08【枚】ㄇㄟˊ méi 图①樹幹。②古行軍時，橫銜在口的箸，以止語言，例銜枚。③量詞，一個銅錢或小的果實稱一枚。④十分之一寸爲枚。⑤姓，漢有枚叔。

08【板】ㄅㄢˇ bǎn 图①木片，例木板。②呈薄片的物體，例銅板。③築牆板。④音樂的節拍，例慢板。⑤詔書簡牘。⑥大陸用作「闆」(ㄅㄢˇ)的簡化字。形固執或呆滯，例古板。

◈**板橋、板蕩、板起臉　甲板、平板、看板、跳板、黑板、樣板。**

08【杪】ㄇㄧㄠˇ miǎo 图①樹枝的末端，例樹杪。②時節的末端，例歲杪。③樹林盡處，例林杪。形通「眇」；微小。

08【枌】ㄈㄣˊ fén 图「枌榆」：又叫白榆，榆樹的一種。

08【杲】ㄍㄠˇ gǎo 形①明亮的樣子。②高。图姓，元有杲元啓。

08【杼】ㄓㄨˋ zhù 图織布機上用來持理緯線的梭，例機杼。動減削。形薄。

08【枒】ㄧㄚˊ yá 图①椰子樹。②車輪的外周。形樹枝歧出的樣子，例枒杈。

08【松】ㄙㄨㄥ sōng 图①常綠喬木，葉針形或線形，雌雄同株，果實爲毬果。用途廣大，可用爲建築、器具、紙漿等。②大陸用作「鬆」(ㄙㄨㄥ)的簡化字。③姓，隋有松贇。

◈**松柏、松香、松嶺、松濤、松柏遐齡、松柏常青　老松、青松、孤松、黑松、蒼松。**

08【杻】㈠ㄔㄡˇ chǒu 图縶手足刑具名。
㈡ㄋㄧㄡˇ niǔ 图樹名，又名檍。

08【杶】ㄔㄨㄣ chūn 图樹名，似樗，木材可製琴。

08【枘】ㄖㄨㄟˋ ruì 图一端削成方形的短木頭，能容入鑿孔，做爲鑿子的柄。

08【枑】ㄏㄨˋ hù 图「梐枑」，見「梐」字。

五　畫

09【柿】ㄕˋ shì 图柿樹科落葉喬木，葉爲闊橢圓形、倒卵形或卵狀橢圓形，花冠淡黃色，漿果扁球形，熟時橙黃色或橙紅色。

09【某】ㄇㄡˇ mǒu 代①人或事物的代稱，例某地。②自稱代名詞。

09【染】ㄖㄢˇ rǎn 图①男女不正常關係，例有染。②豉醬。③姓。動①著色於布帛上，例染色。②爲習俗所化，例染化。③感染疾病。④沾取非份利益，例染指。

◆**染化、染料 汙染、浸染、傳染、感染。**

09【架】ㄐㄧㄚˋ jià 图①棚，例絲瓜架。②量詞，例三架飛機。③房屋兩柱的距離稱一架。④擱置物品的器具，例書架。動①搭建，例架橋。②抵擋，例難以招架。③把人劫走，例綁架。④互相爭吵毆打，例打架。⑤憑空揑造，例架詞誣揑。

◆**架次、架式、架空、架構 支架、衣架、骨架、筆架、畫架。**

09【柬】ㄐㄧㄢˇ jiǎn 图書信、請帖，例書柬。動分別選擇，通「揀」。

09【柱】ㄓㄨˋ zhù 图①屋中直立用以支撐樑的粗木。②琴瑟上繫弦的木條，例一弦一柱思華年。(李商隱〈錦瑟詩〉)③細長似柱形的物體，例水柱。動支持，例支柱。

◆**台柱、石柱、銅柱、圓柱、一柱擎天、中流砥柱。**

09【柵】(栅) ㄓㄚˋ zhà 图以竹木或金屬所編成的圍欄。

09【柩】ㄐㄧㄡˋ jiù 图裝著屍體的棺材，例棺柩。

09【柄】ㄅㄧㄥˋ bìng ㄅㄧㄥˇ bǐng 图①器物上可執之處，例傘柄。②根本，例德之柄也。(《易經》〈繫辭〉)③植物花葉和枝莖相連的部分，例葉柄。④權力，例權柄。⑤姓。動執掌、操持，例柄政。

◆**柄用、柄臣、柄國 把柄、笑柄、權柄。**

09【枴】ㄍㄨㄞˇ guǎi 图①老人或行動不便之人所柱杖。②踝部，例枴子。

09【枯】ㄎㄨ kū 图樹木失去生機，例枯木。形①槁。②乾，例淵生珠而崖不枯。(《荀子》〈勸學〉)③空的，例枯腸。④憔悴，例容貌不枯。(《荀子》〈修

身〉）

◆枯索、枯涸、枯寂、枯榮、枯槁、枯燥、枯木死灰、枯魚之肆 凋枯、乾枯、焦枯、海枯石爛。

09【柔】ㄖㄡˊ róu 形①軟弱，例剛柔相濟。②安順，例柔順。③溫和，例色澤柔和。

◆柔化、柔色、柔弱、柔韌、柔順、柔媚、柔茹剛吐 溫柔、輕柔、外柔內剛、以柔克剛。

09【柯】ㄎㄜ kē 名①斧柄。②殼斗科常綠喬木，木材堅硬，可供建築、製器。③樹枝。④古地名，在今河南省內黃縣東北。⑤姓，清有柯劭忞。

09【柭】ㄇㄛˋ mò 名①木名。②支柱。

09【枰】ㄆㄧㄥˊ píng 名①博局，賭博用的物品。②棋盤。③獨坐的板床。

09【枹】㈠ㄈㄨ fū 名同「桴」；鼓槌。㈡ㄅㄠ bāo 名殼斗科落葉喬木，葉倒卵形，花單性，果實為橢圓形堅果，有殼如碗狀。

09【柢】ㄉㄧˇ dǐ 名①樹根。②通「邸」；底。③引申為德業的基礎。

09【枲】ㄒㄧˇ xǐ 名不結實的大麻，莖皮纖維可織夏布。

09【枳】㈠ㄓˇ zhǐ 名①「枳殼」：指九至十月末採的枳木果實，皮薄中虛，可以做藥。②「枳棘」：多刺的樹，用來比喻讒佞的人。 ㈡ㄐㄧˇ jǐ 動害。

09【柮】ㄉㄨㄛˋ duò 名「榾柮」，見「榾」字。

09【柑】㈠ㄍㄢ gān 名芸香科小喬木或灌木，初夏開白花，果實形圓，熟時濃橙色，味甘美。 ㈡ㄑㄧㄢˊ qián 動用木頭銜住馬口。

09【枵】ㄒㄧㄠ xiāo 形空虛、飢餓，例枵腹從公。

09【柚】㈠ㄧㄡˋ yòu 名芸香科常綠喬木，初夏開小白花，果實為漿果，色黃，味略酸。 ㈡ㄓㄨˊ zhú 名同「軸」；織布的用具。

09【枷】ㄐㄧㄚ jiā 名①套在犯人脖子上的刑具。②衣架。③脫穀殼之農具。

09【柘】ㄓㄜˋ zhè 名①落葉桑科。灌木，葉尖厚，可飼蠶。②姓，漢有柘溫舒。

09【查】㈠ ㄔㄚˊ chá 图水中浮木，通「槎」。動考察，觀察，例調查。 ㈡ ㄓㄚ zhā 图①同「咱」；北方人自稱。②姓，清有查嗣庭。

◈查收、查問、查勘、查禁、查辦、查驗、查字典 考查、普查、會查、複查、審查、檢查。

09【柙】ㄒㄧㄚˊ xiá 图①關猛獸的檻。②同「匣」。動拘囚罪人於檻中。

09【柜】ㄐㄩˋ jù 图①蘇人稱櫃爲柜。②大陸用作「櫃」(ㄍㄨㄟˋ)的簡化字。

09【柝】ㄊㄨㄛˋ tuò 图巡夜人所敲打的梆子，例朔氣傳金柝。(〈木蘭詩〉)

09【枸】㈠ ㄐㄩˇ jǔ 图「枳枸」：鼠李科落葉喬木。果實色黃，味甘可食。 ㈡ ㄐㄩˋ jù 图「枸醬」：狀似王瓜，厚大味香，可食。 ㈢ ㄍㄡˇ gǒu 图「枸杞」：茄科落葉灌木，葉互生或簇生於短枝上，淡紫色。 ㈣ ㄍㄡ gōu 图「枸橘」：芸香科落葉灌木或小喬木，花黃白色。柑果球形，橙黃色。形木枝屈曲。 ㈤ ㄑㄩˊ qú 形立木。 ㈥ ㄐㄩ jū 图「枸簍」：車上的屋篷樑木。

09【柰】ㄋㄞˋ nài 图果名。副通「奈」。

09【柏】讀音ㄅㄛˊ bó 語音ㄅㄞˇ bǎi 图①木名。常綠喬木，堅挺不凋。②古國名，在今河南省西平縣西。③姓，漢有柏英。動通「迫」；靠近。

◈柏舟、柏臺、柏梁臺 古柏、竹柏、松柏、龍柏。

09【柞】㈠ ㄗㄨㄛˋ zuò 图同「櫟」。 ㈡ ㄓㄞˇ zhǎi 動砍除樹木。形①窄隘、狹窄。②大聲。

09【柒】ㄑㄧ qī 图①木名。②數目字「七」的大寫。③同「漆」；水名。④姓，明有柒文倫。

09【柁】ㄉㄨㄛˋ duò 图同「舵」；安置在船尾以控制船行方向的器具。

09【柳】ㄌㄧㄡˇ liǔ 图①楊柳科落葉喬木，葉互生，線狀披針形，枝條細長下垂。性喜溼潤，多長於水濱或卑溼之地。②姓，唐有柳宗元。

◈柳眉、柳條、柳絮、柳腰、柳鶯、柳暗花明 折柳、垂柳、楊柳、花紅柳綠、殘花敗柳。

09【梔】ㄓ zhī 图通「栀」，見「栀」字。

六 畫

10【核】ㄏㄜˊ hé 名①果實內硬質保護果仁者。②事物的重點或中心部分，例核心。動詳細的稽察、核計，例核定，核算。形堅實。

◈核仁、核桃 考核、果核、審核、稽核、原子核。

10【校】(一)ㄒㄧㄠˋ xiào 名①施教求學的地方。②中級軍官的名稱，分上校、中校、少校三級。③姓，唐有校桀。 (二)ㄐㄧㄠˋ jiào 動①較量、計較，例校力。②訂正書籍，例校稿。③檢數、計算。

◈校正、校舍、校訂、校訓、校勘、校園、校對、校樣、校閱、校讎 返校、橋校、學校。

10【案】ㄢˋ àn 名①長形的桌子。②食具。③古時送飯食的木盤帶有短腿者，例舉案齊眉。④有關法律訴訟的事件，例刑案，辦案。⑤事件，例慘案。⑥處理事件的辦法，例腹案，草案。

◈案件、案情、案頭 公案、慘案、辦案、檔案、拍案叫絕。

10【桓】ㄏㄨㄢˊ huán 名①木名，葉似柳，皮黃白色。②姓，晉有桓溫。

10【框】ㄎㄨㄤ kuāng 名①安裝在門窗上的架子，例門框。②鑲在器物的邊緣，有支架且具保護作用的東西，例鏡框。

10【桐】ㄊㄨㄥˊ tóng 名①玄參科落葉喬木，木質輕且耐溼性，可製樂器和衣櫃等家具。②古地名，在今山西省榮河縣。③姓。

10【桀】ㄐㄧㄝˊ jié 名①繫牲口的小木樁。②夏朝末代的國君，兇狠殘暴，後爲商湯所敗。③姓，漢有桀龍。

10【桔】ㄐㄧㄝˊ jié 名「桔梗」：桔梗科多年生草本，秋日開花，青紫色或白色，果實爲草果，地下莖供藥用。

10【株】ㄓㄨ zhū 名①樹木露在地面上的根部。②樹木一棵稱一株。

10【根】ㄍㄣ gēn 名①植物體向土中伸長的部分。②物的下部。③事物的本原。④數學上，將方程式解出，所求的未知數之值，稱爲方程式的根。⑤量數名，特指細長形的物體，例一根棍子。⑥佛教稱耳、目、鼻、舌、身、意爲六根。⑦姓。

◈根由、根本、根治、根性、根柢、

根基、根源、根據、根深蒂固　草根、病根、禍根、樹根、落葉歸根、斬草除根。

10【桌】ㄓㄨㄛ zhuō 名①檯子、几案，例餐桌、書桌。②計算酒席的量詞，一席稱一桌。③也指坐滿一桌的人數。

10【桅】ㄨㄟˊ wéi 名船上懸掛帆篷用的竿子，例船桅。

10【栝】ㄍㄨㄚ guā 名①箭的末端。②木名，即檜木。

10【桁】㈠ㄏㄥˊ héng 名①屋上的橫木。②葬具。 ㈡ㄏㄤˊ háng 名①大木械，古刑具之一。②通「航」；浮橋。 ㈢ㄏㄤˋ hàng 名①衣架。②排，例一桁珠簾。

10【桑】ㄙㄤ sāng 名①落葉喬木，葉卵形有鋸齒，可飼蠶。果實即桑椹，可食。木材可製器，內皮纖維可造紙。②姓，五代晋有桑維翰。

◈**桑田、桑林、桑麻、桑葚、桑間濮上　扶桑、採桑、農桑、蠶桑。**

09【柴】㈠ㄔㄞˊ chái 名①可燃燒的小木枝。②小木散材。③姓，唐有柴紹。④古燒柴祭天之禮。 ㈡ㄓㄞˋ zhài 名通「寨」、「砦」；以竹或樹枝編成的阻隔物，例鹿柴。

◈**柴火、柴車、柴門　火柴、木柴、骨瘦如柴、乾柴烈火。**

10【格】ㄍㄜˊ gé 名①法式、標準，例規格。②氣量、風度。③古時酷刑，例炮格。④方框，例有格稿紙。⑤姓，後漢有格班。動①窮究，例格物致知。②打擊，抗拒，例格殺、格鬥。③改正，例有恥且格。(《論語》〈爲政〉)

10【栱】ㄍㄨㄥˇ gǒng 名①較大的小木樁。②宮殿式建築上的弧形承重結構，用於柱子的頂端。

10【桄】㈠ㄍㄨㄤ guāng 名「桄榔」：棕櫚科常綠喬木，花之汁液可製砂糖，幹之髓部可採澱粉。 ㈡ㄍㄨㄤˋ guàng 名①橫木。②線一團或一束，例一桄毛線。

10【桎】ㄓˋ zhì 名古刑具，即腳鐐。動窒礙。

10【栲】ㄎㄠˇ kǎo 名①植物名，即山樗。②「栲栳」：用竹子或柳條編成的盛物器。

10【栳】ㄌㄠˇ lǎo 名「栲栳」，見「栲」字。

10【栴】ㄓㄢ zhān 名梵語稱檀香爲栴檀。

10【栫】ㄐㄧㄢˋ jiàn 動包圍，動栫之以棘。(《左傳》)

10【梣】ㄒㄧㄚˊ xiá 名古時的劍匣。

10【栙】ㄒㄧㄤˊ xiáng 名「栙雙」：用篾席做的船帆。

10【桕】ㄐㄧㄡˋ jiù 名即烏桕，落葉喬木，子可榨油，爲肥皂及蠟燭的原料。

10【桉】ㄢˋ àn 名①通「案」。②木名，即有加利樹。

10【栖】ㄒㄧ xī ㄑㄧ qī 動①鳥休息。②止息。③大陸用作「棲」(ㄑㄧ)的簡化字。

10【栓】ㄕㄨㄢ shuān 名①木釘。②器物上可以開關的活門，例消防栓。③拴門的橫木，例門栓。動加橫栓關好門，例栓門。

10【桃】ㄊㄠˊ táo 名①薔薇科，落葉亞喬木，春日開紅、白色花，實爲核果，外披細毛，味甘酸可食用。②姓，戰國有桃應。

◆**桃李、桃花、桃園結義　仙桃、楊桃、櫻桃、人面桃花、投桃報李。**

10【栩】ㄒㄩˇ xǔ 名木名，即柞櫟。

10【梳】ㄕㄨ shū 名梳理頭髮的用具，例梳子。動用梳子整理頭髮，例梳洗。

10【栽】ㄗㄞ zāi 名可種植的植物幼苗。動①種植草木。②插上。③跌倒，例栽跟頭。④無中生有的加上罪名，例栽贓。

10【桂】ㄍㄨㄟˋ guì 名①樟科常綠喬木，分肉桂與巖桂，肉桂可入藥，巖桂即木犀。②竹的一種。③廣西省的別稱。④姓，清有桂馥。

◆**桂花、桂林、桂冠、桂圓　月桂、肉桂、秋桂。**

10【栗】ㄌㄧˋ lì 名①落葉喬木，果仁淡黃色，可食；木材堅實，可供製器。②姓，戰國燕有栗腹。動①通「慄」；畏懼發抖。②通「裂」；折。形①堅實的樣子，例縝密以栗。(《禮記》〈聘義〉) ②威嚴。③敬謹的樣子。

七　畫

11【梯】ㄊㄧ tī 名①用以升高的工具。②區分行動前後的單位，例第二梯次。動

凭、憑靠。

◆梯子、梯田 石梯、扶梯、雲梯、電梯、樓梯、升降梯。

11【梢】ㄕㄠ shāo 名①樹枝的末端，例樹梢。②物體的末尾者。

◆月梢、林梢、眉梢、船梢、髮梢。

11【梁】(樑) ㄌㄧㄤˊ liáng 名①橋，例橋梁。②水堰。③屋梁，例棟梁。④車梁。⑤古代九州之一，例梁州。⑥朝代名，⑴蕭衍所建。⑵朱溫篡唐所建，史稱後梁。⑦物體高隆的部份。⑧姓，後漢有梁鴻。

11【梓】ㄗˇ zǐ 名①紫葳科落葉喬木，夏季開淡黃色花，木材供建築及器具用。②故鄉，例桑梓。③棺木，例梓宮。④姓，春秋魯有梓愼。動鋟刻文字於板上，例付梓。

◆梓里、梓匠 付梓、造福桑梓。

11【梐】ㄅㄧˋ bì 名「梐枑」：官署府第門口用木頭做成的遮攔行人的障礙物。

11【梵】ㄈㄢˋ fàn 名①佛家對天的稱呼，例十八梵。②姓 ，宋有梵禹餘。形①有關佛教的事物皆冠以梵字，以示清靜無欲，例梵音。②清靜無欲的，例梵行。

11【桿】ㄍㄢˇ gǎn 名通「杆」；①長條形的棍子，例電線桿。②量詞，例一桿槍。③英美長度布耳的通稱，等於十六．五呎。三百二十桿爲一哩，一桿合標準制五．〇二九二公尺。

11【桶】ㄊㄨㄥˇ tǒng 名圓形的盛物器，例水桶。

11【梱】ㄎㄨㄣˇ kǔn 名門橛，在門中間豎短木所成的門檻。

11【梧】㈠ㄨˊ wú 名①「梧桐」：梧桐科落葉喬木，高可達十～二十公尺，葉心形，花黃綠色。②支架，支柱。動枝梧，抵觸。㈡ㄨˋ ù 形身材高大，例魁梧。

11【梗】ㄍㄥˇ gěng 名①植物的枝莖，例青菜梗。②病害。③阻塞的事物。動①草木刺人。②阻塞。③抗禦。副大略，例梗概。

11【棄】〔弃〕ㄑㄧˋ qì 名①捨去，例舜視棄天下，猶棄敝蹝也。(《孟子》〈盡心上〉)②忘，例捐棄前嫌。③廢置，例廢棄不用。

◆棄捐、棄置、棄權、棄甲曳兵 丟棄、放棄、捨棄、始亂終棄。

11【械】ㄒㄧㄝˋ xiè ㄐㄧㄝˋ jiè 图①桎梏。②器械。③兵器，例繳械。

◈兵械、軍械、槍械、機械。

11【梭】ㄙㄨㄛ suō 图織具，用以牽引横線。

11【梃】ㄊㄧㄥˇ tǐng 图①植物的軀幹。②杖，棒。③同「挺」；槍枝的量詞。

11【梆】ㄅㄤ bāng 图巡更或號召羣衆時所敲擊的器物，例竹梆。

11【梔】〔栀〕ㄓ zhī 图「梔子」：雙子葉植物，產於溫帶，爲常綠灌木，花白色或黃色，具强烈芳香，多作爲園藝栽培。

11【桴】ㄈㄨˊ fú 图①房屋前後簷的横楝。②鼓槌。③竹木所編的舟，大的叫筏；小的稱桴，例乘桴浮於海。(《論語》〈公冶長〉)

11【桷】ㄐㄩㄝˊ jué 图①方形的屋椽。②落葉喬木，葉橢圓形，春末開淡紅色花，果實如豌豆大，赤或黃色。

11【梫】ㄑㄧㄣ qīn 图木桂的別名。

11【梏】㈠ㄍㄨˋ gù 图古代的刑具，手銬，例桎梏。動繫縛。㈡ㄐㄩㄝˊ jué 图正直。動同「攪」，例有梏亡之矣。(《孟子》〈告子上〉)形通「覺」；大、直。

11【梴】ㄔㄢˊ chán 形樹木長的樣子。

11【棁】ㄓㄨㄛˊ zhuó 图梁上的短柱。

11【梅】ㄇㄟˊ méi 图①薔薇科落葉喬木，早春開白、淡紅或紅色花。果實爲核果，味酸。②節候名，即入梅。③姓，宋有梅堯臣。

◈梅花、梅嶺　冬梅、青梅、寒梅、話梅、松竹梅、望梅止渴、踏雪尋梅。

11【條】〔条〕ㄊㄧㄠˊ tiáo 图①樹木的小枝，例枝條。②條理、脈絡，例有條不紊。③細長之物，例麪條。④木名。⑤古國名，在今河北省景縣境。⑥計算長形物的單位，例一條繩子。⑦文書的款目，例某某規章第二條。⑧姓。形①細長。②通達。

◈條文、條目、條紋、條理、條陳、條分縷析　枝條、線條、粉條、發條、蕭條、井井有條。

11【梨】ㄌㄧˊ lí 图①薔薇科落葉喬木，花白色，果實爲漿果，味甘可食。②姓，明有梨公弁。動剝、割。形老、黑，例顏色梨黑。

11【梟】〔枭〕ㄒㄧㄠ xiāo 名①鳥綱鴟鴞目。體長約五十七公分，飛行時輕巧無聲。至夜，瞳孔放大，聽力敏銳，捕食小動物。②强橫不馴良的人，例私梟。③山巔。④姓。動①懸首木上，爲古代極刑，例梟首。②斬除。形勇猛的，例梟騎。

11【桹】ㄌㄤˊ láng 名①高大的樹木。②漁船驅魚的東西，例鳴桹驅魚。

11【桫】ㄙㄨㄛ suō 名「桫欏」：桫欏科常綠樹蕨，樹幹表層滿布氣根，作蘭類著生植物的台木用。

11【梣】ㄔㄣˊ chén 名木犀科落葉喬木，初夏開淡綠色小花，果實爲翅果，皮可入藥；又稱秦皮。

八　畫

12【棺】ㄍㄨㄢ guān 名裝殮屍體的器具。

12【棠】ㄊㄤˊ táng 名①落葉亞喬木，有赤、白二種；白者即棠梨。②古地名，在今山東省臺縣北魚亭山。③姓，春秋齊有棠無咎。

◆棠陰　甘棠、海棠、錦棠、秋海棠。

12【棘】ㄐㄧˊ jí 名①叢生的小棗樹。②哺乳動物的毛有似硬刺者稱棘，如刺猬、豪豬皆有。③同「戟」；兵器名。④草木刺人稱棘。⑤姓，春秋衞有棘子成。形①急。②瘦弱的樣子。

12【棟】〔栋〕ㄉㄨㄥˋ dòng 名①屋的中梁，例棟梁。②指重要人材，例太子國之棟也。(《國語》〈晋語〉)③計算房屋的量詞，例一棟樓房。

◆棟宇、棟梁、棟折榱崩　楹棟、屋棟、飛棟、汗牛充棟、雕樑畫棟。

12【棵】ㄎㄜ kē 名樹一株稱一棵，例三棵大樹。

12【棧】〔栈〕ㄓㄢˋ zhàn 名①在山巖上架木通行的路，例棧道。②屯積貨物或留宿客商的處所，例貨棧、客棧。③木棚。④姓，三國魏有棧潛。

12【棗】〔枣〕ㄗㄠˇ zǎo 名①鼠李科落葉喬木，初夏開黃綠色小花。實爲核果，味甘美可食。②饋贈食品的盛器。③姓，晋有棗據。

◆棗糕、棗樹　紅棗、黑棗、蜜棗、

圀圇吞棗。

12【棹】㈠ㄓㄨㄛ zhuō 名同「桌」；可放置物品的日用家具，例圓棹。 ㈡ㄓㄠˋ zhào 名同「櫂」；舟楫。

12【棲】(栖) ㄑㄧ qī ㄒㄧ xī 名床，例二嫂使治朕棲。(《孟子》〈萬章上〉) 動①鳥宿，例雞棲於塒。②止息、休息，例棲息。

◆棲身、棲所、棲息、棲遑 止棲、兩棲、擇木而棲、無枝可棲。

12【棕】(椶) ㄗㄨㄥ zōng 名①常綠喬木，葉掌狀分裂，基部有籜，褐色，俗稱棕毛，耐水性强，可製帚、雨具等。②顏色名，即深赭色。

12【椅】㈠ㄧˇ yǐ 名有靠背的座位，例椅子。 ㈡ㄧ yī 名大風子科落葉喬木，木材可作細巧器具。

12【森】ㄙㄣ sēn 名姓。形①樹木盛多的樣子，例萬森繁茂。②衆多的樣子，例森森。③整齊嚴肅的樣子，例森嚴。④灰暗陰冷的樣子，例陰森。

◆陰森、蕭森、森林。

12【棣】ㄉㄧˋ dì 名①常綠落葉灌木，花白色，實如櫻桃，故稱山櫻桃。②借作弟。③姓，王莽時有棣立。副通，例萬物棣通。

12【棍】ㄍㄨㄣˋ gùn 名①長的棒子，例鐵棍。②俗稱無賴之徒，例惡棍。

12【椒】ㄐㄧㄠ jiāo 名①植物名，似茱萸，有針刺，葉堅而滑澤。②山頂。③姓，春秋楚有椒舉。

12【椎】ㄓㄨㄟ zhūi ㄔㄨㄟˊ chuí 名①敲擊東西的器具。②脊椎骨。動捶打、敲擊。形樸鈍。

12【棓】㈠ㄅㄤˋ bàng 名大棒子。 ㈡ㄆㄡˇ pǒu 名古時用來墊脚的蹋板。

12【棒】ㄅㄤˋ bàng 名杖、粗木棍。動用棍子打。形形容技術高或能力强，例他琴彈得很棒。

12【棋】(碁) ㈠ㄑㄧˊ qí 名博棋。 ㈡ㄐㄧ jī 名根柢。

12【椐】ㄐㄩ jū 名①樹木。②通「欅」。

12【椈】ㄐㄩˊ jú 名樹木，材質堅緻，有脂而香。

12【棐】ㄈㄟˇ fěi 名①通「篚」；盛物用的竹

器。②通「榧」；木名。③端正弓弦使不曲屈的器具，例不得棐檠則不能自正。(《荀子》〈性惡〉)動輔助。形同「菲」；薄。

12【棖】〔枨〕ㄔㄥˊ chéng 名①門楔，豎在門兩旁的長木。②通「橙」；果名。動以物觸物或以手撥開，例棖撥。

12【植】ㄓˊ zhí 名草木的總稱，例植物。動①栽種，例植樹。②倚靠，例植其杖而芸。(《論語》〈微子〉)③樹立。④生長，例五穀蕃植。

◆植物、植花蒔草　栽植、培植、移植、種植、墾植。

12【棨】ㄑㄧˇ qǐ 名古時一種通行的憑證或符信，以木頭刻成，形狀似戟，例棨信。

12【棱】(稜)ㄌㄥˊ léng 名①木四方爲棱。②器物不同方向之二平面的接連部份，例見棱見角。形威嚴。

12【棚】ㄆㄥˊ péng 名①用茅草或竹木搭成，可遮陽光擋雨水的架子，例涼棚。②清季陸軍的編制，以兵十四人爲一棚，上隸於排。

12【棼】ㄈㄣˊ fén 名①短梁。②麻布。動亂。

12【椁】(槨)ㄍㄨㄛˇ guǒ 名外棺。動度量。

12【椇】ㄐㄩˇ jǔ 名①樹木名，實如珊瑚，味甘美。②股代用椇木製的俎。

12【椏】〔桠〕(丫)ㄧㄚ yā 名樹枝分歧的地方。動掩，閉。

12【棽】ㄔㄣ chēn 動「棽麗」：木枝條紛垂搖揚的樣子。

12【楮】ㄔㄨˇ chǔ 名①桑科落葉喬木，樹皮纖維爲製紙原料。②紙。③紙幣。④冥錢，例楮錢。

12【棉】ㄇㄧㄢˊ mián 名可分草棉、木棉兩種。草棉爲草本，果實成熟後綻裂出絮狀纖維，可紡紗織布，種子可榨油。木本者爲木棉，棉如柳絮，可製被褥，多產於閩、廣一帶。

◆棉布、棉花、棉被、棉紗、棉織品　木棉、純棉、絲棉。

12【棻】ㄈㄣ fēn 名香木名。形茂盛。

12【棪】ㄧㄢˇ yǎn 名木名，果實像柰，可食。

12【棫】ㄩˋ yù 名植物名，亦稱白桵，莖葉多細刺，黃花黑實。

12【椗】ㄉㄧㄥˋ dìng 名有香味的樹木。

九 畫

13【楩】ㄆㄧㄢˊ pián 名古時長在南方的一種大樹，亦稱黃楩。

13【楷】ㄎㄞˇ kǎi 名①植物名，幹上紋理有縱有橫，可爲杖。②法式、模範。③書法字體的一種，即今通行的眞書。

13【榔】ㄌㄤˊ láng 名①高木，又木名。②漁人驅魚的長木棍。

13【業】〔业〕ㄧㄝˋ yè 名①古時書册的版面。②各種職事，例創業、職業。③財產，例產業、家業。④學業。⑤功業。⑥梵語，罪孽，例業障。動從事某種工作，例業農、業商。形①謹愼小心的樣子，例兢兢業業。②危險。③已經，例業已。

◆**業者、業務、業餘 失業、企業、事業、修業、開業、創業、經國大業、安居樂業、敬業樂羣。**

13【椴】ㄉㄨㄢˋ duàn 名樹木名，木材可作家具。

13【楠】ㄋㄢˊ nán 名樟科常綠喬木，材質堅密而芳香，爲棟樑器具均佳。

13【楚】ㄔㄨˇ chǔ 名①植物名，即牡荊，爲叢生的小灌木。②古國名。③古時教師用來鞭責學生的小杖，例夏楚。④湖南、湖北的通稱；或單指湖北而言。⑤姓，春秋晉有楚隆。形痛苦，例苦楚。副陳列有次序的樣子。

◆**楚囚、楚狂、楚歌、楚聲、楚辭、楚囚相對、楚材晉用、楚河漢界 淒楚、清楚、酸楚、翹楚、秦樓楚館。**

13【楎】㈠ㄏㄨㄣˊ hún 名三爪犁。 ㈡ㄏㄨㄟ huī 名釘在牆上木橛，掛衣服的器具。

13【楔】ㄒㄧㄝˋ xiè ㄒㄧㄝ xiē 名①塞於榫頭縫中用以牢固的上平下尖物體。②門兩旁的木柱，例門楔。③植物名，似松有刺。④數學上，五平面包圍而成的立體稱楔；或稱劈。動①用物支撐。②以物引物。③擊。

13【概】ㄍㄞˋ gài 名①平斗斛的小木棒，例斛概。②景象或狀況。③氣度、舉止，例氣概。④大略，引申爲總括、類推之意，例大概、概論。動平。副一律，例貨物出門，概不退換。

◆**概況、概括、概要、概略、概算、**

概觀 氣概、梗概、一概而論、以偏概全。

13【極】〔极〕ㄐㄧˊ jí 名①屋的正中至高處，即棟樑。②君位，取至高無上之意，例登極。③窮盡。④邊遠之地，例八極。⑤地軸的兩端，例南、北極。形通「急」。副甚。

◈極力、極目、極色、極品、極致 太極、兩極、消極、陰極、陽極、積極、否極泰來、罪大惡極、登峯造極。

13【椰】ㄧㄝˊ yé 名「椰子」：棕櫚科。常綠高大喬木，堅果多呈橢圓形，內果皮裡即為果肉與液質。

13【楨】〔桢〕ㄓㄣ zhēn 名①堅硬的木材。②築牆所立的木頭。③喻主幹人才。

13【楫】ㄐㄧˊ jí 名船上用來划水的槳。

13【楊】〔杨〕ㄧㄤˊ yáng 名①植物名，落葉喬木，形似柳，葉上揚。②姓，漢有楊震。

◈楊花、楊柳、楊梅、楊柳枝 白楊、赤楊、垂楊、黃楊、綠楊、百步穿楊。

13【楞】㈠ㄌㄥˊ léng 名同「稜」；物體的緣角，例三楞鏡。 ㈡ㄌㄥˋ lèng 形神志茫然的樣子，例發楞。

13【楹】ㄧㄥˊ yíng 名①堂前直柱，例楹稱。②計屋的量詞，房屋一間稱一楹。

13【榆】ㄩˊ yú 名落葉喬木，榆科，木材堅實，可製器具或作建材。

13【棰】ㄔㄨㄟˊ chuí 名木材。動通「捶」；以木杖捶擊。

13【椷】㈠ㄐㄧㄢ jiān 名通「緘」；書信，例瑤椷。 ㈡ㄒㄧㄢˊ xián 名泛指杯，篋等容器。 ㈢ㄏㄢˊ hán 動容納。

13【椹】㈠ㄓㄣ zhēn 名同「砧」；切東西時墊在下面的木板，例椹板。 ㈡ㄕㄣˋ shèn 名①同「葚」；桑樹的果實。②木上所生的菌類。

13【椽】ㄔㄨㄢˊ chuán 名架於屋梁上，用以承住瓦片的圓木。

13【楂】㈠ㄔㄚˊ chá 名同「槎」；水中浮木。 ㈡ㄓㄚ zhā 名植物名，落葉灌木，果實味酸，可製楂糕。

13【楓】〔枫〕ㄈㄥ fēng 图落葉喬木，葉掌狀三裂，緣邊有細鋸齒，經秋而紅，結球果。

◈**楓林、楓葉、楓樹 丹楓、江楓、紅楓、霜楓。**

13【楙】ㄇㄠˋ mào ㄇㄡˋ mòu 图植物名，即木瓜。形古「茂」字；林木茂盛的樣子。

13【楝】ㄌㄧㄢˋ liàn 图生長迅速之落葉喬木，花淡紫色，核果球形，黃色或黃褐色。

13【楛】㈠ㄏㄨˋ hù 图植物名，形似荊而色赤，可為矢幹。 ㈡ㄎㄨˇ kǔ 形通「苦」；粗惡不堅固。

13【楬】㈠ㄐㄧㄝˊ jié 图①作標誌的小木樁。 ㈡ㄑㄧㄚˋ qià 图樂將終時，用來止樂的樂器。

13【楣】ㄇㄟˊ méi 图①門戶上的橫梁，例門楣。②架於兩楹間的橫木。

13【楯】ㄕㄨㄣˇ shǔn 图①欄杆上的橫木。②通「盾」；戰爭時用以抵禦兵刃的籐牌。動拔擢，例引楯萬物。

13【椸】ㄧˋ yì 图衣架，例男女不同椸枷。(《禮記》〈曲禮上〉)

13【楸】ㄑㄧㄡ qiū 图大戟科，落葉喬木，木材密緻微紅，供製器具之用。②棋盤。

13【椿】ㄔㄨㄣ chūn 图①落葉喬木，嫩葉香甜可食，木材質堅可製器物；俗稱香椿。②椿為長壽的象徵，通常用以稱父親，例椿萱、椿庭。

13【楦】ㄒㄩㄢˋ xuàn 图製鞋時填入鞋內撐起，使鞋平直、定型的木質模型。動以物填塞空隙。

十 畫

14【榜】(牓)㈠ㄅㄤˇ bǎng 图揭示取錄的名單或公告大衆的事，例金榜題名。動①揭示，例榜示、放榜。②表揚稱贊，例標榜。 ㈡ㄅㄥˋ bèng 图搖船的用具。動①使船前進，例榜舟。②以竹板鞭打。

◈**榜示、榜首、榜書、榜眼、榜樣 上榜、金榜、標榜、排行榜、風雲榜。**

14【槁】ㄍㄠˇ gǎo 图①枯乾的草木。②通「稾」；

稻草的稈，例槁葬。形草木枯乾。

14【榨】(搾) ㄓㄚˋ zhà 名芥菜的變種。動通「搾」，擠壓物體，使流出汁液來，例壓榨。

14【榛】ㄓㄣ zhēn 名菜名，爲樺木科，落葉喬木，果實爲堅果，下部有殼斗。形草木叢雜，例榛榛。

14【榕】ㄖㄨㄥˊ róng 名常綠喬木，枝多歧出，向四方擴散，並生多數氣根，下垂入地，可以再生幹。

14【榷】ㄑㄩㄝˋ què 名渡水的橫木，即獨木橋。動①專賣，例榷酤。②商量，通「搉」，例商榷。

14【榮】〔荣〕ㄖㄨㄥˊ róng 名①草類或穀麥等所開的花。②有名譽聲聞，例榮譽。③屋檐兩頭翹起似翼的部分。④梧桐別稱。⑤姓，漢有榮廣。動①顯赫，例名位足以榮身。②開花，例攀條折其榮。形茂盛，例欣欣向榮。副光榮之意，例榮任、榮退。

◆榮幸、榮枯、榮辱、榮華、榮耀、榮譽、榮顯光榮、榮華富貴　哀榮、虛榮、繁榮、引以爲榮、雖敗猶榮。

14【榦】㈠ㄍㄢˋ gàn 通「幹」。名①築牆時立於兩頭的木頭，例楨榦。②由根上正出於地面上的樹身，例枝小榦大。動正、治理。　㈡ㄏㄢˊ hán 名井口的圍欄，例井榦。

14【榻】ㄊㄚˋ tà 名狹長而低的床，例臥榻。

14【槓】ㄍㄤˋ gàng 名①扛物用的粗棍，例木槓。②一種運動器械，例單槓、雙槓。動①磨擦，例槓刀。②把不通或錯的文句劃掉，例老師把學生的作文槓掉好幾行。

14【榫】ㄙㄨㄣˇ sŭn 名製做木器時，利用凹凸方式使兩件材料接合的凸的部份，例榫頭、榫眼。

14【榴】ㄌㄧㄡˊ liú 名落葉灌木，五月開紅花，果實球狀，熟則裂開，酸甜可食，根和樹皮可作驅蟲藥。

◆榴月、榴彈　石榴、白榴、青榴、紅榴、番石榴、五月石榴紅。

14【榤】ㄐㄧㄝˊ jié 名雞棲的木樁。

14【構】〔构〕ㄍㄡˋ gòu 名①大廈，例華構。②詩文的製作，例佳構。③組織，例結構。④通「穀」；植物名，落葉喬木。⑤同「篝」；燈籠。動①建設，例構築。②連、結，例構造。③謀畫，例構亂。④完成，例事已構矣。(《漢書》〈黥布傳〉)

◆**構架、構思、構怨、構陷、構造　架構、虛構、機構。**

14【槐】ㄏㄨㄞˊ huái 名落葉喬木，木材堅硬，可供建築及製器之用，花芽可作黃色染料。

14【榼】ㄎㄜˋ kè 名①豆科植物，果實很大，剝去肉，可用以貯藏丹藥。②有蓋的酒器。

14【槍】〔枪〕(鎗) (一) ㄑㄧㄤ qiāng 名①古時長桿上嵌以尖銳金屬物的兵器，例紅纓槍。②現代打仗用的兵器，能發出子彈以傷人，例機關槍。③削竹木插在地上的竹樁。④姓，漢有槍傳。動請人代作、代替稱「將」，俗誤作「槍」，例槍替。 (二) ㄔㄥ chēng 名即彗星，例欃槍。

◆**槍手、槍決、槍地、槍林彈雨　手槍、步槍、明槍、放槍、刀槍不入、臨陣磨槍、單槍匹馬。**

14【榭】ㄒㄧㄝˋ xiè 名①平臺上的屋子，可供表演的舞臺，例歌臺舞榭。②講論武術的堂屋。③藏樂器的地方。④無室的廟。

14【榾】ㄍㄨˇ gǔ 名「榾柮」：切斷的短木頭，可用來起火。

14【槌】ㄔㄨㄟˊ chuí 名敲擊東西的工具，例鐵槌。動通「搥」；敲擊。

14【槃】ㄆㄢˊ pán 名同「盤」；本指用來盛水的木製托盤，後來引申爲所有盛物的器具。

14【榪】〔杩〕ㄇㄚˋ mà 名①牀頭的橫木。②栓、楔。

14【槊】ㄕㄨㄛˋ shuò 名古兵器，一丈八尺的長矛，例橫槊賦詩。(蘇軾〈前赤壁賦〉)

14【槎】ㄔㄚˊ chá 名渡水的木筏，例浮槎。動斫、砍擊。

14【榼】ㄏㄞˇ hǎi 名酒器。

14【榧】ㄈㄟˇ fěi 名常綠喬木，春夏間開花，種子核果狀，可供食用或榨油，爲建築及製器的上材。

14【榱】ㄘㄨㄟ cuī 名屋椽。

十一畫

15【樣】〔样〕㈠ㄧㄤˋ yàng 名①形狀、法式，例圖樣、樣品。②俗稱物幾種為幾樣，例樣樣精巧。

㈡ㄒㄧㄤˋ xiàng 名栩木結的果實；為「橡」的本字。

◆樣子、樣本、樣品、樣張　一樣、小樣、巧樣、式樣、花樣、新樣、模樣、耍花樣、一模一樣、大模大樣、裝模作樣。

15【樁】〔桩〕ㄓㄨㄤ zhuāng 名①插入土中的木頭或石柱，例橋樁。②事情一件稱一樁。

15【槨】ㄍㄨㄛˇ guǒ 名同「椁」；外棺，古代用木製，後用石製。

15【槽】ㄘㄠˊ cáo 名①牲畜用的食器，例馬槽。②兩旁高而中間凹的容器，例池槽。③貯酒的器具，例酒槽。④水道，例河槽。⑤絃樂器上架絃的東西。⑥柔木。⑦舂茶的工具。

15【槳】〔桨〕ㄐㄧㄤˇ jiǎng 名划船時撥水的用具，粗長的稱為櫓，短小的稱為槳，例桂棹兮蘭槳。(蘇軾〈前赤壁賦〉)

15【樞】〔枢〕ㄕㄨ shū 名①門戶的轉軸，例戶樞。②重要的地方、中央的機關，例中樞。③北斗七星中的第一顆星名；亦稱天樞。④樹木名，即今之刺榆。

15【樓】〔楼〕ㄌㄡˊ lóu 名①兩層以上的房屋，例高樓大廈。②計算房屋層數的量詞，例十二樓。③姓，秦有樓緩。形有上層的，例樓船。

◆樓板、樓梯、樓船、樓臺　大樓、西樓、青樓、高樓、登樓、紅樓、城樓、閣樓、望江樓、空中樓閣、海市蜃樓、山雨欲來風滿樓。

15【樫】ㄐㄧㄢ jiān 名樹名。木質硬，可做車船、棟梁等。

15【樝】ㄓㄚ zhā 名「樝子」：落葉灌木，枝上有刺，春天開花，色白或黃，果實圓形，色黃味酸。

15【樟】ㄓㄤ zhāng 名樟科，常綠大喬木，花黃綠色，漿果球形。木材有香氣，可製樟腦。

15【標】〔标〕ㄅㄧㄠ biāo 名①樹梢，例松標。②末節、不是根本的事物，例治標。③承包工程或買賣貨物，廠商所標出之價格，例投標。④記號，例標點符號。⑤旗幟，例奪標。⑥清末陸軍編制以三營爲一標，相當於今之一團。動表明、顯示，例標價、標明。

◆標的、標致、標準、標榜、標題、標籤、標新立異　座標、指標、路標、招標、浮標、治標、目標、商標、奪標。

15【樂】〔乐〕(一)ㄩㄝˋ yuè 名①和諧而有規律的聲音，例音樂。②姓，戰國燕有樂毅。　(二)ㄌㄜˋ lè 形①歡喜、愉悅，例快樂、和樂。②安，例康樂。　(三)ㄧㄠˋ yào 動①愛好，例知者樂水，仁者樂山。(《論語》〈雍也〉)②玩，例玩樂器而快樂，稱爲樂樂樂。　(四)ㄌㄠˋ lào 名「樂亭」：河北省縣名。

◆樂利、樂羣、樂趣、樂不思蜀、樂此不疲、樂以忘憂　安樂、快樂、享樂、音樂、雅樂、逸樂、聲樂、禮樂、國樂、知足常樂、尋歡作樂、及時行樂、自得其樂。

15【櫾】ㄧㄡˇ yǒu 名「櫾燎」：古時積柴的一種祭祀儀式。

15【模】(一)ㄇㄛˊ mó 名法式、規範，例楷模。動仿效，例模仿。　(二)ㄇㄨˊ mú 名①「模子」：製物的型器。②「模樣」：(1)外貌、形狀。(2)儀範。

◆模式、模仿、模型、模樣、模範、模特兒、模擬考試　規模、楷模、有模有樣。

15【樊】ㄈㄢˊ fán 名①鳥籠，例樊籠。②藩籬。③姓，漢有樊噲。副紛雜的樣子。

15【樅】〔枞〕ㄘㄨㄥ cōng 名①常綠喬木，木材輕軟，可造紙及製器物。②姓，漢有樅公。副聳峙的樣子，例樅樅然。

15【槭】ㄘㄨˋ cù ㄗㄨˊ zú 名落葉喬木，葉對生，掌狀分裂，果實爲雙翅果，木材可作器具，亦爲觀賞植物。

15【槲】ㄏㄨˊ hú 名櫸科，落葉喬木，果實爲堅果，木材可做燃料。

15【槿】ㄐㄧㄣˇ jǐn 名落葉灌木，花瓣有紅紫白等色，例木槿。

15【樀】(一)ㄉㄧˊ dí 名①屋檐集雨水處。②機器上用來捲絲紗的器具。　(二)ㄓˊ zhí 名磨牀，即置磨木架。

15【樗】ㄕㄨ shū 名①落葉喬木，果實爲翅果，木材皮粗質劣，葉有臭氣，故又稱臭椿。②惡木。③「樗蒲」：古代博戲，今已不傳，大略如今之擲骰子。形不好的，無用的。

15【樛】ㄐㄧㄡ jiū 名樹木向下彎曲。動絞、纏結，例樛結。

15【槥】ㄏㄨㄟˋ huì 名粗劣的小棺木，例槥櫝。

15【槧】〔椠〕ㄑㄧㄢˋ qiàn 名①古時寫字用的木板。②書的版本，例古槧。③簡札、信函。

16【樑】ㄌㄧㄤˊ liáng 名通「梁」；①用來支撐屋頂的柱上橫木，例棟樑。②橋，例橋樑。

十二 畫

16【橫】㈠ㄏㄥˊ héng 名①東西爲橫，南北爲縱；又平線爲橫，直線爲縱，例阡陌縱橫。②姓。動①把直立的東西放平，例橫槊賦詩。(蘇軾〈前赤壁賦〉)②阻擋、遮蔽，例雲橫秦嶺家何在？(韓愈〈自詠詩〉)③絕流而渡，例橫渡。副①隨意地、雜亂地，例雜草橫生。②任意地，例橫加阻撓。 ㈡ㄏㄥˋ hèng 形①依靠勢力，放任不講理。②意外的、冤枉的、不正常的，例橫財、橫禍。

◆**橫生、橫行、橫列、橫逆、橫流、橫笛、橫陳、橫豎、橫行霸道、橫征暴斂、橫眉瞪眼、橫衝直撞 強橫、連橫、縱橫、蠻橫。**

16【樽】(罇)ㄗㄨㄣ zūn 名酒器的一種，例有酒盈樽。(陶潛〈歸去來辭〉)動止息。形林木茂盛的樣子。

16【樸】〔朴〕ㄆㄨˊ pú 名①落葉喬木，葉橢圓形而尖，春日開淡綠色小花，果實爲核果，味甘可食；亦稱糙葉樹。②未經加工的木材。形篤實純厚，例純樸。

◆**樸直、樸素、樸訥、樸質 古樸、拙樸、純樸、質樸、簡樸、勤樸、誠正勤樸。**

16【樺】〔桦〕ㄏㄨㄚˋ huà 名落葉喬木，樹皮爲白色，葉卵形，花褐而帶黃，木材緻密，可製器具。

16【機】〔机〕ㄐㄧ jī 名①事物發生的因由，例動機。②織布的器具，例機杼。③機器的簡稱，例電視機、洗衣機。④際遇、時會，例隨機應變。形①緊要的、神祕的，例機密、機務。②巧詐、智巧，例機智。

◈機心、機要、機能、機密、機智、機會、機緣、機警 天機、玄機、危機、時機、動機、趁機、危機重重、見機行事、投機取巧、妄費心機。

16【橙】讀音ㄔㄥˊ chéng 語音ㄔㄣˊ chén 名①常綠灌木，葉長卵形，花白色，果實色黃，味酸甜。②顏色名，黃中帶有微紅。

16【橇】讀音ㄘㄨㄟˋ cuì 語音ㄑㄧㄠ qiāo 名行走在泥上或冰雪上的交通工具，例雪橇。

16【樵】ㄑㄧㄠˊ qiáo 名①供焚燒的碎散木材。②樵夫的簡稱，即打柴的人。③同「譙」；瞭望敵人的高樓。④焚燒。動打柴。

16【樨】ㄒㄧ xī ㄒㄩ xū 名常綠亞喬木，葉橢圓形，叢生小花，色有黃、白，俗稱桂花，香氣甚濃；亦作木犀。

16【樹】〔树〕ㄕㄨˋ shù 名①木本植物的總稱，例樹木。②屏風，例臺門而旅樹。動①種植、培育，例十年樹木，百年樹人。②建立，例樹德務滋。(《尚書》〈泰誓下〉)

◈樹立、樹怨、樹敵、樹蔭、樹叢、樹黨、樹大招風、樹倒猢猻散 小樹、古樹、建樹、果樹、植樹、綠樹、鐵樹開花。

16【橘】ㄐㄩˊ jú 名常綠灌木，葉長卵形，初夏開白色花，花後結實；至冬成熟，色紅或黃，味酸甜可食。

16【橧】ㄗㄥ zēng 名「橧巢」：上古時代的人用柴木在樹上築成像鳥巢般的住所。動堆聚薪柴而住在上面。

16【橄】ㄍㄢˇ gǎn 名「橄欖」：常綠喬木，葉子羽狀，果實尖長，色青，稍帶脂質，可生吃，亦可鹽漬或製成蜜餞後食用，種子可以榨油。

16【樾】ㄩㄝˋ yuè 名兩棵樹交合而形成的樹蔭，例樾蔭。

16【橐】ㄊㄨㄛˊ tuó 名①無底的囊袋，例囊橐。②冶鑄用器，猶今之風箱。形狀履聲杵聲之詞，例橐橐。

16【橡】ㄒㄧㄤˋ xiàng 名即橡皮樹，為一種富於膠脂的樹。

16【橛】ㄐㄩㄝˊ jué 名①小木樁、短木頭，例門橛。②馬的勒口具。③散碎的穀物，例稻橛。④計算短木頭的單位名，例一橛木頭。動①折斷。②打、擊。

16【橋】〔桥〕ㄑㄧㄠˊ qiáo 名①架在河面上以便接通兩岸的建築物，例鐵橋。②器物上之橫梁。③植物名。④姓，漢有橋仁。形通「喬」；高大。

◆橋梁、橋牌、橋墩、橋藝 小橋、木橋、石橋、江橋、吊橋、虹橋、浮橋、陸橋、搭橋、鐵橋、過河拆橋。

16【橈】〔桡〕(一)ㄋㄠˊ náo 名彎曲的木頭。動①屈曲、枉屈，例枉橈。②摧折、散亂。③削弱。 (二)ㄖㄠˊ ráo 名划船的槳。

16【橢】〔椭〕ㄊㄨㄛˇ tuǒ 名長圓形容器。形狹長而圓的，例橢圓形。

十三 畫

17【檜】〔桧〕ㄎㄨㄞˋ kuài ㄍㄨㄟˋ guì 名①柏科常綠木本，材質細密且有光澤，可供建築、製器之用。②同「鄶」；古國名，在今河南。

17【檐】ㄧㄢˊ yán 名同「簷」；①屋頂向下垂出牆外的部分，例屋檐。②凡物下覆四旁伸出的邊。

17【檟】〔槚〕ㄐㄧㄚˇ jiǎ 名①同「榎」；植物名，即山楸。②茶的一種，蜀人名爲苦茶。

17【檠】ㄑㄧㄥˊ qíng 名①輔正弓弩的器具。②燈架。③有腳的器皿。

17【檣】〔樯〕ㄑㄧㄤˊ qiáng 名船上懸帆的桅竿。

17【檇】ㄗㄨㄟˋ zuì 名「檇李」：⑴古地名，在今浙江省嘉興縣一帶。⑵果名，皮色鮮紅，肉多漿質，味甘美。動以木頭擣物。

17【檑】ㄌㄟˊ léi 名古時的城防工具，把圓柱形的木頭，從城上滾下攻擊敵人。

17【檀】ㄊㄢˊ tán 名①植物名。②淺紅色，例檀口。③姓，南朝宋有檀道濟。

◆檀弓、檀木、檀板、檀郎 白檀、香檀、黃檀、紫檀。

17【檁】ㄌㄧㄣˇ lǐn 名屋上橫木。

17【檔】〔档〕ㄉㄤˋ dàng ㄉㄤˇ dǎng 名①木製的床。②器具上的橫木或邊框，例框檔。③存放公文案卷的櫃子，例歸檔。

17【檉】〔柽〕ㄔㄥ chēng 名「檉柳」：檉柳科。落葉喬木，枝條細長，夏、秋開小紅花；又稱觀音柳、西湖柳。

17【檢】〔检〕ㄐㄧㄢˇ jiǎn 名①書籍，函件上的標籤。②法度。③姓，漢有檢其。動①查驗，例檢查。②約束、收斂，例狗彘食人食而不知檢。(《孟子》〈梁惠王〉)

◆**檢束、檢定、檢討、檢察、檢閱、檢舉、檢點、檢驗　品檢、送檢、抽檢、臨檢。**

17【檄】ㄒㄧˊ xí 名①古代用來徵召、曉諭、聲討的官方文書，例羽檄。②無枝的樹木。

17【檎】ㄑㄧㄣˊ qín 名「林檎」，見「林」字。

17【櫛】〔栉〕ㄐㄧㄝˊ jié 名梳子、篦子的總稱。動①梳理頭髮。②剔除。

17【橿】ㄐㄧㄤ jiāng 名①常綠喬木，葉長橢圓形，材質堅硬，可製車船。②鋤柄。

17【檗】ㄅㄛˋ bò 名同「蘗」；植物名，即黃梨，俗稱黃柏。

十四 畫

18【檳】〔槟〕ㄅㄧㄣ bīn ㄅㄧㄥ bīng 名「檳榔」：棕櫚科。常綠喬木。葉叢集樹幹的先端，羽狀全裂。石灰加在檳榔子內，外面包上草醬葉，放入口中嚼食，可提神。台灣嘉義栽植很多。

18【檬】ㄇㄥˊ méng 名①植物名，葉黃似槐；亦稱黃槐。②「檸檬」，見「檸」字。

18【櫃】〔柜〕ㄍㄨㄟˋ guì 名同「匱」；藏置東西的大櫥，例酒櫃、衣櫃。

18【檻】〔槛〕㈠ㄐㄧㄢˋ jiàn 名①關禽獸的柵欄，例虎檻。②欄杆。
㈡ㄎㄢˇ kǎn 名門下所設的橫木，例門檻。

18【檾】ㄑㄧㄥˇ qǐng 名一年生草木植物，又名白麻，莖直，花黃色，莖皮的纖維可做粗繩索。

18【櫂】(棹)ㄓㄠˋ zhào 名①在船旁撥水，使船行進的槳，例鼓櫂前進。②泛指船，例客櫂。

18【櫅】ㄐㄧ jī 名①櫅木，可做大車軸。②木名，即白棗。

18【檮】〔梼〕ㄊㄠˊ táo 名「檮杌」：⑴古代傳說的惡獸，也用來比喻惡人。⑵春秋時代，楚國的史書名。

18【櫋】ㄇㄧㄢˊ mián 名木名，即杜仲。

18【檯】〔台〕(枱) ㄊㄞˊ tái 名桌子，例寫字檯。

18【檸】〔柠〕ㄋㄧㄥˊ níng 名「檸檬」：芸香科。常綠灌木或小喬木，果實為淡黃色，具高度的香味及酸味，含有豐富的維他命C。

十五 畫

19【櫥】(橱) ㄔㄨˊ chú 名存放東西的櫃子，例衣櫥、書櫥。

19【櫝】〔椟〕ㄉㄨˊ dú 名①收藏珍貴物品的小匣子。②棺材，例棺櫝。③封套。動緘藏不使人知，例密櫝。

19【櫧】〔槠〕ㄓㄨ zhū 名常綠喬木，木材堅實，可做車船或棟梁。

19【櫚】〔榈〕ㄌㄩˊ lǘ 名常綠喬木，木性堅，紫紅色，似紫檀，產於熱帶，為製床几的珍材。

19【櫓】〔橹〕(艣) ㄌㄨˇ lǔ 名①在船旁撥水，使船前進的用具。②古代城上守禦用的瞭望樓。③大盾。

19【櫜】ㄍㄠ gāo 名古代收藏兵甲、弓箭等兵器的囊袋，例建櫜、垂櫜。動把器物收藏起來。

19【櫟】〔栎〕ㄌㄧˋ lì 名落葉喬木，葉形狹長，樹皮粗厚，春夏間開黃褐色花，果實為堅果，有殼斗，稱為橡實，葉可飼野蠶，木材可充薪炭。動搏擊。

19【櫣】ㄌㄧㄢˊ lián 名①樓閣旁的小屋。②木名，廣州產，果實似枇杷。

19【櫫】(橥) ㄓㄨ zhū 名表識事物的小木樁，例楬櫫。

十六 畫

20【櫬】〔榇〕ㄔㄣˋ chèn 名①棺材。②古時以梧桐製棺材，因而梧桐樹亦別稱為「櫬」。

20【櫳】〔栊〕ㄌㄨㄥˊ lóng 名①窗戶，例

簾櫳。②泛稱房舍，例房櫳。③養獸的柵欄。

20【櫨】〔栌〕ㄌㄨˊ lú 名①即黃櫨，落葉喬木，果實扁圓而小，可採蠟。②「欂櫨」：見「欂」字。

20【櫪】〔枥〕ㄌㄧˋ lì 名①同「櫟」；植物名，落葉喬木。②養馬的地方，例老驥伏櫪，志在千里。③養蠶的器物。

20【櫹】〔橚〕ㄒㄧㄠ xiāo 名木名。形「櫹槮」：⑴草木茂盛的樣子。⑵草木凋落的樣子。

十七 畫

21【欂】ㄅㄛˊ bó 名「欂櫨」：建築物柱子上的方木，即斗栱。

21【櫺】ㄌㄧㄥˊ líng 名①雕成種種孔格花紋的窗檻或欄杆。②屋簷。

21【欄】〔栏〕ㄌㄢˊ lán 名①用木或金屬所製成的遮攔物。②飼養家畜所圍成的圈子，例豬欄。

21【櫻】〔樱〕ㄧㄥ yīng 名落葉喬木，葉卵形，春開淡紅色花，果實爲核果，紫赤色，味甘美，木材可製器。

◆**櫻花、櫻桃、櫻樹　山櫻、朱櫻、落櫻。**

21【欅】〔榉〕ㄐㄩˇ jǔ 名榆科。落葉大喬木，葉爲紙質，長卵形，花淡黃色。

十八 畫

22【權】〔权〕ㄑㄩㄢˊ quán 名①用來衡量輕重的秤錘。②勢力，例權勢。③依據法律規定，應有的權力，例人權。④通「顴」；兩頰。⑤姓，唐有權德輿。動①衡量，例權然後知輕重。（《孟子》〈梁惠王〉）②變通常法，例權變。③攝行、代理。副暫且。

◆**權力、權宜、權柄、權威、權要、權能、權術、權謀、權輿　民權、兵權、版權、政權、棄權、職權、掌權、選舉權、罷免權、中央集權、地方分權。**

十九 畫

23【欒】〔栾〕ㄌㄨㄢˊ luán 名①落葉喬木，葉小而圓，背面有毛，開黃色小花，中心雜紅色，果實爲蒴果。

②兩端承斗栱的柱上曲木。③鐘口的兩角。④通「攣」，雙生子。⑤姓，春秋晉有欒書。

23【欏】ㄌㄨㄛˊ lúo 图「桫欏」，見「桫」字。

二十一 畫

25【欖】〔榄〕ㄌㄢˇ lǎn 图橄欖，見「橄」字。

欠部

04【欠】ㄑㄧㄢˋ qiàn 動①借了別人的財物未還，或買物沒給錢，例欠債。②不夠、缺少，例欠缺。③張口舒氣，例呵欠。④身體上部稍微前傾，例忙將身子欠起來。(《紅樓夢》〈第三十四回〉) 副否定副詞，有「尚可」的意思，例欠佳。

◈欠安、欠身、欠缺、欠債、欠資、欠薪 拖欠、積欠、虧欠、兩不相欠。

二 畫

06【次】㈠ ㄘˋ cì 图①按照順序排列，例次第、次序。②處所、地方，例旅次。③回數，例一次。動軍隊臨時駐紮，例軍隊次於江邊。形①比較差的，例次等。②副的，第二的，例次日。副十分急迫，例造次。 ㈡ ㄗ zī 副「次且」：不敢前進的樣子。

◈次要、次級、次等、次數、次韻 席次、順次、年次、座次、其次、前次、旅次、屢次、層次、三番兩次、語無倫次。

四 畫

08【欣】ㄒㄧㄣ xīn 图姓，五代有欣彪。動玩賞，例欣賞。形高興的，例歡欣。副①喜悅的樣子，例欣然而笑。②草木有生機的樣子。

◈欣然、欣喜、欣慰、欣慕、欣欣向榮、欣然自喜、欣喜若狂。

五 畫

09【欨】ㄒㄩ xū 動①吹氣使溫暖；亦作「呴」、「煦」。②笑意，例欨愉。

六 畫

10【欬】讀音ㄎㄞˋ kài 語音ㄎㄜˊ ké 動①談笑。②同「咳」，氣逆所引起的喉嚨不適。形談笑的樣子。

七 畫

11【欲】ㄩˋ yù 名同「慾」；願望，例欲望。動①愛、喜好，例魚我所欲也。②想要，例欲蓋彌彰。形婉順的樣子。副將要，形山雨欲來。

◈欲哭無淚、欲深谿壑、欲罷不能、欲擒故縱。

11【欷】ㄒㄧ xī 副悲泣痛哭而氣噎的樣子，例欷吁。

11【欸】(一)ㄟˋ èi ㄞ āi 歎歎息聲。 (二)ㄞˇ ǎi 名應答聲。

八　畫

12【欽】〔钦〕(一)ㄑㄧㄣ qīn 名①君主時代對皇帝的尊稱，例欽敕、欽定。②姓，宋有欽德載。動尊敬、敬仰，例欽佩。 (二)ㄑㄧㄣˋ qìn 動同「撳」；按。

◈欽此、欽佩、欽仰、欽敬、欽差、欽命、欽犯、欽差大臣。

12【欻】(一)ㄏㄨ hū 副同「忽」；忽然、快速。(二)ㄔㄨㄚ chuā 形狀聲字，例欻的一聲。

12【款】ㄎㄨㄢˇ kuǎn 名①銀錢，例公款。②條目，例條款。③書畫上的標題姓名等，例題款。動①叩、擊，例款門。②招待，例款待。③至、到達。④留。形①誠懇的，例悃款。②空的，例款言。副緩緩地，例款款而談。

◈款交、款式、款曲、款步、款留、款語、款洽　交款、賠款、鉅款、衷款、落款、罰款、捲款而逃。

12【欺】ㄑㄧ qī 動①詐騙，例欺騙。②凌辱，例欺侮。

◈欺陵、欺壓、欺世盜名、欺善怕惡　詐欺、瞞上欺下、童叟無欺。

九　畫

13【歇】ㄒㄧㄝ xiē 名次數。動①停止，例歇手。②休息，例歇息。③住宿，例歇了一宿。④氣味消散，例芬馥歇若蘭。(顏正之〈和謝靈運詩〉)⑤竭盡，例難未歇也。(《左傳》〈襄公二十九年〉)

◈歇宿、歇腳、歇業、歇後語　安歇、止歇、停歇、暫歇、漸歇。

13【歆】ㄒㄧㄣ xīn 動①羨慕，例歆慕。②悅服而感動，例民歆而德之。③祭祀時神靈享受祭品的馨氣，例歆享。

13【歈】ㄩˊ yú 名歌調，例吳歈越吟。形通「愉」；

和悅。

13【歃】ㄕㄚˋ shà 名①飲，微吸。②「歃血」：古時盟誓時以血塗在嘴邊以表示守信不悔，天子用牛、馬的血，諸侯用豬、狗的血，大夫以下用雞血。

十 畫

14【歉】ㄑㄧㄢˋ qiàn 動年歲欠收，食不飽。形①少、不滿足。②心中過意不去，例抱歉。

14【歌】ㄍㄜ gē 名①合樂的曲調，例歌曲。②詩文的一種，屬於能唱的韻文，例長恨歌。動①唱，有節奏的發聲，例歌唱。②頌揚，例歌頌。

◆**歌伎、歌星、歌喉、歌詞、歌詠、歌功頌德、歌臺舞榭、歌舞昇平 高歌、軍歌、校歌、國歌、弦歌、山歌、唱歌、兒歌、情歌、謳歌、四面楚歌、引吭高歌。**

十一 畫

15【歐】〔欧〕㈠ㄡ ōu 名①姓，春秋越有歐冶子。②「歐洲」：Europe 以歐亞大陸西端爲中心的區域。面積約占全球陸地的五分之一，是西方文明的發源地。③電阻單位歐姆的簡稱。動同「謳」；歌頌。 ㈡ㄡˇ ǒu 動①同「嘔」；吐。②同「毆」；捶擊。 ㈢ㄑㄩ qū 動同「驅」：驅使，例或歐之以法令。(《大戴禮》〈禮察〉)

◆**東歐、西歐、歐美、歐化、歐風、歐體。**

15【歎】〔叹〕(嘆) ㄊㄢˋ tàn 動①歎息。②讚美，例讚歎。

◆**歎氣、歎賞、歎爲觀止 驚歎、感歎、悲歎、哀歎、長吁短歎。**

十二 畫

16【歙】㈠ㄒㄧˋ xì 動同「吸」；收斂。 ㈡ㄕㄜˋ shè 名「歙縣」：在安徽省休寧縣西北，因縣東南有歙浦而得名。縣境西北黃山風景區，爲著名遊覽和療養勝地。 ㈢ㄒㄧㄝˊ xíe 動通「脅」，收縮。

16【歔】ㄒㄩ xū 動張口或由鼻孔出氣。

十四 畫

18【歟】〔欤〕ㄩˊ yū 助①語末助詞，表疑問、反詰，等於白話中的「嗎」。②表感歎的語助辭，等於白話中的「啊」、「吧」。③表反詰。

十八 畫

22【歡】〔欢〕(懽)(讙)

ㄏㄨㄢ huān 名①古樂府詩中，男女稱所暱愛的人爲歡，例喚歡聞不顧。②姓。形①喜樂，例歡樂。②活潑，例歡龍。副喜悅地，例歡迎。

◆**歡心、歡呼、歡迎、歡欣、歡悅、歡顏、歡聲雷動　喜歡、新歡、合歡、承歡、同歡、悲歡、尋歡、悲歡離合、不歡而散、賓主盡歡、鬱鬱寡歡。**

止 部

04【止】ㄓˇ zhǐ 名①通「趾」；足。②威儀，例容止。動①已，息，例停止。②心之所安，例止於至善。③留滯不前，例止步。④禁阻，例禁止。⑤到、臨，例蒞止。副僅、只。助位於語尾，以加强語句氣勢，例曰歸曰歸，心亦憂止。(《詩經》〈小雅・采薇〉)

◆**止付、止血、止步、止渴、止境　中止、制止、容止、擧止、終止、禁止、休止、停止、廢止、適可而止。**

一 畫

05【正】㈠ㄓㄥˋ zhèng 名合於法則規矩的道理或事情，例守正不阿。②稱人之妻，例令正。③舊時鄉里間主事者，例里正、保正。④姓，漢有正錦。動①治罪，例正法。②整理，例正其衣冠。形①副的對稱，例正本。②不偏不倚，例正中。③精純不雜，例純正。副①通「恰」，例正好。②表動作進行中，例他正在打電話。

㈡ㄓㄥ zhēng 名每年第一個月叫正月。　㈢ㄓㄥˇ zhěng 形通「整」。

◆**正式、正直、正規、正途、正統、正當、正中下懷、正襟危坐　公正、校正、匡正、大中至正、剛正不阿。**

二 畫

06【此】ㄘˇ cǐ 形這個，例此中有眞意。代指代事物的詞語，連承上之言。則、乃、就的意思，例有人此有土，有土此有財。(《禮記》〈大學〉)

◆**此外、此地、此刻、此岸、此後　因此、如此、彼此、從此、謹此、不虛此行、有鑒於此、顧此失彼。**

三 畫

07【步】ㄅㄨˋ bù 名①走路時兩腳前後的距離，例七步成詩。②古代長度的單位，一步等於五尺，例這塊地有二十步見方。③表示程度，例進步。④所處的境況，例地步。⑤氣運，例天步、國步。⑥通「埠」；水際。⑦姓，三國吳有步騭。動①用腳走路，例徒步。②追隨，例步其後塵。

◆**步行、步武、步哨、步道、步履、步驟　寸步、安步、疾步、閒步、漫步、緩步、闊步、平步青雲、安步當車、故步自封。**

四　畫

08【武】ㄨˇ wǔ 名①文的對稱，例武官。②足跡。③古代稱半步為武。④古代稱帽上的結帶為武。⑤周武王時所作的樂曲名。⑥姓，漢有武臣。動繼承，例下武維周。(《詩經》〈大雅・下武〉)形①勇猛，例孔武有力。②軍事的，例武備。副憑一己之見的，例武斷。

◆**武人、武力、武士、武功、武行、武官、武林、武俠、武斷　步武、尚武、勇武、動武、威武、習武、允文允武、止戈為武、孔武有力、勝之不武、窮兵黷武。**

08【歧】ㄑㄧˊ qí 名通「岐」；旁出的道路，例歧路。形錯雜，例歧異。形①錯誤的，例歧途。②不公平的，例歧視。③雜錯的，例紛歧。

五　畫

09【歪】㈠ㄨㄞ wāi 動①斜傾、偏向一邊，例歪斜。②暫時側臥休息。　㈡ㄨㄞˇ wǎi 動扭傷足踝，例歪了腳。

九　畫

13【歲】〔岁〕ㄙㄨㄟˋ suì 名①年，例歲月。②指時間，光陰，例歲不我與。③年紀，例五歲。④星名，即木星。⑤年穀的收成，例歲凶。

◆**歲入、歲月、歲功、歲貢、歲暮　太歲、周歲、千歲、客歲、早歲、百歲、新歲、除歲、萬歲、舊歲、玩歲愒時、長命百歲。**

十二　畫

16【歷】〔历〕ㄌㄧˋ lì 名①古代鼎的一種。②通「曆」。③同「櫪」；馬廄，例伏歷千駟。動經過，例經歷。形①已經過去的，例歷代。②分明的、清楚的，例歷歷可數。副盡、徧及。

◈歷久、歷次、歷屆、歷練、歷久常新 來歷、病歷、閱歷、學歷、職歷。

十四畫

18【歸】〔归〕㈠ㄍㄨㄟ guī 名①珠算除法的第一步，例九歸。②姓，明有歸有光。動①出嫁，例于歸。②回來，例歸國。③還，例完璧歸趙。④依附、順服，例衆望所歸。⑤合併在一人身上，例歸罪。 ㈡ㄎㄨㄟˋ kuèi 動①同「饋」；贈送。②同「愧」；羞慚的樣子，例狀有歸色。

◈歸功、歸田、歸老、歸依、歸納、歸國、歸附、歸咎、歸順、歸還、歸屬、歸罪、歸寧、歸心似箭 回歸、依歸、來歸、終歸、復歸、于歸、殊途同歸、視死如歸、賓至如歸、滿載而歸。

歹 部

04【歹】㈠ㄉㄞˇ dǎi 名壞事、惡事，例為非作歹。形不好的，例歹徒。 ㈡ㄜˋ è 名殘骨。

二畫

06【死】ㄙˇ sǐ 名死亡的人，例事死如事生。(《禮記》〈中庸〉)動①喪失生命，例死亡。②殉，例死難，死節。形①呆板不靈活，例死板。②咒罵的話，有時亦表親暱的意思，例死鬼。③失去作用或效力的，例死會。④如死之狀，例他睡得好死。⑤不通的，不活動的，例死胡同，死水。副①非常、很，例好看死了。②堅決，例死不承認。

◈死守、死灰、死活、死節、死難、死有餘辜、死裡逃生 枯死、凶死、生死、必死、急死、病死、貪生怕死、朝生暮死、出生入死、醉生夢死、視死如歸、生死有命、尋死覓活、九死一生。

四畫

08【歿】ㄇㄛˋ mò 動①終了，例歿身。②死，例存歿。

08【殀】ㄧㄠˇ yǎo 動殺死。形通「夭」；短命而死，例殀壽。

五畫

09【殃】ㄧㄤ yāng 名災禍，例遭殃。動殘害，例禍國殃民。

09【殆】ㄉㄞˋ dài 動恐懼，例殆不可復。(《孟子》〈盡心下〉)形①危險，例危殆。②疲乏、疲困，例力殆。副①表示推測或不肯定，大約、恐怕、將近，例誅戮殆盡。②近似，例此殆空言。

09【殄】ㄊㄧㄢˇ tiǎn 動①滅絕，例不殄心憂。(《詩經》〈小雅・桑柔〉)②浪費、蹧蹋，例暴殄天物。

09【殂】ㄘㄨˊ cú 動死亡，例中道崩殂。

六畫

10【殊】ㄕㄨ shū 名斬首的刑名，例殊死。動斷絕。形不同的，例與常人殊異。副①很、極，例殊念。②特別的，例殊能。

◈殊俗、殊遇、殊榮、殊死戰 特殊、懸殊。

10【殉】ㄒㄩㄣˋ xùn 動①以人或物陪葬，例殉葬。②盡己去追求，例殉利。③有所爲而犧牲，例殉國。

七畫

11【殍】ㄆㄧㄠˇ piǎo 名餓死的人。動餓死。

八畫

12【殘】〔残〕ㄘㄢˊ cán 名暴戾，例殘暴。動毀壞、傷害，例殘殺。形①不全的，例殘缺。②將盡，例殘燈。③狠毒，例殘酷。④剩餘，例殘餘。

◈殘生、殘忍、殘局、殘害、殘破、殘酷、殘骸、殘垣斷壁、殘山剩水、殘篇斷簡 凶殘、老殘、抱殘、衰殘、敗殘、傷殘、自相殘殺。

12【殖】ㄓˊ zhí 名姓，春秋齊有殖綽。動①孳生，例生殖。②種植，例農殖。③樹立。④指經商，例貨殖。

◈殖民、殖民地 生殖、增殖、養殖、繁殖。

九畫

13【殛】ㄐㄧˊ jí 動①誅死。②雷打死人，例雷殛。

十畫

14【殞】〔殒〕ㄩㄣˇ yǔn 動①死亡，例香消玉殞。②通「隕」；墜落，例殞石。

十一　畫

15【殤】〔殇〕ㄕㄤ shāng 名①未成年而戰死的人，例夭殤。②爲盡忠而死的人，例國殤。

15【殣】ㄐㄧㄣˇ jǐn ㄐㄧㄣˋ jìn 名餓死的人。動埋葬。

十二　畫

16【殪】ㄧˋ yì 動①死。②殺死。③仆踣、倒臥。

16【殫】〔殚〕ㄉㄢ dān 動竭盡，例殫天下之財。

十三　畫

17【殮】〔殓〕ㄌㄧㄢˋ liàn 動把死者屍體放進棺材中。

17【殭】（僵）ㄐㄧㄤ jiāng 形動物死後而遺體不腐朽，例殭蠶。

十四　畫

18【殯】〔殡〕ㄅㄧㄣˋ bìn 名已殮而停著未葬的靈柩。動①入土淺葬，以待將來遷葬。②埋沒。

十七　畫

21【殲】〔歼〕ㄐㄧㄢ jiān 動殺盡、滅絕，例殲滅。

殳　部

04【殳】ㄕㄨ shū 名①古兵器名，長一丈二尺，有棱而無刄，例伯也執殳，爲王前驅。（《詩經》〈衞風·伯兮〉）②戟柄。③殳書，秦時的一種書法體，因刻於兵器上而得名。

五　畫

09【段】ㄉㄨㄢˋ duàn 名①同「緞」；絲織物品。②分計事物、時間的部分單位，例一段。③辦事的方法、層次，例手段。④姓，清有段玉裁。

◆段落　分段、片段、地段、路段、階段。

六　畫

10【殷】(慇)㊀ㄧㄣ yīn 名①姓。②朝代名，商朝盤庚遷都於殷以後，改商爲殷。形①盛大深厚，例殷憂。②衆多，例孔殷。③富足，例殷實。④誠懇，例殷勤。 ㊁ㄧㄢ yān 名赤黑色。 ㊂ㄧㄣˇ yǐn 動震動，例殷天動地。形狀聲之詞，例雷鳴殷殷。

◆殷切、殷商、殷勤、殷墟、殷憂、殷鑒。

七　畫

11【殺】〔杀〕㊀ㄕㄚ shā 名「殺青」：⑴古時用竹簡書寫文字，竹簡的皮很滑不容易寫，所以先用火烤炙，然後削去竹皮，以免被蟲蛀；亦稱汗青、汗簡。⑵指作品完成或電影拍攝完畢。動用刀或別的利器弄死動物，例宰殺。形①破壞，例殺風景。②戰，例兩人殺在一處。 ㊁ㄕㄞˋ shài 名等差，例親親之殺，尊賢之等，禮所生也。動①衰敗。②減少，例其勢稍殺。

◆殺生、殺伐、殺氣、殺害、殺敵、殺雞、殺一警百、殺雞取卵、殺雞警猴　凶殺、自殺、砍殺、追殺、誤殺。

八　畫

12【殼】〔壳〕讀音ㄎㄜˊ ké ㄑㄩㄝˋ què 語音ㄑㄧㄠˋ qiào 名物體外部堅硬的表皮，例瓜子殼。

12【殽】㊀ㄧㄠˊ yáo 名同「肴」；指帶骨的肉或熟的肉。形通「淆」；相錯雜。 ㊁ㄒㄧㄠˋ xiào 動效法。

九　畫

13【毀】(燬)ㄏㄨㄟˇ huǐ 動①傷害、破壞，例毀害、毀壞。②誹謗，例毀詆、毀謗。③哀傷過甚，例哀毀。

◆毀滅、毀傷、毀壞、毀譽、毀家紓難、毀譽參半　自毀、撕毀、詆毀、燒毀、焚毀、自毀前程、哀毀骨立。

13【殿】ㄉㄧㄢˋ diàn 名①高大的廳堂，例大殿。②軍行時後軍爲殿，例殿軍。動①行軍時居於尾部，例奔而殿。(《論語》〈雍也〉)②鎮守，例殿天子之邦。(《詩經》〈小雅·采菽〉)

十　畫

14【毄】ㄐㄧˊ jí 動①擊中，例盧人毄兵用强。(《周禮》)②拂，例弓人和弓毄摩。(

《考工記》)

十一 畫

15【毅】ㄧˋ yì 形①意志果決的樣子，例果毅。②殘忍。

◆毅力、毅然 果毅、勇毅、剛毅、堅毅。

15【毆】〔毆〕ㄡ ōu 動擊、打，例鬥毆、毆打。

十四 畫

18【毉】ㄧ yī 名同「醫」，醫生。動醫治。

毋 部

04【毋】ㄨˊ wú 名姓，戰國魏有毋擇。動同「無」；沒有。副①莫，表示禁止的意思，例臨財毋苟得，臨難毋苟免。(《禮記》〈曲禮上〉)②不、不要，表示否定的意思，例子絕四：毋意，毋必，毋固，毋我。(《論語》〈子罕〉)

04【毌】ㄍㄨㄢˋ guàn 名①古地名，在今山東省曹縣南方。②姓，漢有毌將永。動同「貫」；穿東西。

05【母】ㄇㄨˇ mǔ 名①父母。尊親之詞，例母親。②對女性長輩的尊稱，例叔母。③本源，例有名萬物之母。(《老子・第一章》)④能使他物滋生者，例酒母，酵母。形①雌性的，例母雞。②原來的，例母金。

◆母愛、母親、母黨 父母、祖母、乳母、岳母、伯母、老母、慈母、地母、雲母、繼母、養母。

二 畫

07【每】(一) ㄇㄟˇ měi 名①指各個事物的詞，例子入太廟，每事問。(《論語》〈八佾〉)②姓，漢有每當時。形各，例每人、每件。②「每每」：常常。副①常、往往，例每與臣論此事。(諸葛亮〈出師表〉)②凡是，例每逢，每值。助通「們」；表示多數。 (二) ㄇㄟˋ mèi 形「每每」：昏亂的樣子。

三 畫

07【毐】ㄞˇ ǎi 名①無品德的人。②秦時人嫪毐。

四 畫

09【毒】(一) ㄉㄨˊ dú 名害人的東西，例毒藥。動

①害，例殺害、害人。②施放有害的東西，例下毒。③怨恨。④治。形①痛苦，例荼毒。②有害的，例毒蛇。 ㈡ ㄉㄨˇ dǔ 名「身毒」：古國名，即今之印度。

◆毒手、毒品、毒氣、毒辣、毒藥 中毒、消毒、病毒、服毒、丹毒、尿毒、怨毒、惡毒、劇毒、以毒攻毒。

八 畫

13【毓】ㄩˋ yù 動①同「育」；養育，例鍾靈毓秀。②生長。

比 部

04【比】㈠ ㄅㄧˇ bǐ 名①《詩經》六義之一，就是譬喻的意思。②比利時的簡稱。③數學上比較兩個同類量間的關係，如 a:b＝k 稱 a 比 b，k 爲比值。動較量，例比一比。 ㈡ ㄅㄧˋ bì 名六十四卦之一，坤下坎上，比卦。動依附，例朋比爲奸。形接近，例比鄰。 ㈢ ㄆㄧˊ pí 名虎皮，常用來比喻講席，例皋比。

◆比畫、比較、比照、比擬、比賽、比手劃腳、比肩繼踵 並比、朋比、對比、櫛比、鱗比、無以倫比、櫛比鱗次。

五 畫

09【毗】ㄆㄧˊ pí 動①互相連接，例毗連、毗鄰。②輔助。

09【毖】ㄅㄧˋ bì 動①謹慎，例懲前毖後。②辛勞。③輔助。形泉水流動的樣子。

09【毘】ㄆㄧˊ pí 同「毗」字。

十三 畫

17【毚】ㄔㄢˊ chán 名通「欃」；檀木的別名。形①狡猾，例毚兔。②貪欲的樣子，例毚欲。③輕微的樣子，例毚微。

毛 部

04【毛】ㄇㄠˊ máo 名①動植物表皮或果實表皮所生的柔細物，例羊毛、狗毛。②泛稱植物，例深入不毛。③粗糙的貨品，例毛貨。④錢幣一角俗稱一毛。⑤走獸。⑥姓，戰國趙有毛遂。動①去毛。②種植。③無，沒有，例飢者毛食。(《後漢書》〈馮衍傳〉)形①驚慌失措貌，例這件事令人發毛。②細小，例毛毛雨、毛孩子。副①粗略估計，例毛舉其目。②細微、瑣碎，例毛舉細故。

◆毛巾、毛衣、毛孔、毛茸、毛筆、毛線、毛舉、毛骨悚然、毛遂自荐　羽毛、羊毛、牛毛、脫毛、二毛、老毛、毫毛、汗毛、腋毛、一毛不拔、不毛之地。

六　畫

10【毷】ㄇㄠˋ　mào　形「毷氉」：(1)風吹的樣子。(2)謹厚的樣子。

10【毨】ㄒㄧㄢˇ　xiǎn　形齊整的樣子，例鳥獸毛毨。(《尚書》〈堯典〉)

七　畫

11【毫】ㄏㄠˊ　háo　名①細長而尖銳的毛，例毫末。②毛筆，例羊毫。③衡法及度法的小數，十絲稱毫，例毫釐。④俗稱輔幣一角為一毫。⑤秤或戥子桿上的提繩，分頭毫、二毫、三毫等。⑥細毛，例毫毛。⑦姓，漢有毫康。形細微的樣子，例毫末。副一點兒，例毫無進展。

◆毫毛、毫無置疑　分毫、羊毫、揮毫、秋毫、絲毫不苟、一絲一毫、明察秋毫、分毫不差。

11【毬】ㄑㄧㄡˊ　qiú　名通「球」；圓形成團的東西，例花毬、絲毬。

八　畫

12【毰】ㄆㄟˊ　péi　形「毰毸」：奮張的樣子、披散的樣子。

12【毯】ㄊㄢˇ　tǎn　名厚實而有毛絨的織品，例地毯。

12【毳】(一)ㄘㄨㄟˋ　cuì　名鳥獸的細毛。形①纖細。②同「脆」；不堅韌，容易碎斷。③食物酥鬆可口。　(二)ㄑㄧㄠ　qiāo　名同「橇」，形如箕，適合行於泥土。

九　畫

13【毷】ㄇㄠˋ　mào　形「毷氉」：煩悶。

13【毽】ㄐㄧㄢˋ　jiàn　名「毽子」：以皮或布裹銅錢，由錢孔中插羽毛或紙穗兒，以足承踢，使上下起落。

13【毸】ㄙㄞ　sāi　形「毰毸」：見「毰」字。

13【毹】ㄕㄨ　shū　ㄩˊ　yú　名「氍毹」，見「氍」字。

十一 畫

15【毿】〔毵〕ㄙㄢ sān 形①毛長的樣子。②細長的樣子。

15【氂】ㄌㄧˊ lí ㄇㄠˊ máo 名①同「犛」；犛牛尾。②馬尾。③強而曲的毛。④長毛。

十二 畫

16【氅】ㄔㄤˇ chǎng 名①用鳥羽毛所做的外衣，例羽氅、鶴氅。②禦寒的大衣。③用鳥毛編成的旌旗。

16【氄】ㄖㄨㄥˇ rǒng 名細軟絨毛。

十三 畫

17【氉】ㄗㄠˋ zào 形「氀氉」，見「氀」字。

17【氈】〔毡〕ㄓㄢ zhān 名用毛著膠汁壓合而成，可做墊褥或鞋帽的織物，也稱氈子。

十八 畫

22【氍】ㄑㄩˊ qú 名「氍毹」：指毛所織成的有彩文地毯。

二十二畫

26【氎】ㄉㄧㄝˊ dié 名細毛布。

氏 部

04【氏】㈠ㄕˋ shì 名①姓的支系，我國古代姓和氏分開，姓是一種族號，氏則為姓的分支，以分別子孫的支脈，自漢以後姓氏則互用不再分。②古時國名，朝代名，都加氏字，例葛天氏、有扈氏。③官名，例太史氏。④舊時婦人稱氏，例陳氏、吳氏。⑤男子亦稱氏，習俗多附在名字之下，或略名直附於姓下。⑥尊稱名人或專家，例孔氏，老氏。⑦外來語，計溫度的名稱，例華氏、攝氏。⑧姓，例三國有氏儀。 ㈡ㄓ zhī 名①漢代西域的國名，例月氏。②古匈奴單于的后稱閼氏。

一 畫

05【民】ㄇㄧㄣˊ mín 名①人的通稱，通「氓」。②百姓、國民。③平民、庶民，例民衆。④姓。形民間的，例民俗。

◆民心、民生、民本、民防、民俗、民情、民衆、民智、民治、民族、民法、民航、民享、民謠、民不聊生、民胞物與、民脂民膏 人民、子民、公民、市民、移民、居民、庶民、良民、生民、黎民、農民、吾國吾民。

05【氐】㈠ㄉㄧ dī 图①古代西戎部落名，在今甘肅省。②星名，二十八星宿之一。副低。 ㈡ㄉㄧˇ dǐ 图同「柢」；根本、基礎。動歸。副同「抵」；總括之詞，大凡，例大氐。 ㈢ㄓ zhī 图漢代西域國名，月氐亦作月氏。

四 畫

08【氓】ㄇㄤˊ máng ㄇㄥˊ méng 图①古稱人爲氓。②從別國來歸的人民，例願受一廛而爲氓。(《孟子》〈滕文公上〉)③無業遊民，例流氓。

气 部

04【气】㈠ㄑㄧˋ qì 图①雲氣。②大陸用作「氣」(ㄑㄧˋ)的簡化字。 ㈡ㄑㄧˇ qǐ 「乞」的本字。

二 畫

06【氖】ㄋㄞˇ nǎi 图稀有氣體元素之一。爲無色無臭的非活性氣體，放電時，在紅色部分顯示出顯著明亮的光譜，在眞空管中放電時發出橙紅色之光，故被應用於霓虹燈，符號 Ne，原子序一〇，原子量二〇·一七九。

06【氘】ㄉㄠ dāo 图氫的一種同位素，原子核中含有一中子及一質子，質量較氫原子核約重一倍；亦稱重氫。符號 $_1H^2$或D，原子量二。

三 畫

07【氙】ㄒㄧㄢ xiān 图非金屬化學元素，是無色、無臭的氣體，佔空氣體積的千萬分之一，裝入眞空中通電就發出淡藍色光。符號 Xe，原子序五十四，原子量一三一·三〇。

07【氚】ㄔㄨㄢ chuān 图氫的一種放射性同位素，係以人爲方法製成，氚核內有二個中子及一個質子，符號 ^3_1H 或 T。

四 畫

08【氛】(雰)ㄈㄣ fēn 图①氣的通稱，例祥氛、妖氛。②凶氣。③惡氣。

五 畫

09【氟】ㄈㄨˊ fú 名①非金屬化學元素之一，淡黃綠色，有奇臭，爲非金屬中最活潑的元素，氧化能力極强。能腐蝕玻璃，所以常用在玻璃上刻劃花紋、文字或度數，符號F，原子序九，原子量一九·〇〇。②骨骼與牙齒中不可缺少的成分，少量的氟可以防止蛀牙，過多則產生毒性。

09【氡】ㄉㄨㄥ dōng 名非金屬化學元素之一，爲可溶性氣體，冷卻則液化，存在於接近地面的大氣中或水中，符號Rn，原子序八十六。

六　畫

10【氣】〔气〕ㄑㄧˋ qì 名①呼吸出入的氣息，例氧氣。②人所表現的精神態度，例朝氣、傻氣。③物體三態之一，別於固體、液體，沒有固定的形狀、體積，能自由流散的物體，例空氣、水蒸氣。④自然界陰晴、寒暖的現象，例天氣。⑤一陣或一派都稱爲氣，例連成一氣。⑥氣勢，例大氣磅礴、文氣。⑦味，例香氣、臭氣。⑧憤怒，例生氣。動①嗅。②使人生氣而憤恨，例氣極了。

◆氣色、氣派、氣度、氣量、氣短、氣象、氣溫、氣節、氣概、氣數、氣餒、氣魄、氣餒、氣宇軒昂、氣沖牛斗、氣急敗壞　士氣、冷氣、生氣、暑氣、暖氣、脾氣、養氣、氧氣、勇氣、風氣、斷氣、爭氣、正氣凜然、一氣呵成、有氣無力。

10【氦】ㄏㄞˋ hài 名稀有元素之一，爲無色、無臭的氣體，產於空氣中，很輕，可以代氫氣充氣球或飛船的氣囊，化學符號He，原子序二，原子量四·〇〇三。

10【氧】ㄧㄤˇ yǎng 名氣體元素之一，無味、無臭、無色，性助燃，爲動物呼吸不可缺的氣體。化學符號O，原子序8，原子量16。

10【氤】ㄧㄣ yīn 名「氤氳」：(1)天地祥和之氣。(2)雲氣旺盛的樣子。

10【氨】ㄢ ān 名無機化合物，是氫與氮化合成的有毒氣體，無色而有臭味，俗稱阿摩尼亞。可供肥料、鹼性試藥、止汗、醫蟲螫等用途。分子式NH_3。

七　畫

11【氫】〔氢〕ㄑㄧㄥ qīng 名化學元素

名，無色、無臭、無味的氣體，是物質中最輕的，能自燃而不助燃。化學符號H，原子序一，原子量一・〇〇八〇。

11【氪】ㄎㄜˋ kè 图稀有氣體元素之一，在常溫中爲無色、無臭的氣體，約占空氣總體積的百萬分之一，通電時則放黃綠色的光。化學符號 Kr，原子序三六，原子量八三・八〇。

八 畫

12【氬】〔氩〕ㄧㄚˋ yà 图化學元素名，爲無色、無味、無臭的氣體，可用爲白熱燈泡、螢光燈、真空管的塡充氣。化學符號 Ar，原子序十八，原子量三九・九四八。

12【氮】ㄉㄢˋ dàn 图化學元素，爲無色、無臭、無味的氣體，能夠沖淡氧的劇烈作用，微溶於水，不自燃也不助燃，游離存在大氣中，化學符號N，原子序七，原子量一四・〇〇六七。

12【氯】ㄌㄩˋ lǜ ㄌㄨˋ lù 图非金屬元素之一，爲黃色的氣體，毒性很大，元素符號Cl，原子序十七，原子量三五・四五三。可調節身體的酸鹼平衡、水平衡及滲透壓，也是胃酸的主要成分。

12【氰】ㄑㄧㄥ qīng 图一種碳與氮的化合物，分子式$(CN)_2$，爲無色的氣體，性極毒，遇水及酒精會溶解，用火燃燒則生紅紫色火焰。

12【氡】〔氡〕ㄉㄨㄥ dōng 图放射性元素，屬可溶性的氣體，冷卻則液化，液體放在玻璃器中，能生極强的螢光，可治療疾病。化學符號Rn，原子序八六，原子量二二二。

十 畫

14【氳】ㄩㄣ yūn 图「氤氳」，見「氤」字。

水 部

04【水】ㄕㄨㄟˇ shuǐ 图①江、河、湖、海的通稱，例水陸。②氫氧二氣體的化合物，分子式爲 H_2O。爲無色、無臭、無味的液體，普遍存於地面上及各物質中。③銀的成色，例申水。④液汁，例橘子水。⑤五行之一。⑥星名，即水星。⑦姓，明有水甦民。

◆水力、水土、水上、水文、水牛、

水平、水位、水利、水災、水運、水準、水天一色、水中撈月、水光雲影、水泄不通、水到渠成、水乳交融、水落石出　香水、洪水、天水、流水、井水、湖水、黑水、薪水、千山萬水、一水之隔、一衣帶水、秋水伊人、近水樓台、望穿秋水。

一　畫

05【永】ㄩㄥˇ yǒng 動通「咏」。形①水流長。②凡長皆稱永。副久遠，例永遠、萬世永賴。

◈永久、永生、永安、永年、永恆、永遠、永生永世、永無寧日、永字八法、永垂不朽　雋永、一勞永逸、天人永隔。

二　畫

05【汁】ㄓ zhī 名物體中所含的液質，例果汁。動雨雪雜下。

05【汀】ㄊㄧㄥ tīng 名①水平。②水邊平地或河流中的小沙洲，例岸芷汀蘭，郁郁青青。（范仲淹〈岳陽樓記〉）③水名，在福建省。

05【氾】（汎）㈠ㄈㄢˋ fàn 形①大水漫溢，例氾濫。②搖動的樣子。③汙。副①廣博，例氾愛。②通「泛」；漂浮。　㈡ㄈㄢˊ fán 名①春秋時鄭國邑名，即今河南省襄城縣南。②姓，漢有氾勝之。

07【求】ㄑㄧㄡˊ qiú 名姓，後漢有求仲。動①取，索。②責求，例君子求諸己，小人求諸人。（《論語》〈衛靈公〉）③乞助於人，例有所求、求救。④貪，例不忮不求。（《論語》〈子罕〉）⑤需要，例供過於求。

◈求全、求情、求教、求學、求好、求好心切、求神拜佛、求田問舍　央求、苛求、要求、講求、需求、搜求、懇求、請求、供不應求、夢寐以求、降格以求、予取予求。

06【汆】㈠ㄊㄨㄣˇ tǔn 動①人漂浮在水上。②水推物。　㈡ㄘㄨㄢ cuān 動把生的食物投入沸水中，稍微一煮，就連湯盛起的一種煮法，例汆湯。

三　畫

06【汝】ㄖㄨˇ rǔ 名①水名，例汝水、汝河。②姓，漢有汝臣。代你，例汝輩、汝曹。

06【汙】（污）（汚）ㄨ wū 名①停著不流的水，例汙池。②髒物，例汙垢。動①降，衰。②弄髒。③毀謗，誣損人。④奸淫。形①水不流。②穢、濁，例汙穢。③不廉潔的，例汙吏。

06【汗】(一) ㄏㄢˋ hàn 名①動物皮膚毛孔所排泄的液體，例汗液。②姓，戰國楚有汗明。③比喻不能收回的成命，例反汗。動①流汗。②潤澤。 (二) ㄏㄢˊ hán 名「可汗」：古時突厥國王的稱呼。形「汗漫」：廣泛的樣子。

◈**汗水、汗衫、汗珠、汗斑、汗腺、汗顏、汗牛充棟、汗流浹背、汗馬之勞 血汗、冷汗、流汗、發汗、香汗、盜汗、香汗淋漓、揮汗成雨。**

06【汐】ㄒㄧˋ xì 名海水的早潮叫潮，晚潮叫汐。

06【池】ㄔˊ chí 名①存水的凹地。②舊時的護城河。③低窪如池的地方，例舞池。④姓，漢有池瑗。

06【江】ㄐㄧㄤ jiāng 名①大川的通稱，例江河。②古時專稱長江爲江。③周時國名，在今河南省息縣西南。④江蘇省簡稱。⑤姓，漢有江充。

◈**江山、江月、江心、江北、江左、江西、江東、江南、江海、江湖、江楓、江東父老、江郎才盡、江湖術士 九江、珠江、曲江、烏江、寒江。**

06【汕】ㄕㄢˋ shàn 名竹編的捕魚器。形魚游水的樣子。

07【汞】ㄍㄨㄥˇ gǒng ㄏㄨㄥˋ hùng 名金屬元素之一；亦稱水銀。符號 Hg，原子序八〇，原子量二〇〇・五九。在常溫時呈液體，色銀白而有光澤，質有毒，常用於工業及醫藥上。

06【汎】ㄈㄢˋ fàn 名姓。動通「泛」；漂浮。形①通「氾」；大水漫溢。②普遍、全面，例汎美。副廣博，例汎愛衆而親仁。(《論語》〈學而〉)

06【汔】ㄑㄧˋ qì 副接近，庶幾，例汔可小康。(《詩經》〈大雅・民勞〉)

06【汊】ㄔㄚˋ chà 名水的支流。

06【汚】ㄨ wū「汙」之俗字。

06【汛】ㄒㄩㄣˋ xùn 名①假借爲訊。②有季節性的漲水，例春汛。③明清軍隊防守之地，例汛地。動灑，例汛掃。形水盛的樣子。

06【汜】ㄙˋ sì 名①由主流分出而復匯合的河水。②不流通的小溝渠。③水涯。④水名，在河南省。

四　畫

07【沙】ㄕㄚ shā 图①細碎的石粒，例沙子。②水旁的地，例沙灘。③小數名，即一億分之一。④細碎而呈顆粒的東西，例豆沙。⑤姓，晋有沙廣。動挑揀選擇，例沙汰。形①聲音嘶啞，例沙啞。②果熟過度，或蟹醃過時，其肉質鬆散成細粒者，俗稱沙。助猶「呵」。

◆**沙子、沙士、沙田、沙丘、沙岸、沙金、沙皇、沙茶、沙眼、沙袋、沙場、沙盤、沙鷗　平沙、金沙、白沙、黑沙、窯沙、泥沙、細沙、淚淘沙、一盤散沙。**

07【沁】ㄑㄧㄣˋ qìn 图①姓。②水名，例沁水、沁河。動①浸漬。②滲入、滲進，例沁骨。③汲水。

07【沅】ㄩㄢˊ yuán 图水名。「沅江」：別稱芷江。浙水、清水江為其二源，皆出貴州省境，東北流入湖南省，最後注入洞庭湖，長九九三公里，自常德以下可通船。

07【沛】ㄆㄟˋ pèi 图①水草叢生的地方。②通「旆」，幡幔。③山上蓄水灌田的池塘。④縣名，在江蘇省。⑤姓。動水流。形①迅速。②充盛。副困苦不得意，例顛沛。

07【沐】ㄇㄨˋ mù 图①洗頭髮用的米汁。②休假，例沐日。③姓，漢有沐寵。動①洗髮，例一沐三握髮。②治。③蒙受，例沐恩。形潤澤，例沐澤。

◆**沐浴　湯沐、膏沐、櫛沐、櫛風沐雨。**

07【汰】(汏) ㄊㄞˋ tài 動蕩滌、去除無用，例汰舊換新。形過分的，例奢汰。

07【沌】ㄉㄨㄣˋ dùn 形①含糊不清或蒙昧無知的樣子，例渾沌。②波浪相隨的樣子。

07【沉】ㄔㄣˊ chén 亦作「沈」。動①沒入水中，例沉沒。②醉於某種嗜好而不醒悟，例沉溺。③作色發怒，例沉下臉來。④抑制，例沉得住氣。形①深藏不露。②深，久，例沉思。副表程度上的深，例沉睡。

◆**沉吟、沉重、沉疴、沉淪、沉緬、沉悶、沉滯、沉默、沉靜、沉魚落雁、沉著應戰　陰沉、深沉、浮沉、低沉、死氣沉沉、夕陽西沉、與世浮沉。**

07【汩】㈠ㄍㄨˇ gǔ 名姓，明有汩澄。動①消滅、埋沒。②浮沉。　㈡ㄩˋ yù 形①急速。②潔淨的樣子。

07【沈】ㄕㄣˇ shěn 與「沉」同。但人名、地名和姓氏，不作「沉」。名①周時國名，春秋時爲蔡國所滅，地在今河南省。②大陸用作「瀋」(ㄕㄣˇ)的簡化字。③姓，宋有沈括。

07【沃】ㄨㄛˋ wò 名①古地名，即曲沃。②姓，明有沃野。動①灌溉，例沃田。②澆水，例以水沃面。形美盛，例肥沃。

◆沃土、沃野、沃腴、沃疇、沃饒　肥沃、饒沃、平疇沃野。

07【汪】ㄨㄤ wāng 名①水池。②春秋秦地，在今陝西省白水縣。③姓，唐有汪倫。形水勢深廣，例汪洋大海。

◆汪汪、汪洋、汪然、汪漾。

07【汲】ㄐㄧˊ jí 名姓，漢有汲黯。動①自井中取水，例汲水。②引，例汲引。③急迫的樣子。④探索，例汲沽。

07【汾】ㄈㄣˊ fén 名「汾河」：黃河第二大支流，源於山西省寧武縣西南管涔山，至河津入黃河，長七一六公里。

07【決】㈠ㄐㄩㄝˊ jué 動①除去壅塞疏通水道，例決汝漢，排淮泗。(《孟子》〈滕文公上〉)②隄防潰壞，例決隄。③判斷，例判決。④處死罪犯，例槍決。⑤以齒嚙斷物。⑥離別。副必定，一定，例決意。　㈡ㄒㄩㄝˋ xuè 形疾速的樣子。

◆決口、決心、決定、決鬥、決裂、決然、決絕、決策、決戰、決斷　否決、判決、表決、果決、解決、議決、裁決、斷決、速戰速決、懸而未決、猶豫不決。

07【沖】〔冲〕ㄔㄨㄥ chōng 名姓，明有沖敬。動①用水注入或調勻，例沖牛奶。②直向上飛，例沖天。③刷洗、清除，例沖洗。④衝突、相忌，例相沖。⑤被水沖走或捲走，例沖垮。⑥吉凶運數的破解，例沖喜。形①幼小，例沖人。②虛，例大盈若沖。(《老子·第三十八章》)③謙和，例沖和、謙沖。

◆沖天、沖和、沖沖、沖刷、沖洗、沖淡、沖喜、沖積　太沖、幼沖、虛沖、謙沖、興沖沖、子午相沖。

07【汭】ㄖㄨㄟˋ ruì 名①河水彎曲的地方。②水名，例汭水。

07【汴】ㄅㄧㄢˋ biàn 图①「汴水」：在河南省滎陽縣，經山東、江蘇二省，最後注入淮河。②河南省的舊時簡稱。

07【汶】ㄨㄣˋ wèn 图「汶水」：⑴源出山東省萊蕪縣東北原山，西南流至汶上縣入運河。⑵源出山東省臨朐縣，注入濰水。⑶源出山東省費縣東，南流入沂水。

07【沂】ㄧˊ yí 图①水名。②山名。③姓，元有沂川。

07【沆】㈠ ㄏㄤˋ hàng 图①大水、大澤。②「沆瀣」：夜半清氣。形「沆莽」：水流廣大的樣子。 ㈡ ㄏㄤˊ háng 動渡水。形流動的樣子，例沆沆。

07【沍】ㄏㄨˋ hù 動①閉塞。②凍結。

07【沏】㈠ ㄑㄧ qī 動用開水沖，例沏茶。副水急流的樣子。 ㈡ ㄑㄩ qū 動用水撲滅燃燒物。㈢ ㄑㄧㄝ qiē 動衝擊。

07【汨】ㄇㄧˋ mì 图「汨羅江」：汨水與羅水在湖南省湘陰縣東北會合，稱爲汨羅江，西北流入湘水。戰國時楚屈原即自沉於此。

08【沓】ㄊㄚˋ tà 图姓，南北朝北魏有沓龍超。動相合。形衆多，例雜沓。副重覆，例紛至沓來。

07【沒】㈠ ㄇㄛˋ mò 動①沉入水中，例沉沒。②收取財物。③消滅。④迷惑。⑤隱藏。⑥通「歿」，死亡。副終、盡。 ㈡ ㄇㄟˊ méi 動無，例沒有。副未，例沒說。

◆沒落、沒趣、沒齒、沒精打彩、沒頭沒腦 泯沒、埋沒、淹沒、出沒無常。

07【沔】ㄇㄧㄢˇ miǎn 图水名，例沔水。形水流充滿的樣子。

07【汽】ㄑㄧˋ qì 图物理上，凡尋常液態或固態物質，在成爲氣態而存在時，概稱爲汽，或稱蒸氣。

07【汧】(汧) ㄑㄧㄢ qiān 图①水名，例汧水。②流水停積之地。

五 畫

08【泣】ㄑㄧˋ qì 動只掉眼淚而不出聲的哭，例泣不成聲。

◆泣下、泣訴、泣不成聲 哀泣、怨泣、涕泣、啜泣、飲泣、哭泣、悲泣、**可歌可泣**、**牛衣對泣**。

08【注】ㄓㄨˋ zhù 名①記載。②通「註」；解釋文詞，例水經注。③量詞，事物一宗及錢財一筆稱一注。④賭博時所下的財物，例賭注、孤注一擲。動①灌入，例灌注、注射。②聚。③心意集中於一點上，例注意。

◈**注定、注明、注重、注音、注視加注、附注、補注、傾注、注目、全神貫注、孤注一擲、血流如注**。

08【泳】ㄩㄥˇ yǒng 動潛行水中，亦指浮游。

08【泌】ㄇㄧˋ mì ㄅㄧˋ bì 名水名。動流質由細孔滲透而出，例分泌。形泉水流動的樣子。

08【沱】ㄊㄨㄛˊ tuó 名「沱江」：四川省岷江的支流；亦稱雒江、中江。形大雨的樣子，例出涕沱若。

08【泥】(一) ㄋㄧˊ ní 名①水土和在一起，例泥漿。②東西搗碎又調勻，形狀如泥，例棗泥、肉泥。③蟲名。④姓。動塗飾。形軟弱。 (二) ㄋㄧˇ nǐ 形「泥泥」：(1)露水濃重的樣子。(2)茂盛的樣子。 (三) ㄋㄧˋ nì 動①滯陷不通，例致遠恐泥。②以軟媚的態度強有所求，例泥他沽酒拔金釵。(元稹〈遣悲懷〉)③用泥塗飾，粉刷。

◈**泥土、泥巴、泥古、泥沙、泥封、泥酒、泥淖、泥塘、泥滯、泥濘、泥鰍、泥娃娃、泥菩薩過江，自身難保拘泥、爛泥、汙泥、印泥、雲泥、爛醉如泥、飛泥鴻爪**。

08【沾】ㄓㄢ zhān 動①通「霑」；漬、濡。②因親近他人而得到，例沾光。③接近；猶言染上，例滴酒不沾。形①自喜的樣子，例沾沾自喜。②濃。

08【沽】ㄍㄨ gū 名河名。動①買，例沽酒。②賣，例求善賈而沽諸？(《論語》〈子罕〉)③釣取，例沽名釣譽。形粗略。

08【沫】ㄇㄛˋ mò 名①水泡。②口水，例相濡以沫。(《莊子》〈大宗師〉)動停止。

◈**泡沫、浮沫、飛沫、唾沫、口沫橫飛、相濡以沫**。

08【沬】(一) ㄇㄟˋ mèi 名古地名，春秋衛邑，在今河南省淇縣南。形通「昧」；微明。 (二) ㄏㄨㄟˋ huì 動通「頮」、「靧」，洗面。

08【泓】ㄏㄨㄥˊ hóng 名①水名。②清澈的深水。③水深廣的樣子。

08【沸】㈠ㄈㄟˋ fèi 動①液體受熱而沸騰。②喧鬧。 ㈡ㄈㄨˊ fú 形水泉湧出來的樣子。

08【泅】ㄑㄧㄡˊ qiú 動游泳。

08【河】ㄏㄜˊ hé 名①流水的通稱，例江河。②黃河在古時的專稱。③橫在天空的星羣狀如河，故稱天河。④姓，南朝宋有河潤。

◆河川、河上、河山、河水、河北、河床、河伯、河東、河岸、河洛、河流、河豚、河清海宴、河東獅吼 大河、銀河、先河、江河日遠、信口開河。

08【況】ㄎㄨㄤˋ kuàng 名①情形、狀態，例情況。②恩惠。③姓，明有況鐘。動①比、譬，例以古況今。②賜予光寵。副滋、甚。連推進之詞，例況且、何況。

◆況且、況味 何況、近況、狀況、景況、情況、概況、實況、每況愈下。

08【沮】㈠ㄐㄩ jū 名①古水名，源出湖北省房縣，東流入長江。②姓，後漢有沮授。 ㈡ㄐㄩˇ jǔ 動①阻止。②敗壞，例沮敗。③使人恐怖。 ㈢ㄐㄩˋ jù 名卑溼之地。

08【泗】ㄙˋ sì 名①水名，源出山東省泗水縣。②鼻涕，例涕泗滂沱。

08【泱】ㄧㄤ yāng 形①雲氣昇起的樣子。②宏大深廣的樣子，例泱泱大國。

08【治】㈠ㄓˋ zhì 名①地方政府所在地，例省治、縣治。②姓，明有治國器。動①管理，例治天下。②研究，例治學。③醫療，例治病。 ㈡ㄔˊ chí 名水名。動①統理，例治國平天下。②懲罰。

◆治水、治本、治世、治安、治病、治喪、治亂、治罪、治裝、治標、治療 政治、防治、統治、根治、自治、法治、理治、診治、整治、勵精圖治。

08【沼】ㄓㄠˇ zhǎo 名水池。

08【泛】(汎)(氾)ㄈㄢˋ fàn 動①漂浮，例泛舟。②呈現，例臉泛紅。副廣泛地，例泛論。

◆泛泛、泛指、泛美、泛稱、泛濫、泛泛之交 空泛、浮泛、廣泛。

08【波】ㄅㄛ bō ㄆㄛ pō 名①江河湖海因風力或他物振動而產生起伏的現象。

②目光，例眼波、秋波。③書法稱捺之折波爲波。④喻事情的變化，例風波。⑤物理學名詞，即某一點的狀態變化，連續不斷地傳到接近的場所，並以有限的速度擴張的現象，例音波、電波。⑥姓，東漢有波才。動①跑，例奔波。②牽涉，例波及。助語助詞，無義。元曲中多用於句尾。

◆**波光、波折、波浪、波動、波蕩、波濤、波瀾、波濤洶湧　水波、秋波、音波、煙波、碧波、銀波、清波、綠波、電波、短波、長波、奔波、古井無波、平地風波、軒然大波。**

08【泊】ㄅㄛˊ bó 名湖澤，例湖泊。動①棲止，例止泊。②船隻靠岸，例泊舟。形①恬靜，例淡泊。②通「薄」。

08【泂】ㄐㄩㄥˇ jiǒng 形①遠。②水深廣。

08【泆】ㄧˋ yì 動通「溢」；水滿泛濫。形通「佚」；放恣、放蕩。

08【泐】ㄌㄜˋ lè 名水石的紋理。動①刻識，例泐石。②書寫，用於信函中，例手泐。③凝合。

08【泔】ㄍㄢ gān 名①淘米的水。②烹調法的一種，以米汁浸漬食品。

08【泄】(一)ㄒㄧㄝˋ xiè 名姓，春秋有泄柳。動①同「洩」；漏，例泄氣。②通。③發散，例發泄。④出。⑤輕慢，褻瀆。副雜亂。　(二)ㄧˋ yì 形「泄泄」：(1)鼓翼的樣子，例泄泄其羽。(《詩經》〈邶風・雄雉〉)(2)形容衆多。(3)互相競爭、進取。(4)弛緩不振作。

08【泝】(溯)ㄙㄨˋ sù 動逆流而上。

08【油】ㄧㄡˊ yóu 名①凡由動物脂肪與植物種子製取的液態或固態物，及產自地中的種種碳氫混合物，皆稱油。用途廣大，除食用外，亦可爲燃料及工業製造原料。②水名。動用油塗抹，例重新油漆一次。形①浮華不實，例油腔滑調。②充盛、興盛的樣子，例油然。

◆**油井、油田、油印、油門、油紙、油條、油煙、油墨、油礦、油腔滑調、油頭粉面　石油、柏油、柴油、桐油、煤油、汽油、香油、麻油、火上加油。**

08【泠】ㄌㄧㄥˊ líng 名①水名。②姓，東周有泠州鳩。動了然悟解。形①輕妙的樣子。②聲音清越。

08【泫】ㄒㄩㄢˋ xuàn 動水滴下垂。副流涙的樣子，例泫然。

08【泮】ㄆㄢˋ pàn 名①諸侯饗射之宮。②涯。動溶解。

08【沿】ㄧㄢˊ yán 名①水邊。②邊緣、側畔。動①順水而行，例沿溪行。②因襲，例因沿成俗。③順著，例沿街。

08【泲】ㄐㄧˇ jǐ 名①水名，在今山東省。②清純的酒。動將酒的渣滓過濾，使成清冽的酒。

08【泡】㈠ㄆㄠˋ pào 動以水或液體浸物，例泡衣服，泡酒。㈡ㄆㄠ pāo 名①水上浮漚，例水泡。②數量名，一陣、一起，或一次，稱爲一泡。形質地鬆散，例鬆泡。

09【泉】ㄑㄩㄢˊ quán 名①地下水自然地湧到地表面上，稱爲泉。②古代錢幣名，例泉布。③地下，例九泉。④姓，北周有泉企。

◆泉下、泉水、泉石、泉源　甘泉、寒泉、湧泉、黃泉、礦泉、溫泉、文思泉湧、上窮碧落下黃泉。

10【泰】ㄊㄞˋ tài 名①易卦名，乾下坤上。②「泰山」：主峯在泰安縣北，爲五嶽中的東嶽。山中瀑布極多，是觀光勝地。古代帝王必在此行封禪大典。③國名，在今中南半島，古稱暹羅。④酒尊名。⑤姓。形①奢侈，例奢泰。②安舒，例君子泰而不驕。(《論語》〈子路〉)③舒適、安樂，例國泰民安。④通暢，例天地交泰。⑤通「大」、「太」，例泰半。副極、甚。

◆泰山、泰斗、泰水、泰平、泰半、泰西、泰初、泰風、泰然　安泰、福泰、長泰、國泰、舒泰、三陽開泰、否極泰來。

08【沴】ㄌㄧˋ lì 名妖氣、惡氣、災病。形水流不順。

08【沭】ㄕㄨˋ shù 名水名。

09【泵】ㄅㄥˋ bèng 名抽水機；亦稱唧筒、幫浦。即pump之音譯。

08【泯】ㄇㄧㄣˇ mǐn 動滅、消除淨盡。

08【法】(灋古)㈠ㄈㄚˇ fǎ 名①刑罰，律令，例法律。②制度，例法制。③法則、規範，例文法。④處理事情的方式或手段，例辦法、方法。⑤梵語達摩，義譯爲法，爲一切事物與道理之名。⑥數學上法數的簡稱。⑦姓，三國蜀有法正。動效，例道法自然。 ㈡ㄈㄚˋ fà 名法蘭西的略稱。 ㈢ㄈㄚ fā 副沒有辦法，例沒法兒。 ㈣ㄈㄚˊ fá 名方法，例法子。

◆法力、法子、法令、法老、法言、法官、法治、法定、法制、法度、法紀、法理、法規、法統、法網 刑法、兵法、合法、司法、用法、立法、家法、效法、憲法、禮法、伏法、書法、說法、守法、作法、非法、現身說法、就地正法、佛法無邊、繩之以法、嚴刑峻法。

六畫

09【洲】ㄓㄡ zhōu 名①水中的陸地，例關關雎鳩，在河之洲。(《詩經》〈周南・關雎〉)②大陸，例亞洲。

09【津】ㄐㄧㄣ jīn 名①渡口，例兩岸桃花夾古津。(王維〈桃源行詩〉)②口水，例津液。③交通要地，例津要。形明潤的樣子。

◆津人、津渡、津梁、津筏、津要、津貼 天津、迷津、渡津、要津、關津、乏人問津、生津止渴。

09【洌】(冽)ㄌㄧㄝˋ liè 形①水清。②寒冷，例冷洌。③酒清，例泉香而酒洌。(歐陽修〈醉翁亭記〉)

09【洱】ㄦˇ ěr 名「洱海」：在雲南省大理縣東，由洱水積匯而成。風景甚佳；又稱昆明池。

09【洽】ㄒㄧㄚˊ xiá ㄑㄧㄚˋ qià 動①商議，例洽商。②合、和，例洽歡、融洽。③浸潤。形周遍，例博洽。

09【洗】㈠ㄒㄧˇ xǐ 名古代盥器，用來裝水。動①滌，去除汙垢，例洗衣。②雪清冤屈恥辱，例洗罪。③把紙牌或骨牌攙和了重新整理，例洗牌。 ㈡ㄒㄧㄢˇ xiǎn 名①古代官名，例洗馬。②姓，晉有洗勁。形清晰的樣子。

◆洗手、洗心、洗劫、洗刷、洗雪、洗滌、洗濯、洗禮、洗心革面、洗耳恭聽 清洗、受洗、沖洗、乾洗、漿洗、一貧如洗、囊空如洗。

09【流】ㄌㄧㄡˊ liú 名①水的通稱，例流水。②古時將犯人發遣到遠方的一種刑罰，例流配。③派別，例流派。④品類、等級，例上流、下流。⑤邊地，王畿，千里之外。動①出，例流汗。②行，例月湧大江流。(杜甫〈旅夜書懷〉)③傳留、散布，例流芳萬古。④放逐，例流放。形①漫無節制。②往來不定的，例流光、流雲。③沒有根據的，例流言。

◆流人、流亡、流水、流光、流年、流行、流利、流淚、流連、流動、流落、流暢、流弊、流露、流連忘返、流離失所 支流、中流、上流、女流、交流、順流、河流、輪流、逆流、潮流、風流、亂流、寒流、對流、投鞭斷流、付諸東流、從善如流、隨波逐流。

09【洶】(汹) ㄒㄩㄥ xiōng 形①「洶洶」：(1)爭訟喧擾的聲音。(2)水波的聲音。(3)動蕩不安。②「洶湧」：形容水的聲勢激猛浩大。

09【派】ㄆㄞˋ pài 名①支流。②pie 把小麥粉用水和黃油攪拌，以餡餅皮包肉或砂糖、煮過的果實而構成的簡單食品。③人、事與學術的分支系統，例黨派、畫派。動①分配，例攤派、輪派。②任用、差遣，例派遣。

◆派別、派系、派頭 分派、流派、海派、推派、學派。

09【洞】(一) ㄉㄨㄥˋ dòng 名窟窿、深穴，例山洞。動①達、通。②疾流。形①恭敬的樣子。②深遠。副透徹、明白，例洞悉。 (二) ㄊㄨㄥˊ tóng 動相通。

◆洞見、洞悉、洞徹、洞燭 空洞、別有洞天。

09【洋】ㄧㄤˊ yáng 名①地球上最廣大的水域，特點為：深度較大，鹽度及溫度不受大陸影響，有獨特的潮汐和海流系統。②俗稱外國為洋，例洋人。③銀元的俗稱，以銀元自外國傳入之故，例洋錢。④姓。形廣大的、盛大的，例汪洋大海。

09【活】ㄏㄨㄛˊ huó 名生計。動①救助。②生存，例自作孽，不可活。形①生動。②圓靈不呆滯，例活潑。③不固定的，例活期存款。④有生命的，例活魚。副①靈活地，例活用。②很、該，例活該、活像。

◆活力、活動、活色生香、活龍活現 生活、死活、作活、快活、靈活。

09【洛】ㄌㄨㄛˋ luò 名①「洛河」：(1)發源於陝西省雒南縣，經河南省入黃河。(2)發源於陝西省定邊縣，流入渭水。②姓，北魏有洛齊。

09【洊】ㄐㄧㄢˋ jiàn 形再，例洊歲。副相仍、屢次。

09【洒】㈠ㄙㄚˇ sǎ 代自稱詞。動同「灑」，例洒水。 ㈡ㄒㄧˇ xǐ 動滌。形驚懼的樣子。 ㈢ㄒㄧㄢˇ xiǎn 形恭敬的樣子。 ㈣ㄘㄨㄟˋ cuì 形高峻的樣子。

09【洏】ㄦˊ ér 形「漣洏」：涕淚交流的樣子。

09【洪】ㄏㄨㄥˊ hóng 名①大水，例洪水。②中醫脈象名。③姓，宋有洪興祖。形大的，例洪恩。

09【洎】ㄐㄧˋ jì 名肉汁。動及。形浸潤。

09【洑】㈠ㄈㄨˊ fú 名①回流。②伏流。㈡ㄈㄨˋ fù 動「洑水」：游泳，泅水。

09【洄】ㄏㄨㄟˊ huí 動①逆流而上。②水盤旋迴轉。

09【洙】ㄓㄨ zhū 名「洙水」：在山東省境，泗水支流。

09【洚】ㄐㄧㄤˋ jiàng 形水流不行河道，即泛濫成災之意。

09【洟】ㄧˊ yí 名鼻涕。

09【洧】ㄨㄟˇ wěi 名「洧水」：源出河南省登封縣的東陽城山，流至大隗鎮，合溱水為雙洎河。

09【洨】ㄒㄧㄠˊ xiáo 名①水名，源出河北省獲鹿縣井陘山。②古縣名，漢時置，即今安徽省靈壁縣南五十里處。

09【洩】㈠ㄒㄧㄝˋ xiè 動①同「泄」；漏。②減少。③停歇。 ㈡ㄧˋ yì 形①舒散的樣子。②沉浮的樣子。

◆**發洩、傾洩、一洩千里、水洩不通。**

09【洫】ㄒㄩˋ xù 名①田間水道。②渠，即今之水門。③護城河。動①濫、敗壞。②虛。

09【洮】㈠ㄊㄠˊ táo 動盥洗。 ㈡ㄧㄠˊ yáo 名①水名。②春秋時曹地名，在今山東省濮縣西南。

09【洳】ㄖㄨˋ rù 名「洳河」：源出河北省平谷縣，南流至三河縣，北入泃河。形潮溼。

09【洵】ㄒㄩㄣˊ xún 形遠。副信、眞。

09【洸】㈠ ㄍㄨㄤ guāng 图①水湧起所映射的亮光。②「洸水」：在山東省寧陽縣，爲汶水的支流，西南流至濟寧縣，會泗河入運河。 ㈡ ㄏㄨㄤˇ huǎng 形①「洸洸」：水勢洶湧的樣子。②威武的樣子。

09【洹】㈠ ㄏㄨㄢˊ huán 图「洹水」：即安陽河。源出山西省黎城縣，東流入河南省境，至內黃縣注入衛河。㈡ ㄩㄢˊ yuán 图水名。

09【洺】ㄇㄧㄥˊ míng 图「洺水」：源出河南武安縣，分二流，於縣北合流，折入河北省。

09【洿】ㄨ wū 图濁水停積的地方，例洿池。動①掘。②染。形汙穢。

09【泚】ㄘˇ cǐ 形①水清。②鮮明的樣子。③出汗的樣子。

七 畫

10【消】ㄒㄧㄠ xiāo 图病名。動①盡、滅。②享受，例消受。③需要，例只消一箇月便夠。④散失，例煙消雲散。⑤溶解。⑥排遣，例消遣。⑦使病象退除，例消炎。

◆消沉、消弭、消息、消耗、消費、消滅、消極、消磨、消聲匿跡。

10【涕】ㄊㄧˋ tì 图①鼻液。②眼淚。

10【海】ㄏㄞˇ hǎi 图①地面上聚水的區域，比洋小，大致位於大陸邊緣，溫度受大陸影響，有顯著的季節變化。按位置不同，又可分爲邊緣海、地中海和內海。②大湖或人工湖，例裏海。③形容人或物衆多，例花海。④姓，明有海瑞。形形容廣大而無邊際，例海量。

◆海角、海派、海涵、海量、海難、海底撈針、海枯石爛、海誓山盟 人山人海、五湖四海。

10【浪】㈠ ㄌㄤˋ làng 图①凡物因振動而起伏如波浪者，例聲浪。②大水波，例海浪。③英、美度名，合我國標準制二〇一・一六四四公尺。④姓。動①放縱，例放浪形骸。②濫。 ㈡ ㄌㄤˊ láng 形流的樣子。副徒然，例浪得虛名。

◆浪費、浪跡、浪蕩 巨浪、波浪、放浪、滄浪、風平浪靜。

10【涇】〔泾〕ㄐㄧㄥ jīng 图①「涇水」：(1)安徽省南部青弋江上流。(2)渭水支流。②婦女月經。

10【浦】ㄆㄨˇ pǔ 名①水濱。②大河流的小汊口。③姓，晋有浦選。

10【浸】㈠ㄐㄧㄣˋ jìn 動①漬泡於液體中。②灌水。③沒。④侵犯。⑤益，更加。副漸漸。 ㈡ㄑㄧㄣ qīn 動「浸淫」：⑴逐漸地浸入。⑵逐漸親附。

10【淛】ㄓㄜˋ zhè 名①「淛江」：古稱漸水、漸江。因江流曲折如之字，故又稱之江、曲江。②淛江省的簡稱。

10【涓】ㄐㄩㄢ juān 名①細流。②姓，漢有涓勳。動選擇，例涓吉。形①細微的，例涓流。②清潔。

10【浬】ㄌㄧˊ lí 名海里的簡稱，爲測算海洋距離的單位之名，一緯度的六十分之一。

10【涉】ㄕㄜˋ shè 名姓。動①徒步渡水。②引申爲乘舟渡水。③經歷，例涉世未深。④進入。⑤牽連，例不相參涉。

◆**涉水、涉足、涉嫌、涉險、涉覽 干涉、交涉、牽涉。**

10【浮】ㄈㄨˊ fú 動①汎，漂在水上。②超過。形①輕躁，不沉著。②表面的，例浮土。③虛而不實的，例浮名。

◆**浮生、浮泛、浮動、浮雲、浮華、浮躁、浮生若夢、浮光掠影、浮雲朝露 漂浮、虛浮、人浮於事、載沈載浮。**

10【浚】ㄐㄩㄣˋ jùn 名①水名，例浚河。②邑名，在今河南省濮陽縣南。動①同「濬」；疏通水道。②取出。③煎熬。

10【浴】ㄩˋ yù 名姓，明有浴沂。動①洗澡。②鳥忽上忽下的飛。

10【浩】ㄏㄠˋ hào 形①大，例浩劫。②多，例浩如煙海。名姓，漢有浩賞。

10【浜】㈠ㄅㄧㄣ bīn 「濱」的俗字。 ㈡ㄅㄤ bāng 名小水道。

10【浞】ㄓㄨㄛˊ zhuó 名后羿的宰相，後殺羿而代其帝位，爲少康所滅。

10【浡】ㄅㄛˊ bó 動湧出。副興起的樣子，例浡然。

10【浭】ㄍㄥ gēng 名水名，例浭水。

10【涘】ㄙˋ sì 名水涯、水邊。

10【浥】ㄧˋ yì 名姓，漢有浥安。動溼潤，例渭城朝雨浥輕塵。(王維〈送元二使安西詩〉)

10【浯】ㄨˊ wú 名水名，例浯水、浯溪。

10【浹】〔浃〕ㄐㄧㄚˊ jiá 動①通「徹」。②輪流一周。天干由甲日起到癸日止，共十天，稱爲「浹日」；地支由子日起到亥日止，共十二天，稱爲「浹辰」。③溼透，例汗流浹背。④透過，例淪肌浹髓。

10【浼】ㄇㄟˇ měi 動①沾汙，例爾焉能浼我哉。(《孟子》〈公孫丑〉)②以事託人，例以此相浼。

10【涂】ㄊㄨˊ tú 名①水名，例涂水。②道路。③大陸用作「塗」(ㄊㄨˊ)的簡化字。④姓，宋有涂天明。動塗飾。

10【涅】ㄋㄧㄝˋ niè 名①黑色染料。②水名，例涅水。動①染黑，例涅而不緇。(《論語》〈陽貨〉)②孵化。③塞。

10【涌】(湧)ㄩㄥˇ yǒng 動水泉從下向上冒出。

10【涑】ㄙㄨˋ sù 名水名，例涑水。

10【涔】ㄘㄣˊ cén 動①流下。②積水。

10【涖】ㄌㄧˋ lì 動臨、到，例涖止。

10【浣】ㄨㄢˇ wǎn 名俗以上、中、下旬爲上、中、下浣。動洗滌。

八 畫

11【涎】(一) ㄒㄧㄢˊ xián 名①唾液，例垂涎三尺。②黏汁。形①厚臉皮而不知羞恥，例涎皮賴臉。②滯泥不爽快，例黏涎。 (二) ㄧㄢˋ yàn 形光澤的樣子，例涎涎。

11【涼】(一) ㄌㄧㄤˊ liáng 名①感冒、風寒，例著涼。②水和酒。③東晉時十六國中有前涼、後涼、南涼、北涼、西涼先後分據甘肅之地，其國號皆稱涼。④姓，三國魏有涼望。動失望、灰心，例涼了半截。形薄。
(二) ㄌㄧㄤˋ liàng 名通「諒」；信實。動①佐助。②將物品放置通風處，使之熱度減退，例這杯茶太燙了，先涼一涼再喝。
◆涼爽、涼德　悲涼、淒涼、冰涼、世態炎涼。

11【淳】ㄔㄨㄣˊ chún 名①篤厚、樸實。②姓。動配備。副大。

11【淙】ㄘㄨㄥˊ cóng 形水流聲。

11【液】ㄧˋ yì 名①津、汁。②姓。動浸漬。

11【淡】ㄉㄢˋ dàn 形①稀薄、不濃厚，例君子之交淡如水。②不興盛，例淡季。③色淺，例淡黃。④不熱心，例冷淡。⑤味薄，例湯沒放鹽太淡了。

◆**淡忘、淡泊、淡雅、淡漠、淡薄、淡妝濃抹、淡掃蛾眉　平淡、沖淡、清淡、恬淡、鹹淡、雲淡風輕。**

11【淌】ㄊㄤˇ tǎng 動流下，例淌眼淚。

11【淤】ㄩ yū 名①沉澱在水裡的泥土。②洲。動停滯、阻塞。

11【添】ㄊㄧㄢ tiān 名姓，宋有添穎。動增益，例增添。

◆**添設、添補、添置　加添、憑添、錦上添花。**

11【淺】〔浅〕㈠ㄑㄧㄢˇ qiǎn 名姓，漢有淺皋。形①水少。②無深意者，例淺薄。③時間不長，例蒞國之日淺。(《戰國策》〈趙策二〉)④不夠深厚，例交淺言深。　㈡ㄐㄧㄢ jiān 形「淺淺」：⑴渺少。⑵水疾流的樣子。⑶不深滿。㈢ㄐㄧㄢˋ jiàn 同「濺」。

◆**淺見、淺陋　深淺、擱淺、才疏學淺、深入淺出。**

11【清】ㄑㄧㄥ qīng 名①空虛處，例太清。②古地名。③朝代名。滿族愛新覺羅氏所建立，是中國最後的一個王朝。④姓，春秋晉有清沸魋。動①了結，例清賬。②潔除，例清洗。③整理，例清黨。形①水明澈的樣子，例滄浪之水清兮。(《孟子》〈離婁上〉)②明。③靜寂，例冷清。④涼爽、溫和，例天朗氣清。⑤高潔的，例清望。⑥單純的，例來的清一色是學生。⑦明確，例查清人數。副完了，例債還清了。

◆**清白、清冽、清高、清脆、清淡、清爽、清寒、清晰、清廉、清楚、清澈、清潔、清醒、清靜、清心寡慾、清歌妙舞　淒清、肅清、澄清、神清氣爽、眉清目秀。**

11【淇】ㄑㄧˊ qí 名水名，即淇河。源出河南省林縣，注入衛河。

11【淋】ㄌㄧㄣˊ lín 名小便困難之疾病，即今之淋病。動水自上澆下，例淋溼。

11【涯】ㄧㄚˊ yá 名①水邊。②極、限，例吾生也有涯。③方，例各在一天涯。(〈古詩十九首〉)

◆涯際、生涯、無涯、海角天涯、學海無涯。

11【淑】ㄕㄨˊ shú 形①清湛。②善，例其何能淑。(《詩經》〈大雅・桑柔〉)

◆淑女、淑世、淑德、淑範、淑懿
艮淑、婉淑、貞淑、賢淑、遇人不淑。

11【涮】ㄕㄨㄢˋ shuàn 動①洗，例涮杯子。②烹飪法的一種，將切好的食物，放入火鍋滾湯中煮一下，立即拿出，另沾佐料而食。

11【淞】ㄙㄨㄥ sōng 名「吳淞江」：江名，源於江蘇省的太湖，流到上海縣與黃浦江會合，至吳淞口入海。

11【淹】㈠ㄧㄢ yān 動①浸漬。②滯留。③水漫過，例這片田地被大水淹了。形深，例淹通。 ㈡ㄧㄢˋ yàn 動沒，例作泡菜時要讓水淹過菜。

11【涸】ㄏㄜˊ hé ㄏㄠˋ haò 形水乾竭。

11【淵】〔渊〕ㄩㄢ yuān 名①深水。②姓。形深。

11【淅】ㄒㄧ xī 名①淘米水，例接淅而行。(《孟子》〈萬章下〉)②水名，例淅水。動淘米。

11【淒】ㄑㄧ qī 形①雲雨起的樣子。②寒涼。③悲傷，例淒愴。

◆淒切、淒迷、淒涼、淒慘、淒風苦雨。

11【渚】ㄓㄨˇ zhǔ 名小洲、水中的小陸地。

11【混】㈠ㄏㄨㄣˋ huèn 動①苟且度過，例混日子。②摻雜，例他和流氓混在一起。③胡鬧，例他常在女人羣裡瞎混。形水量豐盛。副胡亂，例你們別混猜。 ㈡ㄏㄨㄣˊ huén 形汙濁的樣子。 ㈢ㄏㄨㄣˇ huěn 形雜亂不清，例混亂。 ㈣ㄍㄨㄣˇ guěn 形濁亂的樣子，例混混。
㈤ㄎㄨㄣ kuēn 名古西戎國名，例混夷。

◆混合、混沌、混淆、混跡、混濁、混戰。

11【涵】ㄏㄢˊ hán 動包容。形水澤多。

◆涵泳、涵養 內涵、包涵、海涵、蘊涵。

11【淫】ㄧㄣˊ yín 名男女不正常的交媾，例姦淫。動①浸淫。②惑亂，例富貴不能淫。(《孟子》〈滕文公下〉)形①久而不止，例淫雨。②邪曲不正。③虛浮誇大。副過度。

11【淘】ㄊㄠˊ táo 動①洗，例淘米。②清洗雜質，去蕪存精，例淘汰。③挖深、疏通，例淘井。

11【淪】〔沦〕ㄌㄨㄣˊ luén 名水的小波紋。動①沒落。②喪失。③陷入。

11【深】ㄕㄣ shēn 形①淺的反面。②幽邃。③晚，例夜深。④茂盛，例城春草木深。(杜甫〈春望詩〉)⑤精微，不顯露，例深奧。⑥物的內部，例深山。副很、非常，例深加讚揚。

◆深沉、深刻、深厚、深思、深淵、深造、深邃、深入淺出、深思熟慮、深謀遠慮。

11【淮】ㄏㄨㄞˊ huái 名水名，例淮河。

11【淨】ㄐㄧㄥˋ jìng 名戲劇角色名，即俗稱的花臉。形①無垢穢，例清淨。②空無所有。

◆淨利、淨重　素淨、純淨、乾淨、潔淨、窗明几淨。

11【淆】ㄧㄠˊ yáo 動混雜、雜亂。

11【淄】ㄗ zī 名水名。形黑色。

11【涴】ㄨㄛˋ wò 動汙染。

11【淖】㈠ㄋㄠˋ nào 名①爛汙的泥。②姓，戰國楚有淖齒。形和。　㈡ㄔㄨㄛˋ chuò 形柔弱的樣子。

11【淥】ㄌㄨˋ lù 名①水名。②姓。動通「漉」；水漸漸滲下。形水清。

11【淦】ㄍㄢˋ gàn 名①水名。②姓，明有淦君鼎。動水入船中。

11【淚】ㄌㄟˋ lèi 名由淚腺分泌、潤溼眼球前面的液體，具保護角膜避免表皮細胞受損、抑制及排除異物的作用。

◆淚痕、淚如泉湧　流淚、眼淚、清淚。

11【淩】ㄌㄧㄥˊ líng 通「凌」。名姓，三國吳有淩統。動①恐懼而戰慄。②乘。③侵犯，例淩犯。④急行。⑤逾越。

11【涪】ㄈㄨˊ fú 名水名。

11【涿】ㄓㄨㄛ zhuō 名流下的水滴。動敲擊，例涿，擊之也。(《周禮》〈秋官·序官壺涿氏鄭注〉)

11【淀】ㄉㄧㄢˋ diàn 名淺水的水域。

11【淬】ㄘㄨㄟˋ cuèi 名同「焠」；滅火器。動①鑄刀劍時，燒紅後浸入水中，亦稱爲焠。②染、犯。③比喻發憤自勵，刻苦進修。

11【淴】ㄏㄨ hū 形水流急速的樣子。

11【淝】ㄈㄟˊ féi 名①水名，在安徽省。

11【淶】〔涞〕ㄌㄞˊ lái 名水名。

11【淼】ㄇㄧㄠˇ miǎo 形水廣大的樣子。

九　畫

12【游】ㄧㄡˊ yóu 名①江河的段落，例中游。②姓，春秋鄭有游吉。動①浮行於水上。②同「遊」。形虛浮不實。

◆**游民、游宦、游俠、游移、游說、游刃有餘、游手好閒。**

12【港】ㄍㄤˇ gǎng 名①大江河旁出的支流，可通行舟楫。②江海口岸，可以停泊巨艦的地方，例軍港。③香港的簡稱。

12【湔】ㄐㄧㄢ jiān 名水名，例湔江。動①洗，例湔洗。②濺、汙。

12【渡】ㄉㄨˋ dù 名坐船過河的地方，例荒城臨古渡。(王維〈歸嵩山詩〉)動①濟。②通過，例半隨飛雪渡關山。(蘇軾〈梅花詩〉)

◆**渡口、渡船、渡頭　引渡、過渡、偷渡、飛渡。**

12【渥】ㄨㄛˋ wò 動浸潤、塗抹。形饒厚。

12【渲】ㄒㄩㄢˋ xuàn 名①小水。②畫法的一種。

12【湧】ㄩㄥˇ yǒng 動①水向上飛騰。②上升，例文思泉湧。

12【湊】ㄘㄡˋ còu 名肌膚的紋理。動①會、聚。②趨。

◆**湊巧、湊合、湊集、湊數　拼湊、緊湊。**

12【渠】ㄑㄩˊ qú 名①人工挖掘的水道，例河渠。②姓，漢有渠復絫。代他、伊，例渠輩。動掘溝，例渠地而耕。形大，例誅其渠帥。(《史記》〈司馬相如列傳〉)

12【渣】ㄓㄚ zhā 名①滓，沉澱物。②含液之物去汁後所剩下的乾質，例甘蔗渣。③碎塊，例煤渣。

12【減】ㄐㄧㄢˇ jiǎn 名①算法的一種，從甲數中取去乙數時爲減。②姓，漢有減宣。動①損。②降低程度，例減弱。

◈**減免、減省、減速、減價　加減、有增無減。**

12【湛】㈠ㄓㄢˋ zhàn 名①水名，例湛水。②姓，東漢有湛重。形①厚，例精湛。②清澄。　㈡ㄔㄣˊ chén 動同「沉」。形深。　㈢ㄉㄢ dān 形快樂。　㈣ㄐㄧㄢ jiān 動漬。

12【湘】ㄒㄧㄤ xiāng 名①水名。②湖南省的簡稱。動烹煮，例于以湘之。(《詩經》〈召南・采蘋〉)

12【渤】ㄅㄛˊ bó 名「渤海」：在我國東北，爲遼東、山東兩半島環抱而成，沿海有遼寧、河北、山東三省。

12【湖】ㄏㄨˊ hú 名①匯集大水的地方。②姓，宋有湖沐。

◈**湖泊、湖沼、湖光山色　心湖、江湖、遊湖、五湖四海。**

12【湮】ㄧㄢ yān 動①沒，例湮滅。②堵塞。形久遠，例湮遠。

12【渭】ㄨㄟˋ wèi 名水名。

12【渦】〔涡〕㈠ㄨㄛ wō 名①旋轉流動而成圓形、中間下陷的水流。②人笑時兩頰微成渦狀，例酒渦。　㈡ㄍㄨㄛ guō 名①河名，例渦河。②姓。

12【渴】㈠ㄎㄜˇ kě 名口乾想喝水。副急切，例渴望。　㈡ㄐㄧㄝˊ jié 形通「竭」；水乾涸。　㈢ㄏㄜˊ hé 名楚越方言稱水的反流爲渴。

12【湍】ㄊㄨㄢ tuān 名急流。

12【渺】ㄇㄧㄠˇ miǎo 名①水流長遠。②小數名，十漠爲渺，十渺爲埃。動動盪。形微小，例渺滄海之一粟。(蘇軾〈前赤壁賦〉)

12【湃】ㄆㄞˋ pài 形①「湃湃」：波濤聲。②「澎湃」，見「澎」字。

12【湯】〔汤〕㈠ㄊㄤ tāng 名①熱水。②商朝的開國君主；亦稱商湯、成湯。③水名，[例]湯水。④姓，明有湯顯祖。 ㈡ ㄊㄤˋ tàng [動]①同「燙」，以熱水使物熱，[例]湯其酒百樽。(《山海經》〈西山經〉)②蕩。③擦著、碰著。 ㈢ ㄧㄤˊ yáng [名]日出的地方，[例]湯谷。 ㈣ ㄕㄤ shāng [形]大水疾流的樣子，[例]湯湯。

12【渝】ㄩˊ yú [名]四川省重慶及巴縣的別稱。[動]①變更，[例]信守不渝。②溢滿。

12【渾】〔浑〕㈠ ㄏㄨㄣˊ huén [名]姓，春秋鄭有渾罕。[動]齊、同。[形]混濁。[副]全、直，[例]白頭搔更短，渾欲不勝簪。(杜甫〈春望詩〉) ㈡ ㄏㄨㄣˋ huèn [形]雜亂，[例]渾殽。 ㈢ ㄍㄨㄣˇ guěn [形]「渾渾」：水流的樣子。

12【測】〔测〕ㄘㄜˋ cè [動]①度量。②揣度、推想，[例]人心難測。[形]清。

◆測度、測量、測驗 推測、猜測、以蠡測海、深不可測。

12【滋】ㄗ zī [名]①水名，[例]滋水。②汁液。③滋味。[動]①增長，[例]樹德務滋。(《尚書》〈泰誓〉)②繁殖。③滋潤。[形]①混濁。②濃厚。[副]益、更加。

12【溉】ㄍㄞˋ gài [動]①灌注。②洗滌。

12【渙】ㄏㄨㄢˋ huàn [名]《易經》卦名，坎下巽上。[動]散漫、分散。[形]水勢盛大的樣子。

12【渟】ㄊㄧㄥˊ tíng [動]水停止不流動。

12【渫】ㄒㄧㄝˋ xìe [名]姓。[動]①除去。②散。③停歇。④汙。

12【湄】ㄇㄟˊ méi [名]水岸。

12【湉】ㄊㄧㄢˊ tián [副]「湉湉」：水流平靜的樣子。

12【湎】ㄇㄧㄢˇ miǎn [動]沉溺於酒。

12【湑】ㄒㄩˇ xǔ [名]去掉糟滓的酒。[形]①茂盛。②美。③露貌。

12【湓】ㄆㄣˊ pén [名]水名，[例]湓水。[動]水流湧溢。

12【湟】ㄏㄨㄤˊ huáng [名]①水名。②低溼的地方。

12【湣】㈠ ㄇㄧㄣˇ mǐn [名]①通「閔」；古時的諡號。 ㈡ ㄏㄨㄣ huēn [形]「湣

湣」：混亂的樣子。

12【湫】(㴑)(湬) ㈠ㄐㄧㄡ jiū 名①北方人稱水池為湫。②水名，例湫淵。 ㈡ ㄐㄧㄠˇ jiǎo 形「湫隘」：低下狹窄而潮溼的地方。

12【湲】ㄩㄢˊ yuán 副水流動的樣子。

12【湜】ㄕˊ shí 形「湜湜」：水清澈的樣子。

十 畫

13【溶】ㄖㄨㄥˊ róng 動物質化於水，例溶化。形水盛的樣子。

13【溢】ㄧˋ yì 名同「鎰」；古代以二十兩為一溢。動器滿而漫出。副過度、有餘，例溢於文辭。

13【溯】ㄙㄨˋ sù 動①逆流而行。②追思往事，例回溯。

13【滓】ㄗˇ zǐ 名物品提出水分後所剩下的沉澱物，例渣滓。

13【滂】ㄆㄤ pāng 動湧流。

13【源】ㄩㄢˊ yuán 名①水泉的出處。②一切事物的根本或由來。③姓，北魏有源賀。

◆源委、源流、源頭、源遠流長　水源、根源、禍源、來源、正本清源。

13【溝】〔沟〕ㄍㄡ gōu 名①田間水道，例田溝。②通水道，例陰溝。③護城河。動①隔絕。②疏通、通達，例溝通。

◆溝池、溝洫、溝渠、溝澗、溝壑、水溝、海溝、代溝、泥溝、御溝。

13【滇】ㄉㄧㄢ diān 名①池名，例滇池。②雲南省的別稱。

13【溘】ㄎㄜˋ kè 副倏忽。

13【滕】ㄊㄥˊ téng 名①古國名，約在今山東省滕縣西南方。②姓，後漢有滕撫。

13【滅】〔灭〕ㄇㄧㄝˋ miè 動①盡、絕，例消滅。②沒，例前功盡滅。③火熄。④亡。形不明。

◆滅亡、滅跡　幻滅、絕滅、破滅、湮滅、毀滅。

13【溼】ㄕ shī 動沾水。形①幽溼，例是猶惡溼而居下也。(《孟子》〈公孫丑〉)②失意沮喪。

◆陰溼、潮溼、濡溼、浸溼。

13【溥】ㄆㄨˇ pǔ 名①水邊。②姓，元有溥光。形①大、廣。②普遍。

13【溺】(一)ㄋㄧˋ nì 動①沉沒。②心所貪而沉湎不反，例溺於酒色。名姓。(二)ㄋㄧㄠˋ niào 名小便，例便溺。動排泄小便。

13【溴】ㄒㄧㄡˋ xiù 名①化學非金屬元素之一，符號 Br，原子序三十五，爲有毒和惡臭的赤褐色液體，有强烈的刺激性和腐蝕性，溶於水中稱溴水，可用作試藥及氧化劑等。②水氣。

13【溫】ㄨㄣ wēn 名①熱病。②古國名，在今河南省溫縣西南。③姓，唐有溫庭筠。動①暖，例冬溫夏淸。②尋繹，溫習，例溫故知新。③以藥增補精力，例損者溫之。(《素問》〈至眞要大論〉)形①和。②作事不爽利，例溫吞。

◆溫良、溫和、溫厚、溫習、溫雅、溫馨、溫文爾雅、溫柔敦厚 恆溫、體溫。

13【滄】〔沧〕ㄘㄤ cāng 形①寒冷。②通「蒼」；靑綠色，例滄海。

13【滑】(一)ㄏㄨㄚˊ huá 名①國名。②古地名。③姓，明有滑壽。動①溜著走，例滑雪。②路泥濘而跌倒，例滑了一跤。形①浮而不實，例狡猾。②柔澤。③不凝滯，例光滑。(二)ㄍㄨˇ gǔ 形詼諧，例滑稽。

13【滔】ㄊㄠ tāo 動①激蕩。②瀰漫，例滔天。形水流盛大的樣子。副瀰漫充塞的樣子，例罪惡滔天。

13【溪】ㄒㄧ xī 名①山間的流水。②小河。

13【溧】ㄌㄧˋ lì 名水名，例溧水。

13【溱】ㄓㄣ zhēn 名水名，例溱水。動完成、到達。形衆盛。

13【溟】ㄇㄧㄥˊ míng 名海的古稱。形①雨細小的樣子，例溟濛、溟沐。②幽暗。

13【溷】ㄏㄨㄣˋ hùn 名①養獸的圈欄，例豬溷。②廁所，例溷軒。動濁亂，例溷濁。

13【溲】ㄙㄡ sōu 名小便，例解溲。動①排泄小便。②用水調粉，例溲粉、溲麵。

13【溽】ㄖㄨˋ rù 形①溼潤，例溽暑。②濃厚。

13【準】〔准〕ㄓㄨㄣˇ zhuěn

名①量平正的器具。②度，例以仁義爲準。③鼻子。④靶，例瞄準。⑤樂器名。⑥姓，清有準塔。動①擬、倣。②依照。形①平。②均。副一定，例看這種天氣，準會下雨。

◆**準的、準則、準繩、水準、平準、精準、標準。**

13【滃】ㄨㄥˇ wěng 副①雲氣湧起的樣子，例滃渤、滃滃。②大水的樣子。

13【溜】㈠ㄌㄧㄡ liū 動①悄悄地離開或進入，例溜之大吉。②滑行，例溜冰。③用旺火沸油將食物入鍋微煮的烹調方式，例醋溜白菜。④低落，例價錢往下溜。⑤很快地看一下，例溜了她一眼。形光滑的樣子，例滑溜溜。 ㈡ㄌㄧㄡˋ liù 名①屋簷下滴水的地方，例簷溜。②向下急流的水。③行列。動同「遛」，例溜馬。

14【滎】〔荥〕ㄧㄥˊ yíng 名古澤名，故址在今河南省滎陽縣南方。

13【溏】ㄊㄤˊ táng 名①泥漿。②水池。形汁液流動而不凝結的樣子，例溏心兒。

13【滁】ㄔㄨˊ chú 名水名、縣名，例滁河、滁縣。

13【滏】ㄈㄨˇ fǔ 名河名，亦即河北省的滏陽河。

十一 畫

14【漢】〔汉〕ㄏㄢˋ hàn 名①種族名，爲中華民族的主要構成分子。②水名。③指銀河，例銀漢。④朝代名：⑴劉邦所建稱西漢，劉秀中興稱東漢。⑵三國劉備建蜀漢。⑶五代劉知遠建後漢。⑤男子的通稱，例好漢、老漢。

14【漣】〔涟〕ㄌㄧㄢˊ lián 名①水名，一在江蘇省，一在廣東省。②風吹水面所形成的波紋，例漣漪。形哭泣流淚的樣子。

14【漕】ㄘㄠˊ cáo 名①春秋時衞地名。②河渠，例通漕大渠。③姓，漢有漕中叔。動由水路轉運貨物，例漕運。

14【澈】ㄔㄜˋ chè 動①明白了悟，例大澈大悟。②通「徹」、「透」，例澈底。形水清見底的樣子，例清澈。

14【漪】ㄧ yī 名錦紋似的水波，例漣漪。

14【滬】〔沪〕ㄏㄨˋ hù 名①水名，即滬

瀆，在上海市的東北，吳淞江的下游。②上海市的簡稱。③捕魚的籬笆。

14【漯】ㄊㄚˋ tà 名漯河，亦稱渭水，古黃河支流。

14【滌】〔涤〕ㄉㄧˊ dí 動①洗濯。②清掃。③去除。

15【漿】〔浆〕ㄐㄧㄤ jiāng 名①泛稱流質的東西，例豆漿、血漿。②黏厚的糊狀物，例漿糊。動衣服洗淨後用粉汁或米湯浸過，乾後平挺，不易沾汙，例漿衣服。

14【滷】〔卤〕ㄌㄨˇ lǔ 名①鹹水，例滷湖。②濃稠的湯汁。動用鹹汁調治食物，例滷蛋、滷肉。

14【滸】〔浒〕ㄏㄨˇ hǔ 名水邊的陸地。

14【漉】ㄌㄨˋ lù 動①濾清、過濾。②液體慢慢滲透。③乾涸。

14【漊】〔溇〕㈠ㄌㄩˇ lǚ 形小雨下個不停的樣子，例漊漊。　㈡ㄌㄡˊ lóu 名「漊水」：源於湖北省，東南流入湖南省，注入澧水。㈢ㄌㄡˇ lǒu 名水溝。

14【演】ㄧㄢˇ yǎn 動①公開表現，例演奏、演戲。②根據事理推廣發揮，例演說、演義。③依據程式而練習，例演算。④長流。

◆演技、演習、演進、演變　上演、公演、表演、導演。

14【漳】ㄓㄤ zhāng 名①水名。②州名。

14【滾】ㄍㄨㄣˇ guěn 名衣服的鑲邊，例滾邊。動①旋轉，例打滾。②水沸，例水滾了。副很、極，例滾圓、滾燙。

14【漻】ㄌㄧㄠˊ liáo 動清深。

14【漓】ㄌㄧˊ lí 形①滲透，例淋漓。②澆薄。

14【滴】ㄉㄧ dī 名①成點狀的液體，例水滴、雨滴。②量詞，液體一點叫一滴。動液體一點一點地往下掉。

14【瀁】ㄧㄤˋ yàng 名水名，漢水的上源。動①搖動，例瀁輕舟。②水滿而溢出來，例河水瀁上岸來。形長。副水波搖動的樣子。

14【漩】ㄒㄩㄢˋ xuàn 名水流迴旋處，例漩渦。

14【漬】〔渍〕ㄗˋ zì 名①汙染的痕跡，例油漬。②獸傳染疫病而死。動①把東西放在汁液裡浸泡，例鹽漬。②沾染，例水漬貨。

14【漂】(一)ㄆㄧㄠ piāo 動①飄浮。②搖蕩。③通「飄」；吹。 (二)ㄆㄧㄠˇ piǎo 動沖洗，例漂洗。 (三)ㄆㄧㄠˋ piào 形①「漂賬」：久債不還。②「漂亮」：指人姿態秀美，或相貌俊麗，性情靈巧，儀態大方等。

14【漠】ㄇㄛˋ mò 名廣大而無水草的沙地，例沙漠。形淸靜無聲。副不關心或不相關的樣子，例漠視。

◆漠然、漠漠 大漠、冷漠、淡漠、落漠。

14【漮】ㄎㄤ kāng 形空虛。

14【漷】ㄎㄨㄛˋ kuō 名水名，一在河北省，一在山東省。

14【漱】讀音ㄙㄡˋ sòu 語音ㄕㄨˋ shù 動①用水洗滌口腔，例漱口。②沖刷、剝蝕。

14【漏】ㄌㄡˋ lòu 名①古代計時用的器具，例滴漏。②空孔、竅穴。③佛家稱煩惱爲漏。動①液體自孔隙中滲出，例漏水。②洩露，例消息走漏。③遺落、脫落，例遺漏。④穿。形破漏的。

14【漲】〔涨〕(一)ㄓㄤˋ zhàng 動①通「脹」；擴張，例熱漲冷縮。②瀰漫。③湧起。形水大的樣子。 (二)ㄓㄤˇ zhǎng 動①升高、提高，例行情看漲。②水滿，例漲水、江漲。

14【漈】ㄐㄧˋ jì 名①水邊。②海底深陷處。

14【滿】〔满〕ㄇㄢˇ mǎn 名①我國東北的民族名，例滿族。②姓，三國有滿寵。形①豐盈的樣子。②驕盈自足，例滿招損。③全、周遍，例滿面春風。副①很，例滿像一回事。②已到一定期限，例任期屆滿。

◆滿足、滿意、滿懷、滿目瘡痍、滿城風雨 充滿、自滿、圓滿、豐滿、人滿爲患、月滿西樓。

14【滻】〔浐〕ㄔㄢˇ chǎn 名水名，在陝西省。

14【漼】ㄘㄨㄟˇ cuěi 動摧毀。形深，例有漼者淵。(《詩經》〈小雅・小弁〉)

14【漚】〔沤〕(一)ㄡˋ òu 動在水中久浸。 (二)ㄡ ōu 名①水泡，例浮漚。②

通「鷗」。

14【滯】〔滞〕ㄓˋ zhì 動①停留、久留。②遺漏。形凝聚不流通，例凝滯。◆呆滯、沉滯、停滯、遲滯。

14【漆】㈠ㄑㄧ qī 名①樹木名。②古地名，約在今山東省鄒縣東北之漆城。③姓，春秋魯有漆雕開。動用漆塗刷器物。㈡ㄑㄩˋ qù 形「漆黑」：形容非常黑暗。

14【潊】ㄒㄩˋ xù 名①水名。②水邊。

14【漶】ㄏㄨㄢˋ huàn 形「漫漶」，見「漫」字。

14【滹】ㄏㄨ hū 名「滹沱河」：俗名沙河，源自山西五台山北麓，至河北天津會合北運河後入海。

14【漸】〔渐〕㈠ㄐㄧㄢˋ jiàn 名①水名，浙江的古稱。②卦名，艮下巽上。動引進通導。副逐步地、慢慢地，例漸入佳境。㈡ㄐㄧㄢ jiān 動①流入，例歐風東漸。②浸潤。③欺詐。㈢ㄔㄢˊ chán 形「漸漸」：山石高峻的樣子。㈣ㄘㄢˊ cán 形水流動的樣子。

14【潀】㈠ㄘㄨㄥˊ cóng 形水聲。㈡ㄙㄨㄥˇ sŏng 形急速的樣子。

14【漘】ㄔㄨㄣˊ chún 名水邊。

14【漙】ㄊㄨㄢˊ tuán 形露水多的樣子。

15【漦】ㄌㄧˊ lí 名龍所吐的唾沫。動順流。

14【潁】ㄧㄥˇ yĭng 名「潁水」：源自河南省登封縣西的潁谷，流經安徽省，注入淮水。

14【漫】㈠ㄇㄢˋ màn 動水滿溢出來。形①「漫漶」：模糊不可辨認。②隨意、不加拘檢。副①枉徒。②莫、休，或表浮泛之意，例姑漫應之。㈡ㄇㄢˊ mán 動充滿、盈滿，例桃李漫山。形水廣大的樣子。

14【漭】ㄇㄤˇ măng 形廣遠遼闊的樣子，例漭漭。

14【滫】ㄒㄧㄡ xiū 動淅瀝米汁。形溲水；腐物的汁液。

14【漁】〔渔〕ㄩˊ yú 動①捕魚。②用不正當的手段取得，例漁利。

14【滲】〔渗〕ㄕㄣˋ shèn 動①液體慢慢的浸透或漏出，例這堵牆又滲水了。

②祕密打入某一組織，例要嚴防敵方滲進來。

十二 畫

15【潼】ㄊㄨㄥˊ tóng 名「潼關」：在陝西省潼關縣北，東漢末時設置此關隘，當陝西、山西、河南三省要衝。形「潼潼」：高的樣子。

15【澄】(一) ㄔㄥˊ chéng 動使水沉澱而清，例澄清。形水清澈而靜止的樣子。 (二) ㄉㄥˋ dèng 名「澄沙」：即豆沙。

15【潦】(一) ㄌㄠˋ lào 動淹。 (二) ㄌㄠˇ lǎo 名路上積水，例行潦。形雨水很大的樣子。 (三) ㄌㄧㄠˊ liáo 形①「潦倒」：比喻意志頹喪，例落魄潦倒。②「潦草」：草率、不精密、不認眞。

15【潑】〔泼〕ㄆㄛ pō 動把水向外澆灑，例潑水。形①機靈生動的樣子，例活潑。②凶悍蠻橫，例潑婦。

15【潔】〔洁〕ㄐㄧㄝˊ jié 動修治，例潔身自好。形①乾淨，例潔白、潔淨。②行爲端正、不貪汙，例廉潔。

◆光潔、純潔、清潔、整潔。

15【澆】〔浇〕ㄐㄧㄠ jiāo 動灌溉，將液體往下潑灑灌注，例澆花、澆水。

15【潭】ㄊㄢˊ tán 名①深的水，例碧潭、日月潭。②水邊。③姓，明有潭玉瑞。形通「覃」；深。

15【潸】ㄕㄢ shān 動流淚的樣子，例潸然淚下。

15【潺】ㄔㄢˊ chán 形①「潺湲」：(1)水流的樣子。(2)水流聲。(3)淚流不止的樣子。②「潺潺」：(1)水慢流的樣子，例流水潺潺。(2)水聲。(3)雨聲，例簾外雨潺潺。(李後主〈浪淘沙〉)

15【潰】〔溃〕ㄎㄨㄟˋ kuì ㄏㄨㄟˋ huèi 動①隄岸被水沖破，例潰決。②散亂，例潰散。③腐爛，例潰爛。④突破，例潰圍。

15【潛】ㄑㄧㄢˊ qián 名積柴於水中，使魚棲息避寒而加以捕取的設置。動在水面下活動，例潛水。形①隱藏不露，例潛意識。②祕密、不聲張，例潛逃。

15【潮】ㄔㄠˊ cháo 名①江河水漲，例春潮帶雨晚來急。(韋應物〈滁州西澗詩〉)②像潮水般起伏洶湧的事物，例思潮、風潮。形溼潤，例潮溼。

◆潮信、潮流、潮氣、人潮、早潮、海潮、浪潮。

15【潤】〔润〕ㄖㄨㄣˋ rùn 名利益，例利潤。動①修飾使有光澤，例潤飾。②沾溼滋益。③以金錢爲酬勞，例潤筆。形潮溼、不乾枯。

◆潤色、潤身、潤澤、光潤、溫潤、豐潤、滋潤、膏潤。

15【澗】〔涧〕ㄐㄧㄢˋ jiàn 名兩山間的流水，例溪澗。

15【潘】ㄆㄢ pān 名①洗過米的水。②姓，漢有潘瑾。

15【潏】ㄐㄩㄝˊ jué 名①水名，一在山西省，一在陝西省。②在水中塡成的陸地。動「潏潏」：水慢慢的湧出來。

15【澎】(一)ㄆㄥ pēng 形「澎湃」：波浪相激動的聲音，例澎湃洶湧。 (二)ㄆㄥˊ péng 名澎湖縣之簡稱。

15【潢】ㄏㄨㄤˊ huáng 名①積水池，例潢池。②水名，亦即熱河省的西遼河。動裝裱字畫或室內裝飾，例裝潢。

15【潯】〔浔〕ㄒㄩㄣˊ xún 名①「潯江」：廣西省黔江與鬱江會合後稱潯江，入廣東省稱西江。②江西省九江縣的別稱。③水邊。

15【潾】ㄌㄧㄣˊ lín 形水清澈的樣子。

15【澇】〔涝〕(一)ㄌㄠˊ láo 名①水名，一在陝西省，一在山西省。②大的波浪。 (二)ㄌㄠˋ làu 動通「潦」；水過多而淹沒。

15【潟】ㄒㄧˋ shì 名含鹹質而瘠薄的土地。

15【澉】ㄍㄢˇ gǎn 名「澉浦」：在浙江省海鹽縣南。 國父的東方大港計畫，即擬將港築在乍浦與澉浦間。動洗滌，例澹澉手足。

15【澍】ㄕㄨˋ shù 名合時宜的雨。動雨水滋潤草木，例澍濡。

15【澒】ㄏㄨㄥˋ hòng 名同「汞」；即水銀。形①雲氣瀰漫的樣子，例澒洞。②水深廣的樣子，例澒溶。

15【澔】ㄏㄠˋ hào 形①光彩映耀的樣子，例澔汗。②同「浩」。

15【澌】ㄙ sī 動枯竭、滅盡，例澌滅。形同「嘶」；形容聲音的吵雜散亂，例風雨澌澌。

十三 畫

16【澱】〔淀〕ㄉㄧㄢˋ diàn 名①渣滓，例沉澱。②用水澄過的粉末。③可作染料的藍汁，俗作「靛」。

16【濂】ㄌㄧㄢˊ lián 名水名，例濂溪。

16【澡】ㄗㄠˇ zǎo 動①洗。②沐浴，例洗澡。③修治，例澡身浴德。

16【澤】〔泽〕ㄗㄜˊ zé 名①水流匯集的地方，例泊澤。②恩惠。③流風餘韻。④內衣。⑤雨露。⑥化妝用的脂膏。動手互相摩挲。形光亮滑潤。

◆大澤、光澤、湖澤、恩澤、德澤。

16【濃】〔浓〕ㄋㄨㄥˊ nóng 形①深厚，淡薄的反面，例淡粧濃抹總相宜。(蘇軾〈西湖詩〉)②露水盛的樣子，例春風拂檻露華濃。(李白〈清平調詩〉)③表程度上的深，例濃睡不消殘酒。(李清照〈如夢令〉)

16【濁】〔浊〕ㄓㄨㄛˊ zhuó 形①不潔淨。②混亂。③沉迷。④低沉粗重，例濁音。⑤星名，即畢宿。

16【澧】ㄌㄧˇ lǐ 名①水名。②通「醴」。

16【澣】ㄨㄢˇ wǎn ㄏㄨㄢˇ huǎn 名唐制十日一休沐，故以上、中、下旬爲上、中、下澣。動洗濯衣垢。

16【澳】(一) ㄠˋ ào 名①澳門的簡稱。②澳大利亞洲的略稱。③海船可停泊的地方。形深。 (二) ㄩˋ yù 名岸邊水流彎曲的地方。

16【澴】ㄏㄨㄢˊ huán 形波浪回旋的樣子。

16【澹】(一) ㄉㄢˋ dàn 形①恬靜，例澹泊。②清苦，例慘澹經營。 (二) ㄊㄢˊ tán 名複姓，例澹臺滅明。

16【澠】〔渑〕(一) ㄇㄧㄣˇ mǐn 名①河名，在河南省境。②池名，在河南省。 (二) ㄕㄥˊ shéng 名水名，在山東省臨淄縣西北古齊城外。

16【澦】〔滪〕ㄩˋ yù 名「灩澦堆」，見「灩」字。

16【澨】ㄕˋ shì 名①水名，源出湖北省京山縣潼泉山，東注入漢水。②水邊。

16【澮】〔浍〕ㄎㄨㄞˋ kuài 名①田間水

道，比溝稍大。②水名。③兩水相合稱澮。

16【濇】ㄙㄜˋ sè 形通「澀」；不光滑。

16【澶】ㄔㄢˊ chán 名「澶淵」：古湖澤名，因古澶水經過而得名，宋眞宗與遼人，曾會盟於此。形水靜的樣子。

16【澼】ㄆㄧˋ pì 動漂洗。

15【潞】ㄌㄨˋ lù 名水名。

16【激】ㄐㄧ jī 名姓，漢有激章。動①水勢受阻而噴濺，例激起浪花。②使發作、使感情衝動，例激將。③心有所感而發，例激動。形①迅速的，例激流。②劇烈的，例激變。

◆激切、激昂、激怒、激揚、激發、激賞、激戰、激盪、激勵、激濁揚清。

十四 畫

17【濱】〔滨〕ㄅㄧㄣ bīn 名水邊，例河濱、海濱。動迫近、接近。

17【濞】ㄆㄧˋ pì 形大水突然到來的聲音。

17【濘】〔泞〕(一)ㄋㄧㄥˋ nìng 名路上淤積的泥水，例泥濘。動泥滯。

(二)ㄋㄥˋ nèng 形成稀糊狀的樣子，例濘泥、濘糊。

17【濠】ㄏㄠˊ háo 名①水名，在安徽省境，有東濠水、西濠水之分，均北流注入淮水。②城牆外的護城河，例城濠。③戰場上用來防禦蔽身所挖的深溝，例戰濠。

17【濛】〔濛〕ㄇㄥˊ méng 形下著細雨的樣子，例煙雨濛濛。

17【濤】〔涛〕ㄊㄠ tāo ㄊㄠˊ táo 名①大的波浪，例驚濤駭浪。②風吹松林的聲音，例松濤。

17【濫】〔滥〕ㄌㄢˋ làn 名浮誇的言詞。動①水滿溢而四散。②過度、失當，例濫用。副任意、不加限制，例濫交。

◆氾濫、浮濫、陳腔濫調、寧缺勿濫。

17【濯】ㄓㄨㄛˊ zhuó 動①洗滌。②除去罪惡。

17【澀】〔涩〕ㄙㄜˋ sè 形①粗滯不滑潤，例粗澀。②微苦而有些麻木的滋味，例苦澀。③文詞艱奧難誦讀，例晦澀。副說話艱難遲鈍。

17【濬】ㄐㄩㄣˋ jùn 動疏通或挖深水道，例濬河。形深，例濬壑。

17【濡】ㄖㄨˊ rú 動①浸溼，例濡筆。②習染，例耳濡目染。③遲滯，例濡滯。形①溼潤，例濡濡。②含忍，例濡忍。

17【瀰】ㄇㄧˇ mǐ 形衆盛，例瀰瀰。

17【濟】〔济〕(一) ㄐㄧˋ jì 名渡水的地方。動①渡，例同舟共濟。②救助，例濟弱扶傾。③成功、補益。 (二) ㄐㄧˇ jǐ 名「濟水」：源於河南省濟源縣王屋山，東南流入黃河。形衆多的樣子，例濟濟。

◆**濟世、濟急、濟貧、濟河焚舟 救濟、接濟、不濟、無濟於事。**

17【濮】ㄆㄨˊ pú 名①水名，本爲黃河支流，自黃河改道後，已湮沒。②我國古代西南地區民族名。③姓，明有濮有容。

17【濕】〔湿〕ㄕ shī 名同「溼」。

17【濰】〔潍〕ㄨㄟˊ wéi 名水名，源出山東莒縣西北的箕屋山，東北流經諸城，納浯水汶水，至昌邑入海。

十五 畫

18【瀋】〔渖〕ㄕㄣˇ shěn 名①水名，源出遼寧省瀋陽市東觀音閣，南面流注渾河。②汁水，例汗出如瀋。③瀋陽市的簡稱。

18【瀉】〔泻〕ㄒㄧㄝˋ xiè 動①水急流而下。②拉肚子。

18【瀆】〔渎〕ㄉㄨˊ dú 名①水溝，例溝瀆。②注海的大河，例四瀆。動①輕慢、不敬，例褻瀆。②煩擾，例干瀆、冒瀆。

18【濺】〔溅〕(一) ㄐㄧㄢ jiān 形「濺濺」：水流很快的樣子，例黃河流水聲濺濺。(〈木蘭辭〉)
(二) ㄐㄧㄢˋ jiàn 動水花向四方飛散，例濺了一身泥。

18【濾】〔滤〕ㄌㄩˋ lǜ 動使液體經由某種物質滲透而出，以去掉雜質而變爲純清，例過濾。

18【瀏】〔浏〕ㄌㄧㄡˊ liú 形①水流清澈的樣子。②風勢急速的樣子。

18【濼】〔泺〕(一) ㄌㄨㄛˋ luò 名古水名，源

出山東省濟南市西南，東流爲小清河，北流入濟水。 (二) ㄅㄛˊ bó；ㄆㄛˋ pò 名同「泊」；湖澤，如山東的梁山泊，亦作梁山濼。

18【瀑】(一) ㄆㄨˋ pù 名「瀑布」：河床某一部分，如果坡度極陡形成斷崖，河水越過斷崖，懸流而下，遠遠看去好似白布下垂，故名瀑布。 (二) ㄅㄠˋ bào 動水激飛。形迅疾的，例瀑雨。

18【瀅】ㄧㄥˊ yíng 形水澄清的樣子，例汀瀅。

18【瀦】ㄓㄨ zhū 名水聚積的地方。

十六 畫

19【瀛】ㄧㄥˊ yíng 名①大海，例瀛海。②池澤中。

19【瀟】〔潇〕ㄒㄧㄠ xiāo 名水名，源出於湖南省的九嶷山，注入湘水。形①風狂雨驟的樣子。②行爲豪放不拘的樣子，例瀟灑。

19【瀚】ㄏㄢˋ hàn 形廣大的樣子，例浩瀚。

19【瀝】〔沥〕ㄌㄧˋ lì 名液體的餘滴。動①水點往下滴，例瀝乾水分。②過濾，例瀝酒。

19【瀕】〔濒〕ㄅㄧㄣ bīn ㄆㄧㄣˊ pín 名同「濱」；水邊。動接近，例瀕危、瀕行。

19【瀧】〔泷〕(一) ㄌㄨㄥˊ lóng 名急速奔流的水，例飛瀧、奔瀧。 (二) ㄕㄨㄤ shuāng 名水名、山名。

19【瀨】〔濑〕ㄌㄞˋ lài 名①多沙石的淺水，例石瀨。②水勢湍急的地方，例急瀨。③「瀨水」：(1)在廣西省，出於荔浦縣西北魯山之東。(2)即溧水。

19【瀘】〔泸〕ㄌㄨˊ lú 名四川省的水名及縣名，例瀘水、瀘縣。

19【瀠】ㄧㄥˊ yíng 形水流洄旋的樣子，例瀠洄。

19【瀣】ㄒㄧㄝˋ xiè 名「沆瀣」，見「沆」字。

十七 畫

20【瀰】〔弥〕ㄇㄧˊ mí 名①通「瀰」；水深滿的樣子。②同「彌」；充滿、徧布的樣子，例煙霧瀰漫。

20【瀲】〔潋〕ㄌㄧㄢˋ liàn 名水邊。

20【瀸】ㄐㄧㄢ jiān 動①水漬。②融洽。③通「殲」；滅絕。形泉水微冒出的樣子。

20【瀹】ㄩㄝˋ yuè ㄧㄠˋ yào 動①用湯水烹煮東西，例瀹茗。②疏通水道。③浸漬。

20【瀾】〔澜〕㈠ㄌㄢˊ lán 名大波浪，例力挽狂瀾。 ㈡ㄌㄢˋ làn 名米汁。形水廣大的樣子，例瀾汗。

20【瀺】ㄔㄢˊ chán 名手腳的汗液。形水流動聲。

十八 畫

21【灌】ㄍㄨㄢˋ guàn 名①低矮叢生而主幹不明顯的木本植物，例灌木。②姓，漢有灌嬰。動①澆水，例灌溉。②注入，倒進去。③飲酒。

21【灃】〔沣〕ㄈㄥ fēng 名水名。源出陝西省寧陝縣東北的秦嶺，西北入渭水。

十九 畫

22【灑】（洒）ㄙㄚˇ sǎ 動①把水散潑在地上，例灑掃庭院。②容器傾倒、東西散落，例湯灑了一地。③投，例灑釣投網。（潘岳〈西征賦〉）形不拘束的樣子，例灑脫。

◆灑淚、灑然、灑落、瀟灑、潑灑、揮灑自如。

22【灘】〔滩〕ㄊㄢ tān 名①水淺流急而沙石淤積的河床，例黃牛灘。②水邊的沙石地帶，例海灘。形水奔流的樣子。

◆沙灘、急灘、淺灘、搶灘、險灘。

22【灕】〔漓〕ㄌㄧˊ lí 名水名，源出廣西興安縣陽海山，與湘水同源，至興安縣北分為二流，東北流注入洞庭湖者，為湘水，而灕水則西南流至桂林，即桂江。動水滲入地下。

二十一 畫

24【灝】〔灏〕ㄏㄠˋ hào 名豆汁。形水勢遠大，例灝灝。

24【灞】ㄅㄚˋ bà 名水名，源出陝西省藍田縣，注入渭水。

二十二 畫

25【灣】〔湾〕ㄨㄢ wān 名①水流曲折的地方。②海岸深曲而便於停泊的地方，例廣州灣、膠州灣。動①停泊。②通「彎」，例灣曲。

二十三 畫

26【灤】〔滦〕ㄌㄨㄢˊ luán 名①水名，源於沽源縣，流入河北省始稱灤河。②河北省縣名。

二十四 畫

27【灨】ㄍㄢˋ gàn 名江名，即江西省的贛江。

二十八 畫

31【灩】〔滟〕(灧) ㄧㄢˋ yàn 名「灩澦堆」：爲四川省奉節縣東南的長江之中的石堆，位在瞿塘峽口。

火 部

04【火】ㄏㄨㄛˇ huǒ 名①物質燃燒時產生光和熱的現象。②通「伙」；古兵制十人爲火，今稱同火的人。爲同伴的意思，例火伴。③身體內部散發出的熱，中醫指的病因，例肝火。④指槍砲彈藥等武器，例軍火。⑤九大行星之一，例火星。⑥五行之一，例金、木、水、火、土。⑦姓，三國蜀有火濟。動①焚燒，例火其書。(韓愈〈原道〉)②動怒，例發火。形赤紅色，例火紅。副緊急，例火急、火速。

◆火力、火花、火併、火氣、火候、火燭、火藥、火警、火樹銀花 噴火、聖火、動火、水深火熱、水火不容、玩火自焚。

二 畫

06【灰】ㄏㄨㄟ huī 名①物質燃燒後所殘留的粉狀物，例紙灰、骨灰。②塵土，例灰塵。③石灰的簡稱，例灰牆。動消極、志氣消沉，例灰心。形淺黑色，例灰衣。

◆灰滅、灰燼、灰頭土臉 石灰、冷灰、煙灰、吹灰之力、面如死灰。

三 畫

07【灶】ㄗㄠˋ zào 名「竈」的俗字。

07【災】〔灾〕ㄗㄞ zāi 名泛指各種災害，例天災人禍。形受禍害的，例災民、災區。

◆災殃、災害、災荒、災難、賑災、多災多難。

07【灼】ㄓㄨㄛˊ zhuó 動炙燒，例灼傷。形①明白、明顯，例眞知灼見。②鮮明、光亮。③憂急，例焦灼。

◆**灼痛、灼爍　焚灼、燒灼、熏灼、火光灼天。**

07【灸】ㄐㄧㄡˇ jiǔ 名中醫治病方法之一，就是在皮膚上燒艾葉，利用灼熱的方式來刺激皮膚和血液。

四　畫

08【炕】ㄎㄤˋ kàng 名我國北方各地使用的一種暖床，是用磚或泥坯所砌成的臺，中爲空心，下放木柴以生火取暖；亦稱火炕。動用火烤乾，例炕肉。形乾燥，例炕旱。

08【炎】ㄧㄢˊ yán 名身體得病時發生紅熱、腫痛的現象，例肺炎、中耳炎。動①焚燒。②火光上昇。形熱，例炎夏。

◆**炎涼、炎暑、消炎、發炎。**

08【炒】ㄔㄠˇ chǎo 動①把食物放在鍋裡加熱並時時翻動的一種烹調方法。②通「吵」；爭鬧。

08【炊】ㄔㄨㄟ chuī 動用火燒煮食物。

◆**炊事、炊煙、炊爨、炊沙成飯、炊金饌玉　斷炊、無米之炊。**

08【炙】ㄓˋ zhì 動①燒烤，例炙肉。②薰染，例親炙。形火燄旺盛的樣子，例炙手可熱。

◆**蜜炙、燔炙、薰炙、膾炙人口。**

08【炘】ㄒㄧㄣ xīn 形火光盛大的樣子，例炘炘。

08【炔】㈠ㄍㄨㄟˋ guèi 名姓，漢有炔欽。㈡ㄑㄩㄝ quē 名有機化學中代表碳化氫之最不飽和者，表示其分子中碳原子化合價缺乏的意思。

五　畫

09【炫】ㄒㄩㄢˋ xuàn 動誇耀，例自炫。形光彩照人的樣子，例炫目。

09【為】〔为〕㈠ㄨㄟˊ wéi 動①行、做，例所作所爲。②是，例失敗爲成功之母。③當作、變成，例指鹿爲馬。④被、受，表被動，例不爲利誘。⑤治理，例禮讓爲國。⑥使，例爲我心惻。(《易經》〈井卦〉)連①與，例道不同不相爲謀。(《論語》〈衛靈公〉)②而。③如、若，表假設。助文言文中，表示發問或反問的語助詞，例國仇未報，何以家為？ ㈡ ㄨㄟˋ wèi 動①幫助，例為虎作倀。②通「謂」；以為。③被，例不為利誘。介①代、替，例為國增光。②對、向，例不足為外人道也。(陶潛〈桃花源記〉)③因，例為小失大。

◆**為難、為人作嫁、為非作歹、為所欲為、為富不仁、為淵敺魚 作為、因為。**

09【炭】ㄊㄢˋ tàn 名①「木炭」：把木材隔絕空氣，經過煅燒後所殘留可為燃料的東西。②「石炭」：古代植物，久埋地下，逐漸變化分解而成的固體燃料。③同「碳」；非金屬元素之一。

09【炳】ㄅㄧㄥˇ bǐng 動執持，通「秉」，例炳燭。形光明顯著的樣子，例功業彪炳。

09【炬】ㄐㄩˋ jù 名①火把。②蠟燭，例蠟炬。動焚燒，例付之一炬。

09【炸】㈠ ㄓㄚˋ zhà 動①火力爆發，例轟炸。②激怒。③吵鬧鬨散。 ㈡ ㄓㄚˊ zhá 動把食物投入多量的沸油中煎的烹飪方法。

09【炯】ㄐㄩㄥˇ jiǒng 形①明亮的，例目光炯炯。②明顯，例以昭炯戒。

09【炮】㈠ ㄆㄠˊ páo 動①用火精煉，例炮製。②裹物而燒。 ㈡ ㄆㄠˋ pào 名同「砲」；軍用火器，例炮火。 ㈢ ㄅㄠ bāo 動與炒相似，但不放油，爐火要大的烹調方式，例炮肉。 ㈣ ㄅㄠˋ bào 名通「爆」；爆竹也叫炮仗。

09【炤】ㄓㄠˋ zhàu 動通「照」；照耀。

09【炰】㈠ ㄆㄠˊ páo 動通「咆」；野獸怒吼。 ㈡ ㄅㄠ bāo 動同「炮」；烹調方法之一。

09【炱】ㄊㄞˊ tái 名燃燒時所生的煙氣凝聚而成的黑灰，可做黑色染料，例炱煤。

09【炷】ㄓㄨˋ zhù 名①油燈的燈心。②量詞，指線香而言，例一炷香。③燈。動點燃。

六　畫

10【烤】ㄎㄠˇ kǎo 動①用火烘乾或燒熟食物的烹飪方式，例烤肉、烤雞。②藉火取暖，例圍爐烤火。

10【烊】ㄧㄤˊ yáng 動①用火熔化金屬品，例烊銅、烊鐵。②上海話稱商店晚上收市休息爲打烊。③炙。

10【烘】ㄏㄨㄥ hōng 動①燒。②用火烤乾溼物或藉火取暖，例烘手、烘乾。③渲染，例烘雲托月。副表示强烈的意思，例亂烘烘、鬧烘烘。

10【烙】讀音ㄌㄨㄛˋ luò 語音ㄌㄠˋ lào 動①用燒熱的金屬器物燙東西，例烙印。②在鍋中置餅類烘燒，例烙餅。

10【烈】ㄌㄧㄝˋ liè 名①功業，例豐功偉烈。②姓。形①强猛如火的，例猛烈。②剛强、嚴正的。③暴厲的。④聲勢盛大而顯著，例轟轟烈烈。

◆烈士、烈性、烈焰、烈暑　壯烈、忠烈、興高采烈。

10【烏】〔乌〕ㄨ wū 名①烏鴉的略稱，例月落烏啼霜滿天。(張籍〈楓橋夜泊詩〉)②姓，南朝齊有烏餘。形黑色，例烏雲。副①無，例子虛烏有。②何、那裡。歎同「嗚」；感歎聲，常與乎並用，例烏乎哀哉！

10【烜】ㄒㄩㄢˇ xuǎn 動曬乾。形聲威盛大的樣子，例烜赫。

10【烝】ㄓㄥ zhēng 名古代冬祭名。動①火氣上升。②同「蒸」；隔水煮物，例烝飯。③幼輩與長輩婦女通姦。形衆多，例烝民。副興盛，例烝烝日上。

10【烟】ㄧㄢ yān 名同「煙」。

七畫

11【烹】ㄆㄥ pēng 動①燒煮，例烹飪。②烹飪方法之一，將食物油煎熟後，再加佐料，待一沸滾即成。③嚇唬。④殺。

11【焉】ㄧㄢ yān 名產於江淮間的黃色鳥名。代之、彼，指示或代稱事物之詞。副安、何、怎麼，例焉知非福。介於。連①於是乎。②乃。助①結束語氣，表示決定或疑問。②同「然」；用在形容詞或副詞語尾。

11【焊】ㄏㄢˋ hàn 動「焊接」：將金屬材料利用物理或化學的反應予以接合。形同「熯」、「暵」；乾。

11【烽】ㄈㄥ fēng 名①古時在邊境築高臺，上置柴薪，夜裡如遇敵人來犯，就燃火作爲報警、戒備、求援的信號，例烽燧。②泛指舉火。

11【烯】ㄒㄧ xī 名有機化學中代表不飽和的碳化氫，表示它的分子中碳原子化合價稀少的意思。

11【烴】〔烃〕ㄐㄧㄥˇ jǐng 名有機化學上碳化氫的略稱。

11【焄】ㄒㄩㄣ xūn 名香的氣味。動同「熏」；火焰往上冒。

11【烺】ㄌㄤˇ lǎng 形同「朗」。①火光。②明亮。

11【焗】ㄐㄩˊ jú 動用鹽或淨沙下鍋炒熱，將食物用紗布等包好，埋入熱沙或熱鹽中，蓋緊慢火燒熱的烹調法。

11【焐】ㄨˋ wù 動將冷的物體靠近熱的物體，使之溫熱。

11【烷】ㄨㄢˇ wǎn 名有機化學中代表飽和碳化氫，表示其分子中碳原子化合價完全足夠的意思。

八 畫

12【焙】ㄅㄟˋ bèi 動用火烘乾東西，例焙茶。

12【然】ㄖㄢˊ rán 名姓，後漢有然溫。代如此、這樣，例雖然、未必然。動①是、對，例不以爲然。②「燃」的本字；燃燒。副①應答，例然，有是言也。(《論語》〈陽貨〉)②乃。連①同「但是」、「可是」；承上接下的轉折詞，例然徧地腥膻，滿街狼犬。(林覺民〈與妻訣別書〉)②雖然。助①表示比擬事象的語助詞，常與如、若等連用。②爲形容詞或副詞的語尾助詞，例斐然成章。③同「焉」；表語意堅決。

12【煮】ㄓㄨˇ zhǔ 動把食物放入盛有湯或水的鍋子中，再用火燒熟的烹調法。

12【焚】(一)ㄈㄣˊ fén 動①燃燒，例焚書坑儒。
(二)ㄈㄣˋ fèn 動僵仆、敗壞。

12【焜】ㄎㄨㄣ kūn 形光明，例焜燿。

12【焠】ㄘㄨㄟˋ cuèi 動同「淬」。①打造刀劍時用火煉燒後，再浸入水中，可使它更加堅利，稱爲焠。②燒灼。

12【焮】ㄒㄧㄣˋ xìn 動炙、燒。形火氣。

12【焦】ㄐㄧㄠ jiāo 名①被火燒得枯黑。②古國名，在今河南省陝縣南。③姓，漢有焦延壽。動著急憂慮，例焦慮。形①東西被火燒糊或烤焦的氣味。

②黃黑色。

◆焦灼、焦急、焦慮、焦躁、心焦、燒焦、枯焦。

12【焯】ㄓㄨㄛˊ zhuó 形同「灼」；光明、明顯，例焯爍。

12【焰】ㄧㄢˋ yàn 名物體燃燒時所發出的火光，俗稱火苗。形氣勢旺盛的情態。

12【焱】ㄧㄢˋ yàn 名火花，即俗稱燭花、燈花之類。

12【無】〔无〕㈠ㄨˊ wú 名姓，夏有無餘。動沒有，例無中生有。副①通「毋」；禁止。②不，例無記名投票。③未。④不論、不管。⑤非。助①語首助詞，無義。②同「否」；放在句末，表疑問，例畫眉深淺入時無？(朱慶餘〈近試上張水部詩〉)

㈡ㄇㄛˊ mó 動佛家語稱合掌稽首為南無。

◆無上、無比、無形、無私、無妨、無非、無故、無限、無效、無常、無異、無聊、無瑕、無疑、無稽、無孔不入、無可救藥、無足輕重、無所事事、無病呻吟、無疾而終、無微不至、無遠弗屆、無懈可擊、無獨有偶、無濟於事 一無所有、心無旁騖、沒沒無名。

九 畫

13【煎】ㄐㄧㄢ jiān 動①熬乾汁液，例煎藥。②用少量的油烹熟食物的烹調方式，例煎蛋。③逼迫，例內憂外患，交相煎迫。④熔煉。

13【煩】〔烦〕ㄈㄢˊ fán 名①躁悶的心情。②苛細的事情。動勞動他人的客氣話，例煩請轉交。形①躁悶的。②雜亂、瑣碎，例煩瑣。③同「繁」；眾多。

13【煉】〔炼〕ㄌㄧㄢˋ liàn 動通「鍊」；用火燒熔物質，使它純粹。

13【煜】ㄩˋ yù 名火焰。形①光耀的樣子。②盛大的樣子。

13【煬】〔炀〕ㄧㄤˋ yàng ㄧㄤˊ yáng 動鎔化金屬，例煬金。形火勢猛烈。

13【煦】ㄒㄩˇ xǔ 名小恩惠。形和暖的，例春風和煦。

13【煌】ㄏㄨㄤˊ húang 形光明。

13【煤】ㄇㄟˊ méi 名①一種礦物質的燃料，色黑質堅，爲古代植物埋沒地下分解而成；亦稱石炭、煤炭。②凝結的煙塵。

13【煙】ㄧㄢ yān 名①同「烟」；物質燃燒時所冒出的氣體，例炊煙。②山水雲霧等氣，例雲煙。③通「菸」；煙草或其製成品，例香煙。④特指鴉片，例禁煙。

◆煙花、煙幕、煙霧、煙視媚行、煙霞痼疾　油煙、煤煙、濃煙、人煙稀少。

13【煥】ㄏㄨㄢˋ huàn 形光彩顯露出來的樣子，例煥然一新。

13【煞】㈠ㄕㄚˋ shà 名①凶神，例惡煞。②俗稱人死後數日回來的靈魂，例回煞。動①收束，例煞尾。副①極、甚，例煞費苦心。②密閉、封死。③什麼。　㈡ㄕㄚ shā 動①緊縛。②減除。③使停止，例煞車。

13【煇】㈠ㄏㄨㄟ huī 名通「暉」；火光、光彩。　㈡ㄒㄩㄣ xūn 動通「熏」；灼。

13【煒】〔炜〕ㄨㄟˇ wěi 名光輝。形深紅色。

13【煖】㈠ㄋㄨㄢˇ nuǎn 形同「暖」；溫度適中，不冷不熱。　㈡ㄒㄩㄢ xuān 名戰國時有名馮煖者，乃齊國孟嘗君的食客。

13【煢】〔茕〕ㄑㄩㄥˊ qióng 形孤獨無依，例煢獨。

13【煨】ㄨㄟ wēi 名熱灰，例煨燼。動①把食物放在炭火裡燒熟，例煨栗子。②用微火慢慢燒煮，使食物熟而軟的烹調方式，例煨肉。

13【煠】ㄓㄚˊ zhá 動同「炸」；用多量的油煎炸食物。

13【煲】ㄅㄠˋ bào 動用緩慢的火煮食物，例雞保飯。

13【煅】ㄉㄨㄢˋ duàn 動同「鍛」。

13【照】ㄓㄠˋ zhào 名①日光。②攝取的影像，例玉照、寫照。③憑證，例執照、護照。動①光線射在物體上，例陽光普照。②攝取影像，例照相。③依據、比擬，例照辦。④核對，例對照。⑤通知，例照會。⑥用鏡子來反映形象物體，例攬鏡自照。⑦知道、明白，例心照不宣。⑧看顧。

◆照拂、照例、照面、照料、照應、照顧、照本宣科　夕照、依照、臨照、殘照、關照。

十　畫

14【熙】ㄒㄧ xī 動①興起、興盛。②嬉戲。形①歡喜、和樂，例熙熙。②光明。③興盛，例熙朝。④廣大。

14【煽】ㄕㄢ shān 動①用扇子鼓風，使火旺盛，例煽爐子。②用言語或手段鼓動他人惹事端。

14【熄】ㄒㄧˊ xí 動①火滅，例熄燈。②銷亡，例王者之迹熄而詩亡。(《孟子》〈離婁下〉)

14【熅】(一) ㄩㄣ yūn 名微火，即煙濃焰小的火。　(二) ㄩㄣˋ yùn 動同「熨」；用高溫燙平東西。

14【熇】(一) ㄏㄜˋ hè 形火勢熾盛的樣子，例熇熇。　(二) ㄎㄠˇ kǎo 動同「烤」，火烘物。

14【熏】(一) ㄒㄩㄣ xūn 名黃昏的時候，例熏夕。動①煙向上冒，例煙火熏天。②煙烤食物，使其具特異美味，例熏魚。③同「薰」；用香料塗身。④氣味襲人，例臭氣熏人。⑤感動。⑥嚴厲斥責。副和悅的樣子。　(二) ㄒㄩㄣˋ xùn 動①受了氣味而昏倒，例被煤熏了。②腐敗，例熏透。

14【熗】〔炝〕ㄑㄧㄤˋ qiàng 名烹調法之一，將食物放在沸水裏稍煮一下，拿出來用油、醋、醬油涼拌。動同「嗆」，煙氣進到鼻孔裏。

14【熒】〔荧〕ㄧㄥˊ yíng 名光亮很小的，例熒燭。動眼光迷亂、眩惑，例五光十色，使人目熒。形光亮微弱的樣子。

14【熊】ㄒㄩㄥˊ xióng 名①能攀登樹木的一種猛獸，屬哺乳綱食肉目。頭大、四肢粗短，毛密且硬，棲於深山，穴居樹洞土窖中，晝隱夜出。②姓，明有熊廷弼。形「熊熊」：火勢旺盛。

14【熔】ㄖㄨㄥˊ róng 動把金屬用火化成液體，例熔劑。

十一　畫

15【熠】ㄧˋ yì 形明亮、光耀的樣子。

15【熱】〔热〕ㄖㄜˋ rè 名①物理學上物體分子所有的動能。②暑氣。③姓，宋有熱煥。動心中躁急。形①溫度高，例熱水、熱天。②用情誠摯，例熱心、熱情。③親密，例親熱。

◆**熱忱、熱烈、熱絡、熱誠、熱鬧、加熱、暑熱、炙手可熱、水深火熱。**

15【熛】ㄅㄧㄠ biāo 名「熛闕」：赤色的宮闕。形①火飛。②迅速，例卒如熛風。(《史記》〈禮書〉)

15【熲】ㄐㄩㄥˇ jiǒng 名火光。

15【熟】ㄕㄡˊ shóu 形①食物燒煮到可吃的程度，例熟食。②莊稼、瓜果等生長到可收成的程度，例一年三熟。③詳細、精密，例熟思。④素知的、習慣的，例熟人、熟字。

◆**熟手、熟悉、熟稔、熟慮、熟練、熟識、熟能生巧、熟魏生張　成熟、半生不熟。**

15【熬】(一) ㄠˊ áo 動①乾煎，例熬油。②久煮，例熬湯。③勉強忍耐，例熬夜。　(二) ㄠ āu 動煮，例熬菜。形因懊惱、煩悶而消極，例熬心。

15【熨】(一) ㄩㄣˋ yùn 動藉熱力燙平東西，例熨衣服。　(二) ㄩˋ yù 形「熨貼」：(1)熨衣服使其平貼。(2)妥貼舒適的意思。

十二　畫

16【燒】〔烧〕ㄕㄠ shāo 名①體溫失常，發生高熱。②燒酒的簡稱，例高粱燒。動①火焚，例燒香。②烹煮食物，例燒菜、燒水。③烤，例燒雞。④先用油炸，再加湯汁來炒的烹調方式，例燒茄子。

◆**燒化、燒毀　火燒、發燒、焚燒、燃燒。**

16【燉】ㄉㄨㄣˋ dùn 動①和湯煮物，使其爛熟的烹調方式，例清燉。②將水或汁液盛入器內，放在火爐上使溫熱，例燉酒、燉藥。

16【燈】〔灯〕ㄉㄥ dēng 名①發光照明的用具，例燈籠、電燈。

16【熾】〔炽〕ㄔˋ chì 動炊、燒，例熾炭。形①旺盛、興盛，例熾盛，②火勢盛大，例熾烈。

16【燐】ㄌㄧㄣˊ lín 名同「磷」；化學非金屬元素之一，能發光，可做火柴。

16【熹】ㄒㄧ xī 名微明的陽光，例熹微。形明亮。

16【燎】(一)ㄌㄧㄠˋ liào 名火把，例庭燎。動①縱火延燒，例星星之火，可以燎原。②烘烤。形明亮的樣子。 (二)ㄌㄧㄠˇ liǎo 動焚燒，例燎毛。(三)ㄌㄧㄠˊ liáo 名燙傷腫起如痘的泡。

16【燙】〔烫〕ㄊㄤˋ tàng 動①皮膚被熱東西所傷，例燙傷。②把東西用熱水或火加熱，例燙酒。③用熱力改變物體的樣子，例燙髮、燙衣服。形極熱的。

16【燜】〔焖〕ㄇㄣˋ mèn ㄇㄣ mēn 動用微火久煮食物，並且蓋嚴鍋蓋，不使菜味散出的烹調方式，例燜雞。

16【燃】ㄖㄢˊ rán 動①焚燒，例煮豆燃豆萁，豆在釜中泣。(曹植〈七步詩〉)②引火點著，例燃燈。形比喻紅色如火燒。

16【燕】(一)ㄧㄢˋ yàn 名鳥名，屬鳥綱雀形目燕科。搭泥巢於屋樑上，隔年還能認出舊巢，捕食昆蟲，爲春天北來秋天南返的候鳥。東南亞及臺灣均產。動通「讌」、「宴」；請客飲酒，例燕享。副安適、和樂的樣子，例燕居、燕安。 (二)ㄧㄢ yān 名①戰國七雄之一，在今河北、遼寧及韓國北部，爲秦所滅。②南北朝時有前燕、後燕、西燕、南燕、北燕等國。③河北省的簡稱。④姓，漢有燕倉。

◆燕好、燕侶、燕賀、燕爾新婚、燕頷虎頸　環肥燕瘦、鶯鶯燕燕、身輕如燕。

16【熸】ㄐㄧㄢ jiān 動①火滅。②打敗仗。

16【燏】ㄩˋ yù 名火光。

16【燄】ㄧㄢˋ yàn 同「焰」字。

16【燁】〔烨〕ㄧㄝˋ yè 形火光很盛的樣子。

16【燊】ㄕㄣ shēn 形盛的樣子。

16【燋】ㄐㄧㄠ jiāo 名火把。動同「焦」；被火所傷。

16【燔】ㄈㄢˊ fán 名祭祀用的熟肉。動燒、烤，多指食物而言。

十三 畫

17【營】〔营〕ㄧㄥˊ yíng 名①軍隊駐紮的地方。②陸軍的編制，團下爲營，營下分連，一營約五百人，例步兵營。動①謀畫、辦理，例營生、營利。②迷惑、混亂。③繞。

17【燧】ㄙㄨㄟˋ suì 名①古時邊防日間有警，則燃火舉煙以爲傳告的訊號，例烽燧。②古代取火的用具，例陽燧、木燧。

17【燮】ㄒㄧㄝˋ xiè 動「燮理」：指調和治理的意思。名姓，宋有燮元圃。

17【燦】〔灿〕ㄘㄢˋ càn 形通「粲」，光彩奪目的樣子，例燦爛。

17【燥】ㄗㄠˋ zào 形①乾，例避溼就燥。②焦急，例燥灼。

◆枯燥、乾燥、焦燥。

17【燭】〔烛〕ㄓㄨˊ zhú 名①用油、蠟製成，用以點燃取光的東西，例蠟燭。②姓，春秋鄭有燭之武。動照。

◆燭花、燭淚　火燭、洞燭、紅燭、秉燭夜遊。

17【燬】ㄏㄨㄟˇ huǐ 名烈火。動用火燒壞。形火勢旺盛的樣子。

17【燴】〔烩〕ㄏㄨㄟˋ huì 動將多種菜肴煮熟並調和濃汁的烹調方式，例什錦燴飯。

17【燠】(一) ㄩˋ yù 形和暖。(二) ㄠˋ ào 形甚熱，例燠熱。

十四 畫

18【燻】ㄒㄩㄣ xūn 動同「熏」；用火氣熏物。

18【燹】ㄒㄧㄢˇ xiǎn 名①野火。②戰爭中所遭到的焚燬，例兵燹。

18【燾】〔焘〕ㄊㄠˊ táo ㄉㄠˋ dào 動①普照。②同「幬」；覆蓋。

18【燼】〔烬〕ㄐㄧㄣˋ jìn 名①火燒過後剩下的東西，例灰燼、餘燼。②戰亂後的遺民。

十五 畫

19【爆】(一) ㄅㄠˋ bào 動①炸裂，例爆炸。②在滾水或滾油裡稍微一煮、一炸的烹調方式，例蔥爆牛肉。(二) ㄅㄛˊ

bó 動①以火逼乾。②灼燒。

19【爍】〔烁〕ㄕㄨㄛˋ shuò 動通「鑠」；鎔銷金屬。形光波閃動的樣子，例閃爍。

19【爇】ㄖㄨㄛˋ ruò ㄖㄜˋ rè 動燃燒。

十六 畫

20【爐】〔炉〕ㄌㄨˊ lú 名裝燃料燒火的器具，例瓦斯爐、火爐。

十七 畫

21【爛】〔烂〕ㄌㄢˋ làn 形①食物過分熟軟，例爛熟。②腐壞的，例腐爛。③鮮明、光彩。④物受壓力散開，例搗爛。副極甚，例爛醉。

◈爛然 潰爛、煮爛、燦爛、靡爛。

21【爚】ㄩㄝˋ yuè ㄧㄠˋ yào 形①火飛的樣子。②光明的樣子，例爚爚。

21【爝】ㄐㄩㄝˊ jué 名爝火炬。動照。

十八 畫

22【爟】ㄍㄨㄢˋ guàn 名①烽火。②火炬。動舉火。

二十五 畫

29【爨】ㄘㄨㄢˋ cuàn 名①灶。②我國雲南省境內的少數民族名。③姓，三國蜀有爨習。動生火燒煮食物，例炊爨。

爪 部

04【爪】㈠ㄓㄠˇ zhǎo 名①手、腳的指甲，例腳爪。②動物的手掌和腳趾，例雞爪。③器具的腳。 ㈡ㄓㄨㄚˇ zhuǎ 名動物的腳，例獸爪。

四 畫

08【爭】ㄓㄥ zhēng 動①競取，例爭功。②論辯、吵嘴。③差，常見於舊詩詞中。④同「諍」，規勸。助怎，表疑問的口吻，例爭奈。

◈爭吵、爭氣、爭執、爭奪、爭論、爭議、爭辯、爭先恐後 競爭、龍爭虎鬥、你爭我奪、明爭暗鬥、與世無爭。

08【爬】ㄆㄚˊ pá 動①手足伏地而行，例爬行。②攀登，例爬山、爬樹。③搔。

五 畫

09【爰】ㄩㄢˊ yuán 名姓，後漢有爰曾。動改易。連於是；承上起下之詞。

十三 畫

18【爵】ㄐㄩㄝˊ jué 名①古代飲酒器、禮器，形狀略似雀，下有三足，例玉爵。②古代封給貴族或功臣的名位，分公、侯、伯、子、男五等。③同「雀」；鳥名。④姓。動封給人爵位。

父 部

04【父】㈠ㄈㄨˋ fù 名①生我的人，男稱父，女稱母。②親屬中男性的尊長，例叔父。 ㈡ㄈㄨˇ fǔ 名①老年人的通稱，例樵父。②同「甫」；男子的尊稱、美稱，例仲父、師尚父。

四 畫

08【爸】ㄅㄚˋ bà 名子女對父親的稱呼。

六 畫

10【爹】ㄉㄧㄝ diē 名①子女對父親的稱呼，例爹娘。②對長者、老者的尊稱，例老爹。③祖父的俗稱。

九 畫

13【爺】〔爷〕ㄧㄝˊ yé 名①俗稱祖父，例爺爺。②子女對父親的稱呼，例阿爺。③對貴人的稱呼，例駙馬爺，王爺。④對老年人的尊稱，例老太爺。⑤婢僕對男主人的稱呼。⑥對神的敬稱。

爻 部

04【爻】讀音ㄧㄠˊ yáo 語音ㄒㄧㄠˊ xiáo 名八卦上的橫線，以全線—爲陽爻，斷線--爲陰爻，每卦以三爻合成。

七 畫

11【爽】ㄕㄨㄤˇ shuǎng 動①明快。②差錯、失信，例爽約。形①舒適、愉快，例人逢喜事精神爽。②豪邁不拘，例豪爽。③明朗。

◆爽快、爽直、爽然。

十 畫

14【爾】〔尔〕ㄦˇ ěr 代①汝、你，代表第二人稱。②此、這個，指示代稱。③如此。動①通「邇」；近。②

是如此，例果爾。形①華美茂盛的樣子。②此、這，例爾夜。助①形容詞、副詞的語尾，例夫子莞爾而笑。(《論語》〈陽貨〉)②同「然」；表已然，例鼓瑟希，鏗爾。(《論語》〈先進〉)③表已然；亦作而已。④同「矣」；表將然。⑤同「乎」；表疑問。

爿部

04【爿】(一)ㄑㄧㄤˊ qiáng 名把整塊木頭劈開，左邊的半塊稱爿，右邊叫片。 (二)ㄅㄢˋ bàn 名①從中間劈開，用來供給燃燒的短截竹木，例竹爿。②江蘇話稱商店一家為一爿。

四 畫

08【牀】ㄔㄨㄤˊ chuáng 見「床」字。

五 畫

09【牁】ㄍㄜ gē 名「牂牁」，見「牂」字。

六 畫

10【牂】ㄗㄤ zāng 名①母羊。②「牂牁」：(1)江名，發源於貴州省惠水縣西北。(2)繫船的木樁。

十三 畫

17【牆】ㄑㄧㄤˊ qiáng 名用磚、石、水泥等砌成，以為障蔽的壁，例牆壁。

◆**圍牆、蕭牆、兄弟鬩牆、紅杏出牆、隔牆有耳。**

片部

04【片】ㄆㄧㄢˋ piàn 名①薄而扁平的東西，例肉片。②印有姓名或可供通信的紙卡，例明信片。③數量詞，指範圍、面積或成面的東西，例一片果園。④劈開成片木柴的右邊那片。副①微少，例片紙隻字。②單方面、一小段，例片段、片面。③偏頗、一面的，例片言。④比喻時間的短暫，例片刻。

四 畫

08【版】ㄅㄢˇ bǎn 名①同「板」；印刷所用的版式，上面拼組或刻鑄有既定的文字或圖形，通常有鉛版、鋅版。②書籍印刷的次數，例再版。③報紙的分類頁碼，例第一版。④薄片，例紙版。⑤冊籍。⑥築牆所用的木

版。⑦古時臣子朝見天子時手上拿著的手板。

◆版稅、版圖、版權。

八畫

12【牌】ㄆㄞˊ pái 名①在木、石或金屬板上，書寫或雕刻字畫，用來揭示的東西，例門牌。②符信，例功牌、腰牌。③賭具或玩具，例麻將牌、紙牌。④神位，例靈牌。⑤商店的字號、售品的標幟，例招牌。⑥古兵器名，例藤牌、擋箭牌。

12【牋】ㄐㄧㄢ jiān 名①精緻華美的紙張，例錦牋。②奏議的一種文體，例牋奏。動表識書中的隱義，例牋注。

九畫

13【牒】ㄉㄧㄝˊ dié 名①古代用來書寫的竹片或木片，小而薄者稱牒。②史書，例史牒。③族譜。④官方文書，例公牒。⑤僧道出家的證書，例度牒。⑥古代訟狀，例訟牒。⑦姓。

13【牐】ㄓㄚˊ zhá 名通「閘」；阻止而可以開關的木板。

十一畫

15【牖】ㄧㄡˇ yǒu 名房屋側面的窗子，例戶牖。動誘導、啓發，例牖民。

十五畫

19【牘】〔牍〕ㄉㄨˊ dú 名①木簡、書版，例版牘。②文書、書籍，例文牘。③信札，例尺牘、書牘。

牙部

04【牙】ㄧㄚˊ yá 名①動物嘴裡咀嚼食物的部位，例牙齒。②象牙的簡稱，例牙笏。③通「衙」，官署、衙門。④居中介紹買賣取利的人，例牙人、牙行。⑤姓，元有牙忽都。動以牙相噬。形①小兒學語聲，例牙牙。②聰明機伶。

◆牙慧、牙關 爪牙、咬牙切齒、伶牙利齒。

八畫

12【牚】ㄔㄥ chēng 名支持東西的斜柱，例牚柱。動通「撐」、「撑」；支持，例支牚。

牛部

04【牛】ㄋㄧㄡˊ niú 名①哺乳類反芻偶蹄目動物，體形肥大，性馴而力強，農家用以耕田，其肉與乳，皆爲滋養品，而骨、角、皮可以做器具用。②凡頭角似牛的動物，也可繫以牛名，例蝸牛。③星名，二十八宿之一。④姓，唐有牛僧孺。

◆牛刀、牛衣對泣、牛耳之盟、牛鬼蛇神、牛溲馬勃、牛驥同阜　汗牛充棟、九牛一毛。

二畫

06【牟】ㄇㄡˊ móu 名①通「眸」；眼珠。②通「麰」；大麥。③春秋時國名。④姓，漢有牟融。動①謀取，例牟利。②通「侔」；齊等。形①大。②牛叫聲。

06【牝】ㄆㄧㄣˋ pìn 名①雌性的禽獸，例牝牛。②谿谷，古時有丘陵爲牡，谿谷爲牝的說法。

三畫

07【牢】ㄌㄠˊ láo 名①監獄，例監牢。②飼養牧畜的圍欄，例亡羊補牢。③古代祭祀用的牲畜，例少牢。④姓，漢有牢梁。形堅固、妥實。

◆牢固、牢靠、牢騷、牢不可破　太牢、死牢、囚牢、坐牢。

07【牡】ㄇㄨˇ mǔ ㄇㄡˇ mǒu 名①雄性的禽獸，例牡犬。②鎖匙，例門牡。③丘陵。

07【牣】ㄖㄣˋ rèn 形①充滿。②通「韌」；堅固。

07【牠】讀音ㄊㄨㄛ tuō ㄊㄜ tē 語音ㄊㄚ tā 代人類以外之動物的第三者代名詞。

四畫

08【牧】ㄇㄨˋ mù 名①放飼牛、羊的人，例爾牧來思。(《詩經》〈小雅・無羊〉)②牧地。③古代一州之長，例州牧。④姓，明有牧相。動①放養牲畜，例牧羊。②治理，例牧民。③修養，例卑以自牧。(《易經》〈謙卦〉)④劃田界，例經牧田野。(《周禮》〈地官・遂師〉)

08【物】ㄨˋ wù 名①存在於天地間一切事物的通稱，例萬物。②獨立存在於意識以外，而爲吾人所認識的對象，例心

物合一。③指我以外的人、物，例待人接物。④凡典章制度文物之類，例名物。⑤標識。⑥旗名。

◈物化、物役、物色、物資、物質、物議、物證、物以類聚、物換星移、物極則反、物競天擇　動物、禮物、以物易物、民胞物與、言之有物、典章文物。

五　畫

09【牲】ㄕㄥ shēng 名①牛、羊、豬、馬等一般的家畜。②祭祀時所用的家畜。

09【牯】ㄍㄨˇ gǔ 名①母牛。②割去生殖器的公牛，例牯牛。

09【牴】ㄉㄧˇ dǐ 動同「抵」；牛羊等有角的獸類用角相觸，引申爲觸犯、衝突，例牴觸、牴牾。

09【牮】ㄐㄧㄢˋ jiàn 動①用土石擋水。②把傾斜的房屋用東西支撐弄正。

六　畫

10【特】ㄊㄜˋ tè 名①公牛或雄性牲畜，例特牛、特牲。②姓，清有特依順。形與衆不同的，超出一般的，例獨特、特殊。副①專爲一事，例特地。②獨立的，例特立獨行。③但、只是，例不特、非特。

◈特色、特別、特性、特長、特約、特殊、特赦、特許、特等、特意、特徵、特寫、特點、特權。

10【牷】ㄑㄩㄢˊ quán 名①純色的牛。②完整的祭牲。

七　畫

11【牻】ㄇㄤˊ máng 名毛色黑白相離的牛。

11【牿】ㄍㄨˋ gù 名①養牛、馬的圈欄。②加在牛角上，使牛不能觸人的橫木。

11【牾】ㄨˇ wǔ 動①抵觸，例牴牾。②違逆。

11【牽】〔牵〕ㄑㄧㄢ qiān 名①可牽挽的牲口，即活的牲口。②姓，三國魏有牽招。動①挽引、拉著。②連累，例牽連。③拘泥，例牽於所聞。

11【犁】(一) ㄌㄧˊ lí 名①犁地所用的作業機，我國傳統使用的有在來犁及改良犁，自歐美引進的有板犁、圓盤犁等。②姓，春秋齊有犁鉏。動①耕，例犁地。②摧毀。形通「黧」；黑黃色，例面目犁黑。(《戰國策》〈秦策〉)

㈡ ㄌㄧㄡˊ liú 副①明確的樣子。②通「黎」，將要，例犁明至國。(《史記》〈齊太公世家〉)

八 畫

12【犄】ㄐㄧ jī 名獸類頭上突起的角，例牛犄角。

12【犀】ㄒㄧ xī 名①獸名，哺乳類奇蹄目之脊椎動物，體形粗壯，較象略小，角生鼻端，形狀似牛，角可做藥，皮可製器，非常珍貴。②瓠瓜的種子，例齒如瓠犀。(《詩經》〈衛風．碩人〉)形堅利的，例犀利。

12【犅】ㄍㄤ gāng 名公牛。

九 畫

13【犍】㈠ ㄐㄧㄢ jiān 名割去生殖器的公牛。
㈡ ㄑㄧㄢˊ qián 名四川省有犍為縣。

十 畫

14【犒】ㄎㄠˋ kào 動以酒食錢物慰勞，例犒軍。

14【犖】〔荦〕ㄌㄨㄛˋ luò 名①雜色的牛。②春秋時宋地名，今河南省淮陽縣西北。形雜色的，文彩錯雜。

十一 畫

15【犛】ㄌㄧˊ lí ㄇㄠˊ máo 名「犛牛」：哺乳類偶蹄目牛科的一種，體大如牛，毛叢密，角長而尖，是重要的供役使家畜。分布於西藏高原。

十五 畫

19【犢】〔犊〕ㄉㄨˊ dú 名①小牛，例初生之犢。②圍裙，例犢鼻褌。③姓，戰國齊有犢牧子。

十六 畫

20【犨】ㄔㄡ chōu 名古代的醜人。動出。形牛喘息的聲音。

20【犧】〔牺〕ㄒㄧ xī 名古時供宗廟祭祀用的牲畜。形毛色純而不雜的，例犧牛、犧羊。

犬 部

04【犬】ㄑㄩㄢˇ quǎn 名家畜的一種，大的稱犬，小的稱狗。

◆犬子、犬彘、犬牙相錯、犬馬之

勞、蜀犬吠日。

二 畫

05【犯】ㄈㄢˋ fàn 图有罪的人，例囚犯。動①發生，例犯病。②抵觸，違背，例衆怒難犯。③侵襲，例外敵犯邊。④反抗。⑤冒著。副值得，例鳳丫頭也不犯和你嘔氣。(《紅樓夢》)

◆犯忌、犯規、犯禁、犯罪、犯難、犯鱗 主犯、侵犯、冒犯。

05【犰】ㄑㄧㄡˊ qiú 图「犰狳」：屬哺乳綱貧齒目。除尾部有長毛外，全身皆被鱗片。四肢強壯，爪尖銳，攝食白蟻、蚯蚓等。

三 畫

06【犴】ㄏㄢ hān ㄢˋ àn 图①胡地野狗，似狐而較小，黑喙善守。②「狴犴」，見「狴」字。

06【犵】ㄐㄧㄝˊ jié 图「犵狫」：我國西南少數民族名。

四 畫

07【狄】ㄉㄧˊ dí ①古代北方的民族，例蠻狄。②姓，唐有狄仁傑。

08【狀】〔状〕ㄓㄨㄤˋ zhuàng 图①陳述事實的文字，例訴狀、行狀。②容貌。③形態、樣子，例形狀。④政府用以任命及獎勵的文書，例獎狀、委任狀。⑤情況。⑥功績。動陳述、描寫。

◆狀元、狀況、狀態、狀貌 告狀、罪狀、異狀、不可名狀、不滿現狀。

07【狁】ㄩㄣˇ yǔn 图「玁狁」，見「玁」字。

07【犺】ㄎㄤˋ kàng 图①健犬。②獸名，產於暹邏，形如猿，可供役使。③刺蝟。形「狼犺」，見「狼」字。

07【狃】ㄋㄧㄡˇ niǔ 動①拘於習慣而不知變通。②貪。③充任。

07【犼】ㄏㄡˇ hǒu 图獸名，形狀像犬，性情兇猛而食人。

07【狂】ㄎㄨㄤˊ kuáng 图①癲狂的病。②姓，春秋宋有狂狡。形①誇大的，例狂言。②猛烈的，例狂風暴雨。③豪邁不羈。④暴躁、輕率，例其蔽也狂。(《論語》〈陽貨〉)⑤急，疾，例狂奔。⑥放肆，例狂妄。

五 畫

08【狎】ㄒㄧㄚˊ xiá 動①親近。②熟習。③戲弄，例狎翫。④輕視，例狎敵。⑤輕慢。形親暱的，例狎昵。副輪流，更替，例且晋楚狎主諸侯之盟久矣。(《左傳》〈襄公二十七年〉)

08【狙】ㄐㄩ jū 名獼猴，性狡猾。動趁人不備，暗中突擊。

08【狗】ㄍㄡˇ gǒu 名①食肉目犬科。家畜的一種，聽覺、視覺、嗅覺都非常敏銳，前、後肢都有鈎爪，善守夜，性機警，易受訓練，按用途可分爲獵狗、勞役狗、寵物狗。②姓，漢有狗未央。動諂媚奉承，例狗事。

08【狐】ㄏㄨˊ hú 名①哺乳動物食肉類的野獸，形狀像狗，性情狡猾多疑，晝伏夜出，捕食鼠、鳥等。②姓，春秋晋有狐偃。

08【狉】ㄆㄧ pī 形①「狉狉」：很多野獸蠢動的樣子。②「獉狉」，見「獉」字。

08【狖】ㄧㄡˋ yòu 名古書上說的一種長尾猴。

08【狒】ㄈㄟˋ fèi 名屬哺乳類靈長目長尾猿科。長約一公尺，被灰褐色長毛。性情凶暴，多產於非洲中部。

六 畫

09【狠】ㄏㄣˇ hěn 動痛下決心，忍住痛苦，勉强自己去做本來不願做的事。形兇惡、殘忍，例心狠手辣。副通「很」；甚。

◆狠心、狠戾、狠毒、兇狠、陰狠。

09【狡】ㄐㄧㄠˇ jiǎo 名古稱一種小狗，又稱一種大狗。形①奸滑、不誠實，例狡猾、狡獪。②貌美而無實才實德，例狡童、狡婦。③强健。④急速。

09【狩】ㄕㄡˋ shòu 名冬天打獵，例冬狩。動①古代天子巡察諸侯所守的地方，例巡狩。②打獵的泛稱，例狩獵。③火田，即放火燒草行獵。

09【狨】ㄖㄨㄥˊ róng 名①屬脊椎動物門哺乳綱靈長目猿類，形似松鼠，有黃色絲狀軟毛，尾長，棲樹上，毛可做鞍褥。②通「絨」；細布。

09【狫】ㄌㄠˇ lǎo 名「犵狫」，見「犵」字。

七 畫

10【狽】〔狈〕ㄅㄟˋ bèi 名屬狼類的野獸，前腳很短。形「狼狽」，見「狼」

字。

10【狴】ㄅㄧˋ bì 图「狴犴」：⑴獸名，形狀像虎，一說北方野犬。⑵牢獄，門上畫有狴犴。

10【狼】ㄌㄤˊ láng 图①哺乳綱食肉目，形似犬，毛色黃灰，性殘忍，晝伏夜出，以兔、鹿及鳥類爲食。②東方星名。③蠻族名，在廣東、廣西兩省交界處。④姓，春秋晉有狼瞫。形①「狼狽」：⑴比喻處境窘迫，進退兩難。⑵互相勾結，聯合爲非作歹，例狼狽爲奸。②「狼犺」：⑴進食猛急的樣子。⑵笨重。⑶性情乖戾。

◆**狼抗、狼戾、狼貪、狼煙、狼顧、狼籍　色狼、野狼、飛狼、天狼星、狼心狗肺、狼吞虎嚥。**

10【狷】ㄐㄩㄢˋ juàn 图重氣節的人，例狂者進取，狷者有所不爲也。(《論語》〈子路〉)形①性情急躁，例狷急。②守正不阿，例狷介之士。

10【狸】ㄌㄧˊ lí 图①形狀像狐，毛色黑褐，尾粗而長，四肢很短。②通「貍」。「狸貓」：屬哺乳綱食肉目。與貓同類但比一般家貓大；尾長能屈繞，爪可伸縮，又能攀緣樹木。產於亞洲南部。

10【狹】〔狭〕ㄒㄧㄚˊ xiá 形窄小、不寬廣。

10【狿】ㄍㄥ gēng 图①獸名。②猛犬。

10【狺】ㄧㄣˊ yín 副「狺狺」：指狗叫的聲音。

10【狳】ㄩˊ yú 图「犰狳」，見「犰」字。

10【狻】ㄙㄨㄢ suān 图「狻猊」：獅子。

八　畫

11【猜】ㄘㄞ cāi 图疑忌。動①忖度推測。②恨。③疑心。副狠。

11【猛】ㄇㄥˇ měng 图①嚴厲。②姓，春秋宋有猛獲。形①兇惡的，例猛獸。②勇敢的。③猝急的。④劇烈，例藥性太猛。副①急遽地，例突飛猛進。②忽然、突然，例猛抬頭。

◆**猛烈、猛進　兇猛、威猛、剛猛、寬猛相濟。**

11【猖】ㄔㄤ chāng 動任性橫行、沒有約束，例猖獗。形狂妄而不可遏止，例猖狂。

11【猓】㈠ㄍㄨㄛˇ guǒ 图「猓然」：獸名，長尾

猿。 (二) ㄌㄨㄛˇ luǒ 名「猓猓」：西南地區少數民族。

11【猇】ㄒㄧㄠ xiāo 名虎的吼聲。②漢朝縣名，在今山東省章邱縣北。

11【猙】ㄓㄥ zhēng 名獸名，似豹，有一角五尾。形兇狠可怕的樣子，例猙獰。

12【猋】ㄅㄧㄠ biāo 名暴風。形狗急奔的樣子。

11【猗】(一) ㄧ yī 名①割去生殖器的公狗。②割去生殖器的公牛。③北魏有猗盧氏，複姓。形美盛的樣子，例猗猗。助語助詞。歎讚美的話。 (二) ㄧˇ yǐ 動①加。 ②通「倚」；依。③通「掎」。 (三) ㄜˇ ě 形「猗儺」：溫柔順從的樣子。

11【猝】ㄘㄨˋ cù 副忽然、突然，例猝不及防。

11【猊】ㄋㄧˊ ní 名「狻猊」，見「狻」字。

11【猘】ㄓˋ zhì 名瘋狗。形蠻強、威猛，例兇猘。

11【猞】ㄕㄜˋ shè 名「猞猁猻」：獸名，形狀像狸，皮可製裘，非常珍貴。

11【猪】ㄓㄨ zhū 名「豬」之俗體字。

九 畫

12【猶】〔犹〕ㄧㄡˊ yóu 名①猴類的一種，生性多疑。②通「猷」；謀略。③姓，漢有猶玉。 動如同，好像，例猶緣木而求魚也。(《孟子》〈梁惠王上〉)副①尚且。②還，仍。③遲疑不決的樣子，例猶豫。

12【猥】ㄨㄟˇ wěi 形①鄙陋、下流，例猥瑣。②雜、多。③累積。副①衆多。②忽然。連於是，乃。

12【猴】ㄏㄡˊ hóu 名屬脊椎動物門哺乳綱靈長目。與猿同屬，很像人。動①側身依倚，例寶玉便猴向鳳姊身上。(《紅樓夢》〈第十四回〉)②像猴的樣子蹲踞，例別學他們猴在馬上。

13【猷】ㄧㄡˊ yóu 名①謀略。②道理，例秩秩大猷。(《詩經》〈小雅・巧言〉)動圖謀。助發語辭，無義。

12【猢】ㄏㄨˊ hú 名「猢猻」：獼猴的一種，全身長滿毛，耐寒，擅長攀緣，分布在我國北部山林中，以果實、種子等爲食，性情活潑。

12【猲】(一) ㄒㄧㄝ xiē 名短喙的狗。 (二) ㄏㄜˋ

hè 動用威力恐嚇，通「喝」，例恐猲良民。

12【猱】ㄋㄠˊ náo 名猿屬，臂長柔軟，善攀緣而便捷，即獮猴。

12【猩】ㄒㄧㄥ xīng 名①「猩猩」：一種大的猴子。②深紅色，例猩紅。

12【猫】ㄇㄠ māo 名「貓」的俗體字。

12【猬】ㄨㄟˋ wèi 名同「蝟」，形狀似鼠的動物，滿身有硬刺，遇到敵人就縮成一團，即刺蝟。

十　畫

13【猿】ㄩㄢˊ yuán 名屬哺乳綱靈長目動物，狀似人，能立能坐，四肢皆如手，前肢稍長，有智慧，善模仿，與猴同類。

13【獉】ㄓㄣ zhēn 形「獉狉」：未開化的樣子。

13【猾】ㄏㄨㄚˊ huá 名奸詐的人，例姦猾。動①擾亂。②撥弄。形狡獪的，例刁猾。

13【獅】〔狮〕ㄕ shī 名屬哺乳綱食肉目。身長二～三公尺，頭圓大，雄者頸部長有鬣毛，尾細長，毛黃褐色，吼聲響亮，棲息於森林中，性極兇猛。

13【猺】ㄧㄠˊ yáo 名①獸名。②分布在湖南、兩廣、雲南及四川諸省相鄰界的大山窮谷中之少數民族，近多向外遷移與漢人雜居，因此漸漸同化。

13【獃】〔呆〕㈠ㄞˊ ái 形痴呆、不靈活，例獃板。　㈡ㄉㄞ dāi 形①痴愚不明事理的人，例獃子。②不活潑、不靈敏。

13【猻】〔狲〕ㄙㄨㄣ sūn 名「猢猻」：見「猢」字。

十一　畫

14【獄】〔狱〕ㄩˋ yù 名①拘繫犯人的地方，例監獄。②訴訟的案件，例折獄。動爭訟。

◈獄吏、獄卒、獄訟　入獄、地獄、煉獄、牢獄之災。

14【獎】〔奖〕ㄐㄧㄤˇ jiǎng 名①為了鼓勵或表揚而給予的榮譽或財物，例頒獎。②彩金，例中獎。動①稱讚，表揚，例誇獎。②勸勉、鼓勵，例獎掖後進。③幫助。

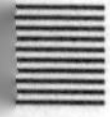

◆獎狀、獎品、獎章、獎賞、獎勵、獎學金　褒獎、嘉獎。

14【獒】ㄠˊ áo 名屬哺乳類，食肉目，猛犬，體型高大，性剛毅，能勇鬥或助獵。

14【獍】ㄐㄧㄥˋ jìng 名獸名，狀如虎豹而小，性情非常殘暴，據說一生下來，就吃掉母親。

14【獐】ㄓㄤ zhāng 名獸名，反芻偶蹄類，本作「麞」。

14【獏】ㄇㄨˊ mú 名獸名，似熊，頭銳。

十二　畫

15【獗】ㄐㄩㄝˊ jué 形強暴狂肆的樣子，例猖獗。

15【獠】ㄌㄧㄠˊ liáo 名①住在嶺南山中的少數民族名，通稱獠人。②兇悍的人，是罵人的話，例撲殺此獠。動夜間打獵。形兇惡，例青面獠牙。

15【獝】ㄒㄩˋ xù 形①鳥獸因受驚而飛散開的樣子。②狂。

15【獞】ㄊㄨㄥˊ tóng 名種族名，住在湖南、廣西諸省的山裡。

十三　畫

16【獨】〔独〕ㄉㄨˊ dú 名①老而無子的人。②獨處時，例君子愼其獨也。(《禮記》〈中庸〉)③姓，明有獨善。形單一的、孤獨的，例獨木橋。副唯、僅、但，例不獨如此。

◆獨夫、獨立、獨占、獨自、獨行、獨秀、獨身、獨裁、無獨有偶、獨占鰲頭、獨善其身、獨當一面　單獨、小姑獨處、唯我獨尊。

16【獪】〔狯〕ㄎㄨㄞˋ kuài 形奸詐狡猾，例狡獪、黠獪。

16【獧】ㄐㄩㄢˇ juǎn ㄐㄩㄢˋ juàn 名通「狷」；重氣節的人，例獧者有所不爲也。(《孟子》〈盡心下〉)形急，例獧急。

16【獬】ㄒㄧㄝˋ xiè 名形狀像山羊，只有一角，相傳是一種神羊，能分辨是非。古代訴訟時，常叫牠去觸人，誰被觸到，誰就是理虧的人。形豪強的樣子。

十四　畫

17【獰】〔狞〕ㄋㄧㄥˊ níng 動怒哮。形凶惡的樣子，例猙獰。

17【獲】〔获〕㈠ㄏㄨㄛˋ huò 名①所得的成果，例耕者之所獲。(《孟子》〈萬章〉)②打獵所得的東西。③古代對女婢的稱呼，例臧獲。④姓。動得到，例獲利、獲勝。副能夠，例不獲而辭。㈡ㄏㄨㄞˊ huái 名縣名，例獲鹿縣。

17【獯】ㄒㄩㄣ xūn 名「獯鬻」：又作葷粥，夏朝時北方的種族名，秦、漢時稱爲匈奴，商、周時稱獯鬻。

17【獮】ㄒㄧㄢˇ xiǎn 名秋天圍獵。動殺。

十五　畫

18【獷】〔犷〕ㄍㄨㄤˇ guǎng 形①粗野，例粗獷。②兇惡的，例獷敵。

18【獵】〔猎〕ㄌㄧㄝˋ liè 動①追逐捕取禽獸，例射獵。②竊取，例獵色。③求取，例獵取功名。④通「躐」；踐踏。

◆**獵涉、獵豔　打獵、犯獵、秋獵、射獵。**

19【獸】〔兽〕ㄕㄡˋ shòu 名①總稱具有四足而全身長毛的脊椎動物，例百獸。形殘忍沒有人性的，例獸性。

◆**獸聚鳥散　走獸、禽獸、人面獸心、珍禽異獸。**

十六　畫

19【獺】〔獭〕ㄊㄚˋ tà ㄊㄚˇ tǎ 名屬哺乳類食肉類。有水獺、海獺、旱獺三種，皮可以製裘，非常珍貴。

20【獻】〔献〕ㄒㄧㄢˋ xiàn 名①典籍，例文獻。②賢人。動①奉上，例獻謀、獻花。②表演，例獻藝。

十七　畫

20【獼】〔猕〕ㄇㄧˊ mí 名「獼猴」：面部紅色無毛，尾短，四肢像人手，長於攀木，性情活潑，棲息於深山森林中，以採果實、種子爲食。

十八　畫

21【獾】ㄏㄨㄢ huān 名同「貛」；掘土洞居住，形狀像豬，尾根有袋，會放臭氣，毛黑褐色，可製毛筆，肉可吃。

十九　畫

22【玀】〔猡〕ㄌㄨㄛˊ luó 名也作猓猓，

種族名。

二十 畫

23【玁】ㄒㄧㄢˇ xiǎn 名「玁狁」：周代北方的少數民族名，即殷時的鬼方，秦漢時的匈奴。

玄 部

05【玄】ㄒㄩㄢˊ xuán 名①清靜，例以玄默爲神。(《漢書》〈揚雄傳〉)②天。③姓，唐有玄奘。形①黑而有赤色的。②不易理解的，例玄妙。

六 畫

11【率】(一) ㄕㄨㄞˋ shuài 名①捕鳥的網。②榜樣，例表率。③姓，宋有率子廉。動①斂、收集，例悉率百禽。(張衡〈東京賦〉)②遵循。③同「帥」，統領。④用，例帝命率育。(《詩經》〈周頌・思文〉)形①輕浮不經心，例草率。②坦白豪爽，例坦率。副大抵、大略，例大率。 (二) ㄌㄩˋ lǜ 名①有一定的準則而可以爲法的。②數學上比例中相比的數稱爲率。

玉 部

05【玉】ㄩˋ yù 名①美石，質地溫潤而堅硬，半透明且富有光澤。②比喻價錢昂貴的米穀，例炊金饌玉。動愛、成，例玉成。形①尊稱，例玉音。②形容美麗，例玉面。

◆玉人、玉帛、玉展、玉璽、玉石俱焚、玉液瓊漿、玉潔冰清、玉樹臨風、美玉、碧玉、寶玉、翠玉、珠圓玉潤、亭亭玉立。

04【王】(一) ㄨㄤˊ wáng 名①古稱統治天下者。②尊稱，例王父(指祖父，尊之如王也)。③姓，宋有王安石。④「王朝」：指國家統治權在相當時期內，由一氏或一家把持，統治者以世襲法來繼承。動諸侯襲封時朝見天子。形大，例王蛇。 (二) ㄨㄤˋ wàng 動①往，出遊，例及爾出王。(《詩經》〈大雅・板〉)②君臨，例沛公欲王關中。(《史記》〈項羽本紀〉)形興盛，例神雖王，不善也。(《莊子》〈養生主〉) (三) ㄩˋ yù 名同「玉」字。

05【玊】ㄙㄨˋ sù 名①琢玉的工人。②有瑕疵的玉。③西戎國名。④姓，後漢有玊況。

二 畫

06【玎】ㄉㄧㄥ dīng ㄓㄥ zhēng 形「玎玲」：玉石相碰的聲音。

三 畫

07【玖】ㄐㄧㄡˇ jiǔ 名①黑色似玉的石。②數目字九的大寫。

07【玓】ㄉㄧˋ dì 名「玓瓅」：明珠的光。

07【玘】ㄑㄧˇ qǐ 名佩玉。

07【玗】ㄩˊ yú 名像玉的石頭。

07【玕】ㄍㄢ gān 名①次於玉的美石。②「琅玕」，見「琅」字。

四 畫

08【玩】㈠ㄨㄢˊ wán 動①遊戲。②欣賞，品味，例取來吾玩之。(《列子》〈黃帝〉)③研習，體察。 ㈡ㄨㄢˋ wàn 名珍奇的玩物。

08【玨】(珏)(瑴) ㄐㄩㄝˊ jué 名兩玉相合而成的玉器。

08【玟】㈠ㄨㄣˊ wén 名玉的紋路。 ㈡ㄇㄧㄣˊ mín 名美石。

08【玫】ㄇㄟˊ méi 名①「玫瑰」：薔薇科直立灌木，枝有刺，花單生，有紅、黃、白各色，具芳香。②美石，黑雲母的別稱。

08【玠】ㄐㄧㄝˋ jiè 名同「介」；大圭。

08【玦】ㄐㄩㄝˊ jué 名①玉佩。②用來鉤弦的器具。

五 畫

09【玷】ㄉㄧㄢˋ diàn 名①玉上的瑕疵，例白圭之玷，尚可磨也。(《詩經》〈大雅・抑〉)②缺失、過失，例斯言之玷，不可為也。(《詩經》〈大雅・抑〉)動①忝辱。②汙辱，例有玷家聲。

09【珊】ㄕㄢ shān 名「珊瑚」：屬腔腸動物門珊瑚蟲綱中八放珊瑚類和六放珊瑚類的總稱。絕大多數行羣體相結成樹枝狀，外被石灰質骨骼。色澤美觀，質地堅硬，可做項鍊、胸飾等。

09【玲】ㄌㄧㄥˊ líng 形①「玎玲」，見「玎」字。②

「玲瓏」：(1)如金玉般清冷的聲音。(2)精巧的樣子。(3)靈巧的樣子。

09【珀】ㄆㄛˋ pò 名「琥珀」，見「琥」字。

09【玻】ㄅㄛ bō 名①「玻璃」：用石英砂、石灰石、碳酸鈉、碳酸鉀等混合起來，加高熱融解，再經冷卻後製成的透明物體。可以製鏡、窗等各種用具。

09【珂】ㄎㄜ kē 名①白色的瑪瑙。②動物名，貝屬，生於南海，皮黃黑而骨白。③馬勒上的飾物。

09【珈】ㄐㄧㄚ jiā 名婦人的首飾。

09【珍】ㄓㄣ zhēn 名①寶貴的東西，例儒有席上之珍以待聘。(《禮記》〈儒行〉)②美味的食品，例山珍海味。動寶愛、重視。

◆珍玩、珍奇、珍饈、珍聞、珍藏、珍攝　八珍、奇珍、如數家珍、敝帚自珍。

09【珅】ㄕㄣ shēn 名玉名。

09【珄】ㄕㄥ shēng 名金色。

09【珉】ㄇㄧㄣˊ mín 名像玉的石子。

09【玳】ㄉㄞˋ dài 名「玳瑁」：屬脊椎動物爬蟲綱龜鱉目蠵龜科中之一種。體黃褐色，堅硬之背甲與腹甲均有表皮性之角質盾板，盾板有美麗的色彩。

六　畫

10【珮】ㄆㄟˋ pèi 名同「佩」；玉佩。

10【班】ㄅㄢ bān 名①列、位次，例排班。②次第。③軍隊中編制的單位，由九個人所組成，屬於排。④姓，後漢有班固。動①分，例班端于羣后。(《尚書》〈舜典〉)②還，例班師回朝。③通「般」；盤旋，例乘馬班如。(《易經》〈屯卦〉)

10【玼】ㄘˇ cǐ 形①玉色鮮明。②衣服鮮明。③缺點，例瑕玼。

10【珙】ㄍㄨㄥˇ gǒng 名大璧。

10【琉】ㄌㄧㄡˊ liú 名①光潔似玉的石頭。②「琉球」：國名，在太平洋琉球羣島，原臣屬中國，清光緒初被日本所佔，改爲沖繩縣，二次大戰後先由美軍管理，後又移歸日本管理。③「琉璃」：用鋁、鈉的硅酸化合物製成的釉料。

10【珥】ㄦˇ ěr 名①婦女的耳飾，例去簪珥。(《漢書》〈東方朔傳〉)②劍柄下端的鼻。③太陽周圍的光暈。動①插，例珥筆。②割取，例致禽而珥焉。(《周禮》〈地官．山虞〉)

10【珧】ㄧㄠˊ yáo 名蚌類，殼內有肉柱，即江珧柱；亦稱干貝。味鮮美，可做菜。

10【珩】ㄏㄥˊ héng 名古人佩掛在身上的玉。

10【珓】ㄐㄧㄠˋ jiào 名以竹或木製成用以卜吉凶的東西，例杯珓。

10【珞】ㄌㄨㄛˋ luò 「瓔珞」，見「瓔」字。

10【珠】ㄓㄨ zhū 名①砂粒和微生物竄入蛤類的外套膜，使該部受刺激，而以分泌的眞珠質逐層包附，漸久漸大而成球狀物，即是珍珠，成分是碳酸鈣及少量的有機物。②稱圓形的東西，例彈珠、露珠。

◆珠玉、珠璣、珠寶、珠光寶氣、珠圍翠繞、珠圓玉潤、珠聯璧合 珍珠、念珠、眼珠、掌上明珠。

10【珣】ㄒㄩㄣˊ xún 名玉名。

10【珪】ㄍㄨㄟ guī 名①古文「圭」。②矽的別名。③上圓下方的玉。④瑞玉，古代諸侯受封，拿瑞玉以爲守國的信物。

七畫

11【琅】ㄌㄤˊ láng 名①「琅玕」：⑴像玉的美石。⑵比喻華麗的詞藻或美文。⑶比喻美竹。⑷淚流的樣子。②姓，清有琅玕。形潔白的，例琅華千點照寒煙。(皮日休〈奉和魯望白菊〉)

11【琊】ㄧㄝˊ yé 名「瑯琊」，見「瑯」字。

11【球】ㄑㄧㄡˊ qiú 名①美玉。②玉磬。③圓形的立體物，例皮球、地球。④數學上稱曲面上所有的點，與位在中心的一定點等距離時，其曲面所包圍的立體圖形爲球。

11【現】〔现〕ㄒㄧㄢˋ xiàn 名①玉光。②現金的簡稱，例兌現。動顯、露，例出現。形今、目前，例現代。副即時、當時，例現買現賣。

◆現成、現形、現象、現實、現身說法 乍現、發現、顯現、曇花一現。

11【琇】ㄒㄧㄡˋ xiù 名美玉名。

11【理】ㄌㄧˇ lǐ 名①道義，例理義之悅我心。(

《孟子》〈告子〉）②姓，淸有理安和，例喜怒剛柔，不離其理。（《淮南子》〈本經訓〉）③條理。④媒人。⑤治獄之官。⑥星名。動①治玉。②溫習，例理書。③理會。④治理，例理家。⑤裝飾、整治。

◆**理由、理性、理解、理論、理學、理直氣壯　肌理、原理、整理、修理、眞理。**

11【琀】ㄏㄢˋ hàn 名大殮時死者口中所含的玉。

八畫

12【琺】ㄈㄚˋ fà 名①「琺瑯」：一種玻璃質的塗料，加熱後可與金屬表面黏合，不僅防銹且美觀。比玻璃易熔，不透明白色；加入金屬氧化物顏料，則具有色澤。

12【琪】ㄑㄧˊ qí 名美玉。

12【琳】ㄌㄧㄣˊ lín 名①美玉，例厥貢惟球、琳、琅玕。（《尚書》〈禹貢〉）

12【琢】ㄓㄨㄛˊ zhuó 名①雕磨玉石，例如琢如磨。（《詩經》〈衛風・淇奧〉）②通「瑑」；在玉器上面刻花。③修飾文辭。

12【琥】ㄏㄨˇ hǔ 名①製成虎形的玉器，例賜子家子雙琥。（《左傳》〈昭公三十二年〉）②「琥珀」：一種樹脂之化石，非結晶質，性脆，入火燃燒有香氣，用乾布擦拭則生靜電。可爲飾物或香料。

12【琶】讀音ㄆㄚˊ pá 語音ㄆㄚpā 名「琵琶」，見「琵」字。

12【琖】ㄓㄢˇ zhǎn 名玉做的酒杯。

12【琛】ㄔㄣ chēn 名珍寶。

12【琤】ㄔㄥ chēng 副①玉器相擊的聲音。②凡物戛擊有聲皆稱琤。

12【琦】ㄑㄧˊ qí 名玉名。形珍異的、奇特的。

12【琴】ㄑㄧㄣˊ qín 名①樂器，古琴前廣後狹，上圓而下方。今有風琴、鋼琴。②姓，春秋魯有琴張。動彈琴。

12【琨】ㄎㄨㄣ kūn 名美玉，例瑤琨篠簜。（《尚書》〈禹貢〉）

12【琵】ㄆㄧˊ pí 名①「琵琶」：四弦的樂器，用桐木製成，下圓上彎。起源於古代波斯。

12【琬】ㄨㄢˇ wǎn 图上面圓形的圭。

12【琮】ㄘㄨㄥˊ cóng 图①瑞玉，外面八角形，中有圓孔。②姓，宋有琮師古。

12【琯】ㄍㄨㄢˇ guǎn 图古代樂器，以玉製成，屬簫、笛類。動磨治金玉，使其光澤鮮明。

12【琰】ㄧㄢˇ yǎn 图①美玉名。②尖形的圭，是征討諸侯所執的玉器。形璧的美麗光澤。

12【琱】ㄉㄧㄠ diāo 動①治玉。②飾畫。③同「雕」；刻鏤。

12【琚】ㄐㄩ jū 图佩玉名，例報之以瓊琚。(《詩經》〈衛風．木瓜〉)

九畫

13【瑯】㈠ㄌㄤˊ láng 图①同「琅」。②「瑯琊」：秦漢時郡名，約當今山東膠南一帶。一作「琅玡」。 ㈡ㄌㄢˊ lán 图「琺瑯」，見「琺」字。

13【瑚】ㄏㄨˊ hú 图①「珊瑚」，見「珊」字。②「瑚璉」：原本指宗廟盛黍稷的禮器，後轉喻人的品德高貴。

13【瑟】ㄙㄜˋ sè 图撥弦樂器，春秋時已流行，形狀似琴，長八尺多，二十五弦，每弦各有柱，可上下移動。形①衆多的樣子。②莊嚴的樣子。③鮮潔的樣子。副通「索」；單獨，例蕭瑟。

13【瑕】ㄒㄧㄚˊ xiá 图①玉上的瑕疵。②過失，例德音不瑕(《詩經》〈豳風．狼跋〉)③罅隙。④太陽周圍的赤氣。⑤姓，春秋鄭有瑕叔盈。

13【瑞】ㄖㄨㄟˋ ruì 图①以玉做成的信物。②祥瑞。③姓，淸有瑞元。

13【瑁】㈠ㄇㄟˋ mèi 图「玳瑁」，見「玳」字。 ㈡ㄇㄠˋ mào 图古天子接見諸侯時手中所執的玉，例天子執瑁四寸。(《周禮》〈冬官．玉人〉)

13【琿】〔珲〕ㄏㄨㄣˊ huén 图美玉。

13【瑙】ㄋㄠˇ nǎo 图「瑪瑙」，見「瑪」字。

13【瑛】ㄧㄥ yīng 图①似玉的美石。②玉光。

13【瑄】ㄒㄩㄢ xuān 图六寸的璧。

13【瑋】〔玮〕ㄨㄟˇ wěi 图美玉。動①讚

美，例瑋其區域。(左思〈吳都賦〉)②珍奇、珍視。

13【瑜】ㄩˊ yú 名①美玉，例世子佩瑜玉。(《禮記》〈玉藻〉)②玉的光彩。

13【瑑】ㄓㄨㄢˋ zhuàn 動在玉器上雕刻花紋，例良玉不瑑。

13【瑊】ㄓㄣ zhēn 名像玉的石頭。

13【瑗】ㄩㄢˋ yuàn 名①玉名。②中央有大孔的璧玉。

十 畫

14【瑤】ㄧㄠˊ yáo 名①美玉，例報之以瓊瑤。(《詩經》〈衛風・木瓜〉)②同「珧」。形①稱美之詞，例瑤章。②比喻潔白。

◆**瑤池、瑤華、瑤臺、瑤林瓊樹、瑤環瑜珥**。

14【瑣】〔琐〕ㄙㄨㄛˇ suǒ 名①玉摩擦、碰撞時所發出細碎的聲音。②門的代稱。③通「鎖」。④姓，宋有瑣政。形細碎之事，例瑣務。

14【瑪】〔玛〕ㄇㄚˇ mǎ 名「瑪瑙」：又名文石。石英類礦物。在火山岩中的間隙裡，由矽酸質沈澱結晶而成。有白、黃、紅、藍等色，可做飾物。

14【瑰】ㄍㄨㄟ guī 名「玫瑰」，見「玫」字。形①偉、奇，例紛瑰麗兮奓靡。(張衡〈西京賦〉)②美好的。

14【瑭】ㄊㄤˊ táng 名玉名。

14【瑨】ㄐㄧㄣˋ jìn 名漂亮的石頭。

14【瑩】〔莹〕ㄧㄥˊ yíng 名似玉的美石。動磨治。形①透明。②光潔，例晶瑩。

14【瑱】ㄊㄧㄢˋ tiàn ㄓㄣˋ zhèn 名塞耳的玉器。

14【瑲】〔玱〕ㄑㄧㄤ qiāng 形①玉聲。②鈴聲。③音樂聲。

14【瑳】ㄘㄨㄛˇ cuǒ 形①玉色鮮白。②鮮盛的樣子。③巧笑貌。

十一 畫

15【璋】ㄓㄤ zhāng 名半圭爲璋，例載弄之璋。(《詩經》〈小雅・斯干〉)形通「章」、「彰」；明亮。

15【璃】ㄌㄧˊ lí 名①「玻璃」，見「玻」字。②「琉璃」，見「琉」字。

15【瑽】ㄘㄨㄥ cōng 形佩玉聲。

15【瑾】ㄐㄧㄣˇ jǐn ㄐㄧㄣˋ jìn 名美玉。

15【璀】ㄘㄨㄟˇ cuǐ 形①玉的光彩，例璀璨。②色彩鮮明的樣子。

15【璆】ㄑㄧㄡˊ qiú 名同「球」；美玉，例璆、琳，玉也。(《爾雅》〈釋器〉)形玉聲。

15【璇】ㄒㄩㄢˊ xuán 名次於玉的美石。

15【璉】〔琏〕ㄌㄧㄢˊ lián 名「瑚璉」，見「瑚」字。

15【璁】ㄘㄨㄥ cōng 名似玉的石頭。

15【璪】㈠ㄗㄠˇ zǎo 名像玉的石頭。 ㈡ㄙㄨㄛˇ suǒ 形同「瑣」；①玉聲。②瑣碎。

十二 畫

16【璜】ㄏㄨㄤˊ huáng 名半環形的瑞玉。

16【璣】〔玑〕ㄐㄧ jī 名①不圓的珠子。②古時測天文的器具。③星名，北斗的第三星。

16【璟】ㄐㄧㄥˇ jǐng 名玉的光彩。

16【璘】ㄌㄧㄣˊ lín 名玉的光彩。

16【璞】ㄆㄨˊ pú 名①未經琢磨加工的玉。②眞實，例歸眞反璞。

16【璠】ㄈㄢˊ fán 名「璵璠」，見「璵」字。

十三 畫

17【璩】ㄑㄩˊ qú 名①耳環。②姓，唐有璩抱朴。

17【環】〔环〕ㄏㄨㄢˊ huán 名①一種圓形而中間有孔的玉器。②泛稱圓圈形的東西，例耳環。③數學上稱和一般整數系一樣可作加、乘法運算的集合，爲抽象代數學用語。④姓，戰國楚有環淵。動①圍繞。②旋，例亟顧環面。(《大戴禮記》〈保傅〉)

18【璱】ㄙㄜˋ sè 名橫紋好像瑟弦的玉。形玉的色澤鮮潔的樣子。

18【璦】〔瑷〕ㄞˋ ài 名美玉。

18【璧】ㄅㄧˋ bì 名①平面圓形而中央有圓孔的玉。古代朝聘、祭祀、喪葬時所用的禮器，也作爲裝飾品。②玉的通稱，例白璧無瑕。形①美好的，例璧人。②形狀如璧，例璧月。動人有餽贈，不受退回曰璧，例奉璧，璧謝。

17【璐】ㄌㄨˋ lù 名美玉。

17【璪】ㄗㄠˇ zǎo 名以五采絲穿玉，掛在帽上的裝飾物。

17【璫】ㄉㄤ dāng 名①華麗的裝飾物，例金璫。②戴在耳垂上的珠玉。③椽頭飾。④宦官帽上的裝飾品，引申代表宦官，例權璫。

17【璨】ㄘㄢˋ càn 形「璨璨」：光明的樣子。

十四 畫

19【璽】〔玺〕ㄒㄧˇ xǐ 名①印，秦漢以後專指帝王所用的印。②國家的信符，例國璽。③姓，明有璽書。

18【璿】ㄒㄩㄢˊ xuán 名美玉。

18【璵】ㄩˊ yú 名「璵璠」：春秋魯國之寶玉。

十五 畫

19【瓊】〔琼〕ㄑㄩㄥˊ qióng 名①美玉。②海南島的簡稱。形精美、珍美，例瓊樓。

19【瓅】ㄌㄧˋ lì 名「玓瓅」，見「玓」字。

19【璺】ㄨㄣˋ wèn 名玉器、陶瓷破裂而顯現出來的痕跡。

十六 畫

20【瓏】〔珑〕ㄌㄨㄥˊ lóng 形①「玲瓏」，見「玲」字。②「瓏瓏」：(1)金玉相擊之聲。(2)車聲。(3)乾燥貌。

十七 畫

21【瓔】〔璎〕ㄧㄥ yīng 名①次於玉的美石。②「瓔珞」：戴在頸上的飾物。

十八 畫

22【瓘】ㄍㄨㄢˋ guàn 名玉名。

十九 畫

23【瓚】〔瓉〕ㄗㄢˋ zàn 图古時用玉做的祭器，像勺形。

瓜 部

05【瓜】ㄍㄨㄚ guā 图蔓生植物，屬葫蘆科。葉掌狀或分歧，有卷鬚，花多黃色，果實多肉多汁。種類甚多，有西瓜、胡瓜、冬瓜等。

五 畫

10【瓞】ㄉㄧㄝˊ dié 图小瓜，例緜緜瓜瓞。(《詩經》〈大雅・緜〉)

六 畫

11【瓠】ㄏㄨˋ hù 图①葫蘆科一年生蔓草植物。葉掌狀淺裂，互生；有卷鬚。②壺，例康瓠謂之甈。(《爾雅》〈釋器〉)③姓，楚有瓠巴。

十一 畫

16【瓢】ㄆㄧㄠˊ piáo 图①以葫蘆或木製，用來汲取水酒的器具。②勺類總稱，例湯瓢。③姓，明有瓢雄。

十四 畫

19【瓣】ㄅㄢˋ bàn 图①瓜中的果實。②組成花朵的花片，例花瓣。③瓜果瓤中如瓣形的部分。

十七 畫

22【瓤】ㄖㄤˊ ráng 图①瓜類內部的肉。②果仁，例核桃瓤。③糕餅的餡，例月餅瓤。

瓦 部

05【瓦】ㄨㄚˇ wǎ 图①以陶土燒成的器物總稱，例瓦盆。②覆於屋頂，用來蔽風雨的陶質薄片。③古之紡綞多爲陶製，故稱瓦，例載弄之瓦。(《詩經》〈小雅・斯干〉)④姓，清有瓦爾喀。

五 畫

10【瓴】ㄌㄧㄥˊ líng 图①甎瓦，例緻錯石之瓴甓兮。(司馬相如〈長門賦〉)②水瓶。

六 畫

11【瓷】ㄘˊ cí 图我國特產，以瓷土、黏土、長石、石英爲原料，加水調配再燒製成的器物。以江西景德鎮的出品最優，世界知名。形瓷質的，例瓷壺。

11【瓶】ㄆㄧㄥˊ píng 名①汲水器。②口小腹大頸長的器具，例花瓶。③姓，漢有瓶守。

八 畫

13【瓿】ㄆㄡˇ pǒu 名古代器名，青銅或陶製，圓口、深腹，用以盛酒和盛水，盛行於商。

九 畫

14【甄】ㄓㄣ zhēn 名姓，後漢有甄宇。動①製造陶器所用的轉輪，例甄陶。②造成。③察別荐舉，例甄選。④表明。

14【甃】ㄓㄡˋ zhòu 名水井下面四周的牆。動①聚甎修井。②以磚砌物。

十一 畫

16【甌】〔瓯〕ㄡ ōu 名①小盆。②盂，例酌酒三四甌。(《宋史》〈道學傳〉)③通「歐」；姓，戰國吳有甌冶子。④地名，即浙江省舊溫州府之地；又稱東甌。

16【甎】ㄓㄨㄢ zhuān 同「磚」；名瓦質方形的建築材料，例紅甎。

16【甍】ㄇㄥˊ méng 名屋頂上承瓦的橫樑。

十二 畫

17【甑】ㄗㄥˋ zèng 動煮東西的瓦器。

18【甕】ㄨㄥˋ wèng 名①用以汲水或盛酒漿的陶器。②姓，明有甕幼金。

18【甓】ㄆㄧˋ pì 名磚的一種。

十六 畫

21【甗】ㄧㄢˇ yǎn 名上大下小，形狀像甑而無底的炊器，中分兩層，上下層皆可以煮。

甘 部

05【甘】ㄍㄢ gān 名①美味，例誰謂荼苦，其甘如薺。(《詩經》〈邶風・谷風〉)②古地名，在今陝西省鄠縣西南。③甘肅省之簡稱。④姓，漢有甘延壽。動順、遂，例願得而甘心焉。(《左傳》〈莊公九年〉)形①和悅。②安。副情願、樂意，例甘拜下風。

◆甘旨、甘休、甘霖、甘露、甘之如飴 心甘情願、自甘墮落、同甘共苦。

四畫

09【甚】㈠ㄕㄣˋ shèn 形①過、極，例臣之罪甚多矣！(《左傳》〈昭公二十四年〉)副①很，例甚多。②何，例東風尚淺，甚先有翠嫣紅嫵？(周密〈一枝春詞〉) ㈡ㄕㄜˊ shé 形甚麼、什麼，疑問詞。

六畫

11【甜】ㄊㄧㄢˊ tián 形①味道甘美。②睡熟。

生部

05【生】ㄕㄥ shēng 名①死之對詞，生存。②有才學之人及讀書人之通稱，例自漢以來儒者皆號生。(《史記》〈儒林列傳索隱〉)③泛指生物，例衆生。④自謙詞，例晚生。⑤戲劇角色，例小生。⑥性命。⑦姓，明有生用和。動①養，例生以馭其福。(《周禮》〈天官・太宰〉)②生育。③產生。④發生，出現。⑤滋長、增加。形①不熟，例與一生彘肩。(《史記》〈項羽本紀〉)②不熟練，例生手。③未開化的，例生番。副①無端，如俗語的硬、愣。②甚，例生怕。助①形容詞語尾。②語助詞，無意義，例怎生了得。

◆生性、生育、生命、生計、生員、生氣、生涯、生理、生動、生疏、生硬、生絲、生意、生態、生澀、生機、生還、生死關頭、生花妙筆、生張熟魏、生龍活虎、生靈塗炭。

五畫

10【甡】ㄕㄣ shēn 形「甡甡」：⑴衆多的樣子。⑵聚集的樣子。

六畫

11【產】〔产〕ㄔㄢˇ chǎn 名①泛稱房地財物，例財產。②生長處，例陳良，楚產也。(《孟子》〈滕文公上〉)③樂器。④姓，明有產偉。動生，例產卵。

七畫

12【甥】ㄕㄥ shēng 名①姊妹所生的孩子，例外甥。②女婿。③古代姑之子、舅之子、妻之昆弟、姊妹之夫皆稱甥。④外孫。⑤姓。

12【甦】ㄙㄨ sū 動①同「蘇」；死而復生。②拯救使活過來。

用部

05【用】ㄩㄥˋ yòng 名①財政，例冢宰制國用。(《禮記》〈王記〉)②器物。③功用。④姓，漢有用虬。動①任用，例如有用我者。(《論語》〈陽貨〉)②使用、應用。③進飲食，例用湯。副需要，例明天你不用出席。介以，例是用不集。(《詩經》〈小雅・小旻〉)

◆用命、用事、用意 費用、使用、運用、楚材晉用。

05【甩】ㄕㄨㄞˇ shuǎi 動①放手不管，例甩手。②拋棄。③理會，例不要甩他。④投擲，例甩手榴彈。

一畫

06【甪】ㄌㄨˋ lù 名①獸名。②「甪里」：⑴複姓。⑵古地名，或云在今太湖附近。

二畫

07【甫】ㄈㄨˇ fǔ 名①古代男子美稱，例有天王某甫。(《禮記》〈曲禮〉)②尊稱別人的父親，例尊甫。③姓。④尊稱他人字號的詞語，例臺甫。副方始，例喘息甫定。

07【甬】ㄩㄥˇ yǒng 名①地名，浙江省鄞縣的別稱。②鐘柄。③量器名，即斛，例齊升甬。(《呂氏春秋》〈仲秋〉)④姓。

四畫

12【甭】ㄅㄥˊ béng 副不用、不必，例甭客氣。

七畫

12【甯】㈠ㄋㄧㄥˋ nìng 名姓，春秋衞有甯戚。

㈡ㄋㄧㄥˊ níng 名同「寧」；安。

田部

05【田】ㄊㄧㄢˊ tián 名①可以耕種的土地，例稻田。②土地的泛稱。③小鼓。④姓，戰國魏有田子方。動①耕作，

例令民得田之。(《漢書》〈高帝紀〉)②打獵，例以田以漁。(《易經》〈繫辭〉)

05【申】ㄕㄣ shēn 名①十二地支的第九位。②時辰名，下午三～五時。③國名，周封伯夷之後於申，故城在今河南省南陽縣北。④上海的簡稱。⑤姓，春秋楚有申包胥。動①伸、舒展，例申禮防以自持。(曹植〈洛神賦〉)②約束，例畏忌自申。(《漢書》〈韋玄成傳〉)③表達、表明，例大夫執圭而使，所以申信也。(《禮記》〈郊特牲〉)④訓誡，例申斥。副重、再，例申命羲叔。(《尚書》〈堯典〉)

◆申明、申訴、申誡、申請、申辯。

05【由】ㄧㄡˊ yóu 名①原因，緣故，例願見無由達。(《儀禮》〈士相見禮〉)②姓，漢有由彰。動①用，例以晋國之多謀，不能由吾子。(《左傳》〈襄公三十年〉)②從、遵循，例民可使由之。(《論語》〈泰伯〉)③經歷，例觀其所由。(《論語》〈為政〉)介①表原因。②表所從出，例禮義由賢者出。(《孟子》〈梁惠王下〉)

◆原由、自由、情由、行不由徑、言不由衷。

05【甲】ㄐㄧㄚˇ jiǎ 名①鱗甲，例龜甲。②十天干的第一位。③草木初生時所帶的種皮。④爪，例指甲。⑤古戰士所穿的護身衣，例盔甲。⑥臺灣的面積單位名，一甲有二千九百三十四坪，等於〇・九七公頃。⑦姓，明有甲艮。代假定的代名詞，例某甲。動超出羣倫，位居首位。

二　畫

07【男】ㄋㄢˊ nán 名①兒子對父母的自稱。②男子，例男有分，女有歸。(《禮記》〈禮運〉)③封建制度五等爵的第五等。④通「南」，君王，例男，君也。(《廣雅》〈釋詁〉)⑤壯丁，例家有二男以上，一入軍。(《史記》〈酈生陸賈列傳〉)⑥姓。

07【甸】㈠ㄉㄧㄢˋ diàn 名①郊外，例三曰邦甸之賦。(《周禮》〈天官・大宰〉)②田野的產物，例納甸於有司。(《禮記》〈少儀〉)③地方之稱，安東省有寬甸。動治理。㈡ㄊㄧㄢˊ tián 動打獵。形車聲。

07【町】ㄊㄧㄥˇ tǐng 名①田界，例町畽。②田畝，例編町成篁。(張衡〈西京賦〉)③日本稱街為町。

三　畫

08【畀】ㄅㄧˋ bì 動①給與，例不畀洪範九疇。(《尚書》〈洪範〉)②答贈。

四 畫

09【畏】ㄨㄟˋ wèi 名令人害怕的事，例君子有三畏。(《論語》〈季氏〉)動①懼，例永畏惟罰。(《尚書》〈呂刑〉)②敬服，例畏而愛之。(《禮記》〈曲禮〉)③厭惡。形①可敬畏的。②可怕的，例畏途。

09【畋】ㄊㄧㄢˊ tián 動①耕田。②打獵。

09【界】ㄐㄧㄝˋ jiè 名①邊界，邊境，例域民不以封疆之界。(《孟子》〈公孫丑〉)②界限，例奢儉之中，以禮爲界。(《後漢書》〈馬融傳〉)③自成一地位、範圍，例學界。④幾何學以一物之始終爲界。動①離間。②隔開、區劃。

09【畎】ㄑㄩㄢˇ quǎn 名①田間的小溝。②山谷通水的地方。動疏通、流通。

09【畈】ㄈㄢˋ fàn 名耕作的田地，例田畈。

五 畫

10【畔】ㄆㄢˋ pàn 名①田界。②水涯。③邊側，例河畔。動通「叛」；背離。

10【畝】〔亩〕(畮) ㄇㄨˇ mǔ ㄇㄡˇ mǒu 名①計算田地面積的單位名，古以縱橫五尺爲方步，二百四十方步爲畝，今制以六十方丈爲一畝。②田壟。

10【畜】(一) ㄔㄨˋ chù 名家畜，例掌共六畜。(《周禮》〈天官・庖人〉)動①積，例務畜菜。(《禮記》〈月令〉)②限制，例畜君何尤。(《孟子》〈梁惠王〉)
(二) ㄒㄩˋ xù 名①「蓄」；儲存。②姓。動①養育。②容許。③留，例易祿而難畜也。(《禮記》〈儒行〉)

10【畚】ㄅㄣˇ běn 名以草或竹木所製成的盛土器具，例畚箕。

10【留】ㄌㄧㄡˊ liú 名①古地名，一爲春秋宋邑；一爲春秋鄭邑。②姓，宋有留邑。動①止，例可急去矣，愼勿留。(《史記》〈越世家〉)②稽遲，例逗留。③阻止。④存，例人死留名。
◆**留神、留連、留難　保留、挽留、停留、稽留。**

10【畛】ㄓㄣˇ zhěn 名①田間分界的路。②界限。

動祝告、致意。

六 畫

11【略】ㄌㄩㄝˋ lüè 名①計謀，例方略。②簡要，例嘗聞其略也。(《孟子》〈萬章〉)③姓。動①取、奪，例犧牲不略。(《國語》〈齊語〉)②治理，例天子經略。(《左傳》〈昭公七年〉)③簡慢，例脫略公卿。(江淹〈恨賦〉)形省略的，例略文。副大約、大致。

◆侵略、忽略、粗略、戰略。

11【畢】〔毕〕ㄅㄧˋ bì 名①用以捕捉鳥、兔的長柄小網。②二十八星宿之一。③簡札。④周時諸侯國名。⑤姓，宋有畢士安。動①終結，例完畢。②用網捕捉。副全部、一齊，例原形畢露。

11【畦】㈠ㄒㄧ xī 名①五十畝的田地。②姓，漢有畦覩。 ㈡ㄑㄧˊ qí 名①區。②田隴。

11【異】〔异〕ㄧˋ yì 名怪異。動①分開，例羣居五人，則長者必異席。(《禮記》〈曲禮〉)②不同，例同弗與，異弗非也。(《禮記》〈儒行〉)③疑怪。形奇特的，例異人。

◆異己、異心、異端、異聞、異趣、異議、異口同聲、異曲同工、異軍突起、異想天開 詭異、驚異、奇異、奇裝異服。

七 畫

12【畫】〔画〕ㄏㄨㄚˋ huà 名①圖畫。②書法的橫筆。③中國字一筆稱一畫。④姓，明有畫芳。動①繪，例畫圖。②分界。③計畫。④簽押，例畫押。⑤停止，設限，例今女畫。(《論語》〈雍也〉)

◆畫面、畫蛇添足、畫棟雕樑、畫餅充飢、畫龍點睛 區畫、指畫、筆畫、圖畫。

12【番】㈠ㄈㄢ fān 名①計數之辭。②外族之稱，如川、甘、雲、貴等省邊境之少數民族，清時編入戶籍，稱為番戶。③值勤。④稱外國或來自外國的東西為番，例番邦、番茄。動更代，例賢良值宿更番。(《漢書》〈成帝紀〉) ㈡ㄆㄢ pān 名「番禺縣」：廣東省縣名，因番山、禺山而得名，產稻、甘蔗、花生、薯類及香蕉、荔枝、龍眼等。 ㈢ㄆㄛˊ pó 名姓，漢有番係。

12【畯】ㄐㄩㄣˋ jùn 名①掌農田的官吏。②農夫。③鄙野。

12【畬】㈠ㄩˊ yú 名已耕三年之田。 ㈡ㄕㄜ shē 動火耕，荊楚等地用火燎原而種植。

八 畫

13【當】〔当〕㈠ㄉㄤ dāng 名①古州名，今四川松潘縣境。②姓。動①任，例非德不當雍。(《國語》〈晉語〉)②主持，例當家。③遇、正值。④抵抗、匹敵。⑤承受，例不敢當。⑥相配，例門當戶對。形對著，例當機立斷。 ㈡ㄉㄤˋ dàng 名圈套、詭計，例上當。動①抵押，例拿珠寶去當。②認為，例你當我是傻瓜？形合宜，例賞罰得當。

◆**當心、當代、當局、當差、當然、當道、當仁不讓、當局者迷、當務之急、當頭棒喝、當機立斷　承當、適當、擔當、安步當車、旗鼓相當。**

13【畹】ㄨㄢˇ wǎn 名三十畝的田地，例下畹高堂。(左思〈魏都賦〉)

13【畸】ㄐㄧ jī 名①不整齊的田畝。②零餘的數目。形通「奇」；異，例畸人。

十 畫

15【畿】ㄐㄧ jī ㄑㄧˊ qí 名①舊稱帝王建都附近的地方，例京畿。②門內。

十二 畫

18【疄】ㄌㄧㄣˊ lín 名田壟、蔬畦。

十四 畫

19【疇】〔畴〕ㄔㄡˊ chóu 名①田地，例修農圃之疇。(《漢書》〈蕭望之傳〉)②類，例草木疇生。(《荀子》〈勸學〉)③界埒，例瓜疇芋區。(左思〈蜀都賦〉)④姓。動①匹，例人與人相疇。(《國語》〈齊語〉)②分等。

19【疆】ㄐㄧㄤ jiāng 名①國界，邊界。②極限，例萬壽無疆。(《詩經》〈豳風・七月〉)動畫分地界。

十七 畫

22【疊】〔迭〕㈠ㄉㄧㄝˊ dié 名①數量詞，一層稱疊。②日本謂室內地上所鋪的席子為疊，以二疊合為一坪。動①重複，例重疊。②懼怕。③用手摺，例疊衣服。④音樂的再奏。 ㈡ㄉㄚˊ dá 名將許多薄物層層堆在一起，例一疊鈔票。

疋 部

05【疋】㈠ㄆㄧˇ pǐ 图同「匹」；計算布帛的單位，例一疋布。 ㈡ㄧㄚˇ yǎ 形正的，古文假借爲「雅」字。 ㈢ㄕㄨ shū 图足。

六 畫

11【疏】㈠ㄕㄨ shū ㄙㄨ sū 图①窗上的刻鏤。②泛指蔬菜瓜果；亦作「蔬」。③條陳事實的文字，例奏疏。④粗布。⑤粗糙的飯食。⑥姓，漢有疏廣。動開通，例疏通。形①不親密，例疏遠。②不周密，例疏忽。③稀少。 ㈡ㄕㄨˋ shù 图①疏通義理的文字，例注疏。②帝制時代，稱臣下給皇帝的報告爲疏，例上疏。動條陳，例數疏光(霍光)過失。(《漢書》〈蘇建傳・附蘇武傳〉)

◆疏散、疏導、疏濬、疏財仗義 生疏、扶疏、親疏、才疏學淺、百密一疏。

七 畫

12【疎】ㄕㄨ shū ㄙㄨ sū 形同「疏」，例疎懶、疎林。图姓，後漢有疎耽。

九 畫

14【疑】ㄧˊ yí 图古代官名，輔佐天子處理朝政的四位，在前位的稱疑。動心中有迷惑，因未信或因不信而猜測，例疑惑、懷疑。副彷彿、相像。

◆疑雲 遲疑、可疑、質疑、半信半疑。

疒 部

05【疒】ㄔㄨㄤˊ chuáng 图病。形人有疾病時倚床休息的樣子。

二 畫

07【疔】ㄉㄧㄥ dīng 图一種惡瘡，常生在指頭、口脣或臉上，約如豌豆大小，形圓，腫硬劇痛，患者往往發寒、發熱。

三 畫

08【疙】㈠ㄍㄜ gē 图「疙瘩」：⑴皮膚小腫突起成塊。⑵泛指圓形體積不大的東西，例小疙瘩。 ㈡ㄧˋ yì 形痴呆的樣子。

08【疘】ㄍㄤ gāng 名「脫疘」：肛門下漏的病。

08【疚】ㄐㄧㄡˋ jiù 名①久病。②居喪期間稱爲在疚。動心中憂苦慚愧，例內疚。

08【疝】ㄕㄢˋ shàn 名腹腔內臟向外突出或墜落的病症，例疝氣。

四 畫

09【疫】ㄧˋ yì 名一切流行急性病的總稱，例鼠疫。

09【疷】ㄓ zhī 名病，例之子之遠，俾我疷兮。(《詩經》〈小雅・白華〉)

09【疤】ㄅㄚ bā 名創傷或皮膚病好了以後留下來的痕跡，例瘡疤。

09【疥】ㄐㄧㄝˋ jiè 名①「疥瘡」：疥癬蟲所引起的皮膚病，患部多在手及腕。症狀令人發癢。②通「痎」；隔日瘧。形塗汚的，例疥壁。

09【疢】ㄔㄣˋ chèn 名熱病。

09【疣】ㄧㄡˊ yóu 名①皮膚上的肉塊，例贅疣。②比喻事物多而無用。

五 畫

10【疾】ㄐㄧˊ jí 名①病，例疾病。②姓，明有疾敬。動①患苦。②痛恨，例疾惡如仇。③毒害。副急、速，例疾走。

10【病】ㄅㄧㄥˋ bìng 名①身體不健康而發生的不舒服，例疾病。②瑕疵、短處，例語病。動①損害，例病民。②病勢轉重，例曾子寢疾，病。(《禮記》〈檀弓上〉)③怨恨。④憂愁。⑤侮辱。⑥疲倦，勞累。

◆病根、病毒、病媒、病篤、病入膏肓、病從口入 生病、毛病、臥病、詬病。

10【症】ㄓㄥˋ zhèng 名發病的現象，例熱症。形疾病的。

10【疲】ㄆㄧˊ pí 動討厭、厭倦，例樂此不疲。形①困倦，例疲勞。②瘦小。③經濟學上指商品價格低落，買賣的情況稀少。

10【疳】ㄍㄢ gān 名①病名，例疳積、牙疳。②花柳病的一種，例下疳。

10【疽】ㄐㄩ jū 名皮膚腫爛的病。

10【疼】ㄊㄥˊ téng 動①痛，例肚子疼痛。②憐惜、憐愛，例疼愛。

10【疹】(一)ㄓㄣˇ zhěn 名發生在皮膚上如針頭大乃至豆大的隆起物，多由皮膚表層的炎症性侵潤而發生的，形狀略圓，顏色則不定。(二)ㄔㄣˋ chèn 名通「疢」，疾病，例疾疹貧病者。(《國語》〈越語上〉)

10【疸】(一)ㄉㄢˇ dǎn 名膽汁混入血液的一種病，皮膚和眼睛都呈黃色，例黃疸。
(二)˙ㄉㄚ da 通「瘩」。

10【痃】ㄒㄧㄢˊ xián 名病名。大腿和小腹間所生的潰瘍，多由梅毒而起。

10【痀】ㄐㄩ jū 形背脊彎曲，例痀僂。

10【痂】ㄐㄧㄚ jiā 名皮膚病生瘡的地方好了之後，新肌肉上結的乾硬膿甲，例結痂。

10【痁】ㄉㄧㄢˋ diàn 名久久不癒的瘧疾。動憂愁。

10【痄】ㄓㄚˋ zhà 名耳下腺腫的病。

10【疱】ㄆㄠˋ pào 名同「皰」；皮膚生水泡狀的小粒。

10【疴】ㄜ ē ㄎㄜ kē 名病重，例沉疴。

六畫

11【痔】ㄓˋ zhì 名直腸下端的靜脈擴張，且彎曲成瘤狀，稱爲痔。在肛門外的叫外痔，在肛門內的叫內痔，痔瘡潰爛時叫痔漏。

11【痕】ㄏㄣˊ hén 名①疤瘢，例瘢痕。②凡物有跡者皆稱痕。

11【疵】ㄘˊ cí ㄘ cī 名毛病、缺點，例瑕疵、吹毛求疵。動毀謗，挑剔。

11【痍】ㄧˊ yí 名創傷，例瘡痍。

11【痏】ㄨㄟˇ wěi 名瘡疤、瘢痕。

11【痊】ㄑㄩㄢˊ quán 動病已好了，例痊癒。

七畫

12【痢】ㄌㄧˋ lì 名一種傳染病名，大便頻繁，稀薄而不爽利，且腹部疼痛，劇者兼下膿血，有赤痢、白痢兩種。

12【痣】ㄓˋ zhì 名皮膚上所生稍稍突起的斑點，黑色居多，也有紅色或青色的。

12【痙】〔痉〕ㄐㄧㄥˋ jìng 名彊急，即肌肉緊張亢進的現象。

12【痘】ㄉㄡˋ dòu 名「痘瘡」：俗稱天花，是一種極危險的傳染病。

12【痞】ㄆㄧˇ pǐ 名①肚裡腫脹的硬塊叫痞塊。②地方無賴，作惡多端者，例地痞。

12【痠】ㄙㄨㄢ suān 形身上的肌肉過度疲勞，或因疾病而引起的微痛無力的感覺，例腰痠背痛。

12【痛】ㄊㄨㄥˋ tòng 名身體或精神上感到難受，例痛苦。動①悲傷，例悲痛。②憎恨。③憐惜。副①儘量，例痛打。②十分，例痛恨。③盡情，例痛飲。

◆痛切、痛快、痛心疾首、痛不欲生、痛改前非、痛定思痛、痛哭流涕。

12【痤】ㄘㄨㄛ cuō 名「痤瘡」：一種皮脂腺的慢性感染症。常發生在青春期，因性腺分泌突增而引起的生理反應，油性皮膚的人更易發生。

12【痧】ㄕㄚ shā 名傳染病之一，霍亂、中暑等急性病的俗稱。又痲疹亦稱痧子。

八畫

13【瘀】ㄩ yū 名積血不能暢通的病，例瘀血病。

13【痰】ㄊㄢˊ tán 名肺裡或氣管裡，分泌出來的黏液。

13【瘁】ㄘㄨㄟˋ cùi 名疾病，例殄瘁。動①勞苦，例勞瘁、鞠躬盡瘁。②毀壞。③憂傷。

13【痲】ㄇㄚˊ má 名因出天花所留的瘢痕，例痲臉。

13【痱】ㄈㄟˋ fèi 名①夏天皮膚受了暑熱後發生的小粒。②中風癱瘓的疾病。

13【痹】ㄅㄧˋ bì 名肢體失去感覺，不能運動的病，例小兒痲痹。動痲木、感覺遲鈍，例痲痹。

13【痿】ㄨㄟˇ wěi 形「痿痹」：⑴肢體痲木而筋肉疲軟，以致不能行動的一種病。⑵比喻政事廢弛不振。

13【痴】(癡)ㄔ chī 名①指人不聰明，例白痴。②發瘋，例發痴。③對事物愛極而沉迷不返，例書痴。形傻傻的、無意識的，例痴笑。
◆痴呆、痴迷、痴想、痴人說夢、痴心妄想。

13【痶】ㄉㄧㄢˇ diǎn 名「痶瘓」：腳有毛病，走路時一腳作點地的樣子的人。形「痶瘓」：病的樣子。

13【瘃】ㄓㄨˊ zhú 名手腳的凍瘡。

13【痳】ㄌㄧㄣˊ lín ㄌㄧㄣˋ lìn 名①痳症，就是淋病；亦稱花柳病，患者尿道腫爛，小便困難。②疝病。

13【痼】ㄍㄨˋ gù 形經久沒有治好的疾病，例痼疾。

13【痾】ㄜ ē 名同「疴」；疾病，例舊病有痾。（潘岳〈閑居賦〉）

13【瘐】ㄩˇ ǔ 動憂鬱的病。

13【瘂】ㄧㄚˇ yǎ 名同「啞」。

九 畫

14【瘧】〔疟〕ㄋㄩㄝˋ nüè ㄧㄠˋ yào 名瘧疾，因感染瘧原蟲而引起的熱病。有一～三週的潛伏期，特有的症狀是惡寒戰慄，高熱期與發汗期的重覆，患者每隔四十八小時會發冷與發燒各一次。

14【瘍】〔疡〕ㄧㄤˊ yáng 名癰疽瘸瘡等皮膚病的總稱，例潰瘍。

14【瘋】〔疯〕ㄈㄥ fēng 名①嚴重的精神病，患者神經錯亂，精神失常。②頭風病。形言行狂妄的樣子，例瘋言瘋語。

14【瘊】ㄏㄡˊ hóu 名「瘊子」：皮膚上所生的小疙瘩。

14【瘇】ㄓㄨㄥˇ zhǒng 名腳腫。

14【瘓】ㄏㄨㄢˋ huàn 名①「癱瘓」，見「癱」字。②「痶瘓」，見「痶」字。

14【瘈】㈠ ㄐㄧˋ jì 形瘋狂。㈡ ㄓˋ zhì 名瘈犬；亦作猘犬，就是狂犬。

14【瘌】㈠ ㄌㄚˋ là 名疤痕，例疤瘌。㈡ ·ㄌㄚ la 名頭上生瘡，頭髮脫落的一種病。

14【瘕】ㄐㄧㄚˇ jiǎ 名腹中有積塊，忽聚忽散的病。

14【瘖】ㄧㄣ yīn 形嗓子啞不能出聲。

十畫

15【瘠】ㄐㄧˊ jí 形①瘦，例瘠者甚矣。(《左傳》〈襄公二十一年〉)②土地不肥沃，例瘠土。③薄，例若是則瘠。(《荀子》〈富國〉)

15【瘩】(一)ㄉㄚˊ dá 名生於兩肩骨活動處的癰疽。(二)·ㄉㄚ da 名「疙瘩」：見「疙」字。

15【瘟】ㄨㄣ wēn 名一切人及牲畜所患的流行性傳染病，例瘟疫。

15【瘝】ㄍㄨㄢ guān 名通「矜」；病，例恫瘝。動曠廢。

15【瘦】ㄕㄡˋ shòu 形①肌肉不豐，例骨瘦如柴。②土地瘠薄，例瘦土。③峭削的，例瘦石。

◆瘦弱、瘦骨嶙峋　消瘦、輕瘦、胖瘦、環肥燕瘦。

15【瘤】ㄌㄧㄡˊ liú 名①皮膚黏膜或臟器表面的一種贅生物。②樹幹上面隆起的部分，例樹瘤。

15【瘞】〔瘗〕ㄧˋ yì 動埋。

15【瘡】〔疮〕ㄔㄨㄤ chuāng 名①皮膚上腫起或潰爛等病的總稱，例頭瘡。②創傷，例刀瘡。

15【瘢】ㄅㄢ bān 名①瘡痕，例疤瘢。②皮膚上的斑點，例雀斑；亦作雀瘢。

15【瘥】(一)ㄔㄞˋ chài 形病痊癒，例病瘥。(二)ㄘㄨㄛˊ cuó 名病。

十一畫

16【瘸】ㄑㄩㄝˊ qué 形跛腳，例瘸腿。

10【瘵】ㄓㄞˋ zhài 名①病，例士民其瘵。(《詩經》〈大雅・瞻卬〉)②肺癆病，例癆瘵。

16【瘼】ㄇㄛˋ mò 名①痛苦，例民瘼。②病，例亂離瘼矣。(《詩經》〈小雅・四月〉)

16【瘴】ㄓㄤˋ zhàng 名一種山林間溼熱蒸發而成的毒氣，人一接觸就會生病，例瘴氣。

16【瘳】ㄔㄡ chōu 動①病癒。②喻國勢振興。③損失。

10【瘭】ㄅㄧㄠ biāo 名「瘭疽」：指頭周圍的急性化膿性炎症，多由葡萄球菌或黴菌所引起。患處表皮堅硬，並且有劇痛感。外科治療要除去指甲。

16【瘰】ㄌㄨㄛˇ luǒ 名「瘰癧」：淋巴腺結核的病症，患部有緩慢的化膿性膿疱及瘻管等。

16【瘻】〔瘘〕㈠ ㄌㄩˊ lǘ 名脊樑彎曲的病，例痀瘻。 ㈡ ㄌㄡˋ lòu 名頸腫的病。

十二 畫

17【癆】〔痨〕ㄌㄠˊ láo 名因結核菌所引起的傳染病，例肺癆。

17【療】〔疗〕ㄌㄧㄠˊ liáo ㄌㄧㄠˋ liào 動①治病，例治療。②救治，例療貧。

17【癌】ㄧㄢˊ yán ㄞˊ ái 名病名，發生於身體內外的惡性的腫瘤，例乳癌。

17【癃】ㄌㄨㄥˊ lóng 名①脊椎骨彎曲的病，例年老癃病勿遺。(《漢書》〈高帝紀〉)②小便不通的毛病，今稱爲膀胱結石症。

17【癉】〔瘅〕㈠ ㄉㄢˋ dàn 動恨，例彰善癉惡。 ㈡ ㄉㄢ dān 名①小兒皮膚發紅腫的病，例火癉。②積勞所引起的病，例下民卒癉。(《詩經》〈大雅・板〉)

17【癇】〔痫〕ㄒㄧㄢˊ xián 名「癲癇」，見「癲」字。

十三 畫

18【癖】ㄆㄧˇ pǐ 名同「痞」；病名，腹內生硬塊，消化不良的病症，例痞塊。動對於某種嗜好成了習慣；也叫做癮，例讀書癖。

18【癘】〔疠〕ㄌㄧˋ lì 名①惡瘡，例仲冬行春令，民多疥癘。(《禮記》〈月令〉)②瘟疫，例天有菑癘。(《左傳》〈哀公元年〉)③殺，例不癘雛𪏊。(《管子》〈五行〉)

18【癒】ㄩˋ yù 動通「愈」、「瘉」；病好了，例病癒。

18【癜】ㄉㄧㄢˋ diàn 名一種皮膚病，初現紫色或白色的小點，漸漸蔓延成片，俗稱紫癜風、白癜風。

18【癤】〔疖〕ㄐㄧㄝˊ jié ㄐㄧㄝ jiē 名由葡萄狀球菌侵入毛囊汗腺的周圍而起的小膿瘡，多發生於顏頸、四肢、臀部等處。

18【瘤】ㄌㄟˇ lěi 形皮膚小腫。

十四 畫

19【㾸】〔㿉〕ㄅㄧㄝˇ biě 名枯病。形①不飽滿，凹下去，例㾸嘴。②縮小，例皮球漏氣，越來越㾸了。

19【癡】ㄔ chī ㄔˊ chí 同「痴」。

十五 畫

20【癢】〔痒〕ㄧㄤˇ yǎng 名皮膚受到刺激而產生需要搔的感覺。

20【癥】〔症〕ㄓㄥ zhēng 名①腹中有硬塊。②比喻困難的問題。

十六 畫

21【癩】〔癞〕ㄌㄞˋ lài 名①痲瘋病。②因生癬疥而毛髮脫落。③惡劣，例東西有好有癩。

21【癧】〔疬〕ㄌㄧˋ lì 名「瘰癧」，見「瘰」字。

十七 畫

22【癮】〔瘾〕ㄧㄣˇ yǐn 名已經成了習慣性的嗜好，例菸癮。

22【癬】〔癣〕讀音ㄒㄧㄢˇ xiǎn 語音ㄒㄩㄢˇ xuǎn 名皮膚傳染病的一種，患處發癢，並生白色的鱗狀皮，例白癬。

22【癭】〔瘿〕ㄧㄥˇ yǐng 名①長在頸上的瘤。②樹木上所生的贅瘤，例柳癭。

十八 畫

23【癰】〔痈〕ㄩㄥ yōng 名皮膚紅腫而出膿的毒瘡，多由金葡萄球菌所引起。

23【癯】ㄑㄩˊ qú 形同「臞」；瘦弱，例癯瘠。

十九 畫

24【癱】〔瘫〕ㄊㄢ tān 名「癱瘓」：(1)肢體痲痹，不能活動。常爲腦溢血的

結果。⑵在工商社會中，生產線因某種原因中止而停頓的現象，也稱癱瘓。

24【癲】〔癫〕ㄉㄧㄢ diān 名①神經錯亂，言語行動不正常的病，是神經病的一種，例癲狂。②「癲癇」：俗稱羊癲瘋，主要症狀爲發作性的意識喪失和痙攣。

癶 部

05【癶】ㄅㄛ bō 形兩腿向外張開，行走不順的樣子，例卡癶著腿。

四 畫

09【癸】ㄍㄨㄟˇ guǐ 名①十天干的末位稱癸。②婦女的月信稱癸水或天癸。③姓。

七 畫

12【登】ㄉㄥ dēng 名古祭器。動①從下往上，例登樓。②成熟，例五穀不登。③記錄、刊載，例登記。④收受，例拜登。形高，例不哀年之不登。（《國語》〈晉語九〉）副立刻，例登即相許和。（〈古詩・爲焦仲卿妻作〉）

◆登基、登場、登臨、登臺、登峯造極、登堂入室　攀登、一步登天、捷足先登。

12【發】〔发〕ㄈㄚ fā 名①數量名，箭一枝或槍砲子彈一枚稱一發，例一發子彈。②姓。動①射出，例發矢。②生長、產生，例發芽。③攻訐，例告發。④激動，例奮發。⑤派遣，例發兵。⑥宣布，例發表。⑦長大，例發育。⑧動身，例出發。

◆發凡、發生、發行、發言、發作、發抖、發炎、發明、發洩、發狠、發軔、發展、發條、發揮、發揚、發源、發達、發酵、發誓、發憤、發霉、發願、發難、發覺、發人深省、發揚光大、發憤忘食。

白 部

05【白】讀音ㄅㄛˊ bó 語音ㄅㄞˊbái 名①顏色，例白色。②空無所有，例空白。③酒杯，例浮一大白。④蔥蒜的根，例蔥白。⑤姓，秦有白起。動①陳述，例表白。②戲劇裡的對話，例對白。③曙色發白，即天明。形①潔淨，例潔白。②爽直，例坦白。副①徒然，例白做。②不出代價而享利益，例白吃白喝。

◆白玉微瑕、白雲蒼狗、白駒過隙、

白頭偕老　空白、自白、道白、眞相大白。

一　畫

06【百】(一)ㄅㄛˊ bó ㄅㄞˇ bǎi [名]①數目名，十的十倍，大寫作「佰」。②姓，漢有百政。[形]衆多，[例]百姓。[副]凡，所有，[例]百爾君。(《詩經》〈邶風・雄雉〉)　(二)ㄇㄛˋ mò [動]勉力。

◆百口莫辯、百折不撓、百步穿楊、百依百順、百弊叢生、百廢俱興、百戰百勝　千方百計、千瘡百孔、諸子百家、殺一儆百。

二　畫

07【皂】ㄗㄠˋ zào [名]①舊時官府中的差役，[例]皂隸。②洗濯用的鹼性物質，[例]肥皂。③馬槽。[動]製作。[形]黑色，[例]不分皂白。

07【皁】ㄗㄠˋ zào 「皂」的古字。

三　畫

08【的】(一)ㄉㄧˋ dì [名]①箭靶的中心，[例]鵠的。②心志所想達到的境地，[例]目的。③古時女子臉上裝飾的紅點。　(二)ㄉㄧˊ dí [形]確實的、可靠的，[例]的確。　(三)・ㄉㄜ de [形]①形容詞的語尾，[例]美麗的。②表人稱，[例]開車的。[副]副詞的詞尾，[例]高高的飛。[介]表所屬的，[例]我的書。[助]用在句末，[例]好的。

四　畫

09【皆】ㄐㄧㄝ jiē [副]①俱、同，[例]天下之惡皆歸焉。(《論語》〈微子〉)②普遍。

09【皇】ㄏㄨㄤˊ huáng [名]①君主，[例]皇帝。②姓，南朝梁有皇侃。[動]①匡正。②通「遑」；閒暇，[例]皇恤我後。(《禮記》〈表記〉)[形]①大，[例]堂皇。②對先祖的敬稱，[例]皇祖。[副]匆忙的樣子，[例]倉皇。

◆皇天、皇考、皇儲、皇天后土、皇親國戚　天皇、地皇、三皇五帝、冠冕堂皇。

09【皈】ㄍㄨㄟ guī [動]佛教中指拋棄世俗，誠心歸向佛門的意思，[例]皈依。

五　畫

10【皋】(一)ㄍㄠ gāo [名]①水邊的地方，[例]江皋。②水澤，[例]鶴鳴于九皋。(《詩經》〈小雅・鶴鳴〉)③姓，漢有皋誨。　(二)ㄏㄠˊ háo [動]告、呼。

六畫

11【皎】ㄐㄧㄠˇ jiǎo 图姓，五代漢有皎公羨。形光明潔白的，例皎月。

七畫

12【皖】ㄨㄢˇ wǎn ㄏㄨㄢˇ huǎn 图①春秋時國名，在今安徽省潛山縣北。②安徽省簡稱。

12【皓】ㄏㄠˋ hào 图姓，春秋有皓進。形①光明，例皓月。②潔白，例皓齒。

八畫

13【晳】ㄒㄧ xī 图皮膚白，例白晳。形明白清楚，例明晳。

十畫

15【皚】〔皑〕ㄞˊ ái 形潔白，例白雪皚皚。

15【皜】ㄏㄠˋ hào 形潔白的樣子，例皜皜。

15【皞】ㄏㄠˋ hào 形①光明潔白，例皞天。②自在適意的樣子，例皞皞。

十二畫

17【皤】ㄆㄛˊ pó 動變白色，例換盡朱顏兩鬢皤。(陸游〈初歸雜詠詩〉)形肚子大的樣子。副老年人的鬢髮白的樣子，例白髮皤然。

十三畫

18【皦】ㄐㄧㄠˇ jiǎo 图①玉石所發的白光。②姓，明有皦生光。形潔白光明的樣子，例皦然。

十七畫

22【皭】ㄐㄧㄠˋ jiào 形潔白清淨的樣子。

皮部

05【皮】ㄆㄧˊ pí 图①包住動植物軀體的外層，例皮膚，樹皮。②包裝東西的外皮，以爲保護或美觀用，例封皮。③薄皮，例鐵皮。④製過的獸皮，例皮袍。⑤姓，唐有皮日休。形①脾氣頑劣不聽話，例這孩子好皮。②食物放久了變軟而不鬆脆，例這袋花生都皮啦！

◆皮毛、皮相、皮革、皮開肉綻、皮

裡春秋 地皮、頑皮。

五 畫

10【皰】ㄆㄠˋ pào 名①臉上所生的小粒，由皮脂不潔或分泌過多而起，俗稱酒刺或粉刺，例面皰。②手腳及臂肘等部位所起的水泡。

七 畫

12【皴】ㄘㄨㄣ cūn 名①畫山石的凹凸時，橫著筆在已成的輪廓上染擦。②皮膚上聚積的泥垢，例一脖子皴。動皮膚受了寒冷而裂開。

九 畫

14【皸】〔皲〕ㄐㄩㄣ jūn 形皮膚因寒冷或乾燥而破裂，例皸裂。

十 畫

15【皺】〔皱〕ㄓㄡˋ zhòu 名①面部所生的紋，例皺紋。②物體的摺痕，例衣服弄皺了。動緊蹙，例皺眉。

十一 畫

16【皻】ㄓㄚ zhā 名面部或鼻上凸起的紅色小瘡。

皿 部

05【皿】ㄇㄧㄣˇ mǐn ㄇㄧㄥˇ mǐng 名碗盤一類器具的總名，例器皿。

三 畫

08【盂】ㄩˊ yú 名①盛液體或飲食的容器，例水盂。②春秋時國名，在今河南省沁陽縣西北。③姓，春秋晉有盂丙。

四 畫

09【盈】ㄧㄥˊ yíng 形①充滿，例盈筐。②通「贏」；增長，富餘，例進退盈縮。（《史記》〈范雎蔡澤列傳〉）

◆**盈利、盈滿、盈虧、盈千累萬 充盈、輕盈、惡貫滿盈。**

09【盆】ㄆㄣˊ pén 名①底略小而口大，形狀像盤而較深的容器，例臉盆。②凡形似盆而用來盛物的器具亦稱盆，例花盆。動浸淹。

09【盃】ㄅㄟ bēi 名「杯」的俗字。

09【盅】ㄓㄨㄥ zhōng 名小杯子，例酒盅。

五 畫

10【益】ㄧˋ yì ㄧˊ yí 图①好處，例利益。②姓，漢有益壽。動增加，例增益。副更加，例多多益善。

10【盍】ㄏㄜˊ hé 動集合，例朋盍簪。(《易經》〈豫卦〉)副何不，例盍各言爾志。(《論語》〈公冶長〉)

10【盉】ㄏㄜˊ hé 图古代調酒用的青銅器。

10【盎】ㄤˋ àng 图腹大口小的盆。動盛滿、盈溢。

10【盌】(椀)(碗)ㄨㄢˇ wǎn 图飲食用器具。

六 畫

11【盔】ㄎㄨㄟ kuī 图①用來保護頭部預防受傷的帽子，多用銅、鐵等金屬製成，例鋼盔。②鉢、盆子一類的器皿，例瓦盔。

11【盒】ㄏㄜˊ hé 图有底有蓋可以相合的盛物器具，例粉盒。

11【盛】㈠ ㄔㄥˊ chéng 图古時祭祀用的黍稷，放在器中叫黍盛。動用盌等裝食物，例盛飯。 ㈡ ㄕㄥˋ shèng 图①極點。②姓，漢有盛吉。形①興旺，例旺盛。②豐富，例盛饌。
◆盛大、盛世、盛行、盛典、盛怒、盛舉 茂盛、豐盛、繁盛、興盛。

七 畫

12【盜】ㄉㄠˋ dào 图偷竊或強奪他人財物的人，例強盜。動①偷竊，例監守自盜。②不應當有而取之，例盜名。

八 畫

13【盝】ㄌㄨˋ lù 图通「簏」，盛東西用的小盒子。動通「漉」，竭盡。

13【盞】〔盏〕ㄓㄢˇ zhǎn 图①小杯子，酒杯，例把盞。②計算燈的量詞，例一盞燈。

13【盟】ㄇㄥˊ méng 图蒙古、青海等地，合幾個部落或幾個旗而成的區域。動誓約，例盟約。

九 畫

14【盡】〔尽〕ㄐㄧㄣˋ jìn 图姓。動①竭、全部用出，例盡力。②完畢、終止，例歲盡。③死亡，例自盡，形達到極點，例盡善盡美。副都，全部。

◆盡情、盡量、盡瘁、盡心竭力、盡忠報國、盡善盡美。

14【監】〔监〕㈠ㄐㄧㄢ jiān 名牢獄，例監獄。動督察，例監察。㈡ㄐㄧㄢˋ jiàn 名①宦官叫太監。②古代官署名稱，例國子監。③監生之簡稱。動通「鑑」；參照。

十 畫

15【盤】〔盘〕ㄆㄢˊ pán 名①淺底的盛物器，例茶盤。②買賣的價格，例開盤。③浴器亦稱盤。④事物的根本處，例根盤。⑤查明底細，例盤詰。動曲繞、迴旋，例盤根錯節。

◆盤桓、盤旋、盤問、盤詰、盤踞、盤纏 杯盤狼藉、和盤托出。

十一 畫

16【盥】ㄍㄨㄢˋ guàn 名洗手的器具，例承姑奉盥。動①洗手，例盥漱。②洗滌。

16【盦】ㄢ ān 名①鼎上的蓋子。②古人用來盛食物的器具。

16【盧】〔卢〕ㄌㄨˊ lú 名①盛飯的器具。②古時樗蒲戲，擲五子皆黑叫盧，是爲最勝采。③春秋時齊地名，在今山東省長淸縣西南。④姓，唐有盧杞。形黑色，例盧矢。

十二 畫

17【盪】㈠ㄉㄤˋ dàng 動①洗滌。②擺動，例盪鞦韆。③抵禦。 ㈡ㄊㄤˋ tàng 名同「趟」；走一次叫一盪。

17【盩】㈠ㄓㄡ zhōu 動引擊。 ㈡ㄔㄡˊ chóu「抽」之古字。

十三 畫

18【盬】ㄍㄨˇ gǔ 名古鹽池名，在今山西省猗氏縣。形不堅固的。

十五 畫

20【盭】ㄌㄧˋ lì 名草名，可做綠色染料。形暴惡乖戾。

目 部

05【目】ㄇㄨˋ mù 名①眼睛，例雙目失明。②

事物的標識或條款，例題目、節目。③首領，例頭目。④姓，春秋宋有目夷。動①注視，例道路以目。(《國語》〈周語〉)②稱呼。

◆目次、目光、目前、目擊、目不交睫、目不暇接、目不轉睛、目不識丁、目中無人、目使頤令、目瞪口呆 注目、條目、綱目、一目瞭然、耳目一新、過目不忘。

二 畫

07【盯】ㄉㄧㄥ dīng 動同「釘」；集中眼光，注意地看，例盯緊她。

三 畫

08【盲】㈠ㄇㄤˊ máng 形①眼睛看不見東西。②比喻無主張、無見識、無計畫的，例盲從、盲動。③昏暗。 ㈡ㄨㄤˋ wàng 動同「望」；盲眡即望視。

◆盲目、盲人摸象、盲人瞎馬 文盲、目盲、夜盲、問道於盲。

08【直】ㄓˊ zhí 名姓，漢有直不疑 動①伸。②通「値」，例不直一錢。形①不偏、不斜，例直線。②行爲或性格坦白、爽快。副①但、僅。②連續不斷地、老是，例直笑個不停。③竟、居然。④呆板、僵硬，例眼睛發直。

◆直言、直率、直爽、直轄、直覺、直截了當 正直、剛直、心直口快、扶搖直上。

08【盱】ㄒㄩ xū 名①「盱眙」：山名，縣名，在安徽省。②盱江，水名，在山西省。③姓。動①張開眼向上看，例盱衡世局。②憂慮。

四 畫

09【省】㈠ㄕㄥˇ shěng 名①地方行政區域名稱，例臺灣省、江蘇省。②古代官署名，例中書省、尚書省。動節約、減少，例省吃儉用。 ㈡ㄒㄧㄥˇ xǐng 動①檢討、視察，例反省、內省。②知道、明白，例不省人事、發人深省。③看望並問候尊親，例晨昏定省。④考校，例日省月試。(《禮記》〈中庸〉)

09【盹】ㄉㄨㄣˇ dǔn ㄉㄨㄣˋ dùn 動閉目小睡，例打盹。

09【相】㈠ㄒㄧㄤ xiāng 名①本質，例金玉其相。(《詩經》〈大雅・棫樸〉)②姓，明有相禮。副彼此、互相，例相親相愛、相敬如賓。助由交互的意義演變爲單方面進行的意義，例刮目相看、出門相迎。 (二) ㄒㄧㄤˋ xiàng 名①形貌、模樣，例照相、福相。②官名，爲百官之長，例宰相。③樂器名，擊之以節樂，例治亂以相。(《禮記》〈樂記〉)動①審視、察看，例相機行事。②幫助。③觀察容貌，判定命運。

◆**相干、相反、相交、相同、相投、相似、相知、相思、相逢、相傳、相稱、相識、相夫教子、相安無事、相形見絀、相見恨晚、相依爲命、相敬如賓、相輔相成　首相、輔相。**

09【眉】ㄇㄟˊ méi 名①眼睛上面的毛，爲視覺器的附屬物，有阻止汗液及塵埃等侵入眼內的作用，例濃眉大眼。②凡附在上端的稱眉，例書眉、眉批。③通「湄」；井邊池。④姓，宋有眉壽。形細長彎曲的樣子，例眉月。

◆**眉宇、眉急、眉梢、眉來眼去、眉飛色舞、眉清目秀、眉開眼笑　愁眉、柳眉、畫眉、淡掃蛾眉、舉案齊眉。**

09【看】(一) ㄎㄢˋ kàn 動①用眼睛觀察注視，例看書、看報。②拜訪、探問。③對待，例刮目相看。④診治，例看病。助語末助詞，姑且試試的意思，例做做看、試試看。 (二) ㄎㄢ kān 動監守、保護，例看門。

09【盼】ㄆㄢˋ pàn 名姓。動①看，例左顧右盼。②希望，例盼望。形眼睛黑白分明的樣子。

09【盾】ㄕㄨㄣˇ shǔn ㄉㄨㄣˋ dùn 名①古代戰爭時用來抵禦敵人兵刃矢石的武器。②盾形的裝飾品，例銀盾。③荷蘭貨幣單位季爾盾(guilder)的簡稱。④星名。

09【肸】ㄒㄧˋ xì 動怒視。

09【眄】ㄇㄧㄢˇ miǎn 動①斜視。②環顧。

09【眇】(一) ㄇㄧㄠˇ miǎo 名瞎了一隻眼睛，或一隻眼睛有毛病。形①微細的。②幽遠。 (二) ㄇㄧㄠˋ miào 形通「妙」；精微之意。

09【眈】ㄉㄢ dān 形「眈眈」：⑴目光正逼瞪視的樣子，例虎視眈眈。(《易經》〈頤卦〉)⑵宮室深邃的樣子；亦作沉沉。

09【眊】ㄇㄠˋ mào 名同「耄」；年老的人。形目不明的樣子。

五畫

10【眩】ㄒㄩㄢˋ xuàn 動①眼睛昏花、視力不明，例頭暈目眩。②迷亂。

10【真】ㄓㄣ zhēn 名①形象，摹繪的人像，例寫眞。②自然的本性，例返璞歸眞。③實授的官位，例眞除。④姓，宋有眞德秀。形不虛假，例眞槍實彈。副誠、甚，例眞美、眞可愛。

◆眞相、眞迹、眞理、眞情、眞率、眞實、眞諦、眞知灼見　天眞、童眞、千眞萬確、以假亂眞。

10【眣】ㄕㄨㄣˋ shùn 動同「瞬」，轉動眼睛向人示意。

10【眠】ㄇㄧㄢˊ mián 動①睡覺，例不眠不休。②昆蟲因蛻皮或入冬後藏伏不動不吃的生理現象，例冬眠、蠶眠。③草木偃伏，例柳眠。④裝死。形橫放的器物，例眠琴。

10【眨】ㄓㄚˇ zhǎ 動眼睛一開一閉，例眨眼。

10【眙】(一)ㄔˋ chì 動盯著看。　(二)ㄧˊ yí 名「盱眙」，見「盱」字。

10【眚】ㄕㄥˇ shěng 名①眼睛生翳的病。②弊病。③過失。④災難。動削除減免，假借爲「省」。

10【眜】ㄇㄛˋ mò 形目不正，目不明，同「眛」。

10【眛】ㄇㄟˋ mèi 形眼睛看不清楚。

六畫

11【眷】ㄐㄩㄢˋ juàn 名①親屬，例家眷、親眷。②姓。動①顧念，例眷念、眷顧。②愛慕，例眷戀。

11【眾】〔众〕ㄓㄨㄥˋ zhòng 名①舉凡人、事、物的多數皆稱「衆」，例衆叛親離、寡不敵衆。②佛家稱人數爲「衆」，如僧九人稱九衆。形平凡、平常，例衆人。

◆衆口鑠金、衆目昭彰、衆叛親離、衆志成城、衆擎易舉　寡不敵衆。

11【眼】ㄧㄢˇ yǎn 名①視覺器官，例慧眼獨具。②孔穴，例針眼。③關節、要點。④音樂的節拍，例有板有眼。⑤下圍棋時稱無棋子的空處爲眼。

◆眼光、眼色、眼波、眼紅、眼福、眼明手快、眼花撩亂、眼高手低　心眼、白眼、字眼、有眼無珠、一板一眼。

11【眶】ㄎㄨㄤˋ kuàng 名眼睛的周圍，例熱淚盈眶。

11【眸】ㄇㄡˊ móu 名眼睛裡的黑眼珠，例明眸皓齒。動通「瞀」；審視。

11【眺】ㄊㄧㄠˋ tiào 動①遠望，例遠眺。②目不正視。

11【眥】ㄗˋ zì 名①眼眶。②衣服交領處。動很生氣地瞪著眼睛看，例眥眶。

11【眭】㈠ㄏㄨㄟ huī 名姓，漢有眭弘。 ㈡ㄙㄨㄟ suī 形深目惡視的樣子。

11【眯】ㄇㄧˇ mǐ 動灰塵進入眼內，使得眼睛一時睜不開，看不清楚。

11【眱】ㄧˊ yí 動怒視而不說話。

11【眴】㈠ㄕㄨㄣˋ shùn 動同「瞬」，轉動眼睛示意。 ㈡ㄒㄩㄢˋ xuàn 形通「眩」。

11【眹】ㄓㄣˋ zhèn 名①黑眼珠。②通「朕」；徵兆。

11【眽】ㄇㄛˋ mò ㄇㄞˋ mài 動斜視。副「眽眽」：互相注視而默默不言；亦作脈脈。

11【眵】ㄔ chī 名眼睛分泌物凝結成的硬垢，俗稱眼屎。

七　畫

12【睏】ㄎㄨㄣˋ kùn 動①疲倦而想睡覺，例我已經很睏了。②睡，例睏一會兒。

12【睇】ㄉㄧˋ dì 動眼睛稍微側看一下。

12【睊】ㄐㄩㄢˋ juàn 副側目相看，表示忿恨的樣子。

12【睍】ㄒㄧㄢˋ xiàn 形①目出的樣子。②恐懼不敢舉目揚眉的樣子，例睍睍。

12【睎】ㄒㄧ xī 動①望。②仰慕。

八　畫

13【睛】ㄐㄧㄥ jīng 名眼珠，例目不轉睛、畫龍點睛。

13【睫】ㄐㄧㄝˊ jié 名生長在上下眼皮邊上的細毛；通稱睫毛，例目不交睫。

13【睦】ㄇㄨˋ mù [名]姓，元有睦大用。[動]①親愛、和善，[例]敦親睦鄰。②厚待。

13【睞】〔睞〕ㄌㄞˋ lài [動]①旁視。②顧念，[例]青睞、盼睞。[形]目中的瞳子不正。

13【督】ㄉㄨ dū [名]①有監察及指揮權責的官，[例]都督、總督。②中脈，[例]緣督以為經。(《莊子》〈養生主〉)③姓，春秋晉有督戎。[動]①監察，[例]督察、督導。②催促，[例]督促。③責備，[例]督過、督責。④監督，[例]督戰、督師。

13【睟】ㄙㄨㄟˋ suì [形]①目光清明的樣子。②面色光潤的樣子。③純，[例]牛玄騂白睟而角。(揚雄《法言》)

13【睢】ㄙㄨㄟ suī [名]①水名，源出河南省。②姓，宋有睢世雄。[動]瞪著眼睛向上看。[形]放縱跋扈的樣子。

13【睹】ㄉㄨˇ dǔ [動]看見，[例]睹物思人、有目共睹。

13【睪】㈠ㄧˋ yì [動]躲在暗處察看。㈡ㄍㄠ gāo [名]「睪丸」：動物雄性生殖器之一，藏於陰囊中。如卵形，左右各一，後緣有副睪丸。[形]高大的樣子。

13【睬】ㄘㄞˇ cǎi [動]①注視。②理會、過問，[例]不理不睬。

13【睜】ㄓㄥ zhēng [動]張開眼睛，[例]睜一隻眼，閉一隻眼。

13【睥】ㄆㄧˋ pì [動]「睥睨」：斜著眼睛看人。

13【睨】ㄋㄧˋ nì [動]斜視。

13【睒】ㄕㄢˇ shǎn [動]窺視。[形]光亮閃爍的樣子。

13【睩】ㄌㄨˋ lù [形]看的樣子。

13【睚】ㄧㄞˊ yá [名]眼睛的周圍。[動]「睚眥」：瞪眼怒視。

13【睠】ㄐㄩㄢˋ jiuàn [動]同「眷」；關心。[副]回頭看的樣子。

13【睖】ㄌㄥˋ lèng [副]「睖瞪」：瞪著眼睛直看。

九畫

14【瞄】ㄇㄧㄠˊ miáo [動]注視。

14【睽】ㄎㄨㄟˊ kuí [名]《易經》卦名，兌下離上，違異之象。動①瞪著眼睛看，例衆目睽睽。②同「暌」；乖違、別離，例睽違。

14【睿】ㄖㄨㄟˋ ruì 形①同「叡」；深明、通達，例睿智。②古代頌揚天子有睿智，因而用來稱有關天子的事情，例睿旨、睿謨。

14【睡】ㄕㄨㄟˋ shuì 動閉目安眠，使大腦處於休息狀態。

14【瞀】ㄇㄠˋ mào ㄇㄡˋ mòu 名姓。形①眼睛看不清的樣子。②沒知識的樣子。③不敢正視的樣子。副混雜。

14【瞅】ㄔㄡˇ chǒu 動看，瞧，例不瞅不睬。

十 畫

15【瞎】ㄒㄧㄚ xiā 形眼盲，看不見東西，例眼睛瞎了。副胡亂、盲動，例瞎鬧、瞎扯。

15【瞇】ㄇㄧ mī 動上下眼皮微微閉合，例瞇著眼。

15【瞌】ㄎㄜ kē 動「瞌睡」：人因困倦而極想睡覺。

15【瞑】(一)ㄇㄧㄥˊ míng ㄇㄧㄥˇ mǐng 動閉眼，例死不瞑目。 (二)ㄇㄧㄢˋ miàn 動憤悶，例瞑想。

15【瞋】ㄔㄣ chēn 動①發怒時張大眼睛的樣子，例瞋目相向。②同「嗔」；發怒。

15【瞍】ㄙㄡˇ sǒu 形眼中沒有眼珠。

十一 畫

16【瞠】ㄔㄥ chēng 動瞪大眼睛直看。副驚視的樣子。

16【瞞】〔瞒〕ㄇㄢˊ mán 名姓，春秋衞有瞞成。動①隱藏實情，不使人知道，例瞞天過海。②欺騙，例欺瞞。形眼睛看不清楚。

16【瞟】ㄆㄧㄠˇ piǎo 動斜視，例瞟一眼。

16【瞢】(一)ㄇㄥˊ méng 形①晦暗不光明。②視線模糊不清的樣子。③煩悶。④慚愧。(二)ㄇㄥˋ mèng 名同「夢」，澤名，即雲夢。動作夢。

16【瞥】ㄆㄧㄝ piē 動很快的過目，例驚鴻一瞥。

16【瞘】〔眍〕ㄎㄡ kōu 名眼睛深陷在眼

眶裡，通常是害病或疲倦過度所引起。

16【瞜】〔瞜〕ㄌㄡˊ lou 動看。

十二 畫

17【瞳】ㄊㄨㄥˊ tóng 名黑眼珠。形無知直視的樣子。

17【瞪】ㄉㄥˋ dèng 動①張大眼睛直視，例目瞪口呆。②惡意地看人，常表示憤恨，例瞪他一眼。

17【瞰】ㄎㄢˋ kàn 動①俯視、由上往下看，例鳥瞰、俯瞰。②眺望。

17【瞬】ㄕㄨㄣˋ shùn 名比喻極短的時間，例瞬息。動眼睛轉動，例爾先學不瞬，而後可言射矣。(《列子》〈湯問〉)

17【瞧】ㄑㄧㄠˊ qiáo 動①偷看。②看，例瞧見。

17【瞭】〔了〕㈠ㄌㄧㄠˇ liǎo 動明白、知曉，例明瞭、瞭解。形眼睛明亮的樣子。 ㈡ㄌㄧㄠˋ liào 動登高遠望，例瞭望。

17【瞵】ㄌㄧㄣˊ lín 動瞪眼注視。

17【瞶】ㄍㄨㄟˋ guì ㄎㄨㄟˋ kuì 名眼睛裡沒有瞳仁；俗稱瞎子。

十三 畫

18【瞽】ㄍㄨˇ gǔ 名古代樂官，例瞽奏鼓。(《尚書》〈胤征〉)形①眼瞎，例瞽者。②沒有見識的，例不觀氣色而言謂之瞽。(《荀子》〈勸學〉)

18【瞿】㈠ㄑㄩ qū ㄑㄩˊ qú 名①同「戵」；古代兵器名，戟類。②姓，晉有瞿莊。
㈡ㄐㄩˋ jiù 動驚駭。

18【瞻】ㄓㄢ zhān 動向上或向前看，例高瞻遠矚。

18【瞼】〔瞼〕ㄐㄧㄢˇ jiǎn 名眼睛上下的皮，俗稱眼皮、眼瞼。

十四 畫

19【矇】㈠ㄇㄥˊ méng 動通「蒙」；掩蓋，例矇著臉。形①有眼珠而看不見，例矇瞍。②事理有所蒙蔽而不清楚。
㈡ㄇㄥ mēng 動隱瞞實情，例矇騙。形僥幸，例他考大學是矇上的。

十五 畫

20【矍】ㄐㄩㄝˊ jué [名]姓，唐有矍璋。[形]①驚視的樣子，[例]矍然。②「矍鑠」：老而勇健貌。

十九 畫

24【矗】ㄔㄨˋ chù [形]①草木茂盛的樣子。②直立高聳的樣子。

二十一 畫

26【矚】〔瞩〕ㄓㄨˇ zhǔ [動]①視，望。[例]高瞻遠矚。②注視，[例]矚目。

矛 部

05【矛】ㄇㄠˊ máo [名]①兵器名，長柄而有刃。②星名。

四 畫

09【矜】㈠ ㄐㄧㄣ jīn [名]①矛柄。②危、禍亂。[動]①憐、憫，[例]天矜于民。（《尚書》〈泰誓〉）②自誇，[例]不矜而莊。（《禮記》〈表記〉）③莊重自持。④惜，[例]不矜細行。（《尚書》〈旅獒〉）

㈡ ㄍㄨㄢ guān [名]同「鰥」；老而無妻的人。[動]同「瘝」；病。

七 畫

12【矞】ㄩˋ yù [形]驚遽的樣子。

矢 部

05【矢】ㄕˇ shǐ [名]①箭，[例]箭，自關而東謂之矢。（揚雄〈方言〉）②投壺的籌具。③同「屎」，[例]殺而埋之馬矢之中。（《左傳》〈文公十八年〉）④姓。[動]①發誓。②實行，[例]矢其文德。（《詩經》〈大雅・江漢〉）③陳列。[形]正直，[例]出矢言。（《尚書》〈盤庚〉）

二 畫

07【矣】ㄧˇ yǐ [助]①表已然的事實。②表語意的堅確，[例]雖曰未學，吾必謂之學矣。（《論語》〈學而〉）③助讀，提示以起下文。④通「乎」；表疑問。[歎]表感歎，[例]命矣夫。（《論語》〈雍也〉）

三 畫

08【知】㈠ ㄓ zhī [名]①知識，[例]草木生而無知。（《荀子》〈王制〉）②交情、好友，例新知。動①識，例知我者其天乎。(《論語》〈憲問〉)②察覺。③相親、相交。④見，例文侯不悅，知於顏色。(《呂氏春秋》〈自知〉)⑤主持。 (二) ㄓˋ zhì 名①通「智」；智慧，例好學近乎知。(《禮記》〈中庸〉)②姓，春秋晉有知罃。

◆**知心、知足、知音、知悉、知道、知遇、知覺、知人善任、知白守黑、知己知彼、知書達禮、知難而退 求知、良知、察知、眞知灼見。**

四 畫

09【矧】ㄕㄣˇ shěn 名齒齦。副①況且。②亦，例矧惟不孝不友。(《尚書》〈康誥〉)

五 畫

10【矩】ㄐㄩˇ jŭ 名①即曲尺，畫方形的器具。②法度，例不踰矩。(《論語》〈爲政〉)動刻識。

七 畫

12【短】ㄉㄨㄢˇ duǎn 名過失，缺點。動①說人的短處。②喪失。形①不長的，例度有長短。(《禮記》〈月令〉)②不壽，例凶短折。(《尚書》〈洪範〉)③拙劣。④時間短暫，例春宵苦短日高起。(白居易〈長恨歌〉)

◆**短見、短促、短處、短小精悍、短綆汲深 英雄氣短、截長補短、說長道短。**

12【矬】ㄘㄨㄛˊ cuó 形短、矮小，例容貌矬陋。(《抱朴子》〈行品〉)

八 畫

13【矮】ㄞˇ ǎi 名身材短小的人，例矮人。形低的、短小，例矮屋。

十二 畫

17【矯】〔矫〕ㄐㄧㄠˇ jiǎo 名姓，漢有矯愼。動①把彎的弄直，糾正。②詐稱，例矯以鄭伯之命。(《公羊傳》〈僖公三十年〉)③通「撟」；高舉。形強健的樣子，例強哉矯。

◆**矯亢、矯情、矯揉、矯飾、矯枉過正、矯若遊龍、矯揉造作。**

17【矰】ㄗㄥ zēng 名以生絲繫住，用來射鳥雀的箭。

十四 畫

19【矱】ㄏㄨㄛˋ huò ㄨㄛˋ wò 名尺度、標準。

十五 畫

20【㸺】ㄅㄚˋ bà 形短，指人的身體矮短。

石 部

05【石】㈠ㄕˊ shí 名①構成地殼的物質，由礦物集結而成的堅硬塊狀物。②古樂八音之一，即磬。③碑碣。④藥石。⑤姓，五代晋有石敬塘。形堅，例沉而石者。(《素問》〈示從容論〉)
㈡ㄉㄢˋ dàn 名容量名，十斗爲一石。
◆石沉大海、石破天驚 岩石、金石、一石二鳥、電光石火、以卵擊石、滴水穿石。

三 畫

08【矻】ㄎㄨ kū ㄨˋ wù 形「矻矻」：辛苦勤勉的樣子。

08【矼】㈠ㄑㄧㄤ qiāng 形誠實的樣子。
㈡ㄐㄧㄤ jiāng 名石橋。

08【矽】ㄒㄧˋ xī 名Si非金屬元素之一，原子序十四，原子量二八·〇八六。有非晶質矽與結晶矽兩種，均不溶於水。爲製造玻璃的原料。

四 畫

09【砂】ㄕㄚ shā 名①細碎的石子，因岩石分解而生。②指道家修煉的丹砂。③稱細碎呈顆粒的東西，例砂紙。

09【研】㈠ㄧㄢˊ yán 動①細磨，例研墨。②窮究。 ㈡ㄧㄢˋ yàn 名通「硯」；磨墨的用具。

09【砌】㈠ㄑㄧˋ qì 名臺階。動堆疊，例砌牆。
㈡ㄑㄧㄝˋ qiè 名戲劇術語，指戲中點綴的景物，例砌末。

09【砍】ㄎㄢˇ kǎn 動用刀斧劈東西，例砍柴。

09【砉】ㄏㄨㄛˋ huò 形皮骨分離的聲音，例砉然嚮然。(《莊子》〈養生主〉)

09【砑】ㄧㄚˋ yà 名光滑的石頭。動碾，例砑光。

09【砒】ㄆㄧ pī 名砒石或砒霜，爲砷的三價氧化物，通常略稱爲砒。

09【砈】ㄜˋ è 名At原子序八十五，週期表上爲第Ⅶ族的鹵素元素。

五 畫

10【砰】ㄆㄥ pēng 形大的聲音。

10【砧】ㄓㄣ zhēn 名①擣衣服的石頭。②通「椹」；切菜板。

10【砸】ㄗㄚˊ zá 動①以重物擊碎。②抛擲。③失敗，例說砸了。

10【砝】ㄈㄚˇ fǎ 名「砝碼」：天平稱物時，用來計算重量的標準器，由銅、鉛、白金製成輕重大小不等的數。

10【破】ㄆㄛˋ pò 動①碎裂，毀壞。②剖、析。③打敗敵人，攻佔敵方據點。④耗散錢物，例破財。⑤窮盡，例讀書破萬卷，下筆如有神。(杜甫〈奉贈韋左丞詩〉)形不完好的，例破布。

◆**破例、破案、破裂、破碎、破綻、破涕爲笑、破釜沉舟、破鏡重圓　道破、識破、石破天驚、不攻自破。**

10【砣】ㄊㄨㄛˊ tuó 名①「秤砣」：即秤錘。②磚。

10【砟】ㄓㄚˇ zhǎ 名塊狀物，例煤砟子。

10【砷】ㄕㄣ shēn 名As原子序三十三，原子量七十四·九二一六，爲非金屬元素之一。其化合物含有劇毒，有時也可當醫藥品使用。

10【砥】ㄉㄧˇ dǐ ㄓˇ zhǐ 名磨刀石。動①平均。②磨鍊，例文王砥德修政。(《淮南子》〈道應訓〉)

10【砭】ㄅㄧㄢ biān 名①石名，可以做鍼。②古人治病的方法，用石針刺肌膚。③勸人改過遷善，例痛下針砭。

10【砢】㈠ㄌㄨㄛˇ luǒ 形小石衆多的樣子。㈡ㄎㄜ kē 形「砢磣」：醜陋的意思。

10【砮】ㄋㄨˇ nǔ 形可做弓箭箭頭的石頭，例礪砥砮丹。(《尚書》〈禹貢〉)

10【砲】ㄆㄠˋ pào 名兵器名，古用機械發射石子，今爲鋼鐵製成，用火藥發射子彈，種類甚多，有長程砲、野戰砲、高射砲等。

六　畫

11【硫】ㄌㄧㄡˊ liú 名「硫磺」：S亦作硫黃，或單稱硫。非金屬元素，原子序十六，原子量三十二·〇六四。在常溫下爲黃色固體，熔點較低(攝氏一百一十九度)。火山地帶常可發現天然結晶的硫磺。

11【硃】ㄓㄨ zhū 名「硃砂」：即辰砂，成分是二硫化汞，屬六方晶系，緋紅色，有金剛光澤，是提煉水銀的重要原料，可製成赤色顏料，也可入藥。

11【砦】ㄓㄞˋ zhài 名①木柵，例周遭青松根，下有古木砦。(袁桷〈居庸關詩〉)②營壘。

11【硉】ㄌㄨˋ lù 形「硉兀」：不平的樣子。

11【硌】ㄍㄜˋ gè 動和凸起不平之物接觸而受到損傷。

11【硅】ㄍㄨㄟ guī 名元素矽的別譯名，又叫硅素。

11【硍】(一) ㄎㄣˋ kèn 形石上有痕。 (二) ㄧㄣˊ yín 名銀硃，例硍硃。

11【硒】ㄒㄧ xī 名Se原子序爲三十四，原子量七八・九六，爲非金屬元素。性活潑，很少天然獨存者，色淡紅，加熱後變成青灰色，易傳電，可使玻璃著色，工業上常用。

11【硎】ㄒㄧㄥˊ xíng 名磨刀石。

11【硇】ㄋㄠˊ náo 名「硇砂」：氯化氨的天然產物，具有毒性，溶於水中加熱則變成氣體，是工業上的重要原料。

七 畫

12【硝】ㄒㄧㄠ xiāo 名①硝石，結晶透明的白色礦物，可製火藥及玻璃。②塗製皮革所用的原料。

12【硬】ㄧㄥˋ yìng 形①堅固，例堅硬。②剛强，例硬漢。副①强橫。②勉强，例硬著頭皮。

◆**硬化、硬朗　生硬、僵硬、强硬、軟硬兼施。**

12【硯】〔砚〕ㄧㄢˋ yàn 名①文房四寶之一，用來磨墨。②稱呼同學，例硯友。形石滑。

12【硜】ㄎㄥ kēng 形①石頭撞擊的聲音。②比喻見識淺薄又固執。

12【硠】ㄌㄤˊ láng 形①大聲，例雷霆兮硠磕。(《楚辭》〈王逸・九思〉)②玉石相擊聲。

12【硤】〔硖〕ㄒㄧㄚˊ xiá 名地名，例硤石。

12【确】ㄑㄩㄝˋ què 名堅硬的石頭。形①薄。②

山多大石的樣子。③土地貧瘠，例磽硧。

12【硨】〔砗〕ㄔㄜ chē 名「硨磲」：爲世界最大的二枚貝，原殼可做裝飾品。

12【硭】ㄇㄤˊ máng 名由朴硝中結出較純的硝，可作藥，稱硭硝。

八 畫

13【碎】ㄙㄨㄟˋ suì 動破裂。形①瑣屑，例政教煩碎。(《漢書》〈薛宣傳〉)②纖細。③細小、不完整，例碎布。

◆心碎、破碎、敲碎、瑣碎。

13【碰】ㄆㄥˋ pèng 動①不期而遇，例碰見。②撞擊，例碰痛。③試探，例碰運氣。

13【碗】ㄨㄢˇ wǎn 名同「盌」；盛飯菜及湯水的器皿。

13【碚】ㄅㄟˋ bèi 名多用在地名，例北碚，在重慶。

13【碙】ㄍㄤ gāng 名「碙洲」：地名，在廣東省廣州灣口外海中。

13【碐】ㄌㄥˊ léng 形形容石頭的樣子。

13【碘】ㄉㄧㄢˇ diǎn 名I爲非金屬固體元素，原子序五十三，原子量一二六・九〇四五。無游離存在者，多與鈉化合，存於海水及鹽泉、海藻中。爲黑紫色結晶體，可供醫藥、照像、顏料等用。

13【碌】ㄌㄨˋ lù 名小石。形人事繁雜，例忙碌。副平庸，例庸庸碌碌。

13【碉】ㄉㄧㄠ diāo 名用石料築成的建築物，例碉堡。

13【硼】㈠ㄆㄥ pēng 名石名。㈡ㄆㄥˊ péng 名B化學非金屬元素之一，原子序五，原子量一〇・八一。天然界不游離存在，多成硼酸和硼酸鹽，廣泛分布於火山地帶。

13【碑】ㄅㄟ bēi 名豎立的石塊，石面有刻文，用來紀念事業、功績或作爲標記。

13【碏】ㄑㄩㄝˋ què 名雜色的石頭。

13【碇】ㄉㄧㄥˋ dìng 名繫舟的石墩或鐵錨。

13【碓】ㄉㄨㄟˋ duì 名舂米用的器具。

九 畫

14【磁】ㄘˊ cí 名①有能吸引鐵、鎳、鈷等金屬的性能。②通「瓷」字。

14【碟】ㄉㄧㄝˊ dié 名盛食物的小盤子，例碟子。

14【碩】〔硕〕ㄕˊ shí ㄕㄨㄛˋ shuò 名①大，例莫知其苗之碩。(《禮記》〈大學〉)②姓，漢有碩岱。形①通「石」；堅固的。②健壯佼好的樣子。

14【碧】ㄅㄧˋ bì 名青綠色的美石。形青綠色的，例寬時衣碧。(《唐書》〈裴寬傳〉)

14【碳】ㄊㄢˋ tàn 名C化學元素之一，原子序六，原子量一二．〇一一。所有的有機化合物均含有碳，爲組成生物體細胞的必須成分，化學性質甚安定，爲强力還原劑。

14【碴】ㄔㄚˊ chá 名①小碎片。②器物上的破口，例碰到碗碴上，拉破了手。③嫌隙，例他們兩個早就有碴。④鬢髮沒剃乾淨的殘餘部分或初生的短毛髮，例鬍子碴兒。

14【碣】ㄐㄧㄝˊ jié 名刻有記頌文字的圓碑。形山特立的樣子。

14【碭】〔砀〕ㄉㄤˋ dàng 名①有文理的石頭。②大。③姓，漢有碭魯賜。動水溢出。

14【碞】ㄧㄢˊ yán 名險。形同「巖」；積石高峻的樣子。

14【碫】ㄉㄨㄢˋ duàn 名磨刀石。

14【碲】ㄉㄧˋ dì 名Te非金屬元素之一，原子序五十二，原子量一二七．六〇。爲非晶形黑色粉狀或白色的柱狀結晶體，質脆，易傳熱與導電。

十 畫

15【磋】ㄘㄨㄛ cuō 動①磨治骨角，例如切如磋。(《詩經》〈衛風．淇奧〉)②研究。

15【磅】(一)ㄅㄤˋ bàng 名Pound英美的重量單位，常衡一磅等於十六盎司，合我國標準制〇．四五三六公斤。 (二)ㄆㄤ pāng 形①石聲。②「磅礴」：(1)廣大而不見盡頭。(2)充塞的樣子，例是氣所磅礴，凜冽萬古存。(文天祥〈正氣歌〉)

15【磐】ㄆㄢˊ pán 名大石。動盤桓不去。

15【確】〔确〕ㄑㄩㄝˋ què 形眞實，例確實。副①堅、剛，例確乎其不可拔。(《易經》〈乾卦・文言〉)②實在。

◆的確、精確、準確、千眞萬確。

15【磊】ㄌㄟˇ lěi 形①石頭衆多的樣子。②高大的樣子。

15【碾】ㄋㄧㄢˇ niǎn 名磨物器。動軋壓。

15【磕】ㄎㄜ kē 名①石頭相擊的聲音。②擊鼓的聲音。動①敲擊。②碰撞。

15【碼】〔码〕ㄇㄚˇ mǎ 形①記數的字，例號碼。②英、美長度單位，三呎爲一碼，一碼合我國標準制〇・九一四四公尺。③水岸泊船的地方。

15【磑】〔硙〕ㄨㄟˋ wèi 名石磨，研碎東西的器具。

15【碻】㈠ㄑㄩㄝˋ què 通「確」。㈡ㄑㄧㄠ qiāo 名「碻磝」：⑴古城名，在山東省茌平縣西南，東臨濟水。⑵山名，在山東省東阿縣南。

15【磔】ㄓㄜˊ zhé 名書法用筆向右下斜爲磔。動①分裂肢體的刑罰。②裂牲以祭神。

十一　畫

16【磨】㈠ㄇㄛˊ mó 動①摩擦石頭。②消滅。③將物研細，例磨粉。④遭受困難。⑤練習，研究，例磨練。⑥拖時間，例磨工夫。　㈡ㄇㄛˋ mò 名用來碾碎穀物的器具。動車輛掉頭。

◆磨滅、磨蹭　折磨、琢磨、好事多磨。

16【磚】〔砖〕ㄓㄨㄢ zhuān 名①用黏土燒成的長方形建築材料。②磚形的物體，例冰磚。

16【磬】ㄑㄧㄥˋ qìng 名①古代用玉石做成的矩形樂器。②寺觀禮佛時所敲的銅鉢。形通「罄」；空。

16【磣】〔碜〕ㄔㄣˇ chěn 形①混亂的樣子。②醜惡、難看的樣子。③食物中有砂混雜。

16【磝】㈠ㄠˊ áo 名山多小石。㈡ㄑㄧㄠ qiāo 名硬石。

16【磧】〔碛〕ㄑㄧˋ qì 名①水中的沙堆。②沙漠。

十二 畫

17【磷】㈠ㄌㄧㄣˊ lín 名P原子序十五，原子量三〇・九七三八，爲非金屬元素之一，不在天然中游離存在，大都以磷酸鹽的形態存在，主要礦石是磷灰石。廣泛分布於動植物和礦物中。 ㈡ㄌㄧㄣˋ lìn 名雲母的別名。形薄，例磨而不磷。(《論語》〈陽貨〉)

17【磴】ㄉㄥˋ dèng 名石級。

17【磺】ㄏㄨㄤˊ huáng 名「硫磺」，見「硫」字。

17【礁】ㄐㄧㄠ jiāo 名①海水中藏於水下或現於水面上的岩石，舟船誤觸往往破沉。②比喻阻礙或困難的事。

17【磻】㈠ㄅㄛ 名結於箭身絲繩上的石塊。 ㈡ㄆㄢˊ pán 名磻溪，在陝西省寶雞縣東南，發源於南山，注入渭水，相傳姜太公垂釣於此。

17【磽】〔硗〕ㄑㄧㄠ qiāo 名堅硬貧瘠不適耕種的土地。形惡，例今年尚可後年磽。(《後漢書》〈竇武傳注〉)

17【磯】〔矶〕ㄐㄧ jī 名水中的石灘地，例采石磯。動水激石，例是不可磯也。(《孟子》〈告子〉)

17【磲】ㄑㄩˊ qú 名「硨磲」，見「硨」字。

17【礅】ㄉㄨㄣ dūn 名①堆砌而成的石頭，可以安放東西。②可作爲支柱的石頭，例橋礅。

十三 畫

18【礎】〔础〕ㄔㄨˇ chǔ 名①柱下的石頭。②比喻事情的初步成就或根本，例基礎。

18【礌】㈠ㄌㄟˋ lèi 名同「礧」，火石。 ㈡ㄌㄟˋ 副同「磊」，「礌落」：行事光明。

十四 畫

19【礙】〔碍〕ㄞˋ ài 動①阻止，例孰能礙之。(《列子》〈力命〉)②妨害，例妨礙。③牽掛，例一身無礙。④限制。

十五 畫

20【礦】〔矿〕ㄎㄨㄤˋ kuàng ㄍㄨㄥˇ gǒng 名①未經鎔煉的金

屬。②蘊藏在地層中有用的自然物質。

20【礬】〔矾〕ㄈㄢˊ fán 名①結晶的礦物，能結合染料，澄清汙水，例明礬。②化學名詞，一種含水重鹽，爲工業用礦物之一。

20【礌】㈠ㄌㄟˇ lěi 形大石的樣子。 ㈡ㄌㄟˋ lèi 動把石頭從高處往下推。

20【礩】ㄓˋ zhì 名①柱下石。②同「窒」。

20【礫】〔砾〕ㄌㄧˋ lì 名小石，例瓦礫、礫石。

20【礪】〔砺〕ㄌㄧˋ lì 名粗的磨刀石。動磨利，例磨礪以須。

20【礤】ㄘㄚˇ cǎ 動刮刨。

十六 畫

21【礱】〔砻〕ㄌㄨㄥˊ lóng 名磨穀去殼的器具。動磨，例礱穀。

21【礮】ㄆㄠˋ pào 名同「砲」。

十七 畫

22【礴】ㄅㄛˊ bó 形「磅礴」，見「磅」字。

示 部

05【示】㈠ㄕˋ shì 名①尊稱他人的信件或指示告諭的文字，例賜示、示覆。②姓，春秋晋有示眯明。動①以事告人。②垂示、表明。 ㈡ㄑㄧˊ qí 名神祇。

◆示威、示衆、示意、示範、示警、手示、告示、指示、明示、不甘示弱。

三 畫

08【社】ㄕㄜˋ shè 名①土地之神。②祭后土，例命民社。(《禮記》〈月令〉)③古制，區域名，二十五家爲一社。④祭土地神的日子，例春社。⑤爲某一共同目標而組合多數人的團體，例詩社。⑥江淮之地稱母爲社。⑦姓，元有社佑。

08【祀】ㄙˋ sì 名同「禩」；商朝稱年爲祀。動祭祀。

08【祁】ㄑㄧˊ qí 名①春秋時秦邑名，在今陝西省澄城縣境。②姓，春秋晋有祁奚。形盛大。

08【礿】ㄩㄝˋ yuè 名①夏朝夏祭的名稱。②周朝春祭的名稱。

四　畫

09【祆】ㄒㄧㄢ xiān 名①波斯拜火教的神名。②胡人稱神爲祆，關中稱天爲祆。

09【祅】ㄧㄠ yāo 名同「妖」，天文地象的變異稱祅。

09【祇】㈠ㄑㄧˊ qí 名地神。形①大。②同「癖」；病。 ㈡ㄓ zhī 副但、只，例亦祇以異。(《論語》〈顏淵〉)

09【祉】ㄓˇ zhǐ 名福、祿，例既多受祉。(《經詩》〈小雅・六月〉)

09【祈】ㄑㄧˊ qí 名①同「畿」、「圻」，都城周圍之地。②姓，元有祈志誠。動①求福，例以爲民祈福。(《禮記》〈月令〉)②報告。③請、求。

五　畫

10【祕】ㄇㄧˋ mì ㄅㄧˋ bì 名①國名，祕魯的略稱。②姓，明有祕自謙。形①不可測知之意，例祕密。②珍奇的，例祕舞更奏。(張衡〈西京賦〉)

10【祐】ㄧㄡˋ yòu 同「佑」。動神明護助，例自天祐之。(《易經》〈大有〉)

10【祠】㈠ㄘˊ cí 名①春祭。②廟，例宗祠，神祠。 ㈡ㄙˋ sì 動同祀，祭。

10【祟】ㄙㄨㄟˋ suì 名鬼神所降的災禍。動禍害，例其鬼不祟。(《莊子》〈天道〉)副行事不光明，例鬼鬼祟祟。

10【祖】ㄗㄨˇ zǔ 名①祭祀始祖神主的廟。②稱父母親的父母爲祖。③祭名，古人出行時祭路神。④事物的創始者，例鼻祖。⑤姓，明有祖大受。動①效法、沿襲，例秦王必祖張儀之故智。(《史記》〈韓世家〉)②習，例祖識地德。(《國語》〈魯語〉)③爲人餞行，例祖餞。

◆**祖考、祖先、祖業、祖傳、祖籍列祖、先祖、數典忘祖。**

10【神】ㄕㄣˊ shén 名①稱天地萬物的創造與主宰者。②事理微妙難窮者。③精神，例聚精會神。④神聖而不可知的，例神明。⑤姓，漢有神曜。形①超羣的，例神童。②玄妙、稀奇。

◆**神化、神仙、神色、神志、神奇、神采、神勇、神效、神氣、神情、神速、神遊、神聖、神韻、神出鬼沒、**

神來之筆、神魂顛倒、神機妙算 傷神、勞神、鬼斧神工。

10【祗】ㄓ zhī 動敬，例上帝是祗。(《詩經》〈商頌．長發〉)

10【祝】ㄓㄨˋ zhù 名①祭祀時贊禮饗神的人。②姓，明有祝允明。動①祈、願，例爲儀千秋之祝。(《戰國策》〈齊策〉)②斷絕，例祝髮。③頌賀。

10【祚】ㄗㄨㄛˋ zuò 名①君位，例漢祚中缺。(班固〈東都賦〉)②歲，例初歲元祚。(曹植〈元會詩〉)動福佑。

◆天祚、元祚、年祚、皇祚。

10【祓】ㄈㄨˊ fú 名①福。②除惡求福的祭祀。動洗滌、潔除。

10【祔】ㄈㄨˋ fù 名祭名，三年喪事完畢，奉神主入祖廟的祭祀。動合葬，子孫的棺木附葬在祖墳裡。

10【祛】ㄑㄩ qū 動①消除、驅逐。②舉。形強健，例祛祛。

10【祜】ㄏㄨˋ hù 名幸福，例受天之祜。(《詩經》〈小雅．信南山〉)

10【祏】ㄕˊ shí 名宗廟裡藏祖先神主的石室。

六 畫

11【祥】ㄒㄧㄤˊ xiáng 名①福、善。②吉凶的預兆。③古祭名。④姓，清有祥厚。形和善的，例慈祥。

◆祥和、祥雲、祥瑞 吉祥、安祥、龍鳳呈祥。

11【票】(一)ㄆㄧㄠˋ piào 名①用作憑據的信券，例郵票。②標題，例票簽。③俗謂一宗爲一票，例一票貨物。④匪徒稱被綁之人爲票。 (二)ㄆㄧㄠ piāo 動搖動。形①輕飄的樣子。②疾。

11【祭】(一)ㄐㄧˋ jì 動祭祀，例祭神如神在。(《論語》〈八佾〉) (二)ㄓㄞˋ zhài 名①周時國名，在今河南省鄭縣東北。②姓，春秋鄭有祭仲足。

11【祧】ㄊㄧㄠ tiāo 名①繼承先代的人。②祭名。③遠祖的廟。

11【祫】ㄒㄧㄚˊ xiá 動古時在太廟中合祭遠祖，例大祫者何，合祭也。(《公羊傳》〈文公二年〉)

七 畫

12【祲】ㄐㄧㄣ jīn 形①不祥之氣，例吾見赤黑之祀。(《左傳》〈昭公十五年〉)②盛大的樣子。

八 畫

13【祺】ㄑㄧˊ qí 名吉祥。形安泰不憂懼的樣子。

13【祿】ㄌㄨˋ lù 名①福、善,例福祿。②古時稱官吏的食稟、俸給。③官位,例子張學干祿。(《論語》〈爲政〉)④姓。

13【禁】(一)ㄐㄧㄣˋ jìn 名①忌諱、避諱。②政教,例入境而問禁。(《禮記》〈曲禮〉)③放酒樽之器。④夷樂名,例北方曰禁。(《周禮》〈春官・鞮鞻氏注〉)⑤古稱天子居住之宮殿,例禁中,禁內。⑥姓。動①止,例禁之不可。(《左傳》〈僖公三年〉)②拘押,例囚禁。 (二)ㄐㄧㄣ jīn 動承當,例弱不禁風。

◆禁止、禁令、禁食、禁錮、禁臠 失禁、宮禁、監禁、情不自禁。

13【祼】ㄍㄨㄢˋ guàn 動①祭神時把酒灑在地上降神。②飲酒。

九 畫

14【禎】〔祯〕ㄓㄣ zhēn 名吉祥。

14【福】ㄈㄨˊ fú 名①吉祥之事。②祭祀用的酒肉。③婦女行禮,將手放在腰部,合拳敬拜稱爲萬福,簡稱福。④姓,淸有福敏。動祐助。

◆福分、福利、福音、福祉、福至心靈、福無雙至 幸福、禍福、萬福、致福、五福臨門。

14【禍】〔祸〕ㄏㄨㄛˋ huò 名災害、殃咎。動爲害、加害。

◆禍水、禍首、禍不單行、禍從口出、禍國殃民、禍福無門。

14【禔】ㄊㄧˊ tí 名安,福。

14【禕】〔袆〕ㄧ yī 形美好。

14【禖】ㄇㄟˊ méi 名①求子所祭的神。②求子的祭祀名。

14【禊】ㄒㄧˋ xì 名古人於春秋兩季,至水邊舉行一種驅除不祥的修禊禮。

14【禋】ㄧㄣ yīn 名古代祭天的大典。動以誠敬的心意祭祀。

14【禓】ㄧㄤˊ yáng 名在道路上驅疫逐鬼的祭祀。

14【禘】ㄉㄧˋ dì 名禘祭,古代重大祭典之一,五年舉辦一次，又祭天及夏祭宗廟亦名禘。

十 畫

15【禡】ㄇㄚˋ mà 图古時軍隊出兵，在駐紮地敬祀神祇的祭典。

15【禛】ㄓㄣ zhēn 動以眞誠而受到福祐。

十一 畫

16【禦】〔御〕ㄩˋ yù 图①敵人，例不畏強禦。(《詩經》〈大雅・烝民〉)②大臣，例禽禦八百。(《逸周書》〈世俘解〉)動①抗拒，防備。②編竹蔽車。

十二 畫

17【禧】ㄒㄧ xī ㄒㄧˇ xǐ 图福、吉，例鴻禧。

17【禪】〔禅〕㈠ㄔㄢˊ chán 图①梵語禪那的略稱。②佛法、佛道。形①佛家的，例禪理。②佛寺的，例禪閣。 ㈡ㄕㄢˋ shàn 動①掃地設壇祭祀山川。②以帝王之位讓授於人。

17【禫】ㄊㄢˇ tǎn 图居父母之喪，解除孝服時的祭祀。

17【禨】ㄐㄧ jī 動事鬼求福。

十三 畫

18【禮】〔礼〕ㄌㄧˇ lǐ 图①人類行爲的規範，例信以守禮，禮以庇身。(《左傳》〈成公十五年〉)②餽贈人的財物。③經書名，世稱《禮記》、《儀禮》、《周禮》爲三禮。④姓，春秋衞有禮至。動①尊敬，例禮賢者。(《禮記》〈月令〉)②祭。

◆禮制、禮教、禮節、禮貌、禮數、禮儀、禮尚往來 洗禮、守禮、婚禮、喪禮、克己復禮。

18【禪】ㄕㄢˋ shàn 動祭天。

十四 畫

19【禱】〔祷〕ㄉㄠˇ dǎo 動①向神祈告，請求賜福。②書信用語，表請求，例是所至禱。

19【禰】〔祢〕ㄋㄧˇ nǐ ㄇㄧˊ mí 图於父生稱父，死稱考，入廟稱禰。②春秋時鄭地名。③姓，後漢有禰衡。動父死立主於廟。

十七　畫

22【禳】ㄖㄤˊ ráng 名祈求解除災禍疾病的祭祀。動消除，例祈禍禳災。（張衡〈東京賦〉）

禸　部

06【禸】ㄖㄡˊ róu 名同「蹂」；獸類踐踏地面所留的腳印。

四　畫

09【禹】ㄩˇ yǔ 名①夏代的開國君王，把天下分成九州來統治，開王位世襲的制度。②蟲名。③姓，明有禹祥。

09【禺】㈠ㄩˊ yú 名①區域，每里爲一禺。②山名，在浙江省。㈡ㄩˋ yù 名①長尾猿，獮猴之類。②通「偶」。

六　畫

11【离】㈠ㄔ chī 名通「螭」、「魑」；山神。㈡ㄌㄧˊ lí 動散、違，同「離」。

八　畫

13【萬】〔万〕ㄨㄢˋ wàn 名①蟲名。②數目名，十千稱萬。③舞名。④姓，漢有萬攀。形形容眾多，例萬邦。副極、甚，例千辛萬苦。

◆萬一、萬世、萬全、萬里、萬幸、萬物、萬能、萬鈞、萬惡、萬難、萬鍾、萬人空巷、萬劫不復、萬念俱灰、萬無一失、萬紫千紅　千萬、億萬、積千累萬。

13【禽】ㄑㄧㄣˊ qín 名①脊椎動物有兩翼兩足而體被羽毛者的總稱。②鳥獸總名。③姓，春秋魯有禽鄭。動通「擒」；捕捉。

禾　部

05【禾】ㄏㄜˊ hé 名①穀類植物的通稱。②姓，宋有禾實。

二　畫

07【秀】ㄒㄧㄡˋ xiù 名①稻麥的穗，例苗而不秀者有矣夫。（《論語》〈子罕〉）②草木的花，例方疏含秀。（張協〈七命〉）③才智傑出的人。④姓，明有秀芳。動①泛稱草木開花。②稻麥吐穗開花。形①美好，例山明水秀。

②聰明、文雅、靈巧，例秀雅。

07【禿】ㄊㄨ tū 形①無髮。②凡物落盡皆稱「禿」。

07【私】ㄙ sī 名①禾。②屬於個人的事物，為公的相反。③隱祕，例嫌聽人之私也。(《禮記》〈曲禮疏〉)④姦通，例甲男與乙女有私。⑤便服。⑥閒居獨處。⑦國君寵幸的妾侍，例君多私。(《國語》〈晉語〉)⑧女子稱姊妹的丈夫。⑨男女的陰部。⑩財產，例家私。⑪漏稅，來路不合法的貨物，例走私。⑫姓，漢有私匡。動①偏利，偏愛，例而以私其子孫。(《呂氏春秋》〈長利〉)②小便。形①邪曲。②一己的，例私生活。副①祕密。②偏重一方。③不是公家的，例私立。

◆私心、私交、私自、私奔、私藏、私權、私相授受 走私、家私、營私、自私、公而忘私。

三 畫

08【秉】ㄅㄧㄥˇ bǐng 名①柄，例治國不失秉。(《管子》〈小匡〉)②粟十六斛為秉。③姓，漢有秉寬。動①執。②主持、掌握，例秉政。

08【秈】ㄒㄧㄢ xiān 名無黏性而早熟的稻，例秈米。

四 畫

09【科】ㄎㄜ kē 名①等、等差。②法律的條文。③舊時取士的條例名目。④戲劇中人物的舉止動作。⑤類別，例文科。⑥機關中分別辦公單位，例民政科、兵役科。⑦坎，坑，例盈科而後進。(《孟子》〈離婁〉)動課、罰，例科罪。

◆科班、科場、科罪、登科、金科玉律、插科打諢。

09【秒】ㄇㄧㄠˇ miǎo 名①禾穀的芒刺。②計時的單位，六十秒為一分。③圓周計算法，六十秒為一分，六十分為一度。

09【种】ㄔㄨㄥˊ chóng 名①姓，宋有种放。②大陸用作「種」(ㄓㄨㄥˇ)字的簡化字。

09【秕】ㄅㄧˇ bǐ 名穀類結的果實，中空而無物者。形有名無實的，不好的。

09【秔】讀音ㄍㄥ gēng 語音ㄐㄧㄥ jīng 名同「粳」、「稉」；不黏而晚熟的稻。

09【秏】ㄏㄠˋ hào 名品質優良的米。動同「耗」；減少。

09【秋】ㄑㄧㄡ qiū 名①禾穀成熟，例秋爲收成。(《爾雅》〈釋天〉)②四時之一，自立秋至立冬，九～十一月爲秋。③年，例千秋。④時候。⑤姓，淸有秋瑾。

◆**秋收、秋波、秋思、秋霜　春秋、悲秋、一葉知秋、多事之秋。**

五　畫

10【租】ㄗㄨ zū 名①田賦。②稅，例全民得以律占租。(《漢書》〈昭帝紀〉)③積。④出借田產物品所收取的報酬，例房租。動賃租他人之物使用，例租房子。

10【秧】ㄧㄤ yāng 名①稻苗，例插秧。②草木初生而可移栽者，例花秧。③初生的動物，例魚秧。動培養、栽培，例好好秧著這盆花，別讓太陽曬著。

10【秩】ㄓˋ zhì 名①次序。②官吏的職位、品級，例委之常秩。(《左傳》〈文公六年〉)③俸祿。④十年爲一秩。形常，例不知其秩。(《詩經》〈小雅・賓之初筵〉)

10【秣】ㄇㄛˋ mò 名①餵牛馬的穀粟飼料，例摧之秣之。(《詩經》〈小雅・鴛鴦〉)②姓。動飼養，例言秣其馬。(《詩經》〈周南・漢廣〉)

10【秦】ㄑㄧㄣˊ qín 名①朝代名，東周末年，嬴政併吞六國，統一全國，歷十五年而滅亡。②周代國名，周孝王封伯益的後代爲附庸，與以秦地，至秦襄公始立國，國號秦，至秦孝公時，國勢富强，爲七雄之一，至始皇卒滅六國，統一天下。③東晉苻健建前秦。④東晉姚萇建後秦。⑤東晉乞伏國仁建西秦。⑥古時西域稱中國爲秦。⑦陝西省的別稱。⑧姓。

10【秫】ㄕㄨˊ shú 名帶有黏性的稷，可以釀酒。

10【秬】ㄐㄩˋ jù 名黑色的黍，可以釀酒。

10【秭】ㄗˇ zǐ 名古代數名，十億爲兆，十兆爲京，十京爲垓，十垓爲秭。

10【秘】ㄅㄧˋ bì ㄇㄧˋ mì 「祕」的俗字。

10【秤】(一) ㄔㄥˋ chèng 名用來測知物體重量的用具，例磅秤。動秤輕重。　(二)

ㄆㄧㄥˊ píng 名計算物體輕重的器具，例天秤。

六 畫

11【移】ㄧˊ yí 名①平行用的一種官方文書。②姓，後漢有移良。動①遷徙，例則民不移。(《國語》〈齊語〉)②改易，例貧賤不能移。(《孟子》〈滕文公下〉)③搖動，例手足毋移。(《禮記》〈王藻〉)④施，例如有移德於我。(《史記》〈田叔列傳〉)

◆移交、移山倒海、移花接木、移風易俗、移尊就教　改移、遷移、堅定不移、本性難移。

七 畫

12【稍】ㄕㄠ shāo　ㄕㄠˋ shào 名①稟食，例惟稍受之。(《儀禮》〈聘禮〉)②距王城三百里的地方。③姓。副①小、少，例稍有幾文。②漸漸。③方才、正。

12【稈】ㄍㄢˇ gǎn 名禾本科植物的莖，中空有節。

12【程】ㄔㄥˊ chéng 名①度量的總名。②法式，規章，例不中程，爲法令以罪之。③期限，例明宵有程。(左思〈魏都賦〉)④路途。⑤姓，宋有程顥、程頤。動效法，例匪先民是程。(《詩經》〈小雅・小旻〉)

12【稅】㈠ㄕㄨㄟˋ shuì 名國家向人民所徵得的稅收，作爲經費，例所得稅。動①租，借，例不若且稅居之爲善也。(趙璘〈因話錄〉)②以物贈人。③設、放置。　㈡ㄊㄨㄟˋ tuì 名古時喪服，例如稅服終身。(《左傳》〈襄公二十七年〉)　㈢ㄊㄨㄛ tuō 動解脫，例不稅冠帶。(《禮記》〈文王世子〉)

◆收稅、報稅、苛稅、繳稅、徵稅。

12【稀】ㄒㄧ xī 名姓。形①疏、不密。②少、難得，例人生七十古來稀。(杜甫〈曲江詩〉)③薄、不稠。

12【稊】ㄊㄧˊ tí 名①草名，似稗，結實如小米。②樹木重生出的新葉。

12【稂】ㄌㄤˊ láng 名莖葉似禾而不結實的野草。

12【稃】ㄈㄨ fū 名穀皮。

12【稌】ㄊㄨˊ tú 名帶有黏性的稻，即糯稻。

八 畫

13【稜】㈠ㄌㄥˊ léng [名]①物體的角，[例]稜角。②威嚴。③數學上稱立體的面與面之交為稜。 ㈡ㄌㄥˋ lèng [名]農人指田遠近多稱幾稜。

13【稚】ㄓˋ zhì [名]①幼小，[例]稚子。②姓。[副]晚熟。

13【稠】ㄔㄡˊ chóu [名]姓，漢有稠雕。[形]①多，[例]歌者稠。(《禮記》〈文王世子注〉)②濃、密，[例]稠湯。

13【稔】ㄖㄣˇ rěn [名]年。[動]①熟悉，[例]未稔。②積久。[形]穀熟，[例]歲稔。

13【稟】㈠ㄅㄧㄥˇ bǐng [名]天賦的資質，[例]氣質之稟。(朱熹〈大學章句序〉)[動]①承受，[例]先王所以稟於天地。(《左傳》〈昭公二十六年〉)②下對上、卑對尊，或民眾對官署的陳述，[例]稟告。 ㈡ㄌㄧㄣˇ lǐn [名]穀倉。[動]①通「懍」；敬。②給予，[例]天稟其性。(《漢書》〈禮樂志〉)

13【稗】ㄅㄞˋ bài [名]禾本科。葉細長而尖，平行脈，花小，圓錐花序，外形似水稻，影響水稻發育，常視為雜草。可供家畜當飼料。

13【稑】ㄌㄨˋ lù [名]後種先熟的稻子。

13【稞】㈠ㄎㄜ kē [名]大麥的一種，通稱為稞。 ㈡ㄏㄨㄚˋ huà [名]好穀稱稞。

13【稘】ㄐㄧ jī [名]周年。

九畫

14【種】〔种〕㈠ㄓㄨㄥˇ zhǒng [名]①穀及瓜果蔬菜的種子。②生物分類系統上所用的基本單位。③指膽量或骨氣，[例]有種。④量詞，稱事物一類曰一種，[例]各種顏色。 ㈡ㄓㄨㄥˋ zhòng [動]①栽植。②積聚，[例]種德。

◆**種別、種類、種瓜得瓜 人種、品種、播種、絕種、傳種。**

14【稱】〔称〕㈠ㄔㄥ chēng [名]①名目，[例]別稱。②名聲，[例]少有英稱。(《後漢書》〈崔寔傳〉)③姓，後漢有稱忠。[動]①用秤計量輕重。②讚揚，[例]稱美。③舉，[例]稱兵作亂。④自居，[例]稱王。 ㈡ㄔㄥˋ chèng [名]俗作「秤」。[動]適合，[例]相稱得當。 ㈢ㄔㄣˋ chèn [動]適宜，[例]稱晉之德。(《國語》〈晉語〉)[名]古計算衣服的量詞，一稱猶今言

一套，例祭服五稱。(《左傳》〈閔公二年〉)

◆稱心、稱快、稱呼、稱意、稱職、稱霸、稱不離錘。

14【稨】ㄅㄧㄢˇ biǎn 名扁豆。

14【稭】ㄐㄧㄝ jiē 名去了穗的禾桿。

十 畫

15【穀】ㄍㄨˇ gǔ 名①可做糧食的植物，例五穀。②俸祿，例不至於穀。(《論語》〈泰伯〉)③姓。④桑科落葉喬木，莖及葉有剛毛，葉卵形，花單性，色淡綠，果實成熟色紅，味甘美可食，樹皮纖維可供製紙原料。動①生，例穀則異室，死則同穴。(《詩經》〈王風・大車〉)②養，例以穀我士女。(《詩經》〈小雅・甫田〉)

15【稿】ㄍㄠˇ gǎo 名①同「稾」；乾稻草。②未經修治的文章，例草稿。③事先考慮的計劃，例底稿。

15【稼】ㄐㄧㄚˋ jià 名①禾的秀實，例十月納禾稼。(《詩經》〈豳風・七月〉)②農事，例樊遲請學稼。(《論語》〈子路〉)

15【稽】㈠ㄐㄧ jī 名姓，秦有稽黃。動①留止，例何足久稽天下士。(《後漢書》〈馬援傳〉)②考證，例於稽其類。(《易經》〈繫辭〉)③計較。④至，例大浸稽天而不溺。(《莊子》〈逍遙遊〉)
㈡ㄑㄧˇ qǐ 動叩頭，例稽首。

◆稽古、稽延、稽留、稽核、稽察、稽遲。

15【稷】ㄐㄧˋ jì 名①禾本科一年生草本，葉細長而光，平行脈。花有三雄蕊，果實穎果，種子白色，可食。②農官，穀神。③國家的代稱，例社稷。④姓。

15【稻】ㄉㄠˋ dào 名禾本科植物，一年生草本，種子叫穀，去殼爲米，爲我國東南各省的主要糧食作物。

15【稺】ㄓˋ zhì 名幼禾。形小。

15【稹】ㄓㄣˇ zhěn 動聚物。形通「縝」；緻密。

十一 畫

16【穎】ㄧㄥˇ yǐng 名①錐子的尖端，例脫穎而出。②比喻才能出衆的人。③毛筆尖，例毛穎。形聰明過人，例穎悟。

◈新穎、稻穎、鋒穎、聰穎。

16【穌】〔稣〕ㄙㄨ sū 動①割草。②通「甦」、「蘇」；死而更生，例復穌。

16【積】〔积〕ㄐㄧ jī 名數學上某數乘以他數的結果。動①聚，例無一日之積。(《國語》〈楚語〉)②積習，例私其所積。(荀子〈解蔽〉)③滯，例天道運而無所積。(《莊子》〈天道〉)形長久的。

◈積怨、積習、積善、積極、積蓄、積德、積少成多、積重難返、積勞成疾、積穀防饑 面積、容積、堆積、聚積。

16【穄】ㄐㄧˋ jì 名泛指沒有黏性的黍粟之類。

16【穆】ㄇㄨˋ mù 名①古代宗廟裡神位排列的次序，左爲昭，右爲穆。②姓，唐有穆元休。形①美，例於穆清廟。(《詩經》〈周頌・清廟〉)②和，例穆如清風。(《詩經》〈大雅・烝民〉)③恭敬。

十二 畫

17【穗】ㄙㄨㄟˋ suì 名①聚集成串的穀類花實。②植物的花實結聚在莖端者。③燈花。④廣州市的別稱。古代傳說中有五仙人乘五色羊執六穗至此，因稱廣州爲穗城。

17【穜】ㄊㄨㄥˊ tóng 名先種後熟的禾。

十三 畫

18【穡】〔穑〕ㄙㄜˋ sè 動①收穫穀物，例不稼不穡。(《詩經》〈魏風・伐檀〉)②同「嗇」；節儉、愛惜。

18【穢】〔秽〕ㄏㄨㄟˋ huì ㄨㄟˋ wèi 名田中的雜草。形①惡，例無起穢以自臭。(《尚書》〈盤庚〉)②骯髒的，例汙穢。

18【穠】ㄋㄨㄥˊ nóng 形花木繁盛的樣子。

十四 畫

19【穫】〔获〕(一)ㄏㄨㄛˋ huò 動①刈穀，例八月其穫。(《詩經》〈豳風・七月〉)②通「獲」；得。 (二)ㄏㄨˋ hù 名在今陝西省涇陽縣西北之古地名，稱焦穫。

19【穩】〔稳〕ㄨㄣˇ wěn 動①安頓、安排。②定，例①忽忽心未穩。(陳師道〈示三子詩〉)形安妥。副準、一定，例十拿九穩。

19【穧】ㄐㄧˋ jì [名]已割下而未紮束的稻。

十七 畫

22【穰】㈠ㄖㄤˊ ráng [名]①禾莖中白色柔軟的部分。②古地名。③姓，齊有穰苴。[形]豐，[例]所居野大穰。(《史記》〈天官書〉) ㈡ㄖㄤˇ rǎng [形]①豐盛，[例]長安中浩穰。(《漢書》〈張敞傳〉)②紛亂，[例]心緒穰。

穴 部

05【穴】㈠ㄒㄩㄝˋ xuè [名]①兔子的別稱。②鼠的總稱。③人所居住的地洞。④動物的窩巢，[例]不入虎穴，焉得虎子。⑤埋放棺木的土坑。⑥孔洞，窟窿。[動]①鑿地爲穴。②穿過、開通。 ㈡ㄒㄩㄝˊ xué [名]人身的經脈要害地方，[例]穴道。

二 畫

07【究】ㄐㄧㄡˋ jiù ㄐㄧㄡ jiū [名]①極盡；究竟。②山溪中的淺水處。[動]①細心研推，[例]是究是圖。(《詩經》〈小雅・常棣〉)②查尋，審問，[例]既往不究。[副]竟、到底。

三 畫

08【穹】ㄑㄩㄥˊ qióngㄑㄩㄥ qiōng [名]天空，[例]穹天。[形]①高大隆起，[例]穹隆。②幽深，[例]穹谷。③山勢高險。④大，[例]穹石。⑤窮盡，[例]穹室薰鼠。(《詩經》〈豳風・七月〉)

08【穸】ㄒㄧˋ xì [名]「窀穸」，見「窀」字。

08【空】㈠ㄎㄨㄥ kōng [名]①天，[例]天空。②佛教指超乎色相現實境界爲空。③前所未有，[例]空前絕後。[形]①一點東西都沒有，[例]空空如也。②穴隙，[例]空穴來風。③虛幻的事情，[例]空中樓閣。④形容不易得到的人物或言論，[例]空谷足音。[副]徒然，[例]空跑一趟。 ㈡ㄎㄨㄥˋ kòng [名]留缺，[例]空白。[動]①缺乏，[例]虧空。②間隙。[形]①沒事可做，[例]空閒。②窮，[例]回也，其庶乎？屢空。(《論語》〈先進〉)

◆空幻、空洞、空虛、空檔、空曠、晴空、眞空、落空、囊空如洗。

四 畫

09【穿】ㄔㄨㄢ chuān [名]①墓穴，[例]銜土投丁姬穿中。(《漢書》〈外戚傳〉)②姓。[動]

①貫穿，例穿針引線。②强求使之合於義理，例穿鑿附會。③挖掘，例穿井。④著衣，例穿衣服。形①物體穿破有孔，例衣破鞋穿。②馬行疲乏，例穿蹄。副透。

◆**穿插、洞穿、望穿秋水、百步穿楊。**

09【窀】ㄓㄨㄣ zhūn 名「窀穸」：墓穴，例死者悲於窀穸，生者戚於朝野。（《後漢書》〈劉陶傳〉）

09【突】ㄊㄨˊ tú ㄊㄨ tū 名煙囪，例煙突。動①衝破，例突圍。②比喻進步很快，例突飛猛進。③事情發生得極意外，例突如其來。④超過，例突破紀錄。

五　畫

10【窄】ㄗㄜˊ zé ㄓㄞˇ zhǎi 形①狹、迫，不寬的意思。②窘困。

10【窈】ㄧㄠˇ yǎo 形①「窈窕」：(1)深遠的樣子。(2)幽靜的樣子，例窈窕淑女。（《詩經》〈周南・關雎〉）(3)妖冶的樣子。②深遠難見，例窈冥。③昏暗、深遠，例窈窈。

10【窅】ㄧㄠˇ yǎo ㄧㄠˋ yào 動遠望，例歸徑窅如迷。（《昭明文選》謝朓〈敬亭山〉）形①深遠的樣子，例窅眇。②不滿的樣子，例窅窈。③「窅窅」：同「冥冥」，潛藏隱晦。

10【窆】ㄅㄧㄢˇ biǎn 名①墓穴。②古代用以下棺的隧石，例窆石。動將棺木葬入墓穴中。

六　畫

11【窒】ㄓˋ zhì 動①阻塞。②障礙，例窒礙。

11【窕】ㄊㄧㄠˇ tiǎo 動①寬而不滿密。②舒緩。③幽閒。④挑情、挑戲，例目窕心與。（枚乘〈七發〉）形「窈窕」，見「窈」字。副同「佻」；輕薄。

11【窔】ㄧㄠˇ yǎo ㄧㄠˋ yào 名房屋的東南角。形幽深的樣子，例奧窔。

七　畫

12【窘】ㄐㄩㄥˇ jiǒng ㄐㄩㄣˇ jǔn 名窮困的境況。動困逼，例窘困。形窮迫的、困頓的，例窘色、窘態。副心急而步難行。

12【窗】ㄔㄨㄤ chuāng 名①爲了引進新鮮空氣及光線，或觀察外界景物，在建築

物或交通工具所設置的開口。②同「牕」、「牎」、「窻」；讀書的地方，例窗友、同窗共硯。

12【窖】ㄐㄧㄠˋ jiào 名藏東西的地下室，例地窖。動把東西藏在地室中，例下窖。形用心深沉。

八 畫

13【窟】ㄎㄨ kū 名①洞穴，例土窟。②人所居住的土室。③獸、魚、蟲等居息的地方，例蛇窟。④人、物所聚集的地方，例賊窟。⑤「窟窿」：⑴洞穴，又作窟籠。⑵俗稱虧空債務。

13【窠】ㄎㄜ kē 名①鳥、獸、蟲類所棲息的巢穴。②人所居住的地方。③形狀似窠穴的。④有格式花紋的刻印。⑤通「棵」；計算數量。

13【窣】ㄙㄨˋ sù 動①窸窣，見「窸」字。②從洞穴中衝出來。

九 畫

14【窪】〔洼〕ㄨㄚ wā 形①深，例窪則盈。(《老子》〈第二十二章〉)②低陷地。③清水。

14【窩】〔窝〕ㄨㄛ wō 名①禽獸和蟲類住的巢穴，例蜂窩、雞窩。②人的住處，例名其居曰安樂窩。(《宋史》〈邵雍傳〉)③遮、避，例窩風。④凹陷的地方，例心窩。動挫折，例賊人窩逃回去。副藏匿犯人或贓物，例窩藏人犯。

14【窬】ㄩˊ yú ㄉㄡ dōu 名在牆近門邊的小洞。動通「踰」，例穿窬之盜。(《論語》〈陽貨〉)

14【窨】㈠ ㄧㄣˋ yìn 名地下室。動酒藏在地下。㈡ ㄒㄩㄣ xūn 動將茶葉密封後貯藏；或將茉莉等花放在茶葉裡，增加香氣。

十 畫

15【窯】(窰)(窑) ㄧㄠˊ yáo 名①燒製磚、瓦、陶器的灶，例瓦窯。②西北地方，人民所住的地下洞窯，例窯洞。③妓館的俗稱，例窯子。④設窯燒製陶器的工場，例柴窯。形空深的樣子。

15【窮】〔穷〕ㄑㄩㄥˊ qióng 動推究至極盡。形①終極，例趣味無窮。②貧乏，例三揖窮鬼而告之。(韓愈〈送竆文〉)③困阨，例君子亦有竆乎。(《論語》〈衞靈公〉)④荒僻的，例竆鄉僻壤。副極端，例竆凶惡極。

◈**竆乏、竆究、竆困、竆酸、竆兵黷武、竆寇勿追、竆鄉僻壤　貧竆、無竆、人竆志短、山竆水盡。**

15【窳】ㄩˇ yǔ 形①用器粗而多毛病，例器苦窳，舜往陶焉，朞年而器牢。(《韓非子》〈難一〉)②怠惰的。③衰弱。

十一　畫

16【窺】〔窥〕ㄎㄨㄟ kuī 動①偸看。②見。③偵視、偸看，例窺覬。

16【窵】〔窎〕ㄉㄧㄠˋ diào 形路途遠隔，例窵遠。

16【窸】ㄒㄧ xī 形「窸窣」：形容細碎而又斷斷續續的聲音。

16【窶】〔窭〕(一) ㄐㄩˋ jù 形貧陋，例終窶且貧。(《詩經》〈邶風・北門〉) (二) ㄌㄡˊ lóu 名器名，其狀似環，例甌窶。

十二　畫

17【窾】ㄎㄨㄢˇ kuǎn 形空的，例批大郤，道大窾。(《莊子》〈養生主〉)

17【窿】ㄌㄨㄥˊ lóng 名「窟窿」，見「窟」字。

十三　畫

18【竄】〔窜〕ㄘㄨㄢˋ cuàn 動①掩藏、隱匿，例邪說不能亂，白家無以竄。(《荀子》〈正名〉)②修改文字，例竄改。③氣味薰鼻。④縱跳，例抱頭鼠竄。⑤放逐、誅殺。⑥安頓。

◈**竄伏、竄鼻　伏竄、奔竄、逃竄、鼠竄。**

18【竅】〔窍〕ㄑㄧㄠˋ qiào 名①孔穴。②指人的耳、口、鼻、目，例七竅。③關鍵，要點，例訣竅。

十五　畫

20【竇】〔窦〕ㄉㄡˋ dòu 名①姓，後漢有竇憲。②地穴，例竇窖。③孔洞，例狗竇。

十六　畫

21【竈】〔灶〕ㄗㄠˋ zào 名通「灶」；用磚土或石塊等砌成，用來生火烹食的設備，例爐竈。

十八畫

23【竊】〔窃〕ㄑㄧㄝˋ qiè 名偷盜他人財物的人，例盜竊。動①盜取。②暗中察訪，例竊其有益，與其無益。(《荀子》〈哀公〉)③非法據有，例竊據。副①私下，暗地，例竊竊私語。②暗中，私下，悄悄的，例竊比於我老彭。(《論語》〈述而〉)

立部

05【立】ㄌㄧˋ lì 名姓，清有立山。動①直身不動，例立必正方。(《禮記》〈曲禮〉)②樹立。③成，例而後禮義立。(《禮記》〈冠義〉)④設置，例國立、私立。⑤君主即位。⑥締結、制定，例立契約。形體積，例立方。副即時、立刻。

◆立志、立案、立場、立業、立誓、立竿見影、立錐之地 創立、直立、建立、聳立、鼎足而立。

四畫

09【竑】ㄏㄨㄥˊ hóng 動量度。

五畫

10【站】ㄓㄢˋ zhàn 名①中途暫駐或轉移的處所，例驛站、車站。②機關團體在某地設立的小單位，例福利站。動①直立，例站立。②久立。③保持。

七畫

12【竣】ㄑㄩㄣ qūn ㄑㄩㄢˊ quán ㄐㄩㄣˋ jùn 動①事情完畢，例竣工。②退立、退下。

12【竦】ㄙㄨㄥˇ sǒng 動①期待，例寡人將竦意而覽焉。(《漢書》〈東方朔傳〉)②驚懼。③崇尚。④提起腳跟，伸長頸子看望。⑤跳動。⑥敬。

12【童】ㄊㄨㄥˊ tóng 名①未成年的人，例幼童、兒童。②有罪入宮為奴者。③姓，宋有童貫。動禿頭，例頭童齒豁。(《韓愈》〈進學解〉)形①山無草木，例童山。②牛羊無角，例童牛。

◆童工、童年、童貞、童心未泯、童言無忌、童叟無欺 孩童、學童、鶴髮童顏。

八畫

13【竫】ㄐㄧㄥˋ jìng 名「竫言」：偽造的話。

九 畫

14【竭】ㄐㄧㄝˊ jié 動①負載。②盡，例人道竭矣。(《禮記》〈大傳〉)③滅亡。

14【端】ㄉㄨㄢ duān 名①起首、開始。②事物的兩頭，例我叩其兩端。(《論語》〈子罕〉)③盡頭，例不見水端。(《莊子》〈秋水〉)④古代長度的單位。⑤姓，明有端復初。動①雙手持物，例端盤子。②正，例以端其位。(《禮記》〈祭義〉)形正直，例心術不端。副究竟、到底。

◆端正、端倪、端莊、端詳　末端、事端、無端、發端、開端、造端。

十五 畫

20【競】〔竞〕ㄐㄧㄥˋ jìng 動爭逐、比賽，例競賽、物競天擇。形強，例秉心無競。(《詩經》〈大雅・桑柔〉)

竹 部

06【竹】ㄓㄨˊ zhú 名①植物名。禾本科植物。常綠，多年生，莖木質、中空，有節。葉具平行脈，葉柄成鞘。花小，白色；花不常開，普通開花後即死。②做簡册的材料，例竹簡。③八音之一，如笛、簫、笙等竹製的管樂，例無絲竹之亂耳。(劉禹錫〈陋室銘〉)④姓，唐有竹承構。

二 畫

08【竺】(一) ㄓㄨˊ zhú 名①印度的古稱；亦作身毒，例天竺。②同「竹」。③姓，後漢有竺晏。　(二) ㄉㄨˇ dǔ 動通「篤」；深厚。

08【竻】ㄌㄜˋ lè 名①竹根。②有刺而堅硬的竹。

三 畫

09【竿】ㄍㄢ gān 名①通「杆」；竹的莖幹。②量詞，一根竹竿的長度叫做一竿。

◆竹竿、釣竿、旗竿、日上三竿。

09【竽】ㄩˊ yú 名樂器名，屬於笙類，三十六簧，長四尺二寸。

09【笓】ㄔˊ chí 名樂器名，像笛，橫吹，有八孔。

四 畫

10【笆】ㄅㄚ bā 名①用竹子做成的栅欄，例籬笆。②有刺的竹子名。

10【笑】ㄒㄧㄠˋ xiào 動①因高興而表現在臉上的愉快表情，屬於人類特有的反應。②嘲諷，例以五十步笑百步。（《孟子》〈梁惠王上〉）

◆大笑、苦笑、含笑、嘲笑、一顰一笑。

10【笏】ㄏㄨˋ hù 名古代朝廷君臣上朝時所拿的手板，用象牙、玉或竹製成。

◆玉笏、投笏、紳笏、端笏、簪笏。

10【笈】ㄐㄧˊ jí ㄐㄧㄝˊ jié ㄔㄚ chā 名可以背的書箱，例負笈。

◆祕笈、書笈、經笈、藥笈。

10【笋】ㄙㄨㄣˇ sǔn 名同「筍」。見筍字

10【笊】ㄓㄠˋ zhào 名「笊籬」：用竹篾、柳條、金屬線編成的器具，形似蜘蛛網，可在水裏撈東西。

五畫

10【笠】ㄌㄧˋ lì 名①用竹葉做成可遮蔽陽光和雨水的帽子，農人、漁夫常用。②竹篾編成的笠形覆蓋物，例笠蓋、笠覆。

10【笨】ㄅㄣˋ bèn 名竹子裡面白色的皮。形不聰明的樣子，例愚笨。

10【笛】ㄉㄧˊ dí 名樂器名，橫吹，有吹孔一、膜孔一、音孔六，樂音清脆。

◆汽笛、牧笛、夜笛、短笛、橫笛、警笛。

10【符】ㄈㄨˊ fú 名①標記，例符號。②古時當作憑據的東西，在竹、金、玉等上面刻圖文，剖爲二，雙方各拿一半，後來再核驗眞假。③祥瑞的徵兆。④道家用來避邪，畫有圖文的紙條。⑤姓，宋有符彥卿。動吻合。

◆符合、符咒、符節、符籙　相符、音符、護符。

10【第】ㄉㄧˋ dì 名①次序。②住宅。③姓。副但、只管。

◆及第、次第、門第、等第、落第。

10【笙】ㄕㄥ shēng 名①樂器名，把十三根管子排在木壺裡，管底裝上簧片，吹而合鳴。現在是十七管。音色像風琴般和諧典雅。②簟的別稱。③古時稱東方樂器爲笙。形細小的樣子。

11【笸】ㄆㄛˇ pǒ 名「笸籮」：用柳條兒編成的器具，可盛放東西。

10【笞】ㄔ chī 動用竹板打人，例鞭笞。名古時

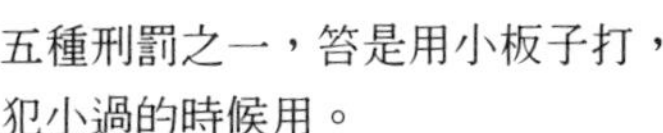

五種刑罰之一，笞是用小板子打，犯小過的時候用。

10【笢】ㄇㄧㄣˇ mǐn 图①竹的表皮。②梳洗頭髮的工具，即抿子；亦作梳子、攏子。

10【笥】ㄙˋ sì 图①書箱，引申有學識意，例腹笥甚窘。②竹編的方形器具，古時裝衣服或盛飯的用品。

10【笫】ㄗˇ zǐ 图床席子，竹編製而成，放在床上，故亦為床的代稱。

10【笭】ㄌㄧㄥˊ líng 图①橫在車前後，用來擋風的竹簾。②竹籠。③舟上、床邊的擋板。

11【笪】ㄉㄚˊ dá 图①姓，宋有笪深。②牽船索。③粗的竹席。

10【笮】㈠ ㄗㄜˊ zé 图①屋上承著瓦片的竹板。②裝箭的器具，皮製的叫箙，竹製的叫笮。③姓，後漢有笮融。動壓迫。　㈡ ㄓㄚˋ zhà 图酒器名；同「酢」。動榨擠。　㈢ ㄗㄨㄛˋ zuò 图①竹編的繩子。②同「鑿」，刺臉的刑罰名。③西南夷人的名稱。

10【笘】ㄕㄢ shān 图①折竹做成的教鞭。②古時小孩學習寫字的竹簡。

10【笤】ㄊㄧㄠˊ tiáo 图「笤帚」：以竹編成的掃帚。

10【笳】ㄐㄧㄚ jiā 图胡人捲蘆葉製成的樂器，後以竹為之。

◆吹笳、胡笳、哀笳、悲笳、塞笳。

10【笵】ㄈㄢˋ fàn 图通「範」；①楷式法則。②竹製的模型。

10【笻】ㄑㄩㄥˊ qióng 图竹名，可做杖。

六　畫

12【等】ㄉㄥˇ děng 图①儕輩，類，例我等，書報雜誌等。②階級，例降一等。③次序，品級，例甲等。④小量的稱重器。動①待、候，例跟你們的媽媽都還沒來，且略等等兒。(《紅樓夢》〈第八回〉)②相同，例相等。形種、樣，例何等人物。副①為何，表疑問。②一般。

◆上等、次等、汝等、降等、躐等。

12【策】ㄘㄜˋ cè 图①馬鞭，例以其策指之。(《史記》〈孔子世家〉)②手杖。③古代竹簡記事，連編諸簡爲策。④古時試士的一種文體。⑤謀略。⑥古代諸侯任官進受於王的符命。⑦卜筮所用的蓍草。⑧木細枝。⑨書法用筆稱仰橫爲策，其勢斜畫向上。⑩姓，漢有策楞。動①扶，例策杖。②任命。

◆策畫、策略、策動　簡策、對策、驅策、執策、獻策。

12【筆】〔笔〕ㄅㄧˇ bǐ 名①書寫用品的一種，例毛筆。②記述描寫，例驚人之筆。③古稱無韻散行之文爲筆。④量詞，例一筆債。⑤姓。動寫作，例筆之於書。

◆筆力、筆直、筆勢、筆跡、筆誤、筆調、筆談、筆墨、筆鋒　文筆、執筆、絕筆、投筆從戎。

12【笄】ㄐㄧ jī 名古代人盤挽髮髻所用的頭簪，例玉笄。

12【筐】ㄎㄨㄤ kuāng 名盛物的方形竹器，例竹筐。形方正，例筐床。

12【答】㈠ㄉㄚˊ dá 動①回報，例禮人不答，反其敬。(《孟子》〈離婁〉)②應對、回覆，例回答。形厚重的樣子。㈡ㄉㄚ dā 名姓，元有答里麻。動應允，例答應。

◆答禮、答謝、答覆、答非所問　報答、對答、簡答、解答。

12【筒】㈠ㄊㄨㄥˊ tóng ㄊㄨㄥˇ tǒng 名①竹管，例卷作筒中布。(白居易〈蘄簟詩〉)②大而中空的圓柱體，例郵筒。㈡ㄉㄨㄥˋ dòng 名通「洞」，例筒簫。

12【筍】ㄙㄨㄣˇ sǔn 名①竹地下莖所生的嫩芽，可食。②同「筠」；竹的青皮。

12【筊】ㄐㄧㄠˇ jiǎo 名①竹索，用來拉動木船逆水行走。②小簫。

12【筋】ㄐㄧㄣ jīn 名①附著在骨上的韌帶，引申爲肌肉。②具彈性施力可伸縮的物體，例橡皮筋。③姓。④竹名。

◆手筋、血筋、青筋、鋼筋、鐵筋。

12【筑】ㄓㄨˊ zhú 名①古弦樂器名。②貴州省會貴陽市的簡稱。動通「掇」；拾撿。

12【筏】ㄈㄚˊ fá 名將木材或竹並排好，再以繩子連接在一起，使其能浮在水面上。用於木材的搬運和上、下河流時的交通工具。

12【筌】ㄑㄩㄢˊ quán 名捕魚的竹器，例得魚而忘筌。(《莊子》〈外物〉)

七 畫

13【筷】ㄎㄨㄞˋ kuài 名吃飯時用來挾飯菜的器具，例竹筷。

13【節】〔节〕ㄐㄧㄝˊ jié ①植物糾聚成結的部分，亦泛指枝幹交接部分，例竹節。②動物骨骼相接連的地方，例關節。③事物或事情的某一部分，例情節、章節。④志氣情操，例名節。⑤禮數，例不踰節。(《禮記》〈曲禮〉)⑥信符。⑦音樂的拍子，例節拍。⑧時節，例中秋節。⑨樂器名，用箕形的竹片互相擊打發聲。⑩船航行的速度單位，一節即表示一小時航行一海浬，而一海浬即一・八二五公尺。⑪姓，明有節鐸。動①減省，例節省。②約束、限制。形高聳峻拔的樣子，例節彼南山。(《詩經》〈小雅・南山〉)
◆**節用、節拍、節制、節奏、節約、節儉、節錄、節外生枝、節衣縮食、節哀順變　失節、音節、細節、禮節、盤根錯節**。

13【笣】ㄆㄚˊ pá 名農家取草的竹器，有五齒。

13【筸】ㄍㄢ gān 名「鎮筸」：地名，在湖南省鳳凰縣南。

13【筠】ㄩㄣˊ yún 名①竹子外層青綠的竹皮。②竹子。形①竹製品，例筠籃。②竹是空心的，卻強韌無比，形容人的堅強廉潔。

13【筥】ㄐㄩˇ jǔ 名①飯器，是盛米糧的圓形竹器。②割稻聚集成束亦稱為筥。

13【筦】ㄍㄨㄢˇ guǎn 名①樂器，類似笛。②開門的工具。③絡絲的工具。④姓，楚有筦蘇。動主持。

13【筩】ㄊㄨㄥˊ tóng 名①折斷的竹子。②魚鉤。

13【筮】ㄕˋ shì 名古時用蓍草占卜吉凶的方法。
◆**卜筮、占筮、易筮、龜筮、蓍筮**。

13【筯】ㄓㄨˋ zhù 名同「箸」；筷子。

13【筲】ㄕㄠ shāo 名①竹器名，用來裝飯可容一斗二升。②北方稱挑水的桶子。③俗稱筷子筒。形器量短淺的人。

13【筳】ㄊㄧㄥˊ tíng 名①紡紗的器具；亦稱筳子、錠子。②折斷的小竹枝。

13【筴】㈠ㄐㄧㄚˊ jiá 名筷子。形夾擧包圍。
㈡ㄘㄜˋ cè 名①卜筮的蓍草。②書冊。③謀略。

13【筧】〔笕〕ㄐㄧㄢˇ jiǎn 图用竹製的管子引導水源。

13【筱】ㄒㄧㄠˇ xiǎo 图①小竹子。②通「小」。

八　畫

14【管】ㄍㄨㄢˇ guǎn 图①樂器名，即篪；類似笛子，以竹製成，有六孔，但也有八孔的說法。②筆，筆桿，例彤管。③泛指圓柱而內中空者爲管，例水管、氣管。④鎖鑰。⑤比喻爲機要。⑥姓，春秋齊有管仲。動①主管、辦理。②約束教導，例管訓。③負責。④顧慮、關係，例他做啥事，管我什麼呢？⑤面對，例管著尤老娘，一口一聲叫老娘。(《紅樓夢》〈第六十五回〉)副保證。

◆管束、管制、管理、管轄、管中窺豹、管窺蠡測　血管、看管。

14【箕】ㄐㄧ jī 图①用來把穀子去糠的圓形竹器，例簸箕。②掃除時，用來收集垃圾的器具，例糞箕。③星宿名。④姓，晋有箕鄭。動聚斂。

14【箋】〔笺〕ㄐㄧㄢ jiān 图①古籍中經傳的注釋，例鄭玄作毛詩箋。(《後漢書》〈衛宏傳〉)②製作精美雅緻的紙張。③信件，例錦箋。④同「牋」，文體的一種，屬於奏議類。

◆箋注　寸箋、花箋、便箋、信箋。

14【筵】ㄧㄢˊ yán 图①竹子編製的席子。②酒席。

◆設筵、喜筵、開筵、瓊筵。

14【算】ㄙㄨㄢˋ suàn 图①數目。②謀畫。③計算用的籌碼。④竹製品。動①核計數目，例只顧賣來，一發算錢還你。(《水滸傳》〈第二回〉)②預料猜測。③屬於，例只管做去，出事，算我的。④承認，例說話算數。⑤結束，例算了，別談了。副①肯定語氣的語詞，例算是我的。②尙且，例這成績，還算可以。

◆算計、算帳、算術　心算、計算、預算、珠算、老謀深算。

14【箝】ㄑㄧㄢˊ qián 图夾東西的器具，例竹箝、火箝。動①威脅挾持。②夾住。

14【箔】ㄅㄛˊ bó 图①簾幕，例門不施箔。(《唐書》〈盧懷愼傳〉)②將金屬類擊打成薄片狀，如錫箔、鋁箔等。③用細竹或蘆草編織成的養蠶具。④在祭祀時，焚化的金紙，例冥箔、金箔。

◆玉箔、珠箔、銀箔、翠箔。

14【箏】ㄓㄥ zhēng 名我國絲類樂器，相傳爲蒙恬所造，又稱古箏或秦箏。

14【箸】ㄓㄨˋ zhù 名同「簭」、「筯」；筷子。動通「著」；⑴撰寫著述。⑵明顯，例箸仁義。(《荀子》〈王霸〉)

◆**下箸、大箸、玉箸、前箸、象箸。**

14【箇】ㄍㄜˋ gè 名①竹一枝爲箇，引申爲計量單位，同「個」，例一箇碗，兩箇盤子。②湖州以桑葉二十斤爲一箇。代指此、這，例箇小兒，瞻視異常。(《唐書》〈李密傳〉)助語助詞，例看箇十分飽。

14【箍】ㄍㄨ gū 名用來束緊物體的薄竹片或金屬圈，例篾箍、鐵箍。動用薄竹片或金屬圈等來束緊物體，例木箱壞了，請再將它箍好。

14【箑】ㄕㄚˋ shà ㄐㄧㄝˊ jié 名用竹子、生絹、羽毛等製成扇子。

14【箘】ㄐㄩㄣˋ jùn 名竹筒名。

14【箜】ㄎㄨㄥ kōng 名「箜篌」：古代東方的弦樂器名。體曲而長，依演奏形態可分爲橫置演奏的臥箜篌、放在膝上演奏的鳳首箜篌和豎立演奏的豎箜篌三種。

14【箐】㈠ㄐㄧㄥ jīng 名①竹名。②滇黔地區將大竹林稱做箐。 ㈡ㄑㄧㄢˋ qiàn 動張開竹製成的弓弩。

14【箎】ㄏㄨˇ hǔ 名竹名，高百尺。

14【劄】ㄓㄚˊ zhá 名①舊時公文名。②劄記，讀書心得，摘錄其要點的一種筆記。動用針刺。

14【箅】ㄅㄧˋ bì 名「箅子」：平面有空隙的竹器，放在鍋裏水面上以方便蒸、餾東西。

九畫

15【箭】ㄐㄧㄢˋ jiàn 名①即矢，搭在弓弦上射出的武器，一般用竹製，近代射箭運動則以柳藤製成。②古代博戲時所用的博箸。③竹名。形①速度很快的樣子，例箭步如飛。②形狀與箭相似，例箭蟲。

◆**箭靶、箭鏃 中箭、火箭、弓箭、飛箭、一箭之隔。**

15【範】〔范〕ㄈㄢˋ fàn 名①法式、模型。②界限，例範圍。形可做模範、法式的，例範例、範本。

◆示範、規範、模範、防範、典範。

15【箴】ㄓㄣ zhēn 名①同「針」；穿線用來縫衣服的器具。②文體的一種，以規勸警戒爲主，例箴言。③羽數，例一羽謂之箴。(《爾雅》〈釋器〉)動規勸諫戒。

◆文箴、艮箴、明箴、酒箴、規箴。

15【篇】ㄆㄧㄢ piān 名①首尾完整的文字，例一篇文章。②書籍、簡册。③稱書有若干章。④紙一頁稱一篇，例一篇大楷。⑤詩文一則或小說一卷。

◆短篇、詩篇、遺篇、書篇、鬼話連篇。

15【篁】ㄏㄨㄤˊ huáng 名①竹的通稱。②竹林。③竹田。

◆疎篁、幽篁、野篁、翠篁、綠篁。

15【箬】ㄖㄨㄛˋ ruò 名①竹皮，即竹的筍殼，可用來做斗笠或包粽子。②竹名，高三～四尺，莖中空，細長有節，可供編織、包物的用途，例箬竹。

15【筅】ㄒㄧㄢˇ xiǎn 名「筅帚」：刷鍋的刷子，用竹篾做成。

15【箱】ㄒㄧㄤ xiāng 名①貯藏物品而有底蓋的器具，例皮箱。②車內放東西的地方。③通「廂」；正房兩側的房間。

15【箾】㈠ㄕㄨㄛˋ shuò 名古代武舞所執的竿。動用竹竿打人。 ㈡ㄒㄧㄠ xiāo 名簫。

15【篆】ㄓㄨㄢˋ zhuàn 名①字體的一種，例大篆、小篆。②印章、印信。③尊稱別人的名號，例台篆、次篆。動①同「瑑」；琢刻。②琢磨字句，雕刻文章。

15【篌】ㄏㄡˊ hóu 名「箜篌」，見「箜」字。

15【箠】㈠ㄓㄨㄟˇ zhuǐ 名①馬鞭。②杖刑。③同「捶」，例箠楚。 ㈡ㄔㄨㄟˊ chuí 名竹名。

15【篋】〔篋〕ㄑㄧㄝˋ qiè 名收藏東西的箱子，大的稱箱，小的稱篋，例書篋。

十畫

16【篙】ㄍㄠ gāo 名①撐船使之前進所用的長竿。②量詞，約指水深及篙者。③船的別稱。

16【簑】ㄙㄨㄛ suō 名同「蓑」；草做的雨衣。

16【築】〔筑〕ㄓㄨˊ zhú 名①宅第、居室。②姓，明有築應祥。動①建造。②擣土使之堅實。③刺，例豬八戒用釘耙築了過去。(《西遊記》)

◆小築、修築、新築、版築、建築。

16【篤】〔笃〕ㄉㄨˇ dǔ 名①病重，例病篤。②姓，元有篤列圖。形誠實、忠厚。副①全心全意，例篤學、篤信。②切實，例篤行而不倦。(《禮記》〈儒行〉)

◆病篤、誠篤、危篤、謹篤、懇篤。

16【篛】ㄖㄨㄛˋ ruò 名①同「箬」；竹皮，例竹皮曰箬、或作篛。(《說文解字》)②竹名，葉大，可供編織箬帽和包粽子之用。

16【篡】ㄘㄨㄢˋ cuàn 動①舊時臣下竊取君位，例王莽篡漢。②奪取、强取。

16【篩】〔筛〕ㄕㄞ shāi 名①篩子，把粒狀、粉末狀的東西，經過網子眼而分別的工具。②大竹名，長百丈，南方造船的材料。動①以篩子分別物質的粗細，例篩土、篩米。②落雨，例雨兒微篩。(董解元〈西廂記諸宮調〉)③斟酒。④胡言亂語。

16【篚】ㄈㄟˇ fěi 名泛指盛物的竹器。

16【篝】ㄍㄡ gōu 名竹籠，用以盛物，或用以遮蔽。

16【篦】ㄅㄧˋ bì 名①竹器，本作「笓」。②理髮用具，以竹片或牛骨等製成，齒間緊密，用來梳除髮垢，例篦子。

◆竹篦、梳篦、象篦、銀篦。

16【篘】ㄔㄡ chōu 名漉酒的用具。動漉酒。

16【篪】ㄔˊ chí 名①古樂器，形狀像笛，橫吹，有八孔。②同「笹」、「箎」；竹名。

十一畫

17【簇】(一) ㄘㄨˋ cù 名①物一團爲一簇。②量詞，相當於「叢」。動①聚集在一起。②同「鏃」；箭頭，例箭簇。

(二) ㄘㄡˋ còu 名古代樂律的名稱，例大簇。

17【簍】〔篓〕ㄌㄡˇ lǒu 名以籐、竹編成圓形疏孔的竹籠。

17【篾】ㄇㄧㄝˋ miè 名①通「篾」；劈成細薄可編織器具的長竹片，例竹篾。②劈蘆葦等莖稈所得的細長薄片。③竹名，即桃枝竹。

17【篷】ㄆㄥˊ péng 名①車船上用以遮陽擋雨的竹片或油布，例車篷。②船帆。③室外用以遮蔽風吹日曬的設備，例篷帳。④船。

◆布篷、孤篷、風篷、釣篷、船篷。

17【篲】ㄏㄨㄟˋ huì 名同「彗」；竹掃帚。

17【篠】ㄒㄧㄠˇ xiǎo 名同「筱」；小竹，可製箭。

17【篳】〔筚〕ㄅㄧˋ bì 名①以荊竹樹枝編成之物，例篳門、篳路。②樂器名，例篳篥。

17【篼】ㄉㄡ dōu 名①竹製的登山轎子，例篼子。②供馬飲水的器具。

17【簀】〔箦〕ㄗㄜˊ zé 名竹編的蓆子。

17【簉】ㄗㄠˋ zào ㄔㄡˋ chòu 名①副車。②妾，例簉室。形①副的、附屬的。②雜，例琳琅簇簉。(張彧〈石橋銘〉)

17【簌】ㄙㄨˋ sù 名篩。形「簌簌」：⑴茂密的樣子。⑵細碎的聲音。

17【簋】ㄍㄨㄟˇ guǐ 名①古代祭祀燕享時用以裝盛黍稷的木器具，形狀外圓內方。②銅製，形狀有圓有方，用以裝盛肴饌的器具。

17【簏】ㄌㄨˋ lù 名高而圓的竹箱，例書簏。

17【簆】ㄎㄡˋ kòu 名「簆子」：紡織機上打入緯紗的工具。

十二 畫

18【簫】〔箫〕ㄒㄧㄠ xiāo 名①可分爲兩種：⑴洞簫，音色柔和優美，長約六十公分，以紫竹者爲佳。⑵排簫，由竹管編聯而成，古時稱簫，管數多爲十六，管長則音濁，管短則音清。②弓梢。

◆玉簫、笙簫、鼓簫、韶簫。

19【簧】ㄏㄨㄤˊ huáng 名①樂器中有彈性之薄片，用以振動發聲者。②泛稱有彈力的機件，例彈簧、鎖簧。

18【簪】ㄗㄢ zān ㄗㄣ zēn 名①婦女首飾的一種，用來束髮；亦稱釵，例玉簪。②男子著冠時，連冠於髮的首笄。動①插、戴，例簪花。②連綴。形疾速。

18【簡】〔简〕ㄐㄧㄢˇ jiǎn 名①古時用以

寫字的竹版，是削製成的狹長竹片或木片，竹片稱簡，木片稱牒，聯之則編成册。②書信。③姓，三國蜀有簡雍。動①挑選。②命官，例簡放。③怠慢忽視。④省略。⑤諫。形①簡而不詳。②大的。③誠實。

◆**簡札、簡册、簡易、簡陋、簡括、簡要、簡約、簡章、簡潔、簡要　竹簡、手簡、汗簡、書簡、斷簡殘編。**

18【簞】〔箪〕ㄉㄢ dān 名①盛飯的圓形竹筐。②小笥。③竹，例簞竹。

18【簣】〔篑〕ㄎㄨㄟˋ kuì 名用來盛土的竹器，例譬如爲山，未成一簣。(《論語》〈子罕〉)

18【簟】ㄉㄧㄢˋ diàn 名①竹席。②泛稱各種席子，例象簟、犀簟。③竹名，例簟竹。

◆**竹簟、青簟、枕簟、清簟。**

18【簦】ㄉㄥ dēng 名古代防雨之物，狀如笠而有柄，猶今之雨傘。

18【簠】ㄈㄨˇ fǔ 名古時祭祀燕享時，用以盛稻粱的器具。多以木爲之，亦有銅製者。形狀多爲方形，亦偶有圓形者。

18【簰】ㄆㄞˊ pái 名竹木做的大筏子。

18【簨】(一)ㄙㄨㄣˇ sǔn 名古時懸掛鐘磬等樂器的架子。　(二)ㄓㄨㄢˋ zhuàn 名竹器。

十三　畫

19【簾】〔帘〕ㄌㄧㄢˊ lián 名以竹片或布帛等編製成，用來遮蔽門窗者，例窗簾、門簾。

◆**布簾、水簾、玉簾、竹簾、帷簾。**

19【簿】(一)ㄅㄨˋ bù 名①登記事物的本子，例日記簿、帳簿。②文書。③上朝時所持用的手版。④「鹵簿」，見「鹵」字。　(二)ㄅㄛˊ bó 名①以細竹或蘆草編成的養蠶器具。②同「箔」；簾子。

19【簸】(一)ㄅㄛˋ bò 名「簸箕」：⑴簸米的器具。⑵掃地時盛塵土的工具。　(二)ㄅㄛˇ bǒ 動①用箕揚去米粒中的糠皮雜物。②揚，搖動。

◆**簸弄、浪簸、蕩簸、揚簸、翻簸、飄簸。**

19【簽】〔签〕ㄑㄧㄢ qiān 名同「籤」；標名事物的小紙條，例標簽。動在文書上題名簽字，作爲標識、紀念或證據，例簽名、簽約。

19【簷】ㄧㄢˊ yán 名①屋頂突出的邊緣；即屋簷。②四旁冒出覆蓋物體的邊緣部分，例帽簷。

19【籀】ㄓㄡˋ zhòu 名「籀文」：即大篆、籀書，爲周宣王太史史籀所作。今存石鼓文即這種文字的代表。動①諷誦、誦讀，例諷籀書九千字。(許慎〈說文解字序〉)②推演文字的意義，例內籀、外籀。

十四 畫

20【籌】〔筹〕ㄔㄡˊ chóu 名計數的器具，例籌碼。動①謀畫，例運籌帷幄。②計算。

◆籌度、籌措、籌略、籌劃、籌備、籌策 良籌、深籌、算籌、一籌莫展。

20【籃】〔篮〕ㄌㄢˊ lán 名藤竹所編的盛物器凡便於提攜者，例籃兒、籃子。

20【籍】ㄐㄧˊ jí 名①姓，春秋晉有籍談。②書本的總稱，例書籍。③戶口册簿，例戶籍。④生長或久居的地方，例籍貫。動①登記在本子上。②沒收入官，例籍其家。③收稅，例役不再籍。(《孫子兵法》〈作戰〉)

◆入籍、古籍、原籍、落籍、杯盤狼籍。

十五 畫

21【籐】ㄊㄥˊ téng 名同「藤」；①竹製的器具。②蔓生似竹的植物。

十六 畫

22【籠】〔笼〕(一)ㄌㄨㄥˊ lóng 名①竹編的器具，可以裝盛或覆蓋東西，例蒸籠。②關住禽獸或人犯的所在，例鳥籠、囚籠。③盛矢的器具。④車軸。動①包括、包舉，例盡籠天下之貨物。(《史記》〈平準書〉)②籠罩、籠蓋，例煙籠寒水月籠沙。(杜牧〈泊秦淮詩〉) (二)ㄌㄨㄥˇ lǒng 名竹器、箱籠。

22【籟】〔籁〕ㄌㄞˋ lài 名①由孔竅發出之聲響。②簫。③古管樂名，即三孔籥。

◆天籟、地籟、松籟、羣籟、萬籟俱寂。

22【籙】ㄌㄨˋ lù 名①簿籍，例鬼籙。②道家的祕文、符咒。③同「簏」；書箱、書簍。

◆符籙、書籙、祕籙、圖籙。

22【籜】〔箨〕ㄊㄨㄛˋ tuò 名①竹皮、筍殼。②草名。

◆竹籜、新籜、筍籜、綠籜。

22【籛】ㄐㄧㄢ jiān 名姓，彭祖，姓籛名鏗。

十七 畫

23【籤】〔签〕ㄑㄧㄢ qiān 名①求神占卜吉凶置於筒中的竹片，例求籤。②神示占驗之文。③書寫文字作爲標記者，例書籤、浮籤、標籤。④削竹木成爲尖細的東西，例牙籤。⑤賭具之一，上刻有骨牌點，抽籤看點數以決勝負，例抽籤。形銳利。

23【籥】ㄩㄝˋ yuè 名①古樂器名，或短於笛而三孔，或舞者所持，長於笛而有六孔、七孔，可能爲排簫的前身。②通風鼓火的器具。③通「鑰」；鑰匙。動閉合、關閉，例忠臣籥口。（《越絕書》〈外傳記策考〉）

23【籧】㈠ㄑㄩˊ qú 名竹席。 ㈡ㄐㄩˇ jǔ 名同「筥」；養蠶器，例籧筐。

十九 畫

25【籬】〔篱〕ㄌㄧˊ lí 名藩籬，以竹木編成的柵欄，例采菊東籬下。（陶潛〈飲酒詩〉）

◆竹籬、垣籬、疎籬、樊籬。

25【籮】〔箩〕ㄌㄨㄛˊ luó 名①上圓底方用以盛物者之竹器。②同「羅」；十二打爲一籮。

25【籩】〔笾〕ㄅㄧㄢ biān 名古用竹編成的禮器，祭祀燕享時用以盛果實肉乾等物。

二十六 畫

32【籲】〔吁〕ㄩˋ yù 動①請求、呼喊。②和。

米 部

06【米】ㄇㄧˇ mǐ 名①去殼的穀實，今則稱稻之實爲大米，黍稷粱秫之實爲小米。②植物去殼的仁，例花生米。③借指食物，例粒米不進。④粒米狀的東西，例蝦米。⑤法國長度單位metre的簡稱，即公尺。⑥姓，宋有米芾。

◆白米、粟米、精米、糲米、五斗米。

三　畫

09【籽】ㄗˇ zǐ 名植物的種子。清代凡災區農田、翌春復耕者，官政發給籽糧，例菜籽、稻籽。

四　畫

10【粑】ㄅㄚ bā 名①「糌粑」，見「糌」字。②「糍粑」，見「糍」字。

10【粉】ㄈㄣˇ fěn 名①物質研碎成細末狀者，例麵粉。②擦在臉上的化妝品，例香粉。③猥褻的戲曲，例粉曲。動①塗抹、裝飾。②碎爛，例粉身碎骨。形白色的。

◆粉刷、粉飾　丹粉、花粉、鉛粉、脂粉、六宮粉黛。

五　畫

11【粕】ㄆㄛˋ pò ㄅㄛˊ bó 名酒滓。

11【粗】ㄘㄨ cū 形①東西不精緻，例粗飯、粗衣。②疏忽、欠周詳，例粗心、粗魯。③大，例其器高以粗。(《禮記》〈月令〉)④形容聲音不悅耳，態度不文雅，例粗聲粗氣、粗線條。⑤略微、稍微。

11【粘】ㄋㄧㄢˊ nián ㄓㄢ zhān 名姓，明有粘鵬。動同「黏」；附著、糊貼。

11【粒】ㄌㄧˋ lì 名①米粒。②物小者之量詞，一顆稱一粒。動米食，例烝民乃粒。(《尚書》〈益稷〉)

◆砂粒、飯粒、穀粒、微粒。

六　畫

12【粟】ㄙㄨˋ sù 名①禾本科粟屬。一年生草本，比粱小，爲其變種，俗稱小米。各國皆有栽培，在我國北方爲糧食之大宗。②穀實的總稱。③俸祿的代稱。④皮膚遇寒所起的顆粒。⑤姓，宋有粟大用。

12【粞】ㄒㄧ xī 名碎米。

12【粥】(一)ㄓㄡ zhōu ㄓㄨˋ zhù 名①米與水煮成糜之稀者。②姓。(二)ㄩˋ yù 動同「鬻」；①賣，例君子雖貧，不粥祭器。(《禮記》〈曲禮上〉)②養，例與其國粥。(《周禮》〈秋官・脩閭氏〉)③嫁出。

12【粢】(一) ㄗ zī 名①六穀的總名。②供神物，用器盛裝穀物。 (二) ㄐㄧˋ jì 名同「齊」；酒。

七 畫

13【粱】ㄌㄧㄤˊ liáng 名①禾本科粟屬。一年生草本，花梗有芒狀剛毛，小穗狀花序。②好米。

13【粵】ㄩㄝˋ yuè 名①廣東省的簡稱。②古代南方民族名。居於浙、閩、粵一帶；亦稱百粵、百越。

13【粲】ㄘㄢˋ càn 名①笑，例以供一粲。（梁玉兒〈吳歌小引〉）②精米。動彰明，例骨肉之親，粲而不殊。（《漢書》〈宣帝紀〉）形①鮮明華美貌。②笑貌，例粲然皆笑。

八 畫

14【粹】(一) ㄘㄨㄟˋ cuì 名①精華所在。②專一不雜，例剛健中正，純粹精也。（《易經》〈乾卦〉）③通「萃」；聚。 (二) ㄙㄨㄟˋ suì 名同「碎」；碎米。

14【粽】ㄗㄨㄥˋ zòng ㄓㄨㄥˋ zhòng 名同「糉」；以竹葉裹糯米，中間包佐料，製成角形後，蒸熟的食品，多於端午節時爲之；亦稱角黍，俗稱粽子。

14【精】ㄐㄧㄥ jīng 名①經過提製後，精純的物品，例糖精。②男子之精液，例男精女血。③心神，例精用而不已則勞。（《莊子》〈刻意〉）④神靈鬼怪，例妖精。⑤姓。動①搗米使白，例精以菰粱。（潘尼〈釣賦〉）②專精，例心意不精。③擅長。④鑿，例精瓊靡以爲糧。（屈原〈離騷〉）形①細密。②極、甚，例精瘦。副表數量，全部，例輸得精光。

◆精心、精巧、精良、精密、精通、精細、精裝、精確、精緻、惟精惟一、精打細算、精益求精、精疲力竭、精誠團結　酒精、味精。

14【粺】ㄅㄞˋ bài 名精米。

14【粿】ㄍㄨㄛˇ guǒ 名米食做的點心，例紅龜粿。動淨米。

九 畫

15【糊】ㄏㄨˊ hú 名①以米麥粉和水調成的濃漿，例麵糊。②具有黏性而稠者，例漿糊。動①黏貼。②同「餬」；塡飽肚皮，例糊口。形不清楚，例模糊。副燒焦，例蛋煎糊了。

◈麥糊、裱糊、含糊、漿糊、迷糊。

15【糈】㈠ㄒㄩˇ xǔ 名糧米、軍糧，例餉糈。㈡ㄕㄨˇ shǔ 名祭神的精米。

15【糌】ㄗㄢˊ zán 名「糌粑」：西藏的主要食品，把青稞炒熟，再磨成粗粉狀，以酥油茶或青稞酒合拌，以手捏成小團而食。

15【糅】ㄖㄡˊ róu ㄋㄧㄡˋ niù 動雜合，例邪正雜糅。(《漢書》〈劉向傳〉)

15【糎】ㄌㄧˊ lí 名標準制公釐之略記，為公尺之千分之一。

15【糍】ㄘˊ cí 名①「餈」之俗字。②「糍粑」：將糯米飯攪和成泥，揉成餅狀，陰乾後可久藏，蒸煮油炸皆可口。

十 畫

16【糖】ㄊㄤˊ táng 名由甘蔗、甜菜或米麥等熬製而成的甜性東西，例蔗糖。形用糖製成的，例糖水、糖食。

◈白糖、乳糖、砂糖、冰糖、果糖。

16【糕】ㄍㄠ gāo 名以麵粉或米粉蒸成的食品。

16【糒】ㄅㄟˋ bei 名乾飯。

16【糗】ㄑㄧㄡˇ qiǔ 名①乾糧。②姓，漢有糗宗。副表示丟臉的口氣，例好糗。

十一 畫

17【糠】ㄎㄤ kāng 名①穀粒的外皮。形不堅實、不精緻，例糠蘿蔔。

17【糜】ㄇㄧˊ mí 名①濃稠的稀飯。②姓，三國魏有糜信。動①浪費、虛耗。②毀傷。③爛，碎，例萬鈞之所壓，無不糜滅者。(《漢書》〈賈山傳〉)

17【糞】〔粪〕ㄈㄣˋ fèn 名人與禽獸由大腸內排泄出的廢物，例糞便、牛糞。動①掃除、棄除。②施肥於田，例可以糞田疇。(《禮記》〈月令〉)

17【糟】ㄗㄠ zāo 名①酒滓。②喻無價值之物，例糟粕。③姓，明有糟士奇。動①以酒醃漬物品。②俗謂事情敗壞，例若見打悶棍的，那才是糟。(《三俠五義》〈第二十四回〉)形形容人事辦得不好，例糟透了。

17【糙】ㄘㄠ cāo ㄘㄠˋ cào 名「糙米」：脫殼而未舂的米。形①不細緻、不精巧。②草率、粗魯。

17【糝】〔糁〕ㄙㄢˇ sǎn 名①米粒。②以米和羹、菜或肉的食物，例糝食。動由上而下撒東西，例整個街道像是糝了一層金粉。

17【糨】ㄐㄧㄤˋ jiàng 名「糨糊」：用水調和麵粉成糊狀，可以粘物。

十二 畫

18【糧】〔粮〕ㄌㄧㄤˊ liáng 名同「粮」；①穀類食物，例乾糧、雜糧。②田賦，例納糧。

◈**糧草、糧秣、糧餉 口糧、兵糧、食糧、錢糧、斷糧。**

十四 畫

20【糯】ㄋㄨㄛˋ nuò 名富黏性的稻穀，形態同粳，民間多以之作糕糰或釀酒。

20【糰】〔团〕ㄊㄨㄢˊ tuán 名米粉等製成的團狀食品。

十五 畫

21【糲】〔粝〕ㄌㄧˋ lì 名粗米，例糲米。形粗糙的。

十六 畫

22【糵】ㄋㄧㄝˋ niè 名同「蘖」；釀酒用的酒米。動釀成。

22【糴】〔籴〕ㄉㄧˊ dí 名姓，漢有糴茂。動買入穀米，例糴米。

十九 畫

25【糶】〔粜〕ㄊㄧㄠˋ tiào 動賣出穀米。

糸 部

06【糸】〔纟〕ㄇㄧˋ mì 名①細絲，例一蠶所吐爲忽，十忽爲絲；糸，五忽也。(《說文》〈繫傳〉)②極少的數量。

一 畫

07【系】ㄒㄧˋ xì 名①聯屬關係，例系統。②大學中的分科，例外文系。③數學上由一定理直接推出的一定理。④爲一主要之岩石地層單位，與時代地層單位「紀」相當，命名則多數來自最初研究之標準地點或居住種族名，例寒武系、白堊系。⑤姓，楚有系益。動同「繫」；①牽掛，例系念。

②接續、繼承。

二 畫

08【糾】〔纠〕ㄐㄧㄡ jiū ㄐㄧㄡˇ jiǔ 動①纏繞，例糾纏。②督察，例糾察。③矯正，例糾正。④集合，例糾合。⑤彈劾。

三 畫

09【紂】〔纣〕ㄓㄡˋ zhòu 名①商朝的最後一位國君，非常暴虐，稱紂王。②勒在馬臀上的皮帶。形殘忍而無義。

09【紅】〔红〕㈠ㄏㄨㄥˊ hóng 名①桃紅色，例桃紅柳綠。②紅花，例新紅舊紫不相宜。(張籍〈唐昌觀看花詩〉)③營業的純利，例紅利。動使變紅，例紅了櫻桃，綠了芭蕉。(蔣捷〈一剪梅詞〉)形①紅色的，例紅布。②得寵，例紅人。③美的，例紅顏。④喜慶，例紅白大事。⑤成功、成名，例走紅。㈡ㄍㄨㄥ gōng 名同「工」，女人的工黹針。◆紅妝、紅塵、紅潤、紅顏、紅鸞大紅、分紅、女紅、鮮紅、萬紫千紅。

09【紉】〔纫〕ㄖㄣˋ rèn 動①縫綴，例縫紉。②引線穿針。③按摩，例裸體紉胸稱疾。(管子〈霸形〉)④心中感佩不忘，例紉佩。

09【紇】〔纥〕㈠ㄏㄜˊ hé 名①粗劣下等的絲。②孔子的父親字叔梁，名紇。③古種族名，例回紇。㈡ㄍㄜ gē 名「紇縫」：繩線打的結，說話不順利。

09【紃】〔紃〕ㄒㄩㄣˊ xún 名用彩線編成的圓形繩帶。動同「循」；循省察視，例紃察。

09【紀】〔纪〕ㄐㄧˋ jì ㄐㄧˇ jǐ 名①歲，例年紀。②規律，例紀律。③尊稱別人的僕役，例尊紀。④古時以十二年為一紀，現在以一百年為一世紀。⑤古代稱清理絲縷之事為紀。⑥大綱、人倫，例綱紀。⑦史書上專記帝王的事蹟稱本紀，簡稱紀。⑧事，例喪紀以服之輕重為序。(《禮記》〈文王世子〉)⑨姓，漢有紀信。⑩一級地質時間的單位名詞，較「代」小，較「世」大，每一紀延續時間約五千～六千萬年，例寒武紀。動①整理事務，例經紀。②記載，例紀錄。③記識不忘，例紀念。

◆紀年、紀念　風紀、芳紀、軍紀、大事紀。

09【紆】〔纡〕ㄩ yū 動圍繞，例緜緜歸思紆。(陶潛〈曲阿詩〉)形①屈曲，例紆迴。②心情不舒暢。

◆回紆、煩紆、盤紆、縈紆。

09【約】〔约〕(一) ㄩㄝ yuē 名①預先商定的事情，例有約。②共同訂立、遵守的條款，例契約。③姓，古有賢人約續。④困窮，例不可以久處約。(《論語》〈里仁〉)動①訂定盟約，例大信不約。(《禮記》〈學記〉)②限制、管束，例約束。③纏束。④邀請，例約王先生來家便飯。⑤省略，例君子約言。(《禮記》〈坊記〉)⑥掠過。形①儉省，例節約。②簡要，例其言也，約而達。(《禮記》〈學記〉)③模糊，不十分清楚的，例隱約。④柔美，例風姿綽約。副大略、大概，例大約。 (二) ㄧㄠ yāo 動用秤稱東西，例你約一約有多重。

◆約定俗成　公約、守約、合約、儉約、預約、訂約。

09【紈】〔纨〕ㄨㄢˊ wán 名細緻有光澤的白綢絹，例薄紈之裡。(《漢書》〈賈誼傳〉)

四　畫

10【紋】〔纹〕ㄨㄣˊ wén 名①物體上縐起的痕迹，例水紋。②錦繡的文彩，例花紋。

◆波紋、指紋、綺紋、皺紋。

10【紊】ㄨㄣˋ wèn 動攪亂。形雜亂，例紊亂。

10【紕】〔纰〕(一) ㄆㄧ pī 名錯誤，例紕繆。 (二) ㄆㄧˊ pí 名衣冠的邊緣。動裝飾。

10【素】ㄙㄨˋ sù 名①潔白的生絹。②原質，例化學元素。③植物質的菜稱素菜。④白色。⑤本，例根素。⑥通「愫」；誠，眞情。⑦現在。⑧書信，例尺素。動沒錢，例東西很好，可惜目前手頭兒素。形①白色的，例素服。②沒有花紋的。③質樸無文飾，例樸素。④平昔，例素來。副①空，白吃飯不做事，例素餐。②預先，例夫謀必素，見成事焉，而後履之。(《國語》〈吳語〉)

10【紡】〔纺〕ㄈㄤˇ fǎng 名柔細的絲織品，例紡綢。動用機械把棉、絲、麻等絞緊抽引成爲細線，例紡紗。

◆紡車、紡織　杭紡、混紡、綿紡、織紡。

10【級】〔级〕ㄐㄧˊ jí 名①階層，例階級。②等第，例等級，初級。③古時戰爭中或用刑時斬下的人頭，例俘級數萬。(《南史》〈宋武帝紀〉)④學校的班次，例四年級。⑤以數值來表示地震規模的單位，記號爲M，例三級地震。

◆拾級、首級、班級、進級、高級。

10【紝】〔纴〕ㄖㄣˋ rèn ㄖㄣˊ rén 名織布帛的絲縷。動紡織。形織紝用的。

10【紜】〔纭〕ㄩㄣˊ yún 形多而亂的樣子，例紛紜。

10【紛】〔纷〕ㄈㄣ fēn 名①紊亂、擾攘，例排難解紛。②旗上的飄帶，例青雲爲紛。(揚雄〈羽獵賦〉)形雜亂，例紛亂。副衆多，例大雪紛飛。

◆紛冗、紛披、紛沓、紛歧、紛爭、紛紜、紛擾、紛至沓來、紛紅駭綠糾紛、繽紛。

10【紗】〔纱〕ㄕㄚ shā 名①用棉紡成的細線可以織布，例棉紗。②輕軟細薄的絲織品，例紗綢、麻紗。③經緯線稀疏或有小孔的紡織物，例窗紗、鐵紗。

◆抽紗、浣紗、輕紗、薄紗、白紗禮服。

10【紓】〔纾〕ㄕㄨ shū 動緩和、解除，例紓難。副緩慢。

10【索】(一)ㄙㄨㄛˇ suǒ 名①粗繩子或粗鐵鍊，例麻索、鐵索。②法度。③姓，後漢有索班。動①絞緊。②搜求、尋找，例搜索。③討取，例索取。副①蕭條、冷落，例蕭索。②單獨，例一懷愁緒，幾年離索。(陸游〈釵頭鳳詞〉)③須、要，例我索折一枝斷腸柳，餞一杯送別酒。(馬致遠〈漢宮秋〉)　(二)ㄙㄨㄛˊ suó 副直截了當，例索性不做。

◆索居、索然無味　思索、探索、繩索、暗中摸索。

10【紘】ㄏㄨㄥˊ hóng 名①帽子上的繫帶，例朱紘。②繩子，例舉天綱，頓地紘。(柳宗元〈鐃歌〉)動束。形通「弘」、「宏」；廣大的樣子，例天地之道，至紘以大。

10【純】〔纯〕(一)ㄔㄨㄣˊ chún 名生絲。形①大，例純嘏。②美。副①

完全，例純白。②專一精細，例純粹。③眞誠無僞，例純厚、純篤。④充分的，例純熟。 (二) ㄓㄨㄣˇ zhǔn 名衣服、鞋、帽上的邊緣。

◆**純正、純樸、純潔 單純、至純、精純、眞純、清純。**

10【紖】〔纼〕ㄓㄣˋ zhèn 名拴牛的繩子。

10【紐】〔纽〕ㄋㄧㄡˇ niǔ 名①衣服上的扣子，例紐扣。②通「鈕」；器物的提柄或繫帶，例門紐、秤紐。③帶子交結的地方。④聲韻學方面，聲紐的簡稱。

10【納】〔纳〕ㄋㄚˋ nà 名姓，元有納新。動①收受，例收納。②接受，例採納。③交接，例結納。④交付，例繳納。⑤享受，例納福。⑥引，例小臣納卿大夫。(《儀禮》〈燕禮〉)⑦按捺、忍住，例請納著性子再等一會兒。⑧同「衲」；縫紉，例納鞋底。⑨著，例俯而納履。(《禮記》〈曲禮〉)

◆**納交、納罕、納稅、納賄 出納、笑納、吐納、受納。**

10【紙】〔纸〕ㄓˇ zhǐ 名供寫字、畫圖、印刷、包裹用的東西，用植物纖維所製成。

五 畫

11【絆】〔绊〕ㄅㄢˋ bàn 名勒馬的繩子。動受攔阻、受拘束，例何用浮名絆此身。(杜甫〈曲江詩〉)

◆**羈絆、拘絆、囚絆、腳絆。**

11【絃】〔弦〕ㄒㄧㄢˊ xián 名①同「弦」；樂器上發聲的絲線。②古人以琴瑟比喻夫婦，琴瑟是絃樂器，故喪妻爲斷絃，再娶爲續絃。

◆**三絃、琴絃、彈絃、管絃。**

11【統】〔统〕ㄊㄨㄥˇ tǒng 名①本指絲的端緒，後引申爲事物的頭緒。②世代相繼不絕，例傳統。③姓。④岩石地層單位之一種單位名稱，代表在一個世的時間單位中所造成的全部岩層。動①總理，例統制。②總合爲一。副全、都，總括之辭。

◆**統一、統治、統括、統率、統御、統領、統轄 系統、道統、皇統、正統、總統。**

11【紮】(一) ㄓㄚˊ zhá 名量詞，物一束爲一紮，例兩紮鮮花。動①纏束，例紮彩。②軍隊屯駐，例紮寨。 (二) ㄗㄚ zā 動纏束，例紮帶子、紮辮子。

◆**包紮、結紮、駐紮、穩紮穩打。**

11【紹】〔绍〕ㄕㄠˋ shào 動①接續，例紹業。②引見雙方，例介紹。

◆紹述 介紹、遠紹、繼紹、克紹箕裘。

11【紼】〔绋〕ㄈㄨˊ fú 名①亂麻。②大繩索。③引棺用的繩索，例執紼。④通「紱」；繫印的繩。

11【絀】〔绌〕ㄔㄨˋ chù 動①通「黜」；貶退。②屈，貶損，例不爲義絀。(蔡邕文)形不足，例支絀。

11【細】〔细〕ㄒㄧˋ xì 名小人，例近細士。(《漢書》〈南粤王傳〉)形①粗的相反，就是長而不寬大，例細腰。②微小，例細故。③詳盡，例詳細。④繁小瑣碎，例繁細。⑤精密，例細緻。

◆細心、細巧、細密、細膩、細水長流 仔細、精細、瑣細、微細、詳細。

11【紳】〔绅〕ㄕㄣ shēn 名①古人束在腰間的大帶子。②作官或曾作官的人，例士紳。動約束，例紳之束之。(《韓非子》〈外儲左〉)

◆垂紳、高紳、鄉紳、縉紳。

11【累】㈠ㄌㄟˇ lěi 動①積聚，例累積。②虧欠，例虧累。形①屢次，例累次、累年。②重疊的，例危如累卵。副頻數，例累次。㈡ㄌㄟˋ lèi 名負擔，例家累。動①牽涉，例連累、帶累。②負欠，例虧累、私累。形辛苦，例很累。㈢ㄌㄟˊ léi 名通「縲」；特指用以綁人的大繩。動同「纍」；綑綁，例係累其子弟。(《孟子》〈梁惠王〉)形麻煩，例累贅。

◆累日、累世、累計 受累、物累、經年累月、盛名之累。

11【組】〔组〕ㄗㄨˇ zǔ 名①古時繫印信等物用的絲繩。②動植物體內，同形質且同作用的若干細胞相結合，稱組織。③官職。④量詞，通稱成套的物品或人事的編制，例一組茶具。⑤機關社團的辦事單位名，例行政組、總務組。動①聯合構成，例組合。②依秩序結合，例組織。③編織，編結。

11【紬】〔䌷〕㈠ㄔㄡˊ chóu 名同「綢」；爲絲織物的通稱。㈡ㄔㄡ chōu 動通「抽」；①抽引，例紬絲。②綴集。

11【紱】〔绂〕ㄈㄨˊ fú 名①繫印用的絲繩。②通「韍」；古代祭服。

◆朱紱、赤紱、華紱、組紱、簪紱。

11【紲】〔绁〕(一)ㄒㄧㄝˋ xiè 名拘繫用的繩索。動通「緤」；縛。 (二)ㄧˋ yì 動超越，例觀夫票曾之紲隃。(揚雄〈校獵賦〉)

11【紾】〔紾〕ㄓㄣˇ zhěn 名通「袗」；單衣。動①轉，例蟠委錯紾。(《淮南子》〈原道訓〉)②捩，拗折。③互相纏結，例繆紾。④變化。

11【紿】〔绐〕ㄉㄞˋ dài 名破舊的絲。動①欺誑。②至，例出百死而紿一生，以爭天下之權。(《淮南子》〈氾論〉)

11【絁】ㄕ shī 名繒的一種，粗的綢類。形細。

11【紵】〔纻〕ㄓㄨˋ zhù 名①同「苧」；麻的一種。②用麻織成的布。

11【紺】〔绀〕ㄍㄢˋ gàn 名①深青中透紅的一種顏色，即天青；亦稱紅青。②僧寺的別名，例紺宇。

11【終】〔终〕ㄓㄨㄥ zhōng 名①十二年叫一終。②結局，與初、始的相對，例慎始而敬終。(《禮記》〈表記〉)③死亡。④窮盡。⑤音樂演奏一遍稱一終。⑥姓，漢有終軍。動①死亡，例君子曰終，小人曰死。(《禮記》〈檀弓上〉)②完畢，例曲終人散。③絕，例天祿永終。(《論語》〈堯曰〉)④詳究，例以終此章之義。(朱熹〈中庸章句〉)形從開始到結束，例終朝。副到底、畢竟，例終究。

◆終了、終止、終局、終身、終於、終結、終點、終南捷徑 臨終、有始有終、無疾而終。

11【絅】〔絅〕(一)ㄐㄩㄥˇ jiǒng 名沒有裡子的衣服；即單衣。 (二)ㄐㄩㄥ jiōng 動急引。

六 畫

12【絞】〔绞〕(一)ㄐㄧㄠˇ jiǎo 名姓。動①勒縊，例絞頸。②將繩索或帶水衣物扭緊，例絞乾。形急切，例直而無禮則絞。(《論語》〈泰伯〉) (二)ㄧㄠˊ yáo 名①繩索。②斂死人的飾帶。

12【絕】〔绝〕ㄐㄩㄝˊ jué 動①截斷、隔斷，例斷絕。②停止，例不絕于口。③盡、滅。④沒有後代，例絕子絕孫。⑤絲毫沒有、毫無希望，例絕路、絕處。⑥竭，例江河山川，絕而不流。(《淮南子》〈本經訓〉)⑦橫渡，例絕江河。⑧落，例萎絕。⑨超越，例武力絕倫。(《孔子家語》〈本性解〉)形①獨一無二，例絕代風華。②遠，例邈彼絕域。(孫綽〈遊天台山賦〉)副①極、甚，例絕妙。②必定的，例絕不延期。

◆杜絕、超絕、氣絕、隔絕、韋編三絕。

12【結】〔结〕(一) ㄐㄧㄝˊ jié 名①繩、線或帶子所結成的紐，例蝴蝶結。②一種作證明的文件，例具結。③事情的收場，例結局。④憂思蘊結處，例一寸離腸千萬結。(韋莊〈應天長詞〉)動①植物開花而成果實，例結果。②用繩或線相鉤連，例結繩。③凝聚，例結冰。④收束算清，例結帳。⑤締交、聯合，例結盟。⑥構成，例結寃。⑦構造、組織，例結構。⑧建築，例結廬。

(二) ㄐㄧㄝ jiē 形指物品質料堅固，或指人身體强壯，例結實。副說話不順溜，重複字音，例結結巴巴。

◆總結、凝結、凍結、締結、愁腸百結。

12【絨】〔绒〕ㄖㄨㄥˊ róng 名①羊毛、棉紗、絲等的細毛織物，例絲絨、呢絨。②細布。③毛紡成的線。④繡線。

12【絮】ㄒㄩˋ xù 名①粗棉、舊棉。②彈過而鬆散的棉花，例棉絮。③植物種子所附色白輕軟像棉花的茸毛，例柳絮。④姓，漢有絮舜。⑤棉襖、棉衣，例冬不衣絮。(〈孝子傳〉)動①把棉花均勻的鋪平，備作置入被套，例絮褥子。②墊置，例那半鍋兒煙灰可就絮在生烟底下了。(《兒女英雄傳》)形形容言語煩瑣，例絮叨。副厭煩，例嫌吃絮了，不香甜。(《紅樓夢》)

◆絮聒、絮絮、絮煩　被絮、敗絮、飛絮、落絮。

12【給】〔给〕(一) ㄐㄧˇ jǐ 名①軍公教人員的薪俸，例年給、薪給。②姓。動①供應，例供給。②與人東西，例給與。③賜予，例流民還鄉，家給米一斛。(《宋史》〈眞宗紀〉)④允准，例給假。⑤言語敏捷，例言論給捷。(《後漢書》〈酈炎傳〉)形豐富、充足，例家給戶足。(二) ㄍㄟˇ gěi 動①把東西交給人，例他給我一盒糖。②施於人的動

作，[例]給人打得頭破血流。[介]①與，[例]送給、借給。②替、為，[例]你給我卸下來罷！(《兒女英雄傳》〈第四回〉)③向，[例]快給他道謝。④被，[例]大家都給他騙了。

12【紫】ㄗˇ zǐ [名]①藍、紅合成的顏色。②姓，宋有紫景望。

12【絢】〔绚〕ㄒㄩㄢˋ xuàn [形]①「絢爛」：光彩炫耀的樣子。②急走的樣子，[例]絢練。

12【絓】ㄍㄨㄚˋ guà [名]極麤的紬。[動]①通「挂」；懸掛，[例]絓結。②有所阻礙，[例]絓閡。

12【絜】(一) ㄐㄧㄝˊ jié [動]①修整。②同「潔」；使清淨，[例]自絜。[形]通「潔」；清潔的。

(二) ㄒㄧㄝˊ xié [動]①約束，[例]絜矩。②審度。

12【絪】〔絪〕ㄧㄣ yīn [名]①同「氤」；天地交互作用的狀態，[例]絪縕。②通「茵」；坐墊。

12【絲】〔丝〕ㄙ sī [名]①蠶所吐的液體，因接觸空氣而成線狀，可以製絹帛。②絲織品的總稱。③細長如絲的東西，[例]鐵絲。④文人用來代替「思」字，[例]情絲。⑤數量名，極小，等於毫的十分之一。⑥八音之一，代表絃樂、琴瑟之類，[例]絲竹。[形]極細微。

12【絰】〔绖〕ㄉㄧㄝˊ dié [名]麻葛做的喪服，有首絰、腰絰之分。

12【絳】〔绛〕ㄐㄧㄤˋ jiàng [名]①赤色。②古代地名，在今山西省。③姓。[形]大紅色的，[例]絳脣。

12【絡】〔络〕(一) ㄌㄨㄛˋ luò [名]①指人體的血管和神經細脈，[例]脈絡。②植物果實內網狀的纖維質，[例]絲瓜絡。③未經漫漬的麻，[例]絡麻。④馬籠頭，[例]金絡。⑤網，[例]振天維，衍地絡。(張衡〈西京賦〉)[動]①纏繞。②包羅，[例]網絡古今。(司馬貞〈補史記序〉)③運用權術驅使他人，[例]籠絡。 (二) ㄌㄠˋ lào [名]線編的小網袋，[例]絡子。

◆短絡、經絡、聯絡、纓絡。

12【絎】〔绗〕ㄏㄤˊ háng [名]縫紉法之一，用長線粗略地縫上。

12【絖】ㄎㄨㄤˋ kuàng [名]小綑細繩稱絖。

12【絏】〔绁〕ㄧˋ yì [名]①韁繩，[例]臣負羈絏。（《左傳》〈僖公二十六年〉）②縛罪犯之繩。

七 畫

13【經】〔经〕ㄐㄧㄥ jīng 名①織布機或編織物上的直線。②古人所著有恆久存在價值的書，例四書五經。③不變的常道，例天經地義。④宗教的典籍，例聖經。⑤講各種技藝的書或文章，例茶經。⑥人體的脈絡，例七經八脈。⑦女子月經的簡稱。⑧姓，晋有經曠。動①治理，例經理。②身歷其事，例飽經憂患。③分劃，例經野。④量度。⑤縊死，例自經。⑥繫。形常、常有的，例朝有經民，國有經俗，民有經產。（《管子》〈重令〉）

◆經手、經由、經典、經商、經略、經常、經過、經管、經銷、經歷、經營、經年累月　佛經、聖經、明經、天經地義、身經百戰。

13【綑】〔绲〕ㄎㄨㄣˇ kǔn 動①織。②通「捆」；綁，例綑綁。

13【絹】〔绢〕ㄐㄩㄢˋ juàn 名①厚而疏的生絲織物，例素絹。②繒的通稱。動繫。

◆生絹、白絹、純絹、素絹、繒絹。

13【綁】〔绑〕ㄅㄤˇ bǎng 動綑，例反綁、綁住。

13【綏】〔绥〕ㄙㄨㄟ suī ㄙㄨㄟˊ suí 名①登車時手挽的繩索。②旌旗。動①安撫，例撫綏。②退卻。③兩軍交戰稱交綏。

13【絛】ㄊㄠ tāo 名①絲編成的繩帶，例彩絛。②通「絛」；扁長的帶子。

13【絺】〔絺〕ㄔ chī 名①細的葛布。②姓，晋有絺疵。

13【絻】〔絻〕(一) ㄨㄣˋ wèn 名①喪冠。②弔喪時所執的紼。動①穿喪服。②戴喪冠。(二) ㄇㄧㄢˇ miǎn 名通「冕」；冠。

13【絿】〔𫄨〕ㄑㄧㄡˊ qiú 形①急，例不競不絿。（《詩經》〈商頌・長發〉）②幼小。

13【綃】〔绡〕ㄒㄧㄠ xiāo 名①生絲。②生絲織成的物品。

13【綈】〔绨〕ㄊㄧˊ tí 名又厚又光滑的絲織物。

13【綆】〔绠〕ㄍㄥˇ gěng 名汲井水的繩子。

13【綌】〔绤〕ㄒㄧˋ xì 名粗葛布。

13【綉】〔绣〕ㄒㄧㄡˋ xiù「繡」的俗字。

八　畫

14【綻】〔绽〕ㄓㄢˋ zhàn 動①衣服脫線，綻開了一個小洞。②裂開，例皮開肉綻。③花蕾吐放。④縫紉，例新衣誰當綻？(古樂府〈豔歌行〉)形飽滿，例飽綻。

14【綰】〔绾〕ㄨㄢˇ wǎn 動①繫結，例綰結。②聯絡貫通，例綰統。

14【綜】〔综〕ㄗㄨㄥˋ zòng 名織布機上，使經線緯線交織的裝置。動①絲交錯，引申為一切交錯複雜，例錯綜複雜。②總合，例綜合。

14【綽】〔绰〕ㄔㄨㄛˋ chuò 動抓，例床邊綽了禪杖，著地打將出來。(《水滸傳》)形①舒緩而柔美的樣子，例綽約。②寬裕，例綽綽有餘。

14【綾】〔绫〕ㄌㄧㄥˊ líng 名比緞細薄的絲織品，例綾羅綢緞。

14【綠】〔绿〕讀音ㄌㄨˋ lù 語音ㄌㄩˋ lǜ 名①藍色和黃色合成的顏色。②泛指綠色之物。③通「菉」；草名。④强盜，例綠林。⑤化學元素氯，舊名稱綠氣。動變成綠色，例紅了櫻桃，綠了芭蕉。(蔣捷〈一翦梅〉)形綠色的，例綠苔。

14【綱】〔纲〕ㄍㄤ gāng 名①維繫網的粗繩。②比喻文章、言論或事物的主要部分，例綱領。③古代結幫運輸貨物的組織，例茶綱、鹽綱。④系統性生物分類的一個單位，在植物是界、門、亞門的次位；在動物則被列為界、亞界、門、亞門、超綱的次位。

◆**綱目、綱紀、綱維　大綱、政綱、朝綱、憲綱、提綱挈領。**

14【緊】〔紧〕ㄐㄧㄣˇ jǐn 動糾繞，纏綿，例緊拳。形①事情急迫，例緊急。②周密而不寬鬆，例緊湊。③重要，例緊要。④生活困窘、不寬裕，例最近手頭很緊。副①急速的樣子，例緊走幾步。②密合，握緊繩索。

◆**緊密、緊縮　收緊、吃緊、要緊、趕緊。**

14【綴】〔缀〕ㄓㄨㄟˋ zhuì 名邊緣，例網戶朱綴。(《楚辭》〈招魂〉)動①連結，例綴句。②縫補，例補綴。③裝飾，例點綴。形不乖離的樣子，例綴綴。

◆連綴、緝綴、編綴、縫綴。

14【綺】〔绮〕ㄑㄧˇ qǐ 名①絲織物的一種，織采爲文的稱綿，織素爲文的稱綺。②光色，例流綺。③姓。形華美動人的，例綺麗。

◆文綺、輕綺、綾綺、羅綺。

14【綢】〔绸〕ㄔㄡˊ chóu 名絲織品的通稱；亦稱綢子，例杭綢、府綢。動①束縛。②「綢繆」：(1)纏綿。(2)預備，例未雨綢繆。(3)茂密。(4)使堅固。

14【網】〔网〕ㄨㄤˇ wǎng 名①爲了捕捉禽獸魚類和其他動物等，而用紗線或鐵絲編成的用具。②像網的東西，例鐵絲網。③凡分布周密互有連繫像網狀的事物，例通訊網。④能拘羈人的事物或理法，例法網。動搜求羅致。

14【綵】〔綵〕ㄘㄞˇ cǎi 名五色的絲綢，例張燈結綵。

◆紮綵、綾綵、縑綵、繡綵。

14【綿】〔绵〕(緜) ㄇㄧㄢˊ mián 名①棉花、棉絮。②棉衣。③柳絮，例江梅已過柳生綿。(李清照〈浣溪紗詞〉)形①延長不絕，例綿延。②薄弱、微小，例綿力。副情意親密難分難解的樣子，例纏綿。

14【綸】〔纶〕(一) ㄌㄨㄣˊ lún 名①青色的絲帶。②釣竿的絲線。③姓。動謀畫、組合，例經綸。形形容事物衆多，例紛綸。(二) ㄍㄨㄢ guān 名「綸巾」：用青色絲帶做成的頭巾，一名諸葛巾，相傳爲諸葛亮所創。

14【緒】〔绪〕ㄒㄩˋ xù 名①絲線的頭，例絲緒。②心境，例情緒。③比喻事情的開端，例千頭萬緒。④書籍開頭敍述內容要點的部分，例緒論。⑤事業。⑥姓，明有緒珊。動事情理清而上軌道，例就緒。形殘餘的，例緒風。

◆心緒、頭緒、洪緒、端緒。

14【緇】〔缁〕ㄗ zī 名①黑色的帛，例緇服。②僧衣，亦爲僧侶的代稱。動染黑。

14【維】〔维〕ㄨㄟˊ wéi 名①繫車蓋的繩

索。②在網上四個角的大繩。③綱紀，[例]四維。④條目。⑤動植物體內細長的物質，[例]纖維。[動]①連結，[例]維繫。②繫、拴。③支持，[例]維持。④思，[例]思維。[助]①通「惟」、「唯」；發語詞，無義。②用於句中，無義。

14【綣】〔绻〕ㄑㄩㄢˇ quǎn [副]「繾綣」，見「繾」字。

14【綦】ㄑㄧˊ qí [名]①鞋帶。②脚印。③姓，後漢有綦儁。[動]極甚，窮盡，[例]日欲綦色，耳欲綦聲。(《荀子》〈王霸〉)[形]青黑色，[例]四人綦弁。(《尚書》〈顧命〉)

14【綬】〔绶〕ㄕㄡˋ shòu [名]繫印信用的絲帶，[例]印綬、紫綬。

◆組綬、綸綬、藍綬、璽綬。

14【綮】(一)ㄑㄧˇ qǐ [名]①同「棨」；古兵器戟的套子。②細密的繒帛。 (二)ㄑㄧㄥˋ qìng [名]筋骨結合的地方，稱爲肯綮；比喻事情的要領。

14【綷】〔綷〕ㄘㄨㄟˋ cuì [動]五彩顏色相雜，[例]孔雀綷羽而翱翔。(左思〈吳都賦〉)[形]「綷粲」：衣服摩擦聲；亦作綷粲。

14【綹】〔绺〕ㄌㄧㄡˇ liǔ [名]①長條的絲線，十根稱爲一綸，十綸稱爲一綹。②絲縷組合的線。③蘇州俗話稱鬢髮一條爲一綹。④身上佩戴由絲棉編織的飾物，[例]綹帶。⑤偷取他人身上財物的賊，今稱扒手，[例]剪綹、綹賊。[動]①輕拂。②衣服綿軟下垂。

14【緄】〔绲〕ㄍㄨㄣˇ gǔn [名]①織成的帶子。②繩子。[動]通「滾」，在衣服的領、袖、襬等部分特別縫上的圓稜形花邊。

14【緋】〔绯〕ㄈㄟ fēi [名]紅色的綢布。[形]①紅色的。②有關桃色的，[例]緋聞。

九 畫

15【締】〔缔〕ㄉㄧˋ dì [動]結合，[例]締交。

15【練】〔练〕ㄌㄧㄢˋ liàn [名]①潔白柔軟的熟絹，[例]白練。②姓，唐有練何。[動]①將生絹煮熟使其潔白。②熟悉而通世故，[例]練達。③閱歷，[例]歷練。④反覆學習，[例]練球。⑤選擇，[例]練時日。(《漢書》〈禮樂志〉)[副]精熟，[例]練悉朝典。

◆洗練、訓練、修練、熟練、經練。

15【緻】〔致〕ㄓˋ zhì 名細縐。動縫補破衣。形①細密，例精緻。②美好，例標緻。

◆工緻、別緻、細緻、堅緻、精緻。

15【緘】〔缄〕ㄐㄧㄢ jiān 名①繩索。②書信，例緘札。動①閉口，例緘默。②閉藏不發。

◆空緘、封緘、發緘、陳緘、開緘。

15【緯】〔纬〕ㄨㄟˇ wěi 動①編織。②治理，例經邦緯俗。形①織布時用梭穿織的橫紗或編織物的橫線。②橫線的通稱，例經緯。③假託經義而作符籙、瑞應的書，例緯書。④箏絃。⑤地理學上假定跟赤道平行的線，以赤道爲基準，而分北緯、南緯。

15【緝】〔缉〕(一)ㄑㄧˋ qì 動①接續麻線，例緝麻。②縫衣邊。③搜捕，例緝私。④繼續。(二)ㄑㄧ qī 動縫紉方法的一種，細密縫合，線跡短小密接作直行。

15【緬】〔缅〕ㄇㄧㄢˇ miǎn 名最細微的絲。動紮，例把那佛青粗布衫子的衿子，往一旁一緬。(《兒女英雄傳》〈第四回〉)副①遙遠，例緬邈。②遙想，思念的樣子，例緬懷。

15【緞】〔缎〕ㄉㄨㄢˋ duàn 名光滑且厚密的絲織物。

15【緩】〔缓〕ㄏㄨㄢˇ huǎn 動①寬鬆，例衣帶日已緩。(古詩十九首)②遲延，例民事不可緩。(《孟子》〈滕文公〉)副慢而不快，例緩步。

◆延緩、徐緩、舒緩、遲緩、寬緩。

15【編】〔编〕ㄅㄧㄢ biān 名①書籍，例巨編。②書籍排列的名數，例上編、下編。動①順次排列，例編組。②織，例編草袋。③纂集文書或書籍，例編輯。④捏造。

◆編列、編制、編排、編審、編織、編譯 前編、後編、改編、遺編、補編、新編。

15【緣】〔缘〕(一)ㄩㄢˊ yuán 名①機遇，例機緣。②原因，例緣由。③人與人之間情意投合的情分。④衣邊飾，例裙不加緣。(《後漢書》〈明德馬皇后紀〉)動①順，沿，例緣溪行。(陶潛〈桃花源記〉)②遵循，例緣例。③攀爬。(二)ㄩㄢˋ yuàn 名①衣的飾邊。②物的邊緣。③弓上的飾物。動①飾其邊。②加飾，例緣飾。

◆緣分、緣因　因緣、血緣、艮緣、姻緣、俗緣、事緣、緣木求魚。

15【緙】〔缂〕ㄎㄜˋ kè 名織物的緯線，宋代稱有花紋的絲織物爲緙絲。

15【緜】(綿) ㄇㄧㄢˊ mián 名①精純的棉絮。②棉衣。③形質如綿的，例石緜。動①瀰漫，例緜地千里。(《穀梁傳》〈文公十四年〉)②連續，例緜日月而不衰。(張衡〈思玄賦〉)形①柔弱的。②遠。

15【緡】〔缗〕ㄇㄧㄣˊ mín 名①釣魚用的釣線。②古代穿錢的繩子，例緡錢。③成串的錢。④數量的單位，錢一貫或一串稱緡。

15【緦】〔缌〕ㄙ sī 名質細的麻布。

15【緶】〔缏〕ㄅㄧㄢˋ biàn 名辮狀的編織物。動縫緝衣邊。

15【緱】〔缑〕(一) ㄍㄡ gōu 名①姓。②纏在劍柄上的繩子。(二) ㄎㄡ kōu 名山名，在河南省偃師縣南。

15【緧】〔缯〕ㄑㄧㄡ qiū 名駕車時套在牛馬尾下的飾物；亦稱緧子。

15【緲】〔缈〕ㄇㄧㄠˇ miǎo 形①細微。②「縹緲」，見「縹」字。

15【緹】〔缇〕ㄊㄧˊ tí 名①黃紅色的絲綢。②赤黃色的泥土。③古代緝捕罪犯的赤黃衣馬隊稱緹騎。形紅色。

15【緗】〔缃〕ㄒㄧㄤ xiāng 名淺黃色的綢帛，例緗素。形淺黃色的，例緗荷、緗梅。

15【線】〔线〕ㄒㄧㄢˋ xiàn 名①用棉紗或絲麻搓成的細縷或細長條狀的東西，例綿線。②面的界，有位置與長度，而無厚度與高度，例直線。③由這方達那方的途徑，例航線。④尋求祕密門徑，例線索。⑤指事物的範圍，例死亡線上。形極狹窄微小，例一線生機。

◆線人、線索、線路、線圈　路線、針線。

十　畫

16【縊】〔缢〕ㄧˋ yì 動用繩索繞緊脖子而死，例自縊。

16【縑】〔缣〕ㄐㄧㄢ jiān 名雙絲織成細

緻的絹。

16【縈】〔萦〕ㄧㄥˊ yíng 動旋繞、纏繞，例縈紆。

16【縛】〔缚〕ㄈㄨˊ fú ㄈㄛˋ fò 名用來綑束的繩子。動用繩索綑綁，引申為不自由，例束縛。

16【縣】〔县〕㈠ㄒㄧㄢˋ xiàn 名①處於省下面，鄉鎮上面的地方行政區域名。②姓，戰國有縣子石。 ㈡ㄒㄩㄢˊ xuán 通「懸」；動①繫、掛，例心若縣於天地之間。(《莊子》〈外物〉)②揭示，例縣賞以顯善。形遠。

16【縋】〔缒〕ㄓㄨㄟˋ zhuì 動以繩懸物使下墜。

16【縐】〔绉〕ㄓㄡˋ zhòu 名①精細的絺，例縐絺。②絲織物的一種，例湖縐。③表面縮蹙有紋的紡織物，例縐紗。動縮蹙。

16【縗】〔缞〕ㄘㄨㄟ cuī 名用麻布製成，披在胸前的喪服，是給三年守喪人穿的。

16【縞】〔缟〕ㄍㄠˇ gǎo 名白色的生絹。

16【縝】〔缜〕ㄓㄣˇ zhěn 名同「鬒」；黑髮。形細密，例縝密。

16【縟】〔缛〕ㄖㄨˋ rù 名通「褥」。形①繁盛的裝飾。②繁重，例繁文縟節。

16【縠】ㄏㄨˊ hú 名縐紗，似羅而疏，似紗而密。

16【縉】〔缙〕ㄐㄧㄣˋ jìn 名紅色的絲帛。動插。

16【縕】〔缊〕㈠ㄩㄣˋ yùn 名①新棉混合舊絮，例縕袍。②亂麻，例束縕。形混亂。 ㈡ㄩㄣ yūn 名①縕絪。②赤黃色。

16【縢】ㄊㄥˊ téng 動封閉，封口。

十一畫

17【縮】〔缩〕㈠ㄙㄨˋ sù 動①收斂、變小。②把酒濾清，例縮酒。③用繩子綑束。④正直，有理，例自反而縮。(《孟子》〈公孫丑〉)㈡ㄙㄨㄛ suō 動①不伸開，或伸開又收回去，例烏龜把頭一縮就不見了。②收斂，例緊縮。③害怕退避，例退縮。

◆縮減、縮影、縮寫、縮衣節食、縮

頭縮腦 伸縮、減縮、畏縮、濃縮、熱脹冷縮。

17【績】〔绩〕ㄐㄧ jī 名功業、成效，例功績。動把麻分細接長，例績麻。動繼續，例子盍亦遠績禹功。(《左傳》〈昭公元年〉)

◆成績、治績、戰績、業績。

17【繆】〔缪〕㈠ㄇㄡˊ móu 動①固結。②「綢繆」，見「綢」字。㈡ㄇㄧㄠˋ miào 名姓，後漢有繆彤。㈢ㄇㄧㄡˋ miù 名通「謬」；誤，例陰陽錯繆。形通「謬」；錯誤的，例繆論。副詐。㈣ㄇㄨˋ mù 名通「穆」，宗廟所列位次，左昭右穆，例序以昭繆。(《禮記》〈大傳〉)副深思的樣子。㈤ㄐㄧㄡ jiū 動糾纏。

17【縷】〔缕〕ㄌㄩˇ lǚ 名①線，例絲縷。②帛。③泛指纖細而長的東西，例柳縷。副詳細地，例縷述。

◆縷析 布縷、絮縷、綵縷、藍縷。

17【縲】〔缧〕ㄌㄟˊ léi 名縲絏，拘綁罪人的繩索；亦作縲紲。

17【縱】〔纵〕㈠ㄗㄨㄥˋ zòng 動①釋放，例欲擒故縱。②緩，例弛縱。③騰空跳起，例他縱身一躍。④不加檢束，例縱情。⑤發矢。副即使、雖，例縱使。㈡ㄗㄨㄥ zōng 名①直的線，南北稱縱，東西稱橫。②同「蹤」，例縱迹。形直的，例縱貫。㈢ㄗㄨㄥˇ zǒng 副「縱縱」：⑴急遽樣子。⑵衆多。

◆縱火、縱目、縱容、縱然、縱談、縱覽 放縱、任縱、操縱、天縱英才。

17【繃】〔绷〕㈠ㄅㄥ bēng 動①替嬰兒穿衣服。②纏束。③撐緊，例緊繃。④間隔疏鬆地縫綴。⑤詐騙，例坑繃拐騙。⑥勉强支持，例繃場面。㈡ㄅㄥˇ běng 動①板著，例繃著臉。②忍，例我實在繃不住。㈢ㄅㄥˋ bèng 動張裂，例那個氣球不能再吹了，再吹就要繃了。

17【繅】〔缫〕ㄙㄠ sāo 動同「繰」；把蠶繭煮過抽出絲來，例繅絲。

17【繁】㈠ㄈㄢˊ fán 名馬頸上的裝飾；馬腹帶。形①衆多，例繁星。②複雜，例繁蕪。③熱鬧，興盛。㈡ㄆㄛˊ pó 名姓，後漢有繁欽。

◆繁多、繁衍、繁殖、繁盛、繁榮、繁瑣、繁文縟節、繁花似錦。

17【縫】〔缝〕(一)ㄈㄥˊ féng 動①用針線做衣服。②補綴、補合，例縫合傷口。 (二)ㄈㄥˋ fèng 名①針線縫合的地方，例衣縫。②罅隙，例門縫。

◆彌縫、裁縫、裂縫、天衣無縫。

17【縭】〔缡〕ㄌㄧˊ lí 名①古代女子出嫁時用以覆面的紅巾。②古代女子掛在身上的香袋，例香縭。動繫。

17【縵】〔缦〕ㄇㄢˋ màn 名沒有文采的絲織品。形①沒有文飾的，例縵布。②通「慢」；緩慢，例縵立。副文彩光耀四散的樣子，例爛縵。

17【縹】〔缥〕ㄆㄧㄠˇ piǎo ㄆㄧㄠˋ piào 名青白色的綢布，例縹緗。形①淡青色，即月白色。②「縹緲」：隱約的樣子，例山在虛無縹緲間。(白居易〈長恨歌〉)

07【總】〔总〕ㄗㄨㄥˇ zǒng 名①首領，主要的負責人，例總統。②禾稾成束。③主要、綱要。動①聚、合，例總括。②束，例總髮。③結。形統括全部的，例總綱。副①都，例總要。②無論如何，例他總不離開。③經常、一直，例他總不聽話。連縱、雖。

17【縻】ㄇㄧˊ mí 名①牽引牛的繩子。②姓，明有縻煥。動繫縛，喻籠絡之意，例羈縻。

17【繄】ㄧ yī 動同「是」，例民不易物，惟德繄物。(《左傳》〈僖公五年〉) 助同「維」、「唯」；句首語助詞，例爾有母遺，繄我獨無？(《左傳》〈隱公元年〉) 歎嘆息聲。

17【縴】〔纤〕ㄑㄧㄢˋ qiàn 名拉船前進的粗繩，例拉縴。

17【縶】〔絷〕ㄓˊ zhí 名馬韁繩。動①拴住馬腳，例縶馬。②拘囚，例縶囚。③羈拌。

17【繈】〔繦〕ㄑㄧㄤˇ qiǎng 名①同「襁」，背嬰兒用的寬帶。②串錢的麻繩兒。

17【縿】〔缘〕ㄕㄢ shān 名旗子的正幅。

十二 畫

18【織】〔织〕ㄓ zhī 動①用絲、麻、棉、毛等物編製物品，例織布。②結合、組成，例組織。

◆織女　交織、紡織、編織、羅織、遊人如織。

18【繕】〔缮〕ㄕㄢˋ shàn 動①修補。②抄寫，例繕寫。③整治，例繕甲兵。(《左傳》〈成公十六年〉)形堅定，例急繕其怒。(《禮記》〈曲禮〉)

18【繞】〔绕〕ㄖㄠˋ rào 名姓，春秋齊有繞朝。動①環繞，例繞樹三匝，無枝可依。(魏武帝〈短歌行〉)②通「遶」；圍繞，例繞圈子。③設圈套來算計他人，例繞磨。

◆纏繞、繚繞、縈繞、環繞、繞口令。

18【繚】〔缭〕ㄌㄧㄠˊ liáo 名縫紉法的一種，用針把布邊斜著縫起來；亦稱繚貼邊。動①纏繞，例一水環繚。②同「撩」；整理。

18【繒】〔缯〕(一) ㄗㄥ zēng 名①絲織品的總稱，例文繒。②姓。(二) ㄗㄥˋ zèng 動聚攏捆緊。

18【繖】〔伞〕ㄙㄢˇ sǎn 名①同「傘」。②絲綾。

18【繙】〔繙〕ㄈㄢ fān 動同「翻」；將某種語言文字譯成另一種語言文字，例繙譯。形風吹飛動的樣子，例繽繙。

18【繡】（綉）ㄒㄧㄡˋ xiù 名①刺有五彩兼備花紋的織品，例刺繡、湘繡。②姓，漢有繡君寶。動用彩色絲線在綢緞上刺成各種花紋，例繡荷包。形①繡有文飾的，例繡帳。②華麗的、優美的，例花梁繡柱。(《南史》〈后妃傳〉)

◆刺繡、綺繡、錦繡、錦心繡口。

18【繢】〔缋〕ㄏㄨㄟˋ huì 名織剩餘的彩布。動通「繪」；畫彩文。

18【繐】〔繐〕ㄙㄨㄟˋ suì 名①細而且疏的布。②同「穗」；用絲線或布條等結紮成的穗狀裝飾品。

18【繑】〔𫄲〕ㄑㄧㄠ qiāo 例①縫紉法之一，將布邊捲入密密縫成。②麻鞋。

十三　畫

19【繫】〔系〕(一) ㄒㄧˋ xì 動①聯綴，連接，例聯繫。②懸掛。③拘囚。(二) ㄐㄧˋ jì 動紮、綁。

19【繭】〔茧〕ㄐㄧㄢˇ jiǎn 名通「絸」；①

蠶將變成蛹時吐絲所結橢圓形的巢；亦稱繭子。②通「研」；手心或腳掌因過度摩擦所生的厚皮。

19【繹】〔绎〕ㄧˋ yì 動①引絲。②理出頭緒、推究事理，例演繹。副連續不斷，例絡繹不絕。

19【繩】〔绳〕㈠ㄕㄥˊ shéng 名①用麻或絲等扭合成的索，例草繩。②準則，例潔白清廉中繩。(《呂氏春秋》〈離俗〉)③正直，例能進退履繩。(《淮南子》〈主術訓〉)動①糾正、懲治，例繩之以法。②繼承。③稱譽。④約束。形「繩繩」：⑴謹慎的樣子。⑵相繼不絕的樣子。㈡ㄇㄧㄣˇ mǐn 形「繩繩」：無涯的樣子。

19【繪】〔绘〕ㄏㄨㄟˋ huì 名作於絲絹上的畫。動①作畫，例繪山水。②形容，例描繪。

19【繯】〔缳〕ㄏㄨㄢˊ huán ㄏㄨㄢˋ huàn 名用繩索打結成的圈，可套住東西，上吊自殺稱投繯。

19【繰】〔缲〕㈠ㄗㄠˇ zǎo 名紅青色的絲織品。 ㈡ㄙㄠ sāo 動同「繅」；煮繭抽絲。

19【繳】〔缴〕㈠ㄐㄧㄠˇ jǎo 動①交納，例繳稅。②把東西還給原主，例繳還。 ㈡ㄓㄨㄛˊ zhuó 名繫在箭上隨之射出的絲繩。動繫生絲繩，例思援弓繳而射之。(《孟子》〈告子〉)

19【繮】〔缰〕ㄐㄧㄤ jiāng ㄍㄤ gāng 名繫在馬脖子上的繩子。

19【繸】〔繸〕ㄙㄨㄟˋ suì 名用來繫瑞玉的絲帶。

十四 畫

20【辮】〔辫〕ㄅㄧㄢˋ biàn 名①通「緶」；用幾股線狀物編成的長條。②頭髮編成的長條，例麻花辮。

20【繽】〔缤〕ㄅㄧㄣ bīn 形「繽紛」：⑴多而亂的樣子，例落英繽紛。⑵繁盛華麗的樣子，例五彩繽紛。

20【繼】〔继〕ㄐㄧˋ jì 名姓。動①承續、接連，例繼往開來。②繫，綴。形後繼的，例繼母。副隨後，例繼而。

◆**繼任、繼志、繼續、繼往開來 相繼、承繼、紹繼、無以為繼。**

20【纂】ㄗㄨㄢˇ zuǎn 名①紅色的絲帶。②通「鬢」；婦女梳在頭後的髮髻；亦稱纂兒。動①編輯，例編纂。②通「纘」；繼。

20【繻】〔𦈡〕ㄒㄩ xū ㄖㄨˊ rú 名①彩色的繒。②編織細密的網羅。③符帛，古代出入關口爲證信的東西。

20【繾】〔缱〕ㄑㄧㄢˇ qiǎn 副「繾綣」：形容情意纏綿，不忍分離的樣子。

20【纁】〔纁〕ㄒㄩㄣ xūn 名淺紅色。

十五　畫

21【纏】〔缠〕ㄔㄢˊ chán 名①佛學煩惱的異名，有八纏、十纏，以煩惱能纏縛人心身不自在。②姓。動①繞，例纏繞。②困擾別人，例糾纏。③通「躔」；踐歷。④束，例但看古來盛名下，終日坎壈纏其身。(杜甫〈丹青引〉)⑤連，例兵纏四海英雄得。(王安石〈金陵懷古詩〉)⑥應付，例你們可眞難纏。

◆拘纏、縛纏、縈纏、腰纏萬貫。

21【續】〔续〕ㄒㄩˋ xù 名指辦事的程序，例手續。動①接連，例繼續。②使斷的再接連起來。③繼承，例似續妣祖。(《詩經》〈小雅・斯干〉)副同「絮」；厭煩，例玩耍續了，把奴才也不理。(明人小說)

◆續絃　持續、接續、連續、斷續、陸續。

21【纈】〔缬〕ㄒㄧㄝˊ xié 名①用綢結成的綵球。②有花紋的絲織物。

21【纊】〔纩〕ㄎㄨㄤˋ kuàng 名絲棉。

21【纍】〔累〕ㄌㄟˊ léi 名①大繩索。②姓，晋有累虎。動①互相連綴。②監禁，例纍囚。③纏繞。

21【纆】〔纆〕ㄇㄛˋ mò 名兩股合編成的繩子。

十六　畫

22【纑】〔纑〕ㄌㄨˊ lú 名用來織布的細線。動練麻、練絲。

十七　畫

23【纓】〔缨〕ㄧㄥ yīng 名①帽帶，例可以濯吾纓。(《楚辭》〈漁父〉)②綵帶，例親說婦之纓。(《儀禮》〈士昏

禮〉)③馬腹前的皮帶。④用線或繩子、毛等做的像穗子的裝飾物。⑤蘿蔔、芥菜的莖和葉子，例蘿蔔纓子。動纏繞。

◆馬纓、香纓、垂纓、繁纓、簪纓。

23【纖】〔纤〕ㄒㄧㄢ xiān 名①細緻的絲織品。②泛稱細小的事物。形①細小，例纖細。②儉嗇。③不肖，例纖人。④小的、輕的，例纖雲。

23【纔】〔才〕ㄘㄞˊ cái 副①僅、只，例身死纔數月耳。(《漢書》〈賈山傳〉)②同「才」；方、始，例方纔。

十九 畫

25【纛】ㄉㄠˋ dào ㄉㄨˊ dú 名①跳舞所持的羽毛。②軍營中的大旗。③飾以犛牛尾或雉尾的大旗，古時多用在葬喪大事及顯貴人家。

25【纘】〔缵〕ㄗㄨㄢˇ zuǎn 動繼續。

二十一 畫

27【纜】〔缆〕ㄌㄢˋ làn ㄌㄢˇ lǎn 名繫船的繩索。動繫、綁，例三隻船都纜了。(《水滸傳》)

缶 部

06【缶】ㄈㄡˇ fǒu 名①同「瓿」；盛酒的瓦缸。②古時敲擊樂器的一種。③度量名稱，古時十六斗爲一缶。

三 畫

09【缸】ㄍㄤ gāng 名①圓形的容器，用瓷土或陶土作成，例水缸。②一般貯物的器具，口寬、腹大、底小的通稱爲缸。

四 畫

10【缺】ㄑㄩㄝ quē 名①器皿破損的地方。②事情的不圓滿。③職位空缺而等待補充。動①器物破損不全，例甕破缶缺。(《易林》)②短少。形殘破而不完美。

◆缺少、缺乏、缺陷、缺德、缺額、官缺、肥缺、補缺、短缺、殘缺。

五 畫

11【缽】ㄅㄛ bō 同「鉢」，見「鉢」字。

十 畫

16【罃】ㄧㄥ yīng 名盛水的長頸瓶子。

十一 畫

17【罄】ㄑㄧㄥˋ qìng 名通「磬」；量詞。動①用完。②顯現。形嚴整。

17【罅】ㄒㄧㄚˋ xià 名①空隙、裂縫。②事情的漏洞。

十二 畫

18【罈】ㄊㄢˊ tán 同「罎」；名裝盛的器具，小口而大腹。

十三 畫

19【罋】ㄨㄥˋ wèng 名同「甕」；瓦器。

十四 畫

20【罌】〔罃〕ㄧㄥ yīng 名通「甖」；小口大腹的瓶子，比缶大。

十五 畫

21【罍】ㄌㄟˊ léi 名古代盛水或酒的器具，大都用青銅鑄成，也有陶製的，有方形和圓形。方形的是寬肩、有耳、有蓋子；圓形的是大腹、圈足、兩耳。方形罍一般是商代器物，而圓形罍則商和西周皆有。

十六 畫

22【罏】ㄌㄨˊ lú 名①同「罍」；像罍一般的盛酒瓶子。②爐子。

十八 畫

24【罐】ㄍㄨㄢˋ guàn 名①汲水用的瓦器。②通稱可以盛物而圓筒狀的器具，例茶罐、湯罐、罐裝汽水。

网 部

06【网】ㄨㄤˇ wǎng 名捕捉禽獸魚的羅網。

三 畫

07【罕】ㄏㄢˇ hǎn 名①長柄的捕鳥網。②旌旗名。③姓，春秋鄭有罕虎。副稀少，例子罕言利。(《論語》〈子罕〉)

08【罔】ㄨㄤˇ wǎng 名①捕捉魚類禽獸的網子。②災害。③歪曲而不正直。動①欺騙。②誣陷、凌辱。③無、沒有。形茫然失意的樣子，例學而不思則罔。(《論語》〈爲政〉)副不可以的意思。

四畫

09【罘】ㄈㄨˊ fú ㄈㄡˊ fóu 名①捕捉野獸用的網子。②「罘罳」:⑴宮門外之屏，飾有雲氣鳥獸，縷空如網。⑵宮殿之窗櫺。

五畫

10【罟】ㄍㄨˇ gǔ 名①網子的總稱，例數罟不入洿池。(《孟子》〈梁惠王上〉)②法網。

10【罡】ㄍㄤ gāng 名北斗星。

10【罝】ㄐㄩ jū 名①捕捉兔子專用的網子。②總稱捕捉禽獸的網子。

六畫

14【罣】ㄍㄨㄚˋ guà 名過錯，例罣誤。動①同「絓」;阻礙，例罣阻。②思念，例罣念。

八畫

13【置】ㄓˋ zhì 名驛站。動①安放。②設立。③赦免釋放。④購買，例置產。⑤廢棄。

◆置換、置辦 布置、安置、設置、購置、不置可否。

13【罩】ㄓㄠˋ zhào 名①捕魚用的竹籠。②遮蓋的器具，例燈罩。③套穿在外面的衣服，稱爲罩袍。動遮蓋，例清晨白霧罩著大地。

13【罪】ㄗㄨㄟˋ zuì 名①過錯，例此天之亡我也，非戰之罪也。(《史記》〈項羽本紀〉)②犯法的行爲，例安能避罪。(董仲舒〈賢良策〉)③刑罰，例傷人及盜抵罪。(《史記》〈高祖本紀〉)④折磨，例活受罪。動責備。

◆犯罪、歸罪、判罪、將功贖罪。

13【署】(一) ㄕㄨˇ shǔ 名①政府機關，例公署。②姓。(二) ㄕㄨˋ shù 動①安置，例部署。②簽寫，例簽署公報。③暫時代理職務，例署理。

13【罨】ㄧㄢˇ yǎn 名①網子，例漁罨。②醫家治療方法之一，有冷罨、熱罨。今稱冷敷、熱敷。動用網捕取。

九畫

14【罰】〔罸〕ㄈㄚˊ fá 通「罸」。名①犯法的人所受的罪刑。②繳納罰金來贖罪。動懲辦，處罰。

◆罰則、罰款 受罰、處罰、體罰、懲罰。

14【罳】ㄙ sī 名「罘罳」，見「罘」字。

十 畫

15【罵】〔骂〕ㄇㄚˋ mà 動用惡意的言語加於人。

◆怒罵、笑罵、惡罵、責罵、打情罵俏。

15【罷】〔罢〕(一) ㄅㄚˋ bà 動①停止，例欲罷不能。(《論語》〈子罕〉)②免除。副完畢，例作罷。歎表示失望或忿怒的情緒，例罷！罷！這樣的媳婦久後必敗壞門風。(洪楩〈清平山堂話本〉) (二) ˙ㄅㄚ ba 助語助詞，例姐姐，我和你回去罷。(元曲〈金錢記〉) (三) ㄆㄧˊ pí 形①疲倦、勞累。②病態的樣子。

15【罶】ㄌㄧㄡˇ liǔ 名捕魚的器具，魚進後則無法再出。

十一 畫

16【罹】ㄌㄧˊ lí 名內心憂愁。動遭遇，例罹其凶害。(《尚書》〈湯誥〉)

十二 畫

17【罽】ㄐㄧˋ jì 名①捕魚用的網子。②毛織成的地氈。

17【罾】ㄗㄥ zēng 名捕魚用的網子。

十四 畫

19【羅】〔罗〕ㄌㄨㄛˊ luó 名①捕鳥的網子，例有鳥將來，張羅而待之。(《文中子》〈上德〉)②輕軟的絲織品。③像篩盤一般的器物，下蒙著密網，用來播麵粉或漉流質。④鹿梨的別名。⑤十二打爲一羅。⑥姓，明有羅貫中。動①散佈，例旁羅日月星辰。(《史記》〈五帝本紀〉)②延攬，例網羅天下異能之士。(《漢書》〈王莽傳〉)③遭受。

◆羅布、羅列、羅致、羅掘俱窮 張羅、搜羅、網羅、星羅棋布。

十七 畫

22【羈】ㄐㄧ jī 名同「羇」，遊居在外地的旅人。動寄居，例羈身域外。

十九 畫

24【羈】〔羇〕ㄐㄧ jī 名①絆在馬頭的韁繩。②女子一橫一縱結在頭頂的髻。③寄居在外地的旅客。④姓，漢有羈栩。動①拘束，例放蕩不羈。②牽繫，例羈誘。③寄居，例羈旅。

羊 部

06【羊】㈠ㄧㄤˊ yáng 名①哺乳類偶蹄目。有綿羊、山羊兩種。②姓，晋有羊祜。
㈡ㄒㄧㄤˊ xiáng 名吉祥，例辟除不羊。(《博古圖》〈漢・十二辰鑑〉)

◆羊入虎口、羊質虎皮、羊頭狗肉
牧羊、羔羊、羚羊、岐路亡羊。

二 畫

08【羋】讀音ㄇㄧㄝ miē 語音ㄇㄧˇ mǐ 名①姓。②羊叫聲。

08【羌】ㄑㄧㄤ qiāng 名①種族名，本是三苗後裔，舜時流放到三危，舊稱西戎，五胡亂華時姚秦即爲羌族。現今散居在甘肅省臨潭、岷縣及四川省松藩、茂縣等地。②姓，秦有羌瘣。

三 畫

09【美】ㄇㄟˇ měi 名①指美感直觀的對象，美的本身以及美的事物相關的抽象概念。②滋味美好的東西。③美女。④外觀出色，使人產生快感情緒。⑤國名，美利堅合衆國的簡稱。⑥洲名，即南美洲、北美洲。動讚美，例吾妻之美我者，私我也。(《戰國策》〈齊策〉)形①美麗，例美豔。②得意，例好了！別臭美。

◆美如冠玉、美不勝收、美中不足
甘美、華美、優美、良辰美景。

09【羑】ㄧㄡˇ yǒu 名「羑里」：古地名，在河南湯陰縣。傳說周文王曾被紂王關在此地。動誘導從善，今作「誘」。

四 畫

10【羔】ㄍㄠ gāo 名①幼小的羊。②黑羊，例緇衣羔裘。(《論語》〈鄉黨・皇侃義疏〉)③樹秧，菜秧。形小羊皮或黑羊皮的製品。

10【羖】ㄍㄨˇ gǔ 名黑色的山羊。

10【羓】ㄅㄚ bā 名醃肉。

五畫

11【羞】ㄒㄧㄡ xiū 名①美味的熟食。②恥辱。動①進獻，例羞以含桃。(《禮記》〈月令〉)②侮辱。③怕，例爲郎憔悴卻羞郎。(元稹〈會眞記〉)

◆**羞愧　含羞、珍羞、害羞、嬌羞、閉月羞花。**

11【羚】ㄌㄧㄥˊ líng 名①羚羊，屬哺乳綱反芻偶蹄類。體形似鹿，又似山羊，體長約一・四公尺。②小羊。

11【羝】ㄉㄧ dī 名雄性的羊。

六畫

12【善】ㄕㄢˋ shàn 名①與惡相對的概念，指全體較有價値的事物、個人意志以及行爲等。②好人。③姓，元有善繼。動①喜好。②愛惜。③親近交好，例兩國交善。形熟習，例這人好面善。副①慈惠，例慈善事業。②擅長，例善與人交。

◆**善士、善本、善行、善後、善意、善男信女　完善、僞善、止於至善、至善至美。**

12【羢】ㄖㄨㄥˊ róng 名①柔細的羊毛。②毛織品。

12【羑】ㄧˊ yí 名①地名。②大陸用作「羨」(ㄒㄧㄢˋ)的簡化字。

七畫

13【義】〔义〕ㄧˋ yì 名①是自然先天本德之一，是行善的動機，四維之一。②合宜的事情，例見義不爲，無勇也。(《論語》〈爲政〉)③眞理、正道，例義，人之正路也。(《孟子》〈離婁上〉)④樂善好施的行爲，例以公子之高義，爲能急人之困。(《史記》〈魏公子列傳〉)⑤意義。⑥通「儀」。⑦禮法，例遵王之義。(《呂氏春秋》〈貴公〉)⑧姓，唐有義淨。⑨義大利的略稱。動稱讚善行，例舒伯膺兄弟爭死，海內義之。(《三國志》〈吳志・孫賁傳〉)形①以周濟爲目的的，例義學。②有志節的，例義民，義士。③假的、非其本來的，例義齒、義子。

◆**義勇、義氣、義憤、義務、義舉、義不容辭、義正辭嚴、義無反顧　正義、主義、道義、情義、見義勇爲、多行不義。**

13【羨】〔羡〕ㄒㄧㄢˋ xiàn 動①愛慕。②渴望獲得，例臨淵羨魚。③勝過，

例功羨於五帝。(《史記》〈司馬相如列傳〉)④延請。形盈餘，例以羨補不足。(《孟子》〈滕文公下〉)

13【羥】〔羟〕ㄑㄧㄥ qīng ㄐㄧㄥˋ jìng 名化學名詞，例羥基，羥丁胺酸。

13【羣】ㄑㄩㄣˊ qún 名①朋友同輩，例離羣而索居。(《禮記》〈檀弓上〉)②禽獸聚集，例牛羣。③數學的一種代數體系，凡合乎結合律原則的元素稱爲一羣，若删去可逆律，則爲半羣。形衆多。副成羣結隊。

◆羣衆、羣集、羣聚、羣芳爭豔、羣策羣力、羣雌粥粥、羣蟻附羶 合羣、鶴立雞羣、卓爾不羣、三五成羣。

九 畫

15【羯】ㄐㄧㄝˊ jié 名①閹割過的羊。②匈奴的別族。晋時入居羯室(今山西省遼縣境)，因號爲羯，爲五胡之一。晋時，羯人石勒建立後趙政權，爲十六國之一。動閹割。

15【羭】ㄩˊ yú 名黑色的母羊。形美，例攘羭。

十 畫

16【羲】ㄒㄧ xī 名①伏羲，三皇之一，即太昊。②姓，上古堯時有羲仲。

16【羱】ㄩㄢˊ yuán 名野生羊之一種，產於蒙古、西藏及西伯利亞南部。體大如驢，毛粗短，角大而盤屈，綿羊即是此種野羊經人豢養而改良。

十三 畫

19【羶】ㄕㄢ shān 名羊身上所發出的臊味。

19【羹】㈠ㄍㄥ gēng 名用菜或肉煮成濃稠的湯，例肉羹。動烹煮菜餚，例飯稻羹魚。㈡ㄌㄤˊ láng 名地名，在今河南省境內。

19【羸】ㄌㄟˊ léi 動①鈎取而加以覆蓋。②用繩索拘累纏繞。形①瘦弱，例民之羸餒日已甚矣。(《國語》〈楚語〉)②疲憊，例請羸師以張之。(《左傳》〈桓公六年〉)

十五 畫

21【羼】ㄔㄢˋ chàn 名羊羣雜亂的並列。動攙和在一起。

羽 部

06【羽】ㄩˇ yǔ 名①鳥類的毛。由表皮角質化所成的結構，被覆在體表，質輕而韌，略有彈性和防水性。有保溫、飛翔等功能。②鳥類的代稱，例奇禽異羽。③五音之一，五音爲宮、商、角、徵、羽。④箭後的翼，亦爲箭的代稱。⑤飛蟲的翅膀。⑥同黨，例黨羽。⑦釣魚所用的浮標。⑧古時舞者所持用雉尾製成的羽扇。⑨樂章。⑩姓，春秋鄭有羽項。

◆羽翼　執羽、錦羽、鎩羽而歸、霓裳羽衣。

三　畫

09【羿】ㄧˋ yì 名人名，夏時有窮國的君主，善於射箭，篡夏朝自立，後不修民事，爲寒浞所殺。

四　畫

10【翅】ㄔˋ chì 名①鳥類及昆蟲的翼，例折翅傷翼。②指沙魚的鰭，例魚翅。副同「啻」；僅，例奚翅食重。(《孟子》〈告子下〉)

10【翁】ㄨㄥ wēng 名①鳥類的頸毛。②對長者的敬稱。③對父親的敬稱。④尊稱丈夫、妻子的父親，例翁姑、翁婿。⑤姓，清有翁同龢。

10【翃】ㄏㄨㄥˊ hóng 形蟲飛的樣子。

五　畫

11【翌】ㄧˋ yì 名隔天，例翌日。形光明的樣子。

11【習】〔习〕ㄒㄧˊ xí 名①做慣的行爲，例積習、舊習。②親近而狎侮的人。③姓，晋有習鑿齒。動①學，例學習。②反覆鑽研練習，例學而時習之。(《論語》〈學而〉)③通曉明白，例誰習會計。(《戰國策》〈齊策〉)④鳥反覆地飛。⑤因循，例卜不習吉。(《尚書》〈大禹謨〉)副時常，例習聞。

11【翎】ㄌㄧㄥˊ líng 名①鳥類的羽毛。②昆蟲的翅膀。③箭尾的羽飾。④清代官吏冠飾，有花翎、藍翎，省稱爲翎；亦稱翎子。

11【翊】ㄧˋ yì 動輔助，例翊衛。形①飛翔的樣子。②明亮。

六　畫

12【翔】ㄒㄧㄤˊ xiáng 動①迴旋而飛。②張拱著手臂而行，像鳥鼓翼而行一樣。形①詳明確實，例翔實。②吉祥。副高升，例翔貴。

12【翕】ㄒㄧˋ xì 動①相合，例兄弟既翕。(《詩經》〈小雅・常棣〉)②斂合，例其靜也翕。(《易經》〈繫辭上〉)③吸引，例載翕其舌。(《詩經》〈小雅・大東〉)形聲音和諧。

八畫

14【翠】ㄘㄨㄟˋ cuì 名①「翡翠」，見「翡」字。②鳥名。③鳥尾肉。④古時女子用來畫眉的青綠色顏料，例眉翠薄，鬢雲殘。(溫庭筠〈更漏子詞〉)⑤比喻美女，例倚翠偎紅。⑥姓。形①即青綠色。②用翠羽裝飾的，例翠旌。◆蒼翠、珠翠、青翠、青山翠谷。

14【翟】(一)ㄓㄞˊ zhái ㄓㄜˊ zhé 名姓。(二)ㄉㄧˊ dí 名①長尾的山雉。②跳舞時所用的雉尾。③古時較低等的官吏。④通「狄」；種族名，白狄之別種。⑤姓，漢有翟公。

14【翡】ㄈㄟˇ fěi 名「翡翠」：⑴綠色硬玉，爲結晶質緻密狀塊，透明、堅硬，爲珍貴飾品；亦稱翠玉。⑵鳥名，鳥綱佛法僧目。體上面呈赤褐色，惟臀部中央與上尾間有一條白紋，雜以青色斑紋。羽毛可作裝飾品。

14【翥】ㄓㄨˋ zhù 動高飛起來。

九畫

15【翩】ㄆㄧㄢ piān 動迅速飛行。形搖曳飄忽的樣子，例其形也，翩若驚鴻，婉若遊龍。(曹植〈洛神賦〉)

15【翦】ㄐㄧㄢˇ jiǎn 名剪刀。動①消滅。②削弱。③剷除，例翦滅。④使顏色轉淺。

15【翫】ㄨㄢˋ wàn 名同「玩」；戲弄。動①忽略，例翫忽。②滿足。

15【翬】〔翚〕ㄏㄨㄟ huī 名花紋鮮豔的山雞。副飛行迅速，例翬然雲起。(馬融〈廣成頌〉)

十畫

16【翰】ㄏㄢˋ hàn 名①紅羽毛的雞。②古時候用羽毛做筆，故筆可稱翰，用筆寫的文章也可稱爲翰，例書翰，翰墨。③榦柱。④書信、文件的代稱，例華翰。⑤文才。⑥姓。

16【翮】ㄏㄜˊ hé ㄍㄜˊ gé 名①鳥羽毛中的硬梗。②翅膀。③一枚羽毛稱爲一翮。

十一 畫

17【翳】ㄧˋ yì ㄧ yī 名①眼疾，瞳孔生膜遮蔽視線。②供遮蓋的東西。③古時跳舞時所持用的羽扇。動隱藏，例石嶂嵯以翳日。(《楚辭》〈九歎・遠逝〉)

17【翼】ㄧˋ yì 名①鳥類或昆蟲的翅膀，例蟬翼、羽翼。②魚的胸鰭。③舟船。④軍隊的左右兩側。⑤房屋的東西兩屋角。⑥二十八星宿之一。⑦通「翌」；明日，例翼日。⑧古地名。⑨姓，漢有翼奉。動①輔助，例求賢良以翼之。(《國語》〈楚語〉)②覆育，例卵翼。③掩護。形敬謹，例有嚴有翼。

◆**張翼、屋翼、機翼、比翼雙飛、小心翼翼。**

十二 畫

18【翻】ㄈㄢ fān 動①飛翔，例衆鳥翩翻。②覆轉，例白帝城下雨翻盆。(杜甫〈白帝城詩〉)③翻譯。④越過，例翻山越嶺。副反而。

◆**翻本、翻雲覆雨　打翻、飛翻、推翻、天翻地覆。**

18【翱】ㄠˊ áo 形鳥舉翅高飛的樣子，例翱翔。

18【翹】〔翘〕(一)ㄑㄧㄠˊ qiáo 名①鳥尾巴上的長羽毛。②婦女髮上的飾物。③人才。動舉起，例翹首。形特出，例翹彥。 (二)ㄑㄧㄠˋ qiào 名建築物斗拱上在前後中線上伸出之弓形木，高二斗口，寬一斗口。動高起。

◆**翹企、翹楚、翹翹板。**

十三 畫

19【翾】ㄒㄩㄢ xuān 動低飛。形通「懁」；急切。

十四 畫

20【耀】ㄧㄠˋ yào ㄩㄝˋ yuè 名同「燿」；光采奪目。動①光彩四射，例浮光耀金。(范仲淹〈岳陽樓記〉)②炫誇，例炫耀。③顯揚。

◆**耀眼、耀武揚威　光耀、閃耀、照耀、榮耀、光宗耀祖。**

老 部

06【老】ㄌㄠˇ lǎo 名①年長的人，例七十稱老。（《公羊傳》〈宣公十一年〉）②尊稱長上，例陳老，林老。③道家老子的簡稱，例老莊。④姓，周有老聊。動①退休，告老，例桓公立，乃老。（《左傳》〈隱公三年〉）②尊敬，例老吾老以及人之老。（《孟子》〈梁惠王上〉）形①熟練的，例老練。②疲憊，例師老無功。③舊的，例老酒。④硬的，例老筍。⑤經久的，例老主顧。副①常常，例他老愛遲到。②很，例老早的事，助加在詞前，無義，例老大、老虎。

◆**老成、老朽、老實、老遠、老邁、老成持重、倚老賣老、老生常譚、老奸巨滑、老弱殘兵、老氣橫秋、老馬識途、老羞成怒、老當益壯、老態龍鍾、老驥伏櫪　元老、故老、耆老、生老病死。**

二　畫

06【考】ㄎㄠˇ kǎo 名①稱已死的父親，例顯考。②姓。動①完成，例故行事有考也。（《禮記》〈禮運〉）②終至，例身憔悴而考旦兮。（《楚辭》〈九歎・怨思〉）③審核，例三載考績。（《尚書》〈舜典〉）④測驗，例考試。⑤研究。⑥敲擊。形長壽，例壽考。

◆**考究、考查、考核、考察、考慮、考據、考績、考覈、考驗　先考、期考、聯考、皇考。**

四　畫

08【者】ㄓㄜˇ zhě 代①人或事物的代稱，例仁者樂山，智者樂水。（《論語》〈雍也〉）②同「這」；指示形容詞。助①表示結束的語氣，例君曰告夫三子者。（《論語》〈憲問〉）②語氣尚未完畢，例魯無君子者，斯焉取斯。（《論語》〈公冶長〉）③表時間，例今者。④附加在動詞、形容詞、名詞之後，相當口語「的」，例滅國者五十。（《孟子》〈滕文公下〉）

10【耄】ㄇㄠˋ mào 名年紀大的人。形昏亂。

◆**行者、老者、死者、之乎者也。**

10【耆】㈠ㄑㄧˊ qí 名①老人的通稱，六十為耆。②姓，周有耆域。形強壯，例不懦不耆。（《左傳》〈昭公二十三年〉）㈡ㄓˇ zhǐ 動完成，例耆定爾功。（《詩經》〈周頌・武〉）㈢ㄕˋ shì 動嗜好。

五　畫

11【耇】ㄍㄡˇ gǒu 名駝背而面皮有皺紋的長壽老

人。

六　畫

12【耋】ㄉㄧㄝˊ dié 名年老的人，一說是八十爲耋；一說是七十爲耋。

而　部

06【而】ㄦˊ ér 名兩頰的毛。代你，例余知而無罪也。(《左傳》〈昭公二十年〉)動①到，例自東而西。②能夠。副①尚且，例夫一麋而不忍，又何況於人乎。(《淮南子》〈人間訓〉)②乃、才，表時間，例吾今取此，然後而歸爾。(《公羊傳》〈宣公十五年〉)介①以，例其風窗然惡可而言。(《莊子》〈天下〉)②的、之，例君子恥其言而過其行。(《論語》〈憲問〉)連①與，例聞善而不善，皆以告其上。(《墨子》〈尚同〉)②則，例君子見幾而作，不俟終日。(《易經》〈繫辭〉)③並且，例學而時習之。(《論語》〈學而〉)④又，例秀外而慧中。(韓愈〈送李愿歸盤谷序〉)⑤假如，例人而無信，不知其可也。(《論語》〈爲政〉)⑥但是，例其爲人也孝弟，而好犯上者鮮矣。(《論語》〈學而〉)助①助詞，算了的意思，例已而已而，今之從政者殆而。(《論語》〈微子〉)②語尾詞，無義。

◆而今、而立之年　然而、死而後已、鋌而走險、席地而坐、破門而入。

三　畫

09【耐】ㄋㄞˋ nài 名①漢代刑罰名，即保留鬚髮以服役的輕刑。②能力，例能耐。動忍受。副經久，例耐穿。

09【耍】ㄕㄨㄚˇ shuǎ 動①遊戲，例玩耍。②擺佈，例耍猴子。③賣弄，例耍手段。④功夫的演練，例耍拳法。

09【耑】ㄉㄨㄢ duān ㄓㄨㄢ zhuān 名古器名，似觴。副專，例耑送。形同「端」；事情的發軔。

耒　部

06【耒】ㄌㄟˇ lěi 名①古代木製耕具上的彎柄。②用手推耕的犁，用來起土的農具。

四　畫

10【耘】ㄩㄣˊ yún 動除草。

10【耕】ㄍㄥ gēng ㄐㄧㄥ jīng 名①總稱有關種植的農事，例男耕女織。②種田用的器具。動①犁田。②比喻謀生，例筆耕。形①從事耕種的，例自耕農。②供耕作的器材。

10【耙】ㄆㄚˊ pá ㄅㄚˋ bà 名一種舊式農具，在一條橫木上排上若干尖齒。可使地面土塊平整，地上物散佈開來。現代農機的一種，主要有圓盤耙、彈簧耙、迴轉耕耘機等。

10【耗】ㄏㄠˋ hào 名①貧乏。②音信，例噩耗。③姓。動①減損，例耗損。②消毀。③拖延時間。

◆消耗、損耗、虧耗。

五 畫

11【耜】ㄙˋ sì 名農具，古代多用木頭製，後來用鐵器。

11【耞】ㄐㄧㄚ jiā 名農具，以革編成用來擊打稻穀的器具。

11【耟】ㄐㄩˋ jù 名農具，用來推土的工具。

九 畫

15【耦】ㄡˇ ǒu 名①起土的農具。②二人爲耦。③配偶。④姓，漢有耦嘉。形淤泥，例耦沙。副兩人一起耕作，例耦耕。

十 畫

16【耨】ㄋㄡˋ nòu 名同「鎒」；除草器具。動拔除田草。

16【耪】ㄆㄤˇ pǎng 動耘田，例耪地。

十一 畫

17【耬】〔耧〕ㄌㄡˊ lóu 名同「樓」；耕田的用具，形狀像犁，例耬車。動耕土成畦。

十五 畫

21【耰】ㄧㄡ yōu 名同「櫌」；耙田的器具，是無齒的耙，可用來磨平或擊碎土塊。動用土覆蓋種子。

耳 部

06【耳】ㄦˇ ěr 名①生長在脊椎動物的頭部，是聽覺和平衡感覺的器官。分爲內耳、中耳、外耳三部分。②凡器物兩旁附有似耳的提把，稱為耳。③長得像耳朵的植物，例木耳。④姓，明有耳元明。動聽聞，例耳聞。助①位於句末，表決定語氣，同「矣」，例則樂之道歸焉耳。（《禮記》〈樂記〉）②位於句末，限制的意思，同「而已」，例前言戲之耳。（《論語》〈陽貨〉）③同「邪」、「乎」；位於句末，表示驚嘆，例父子如此，何其快耳。（《三國志》〈魏志・崔琰傳〉）◆**耳朵、耳目、耳目一新、耳根清靜、耳熟能詳、耳濡目染　銀耳、掩耳、洗耳恭聽、掩耳盜鈴、言猶在耳、隔牆有耳。**

二　畫

08【耵】ㄊㄧㄥ　tīng　名「耵聹」：外耳道耵聹腺的正常油脂性分泌物，即耳垢。

三　畫

09【耶】㈠ㄧㄝˊ　yé　名古稱父親為耶；同「爺」。助同「邪」；疑問助詞，例松耶？柏耶？住建共者客耶？（《史記》〈田敬仲完世家〉）　㈡ㄒㄧㄝˊ　xié　名不正，例耶枉僻回失道途。（《荀子》〈成相〉）　㈢ㄧㄝ　yē　名外國譯音用字，例耶穌。

09【耷】ㄉㄚ　dā　名大耳朵。

四　畫

10【耽】ㄉㄢ　dān　動①延遲，例耽誤。②沉迷，例耽迷女色。③注視。形①耳大而垂。②快樂，例惟耽樂之從。（《尚書》〈無逸〉）

10【耿】ㄍㄥˇ　gěng　名①古地名，在今山西省吉縣南。②姓，後漢有耿弇。動①照耀。②內心悲痛，例酸耿。形光明盛大的樣子。

五　畫

11【聃】（聸）ㄉㄢ　dān　名耳長而大。動通「耽」；迷戀。

11【聊】ㄌㄧㄠˊ　liáo　名①耳鳴。②可寄託的事，例無聊。③姓，漢有聊蒼。動依賴，例民不聊生。副姑且，例聊表寸心。助在句中，無義。

11【聆】ㄌㄧㄥˊ　líng　名年歲。動聽，例聆教。

六　畫

12【聒】ㄍㄨㄚ　guō　動喧鬧。

七　畫

13【聖】〔圣〕ㄕㄥˋ shèng 名①博通萬物事理的人。②至高無上的人格。③在學識或技藝上有極高成就的人，例詩聖、畫聖。④姓。

13【聘】㈠ㄆㄧㄣˋ pìn 動①兩國之間遣使訪問。②用禮徵招隱逸的賢士。③舊時訂婚迎娶皆曰聘。　㈡ㄆㄧㄥˋ pìng 動女兒出嫁，例出聘。

◆聘請、聘書　行聘、延聘、納聘、禮聘。

八　畫

14【聞】㈠ㄨㄣˊ wén 名①知識見聞。②知識，例友多聞。(《論語》〈季氏〉)③消息。④姓，晋有聞人爽。動①聽，例聞弦歌之聲。(《論語》〈陽貨〉)②傳達。③鼻嗅。　㈡ㄨㄣˋ wèn 名名譽，例令聞。

◆聞名、聞訊、聞一知十、聞所未聞、聞風逃竄、聞鷄起舞　異聞、新聞、傳聞、醜聞、聽聞。

14【聝】(馘) ㄍㄨㄛˊ guó 名古作戰殺敵，割取左耳以爲獻功之證，例獻俘受聝。動割敵人之耳。

14【聚】ㄐㄩˋ jù 名①村落。②人多。③儲蓄。動①集合，例財聚則民散，財散則民聚。(《禮記》〈大學〉)②堆積，例聚米爲山谷。(《後漢書》〈馬援傳〉)

◆聚落、聚集、聚沙成塔、聚散無常、聚精會神　集聚、團聚、凝聚、生聚教訓、歡聚一堂、物以類聚。

十一　畫

17【聱】ㄠˊ áo 形不聽從的樣子。

17【聰】〔聪〕ㄘㄨㄥ cōng 名①明察四方。②聽力，例失聰。形①天賦好、領悟力强。②聽覺敏銳，例耳聰目明。

17【聯】〔联〕ㄌㄧㄢˊ lián 名①凡文辭以字數相同的兩句或數句，甚至十餘句對偶的稱爲聯，例門聯、賀聯。②周代戶口的編制，十家爲聯。③姓，淸有聯元。動①通「連」；連續不斷。②結合。

◆聯合、聯名、聯想、聯絡、聯繫　串聯、並聯、春聯、對聯。

17【聲】〔声〕ㄕㄥ shēng 名①動物利用特殊器官所發出的音稱爲聲。②物體相互撞擊或摩擦所產生的音波，

[例]雨聲。③語言。④名譽。⑤音訊。⑥語言學上輔音爲聲，即聲母，如ㄅ、ㄆ、ㄇ等。[動]宣揚揭露，[例]聲明。

◆**聲名、聲音、聲氣、聲望、聲張、聲援、聲勢、聲名狼藉、聲淚俱下、聲嘶力竭　名聲、琴聲、低聲下氣、不聲不響、悶不吭聲、忍氣吞聲。**

17【聳】〔耸〕ㄙㄨㄥˇ sǒng [動]①驚駭。②獎勵。③高起，[例]聳入雲霄。④敬畏，[例]聳其德。[形]①天生聾的。②高挺，[例]聳立。

十二　畫

18【職】〔职〕(一)ㄓˊ zhí [名]①執掌。②專業。③獻納貢賦，[例]納職。④官位，[例]文職。⑤上行公文內下屬自稱。⑥姓，漢有職洪。[動]主持，[例]職思其居。[助]句首助詞，無義，[例]職此而已。(二)ㄔˋ chì [名]旗幟，[例]百官執職。

◆**職分、職守、職志、職務、職責、職掌、職業　在職、商職、辭職、各司其職。**

18【聶】〔聂〕ㄋㄧㄝˋ niè [名]姓，戰國韓有聶政。[動]附在身邊小聲說話。

18【聵】〔聩〕ㄎㄨㄟˋ kuì [形]①天生耳聾。②不明事理，[例]昏聵之君。

十四　畫

22【聹】〔聍〕ㄋㄧㄥˊ níng [名]「耵聹」：見「耵」字。

十六　畫

22【聾】〔聋〕ㄌㄨㄥˊ lóng [名]耳朵聽覺不靈敏，甚至聽不見聲音；輕者，謂之重聽，若大聲仍聽不見，則爲全聾。[形]愚蠢。

22【聽】〔听〕(一)ㄊㄧㄥ tīng [名]①耳目，[例]十里之國，則將有百里之聽。(《荀子》〈議兵〉)[動]①聆聽。②接受，[例]鄭伯如晉聽成。(《左傳》〈成公十二年〉)③順從，[例]聽命。④探問消息，[例]打聽。⑤斷獄，[例]聽訟。　(二)ㄊㄧㄥˋ tìng [動]任憑，[例]聽其自然。(三)ㄊㄧㄥˇ tǐng [名]數量詞，[例]一聽香菸。

◆**聽命、聽信、聽說、聽天由命、聽其自然　視聽、敬聽、傾聽、道聽塗說。**

聿　部

06【聿】ㄩˋ yù 图筆，秦以後凡聿都作筆。助用於句首或句中，無義，例聿求元聖。(《尚書》〈湯誥〉)

七　畫

13【肆】ㄙˋ sì 图①陳售貨物的地方。②市集。③四的大寫國字。④姓，漢有肆敏。動①陳列。②放縱，例放肆。③擴張。④侵犯，例是伐是肆。(《詩經》〈大雅·皇矣〉)⑤持執，例肆筆成書。⑥嘗試，例若使輕者肆焉。(《左傳》〈文公十二年〉)⑦將死刑後的屍首示衆，例吾力猶能肆諸市朝。(《論語》〈憲問〉)

13【肄】ㄧˋ yì 图①勞苦，例莫知我肄。(《左傳》〈昭公十六年〉)②後代子孫。③樹木被砍伐後，再生出的嫩枝，例伐其條肄。(《詩經》〈周南·汝墳〉)動學習，例君命大夫與士肄。(《禮記》〈曲禮〉)

八　畫

14【肇】ㄓㄠˋ zhào 图姓。動①開始，例肇我邦於有夏。(《尚書》〈仲虺之誥〉)②端正。形聰敏。

14【肅】〔肃〕ㄙㄨˋ sù 動①莊嚴恭敬，例肅愼。②敬畏。③整理。④引導前進，例主人肅客而入。(《禮記》〈曲禮〉)⑤急迫，例刑肅而俗敝。(《禮記》〈禮運〉)⑥萎縮，例草木皆肅。(《呂氏春秋》〈季春紀〉)⑦作揖，後引申用在書信中表示禮敬的意思，例謹肅。形①威儀，例色容厲肅。(《禮記》〈玉藻〉)②整齊沉靜。

肉　部

06【肉】ㄖㄡˋ ròu 图①動物肌膚的總稱，爲蛋白質纖維束所構成，包住骨骼的柔韌物質。②蔬果可食的部分。③肉體，對精神而言，例靈與肉。形①非常親密的，例骨肉。②不脆。副行動遲緩。

◆肉袒、肉搏、肉感、肉食者鄙　肌肉、果肉、魚肉百姓、弱肉強食。

二　畫

06【肋】讀音ㄌㄜˋ lè 語音ㄌㄟˋ lèi 图脅骨，胸部的横條骨頭，左右各有十二條，後連脊柱，前著胸骨。

08【肏】ㄘㄠˋ cào 動男與女性交。

06【肌】ㄐㄧ jī 名①即肌肉，由成束的肌纖維和結締組織所組成，成分爲特殊蛋白質、脂肪、碳水化合物、水、無機鹽等。②皮膚，例肌如白雪。

三　畫

07【肓】ㄏㄨㄤ huāng 名人體內部，心臟下面，橫膈膜上面的部位。

07【肖】ㄒㄧㄠˋ xiào 動像類似，例七十子之肖仲尼也。(《揚雄》〈法言〉)

07【肛】ㄍㄤ gāng 名消化道最末端的對外開口，上接直腸的部位稱爲肛門。

07【肚】(一)ㄉㄨˋ dù 名腹部。(二)ㄉㄨˇ dǔ 名動物的胃。

07【肘】ㄓㄡˇ zhǒu 名①人的上下臂相接關節處的外部。②量詞，表示長度。動以肘觸人，有止其勿動之意。

◆曲肘、折肘、枕肘、兩肘、掣肘。

07【肐】ㄍㄜ gē 名腋下凹進的地方，例肐肢窩。

07【肝】ㄍㄢ gān 名①在腹腔右上橫膈下方，爲人體中最大的消化腺，分泌膽汁存於膽囊。②比喻人的內心，例忠肝義膽。

◆肝火、肝腦塗地、肝腸寸斷、肝膽相照　心肝寶貝。

四　畫

08【育】ㄩˋ yù 名姓。動①養，例育德。②生，例發育萬物。③長，例載生載育。(《詩經》〈大雅・生民〉)④通「鬻」；賣。

◆化育、生育、培育、教育、養育。

08【肥】ㄈㄟˊ féi 名①通「淝」；水名。②利益，例分肥。③國名，春秋時狄人之國，後爲晉所滅，在今山西省昔陽縣東。④姓，戰國趙有肥義。形①多肉，例肥瘠。②腴美，例泉甘土肥。③茂盛。④衣服寬鬆。

◆肥沃、肥美、肥缺、肥碩、肥頭大耳　施肥、燕瘦環肥、腦滿腸肥、食言而肥。

08【肢】ㄓ zhī 名①人體四肢，即兩手兩腳。②鳥翼鳥足。

08【肱】ㄍㄨㄥ gōng 名臂的第二節，自肘至腕處。

08【肺】㈠ㄈㄟˋ fèi 名內臟之一，主管呼吸，在心臟兩側，下面和膈相接，分左右兩葉，右肺短大，左肺長而狹小。㈡ㄆㄟˋ pèi 形「肺肺」：茂盛的樣子。

08【股】ㄍㄨˇ gǔ 名①從胯到膝蓋的部分，即大腿。②事物的一部，例合股。③車輻近轂處。④指直角三角形直角傍的長邊爲股。⑤量詞，一陣；一縷成一股，例一股香氣傳來。⑥公司的資本分爲若干單位，叫做股，又稱份。

08【肫】ㄓㄨㄣ zhūn 名鳥類的胃，例雞肫。形「肫肫」：誠懇的樣子，例肫肫其仁。(《禮記》〈中庸〉)

08【肩】ㄐㄧㄢ jiān 名①從頸子的基部到上臂的身體一部分、內有肱骨頭和肩胛骨構成的肩關節，能進行屈、伸、收、展等多種活動，是人體中活動範圍最大的關節。②責任。③獸滿三歲稱肩。④動物腿根部。⑤姓，金有肩龍。動①擔荷，例身肩重任。②任用，例朕不肩好貨。(《尚書》〈盤庚〉)

◆比肩、駢肩、雙肩、並肩作戰。

08【肴】ㄧㄠˊ yáo ㄒㄧㄠˊ xiáo 名煮熟的魚肉等食物，同「餚」。

08【肪】ㄈㄤˊ fáng ㄈㄤ fang 名動物體內凝結的油質稱爲脂肪。

08【肯】ㄎㄣˇ kěn ㄎㄥˇ kěng 名緊貼骨頭的肉。動可、願意，例他不肯來。

08【肸】ㄒㄧˋ xì 動響聲散布。

08【肭】ㄋㄚˋ nà 名「膃肭」，見「膃」字。

五　畫

09【胖】㈠ㄆㄤˋ pàng 形身體豐肥的，例胖子。㈡ㄆㄢˊ pán 形大、安舒，例心廣體胖。(《禮記》〈大學〉)

09【胥】ㄒㄩ xū 名①蟹醬。②樂官。③古官名，掌官敍之事。④姓，晉有胥臣。動①待，例胥後命。(《史記》〈廉頗藺相如列傳〉)②輔佐、助，例與人相胥。(《管子》〈樞言〉)副①皆，都。②互相。

09【胚】ㄆㄟ pēi 名①婦人懷孕一月稱胚。②粗具輪廓而尚未完成的器物，例陶胚。③植物種子內形成的幼植物。④初期發育的生物體。

09【胄】ㄓㄡˋ zhòu 名①後代子孫，例裔胄。②帝王與貴族之長子，例胄子。

09【背】(一)ㄅㄟˋ bèi 名①胸部的後面，從後腰以上到頸下的部位。②物體的反面或後面。③堂北稱背。動①離開，引申有死亡意，例離鄉背井，慈父見背。②默記、默誦，例背課文。③違反，例棄理背義。形①僻靜，例背街。②運氣不好，例背運。 (二)ㄅㄟ bēi 動負荷，例背書包。

◆**背地、背景、背叛、背信、背誦、背道而馳 刀背、手背、見背、違背、靠背。**

09【胃】ㄨㄟˋ wèi 名①為消化道的一部分，上連食道，下接十二指腸，人類及一般動物為袋狀構造，反芻動物的胃則分四室，可容納大量食物，再緩慢地將食物送入小腸，以利消化吸收。本身亦可對蛋白質進行初步分解。②星宿名，二十八宿之一。

09【胛】ㄐㄧㄚˇ jiǎ 名背胛，背上兩臂之間。

09【胤】ㄧㄣˋ yìn 名後代、後嗣。動子孫世代相承繼。

09【胎】ㄊㄞ tāi 名①婦女懷孕三個月。②凡孕而尚未生者。③始，事物的根源，例禍生有胎。

◆**胎生、胎兒、胎教 胚胎、輪胎、禍胎、各懷鬼胎。**

09【胞】(一)ㄅㄠ bāo 名①包裹在胎兒外面的薄膜，例胞衣。②同父母所生的兄弟姊妹，例胞妹。③同國同種的人，例同胞。④泡瘡。(二)ㄆㄠ pāo 名膀胱。

09【胙】ㄗㄨㄛˋ zuò 名①福、祿，例天地所胙。(《國語》〈周語〉)②祭祀時用過的肉。

09【胗】(一)ㄓㄣ zhēn 名鳥類的胃，例雞胗。(二)ㄓㄣˇ zhěn 名①唇瘡。②皮膚上因病所引起的小紅點。

09【胝】ㄓ zhī 名「胼胝」：見「胼」字。

09【胠】ㄑㄩ qū 名①腋下。②古稱軍隊的右翼。動①通「阹」；阻攔。②從旁打開。

09【胡】ㄏㄨˊ hú 名①獸類頸下的垂肉。②壽，例胡考。③北狄。④同「瑚」；禮器，例胡簋之事。⑤姓，宋有胡三省。形①遐遠，例永受胡福。(《儀禮》

〈士冠禮〉)②謬妄，例胡亂。副①亂，例胡說。②何故、爲何，例胡能有定？(《詩經》〈邶風・日月〉)
◆胡扯、胡說、胡謅、胡言亂語、胡思亂想、胡說八道。

六 畫

10【胰】ㄧˊ yí 名內臟之一。功能爲蘭氏小島可分泌胰島素，調節醣的代謝；臟體可分泌胰液，由胰管送入十二指腸幫助消化。

10【脅】〔脇〕(脅)ㄒㄧㄝˊ xié 名胸部兩側有肋骨的部分。動①以威力相恐嚇，例强者脅弱。(《禮記》〈樂記〉)②責。③收斂，例脅息。

10【胺】ㄢ ān 名①肉腐敗而臭。②有機化學上假借以表氨(NH_3)之烴基衍生物，即氨中之氫爲炳基所取代而成之化合物。

10【胴】ㄉㄨㄥˋ dòng 名①大腸。②牲畜屠殺後自頭以下除去四肢、臟腑，即體腔。

10【脆】ㄘㄨㄟˋ cuì 形①不堅韌容易破碎。②輕，例風俗脆薄。③聲音清越。④簡捷爽快，例乾脆。⑤食品酥鬆好吃，例香脆可口。

10【脂】ㄓ zhī 名①凝結的油質，例膚如凝脂。(《詩經》〈衛風・碩人〉)②胭脂，例香脂。③姓，漢有脂習。

10【胳】ㄍㄜ gē 名①腋下。②從肩膀到手的部分，例胳臂。

10【能】ㄋㄥˊ néng 名①獸名，熊屬，足似鹿。②才能。③物理學上稱能作功的物體。④人才，例選賢與能。(《禮記》〈禮運〉)⑤日本古樂名，脫胎於猿樂，合舞樂謠曲而成。動①順、善。②勝任。③得、容，例相能。副可以，例你今天能不能來？
◆能幹、能言善辯、能屈能伸 功能、性能、智能、全知全能。

10【脊】ㄐㄧˇ jǐ ㄐㄧˊ jí 名①背中央的骨頭，有支持個體與保護脊髓的功能，共有三十三節。②居高而當中，例山脊。③條理，例有倫有脊。(《詩經》〈小雅・正月〉)④物體的背部，例刀脊。⑤氣象學中指伸展的氣壓較高區，最大曲率處之軌跡稱爲脊線。⑥屋頂兩斜坡相交處。

10【脈】ㄇㄛˋ mò ㄇㄞˋ mài 名①血管。②植物葉內的維管束。③水道，例水脈。④

事物貫通而有條理，例山脈。

12【胾】ㄗˋ zì 名切成大塊的肉。

12【胔】ㄗˋ zì 名有肉的骨。

10【胼】ㄆㄧㄢˊ pián 名「胼胝」：手上因勞動過度而長的厚皮。

10【胸】(匈) ㄒㄩㄥ xiōng 名①身體前面腹上喉下的部分。②人的懷抱氣量，例胸襟。③「胸腔」：由扁平如劍的胸骨，十二對拱形凸起如彈簧的肋骨及胸脊椎共同組成，保護著裡面的心和肺。

◆胸懷、胸有成竹、胸無點墨 擡頭挺胸。

10【胭】ㄧㄢ yān 名「胭脂」：婦女化妝用的一種紅色顏料；亦作燕脂。

10【胯】ㄎㄨㄚˋ kuà 名兩股之間。

10【胱】ㄍㄨㄤ guāng 名「膀胱」，見「膀」字。

七 畫

11【脯】ㄈㄨˇ fǔ 名①乾肉。②果實經蜜餞再晾乾，例杏脯。

11【脖】ㄅㄛˊ bó 名頭與身體相連的部分。

11【脣】ㄔㄨㄣˊ chún 名①嘴的邊緣。②「脣舌」：⑴比喻言詞，例我不想再多費脣舌了。⑵辯論用脣舌，故用以比喻口才。③邊緣。

◆脣亡齒寒、脣齒相依。

11【脤】ㄕㄣˋ shèn 名①生的祭肉。②臀。

11【脩】ㄒㄧㄡ xiū 名①乾肉條。②姓。動①同「修」；習，例脩德。②通「滌」；灑掃，例脩其祖廟。

11【脛】〔胫〕ㄐㄧㄥˋ jìng 名自膝下至踵的部分，俗稱小腿，例就杖叩其脛。(《論語》〈憲問〉)

11【脬】ㄆㄠ pāo 名膀胱。

11【脞】ㄘㄨㄛˇ cuǒ 形小、細碎。

11【脘】讀音ㄍㄨㄢˇ guǎn 語音ㄨㄢˇ wǎn 名胃腔。

11【脝】ㄏㄥ hēng 形「膨脝」，見「膨」字。

11【脫】㈠ ㄊㄨㄛ tuō 動①肉去其骨。②出，例言脫于口，而令行乎天下。(《管

子》〈覇形〉)③解、離，例脫掉。④遺、失，例脫漏。形①簡易、疏略，例無禮則脫。(《左傳》〈僖公三十二年〉)副或然之詞，例脫時過止，寒溫而已。(《世說新語》〈賞譽〉) ㈡ ㄊㄨㄛˇ tuǒ 動離開、逃開。

◆免脫、超脫、解脫、灑脫。

11【脰】ㄉㄡˋ dòu 名頸項，就是脖子。

11【脧】㈠ ㄐㄩㄢ juān 動①縮，例削脧。②剝削，例脧刻軍賜。 ㈡ ㄗㄨㄟ zuī 名小男孩的生殖器。

八 畫

12【腕】ㄨㄢˋ wàn 名手掌與臂下端相連處。

◆手腕、扼腕、割腕、懸腕、壯士斷腕。

12【腔】ㄑㄧㄤ qiāng 名①口、胸、腹中空處，例腹腔。②器物中空處，例砲腔。③聲調、曲調，例白雲不同腔。(黃庭堅詩)④口音，例南腔北調。

◆口腔、胸腔、體腔、裝腔作勢。

12【腋】讀音ㄧˋ yì 語音ㄧㄝˋ yè 名肩與臂交接的地方，例兩腋生風。

◆肘腋、狐腋、兩腋、集腋成裘。

12【腑】ㄈㄨˇ fǔ 名人體內部器官的總名。

12【腎】〔肾〕ㄕㄣˋ shèn 名內臟名，脊椎動物體內負責尿液的生成、排出，並調節血液之成分的器官，位於脊柱的兩側，形狀似蠶豆。

12【腆】ㄊㄧㄢˇ tiǎn 動凸出、挺出，例腆著肚子。形①豐厚，例不腆之儀。②善，例辭無不腆。(《禮記》〈郊特牲〉)

12【脹】〔胀〕ㄓㄤˋ zhàng 動器物漲滿，例膨脹。形①皮膚浮腫，例腫脹。②腹滿，例肚子脹。

12【腊】ㄒㄧˊ xí 名乾肉。動曬乾。形極，很。

12【腌】㈠ ㄤ āng 形「腌臢」：腥臭不清潔之意；亦作骯髒。 ㈡ ㄧㄢ yān 動以鹽漬物使不腐敗。

12【脾】ㄆㄧˊ pí 名內分泌腺之一，爲人體製造白血球的器官，在胃底的左側。

14【腐】ㄈㄨˇ fǔ 名「腐刑」：割去男性罪犯生殖器的刑罰；亦稱宮刑。動爛、臭敗。形①腐爛的。②迂腐，例腐見。③以豆腐製成的，例腐皮。

12【腴】ㄩˊ yú 名①腹下的肥肉。②豬犬的腸胃。③油脂。形肥美，例九州膏腴。(《漢書》〈地理志〉)

12【腓】ㄈㄟˊ féi 名①脛後肌肉突出之處，俗名腿肚。②斷足之刑。動①通「痱」；病。②庇護，例小人所腓。(《詩經》〈大雅・鹿鳴〉)

九 畫

13【腱】ㄐㄧㄢˋ jiàn 名位於肌肉前端强韌的結締組織，肌肉藉其而附著於骨或皮膚。

13【腰】ㄧㄠ yāo 名①胯骨以上肋骨以下的部分。②俗稱內腎爲腰。③地勢重要的部分。④地勢似腰形者，例土腰。⑤指事物中間部分，例山腰。動佩於腰間。

13【腥】ㄒㄧㄥ xīng 名①生肉。②腥臭。

13【腮】ㄙㄞ sāi 名面頰。

13【腸】〔肠〕ㄔㄤˊ cháng 名①消化管之一，分大腸、小腸，小腸司消化及吸收，大腸司排泄。②心地，例古道熱腸。

◆心腸、斷腸、肝腸寸斷、牽腸掛肚。

13【腳】(脚) 讀音ㄐㄩㄝˊ jué 語音ㄐㄧㄠˇ jiǎo 名①足。②器物的基部，例山腳、牆腳。③光影，例日腳。④正文下面添注或說明的文字，例注腳。

13【腫】〔肿〕ㄓㄨㄥˇ zhǒng 名癰疽。形①皮肉浮脹，例他哭得眼睛都腫了。②粗大，例臃腫。

13【腹】ㄈㄨˋ fù 名①胸腔與骨盤之間的部位，俗稱肚子。②正面、前面，例腹背受敵。

13【腺】ㄒㄧㄢˋ xiàn 名具有分泌機能的腺細胞的集合，由上皮組織分化而來的器官，可分內泌腺及外分泌腺兩種。

13【腠】ㄘㄡˋ còu 名肌肉的紋理。

13【腩】ㄋㄢˇ nǎn 名①乾肉。②美嫩的牛肉，例牛腩。

13【腦】〔脑〕ㄋㄠˇ nǎo 名控制動物神經的器官，共分爲五個部分，即大腦、中腦、小腦、橋腦、延腦；腦與連結於其後方的脊髓，組成中樞神經系統。

◆腦海、腦筋、腦滿腸肥 頭腦、肝腦塗地、絞盡腦汁、頭昏腦脹。

13【腡】〔腡〕ㄌㄨㄛˊ luó 图手的指紋。

13【腭】ㄜˋ è 图脊椎動物口腔內頂上分隔口腔與鼻腔的構造，前側硬的部分稱爲硬腭，後側稱爲軟腭。

13【腷】ㄅㄧˋ bì 動「腷臆」：憋住氣使不洩出。形「腷腷膊膊」：形容雞拍翅膀或冰裂開的聲音。

13【腼】ㄇㄧㄢˇ miǎn 形腼腆；害羞的樣子。

十 畫

14【膀】㈠ㄅㄤˇ bǎng 图①肩部和肩以下，肘以上的部位，例肩膀。②禽類的兩翼，例翅膀。 ㈡ㄆㄤˊ páng 图「膀胱」：在骨盆腔前方，由肌肉與黏膜形成，富彈性的囊，用以貯存尿液，收縮時可將尿液排出。 ㈢ㄅㄤˋ bàng 動「吊膀子」：兩性相誘。

14【膏】㈠ㄍㄠ gāo 图①肥肉。②脂油，例藥膏。③恩澤，例屯其膏。(《易經》〈屯卦〉)④煎製而成膠黏的半流質藥物或果汁，例枇杷膏。形①肥沃，例膏田。②甘美，例膏味。③「膏粱」：⑴肥肉和美穀，比喻美味的食物。⑵比喻富貴的人家。㈡ㄍㄠˋ gào 動①潤澤，例陰雨膏之。(《詩經》〈曹風·下泉〉)②添油。

◆膏火、膏肓 牙膏、油膏、焚膏繼晷、民脂民膏。

14【膈】ㄍㄜˊ gé 图體腔中分隔胸腔與腹腔筋肉質的膜。

14【膊】ㄅㄛˊ bó 图①通「脯」；曬乾的肉。②身體的上肢，接近肩膀的部分，例胳膊。動「赤膊」：裸露上身。

14【腿】ㄊㄨㄟˇ tuǐ 图脛和股的總稱，在膝蓋以上是股，稱爲大腿；在膝蓋以下的是脛，稱爲小腿。

14【膂】ㄌㄩˇ lǚ 图①脊骨。②「膂力」：體力

14【膃】ㄨㄚˋ wà 图「膃肭」：海獸名，屬海產的哺乳動物，頭似狗，俗稱海狗，體灰黑色，毛皮柔軟，可製裀褥等，腎可製藥。

十一 畫

15【膛】ㄊㄤˊ táng 名①胸腔，例胸膛。②物體的中空部分，例砲膛。形肥胖的樣子。

15【膜】㈠ㄇㄛˋ mò 名人體肌肉間所裹的薄皮，保護內部的組織，例腸膜。㈡ㄇㄛˊ mó 動對於神佛以及尊者，舉雙手伏地跪拜，以表示尊敬和恭順的態度，稱爲膜拜。

15【膚】〔肤〕ㄈㄨ fū 名身體的表皮。形①浮淺，例膚泛。②大，例以奏膚公。(《詩經》〈小雅・六月〉)③美，例公孫碩膚。(《詩經》〈豳風・狼跋〉)

15【膝】ㄒㄧ xī 名人體大腿與小腿相連處而可以屈伸的外部關節。

◆膝下、膝下猶虛　屈膝、促膝。

15【膣】ㄓˋ zhì 名女性生殖器的一部；亦稱陰道。在直腸與膀胱之間，位於子宮下部。

15【膠】〔胶〕ㄐㄧㄠ jiāo 名①以動物皮角煮成的黏質物。②樹皮所分泌的黏液，例杏膠。③橡膠或塑膠的簡稱。④姓，周有膠鬲。動①黏著。②欺，例牽膠言而踰侈。(左思〈魏都賦〉)形固著，例德音孔膠。(《詩經》〈小雅・隰桑〉)

十二　畫

16【膳】ㄕㄢˋ shàn 名飯食，例早膳。動進，例宰夫膳稻于梁西。(《儀禮》〈公食大夫禮〉)

16【膩】〔腻〕ㄋㄧˋ nì 名油垢、汙穢，例垢膩。動憎厭，例膩煩。形食物的油脂過多，例油膩。

◆玩膩、肥膩、細膩、柔膩。

16【膨】ㄆㄥˊ péng 名「膨脹」：物質因溫度增加或壓力降低，而體積增加的現象。形「膨脝」：腹大的樣子。

16【膰】ㄈㄢˊ fán 名宗廟祭祀所用的熟肉。

16【膴】㈠ㄏㄨ hū 名①去骨的乾肉。②大塊魚肉。③法，例民雖靡膴。(《詩經》〈小雅・小旻〉)　㈡ㄨˇ wǔ 形美、厚。

16【膦】ㄌㄧㄣˊ lín 名有機化合物磷氫的特稱。

16【膵】ㄘㄨㄟˋ cuì 名即胰臟，分泌消化液的器官，例膵臟。

十三 畫

17【臃】ㄩㄥˇ yǒng ㄩㄥ yōng 形腫。

17【膺】ㄧㄥ yīng 名①胸，例拊膺。②馬帶。動①伐擊，例是周公所膺也。（《孟子》〈滕文公〉）②當、受，例膺天命。

17【臂】ㄅㄧˋ bì ㄅㄟˋ bèi 名①人體從肩胛到腕骨的部分。②弩柄。③動物的前肢。

◆手臂、斷臂、一臂之力、螳臂擋車。

17【膿】〔脓〕讀音ㄋㄨㄥˊ nóng 語音ㄋㄥˊ néng 名癰疽潰爛而成汁。動爛，例草悉膿死。（賈思勰《齊民要術》）

17【膽】〔胆〕ㄉㄢˇ dǎn 名①肝臟右旁圓形的消化器官，能分泌膽汁，味苦。②勇氣，例大膽。③器物的內部，例瓶膽。

◆膽怯、膽略、膽寒、膽識、膽固醇、膽大包天、膽戰心驚。

17【臉】〔脸〕ㄌㄧㄢˇ liǎn 名①面部，例臉頰。②顏面，例沒臉見人。

◆臉譜　玉臉、丟臉、洗臉、愁臉、翻臉無情。

17【膾】〔脍〕ㄎㄨㄞˋ kuài 名細切的肉絲。動切割，例膾不厭細。（《論語》〈鄉黨〉）

17【羶】ㄕㄢ shān 名羊臭味。

17【臀】ㄊㄨㄣˊ tún 名①兩股上端與腰相連的部位。②器物的底。

17【臄】ㄐㄩㄝˊ jué 名上顎。

17【臆】ㄧˋ yì 名①胸部，例人生有情淚沾臆。（杜甫〈哀江頭詩〉）②懷抱，例胸臆。

17【臊】㈠ㄙㄠ sāo 名腥臭氣，例羊臊。㈡ㄙㄠˋ sào 形害羞。

17【臌】ㄍㄨˇ gǔ 動膨脹，例氣臌。

十四 畫

18【臍】〔脐〕ㄑㄧˊ qí 名①胎兒初生時，有臍帶繫於胞衣，帶脫之處即為臍。②蟹的腹下硬甲，雄的尖形，雌的圓形。

18【臏】〔膑〕ㄅㄧㄣˋ bìn 名①膝蓋骨。②古代五刑之一，削去膝蓋骨。

十五 畫

19【臘】〔腊〕ㄌㄚˋ là 名①祭名，冬至後三戌合祭衆神。②僧徒受戒得度的年歲，例僧臘。③醃漬魚肉爲臘。④兩面刄。⑤農曆十二月。

19【臕】ㄅㄧㄠ biāo 名①肥盛的脂肪。②肥壯。

十六 畫

20【臚】〔胪〕ㄌㄨˊ lú 名①腹前。②皮膚。動①陳列，例臚列。②傳，例聽臚言於市。(《國語》〈晋語〉)

20【臙】ㄧㄢ yān 名同「胭」。

十七 畫

21【臝】ㄌㄨㄛˇ luǒ 名短毛的野獸。形通「裸」，不穿衣服。

十八 畫

22【臟】〔脏〕ㄗㄤˋ zàng 名人體胸腹內各器官的總稱。

十九 畫

25【臠】〔脔〕ㄌㄨㄢˊ luán ㄌㄩㄢˇ lüǎn 名切成塊狀的肉。

25【臢】〔臜〕ㄗㄤ zāng ㄗㄚ zā 形「腌臢」，見「腌」字。

臣 部

06【臣】ㄔㄣˊ chén 名①古人對話時自謙的稱詞。②君主時代官吏對國君的自稱，例君使臣以禮，臣事君以忠。(《論語》〈八佾〉)③君主時代人民對國君亦自稱臣。④姓，唐有臣悅。動①服從、使人屈服。②統屬。

◆奸臣、君臣、弄臣、忠臣、羣臣。

二 畫

08【臥】〔卧〕ㄨㄛˋ wò 動①休息、睡覺，例醉臥。②躺下、倒下，例仰臥、臥倒。③鳥獸等趴伏著，稱爲臥，例狗臥在沙發上。④橫置，例長橋臥波。⑤指隱遁，例高臥東山。

八 畫

14【臧】ㄗㄤ zāng 名①奴婢之賤稱。②通「贜」；

竊盜所得的財物。③姓，漢有臧洪。形善，例不忮不求，何用不臧。(《詩經》〈邶風．雄雉〉)

十一 畫

17【臨】〔临〕㈠ㄌㄧㄣˊ lín 名①《易經》卦名，兌下坤上。②姓，漢有臨孝存。動①從高處往下看。②治，例臨下以簡。(《尚書》〈大禹謨〉)③到，例身臨其境、親臨指導。④書畫的摹仿，例臨帖、臨摹。⑤依傍、靠近，例臨窗而坐。⑥當，例臨大節而不可奪也。(《論語》〈泰伯〉)⑦登，例士爭臨城死敵。(《史記》〈田叔列傳〉) ㈡ㄌㄧㄣˋ lìn 動哭弔，例卜臨於大宮。(《左傳》〈宣公十二年〉)

◆臨幸、臨時、臨眺、臨終、臨危授命、臨陣脫逃、臨淵羨魚、臨陣磨槍、臨機應變 光臨、登臨、駕臨、居高臨下、如臨深淵。

自 部

06【自】ㄗˋ zì 名起源的地方，例其來有自。形①主動的，不是被動或受到干涉的，例自覺、自願。②必然的、當然的，例不努力自將失敗。③不期然而然，毫無勉强之意，例自然。④舒適的樣子，例自在。副①己身，例自掃門前雪。介從、由，例有朋自遠方來，不亦說乎？(《論語》〈學而〉)連①如果，表假設語氣，例自非聖人，外寧必有內憂。(《左傳》〈成公十六年〉)②雖然。

◆自力、自大、自足、自私、自制、自負、自信、自動、自强、自誇、自豪、自滿、自衛、自不量力、自甘墮落、自求多福、自投羅網、自告奮勇、自相矛盾、自圓其說、自慚形穢、自鳴得意、自暴自棄、自顧不暇 各自、獨自、親自、不自量力、咎由自取。

四 畫

10【臭】㈠ㄔㄡˋ chòu 名①難聞的氣味，香的對稱，例腥臭。②惡名，例遺臭萬年。③氣的總名。形①有惡劣氣味的，例銅臭味。②感情不好，例他們本來是好友，近來忽然臭了。③劇烈的，例臭打、臭罵。④無價值、不受歡迎，例近來某銀行的票子很臭。 ㈡ㄒㄧㄡˋ xiù 名氣味，例其臭如蘭。(《易經》〈繫辭〉)動通「嗅」；聞。

10【臬】ㄋㄧㄝˋ niè 名①箭靶子，借用為標準、法度的代稱，例奉爲圭臯。②邊際，例其深不測，其廣無臯。(王粲〈遊海賦〉)③門當中豎立的短木。

六 畫

12【皐】(皋)ㄍㄠ gāo 名①水邊的地方，例江皐。②水澤，低窪有水之處。③水田。④高地，例登東皐以舒嘯。(陶潛〈歸去來辭〉)⑤通「彪」；虎皮，例皐比。⑥水名。⑦姓。

十 畫

16【臲】ㄋㄧㄝˋ niè 副不安的樣子。

至 部

06【至】ㄓˋ zhì 名節令名，例冬至。動到，來，例鳳鳥不至。形①最好的、最親近的，例至親。②最、極，例止於至善。

◆**至友、至交、至性、至情、至尊、至誠、至理名言。**

三 畫

09【致】ㄓˋ zhì 名情趣、意態，例興致。動①送給，例致贈。②窮盡，例人未有自致者也，必也親喪乎。(《論語》〈子張〉)③委，例事君能致其身。(《論語》〈學而〉)④歸還，例退而致仕。(《公羊傳》〈宣公元年〉)⑤推極、窮究，例致知在格物。(《禮記》〈大學〉)⑥引來，例羅致賢人。⑦表示，例致賀、致敬。形通「緻」；密，例密致。

◆**致力、致用、致富、致意、致辭、一致、招致、雅致、極致、景致。**

八 畫

14【臺】〔台〕ㄊㄞˊ tái 名①高而平，可眺望四方的建築物，例瞭望臺。②凡據地稍高，可供人活動或觀望的建築，例舞臺、陽臺。③器物的底座，例燭臺、硯臺。④對人尊稱的敬辭，例兄臺。⑤觀測天象或發送電訊的機構名稱，例天文臺、電視臺。⑥量詞，例兩臺機器。⑦臺灣省的簡稱。⑧姓，近代有臺靜農。

十 畫

16【臻】ㄓㄣ zhēn 動①聚，例百祿咸來臻。(《古樂章》〈天命〉)②及，達到，例澤臻四表。(《後漢書》〈章帝紀〉)

臼部

06【臼】ㄐㄧㄡˋ jiù 名①舂米的器具，古時掘地爲臼，後以木、石爲臼，形似盆子，例石臼。②臼窠，指陳舊的格調；亦作臼科、窠臼。形像臼的，例臼齒。

二畫

08【臾】㈠ㄩˊ yú 名①極短的時間，例須臾。②姓，春秋晉有臾駢。 ㈡ㄩㄥˇ yǒng 動勸導，慫慂，例縱臾。

三畫

09【臿】ㄔㄚ chā 名同「鍤」；挖土用的鐵鍬。動同「插」；參入其間，例雜臿其間。

四畫

10【舀】ㄧㄠˇ yǎo ㄨㄞˇ wǎi ㄎㄨㄞˇ kuǎi 名汲取液體的器具，例舀子。動①用瓢、杓汲取水或其他液體，例舀水、舀湯。②舂畢把臼中的東西取出。

五畫

11【舂】ㄔㄨㄥ chōng 名①古刑罰之一，婦女犯罪時所受的刑罰。②擣粟去殼及擣米使之精熟的事。動①把穀或糙米放在石臼裡，搗去皮殼。②搗，突擊。

六畫

12【舄】ㄒㄧˋ xì 名①通「潟」，土性帶鹹而瘠薄的地方。②鞋，以木頭置鞋底下，乾臘後不怕泥溼，就是雙重底的鞋子。形大。

七畫

13【舅】ㄐㄧㄡˋ jiù 名①母親的兄弟稱舅。②妻的兄弟；亦稱舅，例郎舅。③稱丈夫的父親。④稱妻子的父親爲外舅。⑤古時天子稱異性大邦諸侯爲伯舅，子邦諸侯爲叔舅。

14【與】〔与〕㈠ㄩˇ yǔ 名①共事的人。②姓。動①推舉，例選賢與能。②給予，例又與人者，不問其所欲。(《禮記》〈曲禮〉)③贊成、贊許。④贊助，例豈無當世雄？天道與胡兵。(陳子昂〈感遇詩〉)⑤跟從，依附，例桓公知天下諸侯多與己也。(《國語》〈晉語〉)⑥親附、交好，例以禮相與。⑦對付、對待，例龐煖易與耳。(《史記》〈燕世家〉)⑧等待，例歲不我與。(《論語》〈陽貨〉)介①表示動作的終點、目的或結果，附於述語之後，例我送與林小姐一幅畫。②爲、被，表示被動的語態，例遂與勾踐禽死於干隧。(《戰國策》〈秦策〉)連與其，例與人刃我，寧自刃。(《史記》〈魯仲連鄒陽列傳〉) ㈡ ㄩˋ yù 動參加，例參與其事。 ㈢ ㄩˊ yú 助同「歟」；語末助詞，例孝弟也者，其爲仁之本與。(《論語》〈學而〉)

◆**與人爲善、與世無爭、與虎謀皮、與衆不同 給與、贈與、賞與、參與、黨與。**

九 畫

16【興】〔兴〕㈠ ㄒㄧㄥ xīng 動①起，例夙興夜寐。②發動、興建，例大興土木。③盛行、流行，例時興。④准許，例不興你偷懶。形昌盛，例興隆。 ㈡ ㄒㄧㄥˋ xìng 名①詩的一種，風、雅、頌、賦、比、興並稱六義。②趣味，例乘興而來。

◆**興旺、興衰、興盛、興高采烈、興師問罪 中興、勃興、振興、隆興、復興。**

十 畫

17【舉】〔举〕ㄐㄩˇ jǔ 名①姓。②動作、行爲，例舉止。動①興起，例舉兵。②提示，例舉例。③推選，例選舉。④抬起來，揚起，例舉頭望明月。副指全體、全部，例舉國。

◆**舉世、舉行、舉國、舉發、舉辦、舉手投足、舉目無親、舉棋不定 列舉、善舉、推舉、不勝枚舉。**

十二 畫

18【舊】〔旧〕ㄐㄧㄡˋ jiù 名故交，例故舊。形①新的對稱，原有的或過去的，經過長久時間的，例舊文化。②東西用久或經過長時間的。

◆**舊好、舊交、舊習、舊觀、舊雨新知、舊調重彈 陳舊、念舊、懷舊、喜新厭舊。**

舌 部

06【舌】ㄕㄜˊ shé 名①脊椎動物口中突起的肌肉質可活動器官。又稱舌頭。人的舌頭具有攝取食物、調節發音、辨別味覺等功能。②器具上像舌頭一樣的部分，例筆舌、鈴舌。③簸箕盛物之處稱舌。

◆口舌、長舌、巧舌、饒舌。

二畫

08【舍】㈠ㄕㄜˋ shè 名①房屋，例宿舍。②賓客休息的地方。③謙稱自己的家，例寒舍。④古時行軍三十里爲一舍。⑤稱一宿爲舍，即休息一夜。形謙稱自己卑幼的親屬或親戚，例舍妹、舍弟。 ㈡ㄕㄜˇ shě 動①通「捨」；棄。②休息、停止。③除開，例當今之世，舍我其誰？（《孟子》〈公孫丑下〉）④大陸用作「捨」（ㄕㄜˇ）的簡化字。

四畫

10【舐】ㄕˋ shì 動用舌頭舔東西。

◆舐犢情深。

六畫

12【舒】ㄕㄨ shū 名姓，唐有舒元輿。動伸展，例舒活筋骨。形①遲緩、從容不迫，例舒遲、舒慢。②安適，例舒閒。

◆舒服、舒泰、舒展、舒暢、舒適、舒緩、舒懷。

八畫

14【舔】ㄊㄧㄢˇ tiǎn 動用舌頭與東西接觸。

九畫

15【舖】㈠ㄆㄨ pū ㈡ㄆㄨˋ pù「鋪」的俗字。

十畫

16【舘】ㄍㄨㄢˇ guǎn「館」的俗字。

舛部

06【舛】ㄔㄨㄢˇ chuǎn 動違背、不順利，例命途多舛。形錯誤，例舛誤、舛訛。

六畫

12【舜】ㄕㄨㄣˋ shùn 名①古虞帝名，姓姚，名重華，受堯禪讓而有天下，國號虞。②木槿的別名。③姓。

八畫

14【舞】ㄨˇ wǔ 名①依照一定的節奏移轉身體，表演各種姿態。在古代，舞爲重大的禮儀，每年教師節皆有此種儀式。②姓。動①耍動、揮動，例舞劍。②飛翔，例雪花飛舞。③使之起舞，例舞幽壑之潛蛟。(蘇軾〈前赤壁賦〉)④作，例舞弊。

◆舞弄、舞蹈、舞文弄墨　跳舞、鼓舞、翔舞、輕歌妙舞、燕歌趙舞。

舟　部

06【舟】ㄓㄡ zhōu 名①小船，例盪舟。②佩帶，例何以舟之？維玉及瑤。(《詩經》〈大雅・公劉〉)③姓，春秋虢有舟子僑。

◆泛舟、孤舟、輕舟、扁舟、同舟共濟、刻舟求劍、木已成舟。

二　畫

08【舠】ㄉㄠ dāo 名形狀如刀的小船。

三　畫

09【舢】ㄕㄢ shān 名小船。

09【舡】ㄒㄧㄤ xiāng 名船。

四　畫

10【舫】ㄈㄤˇ făng 名①船的通稱，例畫舫、遊舫。②並列的兩船。

10【般】㈠ㄅㄢ bān 名①種類，例萬般無奈。②等、樣，例這般、那般光景。動①通「班」；還，例般師還朝。②頒賜。③搬，轉運。形①同樣的，例如手足般的情誼。②普通的、大多數的，例一般。　㈡ㄆㄢˊ pán 名①《詩經》〈周頌〉篇名。②通「磐」；山石。動①樂，例纔人般矣。(《荀子》〈賦〉)②流連不進。形盛，大，例般樂飲酒。(《孟子》〈盡心上〉)　㈢ㄅㄛ bō 名梵文的音譯。

10【航】ㄏㄤˊ háng 名①舟，船。②連舟而成的浮橋。動①行船，例航海。②飛行，例航空。

五　畫

11【舷】ㄒㄧㄢˊ xián 名船邊，例叩舷而歌之。(蘇軾〈前赤壁賦〉)

11【舶】ㄅㄛˊ bó 名航行在海洋的大船。

11【舲】ㄌㄧㄥˊ líng 名兩面有窗的小船。

11【舳】讀音ㄓㄨˊ zhú 語音ㄓㄡˊ zhóu 名①船。②船尾。③船尾把舵的地方。

11【舴】ㄗㄜˊ zé 名「舴艋」：小船。

11【舸】ㄍㄜˇ gě 名大船。

11【舵】ㄉㄨㄛˋ duò 名①設置船尾，以正方向的工具。②泛指交通工具上管制方向的設備。③比喻奮鬥的方針或憑藉。

11【船】ㄔㄨㄢˊ chuán 名①航行水上的主要交通工具，例輪船。②形狀或作用像船的東西，例太空船。③衣領。

七 畫

13【艇】ㄊㄧㄥˇ tǐng 名①狹長的小船，例汽艇、遊艇。②大型船，例潛水艇。

13【艄】ㄕㄠ shāo 名船尾。

八 畫

14【艋】ㄇㄥˇ měng 名「舴艋」，見「舴」字。

九 畫

14【艏】ㄕㄡˇ shǒu 名「艗艏」，見「艗」字。

十 畫

16【艘】ㄙㄠ sāo ㄙㄡ sōu 名①船的總稱。②量詞，計算船隻數目的單位，例一艘軍艦。③大船。

16【艙】〔舱〕ㄘㄤ cāng 名船或飛機可容納客人及貨物的部位，例貨艙、機艙。

16【艗】ㄧˋ yì 名「艗艏」：船頭。

十二 畫

18【艟】ㄊㄨㄥˊ tóng 名「艨艟」，見「艨」字。

十三 畫

19【艤】ㄧˇ yǐ 動①停船靠岸。②指繫留。

十四 畫

20【艦】〔舰〕ㄐㄧㄢˋ jiàn 名戰船，例驅逐艦、艦隊。

20【艨】ㄇㄥˊ méng 名「艨艟」：狹長的戰船，有衝襲敵船的功用。

十六畫

22【艫】〔舻〕ㄌㄨˊ lú 名舳艫，一曰船頭。

艮部

06【艮】㈠ㄍㄣˋ gèn 名①八卦之一，卦形爲☶，其象爲山，少男，青年。②時辰名，即淸晨二時至四時。③姓。㈡ㄍㄣˇ gěn 形①食物堅韌不脆。②耿直的性子。③衣飾簡略無華彩。④語言無曲折。

一畫

07【良】ㄌㄧㄤˊ liáng 名①善美、淸白的人。②婦人稱丈夫，例良人。③身家淸白的人，例逼良爲娼。④姓，春秋鄭有良佐。形①善、賢，例良師、良策。②美好的、優秀的，例良材、良宵。③吉利的，例良日吉時。④天賦的，本然的，例良知、良能。副①確實、果然，例良有以也。②很、甚，例感觸良多。

◆良久、良心、良機、良辰美景、良莠不齊、良藥苦口 天良、善良、賢良、優良、改良。

十一畫

17【艱】〔艰〕ㄐㄧㄢ jiān 名①患難，困難。②險阻的地方。③憂遭父母之喪曰丁憂，亦曰丁艱。形險。

色部

06【色】㈠ㄙㄜˋ sè 名①視覺感受到的光，稱爲可視光(波長3800～7800埃)，對於波長熱能分布差異狀況能予以識別的視覺感受即色。②面容、神情，例和顏悅色。③女色、美色。④景象。⑤種類，例各色貨樣。⑥品質，指金銀的成分，例成色。⑦腳色。⑧性慾，例色情。⑨佛家語，凡事物足能引起變化滯礙者，稱之爲色。動①訪求，例物色。②生氣發怒。 ㈡ㄕㄞˇ shǎi 名顏色、光色的色之語音。 ㈢ㄕㄜˋ shè 名俗稱男子的性慾衝動。

◆色如死灰、色衰愛弛 彩色、姿色、神色、特色、暮色、巧言令色、英雄本色、國色天香、喜形於色。

五畫

11【艴】ㄈㄨˊ fú 副生氣而面色改變，例艴然。

艸 部

06【艸】ㄘㄠˇ cǎo 名百草的總稱，經典相承作「草」。

二 畫

06【艾】㈠ㄞˋ ài 名①菊科艾屬。多年生草本，揉之有香氣，嫩葉供食用，老葉揉成艾絨，可以灸病及製印泥。②五十歲人，例五十曰艾。(《禮記》〈曲禮上〉)③姓，宋有艾仲儒。動①停止、斷絕，例方興未艾。②盡、久，例夜未艾。(《詩經》〈小雅・庭燎〉)③報答，例艾人必豐。(《國語》〈周語上〉)形美好，例少艾。副「艾艾」：口吃。 ㈡ㄧˋ yì 動同「刈」；割草。

06【艽】㈠ㄑㄧㄡˊ qiú 名荒遠的地方。 ㈡ㄐㄧㄠ jiāo 名草名，葉闊而長，夏開紫花，根黃色，可供藥用。

三 畫

07【芋】ㄩˋ yù 名蔬類植物，多年生草本，為圓塊狀，埋於地下，可供食用，俗稱芋頭。

07【芃】ㄆㄥˊ péng 形草木茂盛的樣子。

07【芒】ㄇㄤˊ máng 名①禾本科。多年生草本植物，葉細長而尖，莖葉可用來修補屋頂或製草鞋。②植物莖、葉、果實尖端所生的細毛或刺，例稻芒、麥芒。③刀劍的鋒利部分，例鋒芒。④四射的光線，例光芒。⑤通「茫」，模糊，蒙昧。⑥姓，周有芒卯。

07【芄】ㄨㄢˊ wán 名「芄蘭」：蔓草名，莖有乳白色汁液，可食，夏開紫色花。

07【芊】ㄑㄧㄢ qiān 形「芊芊」：草木茂盛的樣子。

07【芑】ㄑㄧˇ qǐ 名①長白苗的穀類植物，即白粱粟子。②野菜名，形似苦菜，摘其葉有白汁流出，可生吃或蒸熟吃。

07【芍】讀音ㄕㄠˊ sháo 語音ㄕㄨㄛˋ shuò 名「芍藥」：毛茛科，多年生草本，地下有圓柱形或紡錘形塊根。花大頂生成腋生，與牡丹相似，白色或粉紅色。

07【芎】ㄑㄩㄥ qiōng ㄒㄩㄥ xiōng ㄑㄩㄥˊ qióng 名香草名，產於四川者名

川芎。

07【芐】ㄏㄨˋ hù [名]藥草名，即地黃。

四　畫

08【芳】ㄈㄤ fāng [名]美好的德行聲譽，[例]流芳百世。[形]①原專指花草等的香氣，後引申爲衆香氣之稱。②美好的，含敬稱他人之意，[例]芳隣。

08【芝】ㄓ zhī [名]①寄生於枯木的一種菌類，古人視爲瑞草，用以象徵祥瑞、長壽，故又名「靈芝」。②同「芷」；香草名，[例]芝蘭。

08【芙】ㄈㄨˊ fú [名]①「芙蓉」：⑴荷花的別名。⑵落葉灌木，花有白紅黃色。②「芙蕖」：荷花之別名。

08【芭】㈠ㄅㄚ bā [名]香草名。㈡ㄆㄚ pā [名]同「葩」；花。

08【芽】ㄧㄚˊ yá [名]①植物初生的嫩苗，[例]豆芽。②事物的起始。③礦苗。

◆**麥芽、萌芽、發芽、新芽、綠芽、嫩芽。**

08【芟】ㄕㄢ shān [名]大鐮刀。[動]①割草。②同「刪」；削除，[例]芟除寇賊。

10【芻】〔刍〕ㄔㄨˊ chú [名]①飼養牲畜的乾草。②吃草的牲口，[例]芻豢。[動]①割草，[例]芻蕘。②餵養牲畜。

08【芹】ㄑㄧㄣˊ qín [名]菜名，繖形科二年生植物；亦稱洋芹。葉柄發達多肉，呈濃綠色，有縱條，富維他命B，可助血液循環，有健腦的功效。

08【芣】ㄈㄡˊ fóu [名]「芣苡」：草名，可製藥。

08【花】ㄏㄨㄚ huā [名]①植物體的一部分，生於莖枝之上，由花冠、花萼、花蕊等所組成。②痘，[例]天花。③像花的東西，[例]浪花、雪花。④姓，唐有花季睦。[動]用，[例]花錢。[形]①模糊不清，[例]眼花。②雜色，[例]花貓。③種類繁多，[例]花絮。④巧妙的、虛假的，[例]花言巧語。⑤指娼妓或聲色場合的，[例]吃花酒，花街柳巷。

◆**花期、花魁、花樣　火花、探花、落花、煙花、開花、百花齊放、昨日黃花。**

08【芬】ㄈㄣ fēn [名]美好的德行名聲。[形]①泛指一切香氣，[例]芬芳。②同「墳」；隆起的樣子。[副]同「紛」；衆多的樣子。

08【芩】ㄑㄧㄣˊ qín 名①禾本科植物，蔓生在沼澤中低鹹的地方。②「黃芩」：草名，可作藥。

08【芫】ㄩㄢˊ yuán 名①「芫花」：瑞香科。落葉小灌木。本省平地及山麓產。花蕾供藥用，葉及根可以毒魚。②「芫荽」：蔬菜植物，是一種香菜，可以食用。

08【芥】ㄐㄧㄝˋ jiè 名①十字花科蕓薹屬。莖葉皆有辣味，供食用，種子辛辣更甚，磨成粉末，可供辛香料及藥用。②小草，引申爲輕賤纖細的事物，例草芥。

08【芮】ㄖㄨㄟˋ ruì 名①古國名，位於今陝西省朝邑縣南的芮城。②繫在盾上的綬帶。③同「汭」；水邊。④姓，三國有芮玄。形細小的樣子，例蕞芮。

08【芨】ㄐㄧˋ jì 名生長於水中的一年生植物，果實爲堅閉果，稱爲芨實；亦作菱或菱角。

08【芷】ㄓˇ zhǐ 名①香草名；亦作白芷。②香草根。

08【芸】ㄩㄣˊ yún 名香草名；亦名「芸香」。動同「耘」；除草。形花枯黃的樣子，例芸黃。

08【芾】㈠ㄈㄟˋ fèi 名姓。形①微小的樣子。②草木茂盛的樣子，例芾芾。㈡ㄈㄨˊ fú 名同「韍」；韋皮所做，用來蔽膝的東西。

08【芡】ㄑㄧㄢˋ qiàn 名①「芡實」：睡蓮科。一年生水草本。夏季開帶紫色的花。種子球形，仁可供食用；地下莖也可食用。②烹調時加於湯汁使成糊狀的粉，例勾芡。

08【芯】㈠ㄒㄧㄣ xīn 名草名，莖的中心潔白鬆軟，可用以燃燈，俗稱燈芯草。㈡ㄒㄧㄣˋ xìn 名稱花草木葉的中心。

08【芘】ㄆㄧˇ pǐ 名煤焦油裏含著的一種有機化合物。

08【芼】ㄇㄠˋ mào 動采擇，例參差荇菜，左右芼之。(《詩經》〈關雎〉)

08【芪】(蓍)ㄑㄧˊ qí 名藥草名。

五 畫

09【范】ㄈㄢˋ fàn 名①蜂的別稱。②通「範」，

「笵」，模型，法則。③姓，宋有范仲淹。④大陸用作「範」(ㄈㄢˋ)的簡化字。動用模型鑄器。

09【苛】ㄎㄜ kē ㄏㄜˊ hé 名①「苛蕘」：草名。②同「疴」；疾病。動煩擾。形①刻薄的、煩細的，例苛政猛於虎。②急切，例涼風嚴苛。

09【苧】〔苎〕ㄓㄨˋ zhù 名麻的一種，蕁麻科，半灌木。葉片下面密生交織白色柔毛。

09【苣】ㄐㄩˋ jù 名①蔬類植物，例萵苣。②同「炬」；火把。

09【茂】ㄇㄠˋ mào 形①草木豐盛的樣子，例茂林修竹。②盛、旺。③美好，例茂才奇能。

09【苒】ㄖㄢˇ rǎn 形①草盛的樣子。②輕柔的樣子，例苒苒。

09【茅】ㄇㄠˊ máo 名①多年生草本，有白、黃、青數種，可以蓋屋、製繩。②姓，明有茅坤。形茅草蓋成的，例茅廁。

09【茁】ㄓㄨㄛˊ zhuó 形①草初生的樣子。②生長壯大的樣子，例茁壯。

09【苦】ㄎㄨˇ kǔ 名五味之一，和甜相反的滋味，例酸、甜、苦、辣、鹹。動①勞煩，例不以爲苦。②憂慮。形①難以忍受的感覺，例痛苦。②艱辛，例勞苦功高。副竭盡所能，例苦口婆心。

◆困苦、辛苦、刻苦、疾苦、貧苦。

09【苜】ㄇㄨˋ mù 名「苜蓿」：豆科。一年生草本。花黃色，莢果螺旋形，具兩排細刺。

09【苑】㈠ㄩㄢˋ yuàn 名①飼養禽獸的園囿，例鹿苑。②人物聚集的地方，例文苑。 ㈡ㄩˋ yù 動鬱積，例苑結。 ㈢ㄩㄢˊ yuán 名姓，東漢有苑康。

◆花苑、故苑、宮苑、御苑、禁苑。

09【苞】ㄅㄠ bāo 名①草名，莖可織蓆。②植物花托上像葉的小片，在花未開放之前包著花朵，例含苞待放。動同「泡」；包裹。形草木豐盛，例竹苞松茂。

09【苓】ㄌㄧㄥˊ líng 名香草名。動同「零」；零落，例苓落。

09【苟】ㄍㄡˇ gǒu 名姓，晉有苟晞。形草率、馬虎，例一絲不苟。副①假使、如果。②暫顧一時、隨便地。③眞誠地。

09【茄】㈠ㄑㄧㄝˊ qié 名蔬菜類植物，一年生草本，葉橢圓，花紫色。果實長圓形，或紫或青，可供食用。 ㈡ㄐㄧㄚ jiā 名荷莖。

09【苕】ㄊㄧㄠˊ tiáo 名①蔓生木本植物，秋日開黃赤色花。②葦花，枝條可作掃帚。

09【苙】ㄌㄧˋ lì 名①關閉牲畜的柵欄。②藥草名，即白芷。

09【若】㈠ㄖㄨㄛˋ ruò 名①香草名，即杜若。②姓，漢有若章。 代文言文中當「你」字講，例若輩。動①好像，例若有若無。②及、達到，例不若。副①奈何，例若何。②乃。連①假設之詞。②表示選擇，猶言或。㈡ㄖㄜˇ rě 名「般若」：佛家語，智慧的意思。

09【苡】ㄧˇ yǐ 名同「苢」。

09【茉】ㄇㄛˋ mò 名「茉莉」：木犀科。半落葉性且爲蔓性之灌木。花黃白色而有馨香，可製香片茶。

09【苫】ㄕㄢ shān 名①用茅草編成的草蓋，用以覆蓋屋頂。②居喪時用的草薦。③姓，春秋魯國有苫夷。

09【苴】㈠ㄐㄩ jū 名有子的麻。動包裹。 ㈡ㄐㄩˇ jǔ 名古時加於鞋裡的草墊。

09【苶】(茶)ㄋㄧㄝˊ nié 形疲倦的樣子。

09【苗】ㄇㄧㄠˊ miáo 名①初生的動植物，例魚苗、麥苗。②子孫，例苗裔。③事物的端緒，例愛苗、火苗。④族名。古稱三苗、有苗，分布在今湖南、貴州、雲南、四川、西藏等地。⑤古地名，在今河南省濟源縣西。⑥姓，漢有苗浦。動旱夭。形不柔順，例這孩子眞苗。

◆禾苗、稻苗、樹苗、揠苗助長。

09【苹】ㄆㄧㄥˊ píng 名①蒿的一種。②同「萍」；水上浮萍。③同「蘋」，例苹果。

09【英】ㄧㄥ yīng 名①植物的花，例落英繽紛。②才德出衆的人，例英才。③物的精華。④古時矛上裝飾的鳥羽。⑤似玉之美石。⑥姓，漢有英布。形①豪雄的，例英氣逼人。②秀美，例才德英茂。

◆英武、英俊、英勇、英挺　落英、精英、羣英、含英咀華、雄姿英發。

09【苻】ㄈㄨˊ fú 名①一年生草本，莖似葛，葉圓有毛。②姓，前秦有苻堅。

09【苾】ㄅㄧˋ bì 形馨香。

09【茀】ㄈㄨˊ fú 名①首飾。②同「福」；福氣，例茀祿。③設於車前後的帷簾。④通「紼」；牽引棺柩之繩。動①雜草蔽路。②整治。形草木茂盛的樣子，例茀茀。

09【茆】ㄇㄠˇ mǎo 名①即江南所謂的蓴菜，葉大如手，色赤而圓，與荇葉相似。②同「茅」。

09【苃】ㄅㄚˊ bá 名①草根。②以草蓋的房舍，例苃舍。③「蓽苃」；見「蓽」字。

09【苔】(一) ㄊㄞˊ tái 名隱花植物，顏色蒼綠，根莖葉區分不明顯，常延貼地面，生於陰溼的地方，例青苔。 (二) ㄊㄞ tāi 名舌上的垢膩，例舌苔。

09【茌】ㄔˊ chí 名「茌平縣」：在山東省聊城縣東北，農產以小麥、棉花、雜糧爲主，並產烏棗。

09【苯】ㄅㄣˇ běn 名C_6H_6 擁有最簡單構造的芳香族碳氫化合物，爲無色液體，能自燃，有特殊臭氣，可用作燃料或溶劑，爲裝備各種化學藥品的基本原料；亦作安息油。

09【苤】讀音ㄆㄧˇ pǐ 語音ㄆㄧㄝˇ piě 名「苤蘭」：蔬類植物，一年生草本，根多肉而形扁，莖部似圓球。形草木茂盛的樣子。

09【茺】ㄔㄨㄥ chōng 名「茺蔚」：二年生草本，葉略成圓形，夏日開淡紅色的脣形花，可以做藥；亦稱益母草。

六　畫

10【茫】ㄇㄤˊ máng 形廣大無邊的樣子。副全然不可知的樣子，例茫然。

◆杳茫、浩茫、渺茫、滄茫。

10【荒】ㄏㄨㄤ huāng 名①未經開墾之地，例拓荒。②邊遠的地方，例八荒。動①廢棄，例業精於勤荒於嬉。(韓愈〈進學解〉)②同「慌」；急迫、忙亂，例兵荒馬亂。③虛、空。形①冷落的、偏僻的，例荒郊野外。②農作物歉收，例荒年。③迷亂的，例荒淫。④言行不合理，例荒唐、荒謬。

◆荒地、荒野、荒涼、荒疏、荒瘠、荒誕、荒蕪、荒煙蔓草 洪荒、墾荒。

10【茘】ㄌㄧˋ lì 名①草名，似蒲而小，根可作刷子。②茘枝的省稱，無患子科。常綠喬木。果實鮮紅紫色，果肉汁多味甜。

10【茸】㈠ㄖㄨㄥˊ róng 名①柔細的獸毛。②鹿角初生時被有細短的毛稱鹿茸。③同「絨」；繡線。形①草初生時細柔的樣子，例茸茸。②散亂的樣子。㈡ㄖㄨㄥˇ rǒng 名細毛。動推致。

10【荊】ㄐㄧㄥ jīng 名①多刺的灌木，荊條可以爲刑杖，例負荊請罪。②對人謙稱自己的妻子，例拙荊。③古九州之一，即荊州。④古國名，即楚國。⑤姓，戰國衞有荊軻。

10【荐】(薦)ㄐㄧㄢˋ jiàn 名①草蓆，例草荐。②獸類所吃的草。動①推舉，例荐引。②進獻。③襯墊。副重，一再，屢次。

10【茴】ㄏㄨㄟˊ huí 名「茴香」：多年生香草，夏日開小黃花，果實長橢圓形，香氣甚濃，可供藥用，亦可作香料。

10【荏】ㄖㄣˇ rěn 名脣形科一年生草本植物，夏日開白色小花，全形極似紫蘇，種子圓形白色，故又稱白蘇，可供榨油之用。形①柔弱，例色厲而內荏。(《論語》〈陽貨〉)②「荏苒」：形容時間漸漸的過去。

10【草】ㄘㄠˇ cǎo 名①草本植物的總稱，例碧草如茵。②田野的代稱，例草澤、草莽。③書法字體的一種，例行草。④文稿，例起草。形①粗率、不完備的，例草率、草創。②尚未決定的，例草約、草案。③雌性家畜，例草雞。

◆草昧、草木皆兵、草草了事 水草、百草、除草、野草、雜草、露草。

10【茲】㈠ㄗ zī 名①年、時，例今茲、來茲。②蓐席。③姓，春秋魯有茲無還。副①此、這個、現在，例茲事體大。②同「滋」；益、更加。㈡ㄘˊ cí 名「龜茲」，見「龜」字。

10【茹】ㄖㄨˊ rú ㄖㄨˋ rù 名①相連的根。②菜的總稱。③姓。動①吃，例茹毛飲血。②測度，例不可以茹。形①柔軟的。②臭敗的，例茹魚。

10【茗】ㄇㄧㄥˇ mǐng ㄇㄧㄥˊ míng 图①茶的嫩芽。②較晚採的茶。③茶汁的通稱，例品茗。

◆佳茗、芳茗、香茗、煎茗。

10【茱】ㄓㄨ zhū 图「茱萸」：植物名，莖可做藥者叫山茱萸或吳茱萸；果實可吃者叫食茱萸。

10【茵】ㄧㄣ yīn 图坐臥時墊在下面的墊子，例芳草如茵。

10【茛】ㄍㄣˋ gèn 图「毛茛」：毒草的一種。

10【茶】ㄔㄚˊ chá 图①常綠灌木，葉橢圓形，春季採其嫩葉，焙乾後可爲飲料，種子可榨油。②唐代對小女童之美稱。

10【茢】ㄌㄧㄝˋ liè 图苕草稈做成的掃帚，用以掃除不祥。

10【茨】ㄘˊ cí 图①用草蓋成的屋頂。②蒺藜的古稱。動積滿。

10【茿】ㄍㄨㄚ guā 图「茿蔞」：蔓草名，葉子狹長而光滑，結橢圓形的果實，果仁和果皮可做藥用。

10【荇】ㄒㄧㄥˋ xìng 图菜名，多年生水草，嫩葉可以吃。

10【茭】ㄐㄧㄠ jiāo 图①種於水裡的蔬菜類植物，葉可飼養牛馬。②牲畜所食的乾草。

10【茯】ㄈㄨˊ fú 图「茯苓」：菌的一種，生在松根中，成塊球狀，可做藥。

10【荃】ㄑㄩㄢˊ quán 图①香草名。②同「筌」；捕魚的竹器。③細布。

10【荄】ㄍㄞ gāi 图草根。

10【荑】㈠ㄊㄧˊ tí 图①色柔而白的初生茅草。②草木初生的嫩葉。③「苛荑」，見「苛」字。 ㈡ㄧˊ yí 動刈除。

10【茜】ㄑㄧㄢˋ qiàn 图草名。茜草科多年生草本。葉片爲心臟卵形，秋季開黃色小花，多生於山野草叢中。根含茜素，可作紅色染料。

10【荀】ㄒㄩㄣˊ xún 图①春秋時國名，在今山西省新絳縣西。②姓，戰國趙有荀況。③荀子的省稱。315B.C.～226B.C. 戰國時代末期思想家，名況。主性惡說，認爲必須實踐禮義，才能匡正行爲，使人爲善。著有《荀子》。

10【茼】ㄊㄨㄥˊ tóng 名「茼蒿」：一年生或越年生草本蔬菜類植物，葉羽狀深裂，花黃色或白色，嫩葉可供食用。

七 畫

11【莎】㈠ㄙㄨㄛ suō 名草名，莎草科一年生草本，葉狹線形，小穗黃色。果實較鱗片微短，倒卵形，三稜。動兩手相摩擦，例摩莎。 ㈡ㄕㄚ shā 名「莎雞」：秋天的鳴蟲，有翅數重；亦稱紡織娘。

11【莞】㈠ㄨㄢˇ wǎn 副微笑的樣子，例莞爾。 ㈡ㄍㄨㄢˇ guǎn 名廣東省縣名，例東莞縣。 ㈢ㄍㄨㄢ guān 名①多年生草本植物，自生於沼澤或植於水田，莖細圓，葉小如鱗狀，夏開黃綠色花，莖可織席。②姓。

11【莘】ㄕㄣ shēn ㄒㄧㄣ xīn 名姓，宋有莘融。形①衆多的樣子，例莘莘學子。②長長的樣子。

11【荸】ㄅㄧˊ bí ㄅㄛˊ bó 名「荸薺」：多年生草本植物，生在水田中，球狀地下莖，皮厚黑，肉白，味道甜美可食用。

11【莢】〔荚〕ㄐㄧㄚˊ jiá 名乾果中裂果的一種；亦稱莢果。如豌豆、蠶豆、皂莢等的果實。

11【莓】ㄇㄟˊ méi ①草名。②青苔，例莓苔。副草盛的樣子，例莓莓。

11【莉】ㄌㄧˋ lì 名「茉莉」，見「茉」字。

11【莠】ㄧㄡˇ yǒu ㄧㄡˋ yòu 名①狗尾草。②比喻品行不良或做壞事的人，例良莠不齊。形醜惡的，例莠言。

11【荳】ㄉㄡˋ dòu 名同「豆」；穀類植物。

11【莆】㈠ㄈㄨˇ fǔ 名瑞草名。 ㈡ㄆㄨˊ pú 名「莆田縣」：在福建省仙遊縣東北方，多果園，廣植柑橘、荔枝、龍眼等。

11【莖】〔茎〕ㄐㄧㄥ jīng 名①草本植物的中軸。②物體的柄幹。③計算細長條物件的量詞，例數莖白髮。

◆柔莖、根莖、球莖、細莖。

11【莛】ㄊㄧㄥˊ tíng 名草莖。

11【莽】ㄇㄤˇ mǎng 名①常綠灌木，葉橢圓形，開黃白花，種子褐色，有劇毒，誤食能致死，葉含香氣，可製末香、線香。②草木叢雜的地方。③竹的一種，節短，就是馬鞭竹。形粗率，例鹵莽。

◆莽撞 野莽、草莽、林莽、叢莽。

11【莩】(一) ㄈㄨˊ fú 名蘆莖中的薄膜。 (二) ㄆㄧㄠˇ piǎo 名通「殍」；餓死的人，例野有餓莩。(《孟子》〈梁惠王上〉)

11【莫】(一) ㄇㄛˋ mò 名姓，清有莫友芝。副①不可，例高深莫測。②沒有，例莫我知也夫。(《論語》〈憲問〉) (二) ㄇㄨˋ mù 名①「暮」的本字；日落、黃昏的時候。②草名，葉似柳。

11【莧】〔苋〕ㄒㄧㄢˋ xiàn 名菜名，莧科一年生草本。莖白綠色。胞果較花被爲短。秋開黃綠色小花，莖葉供食用。

11【莒】ㄐㄩˇ jǔ 名①植物名，就是芋頭，塊莖可食。②春秋時國名，在今山東省莒縣。③姓，漢有莒誦。

11【莪】ㄜˊ é 名「莪朮」：薑科。多年生草本。有地下匍匐根莖及紡錘狀塊根。中醫以根莖入藥。

11【莊】〔庄〕ㄓㄨㄤ zhuāng 名①田家村落、山居園圃，例村莊、山莊。②通達的道路，例康莊大道。③店鋪商號，例錢莊、布莊。④商品式類也叫「莊」，以行銷的莊口得名，例京莊、廣莊。⑤姓，戰國宋有莊周。形莊重、嚴肅，例莊嚴。

◆莊家、莊園 田莊。

11【荼】(一) ㄊㄨˊ tú 名①蔬類植物，即苦菜。②一種開白花的菅茅。③「荼蘼」：屬薔薇科的落葉亞灌木。葉爲羽狀複葉，夏日開黃白色花。動①毒害，例荼毒。②「荼毗」：梵語，是火葬的意思。形旺盛，例如火如荼。
(二) ㄕㄨ shū 名①「神荼」；見「神」字。②玉飾名。

11【荽】ㄙㄨㄟ suī 名「芫荽」，見「芫」字。

11【荻】ㄉㄧˊ dí 名多年生草本，白色匍匐莖蔓延地上，葉細長而尖，開黃白色小花，多生長於河濱砂礫間。

11【莨】(一) ㄌㄤˊ láng 名即狼尾草，可餵牲畜；亦稱莨尾。 (二) ㄌㄤˋ làng 名「莨菪」：茄科。多年生草本。地下莖爲塊莖狀。果實綠色圓形；有毒植物，根可供作藥用。 (三)ㄌㄧㄤˊ liáng [名]「薯莨」；見「薯」字。

11【莏】讀音ㄙㄨㄛ suō 語音ㄘㄨㄛ cuō [動]雙手互相摩擦，[例]挼莏。

11【莅】ㄌㄧˋ lì [動]同「蒞」；「涖」；到、臨，[例]莅臨。[形]水流，[例]莅莅。

11【荷】(一)ㄏㄜˊ hé [名]①生於淺水中的草本植物，葉大而圓，夏日抽長花梗，開淡紅或白色的大形花，果實稱爲蓮蓬，地下根莖稱藕，皆可食。②荷蘭王國的簡稱。 (二)ㄏㄜˋ hè [動]①用肩扛物，[例]荷鋤。②擔負、承受。

11【茝】ㄔㄞˇ chǎi ㄓˇ zhǐ [名]香草的一種，就是白芷。

八畫

12【菸】(一)ㄧㄢ yān [名]同「烟」、「煙」；就是煙草，葉子可製香煙。 (二)ㄩˊ yú [形]枯萎，[例]菸邑。

12【萍】ㄆㄧㄥˊ píng [名]「浮萍」：水面浮生的小植物，葉扁平而小，有鬚根下垂。[形]比喻像浮萍一樣的，[例]萍寄。

12【菅】ㄐㄧㄢ jiān [名]①禾本科菅屬，多年生草本植物，形狀像茅，根短而硬，可做刷帚和繩索。②古地名，在今山東省境內。③蘭草。④姓。[動]賤視、輕視，[例]草菅人命。

12【萋】ㄑㄧ qī [形]草茂盛的樣子。

12【菁】ㄐㄧㄥ jīng [名]①韮菜的花。②水草。③物的精華，[例]菁華。[副]草木茂盛的樣子，[例]菁菁。

12【菱】ㄌㄧㄥˊ líng [名]一年水生草本，葉呈菱角形，浮在水面，夏天開小白花，秋天結實，實有角狀突起，稱菱角，可供食用。

12【菩】ㄆㄨˊ pú [名]香草。

12【菴】(一)ㄢ ān [名]①圓形草房。②同「庵」；尼姑住的廟。 (二)ㄢˋ àn [形]「菴藹」：茂盛的樣子。

12【萌】(一)ㄇㄥˊ méng [名]草木初生的芽，[例]萌芽。[動]①開始、發生，[例]故態復萌。②滅除。 (二)ㄇㄤˊ máng [名]通「氓」，人民。[形]無知的樣子。

12【菌】ㄐㄩㄣˋ jùn [名]①同「蕈」；隱花植物的一類，多寄生於樹蔭下或朽木上，或有毒，或無毒，無毒的可食。②薰草。③竹筍。

12【萃】ㄘㄨㄟˋ cuì 名羣、類，例出類拔萃。動聚集，例薈萃。形①草叢生茂盛的樣子。②通「倅」；副。③通「顇」；憔悴的樣子。副衣服摩擦聲。

12【著】㈠ㄓㄨˋ zhù 名作品的通稱，例名著。動①撰述、寫作，例著述。②標示、標舉。③顯明，例顯著。 ㈡ㄓㄨㄛˊ zhuó 名①事情有歸宿，例著落。②土著。③行動、方策，例失著。動①穿，例著衣。②差遣、命令，例著人去買酒菜。形實在的，例著實。 ㈢ㄓㄠˊ zháo 動①動作達到目的，例猜著了、拿得著。②燃燒，例著火。③用、動，例著眼。 ㈣ㄓㄠ zhāo 動①受，例著涼。②發生，例著慌。 ㈤·ㄓㄜ zhe 助①在動詞後面，表示動作持續，例站著、躺著。②在形容詞後面，表示程度，例還苦著呢！

12【菠】ㄅㄛ bō ㄅㄛˊ bó 名菜名，藜科，二年生草本。主根梢呈肉質，淡紅色。性喜冷涼氣候，耐寒性強。葉片富含維他命、葉綠素、鐵、鉀等。

12【菽】ㄕㄨˊ shú 名豆類的總名。

12【萊】〔莱〕ㄌㄞˊ lái 名①草名，葉香可食；亦作藜。②田荒廢而蔓生的雜草，例草萊。③周時國名，位於今山東省黃縣東南。④姓，商有萊朱。動除草。

12【萸】ㄩˊ yú 名「茱萸」，見「茱」字。

12【萎】㈠ㄨㄟ wēi 動①草木枯槁，例無木不萎。(《詩經》〈小雅・谷風〉)②病、死，例哲人其萎。形衰敗，例萎餒。 ㈡ㄨㄟˇ wěi 名「萎蕤」：百合科。多年生草本，有根莖，肉質。根莖可製澱粉，或供食用。又將根莖作外用藥，可以治跌打損傷。

12【萄】ㄊㄠˊ táo 名「葡萄」，見「葡」字。

12【菜】ㄘㄞˋ cài 名①蔬類植物的總稱，例蔬菜。②佐飯吃的肴饌，例飯菜。

12【菀】㈠ㄨㄢˇ wǎn 名植物名，紫菀。形茂盛的樣子。 ㈡ㄩˋ yù 動同「蘊」；鬱結。 ㈢ㄩㄢˋ yuàn 通「苑」；名園囿。

12【菉】讀音ㄌㄨˋ lù 語音ㄌㄩˋ lǜ 图①葉子像竹的草；亦稱王芻。②通「綠」，例菉豆。

12【菔】ㄈㄨˊ fú ㄅㄛˊ bó 图就是蘿蔔；亦作蘆菔、萊菔。

12【菰】ㄍㄨ gū 图①蔬類植物，多年生草本，春生新芽如筍，俗稱茭白筍。可供食用，葉細長而尖，夏秋開花，果實稱菰米，可煮飯。②通「菇」；菌類植物，例香菰、蘑菰。

12【菖】ㄔㄤ chāng 图蘭花的一種，一年生草本植物，春天開花，色黃、紫，花有六瓣，形似蝴蝶，又稱洋蝴蝶。

12【堇】ㄐㄧㄣˇ jǐn 图①蔬菜類植物，多年生草本，莖葉皆可食；亦稱旱芹。②毒草名；亦稱烏頭。

12【菶】ㄅㄥˇ běng 形「菶菶」：草茂盛的樣子。

12【萁】ㄑㄧˊ qí 图豆類植物的莖。

12【菲】㈠ㄈㄟˇ fěi 图蔬類植物，莖很苦，根可食。形微薄的，例菲薄。 ㈡ㄈㄟ fēi 图菲律賓的簡稱。形花草的香氣，例芳菲。 ㈢ㄈㄟˋ fèi 通「扉」；图草鞋。

12【萇】ㄔㄤˊ cháng 图「萇楚」：蔓生植物，葉子和果實都像桃樹，味苦不能食；亦稱羊桃。

12【萑】㈠ㄏㄨㄢˊ huán 图蘆荻。 ㈡ㄓㄨㄟ zhuī 图藥草名。形草多的樣子。

12【菂】ㄉㄧˋ dì 图蓮花的果實。

12【菇】ㄍㄨ gū 图同「菰」；菌類，例草菇、洋菇。

12【菟】㈠ㄊㄨˋ tù 图同「兔」。「菟絲子」：旋花科菟絲子屬，蔓草，寄生於野薔薇及其他植物上，嫩莖供食用。
㈡ㄊㄨˊ tú 图「於菟」：古時楚人稱老虎。

12【菘】ㄙㄨㄥ sōng 图青菜、白菜的總名，是最普通的蔬菜類植物。

12【菡】ㄏㄢˋ hàn 图「菡萏」：荷花的別稱。

12【菊】ㄐㄩˊ jú 图菊科菊屬，多年生草本，莖下部稍帶木質，葉有缺刻及鋸齒，秋末開花，品種甚多，白菊花可製爲飲料用，中醫則以黃菊和白菊入藥。

12【葅】ㄐㄩ jū 名①酸菜、鹹菜。②肉醬。③有水草的地方。④枯草，例葅薪。動①剁成肉醬。②醃菜。

12【萏】ㄉㄢˋ dàn 名「菡萏」，見「菡」字。

12【菏】ㄏㄜˊ hé 名「菏澤」：山東省縣名。

12【蕃】ㄐㄩㄢˇ juǎn 名「蕃耳」：一作卷耳。莖高一尺左右，葉長卵形，花白色，種子似桑葚，有刺。

12【菑】㈠ㄗ zī 名墾種一年的田。動除草。 ㈡ㄗㄞ zāi 名同「災」；災害，例菑害並至。(《禮記》〈大學〉)

12【菾】ㄊㄧㄢˊ tián 名蔬菜類植物，亦稱甜菜。

12【菓】ㄍㄨㄛˇ guǒ 名植物結的實，爲「果」的俗寫。

12【菪】ㄉㄤˋ dàng 名「莨菪」，見「莨」字。

12【華】〔华〕㈠ㄏㄨㄚˊ huá 名①我國古稱華夏，今稱中華，簡稱爲「華」，例華僑。②事物最精粹的部分，例精華。③時光，例韶華。④光彩。⑤粉，例鉛華。⑥發生在雲層上緊貼日、月周圍內紫外紅的光環。形①虛浮的，例華譽、華辭。②頭髮花白，例華髮。③光彩美麗的，例華麗、華美。 ㈡ㄏㄨㄚ huā 名同「花」；古「花」字多作「華」。 ㈢ㄏㄨㄚˋ huà 名①山名、地名，例華山、華陰。②姓，東漢有華佗。

◆**華胄、華而不實、華燈初上 才華、光華、年華、榮華、豪華、繁華。**

九畫

13【蒂】ㄉㄧˋ dì 名花或果實和枝梗互相連結的部分。

13【葷】〔荤〕㈠ㄏㄨㄣ hūn 名①肉類的食物，例葷菜。②有強烈異味的蔬菜，例葷辛。 ㈡ㄒㄩㄣ xūn 名「葷粥」、「葷允」：古代北方民族名。

13【萱】ㄒㄩㄢ xuān 名①萱草名，百合科萱草屬多年生草本。夏天莖梢開花，呈紅黃色，花芽曬乾可食，柔軟而有甘味，俗稱金針菜。②比喻母親，例椿萱。

13【葵】ㄎㄨㄟˊ kuí 名植物名，種類甚多，有秋葵、向日葵、錦葵等。動通「揆」；

測度。

13【葦】〔苇〕ㄨㄟˇ wěi 名已長成的蘆草。

13【葫】ㄏㄨˊ hú 名①蔬菜類植物，就是大蒜。②「葫蘆」：葫蘆科，一年生攀緣草本。夏秋開花，花單性，白色，雌雄同株，原產印度，可做盛器、水瓢或玩具。

13【葬】ㄗㄤˋ zàng 動掩埋死者，例安葬。

13【落】㈠讀音ㄌㄨㄛˋ luò 語音ㄌㄠˋ lào 名①人所聚居的地方，例村落。②停留的地方，例下落。③始，例落成。動①花木凋零，例落葉。②下墜、降低，例水落石出。③歸屬，例花落誰家。④脫漏，例脫落。⑤失去，例失落。⑥題，書寫，例落款。㈡ㄌㄚˋ là 動遺漏，例落了一個字。

◆落空、落拓、落寞、落魄、落難、落體、落井下石、落花流水、落英繽紛、落落大方、落落寡歡　下落、沒落、冷落、衰落、部落、淪落、零落、磊落。

13【萼】ㄜˋ è 名花被最外輪的構造，多呈綠色；亦稱外花被。

13【葉】〔叶〕㈠ㄧㄝˋ yè 名①植物的一部分，生於莖節上的綠色扁平體，通常分葉身(片)、葉柄、托葉三部，又有單葉、複葉的區別。②世代、時期，例清代末葉。③花瓣，例千葉蓮。④通「頁」；書一頁。⑤姓，清有葉天士。形比喻輕小如葉，例一葉扁舟。　㈡ㄕㄜˋ shè 名春秋時楚國的地名，在今河南省。

13【葩】ㄆㄚ pā 名草木的花。動華麗。形花盛開的樣子。

13【萵】〔莴〕ㄨㄛ wō 名「萵苣」：一年生或二年生草本，高三〇～一百公分，花黃色，莖葉可食。

13【葆】ㄅㄠˇ bǎo 名①同「褓」，小兒之被。②姓，明有葆先光。動①蘊藏，例葆詐。②通「保」；守。③遮蓋。形草茂盛的樣子。

13【葡】ㄆㄨˊ pú 名①「葡萄」：葡萄科蔓藤性果樹。果實成串，顏色依品種而異，大致分歐洲種、美國種兩類，是世界上栽培面積最廣，生產總量最多的果樹。除可生食外，亦可製乾果及酒。②葡萄牙國的簡稱。

13【葛】㈠ㄍㄜˊ gé 名豆科葛屬，多年生蔓草。莖細長，秋天開紫赤色蝶形花，根可入藥，又可自根中採澱粉供食用，莖的纖維可織布。 ㈡ㄍㄜˇ gě 名①古國名，在今河南省葵丘縣東北。②姓，晉有葛洪。

13【董】ㄉㄨㄥˇ dǒng 名①董事的簡稱，例常董。②姓，漢有董仲舒。動①監督。②匡正。③深藏。

13【葭】ㄐㄧㄚ jiā 名①蘆葦的別名。②通「笳」；樂器名。

13【葯】〔药〕讀音ㄧㄠˋ yào 語音ㄩㄝˋ yuè 名①草名，就是白芷。②雄蕊頂端藏有花粉的部分。③「藥」之俗字，大陸用作「藥」的簡化字。動通「約」；纏繞。

13【葱】ㄘㄨㄥ cōng 名爲多年生草本，屬石蒜科。葉中空成管狀，高二公尺左右，上綠下白，味辛，可食。形青色，例葱翠。

13【葳】ㄨㄟ wēi 名「葳蕤」：⑴草木茂盛的樣子。⑵草名，莖根多肉，可做成澱粉或藥。

13【葴】ㄓㄣ zhēn 名①草名，即酸果漿草。②即馬蘭草，莖葉可以製成藍靛色染料。

13【葸】ㄒㄧˇ xǐ 動①畏懼，例畏葸。②不高興。

13【葺】ㄑㄧˋ qì 動①修補，例修葺。②累積。

13【葪】ㄩˊ yú 名即山葪菜，多年生草本，莖高一尺多，地下莖柱形，可作爲香料，葉圓心形，春天開小白花。

13【萬】㈠ㄩˇ yǔ 名草名。 ㈡ㄐㄩˇ jǔ 名①通「矩」，曲尺。②姓，漢有萬章。

13【萹】ㄆㄧㄢ piān 名①「萹蓄」：草名，亦名萹竹。②扁豆亦稱萹豆。

13【葎】ㄌㄩˋ lǜ 名植物名，似葛莖部有細刺會拉扯人的肌膚，所以又稱勒草、來莓草。

13【葑】ㄈㄥ fēng 名①植物名，就是蕪菁。②菰草叢生，其根盤結，加以泥沙淤積，所以稱菰根爲葑。

13【葒】〔荭〕ㄏㄨㄥˊ hóng 名同「葓」；一年生草本植物，葉長卵形，有長柄，秋開紅花成穗；亦稱葓草。

13【菟】ㄊㄨˊ tú 名①植物名，蕪菁屬，就是蘿蔔。②「菁菟」，見「菁」字。

13【葚】讀音ㄖㄣˋ rèn 語音ㄕㄣˋ shèn 名通「椹」、「黮」；桑樹結的果實。

十 畫

14【蒙】讀音ㄇㄥˊ méng 語音ㄇㄥˇ měng 名①種族名或地名，蒙古的略稱。②幼稚，例童蒙。③愚昧。④姓，秦有蒙恬。動①覆蓋，例蒙蔽。②承受，例承蒙。③遭遇，例蒙難。④欺騙，例蒙騙。形沒有知識的樣子，例蒙昧。

◆啓蒙、昏蒙、愚蒙、吳下阿蒙。

14【蓀】〔荪〕ㄙㄨㄣ sūn 名通「荃」；香草名。

14【蓓】ㄅㄟˋ bèi 名「蓓蕾」：還沒有開放的花蕾。

14【蒐】ㄙㄡ sōu 名①植物名，就是茜草。②古代稱春天或秋天的打獵爲蒐。動①搜集，例蒐羅。②通「獀」；狩獵。③藏匿。

14【蓉】ㄖㄨㄥˊ róng 名「芙蓉」，見「芙」字。

14【蒿】ㄏㄠ hāo 名①植物名，艾類，有青蒿、白蒿等數種。②「蔞蒿」，見「蔞」字。③姓。動通「耗」；消失。形①氣體蒸出的樣子。②「蒿目」：(1)遠望的樣子。(2)比喻爲君子體認時局艱難的樣子，例蒿目而憂世之患。(《莊子》〈駢拇〉)

14【蓆】ㄒㄧˊ xí 名通「席」；用草莖編成可坐臥的墊子，例草蓆。形大，例緇衣之蓆兮。(《詩經》〈鄭風・緇衣〉)

14【蒞】ㄌㄧˋ lì 同「莅」。

14【蓄】ㄒㄩˋ xù 名姓。動①積聚，例儲蓄、蓄水池。②涵容，包容，例涵蓄。③存在心裡，例蓄意。④等待。

◆蓄志、蓄銳、蓄積　貯蓄、備蓄、積蓄、蘊蓄。

14【蒜】ㄙㄨㄢˋ suàn 名①蔬菜類，有大蒜、小蒜二種，用根、莖的大小來區別，地下莖和葉都有辣味，可以食用，具有殺菌功效。②指蒜的鱗莖。

14【蒡】ㄅㄤˋ bàng 名「牛蒡」，植物名，二年生草本，嫩葉和根都可以吃，種子可以做藥。

14【蒨】ㄑㄧㄢˋ qiàn 名①茜草的別名。②姓。形①紅色的，例蒨旆。②草茂盛的樣子。③「蒨蒨」：⑴草木茂盛的樣子。⑵鮮明的樣子。

14【蒲】ㄆㄨˊ pú 名①水草，可以做席子，就是俗稱的香蒲。②木名，蒲柳的簡稱；亦作水楊。③用草敷蓋的房子。④春秋時衛國地名，在今河北省垣縣。⑤姓，漢有蒲昌。

14【蒯】ㄎㄨㄞˇ kuǎi ㄎㄨㄞˋ kuài 名①草名，生長在水邊的一年生草，莖可以織席、做繩，子可以食用。②古地名，在今河南省洛陽縣。③姓，漢有蒯通。

14【蒻】ㄖㄨㄛˋ ruò 名①草名，就是嫩的香蒲。②「蒟蒻」，見「蒟」字。③蒲席。④荷莖下部入泥的地方，俗稱藕。

14【蓁】㈠ㄓㄣ zhēn 形①草葉茂盛的樣子，例蓁蓁。②同「榛」；叢生的草木。㈡ㄑㄧㄢˊ qián 名蓁椒，即辣椒。

14【蓋】〔盖〕㈠ㄍㄞˋ gài 名①遮蔽在器物上面的東西，例馬桶蓋。②臥具，就是棉被，例鋪蓋。動①遮掩，例欲蓋彌彰。②搭建，例蓋房子。③吹牛，例你少蓋了。副表疑問，大概。連①當發語詞。㈡ㄍㄜˇ gě 名①戰國時代的地名，在今山東省沂水縣。②姓，漢有蓋公。㈢ㄏㄜˊ hé 同「盍」字。

14【蒸】ㄓㄥ zhēng 名①細的薪木。②通「烝」；古冬祭名。動①通「烝」；熱氣上升，例蒸發、蒸騰。②烹飪法的一種，蒸籠上層放置食物，下放沸水，藉水蒸氣的熱力把食物蒸軟或蒸熟。形眾多，例蒸民。副向上發展的樣子，例蒸蒸日上。

14【蒼】〔苍〕ㄘㄤ cāng 名①百姓，例蒼生。②姓。形①深綠色，例蒼松。②淡青色，例蒼天。

◆蒼白、蒼老　青蒼、穹蒼、昊蒼、莽蒼。

14【蒔】〔莳〕ㄕˊ shí 名「蒔蘿」：俗名小茴香，用之調味，中藥亦用之。動①移植。②栽種，例蒔花。

14【蒱】ㄆㄨˊ pú 名「樗蒱」，見「樗」字。

14【蒟】ㄐㄩˇ jǔ 名「蒟蒻」：天南星科。塊莖扁圓形，先花後葉，可食用。

14【蒴】ㄕㄨㄛˋ shuò 名①蘚苔植物的孢子囊稱爲蒴。②「蒴果」：爲乾果中裂果類的一種。由多心皮所複合成的多室子房發育爲果實，成熟後，裂開而散出種子，如百合、杜鵑的果實皆是。

14【蓑】ㄙㄨㄛ suō 名用草或棕櫚葉做成的雨衣。動以草覆蓋。

14【蒹】ㄐㄧㄢ jiān 名荻草的別名。

14【蒺】ㄐㄧˊ jí 名「蒺藜」：一年生或二年生草本，夏天開小黃花，果實有刺，莖葉多肉化，可作藥用，生長在海邊沙地。

14【蓇】㈠ㄍㄨˇ gǔ 名「蓇葖」：植物中裂果的一種，由單心皮形成，成熟後單縫開裂，如胡麻。 ㈡ㄍㄨ gū 形沒有開花的花，例蓇朵。

14【蓊】ㄨㄥˇ wěng 形草木茂盛的樣子，例蓊鬱、蓊勃。

14【蓍】ㄕ shī 名菊科多年生草本，秋天開白色或粉紅色的花，古人多用它的莖來占卜吉凶。

14【蓏】ㄌㄨㄛˇ luǒ 名草本植物所結無核的果實，長在地上。

14【蓐】ㄖㄨˋ rù 名草蓆、草墊子，引申作床。動①通「褥」；婦女臨產，例坐蓐。②陳草復生，有繁茂的意思。

14【蓖】ㄅㄧˋ bì 名「蓖麻」：雙子葉植物大戟科。多年生草本。果爲裂果，內有種子。種子內含30%～50%的油脂，自古即被當作油料作物栽培。

十一 畫

15【蔽】ㄅㄧˋ bì 名①障礙，例汝聞六言六蔽矣乎？(《論語》〈陽貨〉)②壅塞。動①遮蓋、擋住，例衣不蔽體、浮雲蔽日。②掩藏，例掩蔽、隱蔽。③受阻隔、不通，例蔽塞。④欺騙、隱瞞，例蒙蔽。⑤包括，例一言以蔽之。

15【蔗】ㄓㄜˋ zhè 名甘蔗。形比喻漸入佳境，例蔗境。

15【蔭】〔荫〕ㄧㄣˋ yìn 名①樹下的陰影，例樹蔭。②同「廕」；先世的恩澤被及子孫，例庇蔭。動庇護。

15【蔑】ㄇㄧㄝˋ miè 名古地名，在今山東省泗水縣東。動①欺負，例侮蔑。②拋棄，例蔑棄。形小，細微。副①滅絕。②無。

15【蔚】(一) ㄨㄟˋ wèi 名多年生草本植物，葉子呈楔形，互生，夏天開淡黃色的小花。形①草木茂盛的樣子，例蔚蔚。②盛大的樣子，例蔚為風尚。③文理深密，華美，例其文蔚也。(《易經》〈革卦〉)④深藍的顏色，例蔚藍的天空。 (二) ㄩˋ yù 名縣名，在河北西北部。

15【蔔】〔卜〕讀音ㄅㄛˊ bó 語音 ˙ㄅㄛ bo 名「蘿蔔」，見「蘿」字。

15【蓬】ㄆㄥˊ péng 名①草名，即飛蓬。②荷花的果實，例蓮蓬。③姓，晉有蓬球。形散亂，例蓬鬆。

15【蓮】〔莲〕ㄌㄧㄢˊ lián 名①荷花的別名。②睡蓮科蓮屬的水生植物總稱。③佛教以為彌陀的淨土，用蓮花作為所居，故稱淨土為蓮。

15【蔬】ㄕㄨ shū ㄙㄨ sū 名可以食用的草本植物的通稱，例蔬菜。形粗劣的，例蔬飧、蔬膳。

15【蔥】ㄘㄨㄥ cōng 名「葱」的本字。形草木茂盛的樣子，例鬱蔥。

15【蔘】(一) ㄙㄢ sān 形「蔘綏」：廣大的樣子。 (二) ㄕㄣ shēn 名同「參」；藥草，例人蔘。

15【蔞】〔蒌〕ㄌㄡˊ lóu 名「蔞蒿」：菊科，多年生草本，多生在水濱，莖可以吃。

15【蔟】(一) ㄘㄨˋ cù 名供蠶結繭的草架。副叢聚，例蔟生、蔟居。 (二) ㄘㄡˋ còu 名通「簇」；古代的樂律名。

15【蔓】(一) 讀音ㄇㄢˋ màn 語音ㄨㄢˋ wàn 名①植物的莖細長而攀繞在他物的，都稱為蔓。②姓。動漸漸的伸長和散布開來，例蔓延。 (二) ㄇㄢˊ mán 名「蔓菁」：即蕪菁，俗稱大頭菜。

15【蓿】ㄙㄨˋ sù 名「苜蓿」，見「苜」字。

15【蓰】ㄒㄧˇ xǐ 名①草名。②五倍為蓰。

15【蔣】〔蒋〕(一) ㄐㄧㄤˇ jiǎng 名①茭白筍的別名。②周國名。在今河南省固始縣西北的蔣鄉。③姓，東漢有蔣子文。 (二) ㄐㄧㄤ jiāng

图蔬類植物。

15【蓴】〔莼〕ㄔㄨㄣˊ chún 图睡蓮科蓴屬，多年生草本植物，生長在湖沼河流等淺水中，嫩葉可以吃。

15【蓼】㈠ㄌㄨˋ lù 形長大的樣子。 ㈡ㄌㄧㄠˇ liǎo ①「蓼科」：被子植物的科名之一。草本、灌木，亦有少數爲藤本。分布於溫帶。②蓼爲苦菜，故比喻爲辛苦。

15【蔡】㈠ㄘㄞˋ cài 图①占卜用之大龜。②野草。③周時國名，在今河南上蔡、新蔡等地。④姓，宋有蔡京。 ㈡ㄙㄚˋ sà 動①流放。②減等。

15【蓽】〔荜〕ㄅㄧˋ bì 图①「蓽茇」：草本植物，胡椒科，子供藥用。②同「篳」；蓽門。

15【蔌】ㄙㄨˋ sù 图蔬菜。形「蔌蔌」：⑴勁急的風聲。⑵簡陋的樣子。⑶花落的樣子。⑷水流動的樣子。

15【蓧】〔莜〕ㄉㄧㄠˋ diào 图耘田時的除草器，用竹或草木的枝條編成。

15【蓷】ㄊㄨㄟ tuī 图草名，方莖白花，花生節間，就是茺蔚；亦稱益母草。

15【蔲】ㄎㄡˋ kòu 图「豆蔲」，見「豆」字。

15【蔕】ㄉㄧˋ dì 图①同「蒂」；花或果實與枝莖相連的地方，例花蔕。②通「柢」；事情的本源，例根蔕。

15【蔦】〔茑〕ㄋㄧㄠˇ niǎo 图虎耳草科，落葉小灌木，莖稍呈蔓性，攀緣古木上，夏天開花，果實爲漿果；俗稱桑寄生。

15【蔫】㈠ㄧㄢ yān 形物不新鮮。 ㈡ㄋㄧㄢˊ nián 形①花草缺乏水分，顯得沒有生氣的樣子。②精神委靡不振作。③不動聲色、暗中的。

15【蓺】ㄧˋ yì 图同「藝」；技藝。動種植。

15【蔴】ㄇㄚˊ má 图同「麻」。

15【蔤】ㄇㄧˋ mì 图荷的莖部。

15【蔊】ㄏㄢˇ hǎn 图「蔊菜」：又稱辣米菜，二年生草本植物，莖葉俱辣，可食用。

15【蔧】ㄏㄨㄟˋ huì 图「王蔧」：又稱地葵、地膚、地麥，一年生草本植物，嫩葉可作菜，種子可入藥。

15【蓨】㈠ㄊㄧㄠ tiāo 名①草名，即羊蹄草。②古地名，在今河北省景縣。 ㈡ㄒㄧㄡ xiū 名「蓨酸」：存在植物體中的有機酸，無色，有柱狀結晶體，可漂白或染色用。

15【蔯】〔蔯〕ㄔㄣˊ chén 名蒿類植物，即茵蔯。

15【蓯】〔苁〕ㄘㄨㄥ cōng 名「肉蓯蓉」：深山赤楊根上的寄生植物。葉鱗狀互生，夏天開穗狀花，可入藥。

十二 畫

16【蕊】ㄖㄨㄟˇ ruǐ 名①植物傳種的器官，分雌蕊、雄蕊兩種，雌蕊就是花心，雄蕊就是花鬚。②未開的花苞。

16【蕙】ㄏㄨㄟˋ huì 名多年生草本，莖方形，葉橢圓，花紅味香，結黑子，佩帶於身，可避疫癘。形美的，高潔的，芳香的，例蘭心蕙質。

16【蕈】ㄒㄩㄣˋ xùn ㄒㄧㄣˋ xìn 名寄生於木上的一種隱花植物，種類很多，子實體大都爲傘形，顏色鮮豔的多半有劇毒，無毒的可食，例松蕈。

16【蕨】ㄐㄩㄝˊ jué 名羊齒科，多年生草本，春天時生出嫩葉，可食用，莖中多澱粉，亦可食，或做糊料。

16【蕩】〔荡〕ㄉㄤˋ dàng 名水澤。動①搖動，例蕩舟。②洗滌，例滌蕩。③肅清，例蕩平。④毀壞。形①放縱。②寬廣。③淫逸，例淫蕩。

◆**蕩漾、蕩然無存、蕩氣迴腸 放蕩、板蕩、跌蕩、搖蕩、漂蕩、震蕩、傾家蕩產。**

16【蕃】㈠ㄈㄢˊ fán 動①滋息，例蕃衍。②通「藩」；屏蔽、保障，例以蕃王室。形①茂盛的樣子，例蕃殖。②通「繁」；衆多的意思。 ㈡ㄈㄢ fān 名西戎的一種，又爲蠻夷的通稱，例吐蕃。 ㈢ㄆㄧˊ pí 名姓，東漢有蕃嚮。

16【蕭】〔萧〕ㄒㄧㄠ xiāo 名①植物名。艾蒿類，可以做藥。②姓，漢有蕭何。形①寂寥、冷清的樣子，例蕭條。②形容風聲、馬叫聲或木葉聲，例蕭蕭。

◆**蕭索、蕭然、蕭瑟、蕭颯、蕭灑。**

16【蕤】ㄖㄨㄟˊ ruí 名①草木花盛時下垂的樣子，現泛指草木所垂結的花。②古代帽子像冠纓一類作下垂狀的飾物，例冠蕤。形草木茂盛的樣子，例葳蕤。

16【蕑】〔𬜬〕ㄐㄧㄢ jiān 名蘭草。

16【蕕】〔莸〕ㄧㄡˊ yóu 名①馬鞭草科。莖方形，葉呈卵形，有臭氣。秋日枝稍開花，脣形花冠，青紫色。②比喻惡人。

16【蕉】ㄐㄧㄠ jiao 名①芭蕉。②香蕉。③未在水中久浸的生麻。

16【蕢】〔蒉〕ㄎㄨㄟˋ kuì 名草編成用來盛土的簸箕。

16【蕎】〔荞〕㈠ㄑㄧㄠˊ qiáo 名「蕎麥」：蓼科，一年生或二年生草本。葉互生，心臟形。春夏開白色小花。種子可供食用，磨粉製餅或麵。 ㈡ㄐㄧㄠ jiāo 名藥草名，就是大戟。

16【蕪】〔芜〕ㄨˊ wú 名雜草茂生的地方，例綠蕪。形①雜亂，例蕪雜。②荒廢。

16【蕖】ㄑㄩˊ qú 名芋的大根。

16【蕆】〔蒇〕ㄔㄢˇ chǎn 動①完畢，例蕆事。②完備。③解決。

16【蕞】ㄗㄨㄟˋ zuì 形同「蕝」；小的樣子，例蕞爾小國。

16【蕁】〔荨〕㈠ㄒㄩㄣˊ xún 名「蕁麻」：植物名。多年生草本，莖葉有毛，會分泌毒汁，使人發疹。莖皮的纖維可以作紡織原料。 ㈡ㄊㄢˊ tán 名草名，生在山上，葉如韭，又名提母。動通「燂」；火勢向上燃燒。

16【蕓】〔芸〕ㄩㄣˊ yún 名「蕓薹」：即油菜。

16【蕘】〔荛〕ㄖㄠˊ ráo 名①供燃燒用的草柴。②打柴的人，例芻蕘。③植物名，落葉灌木，葉橢圓形，花黃色，通稱蕘花，樹皮可製紙。

16【薌】〔芗〕ㄒㄧㄤ xiāng 名①穀類的馨香氣味。②古代用來調味的東西。動使物香美。

16【蕒】〔荬〕ㄇㄞˇ mǎi 名「苦蕒」：野菜的一種。

16【蕡】ㄈㄣˊ fén 名麻的種子。形草木結子很大的樣子，例桃之夭夭，有蕡其實。(《詩經》〈周南・桃夭〉)

16【蕣】ㄕㄨㄣˋ shùn 名木槿。

16【蕍】ㄩˊ yú 名又稱澤瀉、芝芋。生長在淺水裏，可入藥。

十三 畫

17【蕗】ㄌㄨˋ lù 名即甘草。

17【薪】ㄒㄧㄣ xīn 名①柴草，例杯水車薪。②工作酬資，即薪水，例月薪。

17【薄】㈠讀音ㄅㄠˊ báo 語音ㄅㄛˊ bó 名姓，漢有薄昭。形①不厚的，例薄紙。②稀的，淡的，例薄霧。③土地貧瘠，不肥沃，例薄田。④草叢生，例林薄。副輕慢地，例薄待。助語助詞。 ㈡ㄅㄛˋ bò 名「薄荷」：脣形科多年生草本。莖可提煉出薄荷腦及薄荷油，可供化妝品、食品及醫藥等之用。

◆薄倖、薄情　刻薄、淺薄、菲薄、輕薄、澆薄。

17【蕾】ㄌㄟˇ lěi 名含苞未開的花。

17【薜】㈠ㄅㄧˋ bì 名「薜荔」：桑科常綠攀緣藤本，嫩枝有毛。隱花果呈倒圓錐狀球形，熟時暗紫色，可製涼粉食用。 ㈡ㄅㄛˋ bò 名①山麻，生長於山中。②藥草名，就是當歸。動通「劈」；器物破裂。

17【薯】ㄕㄨˇ shǔ 名①蕃薯的簡稱，多年生蔓草，塊根多肉，味甜可供食用或製澱粉；亦稱甘薯。②「薯莨」：蔓草名，汁可染紗絹。

17【薈】〔荟〕ㄏㄨㄟˋ huì ㄨㄟˋ wèi 名叢聚，例薈萃。形①草木茂盛的樣子。②雲氣彌漫的樣子。

17【薀】㈠ㄨㄣ wēn 名水草名，就是金魚草。 ㈡ㄩㄣˋ yùn 同「蘊」。

17【薏】ㄧˋ yì 名蓮子中心的胚芽，味甚苦。

17【薆】ㄞˋ ài 形①隱蔽，例薆薆。②草木茂盛的樣子，例薪薆。

17【薤】ㄒㄧㄝˋ xiè 名菜蔬類，葉似韭，中空，夏開紫色小花，鱗莖及嫩葉可食。

17【蕻】ㄏㄨㄥˋ hòng 名十字花科，蔬菜類植物，例雪裡蕻。動草木萌芽。形茂盛。

17【蕺】ㄐㄧˊ jí 名①「蕺菜」：多年生草本，莖葉有強烈的腥臭；亦稱魚腥草。②山名，在浙江省紹興縣東北。

17【薨】ㄏㄨㄥ hōng 名古時諸侯死叫薨。形蟲羣飛聲。

17【蕷】〔蓣〕ㄩˋ yù 名「薯蕷科」：被子植物的一科，分佈在溫熱帶地區。

17【薊】〔蓟〕ㄐㄧˋ jì 名①多年生草本，葉與莖多刺，有大薊、小薊二種，都可以做菜；亦稱刺兒菜。②古地名，在今北平西南。③姓，東漢有薊子訓。

17【薅】ㄏㄠ hāo 動①拔去田中草。②泛指拔去的意思。

17【薇】ㄨㄟˊ wéi 名①隱花植物，嫩葉尖端成渦卷狀，可以吃，嫩葉的軟毛，可供織料。②指紫薇，落葉喬木，夏開紅紫花。③指薔薇。

17【薙】ㄊㄧˋ tì 動①除草。②通「剃」；削髮。

17【蕸】ㄒㄧㄚˊ xiá 名荷葉。

17【薑】〔姜〕ㄐㄧㄤ jiāng 名蘘荷科，多年生草本。葉長披針形，夏秋間開花，色淡黃，地下莖色黃，味辣，可調和食物。主要分布於熱帶、亞熱帶地區。

17【薛】ㄒㄩㄝ xuē 名①草名，即藾蒿。②古國名，在今山東省滕縣東南。③姓，唐有薛濤。

17【薦】(荐)ㄐㄧㄢˋ jiàn 名同「荐」。①獸所吃的草。②草墊。動①「薦引」：對於有才德的人，加以推薦引進。②「薦拔」：選出人才。③「薦舉」：推薦。

◆薦引、薦拔、薦舉。

17【薔】〔蔷〕ㄑㄧㄤˊ qiáng 名「薔薇」：薔薇科落葉灌木，莖上多刺，葉為羽狀複葉。花美而清香，可供觀賞和製香水用。

17【蕹】ㄩㄥ yōng 名「蕹菜」：即空心菜。一年生草本植物，莖細長、中空。莖、葉皆可食。

17【薳】ㄨㄟˇ wěi 名①姓。②中藥草名，又稱遠志。

十四　畫

18【藍】〔蓝〕㈠ㄌㄢˊ lán 名①一年生草本，葉子可做青色的染料，就是靛青。②佛寺，伽藍之略稱。③姓，清有藍鼎元。形①藍色的。②通「襤」；破蔽的。　㈡·ㄌㄚ la 名蔬菜類植物，根肉多而扁。

18【藏】㈠ㄘㄤˊ cáng 動①躲避，隱匿，例躲藏。②不露出，例藏拙。③儲存，例收藏。　㈡ㄗㄤˋ zàng 名①西藏地方的簡稱。②我國種族名，大部分居住在西藏、青海、西康一帶。③佛教、道教的經典。④通「臟」；內臟。⑤貯存物品的地方。
◆珍藏、家藏、庫藏、貯藏、寶藏。

18【藐】ㄇㄧㄠˇ miǎo 形①小，例藐小。②同「邈」；悠遠。副輕視，例藐視。

18【藉】〔借〕㈠ㄐㄧㄝˋ jiè 名草墊。動①依賴，例憑藉。②慰勞，例慰藉。③假借，例藉口。④含蓄，例醞藉。⑤坐臥，例枕藉。⑥即使，例藉使。　㈡ㄐㄧˊ jí 名通「籍」。副散亂不整齊叫做狼藉。

18【藎】〔荩〕ㄐㄧㄣˋ jìn 名草名，二年生草本，莖和葉都可以做黃色的染料。形忠愛，忠誠，例忠藎。

18【薺】〔荠〕㈠ㄐㄧˋ jì 名二年生草本，葉叢生，有缺刻或鋸齒，莖葉嫩時可吃，稱爲薺菜。　㈡ㄑㄧˊ qí 名①蒺藜的別名。②「荸薺」，見「荸」字。

18【薹】ㄊㄞˊ tái 名①莎草科，多年生草本，葉呈狹形，可以製笠帽。②蔬菜的花莖重發部分，俗稱作苔。

18【薰】ㄒㄩㄣ xūn 名①多年生草本，葉像麻，七月開花，味芳香，又叫惠草。②火煙。③香氣，例薰香。動薰陶，猶言感化的意思。形①燒灼，例薰灼。②溫和，例薰風。

18【薩】〔萨〕ㄙㄚˋ sà 名①菩薩的簡稱。②姓，元有薩都剌。

18【薷】ㄖㄨˊ rú 名①木耳。②「香薷」：藥草名，多年生草本植物，花有香氣。

十五　畫

19【藩】ㄈㄢˊ fán 名①籬笆，例藩籬。②古代藩國、藩鎮的簡稱。③姓。動屏障、保衛。

19【藝】〔艺〕ㄧˋ yì 名①才能、技術，例工藝、技藝。②古代稱禮、樂、射、御、書、數六事爲六藝。動種植。

◆文藝、手藝、園藝、學藝、農藝。

19【藕】ㄡˇ ǒu 名蓮的地下莖，肥大有節，中空如管，可食。

19【藪】〔薮〕ㄙㄡˇ sǒu 名①大的湖澤。②人物聚集的地方，例淵藪。③古量名，一斛六斗。

19【藜】ㄌㄧˊ lí 名①一年生草本，葉色赤，卵形有鋸齒，嫩時可食，花小而黃綠，莖老可爲杖。②「蒺藜」，見「蒺」字。

19【藟】ㄌㄟˇ lěi 名①蔓草名，就是藤。②同「蕾」；含苞未放的花。動纏繞，例縈藟。

19【藤】ㄊㄥˊ téng 名①蔓生木本植物，有紫藤、白藤等各種。②蔓生植物的卷鬚或莖，例葡萄藤。③姓，明有藤文澤。

19【藥】〔葯〕(葯)讀音ㄧㄠˋ yaò 語音ㄩㄝˋ yuè 名①用來治病的物品，例藥品。②火藥的簡稱。③芍藥的簡稱。動①治療，例不可救藥。②毒害，例藥老鼠。

19【藚】〔萲〕ㄒㄩˋ xù 名即澤瀉，藥草名，生在淺水裏。

19【藷】(一)ㄕㄨˇ shǔ 名通「薯」；番薯亦稱甘藷。 (二)ㄓㄨ zhū 名「藷蔗」：即甘蔗。

十六 畫

20【藹】〔蔼〕ㄞˇ ǎi 形①樹木茂盛的樣子，例藹藹。②油潤的樣子。③和順，例和藹可親。

20【蘑】ㄇㄛˊ mó 名「蘑菰」：菌類植物，可供食用、味很鮮美。

20【藺】〔蔺〕ㄌㄧㄣˋ lìn 名①草名，莖細長，可以編蓆子，也可作燈芯。②姓，戰國趙有藺相如。

20【蘆】〔芦〕ㄌㄨˊ lú 名生在溼地或淺水的多年生草，一名葦，莖中空有節，可以葺屋製簾。

20【蘊】〔蕴〕ㄩㄣˋ yùn 名①養金魚用的水草名，一名聚草。②深奧的部分，例底蘊。動①積聚，例蘊蓄。②藏，例蘊藏。形①深奧的，例精蘊。②含蓄不露，例蘊藉。副暑氣鬱積。

20【蘋】〔苹〕ㄆㄧㄥˊ píng ㄆㄧㄣˊ pín 名蘋科，生在淺水中的隱花植物，四片小葉子，合成一複葉，形像田字。

20【藻】ㄗㄠˇ zǎo 名①水草的總稱，有紅藻、綠藻等。②文采，例詞藻。動品評，例品藻。

20【藿】ㄏㄨㄛˋ huò 名①豆葉。②香草名，就是藿香，莖葉香氣極烈，可作藥。③粗的食物，例藿食。

20【蘄】〔蕲〕ㄑㄧˊ qí 名藥草名，有山蘄、白蘄等。動通「祈」；祈求。

20【蘇】〔苏〕ㄙㄨ sū 名①蘇枋，常綠喬木，可做紅色的染料。②桂荏；亦稱紫蘇，一年生草本，莖葉果都可以做藥。③江蘇省的簡稱。④蘇州的省稱，例蘇杭。⑤下垂的穗狀物稱蘇，例流蘇。⑥姓，宋有蘇軾。動①同「穌」；死而復活叫蘇。②同「甦」；睡後醒來，例蘇醒。

20【蘅】ㄏㄥˊ héng 名①「杜蘅」：香草，根莖都可做藥；亦作杜衡。②「蘅蕪」：香草名。

20【蘢】〔茏〕ㄌㄨㄥˊ lóng 名植物草名，葉大，呈赤白色，高丈餘，生水澤中。

20【藾】〔赖〕ㄌㄞˋ lài 名蒿類野草。動蔭庇。

十七畫

21【蘭】〔兰〕ㄌㄢˊ lán 名①常綠多年生草，葉細長而尖，春天開花，幽香清遠，種類繁多，例蘭花。②香草名，即蘭草。③氣味相投的譬喻，例蘭交。

◆芝蘭、香蘭、幽蘭、蕙蘭。

21【蘖】ㄋㄧㄝˋ niè 同「櫱」；名①樹木被砍伐的部分所生的新芽。②姓。

21【蘚】〔藓〕ㄒㄧㄢˇ xiǎn 名隱花植物中的一類，草本，葉狀體，成羣生長在溼地上。

21【蘧】ㄑㄩˊ qú 名①「蘧麥」：草名，就是瞿麥。②通「蕖」，荷花。形驚覺、夢覺，例蘧然。

21【蘩】ㄈㄢˊ fán 名草名，春日始生，秋日香

美，可食，俗名白蒿或皤蒿。

十九 畫

23【蘺】ㄌㄧˊ lí 通「籬」；图①「江蘺」：香草名，葉細，幼時叫蘼蕪。②用竹或樹枝編成的柵欄。

23【蘿】〔萝〕ㄌㄨㄛˊ luó 图①即女蘿，菌類植物，全體作絲狀，產於山中；亦稱松蘿。②「蘿蔔」：十字花科一年生或二年生草本植物，葉極廣、長橢圓形，具深缺刻。根部肥大，可食。

23【蘸】ㄓㄢˋ zhàn 動以物沾水或黏附他物上，例蘸墨水。

23【蘼】ㄇㄧˊ mí 图「蘼蕪」：多年生草本，莖葉靡弱而繁蕪；亦稱江蘺。

23【虀】ㄐㄧ jī 图①同「齏」；用來調味的辛辣食物或菜末。②切細的醃菜。動①碎。②調和諸味。

23【櫰】〔怀〕ㄏㄨㄞˊ huái 图茴香。

二十一 畫

25【虆】〔蔂〕ㄌㄟˊ léi 图①藤葛類蔓生的草。②古人盛土的一種深且有蓋的竹器。

虍 部

06【虍】ㄏㄨ hū 图老虎身上的花紋。

二 畫

08【虎】ㄏㄨˇ hǔ 图①哺乳類食肉目貓科的猛獸，體色有黃褐色及紅褐色，具黑色斑紋，腹部白色，性兇悍，力猛，捕食鳥獸兼襲人。產於東北、西伯利亞、印度、蒙古等。②姓，漢有虎旗。形比喻威武勇猛，例虎臣。

◆**虎口、虎符、虎賁、虎視眈眈、虎頭蛇尾 爲虎作倀、龍吟虎嘯、龍行虎步**。

三 畫

09【虐】ㄋㄩㄝˋ nüè 图①殘暴、侵害。②災害。形①酷烈的，例虐暑。②殘忍。③突然的，例虐疾。

四 畫

10【虔】ㄑㄧㄢˊ qián 图姓，清有虔禮寶。動①殺害。②强取，例奪攘撟虔。形①虎行的様子。②恭敬的，例虔卜。

10【虓】(一) ㄒㄧㄠ xiāo 同「哮」；虎鳴。形「虓將」：勇武的將軍。 (二) ㄑㄧㄠ qiāo 動同「敲」，敲擊。

五 畫

11【處】〔处〕(一) ㄔㄨˋ chù 名①地方、場所，例通信處。②官署之稱，例軍機處。③部分、點，例短處。 (二) ㄔㄨˇ chǔ 名①隱居山林而不願做官的人，例處士。②位置。③姓，宋有處嚴。動①居、止。②歸，例各有攸處。③處置、斷決。④交往，例相處。

◆處分、處身、處理、處境、處心積慮、處變不驚　好處、害處、壞處、小姑獨處。

11【虖】(一) ㄏㄨ hū 動同「呼」；虎的吼聲。(二) ㄏㄨˊ hú 助同「乎」；語詞，表疑問或感嘆。

11【虙】ㄈㄨˊ fú 名同「伏」、「宓」，姓，春秋魯有虙子賤。

六 畫

12【虛】(一) ㄒㄩ xū 名①天空，例馮虛御風。②方位。③孔竅，例若循虛而出入。(《淮南子》〈氾論〉)④二十八宿之一。⑤空，例空虛。形①弱，例虛弱。②心有愧而膽怯，例心虛。(二) ㄑㄩ qū 名①同「墟」；大丘。②處所。

◆虛幻、虛字、虛名、虛耗、虛設、虛僞、虛無、虛榮、虛有其表、虛情假意、虛懷若谷、虛張聲勢、虛與委蛇　太虛、沖虛、謙虛、乘虛而入。

七 畫

13【虞】ㄩˊ yú 名①古代掌管山澤的官吏。②朝代名，帝舜的國號。③國名。④姓，唐有虞世南。動①憂慮，例衣食無虞。②欺騙，例爾虞我詐。③盼望。④疑誤，例無貳無虞。(《詩經》〈魯頌・閟宮〉)

13【號】〔号〕(一) ㄏㄠˋ hào 名①號令。②名稱。③標識，例符號。④計數之字，例號碼。⑤稱商店，例寶號。⑥樂器名，例號筒。⑦原指名、字以外之別號，後字也叫號，例岳飛號(字)鵬舉。動①宣稱，例沛公兵十萬，號二十萬。(《史記》〈高祖本紀〉)②稱爲，例長江自古號爲天塹。 (二) ㄏㄠˊ háo 動①大呼，例呼號。②哭，例號哭。③鳴，例

雞始三號。(《晉書》〈律曆志〉)

13【虜】〔虏〕ㄌㄨˇ lǔ 名①戰爭時所獲的敵人。②奴隸。③敵人，例敵虜。④以前對非漢民族的賤稱，例胡虜。動①擒獲。②同「擄」；掠奪、劫取，例虜掠財物。

◆囚虜、臣虜、俘虜、胡虜、降虜。

八畫

14【虡】ㄐㄩˋ jù 名①懸掛鐘磬的木柱。②榻前高几。

九畫

15【虢】ㄍㄨㄛˊ guó 名①周代國名。②同「郭」；姓。

十畫

16【虣】ㄅㄠˋ bào 形同「暴」；兇暴、急躁。

十一畫

17【虧】〔亏〕ㄎㄨㄟ kuī 名①有損失或不利，例吃虧。②缺憾，例損盈成虧。(《列子》〈天瑞〉)動①欠缺，短少，例功虧一簣。②毀壞，例不虧不崩。(《詩經》〈魯頌・閟宮〉)③虛弱，例體虧。副①表僥幸之意，例幸虧。②斥責或譏諷之反詰詞，例虧你還替他說好話。

十二畫

18【虩】ㄒㄧˋ xì 名蠅虎，形狀似蜘蛛，色灰白，善捕蒼蠅。形恐懼。

虫部

06【虫】(一)ㄔㄨㄥˊ chóng 名①同「蝩」。②大陸用作「蟲」(ㄔㄨㄥˊ)的簡化字。 (二)ㄏㄨㄟˇ huǐ 名同「虺」；小蛇。

二畫

06【虱】ㄕ shī 名同「蝨」；見「蝨」字。

06【虬】ㄑㄧㄡˊ qiú 名同「虯」；傳說無角之龍，亦有說爲有角的小龍。

三畫

09【虹】ㄏㄨㄥˊ hóng ㄍㄤˋ gàng ㄐㄧㄤˋ jiàng 名①雨後或太陽出沒之際天空出現的彩色圓弧，紅色在外紫色在內顏色鮮艷的叫「虹」。紅色在內紫色在外，顏色比較淡的叫「霓」。②長橋

的別稱。動通「訌」，惑亂，例實虹小子。(《詩經》〈大雅．抑〉)

09【虺】(一)ㄏㄨㄟˇ huǐ 名同「虫元」；蛇類，長六十公分，土色無紋，有劇毒，江淮以南曰蝮，江淮以北曰虺。 (二)ㄏㄨㄟ huī 形「虺隤」：(1)生病的樣子。(2)形容人沒有志氣。

09【虻】ㄇㄥˊ méng 名①昆蟲綱雙翅目。體長約三公分，雄性吸食花蜜或花粉，雌性則吸食家畜或人的血液。②同「莔」；即貝母。

09【虼】ㄍㄜˋ gè 名蟲名，同「蚤」；吸食動物的血液，可傳染鼠疫。

四畫

10【蚊】ㄨㄣˊ wén 名昆蟲綱雙翅目。體細長，黑褐色。雌蚊吸食人畜的血液，能傳染疾病，雄蚊吸食植物液汁。產卵於水中，幼蟲稱孑孓。

10【蚪】ㄉㄡˇ dǒu 名「蝌蚪」，見「蝌」字。

10【蚓】ㄧㄣˇ yǐn 名同「螾」；「蚯蚓」，見「蚯」字。

10【蚤】ㄗㄠˇ zǎo 名昆蟲綱吸管無翅目。身長約三公釐，色赤褐。後肢特長，善跳。副通「早」，古借爲早暮之早。

10【蚩】ㄔ chī 名①蟲名。②醜惡，例妍蚩好惡。③姓，古有蚩尤。動通「嗤」；嘲笑。

10【蚣】(一)ㄙㄨㄥ sōng 名蜙蝑，亦作松蝑，即螽斯。 (二)ㄍㄨㄥ gōng 名「蜈蚣」，見「蜈」字。

10【蚍】ㄆㄧˊ pí 名「蚍蜉」：一種大蟻，屬於節肢動物昆蟲綱同翅目。色灰，頭大，觸角很大，營社會化的集團生活，也有單獨生活。

10【蚌】ㄅㄤˋ bàng 名軟體動物斧足綱。殼長橢圓形，長約三十公分，肉黃白色，有二肉柱，棲於淡水。

10【蚡】ㄈㄣˊ fén 名同「鼢」；田中鼠。

10【蚜】ㄧㄚˊ yá 名蟲名。屬昆蟲綱同翅目。形如蝨，卵圓形，腹部大。口吻如長管，適於吸收植物之汁液，爲害蟲。

10【蚧】ㄐㄧㄝˋ jiè 名①海蚌，例鷰雀入于海，化而爲蚧。(《大戴禮》〈易本命〉)②「蛤蚧」，見「蛤」字。

10【蚇】ㄔˇ chǐ 名「蚇蠖」：蟲名，亦作尺蠖、斥蠖。爲桑樹的害蟲，體形似桑枝，行走時一伸一屈。

10【蚑】ㄑㄧˊ qí 名屬節肢動物昆蟲目蚑科昆蟲的總稱。蚑類的軀體和鞘翅上有金屬光澤，鞘翅上有精細的線條，構成各種美麗的花紋。大部分分布於歐亞大陸的溫帶和寒帶。

10【蚨】ㄈㄨˊ fú 名①青蚨，水蟲名，形像蟬。②錢的別稱，古以青蚨可引錢使還，因謂錢爲蜻蚨。

10【蚋】ㄖㄨㄟˋ ruì 名昆蟲綱雙翅目。長二公釐，色黑，頭小，複眼呈赤色。羣飛吸螫人畜的血液，幼蟲棲息於水中。

五畫

11【蛇】㈠ㄕㄜˊ shé 名①爬蟲類有鱗目。體圓長，行時以腹鱗抵物以前進。口大，舌細長而分歧。有卵生、卵胎生，種類甚多，有蟒、蝮、赤練蛇、響尾蛇等。②姓。 ㈡ㄧˊ yí 形「蛇蛇」：從容自在的樣子。

11【蛀】ㄓㄨˋ zhù 名蠹木的蟲，俗作蛀蟲，如天牛的幼蟲等。又蠹書的衣魚，亦稱蛀蟲。動東西被蛀蟲咬壞。

11【蚶】ㄏㄢ hān 名屬輭體動物斧足綱；又名魁蛤、瓦楞子。肉紫赤色，棲於近陸的淺海泥中；亦可用人工養殖。

11【蛄】ㄍㄨ gū 名「蛄䗐」：害蟲，嘴長，形像蟋蟀，存在穀麥等的發芽處；亦叫螻蛄。

11【蚵】ㄎㄜˋ kè ㄏㄜˊ hé 名同「蠔」；海產軟體動物，屬蚌類，學名爲牡蠣。

11【蛆】㈠ㄑㄩ qū 名蠅類的幼蟲，頭部退化，胴短，呈圓筒型，色白微黃，生於糞中及動物屍體中。古字爲蜡。
㈡ㄐㄩ jū 名「蝍蛆」，見「蝍」字。

11【蚺】㈠ㄖㄢˊ rán 名屬爬蟲綱有鱗目蛇亞目。無毒，長可達九公尺，背面黃褐色，有斑紋，腹面白色。 ㈡ㄊㄧㄢˋ tiàn 名「蚺蛟」：走獸類吐舌貌。

11【蛋】ㄉㄢˋ dàn 名①鳥類和爬蟲類的卵。②同「蜑」；南方少數民族名。

11【蚳】ㄔˊ chí 名①蟻卵。②姓，戰國齊有蚳鼃。

11【蚱】ㄓㄚˋ zhà 名①「蚱蜢」：屬昆蟲綱直翅目。前翅革質，後翅膜質，後肢發達，跳躍力極强，頭呈三角形。危害稻麥。②「蚱蟬」：屬昆蟲綱蟬科。體長約四公分，有黑色光澤。喜棲在橘子樹上。

11【蚿】ㄒㄧㄢˊ xián 名蟲名，圓筒形；亦作馬蚿、馬陸。棲陰濕處，時損害農作物。

11【蛉】ㄌㄧㄥˊ líng 名蟲名，例蜻蛉、螟蛉。

11【蚰】ㄧㄡˊ yóu 名「蚰蜒」：屬環節動物門多足綱。體圓長微扁，色灰白兼黃黑，能蜷曲。觸覺甚敏，行動迅速。棲木石下陰溼地，多夜出；臺灣亦產。

11【蚯】ㄑㄧㄡ qiū 名「蚯蚓」：屬環節動物貧毛綱。體圓長，由多數環節合成，頭部退化，無耳、無眼、無鼻。

11【蛅】ㄓㄢ zhān ㄖㄢˊ rán 名「蛅蟖」：刺蛾的幼蟲。

六　畫

12【蛟】ㄐㄧㄠ jiāo 名①傳說中龍之屬，能發洪水。②同「鮫」，即鯊魚。

12【蛙】ㄨㄚ wā 名脊椎動物兩生類，體短闊，四肢甚發達，前肢小，有四指，後肢大，有五趾，喜居陰溼地。種類甚多。

12【蛭】ㄓˋ zhì 名①即螞蟥，屬環節動物，形似蚯蚓，體扁平，前後有吸盤，雌雄同體，以吸取其他動物的血爲生。②姓，後魏有蛭拔寅。

12【蛤】㈠ㄍㄜˊ gé 名①「蛤仔」：屬軟體動物門斧足綱。殼橢圓形，色黑，表面有許多環紋和黑點。產於溫帶海邊，肉可食。②「蛤柱」：即「江珧柱」，蛤蜊殼中的肉柱，味鮮美。③「蛤蚧」：蜥蜴的一種。④「蛤蜊」：殼橢圓形，色灰褐，殼表有環狀斜紋，殼左緣之出入水管很細小。棲息於海邊之沙泥中，肉可食。㈡ㄏㄚˊ há 名同「蝦」，即蝦蟆，蛙類。

12【蛔】ㄏㄨㄟˊ huí 同「痐」、「蚘」、「蛕」；名「蛔蟲」：屬圓形動物門。體細長，似蚯蚓，黃色，前端較鈍，後端較尖且略爲彎曲，體被角質層以抗寄主消化液的侵蝕。一般寄生於人體的十二指腸，常隨糞便排出。

12【蛛】ㄓㄨ zhū 名「蜘蛛」，見「蜘」字。

12【蛞】ㄎㄨㄛˋ kuò 名「蛞蝓」：屬軟體動物腹足類。色淡褐，殼通常退化，外套膜被覆全背部。常棲息於陰溼處，以肺呼吸，雌雄同體。

12【蛩】ㄑㄩㄥˊ qióng 名①蝗蟲。②蟋蟀的別名。形憂懼的樣子，例心蛩蛩而懷顧。(劉向〈九歎・離世〉)

12【蛐】ㄑㄩ qū 名①「蛐蛐兒」：即蟋蟀，性好鬥。②「蛐蟮」：即蚯蚓。

12【蛑】ㄇㄡˊ móu 名①「蝤蛑」，見「蝤」字。②同「蟊」；吃禾苗的害蟲。

七 畫

13【蜈】ㄨˊ wú 名「蜈蚣」：屬節肢動物多足綱。體褐色，上下扁平，由多數環節而成，每節有步腳一對，第一對步腳變爲顎腳，狀如鈎；毒腺口於鈎端，毒性甚強。常棲朽木石隙下捕食蟲類。

13【蛹】ㄩㄥˇ yǒng 名在昆蟲的成長過程中，進行完全變態所能見的靜止期。此期不食不動，狀若死，時期的長短，自數日至數月不等。

13【蜓】ㄊㄧㄥˊ tíng 名「蜻蜓」，見「蜻」字。

13【蜇】ㄓㄜˊ zhé 名「海蜇」：水母類腔腸動物的一種。動蟲螫。

13【蜀】ㄕㄨˇ shǔ 名①同「蠋」；蛾蝶類的幼蟲。②一或獨。③四川省的別稱。④朝代名：⑴三國時劉備建立蜀漢，簡稱蜀。⑵五代時王建在成都稱帝，國號蜀。⑶後唐孟知祥在蜀稱帝，國號蜀。⑤姓。

13【蛾】㈠ ㄜˊ é 名①屬節肢動物昆蟲綱鱗翅類，有燈蛾、天蛾、蠶蛾等。與蝶類似而體肥大，觸角細長如絲，翅面灰白。②姓。副同「俄」；不久、須臾。 ㈡ ㄧˇ yǐ 名同「蟻」。

13【蜕】ㄕㄨㄟˋ shuì ㄊㄨㄟˋ tuì 名蛇、蟬所脫的皮。動解脫。

13【蜂】ㄈㄥ fēng 名蟲名，昆蟲綱膜翅目。種類甚多，有蜜蜂、胡蜂、土蜂、細腰蜂等。

13【蜃】ㄕㄣˋ shèn 名①大蛤。②蛟屬。③祭器；即漆尊。畫爲蜃形，故名。④同「輴」；喪車，例蜃車。

13【蛸】㈠ㄒㄧㄠ xiāo 名「蟰蛸」，見「蟰」字。㈡ㄕㄠ shāo 名「蟏蛸」，見「蟏」字。

13【蜆】〔蚬〕ㄒㄧㄢˇ xiǎn 名屬軟體動物門瓣鰓綱蜆科。分布於日本州以南地區，棲息於河川中，是最普遍的食用蜆。產於淡水中，肉供食用或作肥料、魚類食餌。

13【蜉】ㄈㄨˊ fú 名「蜉蝣」：也作「蜉蝤」，屬昆蟲綱蜉蝣目。頭部短，口器退化，複眼巨大，觸角如針狀。胸部橢圓形，腹部細長。

13【蜊】ㄌㄧˊ lí 名「蛤蜊」，見「蛤」字。

13【蜋】㈠ㄌㄤˊ láng 名同「螂」。㈡ㄌㄧㄤˊ liáng 名「蜣蜋」，見「蜣」字。

13【蜍】ㄔㄨˊ chú 名「蟾蜍」，見「蟾」字。

13【蛺】〔蛱〕ㄐㄧㄚˊ jiá 名「蛺蝶」：屬昆蟲綱鱗翅目。軀幹部藍黑色，翅赤，前翅有許多大小不等的黑色斑點，後翅則僅有一個斑點。其幼蟲食害柳、朴等之葉。

13【蝍】ㄐㄧˊ jí ㄐㄧㄝˊ jié 名「蝍蛆」：⑴蟲名；即蜈蚣。⑵蟲名；即蟋蟀。

13【蛼】〔蛼〕ㄔㄜ chē 名蛤類，蛼螯即車螯，殼色紫，用火燒炙，殼會開，取其肉可食。

八　畫

14【蜾】ㄍㄨㄛˇ guǒ 名「蜾蠃」：昆蟲綱胡蜂科。常在竹筒或泥牆中作巢，主要捕食稻螟蛉等多種鱗翅目昆蟲的幼蟲，可用來防治害蟲。

14【蝀】〔蝀〕ㄉㄨㄥ dōng ㄉㄨㄥˋ dòng 名「螮蝀」，見「螮」字。

14【蜜】ㄇㄧˋ mì 名蜜蜂採花中的甘液所釀成的甜汁，味甘可食，又可供藥用。形比喻甜美悅人，例甜言蜜語。

14【蜿】㈠ㄨㄢˇ wǎn 形「蜿蜒」：像龍蛇行動彎彎曲曲。㈡ㄨㄢ wān 形形容屈曲的樣子。

14【蜢】ㄇㄥˇ měng 名「蚱蜢」，見「蚱」字。

14【蜻】ㄑㄧㄥ qīng 名①「蜻蛉」：屬昆蟲綱蜻蛉目的昆蟲之總稱。複眼與口極其發達。幼蟲水生，以鰓呼吸。脫皮十回以上。幼蟲與成蟲皆爲肉食性。②「蜻蜓」：屬昆蟲綱蜻蜓目。分頭、胸、腹三部，頭小但複眼很大位在頭頂。雄之翅透明，雌則呈赤褐色。夏秋間，羣飛水邊，捕食小飛蟲。

14【蜴】ㄧˋ yì 名「蜥蜴」，見「蜥」字。

14【蜞】ㄑㄧˊ qí 名「蟛蜞」，見「蟛」字。

14【蜘】ㄓ zhī 名「蜘蛛」：節肢動物，分頭、胸、腹三部。有腳四對。肛門前有瘤狀突起的紡績器，能抽絲織網，捕食昆蟲。

14【蜣】ㄑㄧㄤ qiāng 名「蜣螂」：屬節肢動物門昆蟲綱對翅目金龜子科。常將獸類糞便做成圓球，並將糞球滾回自己挖的洞穴內，然後再慢慢的食用。

14【蜒】ㄧㄢˊ yán 名「蜒蚰」：有肺的軟體動物，與蝸牛同類異種，體爲圓筒形，無殼。

14【蜡】㈠ ㄓㄚˋ zhà 名①「蜡祭」：歲末祭神的儀式。②大陸用作「蠟」(ㄌㄚˋ)的簡化字。 ㈡ ㄑㄩ qū 古蛆字。

14【蜮】㈠ ㄩˋ yù 名①古人傳說的水中毒蟲，形似鼈，能含沙射人，中人即發瘡。㈡ ㄍㄨㄛ guō 名螟屬，食苗葉的蟲。

14【蜰】ㄈㄟˊ féi 名①蟑螂的別名。②床蝨的俗稱。

14【蜷】ㄑㄩㄢˊ quán 形蟲類蠕動的樣子。

14【蝕】〔蚀〕ㄕˊ shí 動①月運行至日與地球之間遮住日光，或地球運行至日月之間遮住月球時，所見到日月虧缺或全然不見之現象，例日蝕、月蝕。②虧損，例蝕本。③侵傷，例腐蝕。

14【蜩】ㄊㄧㄠˊ tiáo 名蟬，屬節肢動物昆蟲綱。有茅蜩、螗蜩、馬蜩、蜋蜩、寒蜩等數種。

14【蜚】㈠ ㄈㄟˇ fěi 名①蟲名，蝗的一種，食害農作物。②昆蟲名，體小似蚊，綠色或褐色，是稻的害蟲。③傳說中獸名。④「蜚蠊」：即蟑螂。屬昆蟲綱蜚蠊科。體表有光澤，觸角頗長。會從腹部發出惡臭。蜚蠊在一般家庭裡都會有，廣大地分布於世界的溫、熱帶。 ㈡ ㄈㄟ fēi 動同「飛」。

14【蜑】ㄉㄢˋ dàn 名「蜑戶」：南方民族之一，

居住在福建廣東沿海一帶，以船爲家，捕魚行船爲業，唐宋以來，編立戶籍，計戶納稅，不和當地住民通婚。

14【蜥】ㄒㄧ xī 名「蜥蜴」：又名石龍子，體色青綠，背部有黑色條紋，體被細鱗，長十餘公分。尾細比體長，易斷。棲叢草間，捕食蜈蚣等；至冬則休眠。

九 畫

15【蝴】ㄏㄨˊ hú 名「蝴蝶」：屬昆蟲綱鱗翅目，蝶翅極爲美觀，故常爲人類所收集，其幼蟲稱爲毛毛蟲。

15【蝠】ㄈㄨˊ fú 名「蝙蝠」，見「蝙」字。

15【蝨】〔虱〕ㄕ shī 名①寄生於人體及哺乳動物身上而吸其血。體長橢圓形，六隻腳，腹部肥大。種類甚多，有頭蝨、牛蝨、衣蝨、毛蝨等。②弊病。動置身。

15【蝶】ㄉㄧㄝˊ dié 名同「蜨」；昆蟲名，體小，四翅大，多彩色，在花間飛舞，種類甚多，有粉蝶、黃蝶、鳳蝶、蛺蝶等。

15【蝦】〔虾〕(一) ㄒㄧㄚ xiā 名節肢動物門甲殼綱。分頭胸腹三部，長尾，有觸角長短二對。鹹、淡水皆有產，食小蟲。種類很多，有草蝦、龍蝦、斑節蝦等。 (二) ㄏㄚˊ há 名「蝦蟆」：屬兩生綱無尾目蛙屬。體暗褐色，背有黑色斑點，腹部白色，四肢短而壯，善跳躍，喜在水池邊生活，捕食小蟲，夜間鳴聲響亮。

15【蝎】(一) ㄏㄜˊ hé 名木中的蛀蟲。 (二) ㄒㄧㄝ xiē 同「蠍」。

15【蝸】〔蜗〕ㄨㄛ wō ㄍㄨㄚ guā 名「蝸牛」：屬軟體動物腹足綱。螺殼扁圓，體柔軟，頭有觸角，長短各一對。口在頭部下面，舌上有齒舌。腹面有扁平之腳，棲於陸上，以肺呼吸。冬季潛伏樹間及葉下冬眠，雌雄同體。形狹小，例蝸居。

15【蝓】ㄩˊ yú 名「蛞蝓」，見「蛞」字。

15【蝘】ㄧㄢˇ yǎn 名①蟬類。②「蝘蜓」：即守宮，似蜥蜴。

15【蝟】ㄨㄟˋ wèi 名又稱蝟鼠，俗名刺猬，哺乳綱食蟲目。背面密生硬棘，遇敵則肌肉收縮成刺球狀。[形]比喻繁雜，[例]蝟集。

15【蝌】ㄎㄜ kē [名]「蝌蚪」：又作「科斗」，指兩生類青蛙的幼蟲，體色近黑色，有一條很長的尾，是其游泳器官，用鰓呼吸，主要以藻類爲食。

15【蝥】(一) ㄇㄠˊ máo [名]「螌蝥」：蟲名，背甲有黃斑。 (二) ㄇㄡˊ móu [名]同「蟊」；屬節肢動物昆蟲綱，蝕害稻根。

15【蝮】ㄈㄨˋ fù [名]屬爬蟲綱有鱗目蛇亞目。具管狀毒牙，頭三角形，頸細，全身灰褐色，棲溼地，捕食鼠、蛙。

15【蝗】ㄏㄨㄤˊ huáng [名]穀類害蟲，口器闊大，形如蚱蜢，常成羣結隊飛翔，紛集田間食禾穀。

15【螋】ㄙㄡ sōu [名]「蠼螋」，見「蠼」字。

15【螂】ㄌㄤˊ láng [名]①同「蜋」；蟲名。②「蟑螂」，見「蟑」字。

15【蝣】ㄧㄡˊ yóu [名]「蜉蝣」，見「蜉」字。

15【蝤】(一) ㄑㄧㄡˊ qiú [名]「蝤蠐」：昆蟲類天牛及桑牛的幼蟲。體細長白色，腳短。春天羽化爲成蟲。 (二) ㄐㄧㄡ jiū [名]「蝤蛑」：屬節肢動物門甲殼綱十腳目。是一種大型的蟹類，產海濱泥沙中。 (三) ㄧㄡˊ yóu [名]同「蝣」，[例]蜉蝤。

15【蝙】ㄅㄧㄢ biān ㄅㄧㄢˇ biǎn [名]「蝙蝠」：屬哺乳綱翼手目。前肢及身體均有膜相連，故能飛翔。白天伏匿暗處，夜飛空中。入冬則冬眠。

15【蝲】ㄌㄚˋ là [名]「蝲蛄」：屬節肢動物門。體型及頭胸部呈圓筒狀，腹部則扁平類似龍蝦，在頭胸部前方有三角形的突出部。產於淡水。

15【蝻】ㄋㄢˇ nǎn ㄋㄢˊ nán [名]蝗的幼蟲，屬節肢動物昆蟲綱。常成羣吃稻、麥、玉米等禾本科作物。

十畫

16【螃】ㄆㄤˊ páng [名]「螃蟹」：屬節肢動物甲殼綱。背褐色，頭胸甲圓而微扁，腹甲扁平，屈折於胸部之下，色白。五對步足均很小，長有稀疏的毛，螯之鉗部有齒狀突起。產於溫帶的淡水河溪中。

16【螟】ㄇㄧㄥˊ míng [名]螟蛾的幼蟲，從葉腋蝕入稻莖，可使稻枯死。

16【螞】〔蚂〕㈠ㄇㄚˇ mǎ 名①「螞蟻」：昆蟲中數量最多的一種，除了南、北極外，世界各地可見，若依螞蟻身體部位的形狀來分類約有一萬五千種。②「螞蟥」：屬環節動物門水蛭綱。分三十四個環節，棲息於水中，會附著在人體身上並吸其血；亦稱馬蟥。 ㈡ㄇㄚ mā 名「螞螂」：蜻蜓的俗稱。 ㈢ㄇㄚˋ mà 名「螞蚱」：即蚱蜢。

16【螢】〔萤〕ㄧㄥˊ yíng 名昆蟲綱鞘翅目，色黑褐，能飛，尾端有發光器，能食害蟲，又稱螢火蟲。

16【融】ㄖㄨㄥˊ róng 名①明。②姓。動①炊氣上出。②消溶，例融化。③流通。形長遠，例昭明有融。(《詩經》〈大雅・旣醉〉)

16【螈】ㄩㄢˊ yuán 名同「蚖」。「螈蠶」：即蠶，屬昆蟲綱鱗翅目。係一年即可再收之蠶；亦稱爲夏蠶。

16【螓】ㄑㄧㄣˊ qín 名蟬屬，頭闊而方的小蟬。

16【螣】㈠ㄊㄥˊ téng 名「螣蛇」：⑴中國神話裡能飛的神蛇，能興雲霧；亦作騰蛇。⑵相命家稱嘴邊的縱紋；亦作法令紋。⑶星名。 ㈡ㄊㄜˋ tè 名稻的害蟲 是一種專食苗葉的小青蟲，屬節肢動物昆蟲綱。

16【螗】ㄊㄤˊ táng 名即螗蟬，屬節肢動物昆蟲綱。背色青綠，聲音淸圓。

16【螄】〔蛳〕ㄙ sī 名「螺螄」，見「螺」字。

16【螅】㈠ㄒㄧˋ xì 名「水螅」：腔腸動物，身體圓柱形，綠色或褐色，一頭有口，口上有觸手。產於淡水。 ㈡ㄒㄧ同「蟋」；蟋蟀，也作螅蟀。

十一 畫

17【螻】〔蝼〕ㄌㄡˊ lóu 名①「螻蛄」：屬昆蟲綱螻蛄科。褐色、前足類似鼹鼠形狀。棲土中，至夜則出，是農作物的害蟲。②「螻蟻」：螻蛄和螞蟻，比喻非常卑微無足輕重的人物。

17【蟀】讀音ㄕㄨㄛˋ shuò 語音ㄕㄨㄞˋ shuài 名「蟋蟀」，見「蟋」字。

17【蟑】ㄓㄤ zhāng 名「蟑螂」：屬節肢動物昆蟲綱直翅目，尾部有兩條具有感覺作用的尾毛。食害衣物、食品，是家居大害蟲；亦稱偸油婆。

17【蟒】ㄇㄤˇ mǎng 名脊椎動物爬蟲綱有鱗目蛇亞目。蚺的近似種。有斑紋，無毒牙，捕食小禽獸，大多產於熱帶的河湖附近。

17【螺】ㄌㄨㄛˊ luó 名①軟體動物腹足綱。體外有螺殼。②以螺殼製成的酒杯，例酒螺。③形似螺殼的髮髻。④山峯。⑤用螺殼製成的吹器，例吹螺擊鈸。⑥「螺螄」：屬軟體動物門腹足綱。體小形，殼口很寬，腳可從殼口伸出而爬行，產於淡水、河流或水田中，臺灣亦產。

17【螳】ㄊㄤˊ táng 名「螳蜋」，亦作「螳螂」：屬昆蟲綱直翅目。頭部三角形，複眼突出，觸角爲鞭狀，前胸細長，腹部肥大。捕食害蟲。

17【蟆】㈠ㄇㄚˊ má 名「蝦蟆」，見「蝦」字。㈡ㄇㄛˋ mò 名蟲名，如蚊而小。

17【螫】讀音ㄕˋ shì 語音ㄓㄜ zhē 名毒。動①蜂、蝎等以針刺人。②惱怒。

17【蟈】〔蝈〕ㄍㄨㄛ guō 名「蟈蟈兒」：屬昆蟲細直翅類，短翅，會鳴，體呈綠色。

17【螭】ㄔ chī 名同「魑」；中國神話裡的動物，似龍而無角，體色黃。

17【螯】ㄠˊ áo 名①節肢動物第一對足，其端分兩歧，像鉗子可以開合，用以取食兼防衛。②蟹的代稱，例持螯把酒。

17【蟄】〔蛰〕讀音ㄓˊ zhí 語音ㄓㄜˊ zhé 動蟲類入冬藏伏土中稱蟄，比喻隱藏潛伏。

17【螬】ㄘㄠˊ cáo 名金龜子的幼蟲，會爲害植物作物的根。

17【螮】ㄉㄧˋ dì 名同「蝃」。「螮蝀」：彩虹；亦作蝃蝀。

17【螵】ㄆㄧㄠ piāo 名「螵蛸」：螳螂卵簇聚之房爲螵蛸，長約寸許，大如拇指。

17【蟋】ㄒㄧ xī 名「蟋蟀」：屬昆蟲綱直翅目。頭大，頭皮堅硬而發亮光，雄蟲前翅有波狀脈，常以兩翅摩擦而發聲，善鬥。

17【螽】ㄓㄨㄥ zhōng 名蝗類的總名。

17【螿】ㄐㄧㄤ jiāng 名即寒蟬，屬節肢動物昆蟲網。

17【蟊】ㄇㄠˊ máo 名①同「蝥」；節肢動物昆蟲綱，專吃稻根的害蟲。②蜘蛛的別名。

17【螲】ㄉㄧㄝˊ dié 名「螲蟷」：屬蜘蛛綱，胸腹部均爲橢圓形，夜間離開洞穴外出覓食，捕捉昆蟲類。結網於洞穴的內部。

十二 畫

18【蟯】〔蛲〕ㄖㄠˊ ráo 名袋形動物圓蟲綱。體爲細長紡錘形，寄生在人的直腸內。雌蟲在肛門附近排卵，令人奇癢。

18【蟬】〔蝉〕ㄔㄢˊ chán 名①昆蟲綱同翅目，雄者腹面有發聲器，雌者無，四翅膜質，薄而透明。生於夏秋間，吸食樹汁，生命不過二～三星期。②薄如蟬翼的絲織品。

18【蟲】〔虫〕ㄔㄨㄥˊ chóng 名①昆蟲總稱。②動物的總名，古稱禽是羽蟲，龜是甲蟲，獸是毛蟲，魚是鱗蟲，人是倮蟲。③輕視他人的言語，例懶蟲。④姓，西漢有蟲達。

18【蟜】ㄐㄧㄠˇ jiǎo 名①蟲。②姓。形林木相連繞或屈曲老練的樣子，例夭蟜。

18【蟟】ㄌㄧㄠˊ liáo 名蟲名，例蛁蟟。

18【蟠】ㄆㄢˊ pán 動①盤伏。②屈曲，例蟠屈。形大。

18【蟥】ㄏㄨㄤˊ huáng 名「螞蟥」，見「螞」字。

18【蟢】ㄒㄧˇ xǐ 名蟲名，一種長腳蜘蛛，例蟢蛛。

18【蟖】ㄙ sī 名同「蟴」。「蛅蟖」，見「蛅」字。

18【蟛】ㄆㄥˊ péng 名「蟛蜞」：屬節肢動物門甲殼綱。體較螃蟹爲小，體色紅色，胸甲略作方形，螯及步腳無毛。棲水濱或沙穴中。

18【蟣】〔虮〕ㄐㄧˇ jǐ 名①蝨的幼蟲。②水蛭。

18【蟪】ㄏㄨㄟˋ huì 名「蟪蛄」：蟬之一種，長約二～三公分，色黃綠有黑條紋。雄體腹部有鳴器，鳴聲響亮。

18【蠁】ㄒㄧㄤˋ xiàng 名同「⿰虫向」；地蛹，似蠶而大，生於土中。

十三 畫

19【蟻】〔蚁〕ㄧˇ yǐ 名同「螘」。①昆蟲綱膜翅目，喜羣居，有雌蟻、雄蟻、工蟻、兵蟻之別，多在地下營巢。種類甚多。②玄色，例蟻裳。形微小的，例蟻命。副衆多，例蟻附。

18【蠅】〔蝇〕ㄧㄥˊ yíng 名昆蟲綱雙翅目。長約一公分，具有大型半球狀的頭部，觸角短，善舐。產於汙物或腐敗物上，幼蟲稱為蛆。

19【蠍】ㄒㄧㄝ xiē 名蜘蛛綱。體色黃褐，頭胸部甚短，腹部成十三節，後腹狹長如尾，末端有毒鉤，能螫人。

19【蟹】ㄒㄧㄝˋ xiè 名屬節肢動物甲殼綱。頭胸部扁平而龐大，體側有十隻腳，最前的一對如雙鉗，可捕食及禦敵。

19【蟷】ㄉㄤ dāng 名蟲名，「蟷螂」：屬昆蟲綱蟷螂科，前足呈鐮刀形，頭為三角形，複眼大，肉食性，棲於草原或樹上，捕食其他昆蟲維生。

19【蠃】(一) ㄌㄨㄛˇ luǒ 名「蜾蠃」，見「蜾」字。 (二) ㄌㄨㄛˊ luó 名同「螺」。

19【蠆】〔虿〕ㄔㄞˋ chài 名①毒蟲，形似蠍子而尾部較長。②同「蔕」，例蠆芥。

19【蠋】ㄓㄨˊ zhú 名蛾蝶類的幼蟲。

19【蟶】〔蛏〕ㄔㄥ chēng 名軟體動物斧足綱。介殼長方形，外淡茶褐色，內為白色，肉似蠣，味美。產沿海，常潛伏泥中。

19【蟺】(一) ㄕㄢˋ shàn 形蟲名，蚯蚓又稱蛐蟺。 (二) ㄔㄢˊ chán 同「蟬」。

19【蟾】ㄔㄢˊ chán 名①「蟾蜍」：屬脊椎動物兩生綱。體形很大，外形醜惡。性遲緩，不善跳躍。②俗稱月中有蟾蜍，故借稱月為蟾。

19【蠊】ㄌㄧㄢˊ lián 名「蜚蠊」，見「蜚」字。

十四 畫

20【蠔】ㄏㄠˊ háo 名牡蠣的別名，屬軟體動物門斧足綱，肉鮮美。

20【蠕】ㄖㄨㄢˇ ruǎn ㄖㄨˊ rú 動蟲類微動緩行，引申為微動。

20【蠐】〔蛴〕ㄑㄧˊ qí [名]「蠐螬」：金龜子的幼蟲，長寸許，赤尾黑，以背滾行。

20【蠓】ㄇㄥˇ měng [名]蟲名，比蚊小，與蚋同類，頭部有絮毛，雨後羣飛；亦稱蠛蠓。

20【蠖】ㄏㄨㄛˋ huò ㄨㄛˋ wò [名]蛾類的幼蟲，屬節肢動物昆蟲綱，食害茶園及相思林，[例]尺蠖。

20【蠑】〔蝾〕ㄖㄨㄥˊ róng [名]「蠑螈」：屬兩生綱蠑螈亞目，四肢短小，用以步行，在水中則用尾推進。外形像蜥蜴，有冬眠性。產於溫帶地區。

20【蠘】ㄐㄧㄝˊ jié [名]節肢動物甲殼綱，蟹的一種，體形似梭。

20【蠙】ㄅㄧㄣ bīn [名]蚌的別名。

十五　畫

21【蠣】〔蛎〕ㄌㄧˋ lì [名]屬節肢動物門隱蟹科。寄生於二枚貝類的外套膜間。白色，甲殼圓而軟。

21【蠢】ㄔㄨㄣˇ chǔn [動]①蟲動。②動。[形]①愚笨。②小貌。

21【蠡】㈠ㄌㄧˇ lǐ [名]蛀食木頭的蟲。[動]蟲子蛀食木頭。[形]器物用久而剝落似蟲蝕。

㈡ㄌㄧˊ lí [名]瓠瓜做成的水瓢。

21【蠟】〔蜡〕ㄌㄚˋ là [名]①油脂的一種，有鯨蠟、木蠟、蜜蠟等。②蠟燭的簡稱。[動]以蠟潤物。[形]色黃如蠟，[例]蠟色。

21【蠜】ㄈㄢˊ fán [名]蟲名，節肢動物昆蟲綱；亦作蟈蟈、叫哥哥。

21【蠛】ㄇㄧㄝˋ miè [名]「蠛蠓」：小蟲名，微細，色白，頭有絮毛，將下雨時，會羣飛塞路。

十六　畫

22【蠨】〔蟏〕ㄒㄧㄠ xiāo [名]「蠨蛸」：長腳的小蜘蛛；亦稱喜子。

十七　畫

23【蠱】〔蛊〕ㄍㄨˇ gǔ [名]①毒害人的東西。②卦名。[動]迷惑，[例]蠱惑。

23【蠲】ㄐㄩㄢ juān [名]一種多腳而行動緩慢的

蟲。動使清潔。

十八 畫

24【蠶】〔蚕〕ㄘㄢˊ cán 名昆蟲綱鱗翅目的幼蟲。成蟲胸腹尾有足六對，食桑葉，經四次蛻皮，眠四次，即停止進食，吐絲作繭變蛹，成蛹後變成蟲，即蠶蛾。

24【蠹】ㄉㄨˋ dù 名同「螙」、「蠧」；①節肢動物昆蟲綱，蛀蝕書籍、衣服、字畫等。②比喻侵耗財物的人。動壞、蛀蝕。

24【蠷】ㄑㄩㄢˊ qiàng 名黃色小甲蟲，喜食瓜葉。又名守瓜、金花蟲。

十九 畫

25【蠻】〔蛮〕ㄇㄢˊ mán 名①南方的種族。②姓。形①專權自恣，強橫不講理。②落後的，例蠻邦。③「蠻觸之爭」：比喻所爭執的事物極其微小。

二十 畫

26【蠼】㈠ㄐㄩㄝˊ jué 名①同「玃」；母猴。②龍的形貌。㈡ㄑㄩˊ qú 名「蠼螋」(1)蚰蜒的別名。(2)俗稱長腳蜈蚣，色青黑，尾端有毒液。

血 部

06【血】ㄒㄩㄝˋ xuè 名①動物體內的一種流動性液體，色暗紅或鮮紅，循環於心臟和血管間，分配養分到各組織，也輸送廢物，送到排泄器官，營全身的新陳代謝作用，例血液。②淚。③月經，例來血。動染，例可以血玉。(《山海經》〈南山經〉)形①比喻任俠好義的性情，例血性。②像血一般的顏色，例血紅。

◆血汗、血脈、血緣、血口噴人、血流漂杵、血氣方剛　冷血、泣血、流血、啼血、熱血、鮮血、茹毛飲血。

四 畫

10【衄】ㄋㄩˋ nü 名鼻孔出的血。動挫折，例敗衄。

十五 畫

21【衊】〔蔑〕ㄇㄧㄝˋ miè 名汙濁的血。動①揑造罪名，陷害他人。②鼻出血。

行　部

06【行】㈠ㄒㄧㄥˊ xíng 图①人類有意識的舉動。②道路之神。③樂府詩歌的一種體裁，例短歌行。④行裝。⑤書法的一體，即行書。動①行走，兩足進曰行，例三人行，必有我師焉。（《論語》〈述而〉）②作，實行。③推廣，例發行。④移動。⑤流通、流行，爲人所知，例行世。形能幹，例他眞行。副①將要，例行將破土。②可以，例行不行？③足夠，例行了，不要再添了。㈡ㄒㄧㄥˋ xìng 图表現品德的行爲舉止，例品行、德性。　㈢ㄏㄤˊ háng 图①道路，例寘彼周行。（《詩經》〈周南・卷耳〉）②直排的爲行，横排爲列。③計算行列的數名。④商業貿易機構、店鋪，例布行、銀行。⑤職業的名稱。⑥年輩，例漢天子，我丈人行也。（《漢書》〈李廣蘇建傳〉）⑦處、境，用於自稱及人稱各辭的後面，相當於「這邊」、「那邊」、「此處」、「彼處」等，例低聲問向誰行宿？（周邦彥〈少年遊詞〉）動①兄弟長幼的次第。②往，例與子偕行。（《詩經》〈秦風・無依〉）形有經驗，例內行。㈣ㄏㄤˋ hàng 形「行行」：剛强的樣子。

◆行伍、行李、行爲、行旅、行徑、行賄、行囊、行屍走肉、行雲流水言行、同行、修行、善行、履行。

三　畫

09【衍】ㄧㄢˇ yǎn 图①古書籍沿訛多餘的字，例衍文。②水澤。③水中沙洲。④山阪。⑤小箱。動①水流於海。②延展。③分布，例仁風衍而外流。（張衡〈東京賦〉）形①盛貌，例德星照衍。（《漢書》〈郊祀志上〉）②美的樣子。

◆平衍、曲衍、蔓衍、敷衍。

09【衎】ㄎㄢˋ kàn 形①和樂的樣子。②通「侃」，耿直貌。

五　畫

11【術】〔朮〕㈠ㄕㄨˋ shù 图①技藝，例技術。②方法，例戰術。③都邑中通行的道路，例當衢向術。（左思〈蜀都賦〉）④學問，例術業有專攻。（韓愈〈師說〉）⑤姓。動通「述」，省視，例形諸色，而術省之。（《禮記》〈祭義〉）　㈡ㄙㄨㄟˋ suì 图通「遂」；古行政區劃，郊外

的地方。

◆法術、學術、醫術、魔術、不學無術。

11【衒】ㄒㄩㄢˋ xuàn 動①沿街叫賣。②自誇、誇張，例衒耀。形自誇的，例衒士。

六畫

12【街】ㄐㄧㄝ jiē 名都市中四通八達的道路。

12【衕】(一) ㄊㄨㄥ tōng 名「衚衕」，見「衚」字。(二) ㄊㄨㄥˋ tòng 名下瀉的疾病。

12【衖】(一) ㄒㄧㄤˋ xiàng 同「巷」。 (二) ㄌㄨㄥˋ lòng 名通「弄」；小巷，例巷衖。

七畫

13【衙】(一) ㄧㄚˊ yá 名①古代官吏辦理公務的地方，例縣衙。②唐時天子的前殿。③姓，漢有衙謹卿。動古吏員參見本官曰衙參，亦曰衙。 (二) ㄩˊ yú 副行走的樣子，例衙衙。

九畫

15【衛】〔卫〕(衞) ㄨㄟˋ wèi 名①春秋時國名。②擔任防衛的兵士，例護衛。③古代邊境駐兵防敵的地方，例金山衛。④驢的別名。⑤指天津，明曾置天津衛。⑥姓，漢有衛綰。動保護，例防衛。

◆衛戍 守衛、門衛、保衛、禁衛、警衛。

15【衝】〔冲〕(一) ㄔㄨㄥ chōng 名①兩天體處於赤經或黃經差一百八十度位置時，稱為衝，行星與太陽相距一百八十度時為行星衝日。②交通要道。③兵車。動①向前直行，例逆流而行，直衝浮橋。(《後漢書》〈岑彭傳〉)②直著向上，例怒髮衝冠。③突擊。④犯、觸，例衝冒霜露。(王守仁〈瘞旅文〉) (二) ㄔㄨㄥˋ chòng 動①向，例衝北走。②假寐，例別衝了。③因，看，例衝著王老爺的面子，我就算了。形①充盈，氣味強烈。②勇猛，例年輕人就是有一股衝勁兒。③繁盛、興旺。

◆衝要、衝動、衝口而出、衝鋒陷陣。

15【衚】ㄏㄨˊ hú 名「衚衕」：北方話所稱的街巷，亦作「胡同」。

十畫

16【衡】ㄏㄥˊ héng 名①車轅前端的橫木。②秤物

的器具。③通「橫」；緯線。④眉目之間。⑤周代掌管山林資源的官吏。⑥測定重量的器具。⑦殿堂旁之欄杆，例百金之子不騎衡。(《史記》〈袁盎傳〉)⑧姓，漢有衡威。動①稱量輕重。②考慮、斟酌，例權衡輕重。形平均，例均衡。

十八 畫

24【衢】ㄑㄩˊ qú 名①四通八達的道路，例通衢。②叉路，例衢道。③姓。

衣 部

06【衣】(一)ㄧ yī 名①人身上所穿，用來蔽體禦寒的東西，通常用布帛、皮革或各種纖維質料做成，上面叫衣、下面叫裳，統稱衣裳。②包在器物外面的東西，例書衣。③果實的皮。④衣胞的簡稱。⑤姓，明有衣守信。
(二)ㄧˋ yì 動①穿著，例衣敝縕袍。(《論語》〈子罕〉)②給人衣服穿。

◆衣冠禽獸 更衣、征衣、布衣卿相、錦衣夜行。

二 畫

08【初】ㄔㄨ chū 名①根本，例進取不忘其初。(《史記》〈孔子世家〉)②姓。形①故，例伯父帥乃初事。(《儀禮》〈覲禮〉)②第一次的，例初犯。③從前，例和好如初。副①開始。②剛剛。

三 畫

08【表】ㄅㄧㄠˇ biǎo 名①凡在外面的都稱表，例表面、外表。②君主時代的奏章，例陳情表。③採用表格形式分類記載事物的文件，例統計表。④外衣。⑤標識，例表記。⑥通「錶」；計時或計量的東西，例手表、電表。⑦外親。⑧模範、榜樣，例表率。⑨石碑，例千里立表。(《漢書》〈李尋傳〉)⑩樹梢，例林表。⑪姓。動①顯示出來，例表示。②宣布，例發表。③顯揚、獎勵。

09【衫】ㄕㄢ shān 名①單衣、單褂，例短衫。②衣服的總稱。

09【衩】ㄔㄚˋ chà 名衣服兩旁開叉的地方，例衩口。

四 畫

10【衰】㈠ㄕㄨㄞ shuāi 動由強盛而漸漸微弱，例衰亡、風勢漸衰。㈡ㄘㄨㄟ cuī 名通「縗」；用粗麻布做成的毛邊喪服，例斬衰、齊衰。動等衰的簡稱，就是依一定的等級層遞而降。

10【衷】㈠ㄓㄨㄥ zhōng 名①貼身穿的內衣。②誠懇的心意，例私衷、苦衷。③善。④姓。形真誠的。㈡ㄓㄨㄥˋ zhòng 副恰當不偏。

10【袁】ㄩㄢˊ yuán 名姓，晉有袁宏。形衣服很長的樣子。

10【袂】ㄇㄟˋ mèi 名衣袖，例袂口。形分離，例分袂。

10【衵】㈠ㄋㄧˋ nì 名貼身的衣服。㈡ㄖˋ rì 居家便服。

10【衽】ㄖㄣˋ rèn 名①衣襟。②袖子。③席子，例安定其床衽。(《禮記》〈曲禮〉)

10【衲】ㄋㄚˋ nà 名①和尚所穿的衣服。②和尚，例老衲。動縫補衣物，例補衲。

10【衿】ㄐㄧㄣ jīn 名①通「襟」；衣服前面有鈕扣開合的部分，例對衿。②衣的交領。③同「紟」；連結衣襟的帶子。

10【衾】ㄑㄧㄣ qīn ㄑㄧㄣˊ qín 名①大被子。②殮屍用的被子。

五畫

11【袞】(衮)ㄍㄨㄣˇ gǔn 名①古代天子的禮服。②古代上公的禮服，後世因此稱三公爲袞。

11【袈】ㄐㄧㄚ jiā 名「袈裟」：和尚穿的法衣。

11【被】㈠ㄅㄟˋ bèi 名①睡覺時蓋在身上的東西，例棉被。②姓，漢有被條。動達到，例西被于流沙。(《尚書》〈禹貢〉)助①受，例陟險被創。(諸葛亮〈後出師表〉)②表被動性。㈡ㄆㄧ pī 動①通「披」；披衣在身上而不束帶子。②覆蓋。

11【袒】ㄊㄢˇ tǎn 名解上衣露出左臂的一種射禮或喪禮。動①裸露，例袒而示之背。(《左傳》〈莊公八年〉)②偏護。③表白。

11【袖】ㄒㄧㄡˋ xiù 名①衣服從肩到腕的部分。②一個團體的首領，例領袖。動把東西藏在袖子裡，例袖刃。形①比喻不管事情，例袖手旁觀。②藏於袖中的，例袖爐。

11【袍】ㄆㄠˊ páo 名①長衣。②寬長而有夾裡的外衣，例棉袍。③衣服的前襟。

11【袪】ㄑㄩ qū 名衣服的袖口。動①舉起。②除去。

11【袋】(帒) ㄉㄞˋ dài 名①可以裝東西的囊屬，例布袋。②有容納或裝盛作用的部位或器具，加上袋字作名稱，例腦袋，煙袋。③量詞，例一袋米。

11【袤】ㄇㄠˋ mào ㄇㄡˋ mòu 名土地的長度，南北稱袤，東西稱廣。

六畫

12【裁】ㄘㄞˊ cái 名①文章的體制，例取殊裁於八都。(張衡〈西京賦〉)②布料的一段稱一裁。動①用刀子或剪刀將紙或布等剪開，例裁衣。②果決判斷，例裁奪。③自殺，例自裁。④刪減。副通「纔」；僅。

◆**裁員、裁撤 決裁、制裁、獨裁、總裁、體裁、鑒裁。**

12【裂】ㄌㄧㄝˋ liè 名①裁剪布帛剩下的碎布。②古代分解肢體的酷刑。動①裁剪。②殘，破，例衣裳綻裂。(《禮記》〈內則〉)③撕開。④分，例道術將爲天下裂。(《莊子》〈天下〉)⑤殘缺。

◆**分裂、拆裂、決裂、破裂、四分五裂。**

12【袱】ㄈㄨˊ fú 名①包東西時所用的布。②用布包成的包裹，例包袱。

12【裉】ㄎㄣˋ kèn 名衣服在腋窩部分的接縫。

12【袴】(褲) ㄎㄨˋ kù 名穿在下身的衣服。

12【袺】ㄐㄧㄝˊ jié 動把衣襟向上提，以兜取物品。

12【袷】㈠ㄐㄧㄚˊ jiá 名同「裌」；兩層以上的衣服。 ㈡ㄐㄧㄝˊ jié 名①通「衱」；古代交叉式的衣領。②舊日朝服的曲領。

12【袽】ㄖㄨˊ rú 名破舊的衣服，古人用來堵塞船上的漏洞。

12【裀】ㄧㄣ yīn 名①貼身穿的衣服。②裌衣，有裡的單衣。③通「茵」；褥，墊子。

七 畫

13【裟】ㄕㄚ shā 名「袈裟」，見「袈」字。

13【裔】ㄧˋ yì 名①邊遠的地方，例四裔。②後代的子孫，例苗裔。③衣邊。④邊緣，例海裔。⑤夷狄的總稱。⑥姓。

13【裙】ㄑㄩㄣˊ qún 名①圍於腰以下的服裝，古時男女都穿，後世專為女子所用；亦稱裙子、裙兒。②鼈甲的邊緣。

13【裘】ㄑㄧㄡˊ qiú 名①皮衣，例貂裘。②姓，清有裘日修。

13【補】〔补〕ㄅㄨˇ bǔ 名①滋養的食物，例冬令進補。②明、清時加在禮服前後的方形彩繡，用來區分品級的。③姓。動①將破損的東西，加以修理，例修補。②將缺欠的添足，例補充、補足。③填入空缺的名次、職位，例遞補。④幫助，例於事無補。

◆補缺、補習、補貼、補綴、補遺 加補、填補、刪補、不無小補。

13【裝】〔装〕ㄓㄨㄤ zhuāng 名①穿著的服飾，例中山裝。②行李，例行裝。③書籍裝訂的式樣，例精裝書。④化裝的簡稱。動①修飾、裝扮，例裝潢。②把東西放進去，例裝貨。③裝假，例裝病。④安置，例裝設。⑤貯藏。

◆裝修、裝神弄鬼、裝腔作勢、裝瘋賣傻、裝模作樣、裝聾作啞 改裝、服裝、倒裝、盛裝、輕裝。

13【裏】〔里〕ㄌㄧˇ lǐ 名①內，例表裏山河。(《左傳》〈僖公二十八年〉)②衣服的襯布。③指地方，例這裏、那裏。④表時間，例寒假裏、夜裏。動同「理」；整置。助同「哩」，句末語氣詞。

13【裡】ㄌㄧˇ lǐ 同「裏」。

13【裊】〔袅〕ㄋㄧㄠˇ niǎo 動①繚繞。②搖曳，例竿垂斜裊晚風清。(謝宗可〈釣絲詩〉)形柔軟美好。

13【裕】ㄩˋ yù 名姓。動①充滿，例天地裕於萬物。(揚雄《法言》)②寬大。③寬容。④開。形①豐富充足，例充裕。②寬緩。

◆富裕、寬裕、優裕、豐裕。

13【裌】(一)ㄐㄧㄚˊ jiá 名同「袷」，兩層的衣服或被褥。(二)ㄒㄧㄝˋ xiè 動藏，例懷

袂。

13【裎】ㄔㄥˊ chéng 動「裸裎」：光著身子。

13【裋】ㄕㄨˋ shù 名僮僕等勞苦工作的人所穿的粗料子的短衣。

13【裛】ㄧˋ yì 名書囊。動①包纏，例裛以藻繡。(班固〈西都賦〉)②通「浥」；使溼潤。③香氣襲衣。

13【裒】ㄆㄡˊ póu 動①收集起來，例原隰裒兮。(《詩經》〈小雅・常棣〉)②減去，例裒多益寡。③俘虜。形衆多。

八 畫

14【裳】ㄔㄤˊ cháng ㄕㄤ shāng 名①衣服的總稱。②古代稱下身穿的衣服，即裙子。動穿，例今我與公冠冕裳衣。(蘇軾〈黃樓賦〉)

14【褂】ㄍㄨㄚˋ guà 名穿在袍子外面的衣服；亦稱褂子，例長袍馬褂。

14【裴】ㄆㄟˊ péi 名姓，唐有裴度。動通「徘」；徘徊，例裴回。形形容衣服特長的樣子。

14【裹】ㄍㄨㄛˇ guǒ 名①包的東西，例大包小裹。②花冠。③草的果實。動①纏繞、包紮。②包羅囊括。

14【裸】ㄌㄨㄛˇ luǒ 動顯露。形光露身體，例欲觀其裸。(《左傳》〈僖公二十三年〉)

14【裨】(一)ㄅㄧˋ bì 動增益。形補益，例雖死何裨？(韓愈〈進學解〉) (二)ㄆㄧˊ pí 名姓，春秋鄭有裨竈。形①副的，偏的，例裨將。②小的，例裨販夫婦。(張衡〈西京賦〉)

14【製】〔制〕ㄓˋ zhì 名①詩文、作品。②法式、式樣，例服短衣楚製。(《漢書》〈叔孫通傳〉)動①裁做衣服。②造作器物，例百官備而不製。(《後漢書》〈樊準書〉)③撰寫，著述，例皇太子親製誌銘。(《南史》〈褚裕傳附褚玠〉)

◆手製、自製、特製、精製、體製。

14【褚】ㄔㄨˇ chǔ 名①裝衣物的東西，囊袋之類。②姓，唐有褚遂良。動①把棉絮裝進衣服的夾層中。②貯藏。

14【裯】ㄔㄡˊ chóu 名①被子，例抱衾與裯。(《詩經》〈召南・小星〉)②床帳。

14【裾】(一)ㄐㄩ jū 名衣服的前襟。 (二)ㄐㄩˋ ju`

動通「據」，依據。形通「倨」，傲慢。

14【裼】ㄒㄧˊ xí 名古時加在皮裘外的長衣。動捲起袖子，露出手臂，例袒裼。

14【裱】ㄅㄧㄠˇ biǎo 名婦人綴於上衣的領巾。

14【裲】〔裲〕ㄌㄧㄤˇ liǎng 名「裲襠」：短袖衣，如現在的背心。

14【裰】ㄉㄨㄛˊ duó 名圓領大袖長袍，例直裰。動補縫衣服。

九 畫

15【褐】ㄏㄜˊ hé 名①粗毛布的衣服，例許子衣褐。(《孟子》〈滕文公上〉)②貧賤的人穿褐，因此稱貧賤的人爲褐。③黃黑而無光澤的顏色，例褐色、褐煤。④姓。

15【複】〔复〕ㄈㄨˋ fù 名兩層以上的衣服。形①重疊，例山重水複疑無路，柳暗花明又一村。(陸游〈遊西山村詩〉)②雙重的，例複壁。③繁雜的，與單相對，例複比。④重複的，例複印。

15【褓】ㄅㄠˇ bǎo 名「襁褓」，見「襁」字。

15【褊】㈠ㄆㄧㄢˊ pián 副「褊襬」：衣裳飄動的樣子。 ㈡ㄅㄧㄢˇ biǎn 形①狹小，例褊窄、褊狹。②衣服太小。③急躁。

15【褌】〔裈〕ㄎㄨㄣ kūn 名同「裩」；有襠的褲子，例紅褌、青布褌。

15【褎】㈠ㄧㄡˋ yòu 動生長，例實種實褎。(《詩經》〈大雅・生民〉)形①衣服華美的樣子。②笑。 ㈡ㄒㄧㄡˋ xiù 名同「袖」，衣袖。

15【褕】ㄩˊ yú 名①「褕衣」：美麗的衣服。②「褕狄」：古時王后所穿的祭服。

15【褘】〔袆〕㈠ㄏㄨㄟ huī 名王后的祭服，例王后褘衣。(《禮記》〈玉藻〉) ㈡ㄨㄟˊ wéi 名婦女身上所掛的香帶。

15【褙】ㄅㄟˋ bèi 動「裱褙」：裝潢書籍或書畫。

15【褒】ㄅㄠ bāo 同「襃」。名①古國名，在今陝西省。②姓，宋有褒希儼。動讚美，表揚，例褒獎。形廣大，寬大。

十 畫

16【褪】ㄊㄨㄣˋ tùn 動①脫掉衣服。②花凋謝。③顏色漸漸消失。④卻退。

16【褲】〔裤〕ㄎㄨˋ kù 同「袴」。名穿在下身的服裝；亦稱褲子，例長褲、西裝褲。形屬於褲子的，例褲腰，褲帶。

16【褥】ㄖㄨˋ rù 名坐臥時墊在身體下面，用以取柔軟溫暖的東西；亦稱褥子。

16【褫】ㄔˇ chǐ 動①把人身上穿的衣服剝除。②罷黜、革除，例褫職。

16【褡】ㄉㄚ dā 名①背心，例背褡。②有口袋的長帶，例褡包。動衣服敝敗破裂。

16【褧】(絅) ㄐㄩㄥˇ jiǒng 名單衣，例衣錦褧衣。(《詩經》〈鄭風・丰〉)

16【褰】ㄑㄧㄢ qiān 名袴。動提起衣服，例褰裳。

16【褦】(一) ㄋㄞˋ nài 名「褦襶」：(1)夏天所戴的涼斗笠。(2)不懂事。 (二) ㄌㄜ lē 形「褦襶」：不整潔。

16【褯】ㄐㄧㄝˋ jiè 名包裹嬰兒用的衣被。

16【褟】ㄊㄚ tā 名①穿在身體最裡層的衣服，例汗褟。②綴在衣服上的花邊，例褟絛子、褟邊兒。

十一　畫

17【褻】〔亵〕ㄒㄧㄝˋ xiè 動①狎玩，例褻玩。②輕慢，例褻瀆。③常常相見，例雖褻，必以貌。(《論語》〈鄉黨〉)形汙穢不潔的，例穢褻。

17【褶】(一) ㄉㄧㄝˊ dié 名夾衣，例帛為褶。(《禮記》〈玉藻〉) (二) ㄒㄧˊ xí 名騎馬時穿的衣服，例褲褶。 (三) ㄓㄜˊ zhé 名物件上的褶痕，例百褶裙。動摺疊衣物。

17【襄】ㄒㄧㄤ xiāng 名姓，漢有襄楷。動①輔佐治理，例襄助。②完成，例襄事。③除去，例不可襄也。(《詩經》〈鄘風・牆有茨〉)④上，登，例懷山襄陵。(《尚書》〈堯典〉)⑤脫了衣服耕田。

17【褸】〔褛〕ㄌㄩˇ lǚ 名衣襟。形衣服破裂的樣子，例衣衫襤褸。

17【襁】ㄑㄧㄤˇ qiǎng 名「襁褓」：包嬰兒的小被子。

17【褳】〔裢〕ㄌㄧㄢˊ lián 名「褡褳」：口在中間，兩邊可以放錢物，可以用手提，也可以放在袴腰上的錢袋。

17【襳】ㄒㄧㄢ xiān 副「褊襳」，見「褊」字。

17【襀】ㄐㄧ jī 名衣服上特意做出來的褶痕。

十二 畫

18【襇】〔裥〕ㄐㄧㄢˇ jiǎn ㄐㄧㄢˋ jiàn 名裙褶，例百襇裙。

18【襆】ㄆㄨˊ pú 名同「幞」；頭巾。動「襆被」：束裝、打舖蓋。

18【襏】〔袯〕ㄅㄛˊ bó 名「襏襫」：(1)雨衣。(2)勞工所穿的粗而結實的衣服。

18【襓】〔䙪〕ㄖㄠˊ ráo 名劍鞘。

十三 畫

19【襠】〔裆〕ㄉㄤ dāng 名褲子兩腿相連的地方，例褲襠。

19【襟】ㄐㄧㄣ jīn 名①同「衿」；衣服的前幅，例對襟、開襟。②懷抱。③姊妹丈夫的互稱，例連襟。④水交會於前，例襟三江而帶五湖。(王勃〈滕王閣序〉)

19【襖】〔袄〕ㄠˇ ǎo 名①兩層的、棉的、皮的短衣服，例棉襖、夾襖。②上衣的通稱，例紅褲綠襖。

19【襜】ㄔㄢ chān 名①指衣服的底擺。②工作時圍在身前的衣服，即蔽膝。③短衣，例襜襤。④通「幨」；車帷。形①衣服整潔的樣子，例衣前後，襜如也。(《論語》〈鄉黨〉)②搖動的樣子。

19【襚】ㄙㄨㄟˋ suì 名①送給死人穿的衣服。②泛指贈人的衣物。

19【襞】ㄅㄧˋ bì 名衣服上摺疊的痕跡或縐紋。動摺疊衣服，例錦衾不復襞。(王勃〈銅雀妓詩〉)

19【襝】〔裣〕(一)ㄌㄧㄢˋ liàn 動「襝衽」：古時女子的拜手行禮，後沿用作女子文言書信末尾的敬語；亦作斂衽。 (二)ㄌㄧㄢˊ lián 形衣服垂下來的樣子，例襝襜。

19【襛】〔秾〕ㄋㄨㄥˊ nóng 形衣服肥厚的樣子。②豐厚，茂盛。

19【襘】〔桧〕ㄍㄨㄟˋ guì 名衣領的會合處。

十四 畫

20【襤】〔褴〕ㄌㄢˊ lán 名沒有縫邊的衣服。形「襤褸」：衣服破舊的樣子。

20【襦】ㄖㄨˊ rú 名①短襖，例常作襦以賜凍者。(《梁書》〈安成王秀傳〉)②幼兒用的圍兜。③細羅。

十五 畫

21【襪】〔袜〕ㄨㄚˋ wà 名穿在腳上的東西，通常用棉、毛、絲織品或合成纖維製成，可以保暖及保護腳。

21【襭】〔撷〕ㄒㄧㄝˊ xié 動用衣服的下擺來兜東西。

21【襮】ㄅㄛˊ bó 名繡有花紋之衣領。動「表襮」：表明、剖白。

21【襫】ㄕˋ shì 名「襏襫」，見「襏」字。

21【襬】〔䙓〕ㄅㄞˇ bǎi 名衣服最下端的地方，例下襬。

十六 畫

22【襲】〔袭〕ㄒㄧˊ xí 名①整套衣服，例賜衣被一襲。(《漢書》〈昭帝紀〉)②多加一層衣服，例寒不敢襲。(《禮記》〈內則〉)③姓，晋有襲元之。動①一代一代的繼承下去，例世襲。②照著原來的樣子去做，例因襲。③趁人家尚未防備時去攻打，例偷襲。④以衣斂尸。⑤穿，例襲朝服。(司馬相如〈上林賦〉)⑥侵害。⑦重複、重疊。⑧進入，例使晋侯襲於爾門。(《國語》〈晋語〉)⑨掩閉，例無襲門戶。(《逸周書》〈小明武〉)⑩受，例故襲天祿。(《左傳》〈昭公二十八年〉)

22【襯】〔衬〕ㄔㄣˋ chèn 名內衣、襯衣。動①從內部烘托使外部明顯。②施與、布施，例幫襯、齋襯。

十七 畫

23【襶】(一)ㄉㄞˋ dài 名「褦襶」(ㄋㄞˋ ㄉㄞˋ)：見「褦」字。(二)・ㄉㄜ de 形「褦襶」(ㄌㄜ ・ㄉㄜ)：見「褦」字。

十九 畫

25【襺】〔𬡼〕ㄐㄧㄢˇ jiǎn 名棉袍，例重襺衣裘。(《左傳》)

25【襻】ㄆㄢˋ pàn 名①繫鈕扣或鞋的小圈套式帶子。②與鈕襻作用相似，如用人力拉車、套在肩上的布帶或皮帶。③解剖學名詞，指環形的構造；亦稱圈。

襾 部

06【襾】ㄒㄧㄚˋ xià 動覆蓋。

06【西】ㄒㄧ xī 名①方位名，東方的對面。②稱歐美西方國家，例中西合璧。③西班牙的簡稱。④物件，例東西。⑤姓，淸有西成。動向西行，例鼓行而西耳。(《漢書》〈張良傳〉)形①西邊的，例日落西山。②西歐的，或西班牙的，例西語系。

三 畫

09【要】㈠ㄧㄠˋ yào 名①重要部分，例提要、摘要。②計數的簿書。動①索取、討取，例要小費。②收爲己有。③求，例他要我替他請假。④需要。⑤「要挾」：因有所憑恃而強迫別人屈從己意。形①重要的，例要塞。②重大，例重要。③切當，例要道。副①概括。②應該。③將、欲，例我快要暈倒了。連①如果，例要是下雨，我就不去了。②「要麼」的簡語，表示選擇的意思，例隨便你，要就來。 ㈡ㄧㄠ yāo 名①腰，「腰」之古字，例細要。②約，例久要不忘平生之言。(《論語》〈憲問〉)③姓。動①約、結。②求，例修其天爵以要人爵。(《孟子》〈告子〉)③截留、攔阻。④劫、脅。⑤察、劾。⑥邀、招致。

六 畫

12【覃】ㄊㄢˊ tán 名姓，梁有覃無克。動延及、蔓延。形深，例覃思著述。(《後漢書》〈侯瑾傳〉)

十二 畫

18【覆】〔复〕ㄈㄨˋ fù 動①反，例反覆。②回答，例答覆。③傾倒，例豈見覆巢之下，復有完卵乎？(《世說新語》〈言語〉)④失敗。⑤毀滅。⑥遮蓋。⑦通「復」；回、還，例往覆。⑧詳察。⑨隱伏，例而覆諸山下。(《左傳》〈桓公十二年〉)副再，例重覆。

十三 畫

19【覈】ㄏㄜˊ hé 名①通「核」；果實的核，例覈物。②米麥舂餘的粗屑。動①考驗，例研覈是非。(張衡〈東京賦〉)②通「核」；仔細的稽察或對照，例覈算。形深刻。

見部

07【見】〔见〕(一)ㄐㄧㄢˋ jiàn 名①看法，例淺見。②姓。動①看到，例今夕何夕，見此良人。(《詩經》〈唐風・綢繆〉)②拜訪，例謁見、拜見。③遇到，例見風就裂。④接待，例接見。⑤被，例見疑。副漸趨於某種形勢，例日見興旺。 (二)ㄒㄧㄢˋ xiàn 動①同「現」；顯露。②介紹。形同「現」；現在的。(三)ㄐㄧㄢˇ jiǎn 名棺上飾物。動摻雜。

◆見背、見聞、見識、見危授命、見利忘義、見風轉舵、見異思遷、見義勇爲 意見、看見、高見、偏見、短見、先見之明。

四 畫

11【覓】〔觅〕ㄇㄧˋ mì 名量詞，唐時南詔以貝十六枚爲一覓。動尋求，例覓食。

11【規】〔规〕ㄍㄨㄟ guī 名①畫圓的器具，例圓規。②法度、條文，例條規。③成例，例墨守成規。④圓形的東西。⑤姓，明有規恂。動①模仿。②別人改正不對的地方，例規勸。③勸告、謀畫、設法，例蕭規曹隨。

◆規定、規則、規律、規劃、規諫、規過勸善 正規、明規、定規、法規、陋規。

五 畫

12【視】〔视〕ㄕˋ shì 名①眼力，例視力。②存活，例長生久視。動①看。②審察。③看待，例君之視臣如手足。(《孟子》〈離婁下〉)④顯示。⑤比擬。⑥效法，例視乃烈祖。(《尚書》〈太甲〉)⑦接納。⑧辦理、治理，例視事。

◆視民如傷、視死如歸 注視、疾視、俯視、監視、輕視、亂視、凝視。

12【覘】〔觇〕ㄓㄢ zhān 動偷看。

七畫

14【覡】〔觋〕ㄒㄧˊ xí 名為人向鬼神祝禱的男巫。

八畫

15【覩】ㄉㄨˇ dǔ 動同「睹」；看見。

15【覥】〔觍〕ㄊㄧㄢˇ tiǎn 形「靦覥」，見「靦」字。

九畫

16【覦】〔觎〕ㄩˊ yú 動妄想或貪想，例覬覦。

16【親】〔亲〕㈠ㄑㄧㄣ qīn 名①父母，例雙親。②泛稱和自己有親屬關係的人，例六親。③情誼，例父子之親。④慈愛之心，例親譽日著。(唐玄宗〈孝經序〉)⑤親信的人。⑥婚姻，例成親。⑦姓。動①接近，例親近。②締結姻緣，例定親。③愛，例相親相愛。④接吻，或用面部接觸，例親一親孩子。形①自己的，例親娘。②稱謂上指有直接親屬血統關係的，例親兄弟。③親近的，例王無親臣矣。(《孟子》〈梁惠王下〉)④通新，例在親民。(《禮記》〈大學〉)副本身直接參與其事，例親臨指導。㈡ㄑㄧㄥˋ qìn 名夫妻雙方的父母互相稱，例親家母。

十畫

17【覬】〔觊〕ㄐㄧˋ jì 名通「冀」；希望僥倖，例覬幸。

17【覯】〔觏〕ㄍㄡˋ gòu 名①通「遘」、「逅」；遭遇、看見。②同「構」；結成。

十一畫

18【覲】〔觐〕ㄐㄧㄣˇ jǐn ㄐㄧㄣˋ jìn 動①古代諸侯秋天進見天子，例朝覲。②下級的人進見上級的人。③訪謁、相會。副通「僅」。

18【覷】〔觑〕ㄑㄩˋ qù 動①偷看，例覷探。②瞇著眼注視，例覷著眼。③看輕，例小覷。

十二畫

19【覶】ㄌㄨㄛˊ luó 名「覶縷」：把事情詳細而委婉的說出來。

19【覸】ㄐㄧㄢˋ jiàn 動同「瞯」；窺視。

十三 畫

20【覺】〔觉〕(一) ㄐㄩㄝˊ jué 名①各感官受刺激後對事物的辨識力，例味覺。②先知的人，例先知先覺。③佛之別稱，例覺王。動①感悟，例覺今是而昨非。（陶潛〈歸去來辭〉）②發現，例發覺。③睡醒。④啟發、告訴。⑤知曉、感受到，例德修罔覺。（《尚書》〈說命〉） (二) ㄐㄧㄠˋ jiào 名①俗稱睡眠爲睡覺。②睡眠一次稱一覺。

◆**覺悟、覺察、覺醒 幻覺、自覺、感覺、夢覺、錯覺、先知先覺。**

十四 畫

21【覽】〔览〕ㄌㄢˇ lǎn 動①觀看，例遊覽名勝古蹟。②接受。名姓。

十五 畫

22【覿】〔觌〕ㄉㄧˊ dí 動①以禮相見，例私覿，愉愉如也。（《論語》〈鄉黨〉）②見。③訪。

十八 畫

25【觀】〔观〕(一) ㄍㄨㄢ guān 名①意識，例主觀。②景象，例壯觀。③看法，例人生觀。動①考察，例觀察。②遊覽。 (二) ㄍㄨㄢˋ guàn 名①道士修道的地方，例道觀。②宮殿。③臺榭。④易卦名，六十四卦之一，坤上巽下。⑤姓，春秋楚有觀射夫。

◆**觀光、觀望、觀照、觀瞻、觀過知仁 改觀、美觀、參觀、達觀、樂觀、靜觀其變。**

角 部

07【角】(一) 讀音ㄐㄩㄝˊ jué 語音ㄐㄧㄠˇ jiǎo 名①獸類頭上突出來的硬物，有防禦、攻擊的功能，例鹿角。②人的額骨。③輔幣單位之一，十角等於一元，例一角錢。④表演戲劇的人，例女主角。⑤古代樂器五音中的一音，例宮、商、角、徵、羽。⑥古代一種酒杯。⑦幾何學中稱兩直線相交所夾成的形狀爲角，例直角。⑧星名，二十八宿之一。動①競爭，例角逐冠軍。②爭吵，例口角。 (二) ㄌㄨˋ lù 名姓。

二 畫

09【觔】ㄐㄧㄣ jīn 图①通「筋」；筋力。②通「斤」；重量單位。動倒翻身，例觔斗。

四 畫

11【觖】ㄐㄩㄝˊ jué 動①挑出、挑撥。②怨望。③希望。

五 畫

12【觚】ㄍㄨ gū 图①古代有八個稜角的酒杯。②古代用來寫字的木簡。③稜角。④方形。

12【觝】ㄉㄧˇ dǐ 動同「牴」、「抵」；用角觸物。

六 畫

13【觥】ㄍㄨㄥ gōng 图古代的酒杯，以兕牛角製成。形大。

13【解】㈠ㄐㄧㄝˇ jiě 图①識力、看法，例見解。②文體名，屬論辨類。③量詞，指回數，次數，例狂歌兩解。（李蕭遠〈水龍吟詞〉）④屎，尿，例大解、小解。⑤易經六十四卦之一，坎下震上。動①剖分，例庖丁解牛。②打開、鬆開，例解衣、解鈕扣。③脫去。④免除，例南風之薰兮，可以解吾民之慍兮。（《古樂府》〈南風歌〉）⑤曉悟，訓釋，例妙解法理。⑥懂得，知道，例月既不解飲，影徒隨我身。（李白〈月下獨酌詩〉）⑦溶、融，例東風解凍。⑧排泄，例解大便。形明白，例瞭解。 ㈡ㄐㄧㄝˋ jiè 图①古代之鄉舉，例解元，解試。②官吏。動押送、發遣，例押解罪犯。 ㈢ㄒㄧㄝˋ xiè 图①古地名，在今洛陽西南。②姓，明有解縉。

◆分解、和解、瓦解、理解、誤解、精解、解頤、解圍、解甲歸田。

七 畫

14【觫】ㄙㄨˋ sù 副「觳觫」；見「觳」字。

14【觩】ㄑㄧㄡˊ qiú 形①角向上面彎曲的樣子。②把弦撐得很緊的樣子，例角弓其觩。（《詩經》〈魯頌・泮水〉）

八 畫

15【觭】ㄐㄧ jī 图①獸類頭上的角。②物體橫直兩條邊集合的部分，例牆觭角。③同奇偶的奇字。動得。形單，隻，例觭偶。

九畫

16【觱】ㄅㄧˋ bì 名「觱篥」；可以吹的角。形通「滭」。「觱沸」：泉水湧出的樣子。

十畫

17【觳】ㄏㄨˊ hú 名古代的量器名。動①貧瘠的。②「觳觫」：害怕發抖的樣子。

十一畫

18【觴】〔觞〕ㄕㄤ shāng 名酒杯的總名。動進酒勸別人喝。

十二畫

18【觶】〔觯〕ㄓˋ zhì 名古代的酒杯，圓形如瓶。

十三畫

20【觸】〔触〕ㄔㄨˋ chù 名姓。動①獸類用犄角抵物。②碰撞，例乃觸庭槐而死。(《左傳》〈宣公二年〉)③兩物相遇、相接，例接觸。④冒犯，例觸法。⑤感動，例感觸。

十八畫

25【觿】ㄒㄧ xī 名①用獸骨製成，解繩結的錐子。②童年。

言部

07【言】〔讠〕㈠ㄧㄢˊ yán 名①所說的話，例言行一致。②一個字，例五言詩。③一句話，例一言難盡。④文辭、談吐。⑤姓，春秋吳有言偃。動①說，例苦不堪言。②謂，例言人之不善，當如後患何？(《孟子》〈離婁〉) ㈡ㄧㄣˊ yín 副同「誾」；和順而諍的樣子。

◆言不由衷、言過其實、言歸正傳、言聽計從、言簡意賅 失言、立言、美言、怨言、寓言、遺言、巧言令色、妖言惑衆、金玉良言。

二畫

09【訇】ㄏㄨㄥ hōng 動①痴人自言自語不休。②呻吟，俗作「哼」字。副聲音很大的樣子，例訇然、訇訇。

09【計】〔计〕ㄐㄧˋ jì 名①策略，例三十六計。②測量計數的儀器，例溫度計。③姓，漢有計子勳。動①核算。②謀畫、打算。③爭論，例計較。④商量，例計議。⑤考核官吏。

◆大計、設計、詭計、總計、千方百計、工於心計。

09【訂】〔订〕ㄉㄧㄥˋ dìng 動①商議後決定，例訂約、訂婚。②預先約定，例訂貨。③改正，例校訂。④同「釘」；用釘固定，例裝訂。

◆改訂、檢訂、補訂、增訂。

09【訃】〔讣〕ㄈㄨˋ fù 名訃告的文字。動報喪。

三 畫

10【記】〔记〕ㄐㄧˋ jì 名①登載事情的書或文字，例日記、西遊記。②書牘文體的一種，例奏記。③印章，例圖記。④標誌、暗號，例標記、暗記。動①把事情存留在腦中不忘，例牢記。②登錄，例記帳、記過。

◆記載、記誦、記錄 手記、別記、速記、鈐記、登記、簿記、傳記、書記。

10【訐】〔讦〕ㄐㄧㄝˊ jié 動指責或揭發別人的陰私，例攻訐。

10【討】〔讨〕ㄊㄠˇ tǎo 動①向別人索回東西，例討債。②乞求，例討飯。③征伐，例東征西討。④探究，例研討。⑤招惹，例討人嫌。⑥娶，例討老婆。

10【訌】〔讧〕ㄏㄨㄥˊ hóng 動爭執、紛亂、潰敗，例內訌。

10【訕】〔讪〕ㄕㄢˋ shàn 動毀謗，例惡居下流而訕上者。(《論語》〈憲問〉)形「訕訕」：難爲情的樣子。

10【訊】〔讯〕ㄒㄩㄣˋ xùn 名消息、書信，例音訊。動①詢問，例村中聞有此人，咸來問訊。(陶潛〈桃花源記〉)②審問，例審訊。③告、諫，例歌以訊之。(《詩經》〈陳風・墓門〉)

10【託】〔托〕ㄊㄨㄛ tuō 動①寄。②委任。③假借，例託辭。④請求、囑咐，例拜託、請託。

◆託付、託名、託病 委託、信託、寄託、推託、囑託。

10【訓】〔训〕ㄒㄩㄣˋ xùn 名可做法則的言語，例古訓、不足爲訓。動①教誨、教導，例訓導、訓勉。②注解。③順從。

◆訓示、訓斥、訓誨 明訓、家訓、

教訓、遺訓、嚴訓。

10【訖】〔讫〕ㄑㄧˋ qì 動同「迄」；到。副①終止、完結，例銀貨兩訖。②竟然，例訖不肯拜使者。(《漢書》〈西域傳上〉)

10【訏】〔讦〕ㄒㄩ xū 動說大話。形①大，例訏謨。②通「盱」，和樂。歎同「吁」；歎辭。

10【訑】〔訑〕(一)ㄧˊ yí 形「訑訑」：自以爲聰明而不聽別人的忠告良言。(二)ㄊㄨㄛ tuō 動欺騙，例訑謾。(三)ㄉㄢˋ dán 形放誕。

10【訒】〔讱〕ㄖㄣˋ rèn 形話難於說出口的樣子。

四　畫

11【訪】〔访〕ㄈㄤˇ fǎng 動①探望、拜會。②尋覓、索求。③探問、考察，例訪查。

◆**訪古、訪問　往訪、採訪、尋訪、諏訪。**

11【訝】〔讶〕ㄧㄚˋ yà 動①驚異、疑怪，例訝異、驚訝。②通「迓」；迎接。

11【訣】〔诀〕ㄐㄩㄝˊ jué 名方法、法術，例祕訣、眞訣。動①離別。②死別，例永訣。③通「決」，引決。

11【訥】〔讷〕ㄋㄜˋ nè ㄋㄚˋ nà 形說話不流利的樣子，例君子欲訥於言，而敏於行。(《論語》〈里仁〉)

11【許】〔许〕(一)ㄒㄩˇ xǔ 名①地方、處所，例先生不知何許人也？(陶潛〈五柳先生傳〉)②約計數目的詞。③姓，後漢有許愼。動①答應、認可，例許可。②預先應允。③允婚，例小姐已許人了。④期望，例期許。副如此，這般。助語末助詞，例一生長恨奈何許。(韓愈〈感春詩〉)　(二)ㄏㄨˇ hǔ 副衆人共抬重物時所發出的聲音，例許許、邪許。

◆**也許、允許、或許、特許、幾許、稱許。**

11【設】〔设〕ㄕㄜˋ shè 動①陳列、布置，例陳設、擺設。②建立，例設立、建設。③籌畫，例設計、設法。④着，塗，例設色。副假使，例設秦得人，如何？(揚雄《法言》)

◆**特設、常設、假設、敷設。**

11【訟】〔讼〕ㄙㄨㄥˋ sòng 名通「頌」，古本毛詩雅、頌字多作「訟」。動①打官司，即在法院爭辯曲直，例獄訟、訴訟。②辯論是非曲直，例聚訟紛紜。③責備。形公正而明白的，例訟言。

11【訛】〔讹〕ㄜˊ é 動①藉機詐取財物，例訛詐。②走動，例或寢或訛。(《詩經》〈小雅・無羊〉)③改變，例式訛爾心。(《詩經》〈小雅・節南山〉)形①錯誤的，例以訛傳訛。②假的、不實在的，例訛言。

11【訢】〔䜣〕(一) ㄒㄧㄣ xīn 形通「欣」；快樂、高興的樣子，例終身訢然，樂而忘天下。(《孟子》〈盡心〉) (二) ㄒㄧ xī 動通「熹」，例訢合。 (三) ㄧㄣˊ yín 副同「誾」；敬謹的樣子。

11【訧】〔訧〕ㄧㄡˊ yóu 名過失。

11【訩】〔讻〕ㄒㄩㄥ xiōng 名禍亂。動爭辯。副「訩訩」：喧嘩紛擾的樣子。

五　畫

12【註】ㄓㄨˋ zhù 名同「注」；解釋或說明的文字，例四書集註。動①解釋文義，例註解。②登記，例註冊、註銷。③記載。

12【詠】(咏) ㄩㄥˇ yǒng 名詩、詞，例不有佳詠，何伸雅懷。(李白〈春夜宴從弟桃花園序〉)動①拉長聲音唱誦，例歌詠、吟詠。②鳥鳴。③含有詠歎諷誦意味的敍述，描寫，例詠古、詠史。

12【評】〔评〕ㄆㄧㄥˊ píng 名論斷是非好壞的話，例評語。動①議論是非好壞，例評頭論足。②用公正的態度判定好壞，例評分、評理。

◆評定、評註、評語　好評、批評、詩評。

12【詞】〔词〕ㄘˊ cí 名①代表一個觀念的語言或文字，例語詞、動詞。②指有組織或片段的語言、文字，例歌詞、演講詞。③一種長短句押韻的文體，始於唐，盛於宋；又稱「詩餘」或「長短句」。

◆名詞、祝詞、措詞、賀詞、詩詞、填詞。

12【証】〔证〕(證) ㄓㄥˋ zhèng

動①勸諫。②俗借用作「證」字的簡寫。

12【詁】〔诂〕ㄍㄨˇ gǔ 動用現代的話語，解釋古代的或方言的語言文字，例訓詁。

12【詔】〔诏〕ㄓㄠˋ zhào 名皇帝所下的命令，例深追先帝遺詔。(諸葛亮〈前出師表〉)動告訴、教導。

12【詛】〔诅〕ㄗㄨˇ zǔ 動①祈求鬼神降禍給他人，引申爲咒罵之意，例詛咒。②盟誓。

12【詐】〔诈〕(一) ㄓㄚˋ zhà 動①欺騙，例詐財、欺詐。②假裝，例詐降、詐死。副通「乍」；忽然。 (二) ㄓㄚˇ zhǎ 動用言語試探，例拿話詐我。

12【訴】〔诉〕ㄙㄨˋ sù 動①述說、陳述，例訴苦。②打官司，例上訴、訴訟。③譖毀。

◆自訴、公訴、告訴、追訴、控訴。

12【詆】〔诋〕ㄉㄧˇ dǐ 動①毀謗、辱罵，例巧言醜詆。②誣衊。③通「柢」；根本。

12【診】〔诊〕ㄓㄣˇ zhěn ㄓㄣ zhēn 動①察看病狀。②省視。③占夢。

12【訶】〔诃〕ㄏㄜ hē 動大聲責備，例訶責、詆訶。

12【詅】〔诊〕ㄌㄧㄥˊ líng 動①自誇貨物美好，以求脫售。②叫賣。

12【詈】ㄌㄧˋ lì 動罵，責備。

12【詎】〔讵〕ㄐㄩˋ jù 副豈、那裡。連猶「苟」，如果。

12【詒】〔诒〕(一) ㄧˊ yí 動①贈送。②留傳，例詒厥孫謀。 (二) ㄉㄞˋ dài 動欺騙。

12【詖】〔诐〕ㄅㄧˋ bì 動辯論。 形 通「頗」；偏頗、不公正的，例詖辭。

12【詗】〔诇〕ㄒㄩㄥˋ xiòng 動①偵察、刺探。②告密。

12【詘】〔诎〕(一) ㄑㄩ qū 動①彎曲。②屈服、折服。③冤曲。 (二) ㄔㄨˋ chù 動同「黜」；貶斥。

六 畫

13【詫】〔诧〕ㄔㄚˋ chà 動①驚異，例詫異。②誇張。③欺騙。④告知。

13【該】〔该〕ㄍㄞ gāi 代指稱代名詞，多用於公文中，相當於「彼」、「此」之意，例該校、該處。動①應當，例該當何罪。②欠，例該債。形同「賅」；兼備、完備。

13【詳】〔详〕ㄒㄧㄤˊ xiáng 名舊時下級官對於上級官有所陳報時所用的文書。動①細細說明，例內詳。②審查。副周備、完全。

13【試】〔试〕ㄕˋ shì 名考試的簡稱，例筆試、口試。動①測驗。②嘗，例試用、嘗試。③探測，例試探。④用，例百僚是試。(《詩經》〈小雅・大東〉)

13【詩】〔诗〕ㄕ shī 名①將美感或情意用和諧的聲韻及精粹的文字表現出來的一種文體，有舊詩、新詩之分。②詩經的簡稱。副承、持，即「持」之假借。

13【詰】〔诘〕ㄐㄧㄝˊ jié 動①問，例反詰、盤詰。②責難，例詰責。③整治。形①明，次（用於時間），例詰旦、詰朝。②屈曲不平，例詰屈。

13【誇】〔夸〕ㄎㄨㄚ kuā 動①說大話，例誇張。②向別人炫耀自己，例誇示。③稱讚，例誇獎。形大，例誇布之衣。

13【詼】〔诙〕ㄏㄨㄟ huī 動嘲笑、戲謔。

13【詣】〔诣〕ㄧˋ yì 名學業或技能所到達的境界，例造詣。動①往、到。②進見，例及郡下，詣太守說如是。(陶潛〈桃花源記〉)

13【誠】〔诚〕ㄔㄥˊ chéng 形眞實不欺。副①實在是、的確是。②假設語詞，含如果之意。

◆**誠服、誠意、誠實、誠懇　至誠、赤誠、忠誠、眞誠、熱誠。**

13【話】〔话〕ㄏㄨㄚˋ huà 名言語，例正經話、上海話。動談論、敍說，例何當共翦西窗燭，卻話巴山夜雨時。(李商隱〈夜雨寄北詩〉)

◆**話別、話舊　佳話、神話、情話、說話、談話、童話。**

13【誅】〔诛〕ㄓㄨ zhū 動①殺戮，例天

誅地滅。②討伐，例誅其居而弔其民。(《孟子》〈梁惠王下〉)③責備，例口誅筆伐。④懲罰。⑤剪除。

13【詭】〔诡〕ㄍㄨㄟˇ guǐ 動①違反，例言行相詭。②責備。形①欺詐的，例詭計、詭詐。②奇異的，例詭異、詭譎。③不正當的，例詭道。

13【詢】〔询〕ㄒㄩㄣˊ xún 動①查問，例詢問、查詢。②徵求意見，例諮詢。

13【詮】〔诠〕ㄑㄩㄢˊ quán 名①通「筌」，指言語上留下之痕迹，例言詮。②眞理，事理，例眞詮。動詳細解說事理，例詮釋、詮證。

13【詬】〔诟〕ㄍㄡˋ gòu 動斥責、怒罵。形恥辱，例忍辱含詬。

13【詹】ㄓㄢ zhān 名姓，清有詹天佑。動①到。②選定，例謹詹於某月某日完婚。③管理、省察。副話多的樣子，例詹詹。

13【訾】(一)ㄘ cī 名病，缺點。 (二)ㄗˇ zǐ 動①毀謗、說人壞話，例訾議。②厭惡。 (三)ㄗ zī 名①通「貲」；財貨。②計量，例訾粟而稅。(《商君書》〈墾令〉)③姓，漢有訾順。

13【詡】〔诩〕ㄒㄩˇ xǔ 動①說大話，例自詡。②普及，例德發揚，詡萬物。(《禮記》〈禮器〉)形生動活潑的樣子，例詡詡。

13【詵】〔诜〕ㄕㄣ shēn 動問、發言。形衆多的樣子。

13【詿】〔诖〕ㄍㄨㄚˋ guà 動①錯誤。②欺騙。③牽累，例詿誤。

13【誆】〔诓〕ㄎㄨㄤ kuāng 動欺騙，例誆騙。

13【誄】〔诔〕ㄌㄟˇ lěi 名哀悼死者的文字。動敍述死者生平功德行誼，表示哀悼。

13【訿】ㄗ zī 動同「訾」；詆毀，例訿毀。

13【詾】〔讻〕ㄒㄩㄥ xiōng 副同「訩」；衆人議論紛紛喧擾的樣子。

七 畫

14【誦】〔诵〕ㄙㄨㄥˋ sòng 名可朗誦的詩篇。動①大聲朗讀，例朗誦、背誦。②讚美，例稱頌。③背念，例子路終身誦之。(《論語》〈子罕〉)圖通「訟」；公開表明，例誦言。

14【誌】〔志〕ㄓˋ zhì 名①一種記事的文字，例墓誌、碑誌。②記號，例標誌。③事物的譜錄，例地誌、縣誌。④通「痣」。動①記，例誌於心。②表示，例誌哀、誌喜。

14【語】〔语〕(一)ㄩˇ yǔ 名①用口頭說的話。②兩個或幾個詞組成的不成句的話。③蟲鳥的鳴叫聲，例鳥語花香。④代表語言的動作，例手語、眉語。動談論、說話，例不言不語。 (二)ㄩˋ yù 動①告訴。②教訓、告誡。

◆語重心長、語焉不詳、語無倫次 古語、耳語、言語、俗語、術語、一語成讖。

14【誣】〔诬〕讀音ㄨˊ wú 語音ㄨ wū 動①捏造事實冤枉別人。②妄、亂。③欺罔。

14【認】〔认〕ㄖㄣˋ rèn 動①辨識。②允許，表示同意、承受，例認可、認罪。③雙方本無親屬關係而結成關係，例認領，認乾媽。④認為、當作。

◆公認、否認、承認、誤認、默認。

14【誡】〔诫〕ㄐㄧㄝˋ jiè 名①箴言、教條，例十誡、女誡。②命令。動警告。

◆告誡、訓誡、遺誡、警誡。

14【誤】〔误〕ㄨˋ wù 動①耽擱、錯過，例火車誤點。②惑。形差錯。

◆誤解、誤人子弟、誤打誤撞 刊誤、正誤、訛誤、躭誤、錯誤。

14【誓】ㄕˋ shì 名表明決心的言語，例立誓、宣誓。動①告誡，例誓師。②決心，例誓不兩立。③受命。形謹慎。

◆弘誓、約誓、發誓、海誓山盟。

14【說】〔说〕(一)ㄕㄨㄛ shuō 名言論、主張，例著書立說。動①用言語表達情意，例說話。②解釋，例說明、解說。③評論，例說長道短。④責備，例說了他一頓。 (二)ㄕㄨㄟˋ shuì 動用言語勸服他人，使之聽從或採納，例遊說。(三)ㄩㄝˋ yuè 形通「悅」；喜樂，例學而時習之，不亦說乎？(《論語》〈學而〉)

◆小說、細說、演說、勸說、郢書燕說、道聽塗說。

14【誥】〔诰〕ㄍㄠˋ gào 名舊時一種告誡

的文體，例康誥、酒誥。動上告下，例誥誡。

◆訓誥、制誥、典誥、論誥。

14【誨】〔诲〕ㄏㄨㄟˋ huì ㄏㄨㄟˇ huǐ 動①教導，例誨人不倦。(《論語》〈述而〉)②引誘，例誨盜、誨淫。

◆教誨、訓誨、勸誨、誡誨、慈誨。

14【誘】〔诱〕ㄧㄡˋ yòu 動①教導，例循循善誘。②用言語或行動迷惑人，例誘拐、誘惑。

14【誑】〔诳〕ㄎㄨㄤˊ kuáng 動欺騙、迷惑。

14【誒】〔诶〕(一) ㄒㄧ xī 形笑樂。副强，例誒笑。歎表示失意可惜的歎息聲。　(二) ㄞˋ ài 形「誒詒」：懈怠、悶悶不樂，彷佛失魂落魄似的。歎感歎詞，表示答應或招呼。

14【誚】〔诮〕ㄑㄧㄠˋ qiào 動①用言語挖苦人，例譏誚。②譴責，例誚讓。

八　畫

15【誼】〔谊〕ㄧˋ yì ㄧˊ yí 名①交情、友誼。②通「義」；合宜的道理、行爲。動通「議」；評論是非。

15【諒】〔谅〕(一) ㄌㄧㄤˋ liàng 動寬恕，例原諒、諒解。形①固執，例君子貞而不諒。(《論語》〈衛靈公〉)②誠信，例友直、友諒、友多聞。(《論語》〈憲問〉)副料想，猜測之詞，例諒必、諒可。　(二) ㄌㄧㄤˊ liáng 動「諒闇」：天子服喪之室。

15【談】〔谈〕ㄊㄢˊ tán 名①言論，例美談。②姓，淸有談遷。動①彼此對語，例談話、談論。②批評、論說，例高談闊論、街談巷議。

◆談吐、談判、談笑自若　言談、怪談、笑談、閒談、面談。

15【諄】〔谆〕ㄓㄨㄣ zhūn 動輔佐，厚待。副「諄諄」：⑴指教學勤勞不倦的態度。⑵誠懇忠實的樣子。⑶遲鈍。

15【誕】〔诞〕ㄉㄢˋ dàn 名生日，例華誕、壽誕。動生育，例誕生。形①說話荒唐，例荒誕不經。②行爲放蕩怪異，例放誕、怪誕。助語助詞，用於句首，例誕彌厥月。(《詩經》〈大雅・生民〉)

◆誕辰、誕謾　荒誕、虛誕、聖誕、詭誕。

15【請】〔请〕ㄑㄧㄥˇ qǐng 動①請求。②邀約，例請客。③延聘，例請大夫。④問候，例請安。⑤拿、端、抱的敬詞，例把神主請出來。⑥謁見，例臣固將請之。(《國語》〈越語〉)副對人有所要求的敬詞，例請過來、請讓開。

◆請示、請教、請罪、請願 申請、奏請、邀請、聘請、懇請。

15【諸】〔诸〕ㄓㄨ zhu 名姓，明有諸弘道。代之、彼，例告諸往而知來者。(《論語》〈學而〉)形表不定的多數，例諸位、諸君。介「之」、「於」二字的合音，例求諸己。助①「之」、「乎」二字的合音，例文王之囿，方七十里，有諸？(《孟子》〈梁惠王〉)②猶「乎」，例日居月諸。

15【課】〔课〕ㄎㄜˋ kè 名①學業或應作之工作，例功課、早課。②稅收，例鹽課。③機關團體中分部辦事的基層單位，例總務課、文書課。④卜兆，例卜課、起課。動①抽稅，例課稅。②教導、督促，例課讀。

15【諉】〔诿〕ㄨㄟˇ wěi 動①推託、卸責，例推諉。②連累。

15【諂】〔谄〕ㄔㄢˇ chǎn 動用言語巴結、奉承人家，使人心喜。

15【調】〔调〕(一)ㄊㄧㄠˊ tiáo 動①混和均勻或配合適當，例調色、調味。②嘲笑、戲弄，例調笑、調戲。③和解，例調停、調解。形適時、正常，例飲食失調。

(二)ㄉㄧㄠˋ diào 名①聲音的高低，例聲調。②音樂的聲律，例曲調。③戶稅，例租庸調。④才幹，例才調。動①更動，例調換、調職。②派遣、徵發，例調兵遣將。③察訪，例調查。

◆調弄、調和、調度、調動、調節、調適、調劑、調虎離山 音調、高調、情調、悲調、變調。

15【誰】〔谁〕讀音ㄕㄨㄟˊ shuí 語音ㄕㄟˊ shéi 代①甚麼人，是疑問代名詞，例你是誰？②任何人，是不定代名詞，例這事誰都知道。

15【論】〔论〕(一)ㄌㄨㄣˋ lùn 名評議事理的文章，例社論。動①評議，例評論、討論。②按照，例論功行賞。③爭辯，例爭論。④定罪。⑤說，認為，看待，例以棄權論。(二)ㄌㄨㄣˊ lún 名①論語的簡稱。②

姓，唐有論惟明。

◆論辨、論斷 史論、言論、定論、談論、議論。

15【諍】〔诤〕ㄓㄥ zhēng [動]①用直言糾正別人的過失，[例]諫諍。②通「爭」；如爭訟亦作諍訟。

15【誶】〔谇〕ㄙㄨㄟˋ suì [動]①責罵。②盤問。③勸諫。④告知。

15【誹】〔诽〕ㄈㄟˇ fěi [動]非議他人，[例]誹謗。

15【誾】〔訚〕ㄧㄣˊ yín [副]勸諫時態度從容溫和的樣子。

15【諏】〔诹〕ㄗㄡ zōu [動]①選擇，聚議、會商，[例]諏吉。②詢問，[例]諮諏善道。(諸葛亮〈前出師表〉)

15【諑】〔诼〕ㄓㄨㄛˊ zhuó [動]毀謗。

15【諗】〔谂〕ㄕㄣˇ shěn [動]①勸諫。②思念。③知悉。

15【諕】(一)ㄒㄧㄚˋ xià [動]同「嚇」；使之驚怕，[例]諕人。 (二)ㄏㄠˋ hào 同「號」。

15【諛】〔谀〕ㄩˊ yú [動]奉承討好，[例]阿諛、諂諛。

九畫

16【諦】〔谛〕ㄉㄧˋ dì [名]含有至理的話，[例]眞諦。[副]審愼地、詳細地。

16【諺】〔谚〕ㄧㄢˋ yàn [名]民間流傳的俗語，[例]俗諺、古諺。[動]同「唁」；弔唁喪者家屬。[形]通「喭」，粗俗。

16【諫】〔谏〕ㄐㄧㄢˋ jiàn [名]姓。[動]用直言勸告上級或糾正別人的過失，[例]君有大過則諫。(《孟子》〈萬章〉)

16【諱】〔讳〕ㄏㄨㄟˋ huì [名]對死者名字的尊稱。[動]①因有顧忌不敢言或不敢爲，[例]諱疾忌醫。②因禁忌而隱避，[例]避諱、忌諱。③對君王、尊長之名避開不直說不直寫，如孔子名丘(ㄑㄧㄡ)，讀書時遇孔子名改讀(ㄇㄡˇ)者是。

16【謀】〔谋〕ㄇㄡˊ móu [名]①計策、方法，[例]陰謀、有勇無謀。②姓。[動]①計畫，[例]謀伐宋也。(《左傳》〈隱公九年〉)②營求，[例]君子謀道不謀食。(《論語》〈衛靈公〉)③暗中設計。

◆謀面、謀略 計謀、參謀、圖謀、

深謀遠慮。

16【諜】〔谍〕ㄉㄧㄝˊ dié 名①暗中刺探敵情或進行分化滲透的人員，例間諜。②通「牒」；譜錄。動偵探敵情，例諜報。形通「喋」；多言，例諜諜。

16【諧】〔谐〕ㄒㄧㄝˊ xié 動調和。形戲謔的、滑稽的，例詼諧、諧語。

16【諮】〔谘〕(咨) ㄗ zī 動①商議，例諮議。②詢問，例諮詢。

16【諾】〔诺〕ㄋㄨㄛˋ nuò 名①批字於文書之尾，表示許可，例畫諾。②答應的聲音。動應允，例許諾。

16【謁】〔谒〕ㄧㄝˋ yè 名古稱通名請見的名帖。動①通名進見，例晋謁、拜謁。②請求。③告白。

16【謂】〔谓〕ㄨㄟˋ wèi 名道理、意義，例無謂的煩惱。動①告知，例子謂子夏曰。(《論語》〈雍也〉)②言、說。③稱呼。

16【諭】〔谕〕ㄩˋ yù 名上對下的命令告語，例手諭、聖諭。動①告知。②明白、了解。③比譬，例因以自諭。(《漢書》〈賈誼傳〉)

16【諷】〔讽〕ㄈㄥˋ fèng ㄈㄥ fēng 動①背誦，例諷誦。②不用正言，而用微詞托意，例冷嘲熱諷。

16【諠】〔諠〕ㄒㄩㄢ xuān 動①通「諼」；忘。②通「喧」；大聲吵鬧，例諠譁、諠呶。

16【諢】〔诨〕ㄏㄨㄣˋ hùn 名開玩笑的話，例插科打諢。

16【諤】〔谔〕ㄜˋ è 名正直的言詞。副直言爭辯的樣子，例諤諤。

16【諰】ㄒㄧˇ xǐ 形害怕恐懼的樣子。

16【諳】〔谙〕ㄢ ān 動①熟悉、知曉，例風景舊曾諳。(白居易〈憶江南詞〉)②記、背誦，例雖復一覽便諳。(《南齊書》〈陸澄傳〉)

16【諴】〔諴〕ㄒㄧㄢˊ xián 動使和順。形和平誠實，例至諴感神。

16【諶】〔谌〕ㄔㄣˊ chén 名姓，漢有諶仲葉。形誠信。

16【諼】〔谖〕ㄒㄩㄢ xuān 名通「萱」，

例諼草。動①欺詐。②忘記，例永矢弗諼。(《詩經》〈衛風・考槃〉)

16【謔】〔谑〕ㄋㄩㄝˋ nüè 動戲弄調笑，例謔而不虐。

16【諞】〔谝〕㈠ㄆㄧㄢˊ pián 形花言巧語。 ㈡ㄆㄧㄢˇ piǎn 動自我誇耀。

16【諡】ㄕˋ shì 同「謚」，見「謚」字。

16【諵】ㄋㄢˊ nán 名「諵諵」：話多的樣子。

十 畫

17【謎】〔谜〕ㄇㄧˊ mí 名①影射事物供人猜測的隱語，例燈謎、猜謎。②難以理解的事理，例宇宙之謎。

17【謗】〔谤〕ㄅㄤˋ bàng 動①指責他人的過失，例國人謗王。(《國語》〈周語〉)②誹謗。

17【謙】〔谦〕㈠ㄑㄧㄢ qiān 名易經六十四卦之一，艮下坤上。形虛心而不自大，例謙沖為懷。 ㈡ㄑㄧㄢˋ qiàn 形通「慊」；滿足，例此之謂自謙。(《禮記》〈大學〉)

17【謚】〔谥〕ㄕˋ shì 名①對於有道德、功業的人，死後所追加的稱時，例岳飛謚武穆。②泛指稱號。

17【講】〔讲〕ㄐㄧㄤˇ jiǎng 動①談說，例講話、講故事。②解釋義理，例講課、講經。③商量、和解，例講和。④注重、顧及，例講衛生、講面子。⑤研習，例德之不修，學之不講。(《論語》〈述而〉)⑥謀劃，例講事不令。(《左傳》〈襄公五年〉)

17【謊】〔谎〕ㄏㄨㄤˇ huǎng 名不實在的話，例說謊。形虛假不實的，例謊言、謊話。

17【謠】〔谣〕ㄧㄠˊ yáo 名①民間隨口傳唱的歌，例民謠、歌謠。②憑空捏造的話，例造謠、謠傳。

17【謝】〔谢〕ㄒㄧㄝˋ xiè 名姓，晉有謝安。動①表示感激，例感謝、道謝。②用委婉的話辭卻，例謝絕參觀。③花凋落，例林花謝了春紅。(李煜〈烏夜啼〉)④道歉、認錯，例謝罪。⑤更換，例新陳代謝。

17【謐】〔谧〕ㄇㄧˋ mì 形安靜，例內外寂謐。(〈漢武帝內傳〉)

17【謖】〔谡〕ㄙㄨˋ sù 動①起。②整飭。形「謖謖」：⑴峻拔英挺的樣子。⑵風吹起的樣子。

17【謋】〔谍〕ㄏㄨㄛˋ huò 副「謋然」：⑴急速。⑵骨與肉分離的聲音。

17【謏】〔谀〕ㄒㄧㄠˇ xiǎo 形小的，例謏才、謏聞。

17【謄】ㄊㄥˊ téng 動抄寫、抄錄，例謄寫、謄錄。

17【謅】〔诌〕ㄗㄡ zōu 動隨便亂說話，例信口胡謅。

17【謇】ㄐㄧㄢˇ jiǎn 形①口吃而說話艱難。②說話正直的樣子，例謇正。助發語詞，無義。

十一 畫

18【謨】〔谟〕ㄇㄛˊ mó 名計策、謀略，例良謨、遠謨。動沒有，例謨信。

18【謹】〔谨〕ㄐㄧㄣˇ jǐn 形小心、愼重，例謹言愼行。副恭敬，例謹啟、謹稟。

18【謬】〔谬〕ㄇㄧㄡˋ miù ㄋㄧㄡˋ niù 名姓，戰國趙有謬賢。形①荒唐的、不合情理的，例荒謬。②差錯，例差以毫釐，謬以千里。(《漢書》〈司馬遷傳〉)

18【謦】ㄑㄧㄥˋ qìng 名輕低的咳聲。

18【謫】〔谪〕ㄓㄜˊ zhé 名過失。動①譴責，例衆口交謫。②罰罪，古時官吏有過則降職調遣至遠方。

18【謳】〔讴〕ㄡ ōu 名歌曲。動吟唱。

18【謷】㈠ㄠˊ áo 動詆毀。形高大的樣子。 ㈡ㄠˋ ào 形同「傲」。

18【謼】ㄏㄨ hū 動同「呼」；號呼。

18【謾】〔谩〕㈠ㄇㄢˊ mán 動欺騙，例謾天謾地。形廣泛繁多。 ㈡ㄇㄢˋ màn 動輕慢，例謾罵。

十二 畫

19【譁】〔哗〕(嘩) ㄏㄨㄚˊ huá 動①大聲嘈雜、喧鬧。②虛誇。

19【譜】〔谱〕ㄆㄨˇ pǔ 名①將所記載的事

物分類編列，以便於檢查的表册，例年譜、食譜。②以格式或符號示人，使有所遵循，例棋譜、樂譜。③大致的範圍，例離譜。

19【識】〔识〕㈠ㄕˋ shì 名審察事物、判別是非的能力，例遠識、卓識。動認得、知道。副通「適」；剛才，例識見不穀而趨。(《左傳》〈成公十二年〉) ㈡ㄓˋ zhì 名通「幟」；標記，例旌旗表識。(《漢書》〈王莽傳〉)動通「誌」；記，例默而識之。(《論語》〈述而〉)

◆見識、知識、常識、認識、標識。

19【證】〔证〕(証)ㄓㄥˋ zhèng 名①足以表明事實的憑據，例身分證、借書證。②通「症」；病徵。動①告發而指實其事，例其父攘羊，而子證之。(《論語》〈子路〉)②用憑據或事實來表明，例證明、證實。

19【譚】〔谭〕ㄊㄢˊ tán 名①春秋時國名，故城在今山東省歷城縣東南。②姓，清有譚嗣同。動同「談」；談說，例老生常譚、天方夜譚。形同「誕」；放縱自大。

19【譎】〔谲〕ㄐㄩㄝˊ jué 動①詭詐。②託辭而不直說，例譎諫。形變化多端，不可測度，例詭譎。

19【譏】〔讥〕ㄐㄧ jī 動①用尖刻的話諷刺他人。②盤問。

19【譊】〔哓〕ㄋㄠˊ náo 副「譊譊」：喧鬧、爭辯的聲音。

19【謿】ㄔㄠˊ cháo 動譏諷，同「嘲」，謿笑。

19【譔】〔譔〕(撰)ㄓㄨㄢˋ zhuàn 動①善言、稱說，例論譔。②通「撰」；著述，例譔以為十三卷。(《漢書》〈揚雄傳〉)③具備。

19【譖】〔谮〕ㄗㄣˋ zèn 動捏造事實在背後說人的不是。

19【譙】〔谯〕㈠ㄑㄧㄠˊ qiáo 名①望樓、高樓。②姓，漢有譙玄。㈡ㄑㄧㄠˋ qiào 動同「誚」；責備。

十三 畫

20【議】〔议〕ㄧˋ yì 名①論事，說理，陳述意見的一種文體，例駁議、奏議。②表明意見的言論，例建議、無異議。動①商量、討論，例商議、協議。②評論是非，例街談巷議。③選擇。

◆議長論短 公議、抗議、非議、爭議、物議、提議。

20【譬】ㄆㄧˋ pì 動①比喻、比方，例譬喻、譬如。②明白、曉悟。

20【警】ㄐㄧㄥˇ jǐng 名①維護治安的人員，例義警、刑警。②危急的消息，例火警、報警。動①戒備，例警備、警戒。②告誡，例警世、警告。③覺悟，例警醒。形敏捷，例機警。

20【譯】〔译〕ㄧˋ yì 動①把一種語言文字，用另一種語言文字來表達，使人易於通曉，例中文英譯。②解釋經義。

20【譟】(噪)ㄗㄠˋ zào 動許多人呼喊叫鬧的聲音。

20【譫】〔谵〕ㄓㄢ zhān 動病中胡亂說話。形多言。

十四 畫

21【譴】〔谴〕ㄑㄧㄢˇ qiǎn 名罪過。動①斥責，例譴責。②官吏因罪而謫降，例譴謫。

21【護】〔护〕ㄏㄨˋ hù 動①救助，例救護、看護。②保衛，例保護、維護。③掩蔽，例袒護、護短。

◆護送、護衛 加護、防護、愛護、擁護。

21【譽】〔誉〕ㄩˋ yù ㄩˊ yú 名美稱、好的名聲，例令聞廣譽施於身。(《孟子》〈告子〉)動讚揚，例誰毀誰譽。(《論語》〈衛靈公〉)

21【譸】〔诪〕ㄓㄡ zhōu 動①揣測。②誇大其詞以欺人，例譸張。

十五 畫

22【讀】〔读〕(一)ㄉㄨˊ dú 動①誦念，例讀書。②閱覽，例閱讀。③專研，例讀律。④抽出，又說出，例不可讀也。(《詩經》〈鄘風・牆有茨〉)⑤電腦資料媒體經過輸入機，而列入主機的動作。 (二)ㄉㄡˋ dòu 名文句語意未完，讀時須停頓的地方，例句讀。

22【讅】〔谫〕ㄐㄧㄢˇ jiǎn 形淺薄。

十六 畫

23【變】〔变〕ㄅㄧㄢˋ biàn 名①泛指死喪禍亂的事，例兵變、事變。②唐代

俗文學之一種，變文亦稱變。動①改換，例一成而不可變。(《禮記》〈王制〉)②異動。

◆變幻、變更、變故、變通、變動、變亂、變遷、變本加厲　大變、災變、千變萬化、隨機應變。

23【讋】〔詟〕ㄓㄜˊ zhé 動恐懼、害怕。

23【讌】〔䜩〕ㄧㄢˋ yàn 動聚在一起飲酒。

23【讎】〔雠〕ㄔㄡˊ chóu 名①同「仇」；仇怨，例反以我為讎。(《詩經》〈邶風・谷風〉)②同「儔」；匹，例讎匹。動①應答，例無言不讎。(《詩經》〈大雅・抑〉)②核對文字，例校讎。③應驗。④通「酬」，付給。⑤通「酬」，賓主相互敬酒，例讎柞。形通「稠」，多。

十七畫

24【讒】〔谗〕ㄔㄢˊ chán 動說壞話毀謗他人，例讒言。

24【讖】〔谶〕ㄔㄣˋ chèn 名①預言，例讖語。②占驗術數的書，例讖緯。

24【讓】〔让〕ㄖㄤˋ ràng 動①把自己所有物給別人，例堯以天下讓舜。(《呂氏春秋》〈行論〉)②謙退、辭卻，例當仁不讓於師。③譴責，例讓不貢。(《國語》〈周語上〉)④閃避，例讓路。⑤令、許，例讓他走吧！⑥減少，例讓價。

◆讓步、讓賢、讓棗推梨　互讓、退讓、責讓、謙讓、禪讓、禮讓、辭讓。

24【讕】〔谰〕ㄌㄢˊ lán 名誣賴捏造的話，例讕言。動以誣言相加。

十八畫

25【讙】〔讙〕(嚾)ㄏㄨㄢ huān 動大聲喧鬧，例諸將盡讙。(《漢書》〈陳平傳〉)形通「歡」；喜悅。

十九畫

26【讚】〔赞〕ㄗㄢˋ zàn 名古代一種頌揚人物的文體名。動①誇獎、稱說別人的好處，例讚美。②襄助，例讚助。

◆推讚、頌讚、誇讚、稱讚。

二十畫

27【讜】〔谠〕ㄉㄤˇ dǎng 名正直的言

論。形正直的，例讜言、讜論。

27【讞】〔谳〕ㄧㄢˋ yàn 名已經判定的案件，例定讞。動議定罪名。

二十二 畫

29【讟】〔读〕ㄉㄨˊ dú 名詆毀痛怨的話，例民無誘讟。(《左傳》〈昭公元年〉)

谷 部

07【谷】㈠ㄍㄨˇ gǔ 名①在地球表面上因自然因素所造成的細長溝狀凹地，例山谷、河谷。②窮困，例進退維谷。(《詩經》〈大雅・桑柔〉)③姓，清有谷應泰。④大陸用作「穀」(ㄍㄨˇ)的簡化字。　㈡ㄩˋ yù 名「吐谷渾」：古國名，在今青海省以西，唐太宗時降唐。

四 畫

11【谹】ㄏㄨㄥˊ hóng 形①谷中回響。②宏大聲，例谹谹。③深，例崇論谹議。

六 畫

13【谼】ㄏㄨㄥˊ hóng 名廣大的深壑。

十 畫

17【豁】㈠ㄏㄨㄛ huō 動拼命，例把命豁出去了。形張開的樣子，例豁脣。　㈡ㄏㄨㄛˋ huò 名大度。動①開通。②免除，例豁免權。　㈢ㄏㄨㄚˊ huá 動豁拳，即划拳。

17【谿】ㄒㄧ xī ㄑㄧ qī 名①山澗；亦作溪。②姓。形空虛。

豆 部

07【豆】㈠ㄉㄡˋ dòu 名①植物名，穀類，三小葉，蝶形花，莢實，種類繁多，如蠶豆、豌豆。②「豆蔻」：⑴薑科多年生草本。花黃白色成穗狀。果實球形，種子具芳香，可供藥用。⑵喻處女。③古代裝食品的器具。④通「斗」；量名。⑤姓，漢有豆如意。㈡ㄒㄧㄡ xiū 名同「羞」；祭祀品。

三 畫

10【豈】〔岂〕㈠ㄑㄧˇ qǐ 副詰問疑詞，語意如難道、怎麼。　㈡ㄎㄞˇ kǎi 形通「凱」；和樂的樣子。

10【豇】ㄐㄧㄤ jiāng 名「豇豆」：豆科。一年生纏繞草本。莢果呈圓柱形，長二十～三十公分，俗稱豆角。

四 畫

11【豉】讀音ㄕˋ shì 語音ㄔˇ chǐ 名①蟲名，大小如豆，色黑有光澤，可浮游水面。②「豆豉」：用豆發酵製成的調味食品。

六 畫

13【豋】ㄉㄥ dēng 名古時候禮器名，也可用來盛裝食品。

八 畫

15【豌】ㄨㄢ wān 名「豌豆」：豆科。一年生草本。羽狀複葉，小葉卵形至橢圓形，先端具卷鬚。花白色。莢果長橢圓形，種子供作食用。

15【豎】〔竖〕ㄕㄨˋ shù 名①未成年的童僕。②書法中的直筆，例一橫一豎。③姓。動直立。

十 畫

17【豏】ㄒㄧㄢˋ xiàn 名①半熟的豆子。②餅中的豆子。

十一 畫

18【豐】〔丰〕ㄈㄥ fēng 名①用來放酒器的托盤，像豆而矮。②《易經》六十四卦之一，離下震上。③通「灃」、「酆」；古地名，周文王設都於此。④姓，明有豐坊。形①很多的樣子。②形容飽滿茂盛的樣子。

◆**豐足、豐沛、豐盈、豐裕、豐功偉績、豐衣足食。**

二十一 畫

28【豔】〔艳〕（艷）ㄧㄢˋ yàn 名光彩。動欣羨，例歆豔。形①美麗豐滿。②文辭美好，例左氏豔而富。（〈穀梁傳序〉）

◆**妖豔、香豔、鮮豔、嬌豔。**

豕 部

07【豕】ㄕˇ shǐ 名家畜名，是野豬的變種，體肥，腿短，顏色有灰白、褐、黑色幾種，喜雜食動植物類，是多產動物。

三　畫

10【豗】ㄏㄨㄟ huī 動攻擊。副形容鬧鬨鬨的樣子。

四　畫

11【豚】(一) ㄊㄨㄣˊ tuń 名①小豬。②姓。(二) ㄉㄨㄣ dūn 名通「墩」，土堆。動通「遯」，遁逃。

11【豝】ㄅㄚ bā 名①母豬。②大豬。

11【豣】(一) ㄐㄧㄢ jiān 名通「肩」；三歲大豬。(二) ㄐㄧㄢˇ jiǎn 名猛而壯的大豬。

五　畫

12【象】ㄒㄧㄤˋ xiàng ①動物名。頭大頸短，眼小耳大，鼻長而圓，可伸縮自如，且力大無窮，又可吸水。口中有兩隻極長的門牙，皮厚毛粗，食草果，性溫馴。產於印度、非洲等地。②象牙的簡稱，例象笏、象床。③顯現於外的狀態，例氣象。④同「像」；形狀，例圖象。⑤《易經》十翼之一。⑥舞名。⑦姓。

◆**形象、抽象、表象、相象、現象、景象、森羅萬象。**

六　畫

13【豢】ㄏㄨㄢˋ huàn 名指狗、豬等吃穀類的牲畜。動①餵養家畜。②用利引誘他人。

七　畫

14【豪】ㄏㄠˊ háo 名①才力勝人者，例英豪、文豪。②富貴有勢者。③通「毫」；毛的通稱。④姓，宋有豪彥。形來勢急猛，例豪雨。副①盡情的，例豪賭。②強橫；例豪奪。

◆**豪放、豪強、豪華、豪傑、豪舉、豪邁　土豪、秋豪、富豪、權豪。**

14【豨】ㄒㄧ xī 名豬。形豬邊走邊玩的樣子。

八　畫

15【豬】(猪) ㄓㄨ zhū 名①動物名，供肉食用。②小豕。現在通稱豕為豬。③通「瀦」；水積聚的地方。

九　畫

16【豫】ㄩˋ yù 名①大的象。②地名，河南省的簡稱。③易經六十四卦之一，坤下震上。④古九州之一。⑤姓，戰國初有豫讓。動①喜樂，高興，例王有疾，弗豫。(《尚書》〈金縢〉)②遊樂，例吾王不豫，吾何以助。(《孟子》〈梁惠王下〉)③欺騙。副通「預」；事先。

16【豭】ㄐㄧㄚ jiā 名公豬。

十畫

17【豳】(一)ㄅㄧㄣ bīn 名①古時候國名，周的祖先公劉所建立的，在今陝西省栒邑縣西。②山名，在今陝西省邠縣南。③姓。 (二)ㄅㄢ bān 名通「斑」，斑紋。

十一畫

18【豵】〔豵〕ㄗㄨㄥ zōng名指一歲的小豬。

十二畫

19【豷】ㄧˋ yì 名人名，寒浞的兒子。動豬喘氣。

19【豶】〔豮〕ㄈㄣˊ fén 名割掉睪丸的豬。

豸 部

07【豸】ㄓˋ zhì 名沒有腳的蟲。動解決。

三畫

10【豺】ㄔㄞˊ chái 名犬科。形似狼犬而略瘦，毛茶褐色或夾黃色。吠聲如犬，羣棲山林，性情殘暴兇猛，常捕食羊、豬等，毛可製筆。

10【豹】ㄅㄠˋ bào 名①脊椎動物哺乳綱肉食目貓科中的一種，體形似虎，毛黃褐色，有黑色輪狀小花紋，性情兇猛，擅長爬樹，產於亞洲、非洲。②姓，三國魏有豹皮公。

10【豻】(一)ㄏㄢˊ hán ㄏㄢˋ hàn ㄑㄧㄢ qiān 名犬的一種，是像狐狸但比較小的胡地野狗。 (二)ㄢˋ àn 名監獄。

五畫

12【貂】ㄉㄧㄠ diāo 名①鼬鼠科。色毛暗棕帶光澤且質地柔軟。喜歡潛水捕魚。產於北美洲、亞洲北部。毛皮極爲珍貴。②通「刁」；姓，戰國齊有貂勃。

六畫

13【貊】ㄇㄛˋ mò 图①北方夷狄名。②通「貘」；猛獸名，大小如驢，形狀像熊，力氣很大。③古國名，在漢水東北；亦稱扶餘國。動安靜。

13【貉】㈠讀音ㄏㄜˊ hé 語音ㄏㄠˊ háo 图動物名，哺乳類，形體像狸，頭銳鼻尖，毛厚，皮可作珍貴裘料。
㈡ㄇㄛˋ mò 图東北夷狄名，約今朝鮮的地方。動靜、定。形不好的樣子。 ㈢ㄇㄚˋ mà 图通「禡」；古出師時或行軍停駐時祭神之事。

13【貆】ㄏㄨㄢˊ huán ㄒㄩㄢ xuān ㄏㄨㄢ huān 图①貉類動物名。②豪豬。

13【貅】ㄒㄧㄡ xiū 图動物名，是形狀像虎一類的猛獸。

七 畫

14【貍】(狸)㈠ㄌㄧˊ lí 图動物名。貓屬，形狀像狐，毛黑褐色。夜出獵食家畜，性情狡猾。產於亞洲。
㈡ㄇㄞˊ mái 图通「埋」；祭祀名，祭山林叫貍。 ㈢ㄩˋ yù 形臭。

14【貌】ㄇㄠˋ mào 图①人的面容，例面貌。②外在的態度。③禮貌。動描繪。副表示狀態時用的字，如今之「的樣子」。
◆才貌、外貌、風貌、美貌、郎才女貌。

九 畫

16【貓】(猫)ㄇㄠ māo 图哺乳綱食肉目。圓面銳齒，爪趾尖銳且有肉墊，所以行路輕而無聲。善於跳躍，人們常養在家中捕捉老鼠。

16【貒】ㄊㄨㄢ tuān 图獸名，形似豬，嘴較尖，前肢有銳爪，毛黃褐色。

16【貏】(猰)ㄧㄚˋ yà 图「貏貐」：古代獸名，有像虎一樣的利爪，食人。

16【貐】ㄩˇ yǔ 图「貏貐」，見「貏」字。

十 畫

17【貔】ㄆㄧˊ pí 图猛獸名，豹屬。是一種似虎似熊的野獸，遼東人稱爲白羆。

十一 畫

18【貘】ㄇㄛˋ mò 图①動物名，是一種像熊的野獸。②哺乳綱奇蹄目。體形比驢小，鼻與上脣相連並能任意伸屈，喜食嫩芽及果實。性馴，屬日沒夜出的動物，產於馬來、爪哇和南美等地區。

18【貙】〔䝙〕ㄔㄨ chū 名 野獸名。形體大小如狗，有像貍一樣的毛紋。

十八 畫

25【貛】(獾) ㄏㄨㄢ huān 名 貂科。體形圓胖粗短，在山地和森林中的網狀洞穴裡生活。是夜行動物，食昆蟲、小動物、果實等。

貝 部

07【貝】〔贝〕ㄅㄟˋ bèi 名 ①動物名，軟體，居住在甲殼內。如蛤蜊、螺類。②貨幣，古人以貝殼作爲貨幣，稱爲貝貨。③珍貴物名，例寶貝。④古樂器名，或謂即法螺。⑤姓，明有貝秉彝。⑥電學和聲學中一種單位的譯名，用來比較兩功率的大小。

二 畫

09【貞】〔贞〕ㄓㄣ zhēn 名 ①堅定的美德，例堅貞。②婦女守節不失身，例貞操。③精誠。④正，例萬邦以貞。⑤卦的下三爻叫貞；即內卦，例曰貞曰悔。(《尚書》〈洪範〉)動卜問。形堅固的，例疾風知勁草，嚴霜識貞木。(《宋書》〈顧愷之傳〉)

09【負】〔负〕ㄈㄨˋ fù 名①責任，例託以重負。②老姆。動①背荷，例擔負起責任。②依恃。③違背。④虧欠，例負債累累。⑤失敗，例勝負未卜。⑥憂心。⑦背靠，例負山面海。⑧慚愧。形正的對稱，例負電、負數。

◆**負心、負氣、負荷、負擔、負重致遠、負笈從師、負嵎頑抗。**

三 畫

10【財】〔财〕ㄘㄞˊ cái 名①指經濟學上，能滿足人的慾望，且能由人處置的東西。②才幹，通才，例有達財者。(《孟子》〈盡心上〉)動通「裁」，節制，制裁。副通「纔」；僅僅。

◆**財大氣粗　私財、貨財、散財、資財、生財有道。**

10【貢】〔贡〕ㄍㄨㄥˋ gòng 名①夏朝賦

稅名。②姓，漢有貢禹。動①獻出。②推荐。③賞賜。④告。

10【貤】〔贳〕㈠ ㄧˊ yí 動轉移。 ㈡ ㄧˋ yì 名重疊物品的次序。

四 畫

11【販】〔贩〕ㄈㄢˋ fàn 名①商人，例肉販、菜販。②交易買賣。動買賣，例販馬。

11【責】〔责〕㈠ ㄗㄜˊ zé 名本分之事，例負責任。動①詰問。②責備。③索取。④鞭打。 ㈡ ㄓㄞˋ zhài 名同「債」；欠別人的財貨。

◆責善、責備 斥責、負責、詰責、盡責。

11【貫】〔贯〕ㄍㄨㄢˋ guàn 名①穿錢的繩子；俗稱錢串。②量詞，一千錢叫做一貫，例家財萬貫。③事情，例仍舊貫。(《論語》〈先進〉)④世代居住的地方，原籍，例籍貫。⑤日本重量名，合三·七五公斤。⑥古地名，約在今山東省曹縣南。⑦條理、系統，例條貫。⑧姓，漢有貫高。動①穿、通。②通曉，例博貫六藝。③射中。④有秩序，例魚貫而入。⑤習慣，例我不貫與小人乘。(《孟子》〈滕文公下〉)

11【貨】〔货〕ㄏㄨㄛˋ huò 名①財物的總稱。②商品，例愛用國貨。③罵人的話，猶如東西，例窩囊貨。動①賄賂。②賣。

◆財貨、通貨、售貨、購貨、奇貨可居。

11【貪】〔贪〕㈠ ㄊㄢ tān 名慾望。動想獲得不該得的東西。 ㈡ ㄊㄢˋ tàn 動通「探」，探求。

11【貧】〔贫〕ㄆㄧㄣˊ pín 名窮困，例君子憂道不憂貧。(《論語》〈衛靈公〉)形①不足夠的樣子。②絮煩，例貧嘴賤舌。

五 畫

12【貯】〔贮〕ㄓㄨˇ zhǔ 動積藏、儲蓄。

12【貼】〔贴〕ㄊㄧㄝ tiē 名①戲劇角色名。旦角的配角在元曲中稱爲貼旦，明傳奇略稱爲貼。②中藥量詞，一劑亦稱一貼。動①黏著，例剪貼。②補充不足，例津貼。③切近，例貼切。④抵押。形安排妥當，例妥貼、熨貼。

12【貳】〔贰〕ㄦˋ èr 名①對手，例君之貳也。(《左傳》〈哀公七年〉)②指輔助的助手。動①背叛。②懷疑。形①副的，例貳車九乘。(《周禮》〈天官・小宰〉)②同「二」，例不貳過。(《論語》〈雍也〉)

12【貰】〔贳〕ㄕˋ shì 動①出借或出租物品，例貰屋。②賒欠。③赦免，例不貰不忍。

12【貴】〔贵〕ㄍㄨㄟˋ guì 名①貴州省簡稱。②姓，漢有貴遷。動重視，例賤貨而貴德。(《禮記》〈中庸〉)形①不便宜。②地位崇高，例不挾貴。(《孟子》〈萬章下〉)③不低賤，例雍容華貴。④敬稱他人之辭，例貴姓大名。

◆貴冑、貴耳賤目　昂貴、珍貴、新貴、尊貴、寶貴、權貴。

12【貶】〔贬〕ㄅㄧㄢˇ biǎn 動①降低、減少，例貶值。②官位的降謫。③批評別人的過失，例褒貶。

12【買】〔买〕ㄇㄞˇ mǎi 名姓。動①用錢購進物品，例買辦貨物。②招惹，引起，例此所謂市怨而買禍者也。(《戰國策》〈韓一〉)

12【貸】〔贷〕(一)ㄉㄞˋ dài 動①借，例貸款。②商業簿記稱支出爲貸。③寬恕，例嚴究不貸。④施捨，例賑貸災民。⑤推卸，例責無旁貸。　(二)ㄊㄜˋ tè 動差誤。

12【貺】〔贶〕ㄎㄨㄤˋ kuàng 名敬辭，稱別人的贈與。動賞賜。

12【費】〔费〕(一)ㄈㄟˋ fèi 名①財用，例經費。②地名，在今山東省魚臺縣西南。③姓，漢有費直。動①花用錢財，例惠而不費。②消耗，例費神。形①多話的。②光亮的樣子。(二)ㄅㄧˋ bì 名地名。春秋魯季氏食邑，在今山東省費縣西南。

◆費力、費心、費解　花費、旅費、浪費、消費。

12【貽】〔贻〕ㄧˊ yí 動①贈送，例貽我彤管。(《詩經》〈邶風・靜女〉)②遺留，例貽笑大方。

12【貿】〔贸〕ㄇㄡˊ móu ㄇㄠˋ mào 名姓，漢有貿充國。動①交易。②變易。③混亂，例是非相貿。④謀取，例貿利。

12【賀】〔贺〕ㄏㄜˋ hè 名①錫名。臨賀產的錫最好，所以有此名。②姓，唐有賀知章。動①恭喜，例賀新年。②送禮物給他人來慶祝喜事，例四方來賀。(《詩經》〈大雅·下武〉)③加。④同「荷」；擔負。

13【賁】〔贲〕(一)ㄅㄧˋ bì 名①易經六十四卦之一，離下艮上。②美麗的裝飾。形光潔的樣子，例賁然。(二)ㄅㄣ bēn 名①勇士，例虎賁。②姓。(三)ㄈㄣˊ fén 名三隻腳的龜。形大的。

六　畫

13【賊】〔贼〕語音ㄗㄟˊ zéi 讀音ㄗㄜˊ zé 名①小偷，但古以盜爲賊。②造反的人，例漢賊不兩立。(諸葛亮〈後出師表〉)③指危害社會之人。④吃苗的蟲。動①敗壞，傷害，例賊義者謂之殘。(《孟子》〈梁惠王下〉)②殺，例使卜齮賊公于武闈。(《左傳》〈閔公二年〉)形機詐。

◆賊眉鼠眼、賊頭賊腦　山賊、盜賊、竊賊、讒賊。

13【資】〔资〕ㄗ zī 名①財貨的總稱，例物資。②經歷，例年資、資格。③天賦的材質，例天資聰穎。④憑藉。⑤資本家的簡稱，例勞資雙方。⑥材料，例資料。⑦姓。動①取用。②給與，例王資臣萬金。(《戰國策》〈秦策〉)

◆資助、資源、資質、資歷　合資、投資、勞資、軍資。

13【賈】〔贾〕(一)ㄐㄧㄚˇ jiǎ 名姓，漢有賈誼。(二)ㄍㄨˇ gǔ 名生意人。動①買入，例用此以賈害也。(《左傳》〈桓公十年〉)②賣。③求，例謀於衆不以賈好。(《國語》〈晉語八〉)(三)ㄐㄧㄚˋ jià 名同「價」，價錢。

13【賄】〔贿〕ㄏㄨㄟˋ huì ㄏㄨㄟˇ huǐ 名財貨。動送人財物且有所企圖，例行賄，賄賂。

13【貲】〔赀〕ㄗ zī 名①通「資」；財貨。②計量，例所費不貲。動罰錢。

13【賃】〔赁〕讀音ㄖㄣˋ rèn 語音ㄌㄧㄣˋ lìn 名傭工，例臣爲人庸賃。(《史記》〈范雎蔡澤列傳〉)動租，例賃屋而居。

13【賂】〔赂〕ㄌㄨˋ lù 名財貨。動把財物送給人，兼有有所企求之意，例賄賂。

13【賅】〔赅〕ㄍㄞ gāi 動兼備。形豐富完備，例言簡意賅。

七 畫

14【賑】〔赈〕ㄓㄣˋ zhèn 動救濟、給與，例以賑貧民。(《史記》〈平準書〉)形富饒的樣子，例殷賑。

14【賒】〔赊〕ㄕㄜ shē 名同「奢」；奢侈。動①先買東西，以後再付賬，例賒賬。②緩慢，例徒使春帶賒。(謝朓〈和王主簿怨情詩〉)形①長遠，例江山蜀道賒。(王勃詩)②稀疏的樣子。

14【賓】〔宾〕㈠ㄅㄧㄣ bīn 名①客人，例賓客盈門。②姓，春秋齊有賓須無。動①歸順，例賓服。②服從。 ㈡ㄅㄧㄣˋ bìn 動通「擯」；擯棄。

14【賕】〔赇〕ㄑㄧㄡˊ qiú 名賄賂。以財物枉法相謝。

八 畫

15【賠】〔赔〕ㄆㄟˊ péi 動①補償別人財物。②折損，虧蝕，例賠本。③道歉。

15【賞】〔赏〕ㄕㄤˇ shǎng 名①賞賜的東西。②姓，晋有賞慶。動①賜與有功的人，例獎賞。②賞識。③欣賞，例賞月。④稱揚，例善則賞之。(《左傳》〈襄公十四年〉)⑤通「尙」；尊崇。⑥敬稱他人加給自己的恩惠，例賞光。

15【賦】〔赋〕ㄈㄨˋ fù 名①稅，例田賦。②兵，例可使治其賦也。(《論語》〈公冶長〉)③文體的一種，介於詩和散文間的韻文，爲漢代文學的主流。④詩六義之一，風、雅、頌、比、興爲另五義，爲詩的體裁及作法。⑤資質，例天賦。動①給與。②分布。③稟受。④作詩。

◆**賦性、賦詩、賦歸 月賦、征賦、貢賦、租賦、辭賦**。

15【賤】〔贱〕ㄐㄧㄢˋ jiàn 名①地位低下的人，例貧與賤，是人之所惡也。(《論語》〈里仁〉)②姓。動輕視、嫌惡。形①低廉的，例賤價出售。②自謙詞，例賤軀。③輕佻的樣子，例輕賤。

15【賬】〔账〕ㄓㄤˋ zhàng 名①計算財物用的簿據，例賬簿。②債務，例欠賬。

15【賭】〔赌〕ㄉㄨˇ dǔ 名以財物作爲爭勝負的不正當娛樂。動比賽贏輸，例打賭。

15【賢】〔贤〕(一)ㄒㄧㄢˊ xián 名有才幹德識的人。代善的代稱。動①親善。②勝過，例彼賢於此。③勞苦。形①賢良的，例賢君。②對人的敬稱，例賢昆仲、賢伉儷。(二)ㄒㄧㄢˋ xiàn 名車軸所穿的孔。

◆賢良、賢明、賢哲、賢淑、賢慧、賢妻良母 忠賢、聖賢、遺賢。

15【賣】〔卖〕ㄇㄞˋ mài 名姓。動①出售貨物以換錢，例賣花。②爲私而出賣，例賣國。③炫耀，例賣弄，賣名聲。

15【賜】〔赐〕讀音ㄙˋ sì 語音ㄘˋ cì 名①恩惠，例民到於今受其賜。(《論語》〈憲問〉)②通「澌」；止盡，例若循環而無賜。(潘岳〈西征賦〉)③姓。動在上位的給予在下位的人，例賜卿大夫士爵。(《周禮》)

◆賜予、賜教、賜福 恩賜、惠賜、賞賜、寵賜。

15【質】〔质〕ㄓˊ zhí 名①物的本體，例本質。②本性。③誠信。④本、主，例君子義以爲質。(《論語》〈衛靈公〉)⑤刑具。⑥留作保證的人，例周鄭交質。⑦姓。動①問，例質問。②抵押，例以書質錢。形淳樸，例質樸。

◆質朴、質言、質詢、質疑、質而不俚 物質、品質、資質、文質彬彬。

15【賙】〔赒〕ㄓㄡ zhōu 名供給財物以幫助他人所需。

15【賚】〔赉〕ㄌㄞˋ lài 名賜予。

15【賡】〔赓〕ㄍㄥ gēng 動償。副繼續。

15【賨】〔賨〕ㄘㄨㄥˊ cóng 名古代南蠻的一種賦稅。

九　畫

16【賴】〔赖〕ㄌㄞˋ lài 名①商賈所得的贏利。②通「癘」；惡瘡。③姓，漢有賴光。動①依賴，例一人有慶，兆民賴之。(《孝經》〈開宗明義〉)②不承認某些事故意拖欠，例賴帳。③誣指，例賴人。形通「嬾」；怠惰、偷懶，例富歲子弟多賴。(《孟子》〈告子上〉)

16【賮】〔赆〕(賮) ㄐㄧㄣˋ jìn 名送行的財物。

16【賵】〔赗〕ㄈㄥˋ fèng 名送給喪家的財物。

十　畫

17【賺】〔赚〕(一) ㄓㄨㄢˋ zhuàn 動獲得，例賺錢。　(二) ㄗㄨㄢˋ zuàn 動詐騙。

17【賽】〔赛〕ㄙㄞˋ sài 名姓，明有賽從儉。動比較優劣以爲勝負，例賽跑。介像什麼一樣，例賽西施。

17【購】〔购〕ㄍㄡˋ gòu 動①買，例購物。②懸賞。③通「媾」，講和。

17【賸】ㄕㄥˋ shèng 動增益。形通「剩」；餘留下來的。副儘管，例今宵賸把銀釭照，猶恐相逢是夢中。(晏幾道〈鷓鴣天〉)

17【賻】〔赙〕ㄈㄨˋ fù 名助喪的財物。動以財物助喪事。

17【賷】〔赍〕ㄐㄧ jī 動同「齎」。「賷發」：贈人以財貨。

十一　畫

18【贅】〔赘〕ㄓㄨㄟˋ zhuì 名男子到女家去成婚，並住在妻家，甚或從妻姓，例入贅。動①以東西抵押向人借貸。②追隨。③會聚。形多餘的，例贅語。

18【贄】〔贽〕ㄓˋ zhì 名初次見面時所送的禮物。

18【賾】〔赜〕ㄗㄜˊ zé 名幽深難見的事物。形幽深的。

十二　畫

19【贈】〔赠〕ㄗㄥˋ zèng 名政府的一種封贈典禮，追賜官爵給已死的有功的人。動把東西送給他人。

19【贊】〔赞〕ㄗㄢˋ zàn 名①通「讚」；文體名，稱述論評的文章，又分成雜贊、哀贊、史贊三種。②姓。動①助，例贊助。②進。③導引。④告，例喟然贊曰。(《列子》〈黃帝〉)⑤參與。⑥稱美，例褒贊。

◆贊同、贊成、贊許、贊賞、贊翼、贊不絕口。

19【贇】〔赟〕ㄩㄣ yūn 形美好的。

19【贗】〔赝〕(贋) ㄧㄢˋ yàn 名偽造的物品。

19【賻】ㄊㄢˇ tǎn 名①買東西先付的訂金。②線裝書卷首貼絲織裝飾品的部分。

十三 畫

20【贏】〔赢〕ㄧㄥˊ yíng 名收支相抵後，多餘的錢財。動①勝。②擔負、裹，例贏糧。形多餘的，例贏餘。

20【贍】〔赡〕ㄕㄢˋ shàn 動①供給。②充足。③通「憺」；安。

十四 畫

21【贓】〔赃〕ㄗㄤ zāng 名①官吏收受賄賂，例貪贓枉法。②竊盜偷搶的財物。

21【贔】〔赑〕ㄅㄧˋ bì 名「贔屭」：龜類，能負重，舊時石碑下所刻的即是此動物。形猛狀有力的樣子。

21【贐】〔赆〕(賮) ㄐㄧㄣˋ jìn 名送行贈別的財物。

十五 畫

22【贖】〔赎〕ㄕㄨˊ shú 動①以財物換回所抵押的東西，例贖回田產。②以財物或勞役抵當罪罰。③除去。④通「續」。

十七 畫

24【贛】〔赣〕(一) ㄍㄢˋ gàn 名①地名，例贛縣。②水名，例贛江。③江西省的簡稱。 (二) ㄍㄨㄥˋ gòng 動通「貢」；賜。

赤 部

07【赤】ㄔˋ chì 名①淺紅色的東西。②姓。動裸露，例赤身露體。形①紅色，例面紅耳赤。②忠誠，例赤忱。③空，例赤手空拳。

◆赤心、赤貧、赤誠、赤口毒舌、赤手空拳、赤身露體。

四 畫

11【赧】ㄋㄢˇ nǎn 形因羞愧而臉紅，例觀其色赧赧然。(《孟子》〈滕文公下〉)

11【赦】ㄕㄜˋ shè 名姓。動寬免刑罰，例大赦。

六 畫

13【赩】ㄒㄧˋ xì 形①大紅色。②山呈紅色而無草木的樣子。

七 畫

14【赫】ㄏㄜˋ hè 名姓。動同「嚇」；恐嚇。形①火色通紅的樣子。②顯明盛大的樣子。副發怒的樣子。

八 畫

16【赭】ㄓㄜˇ zhě 名紅褐色的土。動①燒成紅色，例或赭其垣。(薛福成〈觀巴黎油畫院記〉)②使山赤裸無草木，例赭其山。(《史記》〈秦始皇紀・二十八年〉)形赤色，例赭紅色。

九 畫

16【赬】〔赪〕ㄔㄥ chēng 名赤色。形赤色的。

十 畫

16【赯】ㄊㄤˊ táng 形①紅色。②人的臉色呈紫色。

走 部

07【走】ㄗㄡˇ zǒu 名①自己的謙稱，例太史公牛馬走。②走獸的泛稱。動①泛指一切的行走，例奔走、走路。②奔逃，例敗走。③離開。④指事情失去原樣，例湯走味了。⑤移動、挪動，例我的錶走的很準。⑥往。形①供差役的，例走卒。②供人行走的，例走道。

◆走投無路、走馬看花、走筆疾書、走火入魔　逃走、疾走、馳走、遁走、競走　。

二 畫

09【赴】ㄈㄨˋ fù 動①去，往，例捐軀赴國難。(曹植〈白馬〉)②同「訃」；告喪。

09【赳】ㄐㄧㄡˇ jiǔ ㄐㄧㄡ jiū 形武勇有才力的樣子。

三 畫

10【起】ㄑㄧˇ qǐ 名①詩文的首句、首聯、首段。②日常生活，例起居。③計數名詞，例一起車禍。④一同、一塊兒，例一起來吧。動①站立，例起立。②發動，例發起。③舉用。④擬定、撰作，例起稿。⑤升高。⑥建築，例起高樓。副①表示勝任，例買得起。②表示夠格，例看不起。

◆起伏、起居、起訖、起程、起義　晨起、喚起、蜂起、興起、奮起。

10【赶】㈠ㄑㄧㄢˊ qián 動①走、奔赴。②獸舉尾走。　㈡ㄍㄢˇ gǎn 動①追逐。②大陸用作「趕」(ㄍㄢˇ)的簡化字。

10【赸】ㄕㄢˋ shàn 動①散去。②跳躍。

五　畫

12【越】ㄩㄝˋ yuè 名①古代南方種族名；又稱百越，大概在今浙江、福建、廣東一帶。②國名，春秋末年曾佔有今江蘇、浙江、山東一部分，後爲楚滅。③越南之簡稱。④姓，春秋齊有越石父。動①通過，例爬山越嶺。②超過，例越權。③墜落，例隕越。④宣揚。形悠遠，例其聲清越。副①發語詞。②更加，例越大越不懂事。

◆越軌、越界、越級　卓越、超越、優越、僭越、踰越。

12【超】ㄔㄠ chāo 名①遙遠。②姓。動跳過，例挾太山以超北海。(《孟子》〈梁惠王上〉)形①惆悵的。②特出，例超出。③生性灑脫不拘常規，例超脫。

◆超卓、超級、超等、超絕、超凡入聖、超羣絕倫　入超、出超、高超。

12【趁】ㄔㄣˋ chèn 動①追逐，例莫將有限趁無窮。(蘇軾詩)②因利乘便。

12【趄】㈠ㄐㄩ jū 副①「趔趄」；見「趔」字。②「趟趄」；見「趟」字。③「趑趄」；見「趑」字。　㈡ㄑㄧㄝˋ qiè 形歪斜的。

六　畫

13【趍】ㄑㄩ qū 動同「趨」；朝向，奔向。

13【趑】ㄗ zī 副同「趦」；「趑趄」：指徘徊不敢前進的樣子。

13【趌】ㄐㄧㄝˊ jié 動直行。

13【趏】ㄍㄨㄚ guā 形走的樣子。

13【趓】ㄉㄨㄛˇ duǒ 動躲藏。

13【趔】ㄌㄧㄝˋ liè 副①後退的樣子。②「趔趄」：(1)指徘徊不前的樣子。(2)作事生疏。

七　畫

14【趙】〔赵〕ㄓㄠˋ zhào 名①國名，戰國七雄之一，統有今河北南部及山西省北部；另晉代五胡十六國有前趙及後趙。②床前的橫木。③姓，元有趙孟頫。

14【趕】〔赶〕ㄍㄢˇ gǎn 動①跟在後面催促，例趕驢子。②輾壓，例趕麵。③追趕，例趕不上。④驅逐，例趕跑。

八　畫

15【趟】(一)ㄊㄤˋ tàng 名計量之詞，例走一趟。(二)ㄓㄥ zhēng 形雀躍的樣子。副「趟趄」：要前進又不敢走的樣子。

15【趣】(一)ㄑㄩˋ qù 名①意味，例興趣。②行動或意志的傾向，例志趣。動同「趨」；①歸向。②取。　(二)ㄘㄨˋ cù 動同「促」；催促。副急，從速。

◆妙趣、風趣、情趣、雅趣、意趣。

十　畫

17【趨】〔趋〕(一)ㄑㄩ qū 動①疾行，例趨而避之。(《論語》〈微子〉)②依附，例趨炎附勢。③向一定的目標做去，例趨名。　(二)ㄑㄩˋ qù 名旨趣，例其趨一也。(《孟子》〈告子下〉)　(三)ㄘㄨˋ cù 動同「促」；催促。形急速。

◆奔趨、急趨、疾趨、競趨。

十二　畫

19【趫】〔𫎱〕ㄑㄧㄠˊ qiáo 名同「蹺」；遊戲名，以木竿綁於兩腳，踹高行走，俗名叫踹高趫。形身體輕捷，善於爬高奔走。

十四　畫

21【趯】ㄊㄧˋ tì 名書法稱筆鋒向上挑鉤的筆劃為趯。動同「躍」；跳躍。形往來跳躍的樣子，例趯趯。

十九　畫

26【趲】〔趱〕ㄗㄢˇ zǎn 動①趕路。②通「攢」；積蓄。

足部

07【足】㈠ㄗㄨˊ zú 名①人體的下肢總稱，又專指踝骨以下的部分。②動物的下肢。③敬稱他人的學生，例高足。④器物著地的部分，例鼎足。動①踏。②滿，夠，例滿足。③止，例常德乃足。(《老子》〈第二十八章〉)④厭惡。副①盡情地，例足樂。②可以，例足以自娛。　㈡ㄐㄩˋ jù 副過分，例足恭。

◆足食足兵、足智多謀、足謀寡斷十足、充足、遠足、禁足、舉手投足。

二　畫

09【趴】ㄆㄚ pā 動身體向下伏著，例趴在桌上睡著了。

三　畫

10【趵】ㄅㄠˋ bào 動跳躍。形踏足聲。

四　畫

11【趾】ㄓˇ zhǐ 名①腳指頭，例足趾。②腳。③蹤跡，例芳趾。④同「址」；基礎、根本。

11【趹】㈠ㄐㄩㄝˊ jué 動馬快跑時後足急起急落的樣子。　㈡ㄍㄨㄟˋ guì 動踢。

11【跂】㈠ㄑㄧˊ qí 名腳上多出的腳趾頭。形通「歧」，分歧的樣子。副蟲行徐緩的樣子。　㈡ㄑㄧˋ qì 動同「企」；舉踵、提起腳跟。

11【趼】ㄐㄧㄢˇ jiǎn 名手心腳掌因過度摩擦所生的厚皮。

11【趺】ㄈㄨ fū 名①腳趾頭。②腳。③腳跟。④同「跗」；腳背。動盤腿而坐，例趺坐。

11【趿】㈠ㄙㄚˋ sà 動伸腳撥取東西。　㈡ㄊㄚ tā 動拖、拉，例趿拖鞋。

五　畫

12【距】ㄐㄩˋ jù 名①公雞腳爪後面，突出的像腳趾的部分，打鬥時可做武器。②爪。動①相隔、相離。②同「拒」；違抗。形同「鉅」；大。

12【跋】ㄅㄚˊ bá 名①腳的後面。②文體的一種，寫在正文或書畫後面的文字，亦稱跋文。③火炬或蠟燭燃燒完後殘餘部分。④姓。動奔波，例跋山涉水。形強橫而傲慢，例跋扈。

12【跚】ㄕㄢ shān 副「蹣跚」，見「蹣」字。

12【跑】(一)ㄆㄠˇ pǎo 動①快步迅速前進，例賽跑。②逃走，例跑掉了。③奔走忙碌，例跑新聞。④到。⑤漏出，例跑氣。 (二)ㄆㄠˊ páo 名虎跑泉，在杭州西湖。動同「刨」；以足掘地。

12【跌】ㄉㄧㄝˊ dié 動①失足傾倒，例跌倒。②頓足、跺腳。③差失。④落下、降低，例物價下跌。

12【跛】(一)ㄅㄛˇ bǒ 形腳有殘疾，走路時姿勢不正常，例跛腳。 (二)ㄅㄧˋ bì 副①站不正。②偏，例跛倚。

12【跆】ㄊㄞˊ tái 名「跆拳道」：武術之一，起源於韓國，根據國術腿法演變而成，在我國亦稱莒拳道。動踐踏、踐踏，例跆籍。

12【跏】ㄐㄧㄚ jiā 動盤膝坐著，例跏趺。

12【跗】ㄈㄨ fū 名腳背。動以腳踏地。

12【跅】ㄊㄨㄛˋ tuò 形「跅弛」：不檢點。

12【跖】ㄓˊ zhí ㄓㄜˋ zhè 名①腳掌，例雞跖。②黃帝時的大盜名；春秋時也有大盜，乃柳下惠之弟，通稱盜跖。

12【跎】ㄊㄨㄛˊ tuó 動「蹉跎」；見「蹉」字。

六 畫

13【跡】(迹)(蹟) ㄐㄧ jī 名①步行時所遺留的印痕，例蹤跡。②事物的遺痕，例痕跡。③前人所留下來的事物，多指建築、文物，例古跡。④可見的功業。動①考察、探究。②遵循。

◆**人跡、足跡、事跡、筆跡、聖跡。**

13【跴】ㄘㄞˇ cǎi 動①追捕盜賊，例跴緝。②同「踩」；踐踏，例跴三輪車。

13【跟】ㄍㄣ gēn 名①腳掌的後面，即腳後跟。②鞋襪的後部，例鞋跟。動隨行，例跟在後面。介①與、和，例我跟你一道去。②對、向，例我跟他提過這件事。

13【跨】ㄎㄨㄚˋ kuà 名同「胯」；兩條大腿之間。動①越過，例橫跨歐亞大陸。②騎，例跨馬。③統馭。④懸掛。⑤偏著坐，例跨邊兒坐著。⑥附在旁邊。副兼、並。

13【路】ㄌㄨˋ lù 名①道途，例馬路。②條理，例思路。③作人應遵守的方向，例正路。④方面，例兵馬分作四路。⑤種類，例你們是那一路的人？⑥車。⑦宋、元行政區域的名稱，有如行省。⑧姓，漢有路溫舒。

◆末路、歧路、沿路、理路、道路、寃家路窄。

13【跺】ㄉㄨㄛˋ duò 動「跺腳」：頓足，舉起腳連連用力踏地，是憤怒、著急、興奮等情緒激動的表現。

13【跪】ㄍㄨㄟˋ guì 名腳，例蟹六跪而二螯。(《荀子》〈勸學〉)動彎曲小腿，兩膝著地而上身挺直，例跪拜。

13【跳】ㄊㄧㄠˋ tiào 名動，例心裏怦怦作跳。動①兩腳離地，使全身向上或向前的動作，例跳躍。②越過，例這章書跳過去不看。③一起一伏的動，例心跳。④脫離，例跳出火坑。

◆心跳、飛跳、高跳、驚跳。

13【跐】㈠ㄘˇ cǐ 動踐踏。形「跐豸」：形容人姿態嫋娜，或妖媚的樣子。 ㈡ㄘㄞˇ cǎi 動同「跴」；踐。 ㈢ㄘ cī 動腳滑而使身體傾跌，例腳一跐落下水去了。

13【跣】ㄒㄧㄢˇ xiǎn 形赤腳，例跣足。

13【跧】ㄑㄩㄢˊ quán 動①用腳踢東西。②踡伏。

13【跬】ㄎㄨㄟˇ kuǐ 名半步，走路時一腳先向前踏下叫跬，又一腳向前踏下叫步。

13【跮】ㄔˋ chì 動「跮踱」：指忽進忽退的樣子。

13【跫】ㄑㄩㄥˊ qióng 副走路時的腳步聲，例跫然。

13【跲】ㄐㄧㄚˊ jiá 動跌倒。

13【跤】ㄐㄧㄠ jiāo 名①筋斗，例他跌了一跤。②一種徒手角力的武術，例摔跤。

13【跩】ㄓㄨㄞˇ zhuǎi 動身體太胖，一搖一擺走路像鴨子的樣子。形得意忘形的樣子。

七　畫

14【跼】〔局〕ㄐㄩˊ jú 動彎曲。副①走不動或徘徊不前的樣子，例跼躅。②坐立不安的樣子，例跼促。

14【跽】ㄐㄧˋ jì 動長跪，古人席地而坐，雙膝著地，挺起上身以示敬意。

14【踉】(一) 讀音ㄌㄤˊ láng 語音ㄌㄧㄤˊ liáng 動跳躍。副腳亂動的樣子，例跳踉。

(二) ㄌㄧㄤˋ liàng 副走起路來東倒西歪的樣子，例踉蹌。

14【踊】ㄩㄥˇ yǒng 名刖足者所穿的鞋子。動①跳。②物價上漲，例踊貴。③登上。

14【踅】(一) ㄔˋ chì 動用一隻腳跳著走。 (二) ㄒㄩㄝˊ xué 動往來盤旋。

14【踁】ㄐㄧㄥˋ jìng 名同「脛」；從腳跟到膝的部分，就是小腿。

八　畫

15【踝】讀音ㄏㄨㄚˋ huà 語音ㄏㄨㄞˊ huái 名①腳後跟。②腳踝的外側與內側的突起。在外側的是腓骨的下端突起物，稱外踝。在內側是脛骨下端的突起物，稱內踝。

15【踢】ㄊㄧ tī 動舉起腳來蹴動東西，例踢足球。

15【踏】ㄊㄚˋ tà 動①以腳著地或踩在東西上面，例踐踏。②步行，例踏破鐵鞋無覓處。③實地勘驗。

15【踩】ㄘㄞˇ cǎi 動用足踐踏，例踩得稀爛。

15【踟】ㄔˊ chí 副「踟躕」：徘徊不進的樣子。

15【踔】(一) ㄓㄨㄛ zhuō 動超越。形高遠，例才氣踔絕。 (二) ㄔㄠˋ chào 動行走。

15【踖】ㄐㄧˊ jí 動踏踐。副「踧踖」；見「踧」字。

15【踞】ㄐㄩˋ jù 動①蹲。②坐。③倚。④占據，例盤踞。⑤游。

15【踠】ㄨㄢˇ wǎn 動屈曲。

15【踡】(蜷) ㄑㄩㄢˊ quán 形「踡跼」：指不能伸展的樣子。

15【踣】ㄅㄛˊ bó 動①同「仆」；向前跌倒，例踣地不起。②暴屍。③死亡。④滅，破。

15【踥】ㄑㄧㄝˋ qiè 副①「踥蹀」：行走的樣子。②「踥踥」：往來的樣子。

15【踦】㈠ㄐㄧˇ jǐ 名小腿。動站立依靠著。 ㈡ㄧˇ yǐ 動刺、觸。 ㈢ㄑㄧˊ qí 名足。形同「崎」；傾斜不平。

15【踧】ㄘㄨˋ cù 動同「蹙」；皺眉。副「踧踖」：外表恭敬而內心感到不安的樣子。

15【踐】〔践〕ㄐㄧㄢˋ jiàn 動①用腳踏，例踐踏。②遵行，例踐約。③實行，例實踐。④足跡所至，到。

15【踪】ㄗㄨㄥ zōng 名足跡。同「蹤」字。

15【踮】ㄉㄧㄢˇ diǎn 動以腳尖著地把腳跟提起來的動作。

15【踘】ㄐㄩˊ jú 名用熟皮做外殼的球。

九畫

16【蹄】ㄊㄧˊ tí 名①獸類的腳，例牛蹄。②捕兔的器具，例蹄筌。③量詞，獸足一隻爲一蹄。

16【踱】ㄉㄨㄛˋ duò 動①慢步走路，例踱著方步。②「跓踱」，見「跓」字。③赤足踏地。

16【踴】〔踊〕ㄩㄥˇ yǒng 動①跳躍，例一踴而起。②物價上漲。副樂意而又爭先的樣子，例踴躍參加。

16【蹂】ㄖㄡˊ róu 動①踐踏。②摧殘，例蹂躪。

16【踹】㈠ㄕㄨㄢˋ shuàn 名足跟。動頓，例踹足而怒。(《淮南子》〈人間訓〉) ㈡ㄔㄨㄞˋ chuài 動①踐踏，例踹他一腳。②用力踢，例將門踹開。③破壞。

16【踵】ㄓㄨㄥˇ zhǒng 名①腳後跟。②鞋跟。動①追隨。②繼續。③因襲。④親自到，例踵謝。

16【踰】ㄩˊ yú 動超越。

16【踳】讀音ㄔㄨㄣˇ chǔn 語音ㄔㄨㄢˇ chuǎn 動乖舛。形乖誤，例踳駁。副失意的樣子，例踳踳。

16【踶】㈠ㄉㄧˋ dì 動用腳踢。 ㈡ㄓˋ zhì 副「踶跂」：用心的樣子。

16【踼】㈠ㄉㄤˋ dàng 動跌倒，例跌踼。 ㈡ㄊㄤˇ tǎng 動伸著腳趴在那兒。

16【踽】ㄐㄩˇ jǔ 形駝背的樣子，例踽僂。副獨自行走的樣子，例踽踽。

16【蹀】ㄉㄧㄝˊ dié 動①舞蹈，例蹀足。②涉，例蹀血。

16【蹁】ㄆㄧㄢˊ pián 副「蹁躚」：⑴走路腳不正的樣子。⑵走路盤旋的樣子。

16【蹅】ㄔㄚˇ chǎ 動①腳踩到什麼裡面，例蹅了一腳泥。②加入。

十 畫

17【蹉】ㄘㄨㄛ cuō 動①意外的失誤，例蹉跌。②「蹉跎」：虛度光陰，失時。

17【蹋】ㄊㄚˋ tà 動①同「踏」；腳著地或踩物。②不愛惜財物。③侮辱，例蹧蹋人。

17【蹈】ㄉㄠˋ dào 名舉止，例高蹈。動①踏，例赴湯蹈火。②實行，例躬蹈。③頓腳，例手舞足蹈。④投身。

17【蹊】㈠ㄒㄧ xī 名小路。動踐踏，例蹊人之田。 ㈡ㄑㄧ qī 副奇怪，例蹊蹺。

17【蹇】ㄐㄧㄢˇ jiǎn 名①媒人，例蹇修。②姓，漢有蹇蘭。形①驕傲，例驕蹇。②困頓不順，例蹇滯。③跛，例足蹇。

17【蹌】〔跄〕㈠ㄑㄧㄤ qiāng 動①走動。②闖，例蹌將。形步趨而有威儀。 ㈡ㄑㄧㄤˋ qiàng 副「踉蹌」：⑴走路東倒西歪的樣子。⑵急行的樣子。

17【蹐】ㄐㄧˊ jí 副小步。

十一 畫

18【蹙】ㄘㄨˋ cù 動①緊迫。②歛。③縮，皺，例莫爲傷春眉黛蹙。(晏殊〈玉樓春詞〉)④同「蹴」；踢。形①發愁的樣子。②侷促不安的樣子。

18【蹣】〔蹒〕ㄇㄢˊ mán ㄆㄢˊ pán 動踰越。副「蹣跚」：⑴走路跛行的樣子。⑵來回行走的樣子。

18【蹦】ㄅㄥˋ bèng 動跳躍。

18【蹤】ㄗㄨㄥ zōng 名同「踪」；①足跡、形影，例行蹤。②牽引牲畜的繩索。動①追隨，例追蹤。②接、通。

18【蹕】〔跸〕ㄅㄧˋ bì 名帝王出行的車駕，例駐蹕。動古時帝王出行時，清理所經道路，禁止行人來往，例警蹕。

18【蹜】ㄙㄨˋ sù 副「蹜蹜」：指在狹窄的地方走路，不敢放大腳步走的樣子。

18【蹝】ㄒㄧˇ xǐ 名同「屣」、「躧」。動拖，跳履。

18【蹢】(一) ㄓˊ zhí 動①徘徊不前，例蹢躅。②投。 (二) ㄉㄧˊ dí 名獸蹄。

18【蹠】ㄓˊ zhí 名腳掌。動①楚人稱跳躍爲蹠。②踐踏。③至。

18【蹟】ㄐㄧ jī 名同「迹」、「跡」。動「蹟蹈」：因襲前人的足跡而行。

18【蹡】(一) ㄑㄧㄤ qiāng 動趨，例往西蹡路。(《西遊記》〈第二十三回〉) 副「蹡蹡」：走動的樣子。 (二) ㄑㄧㄤˋ qiàng 副同「蹌」；踉蹌。

18【蹩】ㄅㄧㄝˊ bié 形同「蹴」；「蹩腳」：(1)形容東西的品質不良好。(2)指境況不順利。(3)跛腳的意思。

18【蹚】ㄊㄤ tāng 名比喻墮落或危險的行爲。動①踐踏。②踏著爛泥或在淺水中行走。

18【蹧】ㄗㄠ zāo 動①不愛惜財物，例蹧蹋。②侮辱他人，例蹧蹋人。

十二 畫

19【蹼】ㄆㄨˊ pú 名鳥類、兩棲類，爬蟲類及水生哺乳類足趾間的皮膜，游泳時可擴大腳部面積，而增强運動的推動力。

19【蹲】讀音ㄘㄨㄣˊ cún 語音ㄉㄨㄣ dūn 動①彎曲著腿站著，例蹲踞。②閒居，例蹲在家裡沒作事。

19【躇】ㄔㄨˊ chú 副「躊躇」，見「躊」字。

19【蹶】(一) ㄐㄩㄝˊ jué 動①顛仆、跌倒，例蹶失。②挫敗，例一蹶不振。③傾竭。④踏、蹈。⑤棄。 (二) ㄐㄩㄝˇ juě 動牲畜掀起後腳踢人。

19【蹬】ㄉㄥˋ dèng 動①踐踏。②穿，例蹬上鞋子。③登，例蹬門求見。副「蹭蹬」；見「蹭」字。

19【蹺】〔蹻〕ㄑㄧㄠ qiāo 動①同「蹻」；舉起腳來。②舉起。③俗稱死爲蹺辮子。

19【蹯】ㄈㄢˊ fán 名獸類的足掌，例熊蹯。

19【蹴】ㄘㄨˋ cù 動①踏步，例一蹴即至。②用腳踢東西，例蹴鞠。③踏，例高臺芳樹，飛燕蹴紅英。（秦觀〈滿庭芳詞〉）副恭敬的樣子，例蹴然。

19【蹻】㈠ㄑㄧㄠ qiāo 動同「蹺」；擡起腳來，例蹻足。㈡ㄐㄧㄠˇ jiǎo 形勇武的樣子，例蹻蹻。㈢ㄐㄩㄝˊ jué 名草鞋。形流行疾速的樣子。

19【蹭】ㄘㄥˋ cèng 動①搖動，例蹭腦袋。②擦。③延宕時間，例磨蹭。副①不出錢聽戲，例聽蹭戲。②「蹭蹬」：失勢的樣子。

十三畫

20【躉】〔趸〕ㄉㄨㄣˇ dǔn 名①貨物的整數。②囤積貨物的大船，例躉船。動整批的購入或賣出，例躉買。

20【躁】ㄗㄠˋ zào 動擾動，例心靜則眾生不躁。（王基〈戒司馬師書〉）形①性急，例躁急。②狡猾。

20【躅】ㄓㄨˊ zhú 名蹤跡。動踏。副「躑躅」；見「躑」字。

20【躄】ㄅㄧˋ bì 名同「躃」；兩腳都殘廢而不能走的病。

20【躂】〔跶〕ㄊㄚˋ tà 動①頓足。②跌倒。

十四畫

21【躊】〔踌〕ㄔㄡˊ chóu 副①「躊躇」：猶豫不決的樣子。②自滿的樣子，例躊躇滿志。

21【躍】〔跃〕ㄩㄝˋ yuè ㄧㄠˋ yào 動①跳。②歡喜得一跳一跳，例雀躍。③價格上漲。副心動的樣子，例躍躍欲試。

◆欣躍、活躍、飛躍、跳躍、奮躍。

21【躋】〔跻〕ㄐㄧ jī 動①上升，登上。②涉。

十五畫

22【躑】〔踯〕ㄓˊ zhí 副①停腳不進的樣子。②「躑躅」：⑴指徘徊不前的樣子。⑵植物名，一種小灌木。

22【躐】ㄌㄧㄝˋ liè 動①越過，例躐等。②踐踏，例凌躐。③持。

22【躔】ㄔㄢˊ chán 名日月星辰在天空中的行經的

度數，例躔度。動踐踏。

22【躒】〔跞〕㈠ㄌㄧˋ lì 動走動、行動。㈡ㄌㄨㄛˋ luò 動超絕一切，例逴躒。

22【躓】〔踬〕ㄓˋ zhì 動跌倒。形處境困難，例困躓。

22【躚】〔跹〕ㄒㄧㄢ xiān 副「蹁躚」；見「蹁」字。

22【躕】ㄔㄨˊ chú 形同「躇」；徘徊不進的樣子。

十七 畫

24【躞】ㄒㄧㄝˋ xiè 名書畫的軸心，例金題玉躞。副小步行走的樣子，例躞蹀。

24【躟】ㄖㄤˇ rǎng 動疾行。

十八 畫

25【躡】〔蹑〕ㄋㄧㄝˋ niè 動①踏，例躡足行伍之間。(《史記》〈秦始皇本紀〉)②追隨，例躡後。③穿著，例農夫躡絲履。(司馬光〈訓儉示康〉)

25【躣】ㄑㄩˊ qú 動「躣躣」：走動。

25【躤】ㄐㄧㄝˋ jiè 動踐踏。

25【躥】〔蹿〕ㄘㄨㄢ cuān 動①向上跳，例縱身一躥。②噴瀉，例瀑布從山頂飛躥下來。③對人疾言厲色表示憤怒，例一聽這話，他就躥了。

十九 畫

26【躧】〔蹝〕ㄒㄧˇ xǐ 名同「屣」、「蹝」；①草鞋。②舞鞋。③拖鞋。動同「屣」；拖著走，例躧履。

二十 畫

27【躪】〔躏〕ㄌㄧㄣˋ lìn 動①踐踏。②摧殘，例蹂躪。

27【躩】ㄐㄩㄝˊ jué 動①急走，例躩步。②跳。

身部

07【身】㈠ㄕㄣ shēn 名①人的軀體，例身體。②指生命，例奮不顧身。③物體的中心或重要部份，例船身。④人在社會上所處的地位，例身分。⑤自身的品節，例修身。⑥懷孕稱有身。⑦指衣服一套，例他穿了一身新衣。⑧佛家謂三世有三身，謂前身、現身、來身。形自己的代稱。副親身，例身歷其境。㈡ㄐㄩㄢ juān 名「身毒」：古代我國對印度的稱呼。

◈**身心、身不由主、身敗名裂、身懷六甲　人身、化身、安身、全身、紋身、終身、獻身。**

三　畫

10【躬】ㄍㄨㄥ gōng 名①身體，例政躬康泰。②自身。副親自，例躬行實踐。

四　畫

11【躭】ㄉㄢ dān 名「耽」之俗體字。動①同「擔」，例躭心、躭驚。②延遲，例躭擱。

六　畫

13【躲】(躲) ㄉㄨㄛˇ duǒ 動①把身體隱藏起來，例躲藏。②避開，例明槍易躲、暗箭難防。

八　畫

15【躺】ㄊㄤˇ tǎng 動身體平臥。

十一　畫

18【軀】〔躯〕ㄑㄩ qū 名①身體。②引申爲生命，例爲國捐軀。

車　部

07【車】〔车〕讀音ㄔㄜ chē 語音ㄐㄩ jū

名①陸地上有輪子的交通工具。②借輪軸來轉動的器物，例水車。③牙齦。④姓，宋有車似慶。動①利用機器轉動來製造器物，例車衣服。②用水車打水，例車水。

◈**車騎、車殆馬煩、車馬輻輳、車笠之盟、車載斗量　兵車、輕車。**

一　畫

08【軋】〔轧〕㈠ㄧㄚˋ yà 動①碾壓，例軋棉花。②排擠，例傾軋。形委曲，例軋辭。㈡ㄍㄚˊ gá 形吳語，擁擠的意思。

二　畫

09【軍】〔军〕ㄐㄩㄣ jūn 名①武裝衛國的部隊或設備，例海軍。②軍隊編制單位，大於師而小於軍團。③宋代行政區劃名。[動]①指揮軍隊。②進駐。

◆軍火、軍令、軍政、軍紀、軍容、軍機、軍書旁午　行軍、從軍、冠軍、禁軍、敵軍、全軍覆沒。

09【軌】〔轨〕ㄍㄨㄟˇ guǐ [名]①車兩輪間的距離、車行的痕跡。②用條形鋼材鋪設供火車電車所行駛的路線，[例]鐵軌。③法則、法度，[例]步入正軌。④行星繞太陽的路線。⑤軌、道路，[例]塵軌。[動]依照，[例]不軌常道。(《後漢書》〈襄楷傳〉)

三　畫

10【軒】〔轩〕ㄒㄩㄢ xuān [名]①車子的通稱。②古時一種篷車。③車前高起的部分。④長廊。⑤窗，[例]開軒琴月孤。(孟浩然〈尋張五迴夜園作詩〉)⑥廳堂前後高起的檐，[例]翻軒。⑦小房間，[例]小軒。[動]飛，[例]歸雁載軒。(王粲〈贈蔡子篤詩〉)[形]高聳的。

10【軔】〔轫〕ㄖㄣˋ rèn [名]①阻止車輪旋轉的橫木，引申稱事情的開始為發軔。②八尺或七尺為一軔，[例]掘井九軔。(《孟子》〈盡心上〉)[動]阻止。

10【軑】〔轪〕ㄉㄞˋ dài [名]①車輪。②車軸的前端。

10【軏】〔軏〕ㄩㄝˋ yuè [名]小車轅頭上連接橫木的地方。

四　畫

11【軟】〔软〕(輭)ㄖㄨㄢˇ ruǎn [名]懦弱而缺乏決斷的人，[例]欺軟怕硬。[形]①柔，[例]繡房內芙蓉褥軟。(阮大鋮〈燕子箋〉)②沒有氣力，[例]手腳酸軟。③不能堅持，[例]耳朵軟。④事物不豐富，或作事不能受人欣賞，[例]那個餐廳的菜軟。[副]用溫和的方式進行，[例]軟求。

11【軛】〔轭〕ㄜˋ è [名]在車橫兩端扼住馬頸用的半圓形曲木。

五　畫

12【軻】〔轲〕ㄎㄜ kē [名]車軸由二木接合而成的車子。[形]「轗軻」，見「轗」字。

12【軸】〔轴〕(一)讀音ㄓㄨˊ zhú 語音ㄓㄡˊ zhóu [名]①貫穿車輪中心，用來控制車輪轉動的橫杆，[例]輪軸。②

使物體旋轉的中心部位，例軸心。③重要的地位，例當軸。④書卷。⑤織布的器具，例杼軸。⑥疾病。⑦量詞，用來計算有軸的物體，例古畫二軸。 (二) ㄓㄡˋ zhòu 名「軸子」：國劇表演的最後一齣；亦稱大軸子。

◆軸車、軸帶、軸圍、軸頭、軸轤。

12【軼】〔轶〕(一) ㄧˋ yì 動超過，例超軼絕塵。形通「佚」；散失的，例軼詩。(二) ㄉㄧㄝˊ dié 動通「迭」；更迭。

◆軼才、軼倫、軼聲、軼羣。

12【軨】〔轸〕ㄌㄧㄥˊ líng 名①通「櫺」；車箱裡的方格木。②車輪。③車軸上的裝飾。

◆軨車、軨軒、軨積。

12【軫】〔轸〕ㄓㄣˇ zhěn 名①車後面的橫木。②車子的通稱。③琴上轉絃的小柱。④星宿名，例軫宿。⑤姓。動轉動。形①隱藏委曲，例紆軫。②井田間的小路。副傷痛、憐憫，例軫恤。

◆軫抱、軫惜、軫悼、軫慕。

12【軯】〔軯〕ㄆㄥ pēng 形①車行聲。②鐘鼓聲。③雷聲。

12【軹】〔轵〕ㄓˇ zhǐ 名①車軸的兩頭。②車箱兩旁橫直交結的木頭。形分岐，與「枳」、「岐」、「枝」相通，例軹首蛇。

◆軹途、軹圍、軹軾、軹衢。

12【軺】〔轺〕ㄧㄠˊ yáo 名小車，例軺軒。

◆軺輅、軺傳。

六畫

13【較】〔较〕(一) ㄐㄧㄠˋ jiào ㄐㄧㄠˇ jiǎo 名①車輢上的曲鉤。②概略，例較略。③數學減法求得的餘數，即兩數的差。④姓，清朝河南舞陽縣有較無恭。動同類事物相比，例斤斤計較。形顯明，例較然。副①略、稍，例較好。②約略。 (二) ㄐㄩㄝˊ jué 名車箱兩旁板上的橫木。動通「角」；互相競爭。

◆較切、較勁、較量、較著、較議。

13【軾】〔轼〕ㄕˋ shì 名古時車前可依靠的橫木。動靠著車前的橫木，表示尊敬，例凭軾致敬、軾車。

13【載】〔载〕(一) ㄗㄞˋ zài 名①所乘用的

交通工具。②所載的物品，例載輸爾載。(《詩經》〈小雅・正月〉)動①記錄，例記載。②設置，例清酒既載。(《詩經》〈小雅・旱麓〉)③裝運、乘，例載人。④裝飾，例載以銀錫。(《淮南子》〈兵略訓〉)⑤開始，例朕載自亳。(《孟子》〈萬章上〉)⑥承、受。⑦充滿。副①通「再」；二次，例載拜。②表示同時做兩個動作、猶且。助句首助詞，無義，猶則、乃，例載弄之璋。

㈡ ㄗㄞˇ zǎi 名年，例一年半載。

◆載弄、載育、載奔、載籍、載歌載舞。

13【輊】〔轾〕ㄓˋ zhì 名車子後面較低的地方，例軒輊。

13【輧】〔𫐌〕ㄆㄧㄥˊ píng 名古時婦女所乘，張有帷幕的車子，例輧軒、輧輅。

13【輅】〔辂〕ㄌㄨˋ lù 名①車前的橫木。②大的車子，多爲天子所乘，例輅車。

13【輈】〔辀〕ㄓㄡ zhōu 名車子上面，位於中間，有一根彎曲而高起的木頭，用來駕車用的，二根直木則爲轅，例輈軔。

13【輇】〔辁〕ㄑㄩㄢˊ quán 名沒有輻的車輪，例銓車。動通「銓」；衡量輕重，例輇量。形小才，例輇才。

13【輀】〔𫐐〕ㄦˊ ér 名載棺材的車子，例輀柩。

七　畫

14【輔】〔辅〕ㄈㄨˇ fǔ 名①夾住車輪的木頭，以增強輪輻載重支力。②臉頰。③京畿附近的地方，例畿輔。④姓，宋有輔廣。動幫助、扶持，例輔佐。形副的、非主要的，例輔幣。

◆輔助、輔弼、輔導、輔車相依　台輔、匡輔、艮輔、宰輔、賢輔。

14【輒】〔辄〕ㄓㄜˊ zhé 名車之左右板向前反出，如耳朵下垂一樣。副①專擅妄爲，例甘受專輒之罪。(《晉書》〈劉弘傳〉)②每，總是，例遇敵輒克。③則、即、就，例殲敵動輒數萬人。

◆輒悔、輒然、輒盡。

14【輕】〔轻〕ㄑㄧㄥ qīng 名①輕便的車子。②化學元素氫的舊譯名。③姓，夏禹時有輕子玉。動鄙夷，例文人相輕。(魏文帝〈典論論文〉)形①分量小，例權然後知輕重。(《孟子》〈梁惠王上〉)②程度淺，例病情輕。③數量少，例工作輕。④不重要的，例民爲貴，君爲輕。(《孟子》〈盡心下〉)⑤方便，簡單的，例輕便。⑥靈巧快捷的。⑦沒有負擔和壓迫的，例無債一身輕。⑧輕微、柔弱的，例雲淡風輕。⑨薄的，例輕紗。⑩隨便，不莊重，例輕率。副輕微地，例輕攏慢撚抹復挑。(白居易〈琵琶行〉)

◆**輕巧、輕快、輕狂、輕佻、輕盈、輕脆、輕蔑、輕鬆、輕重緩急、輕描淡寫、輕諾寡信。**

14【輓】〔挽〕ㄨㄢˇ wǎn 動①拉車，例輓車。②轉、運轉，例轉粟輓輸。(《漢書》〈韓安國傳〉)形①哀悼死人的，例輓聯、輓歌。②通「晚」，例輓近。③通「挽」，大陸用作「挽」的異體字。

八　畫

15【輝】〔辉〕ㄏㄨㄟ huī 名①光彩。②榮耀，例光輝。動照耀。

◆**輝映、輝然、輝煌、輝耀。**

15【輛】〔辆〕ㄌㄧㄤˋ liàng 名計算車的數目所用的單位名稱，一車稱一輛。

15【輟】〔辍〕ㄔㄨㄛˋ chuò 動停止，例絃歌不輟。

◆**輟食、輟耕、輟舂、輟途、輟然、輟學。**

15【輩】〔辈〕ㄅㄟˋ bèi 名①分行列之車。②長幼、尊卑的行次，例先輩、晚輩。③同類的人，表示多數，例輩類。④一生，例一輩子。動比較，例時人以輩前世趙、張。(《後漢書》〈循吏傳序〉)

◆**輩分(輩數兒)、輩出、輩行、輩流、輩類。**

15【輦】〔辇〕ㄋㄧㄢˇ niǎn 名①用人力拉的車子，例輦車。②皇后、皇帝乘坐的車子，例龍車鳳輦。③姓。動載運，例輦土。

◆**輦下、輦夫、輦席、輦輅、輦道。**

15【輪】〔轮〕(一) ㄌㄨㄣˊ lún 名①車、船或機器上旋轉的圓形物，例齒輪。②指車，例副以瑤華之輪十乘。(《拾遺記》〈周穆王〉) ③地形的縱橫，東西稱廣，南北稱輪。④姓，春秋齊國有輪扁。動依次更換，例輪值。形高大華美，例美輪美奐。

㈡ ㄌㄨㄣ lūn 動同「掄」；任意浪擲金錢。

◆輪次、輪作、輪迴、輪班(輪拔兒)、輪彩、輪替、輪廓、輪輝、輪圈。

15【輜】〔辎〕ㄗ zī 名①有帷幔的車子，例輜車。②載重物的車子。

◆輜重、輜軿、輜駕、輜囊、輜重兵。

15【輗】〔輗〕ㄋㄧˊ ní 名古代大車的車轅跟轅頭橫木接連地方所用的關鍵，引申為事情重要的關鍵，例輗軏。

15【輘】〔輘〕ㄌㄧㄥˊ líng 動欺壓迫害，例輘轢。形狀聲之詞，形容車聲，例輘輷。

15【輚】〔輚〕ㄓㄢˋ zhàn 名「輚輅」：可以躺臥的車子，例乘輚輅，登龍舟。(《文選》班固〈西都賦〉)

15【輞】〔辋〕ㄨㄤˇ wǎng 名車輪的外框。

15【輠】〔輠〕ㄍㄨㄛˇ guǒ 名車上裝油的筒子，用來塗軸，可使車軸潤滑好轉，例輠器。形言論很多，不會間斷，例炙輠流譽，解頤飛辯。(《晉書》〈儒林傳贊〉)

15【輬】〔辌〕ㄌㄧㄤˊ liáng 名臥車，後又指喪車，例轀輬車。

九畫

16【輻】〔辐〕ㄈㄨˊ fú 名車輪中連接軸和輪的直木，例輻轂。

◆輻巾、輻內、輻至、輻射、輻條、輻廣、輻湊。

16【輯】〔辑〕ㄐㄧˊ jí 名車輿。動①收斂。例有餓者，蒙袂輯屨，貿貿然來。(《禮記》〈檀弓下〉)②聚集，例輯錄。形和睦，例輯柔。

◆輯佚、輯要、輯集、輯睦、輯穆。

16【輸】〔输〕㈠ ㄕㄨ shū 名①失敗，例輸贏。②姓，漢有輸子陽。動①運送，例輸送。②捐獻，例捐輸。③失敗。 ㈡ ㄕㄨˋ shù 動轉運，例委輸。

◆輸力、輸心、輸血、輸納、輸實、輸肝剖膽。

16【輮】〔𫐓〕ㄖㄡˊ róu 名車輪的外圍。動①通「揉」；使木彎曲或伸直。②同「蹂」；踐踏，例輮轢。(《晉書》〈孫楚傳〉)

16【輴】〔輴〕ㄔㄨㄣ chūn 名①載靈柩的車子。②在泥裡行走的車子。

◆輴綷、輴輴。

16【輵】〔輵〕ㄍㄜˊ gé 形①車喧鬧聲，例幽輵。②同「轕」。

16【輶】〔輶〕ㄧㄡˊ yóu 名輕便的車子，例輶車，輶軒。形輕，例輶德。

16【輷】〔輷〕ㄏㄨㄥ hōng 形「輷輷」：車行聲。

◆輷輷殷殷、輷轞、輷輘。

16【輳】〔辏〕ㄘㄡˋ còu 名車輪中的直木輻條，集合在車轂上，例輳轂。形聚集，例輻輳。

16【輹】〔輹〕ㄈㄨˋ fù 名車子下面和軸相鉤連的木頭。

16【輭】ㄖㄨㄢˇ ruǎn 同「軟」。

十　畫

17【轄】〔辖〕ㄒㄧㄚˊ xiá 名車軸兩端的鐵鍊。動管理，例管轄。副車聲，例轄轄。

◆轄區、轄統、轄擊。

17【輾】〔辗〕(一) ㄓㄢˇ zhǎn 形「輾轉」：(1)循環反覆的意思，形容睡不著的樣子。(2)輾折、不直接，例此消息是輾轉得知的。(3)指時來運轉的意思。　(二) ㄋㄧㄢˇ niǎn 動同「碾」；用鐵輪旋轉而壓碎東西。

◆輾轉反側、輾轉伏枕。

17【轂】〔毂〕(一) ㄍㄨˇ gǔ 名①車輪中心的圓木。②車的概稱。動①聚集。②推荐人才，例推轂。　(二) ㄍㄨ gū 名「轂轆」：北方口語稱車輪，亦作「軲轆」。

◆轂下、轂端、轂轂、轂轉。

17【轅】〔辕〕ㄩㄢˊ yuán 名①駕車的木頭。②衙署的外門，例轅門。③姓，漢代有轅固(轅固生)。動更換，例焉作轅田。(《國語》〈晉語〉)

17【輿】〔舆〕ㄩˊ yú 名①車中裝載東西的部分，即車箱也。②車，例乘輿。③轎子，例肩輿。④地、疆域，例輿地。⑤地位低微的人，例輿臺。動①扛、擡。②兩手捧托。形①公衆的，例輿論。②始，例權輿。

◆輿丁、輿衣、輿車、輿情、輿蓋、輿隸、輿議、輿櫬。

17【轀】〔辒〕ㄨㄣ wēn 名臥車，後又指喪車，例轀車，轀輬車。

十一 畫

17【轉】〔转〕(一)ㄓㄨㄢˇ zhuǎn 名舊詩的第三聯、第三句及舊文的第三段稱爲轉。動①旋動。②遷徙。③變換，例轉禍爲福。(《史記》〈蘇秦列傳〉)④棄。⑤改換方向，例向右轉。⑥運輸。副①間接傳送，例轉播。②變化，委宛曲折。 (二)ㄓㄨㄢˋ zhuàn 動旋繞，例轉不動。

◆轉世、轉注、轉捩點 回轉、宛轉、流轉、移轉、旋轉、運轉。

18【轍】〔辙〕(一)讀音ㄔㄜˋ chè 語音ㄓㄜˊ zhé 名①車輪經過所留下來的痕跡。②過去的事蹟，例如出一轍。③法則。④歌詞、戲曲或樂曲所押的韻，例十三轍。 (二)ㄓㄜˊ zhé 名①門徑、辦法，例我國北部方言俗稱之「沒轍」。②歌曲詞句的韻，例轍兒。

◆轍迹、轍還、轍鮒、轍亂旗靡。

18【轆】〔辘〕ㄌㄨˋ lù 名「轆轤」：(1)安裝在井上汲水的器具。(2)機器上絞盤，用堅木或金屬製成，可用以起碇或起重。副「轆轆」：(1)形容車聲。(2)形容雷聲。

18【轇】〔轇〕ㄐㄧㄡ jiū 副「轇轕」：(1)雜亂交錯的樣子。(2)廣闊深遠的樣子。(3)廣大的樣子。

18【轈】〔𮝷〕ㄔㄠˊ cháo 名可以望敵的巢形高車，例轈車。

十二 畫

19【轔】〔辚〕ㄌㄧㄣˊ lín 名門檻，例不發戶轔。(《淮南子》〈說林訓〉)副車子走動的聲音，例轔轔。

◆轔囷、轔轄、轔藉、轔轢。

19【轎】〔轿〕ㄐㄧㄠˋ jiào 名舊時人坐在中間，由役夫在前後擡的交通工具；亦稱車輿、轎子。

◆轎夫、轎杆、轎車、轎班。

19【轒】〔轒〕ㄈㄣˊ fén 名古代的一種兵車。

十三 畫

20【轖】〔𬨎〕ㄙㄜˋ sè 名以去毛的獸皮，撐開貼在車箱的方格子外面。

20【轗】〔轗〕ㄎㄢˇ kǎn 形「轗軻」：(1)指車行顛簸不平的樣子。(2)比喻人不得志，不順利。亦作「坎軻」、「壈軻」、「埳軻」。

20【轘】〔轘〕ㄏㄨㄢˋ huàn 名古代用車子來分裂人體的一種酷刑，例轘刑、轘裂。

20【轕】〔轕〕ㄍㄜˊ gé 副「轇轕」，見「轇」字。

十四 畫

21【轟】〔轰〕ㄏㄨㄥ hōng 動①驅逐，例把他轟出去。②擊。副喧鬧，例轟飲高歌。

◆轟哄、轟笑、轟堂、轟轟烈烈。

21【轝】ㄩˊ yú 同「輿」字。

◆轝馬、轝駕、轝隸。

21【轞】〔轞〕ㄒㄧㄢˋ xiàn 名囚車，例轞車。副車聲，例轞轞。

十五 畫

22【轡】〔辔〕ㄆㄟˋ pèi 名控制馬的韁繩，例轡勒、轡銜。

23【轢】〔轹〕ㄌㄧˋ lì ①車輪壓過，例當足見蹍，値輸被轢。(《文選》張衡〈西京賦〉)②欺陵，例轔轢。

十六 畫

23【轣】〔轣〕ㄌㄧˋ lì 名①紡車，例轣轆車。②車軌道，比喻詭道。

23【轤】〔轳〕ㄌㄨˊ lú 名「轆轤」，見「轆」字。

辛 部

07【辛】ㄒㄧㄣ xīn 名①曲刀，是古代的一種刑具。②十天干的第八位。③姓，南宋有辛棄疾。形①辣味。②勞悴困阨，例役役常苦辛。(杜甫詩)③悲痛，例辛傷。

◆辛苦、辛勞、辛勤、辛辣、辛酸。

五 畫

12【辜】ㄍㄨ gū 名①罪惡，例死有餘辜。②姓，清有辜鴻銘。動同「孤」；背負，例辜負。副必，例辜潔之也。(《漢書》〈律曆志上〉)

◆辜功、辜毒 無辜。

六 畫

13【辟】㈠ㄅㄧˋ bì 图①刑法。②君主、帝位，例皇王維辟。(《詩經》〈大雅・文王有聲〉)動①徵召，例徵辟、辟書。②同「避」；迴避。 ㈡ㄆㄧˋ pì 名同「僻」；偏遠的地方。動①同「闢」；除去，例辟除。②同「闢」；開拓。③同「避」；退避，例辟易。形同「僻」；偏邪，例疾威上帝，其命多辟。(《詩經》〈大雅・蕩〉)

◆辟人、辟引、辟忌、辟邪、辟舉。

七 畫

14【辣】ㄌㄚˋ là 形①刺激性的辛味，如辣椒、薑、蒜等味是。②猛烈、狠毒，例心狠手辣。

◆辣子、辣手、辣椒、辣燥、辣菜根子。

八 畫

15【辤】ㄘˊ cí 名通「辭」字。「辭」的異體字。

九 畫

16【辨】㈠ㄅㄧㄢˋ biàn 動①分別清楚，例雌雄莫辨、明辨是非。②同「辯」；爭論，例辨士。形不疑惑，例廉辨。(《周禮》〈天官・小宰〉) ㈡ㄅㄧㄢˇ biǎn 動同「貶」；貶損、謙抑，例辨卑。(《禮記》〈玉藻〉)

◆辨別、辨駁、辨誣、辨識、辨驗。

16【辦】〔办〕ㄅㄢˋ bàn 動①治理事務，例公事公辦。②懲罰處分，例移送法辦。③購買置備，例辦貨、採辦。④與「辨」同。

◆辦法、辦事、辦案、辦理、辦置。

十二 畫

19【辭】〔辞〕ㄘˊ cí 名①同「詞」；代表某些觀念的語言或文字，例文辭、言辭。②文體的一種，例楚辭。③訴訟的供詞，例無情者不得盡其辭。(《禮記》〈大學〉)動①告別，例辭行。②推卻不接受，例推辭。③躲避，例不辭辛苦、萬死不辭。④責備，例王使詹桓伯辭於晉。(《左傳》〈昭公九年〉)⑤告訴，例使人辭於狐突。(《禮記》〈檀弓上〉)⑥遣去、解雇，例辭退。

◆辭世、辭色、辭行、辭讓、辭不達意 告辭、修辭、美辭、遁辭、絕妙好辭。

十四 畫

21【辯】〔辩〕ㄅㄧㄢˋ biàn 動①治理，例辯其獄訟。(《禮記》〈秋官・鄉士〉)②爭論是非曲直，例予豈好辯哉？予不得已也。(《孟子》〈滕文公下〉)③同「辨」；判別，例子辭，君必辯焉。(《左傳》〈僖公四年〉)形能說善道的，例辯才。

◆**辯士、辯正、辯巧、辯舌、辯析、辯論、辯辭、辯才無礙。**

辰 部

07【辰】ㄔㄣˊ chén 名①十二地支的第五位。②時辰名，即上午七時至九時。③時日，例吉月令辰。④日月星的泛稱，例日月星辰。⑤日月星的交會，例日月之會是謂辰。(《左傳》〈昭公七年〉)⑥同「晨」，例不能辰夜。(《詩經》〈齊風・東方未明〉)

◆**辰光、辰告、辰明。**

三 畫

10【辱】ㄖㄨˋ rù ㄖㄨˇ rǔ 名羞恥。動①汙損、使他人蒙羞，例足以辱晉。(《左傳》〈僖公九年〉)②埋沒。副委屈，用在應酬的謙詞或敬詞，例辱承指教、辱蒙光臨。

◆**辱沒、辱命、辱罵 汙辱、忍辱、恥辱、榮辱、寵辱。**

六 畫

13【農】〔农〕ㄋㄨㄥˊ nóng 名①耕種的事業，例務農。②耕種的人，例吾不如老農。(《論語》〈子路〉)③姓，清有農起。動努力，例小人農力以事其上。(《左傳》〈襄公十三年〉)副厚，例農用八政。(《尚書》〈洪範〉)

◆**農夫、農田、農功、農隙、農稼、農藝、農作物。**

十二 畫

19【辴】〔辴〕ㄓㄣˇ zhěn 副或作「囅」；笑的樣子，例桓公辴然而笑。(《莊子》〈達生〉)

辵 部

07【辵】ㄔㄨㄛˋ chuò 副與「辶」同；忽行忽停的樣子。

三 畫

07【迂】ㄩ yū 形①路曲而遠，例迂迴曲折。②言行拘泥固執，不切實際，例迂

執。③緩慢，例迂緩。

◆迂見、迂遠、迂滯、迂腐、迂論、迂闊。

07【迆】(一) ㄧˇ yǐ 動同「迤」；斜屈著延伸。形彎曲而相連接的樣子，例迆邐。 (二) ㄧˊ yí 副「逶迆」，見「逶」字。

◆迆迆、迆衍、迆颺、迆靡。

07【迅】ㄒㄩㄣˋ xùn 形很快的，例迅雷不及掩耳。

◆迅雨、迅流、迅速、迅捷。

07【迄】ㄑㄧˋ qì 動至、到，例以迄于今。(《詩經》〈大雅·生民〉)副終究、到底，例迄無成功。(《後漢書》〈孔融傳〉)

07【巡】ㄒㄩㄣˊ xún 名遍，例酒過三巡。動往來察看，例仆人巡官。(《左傳》〈襄公三十一年〉)

◆巡行、巡查、巡狩、巡迴、巡視、巡禮。

四畫

08【迎】(一) ㄧㄥˊ yíng 動①逢、遇，例迎刃而解。②接，例迎新送舊。 (二) ㄧㄥˋ yìng 動人未來而先去接，例親迎于渭。(《詩經》〈大雅·大明〉)

◆迎合、迎迓、迎接、迎頭趕上、迎頭痛擊 奉迎、逢迎、歡迎、送往迎來。

08【返】ㄈㄢˇ fǎn 動同「反」；①回來，例往者不返。(《漢書》〈伍被傳〉)②歸還，例返璧、免息返本。③更換，例返瑟而弦。(《呂氏春秋》〈愼子〉)

◆返命、返哺、返程、返景、返潮、返顧、返魂香、返老還童 去而復返。

08【近】ㄐㄧㄣˋ jìn 動①親密，例親近。②相似，例知恥近乎勇。(《禮記》〈中庸〉)③合乎，例不近情理。④接觸，例近朱者赤。形①距離不遠，例近路。②淺顯易解，例言近而指遠者善言也。(《孟子》〈盡心〉)

◆近代、近況、近視、近憂、近畿、近親、近體詩、近水樓臺、近在咫尺、近悅遠來 淺近、卑近、接近、遠近。

08【迋】(一) ㄨㄤˋ wàng 動往，例子無我迋。(《說文》) (二) ㄍㄨㄤˇ guǎng 動①欺騙，例人實迋女。(《詩經》〈鄭風·楊之水〉)②恐懼，例迋迋。

08【迍】ㄓㄨㄣ zhūn 副同「屯」。「迍邅」：身處

困難，不能前進，例英雄有迍邅。(左思〈詠史詩〉)

◆迍厄、迍迍、迍敗、迍窮。

08【迒】ㄏㄤˊ háng 名①野獸或車子走過所留下的痕跡。②道路。

08【迓】ㄧㄚˋ yà 動迎接，例我迓續乃命於天。(《尚書》〈盤庚〉)

08【迕】ㄨˋ wù 動①違背、拂逆，例迕目。②遇見，例其間迕憂樂。(蘇軾詩)

五 畫

09【述】ㄕㄨˋ shù 動①依照、遵循，例父作之，子述之。(《禮記》〈中庸〉)②把事情的經過說出來，例陳述、口述。

◆述循、述尊、述懷 追述、敘述、評述、傳述。

09【迦】ㄐㄧㄚ jiā 名譯音字，例迦藍、釋迦牟尼。動與「邂」同，例迦逅。

09【迢】ㄊㄧㄠˊ tiáo 形隔離得很遠，例千里迢迢。

◆迢遠、迢遙、迢遞、迢滯。

09【迪】ㄉㄧˊ dí 名①道路。②道理、道德，例惠迪吉，從逆凶。(《尚書》〈大禹謨〉)動①行、至，例漢迪于秦，有革有因。(《漢書》〈敘傳下〉)②開導，例啓迪。③納進，例維此良人，弗求弗迪。(《詩經》〈大雅・桑柔〉)助作語助詞，無義，例古之人迪惟有夏。(《尚書》〈立政〉)

09【迥】ㄐㄩㄥˇ jiǒng 形深遠，例天高地迥。(王勃〈滕王閣序〉)副特別地，例迥然不同。

◆迥異、迥途、迥眺、迥然、迥場、迥遠、迥然有別。

09【迭】ㄉㄧㄝˊ dié 動①輪流更替，例更迭。②停止，例叫苦不迭。副屢次，例迭接來信。

◆迭日、迭代、迭宕、迭居、迭起、迭進、迭興。

09【迫】ㄆㄛˋ pò 動①接近，例迫近。②逼壓，例壓迫。③催促，例迫生為下。(《呂氏春秋》《貴生〉)形①急切，例迫不及待。②狹窄，例局迫。

◆迫促、迫害、迫脅、迫在眉睫、迫切陳詞 急迫、催迫、窘迫、逼迫。

09【迣】ㄔˋ chì 動①阻礙不前進。②超越，例體容與，迣萬里。(《漢書》〈禮樂志〉)

09【迤】ㄧˇ yǐ 動同「池」。

09【迨】ㄉㄞˋ dài 動①同「逮」；及、等到，例迨其吉兮。(《詩經》〈召南·摽有梅〉)②趁，例迨其不備。

◆迨及、迨今、迨夫、迨吉。

09【迮】ㄗㄜˊ zé ㄗㄨㄛˋ zuò 名姓，清有迮雲龍。動①逼迫，例壓迮。②同「乍」；倉卒。③即今之「窄」字。

09【迡】ㄋㄧˋ nì 名①近。②同「遲」；晚。

六畫

10【送】ㄙㄨㄥˋ sòng 動①把東西給人，例贈送。②陪伴著走，例送客、護送。③傳遞，例送信、送秋波。④押解，例傳車送窮北。(文天祥〈正氣歌〉)⑤輸運，例送貨、運送。⑥斷失，例送命。

◆送行、送終、送達、送往迎來、送故迎新 目送、急送、遞送、葬送。

10【逆】ㄋㄧˋ nì 動①迎接，例關東曰逆，關西曰迎。(《說文》段注)②違背、不順，例順天者存，逆天者亡。(《孟子》〈離婁上〉)例逆賊、叛逆。副預先，例逆料。

◆逆子、逆天、逆行 反逆、背逆、橫逆、大逆不道、莫逆之交。

10【迷】ㄇㄧˊ mí 名醉心於某件事物的人，例影迷、歌迷。動①疑惑，例迷惑。②媚惑。形①分辨不清，例迷路、迷離。②心中昏亂，例意亂神迷。

◆迷津、迷惘、迷惑、迷漫、迷糊、迷離、迷戀、迷途知返 低迷、沉迷、昏迷、影迷、戲迷。

10【退】ㄊㄨㄟˋ tuì 動①向後倒走。②解除、取消，例退役、退婚。③離開，例遲到早退。④離職，例引退、退休。⑤遜讓，例謙退、退讓。⑥歸返，例臨淵羨魚，不如退而結網。(《漢書》〈董仲舒傳〉)⑦減損、降低，例老病自憐詩思退。(陸游詩)⑧畏縮，例求也退，故進之。(《論語》〈先進〉)

◆退卻、退換、退隱、退縮、退避三舍 進退、敗退、減退、隱退、擊退。

10【迺】ㄋㄞˇ nǎi 同「乃」字。

10【迴】〔回〕ㄏㄨㄟˊ huí 動同「廻」；①回轉，例迴車。②運，例天日迴行。③通，例德迴乎天地。④引避，例迴避。形①曲折的，例迴廊。②旋繞的，例迴風。

◆迴心、迴車、迴翔、迴避、迴盪、迴繞、迴文詩、迴天挽日、迴光返照、迴腸盪氣。

10【逃】ㄊㄠˊ táo 動①亡逸、出奔，例逃亡。②躲避，例季札讓，逃去。(《史記》〈吳世家〉)③離去，例逃墨必歸於楊。(《孟子》〈盡心下〉)

◆逃世、逃刑、逃兵、逃命、逃稅、逃竄、逃避現實 死裏逃生。

10【追】(一) ㄓㄨㄟ zhuī 動①逐，例追殺盜匪。②跟隨，例追隨。③查究或回想過去的事，例追想。④補救，例往者不可諫，來者猶可追。(《論語》〈微子〉)⑤催討、索還，例追討舊欠。(二) ㄉㄨㄟ duī 動雕，例追琢其章。(《詩經》〈大雅・棫樸〉)

◆追求、追究、追念、追思、追封、追悔、追逐、追隨、追憶、追謚、追蹤、追亡逐北、追根究底、追魂攝魄。

10【逅】ㄏㄡˋ hòu ㄍㄡˋ gòu 動「邂逅」，見「邂」字。

10【迹】ㄐㄧ jī 名①腳印，例足迹。②事物的遺痕，例血迹、筆迹。③前代或前人留下來的文物，例古迹、陳迹。④功業，例王迹。形「迹迹」：往來不安貌。

◆迹求、迹象、迹盜、迹察 痕迹。

10【适】ㄍㄨㄚ guā ㄎㄨㄛˋ kuò 名①大陸用作「適」(ㄕˋ)的簡化字。②姓。動快走。形迅速。

10【迻】ㄧˊ yí 動同「移」；遷徙、轉移，例迻易。

10【逄】ㄆㄤˊ páng 名姓，周代有逄同。動充塞。形狀聲詞，形容鼓聲。

10【迸】(一) ㄅㄥˋ bèng 動①流散，例淚橫迸而沾衣。(潘岳〈寡婦賦〉)②濺射，例火花四迸。③裂開，例迸裂。(二) ㄅㄧㄥˇ bǐng 動同「屏」；斥逐，例迸諸四夷。(《禮記》〈大學〉)

◆迸出、迸沫、迸泉、迸流、迸散、迸竄。

七 畫

11【這】〔这〕(一) ㄓㄜˋ zhè 代同「此」；近指的指示代名詞，例這個、這裡。(二) ㄓㄟˋ zhèi 代「這一」兩字的急讀，例這天、這邊。

◆這回、這般、這箇、這廝。

11【逍】ㄒㄧㄠ xiāo 形「逍遙」：悠閒不拘的樣

子。

11【通】ㄊㄨㄥ tōng 名數量詞，例一通電話。動①暢達無阻，例流通。②洞曉事物，例博古通今。③傳達，例通知。④往來交好，例非長者勿與通。(《漢書》〈季布傳〉)⑤姦淫，例私通。形①順利，例官運亨通。②總、全，例通盤籌畫。

◆通告、通知、通俗、通病、通財、通常、通貨、通順、通達、通牒、通緝、通融、通曉、通儒、通衢、通宵達旦、通權達變　貫通、普通、變通、四通八達、觸類旁通。

11【逗】ㄉㄡˋ dòu 名同句讀的「讀」，例逗點、逗號。動①停留不進，例逗留。②惹、誘引，例逗笑。

11【連】〔连〕ㄌㄧㄢˊ lián 名①陸軍的編制，三排爲一連。②姓，唐有連肩吾。動①接、合，例藕斷絲連。②相續不斷，例連緜、連任。③帶、附加，例連本帶利。連表示進一層的意思，例連飯都不想吃。

◆連天、連忙、連袂、連累、連貫、連絡、連號、連緜、連鎖、連續、連篇累牘、連璧賁臨、連鑣並軫　流連、接連、牽連、貫連。

11【逮】ㄙㄨˋ sù 名鹿的足跡，與麤通，例鹿其迹逮。(《爾雅》〈釋獸〉)動招請，例不逮之客。形快，例火逮。

◆逮度、逮率、逮記、逮捷、逮禍、逮寫、逮戰逮決　加逮、快逮、迅逮、高逮、神逮、疾逮。

11【逝】ㄕˋ shì 動①往、去，例逝者如斯夫。(《論語》〈子罕〉)②死亡，例溘然長逝。助發語詞，無義，例逝將去女。(《詩經》〈魏風・碩鼠〉)

◆逝川、逝止、逝水、逝世、逝波、逝者、逝湍。

11【逐】ㄓㄨˊ zhú 動①在後面追趕，例追逐。②趕走，例驅逐。③爭奪，例豪傑競逐。(《後漢書》〈馮異傳〉)副依次進行，例逐步、逐日。

◆逐一、逐月、逐北、逐臣、逐旋、逐貧、逐電、逐鹿中原　下逐客令、隨波逐流。

11【逕】〔迳〕ㄐㄧㄥˋ jìng 名同「徑」；小路。動經過，例東逕馬邑縣。(《水經》〈渠水注〉)副直，例彼聆音而逕進。(《文選》〈射雉賦〉)

◆逕渡、逕復、逕進、逕啓者。

11【逞】ㄔㄥˇ chěng 動①疾行而到達的意思。②

矜誇、賣弄，例逞能。③任意放縱，例逞欲。④如願、快意，例求逞於人，不可。(《左傳》〈昭公四年〉)⑤解除，例乃可以逞。(《左傳》〈隱公九年〉)

◆逞兇、逞志、逞欲、逞強、逞憾 得逞。

11【造】(一)ㄗㄠˋ zào 名①成就，達到某種地步，例小子有造。(《詩經》〈大雅・思齊〉)②相對的人，例兩造。③時代，例滿清末造。④姓，周有造父。動①建設，例建造。②製作，例人造衛星。③虛構，例揑造。④到，例造訪。 (二)ㄘㄠˋ cào (ㄗㄠˋ之又讀)名成就，例造就。動到，例造府。

◆造反、造句、造舟、造次、造謠、造物、造始、造詣、造端、造孽、造化小兒、造言生事 改造、建造、深造、創造、僞造、釀造。

11【透】ㄊㄡˋ tòu 動①通過，例香霧薄，透簾幕。(溫庭筠〈更漏子詞〉)②洩漏，例透漏消息。③顯露，例白裡透紅。④徹底，例剔透、透徹。形內外通明，例透明。副①極度的，例熟透、壞透。②超出，例透支。

◆透水、透光、透骨、透視、透漏、透徹、透鏡 通透。

11【逢】(一)ㄈㄥˊ féng 動①遇到，例萍水相逢。②迎合，例今之大夫皆逢君之惡。(《孟子》〈告子〉) (二)ㄆㄥˊ péng 名姓，春秋時有逢丑父。副狀聲字，打鼓的聲音，例逢逢。

◆逢年、逢辰、逢迎、逢遇、逢人說項、逢凶化吉、逢場作戲。

11【逖】ㄊㄧˋ tì 動遠離，例逖出(《易經》〈渙卦〉)。形遠，例逖聽。

11【逛】ㄍㄨㄤˋ guàng 動出外閒遊，例逛街、逛廟。

11【途】ㄊㄨˊ tú 名①道路，例路途、途中。②用處，例用途。

◆途人、途次、途軌、途旁、途側 道途、窮途末路。

11【逌】ㄧㄡˊ yóu 形「逌然」：自得的樣子。助語氣詞，同「攸」；所，例栗取弔于逌吉兮。(《文選》〈幽通賦〉)。

11【逋】ㄅㄨ bū 動①逃竄，例逋逃。②拖欠，例逋稅、逋欠。③散亂，例逋髮。

11【逑】ㄑㄧㄡˊ qiú 名配偶，例君子好逑。(《詩經》〈周南・關雎〉)動聚會，例惠此中國，以爲民逑。(《詩經》〈大

雅·民勞〉)

11【逡】ㄑㄩㄣ qūn 動①往來行走，例月運爲逡。(《方言》)②退，例有功者上，無功者下，則羣臣逡。(《漢書》〈公孫弘傳〉)

◆逡次、逡循、逡奔、逡逡、逡巡。

八 畫

12【逮】(一)ㄉㄞˋ dài 動①捉拿、追捕，例逮捕。②達到，例古者言之不出，恥躬之不逮也。(《論語》〈里仁〉) (二)ㄉㄞˇ dǎi 動捉，例逮到。 (三)ㄉㄧˋ dì 形「逮逮」：安和舒緩；亦作棣棣，例威儀逮逮。(《禮記》〈孔子閒居〉)

◆逮下、逮及、逮治、逮夜、逮係、逮鞫。

12【逵】ㄎㄨㄟˊ kuí 名①四通八達又有旁道的大路，例逵路。②水中交錯的穴道。

12【週】ㄓㄡ zhōu 名大陸用作「周」的異體字。①一星期，例一週。②一整年，例週歲、週年。③環行一圈，例繞場一週。動環繞輪迴，例週而復始。形①全，遍及，例週身、衆所週知。②曲折，例週折。

12【逸】ㄧˋ yì 動①逃亡，例隨侯逸。(《左傳》〈桓公八年〉)②奔跑，例馬逸不能止。(《國語》〈晉語〉)③釋放，例乃逸楚囚。(《左傳》〈成公十六年〉)④散失，例亡逸。形①安樂，例民莫不逸。(《詩經》〈小雅·十月之交〉)②隱遁，例逸民。③超羣的，例逸品、逸材。④放縱，例逸樂無度。

◆逸才、逸士、逸史、逸事、逸氣、逸羣、逸樂、逸興、逸豫、逸趣橫生 亡逸、安逸、散逸、隱逸、飄逸、曠逸。

12【進】〔进〕ㄐㄧㄣˋ jìn 名①輩分，例先進、後進。②舊式房舍前後的層次，每一排稱爲一進，例兩進院子。動①向上或向前，例上進、進展。②由外入內，例閒人勿進。③荐引，例進賢。④呈獻，例進呈。⑤收入，例進帳。

◆進化、進行、進步、進攻、進取、進修、進謁、進寸退尺、進旅退旅、進退中繩、進退維谷 引進、改進、前進、急進、促進、漸進。

12【逯】(逯)ㄌㄨˋ lù 名姓，明有逯德山。副無目的的行動，例逯然而往。(《淮南子》〈精神訓〉)

12【逭】ㄏㄨㄢˋ huàn 動逃避，例自作孽，不可逭。(《尚書》〈太甲〉)

12【逶】ㄨㄟ wēi 形①「逶池」、「逶迤」：(1)斜行的樣子。(2)公正的樣子。(3)彎曲延伸的樣子。(4)長遠的樣子。②「逶隨」：(1)迴旋長遠的樣子。(2)從容自得的樣子。

◆**逶移、逶蛇、逶遲、逶麗。**

12【逴】ㄔㄨㄛˋ chuò 動同「踔」；超越，例逴躒。形遠。

九 畫

13【運】〔运〕ㄩㄣˋ yùn 名①氣數，例運氣，運道。②地的南北，例廣運百里。動①移動、旋轉，例日月運行。②輸送，例運貨、搬運。③使用，例運筆、運思。

◆**運用、運行、運費(運腳)、運銷、運輸、運斤成風、運筆如飛 水運、幸運、國運。**

13【遊】ㄧㄡˊ yóu 名大陸用作「游」的異體字。動①行走玩賞，例遊山玩水、秉燭夜遊。②玩耍，例遊戲。③交友往還，例交遊。④求學，例遊於聖人之門。(《孟子》〈盡心上〉)⑤遊說，例子好遊乎？(《孟子》〈盡心上〉)⑥縱任而運轉，例遊刃有餘。

◆**遊子、遊仙、遊行、遊牧、遊記、遊鄉(遊團、遊壠)、遊魂、遊學、遊歷、遊蕩、遊覽(遊埠)、遊手好閒、遊目騁懷 出遊、周遊、浮遊、遠遊、優遊。**

13【遂】ㄙㄨㄟˋ suì ㄙㄨㄟˊ suí 名①郊外的地方，例三郊三遂。(《尚書》〈費誓〉)②姓。動①逃亡。②成功，例殺人未遂。③順暢、滿意，例遂心。④進、通達，例遂萬物之宜。(《漢書》〈王陵傳〉)⑤登進。副①就、即，例後遂無問津者。(陶潛〈桃花源記〉)②終、竟，例先生事魏不遂。(《漢書》〈陳平傳〉)

◆**遂心、遂古、遂志、遂事、遂情、遂意、遂路、遂願。**

13【逼】ㄅㄧ bī ㄅㄧˋ bì 動强迫，例其家逼之，乃投水而死。(〈古詩·爲焦仲卿妻作〉)形險狹，例岸狹勢逼。副①接近，例逼眞。②極其，例逼肖。

◆**逼水、逼近、逼迫、逼視、逼奪、逼上梁山、逼不得已。**

13【道】ㄉㄠˋ dào 名①路，例道聽塗說。②眞理，例天道。③方法，例爲政之道。④道術或佛法，例得道。⑤道士的簡稱，例貧道。⑥古代地域上的區劃，如清代分一省爲數道。⑦計數的量詞，例一道菜、一道彩虹。⑧周時國名，在今河南省。⑨姓，春秋楚有大夫道朔。動①說，例一語道破。②通「導」，例道之以政。(《論語》〈子路〉)介從、由。

◆道地、道賀、道義、道歉、道謝、道德、道不拾遺、道貌岸然、道聽塗說 水道、公道、孔道、軌道、師道、霸道、仙風道骨。

13【違】〔违〕ㄨㄟˊ wéi 動①徘徊，例行道遲遲，中心有違。(《詩經》〈邶風・谷風〉)②不遵守、不依從，例違法、違約。③避開，例憂則違之。(《易經》〈乾・文言〉)形邪惡，例以逞其違。(《國語》〈周語〉)

◆違心、違失、違令、違犯、違和、違背、違俗、違逆、違規、違教、違憲、違章建築、違強陵弱。

13【達】〔达〕㈠ㄉㄚˊ dá 名①姓，隋有達奚明。動①通，例四通八達。②到，例達于河。(《尚書》〈禹貢〉)③明白事理，例知書達理。④告訴，例轉達、傳達。形①貴顯的，例達官貴人。②常行不變的，例三達德。③度量寬宏，例豁達。 ㈡ㄊㄚˋ tà 副輕薄的樣子，例挑達。

◆達人、達才、達官、達德、達辭、達權、達觀 上達、明達、發達、通達、聞達、練達、通宵達旦、通權達變。

13【遐】ㄒㄧㄚˊ xiá 形①遠，例名聞遐邇。②長久，例遐齡。副何、胡，例遐不謂矣。(《詩經》〈小雅・隰桑〉)

◆遐心、遐思、遐冑、遐棄、遐想、遐福、遐觀。

13【遇】ㄩˋ yù 名機會，例機遇、際遇。動①不期而會，例他鄉遇故知。②遭逢，例遇難。③對待，例漢王遇我甚厚。(《史記》〈淮陰侯列傳〉)

◆遇合、遇便、遇緣、遇人不淑、遇事生風、遇闕補正 待遇、相遇、厚遇、境遇、禮遇。

13【遏】ㄜˋ è 動①阻止，例遏止、遏阻。②壓抑，例怒不可遏。③賊害，例無遏爾躬。(《詩經》〈大雅・文王〉)

◆遏訟、遏奪、遏密八音、遏惡揚善。

13【遑】ㄏㄨㄤˊ huáng 形①閒暇，例遑恤我後。(《詩經》〈邶風・谷風〉)②急迫，遑急。

◆遑遑、遑論、遑遽。

13【逾】ㄩˊ yú 動①通「踰」；超過，例逾期、逾限。②跨越，例逾牆、逾河。副更加，例亂乃逾甚。(《淮南子》〈原道訓〉)

◆逾分、逾侈、逾封、逾矩、逾期不歸。

13【遁】ㄉㄨㄣˋ dùn 動①逃走，例夜遁。②隱藏，例遁身。③迴避，例上下相遁。(《後漢書》〈杜林傳〉)

◆遁人、遁化、遁去、遁北、遁形、遁跡、遁辭、遁藏 逃遁。

13【遄】ㄔㄨㄢˊ chuán 副①往來頻繁而急速。②迅速，例遄速、遄疾、遄飛。

13【遒】ㄑㄧㄡˊ qiú 動①迫近，與「迺」同。②聚集，例百祿是遒。(《詩經》〈商頌·長發〉)③堅固，例四國是遒。(《詩經》〈豳風·破斧〉)形①達於極盡。②强勁有力，例遒勁。

◆遒文、遒美、遒拔、遒逸、遒健、遒麗。

13【過】〔过〕㈠ㄍㄨㄛˋ guò 名過失、謬誤，例過則勿憚改。(《論語》〈學而〉)動①渡過。②超越，例過猶不及。(《論語》〈先進〉)③責備。④經，例有荷蕢而過孔氏之門。(《論語》〈憲問〉)⑤訪問、拜訪，例趙禹來過衛將軍。(《史記》〈田叔傳〉)形已往的，例過時。助放在動詞後面，表示已經或曾經的意思，例吃過飯、洗過澡。 ㈡ㄍㄨㄛ guō 名①古國名，故址在今山東省掖縣北。②姓，明有過儀、過龍。

◆過戶、過失、過采、過度(過差)、過時、過量、過程、過渡、過話、過獎、過慮、過賣、過濾、過繼(過房)、過數兒、過目成誦、過江之鯽、過河拆橋、過眼雲烟 改過、通過、罪過、超過、經過(過身)。

13【徧】讀音ㄅㄧㄢˋ biàn 語音ㄆㄧㄢˋ piàn 名次數，一次稱一遍。形與「徧」同；全部、到處，例滿山遍野、遍體鱗傷。

◆遍布、遍地、遍緝、遍窺、遍歷、遍覽。

十畫

14【遞】〔递〕ㄉㄧˋ dì 動①更易、替換。②傳達，例雲月遞微明。(杜甫〈宿青草湖詩〉)副順著次序，例遞增、遞減。

◆遞迎、遞送、遞進、遞補、遞興、遞解出境 更遞、迢遞、寄遞、傳遞。

14【遠】〔远〕(一)ㄩㄢˇ yuǎn 名①先祖，例慎終追遠。形①指時間或空間距離的相差，例遠祖、遠山。②深奧，例其旨遠。(《易經》〈繫辭〉)③延長、長久，例綿遠流長。④相差過甚。 (二)ㄩㄢˋ yuàn 動疏離，例黜遠外戚。(《漢書》〈劉向傳〉)

◆遠見、遠房(遠門兒)、遠視、遠眺、遠慮、遠謀、遠親(遠支兒)、遠走高飛、遠近交攻、遠親不如近鄰、遠水救不了近火　久遠、永遠、深遠、悠遠、遼遠。

14【遝】(一)ㄉㄞˋ dái 動同「逮」；及也，例祖之所逮聞。(《公羊傳》〈哀公十四年〉) (二)ㄊㄚˋ tà 副「雜遝」：眾多的樣子。

14【遘】ㄍㄡˋ gòu 動①同「逅」、「姤」；遭逢，例遘疾。②通「覯」；見。③通「構」；造成，例豺虎方遘患。(王粲〈七哀詩〉)

◆遘屯、遘忤、遘時、遘逆、遘閔、遘禍、遘難。

14【遜】〔逊〕ㄒㄩㄣˋ xùn ㄙㄨㄣˋ sùn 動①逃避，例吾家耄遜于荒。(《尚書》〈微子〉)②辭讓，例遜位、遜國。③謙恭，例出言不遜。④不及、較差，例略遜一籌。

◆遜色、遜色、遜揖、遜遯、遜辭、遜謝、遜讓、遜志時敏　謙遜。

14【遙】ㄧㄠˊ yáo 動漂蕩，例無遠遙只。(《楚辭》〈大招・注〉)形①遠，例遙想公瑾當年。(蘇軾〈念奴嬌詞〉)②「逍遙」，見「逍」字。

◆遙念、遙指、遙望、遙控、遙遠、遙測、遙感、遙領、遙相呼應、遙遙華胄　路遙知馬力。

14【遣】ㄑㄧㄢˇ qiǎn 動①放逐、釋放。②派任、差使，例調兵遣將。③發送，例遣送。④排解，例消遣、遣悶。

◆遣犯、遣行、遣使、遣散、遣詞、遣憤、遣懷、遣興。

14【遢】ㄊㄚˋ tà 形①行走平穩的樣子。②急步行走的樣子。③「邋遢」，見「邋」字。

14【遛】(一)ㄌㄧㄡˊ liú 副同「留」；停止不前。(二)ㄌㄧㄡˋ liù 動緩步而行，例遛馬。 (三)ㄌㄧㄡ liū 動「遛達」：散步閒逛；亦作溜達。

◆遛早兒、遛食兒、遛彎兒。

十一 畫

15【適】〔适〕㈠ㄕˋ shì 動①往、歸，例好惡不愆，民知所適。(《左傳》〈昭公十五年〉)②女子出嫁，例適人。③切合，例以適平生之願。(蘇軾〈答莫提刑啟〉)形舒服，例身體不適。副①恰巧，例適逢其會。②剛才，例適啓其口。(《漢書》〈賈誼傳〉) ㈡ㄉㄧˊ dí 動專主，例誰適爲容？(《詩經》〈衛風・伯兮〉)形同「嫡」；正，例適孫。 ㈢ㄓㄜˊ zhé 動通「謫」；流放、貶抑，例適戍。

◆適口、適中、適切、適用、適合、適纔。

15【遮】㈠ㄓㄜ zhē 動①阻擋，例子不遮乎親。(《呂覽》〈應同篇〉)②掩蓋，例猶抱琵琶半遮面。(白居易〈琵琶行〉)副兼，例五穀遮熟。(《管子》〈侈靡〉) ㈡ㄓㄜˇ zhě 動沖淡、掩飾，例遮醜。

◆遮日、遮止、遮抑、遮留、遮蓋、遮藏。

15【遨】ㄠˊ áo 動閒遊，例遨遊、遨嬉。

15【遭】ㄗㄠ zāo 名①事情的次數，例頭一遭。②周匝，例多繞一遭。動遇到，例遭受。

◆遭厄、遭旱、遭忌、遭劫、遭殃、遭瘟、遭擾。

15【遷】〔迁〕ㄑㄧㄢ qiān 動①升高、登，例遷于喬木。(《詩經》〈小雅・伐木〉)②搬移，例安土重遷。③轉變，例見異思遷。④官職調動、升降，例升遷、左遷。⑤放逐、貶謫，例何遷乎有苗。(《尚書》〈皋陶謨〉)

◆遷人、遷化、遷次、遷改、遷居、遷怒、遷飛、遷就、遷換、遷客騷人變遷。

15【遯】ㄉㄨㄣˋ dùn 與「遁」通，大陸用作「遁」的異體字。名易六十四卦之一，艮下乾上。動①逃避，例遯世。②欺，例不可遯以狀。(《淮南子》〈脩務訓〉)形謙遜。

◆遯形、遯逃、遯樂、遯隱、遯辭。

15【遰】〔遰〕ㄉㄧˋ dì 動①去、往。形古通「遞」；長遠緜邈的樣子，例迢遰。

十二 畫

16【遵】ㄗㄨㄣ zūn 動①依循、順著，例遵海而南。(《孟子》〈梁惠王下〉)②服從謹守，例遵命、遵守。

◆遵行、遵奉、遵從、遵循、遵照、遵履、遵蹈、遵舊、遵養時晦。

16【遴】㊀ㄌㄧㄣˊ lín 動謹慎挑選，例遴選。㊁ㄌㄧㄣˋ lìn 動通「吝」；貪求無厭。

16【選】〔选〕ㄒㄩㄢˇ xuǎn 名通「鍰」；古錢幣名，例白選。(《史記》〈平準書〉)動挑揀、擇取，例選賢與能。(《禮記》〈禮運〉)形通「巽」；卑順，例選懦。

◆選用、選民、選次、選區、選集、選舉 入選、自選、改選、挑選、當選、精選。

16【遲】〔迟〕㊀ㄔˊ chí 名姓，商有遲任。動緩慢行走，例行道遲遲。(《詩經》〈邶風・谷風〉)形①魯鈍、不靈敏，例心遲眼鈍。②緩慢，例事不宜遲。③晚、不早，例姍姍來遲。 ㊁ㄓˋ zhì 動等待、期望，例朕思遲直士。(《後漢書》〈章帝紀〉)介及，例遲帝還，趙王死。(《漢書》〈外戚傳〉)連乃，例遲令韓魏歸帝重於齊。(《史記》〈春申君列傳〉)

◆遲日、遲延、遲鈍、遲滯、遲誤、遲疑、遲暮、遲緩。

16【遹】ㄩˋ yù 動①迴避，例謀猶回遹(《詩經》〈小雅・小旻〉)②遵循，例今民將在祇遹乃父考。(《尚書》〈康誥〉)助發語詞，無義，置於句首，例遹駿有聲。(《詩經》〈大雅・文王有聲〉)

16【遶】ㄖㄠˋ rào 大陸用作「繞」的異體字。動同「繞」；圍起來，例圍遶。

16【遼】〔辽〕ㄌㄧㄠˊ liáo 名①朝代名，唐時契丹人耶律阿保機所建，擁有今蒙古和東北一帶，最盛時兼有河北、山西等省的一部分，凡九主，共二百一十年，後爲金所滅。②遼寧省之簡稱。形遠而闊，例遼遠、遼闊。

16【遺】〔遗〕㊀ㄧˊ yí 名①丟失的東西，例路不拾遺。②姓。動①散失、丟掉，例棄予如遺。(《詩經》〈小雅・谷風〉)②脫落、漏掉，例補遺、遺漏。③留下，例遺留。④忘記，例遺忘。形死者所留下來的，例遺物、遺像。 ㊁ㄨㄟˋ wèi 動贈送，例凡遺人弓者。(《禮記》〈曲禮〉)

◆遺世、遺老、遺俗、遺訓、遺風、遺書、遺愛、遺傳、遺漏、遺憾、遺囑、遺孀、遺腹子、遺大投艱、遺世獨立、遺臭萬年、遺簪墜履 贈遺、饋遺、不遺餘力。

十三 畫

17【避】ㄅㄧˋ bì ㄅㄟˋ bèi 動①迴避、躲開，例避難。②免除，例拜講以避死。(《呂氏春秋》〈介立〉)③違失，例無乃實有所避。(《國語》〈周語〉)

◈避役、避亂、避暑、避諱、避雷針、避世絕俗、避重就輕、避實就虛 逃避、退避、躲避、畏避。

17【遽】ㄐㄩˋ jù 名驛車，例乘遽而至。(《左傳》〈昭公二年〉)動惶恐，例豈不遽止。(《左傳》〈襄公三十一〉)形急迫、匆忙，例遽數之不能終其物。(《禮記》〈儒行〉)副猝然、忽然，例遽然。

◈遽色、遽容、遽爾、遽歸。

17【還】〔还〕(一)ㄏㄨㄢˊ huán 動①返回，例還鄉。②歸償，例還債。③通「環」；圍繞，例右還其封。(《禮記》〈檀弓〉) (二)ㄒㄩㄢˊ xuán 動通「旋」；轉，例少進馬還。(《左傳》〈宣公十二年〉)形便捷的樣子，例子之還兮。(《詩經》〈齊風・還〉)副速、隨即。 (三)ㄏㄞˊ hái 副①猶、尚，例還沒來。②仍舊，例還是老樣子。③更，例子孫還相保。(陶潛〈雜詩〉)連或者，例我去，還是你去？

◈還手、還俗、還情、還陽、還報、還魂、還嘴、還禮、還擊、還牘 返老還童。

17【邁】〔迈〕ㄇㄞˋ mài 動①跨步前行，例邁步。②超越，例邁古。③天子以時巡行，例時邁其邦。(《詩經》〈周頌・時邁〉)形年老，例年齒之不邁。(《後漢書》〈皇甫規傳〉)動通「勱」；勉力，例邁德。

◈邁世、邁秀、邁往、邁倫、邁步向前。

17【邂】ㄒㄧㄝˋ xiè 形「邂逅」：(1)不期而遇。(2)一旦。

17【邀】ㄧㄠ yāo 動①招請，例舉杯邀明月。(李白〈月下獨酌詩〉)②阻留，例邀擊、邀截。③求取，例邀潤屋之微澤。(《文選》劉峻〈廣絕交論〉)④稱、量，例邀斤論兩。

◈邀功、邀求、邀約、邀請、邀賞、邀寵。

17【邅】ㄓㄢ zhān 動轉，例邅吾道兮洞庭。(《楚辭》〈九歌・湘君〉)

◈邅回(邅徊)邅如。

十四 畫

18【邇】〔迩〕ㄦˇ ěr 名近的地方，例名聞遐邇。動接近，例邇身而遠志。(《左傳》〈昭公十二年〉)形親近的，例使其邇臣從之。(《左傳》〈昭公十三年〉)

◆邇言、邇來 行遠自邇。

18【邃】ㄙㄨㄟˋ suì 動精深，例少邃於學。(《唐書》〈韋夏卿傳〉)形深遠，例深邃、邃古。

◆邃戶、邃宇、邃谷、邃不可測。

18【邈】ㄇㄧㄠˇ miǎo 動同「藐」；輕視，例邈視。形遙遠，例邈而不可慕。(《楚辭》〈九章・懷沙〉)

◆邈志、邈然、邈絕、邈遠、邈邈。

十五 畫

19【邊】〔边〕ㄅㄧㄢ biān 名①地域的疆界，例邊界。②物的四周，例床邊。③方位，口語中這一方向叫這邊。④衣服的緣飾，例花邊。⑤旁側，例河邊。⑥姓，宋有邊光範。副同時作兩種動作，例邊走邊吃。

◆邊陲、邊塞、邊境 戍邊、身邊、那邊、海邊、這邊。

19【邋】(一)ㄌㄚˊ lá 形「邋遢」：(1)行走的樣子。(2)作事不謹慎。(3)不整潔的樣子。(二)ㄌㄧㄝˋ liè 副「邋邋」：旌旗搖動的樣子。

十九 畫

23【邐】〔逦〕ㄌㄧˇ lǐ 動紆廻縈繞地走。

23【邏】〔逻〕ㄌㄨㄛˊ luó 名山或溪的周緣，例翠邏森戍削。(范成大〈中巖詞〉)動巡察，例偵邏。

邑 部

07【邑】ㄧˋ yì 名①國，例率割夏邑。(《尚書》〈湯誓〉)②封地，例食邑、采邑。③古代地方區域名，大的稱「都」，小的稱「邑」，例都邑。④縣的別稱，例邑人、邑長。副同「悒」；憂悶不樂的樣子。

◆邑里、邑社、邑閭、邑鄰。

三 畫

10【邕】ㄩㄥ yōng 名護城河。動同「壅」；堵塞，例邕塞。形同「雍」；和樂，例邕穆。

06【邙】ㄇㄤˊ máng 名「北邙」：山名，在河南省洛陽縣北，古時貴人多葬於此；本名芒山。

06【邛】ㄑㄩㄥˊ qióng 名①水名，例邛水。②古地名，當在今四川省境內。③小土丘。④勞、病，例亦孔之邛。(《詩經》〈小雅・小旻〉)⑤姓，周朝有邛叔。

06【邗】ㄏㄢˊ hán 名①水名。②古國名，在今江蘇省江都縣。③姓，漢有邗子。

四 畫

07【邢】ㄒㄧㄥˊ xíng 名①春秋時國名，在今河北省刑臺縣西南。②姓，宋有邢昺。

07【邪】(一) ㄒㄧㄝˊ xié 名①不正當的思想或行為，例改邪歸正。②足以傷人致病的四時不正之氣，例風邪。③妖異怪誕的事，例妖邪，邪魔。形①不正當的，例邪說。②妖異的，例邪教。 (二) ㄧㄝˊ yé 助同「耶」；表示疑問或感歎的語助詞。 (三) ㄩˊ yú 名剩餘，例歸邪於終。(《史記》〈曆書〉) (四) ㄒㄩˊ xú 通「徐」。形徐緩，例其虛其邪。(《詩經》〈邶風・北風〉)

◆邪行、邪術、邪惡 正邪、奸邪、忠邪、佞邪、讒邪、。

07【邦】ㄅㄤ bāng 名①國家，例民為邦本。②古代諸侯封土，大的稱邦，小的稱國。③姓，春秋魯有邦巽。

◆邦土、邦交、邦君、邦家、邦域、邦國。

07【那】(一) ㄋㄚˋ nà 代遠指的指示代名詞，例那個、那裡。副和「麼」並用，表示「樣」的副詞，例別對我那麼兇。連和「麼」並用，表承接的連詞，例那麼，我先走了。 (二) ㄋㄟˋ nèi 代「那一」二字的合音，為單數遠指詞，例那個人來了。 (三) ㄋㄚˇ nǎ 代猶「何」字；疑問或詰問詞，例那有這回事？ (四) ㄋㄨㄛˊ nuó 形①多，例受福不那。(《詩經》〈小雅・桑扈〉)②安，例有那其居。(《詩經》〈小雅・魚藻〉)③美，例那豎。(《國語》〈楚語上〉)副奈何、如何，例棄甲則那？(《左傳》〈宣公二年〉) (五) ㄋㄟˇ něi 代同「哪」，例請問找那位？ (六) ㄋㄚ nā 名姓，西魏有那椿。

07【邠】ㄅㄧㄣ bīn 名亦作「豳」；古國名，在今陝西省栒邑縣西。形通「彬」；文盛的樣子，例邠如。

07【邡】ㄈㄤ fāng 名四川省縣名，即什邡縣。動與「訪」通，謀畫，例邡公也。(《穀梁傳》〈昭公二十五年〉)

07【邨】(村) ㄘㄨㄣ cūn 名「村」的本字，大陸用作「村」的異體字。

五畫

08【邵】ㄕㄠˋ shào 名①古地名，在今河南省。②姓，明有邵元節。

08【邸】ㄉㄧˇ dǐ 名①古時王侯的府第；今亦作達官貴人宅第的通稱，例官邸。②屏風，例設皇邸。(《周禮》〈天官・掌次〉)③客舍，例旅邸。④姓，漢有邸杜。動通「抵」；①到，例自中山西邸瓠口爲渠。(《史記》〈河渠書〉)②觸，例邸華葉而振氣。(《文選》宋玉〈風賦〉)

◆邸店、邸第、邸觀 宅邸、府邸。

08【邱】ㄑㄧㄡ qiū 名①通「丘」。②姓，清代有邱煒萲。③大陸用作「丘」的異體字。

08【邰】ㄊㄞˊ tái 名①古國名，在今陝西省武功縣境。②姓，例后稷母有邰氏女曰姜原。(《史記》〈周紀〉)

08【邲】ㄅㄧˋ bì 名春秋時鄭地名，在今河南省鄭縣之東。

08【邳】ㄆㄟˊ péi 名①古地名，在今山東省滕縣以南。②江蘇省縣名。③姓，後漢有邳彤。

08【邴】ㄅㄧㄥˇ bǐng 名①春秋時鄭地名，在今山東省費縣東南。②姓，後漢有邴原。

08【邶】ㄅㄟˋ bèi 名古國名，周武王封紂子武庚於此，在今河南省湯陰縣東南，一說在今淇縣。

08【邯】ㄏㄢˊ hán 名①山名，例邯山，在河北邯鄲縣西，一名堵山。②川名，例邯川，在甘肅碾伯縣東南，注入黃河。

六畫

09【郊】ㄐㄧㄠ jiāo 名①距離城市不遠的地方，例近郊。②古時祭天的典禮，例郊社。③春秋時晉地名，在今山西省臨晉縣境。

◆郊外、郊祀、郊原、郊野、郊區、郊遊。

09【郎】ㄌㄤˊ láng 名①舊官名，例侍郎、員外郎。②古時年少男子的美稱，今則爲青年男女的通稱，例馬上誰家白面郎。(杜甫〈少年行〉)③妻稱夫爲郎，例郎君。④奴僕稱呼主人，例阿郎。(敦煌變文〈董永變文〉)⑤春秋時魯地名，在今山東省魚臺縣東北。⑥姓，唐有郎士元。⑦對從事某種工作者的稱呼，例放牛郎。

◆**郎中　貨郎、情郎、少年郎、年輕女郎、如意郎君**。

09【郁】ㄩˋ yù 名姓，近代有郁達夫。形①香氣濃厚，例馥郁、郁烈。②文采美盛的樣子，例郁郁。③通「燠」；和暖，例紱溫郁則寒谷成暄。(《文選》劉峻〈廣絕交論〉)④　大陸用作「鬱」(ㄩˋ)的簡化字。

09【邽】ㄍㄨㄟ guī 名①古地名，上邽在今甘肅省，下邽在今陝西省。②姓，春秋魯有邽巽。

09【邾】ㄓㄨ zhū 名①古國名，故城在今山東省鄒縣東南。②姓。

09【郅】ㄓˋ zhì 副極、至，例郅隆。名姓，後漢有郅惲。

09【郇】ㄒㄩㄣˊ xún 名①周時國名，故城在今山西省猗氏縣西南。②姓，唐有郇謨。

09【郈】ㄏㄡˋ hòu 名①春秋時魯地名，在今山東省東平縣東。②姓，春秋魯有郈昭伯。

09【郃】㈠ㄏㄜˊ hé 名姓。
㈡ㄍㄜˊ gé 名「郃陽縣」：在陝西省，朝邑縣北，梁山之南，東渡黃河即山西省境。

10【郕】ㄔㄥˊ chéng 名古國名，故地在今山東省汶上縣西北，周武王封弟叔武於此。

09【郄】ㄒㄧˋ xì 動怨恨，同「隙」。名姓，漢有郄慮。

七　畫

10【郡】ㄐㄩㄣˋ jùn 名舊時地方行政區域名，比現在的縣稍大。

◆**郡主、郡府、郡馬、郡望(郡姓)**。

10【郗】ㄔ chī 名①古地名，即今河南省沁陽縣境。②姓，東晋有郗超。

10【郛】ㄈㄨˊ fú 名外城，例郛郭。

10【郜】ㄍㄠˋ gào 名①春秋時宋地名，在今山東省城武縣東南。②姓，晉有郜玖。

10【郝】讀音ㄏㄜˋ hè 語音ㄏㄠˇ hǎo 名①古地名，在今四川省境內。②姓，宋有郝士安。

10【郟】〔郏〕ㄐㄧㄚˊ jiá 名①山名、縣名，皆位於河南省境。②姓，春秋楚有郟敖。

10【郢】ㄧㄥˇ yǐng 名春秋時楚國都城，在今湖北省江陵縣北的紀南城。

10【郤】ㄒㄧˋ xì 名①古地名，故地在今河南省泌陽縣。②通「隙」，例批大郤，導大窾。(《莊子》〈養生主〉)③姓，明有郤永。

八畫

11【部】ㄅㄨˋ bù 名①政府行政機關名稱，例外交部、國防部。②全體中的一分子，例局部、部分。③單位，例編輯部、門市部。④成套的數量名，例一部書、一部機器。⑤地名，在今甘肅省天水縣。動①統轄，例所部不滿千人。②安排，例部署。

◆部下、部位、部門、部屬　分部、內部、全部、幹部、禮部。

11【郭】ㄍㄨㄛ guō 名①外城，即城牆外再築的一道城牆。②通「廓」；物的四周及外部，例輪郭。③通「虢」；春秋時國名。④姓，唐有郭子儀。

11【都】㈠ㄉㄨ dū 名①有先君的舊宗廟稱爲都。②中央政府所在地，例國都、首都。③人口稠密、工商聚集的大城市，例都市、都會。④姓，明有都嗣誠。動①居，例而都卿相之位。(《漢書》〈東方朔傳〉)②聚，例水以爲都居。(《管子》〈水地〉)形美盛，例雍容閒雅甚都。(《史記》〈司馬相如傳〉)　㈡ㄉㄡ dōu 副①全部，例都可以。②說出結果表示程度已深，例天都快亮了。

11【郪】ㄑㄧ qī 名「郪丘」：春秋時齊地名，在今山東省東阿縣境。

11【郫】ㄆㄧˊ pí 名①江名，在四川省境，一名內江，例郫江。②四川省縣名，在成都市西北。③姓。

11【郯】ㄊㄢˊ tán 名①古國名，故城在今山東省郯城縣西南。②姓。

11【郰】ㄗㄡ zōu 同「鄹」。名春秋時魯地名，在今山東省曲阜縣東南郰城，爲孔子的故鄉。

11【郲】〔郲〕ㄌㄞˊ lái 名春秋時鄭地名，在今河南省滎陽縣東。

11【郴】ㄔㄣ chēn 名①「郴縣」：湖南省縣名，位於郴江西岸。②姓，晋有郴寶。

11【郳】ㄋㄧˊ ní 名①春秋時國名，後爲楚所滅，在今山東省滕縣、嶧縣境。②同「倪」；姓。

九 畫

12【鄉】〔乡〕㊀ㄒㄧㄤ xiāng 名①城市以外人口較爲稀少的地區，例窮鄉僻壤。②行政區域名稱，縣之下，村里之上，稱爲鄉。③稱自己生長的地方或祖籍，例故鄉、鄉音。④區域的通稱，如同省、同縣稱同鄉。 ㊁ㄒㄧㄤˋ xiàng 動同「嚮」；趨向、歸仰，例樂行而民鄉方。(《禮記》〈樂記〉)副曩昔，剛才，同「曏」，例鄉也吾見于夫子而問知。(《論語》〈顏淵〉)

◆**鄉曲、鄉里、鄉紳、鄉愿、鄉誼、鄉親、鄉黨 下鄉、家鄉、離鄉背井。**

12【郵】〔邮〕ㄧㄡˊ yóu 名①傳遞文書的機關，例郵局。②姓，周有郵無恤。動傳遞信件，例郵寄。形通「尤」；極、最，例魯之君子迷之郵者。(《列子》〈周穆王〉)

◆**郵包(郵包兒)、郵件、郵差(郵遞員)、郵票(郵花)、郵筒、郵資、郵匯、郵輪、郵購、郵戳。**

12【郿】ㄇㄟˊ méi 名「郿縣」：陝西省縣名，在渭水南岸。

12【鄆】〔郓〕ㄩㄣˋ yùn 名①春秋時魯有東西二鄆，東鄆在今山東省沂水縣北，西鄆在今山東省鄆城縣東。②姓。

12【郾】ㄧㄢˇ yǎn 名「郾城縣」：河南省縣名，在臨潁縣南，漯河西北，平漢鐵路經此。農產有小麥、高粱、甘薯、煙草等。

12【鄀】ㄖㄨㄛˋ ruò 名周代國名，有上鄀、下鄀之分。「上鄀」在今湖北省宜城縣東南。「下鄀」在今河南省內鄉縣與陝西省商縣之間。

12【鄄】ㄐㄩㄢˋ juàn 名春秋時衛地名，在今山東省濮縣境。

12【鄇】ㄏㄡˋ hòu 名古地名，在今河南省武陟縣西南。

12【鄂】ㄜˋ è 名①春秋時晉地名，在今山西省鄉寧縣南。②春秋時楚地名，即今湖北省武昌縣境。③湖北省的簡稱。④同「萼」，花托，例鄂不韡韡。(《詩經》〈小雅・常棣〉)⑤姓，漢有鄂千秋。形①通「諤」；直言，例不占成節鄂。(《文選》馬融〈長笛賦〉)②通「愕」；驚駭的樣子，例羣臣皆驚鄂失色。(《漢書》〈霍光傳〉)

12【郼】〔郼〕ㄧ yī 名殷時的國名。

十畫

13【鄔】〔邬〕ㄨ wū 名①春秋時鄭地名，在今河南省偃師縣西南。②春秋時晉地名，在今山西省介林縣東境。③姓，宋有鄔克誠。

13【鄖】〔郧〕ㄩㄣˊ yún 名①春秋時國名，在今湖北省安陸縣境。②春秋時吳地名，在今江蘇省如皐縣境。

13【鄒】〔邹〕ㄗㄡ zōu 名①古國名，即今山東省鄒縣地。②姓，明有鄒世安。

13【鄏】ㄖㄨˋ rù 名「郟鄏」：周時地名，在今河南省洛陽縣西。

13【鄋】ㄙㄡ sōu 名「鄋瞞」：春秋時夷狄之國，故址在今山東省歷城縣北境。

十一畫

14【鄙】ㄅㄧˇ bǐ ㄅㄧˋ bì 名①戶籍編制的單位，五百家爲一鄙。②邊遠荒僻的地方，例鄙野。③郊外，例參其國而伍其鄙。(《國語》〈齊語〉)動輕視、恥賤，例君子所鄙。(《史記》〈屈原賈生列傳〉)形①對人謙稱自己，例鄙見、鄙意。②淺薄、固陋，例鄙陋。

◆鄙夷、鄙俗、鄙薄　粗鄙、貪鄙、頑鄙。

14【鄘】ㄩㄥ yōng ㄩㄥˊ yóng 名①周時國名，在今河南省汲縣境。②通「墉」；城牆。

14【鄢】ㄧㄢ yān 名①周時國名，春秋時爲鄭所滅，改名鄢陵，在今河南省鄢陵縣。②春秋時楚地名，在今湖北省宜城縣。③姓，明有鄢正畿。

14【鄣】(一) ㄓㄤ zhāng 名春秋時國名，故地在今山東省平縣境。㈡ㄓㄤˋ zhàng 名通「瘴」，例鄣氣。動古通「障」；遮蔽，阻塞，例鄣蔽、鄣日。

14【鄜】ㄈㄨ fū 名古州名，今為陝西省縣名。鄜縣今改作富縣。

14【鄠】ㄏㄨˋ hù 名陝西省縣名，今作戶縣。

14【鄚】ㄇㄛˋ mò 名古地名，故城在今河北省任丘縣北。

14【鄞】ㄧㄣˊ yín 名「鄞縣」：在浙江省鎮海縣西地，有甬江經過，故別稱為甬。地當沿海航運要道，為浙東貿易的樞紐。

十二　畫

15【鄰】〔邻〕ㄌㄧㄣˊ lín 名①戶籍編制，古代以五家為鄰，今則以十戶左右為鄰。②國土連界。③房屋連接的人家，例左鄰右舍。④親近的人，例德不孤，必有鄰。(《論語》〈里仁〉)形接近的，例鄰國、鄰居。

◆**鄰人、鄰邦、鄰里、鄰居(鄰坊)、鄰近、鄰舍**

15【鄭】〔郑〕ㄓㄥˋ zhèng 名①春秋時國名，占有今河南省中部及黃河以南地方。②隋末王世充自立為王，國號鄭，在今河南省洛陽縣。③姓，後漢有鄭玄。副審慎，例鄭重。

15【鄧】〔邓〕ㄉㄥˋ dèng 名①春秋時國名，在今河南省鄧縣。②春秋時魯地名，在今屬山東省滋陽縣境。③春秋時蔡地名，在今河南省郾城縣東南。④姓，三國魏有鄧艾。

15【鄱】ㄆㄛˊ pó 名「鄱陽湖」：我國五大湖之一，位於江西省北境，長江以南。有調節長江水量的功用，富灌溉、航運之利。盛產銀魚、鱖魚等。

15【鄫】ㄘㄥˊ céng 名①古國名，故城在今山東省嶧縣境東。②春秋時鄭地名，在今河南省柘城縣北。

15【鄯】ㄕㄢˋ shàn 名「鄯善」：漢西域諸國之一，在今新疆省鄯善縣東南。

15【鄦】〔无阝〕ㄒㄩˇ xǔ 名通「許」；周時國名，在今河南省許昌縣。

15【鄲】〔郸〕ㄉㄢ dān 名①邯鄲：⑴市名，在河北省南部。⑵複姓，三國魏有邯鄲淳。②鄲城，縣名，在河南省。

十三 畫

16【鄴】〔邺〕ㄧㄝˋ yè 名①春秋時齊地名，漢置縣，故址在今河南省臨漳縣西。②姓，漢有鄴風。

十四 畫

17【鄹】ㄗㄡ zōu 名①同「郰」；春秋時魯地名，在今山東省曲阜縣東南，爲孔子的誕生地。②同「鄒」；古國名，即今山東省鄒縣。

十五 畫

18【鄺】〔邝〕ㄎㄨㄤˋ kuàng ㄍㄨㄤˇ guǎng 名姓，明有鄺子輔。

十七 畫

20【酃】ㄌㄧㄥˊ líng 名湖南省縣名，故城在湖南省衡陽縣東。

十八 畫

21【酆】ㄈㄥ fēng 名①周代地名，在今陝西省鄠縣東。②姓，春秋潞有酆舒。

十九 畫

22【酇】〔酂〕ㄗㄢˋ zàn 名①周代戶籍編制，五家爲鄰，五鄰爲里，四里爲酇；亦即百家相聚之稱。②舊縣名：一爲秦置，在今河南省永城縣西南；一爲漢置，在今湖北省光化縣北；另一爲東晉僑置，在今安徽省全椒縣西南。

22【酈】〔郦〕㈠ㄌㄧˋ lì 名①古地名，在今河南省內鄉縣東北。②姓，北魏有酈道元。 ㈡ㄌㄧˊ lí 名春秋時魯地名。

酉 部

07【酉】ㄧㄡˇ yǒu 名①酒醪。②十二地支的第十位。③時辰名，下午五時到七時。④姓，三國魏有酉牧。

二 畫

09【酋】ㄑㄧㄡˊ qiú 名①陳酒。②酒官之長，例乃命大酋。(《禮記》〈月令〉)③古時部落的首領，例酋長。④盜匪的魁首，例匪酋。

09【酊】㈠ㄉㄧㄥˇ dǐng 副「酩酊」，見「酩」字。㈡ㄉㄧㄥ dīng 名藥學名詞，例碘酊。

三 畫

10【酒】ㄐㄧㄡˇ jiǔ 名具有刺激性的飲料，用米、麥等和酒糟醱酵製成的，大都含有酒精。

◈酒令(酒令兒)、酒仙、酒吧、酒店、酒帘(酒望子)、酒席、酒窩(酒靨)、酒興、酒釀、酒池肉林、酒酣耳熱。

10【酌】ㄓㄨㄛˊ zhuó 名酒，例清酌(《禮記》〈曲禮下〉)動①斟酒，例花間一壺酒，獨酌無相親。(李白〈月下獨酌詩〉)②喝酒，例對酌。③商量，例斟酌。

◈酌中、酌言、酌酒、酌量、酌損、酌奪。

10【配】ㄆㄟˋ pèi 名①酒的色澤。②夫妻稱配偶，所以妻稱「配」，例元配。動①分派，例分配。②添補，例添配。③湊合，例配合。④補足缺失，例配貨。形①相當，例不配。②陪襯，例紅花需綠葉相配。

◈配方、配件、配角、配享、配音、配偶、配備、配對(配對兒)、配種支配、匹配、許配、流配。

10【酎】ㄓㄡˋ zhòu 名很醇厚的酒，例天子飲酎。(《禮記》〈月令〉)

10【酐】ㄍㄢ gān 名「酸酐」，見「酸」字。

四 畫

11【酗】ㄒㄩˋ xù 動沈迷於酒，又喝醉酒後發怒，例酗酒(撒酒瘋)。

11【酖】㈠ㄉㄢ dān 動喜歡喝酒。形安樂的樣子，例酖酖享樂。 ㈡ㄓㄣˋ zhèn 名通「鴆」；毒酒，例酖毒。

11【酘】ㄊㄡˊ tóu 名一種解酒的方法。飲酒過多，次日仍感不適，再飲以解宿醉。

11【酚】ㄈㄣ fēn 名爲一種無色結晶物，其濃溶液對皮膚有強烈腐蝕性，工業上用於木材之防腐、殺菌及製成高分子樹膠，例苯酚。

五 畫

12【酣】ㄏㄢ hān 動嗜樂不已，例酣歌。形①酒喝得很快樂，例酣飲。②盛大的樣子，例倚闌秋雨酣。(孔平仲詩)③

長久的快樂，例酣暢。

12【酥】ㄙㄨ sū 名①質鬆而易碎的食品，例酥糖。②用牛羊乳煎成的酪類食品，例酥油。③酒名，例天竺國謂酒爲酥。(《酒譜》)形①身體疲軟，沒有力氣，例四肢酥軟。②柔膩光潔，例點須越女手如酥。(蘇轍詩)

12【酢】㈠ㄗㄨㄛˋ zuò 動在宴席上，客人回敬主人，例酬酢。 ㈡ㄘㄨˋ cù 名用酒發酵或以米、麥、高粱等，釀製而成的酸味液體，今通作「醋」。

12【酤】ㄍㄨ gū 名酒。指一夜釀成的酒，例既載清酤。(《詩經》〈商頌・烈祖〉)動①買酒，例高祖每酤留飲。(《史記》〈高祖本紀〉)②賣酒，例夏旱，禁酤酒。(《漢書》〈景帝紀〉)

12【酡】ㄊㄨㄛˊ tuó 形喝酒後臉紅的樣子，例酡顏。

六　畫

13【酬】ㄔㄡˊ chóu 動①主人向客人勸酒，例主人實觶酬之。(《儀禮》〈鄉射禮〉)②報答，例吾無以酬之。(《左傳》〈昭公二十七年〉)③補償，例即數錢酬之。(《北史》〈楊休之傳〉)④交際往來，例應酬。⑤以詩文相贈答，例難酬支遁詞。(杜甫〈已上人茅齋詩〉)

◆酬勞、酬酢、酬謝　和酬、唱酬、答酬、報酬、應酬。

13【酪】讀音ㄌㄨㄛˋ luò 語音ㄌㄠˋ lào 名①乳漿，例牛酪。②以果實煮成的漿，例煮木爲酪。(《漢書》〈食貨志上〉)

◆酪酥、酪酸、酪漿　乳酪。

13【酩】ㄇㄧㄥˇ mǐng ㄇㄧㄥˊ míng 副「酩酊」：因服大量酒、咖啡因或奎寧，使腦部痲痺或特別興奮，會產生幻覺而失去理智。

13【酯】ㄓˇ zhǐ 名酸與醇化合所成之物，分子量小者有香味。

13【酮】ㄊㄨㄥˊ tóng 名含羰基有機化合物之一類，係二級醇氧化而成之物，例丙酮。

七　畫

14【酷】ㄎㄨˋ kù 名苦痛，例銜酷茹恨。形①酒味濃厚。②暴虐的，例酷刑。副①香氣郁烈，例酷烈淑郁。(《文選》司馬相如〈上林賦〉)②甚，很，例酷似。

◆酷好、酷恨、酷虐、酷愛、酷熱 冷酷、苛酷、峻酷、殘酷、慘酷、嚴酷。

14【酵】ㄒㄧㄠˋ xiào ㄐㄧㄠˋ jiào 名「酵母」：亦稱發酵劑，是眞菌的一種，能使有機化合物起化學變化，而自己並未參加反應，僅居於催化劑之有機物質；如糖變成酒，酒變成醋、麵包之發酵等皆爲酵母之作用所致。動食物因受微生物的影響，而發生酸化的作用，例發酵。

14【酲】ㄔㄥˊ chéng 動①病酒、飲酒後身體不舒服，或酒後神智不淸的樣子，例憂心如酲。(《詩經》〈小雅・節南山〉)②飽足，例心酲醉。(《文選》張衡〈西京賦〉)

14【酴】ㄊㄨˊ tú 名①酒母，俗稱酵。②「酴醾」：⑴酒名，指重釀的酒。⑵花名，灌木；即荼蘼。

14【酺】ㄆㄨˊ pú 動許多人聚飮，例酺五日。(《漢書》〈文帝紀〉)

14【酸】ㄙㄨㄢ suān 名①具有酸性的東西，例硫酸。②男女間因愛情而引起的嫉妒，例拈酸。③「酸酐」：又稱無水酸。一種非金屬氧化物，由酸液中脫水而成。形①有醋味的，例酸菜、酸梅。②通「痠」；痛楚，例四肢酸重。③悲傷，例含酸茹歎。(江淹〈恨賦〉)④譏笑別人貧苦或小氣，例寒酸。

◆酸苦、酸軟、酸愴、酸楚、酸腐、酸溜溜、酸文假醋 心酸、甘酸、辛酸、悲酸。

14【酹】ㄌㄟˋ lèi 動把酒灑在地上祭神，例酹酒。

◆酹地、酹詩、酹觴。

14【酶】ㄇㄟˊ méi 名①是由活細胞產生的有機物質，具有催化力，生命現象中的各種複雜化學反應，均賴其助而得以進行；亦稱酵素。②酒本稱「酶」，與「梅」同。

八　畫

15【醇】ㄔㄨㄣˊ chún 名沒有加水的酒，例醇酒。形①味道極濃，例香醇。②通「純」；不複雜，例醇德。③通「淳」；樸厚，例醇厚。

◆醇味、醇美、醇粹、醇篤、醇儒、醇樸。

15【醉】ㄗㄨㄟˋ zuì 動迷戀於某事，例醉心。形①酒喝得過多，神志不淸，例酒醉。②用酒浸漬的，例醉蝦。

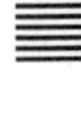

◆醉翁、醉眼、醉漢、醉生夢死、醉酒飽德、醉翁之意 狂醉、沈醉、昏醉、宿醉、麻醉、酣醉、爛醉如泥。

15【醋】㈠ ㄘㄨˋ cù 名①一種含有酸味的液體，例米醋、陳醋。②妒意，例吃醋。
㈡ ㄗㄨㄛˋ zuò 動古「酢」字，客人舉杯還敬主人。

◆醋大、醋勁、醋意、醋罐子。

15【醃】(腌) ㄧㄢ yan 名將食物加鹽，或糖，或醬，或各種香料、佐料，浸泡一段時間的方法，例醃漬法。動用鹽浸漬食物，例醃魚。

15【醆】〔醆〕ㄓㄢˇ zhǎn 名酒杯，例醆斝。形酒濁而微清，例醆酒涚于清。(《禮記》〈郊特牲〉)

15【醁】(醁) ㄌㄨˋ lù 名「醽醁」，見「醽」字。

15【醅】ㄆㄟ pēi 名沒有過濾的酒，或作「酥」，例揭甕撥醅。(白居易〈醉吟先生傳〉)形醉飽。

15【醊】ㄔㄨㄛˋ chuò 動①把酒灑在地上祭神。②連續祭祀，例醊食。

15【醌】ㄎㄨㄣ kūn 名芳香族化合物中，具有苯環上的二氫原子被二氧原子置換的構造的二羰基化合物之總稱。

九 畫

16【醒】ㄒㄧㄥˇ xǐng ㄒㄧㄥ xīng 動①由迷惑轉爲清楚，例提醒。②從酒醉中恢復了正常狀態，例酒醒。③從睡眠中恢復了知覺，例清醒。

◆醒目、醒悟(醒腔) 覺醒、一覺醒來。

16【醍】ㄊㄧˊ tí 名清酒。②「醍醐」：⑴經過多次煉製的乳酪。⑵清湯。⑶比喻完美的人格。

16【醑】ㄒㄩˇ xǔ 名①美酒。②同「湑」；就是酒很清純的意思，例有酒湑我。(《詩經》〈小雅・伐木〉)

16【醓】ㄊㄢˇ tǎn 名「醓醢」：有汁的肉醬，例醓醢以薦。(《詩經》〈大雅・行葦〉)

16【醐】ㄏㄨˊ hú 名「醍醐」，見「醍」字。

十 畫

17【醞】〔醖〕ㄩㄣˋ yùn 動①釀，例春醞夏成。(曹植〈酒賦〉)②漸漸形成，例醞釀。

17【醜】〔丑〕ㄔㄡˇ chǒu 名①惡名。②奇怪的事，例記醜而博。(《荀子》〈宥坐〉)③姓，後漢有醜長。動①丟人，例出醜。②厭惡，例惡直醜正。(《左傳》〈昭公二十八年〉)③恥，例寡人甚醜之。(《史記》〈魏世家〉) 形相貌難看的，例形體醜惡。

17【醢】ㄏㄞˇ hǎi 名①「醓醢」，見「醓」字。②古代的一種酷刑，把人剁成肉醬。動切割成肉醬或肉泥，例醢牛肉。

17【醚】ㄇㄧˊ mí 名有機化合物的名稱，是醫藥上常用的麻醉劑，易引火，在化學及工業上用途也廣，例乙醚。

17【醣】(糖)ㄊㄤˊ táng 名爲植物最重要貯藏物質，種類繁多，性質各異，是由碳、氫及氧三種元素合成的有機物，其中氫及氧的原子數成二：一的比例，舊名碳水化合物。

17【醛】ㄑㄩㄢˊ quán 名有機化合物的名稱，是醇類中的第一級氧化物，例乙醛。

十一 畫

18【醫】〔医〕ㄧ yī 名治病的人，例醫生，醫師。動治病，例醫療。形有關醫學方面的，例醫界。

◆醫治、醫院、醫學、醫藥、醫護。

18【醬】〔酱〕ㄐㄧㄤˋ jiàng 名①調味品。②搗爛的東西，例肉醬。動把食物浸漬在醬裡，增加滋味，例把瓜醬一醬。形用醬醃漬的，例醬筍。

18【醪】ㄌㄠˊ láo 名①濁酒。②濃厚的酒，例醇醪。

◆醪米、醪酒、醪膳、醪糟、醪醴。

18【醥】ㄆㄧㄠˇ piǎo 名清的酒稱醥，例觴以清醥。(《文選》左思〈蜀都賦〉)

18【醨】ㄌㄧˊ lí 名薄酒，通作「漓」，例醨酒水淋酤。(元稹詩)。

18【醯】ㄒㄧ xī 名醋，例或乞醯焉。(《論語》〈公冶長〉)

十二 畫

19【醭】ㄅㄨˊ bú ㄆㄨ pū 名酒、醋等腐敗了所生的黴菌，例梅天筆墨多生醭。(楊萬里詩)

19【醮】ㄐㄧㄠˋ jiào 名①和尚、道士幫人家設壇

念經、超渡鬼魂，叫「打醮」。②古代加冠、結婚所行的禮節。③婦人再嫁稱爲再醮。動祭祀，例醮諸神。(宋玉〈高唐賦〉)

◆醮事、醮祭、醮婦、醮儀、醮壇。

19【醰】ㄊㄢˊ tán 形「醰醰」：滋味濃厚的樣子，例良醰醰而有味。(《文選》王褒〈洞簫賦〉)

19【醱】〔酦〕㈠ㄆㄛˋ pò 動酒再釀造一次，例醱醅。㈡ㄈㄚ fā 動通「發」；發酵。

十三 畫

20【醲】〔酞〕ㄋㄨㄥˊ nóng 名很濃厚的酒，例肥醲甘脆。(《淮南子》〈主術訓〉)形通「濃」；深厚，例醲厚。

◆醲郁、醲實、醲醇。

20【醴】ㄌㄧˇ lǐ 名①甜酒，例醴酒。②甘泉，例地出醴泉。(《禮記》〈禮運〉)③甘汁，例噏青岑之玉醴兮。(《後漢書》〈張衡傳〉)

20【醵】ㄐㄩˋ jù 動①大家湊錢聚在一起飲酒，例合醵爲歡。(《唐書》〈嚴梃之傳〉)②收集大家的錢財，例醵資，醵金。

十四 畫

21【醺】ㄒㄩㄣ xūn 動古通「熏」，染，漸漸染上，例不但願爲世所醺。(蘇軾詩)副醉的樣子，例醉醺醺。

十六 畫

23【醼】ㄧㄢˋ yàn 大陸用作「宴」的異體字。動合飲，例酬飲。

十七 畫

24【釀】〔酿〕ㄋㄧㄤˋ niàng 名酒，米麴所作曰釀。動①利用發酵的方法製造，例釀造。②漸漸形成，例醞釀。

◆釀酒、釀造、釀糯。

24【醽】ㄌㄧㄥˊ líng 名「醽醁」：美酒名，例寒泉旨於醽醁。(《抱朴子》〈嘉遁〉)

24【醾】ㄇㄧˊ mí 動「酴醾」，見「酴」字。

24【釂】ㄐㄧㄠˋ jiào 動把杯裡的酒喝光；即乾的意思，例與人飲，使之釂。(《漢書》〈游俠郭解傳〉)

十八 畫

25【釁】〔衅〕ㄒㄧㄣˋ xìn 名①意見不合引起怨隙，例挑釁。②瑕隙、間隙，例讎有釁，不可失也。(《左傳》〈桓公八年〉)③罪過，例觀釁而動。(《左傳》〈宣公十二年〉)④禍兆，例臣以險釁。(李密〈陳情表〉)⑤姓，周有釁夏。動①用牲血塗在器皿上，來祭祀神明，例將以釁鐘。(《孟子》〈梁惠王上〉)②用香熏身，例釁浴。

十九 畫

26【釃】〔酾〕ㄙ sī 動①把酒濾清，除去渣滓，例釃酒有藇。(《詩經》〈小雅・伐木〉)②疏導，例禹釃五湖而定東海。(劉向〈說苑〉)③斟酒，例釃酒臨江。(蘇軾〈前赤壁賦〉)

二十 畫

27【釅】〔酽〕ㄧㄢˋ yàn 形味道濃厚的酒或醋。引申為色、香、味，或液體濃厚的，都稱「釅」，例釅白、釅茶。

釆 部

07【釆】ㄅㄧㄢˋ biàn「辨」的本字。

一 畫

08【采】(一)ㄘㄞˇ cǎi 名①同「彩」；顏色，例五彩。②儀容，例神采。③事，例疇咨若予采。(《尚書》〈堯典〉)④官，例以展采錯事。(《史記》〈司馬相如傳〉)⑤猶好運，例采頭。動同「採」；採取，大陸用作「採」(ㄘㄞˇ)的簡化字，例采取。 (二)ㄘㄞˋ cài 名古代封建制度下，君主賜給諸侯卿大夫的封地，例采地。

◆采詩、采摭、采薇、采擷、采蘋、丰采。

六 畫

12【釉】ㄧㄡˋ yòu 名「釉藥」：又稱釉灰。塗於素燒陶瓷器表面上的光滑物質，可使發光及杜塞細孔。

十三 畫

20【釋】〔释〕ㄕˋ shì 名佛教釋迦的簡稱，是佛的姓。和尚從佛姓，所以叫釋。引申為凡有關佛教的皆稱釋，例釋教。動①說明，例解釋。②赦免，放出來，例釋放。③消

散，例冰釋。④廢除，例釋茲在茲。(《尚書》〈大禹謨〉)

◆釋言、釋然、釋罪、釋懷　注釋、消釋、訓釋、開釋、解釋。

里部

07【里】ㄌㄧˇ lǐ 名①家鄉，例故里。②古代五家爲鄰，五鄰爲「里」。③現在是市的基層民政單位，在鄰以上。④長度名，例公里。⑤大陸用作「裏」(ㄌㄧˇ)、「裡」(ㄌㄧˇ)的簡化字。⑥姓，春秋鄭有里析。

◆里程、里閭、里諺、里仁爲美　村里、鄉里、鄰里、一瀉千里、鵬程萬里。

二　畫

09【重】(一)ㄓㄨㄥˋ zhòng 名①物體的分量，例重量。②輕的相反，例權然後知輕重。(《孟子》〈梁惠王上〉)動尊敬崇尚，例名重中朝。(《晉書》〈裴嶷傳〉)形①厚，例重謝。②緊要，例重要。③厚重，例君子不重則不威。(《論語》〈學而〉)　(二)ㄔㄨㄥˊ chúng 名姓，春秋晉有重耳。形複疊，例重疊。

◆重仕、重修、重新、重圍、重擔、重點、重見天日、重修舊好、重溫舊夢、重整旗鼓、重蹈覆轍　自重、注重、珍重、貴重、愼重、鄭重、嚴重。

四　畫

11【野】ㄧㄝˇ yě 名①郊外，例龍戰於野。(《易經》〈坤卦〉)②民間，例朝野淸晏。③界限，例分野。④不是人工栽培或馴養的動物，例野花。⑤大陸用作「埜」、「壄」的異體字。形①質樸，例質勝文則野。(《論語》〈雍也〉)②粗鄙無禮，例野哉由也。(《論語》〈子路〉)③非正式的，例野錄。副非常的，例朔風野大，阿兄歸矣，猶頻頻回首望汝也。(袁枚〈祭妹文〉)

◆野心、野生、野性、野蠻、野人獻曝、野無遺賢、野鶴孤雲　下野、荒野、撒野、朝野。

五　畫

12【量】(一)ㄌㄧㄤˊ liáng 動①稱輕重、多少，測長短、大小、高低等，例量身高。②商議斟酌，例商量。　(二)ㄌㄧㄤˋ liàng 名①測算容積的器具，像斗、升等，例同度量。(《淮南子》〈時則訓〉)②容納的程度，例容量。③事物的大小、輕重，例分量。動估計，例量入爲出。

◈量才取用 力量、度量、氣量、測量、較量、衡量、權量。

十一 畫

18【釐】(厘)(一) ㄌㄧˊ lí 名①家福也，原讀ㄌㄧ，今讀ㄒㄧ。②長度名，一釐爲一尺的千分之一。③重量名，一釐相當於一兩的一千分之一。④寡婦；亦作「嫠」，例釐婦。動治理，例允釐百工。(《尚書》〈堯典〉)(二) ㄒㄧ xī 名福，通「禧」。

◈釐正、釐改、釐定、釐革。

金部

08【金】〔钅〕ㄐㄧㄣ jīn 名①Gold, Au 化學金屬元素，質料柔軟，色黃，可以製造貨幣和各種裝飾品，例黃金。②朝代名，宋徽宗政和五年，完顏阿骨打稱帝，國號金。共九主，一百二十年(1115～1234)。③金屬的通稱，例五金。④太陽系行星之一，通稱金星。⑤金錢的簡稱。⑥五行之一。⑦姓，淸有金農。形①寶貴的，例金丹。②黃色的，例金菊。③堅固的，例金城湯池。

◈金額、金戈鐵馬、金玉良緣、金玉滿堂、金枝玉葉、金相玉質、金科玉律、金屋藏嬌、金碧輝煌、金漿玉醴、金匱石室、金聲玉振、金蟬脫殼 資金、罰金、一刻千金、紙醉金迷。

一 畫

09【釔】〔钇〕ㄧˇ yǐ 名Y，化學元素名，灰黑色金屬，原子序三十九，原子量八八·九〇五，爲稀土金屬。

09【釓】〔钆〕ㄍㄚˊ gá 名Gd, 化學金屬元素名，原子序六十四，原子量一五七·二五，屬銀白色金屬，在潮溼的空氣中急變晦暗。

二 畫

10【針】〔针〕ㄓㄣ zhēn 名①縫合布衣、皮革的用具，與鍼、箴同，例針線。②細長的金屬品，例避雷針。③尖的東西，例秧針。④姓，明有針惠。動①用針來治病，例針灸。②刺。

◈針砭、針黹(指針)、針對、針芥相投、針鋒相對、穿針引線、大海撈針、針車(縫紉機)。

10【釗】〔钊〕ㄓㄠ zhāo 名姓，明有釗劍佩。動①刓削，削去稜角。②勉勵，例勉釗。形遠。

10【釕】〔钌〕(一)ㄌㄧㄠˇ liǎo 名①Ru，白金屬元素之一。用於增加其他白金屬元素之硬度的合金元素。原子序四十四，原子量一〇一・〇七，於一八八四年發現。②「釕銱」(釕銱兒)，用於扣住門窗的東西。(二)ㄋㄧㄠˇ niǎo 名①轡飾中較爲華美者，例釕轡。②帶頭飾，例釕鈌。

10【釙】〔钋〕ㄆㄨˊ pú 名①金針。②Po，化學金屬名，原子序八四，原子量二一〇，顏色像鎳，爲放射性元素。

10【釘】〔钉〕(一)ㄉㄧㄥ dīng 名①餅狀的黃金。②有尖頭的鋼鐵等細梗，可以用來釘牢東西或釘在牆上吊掛東西，例鐵釘。動注視，看守，通「盯」，例釘著他看。(二)ㄉㄧㄥˋ dìng 動用釘子來固定東西，例釘書。

◆釘問、釘耙、釘梢、釘鞋、釘螺。

10【釜】ㄈㄨˇ fǔ 名①煮飯用的器具，例釜甑。②古量名，例釜鍾。

三 畫

11【釵】〔钗〕ㄔㄞ chāi 名插在女子頭上的一種裝飾物，例金釵。

◆釵珮、釵珥、釵梳。

11【釦】(扣)ㄎㄡˋ kòu 名扣住衣服的東西，例鈕釦。動①用金屬裝飾器口，例釦器。②大陸亦用作「扣」的異體字。

11【釣】〔钓〕ㄉㄧㄠˋ diào 名①釣鉤的簡稱，例垂釣。②姓，南宋有釣宏。動①用釣子鉤魚，例子釣而不網。(《論語》〈述而〉)②騙取、誘取，例沽名釣譽。

◆釣竿(釣竿兒)、釣餌、釣絲、釣具、釣魚郎、釣游舊地。

11【釧】〔钏〕ㄔㄨㄢˋ chùn 名①臂環、手環，即鐲子，例玉釧、金釧子。②姓，明有釧國賢。

11【釩】〔钒〕ㄈㄢˊ fán 名V，化學金屬元素名，原子序二十三，原子量五〇・七四二，銀白色，熔在鋼中，可以增加鋼的硬度。

11【釬】〔钎〕(焊)(一)ㄍㄢ gān

形同「悍」；急。 (二) ㄏㄢˋ hàn 名①保護手臂的鎧甲。②釬藥、金鐵藥。

11【釭】〔釭〕(一) ㄍㄤ gāng 名燈，例冬釭凝兮夜何長(江淹〈別賦〉) (二) ㄍㄨㄥ gōng 名車輪中的孔，以鐵做成。

11【釱】〔钛〕ㄉㄞˋ dài 名①鐵鉗，即古代刑具腳鐐之類。②化學元素「鈦」的舊譯。③通「軑」；車轄。

11【釤】〔钐〕ㄕㄢ shān 名①大鎌刀。②Sm，化學金屬元素名，原子序六十二，原子量一五〇·四，爲稀土類及鑭系元素之一。使用於原子爐的控制棒等。③姓，晉有釤加。

11【釹】〔钕〕ㄋㄩˇ nǚ 名Nd，化學金屬元素名。富有延性、展性。一接觸熱水，便發生氫。原子序六〇，原子量一四四·二四。爲稀土類元素。

11【鉇】〔铊〕(一) ㄧㄝˇ yě 名化學元素之一，亦譯作釔。 (二) ㄕ shī 名古代屬於矛的一種兵器。同「鍦」、「鉈」。

11【釷】〔钍〕ㄊㄨˇ tǔ 名Th，化學金屬元素名，原子序九〇，原子量二三二·〇三八一，具有放射性，可取代鈾燃料。

四　畫

12【鈔】〔钞〕ㄔㄠ chāo 名①紙幣，例千元大鈔。②錢財，例破鈔。③文學作品經選編而成的書，例十八家詩鈔。④姓，明有鈔秀。動①掠取，掠奪，例鈔掠、鈔盜。②亦作「抄」，謄寫，例鈔寫、鈔錄。

◆鈔奪、鈔綴、鈔謄、鈔纂。

12【鈕】〔钮〕ㄋㄧㄡˇ niǔ 名①通「紐」；器物上供提取的部分，例印鈕。②扣住衣服的東西，例鈕釦。③器物的開關，例按鈕。④姓，東晉有鈕滔。

12【鈣】〔钙〕ㄍㄞˋ gài 名①Ca，化學金屬元素名，原子序二〇，原子量四〇·〇八，是銀白色的鹼土金屬，性質比鉛稍微硬一點。②鈣質的主要來源是牛奶，它是構成骨骼及牙齒的主要成分，出血時可幫助血液的凝固。

12【鈉】〔钠〕ㄋㄚˋ nà 图①Na，化學元素名，原子序十一，原子量二二・九八九八，在常溫下是一種性質柔軟像蠟的金屬。②是細胞外液的主要陽離子，司酸鹼平衡作用，使體液滲透壓一定，維持正常水分含量。

12【鈞】〔钧〕ㄐㄩㄣ jūn 图①古衡器，三十斤爲一鈞。②天，例大鈞。③姓，漢有鈞喜。形①通「均」；同、等，例鈞是人也，或爲大人，或爲小人，何也？(《孟子》〈告子上〉)②音調，例細鈞有鐘無鎛。(《國語》〈周語下〉)③尊貴，對上級或長輩的敬辭，例鈞座、鈞部。

◆鈞安、鈞命、鈞席 天鈞、陶鈞、鴻鈞、千鈞一髮。

12【鈍】〔钝〕ㄉㄨㄣˋ dùn 形①鋒刃不利，例弊甲鈍兵。②愚笨，例鈍惛。③事情不順遂，例鈍挫。

◆鈍才、鈍刀、鈍拙、鈍根、鈍馬、鈍器 利鈍、愚鈍、魯鈍、遲鈍、駑鈍。

12【鈩】〔钚〕ㄌㄧㄡˋ liòu 图化學中第六族固體非金屬元素，是硫、硒、碲等三元素的總稱。

12【鈐】〔钤〕ㄑㄧㄢˊ qián 图①農具的一種，即大犁。②祭器名，例鈐而不精。(《山海經》〈西山經〉)③印章，例鈐記。④鎖，例鈐鍵。⑤烘茶葉的器具，例茶鈐。動蓋印，例鈐章。

◆鈐印、鈐謀、鈐束、鈐轄

12【釿】〔钘〕(一)ㄧㄣˊ yín 图「釿鍔」：器具凹下處稱「釿」，凸起處叫「鍔」。動裁斷。(二)ㄐㄧㄣ jin 图「釿鋸」：斤和刀鋸，都是用來斫斷物品的工具。

12【鈀】〔钯〕(一)ㄅㄚ bā 图兵車的一種。②箭頭。 (二)ㄅㄚˇ bǎ 图Pd，金屬元素名。呈銀白色存在於白金礦中。吸收大量的氫，製成如合金之物。用於電氣、牙科、裝飾等方面。原子序四十六，原子量一〇六・四。 (三)ㄆㄚˊ pá 图亦作「耙」，農具的一種，用來平土除穢，例齒鈀。

12【鈁】〔钫〕ㄈㄤ fāng 图①古代器名，即方形壺，或有蓋，用以盛酒漿或糧食。盛行於戰國末至西漢初。②Fr，化學金屬元素名，性質和鹼金屬相同，具有放射性。原子序八十七。一九三九年發現。

12【鈇】〔𫓧〕ㄈㄨ fū 名①斬草的鍘刀。②腰斬的刑具，例鈇質。③通「斧」；斧頭，例鈇鉞。

12【鈒】〔钑〕ㄐㄧˊ jí 名①古兵器名，屬於矛戟的一種，例「舉鈒成雲，下鈒成雨。」(陸雲〈答車茂安書〉)②化學元素之一。動雕刻花紋，例鈒鏤。

12【鈚】〔𫓩〕ㄆㄧˊ pí 名①鐵。②箭鏃的一種，薄闊而長，例鈚箭。

12【鈦】〔钛〕ㄊㄞˋ tài 名Ti，化學金屬元素名，原子序二十二，原子量四七．九〇，鐵灰色，性質很硬，存在各種礦物中。可提供各種工業材料使用的主要金屬之一。

12【鈥】〔钬〕ㄏㄨㄛˇ huǒ 名Ho，化學金屬元素名，用途不多。原子序六十七，原子量一六四．九三〇，於一八七九年發現。

12【鈃】〔钘〕㈠ㄒㄧㄥˊ xíng 名①長頸而形狀像鍾的酒器。②通「鉶」，古代祭祀用來的盛羹湯的器皿。㈡ㄐㄧㄢ jiān 名人名，戰國時代有宋鈃。

12【鈈】〔钚〕ㄅㄨˋ bù 名Pu，化學金屬元素名，原子序九十四，最近才發現的，是製造原子能的重要元素，具有放射性。據化學化工百科辭典，鈈同鈽。

12【鈧】〔钪〕ㄎㄤˋ kàng 名Sc，化學金屬元素名，原子序二十一，原子量四四．九五六，是稀土金屬，和釔、鉬等同存在數種稀有的礦石中，產量很少。

12【鈳】〔钶〕ㄧㄚˊ yá 名An，化學金屬的一種，具有放射性。

12【鈜】〔𬭎〕ㄏㄨㄥˊ hóng 名金屬撞擊聲。

五 畫

13【鈷】〔钴〕㈠ㄍㄨˇ gǔ 名「鈷鉧」：⑴熨斗。⑵潭名，在湖南省零陵縣西。潭形似熨斗，故名。唐柳宗元著有〈鈷鉧潭記〉。㈡ㄍㄨ gū 名Co，化學金屬元素名，原子序二七，原子量五八．九三三一，是青白色的硬金屬，富有延展性和磁性，廣用於放射治療。

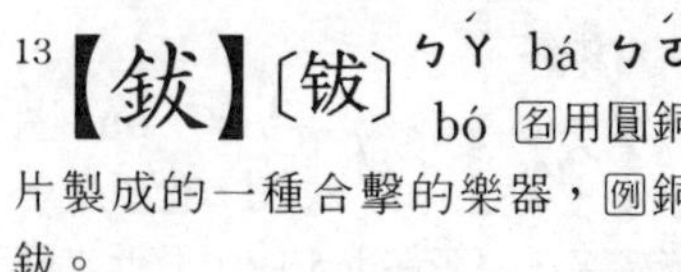

13【鈸】〔钹〕ㄅㄚˊ bá ㄅㄛˊ bó 图用圓銅片製成的一種合擊的樂器，例銅鈸。

13【鈽】〔钸〕ㄅㄨˋ bù 图①由金屬作成的薄片。②Pu，一種自然界不存在的人造放射性重元素，原子序九十四。可用作核反應器之燃料及製作核武器。

13【鉗】〔钳〕ㄑㄧㄢˊ qián 图①用鐵做成夾東西的器具，例火鉗。②古刑具名，例鉗鐵。動①夾住東西，例以鉗夾物。②通「箝」、「拑」；緘閉，例鉗口。③通「箝」；壓制、約束，例鉗制。

◆**鉗子、鉗夾、鉗忌、鉗髡、鉗噤、鉗口結舌。**

13【鈾】〔铀〕ㄧㄡˊ yóu 图U，化學金屬元素名，原子序九十二，原子量二三八。有放射性。

13【鉀】〔钾〕ㄐㄧㄚˇ jiǎ 图①K，化學金屬元素名，原子序十九，原子量三九・一〇二，是蠟狀的金屬，與氧、氯化合很快，可作還原劑。②通「甲」；護身的戰服，例貫鉀跨馬于庭中。(《晉書》〈姚弋仲記載〉)

13【鉋】(刨) ㄅㄠˋ bào 图①刮平木頭的器具，例鉋子。②刷馬毛的鐵刷，例馬鉋。動①用鉋子鉋薄或鉋平，例鉋木板。②鋤地使平，例鉋地。

13【鉤】〔钩〕ㄍㄡ gōu 图①形狀彎曲的器物。②兵器名，例作刀劍鉤鐔。(《漢書》〈韓延壽傳〉)③鐮刀，例木鉤而樵。(《淮南子》〈氾論訓〉)④書法中末端彎曲的筆法，例妙墨雙鉤帖。(陸游〈秋陰詩〉)⑤姓，宋有鉤光祖。⑥大陸用作「鈎」的異體字。動①取。②牽引，例引鉤箝之辭。(《鬼谷子》〈飛箝〉) ③屈曲，例倨中矩，句中鉤。(《禮記》〈樂記〉)形比喻曲折、不直爽的事情動作，例鉤箝。副拘留，例鉤留。

◆**鉤股、鉤勒、鉤戟、鉤絕、鉤索、鉤黨、鉤章棘句、鉤深致遠、鉤玄提要。**

13【鉛】〔铅〕(一)ㄑㄧㄢ qiān 图①Pb化學金屬元素名，原子序八二，原子量二〇七・一九，青白色，質料很柔軟，可以製鉛管、鉛字等。②可以用來做鉛筆之石墨，例墨鉛。(二)ㄧㄢˊ yán 動同「沿」；循。

◆**鉛刀、鉛字、鉛印、鉛版、鉛華、鉛直、鉛鷲、鉛粉、鉛黛。**

13【鉑】〔铂〕ㄅㄛˊ bó 名①金屬薄片，亦即金箔。②Pt，金屬化學元素，原子序七十八，原子量一九五・〇九。爲白色的貴金屬元素。灰白色，有光澤，富延展性。用途極廣。俗稱「白金」。

13【鈴】〔铃〕ㄌㄧㄥˊ líng 名①金屬製成圓殼，形狀像鐘，比鐘小，中間放置一個鐵丸，搖動時可以發聲，例馬鈴。②利用電力，能發出像鈴聲的裝置，例電鈴。

◆**鈴鐺、鈴聲、鈴語、鈴閣、鈴蘭**。

13【鈮】〔铌〕ㄋㄧˊ ní 名①Nb，化學金屬元素名，原子序四十一，原子量九二・九〇六。有光澤，能夠增加不銹鋼對腐蝕劑的抵抗力。②「檷」的古文。

13【鈹】〔铍〕㈠ㄆㄧˊ pí 名Be，金屬元素名，原子序四，原子量九・〇一二。是一種富延展性的銀白色稀有金屬。在空氣中雖不發生變化，但遇硫酸、鹽酸溶化。一七九七年發現。　㈡ㄆㄧ pī 名①中醫用來破癰的大針，亦指針砭。②刀劍類的兵器，例鈹謂之鈹。(《方言》)③雙面有刃的小刀子，例羽族以觜距爲刀鈹。(左思〈吳都賦〉)

13【鈺】〔钰〕ㄩˋ yù 名①堅硬的金屬。②珍寶。

13【鈿】〔钿〕ㄉㄧㄢˋ diàn ㄊㄧㄢˊ tián 名①鑲金的首飾，例花鈿。②用貝殼鑲成的飾物，例螺鈿。形以金寶爲飾的，例鈿車。

◆**鈿波、鈿椅、鈿翠、鈿簪、鈿瓔、鈿頭銀篦**。

13【鉅】〔钜〕ㄐㄩˋ jù 名①鋼鐵，例宛之鉅鐵(《史記》〈禮書〉)　②鉤，例網鉅。形通「巨」；很大，例鉅典。副通「詎」；豈，表反詰，例是豈鉅知見侮之爲不辱哉。

13【鉉】〔铉〕ㄒㄩㄢˋ xuàn 名扛鼎的用具，例鼎黃耳金鉉。(《易經》〈鼎卦〉)

13【鉍】〔铋〕ㄅㄧˋ bì 名①矛柄。②Bi，金屬元素名，原子序八十三，原子量二〇八・九八〇。帶有微紅的銀白色，有光澤。對電氣與熱傳導性極低。用於醫藥、可熔合金等。

13【鉏】〔钽〕(鋤)㈠ㄔㄨˊ chú 名①通「鋤」，大陸用作「鋤」的異體

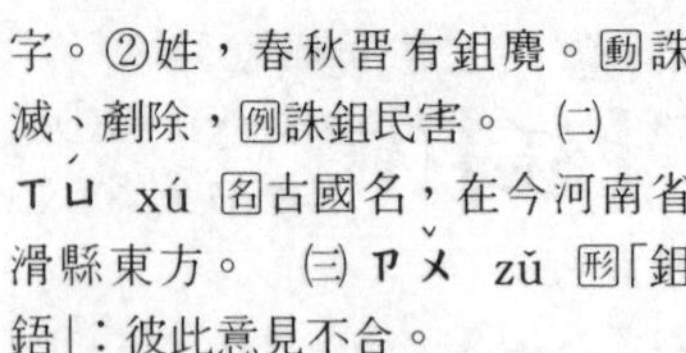

字。②姓，春秋晉有鉏麑。動誅滅、剷除，例誅鉏民害。㈡ ㄒㄩˊ xú 名古國名，在今河南省滑縣東方。㈢ ㄗㄨˇ zǔ 形「鉏鋙」：彼此意見不合。

◆鉏牙、鉏耘、鉏翦。

13【鉞】〔钺〕ㄩㄝˋ yuè 名①大斧頭，例一人冕執鉞。(《尚書》〈顧命〉)②星名，例東井爲水事，其西曲星曰鉞。(《史記》〈天官書〉)③車鑾聲，例鑾聲鉞鉞。

13【鉥】〔𬬩〕ㄕㄨˋ shù 名長針，例一女必有一刀一鉞一鉥。(《管子》〈輕重乙〉)動①引導，例吾請爲子鉥。(《國語》〈晉語〉)②刺，例劌目鉥心。(韓愈〈孟郊墓誌〉)

13【鉦】〔钲〕ㄓㄥ zhēng 名中央有圓心凸起的銅鑼，於行軍時敲打以節止步伐，例鉦鐃。

13【鈰】〔铈〕ㄕˋ shì 名①劍名。②Ce，金屬元素名，原子序五十八，原子量一四〇・一二。灰黑色，具有延展性，是稀土金屬，產量很少。化性活潑，在空氣中用刀刮即著火。

13【鈳】〔钶〕ㄎㄜ kē 名Cb，化學金屬元素名，原子序爲四十一。色灰白似鋼，質柔軟，有延性及展性，現改名爲鈮。

13【鈶】〔𫓹〕ㄊㄞˊ tái 名化學金屬元素「鉈」的舊譯。

13【鉈】〔铊〕ㄊㄚ tā 名Ti，化學金屬元素名，原子序八十一，原子量二〇四・三七。是一種性柔質軟像鉛的金屬。

13【鉬】〔钼〕ㄇㄨˋ mù 名Mo，化學金屬元素，原子序四十二，原子量九五・九四。銀白色，可和鋁、銅、鐵等製成合金。

13【鉭】〔钽〕ㄉㄢˋ dàn 名Ta，化學金屬元素名，原子序七十三，原子量一八〇・九四八。銀白色，且含有延展性，可以作電燈泡的絲。

13【鉧】〔𬬻〕ㄇㄨˇ mǔ 名「鈷鉧」，見「鈷」字。

13【鉯】〔𬬽〕ㄧˇ yǐ 名Il，化學金屬元素名，原子序六十一，性質未明。

13【鉚】〔铆〕ㄌㄧㄡˇ liǒu 名美金。

13【銃】〔铳〕ㄔㄨㄥˋ chòng 名①火器名。②斧頭裝柄的地方。

13【鉢】〔钵〕ㄅㄛ bō 名①和尚裝飯的用具，例鉢器。②可盛酒及裝、洗東西的圓形用具，例飯鉢。

◈**鉢盂、鉢拏、鉢單、鉢囊、鉢多羅。**

13【鉕】〔钷〕ㄆㄛˇ pǒ 名①一種銅器。②Pm，化學金屬元素名，原子序六十一，原子量一四七。是人造放射性元素，已知有十三個同位體。由鈾分裂和釹被中子撞擊而產生。於一九四七年被發現。

13【鉲】〔锎〕ㄎㄚˇ kǎ 名Cf，金屬放射性元素之一，原子序九十八，爲合成超鈾元素的第六個，於西元一九五〇年被發現。

13【鉳】〔锫〕ㄅㄟˇ běi 名Bk，金屬放射性元素之一，原子序九十七，爲人造超鈾元素的第五個。

六　畫

14【鉸】〔铰〕ㄐㄧㄠˇ jiǎo 名剪刀，例鉸刀。動①剪東西，例鉸票。②裝飾，例裝鉸。③工業鑽床的一種切削法。

14【銘】〔铭〕ㄇㄧㄥˊ míng 名記，文體的一種，古代常刻於碑版或器物上，用以歌功頌德或申警戒。動記在心裡，例銘佩。

◈**銘戒、銘刻、銘記、銘感、銘誄、銘心鏤骨、銘篆、銘誌。**

14【銀】〔银〕ㄧㄣˊ yín 名①Ag，化學金屬元素名，原子序四十七，原子量一〇七・八七〇，白色有光澤，富有延展性，可以製造錢幣和裝飾品。②通「垠」；界限，例守其銀。(《荀子》〈成相〉)③姓，漢有銀木。形①指白色有光澤的東西，例銀屏、銀珂。②銀製的器具，例銀盾、銀杯。

◈**銀刀、銀兩、銀釵、銀圓、銀幣、銀錠、銀樓。**

14【銖】〔铢〕ㄓㄨ zhū 名①古衡名，是一兩的二十四分之一。②姓，明有銖炫。形鈍，例其兵戈銖而無刃。(《淮南子》〈齊俗訓〉)

◈**銖寸、銖衣、銖兩、銖兩分寸、銖積寸累。**

14【鉻】〔铬〕(一) ㄍㄜˋ gè 名①鉤子，例

武則鉤鉻摧於指掌。(《抱朴子》〈君道〉)②Cr，化學金屬元素名，原子序二四，原子量五一・九九六。灰白色而有光澤，質硬而脆，和鐵混合製成合金，可以製造軍艦和各種機械玩具。㈡ㄌㄨㄛˋ luò 動剃髮，通作「落」。

14【銓】〔铨〕ㄑㄩㄢˊ quán 名姓，漢有銓微。動①衡量，例考量以銓。(《漢書》〈王莽傳〉)②量才而選擇官吏，例吏部有三銓法。(《唐六典》)

14【銜】〔衔〕ㄒㄧㄢˊ xián 名①用以勒馬口的鐵製器具，例銜勒。②官吏的階級、職務，例官銜。動①口裡含著東西，例銜環。②奉，例銜君命而使。(《禮記》〈檀弓〉)③懷恨於心，例景帝心銜之。(《漢書》〈外戚傳〉)④感懷，例令出而民銜之。(《管子》〈形勢解〉)

◆**銜尾、銜命、銜接、銜轡、銜環、銜鬚伏劍、銜環報恩　官銜、頭銜、馬銜、鞍銜。**

14【鉺】〔铒〕㈠ㄦˇ ěr 名Er，化學金屬元素名，原子序六十八，原子量一六七・二六，屬於稀土金屬。㈡ㄦˋ èr 名魚鉤，例修箭裹金鉺。(韓愈、孟郊〈城南聯句〉)

14【銍】〔铚〕ㄓˋ zhì 名①割稻用的短鐮刀。②指所割的禾穗，例二百里納銍。(《尚書》〈禹貢〉)動刈，收穫，例奄觀銍艾。(《詩經》〈周頌・臣工〉)

14【銎】ㄑㄩㄥ qiōng 名斧頭裝把柄的地方。

14【銅】〔铜〕ㄊㄨㄥˊ tóng 名Cu，原子序二十九，原子量六三・五四，具有光澤的紅色金屬，可用來製作電線、開關、加熱器、合金等。是最早被使用的金屬。

◆**銅琶鐵板、銅筋鐵骨、銅頭鐵額、銅牆鐵壁、銅斗家計、銅駝荊棘　煉銅、鑄銅。**

14【銚】〔铫〕㈠ㄧㄠˊ yáo 名①大鋤頭，例無把銚推耨之勢。(《戰國策》〈秦策〉)②姓，漢有銚期。㈡ㄉㄧㄠˋ diào 名有把柄，有壺嘴的小炊具，例銚鏊。㈢ㄓㄠˋ zhào 名放射性化學金屬元素之一。

14【銛】〔铦〕ㄒㄧㄢ xiān 名①捕魚的器具。②姓，宋代有銛朴翁。動取，與揜、括通。形鋒利，例莫邪爲鈍兮，鉛刀爲銛。(《文選》賈誼〈弔屈原文〉)

14【鉿】〔铪〕㈠ㄐㄧㄚˊ jiá 形聲，鑽入堅物所發出的聲音，例鉿然。㈡ㄏㄚ hā 名Hf，化學金屬元素之一，原子序七十二，原子量一七八・四九，化學性質酷似鋯，而密度則約爲鋯三倍，有甚佳之機械性，且能抗蝕，故用作核子反應器之控制桿材料。此元素發現於一九二三年，鹼性極强。

14【铷】〔铷〕ㄖㄨˊ rú 名Rb，鹼金屬元素，爲銀白色而柔軟的金屬，用於製造光電池，顏色反應呈紫紅色，化學性質極活潑，遇水會爆炸。原子序三十七，原子量八五・四七，一八六〇年被發現含於礦泉中。

14【銑】〔铣〕ㄒㄧㄢˇ xiǎn 名①最有光澤的金屬。②初次煉的鐵，例銑鐵。③古時候鐘口的兩個角，例兩欒謂之銑。(《周禮》〈考工記〉)

14【鉲】〔鉲〕ㄇㄧˇ mǐ 名化學金屬元素「鉺」的舊譯。

14【銥】〔铱〕ㄧ yī 名Ir，化學金屬元素名，原子序七十七，原子量一九二・二，白色像新磨的鋼，質地硬而脆，是製造鋼筆筆尖的重要原料。

14【銦】〔铟〕ㄧㄣ yīn 名In，化學金屬元素名，原子序四十九，原子量一一四・八二，是銀灰色的結晶，質料柔軟有韌性，常存於錫石與閃鋅礦中，可以做低熔點的合金，於西元一八六三年被發現。

14【銠】〔铑〕ㄌㄠˇ lǎo 名Rh，白金屬類元素之一。呈灰白色，粉末爲黑色，有兩種型態，白色銠合金耐侵蝕、耐熱，和鉑、釕等皆爲貴金屬，原子序四五，原子量一〇二・九〇五。

14【銪】〔铕〕ㄧㄡˇ yǒu 名Eu，金屬元素名，稀土類化學元素之一。是略帶青色的灰色金屬，產量稀少，原子序六十三，原子量一五一・九六。多用作彩色電視機的螢光粉。

14【銨】〔铵〕ㄢ ān 名NH_4，化學中陽性複根的一種，性質和鉀很像，或譯作銻，舊譯作鑑。

14【銫】〔铯〕ㄙㄜˋ sè 名Cs，化學金屬元素名，原子序五十五，原子量一三二・九〇五，白色，性質柔軟，在空氣中容易氧化，化學性質比銣更活潑，可以做眞空管的去氧劑，是一種鹼金屬。

14【銂】〔铏〕ㄒㄧㄥˊ xíng 名古代用來盛菜和羹的器具，又有菜羹意，例宰夫設銂，四于豆西。(《儀禮》〈公食大夫禮〉)

14【銧】〔铫〕ㄍㄨㄤ guāng 名化學金屬元素名；即鐳，是鐳之舊譯。

14【銩】〔铥〕ㄉㄧㄡ diū 名Tm，化學金屬元素名，原子序六十九，原子量一六八・九三四。爲稀土元素，銀色金屬，質軟，狀似鐿，有延展性。

14【銱】〔铞〕ㄉㄧㄠˋ diào 名「釕銱」：釘在門窗上可以把門窗扣住的東西。

七　畫

15【鋅】〔锌〕ㄒㄧㄣ xīn 名①Zn，化學金屬元素名，原子序三〇，原子量六五・三七，青白色，可以做鋅板，俗名白鐵，在空氣中易氧化，但覆上一層氧化鋅薄膜即可防止內部之氧化。②是胰島素及某些酵素的重要成分。缺鋅的人會有個子矮小、貧血、性腺機能減退等症狀。

15【銻】〔锑〕ㄊㄧˋ tì 名Sb，化學金屬元素名，原子序五十一，原子量一二一・七五，青白色，質料硬脆，有金屬光澤，成片狀晶形體，可與鉛、錫相合，製造活字及其他合金。

15【銷】〔销〕ㄒㄧㄠ xiāo 名①生鐵，例屠者棄銷。(《淮南子》〈說林訓〉)②姓。動①鎔，例銷金。②損壞，消滅，消散，例銷印、銷毀。③除掉，例註銷。④賣出貨物，例暢銷。

◆銷金、銷骨、銷售、銷解、銷鎔、銷禍、銷金帳、銷鑠縮栗　滯銷。

15【鋪】〔铺〕㈠ㄆㄨ pū 名安裝門環的底盤；亦稱門鈸，例鋪首。動①布置，例鋪設。②擴大，例鋪張。③攤開、展平，例鋪平。形排列的，例鋪陳。　㈡ㄆㄨˋ pù 名①商店，例店鋪。②睡覺的床，例床鋪。③驛站、郵亭，例今時十里一鋪。(顧炎武〈日知錄〉)

◆鋪地、鋪敍、鋪排、鋪蓋、鋪張揚厲　平鋪直敍。

15【銬】〔铐〕ㄎㄠˋ kào 名刑具名，例手銬、鐐銬。動用手銬來束縛人，例銬起來。

15【鋤】〔锄〕(鉏) ㄔㄨˊ chú 名用來挖鬆泥土和除草的農具，例鋤具、鋤頭。動①鬆土和除草，例帶經而鋤。(《漢書》〈倪寬傳〉)②剷除，例鋤奸。

◆鋤強扶弱　芟鋤、耘鋤、耕鋤、誅鋤、耰鋤。

15【鋁】〔铝〕ㄌㄩˇ lǚ 名Al，化學元素名，青白色，是質料很輕的金屬。可做飛機、汽車、火箭的結構材料，俗稱「鋼精」或「鋼宗」。

15【銳】〔锐〕ㄖㄨㄟˋ ruì 名指刀、槍的快利，引申作鋒利的兵器，例一人冕，執銳，立於側階。(《尚書》〈顧命下〉)形①利，例銳而不挫。(《淮南子》〈時則訓〉)②精悍，例精銳。③細小瑣碎，例且吾以玉賈罪，不亦銳乎？(《左傳》〈昭公十六年〉)④意志堅決，銳意求進，例赤奔方銳。(《太玄經》〈罘〉)⑤上小下大。

◆銳志、銳利、銳氣、銳進、銳不可當　尖銳、精銳、新銳、敏銳、剛銳。

15【銼】〔锉〕ㄘㄨㄛˋ cuò 名①大口似釜的鍋子，例銼鑹。②以鋼鐵製成，上列細齒，用以磨銅、鐵、木、竹等物品，使其平滑的工具，一名銼刀。動①以銼刀磨物，例銼平。②通「挫」；敗，例兵銼藍田。(《史記》〈楚世家〉)

15【鋒】〔锋〕ㄈㄥ fēng 名①兵器的尖端，引申以指凡器物尖銳犀利的部分，例劍鋒。②軍隊的前列，例前鋒。③指密度、溫度、溼度等性質不同的兩氣間之交界面或交替帶，附近的氣流較活潑，形成特定的雲雨分布區，例鋒面。④古代的一種農具。形銳利，例鋒利。

◆鋒芒、鋒利、鋒鏑、鋒不可當、鋒芒挫縮、鋒芒畢露、鋒發韻流　刀鋒、先鋒、筆鋒、衝鋒陷陣。

15【鋃】〔锒〕ㄌㄤˊ láng 名①刑具名，就是鐵鎖鏈，例鋃鐺。②化學金屬元素「鑭」的舊譯。形形容鐘聲，例不動束鋃鐺。(《酉陽雜俎續集》)

15【鋇】〔钡〕ㄅㄟˋ bèi 名Ba，鹼土類金屬元素。原子序五十六，原子量一三七・三四，銀白色而柔軟。在空氣中容易酸化，須置於石油中保存。除可作爲合金材料外，尚可用於顏料、X光攝影時的造影劑。一八〇八年被發現。

15【鋈】ㄨˋ wù 名白色的金屬。動以白金裝飾，例鋈以觼軜。(《詩經》〈秦風·小戎〉)

15【鋊】〔锅〕(一)ㄩˋ yù 名①用來鉤鼎耳及爐炭的鉤子。②銅屑，例或盜摩錢質而取鋊。(《漢書》〈食貨志下〉) (二)名ㄍㄨˇ gǔ 名①G1，化學金屬元素「鈹」的舊譯。②鎵(Ga)，舊譯亦作鋊。

15【鋌】〔铤〕(一)ㄊㄧㄥˇ tǐng 名生銅生鐵，例苗山之鋌。(《淮南子》〈修務訓〉)副走得很快，例鋌而走險。(《左傳》〈文公十七年〉) (二)ㄉㄧㄥˋ dìng 名同「錠」；金銀鎔鑄成一定的形式，例金鋌。

15【鋏】〔铗〕ㄐㄧㄚˊ jiá 名①夾東西的鉗子，例火鋏、鐵鋏。②劍把，例長鋏歸來乎。(《戰國策》〈齊策〉)③劍，例帶長鋏之陸離兮。(《楚辭》〈九章·涉江〉)

◆短鋏、劍鋏、彈鋏、鐵鋏。

15【鋙】〔铻〕(一)ㄨˊ wú 名「鉏鋙」，見「鉏」字。(二)ㄩˇ yǔ 名樂器名，通「敔」。

15【鋂】〔镅〕ㄇㄟˊ méi 名①大鎖，例盧重鋂。(《詩經》〈齊風〉〈盧令〉)②Am，化學金屬元素名，原子序爲九十五，銀白色金屬，化學性質很活潑，延展性極高。

15【鋝】〔锊〕ㄌㄩㄝˋ lüè 名古度量衡名，義同「鍰」，重六兩。

15【鋟】〔锓〕ㄑㄧㄢ qiān ㄑㄧㄣˇ qǐn 名錐，與祲同。動雕刻，例鋟板。形銳利。

◆鋟木、鋟梓、鋟棗。

15【鋩】〔铓〕ㄇㄤˊ máng 名①刀刃的尖端鋒利部分，例不能脫夫子之劍鋩。(韓愈〈祭田橫墓文〉)②通「芒」，光芒，例雄戟耀鋩。(左思〈吳都賦〉)

15【鋯】〔锆〕ㄍㄠˋ gào 名Zr，化學金屬元素名，原子序四〇，原子量九一·二二，爲灰色的結晶體，極堅硬，不易燃燒。可以用來製造煤氣燈的紗罩。

15【鋰】〔锂〕ㄌㄧˇ lǐ 名 Li，金屬元素名。銀白色，質柔軟，為金屬中最輕的，遇空氣即表面變灰。可製造合金，會產生氫。原子序三，原子量六·九三九。

15【鋱】〔铽〕ㄊㄜˋ tè 名 Tb，化學金屬元素名，原子序六十五，原子量一五八·九二四，可以做為磷活化劑，形狀像粉末，是稀土類的金屬，或譯為鋱。

15【銲】（焊）ㄏㄢˋ hàn 名 ①保護手臂的鎧甲，與「釬」同。②金屬物固定的藥名，例銲藥。動用錫或錫和鋁的合金與他種金屬接合，例電銲。④大陸用作「焊」的異體字。

◈**銲炬、銲料、銲槍、銲劑、銲錫。**

15【鋨】〔锇〕ㄜˊ é 名 Os，化學金屬元素名，原子序七十六，原子量一九〇·二，青白色，質料堅硬，為目前已知元素中密度最大的，可以製造電燈泡的燈絲和鋼筆的筆尖。

15【鋀】〔𫓧〕ㄉㄡˋ dòu 名 ①盛酒的器具，與「鋀」同。②化學金屬元素「釷」的舊譯。

15【鋐】〔𬭎〕ㄏㄨㄥˊ hóng 名 器名。

15【銹】〔锈〕ㄒㄧㄡˋ xiù 名 同「鏽」；金屬表面所生的氧化物，例銅銹、鐵銹。

15【鋎】〔𬭊〕ㄏㄢˇ hǎn 名 化學金屬元素，具放射性，原子序一〇五，是人工合成的超鈾元素，其最穩定的同位素質量為二六〇。

15【鋦】〔锔〕ㄐㄩ jū 名 Cm，有放射性的化學元素。原子序九十六，於一九四四年被發現。動用鐵絲綁東西。

15【鋗】〔销〕ㄒㄩㄢ xuān 名 ①小盆。②古時溫食物的器具。③玉的響聲，例展詩應律鋗玉鳴。(《漢書》〈禮樂志〉)

八 畫

16【錠】〔锭〕ㄉㄧㄥˋ dìng 名 ①油燈的一種。②古時的一種祭器，有足。③紡紗時用來繞紗的工具，亦作「鋌」。④成塊長形物件的數量單位，例一錠墨。⑤用金銀鑄成的定式塊狀物，通「鋌」。

◆錠子、錠銀、錠塊、錠劑、錠鏢。

16【錶】〔表〕ㄅㄧㄠˇ biǎo 名可以隨身攜帶的計時器，例手錶、懷錶、掛錶。

16【鋸】〔锯〕ㄐㄩˋ jù 名①鋼製薄片，邊緣有尖齒，用來鋸開金屬或石料、木材，例鋸子、電鋸。②古代刑具之一，例中刑用刀鋸。(《漢書》〈司馬遷傳〉)動斷截，例把木材鋸斷。

◆鋸牙、鋸屑、鋸截、鋸斷、鋸鑿、鋸牖。

16【錚】〔铮〕ㄓㄥ zhēng 名古樂器，即鉦，例錚鐸金鼓。(《文獻通考》〈樂考七〉)

16【錳】〔锰〕ㄇㄥˇ měng 名Mn，原子序二十五，原子量五四・九三八〇，金屬元素之一。顏色灰白，質堅而脆，熔點攝氏一二四四度，沸點爲攝氏二〇九〇度，比重七・二。其鐵的合金名錳鋼，硬度大，耐重力强，可製火車等鐵輪。

16【錐】〔锥〕ㄓㄨㄟ zhuī 名①鑽孔的尖銳器具，例錐刀。②數學名詞，通過與曲線及點之直線移動所生之面，稱錐面；錐面與截錐面之平面間的立體，稱爲錐。動以錐刺物，例錐股。

◆錐立、錐矢、錐指、錐刀之末、錐處囊中、錐頭王家。

16【錯】〔错〕(一)ㄘㄨㄛˋ cuò 名①琢玉用的粗石，例他山之石，可以爲錯。(《詩經》〈小雅〉〈鶴鳴〉)②姓，宋有錯君。動①鍍金。②雜亂，例錯雜無章。③相互交錯，例不錯即隨。(《禮記》〈祭義〉)④牴牾、乖誤，例管仲錯行於召忽。(《後漢書》〈第五倫傳〉)形警愼的樣子，例履錯然。(《易經》〈離卦〉)副錯誤，例比來錯受判官拜。(《封氏聞見記》〈遷善〉) (二) ㄘㄨˋ cù 動①安、置，例刑錯四十餘年。(《史記》〈周本紀〉)②廢棄，例舉直錯諸枉。(《論語》〈爲政〉)③施行，例禮義有所錯。(《易經》〈序卦〉)④停止，例秦魏之交可錯矣。(《史記》〈張儀傳〉)

◆錯怪、錯綜、錯亂、錯繆、錯覺、錯綜複雜、錯斬崔寧 改錯、紛錯、過錯、煩錯。

16【鋋】〔铤〕ㄔㄢˊ chán ㄧㄢˊ yán 名小矛，例短兵則刀鋋。(《史記》〈匈奴列傳〉)動刺，例格蝦蛤，鋋猛氏。(《漢書》〈司馬相如傳上〉)

16【錁】〔锞〕ㄍㄨㄛˇ guǒ 名金銀鑄成的小錠，例錁子。

16【錕】〔锟〕ㄎㄨㄣ kūn 名「錕鋙」：⑴古代的寶刀、寶劍的名字。⑵山海經中的山名，例錕鋙山出金。(《吳越春秋》〈大差內傳〉注)

16【錙】〔锱〕ㄗ zī 名古時的重量單位，六兩爲錙，或曰八兩。形輕微，例他餘錙介之妖。(《三國志》〈吳志・華覈傳〉)

16【錞】〔錞〕㈠ㄔㄨㄣˊ chún 名古樂器，例錞釪。　㈡ㄉㄨㄟˋ duì 名矛戟的柄末端的銅鐏，例厹矛鋈錞。(《詩經》〈秦風・小戎〉)

16【錢】〔钱〕㈠ㄑㄧㄢˊ qián 名①貨幣，例錢幣。②重量名，一兩的十分之一。③泛指錢財。④通「盞」；古酒器，例繪鐘鼎銘，有雀錢。(《字彙補》)⑤姓，清有錢侗。　㈡ㄐㄧㄢˇ jiǎn 名古農具，亦即鐵鍬，例命我衆人，庤乃錢鎛。(《詩經》〈周頌・臣工〉)

◆**錢刀、錢文、錢引、錢荒、錢眼、錢糧。**

16【錡】〔锜〕ㄑㄧˊ qí 名①有腳的鍋類物品，例錡釜。②鑿類之物，例又缺我錡。(《詩經》〈豳風・破斧〉)③姓，周有錡疇。

16【鋼】〔钢〕ㄍㄤ gāng 名生鐵製成，爲含碳量較鑄鐵少，較鍛鐵多而不含磷、硫、矽等雜質的鐵。

◆**鋼叉、鋼甲、鋼印、鋼架、鋼珠、鋼盔、鋼硬、鋼琴。**

16【錮】〔锢〕ㄍㄨˋ gù 動①鑄銅鐵用來塞住孔隙，例冶銅錮其內。(《漢書》〈賈山傳〉)②禁閉，例錮身。形①堅固，與固通，例請以重幣錮之。(《左傳》〈咸公三年〉)②通「痼」，例錮疾。

◆**錮送、錮寢、錮漏、錮露。**

16【錛】〔锛〕ㄅㄣ bēn 名同錆，一種可以向內砍刺、削平木頭的工具，長柄，頂端有斧刃。動用錛子砍削。

16【錏】〔铔〕ㄧㄚˋ yà 名①柔剛鐵。②銨的舊稱。

16【錫】〔锡〕ㄒㄧˊ xí 名①Sn，原子序五○，原子量一一八・六九，金屬元素之一。色白如銀，質較鉛硬而韌，富延展性。供製種種器具、馬口鐵、錫箔及多種重要合金之用。②細布；通「緆」，例冪用錫若緆。(《儀禮》〈大射〉)③僧人所用的錫杖，例飛錫凌空而行。(《高僧傳》)④姓，淸有錫卜臣。動①與，例師錫帝曰。(《尚書》〈堯典〉)②賜，例錫予。

◆錫命、錫剛、錫壤、錫銅。

16【錒】〔锕〕ㄚˋ à 名 Ac，原子序八十九，原子量二二七・〇二，屬放射性元素，在自然界中與鈾礦同在，置黑暗處會發藍光，於一八九九年被發現。

16【錄】〔录〕ㄌㄨˋ lù 名 ①金色。②記載事物或言行的書冊，例言行錄。③次第，例今大國越錄。(《國語》〈吳語〉)④同「綠」；劍名，例文王之錄。(《荀子》〈性惡〉)⑤姓，戰國有錄固。動①記載、采取，例記錄。②抄寫，例抄錄。③總領，例並錄尙書事。(《後漢書》〈章帝紀〉)④逮捕，例吏錄一犯夜人來。(《世說新語》〈政事・王安期作東海郡〉)

◆錄供、錄錄、錄續　手錄、記錄、鈔錄、採錄、輯錄。

16【錦】〔锦〕ㄐㄧㄣˇ jǐn 名 ①有彩色、花紋的絲織物，例蜀錦。②姓，漢有錦被。形①稱鮮明美麗的，例錦鯉。②花樣繁多，例什錦。

◆錦上添花、錦心綉口、錦衣玉食、錦囊妙計、錦衣吹笙、錦花綉草、錦瑟華年　文錦、美錦、素錦、衣錦還鄉、繁花似錦。

16【錸】〔铼〕ㄌㄞˊ lái 名 Re，原子序七十五，原子量一八六・二，屬鉑族元素，爲銀白色六角形結晶，具有金屬光澤。

16【鍆】〔钔〕ㄇㄣˊ mén 名 Md，原子序一〇一，原子量二五六，金屬放射性元素之一。爲合成超鈾元素中第九個被發現者，半衰期爲一・五小時，於一九五五年被發現。

16【鍺】〔锗〕ㄓㄜˇ zhě 名 Ge，原子序三二，原子量七二・五九，化學金屬元素之一，舊譯鉑。爲暗灰色粉末，性質介於金屬與非金屬之間，高純度的鍺是半導體。

16【錎】〔锴〕ㄒㄧㄢˋ xiàn 名 連環。動 陷沒，與「陷」同，例錎沒而下。(《莊子》〈外物〉)

16【鎝】〔锫〕ㄆㄡˊ póu 名①「鎝鏂」：釘名。②BK 金屬元素，原子序九十七，由人工獲得之放射性元素，於一九四九年被發現。

16【錷】ㄍㄚˊ gá 名Gd，原子序六十四，原子量一五七・二五，爲稀土金屬，爲發光的銀白色，與銪同雜存於一種礦石中，舊譯作釓、鎘。

16【鍅】ㄈㄚˇ fǎ 名Fr，原子序八十七，最穩定的同位素原子量爲二二三，化學元素之一，爲鹼金屬元素的最後一個，由錒原子經 α 蛻變而成。

九 畫

17【鍍】〔镀〕ㄉㄨˋ dù 動將一種金屬用電解方法，塗在他種金屬的外表，例鍍銅。

◆鍍鎳 電鍍。

17【鎂】〔镁〕ㄇㄟˇ měi 名Mg，原子序十二，原子量二四・三一二，金屬元素之一。質輕色白，燃燒能發出極强的光，其光富於化學作用，鎂的合金，質輕而韌，適於製作航空器具。在自然界不以單體存在，大量成碳酸鹽、矽酸鹽、氯化物分布。

17【錨】〔锚〕ㄇㄠˊ máo 名繫船的鐵製用具。貫以繩或鐵索，投入水中，使船停止前進。

◆錨地、錨索、錨繩、錨纜。

17【鍥】〔锲〕ㄑㄧㄝˋ qiè 名鎌刀，例刈鉤，自關而西，或謂之鎌，或謂之鍥。(《方言》)動①通「契」；刻鏤，例鍥而不舍。②割斷，通「契」，例鍥脛。

◆鍥軸、鍥礕、鍥薄。

17【鍋】〔锅〕ㄍㄨㄛ guō 名烹煮食物的器具。

◆鍋巴(鍋焦)、鍋灶、鍋戶、鍋把兒 煙袋鍋。

17【錘】〔锤〕ㄔㄨㄟˊ chuí 名①古代的重量名，重八銖，例冠錙錘之冠。(《淮南子》〈說山訓〉)②古代的兵器，柄的上端是一個金屬的鐵球，例銅錘。③地名，漢代侯國名，在今山東省文登縣西。動搥擊，例千錘百鍊。

17【鍰】〔锾〕ㄏㄨㄢˊ huán 名①古度量衡單位名，約等於六兩，例其罰百鍰。(《尚書》〈呂刑〉)②通「環」，例宮門銅鍰。(《漢書》〈孝成趙皇后傳〉)③贖罪的金錢，[例]罰鍰。

17【鍇】〔锴〕ㄎㄞˇ kǎi [名]精製的鐵，[例]銅錫鉛鍇。(張衡〈南都賦〉)[形]堅，[例]鍇堅。

17【鍵】〔键〕ㄐㄧㄢˋ jiàn [名]①鼎鉉，用來舉鼎的工具。②門閂。③鑰匙。④西洋樂器鋼琴、風琴的琴面，設有狹長木條一列，按之而發聲者稱鍵，[例]琴鍵。⑤比喻事物的重要關節，[例]關鍵。

◆**鍵戶、鍵閉、鍵盤、鍵鑰、鍵鎔按鍵。**

17【鍔】〔锷〕ㄜˋ è [名]①刀鋒，[例]底厲鋒鍔。(《漢書》〈蕭望之傳〉) ②器物上凸起的線條。[形]「鍔鍔」：很高的樣子。

17【鍚】〔钖〕ㄧㄤˊ yáng [名]①馬額上的金屬飾物，動則有鳴聲，[例]鉤膺鏤鍚。(《詩經》〈大雅・韓奕〉)②盾背的飾物，[例]朱干設鍚。(《禮記》〈郊特性〉)③春秋時地名，在今河南省境內。

17【鍊】〔铼〕ㄌㄧㄢˋ liàn [名]金屬環相連而成的繩狀物，[例]鎖鍊。[動]①通「煉」；冶金，[例]鍊金。②用火燒使物精熟，[例]鍊丹。③比喻寫作時，研究字句使文詞精美，[例]練句。

◆**冶鍊、老鍊、鍛鍊、鐵鍊、百鍊成鋼。**

17【鍠】〔锽〕ㄏㄨㄤˊ huáng [名]兵器，形狀像鉞，[例]儀鍠。[形]鐘聲。

17【鍤】〔锸〕ㄔㄚˊ chá [名]①縫衣服用的長針。②鍫，挖泥土的器具，[例]負籠荷鍤。(《漢書》〈王莽傳上〉)

17【鍾】〔锺〕ㄓㄨㄥ zhōng [名]①酒器，[例]孫公朝聚酒千鍾。(《列子》〈楊朱〉)②量器名，六斛四斗，[例]釜十則鍾。(《左傳》〈昭公三年〉)③通「鐘」；樂器名，[例]鳧氏為鍾。(《禮記》〈考工記〉)④吐蕃稱弟為鍾，[例]夷謂弟鍾。(《新唐書》〈南蠻傳〉)⑤姓，春秋楚有鍾子期。[動]聚，[例]情有所鍾。[形]年老的樣子，[例]老態龍鍾。

◆**鍾愛、鍾鳴、鍾鼎、鍾靈毓秀。**

17【鍪】ㄇㄡˊ móu [名]①釜的一種，鍋邊下翻，今稱為鍋。②古代士兵打仗時所戴的頭盔，即兜鍪。③形狀像頭盔的帽子，[例]古者有鍪而綣領。(《淮南子》〈氾論訓〉)

17【鍬】〔锹〕ㄑㄧㄠ qiāo 图挖掘泥土用的器具。

17【鍭】〔锻〕ㄏㄡˊ hóu 图①矢名，例金鏃翦羽謂之鍭。(《爾雅》〈釋器〉)②箭頭，例四鍭既鈞。(《詩經》〈大雅・行葦〉)

17【鍛】〔锻〕ㄉㄨㄢˋ duàn 图磨刀石，例取厲取鍛。(《詩經》〈大雅・公劉〉)動①將金屬放入火中燒紅，再用鐵錘搥打，例鍛刀。②銲，例鍛接。③磨鍊，例鍛鍊。

◈**鍛工、鍛卡、鍛冶、鍛礪。**

17【鍘】〔铡〕ㄓㄚˊ zhá 图切草的刀，例鍘刀。動切，特別指用鍘刀斷者，例一鍘兩斷。

17【鍶】〔锶〕ㄙ sī 图Sr，原子序三十八，原子量八七・六二，化學金屬元素之一。色銀白，質柔軟如鉛，易氧化，用於製造合金與光電管。

17【鎏】ㄌㄧㄡˊ liú 图①品質極佳的金子。②古時禮帽上的垂玉，今作「流」，又作「旒」。

17【鎡】〔镃〕ㄗ zī 图「鎡基」：古代犁、鋤之類的農具。

17【鎃】〔鎃〕ㄆㄞˋ pài 图Pa，化學元素，原子序九十一，放射元素之一，化學性較鐳為强，於一九二七年被發現。

17【鍼】(針)ㄓㄣ zhēn 图①縫衣用的針，例鐵鍼。②古以砭石為鍼，用來探刺病情，例鍼治。③大陸用作「針」的異體字。④姓，春秋秦有鍼虎。動刺，例以鐵針鍼之。

◈**鍼刀、鍼工、鍼口、鍼艾、鍼眼、鍼縷。**

17【鍩】〔锘〕ㄋㄨㄛˋ nuò 图No，原子序一〇二，金屬放射性元素之一，其最穩定同位素的質量數是二五四。生命期很短。為紀念諾貝爾而命名。

十 畫

18【鎔】ㄖㄨㄥˊ róng 图①鑄造金屬器物的模型，例冶鎔吹炭。(《漢書》〈食貨志〉)②兵器，矛屬。動以火融化金屬物，例金膏未鎔。(徐陵〈天台山館碑〉)

18【鎊】〔镑〕ㄅㄤˋ bàng 图①Pound 英國的貨幣單位，本為一鎊合二十先令，一先令十二便士，後改爲十進制。②埃及、土耳其的本位貨幣。

18【鎢】〔钨〕ㄨˋ wù 名①小鍋子，例鎢錥。②W，原子序七十四，原子量一八三・八五，天然產量極少，主要礦石爲灰重石、鎢錳鐵礦等。光澤如鋼，質地很硬。

18【鎖】〔锁〕ㄙㄨㄛˇ suǒ 名①門鍵，例門鎖。②金屬環相連，例以鐵鎖琅當其頸。(《漢書》〈王莽傳下〉)③英美度量衡名，是chain的音譯，譯作奢因。動①拘繫，例鎖押。②幽閉，例寂寞梧桐深院鎖清秋。(李煜〈相見歡〉)③緊皺眉頭，例愁眉雙鎖。

◆鎖門、鎖骨、鎖匙　封鎖、眉鎖、閉鎖、連鎖、銅鎖。

18【鎳】〔镍〕ㄋㄧㄝˋ niè 名①Ni，原子序二十八，原子量五八・七一，過渡金屬元素之一。爲銀白色有光輝之金屬，質地硬，可磨光，具有延展性，也具有耐蝕性，可製各種合金。

18【鎮】〔镇〕ㄓㄣˋ zhèn 名①縣以下的地方，例鄉鎮。②姓。動①壓服，例鎮壓。②使安靜，例鎮靜。

◆鎮日、鎮安、鎮守、鎮戍、鎮攝。

18【鎗】〔铊〕㈠ㄑㄧㄤ qiāng 名①鐘聲。②古代刺擊的兵器名。③能發射子彈的武器，例鳥鎗。④大陸用作「槍」的異體字。形金石相擊的聲音，例鎗然有聲。(《淮南子》〈說山訓〉) ㈡ㄔㄥ chēng 名三隻腳的鍋子，古時多用來溫酒。

18【鎛】〔镈〕ㄅㄛˊ bó 名①刻有龍紋，用金粉塗飾的懸鐘的橫木。②田器，屬鋤頭一類，例庤乃錢鎛。(《詩經》〈周頌・臣工〉)③古樂器，即大鐘，例鎛鐘。

18【鎞】〔锟〕㈠ㄆㄧ pī 名①犂刀，與「鈚」同。②同「錍」；箭鏃形的刀。㈡ㄅㄧˋ bì 名①釵。②梳髮的用具，通「篦」，例髮短不勝鎞。(杜甫〈水宿遣興奉呈羣公詩〉)

18【鎧】〔铠〕ㄎㄞˇ kǎi 名①古時戰士所穿的護身鐵甲，例鎧甲。②化學元素「鈀」的舊譯。

18【鎬】〔镐〕㈠ㄏㄠˋ hào 名①溫器。②古地名，例鎬京。③姓。㈡ㄍㄠˇ gǎo 名農器，似鋤，便於掘土，俗稱十字鎬，也作「钁」、

「鐝」。

18【鎰】〔镒〕ㄧˋ yì 名古時的重量單位，大約有二十兩或二十四兩，例于宋，饋七十鎰而受。(《孟子》〈公孫丑下〉)

18【鎘】〔镉〕(一)ㄍㄜˊ gé 名 Cd，原子序四十八，原子量一一二・四〇，過渡金屬元素之一。常雜於鋅鑛中而產出，色青白似鋅，可用製合金。　(二)ㄌㄧˋ lì 名同「鬲」；鼎的一種。

18【鎵】〔镓〕ㄐㄧㄚ jiā 名 Ga，原子序三十一，原子量六九・七二，化學金屬元素之一，性質與鋁相似，色青白，質甚堅，富延性，又可代替水銀製造溫度計、鏡子等。舊譯作鉫。

18【鎝】〔鎝〕(一)ㄙㄚˋ sà 名古時用來挖土的工具，例鐵鎝頭廣一尺，功用勝於耜。(《正字通》)　(二)ㄉㄚˊ dá 名 Tc，原子序四十三，原子量九八・九〇六二，人工放射性元素，已知的同位素有二十一種。金屬單體可由硫化物的還原獲得。

18【鎦】〔镏〕(一)ㄌㄧㄡˊ liú 名①Lu，原子序七十一，原子量一七四・九七，屬稀土金屬，色銀白，在空氣中相當穩定。②姓，宋有鎦文謨。(二)ㄌㄧㄡˋ liù 北方方言戒指的別稱，例鎦子。

18【鎚】〔锤〕ㄔㄨㄟˊ chuí 名①鐵鎚，俗稱榔頭，用以擊物。②大陸用作「錘」的異體字。動敲擊，例鎚打。

十一　畫

19【鏜】〔镗〕ㄊㄤ tāng 名樂器，形似小銅盤，以小木板擊之發聲，例小鏜鑼。形鐘鼓的聲音，例擊鼓其鏜。(《詩經》〈邶風・擊鼓〉)

19【鏝】〔镘〕ㄇㄢˋ màn 名①泥水匠塗抹牆壁所用的工具，例鏝刀。②銅錢的背面，例鏝兒(ㄇㄛˋ ㄦ)。

19【鏖】ㄠˊ áo 名溫器、銅盆。動①雙方苦戰，死傷很多，例鏖戰。②喧擾，例市聲鏖午枕。(黃庭堅詩)

◆鏖兵、鏖殺、鏖撲、鏖糟。

19【鏢】〔镖〕ㄅㄧㄠ biāo 名①刀鞘末梢的銅飾。②暗器的一種，長短輕重不一，尖端為三角形，可扔擲出去殺傷人，例飛鏢。③古時委託鏢局保護運送的行旅或財物，例鏢局。

19【鏘】〔锵〕ㄑㄧㄤ qiāng 形玉石相擊的聲音，例然後玉鏘鳴也。(《禮記》〈玉藻〉)

◆鏘金、鏘洋、鏘然、鏘鳳、鏘鳴。

19【鏤】〔镂〕ㄌㄡˋ lòu 名①可以刻鏤的鐵，例厥貢璆、鐵、銀、鏤、砮、磬。(《尚書》〈禹貢〉)②釜的別名。③通「漏」；孔穴，例兩耳參鏤。(《宋書》〈符端志上〉)④姓，漢有鏤方縣。動①雕刻，例器不彫鏤。(《左傳》〈哀公元年〉)②疏通，例鏤靈山。(《漢書》〈司馬相如傳〉)

◆鏤甲、鏤花、鏤章、鏤月裁雲、鏤冰雕朽、鏤金錯采、鏤檻雲楣 雕章鏤句。

19【鏗】〔铿〕ㄎㄥ kēng 動撞，例發鯨魚，鏗華鐘。(《文選》班固〈東都賦〉)形①金屬之聲，例鏗鍠。②琴瑟的聲音，例鏗爾。

◆鏗鏘、鏗鍠、鏗然、鏗鐘、鏗鏘頓挫。

19【鎩】〔铩〕ㄕㄚ shā ㄕㄞˋ shài 名①刀劍之柄下端。②長矛，例長棘勁鎩。(《文選》陸機〈辨亡論〉)③化學元素「釤」的舊譯。動殘破、摧殘，例鳥鎩翮 。(《文選》左思〈蜀都賦〉)

19【鏇】〔旋〕ㄒㄩㄢˋ xuàn 名①圓爐。②溫酒器，例酒鏇。③銅器，形如盆。動①用刀削物。②用酒鏇溫酒，例鏇了一壺酒。③用旋轉的機床把材料裁成圓形或圓柱形等物。

19【鏌】〔镆〕ㄇㄛˋ mò 名「鏌鋣」：古代名劍，出於吳地。

19【鏊】ㄠˊ áo ㄠˋ ào 名從前烙餅用的平底鍋，圓形，三足，高二寸左右，例餅鏊、烙鍋鏊(鏊子、鏊盤)。

19【鏐】〔镠〕ㄌㄧㄡˊ liú 名上等的黃金，例黃金謂之璗，其美者謂之鏐。(《爾雅》〈釋器〉)

19【鏹】〔镪〕ㄑㄧㄤˇ qiǎng 名①同「繈」，古代串錢的繩索，例鏹索。②錢幣，例藏鏹巨萬。(《文選》左思〈蜀都賦〉)③金銀，例白鏹。④酸性反應極强的溶液，例鏹水。

19【鏞】〔镛〕ㄩㄥ yōng ㄩㄥˊ yóng

名樂器；即大鐘，例笙鏞以間。(《尚書》〈益稷〉)

◆**鏞石、鏞鼓**。

19【鏦】〔锹〕ㄘㄨㄥˊ cóng 名矛，例修鍛短鏦。(《淮南子》〈兵略訓〉)動刺，例使人鏦殺吳王。(《史記》〈吳王濞列傳〉)副金屬器物的響聲，例鏦鏦。

19【鏨】〔錾〕ㄗㄢˋ zàn 名小鑿、石鑿，例鏨子。動①鑿。②鐫刻、雕刻金石，例鏨字。

19【鏡】〔镜〕ㄐㄧㄥˋ jìng 名①楷模，例敎騰義鏡。(江淹〈齊籍田迎送神升歌〉)②姓，漢有鏡斂。動①鑑，例鏡戒。②省察，例以鏡萬物之情。(《淮南子》〈齊俗訓〉)

◆**鏡屏、鏡臺、鏡中人、鏡分鸞鳳破鏡重圓**。

19【鏑】〔镝〕ㄉㄧˊ dí 名①箭鏃，矢鋒，例馥焉中鏑。(《文選》潘岳〈射雉賦〉)②Dy，原子序六十六，原子量一六二·五〇，屬第二類稀土金屬，質軟，具有銀色金屬光澤，可割削，產量甚微。

19【鏟】〔铲〕ㄔㄢˇ chǎn 名鐵器，用來割除與削平的器具，例鐵鏟、鍋鏟。動割除、削平，例鏟土、鏟平。

19【鏃】〔镞〕ㄗㄨˊ zú ㄘㄨˋ cù 名箭頭，例秦無亡矢遺鏃之貴。(賈誼〈過秦論〉)形輕而鋒利，例所爲貴鏃矢者。(《呂氏春秋》〈貴矢〉)

◆**鏃矢、鏃新、鏃鑣、鏃礪括羽**。

19【鏈】〔链〕ㄌㄧㄢˋ liàn 名金屬環相連而成的繩狀物，可用來繫東西，例鏈子。

◆**鎖鏈、鐵鏈**。

十二 畫

20【鐘】〔钟〕ㄓㄨㄥ zhōng 名①樂器名，黃帝工人垂所造，銅製中空，敲擊可發聲，經傳中多用作「鍾」，例鍾，樂鐘也。(《說文》)②計時器名，例時鐘。③姓。

◆**鐘樓、鐘漏、鐘擺、鐘鼓之聲、鐘鳴漏盡、鐘鼎之家　掛鐘**。

20【鐃】〔铙〕ㄋㄠˊ náo 名①古軍樂器，似鈴而無舌，其下有柄，執而鳴之以止息擊鼓，例以金鐃止鼓。(《周禮》〈地官·鼓人〉)②銅製合擊的樂器，例鐃鈸。動撓，擾，例萬物無足以鐃心者。(《莊子》〈天

道〉）

20【鏽】〔锈〕ㄒㄧㄡˋ xiù 名①同「銹」；金屬露置空氣中，其表面所生的氧化物。②大陸用作「銹」的異體字。

20【鏷】〔镤〕ㄆㄨˊ pú 名①Pa，原子序九一，原子量二三一・○三五九，錒系金屬的一元素，具有明亮的金屬光澤，在空氣中可長時期保存，天然在鈾礦物的瀝青鈾礦中存在。②尚未鍛鍊的銅鐵，例鏷越鍛成。（《文選》張協〈七命〉）

20【鐍】〔镢〕ㄐㄩㄝˊ jué 名①一端似舌彎曲、垂出於外的環，例施玉環鐍。（《後漢書》〈輿服志〉）②紐，箱篋前上鎖的地方，例固扃鐍。（《莊子》〈胠篋〉）

20【鐏】〔镈〕ㄗㄨㄣ zūn 名①戈柄下端圓錐形的銅器，例進戈者前其鐏。（《禮記》〈曲禮上〉）②酒器，通「尊」，例鐏酒。

20【鐐】〔镣〕ㄌㄧㄠˊ liáo ㄌㄧㄠˋ liào 名①純美的白銀，同「鏐」，例白金謂之銀，其美者謂之鐐。（《爾雅》〈釋器〉）②繫足的刑具，例手銬腳鐐。

◆鐐子、鐐銬、鐐質、鐐鐎。

20【鐓】〔镦〕㈠ㄉㄨㄟ duī 名千斤椎，例鐵鐓。㈡ㄉㄨㄟˋ duì 名戈矛柄末端的銅蹲，例進矛戟者前其鐓。（《禮記》〈曲禮上〉）
㈢ㄉㄨㄣ dūn 名度量衡名，法制噸簡稱爲鐓，萬國公制稱之爲公噸。

20【鐔】〔镡〕ㄊㄢˊ tán 名①劍鼻，在劍柄下端，前承劍身，後接把手，居中横出，外凸似鼻，例劍珥謂之鐔。（《廣雅》〈釋器〉）②兵器的一種，似劍而小，例鑄作刀劍鉤鐔。（《漢書》〈韓延壽傳〉）③姓，後漢有鐔顯。

20【鐋】〔铴〕ㄊㄤˋ tàng 名①治平木石的器具。②樂器，清代鐃歌樂中有此樂器，凱歌中多用，例鐋鑼。

20【鐎】〔鐎〕ㄐㄧㄠ jiāo 名「鐎斗」：古時一種有柄、調飲食的器皿，後來軍中在夜間敲打它來做信號，又名「刁斗」。此器流行於漢及魏晉時代。

20【鐠】〔镨〕ㄆㄨˇ pǔ 名Pr，化學元素，原子序五十九，原子量一四〇・九〇七，爲稀土金屬，與釹同雜存於礦物中，產量甚少，銀白色，質地柔軟，在空氣中容易氧化。

20【鐙】〔镫〕㊀ㄉㄥˋ dèng 名掛在馬鞍兩旁，上下馬時所用之物，例馬鐙。 ㊁ㄉㄥ dēng 名①古代盛飲食的器具，例實于鐙。(《儀禮》〈公食大夫禮〉)②同「燈」，例華鐙錯些。(《楚辭》宋玉〈招魂〉)

20【鐨】〔镄〕ㄈㄟˋ fèi 名 Fm，化學元素，原子序一〇〇，其最穩定的同位素質量數爲二五七，爲合成超鈾元素中第八個被發現者，半衰期爲二十三小時，是一種人工合成的放射性元素。

20【鐒】〔铹〕ㄌㄠˊ láo 名 Lr，原子序一〇三，最穩定的同位素質量數爲二五六，爲超鈾元素，是一種人工合成放射性元素，於一九六一年發現，半衰期爲八秒鐘。

20【鐗】〔锏〕ㄐㄧㄢˋ jiàn 名①車軸鐵。②通「簡」；古兵器，鞭類，無刃，有四稜。③鐗，也作「鐧」，例鞭鐗撾錘。(《儒林外史》)

20【鐦】〔锎〕ㄎㄞ kāi 名 Cf，鹼性的罕有金屬元素，原子序九十八，是由人工獲得的放射性元素，於一九五〇年被發現。

十三 畫

21【鐮】〔镰〕ㄌㄧㄢˊ lián 名收割及刈草的用具，形如曲鉤，同「鎌」，例鐮刀。

21【鐳】〔镭〕ㄌㄟˊ léi 名① Ra，原子序八十八，原子量二二六，屬鹼性土類金屬中的放射元素，一八九八年由居禮夫婦從瀝青鈾礦中發現。色銀白而有光澤，質柔輭，在學術及醫療上均極重要。②瓶與壺之屬，例賓壺鐳瓶甒以偵之。(《文選》潘岳〈馬汧督誄〉)

21【鐵】〔铁〕ㄊㄧㄝˇ tiě 名①Fe，原子序二十六，原子量五五・八四七，金屬元素之一。色灰白有金屬光澤，在地殼中含量甚高，富磁性，易導電傳熱，質堅而韌，用途極廣。②泛指刀兵，例手無寸鐵。③古地名，春秋時衛地，故地在今河北省濮陽縣之北。④姓，隋有鐵士雄。形①喻色黑，例鐵色。②喻堅定，例鐵誓。③堅固，例銅牆鐵壁。

◆鐵甲、鐵漢、鐵證、鐵石心腸、鐵面無私、鐵畫銀鉤、鐵硯磨穿、鐵樹開花 生鐵、冶鐵、砂鐵、鋼鐵、手無寸鐵。

21【鐺】〔铛〕㈠ㄉㄤ dāng 名刑具，即鎖條，例銀鐺。 ㈡ㄔㄥ chēng 名①古時一種有三隻腳的溫酒器，例茶鐺，酒鐺。②平底淺鍋，用來烙餅或炒菜，例母好食鐺底焦飯。(《世說新語》〈德行〉)

21【鐸】〔铎〕ㄉㄨㄛˊ duó 名①古時宣布教令用的一種大鈴，盛行於春秋至漢代，金口金舌者稱金鐸，金口木舌者稱木鐸，例遒人以木鐸徇于路。(《尚書》〈胤征〉)②風鈴、鈴，例牛鐸。③姓，春秋楚有鐸椒。

21【鐲】〔镯〕ㄓㄨㄛˊ zhuó 名①鉦，古代軍中樂器，形如小鐘，例以金鐲擊鼓。(《周禮》〈地官・鼓人〉)②戴在手腕上的環形裝飾品，例玉鐲。

◆手鐲、鐲子、鐲鐃。

21【鐫】〔镌〕ㄐㄩㄢ juān 名雕鑿用的鑿子。動①鑿、刻，例鐫琢。②降級或免官，例鐫級。

◆鐫切、鐫金、鐫刻、鐫題、鐫職、鐫罰、鐫鏤。

21【鐶】〔镮〕ㄏㄨㄢˊ huán 名圓形有孔可貫串東西的物品，古同「環」，例金環，玉環。

21【鐿】〔镱〕ㄧˋ yì 名Yb，原子序七〇，原子量一七三・〇四，屬稀土類元素，鑭系金屬，具銀色光澤，及良好的延展性，遇酸易溶，用途不廣，在空氣中非常穩定，可以做特種合金。

21【鑞】〔镴〕㈠ㄌㄚˋ là 名同「鑞」；把鉛和錫混合製成，可以銲金屬或製造器具，例白鑞。 ㈡ㄍㄜˊ gé 名化學元素鉌的舊譯。

21【鑀】〔锿〕ㄞˋ ài 名Es，原子序九十九，其最穩定同位素的原子數是二五四，爲合成超鈾元素中第七個被發現者，於一九五二年氫彈爆炸後在岩屑中被發現，半衰期爲二十天。

21【鐻】〔锯〕ㄐㄩˋ jù 名①鐘或磬的架子上的立柱，與「虡」同，例銷以爲鍾鐻。(《史記》〈秦始皇帝紀〉)②古時一種似鐘的樂器，例銷鋒鑄鐻。(《史記》〈太史公自序〉)

十四 畫

22【鑄】〔铸〕ㄓㄨˋ zhù 名①古國名，在今山東省肥城縣鑄鄉。②姓。動①熔冶金屬製造器物，例鑄錢。②教化栽成，例鑄顏，鑄人。

◆鑄工、鑄冶、鑄兵、鑄金、鑄模、鑄山煮海、鑄鼎象翁。

22【鑑】〔鉴〕ㄐㄧㄢˋ jiàn 名①大盆，例春始治鑑。(《周禮》〈天官・凌人〉)②鏡子，例我心匪鑑。(《詩經》〈邶風・柏舟〉)③可作爲警戒的事，例追憑皇鑑。(《宋書》〈樂志〉)④姓。動①照，例光可以鑑。(《左傳》〈昭公二十八年〉)②視察，例上帝懷而降鑑。(《後漢書》〈班固傳〉)③誡，例誡鑑。大陸用作「鑒」的異體字。

◆鑑定、鑑別、鑑賞、鑑往知來　史鑑、明鑑、通鑑、前車之鑑。

22【鑒】〔鉴〕ㄐㄧㄢˋ jiàn 同「鑑」。

22【鑊】〔镬〕ㄏㄨㄛˋ huò 名①古代煮食物的大鍋，例掌其鼎鑊。(《周禮》〈天官・亨人〉)②古代烹人的一種刑具，例鑊亨之刑。(《漢書》〈刑法志〉)

22【鑌】〔镔〕ㄅㄧㄣ bīn 名精煉的鐵，例三尺鑌刀耀雪光。(〈長生殿・合圍〉)

22【鑐】〔鑐〕(一) ㄒㄩ xū 名同「鑐」；鎖簧。　(二) ㄖㄨˊ rú 名①熔化成液體的金鐵，通作「濡」。②短衣，通「襦」，例被簑以當鎧鑐。(《管子》〈禁藏〉)

十五 畫

23【鑣】〔镳〕ㄅㄧㄠ biāo 名①馬口中所含的鐵環，例揚鑣飛沫。(《文選》傅毅〈舞賦〉)②通「鏢」；暗器，例飛鑣。

◆鑣車、鑣轡　玉鑣、金鑣、連鑣、分道揚鑣。

23【鑠】〔铄〕ㄕㄨㄛˋ shuò 動①銷金，例衆口鑠金。(《國語》〈周語〉)②消、毀，例卿累負謗鑠何邪？(《唐書》〈魏元忠傳〉)③鍛鍊，與「爍」同，例鑠金磐石。(《文選》馬融〈長笛賦〉)形美麗，光明，例於鑠王師。(《詩經》〈周頌・酌〉)

◆鑠石流金　閃鑠、燒鑠、鍛鑠、矍鑠。

23【鑢】〔𬬻〕ㄌㄩˋ lǜ 名①磋治骨角銅鐵的器具，例磋以鑢鍚。(《禮記》〈大學〉)②姓，春秋楚大夫有鑢金。動①磨治，例玉之缺，尚可磨鑢而平。(《詩經》〈大雅・抑・箋〉)②自己修養省察，例躬自鑢。(〈太玄・大〉)

23【鑞】〔镴〕ㄌㄚˋ là 名錫與鉛的合金，用來銲接金屬，與「鑴」同，例白鑞。

23【鑕】〔锧〕ㄓˋ zhì 名古刑具，腰斬時墊在刑囚身下承斧的鐵砧具，例君不忍加之以鈇鑕。(《公羊傳》〈昭公二十五年〉)

23【鑛】〔钅广〕ㄎㄨㄤˋ kuàng 名同礦，地底下埋藏的金、銀、煤、鐵等材料。

23【鑀】〔钅尤〕ㄧㄡ yōu 名化學元素鈾的舊譯。

23【鑥】〔镥〕ㄌㄨˇ lǔ 名Lu，金屬元素之一；亦稱鎦，原子序七十一，原子量一七四・九七。具有金屬光澤，柔軟具延展性，和水反應很慢，一般為低毒性。

十六 畫

24【鑪】ㄌㄨˊ lú 名①通「爐」；火爐。②酒肆，例令文君當鑪。(《史記》〈司馬相如傳〉)

◆鑪火、鑪捶、鑪橐。

24【鑫】ㄒㄧㄣ xīn 形興盛、多財的意思，常用於商店名或人名。

十七 畫

25【鑲】〔镶〕ㄒㄧㄤ xiāng 名①鑄模中的瓤子。②古代的兵器名，例鉤鑲。③清代滿人兵制統屬，分正黃、正白、正紅、正藍、鑲黃、鑲白、鑲紅、鑲藍等八旗，鑲是指旗的正色之外鑲上其他顏色的邊。動把某物嵌在別種東西中間或上面，例鑲牙、鑲金。

25【鑰】〔钥〕ㄩㄝˋ yuè ㄧㄠˋ yào 名①門的鎖，例門鑰。②開鎖的工具，例鑰匙。③比喻事物的重要關鍵或指邊防要地，例扣二儀之鐍鑰。(李嶠〈攀龍臺碑〉)

◆鑰匣、鑰牡、鑰鉤、鑰鍉、鑰同魚樣。

25【鑭】〔镧〕ㄌㄢˊ lán 名 La，稀土金屬，原子序五十七，原子量一三八·九一。色澤如鐵，具有展延性，在空氣中極易氧化，與鉛混合，可成合金。

25【鑱】〔镵〕ㄔㄢˊ chán 名 用以掘土的器具，鐵製，柄長三尺餘，後偃而曲，上有橫木。形銳利。

十八　畫

26【鑴】〔镌〕ㄒㄧ xī 名①大盆。②環繞在太陽周圍的光氣。③鼎一類的器具。

26【鑷】〔镊〕ㄋㄧㄝˋ niè 名①拔除毛髮或夾取細物的鉗子，例鑷子。②首飾，髮夾之屬，例寶鑷間珠花。(江洪〈詠歌姬〉)動用鑷拔去毛髮，例鑷白坐相看。(李白詩)

26【鑵】〔鑵〕ㄍㄨㄢˋ guàn 名①汲水的器具，例汲水鑵。②同「罐」；金屬製成的罐頭。大陸用作「罐」的異體字。

26【鑹】〔镩〕㈠ㄘㄨㄢˋ cuàn 名古代的兵器，即短矛。　㈡ㄘㄨㄢ cuān 名「冰鑹」：鑿冰用的工具。

十九　畫

27【鑽】〔钻〕㈠ㄗㄨㄢ zuān 動①刺，例鑽燧改火。(《論語》〈陽貨〉)②窮研學理，例鑽研。③攀附顯貴以求進身，例鑽營。④同「攢」；聚，例列刃鑽喉。(班固〈西都賦〉)　㈡ㄗㄨㄢˇ zuǎn 動穿孔，例堅不可鑽。(陸雲〈贈尚書詩〉)　㈢ㄗㄨㄢˋ zuàn 名①穿孔的器具，例利汝椎與鑽。(蘇軾詩)

◆**鑽木、鑽孔、鑽石、鑽灼、鑽研、鑽厲、鑽天入地、鑽天打洞、鑽木取火、鑽牛犄角、鑽皮出羽、鑽頭覓縫、鑽堅研微。**

27【鑾】〔銮〕ㄌㄨㄢˊ luán 名①馬頸所繫的鈴，例鑾鈴。②天子的駕車，例隨鑾撼玉珂。(李賀〈馬詩〉)

◆**鑾儀、鑾輿、鑾駕、鑾音、鑾旗　迎鑾。**

27【鑼】〔锣〕ㄌㄨㄛˊ luó 名樂器，以銅鑄成平圓如盤狀，邊穿小孔，以繩繫之，用槌擊打發聲，例鳴鑼擊鼓。(《元史》〈刑法志〉)

◆**鑼鼓、鑼鍋　緊鑼密鼓。**

二十 畫

28【鑿】〔凿〕ㄗㄨㄛˋ zuò 語音ㄗㄠˊ záo 名①穿木頭的器具。②古代酷刑之一，黥刑，例其次用鑽鑿。(《漢書》〈刑法志〉)動①穿孔挖掘，例鑿穴。②斷章取義，牽强附會，例穿鑿附會。③舂米使其精白，例粢食不鑿。(《左傳》〈桓公二年〉)形確實，例確鑿不移。

◆開鑿、疏鑿、鑿壁引光、鑿飲耕食、穿鑿附會、方枘圓鑿。

28【钁】〔䦆〕ㄐㄩㄝˊ jué 名①掘地用的農具，如大鋤之類，形狀像鎬，例钁鉏。②斫，例剡揣萊，奮儋钁。(《淮南子》〈兵略訓〉)

28【钂】〔镋〕ㄊㄤˇ tǎng 名半月形有柄的兵器，兼具矛和盾兩種作用，古時候稱爲钂鈀，例流金钂。

長部

09【長】〔长〕㈠ㄔㄤˊ cháng 名①數學上長度的略稱，意指兩端的距離，其單位在CGS制中爲公分(cm)，在MKS制中爲公尺(m)。②優點、特點，專精的技能，例各有所長、專長。③姓，春秋楚有長沮。動專精，例長於辯論。形①形容空間距離大，與短相反，例乘長風破萬里浪。②時間的久遠，例長壽、長春。③優良的、美好的，例長才。副①慢慢地、仔細地，例從長計議。②時常、經常，例長發其祥。(《詩經》〈商頌·長發〉) ㈡ㄓㄤˇ zhǎng 名①年高德劭或輩分高的人，例尊長、師長。②主管、領導人，例首長、院長。③成人，例隱長而卑。(《公羊傳》〈隱公元年〉)動①養育，例長我育我。(《詩經》〈小雅·蓼莪〉)②發育、滋長，例苟得其養，無物不長。(《孟子》〈告子上〉)③進展，例日有所長。④增加、擴大，例壤長地進。(《漢書》〈嚴安傳〉)⑤生成，例她長得很美。形①年齡較大，例我比她長五歲。②排行老大的，例長兄、長子。③老，例齊侯長矣。(《國語》〈晉語〉) ㈢ㄓㄤˋ zhàng 形多餘的，例家無長物。

◆長途、長吁短歎、長風破浪、長袖善舞、長頸烏喙　久長、生長、助長、說長道短、意味深長、淵遠流長。

門 部

08【門】〔门〕ㄇㄣˊ mén 名①建築物的出入口，例門戶。②物的孔竅，例開其門。(管子〈心術上〉)③關鍵，例道義之門。(《易經》〈繫辭上〉)④家庭、家族，例一門孝子。⑤宗派，例孔門。⑥類，例分門別類。⑦數量名，例一門砲。⑧姓，明有門克新。動①守門，例無人門焉者。(《公羊傳》〈宣公六年〉)②攻門，例諸侯之士門焉。(《左傳》〈襄公十年〉)

◆**門風、門第、門禁、門楣(門橫)、門當戶對、門戶人家、門不停賓、門到戶說、門生天子　朱門、專門、名門。**

一　畫

09【閂】〔闩〕ㄕㄨㄢ shuān 名關門用的橫木，例門閂。動插上門閂，把門關緊，例閂了大門。

二　畫

10【閃】〔闪〕ㄕㄢˇ shǎn 名①一瞥即逝的光，例閃電。②姓，明代有閃靄。動①窺視，例閃，闚頭門中也。(《說文》)②轉側避讓，例閃身而過。③拋撇，例閃得你無依靠。(《元曲》〈伍員吹簫〉)④動作太猛，扭了筋，例閃了腰。

三　畫

11【閉】〔闭〕ㄅㄧˋ bì 動①闔門，例門已閉矣。(《左傳》〈哀公十五年〉)②停止、終結，例閉市。③塞，例閉而不通。(《國語》〈晉語〉)④斷絕，例予不敢閉於天降威用。(《尚書》〈大誥〉)⑤禁止，例君自閉箝天下之口而日益愚。(《漢書》〈爰盎傳〉)

◆**閉口、閉氣、閉絕、閉塞、閉幕、閉門羹、閉目塞聽、閉關鎖國　幽閉、密閉、開閉、關閉。**

11【閈】〔闬〕ㄏㄢˋ hàn 名①里門，例高其閈閎。(《左傳》〈襄公三十一年〉)②垣，圍牆，例閈庭詭異。(《文選》張衡〈西京賦〉)

◆**閈庭、閈閎。**

四　畫

12【閔】〔闵〕ㄇㄧㄣˇ mǐn 名①喪宅門前的弔喪者。②憂，例少遭閔凶。(《左傳》〈宣公十二年〉)②姓，春秋

魯有閔損。動①傷念，例婦人能閔其君子。(《詩經》〈周南・汝墳序〉)②同「愍」、「憫」；憐恤，例閔予小子，遭家不造。(《詩經》〈周頌・閔予小子〉)形强悍，例殺越人于貨，閔不畏死。(《孟子》〈萬章下〉)

12【閏】〔闰〕ㄖㄨㄣˋ rùn 名①曆法上稱每閱數年所積餘的時日。②偏、僭，例閏位。

12【開】〔开〕ㄎㄞ kāi 名①黃金的純度單位（carat），例二十四開金。②整張報紙的分割，例十六開。③姓，漢有開章。動①啟，發動，例開門。②教導，例開導。③通，例夫樂以開山川之風。(《國語》〈晋語〉)④舒放，例開顏。⑤解脫，例開釋無辜。(《尚書》〈多方〉)⑥發掘，例開墾。⑦除去、免除，例開除學籍。⑧分離，例分開。⑨拓殖，例開闢。⑩起始，例開始。⑪建造，設立，例開國。⑫支付費用，例開銷。⑬割破，例開膛剖腹。⑭舉行，例開會。⑮發射，例開槍。⑯揭曉，例開獎。形①舒放，例花開。②豁達，例看開一點。

◆開支、開拔、開拓、開朗、開恩、開脫、開創、開導、開闊、開懷、開釋、開卷有益、開門揖盜、開源節流、開誠布公、開天闢地、開門見山、開宗明義、開雲見日 公開、展開、離開、笑逐顏開。

12【閑】〔闲〕(閒) ㄒㄧㄢˊ xián 名①柵欄，例舍則守王閑。(《周禮》〈夏官・虎賁氏〉)②馬廄，例天子十有二閑。(《周禮》〈夏官・校人〉)③道德法律的規範，例大德不踰閑。(《論語》〈子張〉)動①防禦，例閑邪存其誠。(《易經》〈乾卦・文言〉)②同「嫻」；熟習，例閑先聖之道。(《孟子》〈滕文公下〉)形①同「閒」；暇、靜，例閑靜。②雅麗，例美女妖且閑。(曹植〈美女篇〉)

◆閑居、閑暇 安閑、防閑、等閑之輩。

12【間】〔间〕(一)ㄐㄧㄢ jiān 名①當中，例中間。②計算房屋的單位，例草屋八九間。③處所，例田間。

(二)ㄐㄧㄢˋ jiàn 名空隙，本作閒，例間隙。動①隔開，例間斷。②挑撥使人不相合，例離間。③更迭，例寒熱間作。副偶然，例間或。

◆反間、居間、空間、時間。

12【閒】〔闲〕(一)ㄒㄧㄢˊ xián 名大陸

用作閑的異體字。②安靜空暇的時候，例忙中偷閒。形①安靜，例安閒自在。②空閒的，例閒人。副隨意地，例閒聊。 (二) ㄐㄧㄢ jiān 名同「間」；①隙，例間隙。②中間，例攝乎大國之閒。(《莊子》〈人間世〉) (三) ㄐㄧㄢˋ jiàn 名迭代，例笙鏞以閒。(《尚書》〈益稷〉) 動①離，例且夫閒父之愛。(《國語》〈晉語一〉)②隔，例閒歲而祫。(《漢書》〈韋成玄傳〉)

◆**閒人、閒日、閒安、閒言、閒居、閒雅、閒暇、閒歇、閒話(閒白兒)、閒適、閒不容息、閒話家常、閒雜人等。**

12【閌】〔闶〕ㄎㄤˋ kàng 名高門，例閌閬。形高、盛的樣子，例閌閬閬其寥廓兮。(《文選》揚雄〈甘泉賦〉)

12【閎】〔闳〕ㄏㄨㄥˊ hóng 名①巷門，例衖門謂之閎。(《爾雅》〈釋宮〉)②姓，漢有閎孺。形①大，例閎論。②中寬，例其器圜以閎。(《禮記》〈月令〉)

五 畫

13【閘】〔闸〕(牐) ㄓㄚˊ zhá 名①裝置在河裡阻水流通的門，例水閘。②稱一切可以啟閉的機件，例閘盒。

◆**閘墩、閘頭、船閘。**

13【閟】〔閟〕ㄅㄧˋ bì 動①閉門，例閟而以夫人言許之。(《左傳》〈莊公三十二年〉)②藏，例珍閟、閟匿。形①慎，例天閟毖我成功所。(《尚書》〈大誥〉)②幽深的，例閟宮。③盡，例今命以時卒閟其事也。(《左傳》〈閔公二年〉)

六 畫

14【閡】〔阂〕ㄏㄜˊ hé 名同「陔」； 層、級，例專精厲意逝九閡。(《漢書》〈禮樂志〉)動①門由外關閉。②阻隔，例隔閡。③藏塞，例該藏萬物而雜陽閡種。(《漢書》〈律歷志上〉)

14【閨】〔闺〕ㄍㄨㄟ guēi 名①宮中的小門，例念靈閨兮隩重深。(《楚辭》王逸〈九思・逢尤〉)②女子的居室，例閨房肅雍，險謁不行。(《後漢書》〈皇后紀〉)形①婦女的，例閨情。②小的，例閨竇。

◆**閨女、閨秀、閨門、閨怨、閨情、閨閣。**

14【閩】〔闽〕ㄇㄧㄣˊ mín ㄇㄧㄣˇ mǐn

名①種族名，居今福建省及浙東一帶，例七閩入蠻。(《周禮》〈夏官·職方氏〉)②國名，五代時十國之一，王審知所建，據有今福建地方，後降南唐，凡三世七主，共五十五年(892～946)。③福建省的簡稱，因秦代時設閩中郡而得名。

14【閣】〔阁〕(一)ㄍㄜˊ gé 名①戶限，例所以止扉謂之閣。(《爾雅》〈釋宮〉)②傳統樓房的一種，四周設有欄杆迴廊，例高臺層榭，接屋連閣。(《淮南子》〈主術訓〉)③儲藏書籍的地方，例石渠閣。④複道，以木支架空中為道路，例閣道。⑤官署之稱，例內閣。⑥姓，漢有閣并儒。動停輟，俗作「擱」，例閣手。(二)ㄍㄜ gē 動同「擱」；放置，例閣筆。(三)ㄍㄠˇ gǎo 名在寺觀中供祭祀神祇的小樓。

◆出閣、組閣、書閣、閨閣、束之高閣。

14【閥】〔阀〕ㄈㄚˊ fá 名①門第，例世閥。②指在某方面有特殊勢力或影響力的團體或個人，例軍閥。③機械的活門，例閘閥。

14【閤】〔阖〕(一)ㄏㄜˊ hé 名①大陸用作「閣」的異體字，也用作「合」的繁體字。②大門旁的小門，例開東閤。(《漢書》〈公孫弘傳〉)形同「闔」；全部、滿，例閤第。(二)ㄍㄜˊ gé 名①門檻，與「閣」同。②同「閣」；樓房，例閤殿。

七　畫

15【閭】〔闾〕ㄌㄩˊ lǘ 名①里門，例相與倚閭而語。(《公羊傳》〈成公二年〉)②街道，例剽刦坊閭。(《新唐書》〈薛元賞傳〉)③獸名，例縣雍之山，其獸多閭。(《山海經》〈北山經〉)④水聚集的地方，例泄之以尾閭。(《文選》嵇康〈養生論〉)⑤姓，戰國齊有閭丘卬。

◆田閭、州閭、尾閭、窮閭。

15【閱】〔阅〕ㄩㄝˋ yuè 名①賣價，例良賈不為，折閱不市。(《荀子》〈修身〉)②長而直達於檐的椽，例桷直而遂謂之閱。(《爾雅》〈釋宮〉)動①數、計算，例商人閱其禍敗之釁，必始於火。(《左傳》〈襄公九年〉)②省視、觀覽，例常以秋，歲末之時閱其民。(《管子》〈度也〉)③經歷，例閱天下之義理多矣。(《漢書》〈文帝紀〉)④容，例我躬不閱，遑恤我後。(《詩經》〈邶風·谷風〉)⑤總、聚，例此皆生一父母而閱一和也。

(《淮南子》〈俶眞訓〉)

◆閱兵、閱卷、閱視、閱歷　批閱、核閱、檢閱、閥閱。

15【閫】〔阃〕ㄎㄨㄣˇ kǔn 名①門檻，例閫閾。②婦女所居的內室，例閨閫。③稱婦女，例閫範。④指軍事，例專閫。⑤姓，明有閫立道。

15【閬】〔阆〕ㄌㄤˇ lǎng ㄌㄤˋ làng 名①地名，例今四川省閬中縣。②江名，即閬江。③姓。形①門高的樣子。②空曠的樣子。(《文選》揚雄〈甘泉賦〉)③寬明的樣子。

八　畫

16【閻】〔阎〕ㄧㄢˊ yán 名①里中的門，例隱於窮閻漏屋。(《荀子》〈儒效〉)②姓，淸有閻若璩。

16【閶】〔阊〕ㄔㄤ chāng 名「閶闔」：⑴指皇宮的正門。⑵稱天門。形鼓聲，本作「鼞」，又通「閭」。

16【閹】〔阉〕ㄧㄢ yān 名①古代稱宦官，例閹寺。②陽氣獨盛，例(春)行夏政，閹。(《管子》〈幼官〉)動割去雄性動物的生殖器官，例閹雞。

16【閼】〔阏〕㈠ㄜˋ è 名用來阻水的工具，例起水門提閼凡數十處。(《漢書》〈循吏傳〉)動遮止、塞，例閼絕，閼塞。　㈡ㄧㄢ yān 名「閼氏」：漢時匈奴族對君長嫡妻的稱呼。　㈢ㄩˋ yù 形「閼與」：古地名，戰國韓邑，在今山西省和順縣西北。

16【閽】〔阍〕ㄏㄨㄣ hūn 名①守門的人，例吳人伐楚，獲俘馬，以爲閽。(《左傳》〈襄公二十九年〉)②宮門，泛指門，例叩閽。③被刖足的犯人，例閽者守中門之禁。(《後漢》〈宦者傳〉)

◆閽犬、閽寺、閽吏、閽侍、閽者。

16【閾】〔阈〕ㄩˋ yù 名門檻，例不履閾。(《禮記》〈玉藻〉)動限隔，例宜其咽喉九州，閫閾中夏。(賈至〈虎牢關銘序〉)

16【闍】〔阇〕㈠ㄉㄨ dū 名城門加築之。　㈡ㄕㄜˊ shé 名「闍梨」：梵語阿闍梨的略稱，高僧可爲衆僧軌範者，泛指僧人。

九　畫

17【闊】〔阔〕(濶) ㄎㄨㄛˋ kuò

名①寬，例大小有差，闊狹有長。(《史記》〈天官書〉)②寬度，例這板子闊四尺，長二丈。③奢侈榮顯，例闊綽。動寬緩，例闊其租稅。(《漢書》〈王莽傳下〉)形①疏、遠，例于嗟闊兮。(《詩經》〈邶風・擊鼓〉)②廣，例迥闊泳沫。(《史記》〈司馬相如傳〉)③不細密，例疏闊。

◆闊別、闊氣、闊綽　迂闊、開闊、廣闊、遼闊、海闊天空。

17【闋】〔阕〕ㄑㄩㄝˋ què

名①曲終，例有司告以樂闋。(《禮記》〈文王世子〉)②詞、曲、歌，一首稱一闋，例投足以歌八闋。(《呂氏春秋》〈古樂〉)動①止、息，例俾民心闋。(《詩經》〈小雅・節南山〉)②事物完盡，例繁肴既闋。(《文選》張協〈七命〉)

17【闌】〔阑〕ㄌㄢˊ lán 名

①門遮，俗稱作「櫳檻」。②同「欄」；欄杆，例沈香亭北倚闌干。(李白〈清平調〉)動阻隔、遮止，例有河山以闌之。(《戰國策》〈魏策〉)形①晚、盡，例述職期闌署。(《文選》謝靈運〈永初三年七月十六日之郡初發都詩〉)②衰落，例門柳葉已大，春花今復闌。(岑參〈虢州酬辛侍御見贈詩〉)副妄行出入，例闌入、闌出。

◆闌夕、闌牢、闌珊、闌檻、闌殫。

17【闆】〔板〕ㄅㄢˇ bǎn 名店主。

17【闈】〔闱〕ㄨㄟˊ wéi 名

①宮中的旁門，例使其屬守王闈。(《周禮》〈地官・保氏〉)②內室，父母所住的房間，例眷戀庭闈。(《文選》束晰〈補亡詩〉)③宮內后妃所住的地方，例宮闈。

17【闇】〔闇〕(一)ㄢˋ àn 名

①大陸用作「暗」的異體字。②冥、隱晦，例孝子不服闇。(《禮記》〈曲禮上〉)③昏時、夜，例使民闇行。(《呂氏春秋》〈具備〉)④日月蝕，例五曰闇。(《周禮》〈春官・眡祲〉)動閉門。形①昏冥不明，例日闇月散。(《後漢書》〈黃瓊傳〉)②陰暗，例陰闇連日(《後漢書》〈郎顗傳〉)　(二)ㄢ ān 名守喪的屋子，例乃或諒闇。(《尚書》〈無逸〉)

◆昏闇、微闇、諒闇、愚闇、懦闇。

17【闃】〔阒〕ㄑㄩˋ qù 形寂靜無人，例闃其无人。(《易經》〈豐卦〉)

十 畫

18【闔】〔阖〕ㄏㄜˊ hé 名①門扉。②姓。動閉，例闔月則闔門左扉。（《禮記》〈玉藻〉）形同「合」；全部，例今或至闔郡而不薦一人。（《漢書》〈武帝紀〉）副同「盍」；何不，例夫子闔行邪？（《莊子》〈天地〉）

◆**闔口、闔戶、闔邑、闔堂、闔廬。**

18【闖】〔闯〕㈠ㄔㄣˋ chèn 形①出頭的樣子，例開之則闖然公子陽生也。（《公羊傳》〈哀公六年〉）②奔馳的樣子。 ㈡ㄔㄨㄤˋ chuàng 動①撞，例闖倒。②惹、擾，例闖禍。 ㈢ㄔㄨㄤˇ chuǎng 動①任意走進不受拘束，例亂闖。②猛衝，例橫衝直闖。③碰到、遇見，例闖見。

◆**闖門、闖席、闖座、闖將。**

18【闐】〔阗〕ㄊㄧㄢˊ tián 形盛滿、充滿的樣子，例賓客闐門。（《史記》〈汲鄭列傳〉）

18【闒】〔阘〕ㄊㄚˋ tà 名①樓上的門，今作「闥」。②鼓聲，例鏜闒。③「闒茸」：⑴卑下，微賤。⑵駑頓。

18【闓】〔闿〕ㄎㄞˇ kǎi 動開、啟，例與漢闓大關。（《漢書》〈匈奴傳〉）形同「凱」、「愷」；和樂，例昆蟲闓懌。（《漢書》〈司馬相如傳下〉）

18【闕】〔阙〕㈠ㄑㄩㄝˋ què 名①古宮門外的望樓，例鄭伯享王於闕西辟。（《左傳》〈莊公二十一年〉）②天子所居的地方，例我浮黃河去京闕。（李白〈梁園吟〉）③門，例天阿者，羣神之闕也。（《淮南子》〈天文訓〉） ㈡ㄑㄩㄝ quē 名①過失，例闕誤。②同「缺」；缺員，例適有美闕，二人爭欲得之。（《捫蝨新話》）③姓，後漢有闕宣。動①虧損，例三五而盈，三五而闕。（《禮記》〈禮運〉）②短少，例吾不闕此物。（歐陽修〈與十二侄書〉）形脫漏的，例闕文。

◆**闕亡、闕下、闕里、闕漏、闕疑、闕遺、闕筆。**

十一 畫

19【關】〔关〕ㄍㄨㄢ guān 名①閉門用的橫木，即門閂，例善閉無關鍵而不可開。（《老子》〈二十七章〉）②入境的要道，例關執禁以譏。（《禮記》〈王制〉）③重要的轉捩點，例施關設機。（《後漢書》〈張衡傳〉）④人體各部位多以關爲名，例膕上爲關。(《素問》〈骨空論〉)⑤舊時公文的一種，例關文。⑥姓，三國蜀漢有關羽。動①聯絡，例關聯。②支領，例關餉。③牽連，例事關緊要。④禁閉，拘留，例關起來。

◆關心、關注、關隘、關鍵、關懷、關山萬里 入關、海關、機關、難關、鄉關。

19【闚】〔闚〕ㄎㄨㄟ kuei 動①利誘，例闚以重利。(《史記》〈刺客列傳・荊軻傳〉)②同「窺」；偷看，例闚探。

十二 畫

20【闞】〔阚〕㈠ㄎㄢˋ kàn 名①古地名，春秋魯地，在今山東省汶上縣西南南旺湖中。②姓，三國吳有闞澤。動望、視，例俯闞海湄。(《文選》嵇康〈琴賦〉) ㈡ㄏㄢˇ hǎn 形虎怒的樣子，例闞如虓虎。(《詩經》〈大雅・常武〉)

20【闠】〔阓〕ㄏㄨㄟˋ huì 名市場外面的門。

20【闡】〔阐〕ㄔㄢˇ chǎn 動①開，例夫易彰往而察來，而微顯闡幽。(《易經》〈繫辭〉)②詳細說明，例闡明。

◆闡弘、闡揚、闡發、闡繹、闡緩。

十三 畫

21【闢】〔辟〕ㄆㄧˋ pì 動①開，例寢門闢矣。(《左傳》〈宣公二年〉)②開拓，例開闢。③駁斥，例闢謠。

◆洞闢、軒闢、疏闢、開闢、墾闢。

21【闤】〔阛〕ㄏㄨㄢˊ huán 名街市的牆壁，例通闤帶闠。(《文選》張衡〈西京賦〉)

21【闥】〔闼〕ㄊㄚˋ tà 名①宮中的小門，例重闈幽闥。(《文選》張衡〈西京賦〉)②門，例在我闥兮。(《詩經》〈齊風・東方之日〉)形快速的樣子，例闥爾奮逸。(《文選》嵇康〈琴賦〉)

阜 部

08【阜】ㄈㄨˋ fù 名①土山，例丘阜。②大陸，例如山如阜。(《詩經》〈小雅・天保〉)動①使豐富，例可以阜民之財兮。(《孔子家語》〈辯樂解〉)②使昌盛，例以阜人民。(《周禮》〈地官・大司徒〉)③使強大，例阜其財求，而利其器用。(《國語》〈周語上〉)形①昌盛，例物阜民豐。②豐厚，例不義則利不阜。(《國語》〈周語〉)③安康，例政平民阜。(《國語》〈晉語四〉)④多，例考訊其阜。(《國語》〈晉語六〉)⑤肥大，例駟驖孔阜。(《詩經》〈秦風・駟驖〉)⑥高，例上曰敦阜。(《素問》〈五常政大論〉)

三　畫

06【阡】ㄑㄧㄢ qiān 名①田間的小路，南北的叫阡，例出入阡陌。(《漢書》〈成帝紀〉)②墓道，例始克表於其阡。(歐陽修〈瀧岡阡表〉)③同「仟」、「芊」；茂盛，例遠樹曖阡阡。(謝朓〈遊東田詩〉)④姓，唐有阡能。

06【阢】㊀ㄨˋ wù 名「阢隉」：危險不安穩的樣子；亦作杌隉、兀臬。　㊁ㄨㄟˊ wéi 形高危不固的樣子，例阢阢。

四　畫

07【防】ㄈㄤˊ fáng 名①戒備的事，例冬防、海防。②山名，春秋魯國都近郊，是孔子合葬父母的地方，在今山東省曲阜縣東。③古地名，春秋魯邑，在今山東省費縣東北。④姓，後漢有防廣。動①戒備，例君子思患以豫防之。(《易經》〈既濟〉)②禁止，例防民之口，甚於防川。(《國語》〈周語上〉)③相比，抵擋，例百夫之防(《詩經》〈秦風・黃鳥〉)

◆防守、防備、防範、防禦、防患未然　消防、預防、國防、邊防。

07【阱】〔穽〕ㄐㄧㄥˇ jǐng 名為捕捉野獸所挖掘的坑穴，例春令為阱擭。(《周禮》〈秋官・雍氏〉)

07【阪】ㄅㄢˇ bǎn 名①同「坂」，例阪有漆。(《詩經》〈秦風・車鄰〉)②高阜，例茹藘在阪(《詩經》〈鄭風・東門之墠〉)③傾危，例阪險原濕。(《呂氏春秋》〈孟春紀〉)

◆阪田、阪坻、阪阻、阪峭、阪隰、阪上走丸。

07【阮】ㄖㄨㄢˇ ruǎn 名①姪兒的代稱，晉時阮籍、阮咸叔姪並有盛名，後世因以稱姪兒，例賢阮。②樂器名，例阮咸。③古國名，地在今甘肅省涇川縣東南。④姓，明有阮謙。

07【阨】(厄)(戹)㊀ㄜˋ è 名大陸用作「厄」的異體字。險地，例阨塞。形阻塞，窮困，例阨窮而不憫。(《孟子》〈公孫丑上〉)　㊁ㄞˋ ài 形同「隘」；①險，例閉關據阨。(《史記》〈秦始皇紀〉)②狹小，

例彼徒我車，所遇又阨。(《左傳》〈昭公元年〉)

◆阨陋、阨狹、阨僻、阨塞　困阨、阻阨、災阨、窮阨。

五　畫

08【陀】㈠ ㄊㄨㄛˊ tuó 名同「阤」；山巖不平處，例陂陀。㈡ ㄉㄨㄛˋ duò 動通「墮」，落下，例岸峭者必陀。(《淮南子》〈繆稱訓〉)

08【阿】㈠ ㄚˋ à 助冠於稱謂詞，或人名等前之詞頭，例阿兄、阿公、阿斗。 ㈡ ㄚˇ ǎ 歎表疑問驚訝！例阿！他如何呢？ ㈢ ㄚ ā 助同「啊」；語尾助詞，例兒阿！不是我有心要耽誤你。(《儒林外史》第一回) ㈣ ㄜ ē 名①大阜，例在彼中阿。(《詩經》〈小雅・菁菁者我〉)②曲處，例考槃在阿。(《詩經》〈衞風・考槃〉)③柱，例四阿重屋。(《周禮》〈冬官・匠人〉)④姓，唐有阿光進。動①比附、循私，例公正不阿。②倚靠，例阿衡。形①美貌，例隰桑有阿。(《詩經》〈小雅・隰桑〉)②近，親近，例阿下執事。(《左傳》〈昭公二十年〉)

08【阻】ㄗㄨˇ zǔ 名險要處，例深入其阻。(《詩經》〈商頌・殷武〉)動①隔斷，例道阻且長。(《詩經》〈秦風・蒹葭〉)②停止，例阻之以兵。(《禮記》〈儒行〉)③懷疑，例狂夫阻之。(《左傳》〈閔公二年〉)④依恃、依仗，例阻兵而安忍。(《左傳》〈隱公四年〉)副艱難，例黎民阻飢。(《尚書》〈舜典〉)

◆阻止、阻隔、阻遏、阻礙　天阻、重阻、峻阻、深阻、險阻。

08【附】(坿) ㄈㄨˋ fù 名姓，漢代有附朐。動①同「坿」；增益，例附之以韓魏之家。(《孟子》〈盡心上〉)②依傍，例附於楚則晉怒。(《史記》〈孔子世家〉)③同「駙」；親近，例附耳之言。④合，例是我一舉而名實附也。(《史記》〈張儀列傳〉)⑤著，例是故塗不附。(《周禮》〈考工記・輪人〉)⑥撫，例附愛百姓。(《史記》〈齊世家〉)

◆附件、附近、附從、附帶、附著、附會、附錄。

08【阼】ㄗㄨㄛˋ zuò 名①東面的臺階，例阼階。②天子位，例成王幼，不能涖阼。(《禮記》〈文王世子〉)③同「胙」；祭肉，例祝命徹阼俎。(《儀禮》〈特牲饋食禮〉)

08【阽】ㄉㄧㄢˋ diàn ㄧㄢˊ yán 名危險之牆。動

臨，例阽焦原而跟趾。(張衡〈思玄賦〉)形危險，例阽余身而危死兮。(《楚辭》〈離騷〉)

08【陂】㈠ㄆㄧˊ pí 名①山旁傾斜的地方，例胡公陂上日初低。(岑參〈首春渭西郊行〉)②蓄水池，例毋漉陂池。(《禮記》〈月令〉)形①傍，例騰雨師，洒路陂。(《漢書》〈禮樂志〉)②同「詖」；姦佞，例險陂傾側。(《荀子》〈成相〉) ㈡ㄆㄛ pō 同「坡」。 ㈢ㄅㄧˋ bì 動不已、傾，例無偏無陂。(《尚書》〈洪範〉)

◆**山陂、夷陂、阻陂、險陂、偏陂、澤陂。**

六　畫

09【限】ㄒㄧㄢˋ xiàn 名①阻、界，例南有巫山、黔中之限。(《戰國策》〈秦策〉)②門下的橫木，例門限。動期限，例六年之限，日月淺近。(《晉書》〈傅玄傳〉)形窮盡。

◆**限制、限度、限量、限期　界限、無限、局限、年限、期限。**

09【陋】ㄌㄡˋ lòu 名①狹隘，例陋巷。②粗劣的東西，例衣裘器服，皆擇其陋者。(《宋書》〈孔覬集〉)形①容貌醜陋，例納之爲貴嬪，姿陋無寵。(《晉書》〈皇妃・左貴嬪傳〉)②粗劣，例陋車駑馬。(《漢書》〈王莽傳〉)③卑賤、微賤，例門族寒陋。(《北齊書》〈樊遜傳〉)④學術淺疏、言辭粗鄙，例仰震威容，俯慙陋識。(江淹〈爲蕭太尉拜揚州牧章〉)⑤吝嗇，例小人儉陋。(《漢書》〈地理志下〉)

◆**卑陋、淺陋、粗陋、簡陋、因陋就簡。**

09【陌】ㄇㄛˋ mò 名①同「佰」；田間的小路，東西曰陌，例阡陌。②市中街道，例塡接街陌。(《後漢書》〈袁紹傳〉)③同「百」，亦通作「佰」；錢數，例緡錢出入，皆以八十爲陌。(《舊五代史》〈王章傳〉)

09【降】㈠ㄐㄧㄤˋ jiàng 動①自上而下，例有人自天降。(《呂氏春秋》〈明理〉)②貶黜、壓抑，例其能降以相從也。(《左傳》〈隱公十一年〉)③鳥死的別稱，例羽鳥曰降。(《禮記》〈曲禮下〉)④下臨，例降駕、光臨。⑤出嫁，例釐降二女于嬀汭。(《尚書》〈堯典〉) ㈡ㄒㄧㄤˊ xiáng 名①服從、屈服，例投降。②制服、伏服對方，例降妖、降魔。③悅服、悅樂，例亦既覯止，我心則降。(《詩經》〈召南・草蟲〉)

◆降災、降兵、降服、降物、降雨、降祥、降格、降志辱身、降龍伏虎、降尊就卑、降心相從。

09【陔】ㄍㄞ gāi [名]①殿臺的階梯層次。②重，[例]三陔，三重壇也。(《漢書》〈郊祀志注〉)③田中隴，[例]循彼南陔，言採其蘭。(《文選》束晰〈補亡詩〉)

七 畫

10【院】ㄩㄢˋ yuàn [名]①圍牆內房屋四周的空地爲院，[例]後院。②居處的場所，[例]書院、醫院。③宮室爲垣牆所圍繞者，[例]笙歌歸院落，燈火下樓臺。(白居易〈宴散詩〉)④古今官署的名稱，[例]考試院。

10【陣】〔阵〕ㄓㄣˋ zhèn [名]①軍伍行列，[例]背水陣。②量詞，表示事情經過若干時間而停止，[例]一陣風，一陣掌聲。③文字相鏖戰，[例]文陣、筆陣。[動]作戰，[例]陣戰。

◆陣亡、陣首、陣勢、陣線、陣腳、臨陣脫逃、嚴陣以待、衝鋒陷陣。

10【陡】ㄉㄡˇ dǒu [形]同「阧」；山勢高峻。[副]突然，[例]夜來陡覺霜風急。(汪莘〈憶秦娥詞〉)

10【陛】ㄅㄧˋ bì [名]①階次，[例]舉傑壓陛。(《楚辭》〈大招〉)②天子坐以聽政之處。[動]執兵器立於陛側。

◆天陛、玉陛、宮陛、階陛、禁陛。

10【陜】〔陕〕ㄕㄢˇ shǎn [名]①地名，即今河南省陝縣。②陝西省的簡稱。③姓，明有陝通。

10【除】㈠ㄔㄨˊ chú [名]①殿階、臺階，[例]修除飛閣。(揚雄〈西京賦〉)②數學術語，將總數分爲若干分之算法，[例]開方除之。(《唐書》〈曆志〉)[動]①去掉，[例]除惡務本。(《尚書》〈泰誓〉)②免舊官職，就新官職，[例]除官。③修治，[例]君子以除戎器，戒不虞。(《易經》〈萃卦〉)[連]除非，[例]若要人不知，除非己莫爲。 ㈡ㄓㄨˋ zhù [動]①去，[例]風雨攸除。(《詩經》〈小雅・斯干〉)②同「舒」；開展，[例]何福不除。(《詩經》〈小雅・天保〉)

◆除惡務盡、除暴安良、除舊布新、庭除、排除、削除、掃除、解除。

10【陘】〔陉〕ㄒㄧㄥˊ xíng [形]①連綿山脈的中斷地方。②同「岈」；阪。③竈的邊緣。④姓。

10【陜】ㄒㄧㄚˊ xiá 形「狹」的古字，同「狹」；狹隘，例此地陜薄。（《漢書》〈貨殖傳〉）

10【陞】ㄕㄥ shēng 動①大陸用作「升」的異體字。②同「升」；上升、登高，例素陞龍於縿。（《爾雅》〈釋天〉）②官吏因年資、功勞等而晋級，例陞官、陞遷。

10【陟】ㄓˋ zhì 名同「騭」；牡馬，例執陟攻駒。（《大戴禮記》〈夏小正〉）動①升高、登高，例陟彼南山。（《詩經》〈召南・草蟲〉）②進用、升調，例三考黜陟幽明。（《尚書》〈舜典〉）③得，例三日咸陟。（《周禮》〈春官・太卜〉）

八 畫

11【陪】ㄆㄟˊ péi 名輔佐者，例爾德不明，以無陪無卿。（《詩經》〈大雅・蕩〉）動①伴隨，例陪伴、陪酒、陪客。②輔助，例皆秉德以陪朕。（《漢書》〈文帝紀〉）③增益，例分之土田陪敦。（《左傳》〈定公四年〉）④同「賠」；賠償，例舊逋應許過時陪。（蘇軾〈重遊終南子由以詩見寄次韻詩〉）

◆**陪臣、陪祀、陪門、陪侍、陪責、陪祭、陪嫁、陪輔、陪葬、陪隨。**

11【陵】ㄌㄧㄥˊ líng 名①大土山，例如岡如陵。（《詩經》〈小雅・天保〉）②帝王的墳墓，例十三陵、明孝陵。③姓，明有陵茂。動①同「凌」；侵犯，例在上位，不陵下。（《禮記》〈中庸〉）②踰越，例喪事雖遽不陵節。（《禮記》〈檀弓上〉）③升，例陵重巘。（張衡〈西京賦〉）④乘，例誇世陵風。（夏侯湛〈東方朔畫贊〉）⑤淬礪，例兵刃不待陵而勁。（《荀子》〈君道〉）⑥嚴峻，例凡節奏欲陵，而生民欲寬。（《荀子》〈致仕〉）

◆**陵弛、陵折、陵雨、陵虐、陵侮、陵越、陵替、陵駕、陵遲　丘陵、欺陵。**

11【陳】〔陈〕㈠ ㄔㄣˊ chén 名①周時諸侯國名。②朝代名，陳霸先受梁禪，國號陳，都建康，歷三世五主爲隋所滅，享國三十三年。（五五七～五八九）③姓，淸有陳奐。動①排列，例陳其宗器。（《禮記》〈中庸〉）②稱述，例歡樂難俱陳。（〈古詩十九首〉）③張揚，例事君欲諫不欲陳。（《禮記》〈表記〉）形舊的、年代久遠的，例陳年老酒。 ㈡ ㄓㄣˋ zhèn 名同「陣」；軍伍行列，例衞靈公問陳於孔子。（《論

語》〈衞靈公〉)

11【陰】〔阴〕(隂)㈠ ㄧㄣ yīn 图①陰氣，與陽相對，例一陰一陽之謂道。(《易經》〈繫辭〉)②陽光所照不到之處，例樹陰。③山的北面、水的南面，例杻陽之山，其陽多赤金，其陰多白金。(《山海經》〈南山經〉)④日影，用指時間，例光陰。⑤月亮，例太陰。⑥祕密的事，例揭人陰私。⑦指男女的生殖器，例陰部、陰囊。⑧背面，例漢碑陰題名頗多。(《集古韻》)⑨姓，啇有陰競。形①暗，例陰堂，幽暗之室。(《後漢書》〈周磐傳・注〉)②晴的對稱，例陰霾、陰雨。③隱藏而不明顯的，例陰私。④祕密的、險詐的，例陰險。⑤負的、凹下的，與陽對稱，例陰文、陰溝。⑥女性的、柔性的，雌的別稱，例陰柔、陰性。⑦與死者或鬼魂有關的，例陰火、陰間。 ㈡ ㄧㄣˋ yìn 動覆蔭，例旣之陰女。(《詩經》〈大雅・桑柔〉) ㈢ ㄢ ān 動同「噤」、「瘖」、「喑」；默，例亮陰三祀。(《尚書》〈說命上〉)

◆陰森、陰謀、陰陽怪氣、陰錯陽差 江陰、竹陰、光陰、寸陰、樹陰、綠陰。

11【陸】〔陆〕㈠ ㄌㄨˋ lù 图①露出水面而高廣平坦之地。②用指陸路交通，例水陸交通。③姓，隋有陸法言。動跳。形形容散亂、參差不齊的樣子，例陸離。 ㈡ ㄌㄧㄡˋ liù 图六的大寫字。

◆陸地、陸軍、陸橋、陸戰隊 水陸兩棲。

11【陴】ㄆㄧˊ pí 图①城上的短牆，例撫弦登陴。(《文選》〈丘希範與陳伯之書〉)②髀，假借爲「髀」，例有鬼投其陴。(《呂氏春秋》〈明理〉)

11【陶】㈠ ㄊㄠˊ táo 图①瓦器，以可塑性的黏土爲原料，塑造成型，加以高溫(八百～一千度)的燒焙而成的器皿，不透明，有微孔及吸水性爲其特徵，例陶器。②姓，晉有陶潛。動①製造瓦器。②教化。③造就、培養。形①快樂的樣子。②形容非常沉迷如同酣醉一般，例陶醉。 ㈡ ㄧㄠˊ yáo 图人名，虞舜時有皐陶。

◆陶俑、陶然、薰陶、樂陶陶。

11【陷】ㄒㄧㄢˋ xiàn ㄒㄩㄢˋ xuàn 图①地下的坑穴，用以害人獸，例陷阱。②過失、缺失。③病名，平塌不突起的痘瘡。動①設計害人、入人於罪。②沒入、下沈，例陷入泥中。(此義又音ㄒㄩㄢˋ)③深入，例戰常陷堅。(《史記》〈樊酈滕灌列傳〉)④攻破，例安祿山陷洛陽。(元結〈大唐中興頌〉)⑤被佔領、被攻破，例淪陷。⑥凹下，例病了幾天，眼睛都陷進去了。⑦墜落。⑧崩塌。⑨欺，例故君子可逝也，不可陷也。(《論語》〈雍也〉)形少，爲歉之通假字，例滿如陷。(《淮南子》〈謬稱訓〉)

◆**陷害、陷溺、陷落、失陷、淪陷、誣陷、讒陷。**

11【陬】ㄗㄡ zōu 名①角落。②山腳。③聚居之所。④陰曆正月的別名。⑤古地名，孔子出生地，與「鄹」、「陬」通，在今山東省泗水縣。

◆**海陬、荒陬、遐陬、遠陬、邊陬。**

九畫

12【隊】〔队〕(一)ㄉㄨㄟˋ duì 名①成羣的士兵，例軍隊，部隊。②集合多人而成的組織，例球隊、考察隊。(二)ㄓㄨㄟˋ zhuì 動①墜落。②失。 (三)ㄙㄨㄟˋ suì 名同「隧」。

◆**隊伍、隊員、隊長、排隊、編隊、騎隊、樂隊、成羣結隊、出雙入隊。**

12【階】〔阶〕(堦) ㄐㄧㄝ jiē 名①用磚石等砌成的梯形建築物，例臺階、石階。②等級高低次序，例階級、官階、音階。③進身的路徑，例進身之階。④憑藉。⑤事情的緣由。

◆**階級、階梯、階段、石階、音階、臺階。**

12【隅】ㄩˊ yú 名①偏遠地方。②角落，例牆隅、四隅。③品行端正，例廉隅。

◆**向隅、城隅、廉隅、邊隅。**

12【隋】ㄙㄨㄟˊ suí 名①周時國名。②朝代名，楊堅所建，凡歷三代三十七年，爲唐所滅。③姓，明有隋艮輔。

12【隍】ㄏㄨㄤˊ huáng 名環繞於城牆外的壕溝，有水的稱池，無水的稱隍。

12【陲】ㄔㄨㄟˊ chuí 名邊疆，例邊陲。

12【隃】(一)ㄩˊ yú 名古縣名，隃麋縣，漢置，其地產墨。故城在今陝西省汧(千)陽縣。動與「踰」通；陵越，例卑不隃尊。(《漢書》〈匡衡傳〉) (二)ㄧㄠˊ yáo 副與「遙」通；遙遠。

12【隄】ㄊㄧˊ tí 名沿河或沿海防水的建築物，同

「堤」字，例隄防。形限，例夫一日之樂，不足以危無隄之輿。(《漢書》〈東方朔傳〉)

12【隈】ㄨㄟ wēi 名①水流彎曲的地方，同「渨」。②山彎曲之處，例大山之隈。(《管子》〈形勢〉)③隅，例考之四隈。(《左思》〈魏都賦〉)④弓箭彎曲之處。⑤股間。

◆**隈曲、山隈、水隈、江隈、林隈、城隈。**

12【隉】ㄋㄧㄝˋ niè 名法度，與「臬」通。副危險、不安，例阢隉。

12【陽】〔阳〕ㄧㄤˊ yáng 名①日、太陽。②水北或山南。③男性的生殖器。④古地名，春秋時燕陽邑，在今河北唐縣境。⑤姓，晉有陽處父。動生，例近死之心，莫使復陽也。(《莊子》〈齊物論〉)形①陰的對稱，例陽性、陽剛。②指人間的，例陽世。③凸起的，例陽文印章。④溫和，例春日載陽。(《詩經》〈豳風·七月〉)⑤鮮明，例我朱孔陽。(《詩經》〈豳風·七月〉)副僞裝，與「佯」通。

◆**陽光、陽剛、陽極、陽曆　夕陽、太陽、斜陽、朝陽。**

12【隆】ㄌㄨㄥˊ lóng 名①山中央高者。②姓，明有隆光祖。動①增高。②使長大、成長，例隆就孺子。(《漢書》〈王莽傳〉)③尊崇，例學之經，莫速乎好其人，隆禮次之。(《荀子》〈勸學〉)④備，例皇天隆物以示下民。(《荀子》〈賦〉)形①豐大、高大。②興盛。③深厚。④聲音很大或聲勢壯盛，例隆隆。

◆**隆重、隆盛、隆貴　興隆、豐隆、國運昌隆。**

十　畫

13【隔】讀音ㄍㄜˊ gé 語音ㄐㄧㄝ jiē 動①遮斷、阻絕、分開，例隔離。②距離。③不相合，例隔閡。

◆**隔絕、隔間、隔壁、隔岸觀火、隔牆有耳、隔靴搔癢　阻隔、間隔、相隔、遠隔。**

13【隕】〔陨〕(一)ㄩㄣˇ yǔn 動同「磒」；①墜落，例星隕如雨。(《左傳》〈莊公七年〉)②失。③毀壞。④與「殞」通；死亡。　(二)ㄩㄢˊ yuán 名疆域、周圍，例幅隕。

◆**隕石、隕落、隕滅。**

13【隘】(一)ㄞˋ ài 名險要的地方。形①狹窄。②細

小。③急、困窮。 ㈡ㄜˋ è 動①與「阨」通，或作「阸」；阻止、隔絕，例齊王隘之。(《戰國策》〈楚策〉)

◆困隘、狹隘、險隘。

13【隗】ㄨㄟˇ wěi 名①古國名。②姓，後漢有隗囂。形同「嵬」；高。

十一 畫

14【隙】ㄒㄧˋ xì 名①壁上的裂縫、洞孔，例縫隙。②閒暇，例閒隙。③漏洞、機會，例乘隙而入。④仇怨，例嫌隙。⑤紛爭，例始開邊隙。(《漢書》〈匈奴傳・贊〉)動①裂也。②接近、相鄰。形土地閒置。

◆空隙、門隙、間隙、閒隙、農隙、嫌隙。

14【障】ㄓㄤˋ zhàng 名①隄防。②屏風之類的物品。③於險要處所築的堡壘、城寨。動①隔絕、阻塞。②遮蔽，例障眼。③圍堵、防衛，例保障。

◆障礙、障眼法 故障、屏障、保障、蔽障。

14【際】〔际〕ㄐㄧˋ jì 名①靠邊岸或分界的地方，例邊際。②中間，例腦際。③彼此之間，例人際、校際。④機會、遭遇，例際遇。⑤時候。動①交接，例剛柔際也。(《易經》〈坎卦〉)②至，例高不可際。(《淮南子》〈原道訓〉)③當時、正逢，例際此盛會。

◆際遇 水際、天際、交際、林際、涯際、國際、實際、風雲際會。

14【隣】ㄌㄧㄣˊ 名鄰之俗字。

十二 畫

15【隤】〔陨〕ㄊㄨㄟˊ tuí 名同「頹」、「墤」、「穨」；古地名。動①下墜，例士衆滅兮名已隤。(《漢書》〈蘇武傳〉)②降臨。③病，例我馬虺隤。(《詩經》〈周南・卷耳〉)

十三 畫

16【隧】㈠ㄙㄨㄟˋ suì 名①在地層中挖掘，將地上、山嶽、河底、海底兩個地點加以連結的設施；亦稱地下道，例隧道。②古帝王葬禮的墓道，例晉侯請隧。(《左傳》〈僖公二十五年〉)③通路、要道，例出入不當門隧。(〈禮記〉〈曲禮上〉)④與「遂」通；郊外之地。⑤邊塞上看守烽火報告軍情的亭子。⑥鐘受敲擊的地方。動轉、回。 ㈡ㄓㄨㄟˋ zhuì 動同

「墜」；墮也。

16【險】〔险〕ㄒㄧㄢˇ xiǎn 名①要害、地勢險惡不易通過之處，例天險。②難以料定成敗的事，例風險。③意外不幸的事件，例火險，壽險。④邪惡。動損傷。形①地勢艱危的，例險道，險坡。②不安，例險象環生。③心性狠毒，例陰險。副幾乎，例險遭不測。

◆險阻、險要、險惡 危險、保險、冒險、化險爲夷、有驚無險。

16【隨】〔随〕ㄙㄨㄟˊ suí 名①腳趾。②《易經》卦名，震下兌上。③屬官、從者。④姓，漢有隨何。動①跟從，順從。②依循、沿著，例隨山刊木。(《尚書》〈禹貢〉)③聽任、任憑。

◆隨俗、隨心所欲、隨波逐流、隨遇而安、隨機應變、隨聲附和 伴隨、相隨、追隨、聽隨、夫唱婦隨。

16【隩】ㄩˋ yù ㄠˋ ào 名①與「澳」通；水邊彎曲的地方。②與「墺」通；可以居住的土地。動隱藏。形①深險，例其塗隩也。(《莊子》〈天下〉)②與「燠」通；暖。

十四 畫

17【隱】〔隐〕(一) ㄧㄣˇ yǐn 名①苦痛之處，例民隱、難言之隱。②隱語。③短牆，例踰隱而待之。(《左傳》〈襄公二十三年〉)④姓。動①藏匿、掩蔽。②潛藏、不仕，例天地閉，賢人隱。(《易經》〈坤卦〉)③避諱，例父爲子隱，子爲父隱。(《論語》〈子路〉)④憐憫、同情。⑤詳細考量。形①不明顯。②窮困。③不清楚或憂愁悲戚的樣子，又可以形容車聲繁雜或雷聲很大，例隱隱。(二) ㄧㄣˋ yìn 動①倚靠，例隱几而臥。(《孟子》〈公孫丑下〉)②依據，例其高可隱也。(《禮記》〈檀弓下〉)

◆隱忍、隱約、隱逸、隱憂、隱藏、隱惡揚善 惻隱、退隱、索隱、幽隱。

17【隮】ㄐㄧ jī 名虹，例朝隮于西。(《詩經》〈鄘風・蝃蝀〉)動①與「躋」通；升上，登，例由賓階隮。(《尚書》〈顧命〉)②墜下，掉落。

17【隰】ㄒㄧˊ xí 名①低溼的地方。②水邊。③新開闢的田，例徂隰徂畛。(《詩經》〈周頌・載芟〉)④古地名，春秋齊邑犂丘又名隰，在今山東省臨邑縣境。⑤姓，春秋齊有隰朋。

十五　畫

18【隳】ㄏㄨㄟ　huī　動毀壞，例隳人之城郭。(《呂氏春秋》〈順說〉)

十六　畫

19【隴】〔陇〕ㄌㄨㄥˇ　lǒng　名①與「壟」通；高地、田埂，例起隴畝之間。(《史記》〈項羽本紀〉)②地名，在今甘肅清水縣北。③山名，在甘肅。④甘肅省的簡稱。

隶　部

08【隶】ㄉㄞˋ　dài　動「逮」的本字；從後追及。

九　畫

17【隸】〔隶〕

ㄌㄧˋ　lì　名①古代位卑，供人役使的人，例奴隸。②漢字書體之一，盛行於漢，即現在所流傳的漢碑上的字體，相傳是程邈所創，由小篆省簡變化而成，例隸書。③姓，漢有隸延之。動①附屬，例割此三郡，配隸益州。(《晉書》〈殷仲堪傳〉)②學習。③檢閱、檢查。

◆**隸屬、隸變　皁隸**。

隹　部

08【隹】ㄓㄨㄟ　zhuī　名短尾鳥的總稱。

二　畫

10【隻】ㄓ　zhī　名①量詞，計算物體的件數。②單一的鳥。形①單獨、一個，形形單影隻。②單數。

◆**隻身、隻手、隻字片語、獨具隻眼**。

10【隼】ㄓㄨㄣˇ　zhǔn　名①鳥名，又名鶻，屬鳥綱，鷙鷹目。四趾有鉤爪，皆強健。性敏銳，善飛襲，獵戶多飼養，用來捕鳥兔。②猛禽之總稱。

三　畫

11【雀】ㄑㄩㄝˋ　què　名鳥名，屬鳥綱雀形目。鳴禽類，褐色有黑斑，亦名麻雀，捕食蟲類，棲處常近人家，亦喜食穀類。形赤黑色。

◆**雀斑、雀躍、雀屏中選　家雀**(語音ㄑㄧㄠˇ兒)、**麻雀**。

四畫

12【雁】ㄧㄢˋ yàn 名屬脊椎動物鳥綱雁鴨目。體形似鵝。

◆雁行有序 孤雁、魚雁往返。

12【雄】ㄒㄩㄥˊ xióng 名①公的鳥。②稱強壯果敢之人。③勝利，例一決雌雄。④姓。動謂以強詞責人，例拿話雄人。形①陽性的，例雄狐、雄鴨。②超羣的，例雄姿英發。

◆雄壯、雄姿、雄風、雄偉、雄才大略、雄心勃勃 英雄、姦雄、梟雄、羣雄、豪雄。

12【雇】㈠ㄍㄨˋ gù 動①出資聘人做事，例聘雇。②租賃，例雇船。③酬，例以見錢雇直。(《後漢書》〈桓帝紀〉) ㈡ㄏㄨˋ hù 名與「扈」通；鳥名，鳩類。

12【雅】㈠ㄧㄚˇ yǎ 名①《詩經》體裁之一，例大雅、小雅。②正聲、標準音。③樂器名。④交情。⑤通「盃」；酒器名。⑥姓，元有雅琥。形①高尚不俗的。②平常。③清麗美好。副①正，例其音雅合宮調。(《北史》〈長孫紹遠傳〉)②甚、非常。③向來、平素。 ㈡ㄧㄚ yā 名「鴉」之本字。

◆雅人、雅言、雅致、雅量、雅興、雅觀 文雅、嫻雅、典雅、風雅、儒雅、雅俗共賞。

12【集】ㄐㄧˊ jí 名①市，交易的地方，例市集。②彙集著述或詩文而成的書，例總集、別集。③古代圖書分類四部之一。④宴會。動①羣鳥在木上。②聚合、會聚，例孔子之謂集大成。(《孟子》〈萬章〉)③成就，例大統未集。(《尚書》〈武成〉)④齊，例動靜不集。(《漢書》〈鼂錯傳〉)形與「輯」通；和順，例爲武庚未集，恐具有賊心。(《史記》〈衛康叔世家〉)

◆集合、集結、集思廣益、集腋成裘 文集、詩集、會集、雲集。

五畫

13【雍】(雝)ㄩㄥ yōng 名①古代九州之一，包括今之陝西、甘肅的大部和青海額濟納等地，例雍州。②周代國名，在今河南省汲縣境內。③姓，漢有雍齒。動①阻塞。②與「擁」通；聚有、擁有。形和諧。

13【雋】(隽)㈠ㄐㄩㄣˋ jùn 名與「俊」、「儁」通；才能過人者，例進用英雋。(《漢書》〈禮樂志〉)㈡ㄐㄩㄢˋ

juàn 名①肥肉、肥鳥。②姓，漢有雋不疑。

13【雉】ㄓˋ zhì 名①禽鳥名，鳥綱，鶉雞目。形似雞，雄者羽毛甚長而美麗。善走，不能久飛，食穀類及蟲類；亦稱野雞。②樗蒲戲中的采名，例毅次擲得雉，大喜。(《晉書》〈劉毅傳〉)③古度量名，城長三丈高一丈者稱之。④用以牽牛之牛鼻繩。⑤姓。動理、平治，例雉訓兵，夷爲平，故以雉名工正之官。(《左傳》〈昭十七年・五雉爲五工正疏〉)

13【雊】ㄍㄡˋ gòu 動雄雉鳴叫聲，例雉之朝雊，尚求其雌。(《詩經》〈小雅・小弁〉)

13【雎】ㄐㄩ jū 名①鳥名，例雎鳩。②姓，明有雎稼。

六 畫

14【雌】ㄘˊ cí ㄘ cī 名①母鳥。②女性，例安能辨我是雌雄。(〈木蘭辭〉)③柔細、女人的聲音。形①陰性的，與雄相對，例雌雉。②柔弱、安靜，例天門開闔，能爲雌乎？(《老子》〈第十章〉)③負、失敗，勝的相反，例一決雌雄。

14【雒】ㄌㄨㄛˋ luò 名①白鬣黑馬。②與「洛」通；水名，源出陝西省雒南縣冢嶺山，至河南省鞏縣東北流入黃河。③地名，即洛陽，後漢光武改洛爲雒，三國魏時又改雒爲洛。

八 畫

16【雕】(彫)(琱)(鵰)

ㄉㄧㄠ diāo 名①與「鵰」通；爲鷲的別名。②姓，漢有雕延年。動刻鏤。形①雕飾的。②與「刁」通；狡詐。③與「凋」通；凋敝。

◆雕刻、雕塑、雕像、雕琢、雕蟲小技 浮雕。

九 畫

17【雖】〔虽〕ㄙㄨㄟ suī 名蟲名，形似蜥蜴而大。動與「推」通；推卻。副①與「惟」通；獨、僅，例雖有明君能決之。(《管子》〈君臣〉)②豈，難道。連推測之詞，有縱然、即使等意思。

十 畫

18【雜】〔杂〕ㄗㄚˊ zá 名戲劇腳色之一，扮演供奔走役使的人。動①五采相合。②混合、摻進去，例摻雜。③與「匝」通；繞合，例週而復雜。(《呂氏春秋》〈圜道〉)形①雜碎、細碎。②聚集不同類的，例雜貨。③正式之外，較不重要的，例雜史。④眾多而紛亂的樣子，例雜沓。副混亂，例男女不雜坐。(《禮記》〈曲禮〉)

◆雜遝、雜糧、雜念、雜亂無章　夾雜、紛雜、混雜、煩雜、蕪雜。

18【雙】〔双〕ㄕㄨㄤ shuāng 名①二隻鳥。②量詞，兩個成對的東西。③姓，宋有雙漸。動匹敵，例國士無雙。(《史記》〈淮陰侯列傳〉)形①偶數的，例雙城、雙數。②加倍的，例雙份。

◆雙方、雙簧、雙關、雙宿雙飛、雙管齊下、雙瞳翦水　成雙成對、一箭雙鵰。

18【雛】〔雏〕ㄔㄨˊ chú 名①小雞。②泛稱孵出不久的禽鳥，例雛燕、雛鳳。③動物之小者。④幼小的兒女。

◆雛形、雛兒、雛虎　孤雛。

18【雝】ㄩㄥ yōng 名姓。形同「雍」；和樂。

18【臒】ㄏㄨㄛˋ huò 名可以磨碎做顏料的紅石。

18【雞】〔鸡〕(鷄) ㄐㄧ jī 名同「鷄」；屬鳥綱鶉雞目。為最普通的家禽，肉及卵皆可食，雄者至曉則啼。

◆雞肋、雞毛蒜皮、雞口牛後、雞鳴狗盜、雞皮疙瘩、雞犬皆仙、雞犬不寧　雄雞。

十一 畫

19【難】〔难〕㈠ ㄋㄢˊ nán 名①鳥名，字本作鷬。②姓，漢有難樓。形不容易的，例難處、難事。副①不能、不可、不敢，有無法決斷地、處於困境的語氣，例進退兩難。②艱困，例難學。③不好的感覺，例難吃、難看。　㈡ ㄋㄢˋ nàn 名①禍患，例災難、危難。②仇敵，例與秦為難。(《戰國策》〈秦策〉)動①詰責。②阻止、拒絕。③使之困阨。　㈢ ㄋㄨㄛˊ nuó 動「儺」之本字，驅逐疫鬼。形茂盛貌。

◆難色、難產、難耐、難堪、難題、難關、難為情、難分難解、難兄難弟　困難、責難、逃難、艱難、排除萬難。

19【離】〔离〕ㄌㄧˊ lí 名①鳥名，今用鸝字，即倉庚，例離黃。②《易經》卦名。③草名，似稻。④與「籬」通。⑤大琴。⑥山梨，通「樆」。⑦香草，通「蘺」。⑧通「縭」，古時婦女佩巾。動①分別，例離別。②分散、不和，例邦分崩離析。(《論語》〈季氏〉)③與「罹」通；遭受。④斷絕。⑤切割，例離肺。(《儀禮》〈既夕〉)⑥經歷。副①兩人並列。②明，例離顯先帝之光耀。(《大戴禮》〈公冠〉)(二) ㄌㄧˋ lì 動①附麗，附著，例諸附離之者。(《漢書》〈揚雄傳下〉)②失，去，例沈亂于酒，畔官離次。(《尚書》〈胤征〉)

◆**離奇、離間、離譜、離心力、離鄉背井、離羣索居、離經叛道　挑撥離間　分離、支離、生離死別、流離顛沛、悲歡離合。**

雨部

08【雨】(一) ㄩˇ yǔ 名大氣中的水氣(雲粒)，遇冷逐漸凝聚結成水滴後，落在地球表面的水珠。　(二) ㄩˋ yù 動①下雨，例雨我公田。(《詩經》〈小雅・大田〉)②降落，例雨雪、雨雹。③潤澤、施惠。

◆**雨水、雨衣、雨露、雨過天晴、雨後春筍　春雨、槍林彈雨、櫛風沐雨。**

三畫

11【雪】(一) ㄒㄩㄝˇ xuě 名空氣中的水蒸氣遇冷至零度以下，凝結成六角形的結晶冰花，落至地面，稱雪。動①降雪。②擦拭、清除、洗滌。　(二) ㄒㄩㄝˋ xuè 動洗刷、清除，例雪恥。副像雪一樣地，例雪白。

◆**雪片、雪中送炭、雪泥鴻爪、雪上加霜　小雪、下雪、洗雪、瑞雪、積雪、殘雪。**

11【雩】(一) ㄩˊ yú 古代求雨的祭典。(二) ㄩˋ yù 名指雨後出現的虹。

四畫

12【雯】ㄨㄣˊ wén 名美麗的雲彩。

12【雲】〔云〕ㄩㄣˊ yún 名①水蒸氣上升遇到冷空氣，而凝結成為微細小水滴，浮現於空中者。②姓，北齊有雲定興。形高，例雲髻。副比喻衆多的人或事物會聚在一塊，例車馬雲集。

◆**雲母、雲漢、雲霓、雲遊、雲霄、雲開見日、雲蒸霞蔚、雲消霧散　行雲流水、撥雲見日。**

12【雰】ㄈㄣ fen 图霧氣，例寒雰結為霜雪。(《素問》〈六元正紀大論〉)

12【雱】ㄆㄤˊ páng 形雪下得很多的樣子。

五畫

13【雷】ㄌㄟˊ léi 图①大氣層放電時，震盪空氣所發生的音爆。②能爆炸的火器，例地雷。③古器名，通「罍」。④古作戰用以擊敵之石塊，通「礌」、「礧」。⑤姓，唐有雷萬春。動敲擊，同「擂」。副①形容剛猛激烈。②形容迅捷。③比喻聲大。

◆雷同、雷射、雷達、雷鳴、雷電、雷霆萬鈞、雷厲風行。

13【雹】ㄅㄠˊ báo ㄅㄛˊ bó 图積雨雲强烈上昇氣流中所產生的雹塊，為冰雪相間的凝固體，呈堅實的圓形球狀，對農作物會造成損害。

13【零】(一) ㄌㄧㄥˊ líng 图①數的空位或零頭，以符號「0」來表示，或代表無，如算術上之零；或代表無窮小，如用於代數學及高等數學者。②不成整數的數，例化整為零、零存整付。③姓，後漢有零昌。動飄落、凋落。形①徐徐落下的。②不完整、片斷的，例零散。 (二) ㄌㄧㄢˊ lián 图漢代的羌族，據有今青海境。

◆零丁、零件、零星、零售、零碎、零落、零頭、零亂。

13【電】〔电〕ㄉㄧㄢˋ diàn 图①自然界基本現象之一。本指空中帶電之雲放電時所發之光芒。今則指物質固有的一種能。②電報或電話的簡稱，例急電。形藉電流以發動使用的，例電扇、電燈。副①明快地，例英謀電斷。(李白〈韋公德政碑〉)②迅速如電，例足下若能卷甲電赴。(《晉書》〈譙剛王遜〉附〈閔王承答甘卓書〉)

◆電光石火　來電、放電、發電、閃電、漏電。

六畫

14【需】(一) ㄒㄩ xū 图①費用，例軍需。②《易經》卦名，乾下坎上。③遲疑，例需，事之下也。(《左傳》哀公六年)動①有所欲求，例需求。②等待。③遇雨不進。 (二) ㄖㄨˊ rú 形柔滑的樣子。 (三) ㄖㄨㄢˇ ruǎn 形與「軟」通。 (四) ㄋㄨㄛˋ nuò 形與「懦」通。

七畫

15【霄】ㄒㄧㄠ xiāo [名]①天空，[例]雲霄。②與「宵」通；夜。③雨霰。④雲。⑤春秋時魯地名，在今山東省莒縣境。⑥姓。[動]通「消」，消滅。

◆霄壤、霄漢、九霄雲外。

15【霆】ㄊㄧㄥˊ tíng [名]①突起迅急的雷聲。②雷餘聲。③閃電。[動]震動，[例]天冬雷，地冬霆。

15【震】ㄓㄣˋ zhèn [名]①疾雷。②八卦之一，卦形爲☳，卦意爲奮勵、決斷，象徵春、長男。又爲六十四卦之一，震下震上。③威嚴，[例]其子何震之有？（《左傳》〈文公六年〉）[動]①雷擊。②動盪。③恐懼、震驚，[例]君之武震。（《國語》〈周語〉）④威震，[例]名震四夷。（《唐書》〈裴度傳〉）⑤發怒。⑥與「娠」通；懷胎。

◆震央、震怒、震動、震撼、震驚、震耳欲聾、震古鑠金 威震。

15【霉】（黴）ㄇㄟˊ méi [名]衣物因久雨受溼熱所生的汙點。本作黴。

15【霂】ㄇㄨˋ mù [名]①雨，[例]夏霂冬霰，四時恒節。（《魏書》〈樓毅傳〉）②「霢霂」，見「霢」字。

15【霈】ㄆㄟˋ pèi [名]①及時雨。②恩澤。[形]①雨盛多的樣子。②自滿的樣子。

八 畫

16【霎】ㄕㄚˋ shà [名]小雨。[形]短促的時間，一陣，[例]昨夜一霎清明雨。（《孟東野詩集》〈春後雨〉）

16【霑】（沾）ㄓㄢ zhān [動]①同「沾」；浸溼，[例]既霑既足。（《詩經》〈小雅．信南山〉）②潤澤、受人恩澤，[例]霑恩。

16【霖】ㄌㄧㄣˊ lín [名]連續下三天以上的雨。

16【霍】ㄏㄨㄛˋ huò [名]①山名，即衡山。②古國名，在今山西省霍縣西南，周武王弟叔處的封地。③通「藿」；豆葉。④姓，漢有霍去病。[副]①快速，[例]霍然。②渙散，[例]揮霍。

16【霓】（蜺）ㄋㄧˊ ní [名]①同「蜺」；虹的外圈。②雲氣。③姓。

16【霏】ㄈㄟ fēi [名]雲氣。[動]飛散，[例]煙霏雨散。（《文選》〈劉孝標廣絕交論〉）[形]雨雪茂密的樣子。

九 畫

17【霜】ㄕㄨㄤ shuāng 名①接近地面的水蒸氣，遇冷而成的冰狀結晶。結晶和雪一樣，屬於六方晶系，通常發生於冬天晴朗的夜晚，風勢微弱，最低氣溫在攝氏二度以下時，除了對農作物有害外，也會造成建築物突起的害處。②白色似霜的粉末或脂膏，例砒霜、面霜。形①潔白的。②比喻高潔。

17【霞】ㄒㄧㄚˊ xiá 名陽光照於雲層上所映出的紅色光采，常現於太陽出沒之時。形服飾彩色艷麗的樣子。

◆鳳冠霞帔、晚霞、彩霞、彤霞、朝霞。

17【霙】ㄧㄥ yīng 名雲花，例雪花曰霙。(《太平御覽》十二引《韓試外傳》)動雨雪雜下。

十 畫

18【霡】ㄇㄛˋ mò 名「霡霂」：(1)小的雨。(2)指汗流浹背的樣子。

18【霤】ㄌㄧㄡˋ liù 名①屋簷上向下滴流的水。②向下流的水，例泰山之霤穿石。(枚乘〈上吳王諫獵書〉)③屋簷滴水之處，又指屋簷，更借指承滴水之器。

十一 畫

19【霪】ㄧㄣˊ yín 名久雨，例禹沐浴霪雨。(《淮南子》〈脩務訓〉)

19【霧】〔雺〕ㄨˋ wù 名水蒸汽凝聚為小水滴，接近地面而成迷濛狀的，稱霧。

◆霧中看花 迷霧、雨霧、雲霧、濃霧。

19【霨】ㄨㄟˋ wèi 形雲起的樣子。

十二 畫

20【霰】ㄒㄧㄢˋ xiàn 名雨點遇空氣時凝成的白色不透明、近似圓形或圓錐形的小珠，直徑約二～五公釐。質軟易碎，常於下雪前出現。字一作「霓」，俗謂米雪。

十三 畫

21【霸】(覇)㈠ㄅㄚˋ bà 名①古時諸侯的首領，例五伯之霸也。(《左傳》成公二年)②仗財藉勢，無理逞強者，例凶霸、惡霸。動超過別人，例文采必霸。(《文心雕龍》〈事類〉) 副强橫地，例霸佔。 (二) ㄆㄛˋ pò 名同「魄」，指每月月初始見的月亮。

◆**獨霸、惡霸、强霸、爭霸、稱霸。**

21【霹】ㄆㄧ pī 名①疾雷，例霹靂。②宙神。動雷擊劈折，例雷霆霹長松。(杜甫〈敬寄族弟唐十八使君詩〉)

21【露】(一) ㄌㄨˋ lù 名①近地表的水蒸氣，因夜間遇冷而凝結在草葉上及其他近地物體上的小水珠。②芳香可飲的液體或酒，例玫瑰露。③姓，漢有都尉露平。④通「輅」；車。動①表現。②洩。 (二) ㄌㄡˋ lòu 動①使之沾潤恩澤。②使之瘦弱。③顯現、洩露。④裸露。⑤陳列在外，例暴兵露師，十有餘年。(《史記》〈主父偃傳〉)

◆**白露、雨露、夜露、朝露、顯露。**

十四 畫

22【霽】〔霁〕ㄐㄧˋ jì 動①凡雨、雪止，雲霧散均謂之霽，例秋雨新霽。②釋、收斂。

◆**霽月、霽色 光霽、天霽、雨霽、雪霽、新霽。**

22【霾】ㄇㄞˊ mái 名①細塵與鹽粒散布於大氣的一部分，雖質點太小無法察覺，但是可減低水平向能見度，使大氣層作淺藍色等而掩沒其它色澤之現象。有乾霾、溼霾之別。②大風揚塵所引起的昏暗。動①大風揚塵土，從上而下。②通「埋」；覆藏。

十六 畫

24【靂】〔雳〕ㄌㄧˋ lì 名雷擊聲、疾雷，例霹靂。

24【靈】〔灵〕ㄌㄧㄥˊ líng 名①指神或鬼神，例神靈、精靈。②稱最精明能幹者。③魂魄。④人的精神，例性靈。⑤事神的女巫。⑥姓，春秋晉有靈輒。動①明白。②保祐。形①機敏、不遲滯，例靈巧。②死者的，例靈座、靈櫬。③神妙。④好的、精美的，例靈果參差。(潘岳〈閒居賦〉)⑤應驗，例這話很靈。

◆**靈性、靈活、靈氣、靈通、靈魂、靈犀、靈驗、靈機一動 乞靈、移靈、幽靈、英靈。**

24【靄】〔霭〕ㄞˇ ǎi 名①介於霾與霧間的天氣現象，爲微細的吸水性水滴，聚集懸浮於大氣中的一種水汽現象；使景色產生淺灰色的薄幕。②姓，明有靄顯。形指雲聚集的樣子或雲氣濃厚很盛的樣子，例靄靄。

◆林靄、煙靄、暮靄、晚靄、春靄。

24【靆】〔叇〕ㄉㄞˋ dài 形「靉靆」，見「靉」字。

十七 畫

25【靉】〔叆〕ㄞˋ ài ㄧˋ ì 形「靉靆」：雲盛的樣子或指光線昏暗不明的樣子。

青 部

08【青】㈠ㄑㄧㄥ qīng 名①五色之一。②青色之物。③綠色的草木、山脈。④稱竹皮、竹簡，例殺青。⑤黑色，例青牛、青衣。⑥地名，青海省、青海市、青州的簡稱。形①綠色的，例青山、青草。②年輕的，例青春、青年。 ㈡ㄐㄧㄥ jīng 形與「菁」同。「青青」：⑴形容很濃厚的綠色。⑵形容茂盛的樣子。

◆青天、青史、青雲、青睞、青樓、青出於藍、青面獠牙、青紅皂白、青黃不接、青雲直上、青梅竹馬 丹青、汗青。

五 畫

03【靖】ㄐㄧㄥˋ jìng 名姓，淸有靖乃勳。動①平定，例靖亂、靖難。②計劃。形①平安、安定，例平靖。②謙恭。③細小的樣子。

◆安靖、平靖、綏靖、嘉靖。

七 畫

15【靚】〔靓〕ㄐㄧㄥˋ jìng 名妝飾艷麗，例靚妝。動召、呼。形與「靜」通；沉靜。

八 畫

16【靛】ㄉㄧㄢˋ diàn 名用藍草浸水加石灰沉澱而成的藍色染料，俗稱靛青。

16【靜】〔静〕ㄐㄧㄥˋ jìng 名①對動而言，謂安定不動。②緘默無聲，例靜以修身。(諸葛亮〈戒子書〉)③和，例樂由中出，故靜。(《禮記》〈樂記〉)形①貞靜閒雅的，例靜女。②計謀或巧飾的，例靜言庸違。(《尚書》〈堯典〉)副安謐。

◆靜坐、靜脈、靜觀、靜極思動 平靜、安靜、文靜、寂靜。

非　部

08【非】㈠ㄈㄟ　fēi　名①過失、劣行，例爲非作歹。②地名，阿非利加洲的簡稱。③姓，伯益之後。動①違背。②反對、詆毀。③指責。④不是，例子非魚，安知魚之樂。(《莊子》〈秋水〉)⑤無，例夫子則非罪。(《史記》〈孔子世家〉)⑥失誤，例公私非計。(《南史》〈王誕傳〉)形①不好的，例勿用非謀。(《尚書》〈康誥〉)②不同的。副不、並不，例非以無人而不芳。(《荀子》〈宥坐〉)　㈡ㄈㄟˇ　fěi　動與「誹」通；說人壞話。

◆**非法、非同小可　是非、文過飾非、積非成是、面目全非、死於非命。**

七　畫

15【靠】ㄎㄠˋ　kào　名①依傍，例終身有靠。②傳統戲曲中武將所披的鎧甲。動①依賴，例靠天吃飯。②挨近，例靠近。③信任，例可靠。④相違背。

◆**靠山、靠枕、靠攏、靠天吃飯。**

十一　畫

19【靡】㈠ㄇㄧˇ　mǐ　名①紂之都邑。②邊、崖。③姓，殷末靡國之後。動①無，例命靡常。(《尚書》〈咸有一德〉)②倒下，例望其旗靡。(《左傳》〈莊公十年〉)形①精緻、微小。②奢侈，例浮靡。③淸麗、美好。副無，例其詳靡聞。(《文心雕龍》〈誄碑〉)　㈡ㄇㄧˊ　mí　動①分散。②糜爛。③損傷。④消滅。⑤與「糜」通；爛。

◆**侈靡、披靡、淫靡、奢靡、萎靡。**

面　部

09【面】ㄇㄧㄢˋ　miàn　名①臉部。②物的外表，例路面、表面。③方向、方位，例四面埋伏。④數量的名稱，例一面鏡子。⑤幾何名詞，凡空間中有長度、寬度而無厚度者，例平面。動①見面。②對著，例面壁而立。副當面，例面折。

◆**面命、面洽、面陳、面積、面面相覷、面目可憎、面紅耳赤、面授機宜、面黃飢瘦、面無人色　水面、方面、背面、側面、體面、顏面。**

五　畫

12【皰】ㄆㄠˋ　pào　名面瘡。《說文》作「皰」，俗作

「疱」。

七　畫

16【靦】㈠ ㄊㄧㄢˇ tiǎn 形慚愧的樣子，例有靦面目。(《詩經》〈小雅・何人斯〉) ㈡ ㄇㄧㄢˇ miǎn 形「靦覥」：心有羞慚而見於面。

十二　畫

21【靧】ㄏㄨㄟˋ huì 動同「頮」；洗臉。

十四　畫

23【靨】〔靥〕ㄧㄝˋ yè 名面頰上的微窩，俗謂酒窩，例笑靨。

革　部

09【革】㈠ ㄍㄜˊ gé 名①去毛並經加工的獸皮，例羔羊之革。(《詩經》〈召南・羔羊〉) ②人的皮膚。③兵甲，例兵革大强。(《戰國策》〈秦策〉) ④兵卒。⑤《易經》六十四卦之一，離下兌上。⑥翼，例如鳥斯革。(《詩經》〈小雅・斯干〉) ⑦八音之一。⑧姓，漢初有革朱。動①除去。②變更、改換，例天地革而四時成。(《易經》〈革卦〉) ㈡ ㄐㄧˊ jí 形緊急、危急，例夫子之病革矣。(《禮記》〈檀弓〉)

◆革命、革除、革新、革故鼎新　金革、甲革、皮革、改革、沿革、變革。

二　畫

11【靪】ㄉㄧㄥ dīng 名衣服、鞋襪縫補的部分，例打補靪。動補鞋底。

四　畫

13【靴】(韡) ㄒㄩㄝ xuē 名長筒的鞋子，字本作「韡」，例皮靴。

13【靶】ㄅㄚˇ bǎ 名①轡革。②射擊的目標，例打靶。③與「把」通；柄。

13【靳】ㄐㄧㄣˋ jìn 名①古代由四匹馬駕的馬車，中間兩匹當胸繫著的皮帶。②姓，戰國趙有靳黈，楚有靳尚。動①吝惜。②取。③戲弄羞辱。

13【靷】ㄧㄣˇ yǐn 名繫在車軸的革帶，一端繫於馬頭皮套上，以引車前行。

13【靸】㈠ ㄙㄚˋ sà 名①小孩的鞋。②沒有後跟的鞋，猶今之拖鞋。動舉，例慢靸輕裙行欲近。(《才調集》〈薛能舞者詩〉) (二)ㄊㄚ tā 動只腳尖伸鞋內，拖著鞋走，例靸拉著鞋。

五 畫

14【靼】ㄉㄚˊ dá 名質地柔軟的皮革。

14【鞅】ㄧㄤ yāng 名套在馬頸上，用以駕車的皮帶。副與「怏」通；不滿意的樣子，例鞅鞅。

14【靺】ㄇㄛˋ mò 名①北方種族之名，即「靺鞨」，屬通古斯族，共有七部。在宋時建立金國，後爲蒙古所滅。②襪子。

14【鞄】(一)ㄆㄠˊ páo 名與「鮑」通；製革工人。(二)ㄅㄠ bāo 名輭皮做成的小箱子。

14【靿】ㄧㄠˋ yào 名靴面彎曲處或靴子、襪子長筒的部分，例靴靿。

六 畫

15【鞍】〔鞌〕ㄢ ān 名①馬背上的騎墊，例馬鞍。②狀似鞍的物品。

15【鞋】〔鞵〕ㄒㄧㄝˊ xié 名保護足部的穿著物，形狀甚多，有涼鞋、高跟鞋等。

15【鞏】〔巩〕ㄍㄨㄥˇ gǒng 名①古地名，周畿內邑，故地在今河南省鞏縣。②姓，漢有鞏攸。動①以皮革束物。②懼怕、戰慄。形堅固，例鞏固。

七 畫

16【鞘】(一)ㄑㄧㄠˋ qiào 名①刳木成中空，用以盛裝銀物，以便運轉，例餉鞘。②刀劍套。(二)ㄕㄠ shāo 名鞭梢，馬鞭頭。

16【鞔】(一)ㄇㄢˊ mán 名鞋幫，引申爲鞋。(二)ㄨㄢˇ wǎn 動①以革蒙鼓。②以革飾車。(三)ㄇㄣˋ mèn 形與「懣」通；悶脹。

八 畫

17【鞠】ㄐㄩˊ jú 名①皮毬。②與「菊」通；菊花。③姓，戰國燕有鞠武。動①養，例母兮鞠我。(《詩經》〈小雅・蓼莪〉)②告誡，誓告，例陳師鞠旅。(《詩經》〈小雅・采芑〉)③彎曲，例鞠躬。形①稚，例無遺鞠子羞。(《尚書》〈康王之誥〉)②高，例鞠巍巍其

隱天。(張衡〈南都賦〉)

17【鞚】ㄎㄨㄥˋ kòng 名控制馬匹用的皮帶和繩索。

九 畫

18【鞣】ㄖㄡˊ róu 名①熟的皮革。②柔輭的皮革。形柔軟的意思。

18【鞦】ㄑㄧㄡ qiū 名①駕車時套在牛、馬臀部後的皮帶。②「鞦韆」：亦作秋千，一種遊戲器材，在ㄇ形的高架上或樹幹上懸繫兩條長繩或鐵鏈，下端橫栓一塊平木板，人可站立或坐於板上，兩手握繩，利用身體屈伸向前後搖盪。

18【鞭】ㄅㄧㄢ biān 名①趕牲口的用具。②古刑名，以鞭責打犯人。③古兵器，形狀似鐧而無稜。④指竹根。⑤雄性動物之陰莖，例牛鞭、虎鞭。動鞭打，例鞭之見血。(《左傳》〈莊公八年〉)

◆**鞭尸、鞭笞、鞭策、鞭撻、鞭長莫及、鞭辟入裡。**

18【鞫】ㄐㄩˊ jú 名①水涯的盡頭，例芮鞫之即。(《詩經》〈大雅・公劉〉)②姓，西漢有尚書令鞫譚。動①審問犯人。②窮究。

18【鞬】ㄐㄧㄢ jiān 名盛弓的袋子。

18【鞨】ㄏㄜˊ hé 名①頭帕，例鞨巾革履。②中國北方種族名，例靺鞨。

十 畫

19【鞲】ㄍㄡ gōu 名①與「韝」同，用皮革製的護臂套。

19【鞴】ㄅㄟˋ bèi 名①古車具，覆於軾上者，一名車絥。②吹火使熾之革袋。

十一 畫

20【鞹】ㄎㄨㄛˋ kuò 名①皮革。②整張曬乾不去毛的獸皮。動用皮革包裹。

十三 畫

22【韃】〔鞑〕ㄉㄚˊ dá 名「韃靼」之簡稱：⑴契丹的西北族，爲沙陀別種，今中亞細亞及歐洲蘇俄東部尚有此族存在。⑵俄羅斯自治邦之一，位於窩瓦河流域。動與「撻」同。

22【韁】(繮) ㄐㄧㄤ jiāng 名與「繮」

同；繫在馬脖子的繩子。

十五 畫

24【韆】〔千〕ㄑㄧㄢ qiān 名「鞦韆」，見「鞦」字。

十七 畫

26【韉】ㄐㄧㄢ jiān 名馬鞍下面的墊褥，例西市買鞍韉。(〈木蘭辭〉)

韋 部

09【韋】〔韦〕ㄨㄟˊ wéi 名①去毛加工製成的柔軟獸皮。②姓，前蜀有韋莊。動「違」的本字，相背。

三 畫

12【韌】〔韧〕(靭)(韌)(靱) ㄖㄣˋ rèn 形柔軟而堅固。

◆韌皮、韌性、韌帶 堅韌。

五 畫

14【韎】〔韎〕ㄇㄟˋ mèi 名①古時東夷的樂名。②草名，可作紅色染料。

14【韍】〔韨〕ㄈㄨˊ fú 名①古時用韋製成祭服的蔽膝。②拴璽印的繩子。

八 畫

17【韓】〔韩〕ㄏㄢˊ hán 名①井垣，繞在井上的木欄。②國名：⑴周時姬姓國。⑵戰國時晉大夫韓氏與趙魏分晉，擁有今山西省南部及河南省中部。⑶朝鮮於清光緒二十年獨立，改國號爲韓，宣統二年爲日本所併，第二次世界大戰後獨立，民國三十七年，建立大韓民國。③姓，唐有韓愈。

九 畫

18【韙】〔韪〕ㄨㄟˇ wěi 形①是、正確，例犯五不韙。(《左傳》〈隱公十一年〉)②善。

十 畫

19【韜】〔韬〕ㄊㄠ tāo 名①弓的套子。②謀略，例韜略。動藏，例以被韜面。(《後漢書》〈姜肱傳〉)

19【韞】〔韫〕ㄩㄣˋ yùn 動藏，例石韞玉而山暉。(陸機〈文賦〉)

十二畫

21【韡】ㄨㄟˇ wěi 形光明盛大的樣子。

韭部

09【韭】(韮)ㄐㄧㄡˇ jiǔ 名植物名。百合科，多年草本，葉細長而扁，叢生。夏秋之際開花，色白，繖形花序；味辛烈，根莖葉俱可食。

音部

09【音】(一)ㄧㄣ yīn 名①物體受振動，由空氣傳播而發出的聲響。②消息，例音信。③尊稱他人的言語，例玉音。④姓，清有音泰。 (二)ㄧㄣˋ yìn 名與「蔭」同；樹蔭。

◆音訊、音義、音調、音樂 口音、佳音、發音、梵音、聲音、福音、雜音、濁音。

二畫

11【章】ㄓㄤ zhāng 名①音樂完畢爲一章。②印章，例圖章。③旌旗。④文采，例目不別五色之章爲昧。(《左傳》〈僖公二十四年〉)⑤臣下對皇帝的上書，例奏章。⑥法規、條例，例約法三章。⑦詩文之一節，首尾意義具全之一段落。⑧指文章，例下筆成章。⑨姓，宋有章惇。動表明、顯明，例平章百姓。(《尚書》〈堯典〉)

11【竟】ㄐㄧㄥˋ jìng 名①樂曲完盡。②終結。③姓。動①窮究，例窮原竟委。②完盡。形全、整，例竟日。副卻、居然。

四畫

13【韵】(韻)ㄩㄣˋ yùn 與「韻」同。

五畫

14【韶】ㄕㄠˊ sháo 名①虞舜的樂曲。②姓，明有韶護。形美好的，例韶光。

十畫

19【韻】ㄩㄣˋ yùn 名①和諧的聲音。②讀音時收音的部分。③氣韻風度。④風雅。⑤指詩賦辭曲，例或記言於短韻。(陸機〈文賦〉)形美、標致，例分明是他更韻些兒。(《稼軒詞》〈小重山茉莉〉)

◆韻味 押韻、風韻、哀韻、音韻、清韻、雅韻、疊韻。

十一 畫

20【響】〔响〕ㄒㄧㄤˇ xiǎng 名①聲音，例炎光飛響。(揚雄〈劇秦美新〉)②應聲。③高聲。④音訊。⑤聲聞。⑥與「饗」通。動①附和，例響應。②發出聲音。

◆響遏行雲 音響、悲響、影響、一聲不響。

頁 部

09【頁】〔页〕(一)ㄒㄧㄝˊ xié 名 人頭。 (二)ㄧㄝˋ yè 名①書紙一張爲一頁。②書或印刷品的一面爲一頁。形一層層的，例頁岩。

二 畫

11【頂】〔顶〕ㄉㄧㄥˇ dǐng 名①頭的最上部。②物的最上部，例山頂。③計數之詞，例一頂帽子。動①以頭戴物。②出價承受別人的東西，例盤頂。③代替，例頂替。④抵拒。⑤逆，例頂風。副最、極，例頂好。

◆頂樓、頂撞、頂嘴、頂禮、頂天立地。

11【頃】〔顷〕(一)ㄑㄧㄥ qīng 名①傾側，例嚴處頃聽。(《漢書》〈禮樂志〉)②姓，漢有頃憲。 (二)ㄑㄧㄥˇ qǐng 名田百畝。形近，例頃年以來。副短時間，片刻。

三 畫

12【項】〔项〕ㄒㄧㄤˋ xiàng 名①頸的後部。②冠的後部。③條目，例分項。④代數稱不以加減號相連結的單式。⑤古國名，在今河南項城縣東北。⑥姓，古有項羽。形肥大，隆起，例四牡項領。(《詩經》〈小雅・節南山〉)

◆項目、項背相望 別項、事項、要項、款項。

12【順】〔顺〕ㄕㄨㄣˋ shùn 動①依從，例順彼長道。(《詩經》〈魯頌・泮水〉)②遵循。③適合，例順手。④歸服，例天下順之。(《孟子》〈公孫丑〉)⑤就便，例順便。形①和順、安樂，例父母其順矣乎。(《禮記》〈中庸〉)②不逆，例六十而耳順。(《論語》〈爲政〉)副依序。

◆順心、順民、順序、順利、順延、順從、順天應人、順手牽羊 耳順、

孝順、忠順、柔順、歸順、溫順。

12【須】〔须〕ㄒㄩ xū 名①「鬚」的本字；生在下巴或嘴邊的毛。②草名，即蔓菁。③姓，戰國魏有須賈。動①待，例卬須我友。(《詩經》〈邶風·匏有苦葉〉)②要，例不須復煩大將。(《漢書》〈馮奉世傳〉)③求。副①應當，例白日放歌須縱酒。(杜甫〈聞官軍收復河北詩〉)②終究。③暫時、一會兒，例須臾。連卻，例須道今夕別般明。(朱敦儒〈水調歌頭〉)

12【頇】〔顸〕ㄏㄢ hān 形「顢頇」，見「顢」字。

四 畫

13【預】〔预〕ㄩˋ yù 動與「與」通；參與。副事先，例預先、預演。

◆預告、預防、預定、預約、預期、預備、預算、預感。

13【頑】〔顽〕ㄨㄢˊ wán 動嬉戲。形①愚、鈍，例父頑母嚚。(《尚書》〈堯典〉)②凶狠。③貪，例頑夫廉。(《孟子》〈萬章下〉)④稱孩子淘氣，例頑皮。⑤與「玩」通；嬉戲，例不過是一時的頑話兒罷了。(《紅樓夢》第二十二回)

◆頑固、頑强　兇頑、冥頑、强頑、傲頑。

13【頓】〔顿〕(一)ㄉㄨㄣˋ dùn 名①量詞，表次數，例一頓飯。②周時國名，春秋時爲楚所滅。③姓，漢有頓肅。動①以頭叩地，例頓首。②停頓、止。③上下抖動，使整齊，例頓網探淵。(陸機〈演連珠〉)④安置，例安頓。形①困躓，例困頓。②通「鈍」；不利。副立刻、突然，例茅塞頓開。(二)ㄉㄨˊ dú 名漢朝時代匈奴單于的名號，例冒頓。

◆頓足、頓悟　頑頓、停頓、愚頓、整頓。

13【頊】〔顼〕ㄒㄩˋ xù 副茫然失意的樣子，例頊頊。

13【頒】〔颁〕(一)ㄅㄢ bān 動①布、賜，例頒獎。②分取，分賞，例乃惟孺子，頒朕不暇。(《尚書》〈洛誥〉)形與「斑」通；斑白、鬚髮花白。(二)ㄈㄣˊ fén 形頭大貌。

13【頌】〔颂〕(一)ㄙㄨㄥˋ sòng 名①《詩經》六義之一，爲頌美祖先、神靈或時君的樂歌，例周頌。②文體之一，以讚美表揚爲內容。③占兆之詞。副①稱揚別人的好處，例歌功頌德。②祝禱、書信中常用詞。③朗讀，與「誦」通，例頌其詩。（《孟子》〈萬章下〉） ㈡ ㄖㄨㄥˊ róng 名①容儀。②姓。動寬容、收容。副通「公」；共同。

◆稱頌、推頌、雅頌、賀頌。

13【頎】〔颀〕ㄑㄧˊ qí 形身材高大的樣子，例碩人其頎。（《詩經》〈衛風·碩人〉）

13【頏】〔颃〕ㄏㄤˊ háng 名人頸。動鳥向下飛，例燕燕于飛，頡之頏之。（《詩經》〈邶風·燕燕〉）

五　畫

14【頗】〔颇〕㈠ ㄆㄛ pō 形不正。 ㈡ ㄆㄛˇ pǒ 名姓，明有頗廷相。副①少。②甚，例自知獲戾頗覺悚惶。（袁枚〈答靖海侯書〉）③皆，悉。

14【領】〔领〕ㄌㄧㄥˇ lǐng 名①頸、項。②衣服圍護頸部的部分。③山嶺。④量詞。動①理。②統率。③受取，例領教。④治理。⑤了解、領悟。

◆領土、領悟、領情、領略、領會本領、首領、要領、綱領、統領、引領而望。

六　畫

15【頡】〔颉〕㈠ ㄒㄧㄝˊ xié 名①直著脖子。②姓，古賢者頡衛。動鳥向上飛，例頡頏。 ㈡ ㄐㄧㄚˊ jiá 動①減剋、擠除。②刮。 ㈢ ㄐㄧㄝˇ jǐe 名井上汲水工具名頡皋。

15【頠】〔頠〕ㄨㄟˇ wěi 動熟習。形安靜。

15【頫】〔頫〕㈠ ㄈㄨˇ fǔ 動同「俯」；低頭，例頫首係頸。（《漢書》〈賈誼傳〉） ㈡ ㄊㄧㄠˋ tiào 動視，望，與「眺」同。

15【頦】〔颏〕ㄏㄞˊ hái ㄏㄞˋ hài 名面頰的下部。

七　畫

16【頸】〔颈〕ㄐㄧㄥˇ jǐng 名①頭與軀幹相連的部分，前爲頸，後爲項。②物之領。

◆交頸、刎頸、長頸、頭頸。

16【頻】〔频〕ㄆㄧㄣˊ pín 名①同「瀕」；水涯。②次數多。③姓，漢有頻陽。形①危急，例國步斯頻。(《詩經》〈大雅・桑柔〉)②並、相接連，例羣臣頻行。(《國語》〈楚語〉)③與「顰」通；皺眉。副屢次。

16【頷】〔颔〕ㄏㄢˋ hàn 名頦下頸上的部位，俗稱下巴。動微微點頭，表嘉許或應允，例頷首。

16【頭】〔头〕ㄊㄡˊ tóu 名①人身上最高的部分，例頭頂。②首領，例行頭皆官帝。(《國語》〈楚語〉)③計數之辭，例一頭牛。④初、始，例年頭年尾。⑤物體的頂端或前端，例兩頭兒尖。⑥事情的開端，例頭尾。⑦條理，例頭緒。⑧線索、著落。⑨剩下的東西或殘餘的一部分，例零頭。⑩附在名詞之後，通常唸輕聲，例石頭、斧頭。形第一、居首的，例頭等。助附於名詞之後，無義。如舌頭、指頭。

◆**頭目、頭緒、頭銜、頭腦、頭蓋骨、頭昏腦脹、頭破血流、頭暈眼花、頭頭是道。**

16【頹】〔颓〕(穨) ㄊㄨㄟˊ tuí 名姓，西漢有頹當。動①墜、壞，例泰山其頹乎？(《禮記》〈檀弓〉)②水下流。形①頭禿。②順，例頹乎其順也。(《禮記》〈檀弓〉)③衰敗或精神萎靡不振的樣子，例頹唐、頹廢。

16【頤】〔颐〕ㄧˊ yí 名①面頰。②易經六十四卦之一，震下艮上。③姓，漢有頤鄉。動養，例頤育萬物以成大化。(《後漢書》〈王符傳〉)助助聲之辭，無義，例夥頤。(《史記》〈陳涉世家〉)

16【頰】〔颊〕ㄐㄧㄚˊ jiá 名面部兩旁顴骨以下的部分。

◆**兩頰、紅頰、面頰、豐頰。**

16【頮】〔颒〕ㄏㄨㄟˋ huì 動同「靧」；洗臉。

16【𩒐】〔𬱖〕ㄔㄨㄚˋ chuà 動超出，例𩒐外。形强的樣子。

八　畫

17【顆】〔颗〕ㄎㄜ kē 名①小頭。②圓形物一枚稱一顆，例一顆珍珠。③土塊。

17【顇】〔䯂〕ㄘㄨㄟˋ cuì 形①與「瘁」

通；勞累的樣子，例顦頯。②與「粹」通；純。

九 畫

18【額】〔额〕ㄜˊ é 名①眉上髮下的部分。②制定的數名，例租有定額。(《五代史》〈劉審交傳〉)③牌匾，多懸於門上，例門額。④姓。

◆額外 名額、金額、全額、稅額、總額。

18【顏】〔颜〕ㄧㄢˊ yán 名①臉或臉上之表情。②俗語所謂臉面或面子，例無顏見人。③色彩，例五顏六色。④姓，唐有顏眞卿。動在匾額上題字。

◆顏面 玉顏、汗顏、紅顏、容顏、厚顏、和顏悅色。

18【題】〔题〕ㄊㄧˊ tí 名①額。②考試的命題，例請試他題。(《宋史》〈晏殊傳〉)③章奏之一，例題本。④事情所標立的名目，例標題。⑤寫在書籍、碑帖、字畫等前面的文字稱題，例題跋。動①品評。②簽署、書寫，例題辭。③通「提」；述說，例休題舊事。(臧懋循〈元曲選〉)

◆主題、命題、破題、問題、解題、難題。

18【顎】〔颚〕ㄜˋ è 名牙牀骨。形①面高貌。②嚴敬的樣子。

18【顓】〔颛〕ㄓㄨㄢ zhuān 名姓。動同「專」，例王莽顓政。(《漢書》〈梅福傳〉)形①謹慎的樣子。②愚昧無知的。③善良的，例猛獸食顓民。(《淮南子》〈覽冥〉)

18【顒】〔颙〕ㄩㄥˊ yóng 名大頭。形①嚴正的樣子，例有孚顒若。(《易經》〈觀卦〉)②大的樣子，例其大有顒。(《詩經》〈小雅・六月〉)

十 畫

19【類】〔类〕ㄌㄟˋ lèi 名①由許多相同或相似的事物綜合而歸屬於某一種別。②事理，例此之謂不知類也。(《孟子》〈告子上〉)③儕輩，例出於其類，拔乎其萃。(《孟子》〈公孫丑上〉)④傳說中獸名，狀如貍而有毛，說見《山海經》〈南山經〉。⑤姓，宋有類演。動似，例類有大憂。(《國語》〈吳語〉)形善，例克明克類。(《詩經》〈大雅・皇矣〉)副大約。

◆類比、類次、類別、類似、類推、類聚 人類、分類、同類、異類、種類。

19【願】(愿) ㄩㄢˋ yuàn 名心所欲者、心願，例適我願兮。(《詩經》〈鄭風・野有蔓草〉)動①希望、願意，例非曰能之，願學焉。(《論語》〈先進〉)②羨慕。③思念，例願言思伯。(《詩經》〈衛風・伯兮〉)副每，例願言思子。

◆願力　心願、志願、發願、宿願、悲願、誓願、請願。

19【顛】〔颠〕ㄉㄧㄢ dian 名①頭頂，例有馬白顛。(《詩經》〈秦風・車鄰〉)②頂端、最高的地方。③姓，春秋晉有顛頡。④根本，例顛末。動①從高處墜落。②倒、仆，例國顛而不扶。(《論語》〈季氏〉)③通「癲」；狂。④通「闐」；塞。⑤搖晃震盪。

19【顗】〔觊〕ㄧˇ yǐ 形①謹愼端莊的樣子。②安靜。

19【顙】〔颡〕ㄙㄤˇ sǎng 名額。動叩頭，稽顙的省稱。

十一　畫

20【顢】〔颟〕讀音ㄇㄢˊ mán 語音ㄇㄢ mān 形「顢頇」：臉大的樣子，今多用來形容糊塗，不明事理或是懶散，做事疏忽不用心。

十二　畫

21【顧】〔顾〕ㄍㄨˋ gù 名①春秋時古國名，爲湯所滅。②姓，明有顧炎武。動①迴視，例顧瞻周道。(《詩經》〈檜風・匪風〉)②視察、看。③探望、拜訪，例吾朝夕顧焉。(《國語》〈晉語〉)④眷念、照顧、關心。連①但。②乃、不過，例卿非刺客，顧說客耳。(《後漢書》〈馬援傳〉)③反而，例子之南面行王事而噲老不聽政，顧爲臣。(《戰國策》〈燕策〉)④難道，例顧不美乎。(《漢書》〈季布傳〉)

◆顧全、顧忌、顧盼、顧慮、義無反顧、顧此失彼、顧名思義　主顧、四顧、回顧、恩顧、照顧。

21【顥】〔颢〕ㄏㄠˋ hào 名姓。形①白亮的樣子。②博大。

十三　畫

22【顫】〔颤〕ㄓㄢˋ zhàn ㄔㄢˋ chàn 動①肢體因寒冷或驚恐而顫動。②晃動。形顫動搖曳的樣子，例顫顫巍巍。

十四 畫

23【顯】〔显〕ㄒㄧㄢˇ xiǎn 名①姓，周有顯甫。②子孫稱已去世的尊長，例顯考、顯妣。動表現，例顯現、顯揚。形①清楚、明白，例天有顯道。(《尚書》〈泰誓〉)②在上位者，例顯者。

◆顯示、顯明、顯要、顯揚、顯然、顯達、顯赫、顯豁 光顯、明顯、尊顯、貴顯、旌顯。

23【顬】〔颥〕ㄖㄨˊ rú 名顱骨之一，俗稱耳門骨，例 顳顬骨。

十五 畫

24【顰】〔颦〕ㄆㄧㄣˊ pín 形皺著眉頭，憂慮的樣子。

十六 畫

25【顱】〔颅〕ㄌㄨˊ lú 名①腦蓋、頭骨，例頭顱僵仆。(《戰國策》〈秦策〉)②頭的通稱。

十八 畫

27【顳】〔颞〕ㄋㄧㄝˋ niè 名顱骨之一，在頂骨下方不規則狀的扁平骨，前部藏有聽覺器，俗稱耳門骨，例顳顬骨。

27【顴】〔颧〕ㄑㄩㄢˊ quán 名面頰骨。

風 部

09【風】〔风〕㈠ㄈㄥ fēng 名①空氣流動的現象，例微風。②風尚、習俗。③教化。④《詩經》六義之一。⑤樂曲、歌謠。⑥氣韻、風格。⑦病名，例風疹。⑧景象、消息。⑨通「瘋」；狂顛的疾病。⑩姓，相傳黃帝時有風后。動①乘涼，例風乎舞雩。(《論語》〈先進〉)②走逸，例馬牛其風。(《尚書》〈費誓〉) ㈡ㄈㄥˋ fèng 動①吹拂，例吾不能以春風風人。(《說苑》〈貴德〉)②同「諷」；勸諫。

◆風波、風姿、風流、風度、風紀、風格、風味、風骨、風雲、風華、風潮、風趣、風霜、風靡、風平浪靜、風吹草動、風和日麗、風雨無阻、風流倜儻、風起雲湧、風捲殘雲、風雲際會、風馳電掣、風調雨順、風餐露宿、風韻猶存 世風、狂風、旋風、流風餘韻、一路順風。

五 畫

14【颯】〔飒〕(颭) ㄙㄚˋ sà 動衰落凋零。形風聲。

14【颱】〔台〕ㄊㄞˊ tái 名發生在西太平洋區的熱帶氣旋，與西印度羣島和墨西哥灣的颶風，同屬熱帶風暴。

六 畫

15【颳】〔刮〕ㄍㄨㄚ guā 動吹、起，例颳風。

八 畫

17【颶】〔飓〕ㄐㄩˋ jù 名發生在海上的大風，現在多指熱帶低氣壓，發生在大西洋、加勒比海、墨西哥灣及墨西哥西岸之北太平洋東部的熱帶氣旋。東亞稱之爲颱風。

九 畫

18【颺】〔飏〕ㄧㄤˊ yáng 動①被風吹起、飛揚、高飛。②撇開、拋下，例颺下扇風拍手。(《片玉詞》〈南柯子〉)③通「揚」；顯揚。④與「揚」通，簸揚，例簸之颺之。(《晉書》〈孫綽傳〉)

十 畫

19【颼】〔飕〕ㄙㄡ sou 名小風。形狀聲詞，風聲、雨聲或箭離弦聲，例颼颼。

十一 畫

20【飄】〔飘〕(飃) ㄆㄧㄠ piāo 名旋風，例迴風爲飄。(《爾雅》〈釋天〉)動①吹動。②吹落。③飛揚。◆飄泊、飄忽、飄風、飄然、飄逸、飄零。

十二 畫

21【飆】〔飙〕ㄅㄧㄠ biāo 名①暴風。②泛指風。

飛 部

09【飛】〔飞〕ㄈㄟ fei 名姓，商有飛廉。動①鳥類、昆蟲或航空器騰行於空中。②擲，例飛石。③飄揚。④散發。形①高，例飛樓。②無根據的，例飛短流長。③物隨風蕩飄空中，例飛絮。④迅疾的樣子。⑤

意外發生的，例飛禍。

◆飛快、飛奔、飛揚、飛漲、飛舞、飛來橫禍、飛砂走石、飛黃騰達、飛揚跋扈、飛簷走壁 輕飛、奮飛、比翼雙飛、遠走高飛。

十二 畫

21【飜】ㄈㄢ fān 同「翻」動①飛。②翻騰。③翻覆。

食部

09【食】〔饣〕(一)ㄕˊ shí 名①祿，例食浮於人。(《禮記》〈坊記〉)②吃的東西，例食物。動①吃，例食而不知其味。(《禮記》〈大學〉)②蠱惑。③受納。④通「蝕」；虧蝕，例月盈則食。(《易經》〈豐卦〉) (二)ㄙˋ sì 動拿食物給人或禽獸吃，例飲之食之。(《詩經》〈小雅・緜蠻〉) (三)ㄧˋ yì 名人名，漢有酈食其、審食其。

◆食糧、食古不化 乞食、衣食、美食、酒食、自食其力、弱肉強食、宵衣旰食、錦衣玉食。

二 畫

11【飢】〔饥〕ㄐㄧ jī 名①通「饑」；荒災，農作物不熟或歉收。②姓，漢有飢恬。形餓。

◆飢渴、飢餓、飢不擇食、飢寒交迫、飢腸轆轆。

11【飣】〔饤〕ㄉㄧㄥˋ dìng 名堆疊在盤中供陳設的蔬果，例飣餖。

三 畫

12【飧】(飱)ㄙㄨㄣ sūn 名①晚飯。②熟食，例誰知盤中飧，粒粒皆辛苦。(李紳〈憫農詩〉)動以水和飯。

12【飥】〔饦〕ㄊㄨㄛ tuō 名由青稞或麥做成的湯餅。

四 畫

13【飪】〔饪〕(餁)ㄖㄣˋ rèn 動煮熟，例烹飪。

13【飯】〔饭〕(一)ㄈㄢˋ fàn 名①用穀類煮成的食物。②正餐所吃的主食。③拇指本，例自飯持之(《儀禮》〈士喪禮〉) (二)ㄈㄢˇ fǎn 動①吃，例飯黍毋以箸。(《禮記》〈曲禮〉)②拿食物給人吃。③餵飼動物。④納珠玉於死者口中，例飯於牖下。(《禮記》〈檀弓〉)

13【飩】〔饨〕ㄊㄨㄣˊ tún 名「餛飩」，見

「餛」字。

13【飭】〔饬〕ㄔˋ chì 名通「敕」，公文名稱，舊時上級官署對於下級官署有所指揮或督責時所用。動①整治。②通「敕」；告誡。③巧僞，例文士並飭。(《戰國策》〈秦策〉)形①謹敬的樣子。②通「飾」；有美飾。

◆中飭、整飭、謹飭、嚴飭。

13【飲】〔饮〕(一)ㄧㄣˇ yǐn 名流質的食物，例一簞食，一瓢飲。(《論語》〈雍也〉)動①沒，例飲羽。②喝，例冬日則飲湯。(《孟子》〈告子上〉)③含忍，例飲恨。 (二)ㄧㄣˋ yìn 動將流質的食品給人或動物喝。

◆飲泣、飲食、飲恨、飲水思源、飲鴆止渴 牛飲、冷飲、夜飲、痛飲。

13【飫】〔饫〕ㄩˋ yù 名宴飲。動①賜予，例飫賜。②立而行禮，例夫禮之立者爲飫。(《國語》〈周語下〉)形飽足。

五 畫

14【飼】〔饲〕ㄙˋ sì 動①拿食物給人或牲畜吃。②蓄養鳥獸。

14【飴】〔饴〕ㄧˊ yí 名糖膏，即現在麥芽糖製成的軟糖或糖漿。動通「貽」，贈與。形味道甘美者，例飴漿。

14【飽】〔饱〕ㄅㄠˇ bǎo 名姓，宋有飽安盈。動充滿。形滿足。副多，例飽經世故。

14【飾】〔饰〕ㄕˋ shì 名用來裝扮的物品，例首飾。動①刷治清潔，例凡祭祀飾其牛牲。(《周禮》〈地官・封人〉)②修飾、裝扮。③文飾、假託。④通「飭」；整治。

◆飾辭、飾僞 服飾、華飾、虛飾、裝飾。

六 畫

15【餃】〔饺〕ㄐㄧㄠˇ jiǎo 名一種食品，將和過的麵粉碾成圓薄片，再包以菜、肉等餡，成半圓形。

15【養】〔养〕(一)ㄧㄤˇ yǎng 名①化學元素氧，舊稱養氣。②古地名，在今河南寶封縣西北。③姓，春秋楚有養由基。動①生育、繁殖，例天地養萬物。(《易經》〈頤卦〉)②鞠養，例父能生之，不能養之。(《荀子》〈禮論〉)③治、修養，例養心莫善於寡欲。(《孟子》〈盡心下〉)④培植花木或飼養動物。⑤保護、修補，例養路。⑥教，例立太傅少傅以養之。(《禮記》〈文王世子〉)⑦調治、療養。 (二) ㄧㄤˋ yàng 動晚輩對長輩的供養。

◆養老、養育、養護、養尊處優、養精蓄銳、養癰遺患 生養、收養、修養、調養、靜養。

15【餅】〔饼〕ㄅㄧㄥˇ bǐng 名①用麵粉或米粉做成的平圓形食品，例月餅。②扁圓形像餅的東西，例鐵餅。

15【餌】〔饵〕ㄦˇ ěr 名①以麵粉製成的糕餅類食品。②食物。③釣魚用的魚食。④牲獸的筋腱。動①吃。②引誘。

15【餉】〔饷〕ㄒㄧㄤˇ xiǎng 名①軍警人員每月的薪給，例薪餉。②通「晌」；估計時間之辭。動送食物給人吃，饋贈，例有童子以黍肉餉。(《孟子》〈滕文公下〉)

15【餂】〔䬯〕ㄊㄧㄢˇ tiǎn 動①同「舔」，用舌接觸或取物。②用言語來鉤取他人的眞情。形古甜字。

七 畫

16【餓】〔饿〕ㄜˋ è 形①飢、不飽。②貪婪。

16【餒】〔馁〕ㄋㄟˇ něi 形①飢餓。②膽怯心虛，例氣餒。③魚肉。

16【餐】ㄘㄢ cān 名①熟食。②食物。③飯一頓稱一餐。動①吃。②聽取，例餐輿誦於丘里。(《文選》王仲寶〈褚淵碑〉)

16【餑】〔饽〕ㄅㄛ bō 名①北方菓、餅等點心的統稱，例餑餑。②茶上厚的浮沫，說見陸羽《茶經》。

16【餔】〔餔〕(一) ㄅㄨ bū 名通「晡」，日落時。動①吃。②在午後申時而食。 (二) ㄅㄨˋ bù 名濃濁的餳。動把食物餵給不能自食的人。

16【餕】〔馂〕ㄐㄩㄣˋ jùn 名通「焌」；熟食。動把剩下的食物吃掉。

16【餖】〔饾〕ㄉㄡˋ dòu 名堆疊在盤中，只供陳設而不吃的蔬果，例餖飣。

16【餗】〔餗〕ㄙㄨˋ sù 名鼎中的食品。

16【餘】〔馀〕ㄩˊ yú 名①殘剩、多餘，例乞其餘。(《孟子》〈離婁下〉)②閒暇，例則用天下而有餘。(《莊子》〈天道〉)③零數，例百餘。④姓，後燕有餘嵩。形①多出的，例地有餘力。②殘；將盡，例餘年。③其他的，例餘事。④不盡的，例死有餘辜。⑤末，例此世之餘事。(《公羊傳》何休〈序〉)

◆餘力、餘論、餘興　公餘、有餘、盈餘、殘餘、剩餘。

八畫

17【館】〔馆〕ㄍㄨㄢˇ guǎn 名①房舍的通稱，例公館。②客舍。③商店，例飯館。④機關或公共場所的名稱，例博物館。⑤舊日教授學童的地方，例蒙館。

17【餞】〔饯〕ㄐㄧㄢˋ jiàn 名糖漬的果品，例蜜餞。動①以酒食送行。②送行，例寅餞納日。(《尚書》〈堯典〉)

17【餛】〔馄〕ㄏㄨㄣˊ hún 名「餛飩」：用麵粉做成薄皮，內包肉餡，煮熟後連湯一起食用。

17【餡】〔馅〕ㄒㄧㄢˋ xiàn 名包子或餃子等麵食中所包的肉、菜或豆沙等料稱爲餡。

17【餚】〔肴〕ㄧㄠˊ yáo 名同「肴」；已經烹煮的葷菜，例餚饌。

17【餧】〔馁〕(一)ㄋㄟˇ něi 形①飢餓。②魚腐敗。(二)ㄨㄟˋ wèi 動以食物飼餵。

17【餩】〔饻〕ㄜˋ è 動①噎，食物哽住喉嚨。②打嗝。

17【餜】〔馃〕ㄍㄨㄛˇ guǒ 名①用米麵製成的圓形食品。②油炸的食品。

九畫

18【餵】(喂)(餧) ㄨㄟˋ wèi 動飼養、哺乳，字本作餧，例餵雞。

18【餬】〔䊀〕ㄏㄨˊ hú 名稠濃的粥。動①用食物塡飽肚子。②通「糊」；塗黏，例餬紙。

18【餱】〔糇〕ㄏㄡˊ hóu 名①乾糧。②食糧。

18【餳】〔饧〕ㄒㄧㄥˊ xíng ㄊㄤˊ táng 名麥芽糖。動眼半睜半合。形①引申爲黏著、親暱的意思。②形容黏滯而不靈活之狀。

18【餮】ㄊㄧㄝˋ tiè 名「饕餮」，見「饕」字。動食、多食。

十 畫

19【餾】〔馏〕ㄌㄧㄡˋ liù 動食物第二回重蒸。

19【餿】〔馊〕ㄙㄡ sōu 動食物久留，敗壞而變味。

19【餽】〔馈〕ㄎㄨㄟˋ kuì 名①祭享鬼神的祭名。②姓，春秋晋有餽閒倫。動①贈送，例王餽兼金一百而不受。(《孟子》〈公孫丑下〉)②通「匱」，缺乏。

19【餼】〔饩〕ㄒㄧˋ xì 名①禾米。②飼料。動饋，餽贈食物或活的牲畜與人。形活的牲口，例餼羊。

19【饁】〔馌〕ㄧㄝˋ yè 動送飯給在農田喊工作的人吃。

19【餻】〔馐〕ㄍㄠ gāo 名用米、麥粉做的餅類食品，今作「糕」。

十一 畫

20【饅】〔馒〕ㄇㄢˊ mán 名一種用發酵的麵粉蒸成的麵製食品，例饅頭。

20【饈】〔馐〕ㄒㄧㄡ xiū 名①膳食。②精美的食物，例珍饈。動荐、進獻。

20【饉】〔馑〕ㄐㄧㄣˇ jǐn ㄐㄧㄣˋ jìn 名蔬菜收成不好。動餓死，通「殣」。

20【饃】〔馍〕ㄇㄛˊ mó 名「饃饃」：北方有人稱饅頭類的麵食爲饃饃。

十二 畫

21【饒】〔饶〕ㄖㄠˊ ráo 名①古地名，戰國趙饒邑，在今河北鹽山南。②姓，漢有饒武。動①寬容。②添加。形豐足、多餘。副任憑、儘管，例饒這麼嚴，他還不聽話。

◆饒命、饒恕　沃饒、肥饒、富饒、豐饒。

21【饑】〔饥〕ㄐㄧ jī 名穀不熟爲饑。形通「飢」；餓、不飽。

21【饋】〔馈〕(餽) ㄎㄨㄟˋ kuì 名禮物。動①致贈。②進食於尊長。③輸送，例饋糧。④吃，例一饋而十起。(《淮南子》〈氾論〉)

21【饌】〔馔〕ㄓㄨㄢˋ zhuàn 名酒食菜肴的總稱。動①飲食，例有酒食，先生饌。(《論語》〈爲政〉)②陳置食物。

21【饍】〔𫗴〕(膳) ㄕㄢˋ shàn 名同「膳」，酒食。

21【饗】〔飨〕ㄒㄧㄤˇ xiǎng 名祭祀的名稱。動①賜賞，例旦日饗士卒。(《史記》〈項羽本紀〉)②通「享」。③大宴賓客，例宴饗。

21【饊】〔馓〕ㄙㄢˇ sǎn 名餅餌名，例教買餅饊茶菓，請鄰舍吃茶。(《水滸傳》)

十三 畫

22【饔】ㄩㄥ yōng 名①早飯。②熟食。

22【饕】ㄊㄠ tāo 名「饕餮」：古時貪食的惡獸名。動貪求，例決性命之情而饕富貴。(《莊子》〈駢拇〉)

22【饘】〔𫗮〕ㄓㄢ zhān 名濃稠的粥。

十四 畫

23【饜】ㄧㄢˋ yàn 動通「厭」，厭惡，例通知上益饜之。(《漢書》〈叔孫通傳〉)形①飽。②滿足，例不奪不饜。(《孟子》〈梁惠王上〉)

十七 畫

26【饞】〔馋〕ㄔㄢˊ chán 動①貪食。②貪圖利祿。形貪慾的，例爲利而止眞貪饞。(《韓昌黎集卷五》〈酬司門盧四兄雲夫院長望秋作詩〉)

首 部

09【首】(一) ㄕㄡˇ shǒu 名①頭，例愛而不見，搔首踟躕。(《詩經》〈邶風·靜女〉)②領袖、頭目，例首長，匪首。③要領。④單位詞，例一首詩。⑤刀環。⑥座次，例下首。形第一的，例首次。副開始，例首創。 (二) ㄕㄡˋ shòu 動①向，例北首燕路。(《史記》〈淮陰侯列傳〉)②自己告罪，例自首。③降服，例雖有降

首，曾莫懲革。(《後漢書》〈西域傳〉)

◆首尾、首惡、首相、首創、首如飛蓬、首屈一指、首當其衝、首鼠兩端 元首、斬首、賊首、稽首。

二 畫

11【馗】ㄎㄨㄟˊ kuí 名同「逵」；四通八達的大道。

八 畫

17【馘】(一) ㄍㄨㄛˊ guó 名古代殺敵並割取其左耳以計功。 (二) ㄒㄩˋ xù 名臉。

香 部

09【香】ㄒㄧㄤ xiāng 名①芬芳的味道，例花香。②一加熱就散發芳香的物品，可祭拜神祇，也有的可驅除蚊蟲，例盤香、蚊香。③女子的代稱，例憐香惜玉。④姓，戰國齊有香居。動①親吻之俗稱，例香一香臉。②散發香氣使芬芳。形①芳香的，例香花。②受歡迎的，例吃香。副舒適的，例睡得很香。

◆香閨、香澤、香豔、香消玉殞 沉香、幽香、清香、異香、馨香、國色天香。

九 畫

18【馥】(一) ㄈㄨˋ fù 名香氣。形香味濃厚的樣子。(二) ㄅㄧˋ bì 名中箭聲。

十一 畫

20【馨】ㄒㄧㄣ xin 名①可傳播到遠處的香氣。②功德流傳久遠。③花香。形香，例五味乃馨。(《山海經》〈西山經〉) 助語助詞，同般、樣，例冷如鬼手馨。(《世說新語》〈忿狷〉)

馬 部

10【馬】〔马〕ㄇㄚˇ mǎ 名①哺乳綱奇蹄目馬科中的草食獸。②通「碼」；計數的工具。③德國錢幣馬克的簡稱。④籌碼，例請爲勝者立馬。(《禮記》〈投壺〉)⑤姓，漢有馬援。

◆馬不停蹄、馬耳東風、馬首是瞻、馬到成功、馬革裹屍、馬齒徒增 人馬、司馬、汗馬、軍馬、野馬、駙馬、千軍萬馬。

二 畫

12【馭】〔驭〕ㄩˋ yù 名駕車的人。動①駕御馬匹。②統御。

12【馮】〔冯〕㈠ㄈㄥˊ féng 名姓，五代有馮道。 ㈡ㄆㄧㄥˊ píng 動①馬跑得很快。②憑藉、依靠，例馮恃其衆。③徒步過河，例馮河。④欺陵壓迫。⑤扶持，例君大夫馮父母、妻、長子，不馮庶子。(《禮記》〈喪大記〉)形①憤懣不平。②盛怒，例今君奮焉震電馮怒。(《左傳》〈昭公五年〉)

三畫

13【馳】〔驰〕ㄔˊ chí 名姓，明有馳九垓。動①跑得很快。②追逐。③嚮往心儀。④傳揚，例英名日四馳。(孟郊〈同年成燕詩〉)⑤施用。

◆**馳騁 心馳、奔馳、神馳、飛馳、驅馳、風馳電掣。**

13【馱】〔驮〕(駄)㈠ㄊㄨㄛˊ tuó 動背載著人或物品，多半指牲口的背載。 ㈡ㄉㄨㄛˋ duò 名①牲口身上所背負的物品。②量詞，一馬所負擔爲一馱。

13【馴】〔驯〕㈠ㄒㄩㄣˊ xún 名姓。動順從。形善良，例皆有馴行。(《史記》〈管蔡世家〉)副逐漸，例馴至。 ㈡ㄒㄩㄣˋ xùn 動通「訓」，教誨。

四畫

14【駁】〔驳〕(駮)ㄅㄛˊ bó 動①論辯是非曲直，否定別人意見。②轉載貨物，例駁運。形指馬毛色不純，引申爲顏色雜亂或事情紛亂。

◆**駁正、駁斥 反駁、斑駁、雜駁、辯駁。**

14【馹】〔驲〕ㄖˋ rì ㄧˋ yì 名①古代驛站專用的馬匹。②驛車。

五畫

15【駝】〔驼〕(駞)ㄊㄨㄛˊ tuó 名①「駱駝」，見「駱」字。②鳥名，例駝鳥。動通「馱」；教牲口用背部背載物品。形背部隆起像駱駝的。

15【駐】〔驻〕ㄓㄨˋ zhù 動①車馬停止。②停留。③保持，例駐顏有術。④書法用筆，不可停頓，不可遲澀審顧，行筆疾快，稱爲駐。

15【駟】〔驷〕ㄙˋ sì [名]①古代由四匹馬拉一輛車，因此稱四匹馬拉的車或拉車的四匹馬，都稱駟，[例]載參載駟。(《詩經》〈小雅・采菽〉)②馬的統稱。③星宿名，即房星，爲蒼龍七宿的第四宿。④通「四」。⑤姓，春秋魯有駟赤。

15【駛】〔驶〕ㄕˇ shǐ [動]①馬跑得快。②操縱車、船，飛機等機械的行動，[例]駕駛。③稱時節變換迅速。[形]急速。

◆行駛、迅駛、奔駛、急駛。

15【駑】〔驽〕ㄋㄨˊ nú [名]①最低劣的馬。②才能低劣的人。[形]比喻才力淺薄，愚鈍無能。

15【駕】〔驾〕ㄐㄧㄚˋ jià [名]①車輛的總稱。②對他人的尊稱，[例]尊駕。③姓。[動]①用馬或牛等牲口拉車。②逾越、淩駕。③乘騎。

15【駒】〔驹〕ㄐㄩ jū [名]①肥壯強健的馬匹。②小馬、小驢或小騾等動物，[例]馬駒子。③姓，漢有駒幾。

15【駙】〔驸〕ㄈㄨˋ fù [名]古時拖副車的馬。

15【駘】〔骀〕(一) ㄊㄞˊ tái [名]①劣馬。②庸劣的人材。[動]①通「跆」；踐踏，[例]駘藉。②脫落。 (二) ㄉㄞˋ dài [形]安詳舒放的樣子，[例]駘蕩。

15【駉】〔駉〕ㄐㄩㄥ jiōng [名]牧馬的園地。[形]馬肥壯的樣子，[例]駉駉。

15【駜】〔駜〕ㄅㄧˋ bì [形]馬肥壯的樣子。

15【駓】〔駓〕ㄆㄧ pī [名]黃白雜毛的馬。[副]疾走貌，[例]駓駓。

六畫

16【駭】〔骇〕ㄏㄞˋ hài [名]姓。[動]①馬受驚嚇。②害怕、驚恐。③擾亂，[例]又以惡駭天下。(《莊子》〈德充符〉)④起。⑤播散。[形]①驚怕的，[例]驚濤駭浪。②特別豔麗，教人驚異的。

16【駢】〔骈〕ㄆㄧㄢˊ pián [名]姓。[動]兩馬並行。[形]凡物並列而成雙成偶的。[副]表示並聯的狀態。

16【駱】〔骆〕ㄌㄨㄛˋ luò [名]①頸毛爲黑色的白馬。②「駱駝」：偶蹄類家畜，體高大，背有一或二肉峯，能負重，行沙漠中。③百越之一，居住在滇、黔、貴及越南等地，例駱越。④姓，唐有駱賓王。

16【駪】〔𬳽〕ㄕㄣ shēn 形 馬羣行而爭先的樣子，比喻為衆多，例駪駪。

16【駮】〔驳〕ㄅㄛˊ bó 名 古書裡所說的一種猛獸。形 ①通「駁」，顏色雜亂或事務繁雜。②乖舛，例與漢律駮者十餘事。(《後漢書》〈馬援傳〉)

七　畫

17【騁】〔骋〕ㄔㄥˇ chěng 動 ①馬向前快跑。②奔跑。③施展、發揮，例騁志。副 盡力，例騁足。

17【駿】〔骏〕ㄐㄩㄣˋ jùn 名 ①良馬。②通「俊」；才能出衆的人。形 ①盛大的，例駿業。②急速，例筆力勁駿。③通「峻」；嚴厲的。

17【駸】〔骎〕ㄑㄧㄣ qīn 形 馬疾行的樣子，例駸駸。

17【騂】〔骍〕ㄒㄧㄥ xīng 名 ①紅色馬。②泛指紅色。形 弓質地均勻的樣子，例騂騂。

17【騃】〔𫘤〕ㄞˊ ái 形 痴呆愚笨的樣子。

17【駾】〔𫘦〕ㄊㄨㄟˋ tuì 動 因驚慌而奔跑直衝。

八　畫

18【騎】〔骑〕㈠ ㄑㄧˊ qí 動 ①跨馬，例乃上馬騎。(《史記》〈項羽本紀〉) ②跨坐在物體的上面或兩邊。③靠近，例百金之子不騎衡。(《史記》〈袁盎傳〉)　㈡ ㄐㄧˋ jì 名 ①馬車。②馬，例千乘萬騎西南行。(白居易〈長恨歌〉) ③乘馬的兵卒。④姓，戰國燕有騎劫。

◆**騎牆、騎虎南下　良騎、坐騎、胡騎、偵騎、鐵騎。**

18【騏】〔骐〕ㄑㄧˊ qí 名 ①青黑色的馬。②良馬。③青黑色。④姓，春秋楚有騏瘠夫。

18【騑】〔𬴂〕ㄈㄟ fēi 名 ①古代馬駕車，在兩旁的馬稱為騑，亦稱驂；中間的稱為服。②馬的統稱。形 馬行不止，疲累的樣子，例騑騑。

18【騍】〔骒〕ㄎㄜˋ kè 名 母馬。

九 畫

19【騖】〔骛〕ㄨˋ wù 動①奔馳。②追求、從事，例好高騖遠。副疾速。

19【騙】〔骗〕ㄆㄧㄢˋ piàn 名欺誑，蒙哄的行爲，例行騙。動①通「騗」；躍起乘馬。②蒙哄、欺詐。

19【騣】〔骔〕ㄗㄨㄥ zōng 通「鬃」。名①馬頸上的長毛。②馬冠。

19【騧】〔䯄〕ㄍㄨㄚ guā 名嘴爲黑色的黃馬。

19【騤】〔骙〕ㄎㄨㄟˊ kuí 名「騤騤」：馬強壯的樣子，例四牡騤騤。(《詩經》〈小雅・采薇〉)

19【騞】〔𬴂〕ㄏㄨㄛˋ huò 名用刀剖解東西的聲音。

十 畫

20【騫】〔骞〕㈠ㄑㄧㄢ qiān 名①褰在馬腹的墊子。②過錯。③姓，淸有騫機思。動①虧損，例不騫不崩。(《詩經》〈小雅・天保〉)②高舉。③拔取。④驚懼。⑤違背。形仰首的樣子。 ㈡ㄐㄧㄢˇ jiǎn 形駑劣。

20【騰】〔腾〕ㄊㄥˊ téng 名姓。動①傳遞。②奔跑，例奔騰。③跳躍，例暫騰而上胡馬。(《漢書》〈李廣傳〉)④騎乘。⑤轉易移用、挪移。⑥上升。

20【騷】〔骚〕ㄙㄠ sāo 名①憂愁。②臭味，例羊騷。③抑鬱憂愁的情緒，例牢騷。④戰國詩人屈原所創文體，凡體例風格和屈原所作的離騷相似的，稱爲騷體。⑤泛稱詩賦。動擾亂。形淫蕩，例騷婦。

20【騭】〔骘〕ㄓˋ zhì 名雄馬。動①登升。②安排、排定。

20【騶】〔驺〕ㄗㄡ zōu 名①古代主管駕車馬的小官。②古代官長出行，前導或後隨的騎士。③姓，戰國齊有騶衍。(《史記》作鄒衍)

20【騸】〔骟〕ㄕㄢˋ shàn 動①割去雄馬的睪丸。②截去樹的主根。

20【騮】〔骝〕ㄌㄧㄡˊ liú 名毛紅色而頸毛、尾毛是黑色的馬。

十一 畫

21【驃】〔骠〕ㄆㄧㄠˋ piào 名有白色斑點的黃馬，例黃驃。形①馬疾行的樣子。②驍勇強悍的樣子。

21【驀】〔蓦〕ㄇㄛˋ mò 動①上馬。②越過。副突然，例驀然回首，那人卻在燈火闌珊處。(辛棄疾〈青玉案詞〉)

21【驅】〔驱〕(駈)(敺) ㄑㄩ qū 名前鋒，例先驅。動①奔走、前進。②趕馬前進。③趕走、轟走。④逼迫，例為勢所驅。

21【騾】〔骡〕ㄌㄨㄛˊ luó 名哺乳綱奇蹄目。是雄驢和雌馬交配而生的雜種，頭耳皆長，色多黑褐。鳴聲似驢，能負行遠。

21【驁】〔骜〕ㄠˊ áo 名駿馬。形①馬驕縱而不馴服的樣子。②傲慢、驕矜。

21【驂】〔骖〕ㄘㄢ cān 名①駕車時，旁邊的兩匹馬稱為驂。②用三匹馬拉的車或稱同駕一車的三匹馬。③姓。

21【驄】〔骢〕ㄘㄨㄥ cōng 名色青白相雜的馬。

21【騺】〔鸷〕ㄓˋ zhì 形馬太肥重而腳屈的樣子，例惠公馬騺不能行。(《史記》〈晉世家〉)

十二 畫

22【驕】〔骄〕ㄐㄧㄠ jiāo 名①身高六尺的馬。②野馬。形①馬碩大壯健的樣子。②馬驕逸不受控制。③自大自誇、倨傲侮慢，例富而無驕。(《論語》〈學而〉)④恣縱。⑤矯飾。⑥猛烈，例驕陽。⑦極疼愛，例驕妾窺欲。(《漢書》〈王莽傳〉)副不習慣，例驕用逐禽。(《逸周書》〈黃門〉)

◆驕矜、驕傲、驕縱、驕橫、驕奢淫佚。

22【驍】〔骁〕ㄒㄧㄠ xiāo 名①良馬。②古代遊戲名。用箭投壺，中了，箭由壺中躍出，再用手接住再投稱為驍。形武勇強健的樣子。

22【驊】〔骅〕ㄏㄨㄚˊ huá 名赤兔駿馬，周穆王的八駿之一，例驊騮。

22【驌】〔骕〕ㄙㄨˋ sù 名「驌驦」，亦作「肅爽」，良馬名。

22【驏】〔骣〕ㄔㄢˇ chǎn 名不加鞍轡的馬。

十三 畫

23【驚】〔惊〕ㄐㄧㄥ jīng 名小兒病，小兒因失於調養，而引起的腦神經疾病稱爲小兒急癇，俗稱驚。動①馬受驚致使行動失常。②震動，例軍驚師駭。(揚雄〈羽獵賦〉)③害怕，例一軍皆驚。(《史記》〈淮陰侯列傳〉)④戒愼恐懼。⑤喧鬧。形亂的樣子。副快速，例驚帆。

◈**驚奇、驚悸、驚訝、驚愕、驚醒、驚險、驚心動魄、驚天動地、驚風駭浪、驚惶失措、驚濤駭浪。**

23【驛】〔驿〕ㄧˋ yì 名①古代爲傳遞官方文書所設置的車、馬。②古代用快馬遞送文書，沿途設立供人休息或換馬房舍，例驛站。③姓。副來往不絕，例駱驛不絕。

23【驗】〔验〕ㄧㄢˋ yàn 名①憑據、證據，例何以爲驗。(《史記》〈晉世家〉)②功效。動①證明事實。②審核。

◈**驗收、驗證 實驗、證驗、檢驗、靈驗。**

十四 畫

24【驟】〔骤〕ㄗㄡˋ zòu 動馬跑得很快。副①常常地、屢次。②突然。③急速地，例驟雨不終日。(《老子》〈第二十三章〉)④疾行地。

十六 畫

26【驢】〔驴〕ㄌㄩˊ lü 名家畜名，哺乳綱奇蹄目馬科，草食性動物。耐力極大，能負重物，性情極溫馴。

26【驥】〔骥〕ㄐㄧˋ jì 名①千里馬。②傑出的人才。

十七 畫

27【驤】〔骧〕ㄒㄧㄤ xiāng 名馬後右足爲白色稱爲驤。動①馬昂頭奔馳。②高舉。③馳騁。

27【驦】〔骦〕ㄕㄨㄤ shuāng 名「驌驦」，見「驌」字。

十九 畫

29【驪】〔骊〕ㄌㄧˊ lí 图①純黑的馬。②姓。③驪龍的簡稱。動①用兩匹馬牽引。②通「離」，離別。

骨 部

10【骨】㈠ㄍㄨˇ gǔ 图①構成動物體的支架，由石灰質及膠質組成，以形狀和功能的不同，可分長骨、短骨、扁骨和不規則骨。②支撐物體的支架，例傘骨。③架勢。④卓絕的品格、氣質。⑤文章的體幹。⑥死人的遺骸，例古來白骨無人收。(杜甫〈兵車行〉)⑦姓，隋有骨儀。㈡ㄍㄨ gū 图古時一種兵器。

◆骨力、骨氣、骨鯁、骨瘦如柴　仙骨、白骨、枯骨、風骨、筋骨。

三 畫

13【骫】ㄨㄟˇ wěi 動①枉曲。②屈曲。③積聚。形骨頭彎曲不正。

13【骭】ㄍㄢˋ gàn 图①小腿骨；亦作脛骨。②肋骨。

四 畫

14【骯】〔肮〕ㄤ ang 形不潔淨，例骯髒。

14【骰】ㄕㄞˇ shǎi ；ㄊㄡˊ tóu 图賭具。形狀爲正方形，六面分刻一、二、三、四、五、六點，一、四塗紅色，其餘爲黑色，擲之視所見點數或顏色爲勝負。

14【骱】ㄒㄧㄝˋ xiè 图骨節之間兩塊骨頭相連接的地方。

五 畫

15【骷】ㄎㄨ kū 图無肉的屍骨或死人的頭骨，例骷髏。

15【骶】ㄉㄧˇ dǐ 图①臀部。②尾椎骨，例骶骨。③背。

六 畫

16【骸】ㄏㄞˊ hái 图①脛骨。②骨的通稱，例骸骨。③身體及形體的總稱。

◆骸骨、形骸、遺骸、殘骸、軀骸。

16【骼】ㄍㄜˊ gé 图①骨的通稱，例骨骼。②枯骨。③腋下的肉。

16【骿】ㄆㄧㄢˊ pián 形通「駢」。①二肋骨並在一起像一骨一樣。②通「胼」，辛勞地共同努力，例骿胝。

16【骻】ㄎㄨㄚˋ kuà 名①同「胯」；兩大腿中間。②腰骻骨。

16【骴】ㄘ cí 名①死人骨。②上面還有爛肉的骨頭。

七　畫

17【骾】ㄍㄥˇ gěng 名同「鯁」，魚骨頭。動食物的骨頭卡在喉嚨裡，例骨骾在喉，一吐爲快。副耿直。

八　畫

17【髀】ㄅㄧˋ bì 名①膝蓋以上的大腿骨。②大腿的外側。

17【髁】ㄎㄜ kē 名①膝蓋以上的大腿骨。②膝蓋骨。

九　畫

19【髂】ㄎㄚˋ kà 名腰骨。

十　畫

20【髈】ㄅㄤˇ bǎng 名①肩部和肩以下、肘以上的部位。同「膀」。②大腿。

十一　畫

21【髏】〔髅〕ㄌㄡˊ lóu 名無肉的屍骨或死人的頭骨，例骷髏。

十二　畫

22【髐】〔骁〕ㄒㄧㄠ xiāo 名響箭，例髐箭。副枯骨灰白乾澀的樣子。

十三　畫

23【髒】〔脏〕ㄗㄤ zāng 形汙穢不乾淨，例衣服髒了。

23【髓】ㄙㄨㄟˇ suǐ 名①骨頭中的膏脂。②事物精華的部分。③凝結在物質內部的脂飴。④植物在雙子葉及裸子植物莖的中央組織，質地都比其他部分疏鬆。

◆心髓、神髓、骨髓、精髓。

23【體】〔体〕ㄊㄧˇ tǐ 名①人或動物的全身。②指人的手足，例四體不勤。（《論語》〈微子〉）③形狀。④規格形式，例國體。⑤同等，例古今一體。（司馬遷〈報任少卿書〉）⑥原則，例中學爲體，西學爲用。⑦文章的氣勢。⑧占卜的卦兆。⑨幾何

學中立體的簡稱。動①設身處地爲人著想。②親近，例就賢體遠。(《禮記》〈學記〉)③包含、接納，例體羣臣。(《禮記》〈中庸〉)④實行，例故聖人以身體之。(《淮南子》〈氾論訓〉)⑤分解。⑥禮敬。

◆**體力、體恤、體格、體裁、體統、體會、體認、體諒、體魄、體驗、體貼入微　大體、文體、全體、物體、政體、身體、五體投地。**

23【髑】ㄉㄨˊ dú 名死人頭骨，例髑髏。

十四　畫

24【髕】〔髌〕ㄅㄧㄣˋ bìn 名同「臏」；①膝蓋骨。②古時去膝蓋骨的刑罰。動砍斷。

十五　畫

25【髖】〔髋〕ㄎㄨㄢ kuān 名大腿接於腰部的大塊骨頭。

高　部

10【高】ㄍㄠ gāo 名①指物體豎立時上下的長度，例身高。②數學上物體的第三廣度，三角形自頂點至底邊的垂直距離。平行四邊形、梯形上下二對邊間的垂直距離，都稱爲高。③姓，戰國燕有高漸離。動①尊崇。②加高。形①和低、下、卑相反，例高山。②價格昂貴。③超越時俗，例高士。④年齡大，例年高德劭。⑤顯貴。⑥聲調激越。⑦程度較好或等級、位置在上的，例卑高以陳。(《易經》〈繫辭〉)⑧超過一般程度。

◆**高亢、高尚、高明、高貴、高興、高朋滿座、高風亮節、高視闊步、高談闊論、高瞻遠矚　清高、崇高、登高、月黑風高。**

髟　部

10【髟】ㄅㄧㄠ biāo 名動物頸上的長毛。形髮長披垂的樣子。

二　畫

12【髡】ㄎㄨㄣ kūn 名①古時候剃去犯人頭髮的刑罰。②舊時對僧徒的賤稱。動剪掉樹上的枝葉，使樹木變得光禿。

四　畫

14【髦】ㄇㄠˊ máo 名①最長的毛髮，後來引申比

喻爲才俊的意思。②垂披到眉部的長髮，是古時子女孝順父母的一種裝扮。③馬後頸的鬣毛。④螳螂的另一名稱。⑤草名，就是天門冬。⑥通「旄」，旗幟的一種。⑦通「髳」，古西方少數民族名。

14【髣】(彷) ㄈㄤˇ fǎng 副 好像，例 髣髴。

五　畫

15【髮】〔发〕 ㄈㄚˇ fǎ 名①頭上的毛。②一寸的千分之一，引申爲極其微細，例千鈞一髮。③比喻爲山上的草木，例窮髮之北。(《莊子》〈逍遙遊〉)④姓，後漢有髮福。

◆髮妻、髮指　毛髮、白髮、剃髮、理髮、散髮、鶴髮、怒髮衝冠。

15【髯】〔髥〕 ㄖㄢˊ rán 名 ①臉頰上的鬍毛。②稱呼長有許多鬍鬚的人。

15【髫】 ㄊㄧㄠˊ tiáo 名小孩子額前下垂的頭髮。也可以用來稱小孩子，例黃髮垂髫。(陶潛〈桃花源記〉)

15【髴】(彿) ㄈㄨˊ fú 名①古代女人的頭飾。②獸名，例髴髴。副好像，例髣髴。

六　畫

16【髻】 ㄐㄧˋ jì 動把頭髮挽起來，束在頭頂上。

16【髭】 ㄗˋ zì 名生長在脣上鼻下的短鬚。形毛髮直豎散張的樣子。

16【髹】 ㄒㄧㄡ xiū 名赤黑色的漆，後泛稱赤黑色。動用漆塗在器物上。

七　畫

17【髽】 ㄓㄨㄚ zhuā 名把頭髮挽在頭上的髮型，例髽髻。動古代婦人在喪期中把麻加在頭髮裡挽成髻。

17【髾】 ㄌㄧˋ lì 名「髾髾」，見「髾」字。

八　畫

18【鬃】(騌)(騣)(鬉) ㄗㄨㄥ zōng 名①高高挽起的髮髻。②獸類頸上的毛，例豬鬃。

18【鬆】〔松〕 ㄙㄨㄥ sōng 名將肉煮熟而烤乾，製成纖維狀的食品，例肉鬆。動①放開，例鬆弛。②解開，例鬆開。形①頭髮散亂的樣子。②不緊，例釘子鬆了。③不繁重，例輕鬆。④不嚴格，例管得很鬆。⑤精神散漫，例鬆懈。⑥質地不緊密，例土質很鬆。

18【鬈】ㄑㄩㄢˊ quán 動分髮而挽抓成髻。形①頭髮捲曲而美好的樣子。②毛髮彎曲的樣子。

18【鬅】ㄆㄥˊ pen̗g 形頭髮散亂的樣子。

九 畫

19【鬍】〔胡〕ㄏㄨˊ hú 名頰鬚和口髭，鬚的總稱；亦稱鬍鬚、胡鬚。

19【鬎】ㄌㄚˋ là 名「鬎鬁」：頭上生瘡而禿髮的病症。

19【鬋】ㄐㄧㄢ jiān 動①剪髮、理髮。②同「翦」，除去。形女子髮下垂的樣子。

十 畫

20【鬑】ㄌㄧㄢˊ lián 形鬢髮稀疏的樣子，例鬑鬑。

20【鬒】ㄓㄣˇ zhěn 形頭髮多又黑，例鬒髮如雲。(《詩經》〈唐風・君子偕老〉)

十一 畫

21【鬘】ㄇㄢˊ mán 名印度風俗，用花環來裝飾頭或身體，俗稱華鬘，簡稱鬘，又叫纓絡。形頭髮美好的樣子。

十二 畫

22【鬚】〔須〕ㄒㄩ xū 名①動物長在嘴邊的毛，或毛狀突起物的通稱。人的鬍鬚長在鼻下稱髭，下頷稱鬍，頰部稱髯，是男子的第二性徵之一。②植物的花蕊、細根。

22【鬜】ㄑㄧㄢ qiān 名禿頭。

十三 畫

23【鬟】ㄏㄨㄢˊ huán 名①婦女把頭髮梳挽成環狀的一種髮型。②婢女。

◆丫鬟、小鬟、雲鬟、黛鬟。

十四 畫

24【鬢】〔鬂〕ㄅㄧㄣˋ bìn 形貼在兩頰靠近耳旁的頭髮。

◆兩鬢、雲鬢、雙鬢、翠鬢。

十五 畫

25【鬣】ㄌㄧㄝˋ liè 名①鬍鬚。②獸頸項上的毛。③鳥頭上的冠羽。④魚頷旁的鰭。⑤蛇鱗。⑥松針。⑦馬豕之毛。⑧掃帚。

鬥 部

10【鬥】〔斗〕(鬦)(鬭)(鬬) ㄉㄡˋ dòu 名姓，春秋楚有鬥穀於菟。動①爭搏，例戒之在鬥。(《論語》〈季氏〉)②競賽，例鬥草。③連接，例荷葉荷花相間鬥。(晏殊〈漁家傲詞〉)④聚集，例鄰舍都鬥了份子來。(《金瓶梅》〈第一回〉)⑤引逗。

五 畫

15【鬧】〔闹〕ㄋㄠˋ nào 動①喧擾，例鬧人。②發生事情，例鬧饑荒。③獲得之意，例先鬧一杯酒喝。④戲耍，開玩笑。⑤生病，例鬧氣喘。⑥變化。⑦使得，例鬧得不歡而散。形①擾嚷不安靜，例鬧區。②濃烈。③盎然，例紅杏枝頭春意鬧。

◆吵鬧、胡鬧、喧鬧、熱鬧。

六 畫

16【鬨】〔哄〕(閧) ㄏㄨㄥˋ hòng 動①聚集吵鬧，例一鬨而散。②爭鬥，例鄒與魯鬨。(《孟子》〈梁惠王下〉)副①喧鬧。②茂盛，例夜景皎潔，鬨然秀發。(皮日休〈桃花賦〉)

八 畫

18【鬩】〔阋〕ㄒㄧˋ xì 動爭鬥。

十二 畫

22【鬫】〔阚〕ㄏㄢˇ hǎn 名老虎吼聲。形軍容壯盛。

十四 畫

24【鬬】(鬥) ㄉㄡˋ dòu 動鬥之本字。

十八 畫

28【鬮】〔阄〕ㄐㄧㄡ jiū 名在紙片上寫字，做成暗籤的紙捲，任取其一，以卜可否，例抓鬮。動鬥取也。

鬯部

10【鬯】ㄔㄤˋ chàng 名①古代祭祀所用的香酒，用鬱金草釀秬黍而成。②裝弓的套子。形同「暢」；草木興盛，例草木鬯茂。(《漢書》〈郊祀志〉)

十九畫

29【鬱】〔郁〕(鬰)(欝)

ㄩˋ yù 名①香草名，鬱金的簡稱。②果名，即郁李。動①心中蘊結。②怨恨。③腐臭。④積聚。形①煙氣上升的樣子。②茂盛的樣子，例鬱乎蒼蒼。(蘇軾〈赤壁賦〉)③草木叢生。

◆鬱郁、鬱勃、鬱悶、鬱結。

鬲部

10【鬲】(一) ㄍㄜˊ gé 名姓。動通「隔」；隔開。 (二) ㄌㄧˋ lì 名①炊具，比鼎小，有瓦製與金屬製兩種。②瓦瓶。

九畫

19【鬷】ㄗㄨㄥ zōng 名①古代釜類器皿的總稱。②姓，漢有鬷弘。動總集會聚。

十二畫

22【鬻】(一) ㄩˋ yù 名姓，周有鬻熊。動①賣，例有鬻踊者。(《左傳》〈昭公三年〉)②生、養。形幼稚。副水流于溪谷之間。 (二) ㄓㄨˋ zhù 名同「粥」；稀飯。

鬼部

10【鬼】ㄍㄨㄟˇ guǐ 名①人死魂靈。②指萬物的精靈。③星宿的名字。④狡詐，噱頭，例搗鬼。⑤指有不良嗜好的人，例酒鬼、賭鬼。⑥罵人語、輕視語，例鬼子。⑦姓，周有鬼臾區。形①機警的樣子，例鬼靈精。②陰險、不光明的樣子。副亂七八糟的、胡亂，例鬼畫符。

◆鬼才、鬼神、惡鬼、窮鬼、厲鬼、餓鬼、鬼使神差、鬼哭神號、鬼計多端、鬼頭鬼腦。

四畫

14【魁】ㄎㄨㄟˊ kuí 名①盛酒的勺子。②星宿的名字，北斗七星第一到第四爲魁。③領袖。④明代科舉分五經取士，每一經的第一名稱爲魁，後代泛稱考試或比賽的第一名爲奪魁。⑤姓，明有魁倫。形高大强壯的樣子，例魁偉。

◆魁甲、魁首、魁梧　元魁、首魁、罪魁、雄魁。

14【魂】(䰟) ㄏㄨㄣˊ hún 名①人的能離開身體而存在的精氣。②物的精靈，例花魂。③意念、心靈。

◆魂魄、魂不附體　亡魂、神魂、銷魂、靈魂、國魂。

五　畫

15【魅】ㄇㄟˋ mèi 名①木石之怪。②鬼怪，例螭魅。動媚惑、惑亂。

◆妖魅、鬼魅、陰魅、蠱魅。

15【魄】(一) ㄆㄛˋ pò 名①人的能依附身體又能單獨存在的精氣。②指月初出或將沒時所散發出的光芒。③樹木名，據說葉似檀。　(二) ㄊㄨㄛˋ tuò 形不得志的樣子，例落魄。

◆玉魄、形魄、落魄、魂魄、體魄。

15【魃】ㄅㄚˊ bá 名古人以爲造成旱災的鬼。

15【魆】ㄒㄩˋ xù 形①詭譎。②倉卒的樣子。

七　畫

17【魈】ㄒㄧㄠ xiāo 名古人傳說中山中的鬼怪；即山魈。

八　畫

18【魋】ㄊㄨㄟˊ tuí 名①動物名，似熊而小，毛赤黃色，俗稱赤熊。②姓。形惡劣。

18【魏】(一) ㄨㄟˋ wèi 名①古國名，西周時的姬姓諸侯國。②戰國七雄之一。③朝代名，漢末三國之一，曹操受封爲魏公，與劉備、孫權三分天下。到了兒子曹丕篡漢，建國號爲魏，建都洛陽。④晋末拓跋珪稱帝，國號也稱魏，其後分爲東魏、西魏。⑤宮門的臺觀。⑥姓，唐有魏徵。　(二) ㄨㄟˊ wéi 形①通「巍」；高大的樣子。②獨立、不動的樣子，例魏然而已矣。(《莊子》〈天下〉)

18【魍】ㄨㄤˇ wǎng 名①「魍魎」：山川的精靈。②影外的重陰。

18【魎】ㄌㄧㄤˇ liǎng 名「魍魎」，見「魍」字。

十一　畫

21【魔】ㄇㄛˊ mó 图①帶有巫力，可阻礙善事的靈怪。在基督教世界被視爲異教的惡神。在佛教中，則視爲阻撓正道修行的靈鬼。②在神話或傳說中，害人性命的鬼怪。③梵語「魔羅」的簡稱，意爲障礙、擾亂。④過度的嗜好、愛好入迷，例詩魔。

◆惡魔、妖魔、邪魔、病魔、著魔、睡魔。

21【魑】ㄔ chī 图山中害人的精怪，例魑魅；亦作螭魅。

十四 畫

24【魘】〔魇〕ㄧㄢˇ yǎn 图①作夢時亂說亂動，惡夢，例夢魘。②妖邪。

魚部

11【魚】〔鱼〕ㄩˊ yú 图①脊椎動物之一，生活在水中，冷血，卵生，身上大多有鱗、鰭，用鰓呼吸。②形狀像魚的東西，例蠹魚。(《通志》〈氏族略〉)③雙目白色的馬。④姓，唐有魚朝恩。

◆魚雁、魚目混珠、魚貫而行、魚龍混雜　緣木求魚。

二 畫

13【魛】〔鱽〕ㄉㄠ dāo 图魚名；即刀魚，也叫鱭魚，體健性悍，常張巨口吞噬他種魚。

三 畫

14【魟】〔鲄〕ㄏㄨㄥ hōng 图魚名，軟骨魚類、魟魚目之總稱。體呈菱形板狀，形似蝙蝠，無鱗，骨骼全爲軟骨。尾細長，一般具有尾刺，有毒。

四 畫

15【魷】〔鱿〕ㄧㄡˊ yóu 图一種像烏賊的軟體動物，頭大，有十條觸手，尾端肉鰭呈扁三角形，常羣游於深二十公尺的海洋中；亦稱柔魚。

15【魯】〔鲁〕ㄌㄨˇ lǔ 图①春秋時國名，在今山東省西部一帶，後爲楚所滅。②山東省的簡稱。③姓，戰國齊有魯仲連。形愚鈍不聰敏，例參也魯。(《論語》〈先進〉)

15【魴】〔鲂〕ㄈㄤˊ fáng 图鯿魚的別稱，頭小腹闊，扁身細鱗，脊鰭有硬刺，體爲褐色，有青白色縱紋，肉味美。

15【魨】〔魨〕ㄊㄨㄣˊ tún 名魚名，即河豚，爲一種有毒的魚。

五　畫

16【鮑】〔鮑〕ㄅㄠˋ bào 名①俗指海產貝類中的鰒魚，味道鮮美而珍貴。②用鹽醃漬的魚。③乾魚。④通「鞄」，製皮革的工人。⑤姓，春秋齊有鮑叔。

16【鮀】〔鮀〕ㄊㄨㄛˊ tuó 名①鮎魚。②小沙魚。

16【鮐】〔鮐〕ㄊㄞˊ tái 名河豚魚，棲息於近海中，以暮春時撈捕最易，肉味珍美；亦稱魨、鯸鮐。

16【鮒】〔鮒〕ㄈㄨˋ fù 名①鯽魚的別稱，形似鯉，無鬚，棲息於池沼中。②蝦蟆。

16【鮓】〔鮓〕(一) ㄓㄚˇ zhǎ 名可以久藏的醃魚、糟魚之類的食品。 (二) ㄓㄚˋ zhà 名水母的別名。今俗稱海蜇。

16【鮎】〔鮎〕ㄋㄧㄢˊ nián 名魚名，屬脊椎動物亞門硬骨魚綱。頭大嘴寬，體滑無鱗，多黏質，全體狹長而側扁。

六　畫

17【鮮】〔鮮〕(尟)(尠)(魚魚魚) (一) ㄒㄧㄢ xiān 名①生魚、活魚。②新殺的鳥獸魚類或新摘的瓜果，例海鮮。③泛稱新鮮美味的食物，例嘗鮮。④姓，宋有鮮大年。形①清新的，不乾枯的，例鮮花。②滋味好的，例鮮湯。③色彩明亮光豔。 (二) ㄒㄧㄢˇ xiǎn 動盡，例故君子之道鮮矣。(《易經》〈繫辭〉)副寡少，例鮮少，鮮有。

◆**鮮明、鮮美、鮮豔、鮮衣美食、鮮車怒馬　生鮮、光鮮、芳鮮、時鮮、新鮮。**

17【鮫】〔鮫〕ㄐㄧㄠ jiāo 名魚名，屬脊椎動物亞門軟骨魚綱，通稱沙魚。體圓錐形而扁，鱗呈粒狀，頭上有噴水孔，性情凶暴，以捕他魚爲食，其鰭即我國筵席常用的魚翅。

17【鮪】〔鮪〕ㄨㄟˇ wěi 名魚名，屬脊椎動物亞門硬骨魚綱鱸形目。身體呈紡錘形，游泳速度極快。爲高級之肉食魚種。

17【鮭】〔鮭〕㈠ㄍㄨㄟ guī 图①魚名，屬硬骨魚類鮭魚目鮭魚科。是鮭魚科中最大的一種。體呈長紡綞形，長約三尺，頭部翠色，背部藍灰色，有黑斑點，腹部銀白色。分布於北太平洋，九月間會游至出生地之河流下游產卵。②河豚的別名。 ㈡ㄒㄧㄝˊ xié 图江蘇人謂魚類菜肴的總稱。

17【鮞】〔鮞〕ㄦˊ ér 图①幼小的魚，例魚禁鯤鮞。(《國語》〈魯語〉)②《呂氏春秋》中東海魚名，味美可食。

17【鮚】〔鮚〕ㄐㄧㄝˊ jié 图蚌名，屬軟體動物蛤蚌類，肉可食，腹中常有小蟹寄居。

17【鮟】〔鮟〕ㄢˋ àn 图「鮟鱇」：魚名，屬硬骨魚綱鮟鱇科。體形扁平似飯杓，無鱗。口有巨型銳齒，常利用頭上之長刺誘捕小魚。臺灣北部產。

17【鮠】〔鮠〕ㄨㄟˊ wéi 图魚名，屬硬角魚綱，色白無鱗，腹似鮎魚，背有肉鰭，通稱鮰魚；亦稱鱯魚。

17【鮣】〔鮣〕ㄧㄣˋ yìn 图魚名，溫帶海魚。尾端細，鱗小而圓。口寬有齒。頭上有橢圓形吸盤，可吸附在別的魚身上或船底。

七畫

18【鯊】〔鲨〕ㄕㄚ shā 图①魚名，屬軟骨魚綱。頭大眼小，體形略扁，背部暗褐色，尾呈團扇狀，多棲於鹹淡相混的水中。②鮫、沙魚的俗稱，例海鯊。

18【鯉】〔鲤〕ㄌㄧˇ lǐ 图①魚名，屬脊椎動物亞門硬骨魚綱鯉目。身體寬扁，呈紡錘形，口邊有長短觸鬚各一對，背色蒼黑，腹面黃白，多棲於小河池沼等淡水之中，肉味肥美。②古人寄信常用尺素結成鯉魚形狀，故沿爲書信之代稱。

18【鯀】〔鲧〕ㄍㄨㄣˇ gǔn 图①大魚。②夏禹之父名，堯封爲崇伯，後因治水無功，被舜殺於羽山。

18【鯁】〔鲠〕(骾)ㄍㄥˇ gěng 图①魚骨頭，例如鯁在喉。②禍患、病害，與「梗」通。動魚骨刺在喉嚨裡。形剛正爽直，例個性鯁烈。

18【鯽】〔鲫〕ㄐㄧˋ jì 名魚名，屬魚綱鯉科。與鮒魚相似的淡水魚。背部青灰色，腹部銀灰色。雄魚在生殖期，背部及側面呈青綠色，腹部淡紅色。

18【鯈】〔鲦〕ㄔㄡˊ chóu 名魚名；亦稱白鰷、鰷魚。

18【鮿】〔䱥〕ㄓㄜˊ zhé 名魚乾。

18【鯇】〔鲩〕ㄏㄨㄢˇ huǎn 名魚名，屬硬骨魚綱。草魚的別名，淡水產，形長身圓，肉厚而鬆；亦稱鯶魚。

19【鮷】〔鳀〕ㄊㄧˋ tì 名魚名，大鮎魚。

八 畫

19【鯨】〔鲸〕ㄐㄧㄥ jīng 名動物名，屬脊椎動物哺乳類鯨目。外形像魚，體面無毛，前肢變形爲鰭狀，後肢則完全退化，鼻孔位於頭頂，常露出水面噴水，皮肉可食，脂肪可製油。

19【鯧】〔鲳〕ㄔㄤ chāng 名魚名，屬脊椎動物亞門硬骨魚綱。頭眼均小，骨軟多脂，尾分叉如燕，鱗甚細，種類甚多，常見者爲白鯧、黑鯧。

19【鯔】〔鲻〕ㄗ zī 名魚名，屬硬骨魚綱。頭部闊大，體長而側扁，鱗爲櫛狀，背部暗灰色，腹面銀白色，棲於河口半鹹水中，好食泥土。

19【鯛】〔鲷〕ㄉㄧㄠ diāo 名魚名，屬脊椎動物亞門硬骨魚綱鱸目。身體扁圓，顏色紅紫；俗稱銅盆魚、棘鬣魚。

19【鯤】〔鲲〕ㄎㄨㄣ kūn 名①魚子。②古時傳說的大魚名。

19【鯢】〔鲵〕ㄋㄧˊ ní 名①魚名，屬脊椎動物亞門兩生綱。四肢短小，尾成鰭狀，幼時用鰓呼吸，及長後用肺呼吸，穴居流水旁，以蛙及魚類爲食，又喜食山椒皮，故亦稱山椒魚。②雌鯨。③小魚。

19【鯖】〔鲭〕㈠ㄑㄧㄥ qīng 名魚名，屬硬骨魚綱。俗名青魚。背色青黑，腹部銀白，棲息於江湖之中，肉味鮮美。 ㈡ㄓㄥ zhēng 名合魚肉烹調而成的雜燴菜。

19【鯪】〔鲮〕ㄌㄧㄥˊ líng 名①魚名，即鯉魚。②傳說中大魚名，大可吞舟。③動物名，屬於哺乳動物綱有鱗目。全身被褐色的鱗甲。遇到敵人則捲體如球以避害。無牙，長舌用來捕食螞蟻。夜行性。分布於中國南部、印度等地；亦稱龍鯉或穿山甲，例鯪鯉。

19【鯗】〔鲞〕ㄒㄧㄤˇ xiǎng 名醃過的乾魚；如乾的石首魚稱白鯗。

19【鯫】〔鲰〕ㄗㄡ zōu 名魚名，屬硬骨魚綱中的白色小魚，肉細味美，產於江湖之中。形淺薄無知的，又自謙卑小之意，例鯫生。

19【鯡】〔鲱〕ㄈㄟˋ fèi 名魚名，屬硬骨魚綱鯡魚科。背青藍色、腹銀白，體型類似鰛，但大而扁平。棲於北太平洋、北大西洋。

19【鯰】〔鲶〕ㄋㄧㄢˊ nián 名硬骨魚名，與「鮎」同。

九　畫

20【鰓】〔鳃〕㈠ㄙㄞ sāi 名魚類的呼吸器官，位於頭部的兩側，主要部分係一種深紅色絲狀構造稱爲鰓葉。水自口進入魚體，鰓葉上所分布毛細管的血液，主管氣體的交換，司呼吸作用。㈡ㄒㄧˇ xǐ 副憂懼、害怕的樣子，例鰓鰓。

20【鰍】〔鳅〕ㄑㄧㄡ qiū 名魚名，即泥鰍。身體細長，顏色青黑，無鱗，尾扁形，常鑽入泥中，只露出嘴來。

20【鰈】〔鲽〕ㄉㄧㄝˊ dié 名魚名，即比目魚，屬脊椎動物亞門硬骨魚綱鰈形目。眼均生在右側，常以左側貼沙而臥，產於太平洋，春季則游向近岸的淺海產卵。

20【鯷】〔鳀〕ㄊㄧˊ tí 名魚名，鮎魚之大者。

20【鰋】〔䲢〕ㄧㄢˇ yǎn 名魚名，說文作。鮎魚也。

20【鰒】〔鳆〕ㄈㄨˋ fù 名一種海生軟體動物，屬軟體動物門，即石決明。淡黃色，橢圓形，常吸著岩礁之上，以藻類爲食；俗稱鮑魚，而實非魚類。

20【鰌】〔䲡〕ㄑㄧㄡ qiū 名魚名，與

「鰍」同；俗稱泥鰍。

20【鰐】〔鳄〕(鱷) ㄜˋ è 名 爬行動物名。與「鱷」同。

20【鯶】〔鯶〕ㄏㄨㄣˋ hùn 名魚名，屬脊椎動物亞門硬骨魚綱。身圓，頗似青魚，色微灰；亦稱鯇、草魚。

20【鯿】〔鳊〕ㄅㄧㄢ biān 名魚名，屬硬骨魚綱。體寬而扁，頭小鱗細，味美，產於淡水中；古人稱魴。

20【鰂】〔鲗〕ㄗㄜˊ zé 名海產軟體動物名，體呈圓筒狀，體內有墨囊，遇險則噴墨以逃脫，故有烏賊、墨魚之別名。

20【鰉】〔鳇〕ㄏㄨㄤˊ huáng 名魚名，鱣魚之俗稱；亦稱鱘鰉。

20【鰕】〔虾〕ㄒㄧㄚ xiā 名①可以吃的水產節足動物名，與「蝦」同。②大鯢魚。

十 畫

21【鰭】〔鳍〕ㄑㄧˊ qí 名魚類司游泳撥水的運動器官，由鰭條與鰭條間所張皮膜連接而成，胸腹二鰭兼有徐緩運動及變換方向的作用，背、臀、尾三鰭的功用則是共同保持軀體的平衡。

21【鰥】〔鳏〕ㄍㄨㄢ guān 名①大魚名，其性獨行，故稱鰥；亦稱鯇鯤。②沒有妻室的人。

21【鰜】〔鳒〕ㄐㄧㄢ jiān 名魚名，即比目魚，兩目並集於左側，一名鰈。

21【鰣】〔鲥〕ㄕˊ shí 名魚名，屬脊椎動物亞門，硬骨魚綱，條鰭亞綱，鯡形目。形扁而長，背部蒼色，腹面銀白，胸腹皆有堅強之三角鱗，皮下多脂肪，肉多細刺，原產海中，初夏則到江水中產卵。

21【鰨】〔鳎〕ㄊㄚˋ tà 名①鯢魚的別名。②比目魚的一種；亦稱目魚；又通稱爲鰈。

21【鰩】〔鳐〕ㄧㄠˊ yáo 名魚名，即文鰩魚，屬硬骨魚綱。體長，呈紡錘形，胸鰭甚大，張開如燕翼，能滑翔空中，俗稱飛魚。

21【鰛】〔鳁〕ㄨㄣ wēn 名魚名，屬硬骨魚綱。體呈長紡錘形，背部蒼黑色，腹部圓白有光澤，鱗爲櫛狀，粗大而薄，性喜羣游，肉味鮮美，多製成罐頭；亦稱沙丁魚。

十一　畫

22【鰱】〔鲢〕ㄌㄧㄢˊ lián 名魚名，屬脊椎動物亞門，硬骨魚綱，鯉目。頭小身扁，鱗細而色白，無齒有舌；淡水產，民間養殖最多，質味甚佳；鱗可製魚鱗膠和珍珠素，俗稱白鰱。

22【鰾】〔鳔〕ㄅㄧㄠˋ biào 名大多數魚類特有的器官，位於胸部中間，形似一個透明的氣囊，可自由漲縮，用來調節魚體的比重，使魚在水中能上浮或下沉。

22【鰲】〔鳌〕(鼇) ㄠˊ áo 名「鼇」的俗字。

22【鰻】〔鳗〕ㄇㄢˊ mán 名魚名，屬硬骨魚綱，鰻目。體細長呈圓筒狀，似蛇，名白鱔。約有七～八年的時間棲於淡水，爲產卵而下海。孵化的幼魚(鰻線)隨著海流流動而成長，靠近陸地後，變態成本來的蛇形，逆流而上。

22【鰷】〔鲦〕ㄊㄧㄠˊ tiáo 名魚名，屬脊椎動物亞門，硬骨魚綱，條鰭亞綱，鯉形目。體形狹長，鱗細而齊，肉多細骨，背部黃黑色，腹部黃白色，性好羣游，多棲於河湖池沼之間。

22【鰹】〔鲣〕ㄐㄧㄢ jian 名魚名，屬硬骨魚綱。體呈紡錘形，背青腹白，體側有濃青色的縱線數條，鱗細小，常羣游於深海的上層。

22【鱆】〔鳟〕ㄓㄤ zhāng 名海產的軟體動物，形似烏賊而體較大，無骨骼，有觸手八枚，能不時變換體色，味鮮美；通稱章魚。

22【鰳】〔鳓〕ㄌㄜˋ lè 名魚名，屬硬骨魚綱。形似鰣魚的一種海魚，頭小鱗細，腹下有硬刺，可醃製成鹹魚乾。

22【鱈】〔鳕〕ㄒㄩㄝˇ xuě 名魚名，屬脊椎動物亞門，硬骨魚綱，條鰭亞綱。口大而鱗細，亦名大口魚，產在寒冷的深海中，體色淡褐，肉潔白如雪，肝臟可製成魚肝油。

22【鱅】〔鳙〕ㄩㄥˊ yóng 名魚名，屬脊椎動物門，硬骨魚綱，條鰭亞綱，鯉形目。形似鰱而頭大，鱗細，背部青黑，腹部銀白，以水草爲食。

22【鰵】〔鰵〕ㄇㄧㄣˇ mǐn 名魚名，屬硬骨魚綱。形似鱈，口大鱗小，下顎突出，背部暗褐色，腹部銀白色，常居於深海岩礁間，肉味鮮美。

22【鰼】〔鳛〕ㄒㄧˊ xí 名①魚名，即泥鰍。②水名，在貴州省鰼水縣。

22【鱄】〔鱄〕ㄓㄨㄢ zhuān 名①魚名，產在洞庭湖，味道鮮美。②同「專」，姓，春秋吳有鱄設諸，實即專諸。

十二 畫

23【鱉】〔鳖〕(鼈) ㄅㄧㄝ biē 名同「鼈」。

23【鱗】〔鳞〕ㄌㄧㄣˊ lín 名①魚類、爬蟲類及少數哺乳類動物體表所被的角質或骨質的小薄片，排列有如覆瓦，具有保護身體的作用。②魚類的總稱。③姓。

◆鱗毛、鱗爪、鱗莖、魚鱗　櫛比鱗次。

23【鱔】〔鳝〕(鱓) ㄕㄢˋ shàn 名魚名，屬脊椎動物亞門硬骨魚綱。體形似鰻。全身褐色，肚皮黃色。生活在淺水泥洞裡。

23【鱖】〔鳜〕ㄍㄨㄟˋ guì 名魚名，屬硬骨魚綱。口闊鱗細，體色淡黃帶褐，有黑色斑點，脊鰭有硬刺，棲於江、湖間，以小魚及他魚的卵爲食；俗稱花鯽，亦稱石桂魚。

23【鱓】〔𫚒〕ㄕㄢˋ shàn 名同「鱔」，即黃鱔。

23【鱒】〔鳟〕ㄗㄨㄣ zūn 名魚名，屬硬骨魚類鯡目鮭科之一種。體形側扁，身軀較粗大，能上溯至河川產卵。產於較寒冷的區域。

23【鱘】〔鲟〕ㄒㄩㄣˊ xún 名魚名，屬脊椎動物亞門，硬骨魚綱，條鰭亞綱，鱘目。鼻長突出，尾鰭不正，上半大，下半小。產於江河近海處；亦稱鱘鰉。

23【鱍】〔鲅〕ㄅㄛ bō 形魚跳的樣子，例鱍鱍。

十三 畫

24【鱣】〔鳣〕(一) ㄓㄢ zhān 名魚名，鱘鰉的別稱。 (二) ㄕㄢˋ

shàn 名與「鱔」同。

24【鱟】〔鲎〕ㄏㄡˋ hòu 名屬節肢動物門，甲殼綱。全身青黑色，形似螃蟹，有腳十二隻，腹部六角形，邊緣有針狀突起，殼圓扁如兜，尾細長如劍，產於近海中。

24【鱧】〔鳢〕ㄌㄧˇ lǐ 名魚名，屬脊椎動物亞門，硬骨魚綱，條鰭亞綱鱧目。體形圓長，頭尾粗細幾相等，肉味不美，腸及肝膽等供藥用，棲於河湖池沼中，喜捕食小魚；俗稱黑魚或七星魚。

24【鱞】〔鳏〕ㄍㄨㄢ guān 名產於廣東惠州的魚，像人指般粗，可烹作羹肴。

24【鱠】〔鲙〕ㄎㄨㄞˋ kuài 名經過細切的魚肉。動細切魚肉烹調成鱠。

十四　畫

25【鱨】〔鲿〕ㄔㄤˊ cháng 名即黃鱨魚，屬脊椎動物門硬骨魚綱。形體似鮎，腹部皆黃色，鰭有刺，能傷人，棲於河湖之中。

25【鱭】〔鲚〕ㄐㄧˋ jì 名魚名，屬脊椎動物亞門硬骨魚綱。體側扁如刀，頭小口大，鱗細，背色黃褐，腹面銀白，肉多軟刺，多棲於近海，春季上溯於河川產卵；亦稱刀魚。

25【鱯】〔鳠〕ㄏㄨㄛˋ huò 名魚名，白色無鱗，即鮠魚。

十六　畫

27【鱷】（鳄）ㄜˋ è 名與「鰐」同。屬爬蟲綱。形似蜥蜴，身長丈餘，口大齒銳，四肢短，尾巴有力，全身被有硬皮及厚鱗。棲於熱帶的河流池沼間，性兇殘，以捕鳥獸人畜為食，壽命長。

27【鱸】〔鲈〕ㄌㄨˊ lú 名魚名，屬脊椎動物亞門硬骨魚綱鱸形目。體狹扁，鱗細口闊，背部淡蒼色，腹部白色，常棲於近海，夏季由海溯河，冬季由河入海。

十九　畫

30【鱺】〔鲡〕㈠ㄌㄧˊ lí 名即鰻魚，屬硬骨魚綱；亦稱鰻鱺。身體圓長且呈青黑色。㈡ ㄌㄧˇ lǐ 名即鱧魚。

二十二　畫

33【鱻】ㄒㄧㄢ xiān 图①新魚精也，見《說文》。②古「鮮」字。

鳥 部

11【鳥】〔鸟〕㈠ㄋㄧㄠˇ niǎo 图飛禽的總稱。體生羽毛，兩翼兩足，溫血卵生，能飛的脊椎動物。 ㈡ㄉㄧㄠˇ diǎu 图通「屌」；北方土話稱男性生殖器。

◆**鳥爪、鳥道、鳥瞰、鳥語花香、鳥盡弓藏　候鳥、比翼鳥、驚弓之鳥。**

二　畫

13【鳩】〔鸠〕ㄐㄧㄡ jiū 图鳥名，似鴿，頭小胸凸，尾短翼長。動①聚集，例鳩集、鳩合。②安，例可以鑑而鳩趙宗乎？(《國語》〈晋語〉)

13【鳧】〔凫〕ㄈㄨˊ fú 图水鳥名，屬鳥綱游禽類，俗稱野鴨，常羣居湖沼中，嘴扁腳短，趾間有蹼，翼長能飛。

三　畫

14【鳴】〔鸣〕ㄇㄧㄥˊ míng 動①昆蟲、鳥獸發聲，例蟬鳴、猿鳴。②泛指一切發聲，例叩之以小者則小鳴，叩之以大者則大鳴。(《禮記》〈學記〉)③使物體發出聲音，例鳴鐘。④著稱，聲名遠播，例亦以文鳴江東。(《元史》〈楊載傳〉)

◆**鳴叫　共鳴、耳鳴、鳥鳴、雷鳴、孤掌難鳴、不平則鳴。**

14【鳶】〔鸢〕ㄩㄢ yuān 图鳥名，屬脊椎動物鳥綱鷲鷹科的一種。分布於歐亞大陸中部、南部及非洲與澳洲。與鷹略同，嘴較短，尾較長，尖而分叉，全體褐色微紫，頭頂及喉部白色，俗稱鴟鷹；亦稱老鵰。

14【鳲】〔鸤〕ㄕ shī 图鳥名，鳲鳩，即布穀，屬鳥綱鵑形目攀禽類。體形似杜鵑而稍大，全身灰色，腹白，每逢穀雨後才叫，夏至後就停止。

14【鳳】〔凤〕ㄈㄥˋ fèng 图①古瑞鳥名，雄的叫鳳，雌的叫凰。②姓，明有鳳翕如。

◆**鳳輦、鳳雛、鳳毛麟角、鳳去臺空、鳳凰于飛、鳳鳴　朝陽神鳳、飛鳳、祥鳳、瑞鳳、麟鳳。**

四　畫

15【鴆】〔鸩〕(酖) ㄓㄣˋ zhèn 名①傳說羽有劇毒之鳥名。②毒酒。動用毒酒害人。

15【鴉】〔鸦〕(鵶) ㄧㄚ yā 名鳥名，屬鳥綱燕雀目。純黑者稱烏，背灰者稱鴉。或泛稱烏鴉。棲息於近村之樹林中，以穀物、昆蟲、果實為食。形黑色的，例鴉鬢。

15【鴃】〔𫛛〕(鴂) ㄐㄩㄝˊ jú 名①鳥名，即伯勞，屬鳥綱伯勞科。②「鶗鴃」，見「鶗」字。

15【鴇】〔鸨〕 ㄅㄠˇ bǎo 名①鳥名，屬鳥綱涉禽類，似雁而略大，有斑文，頭扁、眼小，冬天則遷南避寒。②黑白毛相雜的馬。③妓院的女主持人。

15【鳷】〔䴓〕 ㄓ zhī 名鳥名，鳴禽類。由額部到眼的周圍都是純黑色，翼長五六寸，尾和翼一樣長，例鳷鵲。

五畫

16【鴕】〔鸵〕 ㄊㄨㄛˊ tuó 名鳥名，屬鳥綱鴕形目。腳長且細，不能夠，善於疾走，有非洲鴕及美洲鴕兩種，尾部羽毛可製婦人的帽及圍巾等裝飾品，價值昂貴。

16【鴣】〔鸪〕 ㄍㄨ gū 名①鳥名，一名祝鳩，即鶻鴣。②鳥名，即鷓鴣，見「鷓」字。

16【鴦】〔鸯〕 ㄧㄤ yāng 名鳥名，即鴛鴦，古時常用以繡在錦被及女子弓鞋上及嵌印瓦上做為裝飾用。

16【鴨】〔鸭〕 ㄧㄚ yā 名水禽名，屬鳥綱雁形目。嘴扁平，足短，趾間有蹼，善游水，兩翼小，不能高飛，有家鴨、野鴨兩種。

16【鴒】〔鸰〕 ㄌㄧㄥˊ líng 名「鶺鴒」，見「鶺」字。

16【鴞】〔鸮〕 ㄒㄧㄠ xiāo 名鳥名，屬鳥綱鴟鴞目猛禽類。晝伏夜出，俗稱貓頭鷹，例鴟鴞。

16【鴥】〔𫛭〕 ㄩˋ yù 名鳥名，鴕隼，屬鳥綱猛禽類隼的一種，性情兇猛，飛行迅速，以捕他鳥、野兔為食，棲息於荒蕪的林野中。形疾飛的樣子，例鴥彼晨風。(《詩經》〈秦風・

晨風〉)

16【鴛】〔鸳〕ㄩㄢ yuān 名鳥名，屬鳥綱雁形目游禽類。嘴扁頸長，雄者羽色美麗。多棲息於水邊，而築巢在水邊的樹穴中，雄的叫鴛，雌的叫鴦。

16【鴟】〔鸱〕ㄔ chī 名①即鷂鷹。②即角鴟，俗稱貓頭鷹。③酒器，例金錢百萬酒千鴟。(蘇軾詩)

16【鴝】〔鸲〕ㄑㄩˊ qú 名「鴝鵒」：鳥名，俗稱八哥。

六畫

17【鴿】〔鸽〕ㄍㄜ gē 名即鵓鴿，屬鳥綱鴿形目鳩鴿類。似鳩而稍大，可分為野鴿及家鴿，野鴿羣棲林野，以穀類及植物種子草實等為食，是農家的害鳥；家鴿是野鴿的變種，可供傳送書信，亦可供觀賞或肉用。

17【鴻】〔鸿〕ㄏㄨㄥˊ hóng 名①水鳥名，屬鳥綱雁形目。較雁大，背頸灰色，翅黑，腹白，以菱芡及其他水草為食，肉味很美，是獵鳥中的上品。②古人以鴻雁傳書，故書信或逕稱鴻。形與「洪」通；大、盛，例鴻恩。

◆鴻基、鴻業、鴻圖、鴻儒、鴻禧、鴻鵠之志、鴻飛冥冥、鴻雁哀鳴 來鴻、征鴻、飛鴻、賓鴻。

17【鵁】〔䴔〕ㄐㄧㄠ jiāo 名「鵁鶄」，鳥名，屬鳥綱鸛鷺目。頭與頸部褐色，體背白色，胸有疏鬆之毛，雜有綠色；嘴細長，腳高。

17【鵂】〔鸺〕ㄒㄧㄡ xiū 名「鵂鶹」：即貓頭鷹，屬鳥綱猛禽類，是鴟鵂種中最小的一類，棲息於山野中，晝伏夜出，以捕小動物為食。

17【鵃】〔鸼〕ㄓㄡ zhōu 名①鳥名。②小而長的船。

17【鴯】〔鸸〕ㄦˊ ér 名①「鴯鶓」：鳥名，身體似駝鳥，樣子像火雞，產於澳洲。②「鷾鴯」，見「鷾」字。

七畫

18【鵑】〔鹃〕ㄐㄩㄢ juān 名①鳥名，即杜鵑，屬鳥綱攀禽類。口大尾長，鳴聲淒厲，能動旅客歸思。②植物名，即杜鵑。屬南石科常綠灌木。

18【鵝】〔鹅〕(鵞)(䳘)

ㄜˊ é 图①水鳥名，屬鳥綱游禽類，似雁而稍大，尾腳均短，善游泳，翼力弱，不能飛，常飼養於河湖近旁，以魚蟲、草芥、穀物爲食，肉可食，毛可製衣禦寒。

◆**鵝毛、鵝黃、鵝卵石、鵝行鴨步天鵝、企鵝。**

18【鵒】〔鹆〕ㄩˋ yù 图「鸜鵒」，見「鸜」字。

18【鵠】〔鹄〕㈠ㄏㄨˊ hú 图即天鵝；屬鳥綱雁形目雁鴨科。似雁而大，頸長。外鼻孔位於嘴側中部具有蛇鱗，趾有蹼，喜游泳，飛翔甚高，臺灣亦產。 ㈡ㄍㄨˇ gǔ 图練習射箭的目標。

18【鵓】〔鹁〕ㄅㄛˊ bó 图鳥名，稱鵓鴣，羽毛黑褐色，天將下雨時鳴聲很急，農民則靠其預測晴雨。

18【鵜】〔鹈〕ㄊㄧˊ tí 图「鵜鶘」：即屬鳥綱鵜形目。爲大型水禽，體大翼長，嘴巨大，端尖曲。喉部有一大皮囊，可貯存多量食物。

八畫

19【鶉】〔鹑〕ㄔㄨㄣˊ chún 图①鳥名，屬鳥綱鷸形目鶉雞類，形似雞而較小，茶褐色，雜黑白色小斑，分布於我國黑龍江附近，秋天南來，春天北去，性情好鬥，故多飼養以爲遊戲，俗名鵪鶉。②星宿名，南方朱鳥七宿的總稱。

19【鵡】〔鹉〕ㄨˇ wǔ 图「鸚鵡」，見「鸚」字。

19【鵲】〔鹊〕ㄑㄩㄝ què ㄑㄧㄠˇ qiǎo 图鳥名，即喜鵲，屬鳥綱雀形目鳴禽類，尾特長，背黑，因鳴聲吉祥而得名。

19【鵪】〔鹌〕ㄢ ān 图鳥名，屬鳥綱雞形目鶉雞類，與鶉同類異種，形體相似，惟羽翼無斑點，且體較大，頸部較長，棲息於茅葦間，以捕小蟲爲食。

19【鵬】〔鹏〕ㄆㄥˊ péng 图①古書上記載的一種大鳥，傳說能一飛數千里。②姓。形遠大、高遠，例鵬圖。

19【鵰】〔鵰〕ㄉㄧㄠ diāo 图即鷲，是捕食野兔、山羊等的猛禽。

19【鵩】〔鵩〕ㄈㄨˊ fú 图鳥名，形狀像鴞，夜晚發出惡聲，古人認爲是不祥之鳥。

19【鶄】〔䴖〕ㄐㄧㄥ jīng 名「鵁鶄」，見「鵁」字。

19【鶊】〔鹒〕ㄍㄥ gēng 名「鶬鶊」，見「鶬」字。

19【鵾】〔鹍〕ㄎㄨㄣ kūn 名似鶴的鳥，本作鶤，長頸，紅嘴，身上黃白色。

19【鵷】〔鹓〕ㄩㄢ yuān 名①鳥名，鸞鳳之類的鳥，例鵷鶵。

九 畫

20【鶩】〔鹜〕ㄨˋ wù 名①家鴨，通稱鴨。②野鴨。

20【鶡】〔鹖〕ㄏㄜˊ hé 名形狀像雉而稍大，青黑色，有毛角及長尾羽，性好鬥。

20【鶗】〔鶗〕ㄊㄧˊ tí 名「鶗鴂」：鳥名；亦作杜鵑、鶗鴂、子規。鳴聲淒厲，故能引起旅客歸思。

20【鶒】〔𫛶〕ㄔˋ chì 名「鸂鶒」，見「鸂」字。

20【鶖】〔鹙〕ㄑㄧㄡ qiū 名水鳥，長頸赤目，嘴扁直，頭上毛禿，故又名禿鶖，居住在河湖水邊，捕魚，蟲爲食，也喜好吃蛇。

20【鶚】〔鹗〕ㄜˋ è 名屬鳥綱鷹形目猛禽類，在水上作低空飛翔，以捕魚爲生，棲息於水邊。尾巴短，翅膀細長，背部呈黑色，腹部白色，在胸部有棕色帶紋。

20【鶘】〔鹕〕ㄏㄨˊ hú 名「鵜鶘」，見「鵜」字。

20【鶪】〔䴗〕ㄐㄩˊ jú 名鳥名，即伯勞。

20【鶓】〔鹋〕ㄇㄧㄠˊ miáo 名「鳾鶓」，見「鳾」字。

20【鶤】〔䴘〕ㄎㄨㄣ kūn 名①雞之大者。②似鶴的鳥，例鶤雞。

十 畫

21【鶯】〔莺〕(鸎)ㄧㄥ yīng 名鳥名，屬鳥綱鳥類麻雀形目。廣泛分布於全世界，是活潑矯健的小型鳥，身體暗色，啼聲悅耳婉轉清脆。

21【鶴】〔鹤〕ㄏㄜˋ hè 名①鳥名，屬鳥綱鶴形目涉禽類。形狀似鷺，全身純白，翼尖及尾端黑邊，能高飛，鳴聲高朗，以小魚、昆蟲、穀類爲食，是候鳥的一種。②姓，金時有鶴壽。

◆鶴望、仙鶴、玄鶴、孤鶴、翔鶴、閒雲野鶴、鶴髮童顏、鶴鳴之士、鶴立鷄羣。

21【鷂】〔鹞〕ㄧㄠˋ yào 名鳥名，屬鳥綱鷲形目猛禽類，形狀似鷹而小，性情兇殘，飛行很快，以逐捕小鳥爲食。

21【鶬】〔鸧〕(一) ㄘㄤ cāng 名①「鶬鶊」：鳥名，屬鳥綱雀形目。羽毛黃色，尾黑色，鳴聲清脆悅耳，喜食果實。我國南方各省多產；亦稱黃鶯、黃鸝。②鳥名，屬鳥綱鶴形目。大如鶴，色灰，長頸高腳。(二) ㄑㄧㄤ qiāng 名同「鏘」通；金屬撞擊聲。

21【鶻】〔鹘〕(一) ㄍㄨˇ gǔ 名斑鳩的異名。 (二) ㄏㄨˊ hú 名①即隼，鷹一類的鳥。②古代西北方的部族名回鶻；即回紇。

21【鶺】〔鹡〕ㄐㄧˊ jí 名「鶺鴒」：屬鳥綱雀形目鳴禽類。飛行時成波狀，行走時喜歡搖尾，靜止時則昂尾低背。種類很多，營巢於水濱石隙間，以昆蟲爲食；亦稱雪姑。

21【鶼】〔鹣〕ㄐㄧㄢ jiān 名比翼鳥名。

21【鷁】〔鹢〕ㄧˋ yì 名①善飛的水鳥名，相傳遇逆風能退飛，白色，形狀像鷺鷥。②古畫鷁首於船頭，故稱船爲鷁或鷁首。

21【鷃】〔鷃〕ㄧㄢˋ yàn 名鵪鶉的別名。

21【鷇】〔鷇〕ㄎㄡˋ kòu 名初生而需母鳥餵食的小鳥。

21【鶹】〔鹠〕ㄌㄧㄡˊ liú 名「鵂鶹」，見「鵂」字。

21【鷀】〔鹚〕(鶿)ㄘˊ cí 名鳥名，屬鳥綱游禽類。善泅水，羣棲海河湖沼旁，捕食魚類，一名鸕；亦稱水老鴉。

21【鶲】〔鹟〕ㄨㄥ wēng 名鳥名，屬鳥綱鳴禽類。夏日棲息於山林中，冬天則在平原上棲息，以昆蟲爲食，常久棲樹枝，窺視飛蟲，突擊捕獲，是農家的益鳥。

十一 畫

22【鷖】〔鹥〕ㄧ yī 名①屬鳥綱雁形目。大小如鴨，常羣棲湖澤江湖間，捕魚爲食，是野鴨的別種。②鳳凰的別名。形青黑色，例雕面鷖總。（《周禮》〈天官・巾車〉）

22【鷗】〔鸥〕ㄡ ōu 名水鳥名，屬鳥綱鷸形目游禽類。體大如鳩，羽白，翼灰而長，視力銳敏，行動矯健，常飛行海上或江湖上，急轉而下，突入水中以捕魚，歐亞二洲都有。

22【鷙】〔鸷〕ㄓˋ zhì 名①性情凶猛的鳥。②猛悍的行爲。動懷疑。形猛悍。

22【鷓】〔鹧〕ㄓㄜˋ zhè 名「鷓鴣」：鳥名，屬鳥綱鳩鴿目。頭頂暗紫赤色，背灰褐色。嘴紅色，較細長，前端近於圓形，腳深紅，跗蹠短。羣棲地上，營巢於土穴中。

22【鷟】〔𬸦〕ㄓㄨㄛˊ zhuó 名「鸑鷟」，見「鸑」字。

十二 畫

23【鷦】〔鹪〕ㄐㄧㄠ jiāo 名「鷦鷯」：鳥名，屬鳥綱燕雀目。體小，長約九公分，體表有許多黑色斑紋，尾毛短，略向上。以茅葦等營巢於林間。性易馴，食小昆蟲、蜘蛛等。

23【鷯】〔鹩〕ㄌㄧㄠˊ liáo 名「鷦鷯」，見「鷦」字。

23【鷲】〔鹫〕ㄐㄧㄡˋ jiù 名鳥名，屬鳥綱鷲形目，即鵰。

23【鷸】〔鹬〕ㄩˋ yù 名涉禽類，嘴長，羽毛茶褐色。常涉水田中及溪澗處，捕小魚、水蟲及貝類爲食。天將下雨時會鳴叫，故亦稱天將雨鳥。

23【鷫】〔鹔〕ㄙㄨˋ sù 名「鷫鷞」：鳥名，屬鳥綱雁形目。頸部細長，體表綠色，略有細小斑紋，外形似雁，善於游泳。

23【鷥】〔鸶〕ㄙ sī 名「鷺鷥」，見「鷺」字。

23【鷳】〔鹇〕ㄒㄧㄢˊ xián 名略像錦雞而白色尾長的鳥，產於我國南部。

十三 畫

24【鷹】〔鹰〕ㄧㄥ yīng 名 猛禽名，屬鳥綱鷙鷹目猛禽類，猛禽名，頭扁，嘴勾曲，視力甚强，性情凶暴狡猾，以捕小鳥、雞、兔、野鼠等爲食；獵人多畜之，以逐禽兔，亦稱蒼鷹。

◆鷹犬、鷹爪、鷹架、鷹視狼步　蒼鷹、貓頭鷹。

24【鷺】〔鹭〕ㄌㄨˋ lù 名「鷺鷥」：鳥名，鷺鷥，屬鳥綱涉禽類，羽色純白，棲於沼澤，以捕魚類爲食；亦稱白鷺。

24【鷽】〔鸴〕ㄒㄩㄝˊ xué 名鳥名，屬鳥綱鳴禽類，形狀像雀。以昆蟲、穀粒、果實爲食，鳴聲悅耳，常被飼養，一名山雀、山鵲。

24【鸇】〔鹯〕ㄓㄢ zhān 名即隼，屬鳥綱猛禽類，羽色青黃，常擊鳩、鴿、燕、雀等食之。

24【鸂】〔㶉〕ㄒㄧ xī ㄑㄧ qī 名「鸂鶒」：鳥名，屬鳥綱涉禽類，形狀像鴛鴦但稍大，羽毛多紫色，尾如船舵，棲息於溪澗湖澤間，以小魚、水蟲爲食，俗稱紫鴛鴦。

24【鷾】〔䴊〕ㄧˋ yì 名「鳦鷾」：即燕子。

十四 畫

25【鸋】〔𬷕〕ㄋㄧㄥˊ níng 名小鳥名，即鸋鴂，形似黃雀，喙尖如錐，取茅莠爲巢，以麻繩纏之，懸於樹枝，俗稱巧婦。

25【鸑】〔𬸚〕ㄩㄝˋ yuè 名「鸑鷟」：古瑞鳥名，屬於鳳凰一類。

十六 畫

27【鸕】〔鸬〕ㄌㄨˊ lú 名鳥名，即鸕鷀，屬鳥綱全蹼目。體形稍狹，頭頸黑色，腿部有白斑，後頭部疏生黑短毛，形似冠毛。羣棲海岸及沿岸之湖沼近旁，善泅水，捕食小魚；臺灣亦產。

十七 畫

28【鸚】〔鹦〕ㄧㄥ yīng ①鳥名，鸚哥，屬鳥綱鸚鵡目。鸚鵡之近似種，體形中等，尾細長，全身羽毛均爲綠色，嘴赤，頭黑，頭之周圍有赤色細環紋。棲於熱帶森林。②「鸚鵡」：鳥名，屬鳥綱鸚鵡目。嘴强大，上嘴彎曲，蔽覆下嘴；羽毛美麗，有白、紅、黃、綠色等。舌肥厚，能效人類言語。

28【鸘】〔鹴〕ㄕㄨㄤ shuāng 名「鷫鸘」，見「鷫」字。

十八 畫

29【鸛】〔鹳〕ㄍㄨㄢˋ guàn 名鳥名，屬鳥綱鸛鷺目。形狀像鶴，嘴直長而黑，全爲角質，眼緣赤色，營巢於江湖池沼旁高樹上，捕魚介類爲食。

29【鸜】〔鸲〕ㄑㄩˊ qú 名鳥名，鸜鵒，即鴝鵒，屬鳥綱鳴禽類。毛色純黑，頭上羽毛細長而尖，呈柳葉狀，若將其舌尖修圓，能夠學人說話，築巢於樹穴及人家屋脊中。俗稱八哥。

十九 畫

30【鸞】〔鸾〕ㄌㄨㄢˊ luán 名①鳳凰的一種，羽毛五彩而青色特多。②與「鑾」通；繫於馬勒旁的鈴，例和鸞雝雝。(《詩經》〈小雅・蓼蕭〉)③姓，春秋晋有鸞徼。

30【鸝】〔鹂〕ㄌㄧˊ lí 名鳥名，即黃鸝；亦稱黃鶯、倉庚。

鹵 部

11【鹵】〔卤〕ㄌㄨˇ lǔ 名①含有鹹性，而不宜耕種的土地。②天然生成的鹽。③與「櫓」通；大盾。④「鹵簿」：古天子出，儀仗旌旗之次第。動與「擄」通；掠取。形①粗率、冒失，例粗鹵。②與「魯」通；愚鈍，例頑鹵。

九 畫

20【鹹】〔咸〕ㄒㄧㄢˊ xián 名①鹽味，與酸、甜、苦、辣並稱五味。②春秋時魯地，在今山東省曹縣境。③春秋時衛地，在今河北省濮陽縣東南。形含鹽的成分或味道，例鹹魚。

十 畫

21【鹺】〔鹾〕ㄘㄨㄛˊ cuó 名①特別鹹的鹽，例鹺魚。②鹽的別名。

十三 畫

24【鹽】〔盐〕㈠ㄧㄢˋ yàn 图樂曲之別名，吟、行、曲、引之類。有昔昔鹽、白鴿鹽、神雀鹽等。動①用鹽來醃食物。②與「豔」通；羨慕。㈡ㄧㄢˊ yán 图一種具鹹味、白色的結晶體，即氯化鈉，可供調味用。

24【鹼】〔硷〕ㄐㄧㄢˇ jiǎn 图①土內所含的一種物質，成分爲碳酸鈉，性滑味鹼，可以洗衣去汙垢，是製造肥皂、玻璃等的原料。②化學上狹義指在水溶液中，可解離出氫氧根之物，如氧氫化鈉。廣義則指可供給電子或接受氫離子之物，如氨(NH_3)。動①陶器受到鹼性的侵蝕，以致彩釉剝落。②磚牆築成後，表面起白色的斑痕。

鹿部

11【鹿】ㄌㄨˋ lù 图①獸名，屬哺乳綱偶蹄目。四肢細長，性溫順，雄者有角似樹枝。毛皮可製器具，鹿角、茸、骨可入藥，肉可食，舌、筋、尾尤爲珍品，古代用來入貢。②方形的倉廩。③比喻帝位、天下。④姓，漢有鹿旗。

◆鹿車、鹿苑、鹿鳴宴、鹿死誰手、逐鹿中原。

二 畫

13【麂】ㄐㄧˇ jǐ 图獸名，屬哺乳綱偶蹄目。似鹿而無角，似犬而較大，俗名麖子。皮柔軟，可製皮鞋、手套、皮夾，肉美可食。

13【麀】ㄧㄡ yōu 图母鹿。

四 畫

15【麃】㈠ㄅㄧㄠ biāo 動除去田間雜草，例緜緜其麃。(《詩經》〈周頌・載芟〉) ㈡ㄆㄠˊ páo 图即麅，大鹿也。

17【麅】ㄆㄠˊ páo 图同「麃」，大鹿。

五 畫

16【麇】㈠ㄐㄩㄣ jūn 图與「麕」同；麞的別名。㈡ㄑㄩㄣˊ qūn 副與「羣」通；成羣，例麇至。

16【麈】ㄓㄨˇ zhǔ 图①獸名，屬哺乳綱偶蹄目。即四不像，頭像鹿，尾像驢，頸、背像駱駝，蹄像牛，性情溫馴，產於關外寧古塔、烏蘇里江處；亦稱駝鹿。②大鹿。③麈尾的簡稱，即拂塵。

六 畫

17【麋】㈠ㄇㄧˊ mí 名①獸名，屬哺乳綱偶蹄目反芻類，形狀似鹿而稍大，雄麋青黑色，以樹葉、樹皮及各種植物的嫩芽爲食，亞洲北方及瑞典、挪威、北美洲均產；亦稱沙鹿。 ㈡ㄇㄟˊ méi 名①與「眉」通，例面無須麋。(《荀子》〈非相〉)②與「湄」通，水邊，例彼何人斯，居河之麋。(《詩經》〈小雅・巧言〉)③姓，三國蜀有麋竺、麋芳。副碎，例麋散。

八 畫

17【麏】㈠ㄐㄩㄣ jūn 名獸名，麞的別名。 ㈡ㄑㄩㄣˊ qún 副成羣，例抱智麏至。(《文選》顏延年〈皇太子釋奠宴詩〉)

19【麒】ㄑㄧˊ qí 名「麒麟」：我國古代一種想像的靈獸。麒是雄的，麟是雌的，外形似鹿，具有牛尾與馬蹄，角一枚，體色五彩，與鳳凰一起出現於聖王之世，象徵吉兆，被認爲是瑞獸。

19【麗】〔丽〕㈠ㄌㄧˋ lì 名①配偶，與「儷」通，例八麗一師。(《周禮》〈夏官・校人〉)②數，例其麗不億。(《詩經》〈大雅・文王〉)③姓。動①附著，例日月麗乎天。(《易經》〈離卦〉)②繫，例麗於碑。(《禮記》〈祭義〉)。形美好、華美，例美麗。
㈡ㄌㄧˊ lí 名①高句麗的簡稱，今大韓民國的舊稱。②羅網、法網，例不克開于民之麗。(《尚書》〈多方〉)動分散，與「離」同，例麗視。

◆麗人　亮麗、華麗、清麗、綺麗、風和日麗、天生麗質。

19【麓】ㄌㄨˋ lù 名①山腳，例山麓、南麓。②管理苑囿的官，例主將適螻而麓不聞。(《國語》〈晋語九〉)

19【麑】ㄋㄧˊ ní 名①小鹿。②獅子的別名，例狻麑。

十 畫

21【麝】ㄕㄜˋ shè 名①獸名，屬哺乳綱偶蹄目反芻類。似鹿而較小，腹部陰囊近旁有香腺，分泌物香氣濃烈，久之結塊，大如雞卵，非常芳香，稱麝香，可入藥。②麝香的簡稱，又泛指香氣。

十一 畫

22【麞】ㄓㄤ zhāng 名獸名，與「獐」同；屬哺乳綱偶蹄目反芻類，形似鹿而小，無角，性多疑。

十二 畫

23【麟】（麐）ㄌㄧㄣˊ lín 名①古人謂為大牡鹿，疑即今之長頸鹿。②即麒麟；亦單稱麟，見「麒」字。③姓。形光明的樣子，與「燐」通，例麟麟。

◆麟兒、麟鳳、麟鳳一毛 麒麟、鳳毛麟角。

二十二 畫

33【麤】ㄘㄨ cū 名①粗糧、糙米。②履、鞋，例扉、屨、麤、履也。（《方言·四》）動行動快速。形①粗糙、不精的。②粗野的。副約略，例麤述。

麥部

11【麥】〔麦〕ㄇㄞˋ mài 名①禾本科，越年生或一年生草本。為小麥、大麥、燕麥、黑麥等總稱，耐低溫、乾燥，我國北方遍植，可作為糧食、飼料及酒的原料。②姓，隋有麥鐵杖。

◆麥浪、麥秀、麥克風、麥飯豆羹、黍離麥秀之歌。

四 畫

15【麩】〔麸〕ㄈㄨ fū 名小麥磨下的屑皮，亦稱麩皮、麩子。

15【麪】〔面〕ㄇㄧㄢˋ miàn 名麵之俗字。

六 畫

17【麰】〔麰〕ㄇㄡˊ móu 名大麥。

17【麯】〔麯〕ㄑㄩˊ qú 名①與「麴」通；酒母。

八 畫

19【麴】〔麹〕ㄑㄩˊ qú 名①把麥子或白米蒸過，使它發酵後再予曬乾，稱麴，可用來釀酒；亦稱酒母、酒麴。②姓，漢有麴演。

九 畫

20【麵】〔面〕(麪) ㄇㄧㄢˋ miàn

名①麥粉，或其他穀物磨成的粉末。②用麥粉製成的長條食品，例麵條。③粉末，例胡椒麵。形東西吃在嘴裡有不爽脆的感覺，例這個梨子吃起來麵麵的！

麻 部

11【麻】(蔴) ㄇㄚˊ má 名①草本植物，皮的纖維可供緝縷織布及製繩，以大麻、亞麻、苧麻三者為最著名。②麻布喪服，例緦麻。③臉上痘瘢。④姓，漢有麻光。動①喪失知覺，例麻醉。②難受的感覺，例頭皮發麻。形①有瘢痕而表面粗糙的，例麻臉。②煩多而瑣碎，例密密麻麻。③用麻類加工做成的物品，例麻鞋。

三 畫

14【麼】㈠ㄇㄛˊ mó 形細小，例麼蟲。 ㈡·ㄇㄚ ma 助位於句末的疑問語氣詞。 ㈢ㄇㄚˊ má 副什麼，例幹麼。 ㈣·ㄇㄜ me 助①如何、怎樣，例甚麼。②這麼、那麼的省略，例萬水千山還麼去。(黃庭堅〈南鄉子詞〉)

四 畫

15【麾】ㄏㄨㄟ huī 名①用來指揮軍隊的旌旗。②部下，例麾下。動①招手。②指揮。

黃 部

12【黃】ㄏㄨㄤˊ huáng 名①顏色的一種，是三原色之一。②黃帝的簡稱，例炎黃子孫。③姓，宋有黃庭堅。④黃赤色馬，例有驪有黃。(《詩經》〈魯頌·駉〉)⑤周代諸侯國名，後為楚所滅。動指事之不成功，例這次交易眼看就要黃了。

◆**黃口、黃牛、黃金、黃花、黃昏、黃泉、黃梅時節、黃粱一夢、黃袍加身 人老珠黃。**

十三 畫

25【黌】ㄏㄨㄥˊ hóng 名學舍、講堂、教室，例黌舍。

黍部

12【黍】ㄕㄨˇ shǔ 名①是一種具有黏性的稷，果實是小圓顆粒，可磨作粉糕，也適宜釀酒，俗稱黃米。②古代度量衡的基本單位，長度一黍爲一分，容量二千四百黍爲一合；重量百黍爲一銖。

三畫

15【黎】ㄌㄧˊ lí 名①中國境內民族名，屬西南僰撣族系，居住於海南島，以農耕爲主要生計，間從事狩獵，也作俚人。②古國名，在今山西省長治縣西南。③姓，民初有黎元洪。形①衆多的，例黎庶。②與「黧」通；黑色的，因民首皆黑，故用以稱民衆，例黎民。介及、至，例黎明。

五畫

17【黏】ㄋㄧㄢˊ nián 名①穀類含膠性物質凝滯如膠的叫黏。②詩句平仄協調稱黏，失調稱失黏。動膠附、黏住，例黏信封。形物質凝結如膠而不能分離的性質。

十一畫

23【黐】ㄔ chī 名一種有黏性用以捕鳥的木膠。動黏。

黑部

12【黑】㈠ㄏㄟ hēi 名①深暗如墨的顏色。②姓，明有黑雲鶴。動私藏，例把錢黑起來了。形①昏暗無光。②隱密的、非公開的，例黑名單。　㈡ㄏㄟˇ hěi 名黑色的大豆，形狀似黃豆，各地都有，在北方各省，是家畜的主要飼料，例黑豆。

◆黑市、黑洞、黑道、黑白分明　純黑、昏黑、暗黑、漆黑、黯黑。

三畫

15【墨】ㄇㄛˋ mò 名①書、畫用的黑色顏料，例筆墨。②黑色。③古代五刑之一，在罪犯臉上刺字。④五尺爲墨。⑤字畫的代稱。⑥文字、文章，例舞文弄墨。⑦姓，戰國魯有墨翟。形①黑色的，例墨鏡。②貪污的，例墨吏。

四畫

16【默】ㄇㄛˋ mò 名姓，明有默思道。形沉靜無聲，例默默。副①暗中。②沉靜無聲，不說話，例默而不語。③憑記憶讀出或寫出，例默寫。

◈默片、默許、默契、默認、默禱玄默、沉默、緘默。

16【黔】ㄑㄧㄢˊ qián 名①貴州省的簡稱。②姓，戰國齊有黔婁。動被燒黑了，例或黔其廬。(薛福成〈觀巴黎油畫院記〉)形黑色的，例黔首。

五 畫

17【黛】ㄉㄞˋ dài 名①青黑色顏料，古時婦女用以畫眉。②婦女的眉。形青黑色的。

17【黜】ㄔㄨˋ chù 動①貶斥或革職。②擯除。③廢免。④減損。

17【黝】ㄧㄡˇ yǒu 形深黑色，例黝黑的皮膚。

17【點】〔点〕ㄉㄧㄢˇ diǎn 名①小的痕跡，例汙點。②小水珠、小滴的液體。③量詞，一個小時稱爲一點鐘。④書法上用筆觸紙即起稱點。⑤句讀的標識。⑥所在，例要點。⑦點心食品的簡稱，例西點。⑧限度，例冰點。⑨指事物的某一部分或某一方面，例優點。⑩幾何學上稱沒有長、寬、厚、薄，而只有位置的爲點。動①指點，例請師一點。(《五燈會元》)②引火，例點爆竹。③指定，例點菜。④檢核，例點名。⑤一起一落的動作，例點水蜻蜓款款飛。(杜甫詩)⑥玷辱、玷汙，例適足以見笑而自點耳。(司馬遷〈報任少卿書〉)⑦暗示，例拿話點他一下。⑧使液體滴進去，例點眼藥。形形容少許的，例吃點東西吧！

◈地點、指點、起點、斑點、誤點、點化、點破、點綴、點竄、點驗、點頭之交、點鐵成金。

17【黚】ㄑㄧㄢˊ qián 形淺黃黑色。

六 畫

18【黠】ㄒㄧㄚˊ xiá 形①狡猾，例外痴內黠。②聰明，例生而聰慧，帝稱之爲黠兒。(《顏氏家訓》〈教子〉)

18【黟】ㄧ yī 名①黑木。②山名，在安徽省黟縣南，峯巒峻拔，是該縣鎮山。形黑色的樣子，例黟然。

八 畫

20【黨】〔党〕ㄉㄤˇ dǎng 名①志同道合的人所組成的有組織、有主義的團體，例革命黨。②親族姻戚。③朋友同黨，指意氣相投的人，例有黨必有讎。(《左傳》〈僖公九年〉)④古代地方組織，五百家爲一黨。⑤姓，明有黨茂。動偏私，例君子不黨。(《論語》〈述而〉)形正直的，與「讜」同，例博而黨正。(《荀子》〈非相〉)

20【黥】ㄑㄧㄥˊ qíng 名①古時在犯人臉上刺字的刑罰，或稱墨刑。②姓。動文身，在胸、臂、背等處刺字或圖紋。

20【黧】ㄌㄧˊ lí 形①黑黃相雜，例黧牛。②黑色的，例面目黧黑。

九 畫

21【黯】ㄢˋ àn 副①深黑。②沮喪的樣子，例黯然離去。

十一 畫

23【黴】〔霉〕ㄇㄟˊ méi 名極細小的下等菌類，物體在受潮敗壞而產生的小青黑點，繁殖很快，種類很多，有發酵致疾等作用，醫學界則用來製抗生素，於醫學上頗富價值。動敗壞。形面黑。

23【黲】〔黪〕ㄘㄢˇ cǎn 名①淺青黑色。②食物發霉壞了的顏色。

十四 畫

26【黶】〔黡〕ㄧㄢˇ yǎn 名黑痣的通稱，例黶子。形暗黑色。

十五 畫

27【黷】〔黩〕ㄉㄨˊ dú 名汙穢。動褻慢、不恭敬，例黷于祭祀。(《尚書》〈說命〉)形黑色，例林木爲之潤黷。(左思〈吳都賦〉)

黹 部

12【黹】ㄓˇ zhǐ 名女紅的通稱，指刺繡、縫紉等事，例針黹。

五 畫

17【黻】ㄈㄨˊ fú 名①古代禮服上刺繡的花紋，半青半黑，似兩「己」字相背的形狀。②與「韍」通；古代祭服。③繫印的絲帶。

七 畫

19【黼】ㄈㄨˇ fǔ 名古時禮服上刺繡的花紋，白與黑相次而像斧的形狀。

黽 部

13【黽】〔黾〕(一)ㄇㄧㄣˇ mǐn 名與「澠」通；「黽池」：古地名，在今河南省新安縣西。動勉勵、努力，例黽勉。 (二)ㄇㄥˇ měng 名像青蛙而大腹的一種兩棲動物，俗稱金錢蛙。

四 畫

17【黿】〔鼋〕ㄩㄢˊ yuán 名①屬爬蟲綱鼈龜目。似鼈而甚大。吻突很短，長不及眼徑的一半。背甲近圓形，散生小疣，暗綠色。腹面白色，前肢外緣和蹼均呈白色。②與「蚖」通，蜥蜴。

五 畫

18【鼂】〔鼌〕(一)ㄔㄠˊ cháo 名①姓，漢有鼂錯。②海龜名。 (二)ㄓㄠ zhāo 名與「朝」通；旦，例鼂夕。

十一 畫

24【鼇】ㄠˊ áo 名動物名，一種海中大龜。

24【鼈】ㄅㄧㄝ biē 名屬爬蟲綱龜鼈目。背中圓形，邊緣柔軟，成肉裙，肉多養分；俗稱甲魚。

十二 畫

25【鼉】〔鼍〕ㄊㄨㄛˊ tuó 名爬蟲類鱷魚目，形似短吻鱷，一名鼉龍，又名猪婆龍。

鼎 部

13【鼎】ㄉㄧㄥˇ dǐng 名①三足兩耳的金屬烹飪器。多用青銅製成，盛行於商、周時期。東周和漢代常有用陶鼎作爲隨葬的冥器，後又用作烹人的刑具。②易經六十四卦之一，巽下離上。③古時傳國的重器，因以喻三公、宰輔之位，例位登台鼎。(《後漢書》〈陳球傳〉)動與「頂」通；抵拒。形大，例鼎力相助。副①當、方，例鼎盛。②三方相峙，例鼎立。

◆定鼎、鐘鼎、寶鼎、一言九鼎、問

鼎中原。

二　畫

15【鼏】ㄇㄧˋ mì 名①鼎蓋。②與「冪」同；覆物的布巾。

15【鼐】ㄋㄞˋ nài 名大鼎。

三　畫

16【鼒】ㄗ zī 名口小的鼎。

鼓　部

13【鼓】〔皷〕ㄍㄨˇ gǔ 名①打擊樂器一種。由木頭或金屬、陶器作成的筒形物，鼓面由動物皮或塑膠所張成。②春秋時國名，其地在今河北省晉縣西。③古代夜間報更用鼓，故以爲更的代稱，例三鼓。④古量器名，四鈞爲石，四石爲鼓⑤姓。動①擊鼓。②敲擊彈奏，例鼓瑟吹笙。③振動，例鼓動。④突出、漲起。

◆鼓掌、鼓惑、鼓舞、鼓譟、鼓翼、鼓舌如簧、鼓樂喧天　打鼓、漏鼓。

五　畫

18【鼕】〔冬〕ㄉㄨㄥ dōng 形鼓聲。

六　畫

19【鼗】ㄊㄠˊ táo 名兩旁有耳，長柄，可用手搖的小鼓，今俗稱撥浪鼓。

八　畫

21【鼙】ㄆㄧˊ pí 名騎鼓，古時軍中騎在馬上所敲的戰鼓。

21【鼛】ㄍㄠ gāo 名古時徵召役事時所擊的大鼓。

鼠　部

13【鼠】ㄕㄨˇ shǔ 名哺乳動物齧齒類。毛褐色，腳短尾長，性怯懦，門齒發達，喜穴居。損壞衣物，傳染疾病，爲害甚大。

四　畫

17【鼢】ㄈㄣˊ fén 名哺乳類，鼠的一種，即鼹鼠，又名鼴鼠。

五　畫

18【鼬】ㄧㄡˋ yòu 名屬哺乳綱食肉目，亦稱黃鼠狼。四肢短小，毛黃褐色；遇敵，則自肛門皮脂腺分泌臭液，藉以逃脫。

18【鼫】ㄕˊ shí 名①屬哺乳綱齧齒目，即鼫鼠，形大如鼠，頭似兔，尾有毛，色青黃。喜在田中，食粟豆。②螻蛄一名鼫鼠。

七 畫

20【鼯】ㄨˊ wú 名即鼯鼠，屬哺乳綱齧齒目松鼠科，棲息於二千～四千公尺高山的針葉森林間，臺灣亦產，俗稱飛鼠。

九 畫

22【鼴】ㄧㄢˇ yǎn 名屬哺乳綱食蟲目。體圓筒形，黑褐色，居土中，聽覺與嗅覺敏銳，捕食昆蟲，一稱田鼠。

十 畫

23【鼷】ㄒㄧ xī 名①哺乳綱齧齒目，體型小，尾長，背黃褐色，腹面黃色。②比喻卑小的人。

23【鼹】（鼴）ㄧㄢˇ yǎn 名即鼴鼠。

鼻 部

14【鼻】ㄅㄧˊ bí 名①呼吸器之一，兼司嗅覺；由肌肉與軟硬骨所成，外呈三角形之隆起。②器物的面部隆起如鼻者。③勺口、壺嘴。④花或瓜果的蒂。形開始的，例鼻祖。

三 畫

17【鼾】ㄏㄢ hān 名熟睡時所發出的鼻息聲。

五 畫

19【齁】ㄏㄡ hōu 名鼻息聲，例齁如雷吼。形形容食物過鹹或過甜，以致口如火灼的感覺。副甚、很，例齁鹹、齁苦。

十 畫

24【齆】ㄨㄥˋ wèng 形鼻子堵塞而不能通氣。

十一 畫

25【齇】ㄓㄚ zhā 名鼻上的紅斑，俗稱酒糟鼻。

二十二 畫

36【齉】ㄋㄤˋ nàng 形因鼻塞而發音不清。

齊 部

14【齊】〔齐〕㈠ㄑㄧˊ qí 名①界限，例壽之大齊。②齊齒呼的簡稱。③國名，周武王封太公望於此，入戰國，爲七雄之一，後爲秦所滅。④山東省爲古齊國地，古簡稱爲齊。⑤朝代名：⑴南朝蕭道成篡宋稱帝，史稱南齊。⑵北朝高洋篡東魏稱帝，史稱北齊。⑥姓，清有齊召南。動①排比整理。②等同、相等。形①平整、不雜亂，例整齊。②完備，例齊全。③中，例威震齊土。（《北史》〈慕容日曜傳〉）副皆，例齊唱。 ㈡ㄓㄞ zhāi 名「齋」字古多作「齊」。 ㈢ㄐㄧˋ jì 名①化學上簡稱合金爲齊。②份量、劑量。 ㈣ㄗ zī 名①與「粢」通；黍稷。②衣服的下擺，例攝齊升堂。（《論語》〈鄉黨〉）

◆齊一、齊民、齊眉、整齊、齊大非偶 良莠不齊。

三 畫

17【齋】〔斋〕（㆔）ㄓㄞ zhāi 名①僧尼的膳食。②供奉神佛的食品。③蔬菜、素食，例持齋。④佛家稱過午不食爲齋。⑤可安居靜修的屋子。⑥舊稱太學學舍。動①布施飯菜給僧人。②祭祀前沐浴素食，使身心潔淨，例齋戒。

七 畫

21【齎】（賫）ㄐㄧ jī 名①嘆息聲。②姓。動①給付，送與。②懷抱，例齎志。③持，例郭林宗齎刺謁之。（《漢書》〈郭林宗傳〉）

九 畫

23【齏】〔齑〕ㄐㄧ jī 名用來調味用的細碎辛辣的食物或菜末。動①粉碎，例齏骨粉身。②調和，例相齏。

齒 部

15【齒】〔齿〕ㄔˇ chǐ 名①動物嘴裡嚙物、咀嚼的器官。②排列像牙齒的東西，例鋸齒。③殿堂階級。④骰子。⑤年齡，例齒德俱尊。⑥姓。動①收錄，例齒錄。②引爲同類、相次，例不敢與諸任齒。(《左傳》〈隱公十一年〉)③依年齡而坐。④當、觸，例腐肉之齒利劍。(《漢書》〈枚乘傳〉)⑤說，例齒及。

二 畫

17【齔】〔龀〕ㄔㄣˋ chèn 名幼童。動小孩脫去乳齒，換永久齒。

三 畫

18【齕】〔龁〕ㄏㄜˊ hé 動用牙咬東西。

四 畫

19【齗】〔龂〕ㄧㄣˊ yín 名齒根肉。

19【齘】〔龄〕ㄒㄧㄝˋ xiè 名物之相接處參差不齊不能密合。動上下牙齒互相摩擦。

五 畫

20【齡】〔龄〕ㄌㄧㄥˊ líng 名年歲、年數，例高齡。

20【齠】〔龆〕ㄊㄧㄠˊ tiáo 名與「髫」同；垂髮的小童。動兒童換牙。

20【齟】〔龃〕ㄐㄩˇ jǔ 形「齟齬」：牙齒參差不齊的樣子，引申有意見不合或不順暢之意。

20【齣】〔龅〕ㄔㄨ chū 名傳奇中的一回或戲曲的一部稱一齣。

20【齙】〔龅〕ㄅㄠ bāo 形牙齒不整齊，露在嘴外面，例齙牙。

六 畫

21【齧】〔啮〕(囓) ㄋㄧㄝˋ niè 名①缺口。②植物名，即彫蓬或苦菫，蒿的一種。③姓。動①啃、咬，例毋齧骨。(《禮記》〈曲禮〉)②侵蝕。

21【齦】〔龈〕(一) ㄧㄣˊ yín 名齒根肉。(二) ㄎㄣˇ kěn 動啃。

21【齜】〔龇〕ㄗ zī 動張嘴露牙。形牙齒密接不整的樣子。

七 畫

22【齪】〔龊〕ㄔㄨㄛˋ chuò 名開孔的工具。形①廉謹的樣子。②牙齒相近碰觸的聲音。

22【齬】〔龉〕ㄩˇ yǔ 形「齟齬」，見「齟」字。

八 畫

23【齮】〔䶊〕ㄧˇ yǐ 名姓。動①齧。②側齒咬。

23【齯】〔𬺈〕ㄋㄧˊ ní 名老人脫齒後重生的新牙，古時以爲長壽之徵，例齯齒。

九 畫

24【齵】〔𬺉〕ㄩˊ ýu 形①牙齒不正。②事物參差不齊的樣子。

24【齲】〔龋〕ㄑㄩˇ qǔ 名牙齒被細菌蛀食產生罅隙的病。

24【齷】〔龌〕ㄨㄛˋ wò 形急促狹窄、汙穢不潔、牙齒細密，例齷齪。

龍 部

16【龍】〔龙〕ㄌㄨㄥˊ lóng 名①古代傳說中善變化的神異動物，有角、有鬚、有爪、能飛，且可興雲致雨，有靈性。②比喻君王。③比喻非常之人。④歲星，東方蒼龍七宿的統稱。⑤《周禮》稱馬八尺以上爲龍。⑥堪輿家稱山的氣勢，逶迤曲折爲龍。⑦人造化學纖維的簡稱。⑧姓，項羽時有龍且。

◆龍鳳、龍顏、龍鍾、龍爭虎鬥、龍飛鳳舞、龍馬精神、龍蛇混雜、龍鳳呈祥、龍潭虎穴、龍蟠虎踞、龍驤虎步 蛟龍、潛龍、來龍去脈。

六 畫

22【龔】〔龚〕ㄍㄨㄥ gōng 名姓，清有龔自珍。動①與「供」通；供給。②奉，例龔行。形與「恭」通；肅敬，例象龔滔天。(《漢書》〈王尊傳〉)

22【龕】〔龛〕ㄎㄢ kān 名①塔。②供奉神像、佛像的小閣子，例神龕。動①容受、盛受。②與「戡」通；克服、平定。

龜 部

16【龜】〔龟〕(一)ㄍㄨㄟ guī 名①爬蟲綱。頭形似蛇，口大、眼小、顎無齒，體形圓扁，腹背皆有甲，善游泳，性耐饑渴，壽頗長，可至百歲以上。②古以龜爲貨幣。③古印章以龜爲紐，故印章亦名龜。④俗謂縱妻行淫者。 ㈡ ㄐㄩㄣ jūn 動皮膚因寒冷或過分乾燥而破裂。㈢ ㄑㄧㄡ qiū 名「龜茲」：漢西域國名，故址在今新疆省沙雅和庫車二縣之間。

龠 部

17【龠】ㄩㄝˋ yuè 名①古代樂器，形狀似笛，三孔，以和衆聲。②量器名，形似爵，容一斗千分之一。

四 畫

21【龡】㈠ ㄔㄨㄟ chuī 動吹，與「吹」同。 ㈡ ㄔㄨㄟˋ chuì 名音律管壎之樂。

21【龥】ㄧㄣˊ yín 名古樂器，即大篪。

五 畫

22【龢】(和)(咊) ㄏㄜˊ hé 名十三管的小笙。動調和。形①音樂和諧相應。②和睦，例言惠必及龢。(《國語》〈周語〉)

八 畫

25【龤】ㄔㄤˋ chàng 動①與「唱」同。②「龤導」：倡導。

25【龣】ㄐㄩㄝˊ jué 名①五音之一，與「角」同。②樂器。

九 畫

26【龥】ㄩˋ yù 俗作「籲」。動呼，例呼龥。形和。

26【龤】ㄒㄧㄝˊ xié 名①音調諧和。②與「諧」同。

編後記

編輯字典辭書，是一種專業的工作，在編輯之初，首先必須有編纂的計劃，要編的是怎麼樣的一部字典，也就是字典的性質，以及服務的對象。還有字典的規模，是怎麼樣型態的一部字典。好在這部《新編漢字字典》，是取以前經過多位專業人員已經編輯完成的一部字典，再經過我們幾位委員重為修訂，雖然是修訂，但也花費我們不少的時間，經多次會議商討，決定一致的修訂體例。而最重要的是，除了原字典是為中學生及一般青少年為服務對象外，特別遵照劉白如老師倡議為統一兩岸文字書寫的不同，而附列正體簡體對照的文字形體，使字典具有查考的功能之外，而兼識正簡字形的差異，為促進兩岸文化交流，作最基本的貢獻。這可以說是修訂這部字典的最大職志，也是這部字典的特點。至於字典的內容，當求其具學術性及通俗性，這也是我們修訂時注意的重點，但往往為求學術性，而又難兼顧通俗性，為求通俗性，則又偏離學術性，雖幾經商討，仍不免有相左之處，只好等待重版時再為修訂。

本字典承劉白如老師領導，各位委員同心協力，旺文出版社李錫敏總經理熱心文化工作，使這部小字典能如期出版，特表欽佩之意。然錯誤之處在所難免，本人應負最大責任，請各位專家讀者指正。

黃錦鋐

民國八十四年　國父誕辰紀念日

附錄目次

標點符號用法簡表

符號	名稱	用　　法	舉　　例	別　稱
，	逗　號	用在句中停頓的地方，是句子裡的隔斷符號。	明天星期天，學校放假。	點號、逗點
。或．	句　號	用在敍述句的末尾，表示語氣完結。	游泳是很好的運動。	句點
、	頓　號	用在句中接連並列的同類詞之間。	松、竹、梅是歲寒三友。	尖號、尖點
？	問　號	用在疑問句尾，表示懷疑、發問或反問。	你功課做完了嗎？	
；	分　號	補充上一句未完的語氣，使上下成爲完整的句子。	楊柳枯了，有再青的時候；桃花謝了，有再開的時候。	半支點
：	冒　號	總起下文或總結上文，表示前後句的意思相等，也用在正式提引句之前。	俗語說：「有志者事竟成。」	總號、支點
！	驚歎號	表示希望、斥責、驚歎、命令、招呼等語氣。	趕快！否則就來不及了。	感歎號
「　」	引　號	引用他人的話或成語，加註在首尾。	「沙發」跟「咖啡」一樣，都是外來語。	提引號
『　』	雙引號	用在引號的外面。	老師說：『大家都要以「有恆爲成功之本」自勉。』	
——	破折號	用在語氣忽然轉折或總結上文或代替引號。	他摔了一跤——在大馬路上。	
……	刪節號	表示意思未完或表示刪節。	動物園裡有大象、獅子、老虎……	
——	私名號	表人名、地名、朝代名等。	李白、臺灣、宋朝	專名號
～～	書名號	表書名、文名。	愛的教育	
（　）或〔　〕	夾註號	插在正文中，表說明或注釋。	他愛喝茶（尤其是紅茶），不愛喝酒。	括弧

大陸標點符號用法簡表

符號	名稱	用法	舉例
。	句號	表示一句話完了之後的停頓。	牛奶含有豐富的鈣質。
，	逗號	表示一句話中間的停頓。	天這麼黑，恐怕要下雨了。
、	頓號	表示句中並列的詞或詞組之間的停頓。	陽光、空氣、水是生物賴以維生的三大要素。
；	分號	表示一句話中並列分句之間的停頓。	春風拂面雖好，但會消磨人的意志；唯有秋霜烈日才會使人成長。
：	冒號	用以提示下文。	老農夫告訴他的兒子們：團結就是力量。
？	問號	用在問句之後。	你知道往中正紀念堂怎麼走嗎？
！	感情號	表示強烈的感情。 表示感嘆句末尾的停頓。	啊！你眞是一個孝子。好吧！走！我去你家替你母親看病。
“ ” ‘ ’ 『 』 「 」	引號	1. 表示引用的部分。	孔子在《論語》一書中說：“溫故而知新，可以爲師矣！”
		2. 表示特定的稱謂或需要著重指出的部分。	番茄酸甜可口，既可煮湯，又可作菜，還可生吃當作水果，有“蔬菜中的水果”之稱。
		3. 表示諷刺或否定的意思。	生活愈進步，造就了愈多貧窮的“富人”。

大陸標點符號用法簡表

符號	名稱	用　法	舉　例
(　)	括號	表示文中注釋的部分。	將某種金屬冷卻至絕對零度（攝氏零下 273.15 度）左右時，電阻會突然變成零，此稱爲超導現象。
……	省略號	表示這裡省略了一些詞語。	他打算到馬爾地夫、英國、美西、澳洲……等地遊覽。
——	破折號	1. 表示底下是解釋、說明的部分，有括號的作用。	全班同學拿出這堂課的指定教材——《愛的教育》讀了起來。
		2. 表示意思的遞進。	萌芽——茁壯——衰敗
		3. 表示意思的轉折。	以三十歲爲起點的二十年中存錢是困難的，——結婚、生子、教育費等，花掉了大部分的收入。
—	連接號	1. 表示時間、地點、數目等的起止。	台北—高雄（7:50—14:00）的莒光號
		2. 表示相關的人或事物的聯繫。	今晚球賽：兄弟象—俊國熊
《　》〈　〉	書名號	表示書籍、文件、報刊、文章等的名稱。	《三國演義》《中華民國憲法》《讀者文摘》
·	間隔號	1. 表示月份和日期之間的分界。	「五·四」運動。
		2. 表示某些民族人名中的音界。	班哲明·富蘭克林
.	著重號	表示文中需要强調的部分。	學習語言不僅要加强閱讀能力，還要注重聽力訓練。

歷代世系概要表

<table>
<tr><th colspan="2">朝　代</th><th>開國者</th><th>建都（今地）</th><th>起　迄　年</th><th>年數</th><th>疆域大小次序</th></tr>
<tr><td colspan="2">黃帝</td><td>黃帝</td><td>有熊（河南新鄭）</td><td>前2690～2590</td><td>約100</td><td rowspan="3">11</td></tr>
<tr><td colspan="2">唐</td><td>堯</td><td>平陽（山西臨汾）</td><td>前2333～2234</td><td>約100</td></tr>
<tr><td colspan="2">虞</td><td>舜</td><td>蒲阪（山西永濟）</td><td>前2233～2184</td><td>約50</td></tr>
<tr><td colspan="2">夏</td><td>禹</td><td>陽翟（河南禹縣）
安邑（山西安邑）
平陽（山西平陽）</td><td>前2183～1752</td><td>432</td><td>10</td></tr>
<tr><td colspan="2">商</td><td>成湯</td><td>亳（安徽亳縣）
殷（河南安陽）</td><td>前 1751～1111</td><td>640</td><td>9</td></tr>
<tr><td rowspan="2">周</td><td>西周</td><td>武王發</td><td>鎬（陝西長安西南）</td><td>前 1111～771</td><td>341</td><td rowspan="2">8</td></tr>
<tr><td>東周
（春秋·戰國）</td><td>平王宜臼</td><td>洛邑（河南洛陽）</td><td>前 770～256</td><td>515</td></tr>
<tr><td colspan="2">秦</td><td>始皇嬴政</td><td>咸陽（陝西咸陽）</td><td>前 221～206</td><td>15</td><td>6</td></tr>
<tr><td rowspan="3">漢</td><td>西漢</td><td>劉邦</td><td>長安（西安市）</td><td>前 206～西元 8</td><td>214</td><td rowspan="3">4</td></tr>
<tr><td>新（莽）</td><td>王莽</td><td>長安（西安市）</td><td>9～23</td><td>15</td></tr>
<tr><td>東漢</td><td>劉秀</td><td>洛陽（河南洛陽）</td><td>25～220</td><td>196</td></tr>
<tr><td rowspan="3">三國</td><td>魏</td><td>曹丕</td><td>洛陽（河南洛陽）</td><td>220～265</td><td>46</td><td></td></tr>
<tr><td>蜀</td><td>劉備</td><td>成都（四川成都）</td><td>221～263</td><td>43</td><td></td></tr>
<tr><td>吳</td><td>孫權</td><td>建業（南京市）</td><td>222～280</td><td>59</td><td></td></tr>
<tr><td rowspan="2">晉</td><td>西晉</td><td>司馬炎</td><td>洛陽（河南洛陽）</td><td>265～316</td><td>52</td><td></td></tr>
<tr><td>東晉</td><td>司馬睿</td><td>建康（南京市）</td><td>317～420</td><td>104</td><td></td></tr>
<tr><td rowspan="4">南朝</td><td>宋</td><td>劉裕</td><td>建康（南京）</td><td>420～479</td><td>60</td><td></td></tr>
<tr><td>齊</td><td>蕭道成</td><td>建康（南京）</td><td>479～502</td><td>24</td><td></td></tr>
<tr><td>梁</td><td>蕭衍</td><td>建康（南京）</td><td>502～557</td><td>56</td><td></td></tr>
<tr><td>陳</td><td>陳霸先</td><td>建康（南京）</td><td>557～589</td><td>33</td><td></td></tr>
</table>

北朝	北魏	拓跋珪	盛樂（綏遠境） 平城（山西大同） 洛陽（河南洛陽）	386～534	149	
	東魏	元善見	鄴（河南臨漳）	534～550	17	
	西魏	元寶炬	長安（西安市）	535～557	23	
	北齊	高洋	鄴（河南臨漳）	550～577	28	
	北周	宇文覺	長安（西安市）	557～581	25	
隋		楊堅	大興（西安市）	581～618	38	
唐		李淵	長安（西安市）	618～907	290	3
五代	後梁	朱全忠	汴梁（河南開封）	907～923	16	
	後唐	李存勗	洛陽（河南洛陽）	923～936	14	
	後晋	石敬瑭	汴梁（河南開封）	936～946	11	
	後漢	劉知遠	汴梁（河南開封）	947～950	4	
	後周	郭威	汴梁（河南開封）	951～960	10	
宋	北宋	趙匡胤	汴梁（河南開封）	960～1127	167	7
	南宋	趙構	臨安（浙江杭州）	1127～1279	153	
遼		耶律阿保機	上京（熱河林西）	916～1125	210	
西夏		趙元昊	興慶（寧夏銀川）	1038～1227	190	
金		完顏阿骨打	會寧（松江阿城南） 燕京（北平市） 汴梁（河南開封）	1115～1234	120	
元		忽必烈	大都（北平市）	1279～1368	90	1
明		朱元璋	金陵（南京市） 北京（北平市）	1368～1644	277	5
清		愛新覺羅	北京（北平市）	1644～1911	268	2

公制度量衡、英美制度量衡比較表

長　度

1 公尺　＝ 1.093 碼 　　　　＝ 3.281 英尺(呎) 　　　　＝39.370 英寸(吋) 1 公里　＝ 0.621 英里(哩)	1 碼　＝ 0.9144 公尺 1 英尺　＝ 0.3048 公尺 1 英寸　＝ 0.0254 公尺 1 英里　＝ 1.6093 公里

面　積

1 平方公尺＝ 1.196 平方碼 　　　　＝10.764 平方呎 1 平方公分＝ 0.155 平方吋 1 平方里　＝ 0.386 平方哩 1 公頃　＝ 2.471 英畝(啊)	1 平方碼　＝ 0.836 平方公尺 1 平方呎　＝ 0.092 平方公尺 1 平方吋　＝ 6.452 平方公分 1 平方哩　＝ 2.590 平方公里 1 英畝　＝ 0.405 公頃

體　積

1 立方公尺＝ 1.308 立方碼 　　　　＝35.314 立方呎 1 立方公分＝ 0.061 立方吋 1 立方公尺＝ 0.275 cord （量木材單位）	1 立方碼　＝ 0.764 立方公尺 1 立方呎　＝ 0.028 立方公尺 1 立方吋　＝16.387 立方公分 1 cord　＝ 3.624 立方公尺

容　積

1 公升　＝ 1.056 美液夸爾 　　　　＝ 0.880 英液夸爾 　　　　＝ 0.908 乾量夸爾 　　　　＝ 0.264 美加侖 　　　　＝ 0.220 英加侖 1 公石　＝ 2.837 美蒲式耳 　　　　＝ 2.75　英蒲式耳	1 美液夸爾＝ 0.946 公升 1 乾量夸爾＝ 1.111 公升 1 美加侖　＝ 3.785 公升 1 英加侖　＝ 4.543 公升 1 美蒲式耳＝ 0.352 公石 1 英蒲式耳＝ 0.363 公石

重　量

1 公克　＝15.432 克冷 　　　　＝ 0.032 金衡英兩 　　　　＝ 0.0352 常衡英兩 1 公斤　＝ 2.2046 常衡鎊 1 公噸　＝2,204.62 常衡鎊	1 克冷　＝ 0.0648 公克 1 金衡英兩＝31.103 公克 1 常衡英兩＝28.35 公克 1 磅　＝ 0.4536 公斤 1 短噸　＝ 0.907 公噸

國　　名	面積(平方公里)	幣　制	首　都
非　洲 (AFRICA)			
阿爾及利亞人民民主共和國 Algeria, People's Democratic Republic of	2,381,741	基納 Dinar	阿爾及爾 Algiers
安哥拉人民共和國 Angola, People's Republic of	1,246,700	廣薩 Kwanza	羅安達 Luanda
貝南人民共和國 Benin, People's Republic of	112,622	法郎 CFA Franc	新港 Porto-Novo
波布那共和國 Bophuthatswana, Republic of	40,330		瑪巴托 Mmabatho
波札那共和國 Botswana, Republic of	600,372	鎊 Pula	嘉柏隆里 Gaborone
蒲隆地共和國 Burundi, Republic of	27,834	法郎 Franc	布松布拉 Bujumbura
喀麥隆聯合共和國 Cameroon, United Republic of	475,442	法郎 CFAF	雅溫德 Yaoundé
維德角島共和國 Cape Verde, Republic of	4,033	依斯庫朵 Cape Escudo	培亞 Praia
中非共和國 Central African Republic	622,984	法郎 CFA Franc	班基 Bangui
查德共和國 Chad, Republic of	1,284,000	法郎 CFA Franc	加梅那 N'Djaména
希斯凱共和國 Ciskei, Republic of	9,251		畢索 Bisho
葛摩伊斯蘭聯邦共和國 Comoros, Federal and Islamic Republic of the	2,171	法郎 CFA Frac	莫洛尼 Moroni
剛果人民共和國 Congo, People's Republic of the	342,000	法郎 CFA France	布拉札維 Brazzaville
吉布地共和國 Djibouti, Republic of	22,000	法郎 Franc	吉布地 Djibouti
埃及阿拉伯共和國 Egypt, Arab Republic of	1,001,449	鎊 Pound	開羅 Cairo
赤道幾內亞共和國 Equatorial Guinea, Republic of	28,051	艾庫里 Ekuele	馬拉博 Malabo
衣索比亞 Ethiopia	1,221,900	比爾 Birr	阿迪斯阿貝巴 Addis Ababa

世界各國面積幣制首都一覽表

國名	面積(平方公里)	幣制	首都
加彭共和國 Gabonese Republic	267,667	法郎 CFA Franc	自由市 Libreville
甘比亞共和國 Gambia, Republic of the	11,295	達拉西 Dalasi	班吉爾 Banjul
迦納共和國 Ghana, Republic of	238,537	西迪 Cedi	阿克拉 Accra
幾內亞人民革命共和國 Guinea, People's Revolutionary Republic of	245,857	西里 Syli	康那克立 Conakry
幾內亞比索共和國 Guinea-Bissau, Republic of	36,125	幾內亞披索 Guinea Peso	比索 Bissau
象牙海岸共和國 Ivory Coast, Republic of	322,463	法郎 CFA Franc	阿必尚 Abidjan
肯亞共和國 Kenya, Republic of	582,646	先令 Shilling	那路比 Nairobi
賴索托王國 Lesotho, Kingdom of	30,355	馬洛蒂 Maloti	馬塞魯 Maseru
賴比瑞亞共和國 Liberia, Republic of	111,369	元 Dollar	門羅維亞 Monrovia
利比亞阿拉伯人民社會主義羣衆國 Libyan Arab Jamahiriya, Socialist People's	1,759,540	基納 Dinar	的黎波里 Tripoli
馬達加斯加民主共和國 Madagascar, Democratic Republic of	587,041	法郎 Madagascar Franc	安塔那那里佛 Antananarivo
馬拉威共和國 Malawi, Republic of	118,484	瓜卻 Kwacha	里郎威 Lilongwe
馬利共和國 Mali, Republic of	1,240,000	法郎 Franc	巴馬科 Bamako
茅利塔尼亞伊斯蘭共和國 Mauritania, Islamic Republic of	1,030,700	奧圭雅 Ouguiya	諾克少 Nouakchott
模里西斯 Mauritius	2,045	盧比 Rupee	路易士港 Port Louis
摩洛哥王國 Morocco, Kingdom of	446,550	德漢幣 Dirham	拉巴特 Rabat
莫三比克人民共和國 Mozambique, People's Republic of	801,590	麥提可 Metical	馬浦托 Maputo
尼日共和國 Niger, Republic of	1,267,000	法郎 CFA Franc	尼亞美 Niamey

國名	面積(平方公里)	幣制	首都
奈及利亞聯邦共和國 Nigeria, Federal Republic of	923,768	奈拉 Naira	拉哥斯 Lagos
盧安達共和國 Rwanda, Republic of	26,338	法郎 Franc	吉佳利 Kigali
聖多美及普林西比民主共和國 São Tomé & Príncipe, Democratic Republic of	964	伊斯庫朵 Escudo	聖多美 São Tomé
塞內加爾共和國 Senegal, Republic of	196,192	法郎 CFA	達喀爾 Dakar
塞席爾共和國 Seychelles, Republic of	280	盧比 Rupee	維多利亞 Victoria
獅子山共和國 Sierra Leone, Republic of	71,740	Leone	自由城 Freetown
索馬利亞民主共和國 Somali Democratic Republic	637,657	先令 Shilling	摩加迪休 Mogadishu
南非共和國 South Africa, Republic of	1,125,000	鍰 Rand	普勒多利亞 Pretoria
蘇丹民主共和國 Sudan, Democratic Republic of the	2,505,813	鎊 Pound	喀土木 Khartoum
史瓦濟蘭王國 Swaziland, Kingdom of	17,363	Lilangeni	木巴本 Mbabane
坦尚尼亞聯合共和國 Tanzania, United Republic of	945,087	先令 Shilling	三蘭港 Dar es Salaam
多哥共和國 Togo, Republic of	56,785	法郎 CFA Franc	洛梅 Lomé
川斯凱共和國 Transkei, Republic of	44,630		翁塔達 Umtata
突尼西亞共和國 Tunisia, Republic of	163,610	比爾、基納 Birr、Dinar	突尼斯 Tunis
烏干達共和國 Uganda, Republic of	236,036	先令 Shilling	坎帕拉 Kampala
上伏塔共和國 Upper Volta, Republic of	274,200	法郎 CFA Franc	瓦加杜古 Ouagadougou
溫達共和國 Venda, Republic of	6,500		托賀揚多 Thohoyandou
薩伊共和國 Zaire, Republic of	2,345,409	薩 Zaire	金夏沙 Kinshasa

世界各國面積幣制首都一覽表

國　名	面積(平方公里)	幣　制	首　都
尚比亞共和國 Zambia, Republic of	752,614	克瓦卻 Kwacha	盧色加 Lusaka
辛巴威共和國 Zimbabwe, Republic of	390,580	辛巴威元 Dollar	哈拉雷 Harare
北美洲 (AMERICA, NORTH)			
安地卡及巴布達 Antigua and Barbuda	422	東加勒比海元 East Caribbean Dollar	聖約翰 St. John's
巴哈馬聯邦 Bahamas, Commonwealth of the	13,935	Bahamian Dollar	拿索 Nassau
巴貝多 Barbados	431	元 Dollar	橋鎮 Bridgetown
貝里斯 Belize	22,965	元 Belize Dollar	具爾墨邦 Belmopan
加拿大 Canada	9,976,139	加元 Can. Dollar	渥太華 Ottawa
哥斯大黎加共和國 Costa Rica, Republic of	50,700	哥龍 C. R. Colon	聖約瑟 San José
古巴共和國 Cuba, Republic of	114,524	披索 Peso	哈瓦那 Havana
多明尼克聯邦 Dominica, Commonwealth of	751	東加勒比海元 East Caribbean Dollar	羅梭 Roseau
多明尼加共和國 Dominican Republic	48,734	披索 Dom. Peso	聖多明哥 Santo Domingo
薩爾瓦多共和國 El Salvador, Republic of	21,041	哥龍 Colon	聖薩爾瓦多 San Salvador
格瑞那達 Grenada,State of	344	東加勒比海元 East Caribbean Dollar	聖喬治 St. George's
瓜地馬拉共和國 Guatemala, Republic of	108,889	圭查爾 Quetzal	瓜地馬拉市 Guatemala City
海地共和國 Haiti, Republic of	27,750	Gourde	太子港 Port-au-Prince
宏都拉斯共和國 Honduras, Republic of	112,088	倫比拉 Lempira	德古斯加巴 Tegucigalpa
牙買加 Jamaica	10,991	牙買加幣 Jamaican Dollar	京斯敦 Kingston

國名	面積(平方公里)	幣制	首都
墨西哥合衆國 Mexico, United States of	1,972,547	披索 Mex. Pesso	墨西哥城 Mexico City
尼加拉瓜共和國 Nicaragua, Republic of	130,000	Cordoba	馬拿瓜 Managua
巴拿馬共和國 Panama, Republic of	77,082	波波亞 Balboa	巴拿馬市 Panama City
聖克里斯多福 St. Christopher & Nevis	261		巴士地 Basseterre
聖露西亞 St. Lucia	616	東加勒比海元 East Caribbean Dollar	卡斯翠 Castries
聖文森 St. Vincent and the Grenadines	388	東加勒比海元 East Caribbean Dollar	金斯頓 Kingstown
千里達共和國 Trinidad and Tobago, Republic of	5,130	元 Trinidad Dollar	西班牙港 Port of Spain
美利堅合衆國 United States of America	9,363,123	美元 U.S. Dollar	華盛頓 Washington, D. C.
南 美 洲 （AMERICA, SOUTH）			
阿根廷共和國 Argentine Republic	2,766,889	披索 Arg. Peso	布宜諾斯艾利斯 Buenos Aires
玻利維亞共和國 Bolivia, Republic of	1,098,581	披索 Bol. Peso	拉巴斯 La Paz
巴西聯邦共和國 Brazil, Federative Republic of	8,511,965	庫塞若 Cruzeiro	巴西利亞 Brasilia
智利共和國 Chile, Republic of	756,945	披索 Peso	聖地牙哥 Santiago
哥倫比亞共和國 Colombia, Republic of	1,138,914	披索 Peso	波哥大 Bogota
厄瓜多共和國 Ecuador, Republic of	283,561	蘇克利 Sucre	基多 Quito
蓋亞那合作共和國 Guyana, Cooperative Republic of	214,969	元 Dollar	喬治城 Georgetown
巴拉圭共和國 Paraguay, Republic of	406,752	甘那利 Guarani	亞松森 Asunción
祕魯共和國 Peru, Republic of	1,285,216	索耳 Sol	利瑪 Lima

世界各國面積幣制首都一覽表

國　　名	面積(平方公里)	幣制	首都
蘇利南共和國 Surinam, Republic of	163,265	基爾德 Guilder	巴拉馬利波 Paramaribo
烏拉圭共和國 Uruguay,Oriental Republic of	176,215	披索 Urg. Peso	孟都 Montevideo
委內瑞拉共和國 Venezuela, Republic of	912,050	波利瓦 Bolivar	加拉卡斯 Caracas
亞　洲 (ASIA)			
阿富汗民主共和國 Afghanistan, Democratic Republic of	647,497	阿富汗尼 Afghani	喀布爾 Kabul
巴林 Bahrain, State of	622	基納 Dinar	馬拿麻 Manama
孟加拉人民共和國 Bangladesh, People's Republic of	143,998	塔卡 Taka	達卡 Dacca
不丹王國 Bhutan, Kingdom of	47,000	印度盧比 India Rupee	亭孚 Thimphu
汶萊 Brunei Darussalam, Negara	5,765		斯里巴卡旺 Bandar Seri Begawan
緬甸聯邦社會主義共和國 Burma, Socialist Republic of the Union of	676,552	加特 Kÿat	仰光 Rangoon
中華民國 China, Republic of	11,418,000	銀元/新臺幣 Yuan/NT	南京/台北 Nanking/Taipei
賽普勒斯共和國 Cyprus, Republic of	9,251	鎊 Pound	尼科西亞 Nicosia
印度共和國 India, Republic of	3,287,590	魯派 Rupiah	新德里 New Delhi
印度尼西亞共和國 Indonesia, Republic of	1,904,569	盧比 Rupee	雅加達 Jakarta
伊朗伊斯蘭共和國 Iran, Islamic Republic of	1,648,000	萊亞 Rial	德黑蘭 Teheran
伊拉克共和國 Iraq, Republic of	434,924	基納 Dinar	巴格達 Baghdad
以色列 Israel, State of	20,770	鎊 Israel Pound	耶路撒冷 Jerusalem
日本 Japan	372,313	円 Yen	東京 Tokyo

國名	面積（平方公里）	幣制	首都
約旦哈什米王國 Jordan, Hashemite Kingdom of	97,740	基納 Jordan Dinar	安曼 Amman
高棉人民共和國 Kampuchea, People's Republic of	181,035	里耳 Riel	金邊 Phnom Penh
大韓民國 Korea, Republic of	98,484	圜 Won	漢城 Seoul
科威特 Kuwait, State of	17,818	基納 Kuwaiti Dinar	科威特市 Kuwait City
寮國人民民主共和國 Laos, People's Democratic Republic of	236,800	基普 Kip	永珍 Vientiane
黎巴嫩共和國 Lebanon, Republic of	10,400	鎊 Leb. Pound	貝魯特 Beirut
馬來西亞 Malaysia	329,749	元、馬幣 Malayasian Dollar、Ringgit	吉隆坡 Kuala Lamput
馬爾地夫共和國 Maldives, Republic of	298		瑪律 Malé
尼泊爾王國 Nepal, Kingdom of	140,797	盧比 Rupee	加德滿都 Katmandu
阿曼王國 Oman,Sultanate of	212,457	萊亞 Rial	馬斯開特 Muscat
巴基斯坦伊斯蘭共和國 Pakistan, Islamic Republic of	803,943	盧比 Pak. Rupee	伊斯蘭馬巴德 Islamabad
菲律賓共和國 Philippines, Republic of the	300,000	披索 Phil. Pesso	馬尼拉 Manila
卡達 Qatar, States of	11,000	萊拉 Riyal	多哈 Doha
沙烏地阿拉伯王國 Saudi Arabia, Kingdom of	2,149,690	萊拉 Riyal	利雅德 Riyadh
新加坡共和國 Singapore, Republic of	581	新加坡元 Singapore Dollar	新加坡市 Singapore
斯里蘭卡民主社會主義共和國 Sri Lanka, Democratic Socialist Republic of	65,610	盧比 Rupee	可倫坡 Colombo
敍利亞阿拉伯共和國 Syrian Arab Republic	185,180	鎊 Pound	大馬士革 Damascus
泰國王國 Thailand, Kingdom of	514,000	Baht	曼谷 Bangkok

世界各國面積幣制首都一覽表

國　　名	面積（平方公里）	幣制	首都
土耳其共和國 Turkey, Republic of	780,576	里拉 Lira	安卡拉 Ankara
阿拉伯聯合大公國 United Arab Emirates	83,600	德漢幣 Dirham	阿布達比 Abu Dhabi
越南社會主義共和國 Vietnam, Socialist Republic of	329,556	Piastre	河內 Hanoi
葉門阿拉伯共和國 Yemen Arab Republic	195,000	萊亞 Rial	沙那 San'a
葉門人民民主共和國 Yemen, People's Democratic Republic of	332,968	基納 Dinar	亞丁 Aden
歐　洲　（EUROPE）			
阿爾巴尼亞人民社會主義共和國 Albania, People's Socialist Republic of	28,748	雷克 Lek	地拉那 Tirana
安道爾侯國 Andorra, Principality of	453	西班牙銀幣 Spanish peseta	安道爾市 Andorra la Vella
奧地利共和國 Austria, Republic of	83,849	先令 Shilling	維也納 Vienna
比利時王國 Belgium, Kingdom of	30,513	比利時法郎 Belgium Franc	布魯塞爾 Brussels
保加利亞人民共和國 Bulgaria, People's Republic of	110,912	Lev	索非亞 Sofia
捷克社會主義共和國 Czechoslovak Socialist Republic	127,869	可羅納 Koruna	布拉格 Prague
丹麥王國 Denmark, Kingdom of	43,069	克洛內 Dan. Krone	哥本哈根 Copenhagen
芬蘭共和國 Finland, Republic of	337,032	馬克 Mark	赫爾辛基 Helsinki
法蘭西共和國 French Republic	547,026	法郎 Franc	巴黎 Paris
德意志民主共和國 German Democratic Republic	108,178	馬克 Mark	東柏林 East Berlin
德意志聯邦共和國 Germany, Federal Republic of	248,577	馬克 Deutsche Mark	波昂 Bonn
希臘共和國 Hellenic Republic	131,944	德拉克瑪 Drachma	雅典 Athens

世界各國面積幣制首都一覽表

國　　　名	面　積 (平方公里)	幣　制	首　都
教廷 Holy See(State of the Vatican City)	0.44	里拉 Lira	梵諦岡 Vatican City
匈牙利人民共和國 Hungarian People's Republic	93,030	佛林特 Forint	布達佩斯 Budapest
冰島共和國 Iceland, Republic of	103,000	可洛那 Krona	雷克雅未克 Reykjavik
愛爾蘭共和國 Ireland, Republic of	70,283	鎊 Irish Pound	都柏林 Dublin
義大利共和國 Italian Republic	301,225	里拉 Lira	羅馬 Rome
列支敦斯登侯國 Liechtenstein, Principality of	157	瑞士法郎 Swiss Franc	瓦都茲 Vaduz
盧森堡大公國 Luxembourg, Grand Duchy of	2,586	法郎 Lux. Franc	盧森堡 Luxembourg
馬爾他共和國 Malta, Republic of	316	鎊 Pound	法勒他 Valletta
摩納哥侯國 Monaco, Principality of	1	法郎 French Franc	蒙地卡羅 Monte Carlo
荷蘭王國 Netherlands, Kingdom of the	40,844	基爾德 Guilder	阿姆斯特丹 Amsterdam
挪威王國 Norway, Kingdom of	324,219	克洛內 Norway Krone	奧斯陸 Oslo
波蘭人民共和國 Polish People's Republic	312,677	則洛蒂 Zloty	華沙 Warsaw
葡萄牙共和國 Portugal, Republic of	92,082	艾斯秋多 Escudo	里斯本 Lisbon
羅馬尼亞社會主義共和國 Romania, Socialist Republic of	237,500	盧 Leu	布加勒斯特 Bucharest
聖馬利諾共和國 San Marino, Republic of	61	里拉 Lira	聖馬利諾 San Marino
西班牙 Spanish State	504,782	西班牙銀幣 Peseta	馬德里 Madrid
瑞典王國 Sweden, Kingdom of	449,964	可洛那 Swed. Krona	斯德哥爾摩 Stockholm
瑞士邦聯 Swiss Confederation	41,288	法郎 Swiss Franc	伯恩 Bern

世界各國面積幣制首都一覽表

國名	面積(平方公里)	幣制	首都
蘇維埃社會主義共和國聯邦 Union of Soviet Socialist Republics	22,402,200	盧布 Ruble	莫斯科 Moscow
大不列顛與北愛爾蘭聯合王國 United Kingdom of Great Britain and Northern Ireland	244,046	英鎊 Pound	倫敦 London
南斯拉夫社會主義聯邦共和國 Yugoslavia, Socialist Federal Republic of	235,804	基納 Dinar	貝爾格勒 Belgrade
大洋洲（OCEANIA）			
澳大利亞聯邦 Australia, Commonwealth of	7,686,848	元 Australian Dollar	坎培拉 Canberra
斐濟 Fiji	18,274	元 Dollar	蘇瓦 Suva
吉里巴斯共和國 Kiribati, Republic of	728	元 Australian Dollar	塔拉瓦 Tarawa
諾魯共和國 Nauru, Republic of	21	元 Australian Dollar	諾魯 Nauru
紐西蘭 New Zealand	268,676	元 N.Z. Dollar	威靈頓 Wellington
巴布亞紐幾內亞 Papua New Guinea	461,691	奇納 Kina	摩爾斯貝港 Port Moresby
索羅門羣島 Solomon Islands	28,446	元 Dollar	荷尼阿拉 Honiara
東加王國 Tonga, Kingdom of	699	Pa'anga	努瓜婁 Nuku'alofa
吐瓦魯 Tuvalu	158	元 Australian Dollar	富那富提 Funafuti
萬那杜共和國 Vanuatu, Republic of	14,763		維拉港 Port Vila
西薩摩亞 Western Samoa	2,842	塔拉 Tala	亞比亞 Apia

國語注音符號第二式與第一式、漢語拼音對照表

第一式	第二式	漢語拼音
	㈠ 聲 母	
脣 音 ㄅ ㄆ ㄇ ㄈ	b p m f	b p m f
舌尖音 ㄉ ㄊ ㄋ ㄌ	d t n l	d t n l
舌根音 ㄍ ㄎ ㄏ	g k h	g k h
舌面音 ㄐ ㄑ ㄒ	j(i) ch(i) sh(i)	j q x
翹舌音 ㄓ ㄔ ㄕ ㄖ	j ch sh r	zh ch sh r
舌齒音 ㄗ ㄘ ㄙ	tz ts s	z c s
	㈡ 韻 母	
空 韻(帀)	r, z	
單 韻 ㄧ ㄨ ㄩ	i u iu	i u ü
單 韻 ㄚ ㄛ ㄜ ㄝ	a o e e	a o e
複 韻 ㄞ ㄟ ㄠ ㄡ	ai ei au ou	ai ei ao ou
聲隨韻 ㄢ ㄣ ㄤ ㄥ	an en ang eng	an en ang eng
捲舌韻 ㄦ	er	er
	㈢ 結合韻母	
齊齒呼 ㄧㄚ ㄧㄛ ㄧㄝ ㄧㄞ	ia io ie iai	ia ie
ㄧㄠ ㄧㄡ ㄧㄢ ㄧㄣ	iau iou ian in	iao iou ian in
ㄧㄤ ㄧㄥ	iang ing	iang ing
合口呼 ㄨㄚ ㄨㄛ ㄨㄞ ㄨㄟ	ua uo uai uei	ua uo uai uei
ㄨㄢ ㄨㄣ ㄨㄤ ㄨㄥ	uan uen uang ueng	uan uen uang ueng
ㄧㄨㄥ	-ung	
撮口呼 ㄩㄝ ㄩㄢ ㄩㄣ ㄩㄥ	iue iuan iun iung	üe üan ün iong
	㈣ 聲 調	
陰平 陽平 上 去	陰平 陽平 上 去	陰平 陽平 上 去
(不加) ˊ ˇ ˋ	ˉ ˊ ˇ ˋ	ˉ ˊ ˇ ˋ
輕聲	輕聲	輕聲
˙	(不加)	(不加)

注音符號目次

⊙代表兩種以上的讀音

ㄅ b 813	ㄆ p 818	ㄇ m 823	ㄈ f 829		
ㄉ d 833	ㄊ t 839	ㄋ n 845	ㄌ l 849		
ㄍ g 858	ㄎ k 864	ㄏ h 868			
ㄐ j 875	ㄑ q 884	ㄒ x 890			
ㄓ zh 897	ㄔ ch 905	ㄕ sh 911	ㄖ ri 917		
ㄗ z 919	ㄘ c 923	ㄙ s 926			
ㄚ a 930	ㄛ o 930	ㄜ e 930	ㄝ ei 931	ㄞ ai 931	ㄟ e 931
ㄠ ao 932	ㄡ ou 932	ㄢ an 932	ㄣ en 933	ㄤ ang 933	ㄥ eng 933
ㄦ er 933	ㄧ yi 933	ㄨ w 940	ㄩ yu 944		

b ㄅ

p ㄆ

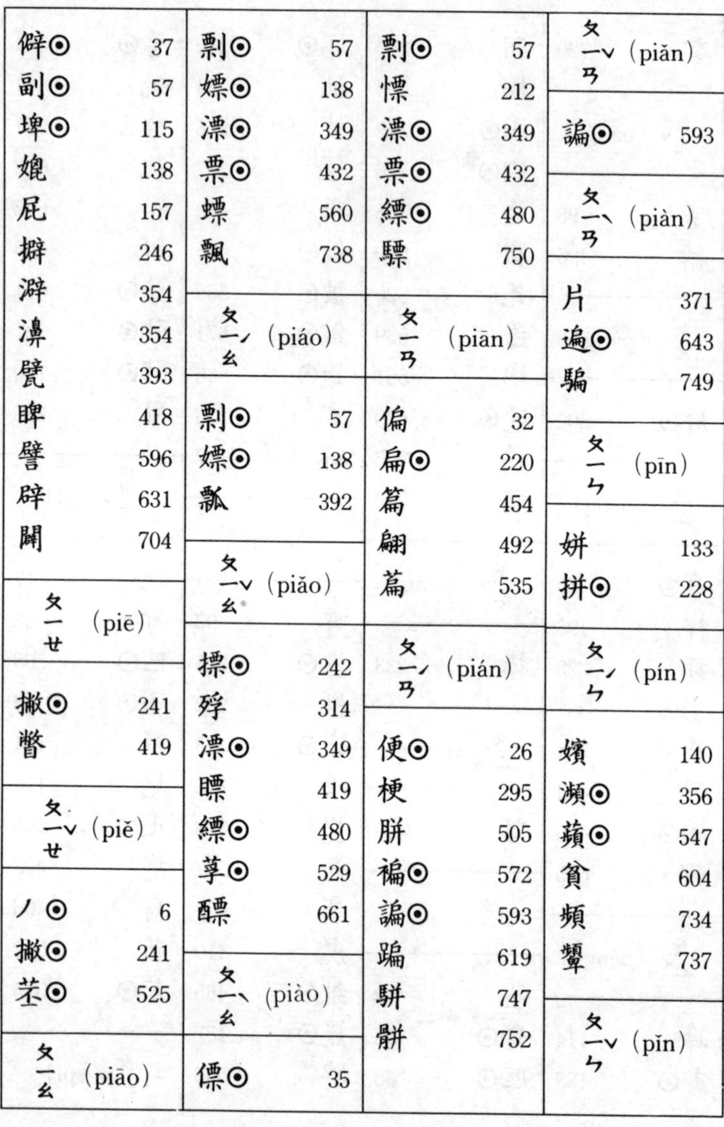

炔⊙ 359
瞶⊙ 420
襘 575
貴 605
趹⊙ 614
跪 616
鱖⊙ 767

ㄍㄨㄢ (guān)

倌 29
冠⊙ 47
官 147
棺 292
瘝 405
矜⊙ 421
綸⊙ 474
莞⊙ 528
觀⊙ 579
關 703
鰥 765
鱞 768

ㄍㄨㄢˇ (guǎn)

斡⊙ 257
琯 388
筦 451
管 452
脘⊙ 505
錧 516
莞⊙ 528
館 742

ㄍㄨㄢˋ (guàn)

丱⊙ 5
冠⊙ 47
慣 210
懽⊙ 216
摜 242
毌 317
灌 357
爟 369
瓘 391
盥 413
祼 433
罐 485
觀⊙ 579
貫 604
鑵 695
鸛 777

ㄍㄨㄣˇ (gǔn)

丨 4
混⊙ 340
渾⊙ 344
滾 348
緄 475
袞 568
鯀 762

ㄍㄨㄣˋ (gùn)

棍 293

ㄍㄨㄤ (guāng)

光 41
桄⊙ 288
洸⊙ 336
胱 505
銧 676

ㄍㄨㄤˇ (guǎng)

广⊙ 176
廣 180
獷 382
迋⊙ 634
鄺⊙ 656

ㄍㄨㄤˋ (guàng)

桄⊙ 288
逛 639

ㄍㄨㄥ (gōng)

厶⊙ 8
供⊙ 24
公 44
共⊙ 44
功 59
宮 149
工 167
弓 183
恭 201
攻 251
紅⊙ 464
肱 501
蚣 551
觥 580
躬 623

S ㄙ

ㄨˇ (wǔ)

ㄨˋ (wù)

ㄨㄚ (wā)

ㄨㄚˊ (wá)

ㄨㄚˇ (wǎ)

ㄨㄚˋ (wà)

ㄨㄛ (wō)

ㄨㄛˇ (wǒ)

ㄨㄛˋ (wò)

ㄩˇ (yǔ)

ㄩˋ (yù)

國家圖書館出版品預行編目資料

新編漢字字典／黃錦鋐總編輯. --初版. --臺北市：旺
文社, 1995〔民 84〕
〔171〕791 面；19.5 公分
含索引
ISBN 957-508-319-9(精裝)

1. 中國語言-字典, 辭典

802.3 84012127

※「中文字典部首速查系統」著作權登記核准文號：台(83)內著字第 8303028 號

新編漢字字典 ISBN 957-508-319-9

總 編 輯／黃錦鋐博士
發 行 人／李錫敏
出 版 者／旺文社股份有限公司
台北市安和路 2 段 209 巷 2 號 1 樓
郵撥帳號／1131222-2
電 話／(02)3770678(代表號)
傳 眞／(02)7373923
登 記 號／行政院新聞局版台業字第 3835 號
執行主編／陳月凰
責任編輯／尹銘菁 郭燕鳳 張仲麟 溫翠美
美術編輯／陳鶯萍 張文瓊 林玉瑜
內文排版／浩瀚電腦排版股份有限公司
印 刷／崇豐印刷企業有限公司
初 版／1995 年 12 月
二版一刷／1997 年 9 月
法律顧問／尤英夫律師 鄭錦堂律師
台北市新生南路 1 段 50 號 8 樓之 6
TEL：(02)395-6858

定 價／新台幣 360 元 Printed in Taiwan

部首索引

引索號符音注